TANJA KINKEL
Unter dem Zwillingsstern

Buch

Carla Fehr weiß schon mit acht Jahren, wohin sie will: zur Bühne. Und in dem jungen Robert König findet die uneheliche Tochter eines Münchner Lederfabrikanten einen Gefährten, der als Wunderkind um die Aufmerksamkeit der Erwachsenen wirbt. So beginnt 1918 eine ungewöhnlich intensive Bindung, die gleichermaßen von Freundschaft und Rivalität geprägt ist und die beide ein Leben lang begleiten wird – gegen ihre Familien, durch die bewegten zwanziger Jahre, durch Naziterror und Exil. Denn trotz unterschiedlicher Lebenswege eint sie von Kindheit an die Liebe zu Theater und Film.

Anfang der dreißiger Jahre machen beide im turbulenten Berlin Karriere: Carla als Schauspielerin und Robert als vielversprechender Regisseur. Doch schließlich trennen sich ihre Wege. Während Carla wegen einer unglücklichen Liebesbeziehung ein Engagement in Hollywood annimmt, steht für Robert eine Emigration nicht zur Diskussion. Seine Frau ist schwanger, und sein erster eigener Film steht kurz vor der Premiere, als Hitler an die Macht kommt. Durch einen Handel gelingt es Robert, Protektion zu erlangen. Doch die Uraufführung seines Films macht ihm deutlich, daß ein Weiterleben in Deutschland unter dem Naziregime ein steter Drahtseilakt sein wird. Die Kriegsjahre werden für Carla und Robert zur schwersten Zeit ihres Lebens, aber die wichtigste Prüfung steht ihnen noch bevor: Wird ihnen nach dem Krieg in einer zerstörten Welt ein Neuanfang gelingen?

Autorin

Tanja Kinkel, geboren 1969, wuchs in Bamberg auf. Sie schreibt seit ihrem zehnten Lebensjahr und hat schon während der Schulzeit in Anthologien Kurzgeschichten und Gedichte veröffentlicht. Tanja Kinkel hat ihr Studium der Germanistik, Theater- und Kommunikationswissenschaften 1997 mit der Promotion über Lion Feuchtwangers historische Romane abgeschlossen. 1996 verbrachte Tanja Kinkel einen Studienaufenthalt in der Villa Aurora in Pacific Palisades, dem ehemaligen Wohnsitz Lion Feuchtwangers, wo sie für »Unter dem Zwillingsstern« intensive Recherchen betrieb und den meisten noch lebenden Zeitzeugen begegnete.

Von Tanja Kinkel im Taschenbuch

Die Löwin von Aquitanien (41158) · Die Puppenspieler (42955) · Die Schatten von La Rochelle (44084) · Mondlaub (42233) · Wahnsinn, der das Herz zerfrißt (9729)

Tanja Kinkel

Unter dem Zwillingsstern

Roman

GOLDMANN

Umwelthinweis:
Alle bedruckten Materialien dieses Taschenbuches
sind chlorfrei und umweltschonend.

Der Goldmann Verlag
ist ein Unternehmen der Verlagsgruppe Bertelsmann

Taschenbuchausgabe Mai 2000
© 1998 by Blanvalet Verlag, München,
in der Verlagsgruppe Bertelsmann GmbH
Umschlaggestaltung: Design Team München
Umschlagmotiv: AKG, Berlin
Druck: Elsnerdruck, Berlin
Verlagsnummer: 44671
Lektorat: Silvia Kuttny
Herstellung: Heidrun Nawrot
Made in Germany
ISBN 3-442-44671-6

1 3 5 7 9 10 8 6 4 2

TEIL EINS

1. Kapitel

Carla haßte das Musselinkleid, das sie an diesem Tag tragen mußte. Sie wuchs schnell, und es war ihr zu eng. Außerdem machte die Novemberkälte mittlerweile auch nicht mehr vor dem Haus des Lederfabrikanten Heinrich Fehr halt; der Preis für Kohlen war in diesem vierten Kriegsjahr so gestiegen, daß ihr Vater entschieden hatte, nur noch die wichtigsten Räume zu heizen. Das Zimmer, in dem ihre Gouvernante sie unterrichtete, gehörte nicht dazu. Es war kalt, und sie fror; also sprang sie mehr als bereitwillig auf, als ihre Stiefmutter im Türrahmen erschien und die versprochene Überraschung ankündigte.

Man hatte ihr gesagt, daß sie sich bei Besuch mehr zurückhalten sollte. Aber Besuch kam sehr selten, und sie wußte längst, warum. Außerdem rannte sie gerne, und es vertrieb die Kälte etwas. Also lief sie, so schnell sie konnte, bis zu der Treppe, die hinunter zum Salon führte. Dort hielt sie inne. Jemand spielte Klavier, und zwar so außergewöhnlich schlecht, daß es schon wieder komisch war. Carla spielte selbst nur leidlich und hoffte, ihren Vater möglichst bald überzeugen zu können, auf den Klavierunterricht für sie zu verzichten. Aber verglichen mit jenem erbarmungslosen Klimperer war sie eine hoffnungsvolle Virtuosin.

Das Mädchen kniete sich neben dem Treppengeländer nieder und spähte nach unten. Ihr Vater und einer seiner Freunde, Rainer König, den sie vom Sehen her bereits kannte, standen um das Klavier herum und lachten. Auf dem Schemel saß ein leicht übergewichtiger Junge in ihrem Alter, der sich mit einer Hand durch das braune Haar fuhr und mit der anderen schwungvoll sein Massaker an der Tastatur beendete.

»Finito«, rief er, sprang auf und verbeugte sich. »Verstehen Sie jetzt, Herr Fehr, warum ich meine Pianistenlaufbahn beendet habe? Papa meint, sie sollten mich an die Front schicken. Aber ich glaube, hier wäre ich nützlicher, besonders für Ihr Geschäft, Herr Fehr. Sie könnten lederne Ohrenschützer herstellen. Und warten Sie nur, bis ich als Zauberer auf Tournee gehe. Dann sorge ich dafür, daß auf jedem Taschentuch die Worte KAUFT BEI FEHR erscheinen. Oder soll ich lieber ...«

Carla kannte kaum andere Kinder, aus dem gleichen Grund, aus dem Besuch in der Villa Fehr nun schon seit Jahren immer seltener wurde. Aber sie erkannte ein Schauspiel, wenn sie eines sah; sie war bereits ein paarmal ins Theater mitgenommen worden, wenn ihr Vater wieder einmal seine Gleichgültigkeit gegenüber der öffentlichen Meinung demonstrieren wollte, und es hatte sie fasziniert, selbst wenn sie nicht alles verstand. Sie war auch jetzt fasziniert, aber gleichzeitig wallte Ressentiment in ihr auf, besonders, als ihr Vater den Kopf schüttelte und lachte. Ihr selbst war es noch nicht gelungen, ihren Vater so zum Lachen zu bringen, obwohl er sich seit seiner Hochzeit mit Anni verändert hatte. Sie spürte wieder die Kälte in ihren Fingern, die sich um das Treppengeländer krampften, als ihr Vater immer noch lächelnd sagte:

»Rainer, der Junge gefällt mir. Aber hör mal, Schlawiner, wenn du mit meiner Tochter unterrichtet wirst, dann schau zu, daß du sie nicht vom Lernen ablenkst.«

»Kaum«, sagte der Junge, und sie konnte erkennen, daß er eine Grimasse schnitt. »Kinder sind langweilig.«

Sie verabscheute ihn. Hinter sich hörte sie Schritte und roch Annis Parfüm; sie stand auf, drehte sich zu ihrer Stiefmutter und ihrer Lehrerin um und legte bittend den Finger auf den Mund. Fräulein Brod runzelte die Stirn; Anni grinste verschwörerisch und nickte. Das Mädchen, das Heinrich Fehr vor einem Monat geheiratet hatte, war selbst erst sechzehn Jahre alt, jünger als seine ältere Tochter. Carla warf ihr eine Kußhand zu und schlich so leise wie möglich zurück in ihr Zimmer.

Käthe Brod unterdrückte ein Seufzen. Sie war nicht glücklich über das, was ihr Anni Fehr vorhin eröffnet hatte, als Carla davongerannt war, ganz abgesehen davon, daß die kleine, etwas üppige Gestalt neben ihr sie generell irritierte. Sie ist selbst noch ein Schulmädchen, dachte Käthe und war sich dabei bewußt, mit siebenundzwanzig bereits eine alte Jungfer zu sein. Sie schaute von der die Treppe hinunterhüpfenden Anni zu der mächtigen, breiten Gestalt ihres Arbeitgebers und spürte Ekel wie bittere Galle in ihrem Mund, während sie Frau Fehr folgte.

Seit sie vor zwei Jahren Carlas Erzieherin geworden war, stieg ihre Abneigung gegen Heinrich Fehr stetig, und das Bewußtsein, von ihm abhängig zu sein, änderte nichts daran. Als sie ihr Studium gegen den erheblichen Widerstand ihrer Familie durchsetzte, hatte sie sich nicht vorgestellt, daß auch der beste Universitätsabschluß ihr nicht helfen würde, einen angemessenen Arbeitsplatz zu erhalten. Eine Frau als Dozentin war undenkbar, und von den wenigen Artikeln, die sie bei der herrschenden Pressezensur in einer Zeitschrift unterbrachte, konnte sie nicht leben. Daß sie mit der Gruppe um Constanze Hallgarten auf einer Demonstration gegen den Krieg mitmarschiert war, half ihren Aussichten auf eine Stelle in München auch nicht weiter. Als sie schließlich vor der demütigenden Perspektive stand, als gescheiterte arme Verwandte zu ihrer Familie zurückkehren zu müssen, hatte ihr Frau Hallgarten von ihrem Nachbarn erzählt, dem Industriellen Heinrich Fehr, der eine Erzieherin für seine jüngere Tochter suchte.

»Ich weiß, es ist nicht das, was Sie sich gewünscht haben, Käthe«, hatte Constanze Hallgarten mit einer Mischung aus Mitleid und Verlegenheit gemeint, »aber er möchte ausdrücklich jemanden, der die Qualifikation als Lehrerin hat, nicht nur eine herkömmliche Gouvernante. Das Mädchen ist hoch begabt und soll eine anständige Erziehung erhalten. Und für Sie wäre es zumindest ein festes Einkommen.«

»Was«, fragte Käthe, zwischen Dankbarkeit, Neugier und Widerwillen hin- und hergerissen, »spricht denn dagegen, sie in eine Schule zu schicken? Wenn Herrn Fehr die öffentlichen Schulen zu gewöhnlich sind, gibt es doch immer noch Privatschulen.«

»Gewiß. Aber die würden das Kind nicht nehmen. Nicht nur, weil es unehelich ist, es hat auch einen jahrelangen Skandal um die Mutter gegeben, weil… sprechen wir lieber nicht davon. Ich verabscheue Klatsch, und worauf es ankommt, ist, daß die Situation Möglichkeiten für Sie bietet.«

Also hatte Käthe ihren Traum von einer akademischen Laufbahn vorerst begraben. Sich zu einer Position degradiert zu sehen, die genau dem Frauenideal entsprach, vor dem sie geflohen war, verbitterte sie, aber es war immer noch besser, als von den Almosen ihrer Familie zu leben. Sie verdiente ihr eigenes Geld und fand hin und wieder sogar Gelegenheit, weiterhin Artikel zu schreiben und sie hoffnungsvoll an Zeitungen und Illustrierte abzuschicken. Außerdem erwies sich Carla in der Tat als intelligent, und sie empfand es als überraschend befriedigend, das Mädchen zu unterrichten. Die Schattenseite der raschen Auffassungsgabe ihres Zöglings war allerdings ihr Temperament, und es hatte viel Zeit und Mühe gekostet, Carla dazu zu bringen, es etwas im Zaum zu halten. Mühe, die durch die spektakulären Wutausbrüche des Herrn Fehr nicht gerade erleichtert wurde. Und nun kam seit einigen Wochen ein Kind dazu, das Ehefrau spielte und sofort entschieden hatte, daß Carla Gesellschaft brauche.

»Mei«, sagte Anni Fehr in der breiten Aussprache, die Käthe, deren Familie ursprünglich aus Prag stammte und ihr ein makelloses Hochdeutsch anerzogen hatte, jedesmal zusammenzucken ließ, »das ist also der Bub vom Rainer. Gut schaust aus.«

Käthe bildete sich ein, bei Annis achtlosem Gebrauch von Herrn Königs Vornamen ein kaum merkliches Stirnrunzeln an Heinrich Fehr entdeckt zu haben. Gleich darauf lächelte er jedoch wieder und lauschte dem Geplapper seiner Kindfrau, der es gelang, von einem Fettnäpfchen ins nächste zu treten, ohne es je zu bemerken. Der Junge beantwortete ihre Fragen höflich, aber mehr und mehr belustigt. Da sie wußte, daß sie ihn bald ebenfalls unterrichten würde müssen, beobachtete Käthe ihn genau. Ihr waren weder der Junge noch sein Vater ganz unbekannt, und zwar nicht durch die Freundschaft zwischen Heinrich Fehr und Rainer König, die, wie sie verächtlich dachte, letztlich nur auf eine Saufkumpanei hinauslaufen dürfte. Nein, die Mutter des Jungen, die verstorbene Barbara König, hatte ebenfalls zu der Gruppe um Constanze Hallgarten gehört, aber ihr Anliegen war nicht nur der Pazifismus gewesen. Barbara König hatte Manifeste über das Frauenwahlrecht verfaßt und auf eigene Kosten drucken lassen, sie hatte selbst Demonstrationen organisiert, Gedicht- und Liederzirkel gegründet, die sich bemühten, talentierte Frauen unterschiedlicher Herkunft zusammenzubringen. Für Käthe war sie ein Vorbild gewesen, und daß Barbara König gelegentlich ihren Sohn herumzeigte, den sie selbst unterrichtete und von dem sie behauptete, er sei ein Wunderkind, war ihrer Meinung nach eine verzeihliche Schwäche.

Dann hatte Barbara ihre Freundinnen, die sie ohnehin schon verehrten, vor Ehrfurcht atemlos gemacht. Sie besaß die Kühnheit, mitten im Krieg ihren Mann und die mit ihm verbundene materielle Sicherheit zu verlassen. Käthe spürte immer noch leichte Beschämung, wenn sie daran dachte und die Entscheidung mit ihrer eigenen sicheren Berufswahl verglich. Aber Barbara König war bald danach gestorben, im letzten Winter, an dem Krebs, der sie zerfraß. All ihre furiose Energie und ihr bedingungsloses Streben nach Unabhängigkeit hatten sie nicht retten können.

Käthe musterte Barbara Königs Sohn, das Wunderkind, das nach dem Tod seiner Mutter erstmals auf eine öffentliche Schule hatte gehen müssen, wo man, wenn sie Anni Fehrs Geplauder richtig verstand, enorme Wissenslücken inmitten der Schlagfertigkeit und Frühreife entdeckt hatte. Er hatte Barbaras leicht schräge braune Augen, die ihm einen seltsam asiatischen Einschlag verliehen, äußerst bewegliche Brauen und ein beunruhigend selbstsicheres Gebaren. Es würde schwer mit ihm werden, dachte Käthe und überlegte gerade, wer ihn außer Barbara bisher überhaupt unterrichtet hatte, als die lebhafte Mimik des Jungen mit einemmal erstarrte. Er schaute schräg nach oben, und Käthe folgte seinem Blick. Hinter ihr brach Anni Fehr in ihr Kleinmädchenkichern aus.

Carla kam die Treppe herab, sehr langsam und mit ausgestrecktem Arm, aber ihre Erscheinung hatte mit dem Mädchen, das vor einigen Minuten noch in Geographie unterrichtet worden war, nur noch das lange rote Haar gemein, das sie nun aufgelöst statt in dem üblichen strengen Zopf trug. Ihre Brille fehlte; statt dessen hatte sie sich einen breiten schwarzen Streifen um die Augen gemalt, der sich bis zum Haaransatz an den Schläfen zog. Darunter war ihr Gesicht eine Mischung aus weißen und roten Flecken in Kugelform. Die Stirn zierten drei dunkelblaue Streifen. Käthe stöhnte lautlos. Gab es noch irgendein Material von Anni Fehrs Schminktisch, das sich das Kind nicht ins Gesicht gemalt hatte? Sie sah aus wie eine Kreuzung aus Clown und Indianer. Käthe konnte den Blick ihres Arbeitgebers in ihrem Rücken brennen spüren, aber statt eines Zornesausbruchs von Heinrich Fehr hörte sie Carlas Stimme, ein wenig tiefer als gewöhnlich:

»Seid Ihr alle da?«

Damit beendete sie ihr langsames Schreiten, sprang die letzten zwei Stufen herab und ging zu Rainer König, der als einziger nicht überrascht wirkte und mit dem weitermachte, wobei sie ihn unterbrochen hatte; er schenkte sich Wein nach und trank. Carla knickste vor ihm.

»Grüß Gott, Herr König«, sagte sie in ihrem normalen Tonfall. »Meine Mutter hat mir erzählt, daß Sie ein Kasperltheater mitgebracht haben, und da wollte ich mitmachen. Wer ist denn der kleine Junge neben Ihnen?«

Es fiel Carla schwer, sich nicht umzudrehen, um die Wirkung ihrer Rede auf die anderen zu beobachten. Sie wußte, daß ihr Vater wütend sein und sie bestrafen würde, und anschließend würde er sie wieder für ein paar Wochen ignorieren, aber daran war nichts Neues. Der entsetzte Ausdruck auf Fräulein Brods sonst so beherrschtem Gesicht machte ihr mehr zu schaffen, weil es ihr plötzlich einfiel, daß auch Fräulein Brod bestraft werden könnte, und sie erinnerte sich noch genau an das weinende Dienstmädchen, das im letzten Monat entlassen worden war. Aber dieser beunruhigende Funke ging unter in der glühenden Gewißheit, es dem Angeber vor dem Klavier heimgezahlt und ihn völlig aus der Aufmerksamkeit der Erwachsenen verdrängt zu haben. Sein Vater lachte, wie es vorhin ihrer getan hatte, und der Atem, der sie stoßweise traf, roch sauer. Anni stimmte in das Gelächter ein, womit Carla gerechnet hatte. Sie wollte sich gerade wappnen und zu ihrem Vater umdrehen, als eine Hand die ihre nahm. Es geschah mit einem kleinen Ruck, der sie fast aus dem Gleichgewicht gebracht hätte.

»Gretel«, sagte der Junge, und Carla stellte verärgert fest, daß er nicht im geringsten beleidigt dreinschaute, »ich bin Kasperl.«

Und da er sie immer noch festhielt, zwang er sie, seiner Bewegung zu folgen, als er sich vor den Erwachsenen verbeugte. Es war das erste Unentschieden in einem langen Wettbewerb, und beide wußten es.

Die Villa Fehr hatte, wie die meisten Häuser in Bogenhausen, einen großen Garten, aber durch den Krieg war er völlig verwildert; der Gärtner gehörte zu jenen, die sich seinerzeit freiwillig gemeldet hatten, und sein Ersatzmann war eingezogen worden. Im Sommer wirkten die üppig wuchernden, ungeschnittenen Hecken und Sträucher romantisch; in diesem Monat glichen sie nur noch scharfen, schwarzen Ausrufezeichen in einer grauen Landschaft, und ein Ast verfing sich in Carlas Mantel. Sie riß sich ungeduldig los.

»Wie alt bist du?« fragte Robert, der mit ihr hinausgeschickt worden war und sie beobachtete.

»Älter als du«, entgegnete sie hochmütig. »Das sieht man gleich. Du schaust immer noch aus wie ein Baby!«

Das war ausgesprochen boshaft, denn er *war* pausbäckig, und er wußte es. Es erinnerte ihn an einige Kinder in der Nachbarschaft, in Bamberg, wo sie gewohnt hatten, ehe seine Mutter entschied, daß sie nach München gehörten. Damals war er noch dicker gewesen als jetzt, und sie hatten *Klößla* hinter ihm hergebrüllt. Es war immer leichter gewesen, Erwachsene zu beeindrucken und in Mamas Salon aufzutreten.

»Du schaust aus wie eine dürre Zitrone«, gab er zurück. »Gelb vor Eifersucht.«

Er überlegte, ob er noch eine Beleidigung hinzufügen sollte, eine mit ein paar Fremdwörtern. Inzwischen hatte er herausgefunden, wie es andere Kinder verwirrte und verärgerte, wenn sie etwas nicht verstanden.

Carlas Gesicht brannte, was auch daran lag, daß sie sich hatte waschen müssen. Die kalte Novemberluft stach in ihre Poren. Verächtlich stieß sie den Atem zwischen den Zähnen aus und imitierte Fräulein Brods akzentfreie, sorgfältig durchkonstruierte Sprechweise.

»Warum sollte ich eifersüchtig sein? Du bist doch nur hier, weil du noch nicht einmal genug für die Wilhelmsschule weißt.«

Diesmal fühlte er sich nicht getroffen, denn er sah seinen kurzen Aufenthalt an der alten Schule im Lehel nicht als Versagen an; er hatte ihn nur gelangweilt. Aber er war beeindruckt von Carlas Ausdrucksweise. In ihm verfestigte sich mehr und mehr der Argwohn, daß es sich bei diesem Mädchen um eine ernstzunehmende Konkurrentin handelte.

»Du *bist* eifersüchtig«, wiederholte er ungerührt. »Mit einem Vater wie dem deinen wäre ich auch eifersüchtig.«

Ihre Haut war sehr blaß, wie häufig bei Rothaarigen, und er konnte die wenigen Sommersprossen auf ihrer Nase erkennen, als sie tief Luft holte.

»Besser mein Vater als deiner«, schoß sie zurück. »Meiner kann nämlich am Abend noch richtig sprechen!«

Sie standen sich gegenüber und starrten sich feindselig an. Robert überlegte, sie einfach stehenzulassen, aber das würde sie als Sieg auffassen, und dann müßte er in den Salon zurück. Und sein Vater hatte mittlerweile das Stadium erreicht, in dem er anfing, über Roberts Mutter zu klagen. Der Anblick war ihm mittlerweile vertraut und zutiefst verhaßt; sein Vater, der schluchzte und immer die gleichen Dinge sagte, ohne es zu bemerken, der glaubte, tragisch zu wirken, und über den sich seine Freunde in Wirklichkeit nur noch lustig machten. In einer Mischung aus Grauen und Scham kroch der Gedanke in ihm hoch, daß es vielleicht besser gewesen wäre, wenn Papa und nicht Dada Goldmann eingezogen worden wäre. Er haßte sich dafür, und er haßte das rothaarige Mädchen, das ihn dazu brachte, so etwas zu denken.

Dann fiel ihm der Klatsch wieder ein, den er in den zahlreichen Salons gehört hatte, in denen er seine Zauberkunststücke aufführte und seine Gedichte deklamierte. Seine Augen verengten sich.

»Deine Mutter …«, begann er und hielt abrupt inne.

Alle Selbstsicherheit war von Carla abgefallen; sie sah noch nicht einmal mehr feindselig aus, sondern verunsichert und sehr, sehr hilflos, wie der Vogel, der vorige Woche gegen das Fenster seines Zimmers geflogen war. Er hatte vergeblich versucht, ihn zu retten. Plötzlich kam ihm das, was er sagen wollte, gemein vor, gemeiner, als sie es verdient hatte. Carlas Atem drang in einer kleinen dünnen Wolke aus ihrem Mund.

»Es ist so kalt hier draußen«, sagte Robert und bot ihr damit einen Waffenstillstand an.

»In der Küche ist es warm«, entgegnete Carla vorsichtig. Rücksicht war ihr fremd, aber sie hatte das Gefühl, ihm etwas zu schulden, und entschied, daß er doch mehr als ein hoffnungsloser Angeber sein mußte.

»Laß uns reingehen.«

Für Käthe Brod wurde dieser Novembertag aus Gründen, die nichts mit ihrer Schülerin zu tun hatten, zutiefst erinnerungswürdig. Der unvermeidliche Tadel ihres Arbeitgebers wurde durch das

Auftauchen des aufgeregten Prokuristen seiner Fabrik unterbrochen. Das, worauf sie seit dem Streik der Rüstungsarbeiter im Januar gehofft hatte, war eingetreten, zumindest in Bayern; der Sozialistenführer Kurt Eisner hatte einen republikanischen Freistaat ausgerufen. Sie hielt den Atem an, hütete sich aber, in Gegenwart von Herrn Fehr etwas zu sagen. Alles, was Heinrich Fehr über Eisner geäußert hatte, war Erleichterung gewesen, daß man »diesen zugereisten Schlawiner aus Berlin« nach dem von ihm angeführten Streik das Handwerk gelegt habe.

»Eingesperrt, wie es sich gehört«, hatte er befriedigt geschlossen, und Käthe spürte nicht zum ersten Mal die Erbitterung darüber, ihren Lebensunterhalt bei einem Reaktionär verdienen zu müssen. Ihre eigenen Ansichten hatten sich im Verlauf des Krieges radikalisiert, aber selbst wenn sie noch die unerfahrene junge Frau der Vorkriegszeit gewesen wäre, hätte sie doch begriffen, was hinter Herrn Fehrs Gerede von den »vaterlandslosen Gesellen« steckte. Er war Heereslieferant.

Sie hatte im Februar gemeinsam mit ihren Freundinnen an der Kundgebung auf der Theresienwiese teilgenommen, die sich gegen jene richtete, die den Krieg aus reiner Profitgier verlängerten, aber Käthe war sich nur zu bewußt, daß ihr Gewissen auch nicht unbelastet war. Mit etwas mehr Wut würde sie kündigen und wieder versuchen, von ihren Artikeln zu leben. Die Pressezensur würde jetzt bestimmt bald aufgehoben werden, und die *Münchner Post* hatte zumindest zwei der unzähligen Aufsätze, die sie in den letzten Jahren geduldig geschickt hatte, akzeptiert und abgedruckt, wenn auch unter einem Pseudonym.

Die Scham über mangelnde Courage kämpfte gewöhnlich mit ihrer Erinnerung an das Hungern in einer Wohnung ohne Waschgelegenheit, die sie mit drei weiteren Frauen teilen mußte, aber sie war zu aufgeregt, um realistisch denken zu können. Die so lang herbeigesehnte Revolution war da, und gewiß nicht nur in Bayern. Das mußte auch das Kriegsende bedeuten, das mußte es einfach. Einer ihrer Brüder war bereits gefallen, ein anderer war als Invalide zurückgekehrt, und trotz der Kluft zwischen ihr und der Familie teilte sie die Angst ihrer Eltern um den dritten, der sich immer noch in Frankreich befand.

Es war schwer, sehr schwer, sich unter diesen Umständen auf das

Unterrichten zu konzentrieren. Immerhin ließ sie die Begeisterung über die Nachricht ungewöhnlich nachsichtig auf die katastrophalen Wissenslücken reagieren, die sie bei dem jungen König vorfand. Er hatte nicht die geringsten Kenntnisse in Mathematik und bekundete ohne Verlegenheit völlige Ignoranz in bezug auf die europäischen Hauptstädte, abgesehen von London und Paris. Es war um so verblüffender, als er offenbar über ein hervorragendes Gedächtnis verfügte; er rezitierte ihr nicht nur Gedichte, sondern ganze Theatermonologe, und als sie nachprüfte, ob er auch verstand, was er da deklamierte, beschrieb er den Inhalt von *Don Carlos* so enthusiastisch, daß er an einer Stelle auf das Pult kletterte.

Nachdem sie ihre Pflicht getan und versucht hatte, ihm einige mathematische Grundregeln zu erklären, während Carla gelangweilt zuschaute, brach der Damm, mit dem sie ihre innere Bewegung im Zaum hielt, endgültig zusammen.

»Was für eine Staatsform haben wir?« fragte sie.

»Die Monarchie, Fräulein Brod«, entgegnete Carla höflich.

»Dem ist nicht mehr so«, sagte Käthe und gab den Versuch auf, ihre Begeisterung zu verschleiern. »Heute ist ein historischer Tag. Der Vorsitzende der USPD, Herr Eisner, hat das Land Bayern zum Freistaat deklariert, zum Freistaat mit einer republikanischen Verfassung.«

Die Kinder sahen eher verblüfft als gebührend beeindruckt drein. Käthe entschied, daß es ihre Pflicht sei, dem Nachwuchs der herrschenden Klasse die Bedeutung des historischen Augenblicks nahezubringen. Herr Fehr war ohnehin nicht mehr da; er war sofort zu seiner Fabrik aufgebrochen. Also mußte sie niemanden um Erlaubnis fragen und teilte der Köchin nur mit, sie mache mit Carla und dem jungen König einen Spaziergang.

Die Trambahnen waren überfüllt, und bis sie mit Carla und Robert an der Theresienwiese ankam, wo die Revolution ihren Ausgang genommen hatte, war ihre Stimme heiser und ihr Körper voller Druckstellen und roter Flecken. Aber das machte ihr nichts aus, nicht heute, und als einer der Redakteure der *Münchner Post*, den sie sonst wegen seiner herablassenden Bemerkungen über Blaustrümpfe im allgemeinen und schreibende Frauen im besonderen beinahe gehaßt hatte, sie erkannte, an sich drückte und statt einer Begrüßung schallend auf die Wange küßte, lachte sie nur und erwiderte die Umarmung.

»Es lebe die Revolution!«

Die Aufregung dieses Novembertages blieb für Carla lange das einzig Greifbare, das sich mit dem Begriff Revolution verband. Als Fräulein Brod ihr ein paar Tage später sagte, der Kaiser habe abgedankt und das ganze Reich sei nunmehr ebenfalls eine Republik, begriff sie durchaus, was damit gemeint war, aber die Vorstellung blieb abstrakt und kühl wie eine mathematische Formel. Nur die Auswirkungen auf Käthe Brod fesselten sie. Ihre Erzieherin war ihr immer wie eine der schmalen, unerreichbaren Kerzen vorgekommen, die auf dem Altar brannten. Nun war es, als hätte ein Windstoß sie so zum Flackern gebracht, daß sie sich jeden Moment in eine Fackel verwandeln konnte. Carla wartete auf einen erneuten Ausbruch, aber der kam nicht.

Ihre Stiefmutter Anni hatte auf das Ende des Krieges zunächst auch begeistert reagiert, aber als sich herausstellte, daß Carlas Vater immer weniger Zeit mit ihr und immer mehr mit jenen Bekannten verbrachte, die bis vor kurzem noch einen weiten Bogen um sein Haus gemacht hatten, verwandelte sich ihr Enthusiasmus in Enttäuschung. Sie hatte geglaubt, nach dem Krieg würde das Leben aus Feiern und vielen neuen Kleidern und vor allem viel Spaß bestehen, nicht aus endlosen langweiligen Unterhaltungen, die Heinrich mit anderen alten Männern in seinem Raucherzimmer führte und bei denen man sie ohnehin nicht zuhören ließ. Ihre alten Freunde durfte sie nicht mehr sehen, und die Dienstboten ließen sie spüren, was man von ihr hielt. Es geschah selten, daß sie über etwas nachgrübelte, aber nun kamen ihr Zweifel, ob es richtig gewesen war, das Leben als Elevin beim Ballett aufzugeben. Sie war früher öfter hungrig gewesen, aber Einsamkeit war ein neues und sehr unangenehmes Gefühl. Um ihm zu entgehen, verbrachte sie viel Zeit mit den Kindern.

»Sie ist ein ganz schönes Dummchen«, stellte Robert einmal mitleidlos fest, als ihm Anni seine Geschichte von einer Begegnung mit russischen Spionen, die Kinder entführten, widerspruchslos geglaubt hatte. »Nett, aber blöd.«

»Nicht so blöd, daß man sie aus der Schule geworfen hätte«, gab Carla scharf zurück.

Obwohl sie zuerst eifersüchtig gewesen war, mochte sie Anni, was vor allem daran lag, daß Anni seit Jahren der erste Mensch war, der sich ihr gegenüber durchweg liebevoll verhielt. Es war einfach unmöglich, Anni mit ihrer unkomplizierten Zuneigung und ihrer Gutgläubigkeit, die von allen immer das Beste annahm, nicht gern zu haben.

»Man hat mich nicht rausgeworfen«, protestierte Robert gekränkt. »Es war todlangweilig dort. Außerdem hat meine Mutter immer gesagt, das Schulsystem sei …«

Er verstummte jäh. Er sprach nicht von seiner Mutter, wenn es sich vermeiden ließ. Carla fragte nicht nach dem Ende des Satzes, und er wußte, weswegen. Sie sprach überhaupt nicht von ihrer Mutter, und anders als bei seiner Familie tat das auch niemand sonst – in ihrer Hörweite. Er wußte nicht, ob er sie darum beneiden sollte.

Sie stritten nicht nur. Als er ihr das erste Mal mit Hilfe des Zauberkastens, den Dada Goldmann ihm geschenkt hatte, einige seiner besten Tricks vorführte, war sie endlich gebührend beeindruckt gewesen. Umgekehrt entdeckte er, daß sie neben ihrer Schlagfertigkeit ein großartiges Gedächtnis und freien Zugang zu der Bibliothek ihres Vaters besaß; sie konnte die Romane, die sie schon kannte, haarklein nacherzählen, und es machte ihnen Spaß, besonders dramatische Szenen immer wieder nachzuspielen. Außerdem entdeckten sie eine gemeinsame schuldbewußte, und darum um so köstlichere, Vorliebe für Karl May, den seine Mutter zu Schundliteratur erklärt hatte, ein Urteil, das auch Fräulein Brod aussprach. Aber sie konnten sich nicht darauf einigen, wer Winnetou und wer Old Shatterhand spielen sollte, und Carla weigerte sich, Nschotschi zu sein. Statt dessen war sie Hadschi Halef Omar, selbst in den Geschichten, die im Wilden Westen spielten, was einige phantasievolle Umänderungen nötig machte.

Als er schließlich doch wieder eine Schule besuchen mußte, hätten sich Rivalität wie Freundschaft vielleicht trotzdem verloren, wenn es nicht zur großen Katastrophe gekommen wäre.

Es begann mit einem Besuch von Carlas älterer Schwester Marianne in Bogenhausen, einem an sich schon sehr ungewöhnlichen Ereignis. Marianne war die Tochter von Heinrich Fehr und seiner ersten Frau und sechzehn Jahre älter als Carla. Ihre Mutter, Gerda Bachmaier, entstammte einer der bedeutendsten Münchner Familien, die, anders als die Fehrs, nicht nur reich, sondern schon seit Ewigkeiten in München ansässig war. Als Gerda Bachmaier und Heinrich Fehr heirateten, nannte man das im *Simplizissimus* »die Ehe von Margarine und Leder«, was sich auf die jeweilige Herkunft des Familienvermögens bezog, aber die Hochzeit war der unbestrittene Höhepunkt der Saison. Die Ehe galt der Gesellschaft als Zeichen, daß der junge Fehr seine studentischen Eskapaden endgültig beendet und ein neues Leben angefangen habe.

In der Tat wandelte sich Heinrich Fehr auf durchaus voraussagbare Art und Weise vom jugendlichen Rebell zur Stütze der Münchner Gesellschaft. Er war seiner Frau nicht treu, aber seine Affären verliefen im üblichen Rahmen: diskret und mit einem netten Abschiedsgeschenk. Das einzige, was den harmonischen Eindruck der Ehe etwas trübte, war das Fehlen eines Sohnes. Wie sein Vater, der zeit seines Lebens nicht das Etikett des neureichen Aufsteigers hatte loswerden können, war Heinrich Fehr besessen von der Vorstellung, eine Dynastie gründen zu müssen, und Marianne als einziges Resultat seiner Ehe enttäuschte ihn. Man nahm an, daß er wohl jemanden aus der Verwandtschaft adoptieren würde, einen von Gerdas Neffen vielleicht oder einen Sohn seiner Cousinen. Niemand vermutete, was bald geschehen sollte.

Er kehrte von einer Reise nach Italien ohne seine Gattin zurück. Statt dessen reiste er mit einer ausländischen Sängerin, bestellte, kaum in München eingetroffen, seine Anwälte zu sich und verlangte die Scheidung. Es war mehr als ein Skandal, es war eine Erschütterung des Status quo, ein Verrat von innen. Gediegene Mitglieder der Gesellschaft heirateten ihre Mätressen nicht, und schon gar nicht verlangten sie, ihre Ehe nicht nur scheiden, sondern auch kirchlich annullieren zu lassen, wie es Heinrich Fehr tat. Was folgte, war ein sechsjähriger erbitterter Kampf zwischen Heinrich Fehr und der gesamten Familie Bachmaier. Die sonst so sanfte Gerda weigerte sich, sich einfach abschieben zu lassen. Jedesmal, wenn die Anwälte ihres Gatten glaubten, eine Möglichkeit gefunden zu haben – etwa eine Scheidung in Riga, zu der das Einverständnis beider Eheleute nicht nötig war –, sorgten Gerda Fehrs Anwälte dafür, daß diese Scheidung außerhalb Rigas keine Gültigkeit besaß. Was gar die kirchliche Annullierung anging, so erwies diese sich als ganz und gar unmöglich. Der im Grunde seines Herzens konservative Heinrich Fehr reagierte mit Kirchenaustritt und einer öffentlichen Demontage der Muttergottesstatue aus dem Erker seines Hauses, was ihm weitere Karikaturen im *Simplizissimus* einbrachte, aber wenig gewann. Für die Bohemiens war er immer noch ein Reaktionär, und die Sympathien seines alten Freundeskreises lagen ganz und gar bei seiner Frau.

Sein sechsjähriger Kampf um die Auflösung seiner Ehe endete schließlich überraschend mit Gerdas Tod an Lungenentzündung, als er und seine Sängerin sich gerade auf der Suche nach einer weiteren rechtsgültigen Scheidung in Amerika befanden. Sie kehrten zurück, frisch verheiratet, wie jedermann annahm und wie es Heinrich Fehr zu diesem Zeitpunkt auch behauptete; überdies erwartete die neue Frau Fehr, von der niemand wußte, woher sie eigentlich stammte – nicht aus Italien, soviel war sicher –, ein Kind, das unziemlicherweise bereits vier Monate nach dem Tod Gerda Fehrs zur Welt kam.

Da es wieder ein Mädchen war, bedeutete die Geburt das Ende des romantischen Teils der Beziehung zwischen Heinrich Fehr und seiner Sängerin. Selbstverständlich wurde sie nirgendwo empfangen, doch diejenigen Herren, die Heinrich Fehrs Einladungen hin und wieder aus rein geschäftlichen Gründen, wie sie ihren Gattinnen versicherten, annahmen, erzählten von einer schönen Frau, aber auch immer häufigeren öffentlichen Streitereien. Die Ausländerin wurde noch einmal schwanger, erlitt eine Fehlgeburt, und drei Jahre nach ihrer Heirat wettete man in München darauf, wann Heinrich Fehr seine zweite Scheidung einreichen und wie lange es diesmal wohl dauern würde. Statt dessen stürzte sie die Treppe hinunter und brach sich das Genick. Was ihren Tod so bizarr machte, war Heinrich Fehrs Reaktion darauf. Nun erklärte er nämlich, er sei nie rechtsgültig mit der Sängerin verheiratet gewesen; ihr gemeinsames Kind sei somit unehelich.

Während dieser ganzen Zeit hatte er seine ältere Tochter, der er ihre Parteinahme für die Mutter übelnahm, kaum gesehen. Nach Gerdas Tod war sie zu den Bachmaiers gezogen. Jetzt forderte er sie plötzlich wieder auf, ins Haus ihres Vaters zurückzukehren, was sie so lange tat, bis er zu ihrem Entsetzen eine billige Kopie seines ersten öffentlichen Fehltritts heiratete: ein Mädchen, das jünger war als Marianne und das er in einer unsäglichen Revue gefunden hatte.

»Ich habe gewußt, daß sie wieder zurückkommt«, kommentierte Carla, als sie mit Robert in ihrem Versteck auf dem Dachboden saß. Es war Februar und damit eigentlich zu kalt für diesen Ort, aber sie wollte sich Mariannes Begrüßung ersparen, solange sie nur konnte. Sie teilten sich die rationierte Schokolade, die Anni ihnen zugesteckt hatte; Carla bemühte sich, das Stück möglichst langsam im Mund zergehen zu lassen, während Robert seinen Teil so hastig aß, wie er alles andere tat.

»Magst du sie nicht?«

Es war so schwer zu erklären. »Sie bemüht sich so schrecklich, *mich* zu mögen«, erwiderte Carla endlich. Sie dachte an Mariannes trockene, dünne Hände, die ständig beschäftigt waren, mit Stricken, mit Sticken, damit, Carlas Hände zum Gebet zu falten. Mariannes Stimme, wenn sie ihr Kindergebete beibrachte, klang selten friedlich. Carla versuchte, es ins Komische zu wenden. »Sie nimmt mich immer zur Kirche mit, weil sie Angst hat, daß ich als Heidin aufwachse«, fügte sie hinzu, zog eine Grimasse und legte die Hand ans Herz. »Dabei bin ich ein treuer Moslem, der sogar die Pilgerreise nach Mekka gemacht hat.«

Sie lachten beide, und damit war sie dem Problem entkommen, ihre Gefühle für Marianne entwirren zu müssen. Es stimmte, Marianne bemühte sich ständig, nett zu ihr zu sein, aber man merkte eben, daß sie sich bemühte und was sie dabei dachte. Einmal hatte sie es auch laut ausgesprochen und gemurmelt: »Es ist nicht deine Schuld.« Es wäre einfacher für sie gewesen, sich über das Verhältnis zu ihrer Halbschwester klarzuwerden, wenn Marianne sie offen angegriffen hätte.

Andererseits gab es durchaus Momente, wo sie etwas für Marianne empfand, etwas außer der Eifersucht, die ständig in der Luft lag, wenn Marianne hier war. Die Entdeckung, daß auch Marianne verzweifelt versuchte, die Aufmerksamkeit ihres Vaters zu erringen, hatte sie schon sehr bald gemacht. Aber daß Marianne unter der nervösen Bettelei nach Liebe auch einen tiefen Groll auf ihn verbarg, war ihr erst im Laufe des letzten Jahres klargeworden, und das schuf eine Gemeinsamkeit zwischen ihnen, die sich in Worten nicht ausdrücken ließ.

Am Abend nach Mariannes Ankunft fand ein kleines Abendessen statt, zu dem neben Roberts Vater, Herrn König, auch sein inzwischen aus dem Krieg zurückgekehrter Freund, Dr. Goldmann, eingeladen war. Anni hatte Fräulein Brod hinzugebeten, weil sie sich etwas vor Marianne fürchtete. Aber im Laufe des Abends entspannte sie sich sichtlich. Während sie mit Rainer König über einen Witz lachte, stocherte Carla in ihrem Teller herum und hörte nur halb Herrn Königs letzter Anekdote zu. Die Leute am Tisch zu beobachten war spannender, denn außer Anni benahm sich niemand wirklich unbefangen.

Marianne aß genauso zögernd und ungern wie sie und zuckte zusammen, wenn das Gelächter besonders laut wurde, aber daran war nichts Neues. Neu waren dagegen die verstohlenen Blicke, die sie Dr. Goldmann zuwarf, wenn sie dachte, er würde es nicht bemerken, und die stets von einem hastigen Umschauen in Richtung ihres Vaters begleitet wurden. Dr. Goldmann schien nichts davon zu bemerken. Zuerst fühlte sich Carla geschmeichelt, weil er einen beträchtlichen Teil seiner Aufmerksamkeit ihr widmete und nicht in dem herablassenden, gönnerhaften Tonfall sprach, den die meisten Erwachsenen, die sie kannte, Kindern gegenüber anschlugen – nur Robert gegenüber nicht, der ärgerlicherweise bereits jedermann erfolgreich dazu gebracht zu haben schien, ihn ernstzunehmen.

Dann kam ihr der Verdacht, daß er in Wirklichkeit nur längeren Unterhaltungen mit ihrem Vater ausweichen wollte. Sie beschloß, es auf die Probe zu stellen, und wurde einsilbig. Und in der Tat, Dr. Goldmann stürzte sich nun in eine Diskussion mit Fräulein Brod, die neben ihr saß – so weit wie möglich von Heinrich Fehr entfernt. Fräulein Brod war an diesem Tag jedoch sehr bedrückt und kurz angebunden, und Dr. Goldmann sprach bald mit Robert, dann wieder mit Marianne, die bei diesen Gelegenheiten auf die Tischdecke starrte, dann mit Anni. Nur nicht mit dem Gastgeber, den es seinerseits auch nicht zu einem Gespräch zu drängen schien. Und obwohl Rainer König und Martin Goldmann doch angeblich Freunde waren, wichen auch sie einander aus.

All das war wesentlich interessanter und rätselhafter als alles, was laut ausgesprochen wurde. »Kneif die Augen nicht so zusammen«, flüsterte Robert, der an ihrer anderen Seite saß, ihr zu, »setz deine Brille auf.«

Sie wollte gerade etwas über die zweite Portion Sauerbraten sagen, die er vorhin verlangt hatte, als ihr Vater sich in seinem Stuhl zurücklehnte und, offenbar auf eine Frage Mariannes, befriedigt meinte: »Nun, nach dem heutigen Tag wird das Land wenigstens nicht mehr von einem jüdischen Bolschewisten regiert, und die Arbeitszeitverkürzung wird wohl auch wieder zurückgenommen.«

Fräulein Brod, die Carla gerade die Wasserkaraffe gereicht hatte, zuckte sichtlich zusammen, aber Carlas Vater sah nicht sie an. Seine Bemerkung war offenbar für einen anderen Zuhörer bestimmt gewesen.

»Goldmann, alter Junge«, fuhr er fort, »Sie waren doch an der Front, was mich übrigens sehr überrascht hat, wo die verstorbene Frau König doch so gegen den Krieg eingestellt war. Als Soldat müssen Sie doch auch erleichtert über das sein, was heute geschehen ist.«

An der Tafel herrschte Stille. Nur Anni lachte noch etwas über Rainer Königs letzte Bemerkung, dann fiel auch ihr auf, daß etwas nicht stimmte. Dr. Goldmann legte sein Besteck nieder, nahm die Brille ab, die er trug und die ihn Carla sofort sympathisch gemacht hatte, dann sagte er mit seiner leisen, präzisen Stimme:

»Wenn der bayerische Ministerpräsident ermordet wird, ist Betroffenheit wohl das einzig angemessene Gefühl.«

»Oh, ich weiß nicht«, erwiderte Heinrich Fehr gedehnt. Seine Augen hatten sich verengt, und er starrte Dr. Goldmann direkt ins Gesicht. »Ich für meinen Teil war erleichtert. Wir wollen doch keine russischen Zustände, oder?«

Carla schaute zu Robert, aber er wußte anscheinend genausowenig wie sie über die offene Feindseligkeit zwischen den beiden Männern, die nun überdeutlich geworden war. Dr. Goldmann setzte seine Brille wieder auf und schloß kurz die Augen. Als er sie wieder öffnete, sagte er:

»Daß Sie den Tod eines Menschen gelegentlich als wünschenswert betrachten, ist mir bekannt, Herr Fehr.«

»Was«, fragte Heinrich Fehr und stand langsam auf, »soll das heißen?«

Dr. Goldmann kam nicht dazu zu antworten. Robert sprang auf.

»Du meine Güte«, sagte er, »es ist schon so spät, und wir haben Tante Gisela doch versprochen, noch einmal nach ihr zu sehen.«

Er wandte sich an seinen Vater. »Du weißt doch, Papa, sie wartet auf uns.« Dann drehte er sich zu Heinrich Fehr.

»Verzeihung, Herr Fehr, das Essen war so gut, daß mein Vater und Dr. Goldmann offenbar vergessen haben, was sie meiner Tante versprochen hatten. Meine Tante Gisela besucht uns nämlich gerade, und sie ist...«

»...krank«, fiel Rainer König ein, der an diesem Abend noch wach genug war, um zu erkennen, worauf sein Sohn hinauswollte. »Dr. Goldmann behandelt sie. Ja, Heinrich, du mußt uns wirklich entschuldigen, tut mir leid...«

»Mir auch«, sagte Carlas Vater. Er rührte sich nicht. »Schon gut, ich verstehe. Du und ich, wir wissen ja beide, wie schwer es ist, Dr. Goldmann von einer Dame in Not fernzuhalten, nicht wahr?«

Diesmal brachen der Hohn und die Verbitterung in seiner Stimme aus jeder mißverständlichen Höflichkeit heraus. Carla wartete auf einen ähnlichen Ausbruch Dr. Goldmanns, aber der Arzt, der im Vergleich zu ihrem Vater klein und fast zierlich wirkte, sagte nur traurig und ruhig:

»Ich wollte, es wäre so, Herr Fehr. Ich wollte, es wäre so.«

Als die Königs und Dr. Goldmann verschwunden waren, entspannte sich die Atmosphäre etwas, und Heinrich Fehr bat Marianne, auf dem Klavier vorzuspielen, was sie mit sichtlicher Freude und Erleichterung tat. Angeberin, dachte Carla mit dem Neid, der bei solchen Gelegenheiten automatisch in ihr hochkroch; Marianne konnte nämlich wirklich gut Klavier spielen, nicht nur pflichtgemäß wie Käthe Brod. Außerdem intonierte Marianne nicht irgend etwas, sondern ein Lied, das ihr Vater selbst komponiert hatte, in seiner Jugend, ehe er heiratete, die Lederfabrik übernahm und den Gedanken an ein Künstlerleben endgültig hinter sich ließ. Dennoch blieb er sehr stolz auf seine wenigen Kompositionen, und darin lag das Bestehen auf eine musikalische Erziehung seiner Töchter begründet.

Marianne hatte mit ihrem Versuch, den Vater zu besänftigen, so lange Erfolg, bis die arglose Anni, die von den Ereignissen des Abends weniger als jeder andere verstanden hatte, meinte: »So ein gescheites Mädel, und was du alles kannst! Gell, da hast du gewiß schon viele Verehrer?«

Marianne unterbrach ihr Spiel und erwiderte mit spröder Stimme: »Ich kümmere mich nicht um solche Dinge, gnädige Frau.«

»Das solltest du aber«, knurrte Heinrich Fehr, erneut schlecht gelaunt und mit einer Verärgerung, die beiden galt. »So, wie es aussieht, bleibt ein Schwiegersohn meine letzte Hoffnung für die Fabrik! Mädchen, nichts als überflüssige Mädchen.«

Das riß Carla aus dem Bemühen, in Gedanken das Puzzle des heutigen Abends richtig zusammenzusetzen. Sie ballte die Hände, so daß sich ihre Nägel, die man längst hätte schneiden sollen, schmerzhaft in die Handflächen gruben, schaute zu Marianne und stellte fest, daß ihre Schwester trotz des sechzehn Jahre härteren Schutzschildes genau das gleiche getan hatte. Ihre Blicke kreuzten sich. Es war einer der Momente, in denen die Kluft zwischen ihnen keine Rolle mehr spielte.

Anni mochte weder gebildet noch klug sein, aber diese Art von Verletzung verstand auch sie. Sie versuchte, der Bemerkung ihres Mannes eine andere Wendung zu geben.

»Natürlich, jeder stolze Vater wünscht sich, seine Tochter zum Altar zu führen.«

Dann fiel ihr ein, daß Heinrich ja aus der Kirche ausgetreten war, und sie setzte hastig das erste hinzu, was ihr einfiel: »Und daß du viele Verehrer hast, Marianne, das ist doch klar. Weißt, der Dr. Goldmann heut' abend hat auch kaum wegschauen können und …«

Marianne stand so abrupt auf, daß der Klavierschemel umfiel. »Ich wäre Ihnen dankbar, gnädige Frau«, sagte sie eisig, »wenn Sie es zukünftig unterließen, diesen Herrn in meiner Gegenwart zu erwähnen. Und ich bin sicher, daß mein Vater für ein ähnliches Taktgefühl …«

Ihre Selbstbeherrschung brach zusammen, und sie rannte aus dem Zimmer. Heinrich Fehr stand auf, griff Anni beim Ellenbogen und zog sie ebenfalls fort. Nur Carla und Käthe Brod blieben zurück.

»Fräulein Brod«, begann Carla, aber zu ihrer großen Überraschung stand es um die Contenance ihrer Erzieherin ebenfalls nicht zum besten.

»Gute Nacht, Carla«, sagte Fräulein Brod und klang so ungewöhnlich, daß Carla ihr nachging und sie am Ärmel berührte. Ihre

Erzieherin fuhr herum, und Carla war erschreckt und fasziniert zugleich von dem leidenschaftlichen Zorn, der sich mit einemmal auf Käthe Brods Gesicht zeigte.

»Gute Nacht!« Genug war genug. Gezwungen zu sein, still zu sitzen und sich anhören zu müssen, wie ein Reaktionär über die Ermordung des Ministerpräsidenten triumphierte, war für Käthe Brod schon schlimm genug gewesen, aber selbst ihre Trauer nicht zeigen zu dürfen hatte all ihre Reserven an Disziplin gekostet. Jetzt ließen sich die Tränen, die in ihren Augen brannten, seit sie von dem Attentat gehört hatte, nicht mehr zurückhalten, und sie floh auf ihr Zimmer.

Sie weinte nicht nur um Kurt Eisner. Sie hätte blind sein müssen, um nicht zu bemerken, wie sich das Klima in München in den letzten Monaten verändert hatte. Bei der Wahl im Januar, der ersten Wahl, an der sie als Frau überhaupt teilnehmen konnte, war es bereits zu einem niederschmetternden Sieg für die konservativen Parteien gekommen. Und erst vor wenigen Tagen hatte ein Besuch in der Alten Pinakothek sie an einer Gruppe Studenten vorbeigeführt, die laut »Nieder mit Eisner! Nieder mit den Juden« skandierte.

Daß Heinrich Fehr den Ministerpräsidenten heute einen »jüdischen Bolschewisten« genannt hatte, sollte sie nicht weiter überraschen, obwohl sie früher noch nie eine antisemitische Äußerung von ihm gehört hatte. Doch der Moment war unerwartet verletzend gewesen. Sie fühlte sich nicht als Jüdin. Seit Jahren hatte sie keine Synagoge mehr besucht oder darauf geachtet, koscher zu essen. In einer idealen Welt gab es ihrer Vorstellung nach überhaupt keine Religionsgruppen mehr. Und dennoch hatte sie sich heute getroffen gefühlt.

Während sie die Tür zu ihrem Zimmer abschloß, wünschte Käthe sich ein weiteres Mal, die Stelle bei den Fehrs nie angenommen zu haben. Ein guter Mann, einer der wenigen Hoffnungsträger des Landes, war heute ermordet worden, und sie ließ sich ihren Lebensunterhalt von jemandem bezahlen, dem nichts Besseres einfiel, als offen darüber zu triumphieren. Sie konnte Carla, die ihr gefolgt sein mußte, fortgehen hören. Irgend etwas beschäftigte das Mädchen; es wäre vielleicht angebracht, doch noch einmal mit ihr zu sprechen. Aber nein, sich so zu zeigen, mit geröteten Augen und voll innerem Aufruhr, würde nur ihre Autorität untergraben; sie war kaum in der Verfassung, Ratschläge zu erteilen. Außerdem, dachte sie mit aufflackernder Feindseligkeit, bezahlte man sie in diesem Haus für Wissensvermittlung, nicht, um Trost zu spenden; sie war eine Lehrerin und kein Kindermädchen. Carla konnte zu der törichten kleinen Frau Fehr gehen, die sicher mehr als bereit zu Umarmungen und Herzensergüssen war.

Carla ging nicht zu Anni; sie legte keinen Wert darauf, ihrem Vater an diesem Abend noch einmal zu begegnen. Statt dessen lief sie nach kurzem Überlegen zu Mariannes Zimmer, das zum Glück nicht abgeschlossen war. Marianne lag auf ihrem Bett, das Gesicht in das Kissen vergraben, aber zumindest weinte sie nicht, wie es Fräulein Brod, die doch nichts wissen konnte, rätselhafterweise getan hatte. Ihr Haarknoten hatte sich etwas gelöst, und als sie sich bei Carlas Eintritt aufrichtete, sah sie jünger aus als die vierundzwanzig Jahre, die sie zählte, was bei ihr selten war.

»Geh weg«, bat sie mit zitternder Stimme.

»Ich habe mein Gutenachtgebet noch nicht gesagt«, antwortete Carla, »und wenn du es nicht mit mir sprichst, tut es niemand.«

Marianne warf ihr einen argwöhnischen Blick zu. Sie war nicht dumm, und sie wußte, daß Carla gewöhnlich keinen Enthusiasmus für Gebete zeigte und ohne jedes Erröten log, wenn es ihren Zwecken diente. Andererseits gehörte es zu ihrer selbstauferlegten Buße für all die haßerfüllten Gedanken, die sie in bezug auf Carlas Mutter und gelegentlich auch auf Carla selbst gehegt hatte, zu versuchen, ihre kleine Schwester zu retten.

»Also gut, aber dann gehst du.«

Sie knieten beide nieder; Marianne bekreuzigte sich und begann, wie es ihre eigene Mutter vor vielen Jahren mit ihr getan hatte: »Müde bin ich, geh zur Ruh ...«

Aber der Frieden, den das kindliche Gebet sonst immer mit sich brachte, stellte sich heute nicht ein; statt dessen erinnerte es sie an die Zeit, als ihre Welt zerbrach, als ihr Vater sich von einem gutmütigen, liebevollen Mann in einen bösartigen Fremden verwandelt hatte. Es war natürlich die Schuld von Carlas Mutter gewesen. In Gedanken formte sie den Namen, der in diesem Haus seit Jahren nicht mehr ausgesprochen wurde, Angharad, und hörte sich mit verstörter Stimme fragen: »Was für ein Name ist das überhaupt?«

Und nun konnte sie Angharad nicht einmal mehr mit gutem Gewissen hassen; sie hatte ihr tausendmal den Tod gewünscht, aber als die Frau tatsächlich gestorben war...

Carla hatte ihr Gebet tadellos mitgesprochen, doch auch nachdem sie sich abermals bekreuzigt hatte, machte sie keine Anstalten zu gehen.

»Dr. Goldmann war früher schon einmal hier, stimmt's?« fragte sie und wunderte sich nicht, als Marianne sofort erstarrte.

»Über diese Zeit sprechen wir nicht«, sagte ihre Schwester steif und hoffte, daß der Hinweis genügte. Carla stellte niemals Fragen über Angharad, was seltsam und fast unnatürlich war, wenn man es recht bedachte, aber unter den gegebenen Umständen für alle Beteiligten das Beste. Und in der Tat, das Mädchen schwieg. Sie hatte nun die Bestätigung für ihre Vermutungen. Eigentlich konnte sie gehen, aber sie brachte es nicht fertig. Sie wünschte sich plötzlich, Robert wäre hiergeblieben, um sie mit seiner Angeberei von der Erinnerung abzulenken, die sie unterdrückte, seit Dr. Goldmann ihrem Vater geantwortet hatte.

Jeder nahm an, daß sie sich überhaupt nicht an ihre Mutter erinnerte. Fast jeder, dachte Carla und zitterte.

»Mir ist kalt«, sagte sie, weil Marianne sie mit gerunzelter Stirn musterte.

»Kein Wunder. Du trägst keine Schuhe«, erwiderte ihre ältere Schwester und seufzte. »Von dieser unsäglichen Person gesunden Menschenverstand zu erwarten ist wohl zuviel verlangt, aber man sollte meinen, daß wenigstens deine Erzieherin auf solche Dinge achtet.«

Carla wußte, daß Marianne es gut meinte, daß sie mit solchen Äußerungen ausdrückte, was ihr an Mitgefühl möglich war, und daß es nun das beste wäre, einfach zu schweigen, zu nicken oder zu gehen. Aber ihr Widerspruchsgeist, das unwiderstehliche Bedürfnis, Marianne zu reizen, und das ungute Gefühl, das sie gehabt hatte, als ihr Vater Anni am Ellenbogen packte, trieben sie dazu, das Gegenteil zu tun.

»Anni meint, Hausschuhe werden bald ganz und gar überflüssig werden«, verkündete sie fröhlich und völlig unwahrheitsgemäß,

28

»und daß wir alle barfuß herumlaufen sollten, wenn es wärmer wird, mit Ringen an den Zehen, wie die Frauen in Indien.«

»Diese Frau hat einen schlechten Einfluß auf dich«, sagte Marianne kühl, »und es schickt sich nicht, sie bei ihrem Vornamen zu nennen.«

Der seltsame, gelegentliche Einklang zwischen ihnen war endgültig vorbei, aber auch die Bedrückung, die Carla seit dem Abendessen geplagt hatte.

»Dir würden Ringe an den Zehen auch stehen, Marianne«, entgegnete Carla und bereitete ihren Rückzug vor. »Damit du mehr wie ein Mensch und weniger wie eine Nonne ausschaust.«

Damit verschwand sie; erst viel später kam ihr der Gedanke, daß diese kindische Auseinandersetzung das Ihre dazu beigetragen hatte, die Katastrophe, die folgte, mit auszulösen.

Robert hing nicht übermäßig an Häusern und Wohnungen, dazu war er in seiner Kindheit zu oft umgezogen, aber er fühlte sich in dem Hotel wohl, in dem sich sein Vater seit dem Winteranfang einquartiert hatte, und er verstand den Ingrimm nicht, mit dem Martin Goldmann die Tapeten mit ihren verblaßten Lilienzeichnungen musterte.

»Ihr könnt unmöglich hier bleiben«, stellte Dr. Goldmann fest. »Der Junge braucht ein richtiges Zuhause, nicht – ein Hotel!«

Rainer König trug seinen üblichen, gutmütig erheiterten Gesichtsausdruck zur Schau, während er sich in seinem Sessel zurücklehnte, aber anders als sonst hatte seine Miene etwas Angestrengtes.

»Ihm gefällt es hier. Mir auch. Die Zimmermädchen vergöttern ihn. Und«, schloß er mit einer unmißverständlichen Betonung, »er ist mein Sohn.«

Robert zog eine Grimasse und begann, die Lilien an der Wand zu zählen, um weder seinen Vater noch Dada Goldmann ansehen zu müssen. Oft hatte es seine Vorteile, im Mittelpunkt eines ständigen Wettbewerbs zu stehen, vor allem, wenn es darum ging, die Erlaubnis für irgend etwas zu bekommen, aber heute, nach dem scheußlich verlaufenen Abendessen, verzichtete er gerne darauf.

Er hatte zu Carla gesagt, Martin Goldmann sei sein Pate, aber mit dem scharfen Verstand, der sie zu einer so ernstzunehmenden

Gegnerin machte, war sie dieser Lüge sofort auf die Spur gekommen.

»Ist er konvertiert?«

»Nein, wieso?«

»Weil Goldmann ein jüdischer Name ist. Nur Katholiken können die Taufpaten von jemandem sein. Oder Evangelische, je nachdem.«

»Woher willst du das wissen? Ich denke, dein Vater geht nicht mehr zur Kirche.«

»Tut er auch nicht. Ich weiß es von Marianne.«

»Na schön, er ist ein Freund meiner Eltern.«

»Und warum«, hatte das rothaarige Wesen mit seiner hartnäckigen Spürnase für verwundbare Stellen gefragt, »machst du dann so ein Theater darum?«

Nun hörte er den Stimmen seines Vaters und Martin Goldmanns zu, wie er es sein Leben lang schon getan hatte, und merkte wieder einmal, daß er auf die dritte, verlorene Stimme wartete. Abrupt stand er von seinem Schemel auf, ging zum Fenster, löste die Riegel und atmete die Nachtluft ein, die wohltuend kalt und schneidend in seine Kehle strömte.

»Robert, mach das Fenster wieder zu. Es ist viel zu kalt, du holst dir noch den Tod.«

Sein Vater hatte ebenfalls den Mund geöffnet, um zu protestieren, aber als Dr. Goldmann ausgesprochen hatte, meinte er statt dessen:

»Ach, laß mal, Martin. Der Junge ist ja nicht aus Zucker.«

Er schaute sich suchend um. »Wo ist denn nur …«

Sie waren so berechenbar, alle beide. Er kämpfte gegen die Versuchung, zu sagen, was seine Mutter immer gesagt hatte, und sie zu bitten, mit dem Getue aufzuhören. Begonnen hatte es, als er zwei Jahre alt war, als Barbara König mit ihm in Dr. Goldmanns Praxis kam und Martin Goldmann sich in Mutter und Sohn verliebte.

»Robert, weißt du, wo die Flasche mit dem Cognac geblieben ist? Jetzt brauchen wir ja nicht mehr patriotisch zu sein und dürfen das Zeug wieder trinken!«

Erst seit dem Tod seiner Mutter war ihm nach und nach klargeworden, daß ihr Haushalt nach anderer Leute Maßstäben nicht normal organisiert gewesen war. Solange er sich erinnern konnte, hatte er zwei Väter gehabt, Papa und Dada Goldmann, aber keiner von beiden war so wichtig wie seine schöne, strenge Mutter gewesen. Beide hatten sie vergöttert, was ihr hin und wieder lästig fiel. Um nicht daran zu denken, holte Robert die Flasche, nach der sein Vater suchte, aus dem Papierkorb, in dem er sie versteckt hatte.

Dada Goldmann legte seine Stirn in tiefe Falten und fragte scharf: »Meinst du nicht, daß du für den Abend genug getrunken hast?«

»Genug, Genügsamkeit, genügend, ungenügend«, erwiderte Roberts Vater in seiner üblichen trägen, gutgelaunten Stimme und zwinkerte Robert zu. »Es gibt kein Genug auf dieser Welt, Robert, merk dir das. Sei nie mit dem zufrieden, womit dich die Leute abspeisen wollen.«

Es war wie immer leicht, seine Partei zu ergreifen und sich über Dada Goldmanns Mißbilligung zu amüsieren. Robert kam in den Sinn, daß Papa sich benahm, als sei Dada Goldmann sein Vater. Doch er wußte auch noch, warum er die Flasche überhaupt versteckt hatte. Unwillkürlich hörte er wieder die klare, melodische Stimme seiner Mutter, wie sie ohne Ärger, aber auch ohne Mitleid erklärte:

»Rainer, du bist inzwischen zu alt, um noch jungenhaft zu sein, und ich bin zu jung und zu beschäftigt, um deine Mutter zu spielen.«

Um die Stimme aus der Vergangenheit zu übertönen, fragte Robert, an Martin Goldmann gewandt: »Was hat denn der Herr Fehr heute abend gehabt?«

Dada Goldmann zögerte, schaute zu Roberts Vater, zuckte die Achseln und setzte sich ebenfalls.

»Er legt wohl keinen Wert auf Besucher, die seine zweite Frau kannten.« Er seufzte. »Das kleine Mädchen sieht ihr nicht sehr ähnlich, bis auf die Augen und die Hände. Außerdem scheint sie ruhig und still zu sein, während Angharad…«

Robert verbiß sich einen Widerspruch, obwohl er Carlas Charakterisierung als »ruhig und still« komisch fand.

»Sie hatte die bemerkenswerteste Stimme, die ich je gehört habe«, fuhr Dada Goldmann versonnen fort. »Es ist ein Jammer, daß es keine phonographischen Aufzeichnungen von ihrer Stimme gibt. Deine Mutter war da ganz meiner Ansicht. ›Sie hätte nie die Bühne aufgeben dürfen‹, pflegte sie zu sagen, und wir waren nicht die einzigen, die so dachten.«

Wenn es etwas gab, das Papa und Dada Goldmann gemeinsam hatten, dann war es die Tendenz, jedes Gespräch früher oder später auf Roberts Mutter zu lenken. Weniger aus echtem Interesse als aus dem Bemühen heraus, das Unvermeidliche noch eine Weile aufzuschieben, fragte Robert:

»Wer dachte denn noch so?«

»Eine Menge Menschen«, antwortete Martin Goldmann, »und natürlich Angharad selbst. Sie wollte zurückgehen. Aber dann starb sie.«

»Warum hast du mich nicht daran erinnert, daß du sie gekannt hast?« unterbrach Rainer König, und diesmal klang er eindeutig streitsüchtig. »Der alte Heinz ist furchtbar empfindlich in dieser Angelegenheit.«

»O ja«, entgegnete Dada Goldmann sarkastisch, »Herr Fehr ist ein empfindsamer Mensch.«

Roberts Vater beharrte störrisch: »Er ist ein guter Kerl, wenn man ihn richtig kennt. Versteht Spaß. Nicht so wie manche Schlawiner, die andere nur hinters Licht führen wollen…«

Dada Goldmann stand auf. »Ich glaube, es ist besser, wenn ich jetzt gehe. Gute Nacht, Rainer.«

Dann umarmte er Robert ostentativ, und Robert stellte überrascht fest, wie dünn Dada Goldmann im letzten Kriegsjahr geworden war.

»Gute Nacht, Robert.«

»Familien sind furchtbar«, sagte Robert einige Tage später ungewohnt heftig zu Carla, und sie stimmte ihm zu.

»Ich wünschte, ich hätte keine.«

2. Kapitel

Die Räterepublik, die nach der Ermordung Eisners ins Leben gerufen wurde, hatte den Frühling nicht überlebt. Für Carla und Robert waren die Geschichten von den illegalen Freikorps, die München nach Kommunisten durchsuchten, zunächst nur eine Möglichkeit, einander mit Schreckgeschichten zu übertrumpfen. Dann wurde auch Dr. Goldmanns Wohnung durchsucht, und einer seiner Freunde verschwand.

»Dada meint, diese Korpsleute würden von der Polizei unterstützt. Aber dann müßten die Gefängnisse doch langsam aus allen Nähten platzen«, sagte Robert. Sie besuchten eine der Badeanstalten entlang der Isar, was Annis Idee gewesen war. Carlas Stiefmutter stand im Wasser und spritzte lachend ihren Mann naß, der so gutgelaunt und aufgeräumt wie selten wirkte. Es war ein schöner Tag, aber Carla, die dank der hellen Haut der Rothaarigen sehr leicht einen Sonnenbrand bekam, saß auf einem Handtuch im Schatten, und Robert, der nicht zugeben wollte, daß er nicht schwimmen konnte, saß neben ihr.

Carla zerrte etwas an dem Badeanzug, den sie trug. Er gehörte eigentlich Anni; die Größe paßte, doch das Leinen mit den blauen Streifen war für Carla einfach zu breit geschnitten.

»Du bist doch *naiv*«, sagte sie, denn diesen Ausdruck hatte sie erst gestern in einem Roman gefunden, und sie wollte ihn unbedingt verwenden. »Die stecken niemanden ins Gefängnis. Sie erschießen die Leute.«

Dieses Wissen verdankte sie einem Gespräch zwischen Fräulein Brod und Frau Hallgarten, das sie mit angehört hatte. Beide hatten so entsetzt und unglücklich gewirkt, daß sie wußte, sie sollte eigentlich ebenfalls entsetzt und unglücklich sein, aber sie kannte niemanden, der erschossen worden war, und so ging es ihr nicht näher als all die Toten am Ende der Nibelungensage.

»Ich bin nicht *naiv*«, entgegnete Robert verärgert, der den Ausdruck ebenfalls kannte. »Wenn hier einer naiv ist, dann bist es du. Ich wette, du weißt überhaupt nichts von den wirklich wichtigen Sachen.«

Sie rümpfte die Nase. Da sie ihre Brille abgesetzt hatte, konnte sie von den Badenden nur die Umrisse erkennen, große, helle Farbflecken mit dunklen Tupfern auf dem Kopf. Aber Annis Lachen und die tiefe Stimme ihres Vaters waren unverwechselbar, also wußte sie, wo die beiden sich befanden. Ihr Vater war in der letzten Zeit oft gutgelaunt; er hatte sogar versprochen, sie wieder ins Theater mitzunehmen, und sie gefragt, ob sie gerne verreisen würde, jetzt, wo Reisen wieder möglich waren.

»Und ich wette, es gibt kein Fach, in dem ich nicht besser bin als du.«

»Da hast du's. Ich rede doch nicht von Schulkram. Ich wette, du weißt überhaupt nichts darüber, wie ein Mann und eine Frau es tun, oder?«

»Das weiß ich schon längst«, sagte sie rasch, aber Robert, der selbst gut log, war sich diesmal seiner Sache sicher.

»Das glaube ich nicht. Ich glaube, du hast überhaupt keine Ahnung.«

Ihr lag ein »Habe ich doch« auf der Zunge, aber sie hielt es zurück. Es war höchst unangenehm und ärgerlich, aber er hatte recht. Ihre Neugier kämpfte noch einige Momente mit ihrem Stolz und gewann.

»Wenn du soviel weißt, dann sag es doch.«

Er grinste zufrieden, das konnte sie trotz ihrer Kurzsichtigkeit nur zu gut erkennen, und sie nahm sich vor, bei nächster Gelegenheit mehr herauszufinden, als er gleich erzählen würde. Wenn nötig, dann konnte sie Fräulein Brod erpressen, denn daß Fräulein Brod mit den Kommunisten sympathisierte, die laut ihrem Vater alle Verbrecher waren und von der Polizei eingesperrt wurden, wußte sie längst.

»Was kriege ich dafür?«

»Ich mache deine Mathematikaufgaben«, gestand sie ihm widerwillig zu. Sie mochte Mathematik selbst nicht besonders, aber dank des jahrelangen Unterrichts von Fräulein Brod war sie besser darin als Robert, der sich immer noch weigerte, seine anstehende

Rückkehr in die Schule im Herbst ernst zu nehmen, und Fräulein Brod mit seiner Mißachtung aller für ihn uninteressanten Fächer zur Verzweiflung trieb.

»Abgemacht«, sagte er und breitete sein weltliches Wissen gönnerhaft vor ihr aus. Als er fertig war, starrte sie ihn ungläubig an.

»Das ist ja ekelhaft! Du hast da sicher etwas falsch verstanden. So etwas würde doch keiner freiwillig tun!«

»Jeder tut es so«, protestierte er und genoß seine Überlegenheit, bis sie ihn ins Gras stieß und zum Ufer lief. Ihre langen roten Zöpfe flogen hinter ihr her. Er verstand nicht, warum sie sich so sehr aufregte; sie war sonst nicht zimperlich und hatte gerade vorhin sogar eine Schnecke über ihre Hand laufen lassen.

Anni dabei zuzusehen, wie sie sich zum Ausgehen am Abend zurechtmachte, bereitete Carla immer wieder Vergnügen. Es lag ein Element von spielerischer Verkleidung und Maske darin; Anni war noch nicht lange genug an Reichtum gewöhnt, um nicht alles ausnutzen zu wollen, was ihr zur Verfügung stand, und sie war zu jung, um es nicht auch ein wenig komisch zu finden.

»Daß ich sie net alle tragen darf«, seufzte sie, während sie ihre Perlenketten anschaute, und dann verbrachten Carla und sie eine lustige Viertelstunde damit, sich soviel Schmuck wie möglich umzuhängen. Anni zeigte dem Mädchen, wie man sich schminkte, blickte in den Spiegel und prustete.

»Jetzt schaun wir aus wie aufm Fasching!«

Carla mochte das Gefühl von Creme auf den Lippen, den Puder und die kühle Tusche unter ihren Augenbrauen. Sie atmete das Parfum ein, das Anni gerade großzügig in der Luft verspritzte, hustete etwas und fragte dann:

»Du, Anni, stimmt es, daß Männer in Frauen hineinpinkeln?«

Anni lachte wieder und teilte ihr mit, nein, so sei es nicht, doch ehe Carla noch Zeit hatte, die Befriedigung zu genießen, Robert einer Fehlinformation überführen zu können, fiel ihr ein, daß sie sich am besten gleich der richtigen Details vergewisserte. Anni war zwar nicht die Klügste, aber eindeutig erwachsen und eine Frau; sie wußte Bescheid und war viel zu gutmütig und zu schwatzhaft, um ein Geheimnis für sich zu behalten.

»Wie machen sie es dann?«

Einen Augenblick sah es so aus, als wollte Anni ihr ausweichen, aber dann atmete sie tief durch und begann: »Also...«

Weiter kam sie nicht. Zu Carlas großer Verärgerung klopfte es. Die Stimme ihrer Schwester drang durch die Tür.

»Gnädige Frau, ich würde gerne mit Ihnen sprechen.«

Marianne sprach nie mit Anni, wenn es sich irgendwie vermeiden ließ, und Carla blieb der Mund offen. Anni wirkte ähnlich überrascht und mit einemmal sehr unsicher.

»Aber ja, komm doch herein.«

Es war Marianne nicht leichtgefallen, zu der dritten Frau ihres Vaters zu gehen. Sie haßte Anni nicht, wie sie früher Angharad gehaßt hatte, aber sie empfand das Mädchen, das jünger war als sie selbst, als eine durch und durch vulgäre Parasitin. Außerdem mußte ihre Frivolität einen schlechten Einfluß auf Carla haben, eine Befürchtung, die sich bestätigte, als sie Carla im Schneidersitz auf dem Boden vor dem Garderobentisch sitzen sah. Das Kind trug mindestens vier Ketten um den Hals und sah mit all der Schminke im Gesicht aus wie eine Miniaturausgabe ihrer Mutter. Marianne biß sich verwirrt auf die Lippen. Sie war immer erleichtert darüber gewesen, daß Carla dieser Frau nicht besonders ähnelte, aber das Rouge, das ihr Anni ins Gesicht gerieben hatte, betonte ihre Wangenknochen und ließ ahnen, wie sie aussehen würde, wenn die kindliche Weichheit erst einmal verschwunden wäre. Die schwarze Umrandung ließ die blaugrüne Farbe der Augen intensiv leuchten.

Auf dem Garderobentisch stand ein dreiteiliger Spiegel, und Marianne sah sich selbst mehrfach reflektiert. Das lähmende Gefühl, unzulänglich zu sein, das sie jedesmal in Gegenwart von Carlas Mutter umklammert gehalten hatte, packte sie erneut, und einen Moment lang konnte sie nicht sprechen. Dann sammelte sie sich wieder und sagte, wozu sie gekommen war, obwohl sie um jedes einzelne Wort ringen mußte.

»Ich möchte Sie bitten, mich bei meinem Vater zu unterstützen, gnädige Frau. Carlas Erstkommunion...«

Sie hielt inne. Seit Monaten versuchte sie nun schon, ihren Vater zu überreden, Carla Kommunionsunterricht zuteil werden zu lassen. Sie kannte genügend Geistliche, die bereit gewesen wären, das Mädchen zu unterrichten. Es war wirklich mehr als an der Zeit für

Carlas Erstkommunion, aber sie mußte vorbereitet werden, wie es sich gehörte. Ihr Vater blieb unnachgiebig.

»Wenn es etwas Schlimmeres gibt als die verdammten Kommunisten«, erklärte er, »dann sind es die Pfaffen. Sie waren nicht da, als ich sie gebraucht habe. Mir kommt keiner mehr ins Haus.«

Seine Kindfrau um Hilfe zu bitten war für Marianne das letzte erdenkliche Mittel. Jeder konnte sehen, wie er diese Anni vergötterte; er würde es ihr gewiß nicht abschlagen.

»Es ist an der Zeit für Carlas Erstkommunion«, schloß sie etwas unbeholfen.

Anni fühlte sich immer etwas eingeschüchtert in Mariannes Gegenwart, und nachdem sie sich monatelang vergeblich bemüht hatte, die Freundschaft dieser ältesten Tochter ihres Gatten zu erringen, begegnete sie diesem Bruch in Mariannes Unnahbarkeit zunächst mit stummer Verblüffung. In Mariannes Miene veränderte sich etwas. Die Person will mich betteln lassen, dachte sie, und dann, ungewollt, denn ihre Gedanken konnte sie nicht so fest im Zaum halten wie ihre Sprache: *Das Luder!*

Carla dagegen hatte sich längst von ihrer Überraschung erholt. »Muß das jetzt sein, Marianne?« fragte sie überdrüssig. Marianne mit ihrem religiösen Eifer, und das gerade als Anni mit der Wahrheit über Männer und Frauen herausrücken wollte.

»Ja«, gab Marianne schärfer als beabsichtigt zurück. »Und wisch dir das Zeug aus dem Gesicht! Damit siehst du aus wie eine…«, es war zu spät, das Wort ließ sich nicht mehr aufhalten, »Schlampe von der Straße!«

Ihre Gereiztheit richtete sich mehr gegen die tote Angharad als gegen Carla oder Anni, aber das konnte Anni nicht wissen. Sie fand die Äußerung nur gemein Carla gegenüber und war durch Mariannes Gegenwart und ihr ungewohntes Verhalten angespannt genug, um sie auch auf sich zu beziehen.

»Na«, sagte sie beleidigt, »das war aber nicht sehr nett, Marianne.«

»Marianne ist niemals nett«, kommentierte Carla, die hoffte, ihre Schwester werde endlich gehen, wenn sie verärgert genug war. »Sie besteht nur aus Essig.«

Als Anni nervös kicherte, riß Mariannes Geduldsfaden endgültig.

»Ihre Ehe mit meinem Vater«, sagte sie eisig, »gibt Ihnen kaum das Recht, mich mit meinem Vornamen anzusprechen. Aber Manieren kann man von Ihnen natürlich nicht erwarten.«

Annis Kichern versiegte. »Ich weiß net, warum Sie so gemein zu mir sind, Fräulein Marianne«, sagte sie, und das schlimmste für Marianne war, daß sie es auch so meinte. »Aber Sie tun mir leid.«

Das war unerträglich. Und unverzeihlich. Während Marianne wortlos den Raum verließ, wußte sie, daß sie sich dafür rächen würde.

Carla schaute ihr nach. Die fröhliche Stimmung von vorhin war nun endgültig verflogen, und Anni hatte kaum mehr die Zeit und wahrscheinlich auch nicht die Lust, ihre Fragen zu beantworten. *Mir tut Marianne nicht im geringsten leid*, dachte sie. *Spielverderberin. Ich hoffe, sie geht bald wieder zu ihren Großeltern.* Carla setzte ihre Brille wieder auf, legte den Kopf schräg und spähte nach ihrem Bild in Annis Spiegeln.

»Sehe ich wirklich schlampig aus?«

Anni zog sie vom Boden hoch und umarmte sie. Es war schön, umarmt zu werden, und etwas, das sie ausschließlich mit ihrer Stiefmutter in Verbindung brachte, denn sonst umarmte sie niemand. Sie überließ sich dem Eindruck von weichem Fleisch und Parfum, der so seltsam einschmeichelnd und tröstlich war, und erwiderte die Umarmung ungewohnt heftig.

»Ihr seid schon zwei arme Würschtel, alle zwei«, sagte Anni kopfschüttelnd.

Fräulein Brod hatte an diesem Abend schon wieder rotumränderte Augen, wie an jenem Tag, als sie von der Erschießung einer gewissen Rosa Luxemburg erzählt hatte, aber die Aura von mühsam unterdrücktem Zorn fehlte; statt dessen wirkte sie erschöpft und niedergeschlagen.

»Entschuldigung, daß ich Sie noch störe, Fräulein Brod«, sagte Carla in ihrem höflichsten Tonfall, »aber ich möchte Sie etwas fragen.«

Drei ihrer Freunde waren tot, und Käthe Brod fühlte nur noch das Bedürfnis, sich in betäubte Resignation versinken zu lassen, um sich dem Schmerz nicht mehr stellen zu müssen. Nach dem ersten Todesfall war sie mit Constanze Hallgarten und einigen anderen zur Polizei gegangen, um Anzeige zu erstatten, aber man hatte sie ausgelacht. Mittlerweile wußte sie, wie überflüssig der Weg gewesen war. Der neue Polizeipräsident, Ernst Pöhner, der im Mai nach der Niederschlagung der Räterepublik ernannt worden war, setzte sich für eine Freilassung des Eisner-Mörders ein und gab offen seine Unterstützung für ähnliche, »von Vaterlandsliebe motivierte Taten« bekannt.

Sie hörte sich Carlas Fragen an und antwortete ausführlich mit einer kleinen biologischen Abhandlung. Zumindest lenkte es sie von den Gedanken an all die Toten ab. Außerdem erinnerte sie sich nur zu gut an die Unwissenheit, in der sie selbst aufgewachsen war; ihre Mutter hatte sie in dem Glauben gelassen, man könne von einem Kuß schwanger werden. Auf keinen Fall wollte sie selbst für derartige Ignoranz verantwortlich sein.

»Aber«, fragte das Mädchen langsam und mit gerunzelter Stirn, »tut das nun weh oder nicht?«

»Sofern sich der Akt in gegenseitigem Einverständnis vollzieht«, entgegnete Käthe Brod nüchtern, »soll er mehr Vergnügen als Schmerz bereiten. Das ist die logische Schlußfolgerung aus dem Umstand, daß die Menschen sich sehr viel öfter paaren, als es zur Fortpflanzung der Art nötig wäre, anders als die Tiere mit ihren Brunftzeiten.«

Sie hoffte, daß Carla inzwischen über genug Takt verfügte, um sie nicht nach persönlichen Erfahrungen zu fragen, und über genügend Verstand, diese Informationen sachlich zu verarbeiten. Ihre Schülerin enttäuschte sie nicht.

»Ja, das ist logisch«, sagte Carla. »Aber warum führt nicht jede Paarung zur Fortpflanzung? Ich meine, auch wenn die Frau nicht schon schwanger ist.«

»Das hängt mit dem monatlichen Zyklus zusammen; ich will hoffen, daß du dich daran erinnerst, ich habe ihn dir nämlich gerade vor fünf Minuten erklärt.«

»Ja, natürlich. Danke, Fräulein Brod.«

Die Versuchung, etwas länger mit dem Mädchen zu sprechen, um die schwarze Wirklichkeit noch eine Weile fernzuhalten, war groß, aber das hätte bedeutet, einer Schwäche nachzugeben. Käthe entschloß sich, Carla ihren medizinischen Atlas mitzugeben, der wohl alle weiteren Fragen beantworten würde; dann fiel ihr ein, daß ihre Erklärungen wohl etwas einseitig wissenschaftlich ausgefallen waren, und sie sagte, während sie nach dem Band suchte:

»Der körperliche Ausdruck der Liebe hat mehrere unserer großen Dichter inspiriert. Du bist noch zu jung, um Sprache und Gedankenflug angemessen begreifen und würdigen zu können, aber in ein paar Jahren könntest du Goethes *Römische Elegien* nachschlagen.«

Sie drückte Carla den Atlas in die Hand. Erst dann formte sich inmitten der Betäubung die Erinnerung daran, daß Kinder zum Prahlen mit ihrem Wissen neigten und ihr Arbeitgeber mit seinen konservativen Ansichten es unpassend finden könnte, seiner Tochter überhaupt biologische Kenntnisse zu vermitteln. Doch sie brachte an diesem Abend nicht mehr genügend Energie auf, um sich um ihre Stellung Sorgen zu machen. Eine Entlassung würde am Ende sogar eine Wohltat sein und sie aus ihrem ständigen Gewissenskonflikt erlösen.

»Nun, es tut mir leid, daß du zu deinen Großeltern zurückkehren möchtest«, sagte Heinrich Fehr zu seiner älteren Tochter und meinte es auch so. In den letzten Jahren hatten beide seiner Töchter durch das, woran sie ihn, jede auf ihre Art, erinnerten, hauptsächlich unangenehme Gefühle in ihm ausgelöst, aber seit seiner Hochzeit mit Anni begann er, sie weniger und weniger als Schatten ihrer Mütter oder als Manifestation seiner Enttäuschungen zu sehen. Er trank einen Schluck von dem Bier, das man ihm gebracht hatte, und stellte fest, daß es wenig Befriedigenderes gab als ein kühles Bier an einem heißen Sommertag. Anni würde ihm seinen Sohn schenken, einen Erben für die Fabrik; die Mädchen dagegen würden Sterne am gesellschaftlichen Himmel werden. Er hatte genügend Spenden in die richtigen Kanäle geleitet, um sicherzustellen, daß diese lächerliche Mißachtung aufhörte.

»Ich wollte dich eigentlich nach Bayreuth mitnehmen«, fuhr er fort, und erst, als ein freudiger Schimmer wie ein Wetterleuchten kurz über Mariannes Gesicht glitt, bemerkte er, wie verkrampft sie dastand. Vermutlich bereute sie, ihn so wegen der Sache mit Carlas Erstkommunion bedrängt zu haben, und glaubte, daß er sie loswerden wolle. Prinzipien waren eine gute Sache, aber zu große Prinzipienstrenge führte zu nichts, besonders bei einer Frau. Marianne war so ein reizendes kleines Mädchen gewesen, viel liebevoller und zutraulicher als Carla im gleichen Alter. Wie war sie nur zu der dünnen, nervösen jungen Frau mit der verbissenen Miene geworden, die den Mund nicht öffnen konnte, ohne rechthaberisch oder vorwurfsvoll zu klingen? Zweifellos die Schuld ihrer Großeltern und der ganzen rachsüchtigen Familie. Immerhin, im Augenblick wirkte sie weder rechthaberisch noch vorwurfsvoll, sondern geradezu schüchtern, als sie erklärte:

»Oh, ich würde dich sehr gerne zu den Festspielen begleiten, Papa. Aber«, sie schaute zu Boden und sprach weiter, hastig, ohne aufzublicken, »es ist mir nicht möglich, weiter in einem Haushalt mit einem korrupten Einfluß zu bleiben.«

Heinrich Fehrs gute Laune schwand. »Ich lasse die Pfaffen nicht mehr ins Haus!«

»Ich spreche nicht von Carlas Erstkommunion, sosehr ich mir auch wünsche, ihr würde eine religiöse Erziehung zuteil werden«, entgegnete Marianne leise, immer noch ohne aufzuschauen. »Es geht mir um das Beispiel, das ihr täglich vorgelebt wird von einer Person, deren Stellung sie zwangsläufig zu einem Vorbild macht.«

Ihr Vater kniff die Augen zusammen. »Was«, sagte er und lehnte sich vor, »soll das schon wieder heißen?«

Marianne zwang sich, von den bemalten Fliesen unter seinen Füßen aufzublicken. Es war so warm; an seiner Schläfe zeigten sich kleine Schweißperlen, und sie spürte, wie der Stoff ihres Kleides an ihrem Rücken klebte.

»Eine Ehefrau«, antwortete sie, schluckte und fuhr fort, »eine Gattin und Mutter sollte niemals Anlaß zum Zweifel an ihrer Reinheit und Treue geben.«

Krieg, Revolution und Bürgerkrieg hatten nichts daran geändert, daß die Biergärten im Sommer gefüllt waren. Aber viele der Besucher sahen dünn und abgezehrt aus; einigen Männern fehlte ein Bein, ein Arm oder ein Auge. Carla musterte ein paar der Invaliden mit großem Interesse; sie hatte noch nicht gelernt, bei Behinderten schamhaft wegzusehen.

»Womit«, fragte sie Robert, »verdient dein Vater eigentlich sein Geld?«

Rainer König konnte sie nicht hören; er war mit dem Versuch

beschäftigt, die Aufmerksamkeit der Bedienung zu erringen, um seine Bestellung aufzugeben. Eigentlich sollten sie an diesem Tag alle in den Zirkus gehen, aber Anni war von einem Besuch bei einer Freundin nicht rechtzeitig zurückgekommen; ihr Vater hatte erklärt, er wolle auf sie warten, und seinen Freund gebeten, »den Kindern trotzdem einen schönen Abend zu machen«.

»Er arbeitet als Spion für das perfide Albion«, antwortete Robert mit gesenkter Stimme, nachdem er sich zuerst in alle Richtungen umgeblickt hatte. »Deswegen gibt er sich auch mit deinem Vater ab.«

Jedesmal, wenn man ihm diese Frage stellte, dachte er sich eine neue Geschichte aus. Die Wahrheit gefiel ihm nicht besonders. Sein Vater hatte früher, in Bamberg, als Redakteur gearbeitet, was ihn auch mit Roberts Mutter zusammengeführt hatte. Aber sein Versuch, in der fränkischen Kleinstadt den Stil der berühmten Kritiker wie Kerr oder Kraus zu imitieren, endete mit seiner Entlassung, und er war zu bequem und nicht ehrgeizig genug, um sein Glück bei einem der großstädtischen Journale oder in einem anderen Beruf zu versuchen. Statt dessen war Rainer König dazu übergegangen, das Geld seiner Mutter zu akzeptieren. Für Roberts Großmutter, zweifache Witwe und Besitzerin einer der größten Brauereien in Franken, waren Rainer und seine Frau die schwarzen Schafe der Familie, und sie zahlte bereitwillig, um sie nicht länger in der Nähe zu haben.

»Wenn du schon Geld von deiner Mutter nimmst«, hatte Barbara verächtlich zu ihrem Mann gesagt, »dann benutze es wenigstens zu etwas Sinnvollem. Ich halte es hier nicht länger aus. Ziehen wir nach München um. Ich habe Freunde dort, und es gibt Möglichkeiten…«

»Man sollte über so etwas nicht scherzen«, sagte Marianne Fehr mißbilligend.

Robert schnitt eine Grimasse. Er hatte vergessen, daß Carlas öde ältere Schwester sie begleitete. Sie saß sehr aufrecht auf der Holzbank neben Carla, ein Fremdkörper inmitten all der anderen Besucher, die sich entspannt an den Tischen lümmelten.

»Aber es stimmt«, widersprach Carla, die eigentlich etwas anderes sagen wollte; doch Marianne zu provozieren war nun einmal zu verführerisch. Sie sprach ebenfalls sehr leise, was seine Schwierigkeiten in sich barg. Das Stimmengewirr, das um sie aufstieg und zischte wie der Schaum auf dem Bier, das Roberts Vater zu seiner Freude endlich gebracht wurde, ertränkte jedes normale Flüstern. Sie mußte sehr präzise betonen, um verstanden zu werden, eine Erkenntnis, die sie sich merkte.

»Ich hab selbst gehört, wie Herr König ein englisches Lied gesungen hat. Und als er neulich bei uns zum Mittagessen war, hat er gesagt, er mag keine Klöße. Der Mann kann nur ein Spion sein.«

Sehr ernst wandte sie sich an Robert. »Fragt sich nur, ob ein englischer oder ein preußischer.«

Robert grinste. »Na, wo du so viel rausgefunden hast, kann ich dir auch noch den Rest erzählen. Er mag auch keine Uniformen.«

Carla hieb mit ihrer linken Handfläche auf den Tisch, was Marianne zusammenzucken ließ. Es war eine vulgäre Geste, die sie entweder von Anni oder von den Königs aufgeschnappt haben mußte. Wenn sie wenigstens in die Hände geklatscht hätte, das wäre zwar unangebracht, aber nicht gewöhnlich gewesen. Außerdem ließ ihre korrekte Aussprache nach. Marianne hatte hart an sich gearbeitet, um nie einen bayerischen Akzent zu haben. Sie erinnerte sich nur zu gut an den Besuch, den ihre Mutter und sie bei den Verwandten in Göttingen gemacht hatten. Einer ihrer Vettern hatte ihre Aussprache nachgeäfft, und sie war beinahe vor Scham in Tränen ausgebrochen. Vielleicht brachte es Carla wirklich Vorteile, mit einem anderen Kind zusammenzusein, aber mußte es ausgerechnet dieses frühreife kleine Ungeheuer sein? Sie war selbst schon seltsam genug. Ganz abgesehen von dem unmöglichen Vater und Dr. Goldmann.

»Der Beweis ist erbracht!« verkündete Carla inzwischen. »Ein englischer Spion. Wetten«, schloß sie mit einem hinterhältigen kleinen Lächeln, »dein Name ist in Wirklichkeit Bobby?«

Robert sah mit Entsetzen Bobby als Spitznamen auf sich zukommen, eine endlose Reihe von Graf-Bobby-Witzen im Schlepptau.

»Nein, nur mein Deckname. In Wirklichkeit heiße ich«, er zerbrach sich den Kopf nach etwas typisch Englischem, das witzig und originell war, damit es den Bobby-Einfall sofort vertrieb, verfiel aber nur auf ein Buch, »Oliver Twist. Der Jüngere.«

Die nächsten Stunden verliefen lustig, soweit es Rainer König betraf, quälend, was Marianne anging; Carla und Robert sahen keinen Unterschied zu ihren übrigen Zusammenkünften, die meistens in einen Wettstreit ausarteten. Als Robert dazu überging, das Feuerwerk seiner besten Kartenkunststücke abzubrennen, und begann, Münzen aus jedermanns Ohren hervorzuholen, wußte Carla, daß sie für diesen Tag geschlagen war. Bald schaute der ganze Biertisch ihm zu, und sie spürte wieder die Mischung aus Eifersucht und Bewunderung, die ihr allmählich vertraut wurde. Es nützte nichts, sich zu sagen, daß sich solche Taschenspielertricks sicher schnell lernen ließen; das würde aussehen, als ahme sie Robert nach, was sie auf keinen Fall wollte. Trotzdem, es mußte schon großartig sein, so wie er gerade auf der Bank zu stehen und zu wissen, daß die Aufmerksamkeit all der Erwachsenen in der Umgebung auf einen gerichtet war. Und er genoß es; wenn die Leute applaudierten, wirkte er mit seinem leicht geöffneten Mund und den glänzenden Augen so, als sauge er ihren Applaus in sich hinein.

Als die Droschke, die Herr König für sie gefunden hatte, in Richtung Bogenhausen losfuhr, strahlte Robert eine solche Befriedigung aus, daß sie ihrem Herzen Luft machen mußte.

»Wenn du schräg nach oben guckst, schaust du mit deiner Kartoffelnase wie ein Pinscher aus«, sagte Carla schnippisch und schämte sich gleich darauf, weil es genauso eifersüchtig und kleinlich klang, wie sie es meinte. Also fügte sie ehrlich hinzu: »Aber die Sache mit den Karten war wirklich toll…« Dann gewann die Rivalität wieder die Oberhand in ihr: »…Bobby.«

Robert versetzte ihr nur einen leichten Rippenstoß und erwiderte mit einer Stimme, die durch das ständige Reden in den letzten zwei Stunden nur ein wenig heiser war: »Schon gut, Halef, dein Sidi weiß, daß du seine Taten bewunderst.«

Man konnte sich darauf verlassen, daß Carla solche Reaktionen wie sein leichtes Zusammenzucken bei »Bobby« bemerkt hatte. Außerdem war er drauf und dran gewesen, den Wettkampf um die unglaublichste Spionagegeschichte gegen sie zu verlieren, bis ihm eingefallen war, womit er sie ganz bestimmt übertrumpfen konnte, und nun war er ganz in der Stimmung, großzügig zu sein. Er würde sie noch nicht einmal daran erinnern, daß sie ihr Versprechen mit den Rechenaufgaben immer noch nicht erfüllt hatte.

Als sie vor dem Haus der Fehrs ankamen und aus dem Gefährt ausstiegen, merkte Robert sofort, daß irgend etwas nicht stimmte. Zunächst einmal stand ein Automobil vor der Einfahrt. Automobile waren immer noch sehr selten; im Krieg hatte er in München eigentlich überhaupt keines mehr gesehen, und in diesem Jahr erst wenige. Zweifellos war Herr Fehr reich genug, um sich ein Automobil zu leisten, aber einige Polizisten standen um den Wagen herum, und fast alle Fenster des großen Gebäudes waren hell erleuchtet. Mit einer Frage auf den Lippen drehte sich Robert zu Carla um, aber sie rannte bereits auf das Haus zu. Er wollte ihr folgen, aber vorher schaute er noch zu den Erwachsenen zurück. Sein Vater hatte immer noch nichts bemerkt; er scherzte mit dem Droschkenkutscher, während er ihn bezahlte. Doch Marianne Fehr stand wie angenagelt an einem Fleck und starrte auf das Automobil mit den Polizisten. Ihr Gesicht war erkennbar blasser geworden, bis auf die Wangen, auf denen zwei rote Flecken brannten. In diesem Moment hätte er eine Wette darauf abschließen können, daß sie vielleicht entsetzt, aber nicht überrascht war und ziemlich genau wußte, was hier vorging. Aber ihr Mund war fest zusammengepreßt, und sie blieb stumm. Hier ließ sich nichts mehr erfahren; Robert rannte Carla nach.

Im Flur des Hauses holte er sie ein; sie kämpfte sich aus der Umklammerung eines Dienstmädchens frei, das offenbar die Tür geöffnet hatte.

»Fräulein Carla, Fräulein Carla, Sie könna net …«

Mit einem Aufschrei ließ sie Carla los; in ihrem Handballen zeichneten sich einige kleine rote Male ab, wo Carla sie gebissen hatte. Robert, der so etwas hin und wieder hatte tun wollen, aber nie die nötige Hemmungslosigkeit aufgebracht hatte, kam nicht dazu, sein Staunen zu registrieren. Er folgte Carla durch die Diele und zwei Zimmer in den kleinen Salon, wo sie ihren Vater schließlich fand.

Heinrich Fehr unterhielt sich gerade mit einem hochaufgerichteten Herrn, der aussah wie ein Preuße aus den *Simplizissimus*-Karrikaturen. Er trug sogar ein Monokel. Der breite Rücken von Heinrich Fehr verdeckte den Rest seiner Gestalt, und Robert hatte kaum Zeit, die Uniform des Fremden zu bemerken, als Carlas Vater sich umdrehte. Der Anblick verschlug ihm die Sprache. Bis auf den seltsamen Abend, an dem er Dada Goldmann angegriffen hatte, war ihm Herr Fehr immer wie ein geruhsamer, fleischiger Berg erschienen, ein wandelnder Watzmann. Nun war der Berg in sich zusammengesackt; das rötliche Haar wirkte verschwitzt und verklebt, der Bart stach ungepflegt von der hellen Haut ab, und die geröteten Augen waren eindeutig feucht. Doch als sie Carla sahen, veränderte sich ihr Ausdruck; sie kniffen sich zusammen, und die Aura des Verfalls wurde von der des Zornes verdrängt.

»Geh auf dein Zimmer«, stieß er hervor.

Robert schaute überrascht zu Carla, aber was er in ihren Augen las, war nicht Verwirrung, sondern Entsetzen. Sie rührte sich nicht, sondern starrte ihren Vater nur an. Der monokeltragende Polizist fühlte sich offenbar verlegen; er räusperte sich und meinte in einer trägen, weichen Stimme, die so gar nicht zu seinem Äußeren paßte:

»Wenn Sie jetzt allein sein wollen, um 's dem Kind zu sagen, das würd ich schon verstehen.«

»Dazu«, erwiderte Heinrich Fehr, ohne den Blick von seiner Tochter zu nehmen, die ihn ihrerseits unverwandt anstarrte, »bezahle ich eine Erzieherin.« Er erhob seine Stimme. »Fräulein Brod! Fräulein Brod!«

Robert, der näher an sie herantrat, spürte, daß Carla zu zittern begann, aber sie rührte sich nicht vom Fleck. Der schmallippige Monokelträger wollte offenbar der seltsamen Situation ein Ende bereiten; er sagte in dem begütigenden, herablassenden Tonfall, in dem die meisten Erwachsenen mit Kindern sprachen:

»Schau, Kleine, es wär wirklich besser, wenn du auf dein Zimmer gehn würdest. Das Fräulein Lehrerin wird dir sicher…«

Er kam nicht weiter. Carla öffnete den Mund und fing an zu schreien. Es waren hohe, spitze Schreie, ohne den Versuch, Worte zu bilden, und Robert preßte unwillkürlich die Hände auf die Ohren. Heinrich Fehr sah aus, als würde er Carla am liebsten ohrfeigen, aber er tat es nicht, statt dessen wiederholte er, nun schon brüllend, sie solle auf ihr Zimmer gehen. Bisher war alles abstoßend und faszinierend zugleich gewesen, aber jetzt wurde es eindeutig gräßlich; Robert entschied sich einzugreifen, hauptsächlich, weil er Carlas Schreie nicht mehr aushalten konnte.

Er versuchte, sie am Arm aus dem Salon zu ziehen, aber sie erwies sich als erstaunlich kräftig und ließ sich einfach auf den

Boden sinken. Als er seine Bemühungen verstärkte, begann sie, nach ihm zu schlagen und zu treten, und gerade als er zurückschlagen wollte, fuhr eine erwachsene Hand dazwischen. Sie gehörte weder Heinrich Fehr noch dem Monokelträger. Fräulein Brod war endlich eingetroffen. Sie versetzte Carla eine Ohrfeige, nicht fest, aber es genügte, um das Mädchen zum Schweigen zu bringen. Die plötzliche Stille wurde nur von Heinrich Fehrs schweren Atemzügen unterbrochen.

»Komm, Carla«, sagte Fräulein Brod in ihrer ruhigen, beherrschten Stimme, ohne zu ihrem Arbeitgeber zu blicken. »Ich möchte mit dir noch einmal deine Hausaufgaben für die nächsten Tage durchgehen. Es wird einige Verzögerungen geben, daher sind Umstellungen nötig.«

Die kühle Dosis Normalität war offenbar das, was Carla brauchte, um ihre Selbstbeherrschung wiederherzustellen, obwohl Robert sie irgendwie komisch fand; zweifellos würde Fräulein Brod noch auf ein Erdbeben mit einer Reorganisation des Stundenplans reagieren. Aber ihm war nicht danach zu lachen; seltsamerweise war er noch nicht einmal wütend auf Carla, trotz der Stöße, die er noch in seinem Magen spürte. Er folgte ihr und Fräulein Brod.

Carlas Schweigen hielt tatsächlich an, und weil es so plötzlich auf ihren Ausbruch gefolgt war, fand Robert es unheimlich.

»Was ist denn los?« fragte er Fräulein Brod, als sie in Carlas Zimmer eintrafen, mehr um die Stille zu durchbrechen als in Erwartung einer Antwort. Fräulein Brod preßte die Lippen zusammen und schloß sorgfältig die Tür hinter sich, aber dann erwiderte sie zu Roberts Verblüffung:

»Frau Fehr ist… etwas zugestoßen.«

Carla reagierte darauf nicht, und Robert begriff, daß sie es schon gewußt hatte, als sie ihren Vater im Salon sah, und daß Marianne es bereits beim Anblick des Automobils und der Polizisten erkannt haben mußte. Aber wie?

»Carla«, begann Fräulein Brod zögernd, und ihre sonstige Sicherheit wurde durch Unbeholfenheit ersetzt, »du hast vielleicht von den Fememorden gehört.«

Natürlich, dachte Robert; schließlich hatte Fräulein Brod selbst oft genug davon gesprochen. Seitdem die Regierung wieder aus Bamberg zurückgekehrt war, fand man immer wieder Menschen,

die von Leuten, die sich »Femegerichte« nannten, als »Verräter«
hingerichtet worden waren. Er erinnerte sich, wie er und Carla sich
Schreckgeschichten darüber erzählt hatten, an seinen Ärger, als sie
ihn »naiv« nannte. Aber in welchem Zusammenhang konnte das
alles mit Carlas Stiefmutter stehen? Es war schon schwer genug,
zu glauben, daß Dada Goldmanns Kollege aus dem Krankenhaus,
der vor kurzem verschwunden war, ein Kommunist gewesen sein
sollte, aber die dumme kleine Anni wußte bestimmt noch nicht einmal, wie man »Kommunismus« buchstabierte. Da war Fräulein
Brod schon eine sehr viel wahrscheinlichere Kandidatin.

»Wie es scheint«, fuhr Fräulein Brod fort, »war Frau Fehr in
Begleitung eines Herrn, der von einem solchen«, Abscheu schlich
sich in ihre Stimme, »*Femegericht* entführt und umgebracht wurde. Sie wollten wohl keine Zeugin am Leben lassen.«

Carla rührte sich noch immer nicht, und Fräulein Brod biß sich
auf die Lippen. Sie wußte offenbar nicht, was sie tun sollte. Robert
dachte an die Nacht, in der seine Mutter gestorben war, als jedermann darauf wartete, daß er endlich weinte. Er hatte es gehaßt, von
Papa und von Dada Goldmann beobachtet zu werden, wenn sie
dachten, er würde es nicht bemerken; es war eigentlich leichter
gewesen, sie selbst weinen zu sehen. Er erinnerte sich an die wie-
derholten Umarmungen, gleichzeitig erstickend und tröstlich.
Fräulein Brod legte Carla jetzt etwas ungeschickt die Hände auf die
Schultern, und Robert begriff, daß sie Carla in den Jahren ihres
Unterrichts nie über ein Händeschütteln hinaus berührt hatte.
Warum sollte sie auch? Sie war schließlich nur zum Vermitteln von
Wissen da.

Carla gab durch nichts zu erkennen, ob ihr die Berührung trö-
stend oder unangenehm war, aber sie hob den Kopf und schaute an
Fräulein Brod vorbei zur Tür. Während ihres Ausbruchs mußte das
Haarband aus ihrem Zopf, der sich schon im Laufe des Nachmittags gelockert hatte, herabgeglitten sein. Ihr rotes Haar, das sich aus
dem geflochtenen Halt löste, umgab sie wie eine widerspenstige
kleine Wolke. Durch die Brille, die leicht schief auf ihrer Nase saß,
sah sie aus wie ein widerspenstiger kleiner Kobold, aber dazu paßte ihre ausdruckslose Miene ganz und gar nicht. Was sie dann sagte,
ergab keinen direkten Zusammenhang mit Fräulein Brods Mittei-
lung.

»Ich werde niemals heiraten.«

»Oh«, sagte Fräulein Brod und klang gleichzeitig verwirrt und ratlos, während für Robert alles in ein blendendes Licht getaucht war. »Nun, das steht dir frei. Carla, wenn du über …«

Carla trat einen Schritt zurück. »Vielen Dank, Fräulein Brod«, unterbrach sie, und ihre distanzierte Höflichkeit war nicht weniger erschreckend als ihr Ausbruch im kleinen Salon. »Es ist schon spät und an der Zeit, zu Bett zu gehen. Könnten wir nicht morgen über meine Aufgaben sprechen?«

»Gewiß«, erwiderte Käthe Brod und wünschte sich zum ersten Mal, etwas von der impulsiven, gutmütigen Art ihrer Mutter zu haben.

Erneut flackerte Abneigung gegen Anni Fehr in ihr auf, vermischt mit Schuldbewußtsein. Über die Toten nur Gutes, aber daß die spatzenhirnige Anni es fertiggebracht hatte, sich während eines Seitensprungs von ein paar Fanatikern umbringen zu lassen, war … Beschämt gestand sie sich ein, daß sie Annis Tod als ungerecht für sich selbst empfand, als störend und lästig. Die Furcht vor den Fememorden in der letzten Zeit hatte nämlich endlich nicht mehr soviel gewogen wie ihre Scham darüber, bei einem Kriegsgewinnler ihren Lebensunterhalt zu verdienen, bei dem mehrere der schlimmsten Reaktionäre aus und ein gingen, einschließlich des neuen Polizeichefs, der mindestens drei ihrer Freunde auf dem Gewissen hatte. Gerade an dem Tag, an dem sie ihre Kündigung einreichen wollte, mußte so etwas passieren und ihr zeigen, daß sie, trotz aller guten Vorsätze, in ihrer Schülerin nur den Broterwerb zu sehen, nicht mehr kündigen *konnte*.

Seit sie Carla schreien gehört hatte, wußte sie, daß sie die Vorstellung, das Mädchen allein in diesem Haus zu wissen, nicht ertragen würde. Herr Fehr, der auf den Tod seiner jungen Frau und dessen demütigende Umstände mit einer Mischung aus Tränen und Beschimpfungen reagiert hatte, die selbst ins nächste Stockwerk drangen, war kaum eine Hilfe für das Kind, das er selbst in den besten Zeiten abwechselnd vernachlässigte und verzog. Was die ältere Schwester anging, so hatte Herr Fehr den Dienstmädchen bereits Befehl gegeben, Mariannes Sachen zu packen; sie sollte morgen wieder zu ihren Großeltern zurückkehren. Nein, es führte kein Weg an der Tatsache vorbei, daß sie gebraucht wurde, und das nicht nur für die unmittelbare Trauerzeit. Wenn sie diese Erkenntnis ignorierte, würde sie für den Rest ihres Daseins mit Selbstverachtung leben müssen, ganz gleich, welche journalistischen Erfolge sie errang.

Käthe seufzte und umarmte Carla erneut, etwas weniger ungeschickt als bei ihrem ersten Versuch, aber der kleine, kindliche Körper blieb starr.

»Du solltest jetzt nicht allein sein«, begann Käthe, »und…«

Der Junge, dessen Existenz sie für den Moment völlig vergessen hatte, unterbrach sie.

»Ich bleibe bei ihr«, sagte er.

Käthe überlegte. Keinesfalls wollte sie ihre Verantwortung auf ein Kind abwälzen, aber einige Zeit mit einem Gleichaltrigen allein zu sein würde Carla vielleicht aus ihrem wohl durch den Schock ausgelösten Zustand herausholen. Sie würde später zurückkommen, um sich an der so ungewohnten Tätigkeit des Tröstens zu versuchen.

»Gut«, entgegnete sie, »ich werde deinen Vater um Erlaubnis bitten.« Nachdenklich runzelte sie die Stirn. »Am günstigsten wäre es wohl, du bliebest für eine Woche. Ich werde ihn bitten, morgen früh einige deiner Sachen bringen zu lassen.«

Als sie verschwunden war, setzte Robert sich auf die sorgfältig glattgezogene Decke von Carlas Bett und kommentierte verächtlich: »So sind sie alle.«

»Geh weg«, gab Carla feindselig zurück, aber wenn sie es so gemeint hätte, dann hätte sie es noch in Fräulein Brods Gegenwart gesagt.

»Ich weiß, warum du geschrien hast«, sagte Robert, nicht mitfühlend, denn er war nicht geblieben, um Carla zu trösten, sondern mit einem Hauch von Selbstzufriedenheit. Carla ging zu ihrer Kommode. Die alte, weiße Schublade knirschte, als sie daran zog. Alle Möbel in ihrem Zimmer waren alt und eigentlich zu groß für sie; sie hatte Mariannes Jungmädchenzimmer geerbt, und manchmal fragte sie sich, ob Marianne ihr auch das übelnahm.

»Du denkst immer, du weißt alles«, sagte sie dabei, den Rücken zu Robert gewandt, »dabei weißt du überhaupt nichts.«

Als sie sich wieder umdrehte, hielt sie zwei Puppen in der Hand. Das verblüffte ihn. Er hatte sie nie mit Puppen spielen sehen, obwohl es natürlich sein konnte, daß sie es in seiner Gegenwart vermied, um sich keinen Spott über Mädchengetue anhören zu müssen. Es waren Porzellanpuppen, das fiel ihm als erstes auf, und eine davon trug etwas Glitzerndes in ihrem dunklen Haar. Die andere ... Robert blinzelte verblüfft.

Die andere hatte keinen Kopf.

Sie trug ein schwarzes Samtkleid, das schon etwas brüchig aussah, und mußte sehr teuer gewesen sein, denn der schwarze Samt war mit silbernen Mustern bestickt.

»Du denkst, du kannst zaubern«, sagte Carla, und Boshaftigkeit verlieh ihrer tonlosen Stimme wieder etwas Farbe. »Aber du traust dich bestimmt nicht, es richtig zu tun.«

Die kopflose Puppe war ihm in der Tat unheimlich, aber die Herausforderung war unwiderstehlich.

»Ich trau mich alles!«

In Carla kam Bewegung. Sie wickelte die beiden Puppen in ein Tuch, dann legte sie den Zeigefinger auf ihre Lippen und ging zur Tür. Er folgte ihr. Es war nicht weiter schwer, sich aus dem Haus zu schleichen, wenn man sich auskannte. Inzwischen trennten nur noch die letzten blassen Streifen am Horizont die Nacht von der völligen Dunkelheit, und es war eigenartig, wie sicher sich Carla trotzdem durch den Garten stahl. Dank der Angewohnheiten seines Vaters blieb Robert zu den ungewöhnlichsten Zeiten wach, aber die ihm vertraute Nacht wurde gewöhnlich durch Straßenlaternen erhellt, durch das Glitzern von Gläsern, Kellner- und Hotelpagenuniformen; die völlige Dunkelheit eines Gartens, die fremden Geräusche von Insekten und Vögeln waren ihm neu. Er spürte eine Mischung aus Erregung und Furcht und beachtete die Zweige nicht, die ihm hin und wieder ins Gesicht schlugen, da er hinter Carla herging.

Sie blieb schließlich stehen und kauerte sich nieder, ihr Tuch mit den Puppen im Schoß. Als etwas aufflammte, stellte er fest, daß sie Streichhölzer mitgenommen hatte.

»Hier, nimm«, sagte sie, und er hielt das kleine Stück Licht in der Hand und spürte, wie sich ihr die glimmende Flamme schnell näherte. Carla legte ihr Bündel auf den Boden neben sich und schlug es auseinander. Er vermutete, daß sie die Puppen beerdigen wollte, aber ehe die kleine Flamme seine Finger erreichte und er das

Streichholz hastig fallen ließ, sah er, daß sie die kopflose lediglich aufrecht hinsetzte. Dann drückte sie ihm die Streichholzschachtel in die Hand.

Während Schwefel auf Schwefel rieb, konnte Robert erkennen, daß sie die zweite Puppe in die Hand nahm und direkt über ihrem linken Knie hielt. Das nächste Streichholz brannte, und er hörte sie etwas murmeln, das er nicht verstand. Ihre rechte Hand umfaßte den Kopf der Puppe. Mit einem plötzlichen Ruck schlug sie das Spielzeug auf ihr Knie und brach ihm den Kopf ab. Das Geräusch des splitternden Porzellans ließ Robert zusammenzucken; er verlor das zweite Streichholz.

»Hast du Angst?«

»Nein«, antwortete er nicht ganz wahrheitsgemäß. »Aber was hast du vorhin gesagt?«

»Hci edrew slamein netarieh. Das ist ein altägyptischer Fluch«, fuhr sie fort und neigte sich zu ihm, bis sie fast in sein Ohr flüsterte. »Geh lieber, solange du noch kannst.«

Ihr bedrohliches Flüstern war sehr wirkungsvoll, aber bei der Wiederholung hatte Robert erfaßt, wie ihr Fluch zustande kam, und zufrieden, wieder die Oberhand gewonnen zu haben, konterte er:

»Rew edrüw hcid nohcs netarieh nellow? Ud tsgnirb aj hcon thcin lamnie enie githcir erewhcs ehcrapsmieheg ednatsuz!«

Rückwärts zu sprechen war nicht weiter schwer, wenn man den Dreh erst einmal heraushatte, und er konnte endlos so weitermachen. Es erwies sich jedoch als unnötig. Er wollte das nächste Streichholz anzünden, doch Carla hielt seine Hand fest.

»Laß nur«, sagte sie mit einer Mischung aus Verärgerung, widerwilligem Respekt und noch etwas anderem. »Für das nächste brauchen wir kein Licht.« Sie führte seine Hand auf die schwere, feuchte Erde des Beetes. »Du bist doch so gut im Zeichnen, da weißt du sicher, wie man einen Mann aus Lehm formt.«

Die beiden Puppen thronten kaum noch erkennbar auf dem Tuch; lediglich ihre kopflosen Hälse schimmerten weiß in der Dunkelheit. Aber Robert beachtete sie nicht mehr; er hörte sein Blut in den Ohren rauschen, schaute zu Carla und dachte, daß er deswegen hiergeblieben war. Fräulein Brod mit all ihrem Bücherwissen argwöhnte immer noch nicht, was Heinrich Fehr getan hatte, doch

Robert wußte es seit der Szene im Salon. Und er begriff, daß Carla nicht nur verstehen würde; er konnte ihr gegenüber sagen, was er noch nie ausgesprochen hatte.

»Oh, ich weiß es.«

Sie schauten einander noch einen Moment an, dann begannen sie, die Erde zu kneten. Sie fühlte sich nicht kühl an, sondern warm, und Robert fragte sich, ob das an dem langen Sommertag lag, bis er darauf kam, daß seine eigenen Finger kalt waren.

»Sie dachten, ich würde es nicht bemerken«, sagte er, während er den Lehm rollte und rieb. »Sie haben es beide getan. Wenn er genug getrunken hat, redet Papa manchmal davon. Dada hat ihm das Mittel verschafft, aber Papa hat es ihr gegeben.«

»Ich habe gesehen, wie sie sich gestritten haben«, flüsterte Carla. »Wie sie gefallen ist. Aber ich erinnere mich manchmal an Sachen, die ich nur geträumt habe, und ich dachte, vielleicht war das auch nur ein böser Traum. Oder ein Unfall. Bis heute.«

Während seine Hände zwei Köpfe für die Lehmfigur schufen, murmelte Robert: »Sie sagen sich ständig, sie hätten es ihretwegen getan. Weil sie solche Schmerzen hatte. Aber sie haben sie nicht gefragt. Ich weiß es genau. Sie wollte weiterleben. Sie hätte mich nicht allein gelassen.«

»Sie müssen bestraft werden.«

Carla stand auf, und Robert erhob sich ebenfalls. Mittlerweile hatten sich ihre Augen an das Dunkel gewöhnt, und das Licht des Halbmonds half etwas; sie konnten die gekneteten Figuren auf dem Boden erkennen, eine dünn und zweiköpfig, eine dick und groß. Auf ihre Weise waren sie ebenso unnatürlich wie die kopflosen Puppen, die ihnen wie Richter gegenübersaßen. Robert stellte fest, daß er Carlas erdverschmierte Hand in der seinen hielt. Ihr Griff war sehr fest, doch er spürte, wie sie zitterte. Oder tat er es? Etwas, das er einmal für den Salon seiner Mutter auswendig gelernt hatte, kam zu ihm zurück, und er deklamierte, weil es ihm angebracht schien:

»Fluch sei der Hoffnung, Fluch dem Glauben und Fluch vor allem der Geduld!«

Carla holte tief Atem und zertrat ihre Lehmfigur, nur den Bruchteil einer Sekunde schneller, als er seine zerstörte. Es war ein eigenartiges Gefühl, böse und aufregend und befriedigend zugleich, und solange es anhielt, vertrieb es die Trauer und das Entsetzen. Sie sprachen nicht miteinander, als sie zum Haus zurückkehrten, aber ihre Hände verschränkten sich immer noch ineinander, wie zwei Kätzchen in einem Korb. Erst als der erste Dienstbote ihrer ansichtig wurde, erinnerte sich Robert, daß dergleichen Benehmen höchst kindisch war und auf demütigende Weise von Erwachsenen belächelt wurde, und er zog seine Hand zurück.

Das Dienstmädchen brachte sie zu Fräulein Brod und redete die ganze Zeit davon, daß man sie überall gesucht habe. Fräulein Brod sagte zunächst einmal überhaupt nichts; sie nahm sie nur in Augenschein, und beide Kinder wurden sich ihrer verdreckten Kleidung bewußt. Aber die Schwarze Magie des Gartens hielt noch an; keiner von beiden fühlte sich verlegen.

»Bedauerlicherweise«, sagte Käthe Brod endlich zu Robert, nachdem sie vergeblich auf eine Erklärung oder Entschuldigung gewartet hatte, »möchte Herr Fehr nicht, daß du in den nächsten Tagen hierbleibst. Du wirst deinen Vater nach Hause begleiten müssen.«

Es überraschte sie nicht weiter, daß der Junge nicht protestierte; die Sensibilität dagegen, die er vorhin Carla gegenüber gezeigt hatte, hatte sie aufrichtig verblüfft, war es doch schon lange ihre Meinung, daß Taktgefühl, für Kinder ohnehin ein schwieriges Konzept, für Robert lebenslang ein Fremdwort bleiben würde. Sie sah der Zeit seiner Einschulung mit einer gewissen Erleichterung entgegen. Auch jetzt vergaß er, sich von Carla zu verabschieden. Er schaute lediglich noch einmal über die Schulter, ehe er mit dem Dienstmädchen verschwand.

Das Mädchen sah zumindest nicht mehr so verstört aus. Ohne darüber nachzudenken, ob es pädagogisch angebracht war, sagte Käthe vorwurfsvoll: »Ich habe mir Sorgen um dich gemacht.«

Gleich darauf preßte sie die Lippen zusammen; sie hatte immer so sehr darauf geachtet, für Carla eine Autoritätsfigur zu sein, und diese Äußerung klang wie die Beschwerde einer … Cousine.

»Wirklich?« fragte Carla und fügte hinzu: »Warum?«

Die Frage klang nicht unverschämt, sondern aufrichtig verwundert, und der jähe Schmerz, der Käthe durchzuckte, nahm ihr für einen Moment den Atem. Sie sollte das nicht fragen müssen.

»Weil ich weiß, daß es dir jetzt sehr schlecht geht, und ich dir helfen möchte«, entgegnete sie behutsam und fragte sich, wann genau sie begonnen hatte, trotz aller guten Vorsätze ihr Herz an ein fremdes Kind zu hängen. Klargeworden war es ihr erst heute.

Carlas Blick, der unverändert auf sie gerichtet blieb, war mißtrauisch; die Hand, in der sie ein Bündel hielt, verkrampfte sich ein wenig. Das Bündel aus buntkariertem Tuch brachte Käthe auf die rettende Idee.

»Vielleicht«, sagte sie langsam, »möchtest du in das Zimmer deiner Stiefmutter gehen. Herr Fehr«, aus irgendeinem Grund vermied sie den Ausdruck »dein Vater«, »hat angeordnet, daß es morgen ausgeräumt wird, aber ich könnte mir vorstellen, daß du etwas von ihr behalten möchtest.«

Carla starrte auf den Boden. »Sie haben sie nicht gemocht«, stieß sie anklagend hervor.

Ein konventionelles Dementi lag Käthe auf den Lippen, doch sie entschied sich für Ehrlichkeit. Wie sonst konnte sie jemals auf Vertrauen hoffen?

»Nein«, antwortete sie und seufzte. »Das habe ich nicht. Aber«, lächerlicherweise fiel ihr das zweite Eingeständnis schwerer als das erste; Erwachsenen mußte man so etwas nicht sagen, »ich mag dich.«

Das Kind hob den Kopf, und Käthe erkannte, daß es endlich begonnen hatte zu weinen.

3. Kapitel

Für Carla war das Geschenk der frühen zwanziger Jahre das Kino. Annis Tod lag bereits ein Jahr zurück, als sie die flackernden Bilder auf der Leinwand zum ersten Mal sah, und sie brachte es fertig, an das Mädchen zu denken, das nur siebzehn Jahre alt geworden war. Anni hätte ihre Begeisterung geteilt, aber Anni war tot, und Fräulein Brod brachte es nicht fertig, einen Film zu besuchen, ohne hinterher laut über die Machart und die mögliche politische Bedeutung zu spekulieren. Sie erklärte Carla, daß die Universumsfilmgesellschaft gegen Ende des Krieges auf Wunsch der Heeresführung gegründet worden war, zweifellos nur, weil man die Macht dieses neuen Unterhaltungsinstrumentes erkannt habe, aber das alles kümmerte Carla wenig. Sie ließ sich von den riesigen Figuren auf der Leinwand verzaubern, dem schnurrbärtigen kleinen Mann mit seinen übergroßen Hosen und dem kleinen Stöckchen, der Frau mit den langen Schlangenhaaren, die fliegen konnte, all den degenfechtenden kostümierten Helden, die sich zur Begleitung der Klavierspieler graziös durch Burgen und Schlösser bewegten.

Robert, der ihre Begeisterung wohl geteilt hätte, war nicht da, um ihre Entdeckung zu würdigen. Er hatte seine Zeit an der Wilhelmsschule vom ersten Augenblick an gehaßt; das endlose Aufstehen und Setzen beim Erscheinen der Lehrer, die langweiligen Fächer, denen er nicht mehr entkommen konnte und bei denen es nun keine Hilfe mehr gab, und seine Mitschüler, die ihn für verrückt hielten und seine Abneigung vollauf erwiderten. Bereits nach einer Woche begann er mit seiner Kampagne für, wie er es Carla gegenüber formulierte, »die Freilassung aus der Hölle«.

Sein sonst so gutmütiger Vater erwies sich jedoch zunächst als überraschend unnachgiebig; in Wahrheit hatte Rainer König schon länger das Gefühl, der Junge wachse ihm über den Kopf, und Dada Goldmann bestand ebenfalls auf der Notwendigkeit einer regu-

lären Schulbildung. Ihre letztendliche Sinnesänderung kam durch
das Zusammentreffen zweier Ereignisse zustande; Robert war verzweifelt genug, um es darauf anzulegen, von seinen Lehrern
körperlich bestraft zu werden, und einer von Dr. Goldmanns Stu-
dienkollegen wurde Mitglied des Lehrerkollegiums einer neu
gegründeten experimentellen Internatsschule. An dem Tag, an dem
Dr. Goldmann den Brief erhielt, der ihm in glühenden Farben die
Pläne für eine neue Art des Unterrichts ausmalte, kam Robert mit
Händen, die durch die präzisen Schläge eines Lineals aufgeschwol-
len waren, in das Hotel, in dem sein Vater zur Zeit lebte, und entsetzte diesen mit einem nur teilweise gespielten Tränenausbruch.
Zwei Wochen später saß er im Zug nach Lubeldorf in der weiteren
Umgebung von Hamburg und verfaßte, um sich die Zeit zu ver-
treiben, den ersten von vielen Briefen an Carla.

*Mein lieber Hadschi, hci ebah se tffahcseg! Schlimmer konnte es nicht
mehr werden. Sei froh, daß Du vor Schulen sicher bist. Wenn ich in
diesem Landschulheim allerdings auch sämtliche Wittelsbacher auswendig lernen muß, dann brauche ich dringend einen neuen Einfall.
Bitte erkundige Dich für mich nach den Schiffahrtsplänen in Hamburg, die müßtest Du bei der Post bekommen können. Das liegt gar
nicht so weit entfernt von dem Nest mit dem Landschulheim. Und
schick mir* Im Lande des Mahdi *bitte gleich mit, das hat nicht mehr
in den Koffer gepaßt. Viele Grüße – Kara ben Nemsi.*
    *P.S. Uns gegenüber sitzt ein kleiner Mann mit Lederjacke, der in
einem fort Zigarren raucht. Dada hat ihn schon mehrfach gebeten,
damit aufzuhören, und ist nun zum Gegenangriff übergegangen.
Er reißt ständig das Fenster auf, und die Lederjacke macht es wieder zu. Ich bin gespannt, wer sich durchsetzt.*

Mein lieber Sam Hawkins (sie weigerte sich hartnäckig, ihn als
Kara ben Nemsi oder Old Shatterhand zu akzeptieren) – *wie
kommst Du darauf, daß ich vor Schulen sicher bin? Mich wundert
es ohnehin, daß ich nicht schon längst in einer stecke, aber niem
Retav hat wohl Angst, sie würden sich entweder weigern, mich aufzunehmen, oder akzeptieren und mich einen Aufsatz über meine
Familie schreiben lassen. Und wenn Du glaubst, ich schicke Dir eins
von meinen Büchern, damit Du darin herumkritzelst, hast Du Dich*

geschnitten. *Die Aufstellung der wichtigsten Schiffahrtslinien liegt bei. Wie ist es in Deinem Internat? Wenn Du gerade vor Langeweile bei den Preußen eingehst, dann sei bitte sehr neidisch und denke an mich – ich war gestern in einem Kino! (Heißt es der Kino oder das Kino? K.B. sagt, sie hat beides gehört.) Der Film kam aus Amerika und war sehr komisch; er handelte von einem Vagabunden, der ein Mädchen vor den Zigeunern rettet und ihr dann beibringt, wie man sich wäscht, kämmt usw. Den Kino (das Kino?) zu besuchen ist ganz billig, nur zehn Pfennig, und vor allem, ich kann alleine hingehen. Viele Grüße ins ländliche Exil – Halef.*

Mein lieber Hadschi – ob der oder das, Dein Kino verblaßt völlig im Vergleich zu den Möglichkeiten, die einem hier geboten werden. Der Schulleiter ist eine Wucht. Er hat mich zum Leiter der Theatergruppe gemacht. Schau Dir ruhig Deine Lichtbilder an, während ich hier Shakespeare aufführe. Viele Grüße in das Schulmädchenleben – Kara.

P.S. Bisher kein Anzeichen von Wittelsbacherdaten im Geschichtsunterricht. Auch keine Hohenzollern.

Mein lieber Sam – ich glaube Dir kein Wort. Welcher Direktor macht einen Zehnjährigen zum Leiter der Theatergruppe? Er hat Dir erlaubt, beim nächsten Elternabend Deine Zauberkunststücke vorzuführen, stimmt's? – Halef.

P.S. Und was macht die Rechnerei, Du Held?

Mein lieber Halef – Du Ungläubige, Du Kleingeist! Also gut, ich bin nicht der Leiter der Theatergruppe, aber auf dem besten Weg dorthin. Ich bin ein Mitglied, und Max Kern (der Schulleiter) sagt, ich sei der talentierteste Junge, den er je gesehen habe. Bis zur Weihnachtsaufführung leite ich die Gruppe. Dann erwarte ich eine Entschuldigung von Dir. – Kara.

P.S. Mit dem Elternabend hattest Du übrigens recht. So ist M.K. auf mich aufmerksam geworden. Woher wußtest Du das?

Die Briefe, oft nur ein paar kurze Zeilen, wurden eine Gewohnheit, die Carla nicht mehr aufgeben konnte. Sie glaubte in der Regel nur die Hälfte von dem, was Robert ihr erzählte, und nach einer Weile fing sie an, selbst Übertreibungen und erfundene Geschichten in ihre Briefe einfließen zu lassen, aber sie hätte um nichts in der Welt darauf verzichten mögen. Roberts Briefe waren wie die schimmernden schwarzweißen Bilder, die sie selbst ohne ihre Brille deutlich erkannte, kleine Fluchtfenster aus ihrer engen Welt. Sie beneidete Robert glühend um das Schultheater, und als er ihr im folgenden Jahr einen kleinen Artikel über sich schickte – *Schauspieler, Dichter und erst 11* –, brachte sie die Eifersucht eine ganze Nacht lang um ihren Schlaf. Aber sie wußte, daß auch er sie beneidete, denn Schultheater hin oder her, Lubeldorf war nicht mit München zu vergleichen. Ihr Vater, der begonnen hatte, einer jungen Witwe den Hof zu machen, nahm sie wieder zu einigen Theateraufführungen mit, und nun war sie alt genug, um das meiste von dem, was sie sah, zu verstehen.

Der Wald von Arden nahm sie gefangen, *Wie es euch gefällt* mit seinen immerwährenden Verwandlungen und Rosalinde, die ihr trübseliges Dasein am Hof ihres verhaßten Onkels verließ und in ihrem Wald ein Junge wurde, der ein Mädchen spielte. Carla sah die kleine, irrlichternde Gestalt auf der Bühne zwischen drei Identitäten hin- und herwechseln und in jeder ihre feenhafte Anmut bewahren, und sie begann zu wünschen.

Kurz darauf, als sie mit Käthe Brod in einem Café saß und Himbeersahnetorte aß, gingen Dr. Goldmann und eine Frau, die sie erst auf den zweiten Blick erkannte, vorüber. Es war die Rosalinde, die Schauspielerin Liesl Thaler, aber sie sah sehr verändert aus. Sie bewegte sich auch ganz anders, ein wenig forsch; das Schweben Rosalindes war verschwunden. Dr. Goldmann erspähte sie und ihre Erzieherin; höflich kam er zu ihnen herüber und stellte sie seiner Begleiterin vor, die sie freundlich begrüßte. Sogar ihre Stimme, ihre Sprechweise war eine andere; jetzt hörte man ihr die österreichische Herkunft an. Der Unterschied zwischen Bühne und Wirklichkeit machte Carla zu schaffen, aber nicht, weil er sie enttäuschte. Im Gegenteil, er eröffnete ungeahnte Möglichkeiten. Wenn diese freundliche, alltägliche Frau, die, aus der Nähe betrachtet, eher ein etwas unregelmäßiges Gesicht hatte, sich nur durch die Macht ihres Willens und ein wenig Schminke in ein anderes Geschöpf verwandeln konnte – dann würde sie, Carla, es auch können. Die Fenster in andere Leben, in viele andere Leben, waren nicht nur dazu da, um betrachtet zu werden. Man konnte sie aufstoßen und hindurchklettern.

Sie war zu sehr mit dieser neuen Idee beschäftigt, um zu bemerken, daß ihre Erzieherin Dr. Goldmann kühl behandelte, also traf es sie unerwartet, als Käthe später, als sie wieder allein waren, bemerkte: »Sie ist offenbar intelligent. Wie bedauerlich, daß sie mit ihrem Leben nichts Besseres anzufangen wußte.«

»Wie meinen Sie das?« fragte Carla verblüfft, während sie noch etwas von der Torte auf ihre Gabel schob.

Käthe bedauerte, laut gesprochen zu haben. Es war nur so, daß Dr. Goldmann sie irritierte. Sie konnte ihn nicht einordnen; weder politisch, mit seinem Mischmasch an konservativen und fortschrittlichen Ansichten, noch menschlich. Natürlich ehrte es ihn, daß er sich um den Sohn einer längst verstorbenen Geliebten kümmerte, dessen Vater man nicht eben als verantwortungsbewußt bezeichnen konnte; aber sie glaubte nicht, daß dieses ständige Tauziehen letztlich gut für den Jungen war, und der ganz und gar nicht dumme Dr. Goldmann mußte das eigentlich wissen. Außerdem klatschte man selbst in ihren Kreisen über seine ständigen Verhältnisse mit verheirateten Frauen. Auch die Schauspielerin, in deren Gesellschaft er sich heute befand, hatte einen Ehemann. Käthe hielt sich für modern genug, um die Ehe als bürgerliche Institution abzulehnen, aber das junge jüdische Mädchen, das immer noch irgendwo in ihr steckte, war schockiert. Sie erkannte, daß sie ihren Gefühlswirrwarr auf seine Begleiterin projiziert hatte, aber das war zu kompliziert und zu persönlich, um es Carla zu erklären, also antwortete sie:

»Nun, einen Beruf zu ergreifen, der einen im hohen Maß von der äußeren Erscheinung abhängig macht, ist sehr unklug.«

Carla schmeckte die Süße der Frucht und ihre milchige Umhüllung. Sie fragte sich, ob Käthe Brod sich je gewünscht hatte, jemand anders zu sein. Wahrscheinlich nicht. Mit dem Stück Kuchen schluckte sie auch die Versuchung herunter, ihrer Erzieherin etwas von der Offenbarung, die ihr gerade zuteil geworden war, zu erzählen.

Nach Annis Tod hatte Carla ihren Vater lange nur noch bei den morgendlichen und abendlichen Mahlzeiten gesehen, und oft wochenlang überhaupt nicht, wenn er in geschäftlichen Angelegenheiten nach Berlin fuhr oder für einen Monat nach Italien verschwand. Diese »Epoche des Wettbewerbs im Schweigen«, wie sie sie Robert gegenüber bezeichnete, um zu verbergen, wie sehr es sie verletzte, hielt etwa eineinhalb Jahre an. Danach begann ihr Vater wieder, hin und wieder so etwas wie Interesse für sie zu zeigen. Zu ihrem zwölften Geburtstag schenkte er ihr ein Fahrrad, was sie völlig überraschte, denn sie hatte ihm gegenüber nie erwähnt, daß sie sich eines wünschte; er mußte sich die Mühe gemacht haben, sich bei Käthe Brod zu erkundigen.

Ihre Freude vermischte sich, wie jedes Gefühl in bezug auf ihren Vater, mit Bitterkeit. Sie wünschte, er würde sich endlich entscheiden, ihre Existenz ganz und gar zu ignorieren; das würde ihn uneingeschränkt hassenswert machen, und seit Annis Tod wußte sie, daß sie ihn haßte. Aber nein, jedesmal, wenn sie sicher war, ihn nur noch als ihren Feind sehen zu können, zerstörte er diesen Schutzwall mit einem Ausbruch an Menschlichkeit und erweckte in ihr wieder das lächerliche Bedürfnis, ihm zu gefallen und von ihm geliebt zu werden.

Nun, da sie nicht mehr auf die Straßenbahn angewiesen war, unternahm sie lange Ausflüge auf ihrem neuen Rad; Ausflüchte, dachte sie manchmal. Eines Tages kehrte sie gerade von einem solchen Ausflug zurück, als ihr Vater ihr auf dem Weg in ihr Zimmer begegnete.

»Wo warst du?« fragte er mit erhobenen Augenbrauen.

Schlagartig wurde Carla bewußt, wie inakzeptabel sie für ihn aussehen mußte; Käthe Brod hatte ihr Hosen geschenkt, die zwar zum Radfahren ungeheuer praktisch waren und ihr auch gestatteten, auf Bäume zu klettern, aber im Moment klebten sie schweißdurchtränkt an ihrer Haut, genauso wie ihre Bluse. Außerdem merkte sie bereits, daß sie auf Stirn und Nase einen leichten Sonnenbrand hatte; die Haut spannte sich dort und brannte, aber nicht mehr als ihre Wangen, als ihr jetzt unwillkürlich das Blut ins Gesicht stieg.

»Im Englischen Garten«, murmelte sie und war wütend auf ihn, weil er ihr das Gefühl vermittelte, etwas falsch gemacht zu haben.

Darin war er ein Meister, dachte sie zornig. Marianne bemühte sich schon seit Jahren, eine vollkommene Dame zu sein, aber das brachte sie bei ihrem Vater auch nicht weiter; im Gegenteil, in der

»Epoche des Wettbewerbs im Schweigen« war sie genauso ignoriert worden wie Carla, ja noch mehr: Sie war verbannt worden.

»Und im Kino«, setzte sie trotzig hinzu, und wie sie vermutet hatte, entgegnete er sofort:

»Du solltest dein Taschengeld nicht für diesen Unsinn ausgeben, Carla.«

Aber er sagte es nachsichtig, sogar voller Zuneigung, und fügte hinzu: »Du bist doch sonst ein kluges Mädchen. Kannst du den Unterschied zum Theater nicht sehen? Die Filmgeschichten sind so lächerlich einfach und wiederholen sich ständig.«

Mißtrauisch schaute sie zu ihm hoch. Konnte es sein, daß er tatsächlich ein Gespräch mit ihr führen wollte? Er lehnte sich auf den Stock, den er benutzen mußte, seit sein rechtes Knie ihm so zu schaffen machte, und betrachtete sie nachdenklich. In den letzten Jahren hatte er noch mehr zugenommen, und ihr kam der Verdacht, daß er der jungen, verwitweten Frau Lehnmann nicht zuletzt deswegen den Hof machte, weil sie im Krieg als Krankenpflegerin gearbeitet hatte. Vielleicht vermutete Frau Lehnmann das auch, oder vielleicht war sie einfach eine zu gute Katholikin; auf jeden Fall hatte sie sich bisher nur abweisend verhalten, worüber Carla froh war. Sie kannte Frau Lehnmann kaum, aber es schien sich um eine nette Frau zu handeln.

»Das könnte man auch von der Handlung von Opern behaupten«, entgegnete sie auf die Gefahr hin, ihren Vater zu erzürnen, wobei sie nicht wußte, ob sie sich nicht genau das wünschte. Sie hatte schon lange nicht mehr auf dem Klavier spielen müssen, aber das war das erste Mal, daß sie ihrer Unempfänglichkeit für diese Musikgattung, die er so schätzte, offen Ausdruck verlieh.

»Die Handlung ist oft wirklich dumm, die Karten sind viel teurer als die fürs Kino, und die Sänger sind viel zu dick.«

Sie wartete darauf, daß er sich umdrehte und eine neue, wochenlange Periode des Schweigens begann. Seine Liebe zur Musik war eines der wenigen beständigen Motive in seinem Leben; er besuchte jede Inszenierung der Oper am Max-Joseph-Platz, obwohl er die meisten heftig kritisierte, und der jährliche Sommerausflug nach Bayreuth war der Höhepunkt seines Jahres. Früher hatte er oft abends am Klavier gesessen und Themen aus *Tristan* gespielt, immer die gleichen Akkorde. Daß die Gicht seine Finger im letzten Jahr dazu unfähig gemacht hatte, schmerzte ihn so sehr, daß er zum ersten Mal in seinem Leben wirklich auf die Anordnungen seines Arztes hörte und den fetten Gerichten etwas aus dem Weg ging. Ihre Äußerung war also nicht nur respektlos, sondern geradezu beleidigend.

Aber ihr Vater drehte sich nicht um. Statt dessen lachte er, nur kurz, aber es klang aufrichtig belustigt.

»Nicht alle Sänger«, bemerkte er und sah sie an. Carla erstarrte. Vielleicht meinte er es gar nicht so, aber sie konnte nicht anders, sie dachte an ihre Mutter. In seinen letzten Ferien hatte Robert sie einmal zu Dr. Goldmann mitgenommen, und Dr. Goldmann hatte ein Buch mit Photographien von berühmten Inszenierungen im Regal stehen. Da hatte sie ihre Mutter entdeckt, jung, triumphierend, als Aschenputtel in *La Cenerentola*. Nein, Angharad war nicht dick gewesen. Während sie den Blick ihres Vaters auf sich ruhen spürte, erinnerte sich Carla an die schlanke, dunkelhaarige Gestalt auf der sorgsam ausgeleuchteten Photographie aus Italien. Immer hatte sie geglaubt, sie schlüge in die Familie ihres Vaters, mit ihren roten Haaren; die Erinnerungen an ihre Mutter, über die sie nur einmal mit Robert und mit sonst niemandem gesprochen hatte, schlossen Angharads Gesichtszüge nicht mit ein. Aber wenn sie jetzt, nach der Entdeckung der Photographie, in den Spiegel schaute, erkannte sie Ähnlichkeiten; die hohen Wangenknochen, die geraden, dichten Augenbrauen. Man merkte es deutlicher, wenn sie ihre Brille nicht trug, und in der letzten Zeit hatte sie mit dem Versuch angefangen, auch brillenlos zurechtzukommen. Natürlich nicht beim Radfahren – alles, was weiter als fünf Meter von ihr entfernt war, verschwamm vor ihren kurzsichtigen Augen –, aber wenn sie zu Fuß unterwegs war. Man mußte sich nur stärker nach Geräuschen orientieren, lernen, Farbflecken richtig zu deuten, und bereit sein, einige blaue Flecken in Kauf zu nehmen.

Nun fragte sie sich, ob ihr Vater auch fand, daß sie ihrer Mutter ähnlich sah. Der gleiche Impuls, der sie dazu getrieben hatte, lauthals Kritik an der Oper zu äußern, veranlaßte sie jetzt, ihre Brille abzunehmen und zu entgegnen: »Nein, nicht alle.«

Sein Gesicht vergröberte sich sofort vor ihren Augen; sie konnte die einzelnen Falten genau erkennen. Er rührte sich nicht und schwieg. Carla zählte in Gedanken bis zehn, dann fuhr sie fort:

»Aber ich wette, die Schauspieler im Film haben mehr Spaß bei ihrer Arbeit. In der Oper geht meistens alles schlecht aus. Die Leute werden ermordet oder verrückt.«

Plötzlich war ihr kalt, obwohl sie den ganzen Weg nach Hause so schnell wie möglich geradelt war. Hatte sie das wirklich gesagt? Es lag ihr auf der Zunge, eine Entschuldigung zu stammeln, aber das hätte alles nur noch schlimmer gemacht, und außerdem wurden Furcht und Beschämung sofort wieder von Zorn und Erbitterung verdrängt. Sie dachte an die beiden kopflosen Puppen in ihrer Schublade und an das Versprechen, das sie sich gegeben hatte.

»Deine Schwester Marianne«, sagte ihr Vater unerwarteterweise, und nur die leichte Heiserkeit seiner Stimme verriet, daß er sehr wohl verstanden hatte, wovon sie sprach, »hat sich verlobt. Vergangenes sollte man ruhenlassen. Also habe ich sie und ihren Verlobten eingeladen; und von dir erwarte ich Höflichkeit und Respekt… deiner älteren Schwester und ihrem Verlobten gegenüber.«

Er wandte sich um, und Carla hörte seine schweren, ungleichmäßigen Schritte den Flur hinuntergehen. »Wie heißt er?« rief sie ihm hinterher, was sich ebenfalls nicht gehörte, aber sie wollte es wirklich wissen.

»Philipp Bachmaier.«

Bis auf Marianne selbst kannte Carla kein einziges Mitglied der Familie Bachmaier, die mit ihrem Vater nur noch brieflich verkehrte, und das meistens über Anwälte. Trotzdem hatte sie Marianne manchmal um ihre Großeltern beneidet, um die Onkel, Tanten und Cousins, die ihre ältere Schwester hatte; sollte Carlas eigene Mutter noch über lebende Verwandte verfügen, dann hatten sich diese nie gemeldet. Andererseits waren ihre Gefühle in bezug auf ihre Schwester schon gespalten genug, und wenn sie sich vorstellte, mit einer ganzen Reihe von Mariannes verwandt zu sein, war sie über ihre Familienlosigkeit sogar erleichtert.

Sie hatte Marianne seit Jahren nicht mehr gesehen, seit Annis Tod nicht mehr, und nur pflichtbewußte Briefe zum Geburtstag und zu Weihnachten erhalten, die sie ebenso pflichtbewußt erwiderte. In keiner dieser kurzen Episteln war von einem »Philipp« die Rede gewesen. Das Schreiben, mit dem Marianne nun auf die Einladung ihres Vaters reagierte, erwähnte, daß es sich um einen Cousin dritten Grades aus Österreich handelte. Unwillkürlich stellte sich Carla eine männliche Version von Marianne vor, hager, etwas verbissen, fromm und sehr, sehr gewissenhaft.

Philipp überraschte sie, fast so sehr wie Marianne selbst, die trotz der verstrichenen Jahre jünger aussah, gelöster, weicher, und ihren Verlobten offensichtlich anhimmelte; sie wandte kaum je den Blick von ihm, was ihren Vater nicht nur belustigte, sondern auch irritierte. Was Philipp anging, so erwiderte er diese stumme Anbetung keineswegs; er verhielt sich untadelig höflich zu Marianne, aber er zeigte kein äußeres Anzeichen von Liebe oder gar Leidenschaft. Er wirkte tatsächlich regelrecht schlaksig in seiner Soldatenuniform, aber das war der einzige Punkt, der Carlas Erwartungen völlig entsprach.

Zunächst einmal hatte er dunkle Haare, nicht helle wie Marianne, und eine braungebrannte Haut, die dafür sprach, daß er viel Zeit im Freien verbrachte. Dann war er deutlich jünger als Marianne, selbst in ihrem verschönten Zustand; in der Tat wirkte er kaum alt genug, um im Krieg gewesen zu sein, aber auf eine entsprechende, leicht spöttische Frage Heinrich Fehrs entgegnete er, man habe ihm im letzten Kriegsjahr gestattet, trotz seiner damaligen Minderjährigkeit seinen Beitrag zur Rettung des Vaterlands zu leisten. Er sagte das mit einer nüchternen Selbstverständlichkeit, die das Pathos der Worte beinahe wieder negierte, aber Carla, bei der Käthe Brods jahrelanger Einfluß durchaus Früchte getragen hatte, platzte heraus:

»Im letzten Jahr? Aber warum denn, du meine Güte? Da war der Krieg doch schon verloren!«

Philipp fixierte sie, und sie dachte plötzlich, daß er sie mit seinem dreieckigen Haaransatz und dem scharfgeschnittenen Gesicht an einen Hai erinnerte, wie sie ihn im Naturkundemuseum gesehen hatte. Er hatte sie bisher ignoriert und war damit einem protokollarischen Problem ausgewichen. Für die Bachmaiers war sie unehelich; für ihren Vater war sie das auch, wenn er nicht gerade jemanden aus der Familie seiner ersten Frau provozieren wollte und behauptete, Angharad doch in Amerika geheiratet zu haben. In jedem Fall war sie das lebende Symbol des Bruchs zwischen Heinrich Fehr und den Bachmaiers, und sie als Verwandte anzuerkennen hieß, Heinrich Fehr in einem wichtigen Punkt nachzugeben. Das ließ sich umgehen, wenn man sie als Kind behandelte, denn Kinder, ob nun ehelich oder unehelich, konnten ignoriert werden. Auch jetzt wäre es für Philipp noch möglich gewesen, über ihren Einwurf einfach hinwegzugehen.

Aber ihr Vater schwieg erwartungsvoll, statt sie zurechtzuweisen; vielleicht, weil er dem kühlen, selbstsicheren jungen Mann eine gewisse Verlegenheit gönnte. Philipp war offenbar klug genug, um das zu merken. Er musterte Carla gerade lange genug, um ihr das Gefühl zu vermitteln, nur ein kleiner Fisch zu sein, dann sagte er gelassen, an Heinrich Fehr gewandt:

»Es scheint, daß einige Kinder hier in München nicht den rechten Begriff von Vaterlandsliebe haben, aber vielleicht täusche ich mich. Meine hiesigen Freunde versichern mir, daß man hier noch rundum bodenständig ist, ohne moderne Degeneriertheit.«

»O ja«, warf Marianne hastig ein und warf Carla einen strafenden Blick zu, ehe sie wieder liebevoll zu ihrem Verlobten schaute. »Hier sind wir stolz auf unsere Kriegshelden.«

Vielleicht war es Philipps herablassender Ton. Vielleicht war es der Umstand, daß Käthe sie einmal zu einem Krankenhaus voller Kriegsversehrter mitgenommen hatte und in der letzten Zeit auch öfter zu Versammlungen, auf denen Frau Hallgarten sprach, die mit ihnen in einer Straße wohnte und die Ortsgruppe der *Deutschen Friedensgesellschaft* leitete. Jedenfalls erschien ihr das, was Philipp da von sich gab, als verlogenes, unsinniges Gerede, und außerdem war sie enttäuscht über Mariannes Reaktion. Marianne hatte ihrem Vater bei allem Bemühen um seine Liebe doch nie geschmeichelt, und jetzt benahm sie sich ihrem Verlobten gegenüber regelrecht unterwürfig.

»Sind wir nicht«, sagte Carla laut, alle Vorsicht in den Wind schlagend. Allerschlimmstens konnte eine neue Epoche des Schweigens anbrechen. »Nur auf diejenigen, die Geld haben. Von den anderen stehen eine Menge verkrüppelt und als Bettler auf der Straße oder vor dem Arbeitsamt in der Thalkirchner Straße. Die sehe ich jedesmal, wenn ich mit dem Rad daran vorbeikomme.«

Sie schöpfte rasch Atem und redete weiter, ehe jemand sie unterbrechen und auf ihr Zimmer schicken konnte. »Und ich glaube nicht, daß du aus Vaterlandsliebe in den Krieg gezogen bist, Philipp.«

Sie hatte sich überlegt, ob sie ihn siezen oder duzen sollte, aber schließlich würde er ihr Schwager werden. Er starrte sie wieder an, ohne eine Miene zu verziehen, aber diese betonte Aufmerksamkeit war bei weitem besser, denn als kleines Kind abgetan zu werden.

»Warum dann?« fragte er. Für einen Österreicher hatte er eine erstaunlich präzise Aussprache; lediglich die langgezogenen Endsilben waren unverwechselbar. Ursprünglich hatte sie sagen wollen: *Aus Angeberei*, und daß er das Kämpfen wohl für ein Abenteuer gehalten habe. Aber weil er sie nicht mehr länger ignorierte, antwortete sie mit etwas anderem, das Marianne gleichzeitig ihre Speichelleckerei heimzahlen sollte.

»Du hast eine Schwäche für hoffnungslose Fälle«, erwiderte sie so unbekümmert wie möglich. »Sonst wärst du ja auch nicht mit Marianne verlobt.«

Ihre Schwester, die Carla gegenübersaß, erblaßte und sprang auf. Dann hob sie die Hand und schlug dem Mädchen ins Gesicht. Da sie über den Tisch hinweg ausholte, wurde es nur eine schwache Ohrfeige, aber sie genügte, um Carlas Brille herabzuschleudern. Carla blinzelte, mehr verblüfft als verletzt. Bis auf Käthe Brods Ohrfeige vor drei Jahren, die ihrem Schreianfall ein Ende gesetzt hatte, war sie niemals in ihrem Leben geschlagen worden. Daß ihr Vater es irgendwann doch tun könnte, hatte sie manchmal befürchtet, aber es niemals von Marianne geglaubt. Marianne war harmlos, ihre steife ältere Schwester, über die man sich leicht und ungestraft lustig machen konnte, auch wenn sie einem hin und wieder leid tat. Sie mußte Marianne tiefer gekränkt haben, als es je ihre Absicht gewesen war.

Ratlos, was sie als nächstes tun sollte, bückte sie sich und tastete im Schatten des Tisches nach ihrer Brille, während sie gleichzeitig darauf wartete, endlich hinausgeschickt zu werden. In dem Schweigen hörte sie Mariannes stoßweise Atemzüge. Endlich schlossen sich ihre Finger um die Brillengläser. Sie richtete sich wieder auf, verzichtete aber darauf, die Brille wieder aufzusetzen. Manchmal war es gut, nicht alles im Detail sehen zu können. In der gespannten Stille gab sie sich einen Ruck und murmelte:

»Es tut mir leid, Marianne.«

Erst jetzt sagte ihr Vater: »Geh auf dein Zimmer.«

Carla schob den Stuhl zurück, knickste in Philipps Richtung und lief erleichtert hinaus. Obwohl sie sich nicht sicher sein konnte, wurde sie das Gefühl nicht los, daß Mariannes Verlobter während der ganzen Zeit nicht aufgehört hatte, sie anzusehen.

Ende September kam Robert nach München, was mittlerweile ein seltenes Ereignis war. Seit dem Tod seiner Großmutter wurde er in den Ferien von seinem Vater auf alle möglichen Reisen mitgenommen. Die Postkarten, die er ihr zu diesen Gelegenheiten schickte, waren wie seine Briefe kurz, voller Zeichnungen und lösten die übliche Mischung aus Freude und Eifersucht in ihr aus. In kleinlichen Stimmungen dachte sie, daß es ohnehin nicht mehr lange dauern könnte; ganz gleich, wieviel Rainer König geerbt hatte, wenn er immer nur ausgab und selbst nichts verdiente, dann ging ihm irgendwann das Geld aus.

Im letzten Jahr hatte Robert angefangen, ungeheuer zu wachsen, und noch nicht wieder aufgehört. Die kindliche Pummeligkeit war dahingeschmolzen, und es gab noch kein Anzeichen dafür, daß sie zurückkehren würde, obwohl er in seinem üblichen Heißhunger vier Klöße hintereinander aß, wenn er und Carla von Dr. Goldmann in dessen Lieblingslokal eingeladen wurden. Meistens waren sie jedoch alleine unterwegs. Er beneidete sie um ihr Fahrrad, und in dem befriedigenden Gefühl, großzügig zu sein, gestattete sie ihm hin und wieder, es zu fahren, während sie auf dem Gepäckträger saß.

Er erzählte ihr von seinem letzten Schulaufführungtriumph. Nach der Vorstellung hatten sich einige Eltern bei dem Direktor beschwert, weil die Jungen, die in *Julius Caesar* Cassius und Antonius spielten, offensichtlich viel älter und erfahrener waren als die übrigen Mitspieler.

»Und du hättest ihre Gesichter sehen sollen, als er ihnen sagte, daß ich *beide* Rollen gespielt habe und genauso alt bin wie die anderen. Und das war, bevor sie herausfanden, daß ich außerdem noch den Text gekürzt und Regie geführt habe.«

Er zog einen oftmals gefalteten Zeitungsausschnitt aus der Tasche. »Hier, sonst glaubst du mir wieder nicht.«

Sie glaubte ihm durchaus, aber sie machte trotzdem ein skeptisches Gesicht, während sie den Artikel aus dem *Lubeldorfer Tagblatt* durchlas. Es fiel ihr auf, daß die Initialen unter dem Artikel genau die gleichen waren wie unter all den Beiträgen, die er ihr bisher stolz präsentiert hatte.

»Also, entweder M.K. ist ein Pseudonym von dir«, sagte Carla kopfschüttelnd, »oder von deinem Direktor!«

Robert lehnte sich gegen den Brunnen, vor dem sie standen, und schnitt eine Grimasse, ehe er zugab: »Von dem Direktor.«

»Also, daß er die Werbung für seine Waldorfschule so nötig hat…«, neckte sie ihn, was Robert durchaus erkannte, doch es war ihm wichtig genug, vor ihr zu glänzen, daß er erwiderte: »Es stimmt aber alles.«

»Wie kannst du überhaupt Cassius und Antonius gleichzeitig spielen? In einer Szene sind sie doch gleichzeitig auf der Bühne!«

Keiner der beeindruckten Erwachsenen, die den Kreis seiner ergebenen Bewunderer bildeten, hatte daran gedacht, sich danach zu erkundigen, dachte Robert, aber das machte seine Freundschaft mit Carla aus. Sie wußten beide, wie man die wirklich wichtigen Fragen stellte.

»Ich habe gekürzt und den Text neu verteilt, ganz einfach«, antwortete er. »Max Reinhardt macht das ständig.«

Während der letzten Ferien war Papa mit ihm in Berlin gewesen, und er hatte eine der berühmten Reinhardt-Inszenierungen erlebt, was Carlas Vorteil mit den Münchner Kammerspielen wieder etwas wettmachte. Sie lachte.

»Max Reinhardt und du.«

Er wußte, worauf sie hinauswollte, und bestätigte in seinem selbstsichersten Tonfall: »Ich und Max Reinhardt«, ehe er in ihr Lachen einfiel. Deswegen, dachte Carla, war es unmöglich, lange auf ihn böse zu sein. Er *war* eingebildet, und zu allem Überfluß auch noch zu Recht, aber er war auch der einzige Mensch, den sie kannte, der über sich selbst lachen konnte.

»In meiner Fassung«, sagte Robert, nachdem sie sich wieder beruhigt hatten, »hört das Stück auf, nachdem Cassius und Brutus aus der Stadt geflohen sind. Wenn man die Schlußakte rauswirft, braucht man keine Soldatenkostüme und viel weniger Leute auf der Bühne. Außerdem ist es so ein besserer Krimi.« Er grinste. »Und es dauert nicht so lange, daß die Eltern gelangweilt werden und irgend jemand seinen Text vergißt.«

69

Sie konnte sehen, daß er darauf brannte, ihr ein paar Szenen vorzuspielen, aber sie beschloß, ihn noch ein wenig zappeln zu lassen. »Wenn du gestern abend schon hier gewesen wärest«, sagte sie, »hättest du wirklich was erleben können. In den Kammerspielen haben sie ein neues Stück aufgeführt, von einem neuen Dramatiker. Mein Vater ist mit uns allen hin, um Mariannes Verlobung zu feiern – behauptet er. Aber vielleicht hat er nur Philipp den Hai ärgern wollen, weil es nämlich hieß, in dem Stück gehe es um einen Kriegsheimkehrer. Aber am Schluß waren sie beide entsetzt.«

Sie schwindelte etwas; von »uns« konnte keine Rede sein. Man hatte sie daheim gelassen, und sie mußte sich ihren Reim aus den Zeitungsartikeln, der türknallenden Reaktion ihres Vaters und einigen Äußerungen seiner Begleiter machen. Robert erfuhr, der Kriegsheimkehrer in dem Stück beteilige sich erst an der Revolution, nur um ihr dann den Rücken zu kehren, nicht etwa wegen einer politischen Bekehrung, sondern weil er das private Glück mit seinem Mädchen, das obendrein von einem anderen ein Kind erwartete, vorzog.

»Die Leute haben geklatscht wie wild«, sagte Carla, die sich damit auf sicherem Boden bewegte, denn das hatten alle Zeitungen geschrieben, »aber mein Vater hat gesagt, wenn die Kammerspiele noch weiter mit seiner Unterstützung rechnen wollten, dann sollten sie aufhören, Dramen zu inszenieren, die Gesinnungslosigkeit und Unmoral glorifizierten. Das heißt, *Gesinnungslosigkeit* war Mariannes Ausdruck. Unmoral…«

Sie verstummte jäh, und Robert, der wußte, was ihr mit einemmal in den Sinn gekommen war, bemerkte hastig: »Ich dachte, Marianne spricht nicht mehr mit dir.«

»Tut sie auch nicht. Sie hat es zu Philipp dem Hai gesagt«, gab Carla zurück, und klang immer noch bedrückt.

Es lag Robert auf der Zunge, ihr etwas über die Zeit in Berlin zu gestehen, weil es ihm immer leichter fiel, Carla von seinen Sorgen zu erzählen, wenn sie selbst bekümmert war. Doch ehe er dazu kam, erregte etwas ihrer beider Aufmerksamkeit. Aus einer Seitenstraße drang rhythmisches Gegröle, das rasch näher kam. Carla legte den Kopf schief und lauschte, aber das erwies sich als unnötig. Ein aus zehn oder zwölf Männern bestehender kleiner Trupp bog um die Ecke, und nun waren die Worte, die von den einzelnen Mitgliedern laut gerufen wurden, deutlich auszumachen: »Judensäue! Novemberverbrecher! Raus!«

»Wer sind denn die?« erkundigte sich Robert, der die braunen Uniformen, die sie alle trugen, noch nie gesehen hatte.

»Die gehören zu einer von den ganz rechten Parteien. Davon gibt's jetzt immer mehr«, erwiderte Carla und runzelte die Stirn. »Ich glaube, die wollen in die Redaktion der *Münchner Post.*«

Sie kannte die Adresse, Altheimer Eck 13, und wußte, daß sie gleich um die Ecke lag. Außerdem hatte sie gehört, wie Käthe Frau Hallgarten erzählt hatte, daß die »Braunen« die Redaktion bereits mehrfach überfallen hätten; man hatte um Polizeischutz gebeten und ihn selbstverständlich nicht erhalten. »Wir werden uns eben selbst verteidigen müssen«, hatte Käthe erbittert gesagt. Aber gewiß war sie heute nicht dort; das wäre ein zu unglaublicher Zufall gewesen. Sicher saß sie in Bogenhausen und korrigierte Carlas Aufsatz über Lessing und Moses Mendelssohn.

»Komm«, sagte Carla zu Robert und griff nach der Lenkstange ihres Rades.

Als er merkte, daß sie es den zielsicher in Richtung Altheimer Eck marschierenden Männern hinterherschob, protestierte er: »Spinnst du?«

»Hast du Angst?« gab sie heftig zurück, und das funktionierte, wie immer.

Sie folgten den Braunen, zu denen bald noch ein weiterer Trupp stieß. Vor dem Redaktionsgebäude hielten sie an. Carla und Robert erkannten, daß vor dem breiten Eingang große Druckpapierrollen gestapelt standen. Dazwischen ragten Rohre heraus, die aussahen wie Gewehre. Mit einem schwachen Gefühl im Magen begriff Carla, daß es tatsächlich Gewehre waren, Maschinengewehre.

Sie stellte fest, daß sie unwillkürlich nach Roberts Hand gegriffen hatte. Er sagte nichts, aber er erwiderte den Druck. Sie rührten sich nicht vom Fleck. Die Braunen waren mit Prügeln bewaffnet, und einer oder zwei trugen auch Pistolen, aber sie hatten offensichtlich nicht mit einem solchen Risiko gerechnet.

»Drecskerle! Vaterlandsverräter!«

»Braunes Pack!« schrie jemand aus dem Redaktionsgebäude zurück. Carla schaute nach oben und erkannte weitere Gewehrmündungen.

Während einige der Männer unten weiterbrüllten, berieten andere offensichtlich untereinander. Nach ein paar Drohungen zogen sie schließlich murrend ab.

»Das war's«, sagte Robert, der nicht zeigen wollte, wie sehr ihn das Spektakel gleichzeitig fasziniert und beunruhigt hatte. »Die Vorstellung ist vorbei. Hauen wir ab…« – bevor sie mit ein paar Freunden und Waffen wiederkommen, wollte er hinzusetzen, aber er schluckte die Worte gerade noch rechtzeitig hinunter, denn inzwischen wußte er, daß Carla sich Sorgen um ihre Lehrerin machte.

Carla nickte, und sie ließ ihn auf dem Rad fahren. Er trat etwas schneller in die Pedale, als nötig war, und an der Art, in der sie sich an ihm festhielt, erkannte er, daß auch sie sich immer noch fürchtete.

Ehe Robert nach Lubeldorf zurückkehrte, hatte sich Carlas Begeisterung für das Kino völlig auf ihn übertragen, und er gab sich noch nicht einmal mehr den Anschein einer Immunität, wie er es früher noch getan hatte. Es war der Film *Der müde Tod*, der seine geheuchelte Gleichgültigkeit gänzlich zum Scheitern brachte. Vielleicht hing es mit seiner Liebe zur Magie zusammen; als die Handlung des Films in den Orient überwechselte und er einen fliegenden Teppich vor sich sah, ging ein spürbarer Ruck durch ihn. Am Schluß sagte der Klavierspieler, sie würden nächste Woche einen neuen Film desselben Regisseurs zeigen, *Dr. Mabuse, der Spieler*, und Robert biß sich vor Enttäuschung auf die Lippen. Nächste Woche war er in Lubeldorf, fern jedes Lichtspieltheaters.

»Laß uns bleiben«, flüsterte er Carla zu. »Wenn sie es nicht merken, können wir den Film noch mal sehen.«

Während die anderen Leute aufstanden und dem Ausgang entgegenströmten, drückten sie sich in ihre Sessel und rutschten immer weiter nach unten. Es dauerte nicht lange, und sie glaubten, alle Besucher wären bereits gegangen, als sie Schritte hörten, die neben ihrer Reihe innehielten. Carla glaubte, es sei der Vorführer, und machte sich schon bereit, eine möglichst kindlich klingende Entschuldigung zu murmeln, als sie aufschaute und den Mann vor sich erkannte. Sie errötete.

»Grüß Gott, Philipp«, murmelte sie verlegen.

Robert musterte den Mann. Carla hatte recht, er hatte tatsächlich etwas von einem Hai an sich, wie er so dastand und auf sie beide herunterschaute. Außerdem trug er zu allem Überfluß auch noch einen grauen Anzug. Nur die Rückenflosse fehlt ihm noch, dachte Robert und bemühte sich standhaft, nicht zu grinsen.

Dann bemerkte er etwas, das die gefährliche Aura erschütterte. Die Augen des Mannes waren leicht gerötet, und seine Lider sahen doch tatsächlich verklebt und feucht aus. Philipp der Hai weinte? Über einen Film um den Tod, der kommt und einen Handel vorschlägt?

Offenbar hatte Carla es ebenfalls bemerkt, denn sie sagte befangener, als es sonst ihre Art war: »Gehst – gehst du öfter ins Kino?«

»Man braucht hin und wieder Erholung«, erwiderte Philipp und klang ebenfalls leicht verlegen; Robert wurde bewußt, daß der Mann offenbar alleine hier war und sich nicht in Gegenwart seiner Verlobten erholte.

Carla konnte nicht widerstehen. Sie riß die Augen auf und sagte so verwundert wie möglich: »Aber der Film ist doch überhaupt nicht bodenständig! Weißt du, die zeigen hier auch einen über Friedrich den Großen, da brauchen sie dringend Zuschauer wie dich. Ihr Österreicher habt es ja nicht so mit den Preußen wie wir.«

Philipps Ausdruck veränderte sich, und Robert setzte sich jäh auf, denn er erkannte diesen Blick. Verblüfft wandte er den Kopf zu Carla und versuchte sie erstmals so wie ein Fremder zu sehen. Es stimmte schon, sie hatte sich in der letzten Zeit verändert. Selbst ohne ihr langes Haar würde sie niemand je für einen Jungen halten; ihre Brüste waren noch klein, aber deutlich geformt, und die Hosen, die sie trug, betonten ihre Hüften. Für Robert hatten diese Veränderungen an Carlas Körper nichts Geheimnisvolles. Eine der »Traust du dich«-Herausforderungen, die sie sich gelegentlich gegenseitig auferlegten, bestand darin, sich nackt auszuziehen, und er war bei solchen Gelegenheiten immer mehr daran interessiert gewesen, schlagfertige Antworten auf Carlas spöttische Kommentare über Rettungsringe oder merkwürdige Größenverhältnisse parat zu haben. Aber dieser erwachsene Mann betrachtete Carla mit einer Mischung aus Gereiztheit und Hunger. Robert spürte eine eigenartige Mischung aus Beunruhigung und Belustigung, als er dachte: Nun, sie *ist* hübsch.

»Deine Geschichtskenntnisse«, sagte Philipp, und seine Stimme klang kühl und gelassen, ganz im Gegensatz zu seinem Blick, »scheinen wirklich mangelhaft zu sein. Zur Zeit von Friedrich dem Großen lagen Österreich und Preußen im Krieg. Jemand sollte dir besseren Unterricht erteilen, mein Kind, bevor die Lücken in deiner Erziehung einmal zu oft auffallen.«

Damit drehte er sich um und schritt auf den Ausgang zu. Es war, wie Robert zugeben mußte, eine perfekter Satz für einen Bühnenabgang. Er pfiff leise.

»Laß das«, sagte Carla verärgert. Ihre Wangen brannten. Natürlich wußte sie das über Preußen und Österreich; sie hätte die Falle sehen müssen, in die sie sich selber gebracht hatte. Philipp war kein so leichtes Ziel wie Marianne, und er ließ sich offenbar längst nicht so schnell provozieren.

Da Philipp mit Sicherheit die Aufmerksamkeit des Vorführers auf sie gelenkt hatte, war es sinnlos geworden, darauf zu hoffen, übersehen zu werden. Carla stand auf und stellte fest, daß Robert sie mit dieser selbstzufriedenen Miene beobachtete, die er aufsetzte, wenn er glaubte, mehr zu wissen als sie. Er begann wieder zu pfeifen, während er sich ebenfalls erhob und mit ihr den Vorführraum verließ. Dank ihres opernbegeisterten Vaters erkannte sie nach einiger Zeit auch die Melodie. Es war die Habañera aus *Carmen*. Sie zog ihre Brauen zusammen.

»Was soll das?«

»Na, ich kann auch singen. Du weißt schon, *Ja die Liebe hat bunte Flügel...* Kein Wunder, daß deine Schwester nicht mehr mit dir spricht. Der Kerl ist scharf auf dich.«

»Du spinnst. Er kann mich nicht ausstehen, er spricht kaum mit mir, und außerdem bin ich erst zwölf.«

Während sie das sagte, wurde ihr warm, und sie wußte nicht, ob sie verlegen oder wütend war. Wie lächerlich – einundzwanzigjährige Männer verliebten sich nicht in die zwölfjährigen kleinen Schwestern ihrer Verlobten.

Obwohl er sie wirklich länger ansah als Marianne.

Robert schüttelte den Kopf. »Trotzdem.« Betont lässig fügte er hinzu: »Ich kenn mich da aus.«

Das riß Carla aus den Spekulationen darüber, ob Philipps Zweig der Bachmaiers wohl arm war und er Marianne wegen ihrer Mitgift heiratete, und sie lächelte etwas herablassend, bereit, in die nächste Runde von Roberts Prahlereien einzusteigen.

»Sicher.«

»Nein, im Ernst. Mir ist das jetzt schon öfter passiert. Du glaubst nicht, wie viele einsame Damen und Herren in den Hotels und Bars herumhängen, wo mein Vater seine Zelte aufschlägt. Die denken alle, ich bin vierzehn oder fünfzehn, wegen der Größe. Und ich kann dir sagen, manche werden schon ganz schön deutlich.«

Es war ein eigenartiges Gefühl gewesen, herauszufinden, daß er über diese Art von Macht verfügte – beängstigend und berauschend zugleich. Er war es schon lange gewohnt, Papa und Dada Goldmann um sich konkurrieren zu sehen, und diesen Wettbewerb hatte er im Griff. Das war nur eine andere Art von Rivalität, ein anderes Buhlen um Zuneigung. Manchmal ignorierte er die Leute einfach, aber hin und wieder trieb ihn seine Vorliebe für das Spiel mit dem Feuer dazu, den Betreffenden einen langen Blick zuzuwerfen und dann zu sehen, wie weit ein erwachsener Mann bereit war, sich zu demütigen, um die Gunst eines Knaben zu erlangen. Er wußte, daß es gefährlich war; einmal hatte ein Mann ihm wütend zugeraunt: »Du Hund, ich werd's dir zeigen«, und nur der Umstand, daß Fremde nicht wissen konnten, daß Papa zu betrunken war, um noch etwas zu bemerken, hatte ihn daran gehindert, in Panik auszubrechen. Mit Frauen machte dieses Spiel etwas weniger Spaß; sie reagierten auf die Ablehnung in der Regel mit einer heftigen Ohrfeige. Andererseits war das auch das höchste Maß an Gewalt, dessen sie fähig waren.

»Und«, fragte Carla, immer noch nicht ganz bereit, ihm zu glauben, aber wider Willen fasziniert, »hast du es je getan?«

»Mit diesen Typen?« Robert verzog verächtlich den Mund. »Aber ganz bestimmt nicht.« Halb im Scherz und halb, weil es stimmte und er es einmal aussprechen wollte, fuhr er fort: »Ich könnte es mir nur mit Max vorstellen, und der ist nicht interessiert, der hat seine Frau.«

»Max?«

»Mein Schuldirektor.«

»Oh«, sagte Carla und verkniff sich einen Kommentar darüber, wie leicht es war, für jemanden zu schwärmen, der einem alles erlaubte und einen von den langweiligen Fächern des Unterrichts befreite. Es gab wichtigere Dinge, über die sie nachgrübelte.

»Und du meinst wirklich, daß Philipp ...?«

»Klar. Ich glaub nicht, daß er es je zugeben würde, jedenfalls jetzt noch nicht. Der ist viel zu selbstbeherrscht dazu. Aber warte noch ein paar Jahre, wenn er sich nicht mehr so genieren muß, dann kannst du ihn um den Finger wickeln, wenn du willst.«

4. Kapitel

Die Heirat von Marianne Fehr und ihrem Cousin Philipp Bachmaier verursachte bereits im Vorfeld einige Schwierigkeiten. Zunächst einmal ließ sich die Frage nicht entscheiden, wer die Hochzeit ausrichten sollte. Mariannes Großeltern bestanden darauf, dies sei ihre Aufgabe, aber sie lehnten es auch strikt ab, Mariannes Vater einzuladen. Heinrich Fehr seinerseits ließ keinen Zweifel daran, daß die Hochzeit seiner Tochter seine Angelegenheit sei, und war ebensowenig bereit, die Eltern seiner ersten Gattin zu empfangen. Außerdem machte Philipp deutlich, daß er in die Firma einsteigen wollte, und die konkrete Art und Weise, wie das geschehen sollte, mußte geklärt werden. Diese Pattsituation hielt ein paar Monate an, bis Mariannes Großvater, der sich immerhin bereits hoch in den Achtzigern befand, einen Herzanfall erlitt und starb. Die Trauerzeit verschob die Hochzeit um ein weiteres halbes Jahr. Danach war Marianne mit den Nerven am Ende, bis Philipp vorschlug, die Hochzeit bei seinen Eltern in Österreich stattfinden zu lassen.

Carla rechnete nicht mit einer Einladung. Obwohl Marianne ihr die Bemerkung über hoffnungslose Fälle inzwischen verziehen hatte und wieder mit ihr sprach, würde sie gewiß nicht am Tag ihrer Heirat an die ehelichen Katastrophen ihres Vaters erinnert werden wollen. Also überraschte es sie sehr, als sie im Herbst 1923 eine der schön gedruckten Karten erhielt.

»Marianne und Philipp haben mich zu ihrer Hochzeit eingeladen«, sagte sie verdutzt zu ihrer Lehrerin.

»Dann«, erwiderte Käthe nüchtern, »solltest du dir Gedanken um ein Hochzeitsgeschenk machen.«

Ihr Taschengeld für Marianne und Philipp sparen zu müssen war in gewisser Hinsicht bedauerlich, doch andererseits rührte sie die Einladung, wenn sie darüber nachdachte. Es war eine Anerkennung ihrer selbst als ganz normales Familienmitglied, und sicher wußte Marianne, was ihr das bedeutete. Also entschied sich Carla, Marianne auch etwas Außergewöhnliches zu schenken. Marianne kannte ihre Abneigung gegen Handarbeiten, und das würde helfen, sie ebenso zu überraschen. Carla machte sich an die Arbeit, ihrer Schwester einen Schal für den Winter zu stricken und ihn mit Verzierungen zu besticken. Daß ihr Käthe dabei riet, wo sie günstig die Materialien dazu erwerben konnte, fand sie ebenfalls erstaunlich.

»Meine Liebe«, sagte Käthe, »wir können uns nicht alle neue Kleider leisten. Ich gebe zu, ich finde diese Tätigkeiten ebenfalls enervierend langweilig, aber ich bin darauf angewiesen, sticken, stricken und nähen zu können.«

Sie bemerkte, daß ihre Schülerin betreten dreinsah. Carla kam der Gedanke, daß es vielleicht sinnvoll gewesen wäre, Fräulein Brod in all den Jahren etwas zum Anziehen zu schenken anstelle von Büchern. Es stimmte, das, was sie trug, sah häufig alt und oft gewaschen aus. Aber irgendwie hatte sie etwas wie neue Kleider nie mit der ernsten, intellektuellen Käthe in Verbindung gebracht.

»Zweifellos wird deine Schwester sich sehr über deine Bemühungen freuen«, fuhr Käthe, die Carlas Mienenspiel richtig deutete, fort. »Jedem bereitet ein Geschenk Vergnügen, welches beweist, daß man sich etwas dabei gedacht hat. Ich zum Beispiel war damals hoch erfreut, Bertha von Suttners *Die Waffen nieder!* zu bekommen.«

Ihre Bemerkung zauberte in ihrer Schülerin etwas hervor, das sie an Carla in bezug auf sich selbst noch nie gesehen hatte, und auch sonst nur selten; ein scheues Lächeln voller Zuneigung.

»Danke, Kathi«, sagte Carla, »das war lieb von Ihnen.«

Früher hätte sie Anstoß daran genommen, so ohne weiteres mit ihrem Vornamen angeredet zu werden, und dann auch noch in einer geringgeschätzten süddeutschen Form. Jetzt empfand Käthe Verlegenheit und Freude zugleich. Sie räusperte sich und schaute auf Carlas letzten Aufsatz, um über den Moment hinwegzukommen, aber sie bemerkte, daß sie Carlas Lächeln erwiderte.

»Das Mädchen wird einmal Großes leisten«, sagte sie später stolz zu ihrer Freundin Toni Pfülf beim Treffen des Ortsverbandes der *Internationalen Frauenliga für Frieden und Freiheit.* »Sie wird ihren Doktor machen, mindestens, und dazu nicht ins Ausland müssen. Ich glaube, sie könnte eine wunderbare Anwältin werden.«

Toni Pfülf schaute unwillkürlich zur Gastgeberin, Anita Augspurg, für die es Ende des letzten Jahrhunderts noch notwendig gewesen war, in Zürich zu studieren, um überhaupt als Juristin promovieren zu können, und Käthe nickte. »Jetzt ist es anders«, sagte sie. »Das hat nicht zuletzt sie durchgesetzt.«

Gegenüber Anita Augspurg oder Constanze Hallgarten hätte sie ihrem Stolz auf ihre Schülerin nicht so offen Ausdruck verliehen, aber Toni war ebenfalls Lehrerin; sie verstand, daß man sich für ein Kind erwärmen konnte, ohne deswegen gleich ein eigenes haben zu wollen. Sie bedauerte, daß sie Toni so selten sah, denn unter ihren Genossinnen war Toni Pfülf eigentlich ihre beste Freundin; aber Toni war auch die SPD-Abgeordnete des Wahlkreises Oberbayern/Schwaben im Reichstag und entsprechend oft nicht in München. Wir haben das Wahlrecht erst seit vier Jahren, dachte Käthe und gestattete sich ein Aufwallen reinen Triumphes, aber selbst hier, in diesem konservativen Bayern, gewinnen Frauen Wahlen.

»Aber wie lange noch«, sagte Toni laut, und Käthes gute Laune verschwand. Deswegen tagten sie heute hier; im letzten Jahr hatten die Reaktionäre, über die man früher nur lächelte, aufgehört, komisch zu sein. »Ich mache mir Sorgen. Ich mache mir wirklich Sorgen. Der Pöhner ist nicht mehr Polizeichef, das ist gut, aber dafür sitzt er im Justizministerium, und ganz ehrlich, das ist fast noch schlimmer. Außerdem ist er nicht der einzige. Wenn die Braunen Ernst machen – also, ich weiß nicht, wer hier in der Regierung ihnen entgegenträte.«

»Und wen wundert das?« warf Anita Augspurg erbittert ein. »In den Parlamenten sitzen doch die gleichen altersschwachen Greise, dieselben Parteigötzen, die vor dem Krieg zu allem ja und amen gesagt haben. Und woher kommen sie? Beamte, Pfarrer, Offiziere – es sind kaum Menschen dabei, denen der Geist nicht gründlich geschurigelt wurde!«

Mit einem schwachen Lächeln fügte sie hinzu: »Anwesende natürlich ausgenommen.« Anita selbst hatte 1919 für die USPD kandidiert und war gescheitert, was ihr jedoch niemand zum Vorwurf machte; die Partei hatte in Bayern nur drei Sitze erhalten und damit am schlechtesten abgeschnitten.

Toni lächelte zurück und meinte: »Im Reichstag wird es schon langsam besser. Aber die Herren in den Ministerien …«

Sie seufzten alle einträchtig. Der bayerische Ministerpräsident, Gustav von Kahr, ignorierte bereits seit Monaten alle Anordnungen aus Berlin und machte kein Geheimnis daraus, daß er auf eine Rückkehr zur Monarchie hinarbeitete. Noch schlimmer, es hieß, daß Ernst Pöhner sein intimster Berater sei. Pöhners Verbindungen zu den Fememorden in Bayern waren ein offenes Geheimnis, und erst im Dezember des letzten Jahres hatte die *Münchner Post* sogar eine Verbindung zwischen ihm und der »Organisation Consul«, die für den Mord an Außenminister Walther Rathenau verantwortlich war, aufdecken können.

»Wir hatten den Beweis«, sagte Käthe in Gedanken daran zornig. »Pöhner hat Hermann Ehrhardt zwei falsche Pässe ausgestellt. Aber zieht irgend jemand ihn zur Rechenschaft?«

Es war in der Tat ein journalistischer Triumph gewesen, denn Hermann Ehrhardt war nicht nur der Gründer der »Organisation Consul«, er hatte außerdem die militärische Seite des Berliner Kapp-Putsches organisiert. Doch was nützte es, solche Indizien an die Öffentlichkeit zu tragen, wenn sie doch nur ignoriert wurden? Die einzige Konsequenz, die sich daraus ergeben hatte, war, daß man das Redaktionsgebäude nachts jetzt vollständig verdunkelte und inzwischen bis zu fünfzig Genossen als Wachen postiert hatte.

»Was mir Sorgen macht«, steuerte Constanze Hallgarten bei, und ihr ausdrucksvolles, längliches Gesicht, das Käthe immer an eine gotische Skulptur erinnerte, verdüsterte sich, »ist nicht, daß hier ein Putsch Erfolg haben könnte. Das können die in Berlin sich nicht leisten, da schicken sie auf jeden Fall Truppen. Aber bis dahin … ich wette, diese Kerle haben bereits eine Verhaftungsliste angefertigt, und wir stehen alle darauf.«

Unwillkürlich dachte Käthe, daß Constanze von ihnen allen am wenigsten in Gefahr war, denn ihr Mann gehörte zu den Deutschnationalen und war selbst in einer der »Einwohnerwehren«, die sie bekämpfte. Gleich darauf schämte sie sich. Constanze Hallgarten war immer nur freundlich zu ihr gewesen, und *sie* war es, Käthe, die unter einem Pseudonym schrieb und vom Geld eines Reaktionärs lebte, während Constanze sich als Leiterin der *Deutschen Frie-densgesellschaft* in München öffentlich exponierte. Constanze verfügte über ihr eigenes Einkommen, sie hatte die Entfremdung von ihrem Mann für die Sache auf sich genommen.

»Die deutschen Männer«, sagte Constanze Hallgarten, »sind halt Militaristen, durch und durch, und wenn wir wirklich etwas ändern wollen, dann müssen wir bei der Erziehung unserer Söhne anfangen. Deswegen war ich so stolz, als der Wolfgang seinem Vater gesagt hat, er wolle nicht in eine dieser Einwohnerwehren und auf Arbeiter schießen. Mein erster pazifistischer Erfolg. Aber ich frage mich – wenn's hier zum Putsch kommt und der nur durch Gewalt verhindert werden kann –, wo bleiben dann unsere Ideale?«

»Ihr Gewissen in Ehren«, erwiderte Käthe, »aber ich glaube nicht, daß gewaltloser Widerstand dann der richtige Weg ist. Das ist etwas für Gandhi in Indien, und die Briten sind immer noch dort. Hier in Bayern«, sie holte kurz Atem und spürte die Mißbilligung im Raum, »hier in Bayern muß man sich wehren.«

Es war heraus. Noch nie hatte sie ihre Zweifel am Pazifismus so deutlich formuliert, noch nicht einmal vor sich selbst. Aber in den letzten Jahren hatte sich Mord auf Mord gehäuft, ob die Opfer nun Politiker waren, wie die Abgeordnete Gareis, oder Privatpersonen, wie das Dienstmädchen Marie Sandmeier, das so naiv gewesen war, im Polizeipräsidium ein ihr bekanntes Waffenlager anzuzeigen. Sie erinnerte sich noch der Trauer und des Entsetzens nach Eisners Tod. Dabei war das nur der Beginn gewesen, und ihr Vertrauen in die staatliche Gerechtigkeit existierte nicht mehr. Vielleicht hatten die Kommunisten recht, und der liberale Pazifismus, an den sie geglaubt hatte, war nur Augenwischerei in einer unerträglichen Situation.

»Käthe!« sagte Constanze Hallgarten schockiert.

»Es tut mir leid«, entgegnete Käthe, aber es tat ihr nicht leid, und sie spürte den ersten, unkittbaren Riß in dem Band zu ihren Freundinnen.

Carla saß in der Bibliothek und las, als ihr Vater hereinkam und sich mit einem Ächzen in seinem Sessel niederließ. Sie war so vertieft in ihr Buch, daß sie erst aufschaute, als er sie fragte, was sie gerade lese. Weil sie guter Laune war, entschloß sie sich zu einer wahrheits-

gemäßen Antwort, aber in einen Scherz gekleidet: »Einen Heimat-
roman«, erwiderte sie. »Von einem Münchner Autor. Er spielt aber
in Tirol.«

»Ganghofer?« fragte ihr Vater einigermaßen konsterniert. Er
haßte Ludwig Ganghofer, und sie wußte das; von den beiden
bekanntesten bayerischen Autoren konnte er nur Ludwig Thoma
ausstehen, trotz einiger Witze, die in der Vorkriegszeit im *Simplizissimus* über den »Lederblaubart« gefallen waren und auf Thomas
Konto gingen. Carla schwankte, ob sie ihre Irreführung noch etwas
länger ausdehnen sollte, doch sie entschied sich dagegen und schüttelte den Kopf.

»Nein. Lion Feuchtwanger. Es ist ein historischer Roman über
die Herzogin Marguerite Maultasch. Robert hat ihn mir geschickt.«

Heinrich Fehr brummte. »Nun, solange es nicht Ganghofer ist.«
Dann fiel ihm etwas ein. »Feuchtwanger? Dem bin ich begegnet.
Der hat doch diesen unmöglichen Augsburger Menschen an die
Kammerspiele gebracht.«

Er schüttelte den Kopf. Das Stück letztes Jahr, *Trommeln in der
Nacht*, war unangenehm genug gewesen, obwohl er ehrlich genug
war, um sich einzugestehen, daß ihn vor allem die Attacken auf
Kriegsgewinnler gestört hatten. Doch dann hatte der sonst so vernünftige Herr Falckenberg, Leiter der Kammerspiele, dem jungen
Dramatiker nicht nur ein weiteres Stück abgenommen, sondern ihn
auch noch für die gesamte Saison als Dramaturg engagiert. Heinrich Fehr war es gelungen, Falckenberg in den Torggelstuben abzupassen, aber Falckenbergs Begleiter, der Journalist Feuchtwanger,
an den er sich vage als an den Autor einiger ganz unterhaltsamer
Dramen erinnerte, hatte nur milde erklärt, der junge Mann aus
Augsburg sei ein Genie, und den Direktor damit einer eigenen
Antwort enthoben. Danach war Heinrich Fehr eigentlich fest entschlossen gewesen, die Saison zu boykottieren, aber die Neugier
hatte ihn dann doch in die Uraufführung von *Eduard II.* getrieben.

»Nun ja«, knurrte er, »besser, er verzapft historische Romane als
noch ein Stück mit diesem kleinen Giftzwerg. Soldaten, die mit
weißgeschminkten Gesichtern durch die Gegend laufen! Ansager
wie im Zirkus! Lächerlich!«

Inzwischen war Carla der Gedanke gekommen, es könne der
richtige Moment sein, um ihn wegen der Hochzeit zu fragen.

Schließlich war es nicht selbstverständlich, daß er das Wort an sie richtete.

»Wie war es in der Fabrik?« erkundigte sie sich vorsichtig. Der Gedankensprung machte ihn sofort mißtrauisch.

»Wie üblich. Sehr viel Arbeit, eine Menge Dummköpfe und Ärger mit einer neuen Maschine. Was interessiert dich das?«

Carla rutschte etwas in ihrem Stuhl hin und her und versuchte vergeblich, sich nicht gekränkt zu fühlen. Es war ihr gleich, vollkommen gleich, sagte sie sich stumm, was er von ihr dachte, und genauso gleich war ihr seine dumme Fabrik. Sie hatte nur gefragt, um das Thema zu wechseln.

»Also«, begann sie, nachdem sie sicher war, wieder gleichmäßig und unbekümmert sprechen zu können, »wenn Marianne heiratet, dann gibt es sicher etwas weniger Arbeit für dich.«

Nun wirkte er nicht mehr mißtrauisch, sondern aufmerksam und neugierig.

»Mmmmm. Wie kommst du darauf?«

»Deswegen heiratet sie doch, oder? Damit du Philipp in die Fabrik einarbeiten kannst, so daß er sie später übernimmt.«

Die Leselampe neben seinem Sessel war ausgeschaltet, so daß der Kopf ihres Vaters im Halbdunkel lag. Die Umrisse des roten Barts wirkten heller, als er sich leicht vorbeugte.

»Vielleicht. Philipp ist ein kluger junger Mann. Aber natürlich kommt es auch darauf an, wen du anbringst.«

Das Schlimmste war, daß er es offensichtlich freundlich meinte. Trotzdem wallte der Haß wieder in ihr auf. Sein Talent, sie ihre Unzulänglichkeit als weibliches Wesen spüren zu lassen, war wirklich unüberbietbar. Wenn er sich keine andere Zukunft für sie vorstellen konnte, als sie auf der Suche nach einem geeigneten Nachfolger für seine Fabrik zu verheiraten, warum dann überhaupt die ganze Erziehung? Aber sie wußte schon, weswegen. Niemand würde einen *ungebildeten* Bankert heiraten.

Carla. Marianne hatte wenigstens einen Namen, der sie nicht ständig daran erinnerte, daß sie eigentlich ein Junge hätte sein sollen. Ihr Name war eine Huldigung an den nicht existierenden Karl Fehr junior, genannt nach Heinrich Fehrs Vater. Wenn sie ein Junge gewesen wäre, würde er dann auch von seiner Geschichte einer amerikanischen Ehe abgewichen sein? Ganz sicher nicht. Dann wäre auch ihre Mutter noch am Leben, genau wie… nein. Daran wollte sie jetzt nicht denken.

»Marianne und Philipp haben mich auch zur Hochzeit eingeladen.«

»Ja«, sagte ihr Vater zu ihrer Überraschung, »ich weiß.«

»Und?« fragte Carla und konnte nicht verhindern, daß ihre Stimme schnippisch klang. »Darf ich dich begleiten?«

Ihr Vater sank wieder in seinen Sessel zurück. »Wenn du versprichst, dich gut zu benehmen.«

Gnädig und deutlich erheitert fügte er hinzu: »Wenn du dich *sehr* gut benimmst und es fertigbringst, daß deine Schwester dich am Ende dabehalten will, hast du einen Wunsch frei. Was würdest du dir wünschen?«

Das möchtest du ganz bestimmt nicht wissen, dachte Carla und ließ einen Moment lang die Erinnerung zu. Die Antwort, die sie gab, um den Schmerz wenigstens ein wenig wettzumachen, war keine Lüge, aber sie wählte absichtlich etwas, von dem sie wußte, daß es ihn wütend machen würde.

»Einen Trauschein«, sagte sie, »einen amerikanischen Trauschein.«

Diesmal stand er weder auf, noch schickte er sie auf ihr Zimmer. Aber das Schweigen zwischen ihnen pulsierte mit allem, was ungesagt blieb, und lastete so schwer wie ein Mantel aus Eisen auf Carlas Schultern.

Mein lieber Halef – viele Grüße aus der Stadt des Lichts. Paris ist toll, und Papa zumindest hört sich an wie ein Einheimischer. (Meistens; ich schreibe derweilen an meinem heimlichen Reiseführer Getränke Europas und wie man sie aufwischt.*) Wenn wir zurückkommen, hat Max (Du weißt schon – der Direktor) bald Hochzeitstag, und weil Kleist sein Lieblingsdichter ist, will die Theatergruppe – d.h. meine Wenigkeit – die besten Szenen aus den Stücken spielen. Allerdings habe ich Probleme mit dem Käthchen; Helmut (der Junge, der sie spielen soll) verdreht die Augen wie ein Schaf, aber mir fällt auch keine bessere Interpretation ein. Wie würdest Du Käthchen spielen? Schreib nach Paris, poste restante, ich glaube, wir bleiben noch eine Weile hier. Sam.*

P.S. Du siehst, ich übe mich in Bescheidenheit. Et tu, Brute?

Mein lieber Sam – ich würde das Käthchen überhaupt nicht spielen. Bringst Du es fertig, jemanden anzuhimmeln, der Dich prügelt? Nimm lieber eine Szene aus Penthesilea. *Bei uns steht auch eine Hochzeit ins Haus. Im Moment sitze ich mit meinem Vater im Zug, auf dem Weg nach Österreich. Inzwischen ist ihm eingefallen, daß er wegen seiner Fehde mit der Kirche Marianne nicht zum Altar führen kann; wann er ihr diese freudige Eröffnung machen will, hat er allerdings noch nicht gesagt. Wie wär's mit einem Zusatzartikel für deinen Reiseführer:* Hochzeiten im Ausland oder Die Freuden des Familienlebens? *Text folgt. Halef.*

P.S. Übe weiter. Aber bevor ich mich anschließe, muß ich erst herausfinden, ob Du recht hast. Es grüßt dich – Mata Hari.

Die erste wirkliche Reise ihres Lebens, denn gelegentliche Expeditionen nach Starnberg, an den Tegernsee oder nach Garmisch zählte sie nicht dazu, verlief mehr oder weniger ereignislos. Anfangs schaute sie lange aus dem Fenster, aber bald wurde sie der Alpen müde, kritzelte ihren Brief an Robert und wandte sich dann den Büchern zu, die sie als Reiselektüre mitgebracht hatte. Ihr Vater sprach nur sporadisch mit ihr; meist saß er über geschäftlichen Unterlagen und betrachtete sie stirnrunzelnd.

Carla lief einmal durch den ganzen Zug, was nicht leicht war, denn die Abteile der zweiten und dritten Klasse mit ihren Holzbänken waren überfüllt, und der viele Rauch brachte sie zum Husten. In einigen Gängen saßen die Menschen auch auf ihren Koffern. Ihr fiel besonders eine etwa dreißigjährige Frau auf, weil sie so exotisch aussah, mit schwarzem Haar, bräunlicher Haut und leicht schräggestellten Augen, die Carla an Robert erinnerten. Durch ihr Haar zog sich wie ein Blitz eine weiße Strähne. Sie saß auf einem riesigen Schrankkoffer, ihr zu Füßen zwei kleine Jungen, die sich lauthals über den Lärm und das ständige Gerüttel beschwerten. Einer von beiden war müde und wollte schlafen, der andere wollte seinen Teddybären und außerdem etwas zu essen. Die dunkelhaarige Frau schaute zu ihnen herab, und Carla dachte mit einem Mal: Medea! So müßte Medea aussehen, in der Szene, als sie noch zwischen der Liebe zu ihren Kindern und dem Wunsch, sie umzubringen, schwankte.

Fasziniert blieb sie wie angewurzelt stehen und betrachtete die

Frau, bis diese sie bemerkte und im breitesten Österreichisch wissen wollte, was es da »zu glotzen gäb«. Das zerstörte die Illusion, und Carla kehrte in die erste Klasse zurück. Aber das Bild, wie die Frau dagesessen und auf ihre Kinder heruntergeschaut hatte, blieb bei ihr und setzte sich in ihrer Seele fest.

Entgegen ihren ersten Spekulationen war der österreichische Zweig der Bachmaiers wohlhabend genug, um ihnen einen Wagen und einen Chauffeur zu schicken, der mit Marianne am Bahnsteig stand und sie erwartete. Mariannes Gesicht leuchtete auf, als sie ihren Vater sah, aber sie wirkte nicht länger so glücklich und blühend wie in München, sondern nervös und fahrig. Mit sinkendem Herzen bereitete sich Carla auf einen Ausbruch vor, sobald ihr Vater mit seinem Kirchenboykott herausrückte.

Auf der Fahrt zu dem Haus der Bachmaiers in Graz plapperte Marianne die ganze Zeit über Nichtigkeiten, was so gar nicht ihre Art war, und Carla fing an, sich zu fragen, ob sie krank war. Aber vermutlich handelte es sich um die berühmten kalten Füße unmittelbar vor der Hochzeit. Bei all den glücklichen Ehen von unserem Vater ist das kein Wunder, dachte Carla zynisch. War überhaupt je jemand glücklich verheiratet? Roberts Eltern bestimmt nicht, nach allem, was er erzählt hatte. Dr. Goldmann hatte in diesem Jahr eine Dame geheiratet, die sich seinetwegen vorher hatte scheiden lassen, aber Robert konnte sie nicht ausstehen, und er sagte, es sei nur noch eine Frage der Zeit, bevor auch diese Ehe geschieden werde.

Beleidigenderweise hatte man sie in einem Zimmer mit Philipps kleiner Schwester untergebracht, einem unsäglich albernen Geschöpf, das angeblich acht Jahre alt war, aber sich benahm, als sei es fünf, und bei allen möglichen Gelegenheiten kicherte. Carla entschied sich, an dieser leibhaftigen Zumutung das auszuprobieren, was Robert ihren »Basiliskenblick« genannt hatte, ein feindseliges Starren, das sie benutzte, wenn sie Ayesha spielte, die Heldin ihres derzeitigen Lieblingsromanes *Sie*. Ayesha war unsterblich, wunderschön und als Sie-der-gehorcht-werden-muß unangreifbar. Ganz gewiß ließ sie sich nicht von einem quengelnden Gör aus der Ruhe bringen. Binnen weniger Minuten tat der Basiliskenblick befriedigenderweise seine Wirkung; das Balg brach in Tränen aus und verschwand.

Beim Abendessen sah sie ihren zukünftigen Schwager Philipp

wieder. Sie war sich noch immer nicht sicher, ob sich Robert in bezug auf Philipp nicht irrte, aber nur für den Fall, daß dem nicht so war, hatte sie sich etwas einfallen lassen. Zuerst übergab sie Marianne ihr Geschenk, weil sie keine Lust hatte, es beim Hochzeitstag unter dem vielen Geschirr und Besteck ertrinken zu lassen. Sie hatte sich sehr viel Mühe damit gegeben, und sie wollte sehen, wie Marianne darauf reagierte.

Marianne zog den Schal mit seinen aufgestickten Seidenblumen aus dem Geschenkpapier hervor, las die Karte, die Carla beigelegt hatte, und begann zu weinen, während sie ihre Schwester umarmte. Carla legte den Kopf kurz auf Mariannes Schulter, während sie den Druck erwiderte. In solchen Momenten war sie sich sicher, daß sie ihre Schwester liebte, aber leider hielten sie nicht an, das wußte sie. Früher oder später würde Marianne etwas in ihrer rechthaberischen, mißbilligenden Art sagen, etwas, das eine scharfe Entgegnung einfach provozierte.

Schließlich löste sie sich aus der Umarmung und ging zu ihrem Stuhl zurück, unter dem sie auch Philipps Geschenk deponiert hatte. Es handelte sich um eine Sammlung Gespensterballaden. Sie wußte nicht, ob Philipp Gedichte mochte; weder er noch Marianne hatten etwas Derartiges erwähnt. Aber weil er sich den *Müden Tod* angeschaut hatte und so lange sitzen geblieben war, hielt sie es immerhin für möglich. Auch diesem Geschenk lag eine Karte bei, und das war ihre eigentliche Überraschung für ihn. Sie beobachtete gespannt, wie er die Verpackung entfernte, sehr systematisch und sorgfältig, wie jemand, der gewohnt war, Packpapier wieder zu verwenden. Er trug seine gewohnte kühle, beherrschte Miene zur Schau. Als er den Titel des Buches las, hoben sich seine Mundwinkel ein wenig. Dann öffnete er die Karte.

»Nun«, sagte er und schaute sie an, »das verblüfft mich etwas, aber ich danke dir.«

Zufrieden entspannte sie sich und merkte jetzt erst, daß sie unwillkürlich den Atem angehalten hatte. Der erste Teil ihres Planes hatte funktioniert, und das Schöne daran war, wenn Robert sich irrte, dann verlor sie trotzdem kein bißchen das Gesicht dabei. Es war ein Spiel, weiter nichts, und wie Robert empfand sie die Möglichkeit, Macht über einen Erwachsenen zu besitzen, als ein neues, aufregendes Spiel. Außerdem war es eine gute Gelegenheit, Philipp die Bemerkung über ihre mangelnde Erziehung heimzuzahlen.

Sie mußte etwas bei den Bachmaierschen Verwandten herumsitzen und Konversation treiben, ehe sie den Raum verlassen konnte, was sich als unangenehm erwies. Die wenigsten sprachen mit ihr; meistens starrten sie an ihr vorbei. Ihr Vater wurde etwas mehr in die Unterhaltung bei Tisch einbezogen, aber nur sehr gezwungen; man richtete hauptsächlich über Marianne das Wort an ihn. Schließlich erkannte Carla, daß ihr Vater hier ebenfalls als ein unpassender Außenseiter betrachtet wurde. Sie war sich nicht sicher, was sie darüber dachte. Ganz gleich, wie sie für ihn empfand, er war immer das Zentrum ihrer kleinen Welt gewesen, ein unzerstörbarer Riese. Ihn nun von einem Haufen Fremder herablassend behandelt zu sehen rief ein eigenartiges Gemisch aus Schadenfreude und Empörung in ihr wach.

Als ihre Zimmergenossin, das gräßliche Balg, von ihrer Mutter weggebracht wurde, nutzte Carla die Gelegenheit, um ebenfalls zu flüchten. Hinter sich hörte sie noch das Gegackere der alten Tanten darüber, was für ein entzückendes Kind das Sopherl doch sei mit seinen goldenen Löckchen und den himmelblauen Augen. Sie rümpfte die Nase und suchte die Bibliothek in diesem Haus, was ihr bei all den hellerleuchteten, zum Empfang gerichteten Räumen nicht weiter schwerfiel. Dort wartete sie dann auf Philipp.

Auf der Karte stand, daß sie ihn hier dringend allein treffen müsse. Sie griff sich einige der Bücher und stellte fest, daß die Einbände aneinander klebten; sie mußten ewig lange nicht mehr aus den Regalen genommen worden sein. Außerdem waren es vorwiegend Gesamtausgaben. Arme Marianne. Sie heiratete in eine Familie ein, die Bücher nach Metern einkaufte und sie dann nie las.

Ihr fiel ein, daß sie nicht als Mariannes kleine Schwester in diesem Raum war, und sie setzte ihre Brille ab. Dann stützte sie sich mit einem Ellenbogen gegen eine Reihe der dicken, ungelesenen Gesamtausgaben und lehnte sich gegen das Regal, in einer Pose, die sie in einer Modezeitschrift aus dem Laden, von welchem das Material für Mariannes Schal stammte, gesehen hatte. Sie hoffte nur, daß Philipp kam, bevor ihr linker Fuß einschlief.

Er enttäuschte sie nicht. Bald erschien sein Umriß an der Türschwelle, und sie hörte ihn fragen:

»Darf ich jetzt erfahren, worum es geht, mein Kind?«

Er klang herablassend und ungeduldig wie immer, doch sie verbot sich, enttäuscht zu sein. Statt dessen verbuchte sie das gönnerhafte Verhalten auf seinem stetig wachsenden Schuldenkonto, löste sich von dem Regal, ging langsam auf ihn zu und erwiderte dabei in dem gedehnten Tonfall, den Sibylle Binder in den Kammerspielen gegenüber ihrem lästigen, aber nützlichen Verehrer benutzt hatte: »Vielleicht weißt du's noch nicht, aber mein Vater ist fest entschlossen, keinen Fuß in eine Kirche zu setzen. Ich dachte mir, daß du es ihr am besten beibringst. Als ihr liebender Bräutigam.«

»Dieser alte Sch… Schlawiner«, sagte Philipp, und dann hörte sie verdutzt, wie er leise lachte. »Irgend so etwas mußte ja kommen. Nun ja, ich nehme an, mein Onkel wird hocherfreut über die Ehre sein, die Braut zum Altar zu geleiten.«

»Aber«, stotterte sie verunsichert und vergaß Mata Hari für einen Moment, »ihr könnt ihn doch nicht einfach von der Trauung ausschließen.«

»Warum nicht?« fragte Philipp kalt zurück. »Seine Anwesenheit bei der Feier ist ohnehin Zumutung genug für unsere Familie. Der Mann hat sich gesellschaftlich unmöglich gemacht, aber bei seiner neureichen Herkunft war das wohl nicht anders zu erwarten. Wenn man bedenkt, wie sein Vater zu Geld gekommen ist…«

Zorn quoll in Carla hoch, aber ehe sie den Mund zu einer hitzigen Entgegnung öffnete, fiel ihr ein, daß sie gewiß nicht plante, ihren Vater zu verteidigen, und daß sie außerdem durch seine letzte Äußerung noch ein As im Ärmel hatte.

»Ich glaube, genauso wie du es übermorgen tun wirst«, murmelte sie und fand sich wieder in ihre geplante Rolle ein. »Er hat eine reiche Frau geheiratet. Nur war sie, soweit ich weiß, nicht älter als er.«

Mittlerweile stand sie dicht vor Philipp. Er mußte sich vor dem Abendessen noch einmal rasiert haben, denn sie roch das Rasierwasser an ihm. Er blieb, wo er war, schweigend, und sie triumphierte innerlich. Die angemessene Reaktion einem Kind gegenüber auf so eine Bemerkung wäre gewesen, entweder einen Tadel auszusprechen oder zu lachen. Nun war es an der Zeit für ihren letzten Schritt.

Trotz all der Erklärungen, medizinischen Atlanten, Theaterstücke, Filme und Romane reichte ihre dreizehnjährige Phantasie in bezug auf Philipp nicht weiter als bis zu einem Kuß, also erwartete sie auch nichts anderes. Sie stellte sich auf die Zehenspitzen, denn Philipp war hochgewachsen, fast so groß wie ihr Vater, und küßte ihn auf den Mund. Es war die einzige Art Kuß, die sie kannte, ein kurzes Aneinanderpressen der Lippen, also ließ sie sich gleich wieder auf die Fersen sinken und wollte gerade hochzufrieden ihre Abgangszeile sprechen, ein souveränes »Gute Nacht, Philipp«, als sie merkte, daß er sie festhielt.

»Du kleines Miststück«, sagte er, und seine Stimme klang heiser, fast bösartig. »Jemand sollte dir wirklich eine Lektion erteilen über Spiele, die man in deinem Alter besser nicht spielt.«

Aber er sprach nicht länger zu einem Kind. Seine rechte Hand lag auf ihrer Schulter. Mit der anderen hob er ihr Kinn hoch und hielt es fest. Dann spürte sie mehrere Dinge gleichzeitig. Zum einen, daß seine eine Hand von ihrer Schulter auf ihre linke Brust glitt, was ein sehr eigenartiges Gefühl war, fast schmerzhaft, als ihre Brustwarze sich aufrichtete und steif wurde. Zum anderen küßte er sie noch einmal, aber anders, als sie ihn geküßt hatte. Er zwang sie durch den Druck seiner Finger, ihren Mund zu öffnen, und seine Zunge drang zwischen ihre Zähne. Dann zog er sich zurück und ließ sie los.

Carla starrte ihn an. Sie hatte Angst, aber sie wäre lieber gestorben, als das zuzugeben, und außerdem löste der ganze verwirrende Vorgang in ihr ein seltsames Gefühl aus, so als ob sie Fieber hätte. Auf jeden Fall wollte sie keine weitere patronisierende Bemerkung mehr hören, also versuchte sie, von ihrem souveränen Abgang zu retten, was noch zu retten war.

»Gute Nacht, Philipp«, sagte sie in ihrer besten Ayesha-Stimme, denn Ayesha mußte sich vor niemandem fürchten, nur vor dem Feuer, das sie unsterblich gemacht hatte. Diesmal hielt er sie nicht auf, als sie an ihm vorbei aus dem Raum glitt.

Für Käthe bot die Abwesenheit der Fehrs ein paar Tage uneingeschränkt freie Zeit. Sie beendete ihren Artikel zum fünften Jahrestag des Ausrufs der Republik in aller Ruhe, brachte ihn in die Redaktion und besuchte dann die neue Ausstellung im gläsernen Kunstpalast. Am Abend nahm sie ein langes, heißes Bad und ging mit einem Buch, das weder mit ihrem Unterricht noch mit der derzeitigen angespannten Lage etwas zu tun hatte, ins Bett. Sie schlief bereits, als jemand energisch an ihre Tür klopfte. Es handelte sich um das Dienstmädchen Magda.

»Da will jemand Sie sprechen, Fräulein, am Telefon!«

Das war noch nie dagewesen. Gut, Heinrich Fehr hatte sich schon früher als die meisten einen Telefonapparat angeschafft, aber Käthe benutzte ihn selbstverständlich genausowenig wie die übrigen Angestellten. Sie konnte sich auch nicht vorstellen, was einen ihrer Freunde veranlassen könnte, zu versuchen, sie auf diese Weise zu erreichen, und was ihre Familie anging, so war ihr Standesbewußtsein zu ausgeprägt; in einem Todesfall hätten sie ein Telegramm geschickt, statt durch einen Anruf in die Privatsphäre eines Höhergestellten einzudringen.

Äußerst beunruhigt warf sie sich einen Morgenmantel über und folgte der großäugigen Magda, die selbst aussah, als habe sie bereits im Bett gelegen, in Heinrich Fehrs Arbeitszimmer. Im Vorbeigehen warf sie einen Blick auf die große Standuhr im Flur. Es war fast Mitternacht. Der Telefonapparat wartete wie ein schwarzes Ungetüm auf sie. Käthe griff nach dem Hörer und nannte vorsichtig ihren Namen. Die Stimme, die ihr entgegenschallte, erkannte sie kaum wieder; es war einer ihrer Kollegen aus der Redaktion der *Münchner Post*, ein guter Freund, den für gewöhnlich kaum etwas aus der Ruhe brachte. Jetzt klang er, als sei er lange gerannt, er atmete stoßweise, und was er sagte, ließ sie gefrieren.

»Käthe, es ist soweit. Vor einer Stunde sind sie aufgetaucht und – Käthe, sie sind immer noch bei uns und schlagen alles kurz und klein. Die Setzkästen, die Maschinen – es ist alles kaputt. Und der Otto und noch ein paar andere – die haben Glück, wenn sie noch am Leben sind.«

»Wer?« unterbrach Käthe und zwang sich, ruhig zu bleiben. In Panik zu geraten würde jetzt niemandem nützen. »Freikorps, Einwohnerwehr oder die Nazis?«

»Die Nazis. Aber sie behaupten, Kahr würde sie unterstützen. Wenn das stimmt, können wir uns auf tagelange Straßenschlachten einrichten, sobald Berlin reagiert.«

Er atmete wieder etwas regelmäßiger. »Ich frag nicht gerne, aber – können Alfons, Bert und ich zu Ihnen kommen? Die haben angefangen, Leute zu verhaften, und ganz ehrlich, nachdem wir aus der Redaktion rausgekommen sind, haben wir Angst, nach Hause zu gehen. Sie wohnen doch bei diesem Lederfabrikanten, den belästigen sie bestimmt nicht.«

Sie konnte sich lebhaft vorstellen, wie Heinrich Fehr auf die Nachricht reagieren würde, daß sie drei rote Zeitungsleute in seiner Villa einquartiert hatte. Zu ihrer Beschämung zögerte sie einen Moment. Dann gab sie sich einen Ruck. Wenn die drei stürben, würde sie sich das nie verzeihen. Das war ihre Entlassung wert.

»Aber natürlich«, entgegnete sie.

»Danke, Kathi.« Die bajuwarisierte Namensform erinnerte sie an Carla. Nun, Carla war inzwischen alt und selbständig genug, um sich weiterhin mit ihr zu treffen, wenn sie entlassen wurde. Ihren Freunden zu helfen bedeutete nicht, das Mädchen im Stich zu lassen.

Als die drei schließlich auftauchten, hatte sie Magda bereits geholfen, ein Zimmer für sie zurechtzumachen. Eine Art schwebende Tollkühnheit hatte sie erfaßt; wenn schon, denn schon, dachte sie und wählte ein Gästezimmer statt des Kellers oder des Dachbodens. Seine Entlassung sollte man im großen Stil herbeiführen, wenn sie denn unvermeidlich war.

Ihren Freunden sah man die Ereignisse der Nacht an, und sie holte Verbandszeug, während sie ihr berichteten. Das letzte, was sie gehört hätten, sei, daß der Chefredakteur als Geisel in den Bürgerbräukeller gebracht worden sei. »Und da ist er nicht der einzige«, schloß Bert düster. »Einer von den Kerlen hat damit geprahlt, daß sie alle Linken und alle Juden verhaften wollen.«

»Es hängt alles davon ab, ob die Regierung tatsächlich kooperiert«, sagte Käthe, schnitt den Verband ab, den sie um seinen Arm gewickelt hatte, riß das Ende entzwei und verknotete es, »ob die Landespolizei sie unterstützt.«

Und, setzte sie stillschweigend hinzu, ob die Bevölkerung auf ihrer Seite ist. Aber das konnte doch nicht sein. Gewiß, in den letzten Jahren hatte diese obskure Partei hier in München einigen Zulauf bekommen, aber bestimmt nicht genügend, um einen Staatsstreich durchzuführen. Sie erinnerte sich an die Revolution vor fünf Jahren, an all die Hoffnung und die Freude, die sie verspürt hatte. Das war das Volk. Nicht ein paar törichte Stammtischkrakeeler, die einfach nationalistische und antisemitische Parolen nachbrüllten.

Da sie in dieser Nacht ohnehin nicht mehr schlafen würde und außerdem wissen wollte, was wirklich geschehen war, kleidete sie sich um und lief, sobald es hell wurde, zum Haus der Hallgartens. Constanze hatte bereits von den Ereignissen gehört und begrüßte sie voll Aufregung.

»Es gibt gute Neuigkeiten«, erzählte sie, aber ihre Finger pochten nervös auf den Rand des Tisches, an dem sie saß. »Wie es scheint, hat unser teurer Landesherr entschieden, daß der einzige, der hier putschen darf, er ist. Er hat Pöhner inhaftiert und die Landespolizei aufmarschieren lassen.«

»Und – die Leute?« fragte Käthe leise; sie scheute vor dem Ausdruck »Volk« zurück.

Constanze Hallgarten zuckte ratlos die Achseln. Nun, es gab nur eine Möglichkeit, mehr herauszufinden. Sie verabschiedete sich von Constanze und nahm die nächste Trambahn zum Marienplatz. Von Station zu Station wurden die Wagen voller, aber das war alles noch nichts gegen die Massen, die sie durch die Glasscheiben sah. Die Bahn fuhr langsamer und langsamer, weil so viele Leute auf den Schienen liefen. Endlich kam sie ganz zum Stehen. Käthe drängte sich durch die übrigen Mitfahrenden, um ins Freie zu gelangen und etwas Luft zu schöpfen; sie hatte das Gefühl, von der Masse an Mänteln, Hüten und Fleisch bald erstickt zu werden. Doch als sie vor der Einstiegstür den Kopf hob, vergrößerte sich das Gefühl der Übelkeit nur. Vom Rathaus flatterte die Hakenkreuzfahne, und in der Mitte des Platzes stand, eskortiert von zwei Bewaffneten, ein Individuum – das sie vage als einen gewissen Julius Streicher erkannte, der von sich behauptete, Journalist zu sein – auf einem Auto und schrie in die Menge.

Am meisten erschreckte sie, daß die Leute ihm Beifall zollten. Durch das allgemeine Klatschen und Rufen verstand sie nur einzelne Satzfetzen: »Novemberverbrecher – alle verhaftet – neue Regierung!«

»Nieder mit den Sozis!« schrien die Menschen um sie zurück. »Hoch Ludendorff!«

Sie sah sich vergeblich nach der Polizei um, von der Constanze gesprochen hatte. Inzwischen schrie der Mann auf dem Auto etwas von »jüdischer Weltverschwörung«, und ihre Übelkeit erreichte ein Höchstmaß. Inmitten der begeisterten Zuhörer übergab sie sich.

»Passen S' doch auf!« zischte der Mann neben ihr, aber eine Frau, die schräg hinter ihr stand und sich schon die ganze Zeit gegen ihren Rücken gepreßt hatte, um eine bessere Sicht zu erhaschen, meinte mißtrauisch: »Sie, was soll denn das?«

»Aufhören!« herrschte ein anderer Nachbar.

Käthe hätte liebend gerne aufgehört, aber ihr war wirklich übel, sie würgte und würgte, ihre Knie zitterten, und die feindseligen Stimmen um sie herum steigerten ihren Brechreiz nur. Plötzlich rief jemand:

»Die Frau ist krank, sehen Sie das denn nicht? Lassen Sie mich durch, ich bin Arzt!«

In die Menschentraube, die sie unmittelbar umgab, kam Bewegung. Käthe spürte eine Hand auf ihrer Stirn, schaute auf und erkannte den sehr ernst dreinblickenden Dr. Goldmann.

»Sie muß auf der Stelle in ein Krankenhaus«, sagte er laut. »Kommen Sie.«

Er legte einen Arm um ihre Schulter und zog sie in Richtung Kaufingerstraße. Sein professionelles Autreten und die anerzogene Ehrfurcht vor den »Studierten« taten ihre Wirkung; man ließ sie in Ruhe. Erst am Stachus hatte sich die Menge so weit aufgelockert, daß sie eine Kolonnadensäule fanden, gegen die sie sich lehnen konnte, und erst da ließ er sie los.

»Es geht schon wieder«, sagte Käthe, nachdem sie ein paarmal tief ein- und ausgeatmet hatte.

»Was um alles in der Welt ist denn in Sie gefahren, Fräulein Brod«, sagte Dr. Goldmann heftig, »daß Sie heute hier sind? Das ist doch völlig meschugge!«

»Und Sie?« fragte sie zurück, nicht so ungehalten, wie sie es normalerweise gewesen wäre. Zum einen fühlte sie sich noch leicht zittrig, und zum anderen entwaffnete sie der Ausdruck, den sie seit ihrer Kindheit nicht mehr gehört hatte, etwas. Dr. Goldmann mit seinem sorgfältig gepflegten Sprachduktus mußte wirklich sehr aufgeregt sein.

»Ein Patient von mir wohnt hier in der Nähe.«

»Am Marienplatz?« gab sie skeptisch zurück.

»In der Nähe«, wiederholte Dr. Goldmann und lächelte plötzlich. »Außerdem war ich zugegebenermaßen neugierig, bis mir die Lage klarwurde. Aber Sie sollten wirklich nicht hier sein. Am Odeonsplatz ist die Polizei aufmarschiert. Wenn die Reden erst aufgehört haben…«

Er schlug ihr vor, sie nach Hause zu bringen. Käthe schwankte noch einen Moment zwischen ihrem journalistischen Instinkt und ihrem Wunsch, unverletzt zu bleiben. Aber wenn die Nazis das Gebäude der *Münchner Post* tatsächlich so verwüstet hatten, würde es ohnehin ein paar Wochen dauern, bis wieder eine Ausgabe erscheinen konnte.

»Ich muß sagen«, bemerkte Dr. Goldmann, während sie am Mathäser vorbei in Richtung Bahnhof liefen, in der Hoffnung, dort eine Taxe zu finden, »Sie sind von allen radikalen Frauen meines Bekanntenkreises wirklich die radikalste. Oder wird Ihnen immer schlecht, wenn Sie einen von den Braunen reden hören?«

Käthe verzog das Gesicht. »Ich wünschte, es wäre so. Aber es war ein Zufall, mehr nicht.«

»Hm«, machte Dr. Goldmann mit hochgezogenen Augenbrauen, und sie lächelte, ehe ihr bewußt wurde, daß sie im Begriff stand, sich in ein freundschaftliches Gespräch mit dem irritierenden Dr. Goldmann, dem für seine Affären bekannten Dr. Goldmann und nicht zuletzt dem frisch verheirateten Dr. Goldmann einzulassen.

»Finden Sie das Ganze nicht – sehr bedrückend?« fragte sie, abrupt wieder ernst geworden.

Er schüttelte den Kopf. »Nein. Das geht vorbei. Nach dem heutigen Tag wird selbst Kahr diese Partei verbieten müssen, und in ein, zwei Jahren ist sie vergessen.«

»Aber die Menschen…«, begann Käthe und verstummte. Das war es, was sie belastete. Zweifellos hatte er recht, soweit es die Nazis anging, doch wenn die Leute ihnen heute bei dem Versuch, die Republik zu stürzen, so bereitwillig zujubelten, würden sie auch den nächsten Putschisten unterstützen.

»Wir sind eine Republik ohne Republikaner«, sagte sie laut und erschrak vor der Klarheit, in der sie das mit einemmal erkannte, »und in Bayern noch nicht einmal das.«

Dr. Goldmann hatte gerade einen Wagen erspäht und sie nicht gehört. Als sie auf der Rückbank saßen, erkundigte er sich, was sie gesagt habe. Käthe sah aus den Augenwinkeln eine Litfaßsäule mit einem Plakat, dessen riesige Überschrift sie lesen konnte, »Proklamation«, aber nicht mehr. Ihr Begleiter wiederholte seine Frage.

»Meschugge«, sagte sie. »Die Welt ist meschugge.«

Sowie Heinrich Fehr mitgeteilt wurde, es sei geplant, Philipps Onkel Herbert Dientzenhofer die Braut zum Altar führen zu lassen, änderte er seine Taktik und bestand darauf, es selbst zu tun. Dann kam ein Telegramm aus München, das ihn fast dazu brachte, sofort seine Koffer zu packen, ehe ein zweites Telegramm ihn in dieser Hinsicht wieder beruhigte, was bedeutete, daß die Auseinandersetzung um den Gang zum Altar erneut begann. Am Abend vor ihrer Hochzeit war seine ältere Tochter mit ihren Nerven am Ende.

Carla lag mit angezogenen Knien im Bett, aber ihre Augen waren weit offen, als Marianne den Raum betrat und nach einem vorsichtigen Blick auf die kleine Sophie zu ihr huschte.

»Das ist eine schlechte Haltung, ganz und gar nicht gut für deinen Rücken«, sagte Marianne automatisch, ehe sie anfing zu weinen. Sie schämte sich unsäglich; seit der Scheidung ihrer Eltern hatte sie sich nicht mehr so sehr gehenlassen wie in den letzten Wochen, und nun suchte sie Trost und Hilfe bei einem Kind. Doch es gab sonst niemanden, der verstand, was sie belastete; alle anderen glaubten, es sei nichts weiter als der Streit, den ihr Vater angezettelt hatte. Selbst Philipp gegenüber brachte sie es nicht fertig, von der Angst und dem Schuldbewußtsein zu sprechen, die sie quälten... Besonders Philipp gegenüber nicht.

Sie hatte sich bemüht, es zu beichten, das Gespräch an jenem Sommernachmittag und den Tod jenes vulgären, törichten Mädchens, der ihm gefolgt war. Aber ihr Beichtvater begriff nicht, worauf sie hinauswollte, und ein zweites Mal hatte sie den Versuch nicht gemacht. Nun lebte sie zu allem anderen auch noch im Stand ungebüßter Sünde. In den vergangenen Jahren hatte sie sich wieder und wieder gesagt, daß sie sich Dinge einbildete, daß es nur eine Kette von Zufällen gewesen war, und damit Erfolg gehabt, bis sie ihre kleine Schwester wiedersah und entsetzt erkannte, daß sich Carla eine Reihe von Manierismen zugelegt hatte, die zu zwei toten Frauen gehörten.

Eigentlich war es unmöglich, daß sie überhaupt etwas von Angharad aufgeschnappt hatte, doch die Art, in der sie ihre Hände bewegte, die spöttische Weise, in der sie mit Philipp gesprochen hatte, das rief in Marianne unwiderstehlich das Bild der Frau wach, die ihrer Mutter das Herz gebrochen hatte. Doch ihr Gang und die Angewohnheit, ein völlig naives, unschuldiges Gesicht zu machen, während sie die beleidigendsten Dinge sagte, das gehörte zu Anni. Bemerkte ihr Vater das eigentlich nicht?

Es wäre verführerisch leicht gewesen, Carla wegen dieser die Vergangenheit heraufbeschwörenden Imitationen zu grollen, aber es änderte nichts an den Albträumen, die sie immer öfter heimsuchten, je näher der Hochzeitstermin rückte, und schließlich begriff Marianne, daß Carla nur sehr bedingt etwas mit ihrer Gewissensqual zu tun hatte. Es waren nicht die Sünden der Mütter, sondern die der Väter, deren Ahndung durch Gott sie fürchtete.

»Du meine Güte, Marianne, laß es gut sein. Es ist nur ein Tag, und so schlimm wird er schon nicht werden«, sagte Carla mit einer Mischung aus peinlicher Berührtheit und Ungeduld, setzte sich auf und musterte ihre Schwester mit all der Herablassung einer Halbwüchsigen. Dann zuckte sie unwillkürlich zusammen, und ihre Augen weiteten sich.

»Du hast Angst, stimmt's?«

Marianne erwiderte nichts, aber sie setzte sich auf die Bettkante, und Carla rutschte etwas, um ihr Platz zu machen. »Weißt du«, sagte das Mädchen nach einer Weile, ohne Marianne anzusehen, »ich würde überhaupt nicht heiraten, niemals, aber wenn ich es täte, dann wüßte ich schon, daß alles, was passiert, an mir und meinem Mann liegt, und nicht an … anderen Leuten.«

Wenn sie nichts weiter getan hätte, als die Ehefrauen ihres Vaters zu hassen, dann wäre dieser ungeschickte, gutgemeinte Beschwichtigungsversuch vielleicht erfolgreich gewesen. Doch was Marianne belastete, waren mehr als ungute Gefühle. Es lag an ihr, um es mit Carlas Worten auszudrücken, und nicht nur an … den anderen Leuten.

»Werdet ihr hier wohnen, in diesem Haus?« erkundigte sich Carla nach einer Weile leise, um nicht länger über das Unausgesprochene zwischen ihnen nachdenken zu müssen.

Dankbar für den Themenwechsel, wisperte Marianne zurück: »Nein. Philipp hat eine eigene Wohnung in Wien, aber das ist nur vorläufig. Er möchte, daß wir uns in München niederlassen, damit er sich in der Fabrik einarbeiten kann.«

»Klar möchte er das«, erwiderte Carla in einer Mischung aus erwachsenem Zynismus und kindlicher Unverschämtheit. Beschwichtigend setzte sie hinzu: »Bis gestern wußte ich gar nicht, daß er noch einen älteren Bruder hat. Der erbt hier alles, stimmt's?«

»Darüber spricht man nicht«, gab Marianne streng zurück.

Aber sie blieb, wo sie war, und nach einer Weile strich sie ihrer Schwester über das glatte, frisch gewaschene Haar, das an den Spitzen noch etwas feucht war. Sie hatte nicht mehr erwartet, sich zu verlieben, geschweige denn, geliebt zu werden, und es kaum fassen können, als ihr ruhiger, gutaussehender Cousin begann, ihr den Hof zu machen. Es war so überraschend gekommen; sie hatte Philipp vorher kaum gekannt, hatte ihn das letzte Mal auf einer Gartenfeier gesehen, als er so alt war wie Carla jetzt, damals, vor dem Krieg. Der junge Mann, der ihr Blumen brachte und ihr zum ersten Mal, seit ihre Kindheit zerstört wurde, das Gefühl gab, geschätzt und geliebt zu sein, war ein Fremder für sie. Unmöglich, ihn nicht zu lieben. Aber so sehr sie es tat, heute nacht, während sie neben Carla im Bett saß und, ohne es zu merken, selbst die Knie anzog, wünschte sie plötzlich, keine Frau zu sein, sondern ein Kind. Ein glückliches, unbekümmertes Kind, das noch nichts von dem wußte, was Männer und Frauen einander antun konnten.

An Mariannes Hochzeitstag, dem 10. November, sprach der bayerische Teil der Gäste von wenig anderem als dem Putsch in München, der so kläglich fehlgeschlagen war. »Weggelaufen sind's, als die Schießerei losging, bis auf den Ludendorff«, sagte ein Bachmaier aus Passau verächtlich. Andere verteidigten die Putschisten; der Ministerpräsident habe ihnen sein Ehrenwort gegeben und es gebrochen; nur durch diesen Verrat sei das ganze Unternehmen mißlungen.

»Ja, hätte es denn gelingen sollen?« fragte der Passauer entrüstet. »Wenn sie die Monarchie wieder hätten einsetzen wollen… Aber die wollten den Zugereisten zum Reichskanzler machen, diesen Braunauer.«

»Besser der als die Preußensozis in Berlin«, konterte ein anderer. Carla, die zwischen den Gästen umherwanderte, fand die

Gespräche bald sehr langweilig, denn sie liefen immer auf das gleiche hinaus. Sie wünschte sich, Käthe wäre hier; dann hätte es wenigstens so etwas wie eine spannende Auseinandersetzung gegeben. Irgendwo tat es ihr leid, daß so etwas Aufregendes wie ein niedergeschlagener Staatsstreich in München stattgefunden hatte, gerade als sie nicht da war, aber andererseits schwante ihr, daß sie das Haus ganz bestimmt nicht hätte verlassen dürfen, auch wenn sie an Ort und Stelle gewesen wäre.

Die Putschisten taten ihr nicht leid. Nach allem, was sie von ihnen gesehen hatte, taten sie wenig mehr, als möglichst laut herumzubrüllen, nach Bier zu stinken und mit Waffen herumzufuchteln. Sie dachte an den Tag, als Robert und sie vor der Redaktion der *Münchner Post* gestanden hatten. Nein, es war schon ein Glück, daß so etwas jetzt endgültig vorbei war, aber konnten sich die Leute über nichts anderes mehr unterhalten?

Sie war erleichtert, als endlich alle Gäste versammelt waren und man die Kirche betreten konnte. Sie saß zwischen Sophie und deren Mutter eingequetscht in einer Bank. Zumindest hatte man sie nicht zu den beiläufigen Bekannten nach hinten verbannt. Einiges Halsverrenken war nötig, um an dem breiten Rücken von Philipps älterem Bruder, der vor ihr kniete, vorbeizuschauen. Philipp stand vor dem Altar und sah in dem schwarzen Anzug wie ein Fremder inmitten seiner hellhaarigen, blassen Verwandtschaft aus. Selbst sein Trauzeuge, der den Ring hielt, war blond.

Carla wandte den Kopf und schaute zum Kircheneingang zurück. Mariannes Hochzeitskleid machte das Beste aus ihrer dünnen Gestalt; sie wirkte schlank, nicht hager, und wer immer ihr Haar hochgesteckt hatte, verstand sein Geschäft; ihr Gesicht umrahmten sorgfältig gebrannte Korkenzieherlocken, die es weicher und jünger machten. Neben ihr stand, Gesicht und Nacken leicht gerötet, aber ansonsten ausdruckslos, ihr Vater.

Während die Orgel zu spielen begann und die beiden feierlich auf den Altar zuschritten, überlegte Carla, ob Mariannes Mutter ihr wohl ähnlich gesehen hatte. Sie versuchte sich ihren Vater jung auszumalen, bartlos, an der Seite seiner ersten Braut, und scheiterte. Um den unvermeidlichen nächsten Gedanken abzuwehren und ihn sich nicht mit ihrer eigenen Mutter vorzustellen, blickte sie wieder zu Philipp.

Er nahm Mariannes Hand, sehr behutsam, während er neben ihr niederkniete, und Carla fragte sich plötzlich, ob er Marianne auch so küssen würde wie sie in der Bibliothek. Sie konnte sich nicht denken, daß er es bereits getan hatte. Dazu behandelte er Marianne viel zu höflich, und was immer das in der Bibliothek gewesen war, es war nicht höflich. Allerdings auch nicht unangenehm. Auf jeden Fall war es verboten.

Käthe Brod kam ihr in den Sinn, wie sie mit ihrer ernsten, sachlichen Stimme sagte: »Der körperliche Ausdruck der Liebe hat mehrere unserer großen Dichter inspiriert.« Aber sie würde Kathi ganz bestimmt nichts von dem Vorfall erzählen. Robert vielleicht, wenn er wieder versuchte, sie mit seinen Erfahrungen zu beeindrucken. Robert saß jetzt in Paris, nicht neben einem goldgelockten kleinen Ungeheuer, sondern mutmaßlich irgendwo, wo sie auf keinen Fall jemand mithinnehmen würde. Aber später, sobald sie erwachsen sein und ihr eigenes Geld verdienen würde, plante sie, überall hinzugehen, wo sie wollte.

Carla kannte die Choräle nicht, die gesungen wurden, aber es bereitete ihr keine großen Schwierigkeiten, das zu überspielen; die Melodien waren sehr einfach, und da die meisten Leute hier offenbar die lateinischen Texte, die sie sangen, nicht verstanden, fiel Carlas Aneinanderreihen von Silben niemandem auf. Ihr Vater saß grimmig und mit verschränkten Armen in der ersten Reihe, ostentativ stumm, und schaute starr geradeaus. Mariannes Stimme, ein reiner Sopran, war deutlich herauszuhören. Wie seltsam, daß Marianne, und nicht sie, die Musikalische war. Ob Philipp in seiner Wohnung wohl ein Klavier hatte, auf dem sie spielen konnte? Aber vielleicht machte sich Marianne jetzt, wo es nicht mehr galt, ihren Vater zu beeindrucken, auch weniger aus dem Klavierspiel, dachte Carla und fand sich gleich darauf kleinlich. Sie wußte genau, daß Marianne wirklich gerne spielte.

Die Messe ging schneller vorüber, als sie vermutet hatte, und bei dem darauffolgenden Mittagessen war sie wieder an den »Kindertisch« neben das »Sopherl« verbannt. Außerdem saßen dort einige weitere Bachmaier-Sprößlinge, die im Alter zwischen zehn und vierzehn rangierten, erst gestern eingetroffen waren und sie unverhohlen anstarrten, wenn sie aß, aber wegschauten und nur miteinander redeten, wenn die Gerichte abgeräumt wurden. Carla entschloß sich, sie mit Verachtung zu strafen und sie alle zu behandeln, als existierten sie nicht, aber das zähe Schweigen, die Blicke und das gelegentliche Gekicher taten weh. Selbst Sophies Gequengel und ihre hündchenhaften Versuche, Freundschaft zu schließen, erschienen ihr im Vergleich besser. Zum Glück trug sie ihre Brille nicht, so daß sie zumindest keine Grimassen sehen mußte. Weiße Flecken, wiederholte sie sich, es sind nur weiße Flecken, und sie haben keine Macht über mich.

Wieder dachte sie an Robert und wünschte sich, er wäre hier. Er würde lachen und fragen, seit wann sie sich von ein paar dummen Kindern einschüchtern ließ. Natürlich hatte er Erfahrung mit dummen Kindern. Das Dasein an der Wilhelmsschule mußte wirklich furchtbar gewesen sein. Kein Wunder, daß er seinen jetzigen Direktor vergötterte.

Ihre Erleichterung darüber, daß ihr Vater nach dem gewonnenen Kampf um das Geleit zum Altar beschlossen hatte, schon an diesem Nachmittag nach München abzureisen, wuchs mit jedem Gang, und als der Nachtisch serviert wurde, aß sie ihn mit unziemlicher Hast und sprang auf, sowie sie fertig war. Sie schob ihren Stuhl zurück und ging zu dem Haupttisch, wo sie entmutigt feststellte, daß ihr Vater immer noch in seinem Kaiserschmarrn herumstocherte. Doch als er sie sah, legte er seine Gabel nieder, zog seine Uhr aus der Brusttasche hervor, ließ den silbernen Deckel aufspringen und seufzte.

»Ich fürchte, wir müssen jetzt gehen«, sagte er zu Philipp und Marianne. »Sonst verpassen wir unseren Zug, und angesichts der Lage in München habe ich es wirklich eilig…«

»Ich verstehe«, entgegnete Philipp.

Marianne protestierte, aber nicht sehr heftig, und Carla fragte sich, ob ihre Schwester heimlich erleichtert war, sie beide loszuwerden und unbeschwert feiern zu können. Der Wunsch nach Flucht wandelte sich ein wenig; auf jeden Fall wollte sie ihnen noch etwas zu denken geben.

Sie ließ sich von Marianne umarmen und auf die Wange küssen. Dann stand sie vor Philipp, aber sie knickste nicht, wie sie es bisher immer zum Abschied getan hatte, sondern gab ihm die Hand wie einem Gleichaltrigen.

»Hoffentlich besucht ihr uns bald in München«, sagte sie zu ihm, absichtlich in einer etwas atemlosen Kleinmädchenstimme, »du bist so gescheit und weißt so viel, da gibt es sicher viel, was du mir beibringen kannst.«

Marianne lachte etwas gequält und versprach einen baldigen Besuch. Ihr Vater stand hinter ihr, also wußte sie nicht, wie er reagierte, aber Philipps Hand in der ihren zuckte zusammen und verkrampfte sich etwas. Zufrieden lächelte sie und hörte auch nicht auf zu lächeln, als er plötzlich ihre Finger kurz, aber sehr schmerzhaft zusammenpreßte, ehe er ihre Hand losließ, ein deutlicher Bestrafungsversuch. Philipp war eindeutig ein schlechter Verlierer. Denn sie hatte gewonnen; er war verlegen, Marianne, die genau wußte, daß Carla keine Ehrfurcht vor Philipp empfand, fragte sich sicher, was die Bemerkung bezweckte, und ihr Vater konnte ihr nicht ein Wort nachweisen, mit dem sie sich schlecht benommen hätte.

Als Heinrich Fehr sie in sein Arbeitszimmer bat, schloß Käthe kurz die Augen. Jahrelang einen bestimmten Moment zu erwarten, halb in Furcht, halb in Hoffnung, hatte für sie eine ständige Anspannung in Gegenwart von Carlas Vater erzeugt, und sie plötzlich verschwinden zu spüren war höchst eigenartig. Eine freie Leere erfüllte sie, als sie die Augen wieder öffnete, als sei sie von einer sehr hohen Klippe gesprungen; der Augenblick der Entscheidung war vorbei, Schmerz und Aufprall noch weit entfernt, und sie brauchte nichts weiter zu tun, als sich fallen zu lassen und für die Zeit des Falls das Gefühl zu genießen, fliegen zu können.

»Ich muß Ihnen wohl nicht sagen, warum Sie hier sind«, sagte der übernächtigt und gereizt wirkende Heinrich Fehr, als sie vor ihm stand. »Aber verraten Sie mir doch, Fräulein Brod, was Sie sich dabei gedacht haben, als Sie drei Fremde in diesem Haus einquartierten.«

»Ich hatte Grund zu der Annahme«, antwortete Käthe ruhig und immer noch damit beschäftigt, das überraschende Gefühl völliger Freiheit zu verarbeiten, »daß ihr Leben in Gefahr war.«

Heinrich Fehr winkte verächtlich ab, als schlage er eine unsichtbare Fliege zur Seite.

»Das macht mein Heim nicht zum Wirtshaus für Sozialisten. Nun, bringen wir es hinter uns. Sie haben Ihre Befugnisse als Angestellte in diesem Haus grob überschritten, und ich sehe mich nicht länger in der Lage, Ihnen die Erziehung meiner Tochter anzuvertrauen. Eigentlich müßte man Sie fristlos entlassen, doch es genügt mir, wenn Sie am Ende des Monats gehen. Ich nehme an, auf ein Zeugnis von mir legen Sie keinen Wert?«

»Nein«, entgegnete Käthe, und zum ersten Mal erschien er ihr komisch, nicht unangenehm und bedrohlich, der große Mann, der sich aufplusterte, um einer kleinen Lehrerin Angst einzujagen.

Sie fügte nichts hinzu, keine Bitte, keine Entschuldigung, und nach einer Minute sagte er ärgerlich: »Gut, gehen Sie.«

Das Gefühl völliger Freiheit hielt an, bis sie es Carla sagte.

»Entlassen?« wiederholte das Mädchen langsam, und etwas in Käthe zog sich schmerzhaft zusammen. Der Moment des Aufpralls war gekommen, und er war hart. »Aber das kann er doch nicht machen!«

Während der letzten Worte hob sich ihre Stimme und wurde immer lauter. Es rief ein Echo in Käthes Erinnerung wach, nach dem sie nicht lange suchen mußte. Als Carla ihren Federhalter ergriff und an die Wand schleuderte, wußte sie es wieder.

»Nein!« rief ihre Schülerin und klang wieder wie das hysterische Kind, das auf den Tod seiner Stiefmutter mit einem Schreikrampf reagiert hatte. »Das kann er nicht!«

»Als mein Arbeitgeber«, begann Käthe behutsam, doch Carla unterbrach sie, ihre beiden Hände erfassend.

»Sie müssen ihn bitten, das nicht zu tun, Kathi, Sie müssen sagen, daß es Ihnen leid tut! Wenn Sie sich entschuldigen – er hat es gerne, wenn man sich bei ihm entschuldigt!«

Es stimmte; vielleicht würde ihr vergeben werden. Doch es war nicht nur ihr Stolz, der Käthe daran hinderte, laut Reue zu bekennen. Sie schaute auf ihre Handgelenke, die Carla umklammert hielt, sehr fest. Klammern. Fesseln. *Ich habe dir schon sieben Jahre gegeben*, dachte sie mit einer Klarheit, die sie ebenso schmerzte wie die Verzweiflung in den graugrünen Augen, die sie anblickten. *Ich muß gehen, solange ich noch nicht zu alt bin, um ein neues Leben anzufangen, denn wenn ich es nicht tue, was bleibt mir dann, wenn du mich nicht mehr brauchst?*

Carla ließ sie los. Sie schluckte, dann sagte sie heftig: »Gut, wenn Sie sich nicht entschuldigen wollen, dann tue ich es!«

Damit drehte sie sich um und rannte fort. Ihr Vater war gerade dabei, sich von seinem Chauffeur in den neuen Wagen helfen zu lassen, den er gekauft hatte, um in die Fabrik zu fahren; ein riesiger, rötlicher Fleck neben einem noch größeren, dunklen. Sie klammerte sich daran, daß er im letzten Jahr so viel zugänglicher geworden war, daß er sie zu der Hochzeit mitgenommen und ohne ein Wort verstanden hatte, als sie dort wieder wegwollte. Ganz sicher würde er auch verstehen, warum er Kathi nicht entlassen durfte.

»Bitte!« rief sie keuchend, während sie noch auf ihn zulief, obwohl sie eigentlich »Warte« hatte sagen wollen, »bitte!«

Er zog nun auch sein gesundes Bein ins Innere des Wagens nach, aber er winkte ab, als der Chauffeur die Tür schließen wollte, und wartete, bis sie vor ihm stand. Während sie mühsam wieder Atem schöpfte, konnte sie erkennen, daß er sie ungnädig musterte.

»Bitte entlasse Fräulein Brod nicht«, stieß sie hervor. »Es tut ihr sehr leid, daß sie ihre Freunde hier hat übernachten lassen.«

»Zweifellos«, entgegnete ihr Vater kühl. »Und sie wird es noch mehr bereuen, wenn sie feststellt, wie es den Arbeitslosen in diesem Land ergeht. Ihre roten Freunde werden sie kaum ernähren. In Rußland wird selbst gehungert.«

»Aber sie wird doch nie wieder …«

»Das Thema ist abgeschlossen«, schnitt er ihr das Wort ab und hob die Hand, um dem Chauffeur zu signalisieren, er sei nun bereit zu fahren.

»Du darfst sie nicht entlassen!« platzte Carla heraus. Das ließ ihren Vater innehalten. Ungläubig wandte er sich ihr wieder zu.

»Ich *darf* nicht?«

Heiser von unterdrückten Tränen, sagte sie: »Du darfst sie mir nicht auch noch wegnehmen.«

Der Satz hing zwischen ihnen in der Luft, und während sich seine Augen verengten, hörte sie irgendwo eine Tür ins Schloß fallen. Sie wartete darauf, daß er sie anschrie, doch als er sprach, geschah es sehr leise. Dennoch war jedes Wort schlimmer, als wenn er sie geschlagen hätte.

»Du wirst jetzt in das Haus zurückgehen und dich dort so lange nicht mehr in meiner Gegenwart blicken lassen, bis ich nach dir schicke. Und bis dahin wirst du darüber nachdenken, welche Ansprüche du hier hast. Keine. Und was du hier bist. Nichts. Es gibt vor dem Gesetz nichts, was mich dazu verpflichtete, für einen Bastard zu sorgen. Und meine Bereitschaft, es zu tun, hat sich heu-te erschöpft.«

Damit winkte er dem Chauffeur, der, ohne sie anzusehen, die hintere Wagentür zuschlug und auf dem Fahrersitz Platz nahm. Die anrollenden Räder wehten ihr Staub in die ungeschützten Augen. Aber sie weinte nicht. In diesem Moment wußte sie, daß er sie nie mehr zum Weinen bringen würde.

Während Käthe den November damit verbrachte, eine Wohnung zu suchen, und ihr versprach, sie mindestens einmal in der Woche zu treffen, wurde Carla zusehends apathischer. In ihr reifte etwas, eine Saat, die schon vor langer Zeit gelegt worden war, das spürte sie, aber gleichzeitig wußte sie nicht, ob sie zur Ernte imstande sein würde. Sie erledigte pflichtgemäß die Aufgaben, die Käthe ihr stell-te, fest entschlossen, mit dem Unterricht bis zum letzten Tag fort-zufahren, nahm ihre Mahlzeiten in der Küche mit dem Personal ein, das für sie das Beste tat und sie weitgehend in Ruhe ließ. Den Rest der Zeit verbrachte sie in ihrem Zimmer. Wenn Käthe zu ihr ging, um mit ihr zu sprechen, fand sie Carla stets vor, wie sie die Wand anstarrte, ausdruckslos, ohne sich zu rühren.

An dem Tag, als Käthe die Villa verließ, verhielt sie sich nicht anders. Käthe hatte einen neuen Ausbruch befürchtet, doch Carla gab ihr lediglich die Hand, wünschte ihr viel Glück und versprach, bald zu schreiben. Erst später bemerkte sie, daß dieses Versprechen noch seltsamer als der Rest von Carlas Verhalten gewesen war, denn es bestand kein Grund zu schreiben, wenn man sich in der-selben Stadt aufhielt.

Der erste Brief, den Carla nach Käthes Abschied verfaßte, rich-tete sich allerdings an Robert in seinem Lubeldorfer Internat. Sie hatte ihm seit Mariannes Hochzeit nicht mehr geschrieben, weil es die Schutzmauern durchbrochen hätte, die sie um sich erbaute. Aber die Einsamkeit schlug allmählich über ihr zusammen wie die Wellen über einer Ertrinkenden, und er war der einzige, der ver-stehen würde, was sie vorhatte.

Lieber Sam – bitte komm. Der Golem muß zerstört werden.
Halef.

Robert war seit ihrer letzten Begegnung noch weiter gewachsen und nun so groß wie ein erwachsener Mann. Außerdem plagte ihn der Stimmbruch nicht mehr, mit dem er sich seit einem Jahr herumgeschlagen hatte. Als er sie begrüßte, war seine Stimme völlig ebenmäßig, ein dunkler, warmer Bariton, der die Illusion, einen Erwachsenen vor sich zu haben, vervollständigte. Er kam direkt vom Bahnhof und hatte Steinchen an ihr Fenster geworfen, weil er wußte, daß er nicht offiziell durch die Haustür kommen sollte.

»Die merken erst morgen früh, daß ich nicht mehr da bin«, sagte Robert, nachdem er durch den Fensterrahmen geklettert war. »Heute ist Ausflugstag.«

»Es ist wohl sehr schön da«, sagte Carla gepreßt, weil sie nicht wußte, wie sie diesem Fremden gegenüber mit ihrem Anliegen beginnen sollte, aber als er den Kopf schüttelte und antwortete, wußte sie, daß sie ihren Verbündeten wiederhatte.

»Nein«, sagte Robert, während sie sich beide im Schneidersitz auf Carlas Bett hockten, »nicht in der letzten Zeit.«

Ihr kurzer Brief hatte ihn aus der Misere herausgeholt und ihm die Richtung gezeigt, und nun war er bereit, das gleiche für sie zu tun. Er kannte Carla. Es fiel ihr leichter, ihm alles zu erzählen, wenn er damit begann.

»Weißt du«, fuhr er fort und zwang sich, diesmal nichts auszuschmücken, »all die Postkarten und Briefe, die ich dir von unterwegs geschrieben habe – das war gelogen. Rom war gräßlich. Venedig war gräßlich. Paris war gräßlich. Mein Reiseführer, der müßte nicht *Getränke der Welt* heißen, sondern *Toiletten der Welt*. Mittlerweile trinkt er ständig. Es wird ihm schlecht, und wenn ich nicht aufpasse, kotzt er an Ort und Stelle und schläft darin ein. Dann wacht er auf, und es geht von vorne los. Und wenn ich ihn mal dazu bringe, etwas zu essen und dabei nichts zu trinken, fängt er zu zittern an. Und er redet, er redet ununterbrochen. Wenn er mich abholt, weiß die ganze Schule davon, weil sie alle warten, um ihn zu sehen.«

Die Demütigung, das Schwanken zwischen Mitleid, Liebe und Haß lasteten auf ihm, und der Druck wurde nicht geringer, während er mit Carla sprach. Aber wenn er die Verachtung spürte, die Dada und Max und mittlerweile jeder seinem Vater entgegenbrachte, überstieg der Wunsch, Papa zu beschützen, alles andere –

bis zu dem nächsten Gang zur Toilette, das Gewicht seines Vaters an seinem Hals und der saure Säuferatem in seinem Gesicht.

»Er hat Kathi entlassen«, sagte Carla abrupt, und dann wiederholte sie das letzte Gespräch mit ihrem Vater und alles, was sich vorher zugetragen hatte.

»Manchmal würde ich gerne mit dir tauschen.«

»Nein, würdest du nicht«, antwortete er voller Gewißheit. »Du würdest das genauso hassen. Dein Vater, mein Vater...«

»Ja.«

Sie schauten einander an. In ihrem Nachthemd sah sie wie ein Gespenst aus; ihr Haar zeichnete sich dunkel ab und malte Ausrufezeichen und Fragezeichen auf den weißen Stoff.

»Ich mache es, wenn du es auch tust«, sagte sie. »Für dich ist es sowieso leichter. Dein Direktor wird dir helfen, und Dr. Goldmann.«

»Ganz sicher«, erwiderte er mit einer Mischung aus Erbitterung und Erleichterung. »Die werden entzückt sein, wenn ich sage, daß ich ihn nicht mehr sehen will, bis er aufgehört hat zu trinken.«

Es war ausgesprochen, das Todesurteil, denn er wußte genau, daß sein Vater nicht mehr aufhören konnte. »Du bist alles, was ich noch habe«, dieser regelmäßige Refrain seiner Jeremiaden war ernst gemeint. Er sprach es laut aus, höhnisch, mit einem Hohn, der genauso ihm selbst galt: »Ich bin alles, was er noch hat.«

»Und ich«, sagte Carla harsch, »bin alles, was *er* noch hat. Er denkt, ich weiß das nicht, aber deswegen hat er damals die Epoche des Schweigens abgebrochen, und deswegen hat er mich noch nicht weggeschickt. Er hat es gehaßt, als Marianne geheiratet hat, obwohl er damit seinen Nachfolger bekommt. Er wird alt, er ist krank, und er weiß genau, daß er keine Frau, die er lieben könnte, mehr finden wird. Einen fetten, kranken Mann mit seiner Vergangenheit heiraten solche Frauen nicht mal für Geld.«

Sie hielt inne. Ihre Finger schlangen sich ineinander. »Aber er denkt, er wird mich hierbehalten können, daß ich immer von ihm abhängig sein werde, seine uneheliche Tochter, die ihm alles schuldet.«

»Ich mache es, wenn du es tust«, wiederholte er ihren Satz von vorhin, »aber wie willst du ihn dazu bringen, dich wegzulassen?«

Sie gab sich einen Ruck und erzählte es ihm. Bis zu dem Moment, als sie es aussprach, hatte sie es nicht gewußt, nicht wirklich; es waren ungeordnete Gefühle und Impulse gewesen, Gedankenfetzen, Fäden, die sich erst jetzt zu einem Gewebe verknoten ließen. Zum erstenmal war sie froh, daß Käthe sie verlassen hatte. Sie wollte nicht, daß Kathi das miterlebte.

»Und wann?« fragte Robert, als sie geendet hatte.

»Morgen abend. Da gibt er ein großes Essen, und jetzt, wo die Bachmaiers wieder mit ihm reden, werden die meisten, die er eingeladen hat, auch kommen.«

Was sie vorhatte, war auf seine Weise genauso unbarmherzig und vollkommen wie das, was er seinem Vater antun würde. Es war nicht nötig, weiterzureden. Da seine Anwesenheit noch ein Geheimnis bleiben sollte, zog er seine Schuhe aus, während Carla eines ihrer Kissen auf die rechte Seite legte, und rutschte dann unter die Bettdecke, die mit ihren Daunen die Kälte des frühen Dezembers fernhielt. Es war gut, in dieser Nacht nicht alleine sein zu müssen. Mit einemmal holte ihn die Erschöpfung von der Zugfahrt, die fast den ganzen Tag gedauert hatte, ein, und Robert gähnte. Schläfrig fragte er:

»Glaubst du an die Hölle?«

»Ja«, antwortete Carla, zu seiner gelinden Überraschung, denn sie hatte sich oft genug in seiner Gegenwart über die Frömmigkeit ihrer Schwester lustig gemacht.

»Dann werden wir beide wohl…«

»Ja…«, sagte Carla wieder, nicht kurz angebunden, eher nachdenklich. »Und – weißt du – ich bin froh, daß…«

»…daß es jetzt entschieden ist«, vollendete er den Satz für sie, denn er empfand das gleiche. Seine Müdigkeit war ansteckend; auch Carla gähnte. Aber es dauerte noch lange, bis sie schlafen konnten.

Seit dem Anruf aus Lubeldorf stand Martin Goldmann Höllenqualen bei der Vorstellung aus, was alles mit Robert passiert sein konnte. Zunächst wollte er seine Termine für den Tag absagen und sich in den nächsten Zug gen Norden setzen, aber dann sagte er sich, daß Robert, wenn er weggelaufen war, vielleicht zu ihm nach München kommen würde. Er hatte keine Ahnung, wo sich Rainer gerade befand, und machte auch keinen Versuch, es herauszufinden. Der Mann würde keine Hilfe sein und wie üblich nur Schaden anrichten. Er hatte es nicht verdient, Roberts Vater zu sein, genausowenig, wie er Barbara verdient gehabt hatte.

Als seine Sprechstundenhilfe ihn herausrief, setzte sein Herz einen Moment aus; er befürchtete, einem Polizisten zu begegnen, der ihm mitteilte, man habe Robert irgendwo tot aufgefunden. Er bat seine Patientin hastig, ihn kurz zu entschuldigen. Das erste, was er empfand, als er Robert im Vorzimmer neben dem kleinen Schreibtisch der Sprechstundenhilfe stehen sah, war Erleichterung und Freude. Dann stieg Zorn in ihm auf.

»Was«, sagte Dr. Goldmann, um Beherrschung ringend, »hast du dir dabei gedacht?«

Die Kleider des Jungen wirkten verknautscht, aber ansonsten erfreute er sich offensichtlich bester Gesundheit; er wirkte noch nicht einmal unausgeschlafen. Nur die braunen Augen, Barbaras Augen, schauten gequält, und etwas von Martin Goldmanns Zorn schmolz bereits.

»Tut mir leid«, murmelte Robert und schlang sich unbewußt die Träger des Beutels, den er in der Hand hielt, mehrfach um sein Handgelenk. »Es war ein Notfall. Könnte Carla heute nacht bei dir schlafen?«

Von dieser unerwarteten, zusammenhanglosen Frage überrascht, runzelte Dr. Goldmann die Stirn.

»Carla? Willst du damit sagen, daß du Carlas wegen…?«

Er hatte die Beziehung der beiden immer als unschuldige Kinderfreundschaft gesehen, aber mit einemmal stiegen entsetzliche Möglichkeiten vor ihm auf. Sicher, sie waren noch sehr jung, aber er selbst hatte in Roberts Alter bereits seine ersten Erfahrungen gesammelt, wenn auch gewiß nicht mit einem gleichaltrigen Mädchen. Er bedeutete Robert, ihm in das kleine Labor zu folgen. Seine Patientin und ihre Krampfadern würden noch etwas warten müssen.

»Robert«, sagte er, nachdem er die Tür hinter sich geschlossen hatte, »ihr beide habt doch nicht etwa – bitte sag mir, daß Carla nicht schwanger ist!«

Robert schaute erst aufrichtig verwirrt drein, dann lachte er. Es war ein wenig seltsam, das volle, tiefe Lachen eines Mannes aus seiner Kehle zu hören; er wurde wirklich zu schnell erwachsen.

»Nein«, japste Robert, nachdem er wieder zu Atem gekommen war, »nein, ganz bestimmt nicht! Du meine Güte, das muß ich ihr erzählen!«

Ernst geworden, fügte er hinzu, während sich Dr. Goldmann erleichtert die Schweißperlen von der Stirn tupfte: »Aber sie steckt in Schwierigkeiten. Bitte, Dada, sie kann heute nacht nicht mehr bei sich zu Hause bleiben.« Etwas boshaft schloß er: »Deine Frau hat sicher nichts dagegen.«

Die spontane und anhaltende Abneigung, die der Junge gegenüber Hetty gefaßt hatte, bekümmerte Martin Goldmann, aber er verzichtete darauf, jetzt darauf einzugehen.

»So, wie die Dinge nun einmal liegen«, entgegnete er kopfschüttelnd, »wird ihr Vater das ganz bestimmt nicht erlauben, und er ist durchaus imstande, mich bei der Polizei anzuzeigen. Außerdem wäre ihre Erzieherin wohl die geeignetere Person.«

Das spröde Fräulein Brod, das ihn immer so an die Mädchen erinnerte, mit denen er in seiner Jugend bei Familienfeiern hatte tanzen müssen, war ihm erst kürzlich wieder während eines Spaziergangs im Englischen Garten begegnet. Sie hatte etwas bedrückt ausgesehen, und weil er sich seit der gemeinsam bestandenen Gefahr ein wenig für sie verantwortlich fühlte, lud er sie zu einer Tasse Kaffee ein. Bei dieser Gelegenheit hatte er von ihrer Entlassung erfahren und war in der Lage gewesen, ihr bei ihrer Wohnungssuche zu helfen.

»Nach heute abend macht ihr Vater so was nicht mehr«, entgegnete Robert etwas kryptisch und fügte unlogischerweise hinzu: »Außerdem wäre es für Fräulein Brod viel schlimmer, wenn er *ihr* die Polizei auf den Hals hetzt.«

»Nun…«

»Bitte, Dada. Du bist der einzige, der uns helfen kann.«

Martin Goldmann gab nach. Roberts Freundin war ihm stets ein wenig wie eine verlorene Prinzessin in einem verwunschenen Schloß vorgekommen. Außerdem spürte er immer noch tiefes Bedauern, wenn er an ihre Mutter dachte, die er nicht geliebt hatte, wie Roberts Mutter, nur verehrt. Manchmal fragte er sich, ob er Angharad hätte helfen können, wenn mehr zwischen ihnen gewesen wäre. Er seufzte und sah an dem strahlenden Lächeln, daß sich über Roberts Gesicht ausbreitete, daß der Junge ihn verstanden hatte.

»Gut«, sagte er streng, in dem Bemühen, etwas Autorität zurückzugewinnen, »und nun werden wir ein Ferngespräch nach Lubeldorf anmelden. Dann setzt du dich in den nächsten Zug dorthin.«

Roberts Lächeln verschwand. »Das geht erst morgen früh«, protestierte er. Dr. Goldmann setzte ein unnachgiebiges Gesicht auf, und Robert fügte hastig hinzu: »Max versteht das sicher.«

Er hatte das schreckliche Gefühl, aus einem Muster auszubrechen, nur um in ein anderes zu fallen, während er die Wirkung seiner Worte auf Dada beobachtete. Aber es blieb ihm nichts anderes übrig; um seinen Zweck zu erreichen, mußte er auf seine bewährte Taktik zurückgreifen und einen gegen den anderen ausspielen.

»Ich hätte ihm ja von Anfang an alles erzählt, aber ich dachte, du…«, begann er, um sicherzugehen, daß Dada auch begriff, hielt inne und schluckte, als stünde er kurz davor zu weinen. Es war nicht ganz geheuchelt, denn nun ging es an seinen Teil des Paktes, den er mit Carla geschlossen hatte.

»Dada, ich bin noch aus einem anderen Grund hier. Ich… ich wollte dich fragen, ob ich in den nächsten Ferien bei dir wohnen kann. Und in den Ferien danach auch.«

Einmal ausgesprochen, war es unwiderruflich. Dada Goldmanns Gesicht leuchtete unwillkürlich auf, obwohl er sich gleich darauf bemühte, es zu verbergen. Robert sah seinen Vater vor sich, wie er auf einem Barhocker saß, den Arm um ihn legte und lauthals verkündete: »Das ist mein Sohn Robert. Mein Junge.«

Bei dem nächsten Weihnachtsspiel konnte er die Rolle von Judas Iskariot übernehmen. Er wußte genau, wie Judas sich fühlte. Von dem Wunsch getrieben, Dada auch etwas von dem Elend zu vermitteln, entzog er sich, als Dr. Goldmann ihm die Hand auf die Schulter legte, und sagte scharf: »Wenn du mich in Lubeldorf abholst, dann fragt mich wenigstens keiner, wieviel du intus hast.«

Bei Tage wieder unbeobachtet in die Villa hineinzukommen war etwas schwerer, doch Robert war geübt darin, über Mauern zu klettern, und er kannte sich hier sehr gut aus. Er brachte Carla das Mittel, das er für sie besorgt hatte, das einzige, was sie nicht schon besaß, und pfiff leise durch die Zähne, als er sah, was sie inzwischen alles vor sich aufgereiht und ausgebreitet hatte.

»Und das hast du all die Jahre aufbewahrt?«

»Nicht bloß aufbewahrt. Ab und zu habe ich es auch benutzt – um zu üben. Du bist nicht der einzige mit deinem Schultheater.«

Nachdem sie beide die Gebrauchsanweisung studiert hatten, half er ihr mit dem Waschen ihres Haares. Während sie neben der emailleverkleideten Badewanne kniete und ihren Kopf über den Rand hängen ließ, wurde ihm plötzlich bewußt, daß sie nur ihre Unterwäsche trug, und er mußte lachen, weil ihm Dadas Frage von heute morgen einfiel. Als er Carla davon erzählte, prustete sie unter dem Wasserschwall in ihr nasses Haar.

»Na, jetzt weiß ich, wie ich aussehen muß, wenn ich deinen Dr. Goldmann richtig erschrecken will. Ein Kissen langt. Du, ich glaube, es ist jetzt feucht genug.«

Robert massierte das Mittel in ihr Haar und hatte anschließend Mühe, seine Finger wieder sauber zu bekommen, während sie sich ein Handtuch um den Kopf wand. Den Rest des Nachmittags verbrachten sie in Carlas Zimmer, nicht nur, weil das Trocknen so lange dauerte, sondern auch, weil es der sicherste Ort war, wo niemand sie stören würde, solange der Zorn ihres Vaters anhielt. Dennoch unterhielten sie sich nur leise; nichts durfte schiefgehen. Gegen Abend wurde Robert immer hungriger. Er fragte Carla, ob man ihr das Essen vor die Tür stellen würde, und war enttäuscht, als sie antwortete, sie habe zu Mittag gesagt, sie verzichte auf eine abendliche Mahlzeit. Nach längerem Suchen fand sie noch eine halbvolle Pralinenschachtel in einer Schublade, die sie ihm überließ. Die Pralinen waren bereits hart und alt, aber das kümmerte ihn nicht.

»Irgendwann hörst du auf zu wachsen, und dann gehst du auseinander wie Kloßteig«, sagte Carla, und er stichelte zurück, das sei besser, als wie gewisse Leute den weiblichen Suppenkaspar zu markieren. Aber ihnen fehlte heute die Konzentration für wirklich gute Beleidigungen. Sie lasen etwas in Carlas Büchern, aber auch das hielten sie nicht lange durch. Als die ersten Gäste zu hören waren, warf Carla den Roman, in dem sie blätterte, in die Ecke.

»Ich habe Angst«, flüsterte sie, und dieses Eingeständnis zeigte ihm, wie angespannt sie sein mußte. »Ich kann's nicht, Robert, ich kann's nicht.«

»Doch!« Er schnellte von seinem Platz auf dem Boden hoch und ergriff ihre Hand. Sie durfte ihn jetzt nicht im Stich und allein in der Hölle zurücklassen. »Er hat es verdient, das hast du selbst gesagt. Oder willst du ewig nur auf Lehmpuppen herumtrampeln, während er dich stückweise verschluckt?«

Sie riß ihre Hand zurück, aber er sah, wie die Verzweiflung in ihren Augen wieder durch den alten Zorn ersetzt wurde. Dann griff sie zu der Bürste auf ihrer Kommode und begann, sie mit wütenden Strichen durch ihr Haar zu ziehen, bis es vor Elektrizität knisterte. Dann begann sie mit der Verwandlung, und jeder Schritt schien sie ruhiger zu machen. Als sie fertig war, entdeckte Robert, daß sich ihre Nervosität auf ihn übertragen haben mußte; angespannte Erwartung erfüllte ihn. Er wollte Carla ihren Plan ausführen sehen. Aber es war noch mehr als das.

»Etwas fehlt noch«, sagte er, griff hinter ihr Ohr und zauberte mit einem seiner alten Taschenspielertricks die Halskette hervor, die sie vorhin auf der Kommode ausgelegt hatte.

»Angeber«, gab sie belustigt zurück, während er ihr die Kette umlegte, und als er die vertraute Mischung aus Spott und Zuneigung hörte, wußte er, daß er nicht nur gekommen war, um die Schwarze Magie ihrer Kindheit Realität werden zu lassen. Er war gekommen, weil sie seine Freundin war und ihn brauchte.

Etwas Ähnliches ging ihr wohl auch durch den Kopf, denn sie sagte leise: »Eknad, Mas.« Dann verschwand die Wärme aus ihrer Stimme, und ohne sich länger die Mühe zu machen, sie zu senken, zitierte sie ihren letzten Zauberspruch für diesen Abend. »Nun, Götter«, sagte sie mit der sarkastischen, überlegenen Stimme Edmunds aus *König Lear*, »schirmt Bastarde!«

Sie konnte nicht erkennen, wie viele Menschen sich in dem großen Salon befanden, aber das war auch nicht nötig. Ein letztes Mal kniff sie die Augen zusammen, um ihren Vater auszumachen; er stand umringt von einem Kreis zigarrenrauchender, untersetzter Männer, die in Gelächter ausbrachen, als er gerade seine Anekdote beendete. Carla wartete, bis das Gelächter verebbte, dann rief sie laut und klar, in der breiten, heiteren Stimme, die sie seit vier Jahren nicht mehr gehört hatte:

»Heini, Schatzerl, is des net a schöner Abend?«

Das Gewirr aus Geräuschen erstarb abrupt. Jeder starrte sie an, und zum ersten Mal in ihrem Leben war ihr das nicht unangenehm, im Gegenteil, es erfüllte sie mit wilder Freude. Denn was die Gäste Heinrich Fehrs heute abend sahen, war nicht Carla, sondern der Geist eines Mädchens, das mit gerade siebzehn Jahren gestorben war. Sie warf ihr schwarzgefärbtes Haar zurück, lächelte Annis unbekümmertes, naives Lächeln und ging mit Annis wiegendem Schritt auf ihren Vater zu. Annis silbernes Kleid war ihr ein wenig zu weit, aber das spielte keine Rolle; seit der Zeit, als sie es zusammen mit dem Schmuck und all den Schminkutensilien aus Annis Zimmer geholt hatte, hatte sie gelernt, das mit ein paar Taschentüchern und Stecknadeln zu überspielen. Sich die Augenbrauen so zu zupfen, daß sie wie die Annis geschwungen waren, war schmerzhaft gewesen, aber der schwarze Tuschstift, der die Illusion vollendete, kühlte das Brennen auf ihrer Haut. Mit Rouge und Lippenstift ihr Gesicht etwas breiter erscheinen zu lassen war dagegen kinderleicht, sie hatte es schon öfter vor dem Spiegel geübt. Aber am wichtigsten war, daß sie Carlas Unsicherheit völlig hinter sich lassen konnte. Carla war in den Tiefen des Spiegels verschwunden und ließ sie ihr Werk vollenden.

Mit jedem Schritt, den sie in der atemlosen Stille auf ihren Vater zumachte, zerstörte sie ein Stück ihres gemeinsamen Lebens. Die Absätze von Annis hohen Schuhen – Anni hatte immer größer wirken wollen – klapperten auf dem Parkettboden, in kurzen Abständen, wie die Zeiger einer dieser neuen, lauten Uhren. Das Gesicht ihres Vaters schwamm auf sie zu, farblos, ein bleicher, zerklüfteter Mond. Sie legte ihm die Arme um den Hals, und dann vollendete sie ihre Rache. Es war Philipp, der ihr unabsichtlich gezeigt hatte, wie sie es konnte. Eigentlich hätte sie es schon längst begreifen müssen. In den Märchen war ein Kuß der magische Schlüssel. Er weckte Dornröschen aus dem Schlaf und verwandelte den Frosch in einen Prinzen. Und manchmal, manchmal verband er auch plötzlich eine ganze Kette von Eindrücken und Erinnerungen miteinander und gab einem die Macht zur Zerstörung.

Da sie ihr Haar wie Anni hochgesteckt hatte, gab es keinen Schirm, der den Menschen in diesem Raum den Blick verwehrte, als sie den Kopf ihres Vaters zu sich herunterzog und ihn auf den Mund küßte, wie Philipp sie geküßt hatte, nicht kurz, und nicht wie ein Kind. Er war so viel älter und kräftiger als sie; es gab nichts, das ihn daran hinderte, sie zurückzustoßen. Aber genausowenig, wie er bei ihrem Auftauchen das Nächstliegende getan und ihr befohlen hatte, sofort zu verschwinden, konnte er dem, was sie tat, jetzt ein Ende machen.

Das entsetzte Schweigen um sie herum wirkte lauter, als es die schockiertesten Ausrufe gewesen wären. Als Carla ihre Arme vom Hals ihres Vaters löste und einen Schritt zurücktrat, zitterte sie ein wenig, aber sie sagte in der gleichen, fröhlichen Stimme:

»Mei, daß a grad so viel Leit zu meiner Beerdigung kumma, des hätt ich net gedacht. Aber du gibst mir halt allweil nur das Allerbeste, gell, Heini?«

Dann drehte sie sich um und ging hinaus, mit Annis kleinen, beschwingten Schritten. Erst als sie Robert erreicht hatte und er die beiden Türflügel hinter ihr schloß, spürte sie, wie etwas sie verließ; ob es Annis Geist oder ihre eigene Seele war, wußte sie nicht.

5. Kapitel

Den Mädchen des Internats Hohencrem erschien die Neue von Anfang an seltsam. Zunächst einmal kam sie im Dezember an, knapp drei Wochen vor den Weihnachtsferien. Dann kannte sie sich mit den alltäglichsten Schulregeln nicht aus, dem Aufstehen und Setzen in der Klasse, der Rangordnung im Schlafsaal, der simplen Tatsache, daß man bei Tisch nicht sprach und vor allem nicht um mehr bat, als einem zugeteilt wurde. Ihre Leistungen in den einzelnen Fächern waren gut, teilweise sogar sehr gut, nur im Religionsunterricht versagte sie völlig, bis sich herausstellte, daß sie bisher überhaupt keinen erhalten hatte.

»Aber Sie können doch keine Heidin sein, Fehr«, sagte der Pastor, der zweimal wöchentlich aus der Stadt kam, um die Schülerinnen von Hohencrem zu unterrichten, konsterniert. »Sie sind doch gewiß getauft und konfirmiert worden.«

Nach einigem Zögern eröffnete sie ihm, man könne sie wohl als katholisch bezeichnen. Das war ein Problem. Mitten in der Mark Brandenburg ließ sich so schnell kein katholischer Pfarrer auftreiben. Also ließ man sie vorerst an den Stunden des Pastors teilnehmen, während die Direktorin nach München schrieb und um nähere Anweisungen bat. Eine Woche später beschied sie dem Pastor schmallippig, man müsse die kleine Fehr wohl ganz ohne Seelsorge lassen.

Das einzige andere Problem, das sich noch vor den Ferien mit der Schulleitung ergab, entstand wieder durch die Unkenntnis der Neuen, was das schulische Alltagsleben betraf. Sie wurde dabei erwischt, wie sie zwei Briefe direkt in den Postsack steckte. Als man sie zur Rede stellte, erwies sich, daß sie nicht gewußt hatte, daß jeder ein- und ausgehende Brief selbstverständlich vorher der jeweiligen Klassenleiterin vorgelegt werden mußte.

»Und einer dieser Briefe«, schloß die Direktorin streng, während sie mit dem Finger auf den Umschlag pochte, »ist an einen Mann gerichtet.«

Das Mädchen erwiderte, das sei ihr Cousin. Da die Adresse wirklich die einer Schule war, entschied sich die Direktorin, ihr zu glauben, zumal es ansonsten nichts über die neue Schülerin zu klagen gab. Sie war fleißig, sie war intelligent, und als sie an die Reihe kam, Gedichte aufzusagen, bewies sie ein großes Talent für den Vortrag.

Den Schülerinnen dagegen war sie immer noch ein Rätsel. Sie erzählte nichts von sich, sie hatte keine Photographien von ihrer Familie dabei, und irgendwer behauptete, daß sie keine Besuche bekommen dürfe. Außerdem fuhr sie nicht wie die meisten anderen nach Hause, als die Weihnachtsferien begannen. Nur zwei andere Schülerinnen blieben wie sie, aber das waren die beiden Stipendiatinnen, die ihren Aufenthalt hier ohnehin nur der Wohlfahrt verdankten und sich eine Fahrt nach Hause einfach nicht leisten konnten. Die Fehr dagegen wirkte nicht so, als stamme sie von armen Leuten ab; sie trug selbstverständlich die gleiche Schuluniform wie alle anderen, aber ihre Unterwäsche war aus Seide, nicht aus Baumwolle oder Leinen.

Nach dem Ende der Ferien kamen einige der Schülerinnen, die Verwandte in Bayern hatten, mit sensationellen Neuigkeiten zurück. Die Fehr war nicht nur UNEHELICH, sie hatte außerdem in München einen solchen Skandal verursacht, daß es ihren Vater gesellschaftlich völlig ruiniert hatte. Was genau, das wußte niemand, so daß die wildesten Gerüchte die Runde machten.

Auch die beiden Stipendiatinnen warteten mit Geschichten auf. Wie für jedermann erkennbar, hatte sich die Fehr während der Ferien ohne Erlaubnis in die Stadt begeben und sich dort die Haare schneiden lassen; sie trug sie jetzt als Pagenkopf, so wie die meisten Damen in den Illustrierten, aber gewiß nicht junge Fräuleins im Internat Hohencrem. Außerdem zeigte sich deutlich ein roter Haaransatz; sie hatte GEFÄRBTE HAARE. Statt als kühl und arrogant, wurde sie nun als geheimnisvoll und verrucht betrachtet, was ihren Status sofort hob. Einige der Mädchen fingen nun bei der Schillerlektüre, wenn von Dunois, dem Bastard von Orleans, dem Kampfgefährten der heiligen Johanna, die Rede war, jedesmal das Kichern an, aber das prallte wirkungslos an der Fehr ab, bis sich die Schlafsaalälteste, die Antwolfen, erkühnte, direkt zu fragen.

»Fehr«, sagte sie, sobald alle ihre Gebete gesprochen hatten und das Licht gelöscht war, »stimmt es … daß deine Eltern … nicht verheiratet waren?«

Alle hielten den Atem an und warteten auf das beschämende Eingeständnis dieses Makels, denn mittlerweile wußten sie ja bereits, daß es stimmte. Statt dessen seufzte die Fehr.

»Nein. Meine armen Eltern. In Wirklichkeit war alles viel schlimmer.«

»Ja?« drängte die Antwolfen überrascht, denn die unnahbare Fehr klang auf einmal direkt zugänglich.

»Ihr müßt schwören, es niemandem zu verraten. Mein Leben ist sonst in Gefahr.« Plötzlich schluchzte sie. »Ach, ihr wißt ja nicht, wie schrecklich es war!«

Die Mädchen schworen. Binnen kurzem hockten sie alle um das Bett herum, auf dem die Fehr saß und, nachdem sie sich die Augen getrocknet hatte, leise und stockend erzählte.

»Es ist nun schon so lange her, daß ich Rußland verlassen habe, aber ich kann mich noch an alles erinnern – die grauenhafte Nacht, in der diese furchtbaren Kommunisten Mamuschka, Papuschka und alle meine Geschwister umbrachten. Selbst meinen lieben Bruder. Der arme Alexej, er hatte doch alle Menschen gern! Wenn der treue Pjotr nicht einen von ihnen bestochen hätte, damit er sein Gewehr mit Platzpatronen lädt, wäre ich heute ebenfalls tot. O Gott, ich wünschte, es wäre Alexej gewesen, der gerettet wurde!«

Den meisten Mädchen blieb der Mund offen. »Willst du damit sagen«, fragte die Antwolfen ungläubig, »daß du eine von den Zarentöchtern bist?«

»Denk daran – du hast versprochen, nichts zu verraten«, sagte die Neue beschwörend.

»Aber dann müßtest du älter sein!«

»Das bin ich auch, aber niemand darf es erfahren. Lenins Agenten haben mich schon einmal aufgespürt, in München, wo ich als Tochter von diesem Industriellen ausgegeben wurde. Meine Großmutter dachte, dort müßte ich sicher sein, so, wie sie die Kommunisten da hassen, aber nein, diese Teufel hatten sich als Nazis verkleidet. Also brachte man mich hierher. Sie suchen alle nach einer Erwachsenen; hier unter euch wird mich keiner vermuten. Und offiziell gelte ich ja ohnehin als tot.«

Das war entweder die großartigste Geschichte oder die unverschämteste Schwindelei, die eine Schülerin dieses Internates je von sich gegeben hatte. Eine ehrfürchtige Schweigeminute trat ein.

»Sag mal was auf russisch«, beharrte die Antwolfen mißtrauisch.

»Znag rehcis thcin, eniem ebeil«, erwiderte die Fehr, »doch es quält mich, diese Sprache zu sprechen – die Erinnerungen – o Mamuschka!«

Sie warf sich auf ihr Kissen und schluchzte erneut. Dann richtete sie sich wieder auf, fuhr sich mit der Hand über die Augen und wisperte mit einer Aura huldvoller Größe: »Aber ich bin sicher, *euch* kann ich mein Leben anvertrauen. Ihr würdet mich nie an diese bolschewistischen Dämonen verraten.«

Einige glaubten ihr noch immer nicht, doch sie wagten nicht, das laut zu sagen, denn als kommunistische Sympathisanten wollten sie nicht gelten. Andere schwankten. Gewiß, sie war seltsam, anders als normale Menschen, und ihre Geschichte würde so manches erklären. Sie benahm sich auch, als sei sie um Jahre älter; das gefärbte Haar, die Diskrepanz zwischen Wohlhabenheit und mangelndem Besuch, ganz zu schweigen von Fahrten nach Hause… Vier der Mädchen schließlich wurden sofort zu glühenden Anhängern der entthronten Großfürstin, der das Schicksal so übel mitgespielt hatte. Die Antwolfen machte einen letzten Versuch, den Zauber zu brechen.

»Und wer«, beharrte sie, »ist der *Junge*, an den du schreibst?«

Da keine von ihnen mit einem *Jungen* korrespondierte, interessierte die Antwort Überzeugte, Schwankende und Skeptikerinnen gleichermaßen.

»Das ist Cousin Bobby, ihr wißt schon, aus der hessischen Linie.« Die meisten erinnerten sich vage, daß die verstorbene Zarin deutscher Herkunft gewesen war, die Tochter des Großherzogs von Hessen, und jede Menge englische Verwandte gehabt hatte, also nickten sie alle weise. »Sein Vater ist leider Kyrills engster Berater, und Vetter Kyrill beansprucht ja den Thron für sich, für den Fall, daß die Kommunisten je entmachtet werden. Also ist es wichtig für Kyrill, daß keiner von uns rechtmäßigen Erben mehr am Leben ist, obwohl meine liebe Babuschka mich längst anerkannt hat. Bobbys Vater hat ihm verboten, mich zu heiraten, also müssen wir in aller Heimlichkeit miteinander in Kontakt treten, über eine Deckadresse. Es ist hart, getrennt zu sein, aber eines Tages wird die Liebe siegen!«

Das war so romantisch, daß mehreren der jüngeren Zuhörerinnen die Tränen in die Augen stiegen. Sie schnieften, was man in der beeindruckten Stille deutlich hörte.

»Darf ich dir die Hand küssen?« fragte die Maier, die bei der Schillerschen Bastard-Stelle mitgelacht hatte, bittend, denn sie glaubte, etwas gutmachen zu müssen.

»Wenn du möchtest«, sagte die Großfürstin gnädig und reichte sie ihr. »Aber ich möchte euch alle bitten, mich genau wie eine von euch zu behandeln. Die Zeit der Privilegien ist vorbei.«

Lieber Robert – wie geht es Dir? Mir geht es gut. Besonders der Biologieunterricht ist interessant. Gerade nehmen wir die Galläpfel durch. Außerdem übe ich mich in französischer Konservation, die…
Lieber Sam – ich hoffe, Du erinnerst Dich noch an die Sache mit der unsichtbaren Tinte aus dem Grafen von Monte Cristo, *sonst wirst Du nie mehr als die gestelzten Pflichtbriefe lesen, die man uns hier schreiben läßt. Inzwischen ist das Leben hier erträglich geworden. Anfangs dachte ich, ich werde verrückt, mit zwanzig fremden Leuten in einen Saal gesperrt. Du hast ein Riesenglück, nur mit einem zusammengekettet zu sein.*
Weihnachten. Ja, es war genauso für mich. Dein Paket habe ich übrigens nur teilweise bekommen (zwei von den Zeichnungen ruhen jetzt noch vergraben im Archiv, vermute ich), in dieser Zensurbehörde achten sie nämlich darauf, was man als weibliches Wesen sehen und lesen darf. Dito für Kathis Päckchen. Aber sie war so schlau, ihren Anhänger in Zeitungspapier zu wickeln, natürlich mit einem ihrer Artikel darauf, und der (über den Hunger in Rußland, ein Spendenaufruf) brachte mich auf eine geniale Idee. Sei so gut und schreib mir das nächste Mal einen glühenden Liebesbrief (mit unsichtbarer Tinte, versteht sich). Du bist der heimliche Verlobte der Großfürstin Anastasia und darfst auch als Graf Bobby unterschreiben. Zuerst dachte ich, sie würden mich in Stücke reißen, aber nein, seit kurzem werden mir die Bücher in den Unterricht getragen, ich muß mein Bett nicht mehr selbst machen, und als ich mich darum beworben habe, in die hiesige Theatergruppe zu kom-

men, hat kein Mensch widersprochen. (Selbst die nicht, die mich immer noch für eine Bürgerliche halten – aber eben das bringt sie wohl dazu, mir die Qualifikation zuzugestehen.) Also nimm dich um deinen Status als König der Schultheater in acht. Halef.
P.S. Ich weiß nicht, ob ich es ohne deine Hilfe überlebt hätte.

Geachtet, bewundert, angeschwärmt oder beneidet zu werden war für Carla eine völlig neue Erfahrung. Als sie in Hohencrem eintraf, war sie in einen Kokon aus Erschöpfung und Gleichgültigkeit eingesponnen gewesen. All das, was sich über Jahre hinsichtlich ihres Vaters in ihr aufgestaut hatte, wie die unterirdischen Flüsse, die einem Vulkan seine Lava zuführten, hatte sie in einer gewaltigen Eruption ausgebrannt und leer zurückgelassen.

Zunächst verstand sie das Internat als ihre Strafe, den Preis, den sie für ihre Rache zahlen mußte; ein Gefängnis, mitsamt den Uniformen, dem völligen Mangel an Privatsphäre und der Raumbeschränkung, denn es war ihr auch verboten, die Schule zu verlassen; nur die Schülerinnen der Abschlußklasse hatten die Erlaubnis, zu zweit das nahegelegene Städtchen zu besuchen. Früher hätte sie rebelliert, aber in ihrem jetzigen Zustand war sie eine gute neue Gefangene, mit keinem größeren Ehrgeiz als dem, das Gefängnis möglichst ohne Komplikationen hinter sich zu bringen.

Als sie ihre Weihnachtsgeschenke in einem Zustand erhielt, der klar erkennen ließ, daß sie ausgepackt und wieder eingepackt worden waren, ganz abgesehen davon, daß offenbar einiges fehlte, erwachte erstmals wieder ein vertrautes Gefühl von Ungerechtigkeit und Ärger in ihr. Für einige Stunden zu verschwinden, um sich die Haare schneiden zu lassen, war ein lächerlicher Racheakt, aber er half ihr. Als sie das Ergebnis im Spiegel sah, mußte sie wieder an Rosalind auf der Bühne denken, die Ganymed wurde, der Rosalind spielte. Sie konnte sich neu erfinden.

Als die übrigen Schülerinnen zurückkehrten, bereitete sie sich darauf vor, Spießruten laufen zu müssen. Ihr Kopf fühlte sich ohne die Last des langen Haares seltsam leicht an, und im Nacken, wo der Rand der Pagenfrisur sie kitzelte, spürte sie ein ständiges Ziehen, als materialisierten sich die Blicke und das Geflüster just an dieser Stelle. Dann kam der Sprung ins kalte Wasser, ihr erster Versuch, die feindseligen Fremden mit etwas zu überwältigen, mit dem sie nicht gerechnet hatten. Der Erfolg brachte ihr den Rest ihres Lebensmutes zurück. Natürlich wußte sie, daß ihr nur ein Teil der Mädchen glaubte, doch auch die anderen empfanden nun keineswegs mehr Verachtung oder gönnerhaftes Mitleid für sie, sondern Neid oder sogar Eifersucht.

Carla sog all die Aufmerksamkeit in sich hinein wie belebendes Wasser. Sie war durchaus bereit, weitere haarsträubende Geschichten von ihrer Flucht aus Rußland oder vom Leben am Hofe des Zaren zu erzählen. Ihren größten Erfolg erzielte sie mit einer Darstellung Rasputins. Als sie vorführte, wie man ihn zuerst vergiftet, dann erschossen, dann erstochen und schließlich ertränkt hatte, zitterten die Mädchen und hielten einander die Hände; einige schrien sogar laut auf, als Carla, der sterbende Rasputin, sich ächzend und würgend erhob und dann, wie der Golem aus dem Film von Paul Wegener, stumm auf seinen Mörder zuwankte. Für diesen Part hatte sich Carla die Antwolfen ausgesucht, die als einzige so tat, als interessiere sie das Ganze nicht, und mit dem Rücken zu den anderen in ihrem Bett lag. Carla ging mit schweren Schritten auf sie zu, legte ihr die Hände um den Hals und flüsterte heiser: »Mein Fluch wird über dich kommen!«

»Laß mich los!« zischte die Antwolfen, die sich von Carla auf höchst ärgerliche Weise entthront fühlte. Carla ignorierte sie, und die Antwolfen begann zu strampeln und sich zu wehren. Die übrigen Mädchen rückten begeistert näher, als Carla wieder mit dem Todesröcheln begann und die Antwolfen mit sich auf den Boden zog. Der anschließende Ringkampf riß Carla fast aus ihrer Konzentration, denn das Gefühl, einen anderen Körper so fest an sich gepreßt zu fühlen, zu spüren, wie er sich unter ihr und über ihr bewegte, verwirrte sie etwas. Da sie der sterbende Rasputin war, gab sie schließlich nach, stieß noch einen letzten markerschütternden Schrei aus und lag dann still.

»Du bist ja völlig verrückt!« stieß die Antwolfen hervor, die immer noch unter ihr lag, schwer atmend. Die übrigen Mädchen applaudierten, bis die Maier, die zum Wachdienst an der Tür verurteilt worden war, die Schritte der diensthabenden Lehrerin auf dem Gang hörte. Bis die Plaschinski, angelockt von Carlas Schrei, die Tür öffnete, lagen sie alle wieder in ihren Betten.

»Wir hätten deinetwegen alle bestraft werden können, wenn es die Oberin gewesen wäre«, sagte die Antwolfen wütend, als die Plaschinski verschwunden war.

»Was soll's«, entgegnete Carla achselzuckend. »Das ist der Fluch des Rasputin.«

Ihr vierzehnter Geburtstag kam und ging, ohne von jemandem bemerkt zu werden, aber das machte nichts, denn bald danach erhielt sie eine Rolle in der nächsten Schulaufführung. Sie kam nicht umhin, die Unterschiede zu Roberts Schule festzustellen; hier konnte keine Rede davon sein, einem Schüler die Leitung zu übergeben, die Deutschlehrerin dirigierte das Geschehen. Außerdem wurde alles aus dem Text gestrichen, was auch nur im entferntesten anzüglich klang. Da es sich um eine Aufführung des *Sommernachtstraums* handelte und Carla den Puck spielen durfte, traf diese Zensur vor allem ihren Text. Trotzdem, sie hatte die beste Rolle, obwohl sie argwöhnte, daß sie das nicht nur ihren Gedichtsdeklamationen, sondern auch ihrem kurzen, scheckigen Haarschopf verdankte, der sie ohnehin wie einen Clown aussehen ließ. Die jungen Liebenden wurden nämlich ausnahmslos von den hübschesten Mädchen verkörpert, ganz gleich, ob diese Talent hatten.

Sie hatte Abbildungen von Gertrud Eysoldt in Max Reinhardts berühmter Inszenierung gesehen und kämpfte mit der Deutschlehrerin darum, sich das Gesicht genauso bemalen zu dürfen. Am Ende wurde ihr eine kohlschwarze Umrandung der Augen zugestanden, aber nicht viel mehr. Aber all das machte nichts. Als sie in der Aula stand, wo man eine Tribüne aufgebaut hatte, vor dem Rest der Schule und den herbeigereisten Eltern, dachte sie nicht daran, daß keiner der Menschen, die ihr etwas bedeuteten, heute abend hier war. Sie wußte nur, daß sie endlich zu Hause war, dort, wo sie hingehörte.

Es brach Carla fast das Herz, den Schlußmonolog zu sprechen, und sie ließ etwas von ihrer eigenen Trauer in Pucks Fröhlichkeit einfließen, als sie begann: »*Wenn wir Schatten Euch beleidigt, o so glaubt – und wohl verteidigt sind wir dann! –, Ihr alle schier habet nur geschlummert hier…*«

Zurückzukehren in den Alltag und die Lektionen mit ihren ständigen Wiederholungen schien ihr plötzlich unerträglich. Es würden Monate bis zur nächsten Aufführung vergehen, endlose Monate voller Kerker und Verbannung. *»Nun gute Nacht! Das Spiel zu enden, begrüßt uns mit gewognen Händen!«*

Als der Beifall anbrach, kämpfte sie mit den Tränen und lief nach ihrer Verbeugung von der Bühne in die Toilette, um weinen zu können, ohne gesehen zu werden. Dort fand sie die aufgebrachte Antwolfen, die Oberon gespielt hatte.

»Um Himmels willen, Fehr, was machst du hier? Die rufen nach dir! Komm sofort zurück!«

Sie ließ sich von der Antwolfen wieder auf die Bühne ziehen, ohne in dem Nebel aus Kurzsichtigkeit und Tränen wirklich etwas zu sehen. Aber das rhythmische Händeklatschen erreichte sie, die Rufe, und daraus flocht sie sich eine Brücke über die Ödnis, die vor ihr lag.

Anhängerinnen waren nicht das gleiche wie Freunde, und Carlas Briefe an Robert wurden immer länger. Käthe fehlte ihr noch mehr, denn Käthe hatte sie, anders als Robert, seit vielen Jahren an fast jedem Tag ihres Lebens begleitet. Erst jetzt entdeckte sie, welch einen Unterschied es machte, von jemandem unterrichtet zu werden, der einen zum Denken ermutigte, denn die Lehrerinnen hier waren nur daran interessiert, daß man seine Lektionen richtig wiederholte. Ihr fehlten die Stunden und noch mehr die Gespräche und Kathis enthusiastisches Gesicht, wenn sie von dem Kampf um das Wahlrecht für Frauen erzählte, die Mischung aus Mißbilligung und Belustigung, die sie zeigte, wenn Carla sie neckte – einfach ihr stetes, verläßliches Da-Sein. Aber Kathis Besuch war ihr genauso verboten wie der von jedem anderen, das hatte zu den Auflagen gehört, die ihr Vater der Schule gestellt hatte.

Als die Direktorin sie mitten in den Sommerferien zu sich rief und ihr mit sehr ernstem Gesicht ankündigte, sie habe Besuch, glaubte sie daher zu wissen, welche Nachricht sie erwartete. Sie horchte in sich hinein und stellte mit einer Art dumpfer Verwunderung fest, daß sie nichts empfand, weder Triumph noch Trauer. Dann straffte sie sich und ging in das Besucherzimmer.

Philipp stand dort am Fenster, nicht Marianne, das war das erste, was gegen ihre Vermutung sprach. Er trug wieder seine Uniform, und sie sagte unwillkürlich: »Ziehst du die immer an, wenn du zum erstenmal irgendwohin kommst?«

Bis auf seinen Antrittsbesuch in München hatte sie ihn nämlich nur noch in normaler Zivilkleidung erlebt. Er zog die Brauen hoch und erwiderte trocken: »Meistens. Es kommt auf den Rahmen an, in dem ich mich bewege. Wie ich sehe, hat man dir immer noch keine Manieren beigebracht.«

Carla verschränkte die Arme hinter dem Rücken, die Finger um die Ellenbogen gelegt, um die Verlegenheit zu überspielen, die in ihr hochstieg, denn sie wußte nicht, wie sie ihn begrüßen sollte. Sowohl ein Händeschütteln wie auch ein verwandtschaftlicher Kuß konnten alle möglichen Erinnerungen mit sich bringen, und ein Knicks wäre mittlerweile wirklich lächerlich gewesen. Sie spürte den grauen, billigen Baumwollstoff, etwas dünner an den Ellenbogen, und fragte sich, wie sie mit dem roten Haaransatz und den schwarzen Spitzen und der Schulmädchenuniform für ihn wohl aussah. Ob er wußte, was die schwarze Farbe bedeutete? Vermutlich. Man hatte ihm und Marianne sicher sämtliche Einzelheiten erzählt. Sie fröstelte trotz des warmen Sommertages, doch sie wich seinem Blick nicht aus.

Nach einigen Sekunden fragte er harsch: »Nun, willst du nicht wissen, warum ich hier bin?«

»Ich weiß, warum du hier bist«, entgegnete Carla tonlos. »Mein Vater ist gestorben.«

Philipp schüttelte den Kopf, und etwas wie ein Sprung durchfuhr den gläsernen Schutzwall, den sie um sich gebaut hatte, und trieb ihr einen Splitter ins Herz.

»Er liegt im Sterben«, sagte Philipp, »aber er ist noch nicht tot. Er möchte dich noch einmal sehen. Marianne ist bereits bei ihm.«

Ihre Augen schmerzten von dem hellen Sonnenlicht, das durch das Fenster fiel und dafür sorgte, daß Philipp sich scharf wie eine Statue vor einem Rahmen abzeichnete. Carla schüttelte den Kopf.

»Ich kann nicht«, antwortete sie und hörte mehr, als daß sie es spürte, das Pochen ihres Herzschlags.

Philipp machte ein paar Schritte auf sie zu und schützte sie so vor dem Sonnenlicht.

»Das war keine Bitte. Du wirst deine Sachen packen und mit mir kommen.«

Wieder schüttelte sie den Kopf. »Nein.«

Sie setzte nichts hinzu, aber er war klug genug, um zu begreifen, daß er sie nicht zwingen konnte. Selbst wenn er sie gewaltsam bis in das Auto schleppte, mit dem er gekommen war, und sie während der langen Fahrt nach München keine Gelegenheit zur Flucht fand, wäre es zu demütigend, sie schreiend und protestierend bis zum Krankenbett ihres Vaters zu zerren. Er ließ seinen Befehlston fallen.

»Nach dem, was du getan hast, ist es ein Wunder, daß er dich überhaupt noch sehen will. Wenn es dein Wunsch war, ihn in München unmöglich zu machen – das hast du erreicht. Marianne und ich waren die ersten Besucher seit… dem Ereignis. Das Personal mußte selbstverständlich auch ausgetauscht werden. Meinst du nicht, du solltest dich entschuldigen, ehe er stirbt?«

»Bei dem Personal?« gab sie schneidend zurück. Er hob die Hand, als wolle er Carla ohrfeigen, ließ sie jedoch wieder sinken.

»Will Marianne auch, daß ich komme?« fragte Carla plötzlich und verzog den Mund zu einem bitteren, kleinen Lächeln, als er sich mit der Antwort einen Moment zu lange Zeit ließ.

»Marianne versteht, warum ich es getan habe, und das hält sie nicht aus«, sagte Carla, »weil sie gerne dasselbe getan hätte. Aber sie hat nicht genügend Mut, sonst wäre sie jetzt auch nicht bei ihm.«

Sie konnte sich das Ganze nur zu gut vorstellen: der sterbende Riese, der seine beiden Töchter um Verzeihung bat, nicht für das, was er ihnen angetan hatte, sondern für das Schicksal ihrer Mütter.

»Aber die Toten verzeihen nicht«, sagte sie, ehe sie merkte, daß sie laut gesprochen hatte.

»Ja, ich weiß«, entgegnete Philipp, und Carla dachte, daß es ihm jedesmal, wenn sie sicher war, ihn als kalten Opportunisten eingeordnet zu haben, gelang, sie aus dem Konzept zu bringen. »Bist du sicher, daß du damit leben kannst?«

Sie löste ihren Blick von dem seinen und starrte auf ihre Fußspitzen. Eine Haarsträhne fiel ihr ins Gesicht und legte sich auf ihren Mundwinkel. Da sie sich nicht zutraute, zu sprechen, ohne wie ein Kind zu klingen, nickte sie nur, obwohl es nicht stimmte.

Mit einer unpersönlichen Geste strich Philipp ihr die Haarsträhne aus dem Gesicht; er stand noch weit genug von ihr entfernt, daß er dazu seinen Arm in voller Länge ausstrecken mußte und sie doch nur mit den Fingerspitzen berührte. Dann drehte er sich um und ging.

Carla setzte sich abwesend auf den Tisch zwischen den zwei Stühlen, die hier für Besucher aufgestellt worden waren. Um nicht an den sterbenden Mann in München denken zu müssen, überlegte sie, warum Philipp den ganzen weiten Weg hierher gekommen war. Nicht Mariannes wegen, denn Marianne wollte sie nicht sehen. Er mochte ihren Vater nicht. War es nur die Konvention, die besagte, daß Kinder am Totenbett ihres Vaters zu erscheinen hatten? Die Hoffnung, den Skandal so etwas zu dämpfen, der mutmaßlich auch ein Problem für seine Familie darstellte?

Es nützte nichts; sie konnte sich nicht konzentrieren. Ein Bild aus ihrer Kindheit kam zu ihr zurück; ihr Vater, ehe die Gicht ihn plagte, wie er ihr gutgelaunt den Flohwalzer vorspielte, um sie zum Lachen zu bringen. Das war eine Woche, ehe er sie wieder zwei Monate lang völlig ignorierte. Sie hätte wissen müssen, daß er nicht sterben konnte, ohne sicherzugehen, daß sie es wußte.

Nie zuvor war ihr aufgefallen, daß es in Hohencrem so viele Uhren gab. Ihr Ticken und Pochen verfolgte sie durch das ganze Haus. Sie flüchtete hinaus auf den Schulhof, doch auch das nützte nichts. Dort stand groß und breit die Sonnenuhr mit ihrem tückischen wandernden Schatten. Schließlich hielt sie es nicht mehr aus und bat die Direktorin, ein Ferngespräch führen zu dürfen.

»Das kommt sehr teuer«, sagte diese, »und außerdem ist es nur für Notfälle gestattet.«

»Ich möchte meine Schwester anrufen und fragen, wie es meinem Vater geht.«

Die Direktorin, die von Philipp selbstverständlich über den Grund seines Besuches informiert worden war und die Haltung der jungen Fehr im extremsten Grad unnatürlich fand, nickte beifällig ob dieser Rückkehr zur Normalität und zog sich sogar für die Dauer des Gespräches zurück, nachdem Carla der Vermittlung eine Münchner Nummer angegeben hatte. Auf diese Weise entdeckte sie nie, daß es sich nicht um Marianne Bachmaiers Anschluß handelte.

Während sie auf die Verbindung wartete, kam es Carla in den Sinn, daß sie vermutlich zunächst mit der ihr unbekannten Frau Goldmann reden mußte, dem Drachen, wie Robert sie nannte, denn Dr. Goldmann befand sich um diese Tageszeit sicher noch in seiner Praxis. Als sich dennoch eine Männerstimme meldete, sagte sie erleichtert: »Dr. Goldmann, hier ist Carla. Bitte kann ich mit Robert sprechen?«

Am anderen Ende herrschte kurzes Schweigen, dann erwiderte Dr. Goldmann: »Robert geht es nicht gut, Carla. Sein Vater ist gestern gestorben, und er – ich mußte ihm ein Beruhigungsmittel geben. Er schläft jetzt.«

Carla verstand zunächst »dein Vater«, daher dauerte es etwas, bis Dr. Goldmanns Satz für sie einen Sinn ergab. Dann wurden ihre Knie weich, und sie lehnte sich gegen den riesigen, wuchtigen Schreibtisch der Direktorin, auf dem das Telefon stand. Trotz der durchweg rationalen Erziehung, die ihr Käthe hatte angedeihen lassen, und den wütenden Ausbrüchen ihres Vaters gegen »die Pfaffen« glaubte sie im Innersten an Gott, den Teufel und die Magie. Sie hätte wissen müssen, daß Roberts Vater ebenfalls im Sterben lag, daß ihre Flüche sich zur gleichen Zeit erfüllten. Aber das konnte sie Dr. Goldmann natürlich nicht erzählen.

»Bitte«, sagte sie, »können Sie Robert...«

Ihr fiel gerade noch rechtzeitig ein, daß Robert sie nicht zurückrufen konnte, ohne ihre Lüge betreffs ihrer Schwester aufzudecken, und sie verstummte.

»Du meine Güte«, sagte Dr. Goldmann abrupt, »das habe ich völlig vergessen. Es tut mir leid wegen deines Vaters, Carla.«

»Ist er tot?« Sie bemühte sich, regelmäßig zu atmen. Das alles passierte einer Fremden. »Philipp hat vorhin gesagt, er sterbe.«

»Bist du denn nicht hier in München?« fragte Dr. Goldmann verwundert zurück, dann räusperte er sich und meinte verlegen: »Nein, natürlich nicht. Ich habe auch nur gehört, daß er im Sterben liegt, Carla, aber wenn du möchtest«, mittlerweile hatte seine Stimme wieder die behutsame Freundlichkeit, mit der er sie gewöhnlich anredete, »dann werde ich mich erkundigen und rufe dich dann zurück.«

Sie dankte ihm und gab ihm Adresse und Telefonnummer des Internats. Wer konnte wissen, was er gedacht hatte, als Robert sie damals zu ihm brachte, in Annis Kleid und völlig durchgefroren, denn sie waren mit dem Fahrrad durch die Dezembernacht geflüchtet. Auf jeden Fall etwas Harmloseres als die Geschichte, die er inzwischen zweifellos kannte. Aber er war immer nett zu ihr gewesen.

Ihr Gedächtnis reihte Satzfetzen an Satzfetzen aneinander, während sie darauf wartete, daß die Direktorin zurückkehrte oder das Telefon wieder schellte. *Du bist doch ein kluges Mädchen… Geh auf dein Zimmer… Nun, Götter, schirmt Bastarde.*

»Nun, Fehr?« fragte die Direktorin für ihre Verhältnisse taktvoll.

»Meine Schwester schläft gerade. Sie ist völlig erschöpft. Aber das Dienstmädchen hat gesagt, der Arzt ruft gleich zurück. Sonst wollte sie mir nichts sagen.«

Eine Viertelstunde gemeinsamen Wartens folgte, bis die Direktorin sie fortschickte und sie versprechen ließ, in Rufweite zu bleiben. Es dauerte eine weitere Stunde, bis sie wieder Dr. Goldmanns Stimme am Telefon hörte.

»Er lebt noch«, sagte er, »aber der Arzt, der ihn behandelt, meint, es kann eigentlich nur noch bis morgen abend dauern.«

Natürlich hatte er bei seinen Kollegen herumfragen müssen; Marianne würde sich bestimmt weigern, mit ihm zu sprechen.

»Danke«, entgegnete sie.

Als gehöre sie einer anderen Person, beobachtete Carla ihre Hand dabei, wie sie den Hörer auflegte, bis ihr einfiel, daß sie vergessen hatte, noch einmal nach Robert zu fragen. Ein Beruhigungsmittel. Robert würde ihm das übelnehmen, denn es erinnerte zu sehr an seine Mutter. Ob wohl irgend jemand daran gedacht hatte, Anni zu beruhigen, ehe man sie umbrachte? Die Gestalt, die in einer ihrer frühesten Erinnerungen stürzte und sich mit einem lauten, häßlichen Knacken den Hals brach, war nicht ruhig gewesen. Sie hatte geschrien, während sie fiel.

Die Direktorin fragte sie wieder etwas, doch Carla konnte sie nicht mehr hören. Sie ließ das Direktorenzimmer hinter sich und wanderte hoch, Treppe um Treppe, bis sie in den leeren Schlafsaal kam. Dann erinnerte sie sich, daß sie sich erst ordnungsgemäß waschen mußte, ehe sie ihr Nachthemd anzog. Es war zu hell für die Nacht, selbst im Sommer, aber das störte sie nicht. Eine der beiden Lehrerinnen, die gleich der Direktorin im Internat geblieben waren, fand sie schließlich im Waschraum, wo sie sich mit einer Bürste feuerrot geschrubbt hatte. Der Tadel erstarb ihr auf den Lippen, als sie sah, daß Carla an einigen Stellen bereits blutete.

Als sie, verbunden und eingecremt, in ihrem Bett lag, konnte sie immer noch nicht schlafen. Das Wasserrauschen hatte das allgegenwärtige Ticken eine Zeitlang übertönt, aber nun kehrte es doppelt so laut zurück. Die Plaschinski hatte ihr einen kleinen Becher mit etwas Alkoholischem darin zu trinken gegeben, wohl auch ein »Beruhigungsmittel«. Plötzlich erschien ihr der Begriff so komisch, daß sie zu lachen begann und nicht mehr aufhören konnte, bis ihr die Brust weh tat. Dann sank endlich eine wohltätige Dunkelheit auf sie herab und schützte sie vor den Uhren und dem Glassplitter in ihrem Herzen.

Der einnehmende junge Mann, der sich der Direktorin vorstellte und sie mit einem Handkuß begrüßte, hatte etwas Beunruhigendes an sich, auf das sie ihren Finger nicht legen konnte. Es waren nicht seine tadellosen Manieren, mit denen er zuerst ein paar taktvolle Worte über den Verstorbenen äußerte, ehe er ihr seine Bewunderung darüber aussprach, welche Wunder sie an seiner ungebärdigen jungen Base bereits gewirkt habe.

»Wir sind alle ganz erstaunt über Cousine Carlas Briefe. Nun ja, sie brauchte eben eine feste Hand.«

Dann brachte er sein Anliegen vor. Ein wenig mißtrauisch fragte die Direktorin, warum nicht Herr Bachmaier, der erst am gestrigen Morgen… Peinlich berührt brach sie ab. Natürlich hätte Herr Bachmaier niemals innerhalb von dreißig Stunden nach München und zurück fahren können, ganz abgesehen davon, daß er gewiß nun seiner Gattin zur Seite stand.

Der junge Herr mit dem bezwingenden Wesen und der angenehmen Stimme erklärte, Vetter Philipp sei zum Zeitpunkt des tragischen Ereignisses gerade erst erschöpft von seiner Reise zurückgekehrt, weswegen Cousine Marianne ihn beauftragt habe, ihre Schwester zu holen, damit sie der Beerdigung beiwohnen könne. Er holte einen kurzen Brief von Marianne Bachmaier aus seiner Brieftasche hervor und überreichte ihn der Direktorin.

Da sie noch nie mit Heinrich Fehrs älterer Tochter korrespondiert hatte, verfügte die Direktorin über keinerlei Vergleichsmöglichkeiten. Der Rest von Mißtrauen schwand, während sie die knappen, würdevollen Zeilen überflog. Es mußte an den ungewöhnlichen Augen liegen, entschied sie, die beinahe asiatisch aussahen und so gar nicht zu der breiten Stupsnase paßten. Nun ja, wenn man weit genug zurückging, dann hatte vermutlich so mancher einen Hunnen der Völkerwanderungszeit zum Vorfahren.

»Ich werde das Mädchen rufen lassen, Herr König«, sagte sie. Er dankte ihr nochmals und versicherte ihr, Carla würde nach einer Woche wieder zurückgebracht werden. Angesichts Carlas merkwürdigen Verhaltens am gestrigen Tag befürchtete die Direktorin insgeheim eine Szene. Doch an diesem Spätnachmittag benahm sich die junge Fehr tadellos und offenbarte endlich Zeichen von familiärem Zusammengehörigkeitsgefühl. Als sie ihren Cousin sah, ging ein Ruck durch ihre ganze Gestalt. Er breitete seine Arme aus, und die Direktorin wurde Zeugin einer rührenden Demonstration verwandtschaftlicher Zuneigung. Danach dauerte es nicht mehr lange, bis die beiden sich von ihr verabschiedeten, um den abendlichen Zug nach München noch zu erreichen. Der ritterliche Herr König trug Carlas kleinen Koffer, mit dem sie gekommen war. Allerdings, vermutete die Direktorin, würde man dem Mädchen in München angemessene Trauerkleidung zur Verfügung stellen müssen. Dann, befriedigt, die unerfreulichen Fehrschen Familienangelegenheiten endlich geordnet zu sehen, wandte sie sich wieder der Lektüre der *Gartenlaube* zu.

»Ich kann nicht glauben, daß wir damit durchgekommen sind«, sagte Carla, während sie ihren Koffer und Roberts Tasche auf dem Gepäcknetz des leeren Abteils verstauten, das sie im Zug nach Berlin gefunden hatten.

»Weil du immer noch in zu kleinen Maßstäben denkst«, gab Robert zurück und grinste, aber es war ein schwaches Wetterleuchten im Vergleich zu seiner gewöhnlichen guten Laune. Dann verschwand die Heiterkeit ganz aus seinem Gesicht.

»Mir ist sonst nichts eingefallen. Als Dada mir von deinem Anruf erzählt hat… Heute war die Beerdigung, aber wenn ich da hätte teilnehmen müssen – die Heuchelei hätte ich nicht ausgehalten. Wo jeder in Wirklichkeit froh ist, daß er es endlich geschafft hat, völlig zu verschwinden. Und ich dachte, du wirst in deinem Gefängnis bestimmt ebenfalls verrückt.«

»Ja«, antwortete sie und spürte wieder die dunkle Flut, die in ihr hochstieg und damit drohte, sie fortzureißen. Sie setzte sich neben Robert, und als er ihre Hand ergriff, legte sie ihren Kopf an seine

Schulter. Sie hatte das noch nie getan, aber es half ihr. Sie waren allein, sie waren immer allein gewesen, doch sie hatten einander.

Als der Schaffner kam und Robert ihm die Karten zeigte, setzte sie sich wieder gerade hin und hüllte sich in ihre Erwachsenenallüre. Der Anblick des Mannes, der geschäftsmäßig mit seinem Locher klapperte, erinnerte sie wieder an praktische Dinge, und nachdem er ihnen den Rücken gekehrt hatte, fragte Carla:

»Wovon werden wir die Woche in Berlin eigentlich leben? Ich habe überhaupt kein Geld mehr. Das letzte ist zu Weihnachten für den Friseur draufgegangen. Erzähl mir nicht, daß dir Dr. Goldmann soviel Taschengeld gibt.«

Robert schüttelte den Kopf. »Nein. Ich habe die Kette versetzt, die du mir dagelassen hast«, entgegnete er mit der größten Selbstverständlichkeit, »schon vor Wochen, weil ich dich überraschen wollte und dachte, ich müßte deine Wärterinnen bestechen.«

Die Empörung darüber, daß er so ohne weiteres über Annis Kette, *ihr* Eigentum, verfügt hatte, nahm ihr einen Moment den Atem. Gleichzeitig dachte sie, wie günstig es war, jetzt Bargeld zur Verfügung zu haben und für ein paar Tage von allen forschenden Augen und strengen Regeln befreit zu sein. Also ließ sie es bei einer leichten Grimasse bewenden und zog ihre Schuhe aus, die sie in ihrer groben, plumpen Art schon immer gehaßt hatte, aber sie gehörten zur Schuluniform.

»Du hast mir nicht zufällig neue Schuhe von *meinem* Geld gekauft?« erkundigte sie sich hoffnungsvoll.

»Nein. Was ist mit denen, die du letzten Dezember angehabt hast? Überhaupt«, schloß Robert fachmännisch, »mußt du diese Schulmädchenklamotten ausziehen, bevor wir in Berlin ankommen und ein Hotel suchen, sonst lassen die mich nie mit dir rein.«

»Das Zeug vom letzten Winter ist mir mittlerweile zu klein und zu eng«, gab sie ärgerlich zurück, aber sie holte ihren Koffer wieder vom Gepäcknetz herunter und klappte ihn auf, während Robert die Vorhänge des Abteils zuzog. »Du bist nicht der einzige, der wächst.«

»Nein«, erwiderte er, und das Grinsen kehrte in sein Gesicht zurück, während sie aus ihrer Uniform schlüpfte und darum kämpfte, die Knöpfe ihrer alten Bluse zu schließen, »aber ich wachse nicht an so… interessanten Stellen. Laß die oberen Knöpfe nur offen, dann glauben die mir sofort, daß ich dich irgendwo in einer Bar aufgegabelt habe, und nicht bei den evangelischen Nonnen von Hohencrem.«

Sie streckte ihm die Zunge heraus, aber insgeheim war sie nicht unzufrieden mit dem Bild, das sie schließlich abgab. Daß die Bluse jetzt eng anlag und nicht mehr bis zum Kragen geschlossen und der Rock um einiges kürzer war, ließ sie erwachsener wirken. Der Stoff war etwas zu warm für den Sommer und die Schuhe tatsächlich zu klein – sie hatten im letzten Jahr bereits nur noch knapp gepaßt –, aber in dem winzigen Spiegel, den sie Robert in die Hand drückte, sah sie eine junge Frau und kein Kind mehr.

»Geh noch ein bißchen weiter zurück, und halt ihn etwas schräger!«

»Weißt du, wie man das nennt? Nar-ziß-mus!«

»Du mußt es ja wissen.«

Sie lächelten einander an, plötzlich überzeugt, überleben zu können.

Robert hatte genug Erfahrungen mit Reisen. In den letzten Jahren mit seinem Vater war er es gewesen, der sich um Fahrpläne, Hotelzimmer und Rechnungen gekümmert und darauf geachtet hatte, daß sie nicht bestohlen wurden. Doch die kurze Woche in Berlin, in der er und Carla zwischen quälenden Schuldgefühlen und einem harten, befreiten Glück das Entkommen aus ihrer Kindheit begingen, unterschied sich völlig von dem bisher Erlebten.

Zunächst einmal machte es Spaß und war befriedigend, der Ortskundige zu sein und ihr alles zeigen zu können, von den Bars und den Kabaretts bis zu den großen Theatern, die leider saisonbedingt geschlossen waren. Dann bereitete es ihnen beiden ein boshaftes Vergnügen, von niemandem durchschaut zu werden; keiner kam dahinter, daß sie erst vierzehn waren. In dem Hotel zwinkerte der Concierge ihnen zu, als sie sich unter »Herr und Frau Schmidt« eintrugen, aber das war auch alles. Sie suchten beide einige Bekleidungsgeschäfte auf, denn ihm hatte in München die Zeit gefehlt, um mehr als das Nötigste einzupacken. Carla kaufte sich Hosen, die ihre langen Beine betonten, eines der neumodischen, schockierend kurzen Kleider, die nur bis zu den Knien reichten, und hochhackige Schuhe, die sie allerdings dazu zwangen, ihren gewohnten schnellen Schritt in ein langsameres, damenhaftes Schreiten zu verwandeln, wie sie es als Kind mit Annis Schuhen geübt hatte. Für mehr genügte das Geld, das schließlich die ganze Woche lang reichen sollte, nicht, aber nachdem sie einige der weiblichen Gäste in dem Hotel, wo sie wohnten, beobachtet hatte, kam Carla auf die Idee, sich mit Annis Augenbrauenstift Nähte auf die Beine zu malen, damit es so aussah, als trüge sie Strümpfe.

In der ersten Bar, in die sie gingen, trat eine Sängerin auf, die kaum mehr als ein Trikot trug und in einer dunklen, rauchigen Stimme in einem Gemisch aus Deutsch, Französisch und Englisch Chansons sang, während sie auf dem Klavier saß und ein als Neger geschminkter Mann auf den Tasten klimperte. In der nächsten imitierten zwei Komiker Ebert und Noske, und als sie fertig waren, entpuppte sich Noske zum Ergötzen der Zuschauer als Frau. Danach kam ein Zauberer an die Reihe, was Robert dazu veranlaßte, sich mit Carla näher an den Rand des kleinen Podests zu drängen, um die Tricks des Mannes besser beobachten zu können. Das fiel dem Zauberer auf, und er bat sie als Freiwillige auf die Bühne. Als er ihnen zwei Zylinder in die Hände drückte, machte sich Carla auf eine Taube oder ein Kaninchen gefaßt; beides kannte sie von Robert schon. Doch was sie aus dem Hut zog, nachdem der Zauberer ein Tuch darüber gelegt hatte, war kein Tier, weder ein lebendiges noch eines aus Stoff. Sie hielt einen Büstenhalter in der Hand, und die Zuschauer begannen zu johlen und zu pfeifen. Es war die neuerschaffene, gewandelte Carla, die, statt zu erröten, wartete, bis das Johlen sich etwas gelegt hatte, und dann laut sagte: »Zu klein.«

Diesmal dauerten das Lachen und die Pfiffe erheblich länger. Robert zwinkerte ihr zu, dann zog er seinerseits die Hand unter dem Tuch hervor und präsentierte etwas, das wie ein langes Gummidreieck aussah.

»Nicht groß genug«, verkündete er, und das Gelächter ging von vorne los. Dann streckte er die andere Hand aus und klopfte dem Zauberer auf die Schulter, machte ein überraschtes Gesicht und zog aus dem Kragen des Mannes den großen, samtenen Beutel hervor, in dem die Zylinder gesteckt hatten.

»Aber das könnte passen!«

Während sie sich gemeinsam verbeugten, etwas, das sie so selbstverständlich taten, als hätten sie es verabredet, flüsterte der Zauberer ihnen zu, sie sollten auf ihn warten, und entließ sie dann mit ausgebreiteten Armen von der kleinen Bühne. Als sie auf den Barhockern saßen, holte das Geschehen sie ein, und sie begannen zu kichern.

»O Gott«, japste Carla, während ihr Tränen in den Augen standen. »Die Hohencremer Zimtzicke würde sterben, wenn sie das gesehen hätte!«

»Aus Enttäuschung, weil es nicht genug war?« fragte Robert, und sie prusteten erneut. Bis der Zauberer zu ihnen kam, hatten sie sich beruhigt und taten so, als würden sie die Blicke, die einige der Barbesucher ihnen zuwarfen, nicht bemerken.

»Na, ihr beiden Hübschen?« fragte der Mann, nahm sich einen der Hocker und rückte ihn zwischen sie. »Scheint, als hätte ich glatt zwei Kollegen erwischt. Wie lang seid ihr denn schon im Geschäft?«

»Sechs Jahre«, erwiderte Robert wie aus der Pistole geschossen, und Carla fügte hinzu: »Wir sind als Kinder im Zirkus aufgetreten.«

Der Zauberer schaute sie mit einer Mischung aus Skepsis und Belustigung an. »Und jetzt?« fragte er gedehnt.

Carla zog ihre Stirn in kummervolle Falten. »O Bobby«, seufzte sie, »er hat noch nie von den Algossaras gehört.«

»Und ich dachte, Sie hätten uns erkannt«, sagte Robert geknickt. »Wir müssen uns doch einen besseren Agenten suchen.«

Der Mann lachte, stellte sich als Herbert Dahnke vor und rief dem Barmann zu, er solle ihnen dreimal Korn bringen. Er glaubte ihnen die Geschichten offensichtlich nicht, die sie ihm in immer größerer Geschwindigkeit erzählten, aber er ließ durchblicken, daß sie ihn hervorragend unterhielten.

»Und was geschah dann in der Pariser Hotelsuite des Schahs von Persien?«

»Wir dachten ja, er wäre hinter meiner Schwester her«, sagte Robert, Carla zuvorkommend, »aber in Wirklichkeit war ich sein auserwähltes Opfer. Also wurde nichts aus dem Diamantenhalsband und der Einladung an den persischen Hof.«

Herbert Dahnke musterte sie beide von oben bis unten, dann sagte er: »Tja, ich wüßte auch nicht, welchen von euch ich nehmen würde.«

135

Diesmal war Carla schneller. »Warum nicht beide?«

»Ja«, entgegnete Dahnke amüsiert. »Warum nicht?«

Das schwebende, prickelnde Gefühl, das ihr der ungewohnte Alkohol verliehen hatte, schwand etwas und machte einer leichten Ernüchterung Platz. Was, wenn der Mann das ernst meinte? Sie nahm sich zusammen und verzichtete darauf, Robert einen hilfesuchenden Blick zuzuwerfen. Ihr neues Selbst konnte allein mit allem fertigwerden. Um ihr hastiges Suchen nach einer überlegenen, erwachsenen Antwort zu überspielen, nippte sie an ihrem Glas.

»Glauben Sie denn«, fragte sie dann und versuchte, spöttisch und souverän zu klingen, »daß Sie uns beiden gewachsen wären?«

»Schätzchen, ich bin *allem* gewachsen.«

Der Mann hatte ihr nichts getan, aber plötzlich wollte sie nichts mehr, als das selbstgefällige Lächeln aus seinem Gesicht zu fegen. »Auch einem Paar von Vatermördern?«

Die mit leichter Gier gemischte Erheiterung wurde brüchig und machte einem Ausdruck von Irritation Platz.

»Ja«, sagte Robert und schaute an Dahnke vorbei zu Carla, ehe er seine braunen Augen auf den Mann heftete und ihn mit einer Intensität anstarrte, die den Zauberer dazu brachte, unruhig an seinem Kragen zu rücken. »Wie ist das, Herbert? Hast du Mut genug für ein Killerpärchen?«

Dahnke räusperte sich, und Carla meinte, zu Robert gewandt: »Offensichtlich nicht. Komm, wir gehen.«

Die düstere Stimmung mit ihrer Mischung aus Selbstverachtung und dem Wunsch, jemanden zu verletzen, verebbte nur langsam, während sie durch die Straßen des nächtlichen Berlin gingen und die gelegentlichen Zurufe ignorierten.

»Killerpärchen«, wiederholte Carla. »Wo hast du denn den Ausdruck her?«

»Aus einem Detektivheft. Aber du hast gut reden. *Warum nicht beide?* Hör mal, du ahnungslose Jungfrau, die Männer nehmen das wörtlich.«

»Woher willst du wissen, daß ich noch eine Jungfrau bin?«

»Weil *ich* auch ein Mann und keine mehr bin.«

»Bist du doch«, sagte Carla, und die Schatten der Toten traten wieder in den Hintergrund, während sie in das vertraute Muster ihrer Streitgespräche fielen. Aber ehe sie in dieser Nacht einschliefen, machten sie sich an ein letztes magisches Ritual zum Schutz gegen Albträume. Sie schrieben die Namen ihrer Väter in großen Lettern auf die Hotelbriefbogen, gingen noch einmal hinaus und zerrissen die Blätter auf einer Brücke über der Spree. Eigentlich wollten sie etwas in eigenen Worten sagen, doch keiner von beiden brachte einen Satz über die Lippen, bis Robert etwas einfiel, das er im Salon seiner Mutter immer deklamiert hatte:

Kein Teufelsfluch befange dich
Kein Hexenzauber banne dich!
Kein Fluch bereit' dir Gram!
Laß Ungemach und Kummer ab
Und finde Frieden dann im Grab!

Carla erkannte das Lied, und sie sprach die letzten Verse flüsternd mit, während sie den Fetzen zusahen, die in der Dunkelheit davontrieben.

Diesmal hatte Robert vor seinem Durchbrennen eine Notiz für Dada Goldmann hinterlegt, in der er versprach, nach einer Woche wiederzukommen, und ihn bat, auf keinen Fall in Carlas Internat anzurufen. Außerdem kritzelte er im Laufe der Woche eine Postkarte, um seine und Carlas fortwährende gute Gesundheit zu bezeugen. Dennoch hatte die Woche in Berlin für ihn weitreichendere Folgen als für Carla, denn Dr. Goldmanns Versuch, streng zu sein, wurde diesmal von seiner Frau unterstützt, und Robert verbrachte einige sehr frostige Tage ohne Taschengeld oder Ausgeherlaubnis, bis er erleichtert seine Koffer packte und zu Beginn des neuen Schuljahres wieder nach Lubeldorf verschwand.

Da Dr. Goldmann tatsächlich nicht in Hohencrem angerufen und auch niemand sonst versucht hatte, Carla zu erreichen, blieb ihr Ausbruch unentdeckt. Daß Marianne sie nicht vom Tod ihres Vaters unterrichtete, wunderte sie nicht, aber es hinterließ eine gewisse Bitterkeit in ihr. Doch erst das veränderte, vorsichtige Benehmen der Lehrerinnen ihr gegenüber brachte sie darauf, sich zu fragen, wer nun ihre Schulkosten bezahlen würde und ob sie überhaupt gezahlt würden. Dann traf, zwei Tage vor dem Ende der Ferien, ein Umschlag von der Anwaltskanzlei Korimorth & Guim aus Berlin für sie ein, selbstverständlich geöffnet. Die Berliner

Adresse ließ sie einen Augenblick lang fürchten, es könnte mit ihrer heimlichen Woche zusammenhängen, aber das Fehlen jeglichen Ärgers auf dem Gesicht der Plaschinski, als sie ihr den Umschlag überreichte, sprach dagegen.

Er enthielt zunächst ein kurzes Schreiben, in dem ein gewisser A. Korimorth sie unterrichtete, laut Anweisung seines verstorbenen Klienten H. Fehr habe er ihr die beiliegende Urkunde nach Tod des oben Genannten zu übersenden. Eine Kopie existiere in seinen Akten. Ungläubig faltete Carla das leicht bräunlich aussehende Papier auseinander und stellte fest, daß ihre Finger dabei zitterten. Sie starrte auf die Buchstaben eines offiziell aussehenden Dokumentes, nicht gotische, sondern lateinische Buchstaben, so wie sie fast überall im Ausland verwendet wurden.

Erst dieses Jahr würde sie beginnen, Englisch zu lernen, als letzte Fremdsprache, aber sie brauchte keine Kenntnisse, um zu begreifen, um was es sich handelte. Es war das gleiche Wort wie im Französischen. Marriage. Heirat.

Die Unterschrift ihres Vaters war ihr vertraut, aber die andere, die daneben, hatte sie noch nie gesehen. Es war eine großzügige, breit geschwungene Schrift, ebenfalls in lateinischen Buchstaben, von jemandem, der nie gelernt hatte, deutsch zu schreiben. Angharad Jones. Eine amerikanische Urkunde über die Eheschließung von Heinrich Karl Fehr und Angharad Jones, ausgestellt in Reno, Nevada.

Sie hätte dankbar und beschämt sein sollen. Statt dessen kehrte der Haß, den sie längst ausgebrannt und erloschen glaubte, zurück. All die Jahre hatte er den Schlüssel besessen, der sie aus ihrer Isolation hätte befreien können. Es hätte sie nie jemand jemals einen Bastard nennen dürfen. Er war es gewesen, der sie unter diesem Stigma aufwachsen ließ, und warum? Um sich an einer toten Frau zu rächen. Um zu leugnen, daß er diese Frau je geliebt hatte. Und später, um die Tochter dieser Frau für immer in seiner Macht zu behalten. Selbst diese letzte Geste war eine Machtausübung. *Sieh her, was ich für dich tun kann. Du sollst an meinem Grabe stehen und weinen.*

Sie faltete beide Hände ineinander, um der Versuchung, die Urkunde zu zerreißen, zu widerstehen. Ein Teil von ihr wollte es. Sie hatte bis jetzt als uneheliches Kind gelebt, sie konnte auch als uneheliche Erwachsene weiterleben. Aber es wäre eine kindische Trotzreaktion gewesen, die sie bald bereuen würde.

Einen Tag später, als sie sich ruhig genug dafür fühlte, schrieb Carla an Marianne und Philipp einen höflichen, verwandtschaftlichen Brief, der mit der Frage schloß, ob sie in dieser Schule bleiben solle. Erst im Postskriptum erwähnte sie, daß sie gestern ein postumes Geschenk ihres Vaters erhalten habe.

Wie sie vermutete, brachte das Philipp dazu, die Kosten eines Telefonanrufs auf sich zu nehmen.

»Was soll das für ein Geschenk sein?« fragte er ohne Umschweife, nachdem man sie ein weiteres Mal ins Zimmer der Direktorin geholt hatte.

»Die Heiratsurkunde meiner Eltern«, antwortete Carla sanft. »Du hast doch sicher gewußt, daß sie verheiratet waren? Der Anwalt, der sie mir geschickt hat, hat einen so lieben Brief dazu geschrieben, wirklich rührend. Er meint, er würde mich auch gerne vertreten wollen.«

Sie wußte genau, was Philipp jetzt dachte. Uneheliche Kinder waren nicht erbberechtigt; eheliche dagegen konnten um einen Pflichtteil prozessieren. Natürlich hatten er und Marianne die bessere Position und vor allem Ressourcen, über die ein vierzehnjähriges Mädchen nicht verfügte, aber Erbschaftsprozesse dauerten lange und wirbelten viel Staub auf. Sämtliche Skandale der Familie Fehr würden an die Öffentlichkeit gezerrt werden.

»Du, Philipp«, fuhr Carla fort und wechselte zu einer unbekümmerten Mädchenstimme, »ich freue mich schon so, daß ich die nächsten Ferien nicht mehr hier verbringen muß. Weißt du, ich mag die Schule, aber ich habe Fräulein Brod schon so lange nicht mehr gesehen, und sie hat mich für Weihnachten eingeladen. Sie braucht auch etwas Ablenkung, wo sie soviel zu tun hat, mit all den Zeitungen, für die sie schreibt. Da fällt mir ein, es wäre wirklich lieb, wenn du der Direktorin einen Brief schicktest, in dem steht, daß all diese dummen Regeln jetzt aufgehoben sind, das Besuchsverbot, das Ausgehverbot und so. Du bist doch jetzt mein Vormund, oder?«

»Übertreibe es nicht«, erwiderte Philipp leise, aber mit seiner üblichen kühlen Präzision. Er mußte sich wieder gefangen haben. Carla begann, das Gespräch zu genießen.

»Oh, danke!« rief sie so laut, daß die Direktorin zusammen-
zuckte. »Du bist der beste Schwager von der Welt!«

Sie hauchte ihm einen Kuß durch den Hörer, dann legte sie auf.
Zwei Tage später erfuhr sie, daß sich die Bedingungen ihres Aufenthalts in Hohencrem etwas geändert hatten. Zukünftig durfte sie
an Schulausflügen teilnehmen, Besuche empfangen und würde in
den Ferien nach Hause fahren. »Zu Ihrer Schwester, Fehr«, schloß
die Direktorin, »die, wie Herr Bachmaier schreibt, sich danach
sehnt, wieder etwas mehr Zeit mit Ihnen zu verbringen.«

Das war kein Sieg auf ganzer Linie, aber fast. Weihnachten mit
Marianne und Philipp war besser als Weihnachten eingesperrt in
Hohencrem. Während sie zurück in ihr Klassenzimmer ging,
ertappte sich Carla dabei, wie sie eines der Chansons summte, das
sie in Berlin gehört hatte. Versuchsweise ging sie dazu über, es zu
singen, halblaut, mit »la« anstelle von Worten, an die sie sich nicht
mehr erinnern konnte, und fand, daß sie sich mitnichten unmusi-
kalisch anhörte. Solche Wunder bewirkte die Freiheit in einem.

TEIL ZWEI

6. Kapitel

Jean-Pierre Dupont ging zusammen mit seiner Sekretärin im Fundus des *Theater 22* alte Dekorationsstücke durch, die sich für die neue Inszenierung vielleicht verwenden ließen, als Dieter hereinkam, aufgeregt für seine Verhältnisse, was sich daran zeigte, daß er Heidi nicht mehr als ein kurzes, zerstreutes Lächeln schenkte und sofort zu Jean-Pierre sagte:

»Mir ist eine Kuriosität aus Deutschland ins Haus geschneit. Komm mit, ich bin gespannt, was du davon hältst.«

»Was für eine Kuriosität?« fragte Jean-Pierre mit erhobener Augenbraue.

»Groß, jung, dick und behauptet, er wäre bereits mit Reinhardt auf Welttournee gegangen. Daran ist natürlich kein wahres Wort, aber er ist interessant. Ich möchte, daß er vorspricht.«

Dieter neigte nicht dazu, leicht beeindruckt zu sein, also war Jean-Pierres Neugierde geweckt. Außerdem befanden sie sich in einer Zwangslage. Sie hatten bereits vor ein paar Tagen mit den Proben für *Jud Süß* angefangen, als der Darsteller der zweiten Hauptrolle, des Herzogs, einen Nervenzusammenbruch erlitt und nicht nur das Theater, sondern Zürich und die Schweiz verließ. Natürlich würden sie versuchen, ihn zu verklagen, aber das half ihnen momentan auch nicht weiter. Das *Theater 22*, gegründet von Dieter Gredner und Jean-Pierre Dupont, war noch jung, und sie konnten es sich nicht leisten, erst ein Stück anzukündigen und dann wieder abzusagen, gerade in dieser Saison nicht, der bisher vielversprechendsten, wo das gepriesene Ensemble des großen Zürcher Schauspielhauses auf Tournee gegangen war und ihnen damit die Stadt überlassen hatte. Die Saison 26/27 konnte den endgültigen Durchbruch von einem modischen kleinen Elitetheater zu einer Institution bedeuten, und Katastrophen wie der drohende Ausfall eines angekündigten Stückes durften daran nichts ändern.

Jean-Pierre warf seinem Partner einen etwas spöttischen Seiten-
blick zu. Seit gestern hörte sich Dieter einen hoffnungsvollen jungen Schauspieler nach dem anderen an, aber er hatte ihm streng verboten, bei den Terminen dabei zu sein.

»Erstens«, erklärte er in seiner bedächtigen, gelassenen Art, »bist
du aufgeregt und wünschst dir zu dringend ein Wunder. Das beeinträchtigt dein Urteilsvermögen. Zweitens hast du eine messerspit-
ze Zunge, wenn du nervös bist, und ich will nicht, daß dieses Grün-
zeug en masse in Tränen ausbricht, wenn sie wieder gehen.«

Deswegen ergänzten sie sich so gut. Beide waren Schauspieler,
aber Dieter, wie Jean-Pierre einmal in einem doppeldeutigen Kompliment sagte, merkte man das nicht an. Er hatte die ruhige, unauf-
fällige Aura eines Buchhalters, außer wenn er auf der Bühne stand.
Außerdem strahlte er Autorität aus, wenn er wollte, was ihm bei
seiner Regietätigkeit sehr zupaß kam. Jean-Pierre hätte sich nie
zugetraut, Regie zu führen. Er wußte, daß es, um mit Dieter zu
sprechen, »en masse in Tränen« enden würde. Er war für das Bühnenbild, die Dramaturgie und den Spielplan zuständig und außerdem der erste Darsteller ihres kleinen Ensembles.

Äußerlich bildeten Jean-Pierre und Dieter ein absolutes Kon-
trastbild. Jean-Pierre sah, wie Dieter einmal gemeint hatte, wie eine
»etwas verschmierte Zeichnung im Jugendstil« aus. Er war erst ein-
unddreißig, doch er trug ein pechschwarzes Toupet und schockierte die Züricher damit, auch am hellichten Tag geschminkt zu
erscheinen, mit Rouge, schwarz geränderten Augen und bräun-
lichem Make-up. Nicht, daß er es nötig gehabt hätte. Mit seinem
klassischen Profil und seiner Ephebenfigur war er nicht nur ein
gutaussehender, sondern sogar ein schöner Mann, ganz im Gegensatz zu Dieter, der mit seiner großen Nase und den kleinen Augen
unleugbar einem Elefanten ähnelte. Jeder, der ihnen zum erstenmal
begegnete, fragte sich unwillkürlich, was sie zusammengebracht
hatte, denn sie teilten nicht nur ihr Theater, sondern auch ihr
Leben. Es war eine Beziehung, die ihre Höhen und Tiefen besaß,
doch sie bewährte sich nun schon seit Jahren. Eine der Grundlagen
dafür war unbegrenztes Vertrauen in die Fähigkeiten des anderen,
und daher verzichtete Jean-Pierre auf die sarkastische Frage, ob
nun nicht vielleicht Dieters Urteilsvermögen von dem unaufhalt-
sam näherrückenden Uraufführungstermin beeinflußt worden war.

Der junge Mann, der auf der Bühne stand und unbefangen mit dem Beleuchter plauderte, war in der Tat groß, sehr groß, aber nicht eigentlich dick, eher kräftig, wie ein tapsiger Bär. Als der Beleuchter Jean-Pierre und Dieter hereinkommen sah, sagte er etwas zu ihm und verschwand dann von der Bühne. Der Junge blieb, wo er war, und schaute ihnen entgegen, neugierig, nicht beunruhigt. Nun, wenn die Selbstsicherheit nicht echt war, dann konnte er tatsächlich spielen, dachte Jean-Pierre belustigt, während Dieter sich auf einem Sitz in den mittleren Reihen niederließ und rief:

»Sie können jetzt anfangen, Herr König.«

Jean-Pierre wollte sich ebenfalls setzen, doch bei den ersten Worten ihres Aspiranten blieb er stehen und verstand, weswegen Dieter ihn geholt hatte. Die Stimme war außergewöhnlich, volltönend, tief; sie trug mühelos durch den ganzen Raum und vermittelte in ihrer Modulation, die von Arroganz über Zynismus bis zu demütigem Flehen reichte, trotzdem den Eindruck von Intimität. Das Erstaunlichste war, daß der Träger dieses perfekten Instruments ganz offensichtlich keine Ausbildung hatte, denn seine ganze Körpersprache stammte direkt aus dem Schmierentheater. Es war alles hoffnungslos übertrieben, die Hand auf der Stirn, das wütende Aufstampfen mit dem Fuß, das wilde Gestikulieren. Er sprach, unvermeidlich, einen Monolog aus dem *Faust*, wie jeder junge Schauspieler. Nun, der Herzog in *Jud Süß* war definitiv nicht Faust, aber so schlecht, dachte Jean-Pierre amüsiert, war die Wahl gar nicht. Immerhin gelüstete es beide nach unschuldigen jungen Mädchen.

Was ihn frappierte, war, daß der Junge sich nicht den berühmten Eröffnungsmonolog ausgesucht hatte oder den großen Prosaausbruch über Gretchens Schicksal, sondern den Schluß der Nachtszene, Fausts Selbstmordversuch. Und so amateurhaft und outriert es auch wirkte, wenn er die Hände rang, da war die Stimme, die mit einer resignierenden Verzweiflung und einem Unterton von Selbsthaß, der perfekt paßte, sagte: »*Ach! unsre Taten selbst, so gut als unsre Leiden/ Sie hemmen unsres Lebens Gang.*«

Gleich darauf schlug sie in wütende Energie um, und der letzte Rest von Belustigung erstarb in Jean-Pierre. »*Wenn wir zum Guten dieser Welt gelangen/ Dann heißt das Beßre Trug und Wahn*«, stieß der Junge hervor, und die absolute Überzeugung, die ihn umgab, war genauso greifbar wie die Präsenz, die all das Gefuchtel überstrahlte. Ganz gleich, ob man ihn lächerlich oder eindrucksvoll fand, so, wie er da auf der Bühne stand, konnte man die Augen nicht von ihm nehmen.

Erst jetzt bemerkte Jean-Pierre, daß er noch immer stand, setzte sich neben Dieter und flüsterte: »Es ist ein Risiko, aber wenn wir ihm die Flausen austreiben können, dann haben wir unseren Herzog.«

Dieter verzog keine Miene; er knetete nachdenklich sein Kinn. Er würde Josef Süß Oppenheimer spielen, die Hauptrolle, was bedeutete, daß die Unfähigkeit des Darstellers, der die meisten Szenen mit ihm hatte, automatisch auch auf ihn zurückfiel.

Der junge Bär auf der Bühne war inzwischen erst bei der »einzigen Phiole« angekommen, als Dieter ihn unterbrach, was er selten tat, denn es gab wenig, was einen jungen Schauspieler mehr aus dem Konzept brachte.

»Es ist gut, Herr König«, rief er.

Der Junge hielt inne. Doch statt noch einige Augenblicke unsicher auf der Bühne herumzustehen, bevor er mit gesenktem Kopf verschwand, lief er über den Seitenabgang geradewegs ins Parkett. Als er näher kam, entdeckte Jean-Pierre feine Schweißperlen auf seiner Stirn, aber ansonsten war ihm immer noch keine Anstrengung oder Nervosität anzumerken.

»Es war schrecklich, nicht wahr?« sagte er zu Dieter.

»Entsetzlich«, stimmte Dieter zu. »Aber Sie können die Rolle spielen, wenn Sie mir versprechen, auf mich zu hören. Sie haben eine wunderbare Bühnenstimme und eine großartige Präsenz, aber Sie könnten nicht einmal fragen, ob der Tee angerichtet ist, ohne von der Bühne gelacht zu werden. Ganz zu schweigen davon, ein menschliches Wesen zu verkörpern.«

Der Junge lächelte, was eine Reihe erstaunlich kleiner Zähne offenbarte, die im Gegensatz zu dem Rest seiner üppigen Proportionen standen. Ehe er antworten konnte, fuhr Dieter fort:

»Ich meine das ernst. Sie sind jetzt schon in dem Stadium, wo ein abgewracktes Matineeidol gewöhnlich seine Karriere beendet, aber wir haben hier keinen Dramatiker, der eigens für Sie Vehikel schreibt, und es gibt kein Publikum, das gewillt ist, sich um der alten Zeiten willen die ergiebigsten Szenen der Weltliteratur von

Ihnen vorführen zu lassen. Aber wenn Sie lernen zuzuhören, dann finden Sie heraus, was gut und was schlecht an Ihnen ist, und wir werden hier einen Schauspieler aus Ihnen machen.«

»Ich werde zuhören«, versprach der junge Mann mit gebührender Demut, und Jean-Pierre lachte.

»Du hast recht«, sagte er zu Dieter. »Nicht ein aufrichtiger Ton dabei.«

Dieter schüttelte den Kopf, aber auch er schaute erheitert drein, während er den Jungen als Robert König vorstellte.

»Wie alt sind Sie?« fragte Jean-Pierre.

»Zweiundzwanzig«, entgegnete der Junge schnell, zu schnell, und Jean-Pierre sank das Herz. Er hätte ihn auf zwanzig oder einundzwanzig geschätzt, doch diese hastige Antwort wies darauf hin, daß ihr zukünftiger Herzog noch jünger war. Doch er kam nicht dazu, darüber nachzugrübeln, denn dann wäre ihm die kleine Improvisation entgangen, die Robert König, der offensichtlich gemerkt hatte, daß man ihm nicht glaubte, folgen ließ.

»Und ich habe Herrn Gredner schon ein kleines Resümee meiner Laufbahn gegeben, Herr Dupont, nur leider konnte ich ihm nicht alles erzählen, dazu war einfach nicht die Zeit. Ich habe mit Alexander Moissi und Helene Thimig bei Max Reinhardt gespielt. Ich habe ein Dutzend Theaterstücke geschrieben. Ich bin eine Zeitlang mit dem Zirkus unterwegs gewesen, als Feuerschluckerin, denn die wollten nun mal eine Frau für den Posten. Dann war ich in Hollywood, weil Ernst Lubitsch mich eingeladen hat, bevor er hinging, und hatte eine Affäre mit Gloria Swanson. Ich habe in einem kleinen roten Haus nahe der Verbotenen Stadt in Peking gewohnt, für zehn Mark die Woche. Ich bin per Anhalter quer durch Europa gefahren. Ich habe alle großen Wüsten durchquert und die Tuaregs mit Opernarien in den Schlaf gesungen. Aber ich habe Ihnen nicht alles erzählt. Dazu fehlt mir einfach die Zeit.«

Während dieses im Ton inbrünstigen Ernstes vorgetragenen Monologs ging ihm nicht einmal der Atem aus; dann warf er den Kopf zurück und lachte, ein lautes, herzliches Lachen, das durch den leeren nachmittäglichen Theaterraum hallte. Jean-Pierre und Dieter tauschten einen Blick. Wie es schien, war ihnen tatsächlich ein Phänomen ins Haus geschneit, doch es in die angemessene

Form zu bringen würde alle Geduld benötigen, derer sie fähig waren.

Für Robert war Zürich zunächst einfach die letzte Station der Reise gewesen, die er Dr. Goldmann abgerungen hatte. Mit sechzehn die Schule zu beenden war in Dadas Augen in diesen Zeiten immer größerer Arbeitslosigkeit nur verzeihlich, wenn danach ein Studium folgte, für das Robert mit seinen Geistesgaben doch offenkundig prädestiniert war. Roberts Eröffnung, er wolle Schauspieler werden, hatte Entsetzen hervorgerufen. Martin Goldmanns Vorliebe für das Theater beschränkte sich ganz und gar auf das Zuschauerdasein und gewisse Schauspielerinnen. Die Aussicht, Barbaras wundervoller Sohn könne sich an diesen Beruf verschwenden, der ihn beinahe sicher ruinieren würde, machte aus ihm sofort das, was er nie gewesen war, einen altmodischen Familienvater. Robert zu erlauben, sich als Globetrotter durch Europa zu schlagen, erschien ihm im Zweifelsfall noch als die bessere Möglichkeit, den Jungen seinen jugendlichen Übermut ausleben zu lassen.

Als Robert in der Schweiz eintraf, hatte nicht nur die südliche Sonne in ihm ihre Spuren hinterlassen. Er genoß es, unterwegs zu sein, aber nicht nur war die Schweiz so etwas wie eine Erholung nach der Reise, sie bot auch die Chance, Dadas Bestechungsversuch zu sabotieren. Er war enttäuscht, das große Schauspielhaus nur von Gastensembles benutzt vorzufinden, aber dann begegnete er zufällig einem jungen Schauspieler, den er in Italien kennengelernt hatte und der ihm versprach, ihn zumindest als Statist unterbringen zu können. In dem Drama *Jud Süß* nach dem großen Romanerfolg vom Vorjahr würden ein paar Soldaten gebraucht, und bei Roberts Statur war es sicher, daß er genommen wurde. Die Gage war mehr oder weniger nominell, aber Robert erschien es als eine angenehme Möglichkeit, seine persönliche *grand tour* abzuschließen. Doch noch während er mit ein paar anderen darauf wartete, eingelassen zu werden, hörte er den Klatsch über den plötzlich ausgefallenen Herzog. Danach erwies es sich als unmöglich, nicht zu versuchen, dieses Geschenk des Schicksals auszunutzen.

Er erkannte bald, daß er großes Glück gehabt hatte. Dieter und Jean-Pierre arbeiteten ständig mit ihm; seit dem Tod seiner Mutter hatte niemand mehr so permanent und gleichzeitig unnachgiebig das Beste von ihm erwartet. Dabei gingen sie auf verschiedene Weise vor. Dieter, der mit seiner eigenen Rolle und der Regie weniger freien Raum hatte, gab ihm hauptsächlich Anweisungen bezüglich seiner Bewegungen, wies ihn auf die Schwachstellen seiner Interpretation hin und ließ ihn die gelungenen Punkte wieder und wieder nachspielen, »um aus einer guten Improvisation eine Darstellung zu machen«, wie er sagte.

Jean-Pierre redete mit ihm über das Stück und ließ ihn alle anderen Rollen lesen und verkörpern, nicht nur, um ihm ein Gefühl für das Ganze zu geben, sondern auch, um seine Darstellungsmöglichkeiten auszuweiten. Mit Jean-Pierre zu proben hatte allerdings auch seine Tücken. Er war nicht so geduldig wie Dieter und mit einem beunruhigenden Scharfblick für anderer Leute Schwächen ausgestattet.

»Mein lieber Junge«, sagte er, nachdem Robert ziemlich lustlos die langweilige Rolle eines württembergischen Parlamentariers heruntergerattert hatte, »wenn du das für unter deiner Würde hältst – ich kann mir interessantere Arten vorstellen, den Tag zu verbringen, als für dich Kindermädchen zu spielen.«

»Aber niemand«, begehrte Robert auf, was er bei Dieter nicht tat, »würde mich als staubtrockenen Abgeordneten mit zehn Zeilen Text sehen wollen. Das ist vollkommen unnötig!«

»Nun, so wie du jetzt bist, wird dich auch niemand als Herzog Karl Alexander sehen wollen«, entgegnete Jean-Pierre und lieferte eine so treffende Parodie von Robert, wie er als Karl Alexander donnerte, daß Heidi, die ihnen gerade Kaffee brachte, in Gelächter ausbrach. Robert lachte ebenfalls, aber etwas gezwungen, und begann, nach Schwachstellen bei Jean-Pierre zu suchen.

Die übrigen Ensemble-Mitglieder, die ihn mit etwas grollender Bewunderung behandelten – »Du hast vielleicht Nerven«, sagte Andrea, die Darstellerin der Magdalen Sibylle, als er sie fragte, ob sie ein Autogramm von ihm haben wolle –, erzählten ihm, daß Jean-Pierre, anders als Dieter, kein Schweizer war. Er war als Alfred Baumann auf die Welt gekommen, in Frankfurt, und hatte schon als Kind auf der Bühne gestanden, sogar als der erfolgreichste Kinderdarsteller des deutschsprachigen Theaters. Nach seinem Stimmbruch studierte er eine Zeitlang in Paris Kunst, bis er zur Bühne zurückkehrte und sich in die Schweiz und Dieter Gredner gleichzeitig verliebte. Er wechselte den Namen und erfand eine neue Vergangenheit für sich, aber seinem Naturell entsprechend wurde er nicht irgendein Schweizer, sondern der letzte Abkömmling einer alten Hugenottenfamilie aus dem Veltlin. Nach diesen Auskünften begriff Robert, warum ihn Jean-Pierre ein wenig an Carla erinnerte. Es war das alte Gefühl der Rivalität unter Wunderkindern.

Doch bei Carla wäre es ihm nie in den Sinn gekommen, zu versuchen, sie durch Charme zu entwaffnen. Dazu kannten sie einander zu lange und zu gut. Aber es erwies sich für ihn als unwiderstehlich, es bei Dieter und Jean-Pierre zu probieren.

»Warum spielst du eigentlich nicht den Süß?« fragte er Jean-Pierre nach einer der erschöpfenden Durchgänge von Karl Alexanders Wutausbrüchen, die nie monoton werden durften, unschuldig. »Ich meine, Dieter ist brillant, aber Feuchtwanger beschreibt ihn doch als sehr gutaussehend.«

Jean-Pierre warf ihm unter halbgeschlossenen Augen einen undeutbaren Blick zu. »Danke, aber ich habe in dieser Saison den Hamlet vor mir. Außerdem, mein lieber Robert, gäben wir beide keinen angemessenen Kontrast zueinander ab, und das ist bei… diesem Stück unumgänglich.«

»Denk daran«, sagte Dieter bei einer Ensembleprobe, »du spielst einen Mann, der mindestens dreißig Jahre älter ist als du, also reduziere die Agilität noch etwas, und spar sie dir für die Vergewaltigungsszene auf.«

»Aber ich dachte, Süß ist gerade von dem agilen Gehabe des Herzogs fasziniert«, protestierte Robert und setzte absichtlich zweideutig hinzu: »Du nicht?«

»Ich würde mich an deiner Stelle darauf beschränken, mit Andrea zu flirten, und das nicht bei Dieter und Jean-Pierre versuchen«, kommentierte Heiner Frisch, der Weißensee spielte und in dessen Wohnung man ihn untergebracht hatte. »Falls einer von beiden reagiert, frißt der andere dich bei lebendigem Leibe.«

Robert tat so, als verstünde er nicht, wovon Frisch redete. In der Tat blieb die Haltung der beiden Leiter des *Theater 22* ihm gegenüber die zweier strenger Lehrer, auch wenn sie durchblicken ließen, daß sie ihn amüsant fanden. Ganz unabhängig von dem unausgesprochenen Machtkampf war er aufrichtig dankbar für das, was sie ihm beibrachten, denn es ging über Schauspieltechnik weit hinaus. Er hatte noch nie von Edward Gordon Craig oder Stanislawski gehört, bis Dieter ihm von beiden erzählte, und es war faszinierend, Jean-Pierre und Dieter dabei zu erleben, wie sie über eine Umsetzung von Craigs Ideen diskutierten.

»Der Naturalismus ist schon längst tot«, sagte Jean-Pierre, »nur hier in der Schweiz noch nicht. Dabei hat es überhaupt keinen Sinn, dem Publikum vorzumachen, es sähe das reale Abbild des Lebens. Das ist etwas für den Film. Bühne lebt von Stimmung, von Illusion. Eine einzige Laterne und etwas geschickte Beleuchtung, das ist eine bessere Straße als Dutzende von hölzernen Randsteinpflastern. Für den *Hamlet* möchte ich wirklich versuchen, Craigs Zeichnungen zu verwenden. Keine Pseudogotik, sondern einen zentralen Aufgang und ansonsten Säulen im Hintergrund, die ein Dreieck abgeben. *Nur* im Hintergrund.«

»Alles gut und schön, aber wohin soll der Geist verschwinden? Wenn das Publikum sieht, wie die Klapptür aufgeht, ist die Stimmung hin. Und irgendwie glaube ich nicht, daß du beabsichtigst, einen expressionistischen Hamlet abzugeben. Wir können keinen Stilbruch zwischen Schauspielern und Bühnenbild haben.«

Wenn er Dieter und Jean-Pierre so zuhörte, in ihrem Lieblingsrestaurant, wo Jean-Pierre ihm zeigte, wie man korrekt Austern aß, fühlte er sich zufrieden und glücklich, wenn auch etwas erschöpft, und empfand sehr viel Zuneigung für sie. Dennoch konnte er es nicht lassen, gelegentlich den Versuch zu machen, ihre souveräne Überlegenheit zu erschüttern.

Die dritte Person, die er während seines Züricher Herbstes gründlich kennenlernte, war Karl Alexander, Herzog von Württemberg. Er hatte sich bei seinen Schultheatererfolgen nie die Mühe gemacht, lange über seine Rollen nachzudenken. Sowie er eine Vorstellung von der Rolle hatte, spielte er sie. Einen vergnügungssüchtigen, brutalen Machtmenschen zu verkörpern war ihm nicht weiter schwer erschienen. Süß war der komplizierte Charakter in dem Stück und in dem Roman, den ihm Dieter sofort in die Hand gedrückt hatte, derjenige, der sich von der manipulierenden Macht hinter dem Thron über den Rächer seiner Tochter zum jüdischen Märtyrer wandelte. Aber Dieter wurde nicht müde, mit ihm Szenen durchzuspielen, die überhaupt nicht in dem Stück standen und die er aus dem Roman hatte, um dem Herzog, wie er sagte, »Hintergrund zu verleihen.«

Als Jean-Pierre ihn fragte, wie er sich Karl Alexander heute vorstellen würde, antwortete Robert: »Als Fabrikbesitzer, der seinem Geschäftsführer die Arbeit überläßt.«

Noch während er sprach, sah er plötzlich Heinrich Fehrs fahles Gesicht mit dem rötlichen Bart vor sich, seine zupackenden, gichtknotigen Hände, und es traf ihn wie ein Blitz. Nicht, daß Carlas Vater seine Geschäfte nicht selbst geführt hätte, soweit Robert bekannt war, aber es bestand eindeutig eine Verwandtschaft zwischen ihm und dem Herzog. Er erinnerte sich an das Abendessen vor all den Jahren, und wie Heinrich Fehr mit Dada gesprochen hatte, voll mühsam unterdrückter Feindseligkeit. So mußte der Herzog mit Süß reden, nach dem Tod von Naemi, wenn er sich schuldig fühlte, aber den anderen dafür haßte. Und der Gesichtsausdruck von Heinrich Fehr, als Carla im Kleid ihrer Stiefmutter auf ihn zuging, das war der Ausdruck für den Herzog, wenn Karl Alexander klar wurde, wie Süß sich an ihm gerächt hatte. Robert hatte immer befürchtet, Dieter in dieser Szene nicht gewachsen zu sein, aber nun hatte er den Schlüssel.

Es bedeutete allerdings auch, daß er seinen Plan, Carla zu seinem Debüt einzuladen, aufgeben mußte, und das kam ihn schwer an. Er wollte, daß sie ihn würdigte und beneidete, er wollte wissen, was sie von Jean-Pierre und Dieter hielt, er wollte Andrea, mit der er in der Tat heftig flirtete, mit ihr eifersüchtig machen. Doch sie würde das Vorbild für seinen Karl Alexander erkennen, und das konnte er ihr nicht antun.

Robert zog nicht in Erwägung, sonst noch jemanden einzuladen. Dadas Anwesenheit hätte ihn verlegen gemacht; er würde vor Scham im Boden versinken, wenn Dada Dieter oder Jean-Pierre die Geschichten von seinen Wundertaten als Kind erzählte, angefangen mit dem Satz »Der Wunsch, Medizin zu nehmen, ist eines der herausragenden Merkmale der Menschheit«, den er als Zweijähriger bei jenem ersten Besuch seiner Mutter in Dr. Goldmanns Praxis während ihres Wochenendausflugs nach München gesagt haben sollte. Diese Anekdote fand früher oder später unfehlbar ihren Weg in alle von Dadas Unterhaltungen mit Fremden. Außerdem glaubte Dada immer noch, er sei auf Reisen; Robert hielt es für taktisch klüger, erst *nach* seinem Debüt von dem Engagement im *Theater 22* zu berichten.

Aus diesem Grund war es auch unmöglich, Max und Evi Kern einzuladen. Es wäre ein Schlag ins Gesicht von Dada Goldmann, den Robert nicht über sich brachte. Aber er schrieb Evi Kern, die eine fleißigere Korrespondentin als ihr vielbeschäftigter Gatte war, von dem großen Ereignis. Seltsam, die Frau seines Schuldirektors mochte er, er hatte sie nie verabscheut, ganz im Gegensatz zu Hetty dem Drachen, von dem sich Dada zum Glück im letzten Jahr hatte scheiden lassen. Am Anfang seines Aufenthalts in Lubeldorf war er etwas eifersüchtig auf Frau Kern gewesen, aber sie verhielt sich so gleichbleibend freundlich ihm gegenüber, daß es unmöglich war, diese Haltung nicht zu erwidern. Ihre beiden Kinder allerdings… Die beiden Gören hatten mehr als einmal deutlich gemacht, wie sehr sie es übelnahmen, daß Max und Evi ihn gewissermaßen adoptierten.

Ob Max wohl jetzt, wo er Lubeldorf verlassen hatte, einen neuen Protegé unter seinen Schülern fand? Carla hatte ihn einmal mit seiner Heldenverehrung für seinen Direktor aufgezogen, aber sie war unvermeidlich gewesen. Papa und Dada Goldmann hatten ihn, jeder auf seine Art, vergöttert, aber vor allem brauchten sie ihn. Max brauchte ihn nicht, und das machte es zu einer Herausforderung, seine Zuneigung zu erwerben und zu erhalten. Er war nicht selbstmitleidig, wie Papa, oder gluckenhaft, wie Dada, und vor allem wußte er nicht das geringste über die verstorbene Barbara König. Er war einfach nur ein intelligenter, humorvoller Mann mit einer Autorität, die man respektieren konnte, ohne sie aufgezwungen zu bekommen. Eigentlich recht ähnlich wie Dieter…

An dieser Stelle hielt Robert inne und wandte sich schleunigst anderen Dingen zu. Ihn schauderte vor den Implikationen dessen, was sich da gerade vor ihm abgezeichnet hatte.

An dem Tag der Premiere versagte ihm erstmals der Appetit. Er brachte sein Frühstück nur mit Mühe hinunter. Der Vormittag bestand aus einer letzten Generalprobe, weil am Abend zuvor der Einsatz der Beleuchtung nicht immer geklappt hatte, und Roberts Versprecher, »Salomon hatte tausend Leiber« statt »tausend Weiber«, sorgte für nervöses Gelächter im Ensemble und daher für einen von Dieters seltenen Ausbrüchen.

»Heute – ist – nicht – der – Tag – für – Clownereien«, sagte er, durch zusammengepreßte Lippen hindurch kaum hörbar. Robert lag es auf der Zunge zu protestieren, es sei doch nur ein Versehen gewesen, doch er ließ es, als er sah, wie Andrea stumm den Kopf schüttelte.

»Es ist nur das Lampenfieber, das ist alles«, flüsterte sie ihm später zu und fuhr mit dem höheren Standpunkt ihrer sechsundzwanzig Jahre sarkastisch fort: »Oder denkst du, das vergeht, wenn man die Hauptrolle spielt und gleichzeitig Regie führt?«

Sie hatte gut reden. Ein Reinfall würde ihr nichts ausmachen, denn jeder wußte, daß sie nur noch bis zum Ende des Jahres hierblieb und dann heiratete; sie zeigte ihren Verlobungsring bei allen möglichen Gelegenheiten, und das war eigentlich auch der Grund, warum Robert sie umwarb. Wenn sie nachgab, würde ihn das zu nichts verpflichten. Seine Selbsteinschätzung reichte nicht so hoch, daß er glaubte, seine Person könne eine Alternative zum komfortablen Leben an der Seite eines Bankiers sein.

Der Nachmittag war eine einzige Folter, bis Jean-Pierre auf die Idee kam, mit ihm zu dem noch recht neuen Schwimmbad zu gehen. Er hatte in Lubeldorf schwimmen gelernt, weil Sport das Fach war, das Max unterrichtete, und es lenkte ihn wirklich eine Weile ab. Als sie in das Theater zurückkehrten, stellte Robert fest, daß etwas von seinem Appetit zurückgekehrt war. Dieter überraschte ihn mit einer Tafel Schokolade, als habe er das gewußt. Roberts Nervosität fing an, sich in angespannte Erwartung zu wandeln, aber ihm war immer noch weich in den Knien, und daran änderte sich nichts, während er sein Gesicht langsam in das eines fünfzigjährigen Mannes verwandelte, rothaarig, mit einem schmalen Mund und leicht unterlaufenen Augen. Zumindest in der Kunst der Maske hatten all die Schulaufführungen geholfen; er beherrschte sie perfekt.

Er ging in seiner Garderobe mit Karl Alexanders Schritten auf und ab, soldatenhaft straff, mahnte er sich, aber nicht mehr jugendlich beschwingt. »Sprich ein Gebet zu Ming Huang«, riet ihm Jean-Pierre, der selbst nicht der Gelassenste war, aber es besser wußte, als Robert etwas davon zu zeigen. »Das ist der chinesische Schutz-

154

heilige für Schauspieler und so, wie du aussiehst, bestimmt dein ganz persönlicher Patron.«

Es erinnerte ihn an seine und Carlas Beschwörungen, aber es half. Als er aufstand, entdeckte er verblüfft, daß er wieder hungrig war. Wirklich hungrig, aber nicht nur nach Essen, sondern nach dem, was dort draußen war, auf der Bühne. Er spürte den Hunger am ganzen Körper, so wie das stechende Kribbeln eines eingeschlafenen Fußes. Er spürte, wie ihm Jean-Pierre auf den Rücken klopfte, dann ging er hinaus, zu Dieter, den anderen Schauspielern und dem unsichtbaren, zum Sprung gekauerten Biest: dem Publikum.

Für Jean-Pierre an seinem Beobachtungsposten hinter den Kulissen war die Welle, die durch das Publikum ging, als Robert die Bühne betrat, lachend, wie über einen gerade erzählten Scherz, mehr hörbar als sichtbar. Es war ein kollektives Einatmen, ein deutliches Innehalten aller Bewegungen, während Robert mit seinen gutgelaunten Beleidigungen und den plötzlichen Ausbrüchen in gekränkten Ärger begann. Seine sonore Stimme hob und senkte sich im Takt mit Dieters ruhigen, höflichen Worten als Süß, der dem Herzog zum ersten Mal begegnet. Erst als Robert die Bühne wieder verließ, nur kurz, während Dieters Szene mit dem Rabbi, wurde die Stille im Zuschauerraum wieder durchbrochen von Fächern, dem Zurücksinken in Stühle, und Jean-Pierre wußte, daß sich ihr Glücksspiel mit dem Jungen gelohnt hatte. Was sie heute erlebten, war einer der seltenen, magischen Fälle, in denen ein Debütant ein Echo auslöste, das die größten Künstler auf der Höhe ihres Ruhms nicht erringen können, selbst dann nicht, wenn sie selbst solche Debütanten waren.

Jean-Pierre beobachtete den fast greifbaren Strom an ungezügelter Energie, der zwischen Robert und dem Publikum hin und her schlug, und fragte sich unwillkürlich, warum sich in seine eigene erleichterte Erregung auch etwas Bitteres mischte. Zu dem Zeitpunkt, als er die Pause nutzte, um seinen Platz in der ersten Reihe einzunehmen, hatte er zumindest eine seiner sauren Trauben identifiziert. Dieter leistete Hervorragendes in der Hauptrolle, aber seine makellose Darstellung wurde als selbstverständlich hingenommen, genauso wie die exquisite Zartheit von Felicitas als Naemi und Andreas leidenschaftliche Magdalen Sibylle. Dies war nicht

Dieters Nacht oder Feuchtwangers Nacht oder die des *Theater 22*; es war eine Sensationsnacht, es war Roberts Nacht.

Aber an diesem mangelnden Gleichgewicht lag es nicht allein. Die Szene mit dem Vergewaltigungsversuch kam, und Robert verpatzte wieder einen Satz. Diesmal war es nicht allein seine Schuld; nach der Bemerkung über Salomons tausend Weiber rief jemand im Publikum: »Jüdische Verleumdung!« Dadurch geriet Robert so aus dem Gleichgewicht, daß er in seinem nächsten Satz die Hauptwörter verdrehte.

»Läutet die Kanonen und feuert die Glocken!«

Ehe jemand lachen konnte, sprang er mit einem einzigen Satz von der Treppe direkt auf den Boden der Bühne. Es war gefährlich, akrobatisch und brachte ihm den bisher größten Applaus des Abends; die Leute klatschten stehend.

Jean-Pierre blieb sitzen. Gut, Roberts Geistesgegenwart hatte den kleinen Versprecher ungeschehen gemacht, aber die Art und Weise, wie er reagierte, war unprofessionell. Der fünfzigjährige Karl Alexander, dem sich das Objekt seiner Lust gerade durch Selbstmord entzogen hatte, veranstaltete keine solchen Turnübungen. Es war ein Zirkustrick, sehr effektiv, aber nur ein Trick, und Jean-Pierre begriff den zweiten Grund der Unzufriedenheit, die ihn plagte. So, wie Robert die gebannte Aufmerksamkeit des Publikums in sich hineinsog, machte er sich abhängig von dieser überschwenglichen Begeisterung, und das war nicht gut, besonders nicht in seinem Alter, denn er würde sie nie wieder in dieser reinen Weise bekommen. Und die Versuchung, sie sich dann durch Tricks zu erkaufen, würde immens sein.

Trotzdem, es war ein triumphaler Abend, der Stolz in Jean-Pierre überwog das Ressentiment und die Beunruhigung. Er stimmte in den frenetischen Schlußapplaus ein, der Robert wieder und wieder vor den Vorhang holte, mit seinem tiefen, überschwenglichen Lachen, das wie ein Urwaldfeuer aus ihm herausbrach. Er warf die Arme hoch, legte sie um Dieter und Felicitas und verbeugte sich, nicht zu tief, um bald wieder in die Menge sehen zu können, jetzt, wo das Haus wieder erleuchtet war.

Für Robert war es besser als alles, was er bisher erlebt hatte. Er empfand einen körperlichen Schmerz, als das Klatschen langsam verebbte, und verwünschte den Requisiteur, der den Vorhang nur noch etwas öfter fallen zu lassen brauchte. Da, noch einmal, noch einmal, und diesmal verbeugte er sich nicht, er stand nur da und ließ die Begeisterung auf sich einprasseln wie warmen Regen.

Da habt ihr mich, dachte er, und als der Vorhang sich zum letzten Mal senkte, war ihm, als habe man ihm den Atem zum Leben entzogen.

Carla brauchte nicht lange, um Philipp und Marianne die Erlaubnis und die finanziellen Mittel abzuringen, um nach Berlin zu gehen und sich bei der von Max Reinhardt gegründeten Schauspielschule zu bewerben.

»Natürlich wünschte ich, du hättest eine andere Entscheidung getroffen«, sagte Marianne, während ihre Finger nervös an der langen Perlenkette, die sie trug, entlangwanderten.

Marianne war keine gute Lügnerin, dachte Carla mit einer Mischung aus Spott und Traurigkeit, denn sie wußte, daß ihre Gegenwart der Schwester Unbehagen bereitete. Marianne hatte sie empfangen, pflichtbewußt, während all der Ferienwochen in den letzten zwei Jahren, doch sie hatten nie miteinander über die Vergangenheit gesprochen, und für die Gegenwart fanden sie kaum Gesprächsthemen, denn Marianne mißbilligte fast alles, was Carla beschäftigte, und lebte ziemlich offensichtlich in der Furcht vor durch ihre jüngere Schwester verursachten Peinlichkeiten. Außerdem lauerte im Hintergrund ständig die unausgesprochene Spannung zwischen Carla und Philipp, und Marianne hätte blind sein müssen, um sie nicht zu bemerken.

Philipp erhob etwas stärkere Einwände und wies auf die große Gefahr der Arbeitslosigkeit hin, aber er klang auch nicht glaubwürdiger als Marianne.

»Selbst wenn du Erfolg hast – es ist nicht eben ein respektabler Beruf«, schloß er.

»Aber Philipp«, entgegnete Carla sarkastisch, »das ist doch gerade der Vorteil. Überlege doch nur, wenn ich ein anständiges Mädchen aus gutem Haus bleibe, dann heiratet mich am Ende noch jemand und verklagt dich auf die Hälfte von deinem neuen Imperium.«

Es war vielleicht unklug, ihn zu verärgern, solange sie noch auf seine Unterstützung angewiesen war, aber sie konnte diese Heuchelei nicht ertragen. Respektabel! Er hatte sie nicht wieder geküßt, aber die Art, wie er sie ansah, war gleich geblieben, und außerdem wußte sie genau, daß er sich wirklich Sorgen um die kleine Heiratsurkunde in ihrem Besitz machte. Heinrich Fehrs Testament, bei einem Münchner Anwalt hinterlegt, hinterließ ihr eine kleine Summe, wie groß, das würde sie genau erst mit Eintritt ihrer Volljährigkeit erfahren. Aber das Geschenk aus den Akten der Herren Korimorth und Guim verlieh ihr Anspruch auf erheblich mehr; sie hatte Käthes Freundin, Frau Augspurg, die Juristin, deswegen befragt und einiges über die Teilung von Vermögenswerten erfahren. Nicht, daß sie das Geld haben wollte. Philipp konnte es behalten und damit fortfahren, aus seinen Verbindungen zu den Bayerischen Motorenwerken Kapital zu schlagen. Er versorgte jetzt schon die meisten bayerischen Automobile mit ihren Interieurs und versuchte, das auch auf das Reich auszudehnen. Wenn sie erst einmal als Schauspielerin arbeitete, dann würde sie keinen Pfennig mehr von ihm annehmen, aber bis dahin gab es keinen Grund, die Waffe in ihrer Hand nicht zu nutzen, um sich einen guten Beginn zu ermöglichen.

Hinzu kam, daß ihr diese Wortgefechte mit Philipp Spaß machten. Er war alles andere als dumm, und sie mußte zugeben, die Vorstellung, diese kühle Selbstbeherrschung noch einmal erschüttern zu können, hatte etwas Aufregendes an sich, das längst nichts mehr mit der Provokationslust eines Kindes zu tun hatte.

Trotzdem mochte sie ihn nicht besonders. Er sprach von Käthe immer als »deiner schreibenden Rotmamsell« oder, in der letzten Zeit immer häufiger, »der jüdischen Bolschewistin«. Frau Hallgarten, die ihn vor allem dadurch verärgerte, daß sie an Feiertagen die republikanische schwarzrotgoldene Flagge hißte, während der Rest der Villen in der Pienzenauerstraße die alte monarchische schwarzweißrote Flagge aufzog, um die gebührende Verachtung für die »Novemberrepublik« zu demonstrieren, war »das Pazifistenweib«.

Nein, Philipp empfand entschieden keine Sympathien für Frauen, und das galt nicht nur für solche, deren Ansichten ihm nicht paßten. Er behandelte Marianne wie ein nützliches Möbelstück, das gewiß poliert werden mußte, damit es glänzte, aber bestimmt nicht um seine Meinung gefragt wurde. Carla hatte den Verdacht, daß ihm eine frauenlose Welt lieber gewesen wäre, wenn er sie eben andererseits nicht brauchte. Er betrog Marianne, das pfiffen sogar die Spatzen von den Dächern, auf die gleiche systematische Art, in der er sich den Sonntagnachmittag zum Tennisspielen freihielt und jeden Morgen die Turnübungen machte, die er in der Armee gelernt hatte. Dienstagabende waren für seine Ehebrüche da. Nicht, daß er eine feste Geliebte hatte, denn eine ständige Beziehung hätte ja ein zu großes Interesse für eine Frau demonstriert. Nein, Carla mochte Philipp nicht, sowenig, wie er sie mochte. Aber sie träumte manchmal von ihm.

Hin und wieder demonstrierte er allerdings so etwas wie Humor und wurde beinahe menschlich. Sie hatte eigentlich erwartet, daß er auf ihre Breitseite in Sachen Vermögensteilung mit einem eisigen Blick reagierte, doch statt dessen lächelte er, ein winziges Philipp-Lächeln mit geschlossenen Lippen; sonst rührte sich nichts in seinem Gesicht.

»Mein Kind«, sagte er, »ganz gleich, welchen Beruf du ergreifst und ob du nun heiratest oder nicht, ich hege vollstes Vertrauen in deine Fähigkeit, keine anständige Tochter aus gutem Hause zu bleiben.«

Nun, es war eine zugegebenermaßen gekonnte Beleidigung, aber sie würde nicht zulassen, daß er das letzte Wort behielt.

»Danke«, entgegnete Carla und blieb ihrerseits ernst. »Es wäre schlimm für mich, deine Zuneigung zu verlieren, Schwager Philipp, und ich weiß doch, du magst keine anständigen Mädchen.«

Mariannes Perlenkette riß, und die kleinen, weißen Kugeln, die auf den Boden fielen, wurden bis auf ein leichtes Flapsen geräuschlos von dem dichtgeknüpften Teppich verschluckt. Mit zitternden Händen beugte sie sich vor, um sie aufzulesen.

»Es tut mir leid«, sagte Carla und meinte nicht die Perlen, obwohl sie neben Mariannes Stuhl niederkniete, um ihr zu helfen.

»Laß es sein und geh«, erwiderte Marianne, mühsam beherrscht. »Geh einfach weg.«

Nein, weder Marianne noch Philipp bildeten Hindernisse auf dem Weg zur Bühne. Es war Käthe, die entsetzt, lange und energisch protestierte.

Käthe hatte sich in den letzten Jahren kaum verändert, lediglich ihr braunes Haar, das sie nun, wie Carla, kurz trug, zeigte einiges

Grau. Sie bewohnte zwei Zimmer im Lehel, mit denen sie sehr zufrieden war, sprach jedoch davon, selbst nach Berlin umziehen zu wollen, denn München wurde ihr immer unerträglicher. Daß man den Führern des Putschversuches von 1923 vor Gericht »edelste vaterländische Motive« unterstellt und ihnen nur minimale Haftstrafen auferlegt hatte, war schon schlimm genug gewesen, aber in diesem Jahr ließ die Regierung es zu, daß der vorzeitig entlassene Adolf Hitler die nationalsozialistische Partei wieder ins Leben rief. Immerhin war es gelungen, Pöhner vor Gericht zu beordern, wegen des Mordes an dem Abgeordneten und dem Dienstmädchen, aber noch ehe er seine Aussage machen konnte, starb er »durch einen Unfall«, wie es hieß, und alle Versuche, die Fememörder juristisch zu belangen, blieben ergebnislos. Als nun der neugewählte Präsident, Hindenburg, den sie als General aus dem Krieg ohnehin verabscheute, anordnete, alle offiziellen deutschen Gebäude hätten wieder die schwarzweißrote Fahne zu hissen, ohne nennenswerten Protest der SPD, war das für Käthe der Tropfen, der das Faß zum Überlaufen brachte. Sie trat der kommunistischen Partei bei. Aber ehe sie dazukam, es Carla zu erzählen, breitete das Mädchen einen haarsträubenden Unsinn vor ihr aus.

»Carla«, sagte Käthe, ohne sich die Mühe zu machen, ihre Bestürzung zu verschleiern, »das ist das Törichtste, was ich je gehört habe. Dir steht es frei, zu studieren, was immer du möchtest. Du bist intelligent genug, um dich für jeden Fachbereich zu qualifizieren. Und da willst du all deine Gaben an einen Beruf verschwenden, den jedes hirnlose Sumpfhuhn ausüben könnte, wenn es nur die entsprechende Figur hätte?«

Carla errötete, was sie nur noch sehr selten tat. Käthe erhob sich von dem Stuhl, auf dem sie gesessen hatte, und dabei wurde ihr zum ersten Mal bewußt, daß Carla und sie nun die gleiche Größe hatten und es unmöglich war, auf ihre ehemalige Schülerin herabzublicken. Plötzlich erschien ihr das schlanke junge Wesen mit den roten Haaren, die sich wie ein Helm um ihren Kopf legten, wie eine Fremde. Wo war das ernsthafte Kind mit den tintenverschmierten Fingern geblieben?

»Das ist nicht wahr«, entgegnete Carla heftig. »Es genügt nicht, hübsch zu sein, um Schauspielerin zu werden. Man muß sich – verändern können. Eine ganz andere Person werden. Und ich kann das. Kathi, das habe ich mir immer gewünscht und …«

Später dachte Käthe über die Bedeutung dieses Einwands nach, aber jetzt unterbrach sie: »Das ist vermutlich alles Robert Königs Schuld. Dr. Goldmann hat mir erzählt, daß er die gleichen unsinnigen Vorstellungen hegt. Carla, du bist doch kein Kind mehr, das mit ihm wetteifern muß!«

»Das hat damit nichts zu tun«, murmelte das Mädchen verstockt, doch Käthe sah nun alles ganz deutlich vor sich.

»Ihr übt einen schlechten Einfluß aufeinander aus. Er ist entsetzlich verzogen, aber das ist natürlich auch Martins Schuld, und ich hatte gehofft, daß sich diese Unreife nicht auf dich …«

Diesmal war es Carla, die unterbrach, nicht mehr verärgert, sondern belustigt: »*Martin?* Seit wann stehen Sie denn auf du und du mit Dr. Goldmann, Kathi?«

Es war ein offensichtliches Ablenkungsmanöver, doch Käthe konnte nicht umhin, die Implikation zurückzuweisen. »Wir duzen uns keineswegs«, erklärte sie steif. »Aber die Jahre haben eine gewisse Vertrautheit mit sich gebracht, die es erlaubt, daß zwei erwachsene Menschen sich mit ihrem Vornamen anreden.«

Mit wiederhergestellter guter Laune warf sich Carla auf Käthes Sofa, ohne auf die Papiere zu achten, die ebenfalls dort lagen und aufflatterten. Sie winkelte einen Arm hinter dem Kopf an und fragte neckend: »Und seit wann pflegen Sie vertrauten Umgang mit Dr. Goldmann, Kathi?«

»Seit einigen Jahren«, antwortete Käthe knapp.

Um ganz präzise zu sein, hatte es sich seit ihrer Entlassung aus dem Hause Fehr ergeben, daß sie sich jede Woche einmal mit Dr. Goldmann zum Tee traf. Anfangs tat sie es nur, um auf diese Weise Neuigkeiten über Carla zu erfahren, und außerdem bedeutete es eine kostenlose kleine Mahlzeit. Aber nach und nach gestand sie sich ein, daß sie Dr. Goldmanns Gesellschaft genoß. Er war zwar ein altmodischer, hoffnungslos optimistischer Liberaler, der von Politik genauso wenig Ahnung hatte wie von Erziehungsmethoden, und seine häuslichen Verhältnisse waren, nun ja, beklagenswert, aber sie kam nicht umhin, Sympathie für ihn zu entwickeln. Wie auch immer, sie steuerte das Gespräch entschlossen wieder auf das eigentliche Thema zurück.

»Mag sein, daß Robert Königs Kopf in den Wolken steckt, aber du, Carla, bist vernünftig und gut unterrichtet genug, um zu wissen, wie es um dieses Land bestellt ist. Ich kann nicht glauben, daß du lieber auf eine völlig unzureichende Arbeitslosenunterstützung hoffst, als nach dem Besten zu streben und eine glückliche, berufstätige Frau zu werden.«

»Sie hören mir nicht zu«, erwiderte Carla. »Ich will nach dem Besten streben und eine glückliche, berufstätige Frau werden. Eine Schauspielerin.«

»Das ist kein Beruf. Ich – ich kann nicht glauben, daß du mich so enttäuschst.«

Schlagartig verschwand jegliche Heiterkeit aus Carlas Gesicht. Sie stand langsam auf, und Käthe wünschte sich, den Schmerz in den Augen des Mädchens nicht sehen zu müssen. Aber es war zu Carlas eigenem Besten. Sie mußte aus dieser jugendlichen Torheit gerettet werden und ihre eigentliche Bestimmung erfüllen.

»Es tut mir leid, daß ich für Sie eine Enttäuschung bin, Kathi«, sagte Carla leise, »aber das war ich wohl immer schon, für jeden.«

Als sich die Tür hinter ihr schloß, hatte Käthe ihre Bestürzung gerade genug überwunden, um sie zurückzustellen und Carla ihrer Zuneigung zu versichern, aber da war es zu spät.

Soviel zu dem Plan, Käthe zu bitten, sofort nach Berlin aufzubrechen und mit ihr eine Wohnung zu teilen. Nun, sie brauchte niemanden, und am Ende war es ein Glück. Es blieb noch, von München Abschied zu nehmen, und was gab es da noch für sie, außer drei Gräbern? Nach der Villa in der Pienzenauerstraße würde sie sich gewiß nicht sehnen. Wie schade, daß Philipp und Marianne das alte Gemäuer nicht längst verkauft hatten, aber nein, die Adresse war zu prestigeträchtig, obwohl Carla bereit war, zu wetten, daß Marianne mehr als einmal um ein eigenes, neues Haus gebeten hatte.

Der Bahnhof Friedrichstraße in Berlin, auf dem sie ankam, war entsetzlich rußig und laut, aber er lag in der Nähe des Deutschen Theaters und seiner Schauspielschule. Carla hinterließ ihre beiden Koffer bei der Gepäckaufbewahrung. Sie hatte durch eine Zeitungsannonce schon ein Zimmer, bei einer Frau Pahlke, aber sie wollte keine Zeit verlieren. Sie erinnerte sich noch genau an den Weg, denn Robert hatte ihr das Gebäude gezeigt. Man ging über die

Brücke und dann am Christlichen Hospiz und den Kasernen vorbei. Sie fand die Schumannstraße ausgesprochen scheußlich; die Häuser sahen aus, als seien sie lange vor der Jahrhundertwende zuletzt gestrichen worden, und überall standen Bettler. Sie ging einige Male an der richtigen Toreinfahrt vorbei, bis sie ihren Irrtum bemerkte, denn der dunkle Bogen über der Einfahrt war so klein und unauffällig.

Der schmale Hof führte zu drei runden Torbogen und einigen weißgetünchten Glastüren. Während sie die flachen Stufen hinaufging, beschleunigte sich Carlas Herzschlag. Ihr Termin war erst in eineinhalb Stunden, denn sie hatte eine mögliche Verspätung des Zugs einkalkulieren wollen, aber sie stellte schnell fest, daß sie nicht als einzige zu früh eingetroffen war. Der Portier verwies sie zu einer Gruppe, die im ersten Stock stand, saß und wartete. Die meisten hielten wie sie einen Umschlag in der Hand; bei der schriftlichen Bewerbung hatte man sie angewiesen, den Lebenslauf und eine Photographie mitzubringen.

Sie wurden der Reihe nach hineingerufen, und diejenigen, die wie Carla zu früh erschienen waren, versuchten, sich die Zeit mit Gesprächen zu vertreiben.

»Glauben Sie, daß der Professor auch dabei sein wird?« fragte sie ein junger Mann, dem zweifellos jemand gesagt hatte, er sehe dem jungen Schiller ähnlich, denn er stilisierte sich deutlich in diese Richtung, und beantwortete seine eigene Frage gleich selber. »Nein, natürlich nicht, der ist ja beschäftigt genug. Es heißt, daß er jetzt ohnehin lieber in Österreich ist.«

Auf diese Weise erfuhr sie, daß man Max Reinhardt, den berühmtesten deutschsprachigen Regisseur, in Theaterkreisen den »Professor« nannte. Natürlich wußte sie bereits einiges über Reinhardt. Er war als junger österreichischer Schauspieler von Otto Brahm, dem großen Naturalisten, nach Berlin geholt worden, hatte dann mit einigen Kollegen ein Kabarett und die ersten Kammerspiele gegründet und schließlich das Deutsche Theater übernommen. Die Inszenierung des *Sommernachtstraums*, die Drehbühne, die dabei erstmals verwendet wurde, und die Mischung aus feinem psychologischem Spiel und phantasievoller Prachtentfaltung machten ihn berühmt, weit über die deutschen Grenzen hinaus. Heute gehörten ihm Theater in Berlin, in Wien, er hatte in Salzburg alljährliche Festspiele ins Leben gerufen und mit dem Ensemble des Deutschen Theaters überall in der Welt gastiert. Es gab Bücher über Max Reinhardt, Photographien von Reinhardt-Schauspielern, von Reinhardt-Inszenierungen, es gab heftige Angriffe, daß seine Inszenierungen nur zu Massenspektakeln gerieten und er die Kunst an den Kommerz verraten habe, aber niemand bestritt, daß er immer noch als König des deutschen Theaters herrschte. Ein Reinhardt-Schauspieler zu sein war das höchste erreichbare Ziel, und vor allem deswegen hatte sich Carla hier beworben, an der Schauspielschule für sein Theater, die Max Reinhardt 1905 gegründet hatte, und nicht in München, wo es zwischenzeitlich ebenfalls eine solche Stätte gab. Man sollte immer an der Spitze anfangen.

Es fiel ihr schwer, sich auf das Gerede der anderen zu konzentrieren, aber sie hatten recht, es war immer noch besser, als stumm dazusitzen und sich auszumalen, was man alles falsch machen konnte. Auf diese Weise erfuhr sie einiges Nützliches, zum Beispiel, wo man Abschriften von Bühnenmanuskripten, die noch nicht veröffentlicht waren, ergattern konnte. Die Schauspieler, von denen sie stammten, brauchten sie nicht mehr, aber sie steckten voller Notizen, von denen man lernen konnte. Außerdem gab es Adressen für günstige abgelegte Kleider. Anders als noch vor ein paar Jahrzehnten mußte man als Schauspieler seine Garderobe nicht mehr selbst bezahlen, aber bei Gegenwartsstücken neigten die meisten Bühnen doch dazu, nur ihre Hauptdarsteller auszustatten und von dem Nachwuchs zu erwarten, daß er seine eigenen Kleider mitbrachte.

»Abendkleider«, sagte eine Blondine, die ihrem Akzent nach eindeutig aus Berlin stammte, »Abendkleider gibt's am günstigsten bei Selfering, die kriegen sie manchmal direkt nach Bällen.«

Carla notierte sich das alles; sie war zwar nicht darauf angewiesen, doch sie wollte Philipp so selten wie möglich um Geld bitten und nahm sich vor, zu sparen, wo es nur ging.

Als sie endlich an die Reihe kam, fehlte ihr nur noch eine Adresse für einen Zahnarzt in Berlin, und ihre Zähne erfreuten sich bester Gesundheit. Wider besseres Wissen war sie einen Herzschlag lang doch enttäuscht, denn sie kannte Photographien von Max Reinhardt, und bei keinem der drei Männer, die in dem mittelgroßen Raum auf sie warteten, handelte es sich um ihn.

Sie wurde gebeten, erst etwas von sich selbst zu erzählen, und antwortete mit dem glücklichen kleinen Märchen, das sie sich für solche Gelegenheiten zurechtgelegt hatte. Für eine Sekunde ritt sie der Teufel, und sie geriet in Versuchung, eine Andeutung über die Großfürstin Anastasia zu machen, aber sie nahm sich zusammen. Sie war schon am Ende angelangt, als einer der Männer stirnrunzelnd meinte: »Sie erinnern mich an jemanden. Fehr, Fehr… Angharad Jones hat jemanden namens Fehr geheiratet, glaube ich.«

Carla erstarrte. Immer noch erwähnte sie ihre Mutter nie, niemals, aber die Welten von Theater und Oper überlappten sich, und sie hätte damit rechnen müssen, daß so etwas kam.

»Meine Mutter«, sagte sie so gelassen wie möglich; die Schülerin in ihr entdeckte den unvollständigen Satz und zwang sie, grammatikalisch korrekt hinzuzufügen: »Sie war meine Mutter.«

»Na, dann sind Sie ja von Kindesbeinen an mit den Musen vertraut«, entgegnete der Mann wohlwollend.

»Nicht wirklich. Sie starb, als ich drei Jahre alt war.«

Kurze Zeit herrschte das betretene Schweigen, das die Erwähnung des Todes immer mit sich bringt, beherrscht von der Suche nach einer passenden Phrase, um es zu überbrücken. Carla hätte lügen können, doch das war zu überprüfbar.

»Aber«, fuhr sie fort, um ihnen die Notwendigkeit einer konventionellen Reaktion zu ersparen und weil sie nicht wollte, daß der Opernfreund darüber nachgrübelte, was er über Angharads Tod gehört hatte, »ich hatte trotzdem die Chance, etwas von den Musen zu lernen.« Sie erzählte eine kleine Anekdote von einer Begegnung mit Karl Valentin, die stimmte, nur daß sie Robert passiert war.

Das brachte die Herren zum Lachen, und sie entspannte sich etwas. Bis jetzt lief alles gut. Schließlich kam das Vorsprechen an die Reihe, erst ein klassischer, dann ein moderner Text und einer, den sie nicht vorbereitet hatte, sondern den man ihr erst jetzt geben würde. Für ihren klassischen Monolog hatte sie sich etwas ausgesucht, das vielleicht noch nicht klassisch war. Aber sie wollte das Aufnahmekomitee überraschen, also rezitierte sie Salomes Schlußmonolog aus Oscar Wildes Stück, mit ausgestrecktem Arm, auf das unsichtbare Haupt Johannes des Täufers starrend.

»Ach! Du wolltest mich deinen Mund nicht küssen lassen, Jochanaan. Jetzt werde ich ihn küssen. Ich werde mit meinen Zähnen hineinbeißen, wie man in eine reife Frucht beißt... Du hast mir abscheuliche Dinge gesagt. Du hast mich behandelt wie eine Buhlerin, wie eine Hure, mich, Salome, Tochter der Herodias, Prinzessin von Judäa!«

Es war leicht gewesen, Wildes rhythmische Kadenzen auswendig zu lernen, weniger leicht, sich jetzt, vor den Augen der Prüfer, wieder in Salomes Liebe zu Jochanaan, zur Rache und zum Tod hineinfallen zu lassen. Sie schloß die abwägenden Blicke aus und ging an den Ort in ihrem Herzen zurück, wo sie Salome gefunden hatte.

»Warum hast du mich nicht angesehen, Jochanaan? Hinter deinen Händen und deinen Schmähungen hast du dein Antlitz verborgen... Hättest du mich gesehen, du hättest mich geliebt. Ich weiß, du hättest mich geliebt, und das Geheimnis der Liebe ist größer als das Geheimnis des Todes. Man soll nur die Liebe sehen.«

»Nun«, sagte der mittlere der Männer, nachdem sie eine Weile geschwiegen hatten, »Ihre Wahl ist... interessant. Haben Sie Tilla Durieux in der Rolle erlebt?«

Carla schüttelte den Kopf, weil sie ihrer Stimme noch nicht wieder ganz traute.

»Das dachte ich mir. Sonst wüßten Sie, daß Salome eine Rolle für eine erfahrene Frau ist, nicht für ein junges Mädchen.«

»Salome *ist* ein junges Mädchen«, entgegnete Carla. »Keine erfahrene Frau.«

Der dritte Prüfer, der bisher geschwiegen hatte, lachte, ein kurzes, bellendes Lachen. »Da hat sie recht. Und es ist zumindest eine Abwechslung nach all den Gretchens, Käthchens und Klärchens. Aber trotzdem, Fräulein, Sie sind noch nicht alt genug für diese Art von Rolle.«

»Machen Sie weiter«, sagte der erste, der Opernkundige.

Carla drängte ihre Furcht zurück und ging zu ihrem modernen Monolog über. Er stammte aus einem Stück, das erst zwei Jahre alt war, und nach der Frage wegen der Durieux vermutete sie, daß man nun würde wissen wollen, ob sie Elisabeth Bergner in der Rolle gesehen hatte. Sie hoffte nur, daß man den ersten Satz nicht als Anspielung verstand.

»*Wo wärt ihr jetzt alle, wenn ich mich nach dieser Art von Wahr-heit gerichtet hätte*«, begann sie mit den Worten von Shaws heiliger Johanna. Johannas Desillusionierung mit den Franzosen und ihr Festhalten an ihrem Glauben sollten der Gegenpol zu Salomes Versinken sein, aber diesmal konnte sie sich nicht ganz so gut konzentrieren, und sie wurde etwas zu bitter, als sie schloß: »*Ihr alle werdet froh sein, wenn ihr mich brennen seht. Aber wenn ich ins Feuer gehe, dann gehe ich durch das Feuer in das Herz meines Volkes für immer und ewig. Und so sei Gott mit mir!*«

Sie wußte, daß sie übertrieben hatte, ehe der mittlere Mann den Mund öffnete und kommentierte: »Das war keine Heilige, Fräulein Fehr.«

»Ja«, gestand Carla kleinlaut ein, aber sie hielt den Blicken der drei stand, ohne den Kopf zu senken. Der dritte überreichte ihr ein Blatt, auf dem nur einige Worte getippt standen.

»*Euer Schweigen verdrießt mich am meisten*«, las der Opernfreund als Don Pedro in *Viel Lärm um Nichts*, »*nichts kleidet Euch besser als Munterkeit, denn Ihr seid ohne Frage zu einer lustigen Stunde geboren.*«

»*Oh nein, gnädigster Herr*«, antwortete Carla als Beatrice und erkannte die Falle, die in dieser kurzen Stelle lag. In einem Satz charmant und fröhlich zu sein, ohne künstlich grell zu wirken, war schwer. »*... denn meine Mutter weinte. Aber es tanzte eben ein Stern, und unter dem bin ich zur Welt gekommen.*«

Das war alles. Nichts weiter. Wenn sie schon etwas aus diesem Stück nehmen, dachte Carla, warum dann nicht eine längere Stelle? Ein ganzes Streitgespräch zwischen Benedikt und Beatrice? Aber sich mit einem Satz beweisen zu müssen, das war einfach ungerecht.

»Es ist Ihnen doch klar, daß Sie auch als Absolventin dieser Schule keine Garantie haben, in das Ensemble aufgenommen zu werden?«

Es dauerte einige Momente, bis Carla die Implikation der Frage begriff. Sie nickte und sagte laut, als sie ihre Stimme wieder unter Kontrolle hatte: »Ja, das weiß ich.«

»Gut«, meinte der Opernfreund, »dann können Sie sich mit unserem Studienplan vertraut machen.«

Unterricht in der Schauspielschule des Deutschen Theaters bedeutete zunächst einmal Kurse in Sprache und Diktion oder, um die vollständige Auflistung aufzuführen: Aussprache, Ausdruck, Phrasieren, Rhythmus, gebundene Sprache, Geschmeidigkeit, Intonation, Freiwerden von Akzent und Dialekt, Stimmqualität, Sprache als Grundelement der Persönlichkeit.

»Lektionen in der Schauspielkunst, das vernunft- und gefühlsmäßige Einverleiben einer Rolle, werden erst ab dem zweiten Semester dazukommen«, sagte die Sprachlehrerin warnend in ihrer ersten Stunde, »aber es steht Ihnen natürlich frei, schon vorher Privatunterricht zu nehmen, wenn Sie in der Lage sind, darüber Ihre Grundausbildung nicht zu vernachlässigen.«

Bereits im ersten Semester, das am 15. September begann und bis zum 23. Dezember dauerte, erhielten die Schüler außerdem einen geschichtlichen Überblick über den Ursprung und die Entwicklung des Theaters, seine verschiedenen Arten, über Methoden und Weisen der Inszenierung und die wichtigsten Dramatiker. Dazu kam ein Kurs in Koordination: Tanz, Körperbewegung und Fechten. Carla verbrachte ihre Tage ausgefüllt, erschöpft und glücklich. Selbst das kalte Zimmer ohne Waschgelegenheit im Parterre machte ihr nichts aus, obwohl sie sich daran gewöhnen mußte, daß sich die Toilette in der Zwischenetage befand und für die Bewohner von zwei Stockwerken reichen sollte. Man merkte, daß die Raumaufteilung ursprünglich anders gedacht gewesen war, doch die Vermieterin, die von ihrer Witwenrente nicht leben konnte, schlief mit ihren drei Kindern in einem Zimmer und war darauf angewiesen, all die anderen zu vermieten. Als Carla noch gehofft hatte, mit Käthe zusammenzuziehen, hatte sie den Raum bei Frau Pahlke nur für eine Übergangszeit nehmen wollen, aber nun verschwendete sie keinen Gedanken darauf, umzuziehen. Jeden Morgen und jeden Abend die Treppe hochlaufen zu müssen war nichts, verglichen mit dem berauschenden Gefühl, endlich mit dem ersehnten Leben begonnen zu haben. Das dachte sie, bis ihr Robert die Zeitungsausschnitte über sein Debüt als Herzog Karl Alexander in *Jud Süß* schickte.

Sie hatte Roberts Behauptung, für die zweite Hauptrolle engagiert worden zu sein, nicht so ernst genommen und vermutet, er hielte im *Theater 22* ein Tablett oder dürfe bestenfalls ein paar Zei-

168

len sprechen. Schließlich übertrieben sie beide ständig mit dem, was sie einander erzählten. Aber da lagen sie vor ihr, schwarz auf weiß, eine Lobeshymne nach der anderen: »Der junge deutsche Schauspieler gab ein triumphales Debüt«, »eine interessante und bewegende Darstellung«, »Robert König verlieh dem Herzog einen Hauch von Verwundbarkeit und Gefühl in seiner wollüstigen Tyrannei, den ein weniger herausragender Schauspieler gewiß nie entdeckt hätte«, »eine fesselnde Charakterstudie«.

Oh, es war schwer, sie nicht ins Feuer zu werfen. Doch sie las jeden einzelnen Artikel wieder und wieder. Es verletzte sie, daß Robert sie nicht eingeladen hatte. Selbstverständlich wäre eine Reise in die Schweiz teuer gewesen, doch sie hätte sie sich geleistet, um seinen ersten Auftritt zu erleben. Und wie ähnlich es ihm sah, gerade, wenn sie glaubte, auf dem besten Weg zu sein, den man in ihrem Alter beschreiten konnte, zu demonstrieren, daß er noch viel spektakulärer anfangen konnte. An der Spitze beginnen? Robert hatte Ausbildung nicht nötig, nein, Robert begann gleich mit einem Triumph.

Es war kleinlich, eine solche Eifersucht in sich aufkommen zu lassen, und es erinnerte sie unangenehm an das, was Käthe über ihr Bedürfnis gesagt hatte, mit Robert zu wetteifern. Aber sie konnte nicht anders. Gleichzeitig empfand sie einen warmen, glühenden Stolz; er war ihr bester Freund, ihr einziger Freund, und sie hatte nie daran gezweifelt, daß er ein Genie war. Doch er hätte das der Welt auch etwas später beweisen können, vorzugsweise nach ihrem eigenen Debüt.

Mit einemmal entdeckte Carla ihre Einsamkeit in Berlin. Die anderen Eleven an der Schauspielschule waren Bekannte, mehr nicht. Und seltsam, obwohl sie es als gräßlichen Zwang empfunden hatte, mit zwanzig anderen Mädchen in einem Saal schlafen zu müssen, war es eigenartig, nun keine Atemzüge mehr in der Nacht zu hören, wenn sie aufwachte und einige Zeit brauchte, bis sie sich erinnerte, wo sie sich befand. Ihr eigenes Zimmer in München hatte seine vertrauten Geräusche gehabt, das leise Knacken des alten Holzes, doch hier waren die Laute fremd; gelegentlich Automobile, Betrunkene, die an ihrem Fenster vorbeigingen, und ständig der schwache, aber nicht zu vertreibende Geruch nach Reinigungsmitteln aus Frau Pahlkes Waschküche.

Warum fiel ihr das alles erst jetzt auf?

Am nächsten Tag stürmte sie in das Sekretariat der Schule und bat um die Adresse eines Privatlehrers. Philipp hatte genügend Geld. Das Vorsprechen bei Renate Beuren erwies sich als noch härtere Prüfung als das vor dem Reinhardt-Komitee, weil sie überhaupt nichts sagte, sondern sich Lebensgeschichte und Monologe mit einer schweigenden Intensität anhörte, die Carla das Gefühl vermittelte, nackt ausgezogen zu sein. Überdies hingen überall an den Wänden alte Plakate von legendären Aufführungen, und die Frau bewegte sich mit dem Selbstbewußtsein einer Königin, die eine Audienz gab. Sie akzeptierte Carla schließlich, doch da sie immer noch nichts über das Vorsprechen sagte, wurde Carla das Gefühl nicht los, daß sie es vielleicht nur des Honorars wegen tat. Unter den Kritiken und Plakaten, welche die Wände schmückten, war keines jüngeren Datums.

Trotzdem, die Stunden bei Frau Beuren füllten zusammen mit dem normalen Unterricht den letzten Rest ihres Tages aus. Eigentlich kurios, wenn man bedachte, was für Vorstellungen die Leute vom Theater als Sündenpfuhl hatten, und hier lebte sie wie eine Nonne und war wirklich nicht die einzige; nur das Beten wurde durch Theaterbesuche ersetzt, denn die Schauspielschüler erhielten verbilligte Karten zu allen Reinhardtschen Theatern. Hinterher diskutierten sie alle hitzig über die Vorzüge und Schwächen jeder einzelnen Darstellung. Jedermanns größtes Idol war Werner Krauß, der sich von Rolle zu Rolle, von seiner Stimme angefangen bis zu seinem Körperbau, so verändern konnte, daß man glaubte, ein anderes Wesen vor sich zu haben. Bei den Schauspielerinnen spalteten sich die Parteien in Bergner- und Dorsch-Anhänger, und einer der gängigen Witze lautete, daß die Elisabeth-Bergner-Getreuen an ihren Zentimetern abgemessen werden konnten, während die Verehrer von Käthe Dorsch mit wuchtiger Stimme in den Himmel bauten, wie Egon, der kleingewachsene Anführer der Bergner-Partei, sich ausdrückte.

Die am meisten diskutierte Inszenierung war Erwin Piscators *Räuber* am Staatstheater. Piscator stellte mit seinen streng politisch ausgerichteten, modern gewandeten Aufführungen ohnehin den Gegenpol zu den Reinhardt-Bühnen dar, aber die *Räuber* wurden von denjenigen, die beides gesehen hatten, als direkte Antwort auf Reinhardts *Dantons Tod* vom Vorjahr verstanden.

»Bei Reinhardt hatten wir ein schauspielerisches Panorama, jede einzelne Szene wunderbar, aber kein politischer Zusammenhang, kein Konzept«, ereiferte sich einer, »Piscator dagegen zeigt uns, wie man aus einem Klassiker ein echtes Revolutionsstück machen kann. Er hat den Mut gehabt, die ganzen privaten, bürgerlichen Sentimentalitäten rauszuschmeißen. Und war es nicht genial, Spiegelberg als Kommandeur der Roten Armee und die Magistratsperson als Vertreter der Wehrmacht?«

»Aber die Räuber *sind* nun mal sentimental, und wenn du mich fragst, ein Karl Moor, der die ganze Zeit nur vor sich hin nuschelt, ist kein Karl Moor! Außerdem, wenn Piscator unbedingt den Eisenstein nachahmen will, warum schreibt er dann nicht den *Panzerkreuzer Potemkin* für die Bühne um, statt nur die Musik zu klauen und sie Schiller unterzujubeln?«

»Nur, weil der Meisel für beides komponiert hat, heißt das noch lange nicht…«

»Ach«, schnitt ihm eine Schauspielschülerin, die wie Carla aus dem Süden kam, ungeduldig das Wort ab, »geh mit deinem Piscator!«

Einige von Carlas Mitstudierenden, denen die häuslichen Mittel fehlten, waren darauf angewiesen, sich etwas dazuzuverdienen; vor allem die Männer entdeckten die Tanzcafés als zusätzliche Einkommensquelle, denn Tänzer waren dort gefragter als Kellner. Nach und nach entwickelte sich eines der Tanzcafés, Reutlinger, zu einem abendlichen Treffpunkt; die einen gingen hin, um zu arbeiten, die anderen, um sich etwas zu entspannen; außerdem entdeckten sie, daß der Geschäftsführer nicht undankbar dafür war, daß die Schauspielerinnen dabei halfen, den Altersdurchschnitt der weiblichen Gäste etwas nach unten zu drücken und das Ganze nicht so wie eine Trostvermittlung für Damen mittleren Alters wirken zu lassen. Ebendiese Damen fühlten sich dann bedeutend besser. Allerdings erwartete er auch, daß die Mädchen sich zurückzogen, wenn eine der regelmäßigen Besucherinnen des Tanzcafés einen der jungen Männer ins Auge faßte.

Carla war ursprünglich mitgegangen, weil sie schlecht schlief und das Zimmer von Frau Pahlke wahrlich keine wohnliche Idylle darstellte, aber sie entdeckte bald, daß es ihr Spaß machte, zu tanzen und sich in der leichtherzigen Kameradschaft von Gleichaltrigen gehenzulassen. Wenige von ihnen rechneten damit, die anderen nach Abschluß der Ausbildung noch wiederzusehen, und niemand war an dem familiären Hintergrund des anderen interessiert; genau das machte das Zusammensein für Carla so reizvoll. Später erschien ihr das als der Inbegriff ihrer ersten Berliner Zeit: in einem Tanzcafé zu sitzen, den Refrain eines Nonsens-Schlagers mitzusingen und über die Herren der Schöpfung zu lachen, die sich bemühen mußten, dabei ernst zu bleiben.

Lieber Sam – danke für die Einladung, aber ich kann hier nicht weg; jetzt, im zweiten Semester, geht es ans Eingemachte. Nächste Woche kommt Eduard von Winterstein, um mit uns zu arbeiten, und wenn wir sehr viel Glück haben, schaut der Professor auch einmal vorbei; nur weiß natürlich keiner, wann. Also bleibt keine Zeit, um Dich als Geist in Hamlet *zu bewundern. Außerdem zweifle ich daran, ob Du es gut aufnimmst, wenn ich hinterher »Oh schaudervoll, höchst schaudervoll« zu Dir sage.*

Robert war enttäuscht. Oh, der Geist war keine große Rolle; daher hatte er Dieter auch überreden können, ihn außerdem als Fortinbras einzusetzen, der allerdings auch nur zwei Szenen hatte, von denen eine dann auch noch Dieters Streichungen zum Opfer fiel. Der Geist und Fortinbras waren zusammen nur etwas mehr als zehn Minuten auf der Bühne, doch Jean-Pierre hatte ihm erlaubt, beim Gestalten des Bühnenbilds mitzuhelfen, und das war es, was er Carla hauptsächlich zeigen wollte. Bereits in dem zweiten Stück, in dem Dieter und Jean-Pierre ihn einsetzten, hatte er entdeckt, daß ihn die Probenarbeit und die Aufführungen nach der Premiere zu langweilen begannen. Gut, in diesem zweiten Stück, einer makabren Komödie, in der er den Gehilfen des Teufels (Jean-Pierre) spielte, der die Seele eines Geschäftsmannes (Dieter) entkommen ließ, war seine Rolle nicht so wichtig wie in *Jud Süß* gewesen, doch daran allein lag es nicht. Er brauchte schlicht und einfach eine neue Herausforderung. Dieter beim Regieführen zu beobachten war, nachdem das Stück einmal lief und die Kritiker ihn wieder »bemerkenswert« gefunden hatten, wesentlich interessanter, als seine Rolle zu spielen.

Er hatte nicht vergessen, wie er selbst bei all den Schulaufführungen die Möglichkeit genossen hatte, seine eigenen Vorstellungen von einem Stück durchzusetzen, nicht die von jemand anderem. Evi Kern hatte einmal, als sie sich außerhalb seiner Hörweite glaubte, zu Max gesagt, es sei ihrer Meinung nach unheimlich, daß die anderen Kinder sich von einem Gleichaltrigen so widerspruchslos herumkommandieren ließen, was Max zum Lachen brachte und zu der Bemerkung veranlaßte, die Kinder hielten Robert ohnehin für einen verkleideten Erwachsenen. In Wahrheit war es noch etwas einfacher. Max versuchte, in Lubeldorf ohne die herkömmlichen Schulmethoden auszukommen, daher war Robert der einzige gewesen, der sich in der Theatergruppe seinen Mitschülern gegenüber wie ein Herrscher benahm, dem gehorcht werden mußte, und sie hatten darauf reagiert.

Es war Robert durchaus klar, daß es bei einer richtigen Theatergruppe nicht so einfach werden würde, und daher beobachtete er Dieter sehr genau und fragte ihn aus, wann immer sich die Gelegenheit dazu ergab. Als das *Theater 22* an die Vorbereitungen für *Hamlet* ging, hatte er allerdings doch wieder eine größere Rolle erwartet und war enttäuscht gewesen, als er sich auf dem Besetzungszettel als Geist wiederfand.

»Warum kann ich nicht Laertes sein?« begehrte er auf.

»Weil das Ensemble es übelnehmen würde«, entgegnete Dieter ruhig. »Ich habe es dir von Anfang an gesagt, wir haben hier keine Schaustücke für einen Schauspieler, sondern ein Ensemble, und in diesem Ensemble bist du neu. Im übrigen könnte dir jetzt nichts Schlimmeres passieren als eine Reihe von Hauptrollen. Du würdest alles verlernen, was wir dir beigebracht haben, und nur noch dich selbst produzieren.«

Jean-Pierre war auch nicht nachgiebiger. »Es gibt keine kleinen Rollen, nur kleine Schauspieler.«

Robert dachte rebellisch, daß *Hamlet* für Jean-Pierre, der den Prinzen verkörpern würde, sehr wohl ein Schaustück war.

»Ich kann mir nicht vorstellen, daß du eine kleine… eine kurze Rolle übernimmst«, bemerkte er aufsässig.

Jean-Pierre lachte. »Oh, aber ich habe es getan, als ich in deinem Alter war, und glaub mir, wenn man bereits als Kind im Zentrum der Aufmerksamkeit gewesen ist, kommt einen das doppelt hart an. Außerdem, mon cher, wäre die Versuchung für mich sehr stark, dich in der Duellszene wirklich umzubringen, wenn du Laertes spieltest und nach der Uraufführung wieder schlampig wirst. Als Geist dagegen bist du vor mir sicher.«

Der Tadel war fein, aber unüberhörbar. Die Schwachstelle allerdings auch.

»Bin ich das?« fragte Robert mit hochgezogenen Brauen zurück, borgte sich einen der deutlichen Blicke des Herzogs aus und nutzte Jean-Pierres momentane Sprachlosigkeit zu einem bühnenreifen Abgang. Kurz danach bot ihm Jean-Pierre an, bei den Entwürfen für das Bühnenbild zu helfen, mit dem Kommentar, man dürfe ihn wohl nicht so beschäftigungslos herumlaufen lassen. Die Arbeit fesselte Robert, der immer gerne gezeichnet hatte und in diesen Wochen mehr über Perspektive und die Wirkung von Farben auf die Stimmung einer Szene lernte als in all den Jahren in der Schule. Die Quittung für seine Provokation erhielt er erst, als sich die *Hamlet*-Spielzeit ihrem Ende näherte und er glaubte, daß Jean-Pierre sie längst vergessen hätte.

Hamlet war ein weiterer Triumph für das *Theater 22* gewesen und das erste Mal, daß Robert Dieter und Jean-Pierre gleichzeitig auf dem Höhepunkt ihrer Fähigkeiten erlebte. Die Szenen, in denen sie als Claudius und Hamlet aufeinanderstießen, waren unvergeßlich, aber Robert begriff auch, was Dieter mit dem Ensemble gemeint hatte; die Spannung ließ nicht nach, auch wenn keiner von ihnen beiden auf der Bühne stand. Außerdem hatte es Dieter fertiggebracht, die Pausen zu umgehen, die sonst bei jedem Szenenwechsel von Hamlet entstanden, während die Dekoration verändert werden mußte; er nutzte die Beleuchtung und die von Jean-Pierre vorgeschlagenen, als Säulen fungierenden schiebbaren Trennwände, um den Ort des Geschehens zu wechseln. Ein Teil der Bühne lag stets völlig im Dunkeln, immer ein anderer Teil, außer bei den Massenszenen, und so war es Dieter gelungen, das Tempo enorm zu erhöhen. Einer der Kritiker schrieb, *Hamlet* sei hier endlich nicht mehr eine Abfolge von Historienbildern, sondern ein Kriminalstück, das es mit den Produktionen von Fritz Lang und Joe May auf der Leinwand sehr wohl aufnehmen könne.

Was Robert anging, so fand er den Geist mit seinen drei Auftritten, einer davon stumm, nur an einer Stelle schwierig. Er projizierte edles Leiden, bis Dieter kopfschüttelnd zu ihm sagte: »Junge, du stehst hier nicht vor einem Damenkränzchen, das auf eine Rezitation von Shakespeares besten Versen wartet. Das ist nicht nur irgendein Geist, sondern Hamlets Vater, der zu seinem Sohn spricht, seinem Sohn, der erfahren muß, wie man ihn hat elend sterben lassen.«

»*Ich bin deines Vaters Geist: Verdammt auf eine Zeit lang, nachts zu wandern/ und tags gebannt in ew'ge Feuerglut...*«, begann Robert noch einmal, leicht gepreßt, und zwar nicht, weil er nicht verstand, worauf Dieter hinauswollte. Er konnte die Beziehung zu seinem eigenen Leben herstellen, zu seinem Vater, den er verbannt und verdammt hatte, aber er weigerte sich, schob das Bild von Papa zurück, der von Kneipe zu Kneipe, von Hotelbar zu Hotelbar torkelte. Es war eine Sache, sich bei Carlas Vater einiges auszuleihen. Niemand hier kannte das alte Ungeheuer, und der Mann hatte ihm nichts bedeutet. Aber er beabsichtigte ganz gewiß nicht, jedem hier einen Spiegel seiner eigenen Seele in die Hand zu drücken.

»*Wenn du je deinen teuren Vater liebtest...*«, schloß er und sah bereits Dieters erneutes Kopfschütteln, ehe Jean-Pierre zu seinem Einsatz kam. Plötzlich zerriß etwas in ihm.

»*Wenn du je deinen teuren Vater liebtest...*«, wiederholte er, aber diesmal nicht edel oder leidend, sondern erbittert, rachsüchtig und etwas drohend, und während er es sagte, trat er aus seiner starren Pose heraus und ergriff mit einer heftigen Bewegung Jean-Pierres Kinn.

Jean-Pierre, der als Hamlet vor ihm kniete, geriet nicht aus dem Takt; er fiel genau mit der richtigen Erschütterung ein: »*Oh Himmel!*«

»*Räch' seinen schnöden, unerhörten Mord!*«

»Na also«, sagte Dieter. »Du kannst es doch. Behalte das bei, aber komm mir jetzt nicht damit, ins andere Extrem zu fallen und die ganze Morderzählung herunterzudonnern.«

Am Ende gab er einen Geist ab, der Dieter zufriedenstellte und die Kritiker ebenfalls, obwohl einer etwas besorgt anmerkte, der junge Herr König habe sich anscheinend auf ältere Männer spezialisiert. Doch Robert war froh, daß der Geist nur diese drei Auftritte hatte, und er schwor sich, nie Hamlet selbst zu spielen. Grübeleien über Mütter, die ihre Männer betrogen, fehlten ihm noch. Fortinbras war kein Problem, obwohl ihm eine Idee kam, wie man dessen heroisch-bedauernde Zeilen, die das Stück beschlossen, etwas interessanter gestalten konnte. Es war ihm nicht ganz ernst damit, aber er fragte Dieter, um dessen Reaktion zu erleben.

»Wenn er am Schluß sagt: *Geht, laßt die Truppen feuern* – wie wäre es, wenn Fortinbras da nicht den Salut für Hamlet anordnet, sondern den Befehl gibt, Horatio erschießen zu lassen? Ich meine, er *ist* ein Ursurpator, er hat gerade Dänemark erobert, und wenn er den letzten Überlebenden des alten Regimes aus dem Weg räumt, wäre das nur logisch. Und«, endete Robert mit einem spitzbübischen Grinsen, »ein echter Hammer!«

»Du hast eine blutrünstige Phantasie«, antwortete Dieter, aber er sagte es mit einem Lächeln und fuhr Robert mit einer zuneigungsvollen Geste durch die dichten, braunen Haare.

Hamlet lief bis weit in den Frühling hinein. Nach einer der letzten Vorstellungen lud ihn Jean-Pierre zu einem Essen im Retino ein und kam dort, während Robert mit seinem üblichen Appetit den Salat vertilgte, ohne Umschweife zur Sache.

»Bis zur Sommerpause haben wir noch zwei Stücke vor uns, und eines davon mit einer etwas größeren Rolle für dich«, sagte Jean-Pierre und nippte an seinem Rotwein, »aber du solltest dich jetzt schon nach einem neuen Engagement umsehen, wenn du mit der Schauspielerei weitermachen willst. Du bist sehr überzeugend, und ich bin sicher, es gelingt dir, den einen oder anderen Agenten hierherzuholen, damit er dich in *Frühlings Erwachen* sieht.«

Abrupt legte Robert seine Gabel nieder. »Ich verstehe«, erwiderte er eisig und wunderte sich über den Klumpen in seinem Hals. »Ihr wollt mich loswerden.«

Er verstand selbst nicht, warum das so weh tat, denn er hatte ganz gewiß nicht geplant, den Rest seines Lebens in diesem kleinen Theater unter lauter hinterwäldlerischen Schweizern zu verbringen. Wer waren sie schon, vor allem Jean-Pierre mit seinem aufgesetzten Franzosentum und seiner hessischen Herkunft? Es war ohnehin erstaunlich, daß er es hier so lange ausgehalten hatte.

»Glaub nicht, daß ich nicht weiß, weswegen«, fuhr er so bösartig wie möglich fort. »Du bist eifersüchtig auf mich, wegen des Herzogs und weil du Angst hast, Dieter könnte dich meinetwegen fallenlassen.«

»Grundgütiger«, sagte Jean-Pierre. »Du bist noch jünger, als ich gedacht hatte. Achtzehn war meine letzte Schätzung, aber ich fürchte, das war zu hoch gegriffen.«

»Zumindest habe ich es nicht nötig, ein Toupet zu tragen.«

»Mein lieber junger Freund«, Jean-Pierre lehnte sich etwas in seinem Stuhl zurück und verschränkte die Arme ineinander, »laß dir versichern, daß wir hier alle nur das Beste für dich wollen.«

»Deswegen werft ihr mich auch hinaus«, unterbrach Robert und war entsetzt, wie gekränkt statt sarkastisch sich das anhörte.

Jean-Pierre blieb unbeeindruckt. »Ganz richtig. Was den beruflichen Aspekt angeht – eine Saison lang bist du ein Phänomen. In der nächsten werden dich die Kritiker zerreißen und alle nur auf dem Refrain herumhacken, daß du schon einmal besser warst, und du wirst es uns übelnehmen, wenn wir dich nicht jedesmal als Sensation präsentieren. Aber dazu kommt, daß du eine wandelnde Granate bist, die einem jederzeit in der Hand explodieren kann.«

Robert rümpfte verächtlich die Nase und öffnete den Mund zu einer hitzigen Entgegnung, doch Jean-Pierre hob die Hand. Seine dunklen Augen ließen Robert nicht los, als er hinzufügte: »Weder Dieter noch ich sind völlig immun gegenüber der Tatsache, daß uns ein reizvoller junger Teddybär vor die Tür geschneit ist, der sich für Josef Kainz hält. Aber du, mon cher, bist schlicht und einfach noch nicht reif dafür, daß man sich mit dir einläßt. Du kokettierst, und du suchst einen Vater, und beides zusammen ist eine verhängnisvolle Kombination, auf die man sich nicht einläßt, wenn man seinen Verstand noch beisammen hat.«

»Ich suche keinen Vater!« stieß Robert hervor, bemerkte, daß er fast schrie und die übrigen Gäste sich zu ihm umdrehten, und senkte seine Stimme etwas. »Väter sind das einzige, von dem ich wirklich genug und immer viel zuviel hatte.«

Jean-Pierre legte ihm eine Hand auf den Arm, beruhigend, und zu seinem leicht spöttischen Tonfall trat ein gewisses Mitgefühl.

»Aber offenbar war keiner von ihnen wirklich zufriedenstellend, und das ist das Problem. Wir können mit einem Kind zurechtkommen, das einen Vater sucht, oder mit einem jungen Mann auf der Suche nach einem Liebhaber, aber ganz bestimmt nicht mit beiden gleichzeitig.«

So auseinandergenommen und seziert zu werden war unerträglich.

»Leck mich«, sagte Robert, zitternd vor Wut.

»Das werde ich, früher oder später«, entgegnete Jean-Pierre lächelnd. »Wenn du erwachsen geworden bist, komme ich auf das Angebot zurück. Und jetzt iß deinen Teller auf, der Kellner wartet schon mit der Suppe. Oder fühlst du dich nicht in der Lage, ein kultiviertes Abendessen durchzustehen und dich danach wie ein zivilisierter Mensch zu verabschieden?«

In Roberts Blick lag reine Mordlust, aber er stieß seine Gabel in das letzte große Salatblatt.

7. Kapitel

Eine leichte Brise strich über die Menschen hinweg, die durch den Englischen Garten spazierten, und löste die warme, dumpfige Sommerluft etwas auf. Man konnte das Gras riechen, das bald wieder geschnitten werden mußte, dachte Käthe abwesend, während sie neben Martin Goldmann am See entlangspazierte. Er erzählte ihr mit einer Mischung aus Stolz und Frustration, daß Robert nach einer glanzvollen Saison in der Schweiz nun wieder nach München zurückkomme, hoffentlich gesättigt an theatralischen Erfahrungen. Zumindest erwähne er in seinem letzten Brief nichts von einer neuen Verpflichtung, und daraus könne man doch wohl schlußfolgern, daß er sich die Hörner abgestoßen habe.

Käthe machte ein skeptisches Gesicht. »Wenn Sie ihn wirklich entmutigen wollen, dann verstecken Sie um Himmels willen das Album mit den Artikeln, und tun Sie so, als sei er gerade erst aus der Schule gekommen, ohne ihm eine einzige Frage über die Schweiz zu stellen.« Sie seufzte. »Aber selbst falls Sie das fertigbringen, bezweifle ich, daß es wirkt. Carla ist im Herbst mit ihrem Ausbildungsjahr fertig. Dann wird sie wohl versuchen, ein Engagement zu bekommen, und wie Sie wissen, befinden wir uns mit diesen beiden da in einem Teufelskreis.«

»Ich mache mir Sorgen um Carla«, fügte sie nach einer Weile hinzu, in der sie einträchtig nebeneinander hergegangen waren. Ihre wöchentlichen Treffen mit Dr. Goldmann würden ihr fehlen, wenn sie München verließ, und dazu war sie fest entschlossen. Sie brauchte nur noch eine feste Anstellung bei irgendeiner Berliner Zeitung.

»Schreibt sie Ihnen wieder?«

»Ja. Frostige, kleine Briefe. Früher habe ich mir immer wieder gesagt, wie töricht es sei, sein Herz an ein Kind zu hängen, das nicht das eigene ist. Ich hätte auf mich hören sollen.«

Ihr Satz war kaum verklungen, da erkannte sie die Taktlosigkeit, die man daraus entnehmen konnte. »Ich wollte nicht ...«

»Schon gut«, sagte Dr. Goldmann besänftigend. »Es stimmt natürlich. Aber ich habe Robert nie als ein fremdes Kind empfunden, von dem Moment an nicht, als seine Mutter mit ihm meine Praxis betrat, weil sie sich während ihres Besuches in München den Fuß verstaucht hatte. Er ...«

»Ich weiß«, unterbrach ihn Käthe nicht unfreundlich, aber bestimmt. »Sie haben mir die Geschichte schon ein paarmal erzählt.«

Dr. Goldmann lachte. »Nun ja, mit einem Wunderkind gibt man eben gerne an.«

Ein kleiner Hund kam auf sie zugerannt, den seine Besitzerin gerade von der Leine gelöst hatte. Übermütig in seiner unerwarteten Freiheit, verheddere er sich in Käthes altmodischem langen Rock. Es dauerte eine Weile, bis das kläffende Knäuel sich mit Dr. Goldmanns Hilfe entwirrte und weiterlief. Käthe dankte ihm, dann bemerkte sie:

»Sie werden mir bestimmt nicht glauben, aber meiner Meinung nach ist Robert kein Wunderkind. Ich habe ihn immerhin monatelang unterrichtet. Er hatte damals einen immensen Wortschatz und ein beeindruckendes Gedächtnis, und er war selbstsicherer als jedes andere Kind in diesem Alter, aber darüber hinaus? Für neue Lektionen brauchte er genauso lange wie Carla, und ich habe sie nie als Wunderkind gesehen. Als sehr intelligent, ja, aber nicht als genial. Und dann hatte er entsetzliche Wissenslücken in allen Naturwissenschaften. Vermutlich hat er die jetzt auch noch, denn auf diesen Gebieten war er regelrecht schwerfällig.«

»Ich habe nie behauptet, daß er auf allen Gebieten ein Genie ...«, begann Dr. Goldmann indigniert. Käthe kam ein Verdacht.

»Martin, Sie waren doch nicht etwa der erste, der ihm eingeredet hat, er sei eins, oder?«

Ihr Begleiter antwortete nicht, und Käthe unterdrückte ein weiteres Seufzen. Die Sonne ließ die Bäume bereits lange Schatten ins Gras und auf die Spazierwege werfen, doch an diesem Spätnachmittag brannte sie ihr immer noch ins Gesicht, und sie wünschte, sie hätte einen Schirm wie einige der älteren Damen, die wie sie am See entlang promenierten. Natürlich war ein Schirm ein bürgerliches Relikt, doch im Sommer unbestreitbar nützlich, und sie hatte sich nie an die Manie der letzten Jahre, soviel Haut wie möglich der Sonne auszusetzen, gewöhnen können.

»Auch wenn ich nichts gesagt hätte, wäre es für jedermann offensichtlich gewesen, daß sie kein gewöhnliches Kind vor sich hatten«, beharrte Martin Goldmann störrisch. »Das hätte er auch nie sein können. Wissen Sie, seine Mutter hat ihn nie wie ein Kind behandelt. Sie war eine erstaunliche Frau. ›Ich möchte nicht, daß irgend jemand ihm diese scheußlichen Kleinkindidiotien beibringt‹, pflegte sie zu sagen. ›Kein Gutzigutzi oder ähnliches Gerede. Er wird von Anfang an lernen, richtig zu sprechen.‹«

»Lassen Sie mich raten«, warf Käthe, deren weibliche Solidarität mit der verstorbenen Barbara König in diesem Moment auf ein Minimum gesunken war, scharf ein. »Wenn das Kind nicht richtig gesprochen hat, wurde es ignoriert.«

»Aber es *hat* richtig gesprochen! Immer.«

Wider Willen stieg eine Erinnerung in ihm auf, etwas, woran er jahrelang nicht mehr gedacht hatte: Barbara, die darauf bestand, daß Robert Klavier lernte, als er vier war. Der Junge zeigte kein echtes Talent dafür, und eines Tages, als die Klavierlehrerin und er sich gegenseitig zur Verzweiflung getrieben hatten, rannte er auf den Balkon im vierten Stock des Hauses, in dem sie wohnten, hinaus, kletterte auf das Geländer und drohte hinunterzuspringen. Die entsetzte Klavierlehrerin holte seine Mutter, als sie ihn nicht selbst überreden konnte herunterzukommen. Barbara, so hatte die Klavierlehrerin später erzählt, hatte, statt ihr Kind zu beschwichtigen, nur laut und deutlich mit einem strengen Blick auf Robert gesagt: »Wenn er springen will, dann lassen Sie ihn springen.« Daraufhin war Robert kleinlaut von dem Geländer heruntergeklettert. Es war immer eine Anekdote über seine Eigenwilligkeit und Exzentrizität gewesen, doch nun, unter Käthe Brods aufmerksamen blauen Augen, nahm sie eine andere Färbung an und verlor jede Komik. Es stimmte. Barbara hatte ihren Sohn geliebt, aber sie hatte nie einen Zweifel an dem gelassen, was sie von ihm erwartete. Vielleicht hatten Rainer und er deswegen so sehr dazu geneigt, den Jungen zu verwöhnen.

Wie auch immer, dachte Dr. Goldmann, es ist sinnlos, jetzt noch über das Vergangene nachzugrübeln. »Wie stehen Sie eigentlich zu den Nachrichten aus Rußland, Käthe?« erkundigte er sich, bemüht, das Thema zu wechseln, und bereit, dafür sogar eine politische Diskussion mit ihr anzufangen. »Ich mag ja nicht so gut informiert sein wie Sie, aber soweit ich weiß, kritisiert Trotzki Stalins Wirtschaftsprogramm und die zunehmende Bürokratisierung immer heftiger. Das wollte ich Sie schon immer fragen«, fuhr er in einem leicht neckenden Tonfall fort, »auf wessen Seite stehen Sie eigentlich? Stalin oder Trotzki? Abgeschlossene Revolution in einem Land oder permanente Revolution in allen Ländern? Dieser Tage muß es schwer sein, als Kommunist einer klaren Parteilinie zu folgen.«

»Lachen Sie nur. Wenn wir hier seit 1918 eine permanente Revolution hätten, dann gäbe es solche Erscheinungen wie diese unsäglichen Nationalsozialisten nicht, die Monarchisten wären längst entmachtet, und die Fememorde hätten nie begangen werden können.«

Mit ihren erhitzten Wangen und dem von der Brise etwas in Unordnung gebrachten Haar sah sie jünger aus, und einen Moment lang fragte sich Dr. Goldmann, was wohl geschehen wäre, wenn er sie früher kennengelernt hätte. Dann ging der Augenblick vorbei, und er entgegnete, immer noch neckend:

»Aber Sie wollen mir doch nicht erzählen, daß die Bolschewisten keine politischen Morde begangen hätten. Ich bitte Sie.«

Natürlich, dachte Käthe, nun kam wieder das Lieblingsargument aller Bürgerlichen. »Bevor Sie sentimentale Klagen über die arme ermordete Zarenfamilie anstimmen, darf ich Sie daran erinnern, wie derselbe Zar vor dem Winterpalast auf eine unbewaffnete Menge von Arbeitern, Frauen und Kindern schießen ließ, die nichts anderes wollten, als ihn um Hilfe bitten. Es ist immer das gleiche. Jeder ist gerührt über tote Prinzessinnen, die ihr Leben in Luxus und Privilegien verbracht haben, aber die vielen Toten, die auf das Gewissen der Fürsten gehen, die vergißt man.«

»Ja, aber sehen Sie«, entgegnete Dr. Goldmann ernst, ohne weiter den Versuch zu machen, ihr Gespräch ins Heitere zu wenden, »ich finde, daß man um beide trauern sollte. Um die toten Arbeiterkinder und die toten Prinzessinnen. Sie tun mir unrecht, wenn Sie glauben, daß ich ein Leben als wertvoller als das andere betrachte, doch das gilt auch im umgekehrten Fall. Deswegen bin ich Arzt.«

Sie blieb stehen und betrachtete ihn nachdenklich. Sie ordnete

Martin Goldmann nicht mehr als oberflächlichen Lebemann ein, wie sie das zu Beginn ihrer Bekanntschaft mit ihm getan hatte, doch der Idealismus, der in ihm steckte, war ihr bisher entgangen.

»Noch eine Revolution«, antwortete sie versöhnlich, »dann sehen nicht nur Sie jedes Leben als gleich wertvoll an.«

Er lächelte. »Im übrigen können Sie mir nicht erzählen, daß Sie nichts für Prinzessinnen übrig haben. Sonst hätten Sie nicht jahrelang eine unterrichtet, in einem finsteren kapitalistischen Reich, das von einem bösen König regiert wurde, der ebenfalls ein paar Leben auf dem Gewissen hatte. Vielleicht nicht so viele wie der Zar, aber…«

Überrascht, daß er das auch so sah, beendete Käthe seinen Satz für ihn: »…bei den Profiten, die er aus seinen Kriegslieferungen geschlagen hat, waren es sicher fast so viele.«

»Ich dachte nicht an seine Kriegsgewinne«, entgegnete Dr. Goldmann, ehe er sich eines Besseren besann und sich auf die Zunge biß. Er wollte heute keine weitere ideologische Auseinandersetzung mehr riskieren, doch wenn sie darauf bestand, mußte er sie darauf hinweisen, daß die Armee nun einmal beliefert werden mußte, ob nun von Heinrich Fehr oder einem anderen, das blieb sich gleich.

»Ja, an was denn dann?«

Nun war es an Martin Goldmann, verblüfft zu reagieren. »An seine Ehefrauen natürlich.«

Sie schaute ihn ratlos an, dann veränderte sich ihr Gesichtsausdruck, und sie atmete so plötzlich tief ein, daß Dr. Goldmann eine Hand ausstreckte, um ihren Arm festzuhalten.

»Sie wußten es nicht?« fragte er, immer noch verwundert. Käthe schüttelte stumm den Kopf.

»Er hat sie alle beide getötet. Bei Angharad kann ich es natürlich nicht hundertprozentig beschwören, aber sie wollte ihn verlassen, um wieder auf die Bühne zurückzukehren, und er glaubte, zu Unrecht übrigens, sie betrüge ihn. Bei dem jungen Ding, das er dann geheiratet hat, war es offensichtlich. Pöhner saß damals noch im Polizeipräsidium, und Fehr war einflußreich und finanzstark genug, um sich einen Fememord zu bestellen. Aber wie kommt es, daß Sie das nicht gewußt haben? Hat das Mädchen nie mit Ihnen darüber gesprochen?«

Der letzte Rest von Farbe wich aus ihren Wangen. »Nein«, flüsterte sie. Ihr Arm unter Dr. Goldmanns Hand zitterte. Seit dem Tag des fehlgeschlagenen Putsches hatte er Fräulein Brod nicht mehr in einem solchen Zustand erlebt. Ohne noch länger zu zögern, führte er sie zur nächsten Bank und brachte sie dazu, sich hinzusetzen.

»Danke, es geht schon wieder«, wehrte Käthe ab, als er mit einem Taschentuch, das er in den See getaucht hatte, wieder zurückkam. »Ich bin nur ... Martin, wenn ich Sie das nächste Mal naiv nenne, erinnern Sie mich bitte an diesen Tag. Ich habe es wirklich nicht gewußt, und das macht mich zu einer völligen Versagerin, nicht wahr? Kein Wunder, daß Carla an dem Abend so geschrien hat. Allmächtiger. Wenn ich das gewußt hätte – ich hätte sie doch nie allein gelassen.«

»Da hatten Sie keine Wahl«, sagte Martin Goldmann beschwichtigend. »Sie sind nicht freiwillig gegangen, Sie sind entlassen worden. Sie haben Ihr Bestes getan.«

»Allmächtiger«, wiederholte Käthe, und da erst setzte ihr Verstand wieder ein und erinnerte sie daran, daß ihr Vokabular ihren Überzeugungen hinterherhinkte. »Ich glaube selbstverständlich nicht mehr an Gott«, sagte sie zusammenhanglos und noch immer schockiert, »aber die Redewendungen, sie haften einfach in einem fest.«

»Ja, ich weiß. Mir geht es auch so«, stimmte Dr. Goldmann zu. Um sie abzulenken, fuhr er fort: »Ich war vermutlich seit meiner Kindheit nicht mehr in einer Synagoge, aber während des letzten Kriegsjahres, als mir ein verstümmelter Soldat nach dem anderen gebracht wurde, und dann während der Gasangriffe, da merkte ich auf einmal, wie ich das Nachtgebet vor mich hin sprach, immer wieder, wie einen schützenden Zauberspruch. *Siehe, da ist Salomons Lager. Drei Reihen von Helden stehen ringsum.«*

»*Jeder hat sein Schwert an seiner Hüfte, den König zu schützen gegen die Schrecken der Nacht«,* vollendete Käthe mechanisch. Er wartete darauf, daß sie verlegen hinzufügte, dieser Rückfall in kindliche Gewohnheiten ändere nichts an ihren Überzeugungen, doch offenbar traute sie ihm das Wissen zu, daß sich das von selbst verstand. Dann überraschte sie ihn von neuem, diesmal mit einem scheuen Lächeln.

»Sie sind ein lieber Mensch, Martin.«

Mit Renate Beuren zu arbeiten unterschied sich von den regulären Stunden und allem anderen Unterricht, den Carla je erfahren hatte. Zunächst einmal entschlüpfte Frau Beuren nie, niemals ein Lob. Es gab nur einen Hinweis, an dem man erkennen konnte, etwas richtig gemacht zu haben; wenn sie guter Laune war, erzählte sie Geschichten aus ihren Theatertagen, und wenn sie sehr guter Laune war, fügte sie etwas Klatsch hinzu. Allerdings kam es erst dazu, wenn die Stunden, für die sie bezahlt wurde, vorbei waren, und daran konnte Carla ermessen, wie Renate Beuren ihre Leistung bewertete.

Sie wußte nicht, ob sie Sympathie für Frau Beuren empfand. Wenn die alte Schauspielerin aufbrausend gewesen wäre, wie einige ihrer Lehrerinnen in Hohencrem, dann hätte Carla sich entweder für Rebellion oder für kalten Widerstand entscheiden können. Doch die Kritik ihrer Lehrerin äußerte sich immer in knappen, treffenden Bemerkungen, niemals laut oder überflüssig wortreich. Renate Beuren kam ihr wie ein Vogel vor, der einen Baumstamm von Käfern befreite. Das kurze, tief in die Rinde eindringende Picken mußte schmerzhaft sein, doch letztendlich half es dem Baum. Es förderte allerdings auch kaum freundschaftliche Wärme.

Von Frau Beuren ein Glas Limonade serviert zu bekommen war daher ein höchst ungewöhnliches Ereignis, trotz der Sommerhitze, und Carla fühlte sich ermutigt genug, um zu erzählen, wie enttäuscht die Eleven der Schauspielschule gewesen seien, die sich keine Sommerkurse leisten konnten, weil Max Reinhardt immer noch in Amerika war und erst im August zurückkehren würde.

»Ja«, kommentierte Renate Beuren, »es heißt, er würde dort über eine Verfilmung des *Mirakels* verhandeln. Was für ein Unsinn. Filme sind das Reservoir der Untalentierten. Max sollte die Finger davon lassen.«

Hätte es sich um Käthe gehandelt, so wäre das jetzt für Carla das Signal für eine Diskussion gewesen. Doch sie fühlte sich Frau Beuren einfach nicht nahe genug, um ihre Vorliebe für das Kino zu offenbaren, beschränkte sich daher darauf, sie über Max Reinhardt auszuhorchen, und erkundigte sich, worin der Meinung ihrer Lehrerin nach das Geheimnis von Max Reinhardts Regie läge. Renate Beuren legte den Kopf schief, und ihr Gesicht nahm einen fast verträumten Ausdruck an.

»In seinem Enthusiasmus. Er hat die seltene Gabe, Begeisterung vermitteln zu können, ohne die Kontrolle zu verlieren. Ich habe erlebt, wie er Pallenberg die gleiche Szene ein paarmal spielen ließ, nicht weil ihn etwas daran störte, sondern weil er Pallenbergs Darstellung so bewunderte. Was, nebenbei bemerkt, verständlich war; nichts ist so selten wie ein wirklich guter komischer Schauspieler. Es ist leichter, tragisch zu sein, das werden Sie noch merken. Jedenfalls ließ er sich die Schülerszene wiederholen und wiederholen und lachte jedesmal darüber. Und er arbeitet mit jedem seiner Darsteller; er hat einen Blick für die Stärken und Schwächen, wie ich ihn noch bei niemandem sonst erlebt habe. Außer«, fügte sie etwas boshaft hinzu, »bei der Thimig, versteht sich. Die arme Helene.«

Carla unterdrückte ein Lächeln. Wenn Frau Beuren zum Klatsch überging, mußte ihre Stunde wirklich sehr gut verlaufen sein.

»Lassen Sie sich das eine Warnung sein, und fangen Sie nie eine Affäre mit dem Theaterdirektor an. Die gute Helene hätte das Zeug zu wesentlich mehr, doch seit Jahren darf sie nur unschuldige, reine Jungfrauen oder unschuldige, reine Gattinnen verkörpern, und allmählich wird sie zu alt dafür. Sie müssen sie einmal als Glauben im *Jedermann* sehen, dann wissen Sie, wie Max sie am liebsten immer präsentieren würde. Die Frau, die jedermann am liebsten – zur Schwester hätte.«

Sie machte eine kunstvolle Pause, und Carla schoß es unwillkürlich durch den Kopf, daß Renate Beuren brillant in den Gesellschaftskomödien von Oscar Wilde oder Carl Sternheim gewesen sein mußte. Das war die Stelle, wo das Publikum lachte, und ihr Zeitgefühl ließ sie nicht im Stich, die Pause wurde nicht lange genug, um effekthaschend zu wirken.

»Von Jungfrauen und Glaubensallegorien direkt ins Mütterfach überzugehen mag vielleicht zu verschmerzen sein, wenn man dafür die Gastgeberin in einem Schloß spielen darf, aber das hat ihr eine böse Fee ja ebenfalls verscherzt. Wissen Sie, mein Kind, Else Heims war eine hervorragende Minna von Barnhelm und eine passable Alkmene, aber als rachsüchtige Ehefrau bleibt sie ungeschlagen.«

Sie trank von ihrer Limonade. »Eine unendlich ergiebigere Rolle als die ewige Jungfrau, wenn Sie mich fragen.«

Diesmal konnte sich Carla nicht mehr zurückhalten; sie lachte, leise und kultiviert, wie sie es hier im Laufe des letzten Jahres gelernt hatte. Renate Beuren schenkte ihr ein mokantes Lächeln.

»Es ist das beliebteste Ratespiel seit Jahren«, sagte sie. »Wann wird Max Reinhardt eine Scheidung durchsetzen, die von den Anwälten seiner Frau nicht sofort wieder für ungültig erklärt werden kann? Werden er und die Thimig zum Altar schreiten können, ehe aus der schönen Helene die ehrwürdige Antiklea geworden ist? Aber dieser Lohengrin hat eine Elsa, die ihn gewiß nicht loslassen wird, mit Schwan oder ohne. Wenn die Heims auch nur ein Drittel der Energie, mit der sie sich seit all den Jahren gegen die Scheidung wehrt, in ihre Darstellungen gesteckt hätte, dann wäre sie heute berühmter als die Duse, und uns, meine Liebe, würde es entschieden an Gesprächsstoff mangeln.«

»Besser ein Skandal sein als überhaupt kein Thema«, steuerte Carla bei, wie sie es in einem Gespräch mit einem ihrer Altersgenossen getan hätte, und wurde sich erst danach des Risikos bewußt. Daß Frau Beuren in ihrer Gegenwart über Max Reinhardts Geliebte und seine Ehefrau herzog, bedeutete noch lange nicht, daß man ihr das gleiche gestattete.

Die alte Dame erwiderte nichts, sondern musterte sie mit hochgezogenen Augenbrauen, doch sie dachte nicht daran, jetzt zu kuschen. Oder sollte das wieder eine der Prüfungen ihrer Standfestigkeit sein, denen sie Renate Beuren manchmal unterzog? Ohne den Blick zu senken, schaute sie zurück; mittlerweile war sie daran gewöhnt, in der Regel keine Brille zu tragen, und ihre Augen hefteten sich an das nächste Objekt vor dem verschwimmenden Hintergrund: Renate Beurens undurchdringliches Gesicht.

»In der Tat«, sagte die Schauspielerin schließlich ruhig. Die Limonade schmeckte etwas zu süß, als Carla erneut von ihr trank.

»Ich habe Frau Heims nie auf der Bühne erlebt«, meinte sie dann, um zu zeigen, daß sie immer noch nicht eingeschüchtert war, und weil es sie wirklich interessierte. »Ist sie Ihrer Meinung nach eine bessere oder eine schlechtere Schauspielerin als Frau Thimig?«

»Eine andere. Damit wir uns nicht mißverstehen – Zerbrechlichkeit, Reinheit und Unschuld zu verkörpern ist harte Arbeit und ganz und gar nicht einfach. Die Heims ist mehr der junonische Typ, herber, aber auf geistreiche Art. Übrigens werden Sie wohl kaum Gelegenheit haben, sie spielen zu sehen, wenn Sie nicht in die Provinz gehen, sie wird nämlich schon seit Jahren von den großen Bühnen boykottiert. Ich weiß nie, ob ich es bewundernswert oder töricht finde, lieber einen Ausschluß von den ersten Bühnen des Landes in Kauf zu nehmen, als mich scheiden zu lassen. Was meinen Sie?«

»Töricht«, antwortete Carla, ohne zu zögern, und fügte mit der Selbstgewißheit der Jugend hinzu: »Ich würde mich nie eines Mannes wegen von der Bühne fernhalten lassen.«

»Hmmm. Noch nicht einmal, wenn Sie ihn und Ihre Rivalin dadurch gründlich demütigen könnten? Bedenken Sie, die Thimig kann auf keinen offiziellen Empfängen neben Reinhardt sitzen, sie muß jedesmal so tun, als ob sie Schloß Leopoldskron wieder verließe, statt die Gäste bis zur Tür zu bringen, und sollte Max je das Interesse verlieren, dann wird sie noch nicht einmal Anspruch auf Unterhalt als Trost haben.«

»Ich habe schon verstanden«, sagte Carla, und der Schalk tanzte in ihren Augen. »Keine ernsthaften Affären oder Ehen mit Theaterdirektoren.« Sie machte die gleiche Kunstpause wie Frau Beuren. »Wenn sie mehr als ein Theater haben.«

»*Das ist der Weisheit letzter Schluß*«, stimmte Renate Beuren zu, und Carla ergänzte, nun sicher, daß ihre Lehrerin heute zugänglich genug war, um ihr eigentliches Anliegen zu erörtern: »*Nur der verdient sich Freiheit wie das Leben/ der täglich sie erobern muß!*«

»Grundgütiger, wenn jemand aus dem Faust zitiert, dann wird es ernst. Was haben Sie auf dem Herzen?«

Renate Beuren hörte aufmerksam zu, während Carla ihr von dem Dilemma erzählte, in dem sie steckte. Sie konnte im Herbst entweder beim Deutschen Theater anfangen, allerdings nur als Statistin, oder sich einer kleinen Bühne in Nürnberg anschließen, wo sie immerhin eine Garantie auf Sprechrollen haben würde.

»Nun, beides wäre gut für Sie. Selbst wenn Sie nur beim *Ödipus* im Chor lamentieren oder als Elfe im Sommernachtstraum herumhüpfen, werden Sie Max und seine Recken bei der Arbeit erleben. Allerdings dürften Sie sich dann keine Illusionen machen, daß ein Wunder geschieht und er in Ihnen die nächste Gertrud Eysoldt entdeckt. So etwas passiert nicht. Es werden auch nicht auf einmal sämtliche Hauptdarstellerinnen und ihre zweiten Besetzungen an Ruhr erkranken, so daß Sie einspringen können. Wenn Sie sich vor derartigen Erwartungen hüten, dann werden Sie auch als Teil der Masse im Deutschen Theater eine Menge lernen. Aber Provinztheater ist eine noch härtere Schmiede, auch wenn Sie nur zehn Zeilen Text in einem Stück haben, und dort ist der Weg zu einer größeren Rolle erheblich kürzer. Allerdings droht am Himmel die Gefahr, zum Liebling der Kleinstadt zu werden und sich damit zufriedenzugeben. Und zu guter Letzt gibt es noch eine Möglichkeit. Sie könnten hierbleiben und sich noch ein Jahr ausbilden lassen. Wie eilig haben Sie es?«

»Sehr eilig«, entgegnete Carla, »und ich werde mich nie mit etwas Mittelmäßigem zufriedengeben.«

»Warten wir's ab.«

Ehe sie ihren Koffer für Nürnberg packen konnte, um dort nach einem Zimmer für den Herbst zu suchen, denn ein zweites Mal verließ sie sich nicht mehr auf eine Anzeige, erhielt sie ein Telegramm von Robert. Er war erst vor einer Woche nach München zurückgekehrt und kündigte seinen Besuch in Berlin an. Während sie am Bahnsteig auf seinen Zug wartete, hörte Carla eine vage vertraute Stimme rufen:

»Na, so was! Fehr!«

Sie drehte sich um und sah eine elegante junge Dame, die am Arm eines älteren Herrn auf sie zuging. Einen Moment lang entfiel ihr der Name, weil die Schuluniform fehlte, dann wußte sie wieder, wen sie vor sich hatte: die Antwolfen. Doch außerhalb der Schule sprach man sich nicht mit dem Nachnamen an. Carla zerbrach sich den Kopf nach dem Vornamen der Antwolfen, und dabei wurde ihr bewußt, daß man auch Dienstboten bei ihrem Familiennamen rief, und sie fragte sich, ob der Antwolfen – Monika, das war es, Monika – wirklich ihr Name nicht eingefallen war.

»Papa«, sagte die Antwolfen mit zuckersüßer Stimme, »das ist die Fehr, aus meiner Schule.«

Carla lächelte ihr gewinnendstes Lächeln und stellte innerlich die Stacheln auf. »Es freut mich sehr, Sie kennenzulernen, Herr von Antwolfen«, sagte sie. »*Monika* hat mir so viel von Ihnen erzählt. Sie war immer so heimwehkrank und weinte vor Sehnsucht nach ihrem Zuhause.«

Die Lüge war um so hinterhältiger, als die Antwolfen als Zimmerälteste diejenigen Mädchen, die weinten, immer barsch zurechtgewiesen und fast so oft wie die Lehrerinnen den Wert preußischer Disziplin gerühmt hatte. Ihre herablassende Miene gefror, während ihr Vater deutlich verwundert dreinblickte. Allerdings fing sie sich sofort wieder.

»Du mußt nichts darauf geben, was Carla so erzählt«, sagte Monika von Antwolfen leichthin. »Sie hat eine Vorliebe für Märchen. Besonders russische Märchen, nicht wahr, Carla?«

Ehe Carla zu einer Antwort kam, fuhr der Zug ein, und das Kreischen der Scharniere, der entweichende Dampf übertönten, was Herr von Antwolfen entgegnete. Carla reckte den Hals, aber sie mußte nicht lange warten. Es sah Robert ähnlich, die erste Klasse zu nehmen. Er sprang aus dem vordersten Wagen, doch noch ehe er dem erstbesten Gepäckträger seinen Koffer aufladen konnte, rief Carla mit der Bühnensprechstimme, die aus dem Zwerchfell kam, wie sie es oft genug geübt hatte:

»Bobby! Liebling!«

Er sah sie und reagierte sofort. Der Koffer landete unzeremoniös auf dem Boden, während Robert die Arme öffnete und ebenso laut zurückrief: »Stasi! Duschka!«

Carla lief auf ihn zu und umarmte ihn. Nach ihrer letzten Messung war sie einen Meter vierundsiebzig groß und damit sehr zufrieden, doch Robert, der bald die zwei Meter erreichte, überragte sie genug, damit sie in der besten Filmpose die Arme um seinen Hals schlingen konnte und dabei klein aussah. Um die Antwolfen und ihren Vater vollends zu schockieren, flüsterte sie hastig, er solle sie küssen. Das Wunderbare an Robert war, daß er für so etwas keine Erklärungen brauchte. Er tat es einfach und war, wie Carla etwas atemlos feststellte, als er sie wieder losließ, sehr gut darin. Seine Zeit in der Schweiz hatte ihm in dieser Hinsicht offenbar mehr gebracht als ihr die gelegentlichen ungeschickten Annäherungsversuche ihrer Mitschüler.

Sie drehte sich um, während Roberts Arm noch immer um ihre Taille lag, und registrierte mit Befriedigung, daß die Antwolfen zur Salzsäule erstarrt war. Ihr Vater wirkte allerdings nur belustigt. Eng an Robert geschmiegt, kehrte sie zu ihnen zurück und sagte:

»Monika, darf ich dir meinen Verlobten vorstellen – Bobby? Du wirst dich sicher noch an ihn erinnern können.«

»Ja. Die hessische Linie«, entgegnete die Antwolfen eisig.

Robert lächelte sie an. »Aber wir sind uns noch nicht begegnet«, meinte er mit einem leichten russischen Akzent, »denn das Antlitz von bezaubernde junge Fräulein wäre mir unvergeßlich.«

Die Antwolfen gab ein empörtes Schnauben von sich, packte den Arm ihres Vaters etwas fester und zerrte ihn auf den Zug zu. Zwei schwer beladene Gepäckträger folgten ihnen, was Carla daran erinnerte, sich nach Roberts Koffer umzuschauen. Er lag noch dort, wo Robert ihn hatte fallen lassen.

»Du bist ein Schatz«, sagte sie, während Robert ihn aufhob und sie sich auf den Weg machten. »Ich hätte nicht gedacht, daß ich die dumme Ziege je wiedersehe.«

»Sicher bin ich ein Schatz, aber wenn du mich noch mal Bobby nennst, dann lasse ich dich Gebühren zahlen.«

Frau Pahlke hatte bereits bei Carlas Einquartierung mit grimmiger Miene »jegliche Art von Herrenbesuch« untersagt, also wohnte Robert in einem Hotel. Er schien überhaupt in spendierfreudiger Laune zu sein.

»Wer weiß, ob ich es mir morgen noch leisten kann«, bemerkte er und lud sie in eines der teuersten Berliner Restaurants ein, zu Horcher. Er sei überhaupt entsetzt, daß sie schon ein Jahr hier lebe und noch nie bei Horcher oder bei Pelzer gespeist habe, die einzigen beiden Lokale, welche das gastronomische Exil in Preußen erträglich machen könnten, meinte er und rollte die Augen, als Carla darauf bestand, sich vorher umzuziehen.

»Das wird dir ohnehin gleich zu eng werden«, sagte Robert, als sie in ihrem schwarzen Trägerkleid und ohne ihre Brille wieder aus dem Pahlkeschen Gemäuer, wie sie es bei sich nannte, herauskam.

»Wird es nicht, weil ich nämlich nicht schlinge wie gewisse andere Leute. Außerdem, ist das alles? Du solltest überwältigt dastehen und mir versichern, daß ich die schönste Frau in dieser Stadt bin, du Idiot.«

»Du meinst, bis auf den Engel vom Bahnhof?«

Carla versetzte ihm einen Rippenstoß, dann hakte sie sich bei ihm ein und stellte fest, daß zeitliche Abstände keinen Unterschied in ihrem Umgang miteinander ausmachten. Sie hatte ihm sogar seinen Schweizer Triumph und die nicht erfolgte Einladung zu seinem Debüt verziehen und war bereit, sich anzuhören, wie wundervoll es bei den Alpenländlern gewesen war. Allerdings erst, nachdem sie vorher ausführlich über die Vorzüge der Schauspielschule und des Hauptstadtlebens berichtet hatte, und deswegen fing sie gleich damit an.

Horcher servierte ihnen in der Tat ein hinreißendes Essen; nach dem dauernden Eintopf mit Bockwurst war es überwältigend, zarten Salat, mit Sahne zubereitet, zu schmecken, dann Kalbsbraten mit Morcheln und schwäbischen Spätzle und schließlich echtes Speiseeis. Carla ließ es sich auf der Zunge zergehen, und es fiel ihr erst später ein, sich zu erkundigen, ob Dr. Goldmann ihm einen Teil seines Erbes, soweit vorhanden, vorgestreckt habe.

»Nein, wir verpulvern hier den Rest von meinen Schweizer Franken. Aber mach dir nichts daraus«, fuhr er fort, als sie etwas betreten von ihrem letzten Löffel Eis aufschaute, »Dada hat mich bestochen, um mich weiterhin vom Theater fernzuhalten. Diesmal ist es eine Reise nach Amerika. Mir geht das Geld schon nicht so schnell aus.«

»Aber ich dachte…« Carla verstummte. Sie hatte selbstverständlich angenommen, er werde sich, mit seinen Züricher Kritiken im Gepäck, bei allen möglichen Theatern bewerben.

»Das dachte Dada auch, deswegen hat er mich ja bestochen. Und ganz ehrlich, wenn ich die Wahl habe, endlos vorzusprechen oder mir alle amerikanischen Staaten anzutun, die ich mir antun will, dann fahre ich nach Amerika.«

Etwas an seiner Unbekümmertheit klang falsch, und sie hörte es sofort. »Du hast dich schon ein paarmal beworben, stimmt's? Schon von Zürich aus, und sie haben dich abgewiesen.«

»Nein«, entgegnete Robert mechanisch, aber nach einer Weile gab er das Leugnen auf. »Doch. Dreimal. Aber daran liegt es nicht allein. Erstens bin ich wirklich gerne unterwegs, und zweitens überlege ich zur Zeit ernsthaft, Eremit zu werden.« Er zog eine Grimasse. »Ich bin da in einen ganz schönen Schlamassel geraten. Es fing alles damit an, daß ich wütend auf Dieter und Jean-Pierre war, besonders auf Jean-Pierre, wegen etwas, das er gesagt hatte, also zog ich los, um mir und ihm zu beweisen, wie sehr er sich irrte, und ging mit jeder Frau in dem Ensemble, die ich dazu kriegen konnte, ins Bett. Natürlich fanden sie es heraus, und am Schluß haben mich beinahe alle im *Theater 22* geschnitten. Nur ausgerechnet Jean-Pierre fand es ungeheuer komisch. Ich glaube, er hat noch auf dem ganzen Weg zum Bahnhof gelacht. Dieter meinte, wenn sie mich jetzt nicht in den Zug setzten, würde sich eine Lynchschwadron formieren.«

Carla schob ihren leeren Eisbecher beiseite, stützte beide Ellenbogen auf den Tisch, faltete die Hände ineinander, legte ihr Kinn darauf und betrachtete ihn. Er nannte das bei sich ihre Charlie-Chaplin-Haltung.

»Lach ruhig«, seufzte Robert, »oder willst du wissen, was Jean-Pierre gesagt hat?«

»Später. Jetzt bin ich auf etwas ganz anderes neugierig, du Held, und wenn du mich gerade nicht wieder angelogen hast, wirst du es mir verraten können.« Ihre amüsierte Pose brach zusammen, und sie fragte offen neugierig: »Macht es mehr Spaß mit einem Mann oder mit einer Frau?«

Roberts Gelächter rief einen der Kellner auf den Plan, der sich schon näherte, um ihn um etwas Rücksicht auf die anderen Gäste zu bitten, als er sich wieder beruhigte.

»Wir sind immer noch Jungfrau, wie?«

»Was hat denn das ...«

»Sonst müßtest du nicht fragen. Aber bitte«, er setzte seine überlegenste Miene auf, und Carla trat ihn heimlich unter dem Tisch, »es macht mit beiden Spaß. Obwohl ihr Frauen dazu neigt, hinterher noch endlos reden zu wollen, und es einem übelnehmt, wenn man gleich verschwindet.«

»Kein Wunder, daß sie dich aufhängen wollten«, murmelte Carla.

Auf dem Weg in einen der riesigen Berliner Kinopaläste begegneten sie einem Paar, das Unterschriften für eine Petition sammelte, deren Ziel die Begnadigung eines gewissen Max Hölz war. Robert kannte den Namen nicht, doch Carla brachte er eine ganze Artikelserie in Erinnerung, die Käthe geschrieben hatte; es handelte sich, soweit sie wußte, um einen Sozialisten, der als Führer des Arbeitslosenrates in Falkenstein mit der Reichswehr aneinandergeraten war, während des Kapp-Putsches Arbeiter zum Kampf gegen die Putschisten bewaffnet hatte und schließlich in einem umstrittenen Prozeß wegen Mordes an einem Gutsbesitzer zum Tod verurteilt worden war. Seit fünf Jahren kämpfte er um eine Revision des

Urteils, und nun hatte, wie die beiden Petitionisten erklärten, der Hauptbelastungszeuge seine Aussage widerrufen und ein gewisser Friehe gestanden, er selbst habe den Gutsbesitzer erschossen.

»Und noch immer sitzt Hölz im Zuchthaus! Es war von Anfang an ein politischer Prozeß, und jetzt erkennt wohl auch der blindeste Bürger, daß man Max Hölz seiner Gesinnung wegen eingesperrt hat, während reaktionäre Verbrecher wie Ehrhardt oder Hitler sich längst wieder in Freiheit befinden! Freiheit für Max Hölz! Freiheit für alle politischen Gefangenen!«

Weil die beiden sie mit ihrem Engagement so an Käthe erinnerten, unterschrieb Carla. Sie vermißte Kathi, aber sie brachte es nicht fertig, ihr das zu schreiben oder gar nach München zu fahren. Kathi änderte ihre Ansicht über den Schauspielerberuf bestimmt nicht, und die ganze Zeit gewogen und für zu leicht befunden zu werden war etwas, von dem sie wirklich genug hatte. Robert unterschrieb, weil sie unterschrieb; er hatte kein großes Interesse für Politik und fand, daß Linke wie Rechte die Sache viel zu ernst nahmen. Trotzdem überraschte es ihn, vor dem Kino in dem Zuschauerstrom einige Männer in brauner Uniform zu sehen.

»Gibt's die auch hier? Ich dachte, das wäre unser ureigenstes bayerisches Phänomen.«

»Nicht mehr«, sagte Carla und zuckte die Achseln. »Einer war in meiner Klasse und hat uns die ganze Zeit damit gelangweilt, das deutsche Drama müsse endlich wieder bodenständiger werden; er klang schlimmer als Schwager Philipp. Und als er nach dem ersten Semester rausflog, hielt er noch eine große Rede über die Verjudung des deutschen Theaters und die Reinhardt-Bühnen als den schlimmsten Auswuchs. Natürlich hat er nicht gesagt, warum er sich dann überhaupt beworben hat.«

Das Kino war voll, sehr voll, aber, flüsterte Carla Robert zu, stolz darauf, diesmal die Großstadtkundige zu sein, im Winter gab es noch nicht einmal mehr Stehplätze, wenn man nicht rechtzeitig kam, weil viele Arbeitslose, die ihre Wohnung nicht heizen konnten, den ganzen Tag in den warmen, billigen Kinopalästen verbrachten. Doch im Sommer verstärkte die Anwesenheit so vieler Menschen nur die Hitze. Sie lachten über Buster Keaton mit seinem steinernen Gesicht, wie er unbeirrt durch den amerikanischen Bürgerkrieg lief, um seine Lokomotive zu retten, aber anschließend waren sie so verschwitzt, daß sie beschlossen, schwimmen zu gehen. Da sie beileibe nicht als einzige diese Idee hatten, dauerte es eine Weile, bis sie einen freien Platz fanden. Es war wunderbar, das kühle Wasser auf der Haut zu spüren, in es einzudringen, sich für kurze Zeit, befreit von der Schwerkraft, abzustoßen und sich anschließend, abgekühlt, in der Sonne trocknen zu lassen. Carla fand einmal mehr, daß kurzes Haar seine Vorzüge hatte. Nein, sie würde sich die Haare bestimmt nicht mehr wachsen lassen.

»Robert«, sagte sie mit geschlossenen Augen; die Sonne sickerte in sie hinein, und sie genoß die Wärme, die nun nicht mehr drückend, sondern angenehm einlullend war, »du könntest einen Agenten nehmen. Das macht jetzt jeder, auch wenn die alten Schauspieler es als Menschenhandel bezeichnen. Aber ich hätte die Anstellung in Nürnberg nicht bekommen, wenn Herr Held nicht gewesen wäre. Nächstes Jahr sind deine guten Kritiken schon alt.«

»Dann nehme ich mir nächstes Jahr einen Agenten«, erwiderte Robert mit seinem unerschütterlichen Selbstbewußtsein. »Nach Amerika kann ich nur dieses Jahr, und außerdem…«, er rollte sich auf den Bauch und schaute zu ihr hinüber, »… habe ich noch etwas anderes vor, außer als Eremit zu reisen, meine ich. Rate.«

Sie haßte dieses Spiel, weil sie jedesmal falsch riet, doch sie tat ihm den Gefallen. Doch er plante weder, sich Ernst Lubitsch in Hollywood als Max Reinhardts lang verschollener unehelicher Sohn vorzustellen, noch, in New York den Broadway zu erobern, noch, sich von einem Indianerstamm adoptieren zu lassen.

»Ich werde ein Buch schreiben. Eigentlich war es nur ein Scherz von Max«, eine Sekunde dachte sie, er meine den Professor, wie jeder, der in Berlin von »Max« sprach, doch dann erinnerte sie sich wieder an seinen Schuldirektor, »aber ich glaube, das wäre etwas für mich. Ein Buch über das elisabethanische Theater. Nicht nur Shakespeare, auch die anderen Stücke, die bei uns kein Mensch kennt, und wie man sie heutzutage aufführen sollte. Mitsamt Illustrationen natürlich.«

Abrupt riß sie die Lider auf, um nachzuprüfen, ob er sie neckte, doch seine vertrauten haselnußfarbenen Augen sahen sie durchaus ernsthaft an, so ernsthaft, wie es ihm möglich war.

»Und was weißt du von heutigen Aufführungen, großer Meister? Außerhalb der Schule und der Schweiz, meine ich.«

»Unke. Ich habe schon in Berliner Theatern gesessen, als du noch mit Kathi die Verfassung auswendig gelernt hast, und außerdem kannst du Ausbund an Wissen mir ja helfen. Deswegen bin ich in Berlin, Carla. Ich wollte dich fragen, ob du mit mir nach Amerika kommst. Laß das Klinkenputzen, fahr mit mir, und wenn wir dann zurückkehren, dann brauchst du nicht Dienstmädchen in der Provinz zu spielen, sondern wir werden die Sensation hier in Berlin.«

Einen Moment lang ließ Carla sich von seiner überzeugenden, werbenden Stimme mitreißen. Es war wie damals, als er sie aus dem Internat geholt hatte; ein Ausbruch aus dem vernünftigen Leben in etwas völlig Verrücktes, und warum nicht, warum nicht, sie waren beide noch nicht einmal wahlberechtigt, was bedeutete schon ein Jahr, selbst wenn es nicht klappte? Dann hatte sie immerhin Amerika kennengelernt und keinen Grund mehr, Robert wie in ihrer Kindheit um seine Freiheit, in der Weltgeschichte herumzureisen, zu beneiden.

Dann holte sie eine innere Stimme, die verdächtig wie die Kathis klang, wieder auf den Boden der Tatsachen zurück. Wenn sie ihre erste Stellung hinwarf, würde nicht nur das Nürnberger Theater, sondern auch Herr Held und Frau Beuren nie wieder etwas mit ihr zu tun haben wollen, und was Beurteilungen für zukünftige Engagements anging… Sie schauderte. Außerdem konnte sie sich nur allzu deutlich vorstellen, wie Robert es fertigbrachte, daß sie beide völlig mittellos in irgendeiner amerikanischen Ödnis strandeten. Ihr Schulenglisch, ihre dritte und letzte Sprache, genügte bestenfalls für ein Gespräch über das Wetter. Ganz zu schweigen davon, daß er vermutlich von ihr erwartete, daß sie seine Kritzeleien abtippte. Sie konnte sich nur allzugut an seine zahlreichen Geschäfte und Erpressungen wegen Rechenaufgaben erinnern.

»Nein danke, Lessing«, entgegnete sie. »Ich bleibe hier und werde die neue Durieux. Wenn du mit deiner Dramaturgie zurückkommst, darfst du sie mir widmen.«

»Feigling«, sagte er, stand auf und warf ihr sein nasses Handtuch auf den Bauch. Das erforderte natürlich umgehende Rache, die sie schließlich beide wieder ins Wasser beförderte. Als sie diesmal an Land kletterten, sagte Robert leise, so daß sie es in dem allgemeinen Gekreische um sie herum fast überhört hätte: »Weißt du, ich werde dich vermissen.«

Das machte ihr mit einemmal klar, daß sie ihn erneut monatelang nicht sehen, wieder in einer fremden Stadt allein sein würde. Carla schluckte, dann antwortete sie offen: »Ich *habe* dich schrecklich vermißt.« Doch damit er sich das nicht zu Kopf steigen ließ und weil sie es in der Tat wissen wollte, fügte sie ironisch hinzu: »Nur, ob ich dich weiter schrecklich vermissen werde, hängt davon ab, ob du die Antwolfen wirklich hübscher findest als mich.«

»Du nicht?« fragte Robert zurück und wich ihrem Ellenbogen aus.

»Sie hat schöne braune Locken, aber sonst…«

»Tiefblaue Augen, eine gute Figur…«

»Das Trampeltier!«

»…und vor allem einen hervorragenden Geschmack in ihrer Garderobe, nicht so aufdringlich wie gewisse andere Leute.«

»Oh, ich werde dich ganz bestimmt nicht vermissen.«

8. Kapitel

Ganz unten in der Hierarchie eines Provinztheaters anzufangen bedeutete zunächst einmal Arbeit und noch einmal Arbeit, ohne die Früchte in Form von guten Rollen als Belohnung zu haben. Carla spielte von Zofen bis zu Zeitungsjungen alle kleinen Rollen, die sie bekam, meistens zwei oder drei im gleichen Stück, weil das für das Theater billiger war, als zusätzlich Leute für Kurzauftritte zu bezahlen. Keine der Rollen bot viel Gelegenheit, mehr als jugendlichen Eifer zu zeigen, von schauspielerischer Tiefe ganz zu schweigen, doch sie stand auf der Bühne, und das war es, worauf es ihr ankam. Außerdem verdiente sie hundertfünfzig Mark im Monat, sehr wenig, aber das erste eigene Geld und definitiv ein Pflasterstein auf dem Weg zur Unabhängigkeit, die sie bis zu ihrem einundzwanzigsten Geburtstag erreichen wollte. Sie verließ sich lieber nicht auf das, was Schwager Philipp ihr dann als ihr Erbe überreichen würde. Also hatte das Zimmer in Nürnberg wieder keine Waschgelegenheit, doch immerhin lag es im vierten Stock, und die Wände waren trocken, nicht feucht.

In Nürnberg zu wohnen brachte sie München um vieles näher. Dennoch wunderte es Carla, als Marianne sie zu einem Besuch einlud; der Brief ihrer Schwester klang sogar regelrecht glücklich, und sie erwähnte eine »Überraschung«. Nach einigem Grübeln schlußfolgerte Carla, daß Marianne ein Kind erwarten mußte. Das hatte ihre Schwester sich schon immer gewünscht, und es erklärte ihre veränderte Einstellung. An einem Wochenende im Dezember fuhr Carla mit dem Zug nach München, im Gepäck ein paar Lebkuchen und eine Schallplatte. Ihr Vater hatte sich selbst im Krieg ein neues Grammophon angeschafft, als das alte kaputtging, und sie war bereit, zu wetten, daß Marianne mit ihrer Liebe zur Musik das Gerät ebenfalls reichlich benutzte.

Es verursachte ihr gemischte Gefühle, die alte Villa wiederzusehen. Nach all den riesigen Häusern in Berlin erschien sie Carla kleiner, und die Farbe blätterte langsam ab; es wurde Zeit, daß Philipp einen neuen Anstrich spendierte. Trotzdem reduzierte allein der Anblick des Eingangs mit seinen Löwenhäuptern über den Türpfosten sie wieder auf das unglückliche Mädchen, das von hier fortgelaufen war. Mit zusammengebissenen Zähnen ignorierte Carla das aufsteigende Elend und machte sich daran, Marianne zu begrüßen.

Mariannes Bauch war nur leicht, aber deutlich gewölbt. Ihre kleinen, zierlichen Hände flatterten auf, als Carla zu ihr trat, und sie tat etwas, das sie viele Jahre lang nicht getan hatte; sie strahlte. Daß dieses Strahlen ihrer jüngeren Schwester galt, verwirrte Carla genug, um ihre vorbereitete Begrüßung zu vergessen und Marianne zu umarmen.

»Du schaust großartig aus«, sagte sie später, nachdem sie ihre Glückwünsche ausgesprochen hatte, und überreichte Marianne ihre Geschenke.

»Oh, ich fühle mich wunderbar. Es ist ein Zeichen dafür, daß Gott mir vergeben und meine Ehe gesegnet hat.«

»*Dir* vergeben?« fragte Carla verblüfft. Ein Schatten flog über Mariannes Gesicht. Dann entschieden sie in stillschweigendem Einvernehmen, das Thema zu umgehen, und Carla legte die Schallplatte auf das schöne, neue Grammophon, das, wie Marianne bemerkte, von einem Geschäftsfreund ihres Mannes stammte. Nach einigem Rauschen ertönte das erste Lied. Marianne runzelte die Stirn, dann lachte sie.

»Aber Carla, das ist doch dieses moderne Zeug, diese Negermusik.«

Es klang nicht unfreundlich, nur verblüfft, und daher entschloß sich Carla zu einem kleinen Scherz. »Eben«, entgegnete sie. »Die Klassiker kannst du dir selbst auf einem Klavier vorspielen. Aber das macht dich zu der vielseitigsten und modernsten Frau von München. Du kannst dazu lernen, wie man Charleston tanzt, paß auf!«

Sie schnipste mit den Fingern und brach in einen Charleston der wilderen Sorte aus, absichtlich etwas übertrieben, und Marianne klatschte bald lachend den Rhythmus mit. Es war bei weitem der fröhlichste Moment in ihrem gemeinsamen Leben, und er währte, bis Mariannes Gelächter verebbte und ihr Klatschen abrupt aufhörte. Carla tanzte mit dem Rücken zur Tür, daher merkte sie erst, daß jemand im Eingang zum kleinen Salon stand und sie beobachtete, als ihr Mariannes Schweigen und ihr plötzlich ernstes Gesicht auffiel. Sie wirbelte herum und sah ihren Schwager Philipp vor sich.

»Nun«, sagte er kühl, »du hast in Berlin zumindest gelernt, wie man Auftrittsmusik einsetzt.«

In Gedanken häufte Carla Verwünschungen auf sein Haupt. Es war so selten, daß Marianne und sie sich nicht befangen in der Gegenwart der anderen fühlten, daß Marianne auftaute und zeigte, wie sie sein konnte, wenn sie nicht gerade eine mittelalterliche Nonne spielte, und da mußte er kommen und alles verderben. Immerhin, vielleicht ließ sich noch etwas von der Stimmung retten. Das mindeste, was er verdiente, war, etwas aus der Ruhe gebracht zu werden.

»Oh, ich habe noch mehr als das gelernt, Philipp. Ich könnte es dir beibringen. Den Charleston, meine ich.«

Als Antwort erhielt sie einen seiner Haiblicke und die Bemerkung, er halte nichts von »nordamerikanischer Negermusik«. Das Lied wechselte, und Carla fragte spöttisch: »Und wie ist es mit einem südamerikanischen Tango? Komm schon, Philipp«, sie erfaßte seine linke Hand und legte ihre eigene auf seine Schulter, »es ist ganz einfach, wenn man den Dreh erst einmal heraus hat.«

Schau doch nicht immer zu dem Tangospieler hin, Tangospieler hin, Tangospieler hin, säuselte das Grammophon, und schadenfroh dachte Carla, daß Philipp, wenn er sich jetzt gewaltsam losmachte, etwas lächerlich wirken würde, wie eine alte Jungfer unter dem Mistelzweig oder der Spielverderber, der er war. Er schien zu der gleichen Erkenntnis zu kommen; er legte den rechten Arm um ihre Taille und überraschte sie damit, tatsächlich einige Tangoschritte zu beherrschen. Sie hatte schon oft genug Tango getanzt, doch Philipp so nahe bei sich zu spüren erinnerte sie an den Abend in der Bibliothek, und ihre Gewißheit, die Lage völlig im Griff zu haben, bröckelte etwas. Seine Hände waren sehr warm; die auf ihrem Rücken brannte durch die Wolle ihres Pullovers hindurch, und sie spürte, wie ihre Haut sich zusammenzog. Sie warf einen unsicheren Blick auf Marianne, die mit über dem Bauch gefalteten Händen und niedergeschlagenen Augen dasaß, und schalt sich innerlich töricht. Soviel zu Mariannes guter Laune. Marianne würde für den

Rest des Besuches Unglück in alle Richtungen ausstrahlen. Warum hatte sie Philipps Bemerkung nicht einfach nur auf sich beruhen lassen können?

Philipp zog sie noch etwas fester an sich, und an seinem kaum merklichen Lächeln erkannte sie, daß er genau wußte, daß sie sich nicht länger amüsierte. Dann ließ er sie ohne jede Vorwarnung los, und sie stürzte ungraziös und schmerzhaft auf den Boden.

»Das tut mir leid«, sagte Philipp. »Die Berliner Moden sind wohl doch etwas zu neu hier.«

Mistkerl, dachte Carla, eingebildeter, eiskalter Dreckskerl… Er half ihr noch nicht einmal beim Aufstehen, doch dafür bemerkte sie etwas anderes; auf dem Revers seiner tadellos sitzenden Jacke trug er ein kleines Hakenkreuz.

»Du meine Güte, Philipp«, sagte sie aufrichtig entsetzt, aber auch ein wenig belustigt, denn nun hatte sie wieder etwas gegen ihn in der Hand, »du wirst doch nicht diesem idiotischen Verein beigetreten sein? Nur weil der Mann auch Österreicher ist…«

»Philipp und ich sind beide Parteimitglieder geworden«, sagte Marianne in ihrer tadelndsten Art. »Wir möchten, daß unser Kind in einem Deutschland aufwächst, das frei von Parteigezänk und wieder stark und angesehen auf der Welt ist.«

Carla zog den Pullover, den sie trug, wieder straff, dann erkundigte sie sich, ob sie etwas Stärkeres zu trinken haben könne, sie brauche das jetzt. Das handelte ihr ein noch tieferes Stirnrunzeln Mariannes ein, doch sie erhielt ihr Schnapsglas, und um weder Marianne noch Philipp in ihren Erwartungen zu enttäuschen, leerte sie es in einem Zug. Danach brauchte sie einige Zeit, um wieder atmen zu können, denn sie war den Schnaps nicht gewöhnt, und er brannte wie Feuer in Hals und Magen.

»Und wie«, fragte sie, als sie ihre Stimme wieder unter Kontrolle hatte, »haltet ihr es mit dem sozialistischen Teil in ›Nationalsozialismus‹? Ich meine, Kathi behauptet zwar, daß es damit nicht weit her ist, aber dieser Strasser hat doch…«

»Strasser ist unwichtig«, unterbrach sie Philipp. Er stand nun hinter Mariannes Stuhl und legte ihr eine Hand auf die Schulter, als posiere er für ein Familienphoto. »Nur der Führer zählt, und das ist Hitler. Es wird keine sozialistischen Mätzchen geben, aber dafür werden wir die ganze unfähige Novemberclique los, die das Land in den Ruin treibt, und die Armee wird sich nicht mehr verstecken müssen.«

Das Kitzeln in ihrem Hals wurde unerträglich, und Carla hustete. Danach lächelte sie Philipp an. »Ach so«, sagte sie sanft, »jetzt verstehe ich. Du meinst, du wirst wieder ganz offen Heereslieferungen haben, wenn die Wiederbewaffnung legal ist. Doch, das sind sicher hervorragende Kunden, die Nazis, mit all dem Leder, das sie jetzt schon für ihre Mäntel und Uniformen brauchen.«

»Es geht hier nicht um das Geschäft, sondern um Deutschlands Seele«, antwortete Marianne eisig. »Aber ich sehe schon, du bist immer noch zu unreif und impertinent, um das zu begreifen.«

Soviel zu dem Plan, über das Wochenende zu bleiben. Carla entschloß sich, den Abendzug zurück nach Nürnberg zu nehmen. Weil dem Tag ohnehin nichts mehr abzugewinnen war, gestattete sie sich eine letzte Spitze.

»Marianne, du mußt aber darauf achten, daß Philipp keine von diesen scheußlichen braunen Uniformen anzieht. Seine alte aus dem Krieg ist schon schlimm genug. Er sieht soviel besser in Zivil aus, findest du nicht?«

Nach diesem Fiasko verbrachte Carla auch das nächste Weihnachtsfest nicht in München, ganz abgesehen davon, daß zu Heiligabend nachmittags eine Vorstellung für die Kinder gegeben wurde und sie zu Silvester als Chormitglied in der unvermeidlichen *Fledermaus* verplant war. Erst im Frühjahr kam, zusammen mit einem dicken Umschlag aus Amerika, die Nachricht, die für sie das schönste Geschenk des Jahres darstellte. Auf der Besetzungsliste zu *Richard III.* fand sie sich außer als Hofdame, Bote und Bürgerin in einer weiteren Kinderrolle wieder, als Herzog von York, einer der Prinzen. Und das bedeutete, daß sie eine Szene mit dem Darsteller des Richard hatte, mit keinem anderen als Werner Krauß, der hier in diesem Stück ein einmaliges Gastspiel gab, weil er selbst einmal zum Nürnberger Theater gezählt hatte.

Carla umarmte den sauertöpfischen alten Gümpert, der neben ihr stand und die Liste studierte (er spielte Morton), dann rannte sie ohne Rücksicht auf ihre Erwachsenenwürde zu dem Direktor und sprudelte ihre überwältigende Dankbarkeit heraus.

»Schon gut, schon gut, Fehr, verhunzen Sie es nur nicht.«

Jegliche Zurückhaltung war vergessen, als sie einen glücklichen, langen Brief an Käthe schrieb und dann, weil sie immer noch so aufgeregt war, an Robert, postlagernd nach Miami, denn er hatte wie immer keine feste Adresse. In seinem Umschlag steckten neben einem unterhaltsamen Bericht über die Mücken in den Everglades und einigen Zeichnungen auch eine Filmzeitschrift, die er ihr gekauft hatte. Neben einem Photo von Charlie Chaplin in Soldatenuniform, aus dem in Deutschland immer noch verbotenen Film *Shoulder Arms*, stand in seiner krakeligen Schrift: »Das bist du, als Nürnberger Lebkuchenmännla.«

Die Proben begannen natürlich lange, ehe Krauß in Nürnberg eintraf. Ludwig Dübel, der erste Hauptdarsteller, las an seiner Stelle, also hatte Carla bereits einige Übung in dem Part, als es zu ihrer ersten Begegnung mit Werner Krauß kam. Die Elisabeth und der Buckingham der Inszenierung, welche die meisten Szenen mit ihm hatten, machten bereits mit Geschichten die Runde; außerhalb der Bühne sei er zugänglich, aber während der Proben lasse er sich von niemandem etwas sagen und habe regelrechte Wutausbrüche, wenn jemand in seinem Text steckenbleibe. Ein solcher Ausbruch hatte die Anna der Nürnberger Inszenierung bereits in Tränen aufgelöst zurückgelassen, doch, kommentierten die Ensemblemitglieder, die nicht gemeinsam mit ihm auftraten und sich daher darauf beschränken konnten, das schauspielerische Wunder nur zu beobachten, das ähnele schließlich der Wirkung, die Richard bei Shakespeare auf Anna habe, und sei somit gut für das Stück.

Carla fiel als erstes sein weißblondes Haar auf, weil sie ihn noch nie ohne Maske gesehen hatte; auch für diese Inszenierung würde er auf der Bühne eine Perücke tragen. Das Haar war so hell, daß man das Grau kaum erkannte, obwohl er nicht mehr der Jüngste sein konnte, und auch sonst sah er ganz und gar nicht wie Dr. Caligari aus, wie Rudolf von Habsburg oder eine der anderen Rollen, in denen sie ihn auf der Bühne und im Film bewundert hatte. Sein Gesicht war auch alltäglich, ein quadratisches, biederes Bauerngesicht ohne jeden Anflug von Dämonie, in dem nur die spitze, leicht gebogene Nase ungewöhnlich wirkte; er schaute verschlossen und sehr konzentriert drein, während der Regisseur sie vorstellte, denn mit allen anderen Schauspielern in dieser Szene hatte er bereits geprobt.

»Gut«, meinte der Regisseur, »auf geht's.«

Selten in ihrem Leben war Carla für etwas so dankbar wie für den kurzen Dialog, den die beiden Prinzen miteinander hatten, ehe der jüngere von Richard angeredet wurde; in dem Moment, als die Raupach zu sprechen begann, vollzog sich mit Krauß eine Wandlung, die ihr vor Bewunderung beinahe die Sprache verschlug. Ohne eine Kostümänderung, Maske oder zusätzliche Attrappen stand ein buckliger Mann vor ihr, der sie, wie auf dem Sprung liegend, mit geheuchelter Bonhomie lauernd beobachtete.

»*Wie geht es unserm edlen Vetter York?*« fragte er sie, als die Raupach geendet hatte.

»*Ich dank Euch, lieber Oheim*«, erwiderte Carla, mehr verzweifelt konzentriert als keck; erst in der nächsten Zeile fand sie zu dem unbekümmerten Kinderton zurück, den sie geübt hatte. »*Ha, Mylord, Ihr sagtet, unnütz Kraut, das wachse schnell: Der Prinz, mein Bruder, wuchs mir über'n Kopf.*«

Der junge Herzog von York hatte in dem Stück eindeutig den besseren Text von den beiden Prinzen; er war schlagfertig genug, um selbst der wortgewandtesten und intelligentesten Person des Stücks, Richard selbst, Paroli bieten zu können, und daher ließ Carla etwas Spott einfließen, denn sie hatte entschieden, daß der Junge seine Spitzen nicht aus Naivität loswurde.

»*Ich bitt' Euch, Oheim, gebt mir diesen Dolch.*«

»*Den Dolch, mein kleiner Vetter?*« Krauß kam näher, und sie zuckte zusammen, als er ihr, obwohl das nicht abgesprochen war, den Arm um die Schulter legte und sie mit einem Ruck neben sich zog. »*Herzlich gern. Wohl größres will ich meinem Vetter geben.*«

Carla duckte den Kopf unter dem Arm weg, kniete nieder und schaute zu ihm auf.

»*Wohl größres? O, das ist das Schwert dazu.*«

»*Ja, lieber Vetter, wär's nur leicht genug*«, gab Krauß in seiner hellen, messerscharfen Stimme zurück, die vorhin, bei der Begrüßung, so alltäglich geklungen hatte, und Carla sprang wieder auf. All dieses Herumturnen ließ sich hoffentlich beibehalten, denn es lenkte sie von ihrer lähmenden Ehrfurcht ab.

»*Dann seh ich wohl, Ihr schenkt nur leichte Gaben, bei Dingen von Gewicht sagt Ihr dem Bettler: nein!*«

Der Sekretär des Direktors, der gleichzeitig als Dramaturg fungierte, wählte diesen Moment, um mit einem Telegramm für Krauß auf die Bühne zu kommen, was Carla die Gelegenheit verschaffte, Zeugin einer der berüchtigten Kraußschen Zorngewitter zu werden. Ihr eigener Ärger, unterbrochen worden zu sein, schwand vor dem erneuten Staunen über seine Metamorphose, von Richard zurück in Werner Krauß, der ohne die charismatische Bösartigkeit, die sie vorhin so gefesselt hatte, aber sehr wohl mit normaler menschlicher Erbostheit wie ein Rohrspatz auf den unglücksseligen Dramaturgen losschimpfte. Wie machte er das, so ganz ohne jedes äußere Hilfsmittel, und vor allem so schnell? Als Zuschauerin, die ihn auf der Bühne und im Film erlebte, hatte sie angenommen, daß auch ein sehr guter Maskenbildner für das menschliche Chamäleon verantwortlich sein müsse.

Die Proben ihrer einen gemeinsamen Szene gingen leider nur allzuschnell vorbei, und wenn Carla gehofft hatte, Werner Krauß dabei so zu beeindrucken, daß er über die Arbeit hinaus das Wort an sie richtete, dann hatte sie sich ebenso wie die übrigen Mitglieder des Ensembles, die alle von der gleichen Hoffnung zehrten, getäuscht. Er gab jedem ein Autogramm, er spendierte ihnen allen vor der Premiere einen Wein als Glücksbringer, aber er mischte sich sonst nicht unters Volk.

Vor ihrer ersten Szene als Prinz, ohne Richard, aber mit der Königin, stand Carla noch als Bürgerin auf der Bühne, nur mit einem dicken Mantel, denn es blieb keine Zeit, um sich noch einmal umzuziehen, und sie trug bereits ihr Jungenkostüm. Als sie abging und ihren Mantel in die nächste Ecke schleuderte, hatte sich ihr Lampenfieber schon in glühende Energie verwandelt, und daher verlor sie auch nicht ihre Konzentration, als das kaum mehr Erwartete geschah. Werner Krauß, der jetzt fünf Minuten Freiraum hatte und in den Kulissen auf seinen Autritt wartete, lächelte, als der Mantel auf der Kiste mit ähnlichen Utensilien landete, und meinte: »Erinnert mich an meine Jugend. Damals mußten wir dreiundfünfzig Stücke in sechseinhalb Monaten spielen, und jeder hatte mindestens drei Rollen pro Stück.«

Zu mehr, als zurückzulächeln, blieb keine Zeit; Carla rannte als übermütiger Junge auf die Bühne und registrierte erst dort draußen bewußt, daß ihr Idol sie offensichtlich doch bemerkt hatte. Doch in diesem Moment bedeutete es nichts mehr; sie war ein verwöhntes, altkluges Kind, das bald auf Befehl seines Onkels umgebracht werden würde.

Ihre beiden Szenen waren nur allzuschnell vorbei, und sie hatte keine Zeit, um so etwas wie Triumph oder Bedauern in sich aufkommen zu lassen, denn sie mußte in ihr Hofdamenkostüm wechseln und danach in ihr Pagenkostüm und zu guter Letzt von den Kulissen aus mit zwei weiteren Darstellern zusammen die Stimmen der Geister sprechen, die Richard in der Nacht vor seinem Tod heimsuchten.

Noch während des Schlußapplauses, als sie alle auf der Bühne standen und sich verbeugten, kam es Carla so vor, als müsse sie sich gleich auf die nächste Szene vorbereiten. Die Beleuchtung des Zuschauerraumes ging an, und die bunte, verschwimmende Masse dort unten sandte Wellen um Wellen von Zuneigung und Bewunderung nach oben, die auch ihr galten, ein wenig auch ihr, da war sie sicher, und es war schwerer als die ständigen Kostümwechsel, rechtzeitig die Bühne zu verlassen und den Hauptdarstellern ihren gebührenden Platz einzuräumen.

»Kinder«, stieß der alte Gümpert glücklich hervor, »heut sind sie sogar von jenseits des Weißwurstäquators zu uns gekommen!«

In der Tat war das Haus völlig ausverkauft gewesen, weil die Leute Werner Krauß sehen wollten, und vor dem Bühnenausgang mußten sogar Sicherheitskräfte aufgestellt werden, um die Masse der Verehrer zurückzuhalten. Daher trug Carla bereits ihren Mantel und war dabei zu gehen, als einer der Männer zu ihr sagte, da sei ein Paar, das behauptete, sie sehen zu wollen; er bitte um Verzeihung, aber auf Anordnung des Direktors habe man heute eben niemand aus dem Publikum hinter die Bühne lassen dürfen.

Theateragenten traten nicht paarweise auf, doch man konnte nie wissen. Carla nahm hastig die Brille wieder ab. In der kühlen Märznacht, die aus ihrem Atem immer noch eine Wolke entstehen ließ, schälten sich ein Mann und eine Frau aus der Schar der Autogrammjäger hervor, die etwas Vertrautes an sich hatten. Sie kniff die Augen zusammen. Dann schrie sie auf und rannte ihnen entgegen, ohne auf die Menschen zu achten, die sie dabei zur Seite stieß.

»Kathi!«

Die Begrüßung, die Erklärung, die Käthe vorbereitet hatte, verlor sich in der tiefen Erleichterung und Zärtlichkeit, die sie empfand, als Carla sie stürmisch umarmte. Sie hatte heimlich damit gerechnet, daß Carla in ihrem verletzten Stolz wieder eine Mauer um sich errichtete, und es lag Käthe nicht, sich für etwas zu entschuldigen, das sie immer noch für richtig hielt. Carla konnte so viel mehr aus ihrem Leben machen. Doch nachdem Käthe sich monatelang den Kopf darüber zerbrochen hatte, ob sie als Erzieherin versagt hatte, weil sie nicht erkannte, was offenbar jeder andere in München wußte, war sie auf eine Methode verfallen, wie sie Carla ihre unverbrüchliche Zuneigung beweisen konnte. Der enthusiastische Brief, so ganz anders als die distanzierten Episteln aus Berlin, hatte den Ausschlag gegeben.

»Dürfen wir Sie zum Essen einladen, Carla?« fragte Dr. Goldmann, der Käthe begleitet und sich um die Karten gekümmert hatte. Carla zögerte nur einen Moment. An und für sich wurde eine gelungene Premiere von dem Ensemble gemeinsam gefeiert, doch das verblaßte davor, daß Kathi ihre albernen Vorurteile gegen das Theater überwunden hatte und gekommen war, um sie in der Stunde ihres Glanzes zu bewundern. Also nickte sie.

Anders als in Berlin war in Nürnberg die Auswahl an Lokalen, die um elf Uhr nachts noch warme Mahlzeiten servierten, knapp bemessen, daher wunderte es Dr. Goldmann nicht, das Restaurant seiner Wahl sehr voll zu finden und auf seinem reservierten Tisch bestehen zu müssen. Während er Käthe und Carla die Stühle zurechtrückte, stellte er fest, daß er Roberts Freundin noch nie so glücklich erlebt hatte. Das zurückhaltende, scharfzüngige Mädchen war durch eine lebhaften jungen Frau ersetzt worden, eingehüllt in eine fast greifbare Aura von Lebenshunger und Erwartung. Sie schien nicht im geringsten müde zu sein; vielleicht trug sie auch die Euphorie des Erfolges, obwohl er insgeheim nicht einsah, was an einer zweitklassigen Provinzaufführung, die nur um einen weltberühmten Gastschauspieler aufgebaut war, so Besonderes sein sollte. Er war nicht des Theaters wegen nach Nürnberg gekommen, sondern um Käthe dabei zu helfen, sich mit ihrer Schülerin zu versöhnen, und ein wenig auch aus Neugier; schließlich hatte er Carla seit Jahren nicht mehr gesehen, und er war gespannt, ob sie ihn an ihre Mutter erinnern würde. Sie tat es nicht. Statt dessen erkannte er beunruhigt, daß sie, wenn sie sich vorlehnte und Käthe wegen der kapitalistischen Gesellschaft, in der sie sich befand, neckte, etwas von Heinrich Fehr in guter Stimmung an sich hatte. Gleich darauf zerrann die Erinnerung wieder in Carlas eigenem, keinem ihrer Eltern angehörenden Lächeln, mit dem sie dank ihrer hohen Wangenknochen und dem Pagenkopf ausah wie eine zufriedene Katze vor einem geleerten Sahnetopf.

»...und dann gibt es natürlich noch die Geschichte vom Gymnasiasten, der Fritz Kortner zum zigsten Mal um ein Autogramm bittet. Kortner wird es zuviel, und er fragt, ob der Junge denn nicht allmählich genug Autogramme von ihm hat. Darauf erwidert der: Ja, wissen Sie, wir tauschen in der Schule, und für zehn Kortner kriege ich einen Krauß!«

Martin Goldmann lachte herzlich, Käthe höflich, weil sie die Pointe nicht verstand; die Welt des Theaters war ihr so fern, daß sie weder von Fritz Kortner noch von dessen Anwartschaft auf den Thron, den Krauß innehatte, etwas wußte. »Selbstverständlich gibt es diese Geschichte auch in umgekehrter Form«, fügte Carla maliziös hinzu, »aber Sie können darauf wetten, daß keiner von uns hier in Nürnberg das laut ausspricht.«

Ihre nächste Krauß-Andekdote blieb unerzählt, denn eine kleine Gruppe von vier Männern, die bereits seit einiger Zeit mit dem Kellner argumentiert hatte, kam an ihren Tisch.

»Wir möchten Sie bitten«, sagte einer von ihnen in einem Ton, der gerade noch vor der Forderung haltmachte, »uns diesen Tisch zu überlassen. Wir warten schon seit einiger Zeit darauf.«

»Das mag sein«, entgegnete Dr. Goldmann ruhig, »aber wir hatten ihn reserviert und benötigen ihn noch eine Weile.«

»Da hast du's«, sagte ein anderes Mitglied der Gruppe. »Sei höflich, und sie kommen dir unverschämt. Hören Sie mal, als Sie reserviert haben, da haben Sie dem Kellner aber nicht verraten, was Sie sind. Ich kenn hier den Eigentümer, das ist ein anständiger Deutscher, und der will keine Juden in seinem Lokal.«

Nun hatten sowohl Käthe wie auch Martin Goldmann in ihrem Leben schon die eine oder andere antisemitische Anpöbelung erlebt, Dr. Goldmann öfter als Käthe, da er mit seiner Brille und der langen Nase der herkömmlichen Vorstellung von einem Juden ähnlicher sah als Käthe mit ihrem herzförmigen, pausbäckigen Puppengesicht, das in ihrer Jugend so im Gegensatz zu den kühlen blauen Augen gestanden hatte. Aber solche unliebsamen Begegnungen fielen im allgemeinen in zwei Kategorien; entweder es handelte sich um Raufbolde von der Straße oder um feindselige Seitenhiebe bei einer gesellschaftlichen Gelegenheit, wie dem Willkommensessen für Marianne Fehr vor all den Jahren. Doch eine Mischung aus beiden von völlig Fremden, verbunden mit einem lächerlichen Territorialanspruch, war neu, und sie brauchten eine Weile, um sich von der schieren Verblüffung darüber zu erholen.

Das galt indessen nicht für Carla. Sie rückte ihren Stuhl ein wenig zur Seite, damit sie den Neuankömmlingen ins Gesicht blicken konnte, und sagte mit eisiger Autorität:

»Mein Herr, es ist zweifellos zu spät, um bei Ihnen noch auf Manieren zu hoffen, aber wenn Sie sich und dem Eigentümer dieses Lokals einen Beleidigungsprozeß ersparen wollen, dann werden Sie sich umgehend entschuldigen und verschwinden.«

Der Mann schob das Kinn vor. Sein Begleiter, der zuerst gesprochen hatte, trat unruhig von einem Bein auf das andere. Die übrigen beiden verhielten sich abwartend. Carla drehte sich wieder zum Tisch und beachtete sie nicht länger.

»Dr. Goldmann«, erkundigte sie sich, jedes einzelne Wort betonend, »wie hoch war noch einmal die Entschädigungssumme, die Ihnen der Herausgeber des *Völkischen Beobachters* zahlen mußte?«

Auf der Bühne hatte Martin Goldmann Carlas Darstellung nicht unbedingt überwältigt; sie war anmutig und liebenswert als Prinz, mehr ließ sich eigentlich dazu nicht sagen, denn ihre übrigen Auftritte erforderten nur Geschwindigkeit im Umkleiden, die Beherrschung von ein wenig Text und genügend Aufmerksamkeit, um im Hintergrund keinem der Hauptdarsteller im Weg zu stehen. Jetzt dagegen errang sie seine Hochachtung. Er öffnete den Mund, doch noch ehe er etwas antworten konnte, sagte der unruhige ursprüngliche Wortführer unvermittelt: »Kommt, wir gehen.«

Die anderen fügten sich, wenngleich einer von ihnen sich noch einmal umdrehte und rief: »Die Luft ist ohnehin verpestet«, ehe sie aus dem Gesichtsfeld der drei verschwanden.

Käthe stieß die Luft aus, die sie unbewußt angehalten hatte. »Allmächtiger. Haben Sie wirklich einen Prozeß gegen dieses unsägliche Blatt geführt, Martin?«

»Aber nein, Kathi, das war gelogen«, gab Carla zurück. »Mir ist nur nichts anderes eingefallen, und ich wollte, daß sie so schnell wie möglich gehen, bevor sie uns die Feier verderben.«

»Nun, das ist Ihnen gelungen.« Dr. Goldmann hob sein Glas und hielt es ihr entgegen. »Auf die neue Duse!«

Auch Käthe griff zu ihrem Glas, doch der Vorfall ließ sie so schnell nicht wieder los. Später sagte sie: »Auch das ist ein Grund, warum unsere Gesellschaft nicht so bleiben kann, wie sie ist. Erst nach einer richtigen Revolution werden solche antiquierten Vorurteile für immer verschwinden.«

»Gestatten Sie mir in diesem Punkt etwas spätbürgerlich-dekadente Skepsis«, entgegnete Dr. Goldmann. »Oder wollen Sie bestreiten, daß Stalin im letzten Jahr all die alten antisemitischen Klischees gegen Trotzki aufgefahren hat? Ich glaube kaum, daß man die Bolschewisten als frei von Antisemitismus bezeichnen kann.«

Trotzkis Parteiausschluß war für Käthe ein großes Kümmernis, denn er schien ihr die richtige Linie zu vertreten, doch sie wußte es besser, als derartige Zweifel in einer Auseinandersetzung mit Martin Goldmann zu zeigen. Amüsiert beobachtete Carla, wie ihre Lehrerin kerzengerade und voller Elan eine flammende Rede über den Marxismus als Grundlage der Überwindung aller Vorurteile hielt. Sie mußte Dr. Goldmann wirklich sehr mögen, wenn sie ihn so dringend bekehren wollte. In ihrem nächsten Brief würde sie Robert damit aufziehen, was er von Kathi als Stiefmutter hielte.

»…und wenn einzelne Personen unvollkommen sind, so ändert das nichts am Prinzip!«

»Mm. Der Wert von Prinzipien ist für mich immer an den Personen erkennbar, die sie vertreten, und«, schloß Dr. Goldmann galant, »das ist das höchste Zeugnis für *Ihre* Prinzipien, Käthe.«

»Komplimente sind die letzte Waffe der Bourgeoisie«, antwortete Käthe voller Zuneigung, und Carlas Belustigung wuchs sich zu einem stummen Gelächter aus, das sie nur unter Aufbietung aller gelernten Atemtechniken unterdrücken konnte. Trotzdem schüttelte es sie ein wenig.

»Geht es Ihnen gut?« fragte Dr. Goldmann sie besorgt.

»Danke«, erwiderte Carla mit schwacher Stimme, »es geht mir wunderbar.«

Nachdem Werner Krauß wieder in die höheren Gefilde der Berliner Theater entschwunden war und der Alltag in Nürnberg einkehrte, hörte es auf, Carla wunderbar zu gehen. Fast über Nacht versank sie in eine tiefe Depression. Es gab keinen wirklichen Anlaß, der Direktor hatte ihr bereits versichert, man sei sehr mit ihr zufrieden und würde ihren Vertrag verlängern, und einige der Kritiken hatten sie in einem Satz als »reizend und keck« oder »Und als Prinz rührt uns…« erwähnt. Aber sie konnte sich nicht darüber freuen. Es erschien alles so banal. Was hatte sie sich eigentlich vorgestellt? Daß die eine Szene mit Werner Krauß in einem direkten Engagement als jugendliche Heldin bei Max Reinhardt oder Leopold Jessner enden würde? Das war so unrealistisch wie Frau Beurens sarkastische Vision von allen Hauptdarstellerinnen, die plötzlich gleichzeitig die Ruhr bekamen. Nein, sie würde hier noch jahrelang dahinvegetieren mit Rollen, die ein Kind genausogut spielen konnte oder für die man nicht mehr Tiefe benötigte als für das Posieren vor der Photokamera. Eine endlose Kette von, wie hatte Robert es ausgedrückt, Klinkenputzern und mit viel Glück eine richtige Rolle in zwei, drei Jahren, und das war dann bestimmt die Heldin in einem Melodram, die nur richtig in Ohnmacht fallen mußte.

Reizend, rührend, was war das schon; alle jungen Schauspielerinnen waren reizend und rührend. Die Zukunft bestand aus einem langen Marsch durch die Ödnis von oberflächlichen kurzen Rollen, und am Ende fanden sich nur längere oberflächliche Rollen. Sie würde sterben und vergessen werden, ohne auch nur ein einziges Mal die Menschen wirklich erschüttert zu haben. Ihr fehlte der göttliche Funke.

Carla saß brütend in ihrem Zimmer und starrte auf die Wand mit ihrem sentimentalen Druck, der wie eine Illustration aus der *Gartenlaube* aussah. Ein reizendes, rührendes Mägdelein, das Blumen auf ein Grab legte. Wie abscheulich. Warum hatte sie das monatelang ausgehalten? Sie rückte näher heran und las die Unterschrift in verschnörkelten, gotischen Lettern: *Am Elterngrab.* Das war zuviel. Der Rahmen mit dem Druck flog auf den Fußboden, und das Splittern des Glases verursachte ihr eine kindische Befriedigung. Um das Maß vollzumachen, rutschte sie aus ihrem Schneidersitz vom Bett hinunter und trat auf das gräßliche Ding, ehe sie sich erinnerte, daß sie barfuß war. Großartig. Sie humpelte gerade auf die Tür zu, als Frau Oppelt, ihre Vermieterin, ihr durch die Tür zurief: »Fräulein Fehr, da is a Herr, der wo Sie sprechen möcht!«

»Ich bin nicht da!« zischte Carla und konstatierte, daß sie den Rahmen würde ersetzen müssen und wahrscheinlich das Machwerk darunter obendrein. Die schweren Schritte auf dem Gang hatten noch nicht die Treppe erreicht, als Carla einfiel, daß sie ohnehin Frau Oppelts Hilfe benötigen würde, denn sie hatte kein eigenes Verbandszeug, also öffnete sie die Tür, um der Vermieterin nachzurufen. Sie bereute es sofort.

Auf der Treppe kam, im Laufschritt, ihr Schwager Philipp hoch.

»Sie, des geht aber net, des gibts fei net bei mir«, protestierte Frau Oppelt.

Carla balancierte auf einem Bein, den Fuß des anderen in der rechten Hand, und wünschte ihn aus ganzem Herzen zum Teufel. Ihr wurde bewußt, daß sie ihre ältesten Hosen und die Strickjacke trug, weil das ihre Kleidung für Proben war und sie nach ihrer Rückkehr von der Arbeit keinen Anlaß gesehen hatte, sich umzuziehen. Außerdem war ihr Haar nicht gekämmt, und mit ihrer blutenden Ferse gab sie bestimmt ein völlig lächerliches Bild ab. Es ging doch nichts über die Fähigkeit von Männern, selbst und gerade von gemeinen, unsympathischen Männern, einem die eigenen Unzulänglichkeiten in Leuchtbuchstaben an die Wand zu schreiben.

»Geh weg«, sagte sie wütend. »Ich will niemanden sehen.«

»Der Fuß muß verbunden werden«, entgegnete Philipp, ohne ihre Äußerung zu beachten, und Frau Oppelt fiel ein: »Jessas na, Sie bluten ja!«

Es gab immer noch die Möglichkeit, zurück in ihr Zimmer zu hüpfen und Frau Oppelts Laken vollzubluten, doch das erschien Carla dann doch zu dumm. Also hüpfte sie statt dessen, in der besten Absicht, Philipp zu ignorieren, hinter Frau Oppelt her, auf das Treppengeländer zu.

»Jessas, Fräulein, wartens, ich helf Ihnen.«

»Das ist nicht nötig«, sagte Philipp und hob sie ohne weiteres hoch. Sie kannte solche Szenen zu gut von der Bühne, um nicht zu wissen, wie albern ein Strampeln wirkte; es bestand wirklich kein Grund, hier mit Philipp eine Laienversion von *Der Widerspen-*

212

stigen Zähmung aufzuführen. Also hielt sie still, während er sie die Treppe hinuntertrug, aber sie flüsterte, damit es die vorauswatschelnde Frau Oppelt nicht hörte:

»Ich will dich immer noch nicht sehen, ich bin furchtbar schlechter Laune, und wenn du jemanden suchst, mit dem du streiten kannst, dann geh zum hiesigen Abgeordneten der SPD!«

»Sei nicht kindisch«, antwortete er auf seine hassenswert überlegene Art, und sie bedauerte plötzlich, nicht mehr zu wiegen. Er geriet die ganzen vier Stockwerke hinunter noch nicht einmal ins Keuchen. Als er sie auf dem Stuhl neben Frau Oppelts Küchentisch absetzte, sagte er zu der Vermieterin: »Überlassen Sie das mir« und nahm ihr das Verbandszeug ab.

Immerhin, er wußte, was er tat, dachte Carla und beobachtete ihn stumm dabei, wie er ihre Wunde auswusch, desinfizierte und eine Mullbinde um ihren Fuß wickelte. Mutmaßlich hatte er im Krieg anderen Leuten schlimmere Dinge als Glassplitter entfernt, obwohl sie sich Philipp den Hai nicht als Sanitäter vorstellen konnte.

»Danke«, sagte sie schließlich mürrisch, als er Frau Oppelt mit dem Bescheid weggeschickt hatte, er müsse Familienangelegenheiten mit ihr besprechen. »Aber ich fühle mich immer noch scheußlich, und ich wäre dir noch dankbarer, wenn du so bald wie möglich wieder verschwändest.«

Zu Philipp grob zu sein brachte zumindest kein schlechtes Gewissen mit sich. Er verdiente nichts anderes. Carla wartete auf eine weitere höhnische Bemerkung über ihren Mangel an Manieren; so wie sie aussah, bestand heute wenigstens kein Anlaß, sie wie ein Pfund Fleisch auf dem Markt zu taxieren.

Philipp erstaunte sie trotzdem. Er ließ sich auf den zweiten Küchenschemel sinken, starrte auf seine Hände und sagte abrupt: »Deine Schwester wird kein Kind bekommen. Sie hat nie eines erwartet. Der Arzt meint, es sei eine Scheinschwangerschaft gewesen, so etwas komme manchmal vor. Er behauptet außerdem, es sei äußerst unwahrscheinlich, daß sie je guter Hoffnung sein werde.«

»Allmächtiger.« Carla hatte im letzten Jahr einige der beliebtesten Nürnberger Wendungen übernommen, und jetzt riß sie die aufrichtige Bestürzung aus ihrer Depression. »Die arme Marianne«, sagte sie leise. Wie banal man sich anhörte, wenn man außerhalb der Bühne schlechte Nachrichten erfuhr. Mariannes so ungewöhnliches Strahlen stand vor ihren Augen. Selbst wenn sie sich über Marianne ärgerte, sie wünschte ihr nichts Böses, und schon gar nicht den Verlust ihrer Hoffnungen.

»Möchte... möchte sie mich sehen?« fragte sie zögernd.

Philipp schüttelte den Kopf und blickte sie direkt an; die schwarzen Augen verloren etwas von ihrer undurchdringlichen Kälte.

»Ich bin nicht Mariannes wegen hier.«

Es war ein sehr menschlicher Moment für ihn, und trotzdem hatte sie ihn noch nie so verabscheut wie jetzt.

»Wenn du glaubst, daß ich dich tröste...«, begann sie und stockte, zu empört, um weiterzusprechen.

»Es mag dir seltsam erscheinen, aber das tue ich. Wenn einem Mann mitgeteilt wird, daß er nie Vater werden wird, weil seine Frau so gut wie unfruchtbar ist...«

Weiter kam er nicht. Carla sprang auf. Der stechende Schmerz in ihrer zur Unzeit belasteten rechten Ferse riß sie beinahe wieder auf ihren Stuhl zurück; so mußte sich die kleine Meerjungfrau gefühlt haben, dachte sie später, als sie ihren Fischschwanz gegen zwei Beine eingetauscht hatte und jeder Schritt wie das Gehen auf Glassplittern für sie war.

»Du bist genau wie er«, sagte sie mit zusammengebissenen Zähnen. »Warum läßt du dich nicht scheiden und kaufst dir eine neue Frau mit Mariannes Geld, die so fruchtbar ist wie ein Kaninchen und dir Nachfolger in die Welt setzt, plop, plop, plop? Oder geht es dir jetzt um die Vermehrung des arischen Volksstamms? Marianne liebt dich, weißt du das? Aber das ist ja selbstverständlich, das gehört sich so für eine Ehefrau. An deiner Stelle wäre ich vorsichtig, Philipp. Ein getretener Hund beißt irgendwann zurück. Ihre Mutter hat sich auch nicht alles von ihm gefallen lassen, und wenn es eine Gerechtigkeit gibt, dann schleift sie dich durch die Gerichte, solange sie lebt.«

Er hatte einen starken Bartwuchs, oder er hatte an dem Morgen vergessen, sich zu rasieren. Die durch keinen Schirm gedämpfte elektrische Lampe, die über dem Küchentisch hing, zeigte den dunklen Schatten um sein Kinn scharf auf, als er wieder den Kopf schüttelte.

»Ich werde mich nicht von Marianne scheiden lassen.«

Carla setzte sich vorsichtig, diesmal auf den Tisch, um ihren wunden Fuß zu schonen.

»Warum bist du dann nicht in München und tröstest sie?«

»Weil sie die Wahrheit nicht zugeben will. Sie sitzt stundenlang in dem Kinderzimmer, das wir eingerichtet haben, und strickt Säuglingssachen.«

Ein Kloß lag in ihrer Kehle, und sie blinzelte die Tränen weg, die ihr in die Augen stiegen. Es war nicht nur Mariannes wegen, obwohl ihr Mitleid mit der Schwester nie größer gewesen war. Ein Kind, mußte Marianne gedacht haben, die Liebe eines Kindes zumindest ist sicher. Marianne war trotz allem noch naiv genug, um das zu denken.

»Zieht dort weg«, sagte Carla heiser. »Das Haus bringt nur Unglück. Kein Kind sollte dort aufwachsen. Ihr könnt immer noch eins adoptieren, das ist vielleicht sogar besser.«

Das letzte war herausgeschlüpft, ehe sie es zurückhalten konnte; sie versuchte, wieder unangreifbar zu sein, und fügte zynisch hinzu: »Erbschuld ist doch ein christliches Konzept, oder?«

»Ich bin kein Christ«, entgegnete Philipp. »Ich habe schon vor Jahren aufgehört, einer zu sein, damals, in den Schützengräben.«

Etwas von dem Haß in ihr schmolz. Warum erzählte er ihr das? Ganz bestimmt war das die seltsamste Unterhaltung, die sie je miteinander geführt hatten. Konnte es sein, daß er tatsächlich gekommen war, weil er Trost brauchte, Zuspruch, nichts sonst? Aber warum dann zu ihr? Welcher Tag war heute? Außer seinen abwechselnden Dienstagsgeliebten hatte er doch gewiß genügend Freunde, die bereit waren, mit ihm zusammen über einem Krug Bier in männlichem Selbstmitleid zu versinken. Nein, das war ungerecht. Vielleicht hatte er sich das Kind genauso stark gewünscht wie Marianne. Vielleicht gab es unter dem Mechanismus aus Geschäftstüchtigkeit, Berechnung und Begehren noch etwas in Philipp, das empfand.

Zögernd streckte sie die Hand aus und berührte ihn mit den Fingerspitzen an der Wange, so wie er es einmal bei ihr getan hatte, als er ihr vom Sterben ihres Vaters erzählte. Seine Bartstoppeln kratzten etwas in ihrer Handfläche, als er den Kopf hob und sie anschaute.

Sie wollte sagen, daß es ihr auch für ihn leid tat, doch sie kam nicht dazu. Er griff nach ihr und zog sie zu sich herunter, und in der nächsten Sekunde spürte sie die Tischkante in ihrem Rücken und Philipps Lippen auf ihrem Mund, an ihrem Hals, seine Hände, die ihre Jacke aufknöpften. Sie stemmte ihre Hände gegen seine Brust, aber weil sie mit ihren Beinen noch keinen Halt auf dem Boden hatte, bewirkte das nichts. Der Rat eines der Mädchen aus Berlin schoß ihr durch den Kopf, und sie zog abrupt das Knie in die Höhe.

Er schrie nicht, doch er ließ sie los und rang eine Weile um Atem. Wütend zog Carla ihre Strickjacke zusammen und maß ihn von oben bis unten. »Trost!« stieß sie verächtlich hervor.

»Ein einfaches Nein hätte genügt«, sagte er gepreßt. »Ich vergewaltige keine Frauen.«

»Nein, du versuchst es nur!«

»Meine Liebe«, sagte Philipp spöttisch, »glaubst du nicht, daß du dir da etwas vormachst?«

Er nahm seinen Mantel und seinen Hut. Sie rührte sich nicht, obwohl ihre Ferse nach wie vor weh tat, sondern wartete, bis er Frau Oppelts Küchentür hinter sich geschlossen hatte, dann sank sie zurück auf ihren Stuhl. Wie widerwärtig, Mariannes Zustand für so einen Zweck auszunutzen, und wie dumm, ihn nicht gleich zu durchschauen. Sie hatte ihm tatsächlich geglaubt. Doch am schlimmsten traf sie, wozu ihr verräterischer Körper sie einige Sekunden lang gedrängt hatte, ehe ihr Verstand wieder einsetzte. Sie haßte Philipp.

Zur Erleichterung Dr. Goldmanns, der darin einen Schritt in die richtige Richtung sah, kehrte Robert tatsächlich mit einem Manuskript im Gepäck aus Amerika zurück. Schriftsteller zu werden war in diesen Zeiten zwar ebenfalls alles andere als ökonomisch vernünftig, doch es mußte ja nicht Roberts einzige Tätigkeit bleiben; bei seinen Gaben konnte er außerdem noch Vorträge halten und später vielleicht an der Universität dozieren. Martin Goldmann ließ sich also überreden, ein letztes Mal eines von Roberts Unternehmen zu finanzieren, gemeinsam mit Roberts ehemaligem Schuldirektor, Max Kern; sie bezahlten den Druck der fünfhundert Exemplare von *Shakespeare für Alle*.

Doch während Dr. Goldmann noch dabei war, alle Freunde, die er in journalistischen Kreisen hatte, zu überreden, *Shakespeare für*

Alle zu rezensieren, wurde er von Robert ausmanövriert. Zu den vielen Leuten, deren Bekanntschaft Robert in Amerika gemacht hatte, gehörte kein Geringerer als der Autor von *Jud Süß*, Lion Feuchtwanger. *Jud Süß* war in England und Amerika seit der Übersetzung durch das Ehepaar Muir und Arnold Bennetts enthusiastischer Rezension zu einem Bestseller geworden und hatte Feuchtwanger auf einen Schlag in der englischsprachigen Welt berühmt gemacht. Er befand sich auf einer Vortragsreise durch die Vereinigten Staaten, und Robert, der in Chicago zu einem der Vorträge ging und nicht an Erfolg durch Bescheidenheit glaubte, stellte sich anschließend dem Schriftsteller als der Mann vor, »der die Schweiz für Ihr Werk erobert hat«. Ob es nun an Robert lag oder an der Tatsache, daß Feuchtwanger, der Englisch zwar flüssig las, aber es nicht gut sprach, sich in Chicago etwas isoliert fühlte und froh war, einen amüsanten Landsmann getroffen zu haben, die Begegnung brachte ihre Resultate. Eines davon waren Karten für die Premiere des neuesten Werkes von Feuchtwangers ehemaligem Protegé, Bert Brecht. Das andere, wichtigere, war, daß Feuchtwanger sich an Robert erinnerte, als einer seiner Bekannten, der Leiter eines Wanderensembles, das sich für eine neue Tournee durch Deutschland bereit machte, nach einigen neuen Schauspielern suchte.

Ohne Dada etwas über den Grund zu erzählen, fuhr Robert auf Feuchtwangers Einladung hin nach Berlin, aber nicht allein. Diesmal hatte sich Carla entschlossen, ihn zu begleiten. So ein Wanderensemble spielte zwar nur in den Provinztheatern, doch genau dort befand sie sich ohnehin, wenn sich nichts änderte, und Robert hatte doch recht: Man mußte etwas riskieren. Zumindest hatte er bisher Erfolg damit gehabt.

Die Feuchtwangers, die sie in ihrem neuen Haus in der Mahlerstraße begrüßten, waren ein ungleiches Paar: Seine kleine, unscheinbare Gestalt, die helle Stimme und das Gesicht mit den aufgeworfenen Lippen und der großen Brille kontrastierten mit der hochgewachsenen, eleganten Erscheinung seiner Frau, die, wie Robert später meinte, wie eine indianische Prinzessin aussah. Beiden hörte man sofort an, daß sie aus Bayern kamen, und sie erkundigten sich nach dem neuesten Klatsch aus München, während Frau Feuchtwanger, stolz, ohne Dienstmädchen auszukommen, Apfelstrudel servierte.

»Ich bin nicht gern umgezogen«, sagte Lion Feuchtwanger, als Carla eine Geschichte über den Prozeß, den einer von Käthes Kollegen bei der *Münchner Post* seit Jahren gegen seinen Schwager wegen einer Prügelei im Fasching mit anschließendem Sachschaden führte, obwohl es nur um eine lächerliche Summe ging (»und ums Rechthaben«), beendet hatte. »Ist er nicht großartig in seiner Ich-Beschränktheit, der Bewohner der bayerischen Hochebene? Am liebsten möchte ich das ganze Bayern mit allem, was darin lebt, säuft, hurt, betet, rauft, Blödsinn, Fasching und Kinder macht, in einen Naturschutzpark umwandeln. Aber das geht nicht, und weil es nicht geht, läßt es sich in Bayern nicht mehr aushalten. Die dumpfe Stierwut gegen alles Neue, die sich Sinn für Tradition nennt, die ist nicht mehr harmlos. Langsam überwuchert sie alles andere.«

Marta Feuchtwanger schenkte Robert noch eine Tasse Kaffee ein und ergänzte: »Damals, 1923, in der Nacht zum 9. November, also da hat uns ein Freund angerufen und gesagt, er würde uns Fahrräder zur Flucht leihen, wegen der Nazis. Die hätten geputscht und würden jetzt die ersten Juden verhaften. Der Lion hat nur gemeint, er wäre zu müde zum Fliehen, und wir haben weitergeschlafen. Es war ja dann auch gleich vorbei mit dem Putsch, aber die Leute dahinter, die von der Industrie, die sind jetzt noch an der Macht in Bayern. Die würden das jederzeit wieder tun.«

Ihr Mann runzelte die Stirn, als sei ihm etwas eingefallen, und fragte Carla, ob sie etwas mit dem Lederfabrikanten Fehr zu tun habe. Zu ihrer Erleichterung wurde sie einer Antwort enthoben, denn Benno Vogel und seine Frau, die Leiter des Wandertheaters *Grüner Hut*, trafen ein. Beide gehörten zu den Schauspielern, die einige Zeit lang sehr bekannt gewesen waren und an der Schwelle des wirklichen Ruhms gestanden hatten, ohne sie je zu überschreiten. Ihre Tourneen durch alle Städte, die von solchen Gastvorstellungen lebten, weil sie sich kein eigenes Theaterensemble leisten konnten, waren solide erfolgreich; die Wahl ihrer Stücke eine Mischung aus bewährten Klassikern und neuen Boulevardstücken, die sich an den Berliner Erfolgen der jeweils letzten Saison orientierte. Diesmal standen die *Räuber* von Schiller, der *Hexer* von Edgar Wallace und *Candida* von Bernard Shaw auf dem Spielplan, und da ein Teil ihrer jüngeren Schauspieler zum Film abgewandert war, brauchten sie Nachwuchs.

»Ich weiß nicht, was von diesen Gerüchten vom Tonfilm zu halten ist«, meinte Benno Vogel kopfschüttelnd. »Ein Freund von mir hat einen gesehen und behauptet, es sei furchtbar, die Worte würden überhaupt nicht mit den Lippenbewegungen übereinstimmen.«

Er hatte sich an Feuchtwanger gewandt, doch Robert, entschlossen, die Initiative in dem Gespräch zu ergreifen, warf ein: »In Amerika sind Tonfilme der letzte Schrei, außer bei den Kritikern, die meinen, man hätte triviales Gequäke gegen schweigende Poesie eingetauscht.« Er lächelte entwaffnend. »Natürlich sind die meisten Kritiker in Amerika abgewiesene Drehbuchautoren aus Hollywood.«

»Und Sie, Herr König? Wie halten Sie es mit dem Sprechfilm?« erkundigte sich Lina Vogel wohlwollend.

»Oh, Robert ist verrückt danach«, entgegnete Carla, um ihm eins auszuwischen. »Er möchte der Nachwelt doch unbedingt seine Stimme erhalten.«

Sie sagte das ohne Schärfe und in dem Ton kindlicher Unschuld, den sie in Nürnberg oft genug hatte anschlagen müssen, doch Robert verstand die kleine Demonstration des Was-du-kannst-kann-ich-auch-Prinzips sehr gut, und sie fielen in den alten Wettbewerb zurück. Hinterher stellte sich heraus, daß sie nichts Besseres hätten tun können, denn es hinderte sie daran, befangen zu sein oder über das nachzudenken, was sie taten. Als sie das Haus in der Mahlerstraße wieder verließen, waren sie beide für eine Saison lang beim *Grünen Hut* engagiert.

»Aber Sie sind nicht verlobt, oder?« fragte Lina Vogel, was eine taktvolle Art war, anzudeuten, daß Schwangerschaften mitten in der Tournee nicht in Frage kämen. Robert grinste.

»Nein, wir sind Kasperl und Gretel.«

Das verstand hier in der preußischen Hauptstadt nur das Ehepaar Feuchtwanger, das denn auch in Gelächter ausbrach und sie zu einem erneuten Besuch einlud. Als die Mahlerstraße, die Feuchtwangers und die Vogels außer Sicht waren, fielen sich Robert und Carla in die Arme.

»Und wir haben noch nicht einmal vorsprechen müssen! Ich kann allerdings nicht umhin«, Roberts Stimme wurde zu einem neckenden Murmeln, »festzustellen, daß ich für bessere Rollen engagiert worden bin als du. Bitte sag, daß du gelb vor Eifersucht bist, sonst glaube ich einfach nicht, daß ich den Franz Moor spielen darf.«

»Ich bin niemals *gelb* vor Eifersucht, du Scheusal. Ich werde sehr distinguiert blaß. Außerdem, Franz hin, Franz her, wie du einen schmachtenden jungen Dichter in *Candida* spielst, möchte ich erst mal sehen. Die Leute werden aus dem Haus laufen.«

»Du hast mich bloß noch nicht schmachten sehen. Und jetzt sag schon, daß ich außergewöhnlich bin!«

Er faßte sie um die Taille und wirbelte sie herum. Die übrigen Spaziergänger auf der Straße sahen ihnen belustigt zu.

»Du bist außergewöhnlich, genial, der neue Stern am Theaterhimmel – und fast so gut wie ich!«

Wie sie den Nürnbergern, die ihre Zusage fest erwarteten und sie für eine Anfängerin sehr gut behandelt hatten, erklären sollte, daß aus der Vertragsverlängerung nichts wurde, darüber machte sich Carla keine Gedanken. Dazu bezahlte sie fünf Prozent ihres ohnehin kleinen Einkommens an ihren Agenten, der ganz bestimmt einsehen würde, daß eine Saison in Rollen, wo man mehr als eine Szene hatte und wirklich bemerkt werden konnte, viel besser war, als weiterhin in Nürnberg einen neuen Rekord im Wechseln von Kostümen aufzustellen.

Ehe sie Berlin verließ, machte sie Renate Beuren noch einen Besuch. »Ach ja, Benno Vogel«, sagte die alte Dame. »Zwei Profile auf der Suche nach einem Gesicht. Aber ein verläßlicher, fleißiger Handwerker. Sie können da einiges lernen, vor allem, was das Erobern eines schläfrigen Publikums angeht, aber ich wünschte, es wäre ein ansässiges Ensemble, dann könnte ich mit Ihnen arbeiten. Amalia ist eine knifflige Rolle, auch wenn Sie nur die zweite Besetzung sind und Lina Ihnen gewiß nicht öfter als ein- oder zweimal den Gefallen tun wird, Sie einspringen zu lassen. Mit Ihrer Vorliebe für die große Geste könnten Sie monoton werden und das ganze Stück über wie eine Hysterikerin kurz vor dem Zusammenbruch klingen. Ich weiß, alle zweiten Besetzungen stellen sich vor, sie müßten ganz anders sein, aber achten Sie auf Lina und wie sie ihre Ausbrüche durch Ruhe konterkariert. Bei ihr merkt man, daß Amalia die vernünftigste Person in dem ganzen Stück ist, und sie verläßt sich nicht so auf ihr Profil wie ihr Mann.« Sie wäre nicht

Renate Beuren gewesen, wenn sie nach einer kleinen Pause nicht hinzugefügt hätte: »Allerdings hat sie auch keins, worauf sie sich verlassen könnte.«

Über die anderen Rollen, Mary im *Hexer* und Prossy, die Sekretärin, in *Candida*, sagte sie nur: »Jung und unschuldig aussehen können Sie ja, und achten Sie darauf, nicht zu laut zu kreischen, wenn der Schuft sich an Sie heranmacht. Oh, und da Candida nun mal die sinnliche Muttergottes ist, bleibt Ihnen nichts anderes übrig, als spröde und frustriert zu sein, aber Shaw gibt Ihnen auch die besten Spitzen, vermasseln Sie sich das nicht durch zu deutliche Eifersucht.«

Carla hatte versucht, an Marianne zu schreiben, doch nicht gewußt, wie sie ihr Mitleid formulieren sollte. Außerdem würde Marianne sich gewiß fragen, woher Carla Bescheid wußte, und in ihrem Zustand sofort das Schlimmste vermuten, womit keinem gedient war. Doch nach ihrem kurzen Berlin-Ausflug kam Carla eine Idee zu einem neuen Versuch, die Beziehung zu ihrer Schwester zu flicken. Sie bat Robert, sie zu begleiten, und wählte eine Zeit, in der Philipp ganz bestimmt in seinem Büro saß.

»Und himmle mich ein bißchen an, nicht zu sehr. Ich will sie nicht schockieren, ich will ihr nur zeigen, daß sie sich keine Sorgen wegen Philipp dem Hai zu machen braucht.«

»Heißt das, du wirst mich auch anhimmeln? Das nimmt sie dir nie ab, und außerdem, soweit ich mich erinnere, fand sie mich als Kind schrecklich.«

»Mich auch, meistens, und außerdem *warst* du schrecklich. Aber wenn sie denkt, wir seien ein Paar, dann entkrampft sie sich in meiner Gegenwart vielleicht wieder. Oh, und keine Witze über Nazis, bitte.«

Die leichte Wölbung von Mariannes Bauch war immer noch nicht verschwunden, ein bitterer Hohn. Ihre vierunddreißig Jahre schienen doppelt schwer auf ihr zu lasten, und Carla erschrak über die tiefen Falten, die sich in ihr Gesicht eingegraben hatten. Da sie nicht gleich von dem Kind anfangen wollte, erzählte sie von ihrem und Roberts Engagement.

»Wie schön«, sagte Marianne unbeteiligt.

Verlegenes Schweigen trat ein. Robert kam Carla zu Hilfe und gab an Ort und Stelle einen Bericht seiner amerikanischen Abenteuer zum besten, der mit der gleichen abwesenden Distanziertheit aufgenommen wurde. Langsam stieg Ärger in Carla auf. Vielleicht lag es auch daran, daß es ihre ganze Kindheit hindurch immer Marianne gewesen war, die sich mit ihrer angestrengten Zuneigung um sie bemüht hatte; sie hätte sich nie träumen lassen, einmal in der umgekehrten Position zu sein. Und warum auch? Wenn Marianne nicht ihre Schwester wäre, dann würden sie sich gewiß noch nicht einmal grüßen; Marianne mit ihrem Talent dazu, unglücklich zu sein und andere unglücklich zu machen. Ihr wurde bewußt, daß sie ungerecht wurde und ihr Besuch damit sinnlos.

»Wir müssen jetzt gehen«, sagte sie unvermittelt, als Robert eine Pause machte. »Ich habe Kathi versprochen, ich würde noch bei ihr vorbeischauen, bevor ich nach Nürnberg zurückfahre.«

»Tu das«, erwiderte Marianne, und in ihrer Teilnahmslosigkeit erschien ein erster Riß. »Eine jüdische Bolschewistin ist genau die richtige Gesellschaft für dich.«

Sie hätte es ignorieren und gehen sollen. Aber wie meistens in Begegnungen mit ihrer Schwester wurden Carlas gute Absichten von ihrem Temperament zunichte gemacht.

»Wie meinst du das?«

Mariannes rechte Hand wanderte an ihren Hals, an dem heute keine Kette hing; die linke krampfte sich um die Falten ihres Rockes.

»Deine Mutter war auch eine Ausländerin. Es war alles ihre Schuld. Wir waren alle glücklich, bevor sie kam. Sie hat ihn verändert, als sie ihn meiner Mutter weggenommen hat. Das hat alles in Gang gesetzt. Die Sünde. Die Schuld. Es liegt im Blut. Und du, du warst schon immer ein böses Kind, du warst die Frucht, der Fluch. Und jetzt nimmst du ihn mir weg, so wie sie ihn meiner Mutter weggenommen hat. Ich hätte es wissen müssen. Du bist schlecht. Du bist schon immer schlecht gewesen.«

Es war die Enttäuschung über die falsche Schwangerschaft, sagte eine vernünftige kleine Stimme in Carla, es war Mariannes ganze verpfuschte Jugend, man durfte das nicht ernst nehmen. Doch dieser dünne Klang der Vernunft kam nicht gegen den Chor aus Schuldgefühlen, Schmerz und Haß an, den Mariannes Worte in ihr auslösten.

»Komm«, flüsterte Robert, der Carlas starren Gesichtsausdruck wiedererkannte, ihr ins Ohr, »wir gehen.«

Sie ignorierte ihn. »Was ist es dann für ein Glück, daß du kein Kind erwartest«, sagte sie mit harter, schneidender Stimme. »Bei all dem schlechten, verseuchten Erbgut. Aber das überrascht mich eigentlich nicht. Ausgedörrte Bäume tragen nun mal keine Früchte, nicht wahr?«

Robert nahm ihren Arm, fest genug, daß sie ihn sich ausgekugelt hätte, wenn sie seinen Bewegungen nicht gefolgt wäre, Schritt für Schritt, hinaus aus der Villa und auf die Straße, wo sie stehenblieb und in Tränen ausbrach. Wortlos reichte er ihr ein Taschentuch.

»Das war es.« Ihr Schluchzen durchzog erbittertes Lachen. »Keine Familienbesuche mehr, niemals. Was für eine Befreiung. O Gott, warum ist alles, was ich kann, andere Leute zu verletzen?«

»Weil es ein Familientalent ist«, erwiderte Robert pragmatisch. »Aber haben wir nicht schon längst entschieden, du und ich, daß wir ohne Familien viel besser dran sind?«

9. Kapitel

Die Vorbereitungen für die Tournee waren bereits so gut wie abgeschlossen, und der August näherte sich seinem Ende, als Robert und Carla dank der von Feuchtwanger geschenkten Karten die Premiere der *Dreigroschenoper* besuchten. Man spürte von Anfang an die elektrisierte Erwartung, die in der Luft lag; Autor und Komponist, Bert Brecht und Kurt Weill, hatten bereits mit ihrem vorhergehenden Werk, *Mann ist Mann*, einen großen Erfolg erzielt, und die Kritiker hatten Brecht schon seit den *Trommeln in der Nacht* in den Münchner Kammerspielen im Auge. Ob nun Herbert Jhering, der ihn für das größte dramatische Talent seiner Generation hielt, oder Alfred Kerr, der an ihm kein gutes Haar ließ: das Tribunal der Kritikerpäpste erschien ausnahmslos im Theater am Schiffbauerdamm, um Brechts moderne Umarbeitung der *Bettleroper* zu erleben.

Als der Moritatensänger mit seiner Ballade begann, stieß Robert Carla wegen der Zeile über den Haifisch leicht in die Seite, aber danach war er viel zu sehr in Anspruch genommen von dem Bühnengeschehen, um noch an etwas anderes zu denken. Es war komisch, ohne albern, zynisch, ohne billig zu sein, und zu all den Angriffen auf Kapitalismus als höhere Form des Verbrechertums und die Korruption der Polizei unwiderstehlich unterhaltend.

»Carla«, sagte er bereits in der Pause, »wir haben einen Fehler gemacht. Der Feuchtwanger muß uns Brecht vorstellen, vielleicht können wir noch...«

»O nein. Ich ganz bestimmt nicht, und du auch nicht. Wenn du jetzt zu Feuchtwanger gehst und ihm wegen Brecht in den Ohren liegst, gehst du ihm auf die Nerven, er hält dich für undankbar, und die Chance, daß er dir noch einmal etwas vermittelt, sinkt unter den Gefrierpunkt.«

»Angsthase«, murrte Robert, aber er hörte auf sie, weil er wußte, daß sie recht hatte. Man sollte sein Glück nicht überstrapazieren. Es war nur so, daß die Möglichkeit, einen aufregenden jungen Dramatiker kennenzulernen… Nun, aufgeschoben war nicht aufgehoben. Eine Saison Tournee, und dann war die Eroberung der Hauptstadt an der Reihe.

Zum immensen Schaden der Harmonie zwischen Robert König und dem Rest der Welt begann die Tournee des *Grünen Huts* mit *Candida*. Er hatte die *Dreigroschenoper* noch im Ohr, sah sich als Mackie Messer und war durch eigene Hand dazu verurteilt, jemanden zu spielen, der von Shaw als »*seltsamer, schüchterner Junge von achtzehn, schmächtig, mädchenhaft, mit einer zarten, kindlichen Stimme, einem gequälten, unruhigen Ausdruck und einem scheuen Benehmen*« beschrieben wurde. Niemand konnte Benno Vogel vorwerfen, er besetze nur nach Typ.

»Das Alter stimmt«, sagte Carla mitleidslos. Sie hatte gut reden. Die Sekretärin Prossy war laut Shaw »*eine adrette kleine Person von etwa dreißig aus der unteren Mittelschicht, keck und schlagfertig, nicht besonders höflich, aber mitfühlend und herzlich*«. Natürlich war Eugene Marchbanks, der Dichter, die wichtigere Rolle, doch während Robert sich darin übte, Lina Vogel auf der Bühne schüchtern anzuschwärmen und Benno Vogel, der Candidas Gatten, den rührigen Pastor Morell spielte, empfindsam, aber doch stolz entgegenzutreten, sehnte er sich nach dem Herzog zurück, der, statt von anderen Leuten geschüttelt zu werden wie Marchbanks von Morell, selbst handgreiflich werden durfte.

»Ich verstehe dich nicht«, kommentierte Carla. »Das ist doch gerade die Herausforderung, jemanden zu spielen, der völlig anders ist.«

»Es gibt anders und anders. Jedesmal wenn ich etwas lauter spreche als im sanftesten Tremolo, kommt mir der Vogel damit, daß Marchbanks kein Don Juan und seine Beziehung zu Candida rein platonisch ist.«

Also spielte er die Rolle mit einer gemarterten Aura, die zwar zu dem jungen Dichter paßte, aber Robert bei der Truppe nicht eben beliebter machte. Obendrein hatte sich herumgesprochen, daß der junge Mann mit keiner größeren Qualifikation als einigen Schulaufführungen und einer ominösen Saison in Zürich, die sie ihm nicht glaubten, ein Buch mit Empfehlungen für Shakespeare-Aufführungen verfaßt hatte. (Er hatte ein paar Exemplare dabei, um eventuell auftauchende Journalisten damit zu versorgen.) Die am häufigsten geäußerte Meinung über ihn war: »Wofür hält der sich eigentlich?«

Für Carla dagegen stellte die kleine Sekretärin nicht nur einen Aufstieg aus all den Kurzrollen dar, sie wurde auch zu einer Freundin. Sie fand den Schlüssel zu Prossy in Käthe und verlieh ihrer Sekretärin Kathis Mischung aus Enthusiasmus für die Sache und Unnahbarkeit im persönlichen Umgang, bis man sie näher kannte. Prossys heimliche Liebe zu ihrem Arbeitgeber, Pastor Morell, mußte, da sie längst nicht so oft wie Robert auf der Bühne war, auch nur gelegentlich ausgespielt werden, und es machte ihr Spaß, den seelenvollen Blick zu imitieren, den Kathi manchmal bekam, ohne es zu bemerken, wenn sie mit Dr. Goldmann sprach. Sie genoß sogar Prossys Gehemmtheit, in die sie nach der unangenehmen Episode mit Philipp wie in eine schützende Haut schlüpfte. Außerdem war Prossy die einzige Person in dem ganzen Stück, der es erlaubt war, die Titelheldin zu kritisieren, für die sonst jeder schwärmte.

»Candida hier und Candida dort, Candida an jedem Ort! Es ist wirklich zum Aus-der-Haut-Fahren, mit anzuhören, wie eine Frau in dieser lächerlichen Weise angehimmelt wird, nur weil sie hübsches Haar und eine erträgliche Figur hat«, stieß Carla mit solchem Gusto hervor, daß Vogel sie ermahnte, nicht zu offensichtlich zu sein. Doch weder Benno Vogel noch seiner Frau entging, daß sie in ihrer Szene mit Robert am besten war. Das Ehepaar Vogel hatte durch lange Jahre der Berufspraxis einen Blick für Talent und Charisma entwickelt, und an dem Nachmittag bei Feuchtwangers beides in den jungen Leuten, die ihnen vorgestellt wurden, gefunden. Getrennt voneinander, waren sie jeder für sich zwei bemerkenswerte Anfänger, die es noch weit bringen würden. Gemeinsam strahlten sie eine fast beunruhigende Intensität aus, die aus der Unterhaltung, in der die beiden Außenseiter, Prossy und Marchbanks, wechselseitig ihre Gefühle für das Ehepaar Morell entdecken, ein facettenreiches Juwel machte.

»Eigentlich schade, daß sie nicht mehr miteinander zu reden haben«, bemerkte Benno Vogel.

»Mein Lieber, das Stück heißt *Candida* und nicht *Eugene und*

Prossy«, entgegnete seine Gattin etwas schärfer, als sie beabsichtigt hatte.

Sie wünschte der jungen Fehr alles Gute, aber die beiden übrigen Stücke der Tournee stellten trotz ergiebiger Frauenrollen für sie ihren Mann ins Zentrum; *Candida* war *ihr* Vehikel, und sie legte Wert darauf, daß es so blieb, obwohl sie viel zu professionell war, um sich nicht kompetente Mitspieler zu wünschen.

Eine ungeklärte Frage, sowohl für die Vogels als auch für den Rest des Ensembles, war das Verhältnis der beiden neuen Mitspieler zueinander, was Carla und Robert sehr bald herausfanden. Es wurde ein sportlicher Wettstreit, möglichst viele der direkten und indirekten Fragen zu beantworten, ohne das zu sagen, was die Leute wissen wollten.

»Ihr seid wohl schon sehr lange befreundet?« forschte die Schauspielerin, mit der Carla die Zimmer in den Gasthöfen und Hotels teilte.

»Eine Ewigkeit lang.«

»Dann ist er wohl wie ein Bruder für dich?«

»Oh, das würde ich *so* nicht ausdrücken, sonst gäbe es eine Menge Probleme.«

»Wie«, erkundigte sich Hesselschmidt, der innerhalb des Ensembles dem als arrogant verschrienen Robert noch die größte Sympathie entgegenbrachte, weil dieser ihm von sich aus dabei half, in den Städten und Städtchen die nötigen Bestandteile für ein Bühnenbild zusammenzubekommen, »stehst du denn nun zu dem Mädchen?«

»Sie hat mir bereits gesagt, daß sie den Rest der Männerwelt nicht heiraten will.«

Dabei war das gemeinsame Spielen durchaus nicht immer Anlaß zu Harmonie, was zum Teil an dem Bedürfnis lag, sich gegenseitig zu übertrumpfen, und zum Teil daran, daß sie einander einfach zu gut kannten, um, wenn die Erschöpfung sie in einen Streit trieb, nicht genau und sofort die wunden Punkte des anderen zu finden. Trotzdem hätte Carla das ständige Auf und Ab auf keinen Fall gegen ein weiteres ereignis- und mit Sicherheit Krauß-loses Jahr in Nürnberg eingetauscht. Mit Robert auf so engem Raum zusammenzuleben, daß man sich täglich zum Frühstück begegnete, und mit ihm auf der gleichen Bühne zu stehen war zwar nervenaufreibend, aber es lohnte sich.

Im *Hexer* spielten sie Geschwister, und diesmal war es Carla, die gegen Unzufriedenheit mit ihrer Rolle ankämpfen mußte. Mary war zu nicht mehr nutze, als diverse Male bedroht und gerettet zu werden und dabei hübsch auszusehen; Lina Vogel hatte als Gattin des Hexers, Cora Ann, die wesentlich bessere Rolle einer geheimnisvollen Dame mit Vergangenheit. Marys Bruder Johnny bot Robert immerhin die Chance, als heruntergekommener junger Mann aus gutem Hause und rückfälliger Sträfling einiges mehr zu geben denn als schwärmerischer Eugene Marchbanks. Doch es war eine kurze Rolle, in der Bedeutung erst an vierter Stelle nach der Titelpartie, dem Schurken Maurice Messer und dem zu Unrecht als Hexer verdächtigten Detektiv Brill.

Der Hexer war mit seinen genau berechneten Effekten, den Leichen an jedem Aktschluß, dem geschickten Einsatz der Beleuchtung und der überraschenden Schlußwendung sowohl in Berlin als auch in München der größte Kassenrenner des vergangenen Herbstes gewesen, und der Zustrom auf dem Land war daher entsprechend groß.

»Wir müssen das ausnutzen, bevor sie es verfilmen«, sagte Benno Vogel glücklich, denn die Kassen waren voller denn je, und er entschloß sich, die *Räuber* noch eine Weile aufzuschieben. Er selbst spielte, mit einigem Bedauern, nicht die Titelrolle, weil das ein zu eindeutiger Hinweis auf die Identität des Hexers gewesen wäre, die ja bis zum Schluß geheim bleiben mußte, damit das Stück auch funktionierte. Als sie einmal unter sich waren, ließ Carla ihrer Boshaftigkeit freien Lauf und meinte, Benno Vogel als drogenabhängiger schurkischer Anwalt Messer ringe mit Robert um die Abgründe des Heruntergekommenseins in Form von verkrampften Händen und augenrollenden Wutausbrüchen.

»Immer noch besser als gefährdete Tugend«, entgegnete Robert, und damit hatte er recht. Sie haßte Mary mittlerweile, die zu allem auch noch dumm war und in dem Stück auf alles, aber auch alles hereinfiel, was ihr jemand erzählte. Selbst die Provinzblätter hielten es nicht für nötig, Mary irgendwie zu kommentieren, während Prossy immerhin ein paarmal Erwähnung gefunden hatte.

Nach einer langen Durststrecke den ganzen Herbst und Winter hindurch kam die Erlösung in Gestalt der *Räuber* im Frühjahr: Benno Vogel inszenierte sich selbst als edlen Räuber Karl Moor, seine Gattin als Amalia und »Robert König, einen jungen Schauspieler«, wie es in den ersten Presseankündigungen hieß, als Franz Moor, den Schurken des Stücks. Bei »einem jungen Schauspieler« blieb es nicht. Robert wußte inzwischen einiges über die Presse, und er war nicht länger gewillt, dem zuständigen Mann vom *Grünen Hut* die Ankündigung seiner Person zu überlassen. Er übernahm es selbst. Ob man nun Abneigung, wie die meisten Mitglieder des Ensembles, oder wie einige wenige Ausnahmen Belustigung empfand, man kam nicht umhin, zu bewundern, wie er das bewerkstelligte. Er bombadierte die Zeitungen jeder Stadt mit Kopien seiner Züricher Kritiken, verschickte Exemplare seines Shakespeare-Buchs und ging mit der größten Selbstverständlichkeit davon aus, daß jeder Journalist, der bei der Truppe erschien, an einem Interview mit ihm interessiert sein mußte, weswegen er die betreffenden Damen und Herren in der Regel je nach Tageszeit auf eine Tasse Kaffee oder zu einem Glas Wein einlud, während er ihnen das von Mal zu Mal abenteuerlicher werdende Epos der frühen Jahre des Robert König erzählte.

Es bestand natürlich die ganze Zeit die Gefahr, daß seine Bemühungen sich zum Bumerang entwickelten. Einige der Journalisten leckten Blut, Provinz oder nicht, und waren bereit, ihn in der Luft zu zerreißen, wenn er sich nicht wirklich als Phänomen erwies. Es war das erste Mal, daß Carla für einen anderen Menschen das gleiche Lampenfieber fühlte wie für sich selbst, und es beunruhigte sie. Robert hatte etwas an sich, das Menschen absorbierte; Dr. Goldmann hatte er schon vereinnahmt und sein Wohl und Wehe zu dessen wichtigstem Anliegen gemacht, und seinem ehemaligen Schuldirektor erging es nicht viel besser. Sie hatte genug mit sich selbst zu tun, um vor Angst, sein Franz könne nicht all das leisten, was er sich davon versprach, nervös an ihren Nägeln zu kauen. Doch sie tat es.

Sie hatte ihn noch nie in einer Hauptrolle erlebt, nur in seinem widerwillig gespielten Marchbanks, und da sie in diesem Stück nie gleichzeitig mit ihm auf der Bühne stand – außer als zweite Besetzung für Amalie verdiente sie ihr Gehalt noch als Räuber im Hintergrund, um Karl Moors Schar etwas umfangreicher wirken zu lassen, eine weitere stumme Hosenrolle –, war sie in der Lage, diesmal wirklich auch Publikum zu sein. Benno Vogel hatte das Stück

nie in einem Durchlauf proben können, nur in Einzelszenen, weil
er durch die überlange Spielzeit des *Hexers* in Verzug gekommen
war, und als sich der Vorhang der ersten Kleinstadtbühne öffnete,
um den Blick auf Robert und den Darsteller des alten Moor freizugeben, versuchte Carla ihn so zu sehen, wie es die Fremden um
sie herum taten.

Er war kein Verwandlungskünstler wie Werner Krauß; der junge Mann, der dort oben mit seinem warmen Bariton, der einem
durch und durch drang, fragte: »Ist Euch auch wohl, Vater?«, war
eindeutig derselbe, der als Sträfling Johnny in einer Ecke herumge-
lungert und darauf gewartet hatte, daß Maurice Messer mit ihm
sprach, obwohl Robert mit seiner Liebe zu dem tricktechnischen
Aspekt des Theaterlebens, der Maske, seine Züge für Franz Moor
vergröbert hatte, wo er nur konnte.

»Ich habe ohnehin ein Gesicht wie ein verdorbenes Baby«, hatte er zu Carla gesagt, »also warum das nicht ausnutzen?«

Also war der Mund nun geradezu grotesk breit, und die stumpfe Nase desgleichen. Er machte keine Anstalten, seine Backen ein-
zusaugen, was er für Johnny und Eugene getan hatte – Sträflinge
und hungernde junge Dichter sollten zumindest einen Anflug von
hohlen Wangen haben –, sondern ließ sie seine Augen, wenn er
lächelte, zu boshaften kleinen Schlitzen machen. Ein verdorbenes
Baby, in der Tat.

Doch was einem an dem Franz dort auf der Bühne ebenfalls
sofort auffiel, war Roberts ungeduldige Vitalität, und das traf die
meisten Leute unerwartet, wurde doch Franz Moor sonst als der
schleichende Intrigant im Hintergrund angelegt. Das hatte zu mehr
als einem Streit mit Benno Vogel geführt. Es erklärte die leichte
Dominanz über den alten Moor, dessen Akzeptieren der übertrie-
bensten Lügen; dieser Sohn hatte sich seinen Vater im Grunde
schon längst unterworfen und praktizierte ein altvertrautes Ritual,
weil er es für sein gutes Recht hielt und weil er es genoß. Das war
das zweite, was Roberts Franz auszeichnete; die Freude am
Quälen, nicht nur der andern, sondern auch seiner selbst. In seinem
ersten Monolog zählte er sich seine Häßlichkeiten langsam auf,
genußvoll, sich an der eigenen Rhetorik berauschend. Es war
nicht so sehr die Mimik wie die Stimme, die blitzschnell zwischen
Zynismus, Verachtung, Begeisterung über den eigenen Intellekt

und dem unverhohlenen Flirt mit dem Publikum, an das er die Kaskade der Schillerschen Fragen richtete, hin und her wechselte. Während der Proben erfüllten Carla manchmal Ressentiments deswegen; ein solches Instrument zur Verfügung zu haben gab ihm einen ungerechten Vorsprung. Doch jetzt war sie zu gefesselt von dem faszinierenden Monstrum, das er präsentierte; eine erschlaffte Leere breitete sich in ihr aus, als er die Bühne verließ und Benno Vogel für Karl Moors erste Szene Platz machte. Sie schaute sich um und entdeckte, daß es ihr nicht als einziger so erging.

Benno Vogel kannte die deutschen Provinzen zu gut, um eine modern-revolutionäre Umdeutung der *Räuber* à la Piscator zu riskieren; aber er übernahm einige von dessen regietechnischen Einfällen, so, Herrmann in einem Teil der Bühne von Franz kostümieren zu lassen, um die falsche Nachricht vom Tode Karls zu überbringen, während gleichzeitig Amalie und der alte Moor bereits in einem Bühnenbereich miteinander sprachen. Das machte es für Carla schwerer, sich auf Lina Vogel als Amalie zu konzentrieren, und sie verwünschte Robert, weil er diese Art von Magnetismus entwickelte. Gleichzeitig wußte sie, daß sie nie zufrieden sein würde, bevor ihr die Aufmerksamkeit des Publikums nicht genau in dem gleichen Maß galt.

Frau Beuren hatte recht gehabt; Lina Vogels Amalie war keine überspannte Heroine, sondern der ruhige Pol zwischen den monologisierenden Schillerhelden um sie herum, jemand, der litt, ohne deswegen schwach zu sein, und dessen gelegentlich zusammenbrechende Selbstbeherrschung deswegen um so stärker wirkte. Carlas Meinung nach war sie sogar besser im edlen Leiden als ihr Gatte, und nicht nur, weil sie ihr Profil nicht ständig einsetzte. Trotzdem, irgend etwas fehlte noch, und Carla brauchte nicht lange, um es für sich zu definieren. In ihrer ersten Konfrontation mit Robert wirkte Lina Vogel mehr wie eine Mutter, die ihr mißratenes Kind tadelt, als wie eine junge Frau, die mit einem Mann allein ist, den sie haßt und der sie begehrt. Sie ist zu alt, dachte Carla mit der Grausamkeit ihrer neunzehn Jahre, zu matronenhaft. In *Candida* und im *Hexer* war Stefanie Hummel, noch zwei Jahre älter als Lina Vogel, die zweite Besetzung für sie gewesen; kein Wunder, daß man für Amalie jemand anderen brauchte. Am Schluß der Vorstellung war Carla überzeugt, etwas Besseres zustande zu bringen als diese geschmackvolle, aber nicht weiter aufregende Schauspielkunst, etwas, das Robert wirklich herausfordern würde.

Dennoch war sie glücklich für ihn; da er bereits in der vorletzten Szene starb, in einem grandiosen Selbstmord, und sie in der letzten noch als Mitglied der Räuberbande im Hintergrund zu stehen und »Hauptmann, Hauptmann« zu rufen hatte, trafen sie sich beim Szenenwechsel. Robert kam von der Bühne, bereits dabei, sich Franz Moors Schlafrock vom Leib zu reißen, und in den Augen die erschöpfende Gewißheit des Triumphs, als er Carla sah.

»Und?«

Er wartete auf ein Kompliment, verbunden mit einer kleinen Stichelei, oder auch einer großen, das war ihm gleich, aber obwohl ihm der Kopf noch mit Franz Moor und der Erkenntnis, sich bewußt der Verdammnis zu überlassen, schwamm und er wußte, daß die Belohnung, das begeisterte Publikum, nur Minuten entfernt war, brauchte er hier und jetzt eine Bestätigung, von der einzigen Person in dieser Stadt, deren Urteil ihm wirklich etwas bedeutete.

Carla sagte kein Wort. Was sie statt dessen tat, kam ihm später als der perfekte Abschluß des Abends vor, noch besser als der Beifall, der ihn erwartete. Sie nahm seine Hand in ihre, führte sie in einer raschen, geschmeidigen Bewegung zu ihrem Mund und küßte sie. Dann spürte er ihre Zähne, als sie ihn kurz, aber heftig biß. Sie zwinkerte ihm zu und rannte mit den restlichen Räubern auf die Bühne.

Das schwäbische *Tagblatt* und der *Hübersbringer Anzeiger* waren nur die ersten, die sich in Elogen über »Robert König, das jugendliche Phänomen« ergingen, den Wunderknaben, der am Großen Schauspielhaus von Zürich gespielt und in Hollywood gefilmt hatte, und den Rest des Ensembles in kurzen, schulterklopfenden Platitüden abhandelten. Zu dem Zeitpunkt, als der *Grüne Hut* Württemberg verließ und nach Bayern kam, fanden sich die ersten überregionalen Zeitungen ein. Das war auch der Moment, als Lina Vogel Carlas inständigen Gebeten an ein nicht näher definiertes höheres Wesen, das über Schauspieler wachte, nachgab und sich mit einer Erkältung und nervöser Erschöpfung ins Bett legte.

In Lina Vogels blonder Perücke und ihrem Kostüm, das nur an

der Taille und den Armen etwas enger gesteckt werden mußte, stand Carla in Augsburg auf der Bühne und beschwor die Rache des Himmels auf Roberts Haupt herab. Sie hatten oft genug über diese Szenen diskutiert, denn da sonst niemand auf der Bühne stand, waren es die einzigen, in denen sie sich nicht nach Benno Vogels Anweisungen zu richten brauchten, ohne zu befürchten, deswegen die übrigen Mitspieler, die an Linas Auffassung gewöhnt waren, aus dem Konzept zu bringen. Also verhielt sich Carla ruhig und mitfühlend mit dem alten Moor, hingebungsvoll liebend mit Benno Vogel als Karl, doch in den Konfrontationen zwischen Amalie und Franz ersetzte sie Linas Darstellung der souveränen, unantastbaren Tugend durch die widerwillige Attraktion, die sie selbst für Philipp empfand. Außerdem hatten sie und Robert sich darauf geeinigt, daß Amalie und Franz an keiner Stelle ruhig stehen bleiben sollten; sie umkreisten sich wie zwei hungrige, junge Tiere, die nach einander schnappten.

»Herrgott noch mal, Fehr«, sagte Benno Vogel in der Pause aufgebracht, »ich hatte gehofft, daß wenigstens du dich an die Regieanweisungen hältst!«

»Das tue ich. Das steht alles so bei Schiller. Er klopft ihr auf die Brust. Sie ohrfeigt ihn. Sie fällt ihm um den Hals. Sie zieht gegen ihn den Degen…«

»Gott, bewahre mich vor belesenen Schauspielern.«

Die wirklich schwierigen Momente ihrer Darstellung warteten in den Szenen mit Karl, nicht mit Franz, auf sie, aber sie wußte, wenn sie hier versagte, würde jeder einzelne Zuschauer denken, daß sie nur mit Robert spielen konnte. Die unbedingte Leidenschaft, die eine Zeile wie »*Mörder! Teufel! Ich kann dich Engel nicht lassen*« und Amalies Bitte um den Tod von der Hand ihres Geliebten nicht nur plausibel, sondern als höchste Erfüllung erscheinen lassen mußte, war ihr fremd. Sie glaubte nicht, daß sie jemanden mehr lieben konnte als ihr eigenes Leben. Aber Amalie konnte es. Das war es, woran sie hatte arbeiten müssen, vor Benno Vogel zu knien und mit der absoluten Überzeugung, die, das erkannte sie erst jetzt, Lina so täuschend einfach hatte erscheinen lassen, zu sagen: »*Tod ist meine Bitte nur.*«

Als Vogel sein »*Moors Geliebte soll nur durch Moor sterben!*« rief, spürte sie zunächst einmal nur glühende Erleichterung, daß niemand gelacht hatte, und ließ sich mit dem Bewußtsein fallen, es endlich hinter sich zu haben. Für den kurzen Rest der Szene still liegen zu müssen war kein Problem, sondern eine Erholung nach all der Konzentration auf Amalies Sehnsucht nach dem Absoluten.

Erst bei den gemeinsamen Verbeugungen, Robert an der einen Hand, Benno Vogel an der anderen, wurde ihr klar, daß es vorbei war, und wie vor Jahren in Hohencrem kämpfte sie mit den Tränen. Wenn sie Glück hatte, dann würde Lina noch eine oder zwei weitere Nächte aussetzen, aber länger nicht, und selbst falls doch, dieser erste Auftritt in einer Hauptrolle war unwiderruflich vorbei, ein verflossener Teil ihres Lebens, der sie dem Tod näher brachte. Sie verstand nicht, wie Robert nach Premieren glücklich sein konnte.

Jemand brachte ihr einen Strauß, den Benno Vogel ihr in die Hand drückte, während er ihr zuzischte: »Um Himmels willen, Fehr, nimm dich zusammen. Es ist ja gut, du bist nicht gefeuert.«

Darum hatte sie sich noch nicht einmal im Traum Gedanken gemacht. Wie albern von Herrn Vogel, das zu glauben. »Wie großzügig, wo die Leute doch in Scharen hinausströmen«, murmelte Robert über den Applaus hinweg, und während der nächsten Verbeugung sah sie, wie sich Benno Vogels Nacken rötete. Als sie in die Kulissen zurückgingen, flüchtete Carla sofort in Lina Vogels Garderobe, die sie heute benutzen durfte, und ließ ihren Tränen freien Lauf.

In der Nacht genoß sie den Luxus, diesmal ein eigenes Zimmer zu haben. Diese Empfindlichkeit nach Premieren in Hauptrollen mußte sie loswerden, das wußte sie, aber noch nicht gleich; hier und heute war sie froh, daß es außer für sie keine Erstaufführung war und daher auch keine Notwendigkeit bestand, gesellig zu sein und feiern zu gehen. Sie fühlte sich ausgepumpt, erschöpft, wie ein ausgeleerter alter Weinschlauch. Nur fiel es ihr rätselhafterweise schwer einzuschlafen. Einzelne Momente der Aufführung tauchten vor ihrem inneren Auge auf, kleine, glitzernde Juwelen in der Dunkelheit. Und als sie endlich in einen dämmrigen, leichten Schlaf hinüberglitt, klopfte es an ihrer Tür.

Robert stand draußen, mit hinter dem Rücken verschränkten Armen.

»Ich bin müde, du Ungeheuer«, sagte Carla ungehalten.

»Aber ich muß mich noch bei dir revanchieren.«

Er zauberte eine Sektflasche und ein Glas hervor, in dem bereits etwas Glitzerndes lag. »Du warst wirklich wunderbar«, sagte er und drückte ihr beides in die Hand. Das glitzernde Etwas entpuppte sich als Diamantring, und Carla widerstand nicht, sie steckte ihn sich sofort an den Finger. Er saß etwas locker, und der Stein war nicht allzu groß, aber der Gedanke zählte. Erstens hatte noch niemand ihr einen Diamantring geschenkt, und zweitens wußte sie, daß er es sich eigentlich nicht leisten konnte.

Sie umarmte Robert. Er roch nach Zigaretten, jemandes Parfum, Schweiß und merkwürdigerweise nach Muscheln, und Carla rümpfte die Nase. »Danke, aber sag mal, wo bist du gewesen?«

»Das ist der zweite Grund, warum ich hier bin«, erwiderte Robert halb unbekümmert, halb erwartungsvoll. »Du hast eine Badewanne. Hast du zumindest behauptet. Und ich habe keine. Außerdem werde ich dir noch ein Geschenk machen und dir in allen Details erzählen, was du schon immer wissen wolltest.«

»Und das wäre?« fragte Carla, während sie sich etwas von dem Sekt einschenkte. Ihre Müdigkeit begann langsam zu weichen, und mit ihr das Gefühl von Verlust.

»Wie es ist, mit jemandem ins Bett zu gehen, natürlich. Was meinst du denn, wo ich war?«

Carla verschluckte sich beinah.

»Und du meinst, das interessiert mich?«

»Tut es das nicht? Oder hast du Angst?«

Es war das alte Spiel aus ihrer Kindheit und doch anders, ein Teil des neuen Spiels von der Bühne. Sie schauten einander an, und etwas tanzte zwischen ihnen hin und her.

»Nein«, erwiderte Carla und wies mit dem Kinn auf die Badewanne.

Im übrigen stimmte es, sie war neugierig; sie hatte sich immer gefragt, was ein Mann empfand, wenn er mit einer Frau schlief. Also hörte sie mit geschlossenen Augen zu und trank ab und zu aus ihrem Sektglas, während er erzählte, sich abschrubbte und wusch; erst als er die Kratzer auf seinem Rücken erwähnte, kam ihr ein unguter Verdacht.

»Robert, du hast den Ring doch nicht etwa von dieser Frau...?«

»Mach dir keine Sorgen, sie hat genügend. Außerdem ist sie verheiratet. Da fällt mir ein, du hast sie vielleicht auch gesehen, in der zweiten Reihe links. Die mit dem blauen Kleid und dem Notizblock. Sie vertreibt sich sonst ihre Langeweile mit dem Schreiben von Theaterrezensionen.«

Von Rechts wegen sollte sie wütend sein, entsetzt und empört. Das war Diebstahl, und hier mit einem gestohlenen Ring aufzukreuzen und mit seiner neuesten Eroberung zu prahlen gehörte bestimmt zu den verdrehtesten Dingen, die Robert je eingefallen waren. Nur wußte sie genau, daß er nicht nur prahlen wollte, sondern diese Erfahrung mit ihr teilen, und das löste die letzten schwarzen Schleier von Depression und ersetzte sie durch Befriedigung. Vielleicht war es der Sekt und die späte Stunde, aber die Vorstellung erschien ihr obendrein noch komisch, und sie begann zu lachen, ein Gelächter, in das er einfiel.

»Mach weiter«, sagte sie, nachdem ihr Zwerchfell sich wieder beruhigt hatte. »Erzähl mir mehr.«

Die *Münchner Neuesten Nachrichten* brachten unter dem Titel THEATER IN DER PROVINZ einen Bericht über die *Räuber*, doch er unterschied sich im Ton erheblich von den enthusiastischen Lobeshymnen der Regionalblätter.

»*Dem jungen Herrn König scheint nicht klar zu sein, daß er Franz Moor spielt, nicht Richard III.; die Niedrigkeit der Kanaille liegt außerhalb seines Erfassungsbereiches. Einem ähnlichen Irrtum erliegt Carla Fehr als Amalie, die sich offenbar in einer Wedekind-Aufführung wähnt und eine von Schillers schönsten Frauengestalten in den Schmutz zieht. Beide sind vom Regisseur (kompetent, aber etwas blaß als Karl Moor: Benno Vogel) fehlbesetzt; was den Rest der Darsteller angeht…*«

Es wunderte niemanden, daß von einem neuen Engagement für die nächste Saison nicht länger die Rede war, obwohl die restlichen Blätter sehr wohlwollend berichteten, bis auf die *Münchner Post*, die einer von Käthes Kollegen geschickt hatte und zwar »die frische Darstellung der jungen Schauspieler« pries, aber den Rest der Inszenierung als hausbacken und altmodisch verdammte. Noch am Tag des Erscheinens der Kritiken nahm Lina Vogel ihre Rolle wieder auf; in der nächsten Stadt stand erneut der *Hexer* auf dem Spielplan.

Robert kümmerte es wenig, wieder auf Nebenrollen zurechtgestutzt zu werden, obwohl er sie deutlich unter Protest spielte; er hatte bereits ein neues Projekt im Auge. Es basierte auf einer kleinen, vernünftigen Idee von Max Kern, die den doppelten Zweck erfüllen sollte, für seine Schule zu werben und seinen Lieblingsschüler zu beschäftigen, und lief im wesentlichen darauf hinaus, daß Robert die Internatsräumlichkeiten während der Sommerferien nutzen konnte, um Kurse und Aufführungen mit interessierten Jugendlichen abzuhalten, die ihre Eltern danach hoffentlich überredeten, sie ganz nach Lubeldorf zu schicken.

»Einverstanden, aber wir müssen dem Ganzen noch ein wenig Pfeffer verleihen«, schrieb Robert an Max Kern und breitete nichts Geringeres als den Plan für die neuzugründenden Sommerfestspiele von Lubeldorf vor ihm aus. Die Aufführungen würden nicht allein von Amateuren, sondern auch von professionellen Schauspielern (»aus ganz Europa – ich kenne genügend«) bestritten werden, in einem Gemeinschaftsprojekt, bei dem kein anderer als Bert Brecht (»seine Zusage ist uns so gut wie sicher«) Regie führte. Weil es sich mit solchen Zugpferden nicht lohnte, nur für das Publikum aus Heßling, der Lubeldorf nächstgelegenen Kleinstadt, zu spielen, mußten sie selbstverständlich den Radius ihrer Bemühungen bis nach Hamburg ausdehnen, die entsprechende Werbung machen und für genügend Unterkunftsmöglichkeiten sorgen.

»Und wer«, erkundigte sich Carla, »soll für das Ganze bezahlen? Für Brecht, für die Schauspieler, angenommen, daß sie alle zusagen, für die Dekoration, das Bühnenbild und so weiter?«

»Max. Er wird die Kosten schon wieder reinkriegen, bei all den Leuten, die kommen werden. Du und ich spielen selbstverständlich umsonst.«

»Ich hätte niemals eine Mathematikaufgabe für dich machen dürfen. Du kannst immer noch nicht rechnen.«

Ihr Agent, der trotz der gemischten Kritiken zufrieden mit ihrem Erfolg auf der Tournee war, hatte Carla für die nächste Saison bereits ein Engagement in Darmstadt vermitteln können, zu weitaus besseren Bedingungen als in Nürnberg. Also spielte sie ihre Marys und Prossys in der Gewißheit, daß die Tournee sich bereits gelohnt hatte, und der Überzeugung, daß Robert mit seinem größenwahnsinnigen, aber unwiderstehlichen Plan das weitaus aufregendere Spektakel bot.

Er erhielt Brechts Adresse von Feuchtwanger und von Brecht eine Postkarte mit der Bemerkung, ein Sommer in Lubeldorf sei nicht zu verachten, wenn sich nichts Besseres fände. Auf Grund dieser mehr als vagen Aussage ließ er den bedauernswerten Max Kern, der inzwischen Carlas Meinung nach offenbar ebenso hilflos Robert gegenüber war wie Dr. Goldmann, bereits Prospekte drucken, in denen die SOMMERSPIELE VON LUBELDORF, GELEITET VON BERTOLT BRECHT angekündigt wurden. Er machte das ereignislose Leben eines Donauwörther Postbeamten durch ein langes Telegramm in die Schweiz farbiger: WÜRDET IHR BEIDE MIT MIR SOMMERSAISON IN LUBELDORF (NÄHE HAMBURG) BESTREITEN? DREI STÜCKE INNERHALB VON VIERZEHN TAGEN STOP HAMLET FÜR JEAN PIERRE VOLKSFEIND FÜR DIETER IRGEND ETWAS FÜR MICH STOP WUNDERSCHÖNE SCHULE ZUM WOHNEN REIZENDES THEATER STOP KANN EURE UNKOSTEN SELBSTVERSTÄNDLICH BEZAHLEN UND WAS SONST NOCH ANFÄLLT STOP SAGT SCHON JA ES WERDEN FERIEN FÜR EUCH SEIN UND VIEL SPASS STOP ALLES LIEBE ROBERT.

Daß ihn nach einer Weile eine neue Postkarte von Brecht erreichte, weitergeschickt von dem leidgeprüften Dr. Goldmann, da an seine Münchner Adresse gerichtet, in der stand, die Arbeit an einem Filmprojekt in Babelsberg sei denn doch anziehender (und lukrativer) als ein Schulsommer in Lubeldorf, dämpfte Roberts Enthusiasmus für den Sommer nicht im geringsten. Er beförderte sich selbst zum Leiter der »Lubeldorfer Sommerspiele«, ließ neue Prospekte drucken und begann, all die Journalisten, die er im Verlauf des letzten Jahres kennengelernt hatte, für den »Verkauf von Lubeldorf« einzuspannen.

»Der arme Max ist ruiniert, wenn diese Vorstellungen nicht restlos ausverkauft sind«, sagte Max Kerns praktische Gattin Evi zu ihrer besten Hamburger Freundin, »also sorg bitte dafür, daß alle deine Bekannten kommen, sonst können wir gleich als Arbeitslose auf die Straße gehen.«

Währenddessen bemerkte Robert kaum, daß seine Zeit beim *Grünen Hut* zu Ende ging. Dieter und Jean-Pierre hatten nach einigem Hin und Her zugesagt, und er fand es gänzlich unverständlich, daß Carla sich für den Herbst bereits nach Darmstadt verpflichtet hatte, wo sie nach ihrer Teilnahme in Lubeldorf doch gewiß Angebote aus Berlin erhalten würde. Diesmal stieß er mit seinen

Vorschlägen einer gemeinsamen Eroberung von Berlin jedoch auf Granit.

»Ich mache nur bei dieser Sache mit, weil ich sehen will, wie du das durchziehst, und weil ich gespannt auf die beiden Schweizer bin. Aber wenn du glaubst, ich weiß nicht, daß bei diesen *Festspielen* in erster Linie Robert König gefeiert wird, dann irrst du dich. Und wenn du denkst, ich richte mich auf ein Leben als zweite Geige ein, dann…«

»Hatte ich mit der letzten Saison recht oder nicht?«

»Das ist doch ganz egal, ich will nur nicht ein weiteres Jahr dabei helfen, die Welt erkennen zu lassen, wie wundervoll Robert König ist. Die sollen erkennen«, schloß Carla mit einem versöhnlichen Lächeln, »wie wundervoll *ich* bin.«

Es war nicht nur ein Scherz. Eine Spielzeit mit Robert war abenteuerlich, aufreibend und, ja, ein gewaltiger Schritt nach vorne gewesen, doch selbst wenn sie nicht bemerkt hätte, daß er in sämtlichen Artikeln wesentlich ausführlicher behandelt wurde als sie, dann war ihr Agent da, um sie darauf hinzuweisen. Der junge Mann, meinte er gewichtig, beweise ein echtes Talent für Öffentlichkeitsarbeit, wie auch für alles andere, aber wenn er nicht wie eine Wunderkerze schnell verlosch, dann würde er immer alle seine Mitstreiter überstrahlen.

»Haben Sie vor, ihn zu heiraten?« fragte er Carla direkt.

Das gab den Ausschlag. Es stimmte, während der Tournee war sie mehr und mehr dazu übergegangen, sich auf Roberts Darstellung, Roberts Probleme, Roberts Erfolge zu konzentrieren. Ich benehme mich wirklich fast wie eine *Ehefrau*, dachte Carla und schauderte. Das entsetzliche Etikett Die Frau an seiner Seite flammte wie eine düstere Leuchtschrift am Horizont vor ihr auf. Nein, ein Jahr mit Robert genügte fürs erste; das nächste würde ausschließlich der Karriere von Carla Fehr gewidmet sein.

Die Tage zwischen dem Ende ihrer Tourneeverpflichtungen und dem Beginn der Proben für das, was in Lubeldorf allmählich Gestalt annahm, verbrachte sie in Darmstadt, um ein Zimmer zu suchen, und in München bei Käthe; ganz bewußt nicht in Lubeldorf, wo Robert sich damit amüsierte, den Produzenten zu spielen, der die jungen Amateure vorsprechen ließ. Allerdings ließ sie sich breitschlagen, die Züricher in München in Empfang zu nehmen und sie für den Rest der Reise nach Lubeldorf zu begleiten. Da sie noch nie ein Photo von einem der beiden gesehen hatte, machte Carla sich so lange Sorgen, bis sie Jean-Pierre Dupont aus dem Zug aussteigen sah, gefolgt von seinem großnasigen Begleiter. Robert hatte recht, sie waren wirklich unverwechselbar.

Für die Weiterfahrt nach Norden war ein Nachtzug geplant, also blieb genügend Zeit für eine ausgiebige Mahlzeit und einen entspannenden Spaziergang. Carla und die Züricher waren wechselseitig voneinander bezaubert; noch nie hatte sie sich in der Gesellschaft von Fremden so schnell so wohl gefühlt.

»Aber warum um alles in der Welt haben Sie sich von Robert überreden lassen?«

»Ich war ja dagegen«, entgegnete Dieter, und die Haut um seine kleinen, weisen Elefantenaugen legte sich in Lachfältchen, »aber Jean-Pierre lief auf einer Party eine Frau über den Weg, die behauptete, sie sei ein Medium, er sei die Wiedergeburt eines Hamburger Fischers und würde in diesem Jahr noch eine Reise nach Norddeutschland unternehmen.«

»Auf solche Zeichen muß man als Schauspieler achten«, fiel Jean-Pierre ein, sehr ernsthaft, so daß sie einen Moment lang nicht wußte, ob die Geschichte tatsächlich stimmte. »Obwohl ich es vorgezogen hätte, ein österreichischer Fischer gewesen zu sein. Sie sind so viel seltener. Und Sie?«

»Oh, ich habe zu der seltensten Spezies von allen gehört.«

»Darf man fragen, welcher?«

»Schreibende Dinosaurier. Das heißt, es war eine seltene Spezies, damals, als ich zu ihnen gehörte. Heutzutage ist die Gattung wieder sehr verbreitet, hauptsächlich im Feuilleton von überregionalen Zeitungen.«

Die beiden Männer lachten, dann sagte Jean-Pierre mit seinem falschen französischen Akzent, der so angenehm im Ohr klang: »Touché, aber eigentlich wollte ich wissen, wie Robert *Sie* überredet hat.«

»Mit Magie natürlich«, entgegnete Carla und setzte ihre unbewegteste Miene auf. »Darin ist er sehr gut, sehr überzeugend.«

Dieter brummte, und Jean-Pierre hob eine Augenbraue. »Ja, das ist er.«

Bis sie in Hamburg in den Bummelzug nach Lubeldorf umstiegen, waren sie dazu übergegangen, sich zu duzen; außerdem unterzog Jean-Pierre Carlas Äußeres einer eingehenden Würdigung und gab ihr einige Hinweise in bezug auf Frisur und Schminke.

»Du hast ein interessantes Gesicht«, sagte er. »Noch unfertig, aber sehr gut für die Bühne. Je nachdem könntest du sowohl einen hübschen Jungen als auch eine schöne Frau abgeben, was selten ist. Die meisten Frauen, die hübsche Jungen abgeben, haben als Frauen etwas Altjungfernhaftes. Als Frau würde ich die Augen mehr betonen, und sei ruhig kühn genug für einen dunklen Lippenstift. Dunkel wirkt bei roten Haaren häufig vulgär, aber nicht, wenn man genau den richtigen Ton trifft und nicht in den Irrtum verfällt, sich einen Kußmund zu schminken.«

»Und als Junge?« erkundigte sich Carla, die nicht beleidigt war, sondern dankbar und interessiert, aber dennoch einer kleinen Stichelei nicht widerstehen konnte. »Eine dunkle Perücke und fleischfarbenes Make-up?«

»Wir wollen nicht gleich zu den höheren Weihen übergehen. Nein, bei deiner hellen Haut brauchst du im Prinzip gar keine Schminke, aber selbstverständlich mußt du dir die Haare anders kämmen.«

Robert erwartete sie mit einem sichtlich erschöpft wirkenden Max Kern, einem Photographen und einem Reporter, dem er die »berühmtesten Schauspieler der Schweiz« vorstellte; die Mischung aus übertriebener Ehrfurcht und besitzergreifendem Kommandoton, die er ihnen gegenüber anschlug, machte Carla sofort argwöhnisch. Er hatte die beiden nicht nur eingeladen, um seinem theatralischen Ereignis Glanz zu verleihen; nein, da gab es außerdem noch etwas. Doch sie fand nicht die Zeit, um darüber zu spekulieren oder Robert direkt zu fragen; alle Reisemüdigkeit verflog, als sie entdeckte, daß zu den Amateuren, die sich erfolgreich um die Mitwirkung bei den »Festspielen« beworben hatten, auch Monika von Antwolfen zählte. Robert hatte ihr bereits die Rolle der Ophelia zugesagt.

Als sie das erfuhr, packte sie gerade ihre Sachen bei den Kerns aus, deren Haus außerdem noch das Hauptquartier für Robert darstellte, und Evi Kern befand sich im Raum, also mußte sie sich beherrschen. Robert allein abzupassen war ebenfalls so gut wie unmöglich; wenn er nicht gerade von den Amateuren umlagert wurde, malte er an Teilen des Bühnenbilds, telefonierte mit mysteriösen Quellen auf der Suche nach weiteren Möbeln, die ausgeliehen werden konnten, oder gab Interviews. Zu allem Überfluß lief ihr die Antwolfen auch noch leibhaftig über den Weg; sie begrüßten sich gegenseitig mit gebührender Wärme.

»Ich wußte gar nicht, daß du dich für das Theater begeisterst«, sagte Carla und lieh sich Prossys Tonfall aus, wenn sie über Candida sprach. »Ist so etwas nicht unter deiner Würde?«

»Aber im Gegenteil, meine Liebe. Unsere Familie war den schönen Künsten schon immer zugetan.«

Genug war genug; sie griff sich Robert bei seinem neuesten Telefonat und zerrte ihn in die Abstellkammer, die derzeit völlig überfüllt war, ohne auf das betretene Feixen seines Anhangs zu achten.

»Ich fasse es nicht! Die Antwolfen? Als Ophelia?!? *Was hast du dir dabei gedacht?*«

»Unterhaltung«, entgegnete Robert und grinste. »Komm schon, Carla, du kannst nicht alle weiblichen Partien spielen, und wenn wir nicht ein paar Hauptrollen den Leuten geben, die für ihr Dabeisein hier Gebühren an Max zahlen, dann reisen sie ab und lassen uns sitzen.«

»Du Mistkerl.«

Der Sommer von Lubeldorf entwickelte sich zu einem seltsamen Zwischending aus Pfadfindertreff und Vorhölle. Wegen der Hitze trugen sie bald alle Badekleidung beim Proben, was das Ganze weniger denn je wie eine professionelle Theaterveranstaltung aussehen ließ. Robert hatte als erstes Stück *Das Phantom der Oper* angesetzt, mit sich selbst als Phantom und Regisseur, Carla als Christine und Jean-Pierre als Raoul. Monika von Antwolfen spielte Carlotta, die Diva, Christines Rivalin, und der Rest der Rollen ging ebenfalls an die Amateure. Nicht, daß man professionelle Schauspieler gebraucht hätte; Robert hatte natürlich die einzig schwierige, aufsehenerregende Partie, und Carlas Laune verbesserte sich nicht dadurch, daß die Antwolfen noch nicht einmal schlecht war. Aber täglich mit jemandem zusammenzuarbeiten, den sie bereits in der Schule nicht gemocht hatte, war nichts gegen das Terrorregime, das Robert als Regisseur ausübte. Das Phantom, das er spielte, war im Vergleich dazu ein ruhiger, zurückhaltender Charakter. Er genoß es sichtlich, jedermann Befehle erteilen zu können, und er tat es oft in größter Lautstärke. Nicht, daß er nicht häufig recht hatte, aber der Ton war unerträglich, und schließlich ließ Carla die professionelle Haltung fahren und schrie zurück. Der Rest der Lubeldorfer Mimen lernte bald, ehrfürchtig zu schweigen und zu staunen, wenn sie sich in ein weiteres Wortgefecht stürzten.

Dabei war Carla gar nicht das Hauptobjekt von Roberts Kritik. So respektvoll er Jean-Pierre außerhalb der Proben behandelte, so sehr hackte er, sowie sie auf ihrer kleinen Freilichtbühne inmitten des Schulsportplatzes standen, auf ihm herum, auf eine so gezielte, boshafte Weise, daß Carla nicht lange brauchte, um zu begreifen, daß es nichts mit Jean-Pierres Darstellung zu tun hatte.

»Oh«, sagte Jean-Pierre, als sie ihn danach fragte, zündete sich eine Zigarette an und reichte ihr eine weitere, die sie akzeptierte, denn sie hatte während der letzten Saison das Rauchen angefangen, »er hat das Gefühl, noch eine Rechnung mit mir offen zu haben. Ganz ehrlich, chérie, ich hätte nicht gedacht, daß unser Robert so rachsüchtig ist. Aber das geht vorbei. Irgendwann wird er erwachsen.« Etwas beunruhigt dreinschauend, fügte er hinzu: »Oder etwa nicht?«

Carla hätte ihm einiges über die Kapazität, sich zu rächen, erzählen können, aber trotz ihrer Sympathie für Jean-Pierre brachte sie das nötige Vertrauen nicht auf. Im übrigen gab es im Inferno von Lubeldorf auch tröstliche Oasen. Die Premiere des *Phantoms* war vollbesucht und brachte den Kerns damit den ersten Teil ihrer finanziellen Rettung, sie verlief reibungslos, und Carla mußte anerkennen, daß es bei ihrer bunt zusammengewürfelten Truppe keine geringe Leistung von Roberts Seite war, auch wenn es etwas einem Armeedrill ähnelte. Während sie sich nach allen Seiten hin verbeugten, fing sie an, Robert zu vergeben.

Hinterher regnete es Lobpreisungen von allen Seiten, auch wenn einige der Kritiker einen leicht sarkastischen Ton anschlugen: »Robert König, der sein junges Gesicht hinter dem Inhalt mehrerer Schminktöpfe verbarg, übertrieb als Phantom fast so gut wie Werner Krauß als Dr. Caligari«, gehörte zu Carlas heimlichen Favoriten. Sie selbst fand man als Christine ein weiteres mal »reizend«; immerhin entdeckte der *Holstein-Kurier* in ihrem Verhalten dem Phantom gegenüber »eine subtile und daher für eine so junge

Schauspielerin um so erstaunlichere Mischung von Faszination und Schrecken«.

Mit dem Wechsel zu *Hamlet* ließ Robert sein Diktatorengehabe von einem Tag auf den anderen fahren, was ihm auch dadurch erleichtert wurde, daß Dieter diesmal Regie führte.

»Nun, mein Junge«, erkundigte sich Jean-Pierre, nachdem sie eine Probe in einer Atmosphäre ungewohnter Friedfertigkeit hinter sich gebracht hatten und sich am Flußufer mit den Beinen im Wasser entspannten, »können wir davon ausgehen, daß die Menschheit dich wiederhat?«

»Das kommt darauf an«, entgegnete Robert mit einer Mischung aus Offenheit und Impertinenz, »ob ihr beeindruckt genug seid.«

Dieter hüstelte. »Was für ein Glück, zu hören, daß du uns nur *beeindrucken* wolltest. Ich dachte schon, du möchtest Jean-Pierre umbringen.«

»Natürlich wollte ich euch beeindrucken. Alles, was ich vom Theater weiß, kommt von euch«, sagte Robert und ließ sich ohne Vorwarnung in den flachen Fluß fallen, so daß der Wasserschwall sie alle naß machte.

Hamlet war im wesentlichen eine Wiederholung der Züricher Inszenierung, mit den geringeren Mitteln von Lubeldorf. Doch diesmal spielte Robert Claudius, und er hatte Carla als Gertrude besetzt, was sie für die entgangene Ophelia durchaus entschädigte, obwohl jedesmal, wenn sie die Antwolfen in ihrer lieblichen Pose sah, neuer Groll in ihr erwachte.

»Monika, Ophelia steht kurz davor, wahnsinnig zu werden. Meinst du nicht, man sollte ihr das anmerken?«

»Du führst meines Wissens nicht Regie hier, Carla.«

Immerhin, eine reife, erfahrene Frau zu verkörpern hatte seinen Reiz. Sie beherzigte Jean-Pierres Ratschläge hinsichtlich ihres Make-ups, und Dieter verpaßte ihr außerdem ein Kostüm, das eine Schulter frei ließ. »Robert hat deinetwegen seinen Bruder umgebracht«, sagte er mit einem leichten Augenzwinkern, »also zeig den Leuten, weshalb.«

Sie nahm den Hinweis auf und legte Gertrude als Vamp an; nicht, daß das ihre Meinung über Hamlets Mutter gewesen wäre, aber der spielerische Geist von Lubeldorf hatte sie erfaßt; zum Kuckuck, dachte Carla, der Sommer war bisher schlimm genug, und schließlich, letztlich und endlich sind das meine Ferien.

Im übrigen war es nur gerecht, auch etwas Spaß auf Kosten des altehrwürdigen Stückes zu haben. Dieter machte ein-, zweimal den Versuch, Robert zu einer Darstellung von Hamlets Stiefvater als gewissensgequälten Ehebrecher und Politiker in mittleren Jahren zu bewegen, dann ließ er es achselzuckend sein und Roberts durch das Phantom geweckten melodramatischen Instinkten freien Lauf. Roberts Claudius war ein sinnliches, tyrannisches Monster, und das Vergnügen, das er und Carla daran hatten, Shakespeares Königspaar in zwei Wedekindsche Triebmenschen zu verwandeln, versöhnte sie nach dem Dauerstreit während der *Phantom*-Tage wieder miteinander.

Diesmal reagierten die Kritiker, dank Jean-Pierres Hamlet in noch größerer Zahl erschienen, gespalten.

»Jean-Pierre Dupont gibt den Prinzen in seiner edlen Tragik, doch diese hervorragende Darstellung entgeht leider der Mehrzahl des Publikums, das damit beschäftigt ist, Herrn König und Fräulein Fehr Pflaumen, Weintrauben und Zärtlichkeiten austauschen zu sehen. Ich weiß nicht, ob es Klaus Mann war, der vor zwei Jahren die Mode, uns kindliche Greise vorzuführen, begann, aber lassen Sie uns hoffen, daß dieses Spektakel sie beendet«, schrieb der *Hamburger Kurier.*

»Die zweite Inszenierung bot neben einem exzellenten Hamlet von Jean-Pierre Dupont und einer zarten Ophelia (M.v.Antwolfen) einen Ausflug in die Welt des Films. Robert König, der Wunderknabe, dessen erstaunliche Laufbahn mittlerweile jedem Leser bekannt sein dürfte, spielte Erich von Stroheim, und die verwirrende Carla Fehr gab Brigitte Helm. Beide sind sehenswert in diesen Rollen. Was sie allerdings in Hamlet *zu suchen haben, bleibt mir ein Rätsel.«*

»Tja, meine Lieben, da hat er nicht unrecht«, sagte Dieter zu ihnen. »Aber macht euch nichts draus. Derartige Kritiken bringen ein volles Haus, und ab und zu muß man Kinder spielen lassen.«

Carla blieb reuelos. Sie hatte den Lubeldorfer Sommer von Anfang an nicht als ernsthaftes Engagement gesehen, sondern als einen Gefallen, den sie Robert tat; warum nicht extravagant sein, bevor der Ernst des Lebens im Herbst wieder losging? Verwirrend, wie? Eigentlich ließ sich die Mondänität noch steigern. Also fragte sie Dieter, ob sich Gertrude während ihrer Kammerszene mit Hamlet die Haare bürsten könnte, oder besser, die glorreiche lange Perücke, die sie trug. Er verzog das Gesicht.

»Alles hat seine Grenzen, auch das Übertreiben.«

»Ich weiß. Sonst hätte ich gefragt, ob ich mir die Nägel lackieren darf.«

Die Proben für den *Volksfeind* liefen gleichzeitig mit den abendlichen *Hamlet*-Vorstellungen; nur noch ein Drittel des »Festspiels« stand bevor, und das Ehepaar Kern gestattete sich, vorsichtige Erleichterung zu fühlen. Bis jetzt war keiner der zahlenden Teilnehmer verschwunden, jeder unterhielt sich prächtig, und vielleicht ließen sich die Kosten wirklich decken, auch wenn Evi Kern aus der Arbeit für das Ausrichten von Buffets und Getränken jeden Abend nicht mehr herauskam. Tagsüber weigerte sie sich einfach zu kochen; die Teilnehmer der Lubeldorfer Theatertage lebten sehr gesund von Obst und einer Menge Brot, was dazu beitrug, die Pfadfinderatmosphäre aufrechtzuerhalten. Carla aß gerade einen Apfel, als eine der Kern-Töchter auf sie zugerannt kam und ihr atemlos berichtete, es sei ein sehr dringender Anruf von ihr entgegenzunehmen.

Ihr Agent war der einzige, der ihr einfiel. Aber er hatte so viele wichtigere Klienten als sie, daß es unwahrscheinlich erschien, es sei denn, etwas ganz und gar Außergewöhnliches hatte sich ereignet; nichts Negatives, denn das hätte er ihr brieflich mitgeteilt, sondern etwas Positives.

»Wer ist es?«

»Deine Schwester.«

Einen Moment lang erwog sie, sich verleugnen zu lassen. Dann stieg Neugier in ihr auf. Was wollte Marianne? Nach ihrem letzten Gespräch hätte sie darauf gewettet, daß Marianne nie im Leben mehr das Wort an sie richtete. Sie ging also nicht gerade schnell, aber doch steten Schrittes in das Haus der Kerns, wo ihr Evi Kern mit sehr ernstem Gesicht den Telefonhörer entgegenhielt. Er fühlte sich in ihrer vom Obstsaft klebrigen Hand wie eine Falle an, an der man haften blieb.

»Marianne?«

»Carla… Carla, bist du das?«

Dumme Frage, wollte sie sagen, aber die Stimme ihrer Schwester klang so seltsam aus dem Apparat, dünn und gebrochen.

»Ja, ich bin's.«

»Carla, bitte komm nach München. Mir… mir geht es sehr schlecht. Bitte komm zu mir.«

Sie wußte nicht, wie sie reagieren sollte. Sarkastisch, mit der Erinnerung daran, daß sie doch von Grund auf böse sei? Gerührt, weil ihre Schwester, die einzige Blutsverwandte, die sie ihres Wissens auf der Welt noch hatte, sie in einer schweren Stunde zu sehen wünschte?

»Ich habe Krebs«, wisperte Mariannes ferne Stimme und klang wie zerdrückte Schmetterlingsflügel. »Carla, ich liege im Sterben.«

»Ich komme«, sagte Carla und legte auf, ehe sie es sich anders überlegen konnte. Später erkannte sie, wie dumm das war, denn sie hatte noch nicht einmal gefragt, ob Marianne in einem Krankenhaus lag, doch die umsichtige Evi Kern erinnerte sich, zuerst mit einer Schwester der Klinik in der Lindwurmstraße gesprochen zu haben. Robert brachte sie mit Max Kern zum Bahnhof. Während sie auf den Zug warteten, gingen sie zu zweit auf und ab, das erste Mal seit dem Beginn des Lubeldorfer Sommers, daß sie alleine und ruhig waren.

»Ich wünschte, du würdest nicht gehen.«

»Weil du der Antwolfen die Petra doch nicht zutraust? Keine Sorge, da gibt es immer noch die kleine Ottilie, die hätte die Rolle schon eher verdient.«

Doch er weigerte sich, auf ihr Ausweichen einzugehen.

»Nein, weil es scheußlich werden wird«, entgegnete er und dachte an seine sterbende Mutter. »Warum tust du dir das an? Keine Familie, erinnerst du dich?«

»Weil«, sie schluckte, »es nicht schlimmer werden wird, als ich es mir vorstelle. Das weiß ich, Robert. Ich kann das kein zweites Mal… ich könnte das Warten hier nicht aushalten.«

»Ud tsib rim thcin rhem esöb?« fragte er sie, denn plötzlich schien es ihm sehr wichtig, daß sie auf der langen Fahrt nach München nicht noch nachgetragenen Groll wegen ihrer albernen Streiterei empfinden sollte.

»Nien.«

Ihre Finger verflochten sich ineinander, und er registrierte, daß

Carla es wieder einmal fertigbrachte, trotz der Sommerhitze kalte Hände zu haben. Seine eigenen waren, unabhängig von der Jahreszeit, immer warm. Als sie in den Zug einstieg und sich auf der oberen Stufe noch einmal umdrehte, küßte er sie impulsiv. Auch ihre Lippen waren kalt, und sie zitterte etwas, während sie ihn noch einmal heftig umarmte.

»Weißt du, Robert«, sagte Max auf der Rückfahrt zur Schule, »ich muß dir etwas gestehen. Ich mag das Mädchen, aber vor allem war ich ungeheuer erleichtert über ihre Gegenwart hier, weil ich mir Sorgen machte um dich und... nun, um dich und die Züricher.«

»Die Züricher?« fragte Robert etwas begriffstutzig zurück, weil er in Gedanken noch bei Carla war und der unheimlichen Fähigkeit von Familienmitgliedern, gleich welcher Art, einen zu verwunden, indem sie einen brauchten.

»Es ist möglicherweise ein Schock für dich, aber ich glaube, Dieter und Jean-Pierre sind – von der anderen Sorte.«

Max Kern war überrascht und ratlos zugleich, als der eben noch niedergeschlagene Robert den Kopf zurückwarf und lachte.

»Deswegen mag ich Sie so gerne, Max«, erklärte Robert, als er sich wieder beruhigt hatte. »Sie sind in manchen Dingen so wunderbar na... schlicht.«

Marianne lag auf der Privatstation, umgeben von Blumen wie die tote Ophelia, und der Duft der vielen Rosen und Orchideen verursachte Carla beim Eintreten kurze Zeit Übelkeit. Was um alles in der Welt dachten sich die Leute dabei, das Ganze jetzt schon wie ein Totenbett wirken zu lassen?

Außer den Blumen befand sich nur noch eine Krankenschwester im Zimmer, und diese Einsamkeit gab zu all den Blumen einen merkwürdigen Kontrast ab. Vage erinnerte sich Carla daran, daß Mariannes Großmutter irgendwann in den letzten zwei Jahren gestorben war, doch Marianne mußte Freundinnen haben, und vor allem hatte sie einen Ehemann. Das leise Rücken des Stuhls, als die Schwester sich erhob, um Carla zu begrüßen, ließ Marianne den Kopf drehen. Sie sah furchtbar aus; die Augen waren geschwollen und traten hervor, und ihr Haar fiel strähnig und schütter auf ihre Schultern.

»Rufen Sie mich, ehe Sie gehen«, sagte die Schwester zu Carla und schloß leise die Tür hinter sich.

»Carla?« flüsterte Marianne heiser.

»Ich bin hier.«

Sie ließ sich auf dem Stuhl nieder, den die Schwester frei gemacht hatte, und nahm, ihren Ekel überwindend, Mariannes aufgetriebene, poröse Hand, ein Zerrbild ihrer früheren Erscheinung.

Marianne war ihrem Blick gefolgt. Sie bog ihren linken Ringfinger leicht zurück, der rot und entzündet war.

»Sie mußten mir den Ring aufschneiden«, sagte sie und starrte mit ihren aufgequollenen Augen zu Carla hoch. »Philipp ist nicht hier. Er schickt Blumen, er bezahlt Pflegerinnen, aber er ist nicht hier.«

Ihr Griff um Carlas Hand wurde fester. »Du hast diese Frau geliebt, nicht wahr?«

Der plötzliche Themenwechsel brachte es mit sich, daß Carla fragen mußte, wen Marianne meinte.

»Anni«, sagte Marianne. »Du hast nie Fragen über deine Mutter gestellt. Das war mir manchmal unheimlich, nur dachte ich, du kannst dich eben nicht an sie erinnern. Aber warum hast du nie Fragen über Anni gestellt?«

»Weil ich mich an meine Mutter erinnern kann«, erwiderte Carla.

Der schwere, süße Duft des Rosenstraußes, der auf dem Tisch neben Mariannes Bett stand, würgte in ihrem Hals. Marianne wandte den Kopf von ihr ab, doch sie ließ Carlas Hand nicht los.

»Ich muß dir etwas sagen. Ich habe es schon gebeichtet, endlich konnte ich es beichten, aber ich muß es auch dir sagen. Ich habe Anni gehaßt, und weil ich wollte, daß er sich scheiden ließ, daß sie wegging, nur das, habe ich ihm erzählt, ich hätte sie mit einem anderen Mann gesehen. Es ist meine Schuld, daß sie gestorben ist. Ich hätte es wissen müssen. Aber siehst du, ich wollte vorher nie glauben, daß der Tod deiner Mutter etwas anderes als ein Zufall war. Ich wollte *sie* hassen und nicht ihn.«

Der Geruch nach Medizin, der anfangs von den Blumen überdeckt wurde, filterte sich allmählich heraus. Die Übelkeit in Carlas Magen wurde stärker.

»Verzeih mir. Bitte verzeih mir.«

Anni war tot, und was es daran zu rächen gab, war längst gerächt.

Hätte das Wissen einen Unterschied gemacht? Vermutlich nicht. Es war trotzdem die Schuld ihres Vaters. Damals, als Philipp ihr von seinem Wunsch, sie noch einmal zu sehen, erzählte, hatte sie befürchtet, daß er tun würde, was Marianne jetzt tat: sie stellvertretend für die Tote um Verzeihung bitten.

»Ich verzeihe dir«, sagte Carla abrupt, aber sie löste ihre Hand aus Mariannes Griff, stand auf und ging zum Fenster. Mariannes Stimme folgte ihr, zerrte an ihren Nerven und legte sie bloß.

»Es war immer leichter, anderen die Schuld zu geben. Angharad, Anni, dir. Aber die Wahrheit ist«, Marianne hustete, »die Wahrheit ist, daß mich von allen, die ich geliebt habe, nur meine Mutter wiedergeliebt hat. Warum war das so, Carla?«

Plötzlich erfaßte sie Scham. Als Kind hatte sie Marianne immer für selbstverständlich genommen, und später war der permanente Flirt mit Mariannes Ehemann, den sie noch nicht einmal mochte, ein reizvolles Spiel mit dem Feuer gewesen, obwohl sie wußte, wie Marianne Philipp anbetete. Oder hing es damit zusammen? Als Ausweitung einer kindlichen Rivalität? *Du spielst Klavier und bist erwachsen, aber ich kann dafür sorgen, daß er mich mehr liebt?* Bei der Vorstellung, daß Marianne nicht als einzige ihre Gefühle von einem autoritären, unzugänglichen Mann auf den anderen übertragen hatte, wurde ihr kalt.

»Der Mangel liegt an ihnen, nicht an dir«, sagte sie und drehte sich wieder zu Marianne um, doch Marianne lag, in sich zusammengesunken, auf dem Bett, die Augen auf die Decke gerichtet, und schien sie nicht gehört zu haben.

»Bitte«, murmelte Marianne, »ich weiß, daß du böse auf mich bist, aber könntest du bei mir bleiben? Ich weiß nicht, wann der Priester wiederkommt, und ich habe Angst…«

Also blieb sie und fragte sich, ob sie mit Marianne außerdem noch eine Vorliebe für Buße durch Selbstbestrafung teilte. Das Sterben ihrer Schwester zog sich lange hin, über den Nachmittag, die Nacht und den frühen Morgen des nächsten Tages. Der Priester kam und ging, die Schwester kam und ging, und wenn Marianne vor Schmerzen schrie, kam ab und zu einer der Ärzte herein. Gegen acht Uhr morgens sagte einer von ihnen zu Carla, nun sei es soweit, sie müsse sich vorbereiten. Sie erfaßte erneut Mariannes Hand. Sie glaubte nicht, daß Marianne sich ihrer Gegenwart noch bewußt war, doch sie spürte den Moment, als Marianne starb, als ihre Hand erschlaffte und ihre gequälte Seele sie verließ.

Der Arzt und die Pflegerin bekreuzigten sich. Der Priester kniete nieder, und mit der geübten Mechanik, die das Theater ihr vermittelt hatte, kniete Carla ebenfalls und bewegte die Lippen zu seinen Gebeten. Sie war zu müde, um noch irgend etwas zu empfinden, noch nicht einmal das Vergehen der Zeit. Als Philipp hereinkam, stellte sie fest, daß eine der Schwestern inzwischen das Fenster geöffnet und Marianne gekämmt und ihr das Gesicht gereinigt haben mußte. Er dankte dem Arzt, der ihn angerufen hatte, und schickte jedermann hinaus. Dann kniete er vor Mariannes Bett nieder. Das war zuviel für Carla.

»Sie hat auf dich gewartet«, sagte sie, stand von ihrem Stuhl auf und griff nach dem nächsten der vielen Blumensträuße, den Rosen neben Mariannes Bett. Es war leicht, sie aus der Vase herauszuziehen; mittlerweile roch das Wasser, das in dieser Nacht nicht ausgewechselt worden war, leicht faulig. Einen Moment lang hielt sie den Strauß in ihren Händen und spürte die Dornen, die gegen ihre Haut stachen, dann ließ sie die Rosen fallen und wandte sich der nächsten Vase zu.

»Alles, was man für Geld kaufen kann«, fuhr sie fort, und auch die Treibhausorchideen landeten wie Mikado-Stäbe auf dem sauberen Boden des Krankenzimmers. »Wir sind zu einigen aufschlußreichen Erkenntnissen gelangt, Marianne und ich. Aber weißt du, du bist noch besser als unser Vater. Sie allein sterben zu lassen war die eine Grausamkeit, die ihm nicht einfiel.«

Bei dem nächsten Strauß machte sie sich nicht die Mühe, ihn aus der Vase zu ziehen. Sie ließ beides auf den Boden fallen. Die Vase, eines der an alles mögliche gewöhnten Krankenhausgefäße, zerbrach nicht, sondern rollte nur eine Weile, während das trübe Wasser aus ihr herausfloß und die nicht mehr ganz frischen Blumen in einer Lache zurückließ.

»Du bist perfekt, Philipp, wirklich perfekt.«

Er stand auf. »Hör auf damit«, stieß er hervor.

Als Antwort griff Carla nach der nächsten Vase. Diesmal spritzte das Wasser zu ihrem zerdrückten, hellen Sommerkleid hoch und färbte es mit dunklen Flecken.

Philipp erfaßte ihre Hände. »Hör auf!«

Der Druck auf ihre Handgelenke hätte sie unter anderen Umständen noch wütender gemacht, aber in dem Zustand, in dem sie sich befand, zerriß er statt dessen die letzten Überreste ihrer Selbstbeherrschung, und sie begann zu weinen. Um den langen, schmerzhaften Tod, den sie gerade miterlebt hatte, um Anni und Angharad und schließlich, was sie sich nie gestattet hatte, um ihren Vater. Die Tränen machten sie blind; sie spürte, wie Philipp sie losließ und statt dessen die Arme um sie legte, und obwohl sie sich dafür haßte, wehrte sie sich nicht, sondern schluchzte in den feinen Stoff seines Jacketts. Er war einfach ein lebendiger Mensch in diesem vom Tod beherrschten Zimmer, und sie hielt sich an ihm fest, bis die schwarze Flut aus Trauer und Verlust von ihr gewichen war. Dann machte sie sich steif, und er trat sofort einen Schritt zurück. Während der ganzen Zeit hatte er keinen Ton von sich gegeben noch etwas anderes getan, als sie an sich zu drücken.

Sie schaute noch einmal zu Marianne, dann drehte sie sich um. Ihre Fußspitze trat auf eine der überall im Raum verstreuten Blumen, und sie konnte die üppige Knospe unter ihrem dünnen Schuh zerspringen fühlen. Ehe sie die Tür erreichte, sagte Philipp leise:

»Ich konnte nicht kommen. Ich habe sie nicht geliebt, aber ich wollte sie nicht sterben sehen. Dazu habe ich den Tod zu oft erlebt.«

Sie blieb für einen Augenblick still. Dann erwiderte sie, sachte, aber bestimmt: »Das ist keine Entschuldigung«, und ging hinaus.

10. KAPITEL

Für Käthe war es bitter und schön zugleich, im September des Jahres 1930 in Berlin zu sein. Sie hatte inzwischen akzeptiert, daß sie München nicht mehr verlassen, keine neue adäquate Stelle finden würde; also war die Chance, für die *Münchner Post* über den Wahlkampf in der Hauptstadt zu berichten, ein unerwartetes Geschenk gewesen, das sie hauptsächlich der Resonanz auf ihre engagierten Artikel über den Tod der Passauer Lehrerin Elly Weithaus verdankte. Man hatte Elly Weithaus aus dem Schuldienst entlassen, weil sie der kommunistischen Partei angehörte, obwohl achtunddreißig Eltern ihrer Schüler, zum großen Teil deutschnational eingestellt, eine Petition für sie unterschrieben hatten; als sie ihre Entlassung anfocht, steckte man sie mit Einverständnis ihres zutiefst konservativen Vaters ins Irrenhaus, wo sie unter ungeklärten Umständen starb. Die Anstalt sprach von Selbstmord. Der Tod von Elly Weithaus ging ihr auch jetzt noch, Monate nach den Artikeln, die immerhin für eine Untersuchung der Rechtmäßigkeit von Ellys Einweisung gesorgt hatten, wie ihr eigener Schatten nach; Käthe sah in Elly Weithaus das, was sehr leicht ihr eigenes Schicksal hätte werden können. Statt dessen war sie nun in Berlin und besuchte Wahlkampfveranstaltungen.

Was sie vorfand, erschreckte sie zutiefst. Seit im März die letzte Mehrheitsregierung zurückgetreten war, regierte Reichskanzler Brüning mit Hilfe von Notverordnungen des Reichspräsidenten, und erst die jetzige Wahl sollte demokratische Verhältnisse wiederherstellen. Doch die Veranstaltungen der Parteien waren nicht gut besucht. Damit hätte sie leben können; schließlich wünschte sie den Sieg der kommunistischen Partei. Aber Käthe waren inzwischen Zweifel gekommen, hauptsächlich, weil Ernst Thälmann die KPD so unbedingt auf den Moskauer Kurs eingeschworen hatte und sie in ihrem Herzen immer noch Trotzkistin war. Und zu ihrer Bestür-

253

zung war die Partei, deren Versammlungen und Demonstrationen den meisten Beifall von desillusionierten Arbeitern erhielten, keine andere als die NSDAP.

»*Wer zahlt?*« hieß ihr erster nach München geschickter Artikel. Eine kleine Partei, die Säle mieten konnte, Plakate, Flugzettel drucken, in einem Stil, der sich von den großen Parteien nicht mehr unterschied, das finanzierte sich nicht nur aus den Beiträgen der Mitglieder. »Nach ihren Reden sind die Nationalsozialisten ebenso antikapitalistisch eingestellt wie die Kommunisten. Sie begründen ihre Angriffe auf die Sozialdemokratie damit, diese sei von den Kapitalisten korrumpiert worden. Nur zieht sich durch alle Reden das Argument: Wir bekämpfen nicht das Industrie- und Agrarkapital, sondern nur das Leihkapital, das Börsenkapital, das ganz und gar in jüdischen Händen ist. Die Begriffstutzigkeit läßt sich kaum überbieten...«

»Na, na«, sagte ein Kollege von den großen Nachrichtenagenturen, den sie von früher kannte, als sie ihren Artikel nach München durchgab. »Meinen Sie nicht, Fräulein Brod, daß Sie da etwas voreingenommen sind?«

»Aber Sie wissen doch selbst, daß es kein von allen anderen getrenntes Börsenkapital gibt und daß nur ein verschwindend kleiner Teil davon von Juden...«, begann Käthe, ehe ihr die volle Bedeutung der Frage klarwurde. Sie unterbrach sich.

»Inwiefern voreingenommen?« fragte sie kalt.

»Regen Sie sich man nich auf. Wir haben alle unsere Stammeseigentümlichkeiten.«

In München hatte Käthe sich inzwischen daran gewöhnt, immer wieder SA-Männern oder Studenten zu begegnen, die mit Parolen wie »Juda Verrecke!« durch die Gegend zogen, doch dies war Berlin, das traditionell linke, großstädtische, aufgeklärte Berlin. Als dem Café am Tiergarten, in dem sie sich von der Lauferei eines langen Tages erholte, plötzlich mit der gleichen Parole die Fenster eingeworfen wurden, erinnerte sie das nur allzusehr an den November 1923. »Glauben Sie, es gibt einen Putsch?« wurde zu ihrer am häufigsten gestellten Frage.

Sie beschloß, Carla abzuholen. Carla war nach einer erfolgreichen Saison in Darmstadt von einer der Reinhardt-Bühnen engagiert worden, was weniger Gage bedeutete, ein Umstand, den, wie sie Käthe erklärt hatte, man ruhig auf sich nehmen konnte, wenn man dafür *wirklich* mit Max Reinhardt arbeitete. Also würde sie bald an der Premiere des *Schwierigen*, mit Helene Thimig in der Hauptrolle, teilnehmen und danach als Helena eine der jungen Liebenden in einer von Max Reinhardts legendären *Sommernachtstraum*-Inszenierungen spielen.

»Sie machen sich keine Vorstellung von dem, was das bedeutet, Kathi!« hatte sie mit leuchtenden Augen hervorgesprudelt, als Käthe in Berlin eingetroffen war.

»Mag sein, aber wenn er dir weniger Gage zahlt, als du in Darmstadt bekommen hast, wie steht es dann um deine Miete?«

Dazu, so erfuhr sie von ihrer ehemaligen Schülerin, sei der Rundfunk da. Es war, für Käthe nicht weiter überraschend, eine Idee des quecksilbrigen Robert, der sich im letzten Jahr an dem löblichen Versuch der Beschäftigung von Arbeitslosen in Form einer von der Regierung subventionierten Theatergruppe beteiligt, aber nach einer erfolgreichen Saison das Interesse verloren hatte. Sein neuester Enthusiasmus galt dem Radio, und da war er nicht der einzige. In einigen Zeitungen standen Anleitungen, wie man sich Radiogeräte selbst bauen konnte, fast jeder Haushalt hatte eines, Börsenkrach hin, Schwarzer Freitag her, und die Sender brauchten dringend Schauspieler und Sänger, um ihr Programm zu füllen.

»Robert hat natürlich schon mehr Aufträge, als er annehmen kann, obwohl er sein Möglichstes gibt, es doch zu tun«, lautete Carlas Kommentar, ehe sie Käthe von ihren eigenen Engagements erzählte. Nun, Gedichte und Romankapitel vorzutragen, ganz zu schweigen von Nachrichten, war, soweit es Käthe anging, eine den Menschen weitaus nützlichere Beschäftigung, als auf der Bühne zu stehen und vorzugeben, man sei jemand anderes. Daher empfand sie es als besser, Carla beim Rundfunk abzupassen, dann konnte sie sich wahrheitsgemäß interessiert über ihre Arbeit erkundigen und außerdem über ihre eigene sprechen.

Sie fand Carla in der Kantine des Senders, inmitten von einigen jungen Leuten, einschließlich des wild gestikulierenden Robert, die anscheinend heftig über etwas diskutierten. Als sie sich erkundigte, worum es ging, in der hoffnungsvollen Überzeugung, daß es die Wahlen waren, enttäuschte sie die Antwort zutiefst.

»Das Gastspiel des Japanischen Theaters! Es ist einfach sensationell. Bei Kiyoshi Mimasu kann man sehen, wie jeder einzelne Gesichtsmuskel in Gang gesetzt wird, als er die Leiche seines Vaters entdeckt. Ich habe noch nie eine solche Pantomime erlebt, außer bei Werner Krauß.«

»Die Japaner sind besser als Krauß!« begehrte einer von Carlas Kollegen auf. »Das ist das Theater der Zukunft. Das bürgerliche westliche Illusionstheater hat ausgespielt, wir müssen die asiatischen Traditionen miteinbeziehen, diese extreme Stilisierung. Brecht tut das jetzt schon. Damit rüttelt man das bourgeoise Publikum wach, und …«

»Carla«, unterbrach Käthe in dem Tonfall, den sie zu ihren Lehrerinnenzeiten gelegentlich angewandt hatte, »ist dir bewußt, daß heute gewählt wird?«

Carlas Augenbrauen verschwanden fast unter ihrem Pony. »Sicher, Kathi, aber du weißt doch, daß ich noch nicht wahlberechtigt bin.«

»Ich mache mir Sorgen«, sagte Käthe etwas gemäßigter, »Sorgen, daß es zu einem Putsch kommt. In der Gegend, wo du wohnst, ist es nicht sicher. Aber das Hotel, wo mich meine Redaktion untergebracht hat, steckt fast so voller Sicherheitskräfte wie voller Journalisten.«

Das Haus, in dem sich Carlas Zimmer befand, stand neben dem Kaufhaus eines jüdischen Besitzers, das war es, was ihr nach dem Erlebnis im Café auf der Seele lag.

»Ach, machen Sie sich man keine Sorgen, Fräulein«, bemerkte eine kleine Blondine neben Carla. »Die Nazis, die können noch nicht einmal ein Theater richtig organisieren. Nächsten Monat wollen sie im Wallner die Nationalsozialistische Volksbühne eröffnen, und sie haben noch immer keine Truppe zusammen. Und der Verein soll putschen?«

»Vielleicht müssen sie das auch gar nicht«, warf der Bewunderer japanischer Stilistik ein und verhinderte damit einen Ausbruch Käthes über politische Ignoranz. »Kann doch sein, daß sie gewinnen.«

Carla, die sah, wie Käthe die Lippen zusammenpreßte, ergriff die Initiative. »Danke für das Angebot, Kathi, aber ich habe heute abend Probe; am 18. ist doch die Premiere. Das dauert ewig, und am Ende ist die Wahlnacht schon vorbei, bis ich daheim bin.«

»Das kommt davon, wenn man freiwillig für ein Fossil arbeitet«, sagte Robert zu ihr, »statt vernünftig zu sein und Gründungsmitglied des Hermes-Theaters zu werden.«

»Und bis in alle Ewigkeit auf meine Gage zu warten, mit der der Direktor seine Mahlzeiten finanziert«, gab Carla zurück, und die Tischrunde lachte. Es war hoffnungslos. Käthe gab sich Mühe, nicht verletzt zu sein, doch sie konnte den Vorwurf in ihrer Stimme nicht unterdrücken, als sie sich verabschiedete.

Die jungen Leute merkten kaum, daß sie fort war. Robert hatte schon im Sommer gemeinsam mit Peter Wermut, der für Finanzen und Verwaltungsfragen vorgesehen war, die Gründung eines neuen Theaters angekündigt, und nun hielt er unter den Schauspielern, die er vom Rundfunk her kannte, nach Mitarbeitern Ausschau. Obendrein gaben ihm die Diskussion über das japanische Gastspiel und Käthes Unterbrechung die Idee, nach der er seit einiger Zeit suchte.

»Als Eröffnungsstück *Julius Caesar*«, sagte er. »Wir können kein neues Drama nehmen, sonst müssen wir den Autor bezahlen. Aber nicht in Togen. Nein, meine Lieben, wir holen uns die Gestik und die Szenerie aus einem ganz anderen Bereich.«

»Ein japanischer Caesar?« fragte Lilli, seine gegenwärtige Freundin, eifrig. Sie hatte das Gefühl, daß er sie loswerden wollte, und versuchte, Carlas Rat in die Tat umzusetzen und ihn mit ihrer Auffassungsgabe zu beeindrucken.

»I wo. Ein faschistischer natürlich. Mussolini tönt in Italien doch die ganze Zeit, er sei der neue Caesar, und unser Adolf macht es ihm offen nach.«

»Aber«, meinte Hugo Merke langsam, »in *Julius Caesar* siegt der Imperialismus am Schluß. Die Republikaner werden besiegt.«

»Ja und?«

»Willst du etwa Werbung für die Nazis machen?«

»Nein«, sagte Carla spöttisch, »er will Brutus spielen und von aller Welt dabei bewundert werden, wie er die Republik nicht rettet.«

Robert hob beide Hände. »Nachdem ich das ganze letzte Jahr entsagungsvoll war und nur Regie geführt habe, kannst du mir ruhig einen Helden gönnen.«

»Du meinst, du hast das ganze letzte Jahr den Diktator bei ein paar ohnmächtigen Arbeitslosen gespielt und willst jetzt die Fronten wechseln?«

»Tiefschlag!« röhrte Hugo; Robert griff sich mit beiden Händen ans Herz und ließ sich unter Gelächter und Applaus von der Bank fallen, auf der er saß, wobei er sie fast umriß.

Natürlich bewunderten sie ihn alle wegen seiner Teilnahme an dem »Projekt 491«; es war keine Kleinigkeit, verbitterte Berliner Arbeiter, für die er nur ein verwöhnter, reicher Junge aus dem Süden sein konnte, dazu zu bewegen, ihn nicht nur als Mitarbeiter, sondern sogar als Vorgesetzten zu akzeptieren. Er hatte Hilfe gehabt, gewiß, in der Person von Peter Wermut, der ihn für das Projekt rekrutiert hatte und mit seinem systematischen, logischen Verstand den genauen Gegenpol zu Robert darstellte, doch Peter Wermut war für die Arbeiter nicht weniger ein Fremder. Die drei Inszenierungen, die sie auf die Beine gestellt hatten, halfen Robert zu dem Status einer lokalen Berühmtheit. Ja, sie bewunderten ihn alle, doch die Sticheleien zwischen ihm und Carla bildeten für sie ein notwendiges Gegengewicht und erfreuten sich daher höchster Beliebtheit.

»Und das von der Sklavin der Aristokratie«, ächzte Robert, als er wieder aufstand. »Kinder, die Abenteuer des Sherlock Holmes warten auf mich, und ich wette, der Herr von Schloß Leopoldskron auf Carla die Schreckliche.«

»Aber ich dachte«, sagte Lilli schüchtern, »du hättest heute nachmittag frei.«

Sie erhielt einen flüchtigen Kuß und den Bescheid, nein, er müsse irgendeinen chinesischen Mandarin sprechen, der Holmes heute an die Kehle wolle; sie könne doch mit Carla spazierengehen, ehe Carlas Frondienst bei Reinhardt beginne. Da er genau wußte, daß die Probe erst am Spätnachmittag anfing, hatte er damit Carla seine Freundin für die nächsten Stunden aufgehalst, und Carla warf ihm einen erbosten Blick zu, ehe sie resignierend mit Lilli in den Waschraum ging, um sich die Hände zu waschen und das Gesicht zu pudern, ehe sie den Sender verließen.

»Carla«, fragte Lilli, während sie vor dem großen Spiegel standen, »glaubst du, er betrügt mich?«

Carla seufzte. Seit einem Jahr lud ihr Robert die Mädchen und gelegentlich auch die Herren mittleren Alters auf, mit denen er ins

Bett ging. Man konnte auch sagen, er legte sie ihr zu Füßen, mit der gleichen Befriedigung, wie eine Katze ihren Menschen die Mäuse anschleppte. Solange sie sich in Darmstadt befand, hatte sich die Zeit, in der sie Vermittlerin und Kummerkasten für Roberts Verhältnisse spielen mußte, auf gelegentliche Wochenendarbeit beschränkt, doch hier in Berlin wurde daraus ein Dauerzustand. Es folgte immer dem gleichen Muster; die Leute waren anfangs irritiert, weil sie nicht sicher waren, ob es sich bei ihr nicht um eine Rivalin handelte, und dann bat man sie unaufhörlich um Ratschläge, die nie befolgt wurden. Mittlerweile hatte sie einen Weg gefunden, um wenigstens für sich selbst Nutzen aus ihrer ungewollten Tätigkeit zu schlagen.

»Lippenstift«, sagte sie jetzt knapp zu Lilli; Lilli reichte ihr hastig das Gewünschte und legte die Puderdose zurück in Carlas Handtasche.

»Ich meine, kann ja sein, daß er so viel zu tun hat, aber ich könnte schwören, daß er vor dem Essen noch…«

»Falls er dich nicht betrügt«, unterbrach Carla sie und zog ihren Mund nach, »dann tut er es garantiert, wenn du ihn oft genug verdächtigst. Du, in meiner Handtasche herrscht wieder ein einziges Chaos, sei so gut und schaff da etwas Ordnung, aber lies mir die Zettel vor, ehe du sie wegwirfst. Also, was Robert angeht, zeig ihm lieber nicht so offen, wie gern du ihn hast. Gib dich etwas unerreichbarer.«

Lilli machte ein zweifelndes Gesicht, aber sie las gehorsam die Adressen, Telefonnummern, Notizen und Werbezettel vor, ehe sie in den Papierkorb wanderten. Im Spiegel beobachtete Carla sie. Lilli war hübsch, das, was man so »ein süßes Mädel« und »zum Anbeißen« nannte, wenn sie auch etwas zu deutlich Lilian Harvey imitierte. In gewisser Weise war es befriedigend, sie zu ihrer Dienerin umfunktioniert zu haben. Außerdem fiel es Carla leicht, Menschen zu mögen, über die sie mehr wußte als diese Menschen über sie, und Robert hatte ihr eigentlich alles über Lilli erzählt, was es zu wissen gab. Ja, er würde sie sehr bald fallenlassen. Aber das mußte nicht bedeuten, daß sie selbst Lilli ebenfalls nicht mehr sah; die herablassende Sympathie, die sie für Lilli empfand, war durchaus echt. Das Ganze erinnerte sie etwas an diejenigen ihrer Mitschülerinnen, die nach ihrer Anastasia-Geschichte plötzlich begonnen hatten, für sie zu schwärmen. Es war unbestreitbar schön, bewundert und bedient zu werden.

Also ließ sie sich von Lilli begleiten und begriff bald, was Käthe so beunruhigt hatte. Die Straßen steckten wirklich voller »Deutschland, erwache!« skandierender Nazis, und als sie die Straßenbahnlinie wechselten, gerieten sie um ein Haar in eine Straßenschlacht zwischen den Hakenkreuzlern und den ebenso zahlreichen Kommunisten.

»Wie alt bist du eigentlich, Lilli?«

»Dreiundzwanzig.«

»Hast du gewählt?«

»Nein.« Lilli schüttelte den Kopf. »Wen soll ich schon wählen? Mein Vater sagt, die sind eh alle gleich und bringen das Land auf den Hund. Carla, warum hast du keinen festen Freund?«

»Wer behauptet das?« gab Carla zurück und fand sich damit ab, daß mit Lilli kein ernsthaftes Gespräch zu führen war.

»Alle. Hugo zuletzt, als du ihn hast abblitzen lassen. Bist du noch Jungfrau? Er sagt, du wärst eine.«

»Ich glaube nicht, daß Hugo darüber Kenntnisse besitzt«, erwiderte Carla leichthin, obwohl sie ein wenig verärgert war. Sie hatte es allmählich satt, daß jeder so tat, als sei an ihrem Status etwas Unnormales.

»Weil, wenn du noch Jungfrau bist«, schloß Lilli und zeigte ungeahntes Talent zur Boshaftigkeit im unschuldigen Tonfall, »dann bin ich eigentlich blöd, dich um Rat zu fragen.«

Es wurde Zeit, die Krallen zu zeigen und die Hierarchie wieder herzustellen. »Mein Schatz, du fragst mich nicht wegen meines Liebeslebens um Rat, sondern wegen deines Liebeslebens, und ich könnte mir wirklich interessantere Themen vorstellen. Es gibt dabei nichts, was ich nicht schon gehört habe.«

Ein oder zwei Details hinzuzufügen wäre unnötig grausam gewesen; Lillis rosige Stirn legte sich auch so in kummervolle Falten.

»Hat er dir erzählt, daß er mich betrügt?«

Und damit wären wir wieder am Anfang, dachte Carla resigniert. Dafür ließ sie sich von Lilli ihren Text abhören, im Tiergarten, denn es ging ihr darum, ihr Stimmvolumen zu erweitern. Sie stellte Lilli in zehn Meter Entfernung von sich auf, schärfte ihr ein, sofort zu rufen, wenn sie etwas nicht verstand, und begann von dort an, rückwärts gehend, mit ihren Zeilen. Als sie etwa vierzig Meter geschafft hatte, kam Lilli ihr nachgelaufen.

»Du solltest doch rufen!«

»Ich weiß, aber Carla, hier marschieren überall Polizisten herum. Das ist mir unheimlich. Einer hat mich angesprochen und gefragt, was ich alleine hier mache. Ich will nicht, daß man mich für so eine hält!«

Die Polizisten, so stellte sich heraus, waren wegen eines Anschlags auf ein Café in der Nähe hier. Carla schaute auf die nächste Uhr und beschloß, noch schwimmen zu gehen, bevor ihre Probe anfing. Im stillen hoffte sie, daß Lillis Bedürfnis nach ihrer Gesellschaft nun erschöpft war, aber nein, Lilli erklärte, sie brauche ebenfalls Bewegung, um ihre Figur zu erhalten.

»Ab morgen muß ich schließlich wieder arbeiten. Oh, ich wünschte, Robert hätte heute Zeit gehabt«, schnatterte sie. Lilli war Sekretärin, mit einer unstillbaren Vorliebe für Theater und Film, die sie an alle von Schauspielern frequentierten Orte trieb, in der heimlichen Hoffnung, eines Tages auch entdeckt zu werden. Auf diese Art hatte sie Roberts Bekanntschaft gemacht. Sie planschte mehr, als sie schwamm, aber sie organisierte frische Handtücher, und sie hatte mehr Millionen Mark in ihrer Börse als Carla, so daß sie die Gebühren bezahlte.

»Es heißt, es gibt immer mehr Arbeitslose, weil die Firmen keine Aufträge mehr haben«, sagte sie auf dem Rückweg in die Innenstadt und machte, soweit es Carla betraf, die erste praktische Bemerkung dieses Tages. »Nach dem Schwarzen Freitag letztes Jahr war mein Chef so weit, daß er Selbstmord begehen wollte, im Ernst.«

Gerade schien es so, als ob Lilli endlich Anstalten machte, sich zu verabschieden, da spazierte mitten auf dem Trottoir vor ihnen eine, wie ihr Kleid verriet, begüterte junge Dame vorbei, Arm in Arm mit einem sehr salopp angezogenen Herrn, den sie schon von weitem erkannten. Lilli sah ihn und brach in Tränen aus. Wie idiotisch, dachte Carla. Warum geht sie nicht hin und stellt ihn zur Rede? Dann identifizierte sie Roberts Begleiterin.

»Das gibt's doch nicht. Schon wieder?«

»Schon wieder?« heulte Lilli. »Hat er schon länger was mit ihr?«

Eines ließ sich über Monika von Antwolfen gewiß sagen, der Sommer in Lubeldorf mußte Eindruck auf sie gemacht haben. Aber was in aller Welt *fand* Robert nur an ihr? Sie war etwas klüger und selbstbeherrschter als Lilli, gut, und auch nicht ganz ohne schauspielerische Begabung, aber ansonsten doch ein Prachtexemplar der Spezies nutzloser, eingebildeter Aristokraten.

Auf jeden Fall wuchs sein Schuldenkonto beständig. Nun mußte sie die geknickte Lilli auch noch mit auf die Probe nehmen. »Vergiß nicht, keinen Ton, und wenn du es satt hast und gehen willst, tust du es *leise*.« Der Pförtner fragte sie zwar, wer Lilli sei, aber zum Glück lachte er, als sie erwiderte, ihre Garderobiere. Dabei war das gar keine schlechte Idee. Bis zur Premiere waren es nur noch vier Tage, also trug jeder sein Kostüm. Sie ließ sich von Lilli in das Zofenkleid helfen und ihre Bluse und Hosen aufhängen, wobei sich Lilli, gebrochenes Herz hin oder her, als erstaunlich flink und geschickt erwies. Dann schwand Lillis Existenz aus Carlas Bewußtsein; Max Reinhardt traf ein.

Im nächsten Monat würde sein fünfundzwanzigjähriges Jubiläum als Direktor des Deutschen Theaters gefeiert werden. Er war kein junger Mann mehr, hatte erwachsene Söhne und konnte mit seiner kleinen Gestalt und dem breitknochigen Gesicht nie als schöner Mann bezeichnet werden; dazu kam, daß der Tod seines geliebten Bruders Edmund, dem Verwaltungs- und Finanzgenie des Reinhardt-Reiches, im letzten Jahr tiefe Spuren in ihm hinterlassen hatte. Dennoch war keiner der Regisseure, die Carla bisher erlebt hatte, in der Lage gewesen, eine solche jugendliche Freude an der Arbeit auszustrahlen. Er behandelte seine Schauspieler, ob es nun Helene Thimig war – an die er während der Proben kein privates Wort richtete – oder der kleinste Nebendarsteller (nicht Carla, wie sie bei der Rollenverteilung mit großer Genugtuung bemerkt hatte), wie kostbare Instrumente, die man gewiß stimmen mußte, aber nur ihrem Wesen gemäß.

»Sie haben da einen netten süddeutschen Ton, wenn Sie schnell sprechen«, hatte er bei der ersten Probe, als sie wegen der Nervosität, der großen Legende endlich zu begegnen, ihre Zeilen zu hoch und zu hastig von sich gegeben hatte, »der paßt für die Zofe gut, aber versuchen Sie mal, das mit etwas mehr Langsamkeit zu verbinden.«

Dabei hielten sich solche verbalen Anweisungen durchaus in Grenzen; häufiger waren es Blicke, beifälliges Nicken, Kopfschütteln oder eine Handbewegung, durch die Reinhardt mit seinen Schauspielern kommunizierte, oder ein Wort, dessen Betonung ihm besonders gefiel und das er nachsprach, was den Schauspieler wiederum veranlaßte, seine Satzinterpretation um dieses Wort herumzubauen. Bei den Ensembleszenen war er am animiertesten, ergriff gelegentlich die Hände der Schauspieler und spielte mit, um ihnen den Bewegungsrhythmus zu demonstrieren, den er im Sinn hatte.

Als die Probe zu Ende ging, war es tatsächlich schon sehr spät; daß Lilli irgendwann gegangen sein mußte, fiel Carla erst auf, als sie wieder in ihre Bluse schlüpfte, die nicht wie sonst schief hing, denn Carla hatte beim Umziehen nie viel Geduld, sondern gerade und exakt wie in einem Kleidergeschäft. Es brachte ihr Lilli wieder in Erinnerung, und sie beschloß, in den nächsten Tagen nett zu ihr zu sein, trotz der zu erwartenden Jammerei.

In den Straßen wurde immer noch gesungen, und zum ersten Mal fragte sie sich, ob die Nazis wohl eine reale Chance hatten. Nein, entschied sie, bestimmt nicht; sollte sie Philipp wieder begegnen, dann würde sie ihn fragen, ob er den Unsinn von der jüdischen Weltverschwörung tatsächlich glaubte und was um alles in der Welt er in dem schnurrbärtigen Mann mit seiner vulgären Nase sah, der wie Chaplin ohne dessen tänzerische Leichtigkeit und Witz wirkte.

Was ihre unmittelbare Umgebung betraf, so hatte sich Käthe umsonst Sorgen gemacht. Carla überlegte gerade, ob sie das Telefon ihrer Vermieterin benutzen und Kathi das mitteilen sollte, als es an die Haustür klopfte. Da sie noch im Flur stand, fragte sie sofort, wer da sei. Es war Robert.

»Du hast ein Glück, daß du nicht geläutet hast«, flüsterte Carla, während sie ihm öffnete. »Frau Wieland hält von Herrenbesuchen genauso wenig wie Frau Pahlke, und ich würde dich ja dem Drachen zum Fraß vorwerfen, aber ich muß dich vorher noch selbst fertigmachen, also komm rein.«

»Und«, erkundigte er sich, als sie in ihrem Zimmer angelangt waren, »hat diesmal etwas vom Glanz des Professors abgefärbt?«

Carla war nicht gesonnen, sich ablenken zu lassen. »Warum hast du mir heute Lilli aufgehalst? Kannst du nicht selbst mit ihr Schluß machen?«

»Weil Lilli dich mag«, entgegnete er achselzuckend.

Carla ließ sich erschöpft auf ihr Bett fallen. Wenn man an einem Tag lange zu laufen hatte, brachten einen Schuhe mit hohen Absätzen, ganz gleich, wie elegant sie waren, fast um. Robert deutete ihre Grimasse richtig und kniete nieder, um ihr die Füße zu massieren, was der aufgebrachten kleinen Rede, die sie vorbereitet hatte, etwas den Wind aus den Segeln nahm.

»Das ist Bestechung.«

»Schon, aber willst du mir lieber erzählen, wie unmöglich ich bin, und mit verkrampften Füßen einschlafen?« fragte er, während er ihre malträtierten Ballenmuskeln knetete. Das konnte er wirklich gut. Sie überlegte sich, wo er es gelernt hatte, während Wärme ihre Beine hochkroch.

»Robert, warum ausgerechnet die Antwolfen?«

Er hielt mit seiner Massage inne und schaute zu ihr hoch. »Du bist eifersüchtig«, sagte er langsam. Dann machte er weiter, ohne sie aus den Augen zu lassen. »Und diesmal kann es nicht von Berufs wegen sein.«

»Du – bist eingebildet.«

Das war eine so kurze und so lahme Antwort im Vergleich zu dem, was Carla sonst erwidert hätte, daß sie beide einen Moment lang erstarrten. Das kann nicht sein, dachte Carla. Das kann einfach nicht sein. Er irrt sich. An Robert war nichts Fremdes, nichts Neues; sie kannten einander so in- und auswendig, daß es ihr schien, als sei er ihre andere Hälfte, so wenig immer eine Freude, wie sie sich selbst immer eine Freude war, aber notwendig wie die Luft zum Atmen. Wenn sie in der Vergangenheit Eifersucht in bezug auf ihn gespürt hatte, dann galt sie immer Dingen, die ihm möglich waren und ihr nicht; mehr Freiheit, mehr Erfolg. Doch eifersüchtig auf Monika von Antwolfen zu sein implizierte, daß sie sich an Monikas Stelle wünschte.

»Ich wundere mich nur, warum du mir nichts von ihr erzählt hast«, setzte sie hastig hinzu, aber das vertrieb die veränderte Atmosphäre nicht. Carla war sich plötzlich Roberts großer, warmer Hände um ihre Füße auf eine neue Art bewußt und fand das gleichzeitig lächerlich. Sie kannten jeder auch den Körper des anderen, berührten einander regelmäßig, hatten sich im Zug von Rollenspielen auch geküßt und gestreichelt, ohne daß in ihr jemals der Wunsch geweckt worden wäre, aus dem Spiel Ernst zu machen. Sie wünschte es auch jetzt nicht. Er sollte ihr Freund bleiben und nicht zu einem neuen Wesen werden, das man erobern mußte.

In Roberts wechselndem Mienenspiel erkannte sie, daß ihm ähnliche Überlegungen durch den Kopf gingen. Er beendete seine Massage und setzte sich neben sie.

»Weil ich sie heute nur durch Zufall getroffen habe«, antwortete er, zog selbst seine Schuhe aus und schüttelte einige Kieselsteine heraus. »Es stimmt schon, ich wollte mit Lilli Schluß machen und wußte nur noch nicht, wie ich es ihr sagen sollte. Außerdem war die Sherlock-Holmes-Sache früher zu Ende, als ich dachte. Danach hatte ich eine Verabredung mit Peter, wegen der Finanzen, aber er rief an und verschob das auf morgen. Und als ich völlig gelangweilt durch die Gegend schlendere, läuft mir«, je länger er sprach, desto mehr gewann seine Stimme den alten, unbefangenen Ton zurück, »meine Lieblingsadlige über den Weg. Das Fräulein von Ribbeck auf Ribbeck im Havelland.«

»Ein Birnbaum in ihrem Garten stand. Aber heute bin ich wirklich zu geschafft, um mir noch Berichte von deinen Obstplündereien anzuhören«, sagte Carla, erleichtert, daß der eigenartige Moment vorbei war, und gähnte. »Morgen, oder vielmehr heute, beginnt die Probe wieder um elf Uhr, und am Nachmittag laufen die Vorbereitungen für die Jubiläumsfeier an, also brauche ich meinen Schlaf, und wenn es sonst nichts gibt…«

»Ich kann nicht in meine Wohnung zurück«, unterbrach sie Robert und gähnte, angesteckt, ebenfalls.

»Und warum nicht?«

Seine »Wohnung« war auch nicht viel größer als ihr Zimmer, und er nutzte die Badewanne tagsüber, abgedeckt mit einem Brett, als Tisch, aber er hatte wieder einmal mehr Glück mit seiner Vermieterin.

»Weil Lilli dort auf mich wartet.« Carla stöhnte und drehte die Augen zur Decke.

»Genau. Sowie ich dort ankomme, weint sie und sieht hilflos aus, und das Ganze endet damit, daß wir miteinander ins Bett gehen. Was bedeutet, daß sich der Schluß noch ewig hinzieht. Wohingegen sie mir nie verzeihen wird, wenn sie heute die ganze Nacht umsonst auf mich wartet, und endlich begreift, daß es zu Ende ist.«

Sie hieb mit einem Kissen nach ihm. »Du bist gräßlich. Heißt das, du willst riskieren, daß ich zum nächsten Monatsersten rausgeworfen werde, nur weil du nicht über genügend Selbstbeherrschung verfügst, um Lilli auf die freundliche Weise zu verabschieden?«

»Bei Lilli nützt die freundliche Weise nichts; ich habe es versucht«, protestierte Robert und hielt das Kissen fest. »Außerdem werde ich mich einfach so leise rausschleichen, daß dein Drachen nichts bemerkt. Oder«, fügte er hinterhältigerweise hinzu, »fürchtest du dich auf einmal davor, den Rest der Nacht mit mir zu verbringen?«

»Du *bist* eingebildet«, sagte Carla und lachte.

Mit dieser Variante des alten Traust-du-dich-Spiels kannte sie sich aus. Sie stand auf und zog betont langsam ihre Bluse aus, dann die Hose. Bis sie in ihrer Unterwäsche da stand, hatte Robert begriffen, worauf sie hinauswollte, und reagierte seinerseits mit einem übertrieben schnellen Entledigen aller seiner Kleidungsstücke, eine deutliche Parodie und gleichzeitig eine neue Herausforderung. Carla zuckte die Schultern, dann zog sie sich ganz aus und legte sich, ohne noch ein weiteres Wort zu verlieren, in ihr Bett. Sie war wirklich müde, und wenn er sich einbildete, daß seine Gegenwart sie befangen oder gar schlaflos machte, dann hatte er sich geirrt. Sollte ihre Gegenwart auf ihn eine andere Wirkung haben, so war das sein Pech.

Sie drehte ihm den Rücken zu; das Bett war recht breit, aber sie spürte die Hitze, die er ausstrahlte, und die Wärme machte sie noch schläfriger. Ein klein wenig irritierte es sie, daß er völlig gleichmäßig atmete, als schlafe er schon, doch sie verscheuchte diesen Anflug verletzter Eitelkeit und glitt bald in eine Reihe von Träumen hinüber. Sie träumte von der jungen Kriegerwitwe, die sie in Darmstadt gespielt hatte, von den hellblauen Augen Max Reinhardts bei der Probe, von ihrem Schwager Philipp und von einer Reihe Hüte, die sie alle aufsetzen mußte und die größer und größer wurden, schwerer und schwerer, bis sie selbst ganz und gar unter einem solchen Hut verschwand.

»Achtzehn Prozent?« stieß Käthe fassungslos hervor. »Das sind hundertsieben Sitze!«

Sie mußte sich gegen den Schreibtisch lehnen, vor dem sie stand. Für gewöhnlich dachte sie nicht daran, daß sie sich bald den Vierzig näherte; ihre Haltung war immer noch kerzengerade, die wenigen grauen Strähnen machten ihr nichts aus, und sie fühlte sich nicht anders als mit Anfang Zwanzig, eher besser, in dem Bewußtsein, etwas Nützliches in der Welt zu leisten. Das erste Bewußtsein von Alter hatte sie bei der Enttäuschung über Carlas Berufswahl getroffen, weil sie ihr vor Augen führte, daß sie begonnen hatte, einen Teil ihrer Hoffnungen auf eine Jüngere zu übertragen. Doch das war nichts im Vergleich zu dem Schlag in die Magengrube, als den sie die endgültige Auszählung der abgegebenen Stimmen empfand.

»Das bedeutet, daß die Nazis die zweitstärkste Fraktion im Reichstag sind«, hielt der Mann, der ihr das mitgeteilt hatte, nüchtern fest. »Nicht schlecht, wenn man überlegt, daß sie vor der Wahl nur zwölf Abgeordnete stellten. Und Brüning hat immer noch keine Mehrheit für die Regierungsparteien.«

Etwas von Käthes Kampfgeist kehrte zurück. »Wenigstens etwas Gutes«, antwortete sie erzürnt. »Das ist alles seine Schuld. Er hat den Reichstag verfassungswidrig aufgelöst, nur um sich eine Mehrheit zu verschaffen, er hat den Wahlkampf ausschließlich gegen die Linksparteien geführt und die Sozialdemokratie als verfassungsfeindlich hingestellt. Je eher der Mann geht, desto besser.«

»Ja, nur wer kommt danach?«

»Die SPD muß mit der KPD eine Koalition bilden«, sagte Käthe und begann, sich Notizen zu machen, »und endlich aufhören, sich bei der Schwerindustrie anzubiedern. Gemeinsam können sie die Republik retten.«

»Nehmen Sie's mir nicht übel, Fräulein Brod, aber an dem Tag, an dem Hindenburg einen Kanzler ernennt, der einem Linkskabinett vorsitzt, lernen die Schweine Walzer tanzen. Wenn Sie mich fragen, der Alte wird weiter einen Kanzler mit Artikel 48 regieren lassen, ob nun Brüning oder sonstwen.«

Sie wollte widersprechen, doch ihr Verstand sagte ihr, daß er recht hatte. Das kam davon, wenn man das Amt des Reichspräsidenten mit derartigen Vollmachten austattete und anschließend einen überzeugten Monarchisten zum Präsidenten wählte. Nach der nächsten Revolution mußte die Republik von solchen Makeln in der Verfassung befreit werden. Immerhin, entgegen ihrer Befürchtung hatten die Nazis die Gunst der Stunde nicht zu einem neuen Putschversuch genutzt, und das ließ Käthe hoffen, bis sie sich sagte, daß Hitler wohl mittlerweile damit rechnete, auf legitime Art und Weise an die Macht zu kommen.

Ihr großer Coup an diesem Tag war, ein Interview mit dem kommunistischen Reichstagsabgeordneten Willi Münzenberg zu ergattern, den manche mittlerweile den »linken Hugenberg« nannten, womit sie übertrieben. Willi Münzenberg kontrollierte einen Teil der linken Medien, doch mit dem Imperium des deutschnationalen Hugenberg, zu dem Verlage, Zeitungen und seit drei Jahren auch die UFA zählten, ließ sich das nicht vergleichen. Münzenberg gab sich gelassen und optimistisch. Er wies sie darauf hin, daß auch die Kommunisten einen erheblichen Zuwachs an Sitzen verbuchen konnten, gestand allerdings ein, daß man die Gewerkschaften vernachlässigt habe, was zu den nationalsozialistischen Zellenbildungen in den Betrieben geführt hätte.

»Besteht eine Möglichkeit, daß die Partei ihre Taktik gegenüber der SPD ändert?« erkundigte sich Käthe hoffnungsvoll. »Ganz besonders kritische Situationen, so wie die jetzige, erlauben doch sicher gemeinsame Abwehrmaßnahmen, auch wenn…«

Willi Münzenberg schüttelte bereits mißbilligend den Kopf, noch ehe sie zu Ende gesprochen hatte. »Nein, nein, nein. Die SPD ist keine sozialistische Partei mehr. Sie hat uns aus Konkurrenzgründen schon immer viel wütender verfolgt als die Faschisten. Die Organisierung der werktätigen Massen bei den kommenden Wirtschaftskämpfen muß Aufgabe der KPD sein. Für die abgewirtschaftete und indolente SPD-Bürokratie gibt es nur eins: abtreten!«

Es war nicht ihre Aufgabe als Journalistin, mit ihrem Gesprächspartner zu streiten, also wechselte sie das Thema. »Glauben Sie, daß die Unterstützung durch Alfred Hugenberg eine wesentliche Rolle bei Hitlers Sieg gespielt hat?«

»Auf jeden Fall, aber ich halte das für gar nicht so schlecht. Durch das Bündnis mit Hugenberg zeigt sich nämlich in aller Deutlichkeit, wie ›sozialistisch‹ diese sogenannten Nationalsozialisten sind. Hugenberg wird schon bald seinen Lohn einfordern, und dann werden sich die Arbeiter nicht mehr betrügen lassen. Wenn Sie meine ehrliche Meinung erfahren wollen: Ich hielte es sogar für gut, wenn sowohl Hugenberg als auch Hitler ins Kabinett kämen. Es wäre die logische Konsequenz aus dem Wahlergebnis, würde den Notstandsverordnungen ein Ende setzen, und die Herren wären gezwungen, Farbe zu bekennen. Als bestechliches Werkzeug des Kapitalismus bloßgestellt, wäre Hitler viel schneller desavouiert, als wenn man ihm gestattet, weiter in der Opposition zu bleiben.«

Während ihr Stift stenographische Kürzel auf dem Notizblock machte, versuchte Käthe sich zu sagen, daß der Genosse Münzenberg recht hatte, aber sie kam nicht umhin, ihre letzte Frage in einem unsachlich angespannten Ton zu stellen:

»Und die jüdische Frage? Halten Sie es für wahrscheinlich, daß die NSDAP, sollte sie an der Regierung beteiligt werden, zumindest in dieser Beziehung ihre Wahlkampfversprechen hält?«

Münzenberg machte eine wegwerfende Handbewegung. »Zum Pässebesorgen und Kofferpacken liegt gar keine Veranlassung vor. Um den Juden eins auszuwischen, müßte man die Verfassung ändern. Wo ist die nötige Zweidrittelmehrheit? Und selbst eine Diktatur, an der doch Hitler nur beteiligt wäre, würde es nicht zu antisemitischen Exzessen kommen lassen, denn der Antisemitismus ist nichts mehr als ein Aushängeschild, um die Arbeiter vom Klassenkampf abzulenken, und die Mitdiktatoren würden ihn nur belächeln.«

Vor einigen Jahren noch hätte sie ihm ohne Bedenken zugestimmt. Aber der Genosse Münzenberg lebte nicht in München, wo es die Nazis inzwischen geschafft hatten, den Antisemitismus alltäglich zu machen, und wo selbst linksgerichtete Verlage wie Ullstein inzwischen Mitarbeiter mit Nachnamen wie Bernstein oder Wassermann baten, sich »weniger jüdische« Pseudonyme zuzulegen. Nein, was auch immer der Antisemitismus für die Nazis war – um ein ablegbares Aushängeschild handelte es sich nicht. Käthe dankte Willi Münzenberg für seine Gesprächsbereitschaft und verließ ihn.

Drei Tage nach der Wahl war entschieden, daß Brüning weiter, wie bisher, mit Hilfe der Notstandsverordnung und ohne eine Mehrheit regieren würde, und es bestand für Käthe keine Veranlassung mehr, länger in Berlin zu bleiben. Sie ließ sich von Carla überreden, ihren Aufenthalt noch einen Tag zu verlängern, um sie im *Schwierigen* zu erleben, und bemühte sich einmal mehr vergeblich, zu begreifen, was Carla in diesem Beruf sah. Außerdem war ihr nicht klar, wo der berühmte Zauber der Reinhardtschen Inszenierungen liegen sollte. Der Mann an sich war ihr bereits suspekt; ein Schauspieldirektor, der sich ein Schloß kaufte und dort von Erzbischöfen bis zu amerikanischen Filmstars mehr oder weniger zweifelhafte Berühmtheiten empfing – prätentiöser ging es kaum. Und dann die Auswahl des Stückes. Es handelte sich um eine in diesen Zeiten denkbar unpassende Gesellschaftskomödie ohne jeden Tiefgang. Die Schauspieler verkörperten ihre Rollen hervorragend und unterhielten ihr Publikum, gut, aber Käthe kamen beide, Zuschauer wie Darsteller, wie Traumtänzer vor. Wenn Carla schon auf der Bühne stehen mußte, warum tat sie das nicht in politisch relevanten Inszenierungen wie denen von Piscator oder in neuen, gegenwartskritischen Stücken wie denen von Brecht?

Als sie das, etwas taktvoller formuliert, fragte, erwiderte Carla belustigt: »Kathi, ich wußte gar nicht, daß Sie sich so fürs Theater interessieren. Woher kennen Sie denn diese Namen?«

»Ich lese Zeitung«, sagte Käthe leicht gekränkt, »und da du dich nun einmal für diesen Lebensweg entschieden hast, bemühe ich mich, so viel wie möglich darüber zu erfahren.«

Carla umarmte sie. »Das ist lieb von Ihnen. Nun, die Antwort lautet schlicht und einfach, daß ich hier ein Engagement bekommen habe und verrückt sein müßte, es abzulehnen. Außerdem, seien Sie ehrlich, war es nicht ein zauberhafter Abend?«

»Gewiß. Aber ich hoffe, wenigstens dir ist klar, daß der Rest der Welt das fünfundzwanzigjährige Jubiliäum von Max Reinhardt nicht als das bedeutendste Ereignis des Jahres 1930 ansieht.«

»Was denn sonst?« gab Carla im Brustton der Überzeugung zurück, so daß es einige Sekunden lang dauerte, bis Käthe erkannte, daß sie geneckt wurde.

»Oh, ich werde Sie vermissen, Kathi. Und ich verspreche Ihnen, zu versuchen, wenigstens in einer politischen Rundfunksendung unterzukommen, um meine Traumtänzerexistenz zu rechtfertigen – wenn Sie sich dafür von Dr. Goldmann ab und zu in eine völlig nutzlose Münchner Revue ausführen lassen.«

»Dr. Goldmann«, erwiderte Käthe gemessen, »hat andere weibliche Begleitung für solche Fälle.« Zumindest hoffte sie, sich gemessen anzuhören. An ihren wöchentlichen Treffen mit Martin Goldmann hatte der Umstand, daß er seit einiger Zeit regelmäßig in Gesellschaft der jungen Gattin eines Möbelhausbesitzers gesehen wurde, nichts geändert. Trotzdem gab es ihr immer einen winzigen Stich, wenn sie daran dachte. Martin, bei all seiner politischen Blindheit ein vernünftiger Mann, sollte endlich aufhören, sich mit verheirateten Frauen ins Gespräch zu bringen.

»Vielleicht, aber ich bin sicher, er würde davon profitieren, mit *Ihnen* hinzugehen. Robert meint, die Frau, auf die Sie anspielen, sei ein Hohlkopf, und er muß es wissen, er gabelt auch ständig Hohlköpfe auf. Also reduzieren Sie den armen Dr. Goldmann nicht auf ein intellektuelles Gespräch in der Woche, sondern lassen Sie ihn öfter in den Genuß kommen.«

Obwohl Carla gewiß immer noch scherzte, hatte sie nicht ganz unrecht. Ganz offensichtlich brauchte Martin Goldmann wirklich jemanden, der ihm den Kopf zurechtrückte.

»Wenn du deinen zeitgenössischen *Caesar* tatsächlich durchziehst, wird Kathi dich mir als Beispiel vorhalten«, sagte Carla zu Robert, als sie im Funkhaus zwischen zwei Hörspielen eine hastige Tasse Kaffee tranken.

»Was heißt hier *wenn*? Die Vorbereitungen laufen schon. Peter hat Geldgeber gefunden.«

Peter Wermut, vierzehn Jahre älter als Robert, war der letzte in einer Reihe von richtigen Menschen zum richtigen Zeitpunkt, die ihm das Schicksal zugeführt hatte, und eine ständig zwischen Künstlertum und Pragmatik hin- und hergerissene Natur. Er hatte als Journalist gearbeitet, dann als Börsenmakler, bis sein ihn selbst völlig überraschender Erfolg es ihm ermöglichte, sich aus dem Geschäft zurückzuziehen und sich erneut als Schriftsteller zu versuchen, diesmal als Drehbuchautor bei der UFA. Der Verkauf und die Verfilmung eines Szenariums machten ihn genauso kopfscheu wie das unerwartete Talent für Aktien; auch das Filmgeschäft entsprach nicht dem, was er suchte, und er ließ die Babelsberger Ateliers genauso hinter sich wie den Aktienmarkt, wobei sich letzteres als ein unbeabsichtigter Glücksfall erwies; er erlebte den Schwarzen Freitag nicht mehr als ein unmittelbar Betroffener mit. Dann kam die Beteiligung an dem staatlichen Theaterprojekt für Arbeitslose und die Begegnung mit Robert, der ihm dank eines Hamburger Bekannten aufgefallen war, und im Laufe des letzten Jahres glaubte er, seine Berufung endlich entdeckt zu haben.

»Die Nazis haben uns das Wallner für ihre Volksbühne weggeschnappt, aber wir bekommen das Hutmacher. Und wir werden gleichzeitig mit Maxens *Sommernachtstraum* eröffnen.«

Das war eine kühne und gleichzeitig wohlberechnete Geste, und Carla stieß einen Pfiff aus. »Bist du sicher, daß du nicht lieber bei mir mitmachen willst?« fragte Robert und kippte den Rest seines Kaffees hinunter. »Beim Shakespeare-Regisseur der Zukunft statt dem der Vergangenheit?«

Sie war sich sicher. Wie sie Robert kannte, würde alle Aufmerksamkeit, ob nun beifällig oder kritisch, in erster Linie seinem Konzept und seiner Person gelten, und außerdem hatte sie seinen letzten Regieversuch noch zu deutlich in Erinnerung. Wenn es ihr schon schwergefallen war, sich bei einem Mittelding aus Schulaufführung und Laientheater von ihm herumkommandieren zu lassen, wie würde das dann erst werden, wenn ihr die Professionalität verbot zurückzuschreien? Außerdem war der *Sommernachtstraum* ihr erstes Stück überhaupt gewesen; es brachte ihr Glück.

»Helena«, sagte Frau Beuren, mit der Carla zusätzlich zu den regulären Proben an ihrer Rolle studierte, und klopfte mit dem Zeigefinger auf das Bühnenmanuskript mit Reinhardts Streichungen, das Carla ihr gebracht hatte. »Eine echte Herausforderung, denn Sie wissen natürlich, mein Kind, daß Hermia die angenehmere Rolle ist, die fröhliche, glückliche Liebende. Ganz zu schweigen davon, daß bei Max ohnehin die Elfen im Mittelpunkt stehen. Wie sehen Sie Helena?«

»Als Masochistin«, erwiderte Carla sofort.

Renate Beuren schnalzte mit der Zunge. »Das dachte ich mir. *Sie* würden natürlich nie hinter einem ungetreuen Mann herlaufen?«

»Nein, ganz bestimmt nicht.«

»Hm. Wir haben noch viel Arbeit vor uns. Jeder Mensch hat von jedem Gefühl einen Teil in sich; man muß ihn nur finden.«

Natürlich kannte Carla eine ganze Menge Frauen, die hinter untreuen Männern herliefen und sich von ihnen alles gefallen ließen.

Lilli war nur das jüngste Beispiel und ihre Schwester Marianne das schmerzhafteste. Doch der *Sommernachtstraum*, von Reinhardt inszeniert, war eine Komödie, kein psychologischer Abgrund. Carla brauchte einige Zeit, bis sie eine Form für ihre Helena fand, die zu dem Stück paßte. Helena an Marianne anzulehnen brachte sie nicht fertig; und Lilli erschien ihr zu wenig intelligent. Helena war sich über die Torheit ihres Handelns durchaus im klaren.

»Dem schlechtsten Ding an Art und an Gehalt/ Leiht Liebe dennoch Ansehn und Gestalt./ Sie sieht mit dem Gemüt, nicht mit den Augen,/ Und ihr Gemüt kann nie zum Urteil taugen«, deklamierte Carla, einmal bitter, einmal resigniert, doch nichts davon paßte. Ihre Inspiration kam in Gestalt einer glamourösen Besucherin, einer dunkelhaarigen Schönheit, die den Proben beiwohnte und Max Reinhardt nicht aus den Augen ließ. Da er für diese Aufführung bewußt junge Schauspieler ausgewählt hatte statt der Stars seines Ensembles, kannten sie die anderen ebensowenig wie Carla, bis sie ihnen während einer Pause als Eleonore von Mendelssohn vorgestellt wurde.

»Eleonore!« rief Renate Beuren aus, die in solchen Fällen immer noch Carlas beste Auskunftsquelle war. »Nun, sie ist eine von *den* Mendelssohns«, sie lächelte, »sozusagen mit der Musik verwandt, die Max bei seinem *Sommernachtstraum* so exzessiv einsetzt. Ihre Mutter war die Pianistin Guilietta Gordigliani, ihre Patin die Duse, aber der Grund, warum sie selbst gelegentlich schauspielert, liegt schlicht und einfach darin, daß sie sich schon als Mädchen hoffnungslos in Reinhardt verliebt hat. Die hartnäckigste Rivalin, die Helene Thimig je hatte – außerhalb der Bühne, versteht sich. Auf der Bühne ist Eleonore in Einzelfällen sehenswert, wie im letzten *Ödipus*, wo sie die Antigone spielte, aber sie hat einfach keine Disziplin. Das Morphium, meine Liebe. Sie ist süchtig, und da der gute Max jede Art von Drogen verabscheut, gebe ich ihr keine reelle Chance, die Thimig je zu ersetzen, sei es in Leopoldskron oder im Deutschen Theater. Andererseits, bei ihrem Aussehen und ihrer Hartnäckigkeit wird sie die letzten zehn Jahre nicht ganz und gar ergebnislos geschmachtet haben.«

Eleonore von Mendelssohn war gerade von einer Reise zurückgekehrt und brachte den *Sommernachtstraum*-Schauspielern kleine Geschenke mit; einmal ersetzte sie den Klavierspieler, der anstelle des für die Aufführungen geplanten Orchesters die Bühnenmusik spielte, und zeigte dabei ein Talent, das Carla groß genug für einen Konzertsaal erschien. Warum war Eleonore nicht wie ihre Mutter Pianistin geworden, statt sich als Gelegenheitsschauspielerin zu verzetteln? Die fieberhafte Fröhlichkeit, die sie zeigte, rührte mutmaßlich von dem Morphium her; obwohl Carla immer gehört hatte, diese spezielle Droge mache lethargisch. Doch die Intensität, in der sie alles tat, und sei es nur, ruhig dazusitzen und Max Reinhardt auf der Bühne zu beobachten, wirkte nicht künstlich, sondern wie der eigentliche Ausdruck ihres Wesens. Wenn sie in den Pausen mit den Ensemblemitgliedern redete, zeigte sie Charme und echtes Interesse; ganz nebenbei stellte sich heraus, daß sie vier Sprachen fließend beherrschte. Sie war Carla ein Rätsel. Eine kluge, schöne, reiche, gebildete und talentierte Frau, die sich in der hoffnungslosen Leidenschaft zu einem Mann mit einer ständigen Geliebten *und* einer scheidungsunwilligen Ehefrau ausbrannte. Reinhardts Sekretärin, Gusti Adler, Wienerin, Schulfreundin von Helene Thimig und dieser sehr ergeben, behandelte Eleonore von Mendelssohn so kühl, wie es im Rahmen der Höflichkeit gerade noch anging, und fragte einmal spitz, während sich Schauspieler und Bühnentechniker an einer von Eleonore organisierten und bezahlten kleinen Zwischenmahlzeit stärkten und Max Reinhardt außer Hörweite war:

»Wollten Sie nicht nach Italien ziehen, Fräulein von Mendelssohn? Ich mein, der Herr Toscanini hätte so was erwähnt.«

Das war eine gezielte Boshaftigkeit, denn der weltberühmte Dirigent gehörte, was inzwischen dank des Theaterklatsches auch der letzte Neue im Ensemble wußte, zu den – ebenfalls verheirateten – Ersatzpassionen Eleonores, mit denen sie sich über die Unerreichbarkeit ihres Idols getröstet hatte.

»Ja«, erwiderte Eleonore von Mendelssohn, ohne sich an der Feindseligkeit der Sekretärin zu stören, mit einer naiven Verwunderung, die mit einemmal trotz all des Schicks und des höchst weiblichen Körpers ein Kind aus ihr machte, »die Dinge, die wir uns manchmal vornehmen…«

Ihre Augen wanderten zu dem zurückkehrenden Max Reinhardt, und Carla, die den kurzen Wortwechsel mit angehört hatte, wußte, daß ihr ihre Helena geschenkt worden war.

»*Sie sieht mit dem Gemüt, nicht mit den Augen,/ Und ihr Gemüt kann nie zum Urteil taugen*«, sagte sie bei der nächsten Probe mit der gleichen kindlichen Verwunderung über das Leben, die sowohl das Absurde wie auch das Tragische ihrer Lage erfaßte, und Max Reinhardt war es zufrieden.

Robert hatte keine Zeit, sich Gedanken um seine Darstellung als Brutus zu machen. Er wußte bereits, wer *sein* Brutus sein würde – der Gedankenmensch, der Liberale in einem radikalen Zeitalter –, und benutzte während der Proben meistens Peters Sekretärin als Double für sich. Das Regieführen nahm ihn ganz und gar in Anspruch; er aß und schlief im Theater, wenn er nicht für kurze Zeit verschwand, um Geld beim Rundfunk zu verdienen. Dabei ließen sich nicht alle seine Einfälle verwirklichen; er wollte ursprünglich keinen Geringeren als Kurt Weill dazu überreden, die Bühnenmusik für die Inszenierung zu schreiben. Als das nicht klappte, fand sich immerhin ein arbeitsloser junger Komponist aus der Filmwelt, den Peter Wermut kannte; leider war der Mann sämtlichen Aufmärschen der Nazis bisher immer aus dem Weg gegangen, so daß Robert seine längst vergessenen musikalischen Kenntnisse bemühen mußte, um ihm die Trompeten, Hörner und Orgeltöne zu beschreiben, die er bei den Aufmärschen und Massenszenen wünschte. Andere Hintergrundgeräusche, die ihn bei seiner Radioarbeit beeindruckt hatten und die er auch im Theater verwenden wollte, ließen sich von den Grammophonen einfach nicht auf die vorhandenen Lautsprecher übertragen; es klang nach einem fürchterlichen Gegurgel und mußte fallengelassen werden.

Weite Teile der Bühne im Dunkeln zu lassen und nur Inseln aus Licht zu schaffen trug zwar zur gewünschten Atmosphäre bei, aber es sorgte auch für viele Unfälle. Bei einer der wenigen Proben, an denen er als Schauspieler teilnahm, trat Robert daneben und stürzte von der Rednertribüne drei Meter tief auf die Bühne. Doch sein Glück hielt an; er brach sich nichts und trug noch nicht einmal eine Verstauchung davon.

»Wirkliche Dolche«, sagte er, während er sich abklopfte und die übrigen Mitspieler ihn besorgt umringten, »wir brauchen wirkliche Dolche, damit sie das Licht einfangen. Die Attrappen bringen es nicht.«

Er kürzte und kürzte, vor allem am zweiten Teil des Stückes. Seine alte Idee, nach dem dritten Akt aufzuhören, ließ sich nicht verwirklichen, aber er strich die meisten der Octavius-Szenen und schloß mit Antonius' Nachruf auf den toten Brutus, »*Dies war der beste Römer unter allen...*«, statt mit Octavius' Schlußworten. Der Komponist hatte ihn auf die Idee gebracht, die Menge chorisch und wie eine vielköpfige Hydra zu benutzen, und um noch mehr Szenen mit der manipulierbaren Masse zu bekommen, warf er den Streit zwischen Brutus und Cassius über die Besoldung der Legionen zugunsten einiger hinzugenommener Stellen aus *Coriolanus* hinaus.

»Grundgütiger, Robert«, sagte Peter Wermut halb ehrfürchtig, halb entsetzt. »Die Kritiker werden uns umbringen.«

Das machte Robert weniger Sorgen als der Mord, über den er in jeder Probe mit dem betreffenden Darsteller stritt; nicht die Ermordung Caesars, die samt lichtreflektierender Dolche hervorragend klappte, sondern die kleine Szene mit Cinna dem Dichter, der von der Menge mit Cinna dem Verschwörer verwechselt und umgebracht wird. Robert sah Cinna als Marchbanks, als schwärmerischen Ästheten, der im Kontrast zu der uniformierten Menge stehen sollte. Helmut Holpert, der Cinna spielte, vertrat die Auffassung, Cinna solle wie Brutus ein Liberaler sein, ein typischer Leserbriefschreiber, engagiert, aber unfähig, sich zwischen den Parteien zu entscheiden, die ihn vernichten. Der Tag der Premiere rückte näher, und noch immer hatten sie keine Einigkeit über diese Szene erzielt.

»Wir haben immer noch keine Kostümprobe gehabt«, sagte Peter Wermut nach einem weiteren vergeblichen Schlichtungsversuch erschöpft, »die Musikeinsätze klappen nicht... wie wäre es, wenn wir die Premiere ein paar Tage verschieben?«

»*Auf gar keinen Fall!*« stieß Robert zornig hervor und schlug mit der Faust auf seinen kleinen Regietisch, was den Teller mit dem halbaufgegessenen Schinkenbrot, der darauf stand, um ein Haar auf den Fußboden befördert hätte. »Ich will am Tag vor Reinhardt Premiere haben, das ist *unerläßlich*!«

Bei all seiner Schüchternheit und seinem leichten Stottern war Peter Wermut nicht unbeschränkt belastbar; auch sein Temperament war in der Lage, sich zu entzünden.

»Wenn wir mit einem unfertigen Stück debütieren«, antwortete er gefährlich leise, »dann sind wir das Gespött von Berlin und am nächsten Tag arbeitslos, von den Schulden bei meinen Investoren ganz zu schweigen. Wenn du nicht bekommen kannst, was du willst, Robert, dann mußt du eben lernen zu wollen, was du bekommst!«

»Du vielleicht«, sagte Robert und begann wieder zu essen, »aber ich nicht. Niemals. Was die Musikeinsätze angeht – die schaffen mehr Probleme, als sie wert sind. Wir schmeißen sie raus, bis auf die Fanfaren vor Caesars Auftritt.«

»*Was*? Nach all der …«

»Raus«, wiederholte Robert unbeeindruckt und verlangte, daß man ihm ein zweites Brot bringen solle.

Um dem Druck eine Weile zu entkommen, überließ er an diesem Tag dem empörten Peter das Feld, machte einen Ausflug ins feindliche Lager und holte Carla nach ihrer *Sommernachtstraum*-Probe beim Deutschen Theater ab. »Ich habe es satt, verantwortlich zu sein«, sagte er zu ihr. »Laß uns etwas ganz und gar Verrücktes tun.«

»Wie verrückt?« fragte sie zurück und hakte sich bei ihm ein.

»Warst du schon einmal in einer Transvestitenbar?«

Verrücktheit erwies sich als ansteckend. Sie zog sich um, aber das war nicht alles; als sie wieder aus ihrem Zimmer auftauchte und sich mit einer Verbeugung aus der Hüfte heraus präsentierte, stellte Robert fest, daß sie sich erstaunlich glaubhaft als Mann verkleidet hatte. Ihr Haar war an der Seite gescheitelt und mit Pomade zurückgekämmt, sie mußte sich die Brüste straff eingewickelt haben, ehe sie das Hemd darüber anzog, und der Smoking, den sie trug, kaschierte den Rest ihrer weiblichen Figur.

»Wo hast du den Smoking her?«

In ihren Augen tanzten kleine goldene Funken. »Was ist, hast du Angst, dich so mit mir blicken zu lassen?« fragte sie mit der heisersten Jungenstimme, zu der sie imstande war.

Danach ging er mit ihr natürlich in die Bar, die ihm als die verruchteste von ganz Berlin bekannt war. Es war ein ähnliches Gefühl wie während ihrer einwöchigen Flucht nach Berlin, ein Ausbruch und eine Verschwörung gegen die Welt. Es stellte sich heraus, daß es noch andere männlich-weibliche Paare außer ihnen dort gab, die wegen der Exotik gekommen waren, nur schien tatsächlich keiner

Carla ihre Weiblichkeit anzumerken. Die Sänger imitierten alle berühmte Filmstars, zum Teil sehr gut, und während einer exzellenten Greta Garbo, die ein Chanson von Hollaender sang, forderte Carla Robert zum Tanzen auf. In dem roten Licht wirkte ihr pomadisiertes Haar braun, fast schwarz, und da es ihre Stirn völlig freiließ, sah ihr Gesicht länglicher und schmaler aus. Es ließ sie jemandem ähneln, aber er kam nicht darauf, wem. Sie konnte besser tanzen als er, also führte sie eine Weile, was ihre Verkleidung um so authentischer machte, und das Bewußtsein, daß ihnen viele Blicke folgten, verursachte ihm eine prickelnde Befriedigung.

»Was meinst du, wer von uns bekommt mehr Anträge, bevor wir die Bar wieder verlassen?«

Carla legte den Kopf schief. »Das kommt darauf an, ob mehr Sadisten oder Masochisten hier sind!«

Robert lachte und zog sie ein wenig näher.

»Und wenn es gleich viel sind?«

»Dann müssen wir immer weiter tanzen«, sagte Carla und ließ ihre Miene zu tragischem Entsetzen gefrieren, »denn wenn wir aufhören, stürzt sich die Meute auf uns!«

Ihre Rechte, mit der sie, Robert kurz loslassend, flüchtig auf ein paar völlig harmlose Barbesucher wies, die sich angeregt unterhielten und nicht weiter auf sie achteten, tauchte in dem roten Licht wie ein verwundeter Vogel aus der dunklen Anzugjacke hervor, und Robert geriet für einen Moment aus dem Takt.

»Das ist es! Cinna der Poet!«

Hingerissen sah er es vor sich, wie er die Szene zu gestalten hatte, auch wenn die arme Nina Rebendorf, die für die Beleuchtung zuständig war, wahrscheinlich einen Anfall haben würde. Carla begriff sofort, was er meinte. »Das eitle Schaf und die Wölfe?«

Deswegen bedauerte er, jenseits von aller Neckerei, daß sie sich nicht zur Mitwirkung in seinem Theater überreden ließ. Niemand verstand ihn so gut und so instinktiv schnell wie Carla.

»Genau«, sagte er, und aus dem Überschwang und der Erleichterung heraus, sein großes Problem endlich gelöst zu haben, küßte er sie, einer ihrer üblichen geschwisterlichen Küsse. Dann sah er aus den Augenwinkeln heraus ein Paar, das ihn einigermaßen schockiert betrachtete, und erkannte Peters Schwester und ihren Mann, die zu den Investoren des neuen Hermes-Theater gehörten.

Peters Abkanzlung in Sachen Schulden und Investoren fiel ihm ein, und Robert erfaßte der rebellische, zerstörerische Impuls, der ihn als Kind dazu gebracht hatte, lieber auf den Balkon zu klettern, als weiter auf dem elenden Klavier zu üben.

»Ein paar Geldgeber sind da«, flüsterte er Carla ins Ohr, »laß uns ihnen etwas bieten.«

Ihre Hände glitten von seinen Schultern hoch zu seinem Hals, und sie zog seinen Kopf zu sich herab. Diesmal geriet der Kuß demonstrativ lang, hungrig, und Robert entdeckte mit einer Mischung aus Bestürzung und Entzücken, daß die eigenartige Stimmung von neulich, in Carlas Wohnung, zurückgekehrt war. Warum nicht, dachte er plötzlich, warum eigentlich nicht?

Die Musik endete, und sie lösten sich voneinander. Das nächste Lied, ein schneller Black Bottom, brachte eine warnende Ernüchterung mit sich. Er hatte immer gerne Grenzen überschritten, aber in Carlas Augen las er sein eigenes Zögern davor, diese spezielle Grenze zu überschreiten. Es wäre so … endgültig.

»Laß uns gehen«, sagte Carla mit ihrer normalen Stimme, und er nickte. Trotzdem fühlte er sich noch immer hungrig, nur verlagerte sich der Hunger auf eine andere Ebene, und er schlug ihr vor, bei Pelzer zu dinieren, um herauszufinden, ob sie auch in einer langweilig-seriösen Umgebung als Mann durchgehen würde.

»Die eine sichere Konstante im Universum ist«, sagte Carla, und ihre gemischten Gefühle über den Kuß machten der Zuneigung Platz, die sie für ihn empfand, wenn er sie zum Lachen brachte, »daß du dir den Bauch vollschlagen willst.«

Es war schon etwas spät, aber bei Pelzer fand sich in der Tat noch ein Tisch für sie. Carla erinnerte sich gerade noch rechtzeitig daran, daß ihr als Mann niemand den Stuhl zurechtrückte, und nahm gleichzeitig mit Robert Platz. Als sie sich eine Zigarette anzündete, schnipste Robert mit den Fingern.

»Jetzt weiß ich es!« sagte er. »Du imitierst Jean-Pierre!«

Sie hatte eine beneidenswerte Gabe dafür, sich anderer Leute Bewegungen und Tonfälle anzueignen, die er allmählich als den Unterschied zwischen ihren beiden Arten zu spielen erkannte. Er machte die Personen, die er verkörperte, zu Varianten seiner selbst, angereichert hier und da mit ein paar fremden Wesenszügen; sie versuchte, in fremden Wesenszügen zu verschwinden und daraus neue Personen zu schaffen. Jetzt kletterte eine ihrer Augenbrauen auf Jean-Pierres Weise nach oben.

»Daß dir das jetzt erst auffällt, mon cher«, sagte sie und mischte diesmal etwas von dem pseudofranzösischen Akzent bei, »kränkt mich sehr in meiner professionellen Eitelkeit. Und ich dachte, deswegen hättest du mich geküßt.«

Der Kellner unterbrach sie mit der Karte, ehe Robert sich eine passende Antwort zurechtlegen konnte. Außerdem war er nicht gerne introspektiv, also widmete er sich dem Studium der angebotenen Köstlichkeiten und bestellte für Carla mit, um ihr keine Chance zu geben, an so etwas wie Diät zu denken. Er haßte es, wenn die Menschen um ihn herum glaubten, sich beschränken zu müssen, vor allem, wenn ihm etwas an ihnen lag, und er wollte wirklich, daß Carla den Rest des Abends genoß.

»Allmächtiger!« sagte Carla, als der Kellner wieder verschwunden war, und schaute über Roberts linke Schulter hinweg in eine Ecke des Raumes. Sie kniff die Augen zusammen, wie immer, wenn sie ohne Brille etwas erkennen wollte. Robert drehte sich um, folgte ihrem angestrengten Blick und grinste.

»Du irrst dich nicht. Da sitzt dein Schwager Philipp mit jemandem, der wie ein weiterer Bonze aussieht, und schaut drein, als langweile er sich unsäglich. Dem Mann kann geholfen werden.«

»Robert!«

Aber es war zu spät, er stand bereits auf und ging zu Philipp hinüber. »Guten Abend, Herr Bachmaier«, sagte Robert munter. »Möglicherweise erinnern Sie sich nicht an mich – Robert König.«

»Ich erinnere mich«, erwiderte Philipp, der Roberts Meinung nach mit seinen schwarzen Haaren und der bräunlichen Haut den Gangstern, die in Amerika den verbotenen Alkohol unter die Leute brachten, zum Verwechseln ähnlich sah. »Herr Benheim, Herr König, ein weitläufiger Bekannter aus München.«

»Ach«, meinte sein korpulenter Begleiter mit einer fetten, feuchten Stimme, »hab ich nicht was in der Zeitung gelesen über Sie?«

»Sehr wahrscheinlich«, sagte Robert und lächelte. »Aber ich bin eigentlich nur herübergekommen, um Herrn Bachmaier zu begrüßen und ihn zu fragen, ob er mir und meinem Freund nicht Gesellschaft leisten und über die alten Zeiten plaudern will. Sie sind selbstverständlich auch eingeladen.«

Wenn er Philipp beim Sprechen nicht die ganze Zeit beobachtet hätte, wäre ihm das kaum merkliche Erstarren entgangen, als der Mann, Roberts Worten folgend, unwillkürlich zu Carla hinschaute und sie erkannte.

»Später«, entgegnete Philipp beherrscht. »Herr Benheim wollte ohnehin bald gehen.«

Das war Herrn Benheim offenbar neu; er öffnete seinen kleinen Mund, schloß ihn wieder und ähnelte dabei verblüffend einem Karpfen. Allerdings war die Hierarchie deutlich; er machte keine Anstalten, Philipp zu widersprechen oder seine Kränkung zum Ausdruck zu bringen. Robert verabschiedete sich von ihm und kehrte bester Stimmung zu Carla zurück.

»Mach dich bereit, Mata Hari«, verkündete er, »der General wird uns seines Besuches würdigen.«

»Warte, bis du das nächste Mal jemanden in deiner Wohnung hast, den du loswerden willst«, sagte Carla düster, aber er konnte an der Art, wie sie sich in Positur setzte, erkennen, daß ihr das Zusammentreffen nicht wirklich unangenehm war.

Kurze Zeit später verschwand der fischmäulige Benheim, und Philipp der Hai glitt durch das übrige Aquarium zu ihnen herüber. »Ein Kostümfest?« fragte er Carla, während er sie musterte. Sie errötete, sagte jedoch nichts, so daß Robert für sie einsprang.

»Eine Probe. Sie wissen doch, wir sind Schauspieler, Carla und ich.« Die Betonung des letzten Nebensatzes war ein so deutlicher Territorialanspruch, daß Carla ihm einen amüsierten Blick zuwarf.

»Wie geht es dir, Philipp?« fragte sie und lehnte sich ein wenig zurück. »Laufen die Bayerischen Motorenwerke noch selbständig, oder hast du sie inzwischen übernommen?«

»Noch nicht«, antwortete Philipp trocken. Ein Kellner brachte eilfertig einen zusätzlichen Stuhl, und er nahm am Tischende Platz. Als man ihm die Karte brachte, wehrte er ab; er habe schon gespeist.

»Ich hoffe, ich habe keinen geschäftlichen Termin unterbrochen«, sagte Robert reuelos.

Philipp schüttelte den Kopf. »Der geschäftliche Teil unserer Unterredung war schon beendet.«

Carla stützte sich auf den Ellenbogen und machte ihr Chaplin-Gesicht. »Worum ging es? Leder oder Politik? Weißt du, Robert,

Philipp unterstützt die zweitstärkste Fraktion im neuen Reichstag. Ich wollte dich schon immer fragen, Philipp, was du eigentlich in den Leuten siehst? Abgesehen vom Lederabsatz, versteht sich.«

»Oh, unterschätze den Lederabsatz nicht«, fiel Robert ein. Es war schon länger her, daß sie gemeinsam ein Opfer ihrem sarkastischen Zwillingsakt unterzogen hatten; allerdings hatte Philipp der Hai nicht unbedingt viel von einem Opfer an sich, und es würde spannend sein, seine Reaktion zu erleben. »Die Werbung, die sie für Leder betreiben, zahlt sich jetzt schon aus. Die Dame, die bei uns für Kostümentwürfe zuständig ist, hat sich beschwert, weil ich ihr nur diese Burschen als Mannequins ans Herz gelegt habe.«

»Inzwischen sollte doch offensichtlich sein, was ich in ihnen sehe«, gab Philipp zurück. Seine dunklen Augen wanderten zwischen ihnen hin und her. »Bei der nächsten Wahl werden sie an die Regierung kommen und das Land retten.«

Bei seiner anerkennenswerten Selbstbeherrschung war es schwierig, zu sagen, ob er das ernst meinte.

»Aber wie? Wie genau werden sie das tun?« fragte Carla. »Wird Hugenberg die ganzen Arbeitslosen als Statisten bei der UFA beschäftigen? Oder kommen sie alle in die Armee? Und wenn ja, woher kommt dann auf einmal das Geld, um sie zu bezahlen?«

»Oh, es wird Arbeitsbeschaffungsmaßnahmen geben, aber das allein macht eine Rettung nicht aus. Haben Sie eigentlich Ideale, Herr König?« wandte er sich an Robert und fügte dann, wieder an Carlas Adresse, hinzu: »Und du? Mich interessiert das wirklich. Hast du Ideale? Irgend etwas über deine eigene Person hinaus?«

Zum ersten Mal regte sich in Robert Bewunderung für Carlas Schwager. Philipp hatte den Spieß herumgedreht und sie erfolgreich von Inquisitoren zu Opfern der Inquisition gemacht.

»Nicht in Ihrem Sinn«, erwiderte er, weil er als erster angesprochen worden war. »Meine Ideale wechseln mit jeder Aufführung, an der ich beteiligt bin, aber ich fürchte, sie haben alle mit mir zu tun.«

»Eine perfekte Transformation«, sagte Carla langsam, den Blick auf Philipp gerichtet, »eine Verwandlung, die alle Zuschauer so erschüttert, daß man noch in hundert Jahren von mir sprechen wird. Und das jedesmal, wann immer ich sie erreichen möchte. Ich gebe zu, das ist ziemlich ichbezogen, nur«, ein kleines selbstironisches Lächeln kroch ihre Mundwinkel hoch, »richtet es weniger

Schaden an als dieses alberne Gerede von der jüdischen Weltverschwörung. Hier sind ein paar schöne Läden und ein Café zer-
trümmert worden, und Käthe Brod hat mir erzählt, daß so etwas in
München öfter vorkommt. Das ist mein Problem mit diesem speziellen Ideal, Philipp. Es ist mir zu negativ.«

Die Suppe wurde ihnen serviert, und Philipp wechselte das Thema. Während sie aßen, zeigte er sich von einer aufgeräumten, unterhaltsamen Seite, sprach von einigen Münchner Bekannten und
erwähnte den ersten Tonfilm, den er gesehen und der ihm gefallen
habe, *Der Blaue Engel*. Er wollte wissen, ob sie die Schauspieler
darin persönlich kannten; *gehört* hatte von Emil Jannings, der sogar
in Amerika Filme drehte, natürlich jeder. Robert schüttelte den
Kopf, und Carla machte nur bei Eduard von Winterstein, der an der
Schauspielschule des Deutschen Theaters unterrichtet hatte, eine
Ausnahme. Die Teller wurden fortgenommen, durch andere ersetzt, und die leichte Konversation ging weiter, bis Philipp eine
wegwerfende Bemerkung über den »dekadenten Goldmann-Be-
trieb an den deutschen Theatern« machte.

Robert brachte den Namen Goldmann unwillkürlich zuerst mit
Dada in Verbindung, erst danach erinnerte er sich vage, daß Max
Reinhardt ursprünglich Max Goldmann geheißen hatte. Er pole-
misierte selbst ab und zu gegen Reinhardt, aber hauptsächlich, um
Carla aufzuziehen; im Grunde seines Herzens bewunderte und
beneidete er den großen alten Mann des Theaters.

»Herr Bachmaier«, gab er in seinem erschüttertsten Tonfall
zurück, der sehr tief unten lag, »ich hätte nie gedacht, daß Sie sich
von der Avantgarde vereinnahmen lassen. Oder ist es das politische
Theater? Dann sind Sie strenger als Brecht selbst. Der hat immerhin mal für Reinhardt gearbeitet.«

»Genau, Philipp«, sagte Carla. Ihre Augen hatten sich verengt,
und die gute Stimmung, die sie während des Essens gezeigt hatte,
war verschwunden. »Wo bleibt dein Sinn für traditionelle Werte?
Ganz zu schweigen von der Solidarität unter Landsleuten. Wo
Reinhardt doch Österreicher ist. Ihr Zugereisten solltet zusam-
menhalten.«

Sie warteten beide darauf, daß Philipp jetzt etwas über Reinhardts jüdische Herkunft äußerte; wozu sonst die Goldmann-
Anspielung? Doch er wechselte erneut das Thema.

»Wie, sagten Sie, lautet der Name Ihres neuen Theaters?«

»Hermes«, erwiderte Robert, und weil ihn wieder der Teufel ritt, fügte er hinzu: »Sie müssen unbedingt kommen und sich meine erste Inszenierung anschauen. Sie wird Ihnen gefallen.«

»Das wird sie. Viel Leder. Oder«, fuhr Carla fort und griff an die Stelle, wo normalerweise ihre Handtasche hing, bis sie sich erinnerte, daß sie als Mann hier war und ihre Zigaretten in der Brieftasche steckten, »du kannst etwas Reinhardtsche Dekadenz in Kauf nehmen und mich als Helena im *Sommernachtstraum* bewundern. Das wird dir auch gefallen. Viel Unterwerfung.« Sie nahm eine Zigarette zwischen ihre Fingerspitzen und zitierte gedehnt: »*Stoßt, schlagt mich, achtet mich gering, verliert mich:/ Vergönnt mir nur, unwürdig wie ich bin,/ Euch zu begleiten.*«

Sie schaute von Philipp zu Robert. »Hat einer der Herren vielleicht Feuer?«

Es stellte ihre Laune wieder her, zu sehen, wie beide schnell zu ihren Streichhölzern griffen. Den ganzen Abend schon hatte es zwischen Philipp und Robert einen subtilen Wettbewerb um den Löwenanteil an Aufmerksamkeit gegeben, und Carla konnte sich nicht helfen, sie fand das sehr anregend. Fast versöhnte es sie mit Philipps dummer Reinhardt-Bemerkung, aber eben nur fast.

»Was würdest du vorziehen?« fragte sie unschuldig. »Männer in Leder oder Frauen, die sich schlagen lassen?«

Ohne Philipp Zeit zu geben, das zu verdauen, setzte Robert, während er Carla unter dem Tisch leicht mit dem Fuß anstieß, hinzu: »Warum nicht beides?«

Sie schauten beide zu Philipp, gespannt auf seine Reaktion. Er konnte vorgeben, ihr *double entendre* nicht zu verstehen, und wörtlich antworten, ein weiteres Mal ausweichen oder auf Rettung durch den Kellner hoffen. In jedem Fall war er wieder in der nachteiligen Position. Statt dessen überraschte er sie; er ergriff Carlas freie Hand, die auf dem Tisch lag, bog blitzschnell ihren kleinen Finger zurück und kommentierte dabei: »Ich denke, ich werde mich mit erneuerten Lektionen für Schulmädchen zufriedengeben.«

Er stand auf und nickte knapp zu Robert hinüber. »Herr König.« Damit ging er.

»Autsch«, sagte Robert. »Nun, das macht seine Präferenz deutlich. Auch eine Antwort.«

Robert verbrachte den nächsten Morgen damit, seine entnervten Mitstreiter zu versöhnen und erst mit Nina Rebendorf und Helmut Holpert, dann mit jedem Volksdarsteller noch einmal die Cinna-Szene durchzugehen. »Helmut, du hattest recht. Kein Fin-de-siècle-Dichter.« Helmut Holpert seufzte erleichtert auf. »Aber der Leserbriefschreiber kommt mir noch zu klein vor. Wie wäre es, wenn du ihn als wirklich berühmten Schriftsteller spielst? Thomas Mann oder Gerhart Hauptmann?«

Holperts Gesicht erhellte sich. »Er wartet auf den Nobelpreis – ist erfreut, erkannt zu werden? Hat vielleicht einige Gedichte oder Romanauszüge in den Taschen?«

»Genau. Zieh das so lange wie möglich heraus – der Dichter der Nation, huldvoll bereit vorzulesen, wenn es denn sein muß. Und während Helmut das tut, verändern wir das Licht auf der Bühne. Es wird röter und röter. Und es kommen immer mehr Leute dazu, die ihn umzingeln. Einer nach dem anderen...«

Am Schluß war es das Herz der Inszenierung: Cinna der Poet, der einer mordlustigen Menge begegnet, der seine törichte Unschuld gleich ist. Einer aufgehetzten, blutgierigen Masse, die nur eines sucht: einen Sündenbock, gleich wen. Holperts würdevolle, gravitätische Antworten auf die absurden Fragen, sein hoffnungsvolles Zupfen an dem Manuskript in seiner Tasche und seine deutlich an Thomas Mann angelehnte Maske – Robert war begeistert über diesen speziellen Einfall gewesen – brachten die Zuschauer zum Lachen, bis es ihnen in der Kehle steckenblieb.

Holperts Protest, »*Ich bin Cinna der Poet!*«, war immer noch mehr indigniert als angsterfüllt, aber er wich unter dem Druck der Darsteller, die wie aus dem Nichts auftauchten und ihm jeden Ausweg abschnitten, wie ein gestelltes Wild hierhin und dorthin.

»*Es tut nichts, sein Name ist Cinna*«, wurde zu einer Phrase, die Robert vom vierten Bürger des Stückes auf die meisten Statisten verteilt hatte, anschwellend laut gemurmelt. Das letzte, was man von Holpert sah, ehe er die Rampe hinunter ins Nichts verschwand, war eine in blutrotes Licht getauchte, erhobene Hand, begleitet von dem protestierenden Schrei: »*DER DICHTER!*«

Es war ein überwältigender Triumph, an dem auch der Umstand nichts änderte, daß Robert als Brutus mangels Übung gelegentliche Gedächtnislücken in seinem Text hatte; er improvisierte, was ihm leichtfiel, bis er das nächste Stichwort fand. Das einzige, was ihn störte, war, daß Carlas Generalprobe, die bei Reinhardt bis in den frühen Morgen ging, sie an diesem Abend daran hinderte, hierzusein und zu erleben, wie die Berliner sich von ihren Stühlen erhoben, um seine Inszenierung zu feiern. Bisher war es mehr ein Scherz gewesen, doch nun empfand er es im Ernst; sie sollte hiersein, teilhaben, und daß sie es nicht tat, nahm er ihr übel. Vielleicht lag es daran, daß er von all den Bewunderern, die nach dem letzten Vorhang hinter die Bühne kamen und mit ihm sprechen wollten, ausgerechnet Monika von Antwolfen aufforderte, an der anschließenden Premierenfeier teilzunehmen.

»Das war überwältigend, Robert«, sagte sie; in der zwanglosen Atmosphäre von Lubeldorf war der letzte Rest ihrer Zurückhaltung ihm gegenüber geschmolzen, und seither hatte sie für ihre Verhältnisse durchaus deutlich gemacht, daß sie sich für ihn interessierte. »Ich nehme jetzt richtige Stunden, aber ich kann wohl kaum hoffen, in einem solchen Ensemble mitzuwirken.«

»Wir werden sehen«, meinte Robert diplomatisch, musterte ihre von Erwartung durchglühte Gestalt und wiederholte, in einem anderen Ton: »Wir werden sehen.«

11. KAPITEL

Die Premiere des *Sommernachtstraums* wurde von der Kritik gespalten aufgenommen; man honorierte, daß Reinhardt junge Schauspieler und ein neues Bühnenbild, eine riesige, weit aufgerissene Stufenbühne, deren Pfeiler entweder als Baumstämme oder als Palastsäulen fungierten, benutzt hatte, statt seine legendäre Inszenierung im Jubiläumsjahr einfach zu wiederholen und sich auf die etablierten Größen seiner Bühnen zu stützen. Aber man warf ihm vor, zuviel Mendelssohn und zuwenig Drama zu präsentieren, »Balletteinlagen mit Shakespeare«, wie ein Kritiker schrieb, und nannte das Ganze eine altmodische Prunkentfaltung ohne jeden zeitgenössischen Bezug.

Für die Mitwirkenden waren an dem Abend selbst keine Differenzen spürbar; das Publikum war begeistert. Der zynische Teil von Carlas Verstand teilte ihr später mit, daß es bei einer solchen Jubiläumsveranstaltung, gerührt und nostalgisch, kaum anders hätte sein können, doch als sie mit den anderen auf der Bühne stand und sich verbeugte, hatte sie selbst Tränen in den Augen und genoß schlicht und einfach den Applaus und das Empfinden, Teil von etwas Schönem gewesen zu sein. Es unterschied sich von der erschöpfenden, überwältigenden Erfahrung, die das Spielen einer Hauptrolle für sie bedeutete. Sie war noch nicht einmal mehr neidisch auf Lore Anne Mosheim, die den Puck spielte; es schien, als würde sie die in ihr Unglück verliebte Helena, das große Kind, aller Abwehrmechanismen entkleiden.

Wie alle anderen Frauen erhielt sie von Reinhardt einen Blumenstrauß, aber zu ihrer Überraschung fand sie in der Garderobe, die sie mit Vilma Degischer, der Hermia, teilte, einen weiteren Strauß vor. »Weiße und rote Rosen«, sagte Vilma Degischer neugierig. »Also das ist doppeldeutig. Mach doch die Karte auf!«

Robert und sie hatten vereinbart, sich keine Blumen zu Premieren zu schenken, auf Carlas Vorschlag hin, denn sie konnte rechnen, auch wenn er es nicht konnte, und sie waren beide fest davon überzeugt, daß es unendlich viele Premieren geben würde, also stammten die Rosen ganz bestimmt nicht von ihm. Hugo Merke umlagerte sie schon seit einiger Zeit, und dann gab es immer noch die Möglichkeit, daß ihr Agent jetzt, wo sie sich auf dem aufsteigenden Ast befand, nett zu ihr sein wollte. Doch im Grunde wußte sie schon, wer sie geschickt hatte, noch ehe sie die cremefarbene Karte aus dem Umschlag hervorzog.

»Und?« drängte Vilma.

»Ein Hinweis der Direktion darauf, daß ich im nächsten Rosenkriegs-Zyklus mitspielen werde«, entgegnete Carla und steckte die Karte wieder in den Umschlag. Ihre Kollegin glaubte ihr nicht, aber sie lachte und machte einen Scherz über das Unwiderstehliche von Sommernachtsträumen, ehe sie damit begann, sich abzuschminken. Carla tat es ihr nach. Die feuchten Tücher, die das starke Bühnen-Make-up entfernten, fühlten sich beruhigend auf ihrer Haut an. Rosen, wie in Mariannes Krankenzimmer. Ob er sich daran überhaupt noch erinnerte? Trotzdem, sie wußte nicht, ob sie wütend oder geschmeichelt war. Auf der Karte hatte er außer seinem Namen lediglich eine Berliner Adresse, ein Datum im nächsten Monat und eine Telefonnummer notiert. So eine Selbstüberschätzung war wirklich atemberaubend. Hieß das eigentlich, daß er heute abend nicht hier war? Nicht, daß es ihr etwas bedeutete, denn was verstand Philipp schließlich schon vom Theater? Der Teufel sollte ihn holen. Energisch rieb sie sich den Rest der Schminke aus dem Gesicht und begann, normalen Lippenstift, Puder und Wimperntusche für die Premierenfeier aufzutragen.

In den nächsten Tagen waren Carla und Robert damit beschäftigt, Kritiken zu vergleichen. Seine lasen sich, bis auf zwei, durchweg gut, was nicht immer identisch mit »positiv« war. Aber eine Beschwerde darüber, daß er aus Shakespeares Stück einen Edgar-Wallace-Reißer gemacht habe, war ebenso gut für die Kasse, wie das Enfant terrible des deutschen Theaters genannt zu werden. Sowohl die kommunistische Presse, wegen der Darstellung des Volks, als auch der *Völkische Beobachter*, wegen der faschistischen Kostümierung, meldeten lautstarke Einwände an und sprachen von Unverschämtheit, doch das war zu erwarten gewesen. Nein, die einzige Rezension, die Robert wirklich zu schaffen machte, stammte von Irene Graf, einer der wenigen Kritikerinnen, und stand ausgerechnet in der nicht nur für die Theaterwelt so wichtigen *Weltbühne*:

»Was uns da präsentiert wurde, war bei aller Unterhaltsamkeit und oberflächlicher Aktualität im Kern hohl. Was will uns Herr König mit seiner zeitgenössischen Kostümierung wirklich sagen? Wenn die Inszenierung eine Warnung vor dem Faschismus sein soll, warum dann dessen selbstschmeichelnde Caesar-Analogie übernehmen? Wenn der mangelnde Realismus der Intellektuellen in Form von Brutus kritisiert werden soll, warum wird dann Brutus völlig unkritisch zum sentimentalen Helden des Stücks? Soweit noch ein Stück übrig ist. Die Bühne ist ein Schlachtfeld zwischen Robert König und William Shakespeare. William Shakespeare verliert. Statt seiner tiefgründigen Charaktere sehen wir einen jovialen Intriganten (Cassius), einen ausdruckslosen Roboter (Caesar), der aus Capeks R.U.R.-Stück entkommen zu sein scheint, und einen widerlichen Demagogen im Goebbels-Stil (Antonius). Was Herrn Königs eigene Darstellung als Brutus angeht, er scheint zu glauben, seine zugegebenermaßen ausdrucksvolle Stimme um eine Oktave unter die Tonlage der übrigen Schauspieler zu senken sei ein solider Ersatz für eine schauspielerische Leistung und vermittle naive Heiligkeit.«

»Meine Herren«, kommentierte Hugo Merke ehrfürchtig und etwas schadenfroh, als Robert diese Rezension laut vorlas, um seine Gleichgültigkeit zu demonstrieren, »die geht dir wirklich an die Eier, Robert.«

»Nun ja«, erwiderte Robert mit einer nicht ganz überzeugenden Nonchalance, »man sollte zumindest einmal im Leben richtig gehaßt werden.«

»Bei all den ›atemberaubend‹ und ›mit dem Finger am Puls der Zeit‹ in den übrigen Kritiken«, sagte Carla, die ihn durchschaute, »kannst du es verkraften.« Aber als die anderen bereits aufbrachen, legte sie ihm eine Hand auf die Schulter und flüsterte ihm ins Ohr: »Ich werde einen Fluch über sie aussprechen.«

Ihre eigene Darstellung wurde befriedigenderweise in jeder Rezension des *Sommernachtstraums* erwähnt. Für den Kritiker, der sie »überspannt und manieriert« nannte, empfand sie ähnliche Mordgelüste wie Robert für Irene Graf, doch da die restlichen Beschreibungen von »nervöse Intensität« bis zu »spontaner Charme, der eine undankbare Rolle zu einem der Glanzpunkte des Abends macht« reichten, wurde sie genauso damit fertig.

»Kindchen, jetzt könnte ich Sie beim Film unterbringen«, sagte ihr Agent zu ihr, »aber warten Sie lieber noch, sonst verschleißt man Sie in einer von den Billigproduktionen.«

»Würdest du in einem Film mitspielen?« fragte sie Robert und setzte neckend hinzu: »In einem Tonfilm, versteht sich.«

Er überlegte. »Nur, wenn ich die Hauptrolle und die Regie bekäme und das Thema bestimmen dürfte. Sonst wäre es all die Monate Arbeit nicht wert.«

Jetzt, wo er es geschafft hatte, gegen den großen Max Reinhardt anzutreten und zum Gesprächsthema von Berlin zu werden, verlor er sehr schnell das Interesse an dem Stück und machte sich bereits Gedanken um das nächste. Sein Interesse für Brutus erlosch sogar noch schneller, und er ließ öfter seine zweite Besetzung einspringen, einmal, um den *Sommernachtstraum* und Carla als Helena zu sehen, die anderen Male aus Lustlosigkeit und weil es Fesselnderes zu tun gab. Man hatte ihm beim Rundfunk angeboten, selbständig sechs Hörspiele zu produzieren, und diese neue Aufgabe war unendlich aufregender, als allabendlich Brutus zu verkörpern. Nur einmal, als Carla ihrerseits Erkältung vorschob und dadurch die Möglichkeit hatte, ihn zu sehen, arbeitete er noch weiter an seiner eigenen Darstellung. »Naive Heiligkeit«, ha!

Carla reagierte genauso, wie er es sich nur wünschen konnte, und ihr Enthusiasmus machte ihre Abwesenheit bei der Premiere wieder wett. Überdies bot ihnen die Sache mit den Hörspielen eine neue Möglichkeit zur Zusammenarbeit, denn er durfte sich auch, im Rahmen eines abgesteckten Etats, seine eigenen Sprecher zusammensuchen. Natürlich gab es einiges, was er noch lernen mußte; vor dem Mikrophon seinen Text zu verlesen oder selbst einen Roman oder ein Stück auf eine halbe oder Dreiviertelstunde zurechtzustutzen unterschied sich genauso wie das reine Schauspielersein von der Regie. Zum Glück gab es Peter Wermut, der mit seinem literarischen Zug für die Auswahl und Grobkürzung der Vorlagen wie geschaffen war.

»Wieso«, sinnierte Carla, »überschlagen sich die Menschen nur so, um sich von dir ausnutzen zu lassen?«

Robert kniff sie in die Schulter. »Weil ich das Beste aus ihnen heraushole, versteht sich.«

Es machte Spaß, sich in die technischen Aspekte des Ganzen einweisen zu lassen, was ihn etwas an die Spielzeugeisenbahnen erinnerte, die ihm Dada und Papa als Kind geschenkt hatten. Die Geräusche, die sich mit eigentlich ganz einfachen Mitteln wie einem Sandkasten oder einem Blatt Stanniolpapier erzielen ließen, übertrafen das, was auf der Bühne möglich war, bei weitem. Und nur mit den Stimmen von Schauspielern zu arbeiten setzte ihm keine Grenzen bezüglich der äußeren Erscheinung, ganz zu schweigen davon, daß er und das Mikrophon füreinander geboren waren.

Für Carla brachte die Hörspielreihe die Entdeckung mit sich, daß sie unter Roberts Regie arbeiten konnte. Entweder hatte er im Lauf der letzten anderthalb Jahre dazugelernt, oder er fühlte sich einfach entspannter im Hörfunkmedium. Auf jeden Fall ging er, obwohl er immer noch der eindeutige Herrscher seines kleinen Königreichs war, auf seine Mitwirkenden ein, und es machte tatsächlich Spaß, ihm das zu geben, was er wollte. Die einzige Wolke an ihrem Horizont in diesen Tagen war die immer häufigere Anwesenheit der Antwolfen.

Ohne ungerecht zu sein, ließ sich leider noch nicht einmal behaupten, daß die Antwolfen sich nahtlos in die Kette von Roberts Freundinnen einfügte. Sie schwärmte nicht, sie hing ihm nicht am Hals, weder symbolisch noch de facto, und sie zeigte keine Anstalten, in Tränen auszubrechen oder irgendwo Hilfe zu suchen, wenn er keine Zeit für sie hatte. Zu allem Überfluß zeigte Monika von Antwolfen, wenn Robert ihr kleinere Sprechrollen in den Hörspielen zuwies, auch noch dasselbe nicht sehr große, aber unleugbare Talent wie als Ophelia. Am ungewöhnlichsten war, daß Robert mit ihr nicht prahlte, aber beruhigenderweise betrog er sie gelegentlich, genau wie die anderen. Ob sie das wußte, blieb Carla verborgen. Monika und sie sprachen nicht mehr miteinander, als unbedingt nötig.

Rundfunk und *Sommernachtstraum* bildeten nicht Carlas einzige Beschäftigungen, während der Oktober in den November überging. Philipps Bemerkung hinsichtlich von Idealen ging ihr gegen ihren Willen nach, wenn auch gewiß nicht auf die beabsichtigte Weise, und als sie ein Schreiben von Käthes alter Freundin, Constanze Hallgarten, erhielt, in dem sie gefragt wurde, ob sie sich Anfang des nächsten Jahres an einer pazifistischen Veranstaltung beteiligen würde, sagte sie zu. Sie fing an, mehr auf die Nachrichten zu achten und die Bücher zu lesen, die Käthe ihr unverdrossen schickte.

»Robert, wie wäre es mit einer halben Stunde antimilitaristischer Gedichte? Kästner, Tucholsky, du weißt schon. Bei Tucholsky kann der Rundfunkrat schlecht nein sagen, schließlich spielen sie die ganze Zeit die Chansons mit seinen Texten.«

»Hm. Die Rechte liegen bei der *Weltbühne*, oder?«

»Sag bloß, du bist immer noch eingeschnappt.«

»Aber im Gegenteil. Ich frage mich bloß, ob die ihre geistigen Ergüsse einem Oberflächling wie mir anvertrauen werden.«

»Bobby, du willst doch nicht behaupten, daß es Grenzen für deine Unwiderstehlichkeit gibt?«

Er warf den Apfelbutzen, an dem er gerade kaute, nach ihr, aber er bemühte sich tatsächlich erfolgreich um eine halbe Stunde satirischer zeitgenössischer Gedichte, die, wie Hörer und Geldgeber erst bei der Ausstrahlung herausfanden, samt und sonders pazifistisch ausgerichtet waren. Das brachte ihm und Carla das Angebot, mit einigen der Gedichte, die sie als Dialog mit verteilten Versen gesprochen hatten, einmal in der Woche in einem kleineren Berliner Kabarett aufzutreten. Sie nahmen an, konnten allerdings immer erst zwischen elf und ein Uhr erscheinen.

Einmal schlug die neuartige Erfahrung eines Publikums, das sich fast in Reichweite befand und nicht schwieg, während man rezitierte, ins Häßliche um, als sich einige Gäste lautstark über die »freche Gesinnungslosigkeit« beschwerten und anfingen, mit Gegenständen zu werfen. Die Rausschmeißer wurden schnell mit ihnen fertig, doch nicht, ehe einer der geschleuderten Aschenbecher Carla, die ihn in ihrer Kurzsichtigkeit nicht rechtzeitig hatte kommen sehen, an der Lippe getroffen und sie zum Platzen gebracht hatte. Sie beendeten ihren Auftritt, aber hinterher mußte sie mit einem an den Mund gepreßten, blutbefleckten Taschentuch nach Hause laufen.

»Du siehst aus wie die Kameliendame«, bemerkte Robert, der sie begleitete, denn um diese Zeit war es nicht mehr sicher, allein zu sein, und sie mußte lachen, was die Lippe natürlich noch heftiger bluten ließ.

»Hör auf, mich zum Lachen zu bringen«, stieß sie mit zusammengepreßten Zähnen hervor. »Erzähl mir lieber etwas Ernstes.«

Ohne stehenzubleiben, sagte er: »Heirate mich.«

»Aber sicher.«

»Nein, ich meine es ernst. Du wolltest etwas Ernstes hören. Laß uns heiraten.«

Sie verlangsamte ihre Schritte und schaute ihn an. Der Lichtkegel der Laterne, unter der sie gerade liefen, zeichnete unregelmäßige Schatten über seine Gestalt, und der warme Atem, der aus seinem Mund wich, verschwand sofort im Dunkel.

»Du weißt doch«, erwiderte sie langsam und versuchte zu sprechen, ohne die Lippen zu bewegen, was nicht immer funktionierte, »daß ich nie heiraten werde. Das weißt du doch.«

»Dann zieh mit mir zusammen. Wir müssen ja nicht unbedingt vor den Standesbeamten marschieren.«

Er bemerkte, daß sie in der Novemberkälte begann zu zittern, zog seinen Mantel aus und legte ihn ihr um die Schultern. »Sag ja«, murmelte er in ihr seidiges Haar hinein. »Bitte sag ja.«

»Das wäre eine Katastrophe«, flüsterte Carla, »das wäre das Schlimmste, was wir tun könnten.« Die Beklemmung, die in ihr hochstieg, schnürte ihr die Kehle zu. »Es würde nämlich schiefgehen. Wenn ich dich liebte, dann würde ich mich in dir verlieren, und dafür würde ich dich hassen. Ich mache mir ohnehin schon mehr Gedanken um dein Leben und deine Karriere, als ich möchte. Und außerdem«, sie gab den Versuch auf, ihre Lippe zu schonen, und ignorierte das Blut, »könnte ich dir nie vertrauen.«

Damit traf sie ihn. »Wieso nicht? Wir haben uns immer vertraut!«

»Ja«, erwiderte Carla, »als Freunde. Aber nicht als Liebende. Ich hätte Angst vor dem, was ich täte, wenn du mich betrügst, und das würdest du. Ich glaube, dann brächte ich dich um.«

Robert wandte sich von ihr ab. »Na ja, es war nur so eine Idee«, sagte er und steckte die Hände in die Taschen seines Jacketts, bevor er weiterging. Doch sie konnte die Kränkung in seiner Stimme hören. Allein im Dunkeln zurückgelassen zu werden erschien ihr plötzlich als ein schreckliches Omen für die Zukunft, und sie rannte ein paar Schritte, ehe sie ihn einholte.

»Sam«, rief sie ihm nach, und da sie ihn schon sehr lange nicht mehr so genannt hatte, hielt er inne. »Bitte«, sagte Carla einfach. »Bitte sei mir nicht böse.«

Sie hielt ihm seinen Mantel hin. »Mir ist schon wieder warm. Außerdem blute ich dir noch den Kragen voll, und«, schloß sie leise, »ich möchte nicht, daß du dich erkältest. Daß dir überhaupt etwas passiert.«

Kopfschüttelnd nahm er ihr den Mantel ab, machte aber keine Anstalten, ihn anzuziehen, sondern hielt ihre Hand fest.

»Freunde?« fragte er.

»Freunde«, sagte Carla erleichtert.

Die ganze Angelegenheit hielt sie die Nacht über wach. Es war natürlich nur eine weitere von Roberts verrückten Ideen, aber er wäre überhaupt nicht darauf gekommen, wenn sie sich in den letzten Monaten nicht mehrfach so idiotisch benommen hätte. Das mußte ein Ende haben. Ganz zu schweigen von ihrem Grauen bei der Vorstellung von einem Ehefrauendasein, wollte sie ganz bestimmt auch nicht Roberts Geliebte werden, aus den Gründen, die sie ihm genannt hatte. Es würde schiefgehen und ihre Freundschaft für immer zerstören. Also warum dann die gelegentlichen Anfälle von Koketterie?

Ihr Körper spielte ihr einen Streich, das war es. Sie hatte ihre Jungfräulichkeit satt und das allwissende Getue selbst von solch dummen, naiven Hühnern wie Lilli. Manchmal kam sie sich vor wie eine Fremde in einem Land, dessen Sprache sie nicht beherrschte. Auf der Bühne liebende Frauen zu spielen und sich in das Begehren von verschiedenen Männern, die es nicht gab, hineinzuhypnotisieren half auch nicht gerade, es regte höchstens die Phantasie an. Aber, dachte Carla, ihre Freundschaft mit Robert aufs Spiel zu setzen, nur weil sie bereit dafür war, mit jemandem ins Bett zu gehen, kam nicht in Frage. Sie schaltete das Licht wieder an und zog Philipps Karte aus dem Bühnenmanuskript von *Gilles und Jeanne* hervor, wo sie seit der Premiere des *Sommernachtstraums* lag, wie Effi Briests Briefe, in der Erwartung, zu ihrem Unglück entdeckt zu werden. Es würde natürlich bedeuten, etwas von ihrem

Stolz herunterzuschlucken. Aber vielleicht dachte Philipp ohnehin, daß sie nicht den Mut hatte, ihn anzurufen.

12.-19.November. Inzwischen war der Morgen des Vierzehnten angebrochen. Die gestochen schwarzen Schriftzüge schienen sie zu verspotten und Feigling zu nennen. Aber er konnte wirklich gemein sein, und es war ihm zuzutrauen, daß er sie dazu brachte, einen Annäherungsversuch zu machen, und sie dann zurückwies, nur um ihr die Beleidigungen und Herausforderungen aus all den Jahren heimzuzahlen. Das wäre die absolute Demütigung; viel vernünftiger, sie sich zu ersparen und weiter Jungfrau zu bleiben, bis sie einen wirklich sympathischen Mann fand.

Feigling, dachte sie wieder. Außerdem, wenn sie es hinter sich brachte, dann ließ sich das Kapitel Philipp auch endlich abschließen, und sie mußte sich nicht mehr mit dem Gemisch aus Abneigung und Anziehungskraft, das er auf sie ausübte, herumschlagen. Ein einmal erkundeter Körper konnte kein Geheimnis mehr darstellen.

Mit dem Aufgehen der Sonne schlief Carla endlich ein, nur für zwei Stunden, ehe ihr Wecker klingelte. Sie wusch sich mit kaltem Wasser, was sie wieder etwas wacher machte, und begann mit den gymnastischen Übungen, die ihre Tanzlehrerin auf der Schauspielschule ihr empfohlen hatte. Dann frühstückte sie; der schwarze, milchlose Kaffee vertrieb den letzten Rest ihrer Benommenheit. Was für ein Segen, einen eigenen Herd zu haben und in solchen Dingen nicht auf die Küche ihrer Vermieterin angewiesen zu sein, obwohl diese hier nicht die schlechteste war. Aber sie frühstückte nun einmal gerne alleine, ohne die Notwendigkeit, Konversation zu betreiben. Während sie das Gas wieder abdrehte, erfaßte sie eine eigenartige Fröhlichkeit, und sie summte eine der Melodien vor sich hin, die sie in Nürnberg im Chor der neujährlichen *Fledermaus* hatte mitsingen müssen. Was auch immer geschah, heute würde ein unvergeßlicher Tag werden.

Auf dem Flur begegnete Carla einem der anderen Mieter, den sie kurz grüßte. Neben dem Telefon lag ein Buch, in das man Zeitpunkt und Dauer der Gespräche eintragen mußte. Der runde Bleistift in ihrer Hand lenkte sie von ihrer Nervosität ab; sie balancierte ihn zwischen den Fingern hin und her, während sie mit der anderen Hand wählte und sich durch das Amt mit der Nummer verbinden ließ, die auf der Karte stand.

»Ja?« sagte Philipp; irgendwie war es typisch für ihn, daß er sich nicht mit seinem Namen meldete und erwartete, daß man ihn an der Stimme erkannte.

Carlas Sinn für das Absurde ließ sie entgegnen: »Hier ist auch Ja, Tochter von Nein und Schwägerin von Vielleicht.«

Am anderen Ende herrschte kurzes Schweigen. Ihr Herz begann zu hämmern; wenn er jetzt auflegte, dann war die Sache erledigt, so oder so.

»Mittags«, sagte Philipp abrupt. »Ich schicke dir einen Wagen. Wo bist du?«

»Im Funkhaus. Dein Chauffeur wird sich unters Volk mischen müssen«, erwiderte Carla sarkastisch und hängte auf. Kurz angebunden zu sein war ein Spiel, das zwei spielen konnten.

Der Zufall wollte es, daß Monika von Antwolfen sie als erste sah und nach ihrer üblichen distanzierten Begrüßung ungewöhnlicherweise noch weitere Worte an sie richtete. »Was für ein schönes Kleid«, meinte sie. »Aber ist es nicht ein wenig zu elegant für einen einfachen Arbeitstag?«

Warum fiel so etwas nur anderen Frauen auf? Die Männer, Hugo, Peter und Robert, schauten überrascht drein, als hätten sie es jetzt erst bemerkt. Tatsächlich war das grüne, enge Kleid im chinesischen Stil ihr zweitbestes – das beste war ein Abendkleid – und neu noch dazu; Asien war in diesem Herbst große Mode geworden, und sie hatte für das Kleid sparen müssen. Es gab wenige Frauen, die Grün tragen konnten, ohne daß es ihre Haut fahl erscheinen ließ, also genoß sie das Gefühl der Exklusivität, das ihr dieses Kleid verschaffte. Heute wollte sie sich gut fühlen.

»Kein Tag ist einfach«, erwiderte Carla mit ihrem besten Renate-Beuren-Lächeln, »an dem ich mit dir arbeiten muß, Monika.«

Das konnte sie auffassen, wie sie wollte; jedenfalls fiel ihr offenbar keine geeignete Antwort ein.

Sie brachten ihr Programm, eine Dramatisierung von E.T.A. Hoffmanns Novelle *Der Sandmann*, problemlos hinter sich, doch Hugo fiel auf, daß Carla mehrfach auf ihre Armbanduhr blickte, und als sie fertig waren, fragte er sie, ob sie eine Verabredung habe, was sie, ohne mit der Wimper zu zucken, bestätigte. Robert stritt gerade mit Peter Wermut darüber, wann sie *Caesar* zugunsten von *Der Florentiner Hut* absetzen konnten, und hörte sie nicht, aber

Monika und die beiden Studiomusiker waren ganz Ohr. Der Tontechniker warf sie hinaus, weil das kleine Studio wieder gebraucht
wurde, und während Peters beschwichtigende Stimme noch meinte, es sei doch Wahnsinn, in diesen Zeiten, wo die Menschen immer
häufiger in die viel billigeren Kinos gingen, ein erfolgreiches Stück
fallenzulassen, ehe es ausgespielt sei, und Hugo versuchte, Carla
auszuhorchen, rannte ihnen der von jedermann als Laufjunge
benutzte Neffe des Portiers hinterher.

»Fräulein Fehr, da wartet am Eingang jemand auf Sie.«

»Bis morgen«, sagte Carla, zog ihren Mantel über und folgte
ihm. Philipp hatte tatsächlich einen Chauffeur geschickt. Arbeitsbeschaffungsmaßnahmen, dachte sie und unterdrückte das aus der
Anspannung geborene Kichern, das in ihr aufstieg. Sieh es als Auftritt an, sagte sie sich. Das Lampenfieber wird aufhören, sobald du
die Bühne betrittst. Du weißt doch schon alles, was es zu wissen
gibt, nur die Praxis fehlt noch. Und wenn du merkst, daß er gemein
wird, dann machst du eine souveräne, schneidende Dame-von-
Welt-Bemerkung und verschwindest.

Nach einer in völligem Schweigen verbrachten Fahrt hielt der
Chauffeur vor einem Haus in Charlottenburg an, stieg aus und öffnete Carla die Tür. »Die Wohnung im dritten Stock ist es«, sagte er
mit einem Augenzwinkern.

Ärger erfaßte sie und vertrieb ihre Nervosität. Wofür hielt er sie
eigentlich? Und wofür hielt Philipp sie, daß er sie abholen und
abliefern ließ wie ein bestelltes Paket?

Das Haus hatte einen Lift, doch sie verzichtete darauf. Erstens
wollte sie vermeiden, sich auch noch ein vertrauliches Zwinkern
des Liftboys einzuhandeln, und zweitens konnte sie nicht still-
stehen, wenn sie wütend war. Ihre Absätze klapperten auf den hölzernen Stufen, während sie die Treppe hochlief. Im dritten Stock
angekommen, wartete sie, bis sich ihr Atem wieder beruhigt hatte.
Dann klopfte sie an die einzige Tür dieses Geschosses; es mußte
eine großzügige Wohnung sein.

»Es ist offen.«

Philipp saß hinter dem Schreibtisch eines, soweit sie das erkennen konnte, hell eingerichteten Raumes und machte sich Notizen.
Als sie eintrat, schaute er auf, ließ seinen Stift sinken und sagte,
noch ehe sie zu ihrer überlegenen, sardonischen Begrüßung kam:

»Was ist denn mit dir passiert?«

Sie hatte die kaum verkrustete Wunde an der Unterlippe vergessen. »Danke, Philipp, ich freue mich auch, dich zu sehen«, erwiderte Carla. »Dein österreichischer Charme nimmt mir jedesmal den Atem.«

Er stand auf, um ihr den Mantel abzunehmen. Als er näher kam, erfaßte sie, daß er lächelte.

»Hexe«, sagte er belustigt, hängte den Mantel über den Garderobenhaken im Flur, dann kehrte er zur Mitte des Raumes zurück, wo sie inzwischen stand, und musterte sie von oben bis unten. Aber er berührte sie nicht.

»Du überraschst mich immer wieder. Da ist also Rotkäppchen ganz allein zum großen bösen Wolf gekommen.«

»Philipp«, sagte Carla mit einer leichten Grimasse, »bring deine Metaphern in Ordnung. Entweder bin ich eine Hexe oder Rotkäppchen. Beides läßt sich nicht miteinander vereinbaren. Nur eins kann ich dir versichern, du bist nicht der große böse Wolf.«

Sie nahm den Schreibtisch mit seinen hellen Maserungen in Augenschein, dann das blaßblaue Sofa, neben dem ein kleinerer Tisch mit einem Grammophon und einigen Schellackplatten stand.

»Das wird doch nicht dekadente Musik sein?« fragte sie mit hochgezogenen Augenbrauen.

»Die Wohnung gehört einem Freund. Aber«, sein Lächeln vertiefte sich, »wie ich mich erinnere, schulde ich dir noch einen Tanz.«

»Nur, wenn du mich nicht wieder fallen läßt«, entgegnete Carla und durchstöberte den kleinen Plattenstapel. Philipps Freund war zum Glück wenigstens kein Anhänger von Volksmusik. Schließlich fand sie, was sie suchte: einen Tango. Zu tanzen war eine hervorragende Idee; tanzend fühlte sie sich nie unzulänglich und unsicher, sondern als Herrin der Situation.

Wer auch immer ihm den Tango beigebracht hatte, war gründlich gewesen; er konnte ihn fast so gut wie die Gigolos in den Tanzcafés. Aber ihre eigene Lässigkeit fehlte ihr und wollte sich auch nicht einstellen. Es war so ungerecht, daß Philipp es immer fertigbrachte, sie in unmittelbarer Nähe so zu beunruhigen. Jeder Fleck ihres Körpers, der gegen seinen gepreßt war, kribbelte, als werde sie nacheinander in heißes und kaltes Wasser getaucht. Und die ganze Zeit über sagte er kein Wort. Oh, das war ein Fehler gewesen. Wie dumm, wie töricht, zu einem Mann zu gehen, der sie nicht mochte und den sie nicht mochte, der keinen Grund hatte, sie in irgendeiner Hinsicht zu schonen.

In das Rauschen des Grammophons hinein murmelte sie: »Es tut mir leid. Ich gehe lieber.«

»O nein«, sagte Philipp, »ganz bestimmt nicht.« Er legte beide Hände an ihre Schläfen und bog ihren Kopf zurück. »Zu spät, Rotkäppchen«, fuhr er fort, und sie dachte, ich habe keine Angst vor dir, ganz bestimmt nicht. »Wir halten jetzt endlich unsere alte Verabredung ein, mein Kind. Heute ist es nicht Robert oder X oder Y. Heute bin ich es.«

Einen Moment lang erwog sie, ihn wieder wie in Nürnberg außer Gefecht zu setzen, aber dann entdeckte sie, daß sie das nicht wollte. Doch sie war auch kein kleines Mädchen mehr, das wie Dornröschen darauf wartete, daß man es küßte, also reagierte sie zuerst. Seine Haut unter dem Hemd, das er trug, war mit kleinen krausen Härchen bedeckt, ein seltsames Gefühl, und das Kinn kratzte schon wieder; gleichzeitig waren die streichelnden Hände, die langsam ihr Kleid aufknöpften, während sein Mund sich in sie hineinbrannte, glatt und überraschend sanft.

»Philipp«, flüsterte sie, als er sie aufhob und in den nächsten Raum trug, »nur, damit du später nicht erschrickst – ich bin noch Jungfrau.«

»Ich weiß«, erwiderte er, und der Ärger über die selbstverständliche Arroganz, mit der er das sagte, steigerte ihre Erregung noch. Sie spürte Seide unter sich, und dann nichts mehr außer Philipp und ihrem eigenen, mit jeder Sekunde neu erschaffenen Körper.

12. Kapitel

Robert fand es übertrieben prinzipienreiterisch von Carla, nur von ihrem selbst verdienten Geld leben zu wollen; er selbst hatte nie Skrupel gehabt, sich von anderen Leuten unterstützen zu lassen; schließlich lieh er auch jedem etwas, der ihn darum bat. Sie brauchte sich wirklich nicht auf eine so weit vom Zentrum entfernte Gegend einzulassen, dachte er, während er vor dem Haus, in dem sie wohnte, auf sie wartete. Er wollte mit ihr alleine reden, und das ging beim Radio nicht, also hatte er beschlossen, sie abzuholen.

Sowie sie aus der Haustür trat und ihn ansah, bemerkte er die Veränderung. Monika hatte recht. »Weißt du«, sagte er zu ihr, während er versuchte, der plötzlichen Leere, der Galle in seinem Mund einen Sinn zu geben, »daß ich dich schon lange nicht mehr mit Brille im Freien gesehen habe?« Doch er konnte diese Pose nicht aufrechterhalten.

»Ich hoffe, es war wenigstens erinnerungswürdig«, brach es aus ihm heraus. »Wenn ich gewußt hätte, daß es genügt, dir einen Heiratsantrag zu machen, um dich dazu zu bringen, sich dem Nächstbesten an den Hals zu werfen, dann hätte ich das schon lange getan!«

Er war noch nie so wütend auf sie gewesen, nicht während ihrer Kindheit und nicht während der Streitereien in Lubeldorf. Ihre gute Laune verließ sie augenblicklich.

»Erstens war es nicht der Nächstbeste, und zweitens, was gibt dir eigentlich das Recht, mir Vorhaltungen zu machen? Du nimmst dir alles und jeden, der dich haben will!«

In eisigem Schweigen legten sie die nächsten Meter bis zur Trambahnhaltestelle zurück. Robert sagte sich, daß es nicht die Tatsache an sich war, die ihn so aufbrachte, sondern der Umstand, daß sie ihn zurückgewiesen und es unmittelbar danach getan hatte, aber das half nicht. All das Gerede von wegen Gefahr für ihre Freundschaft, und dann ging sie mit einem Beliebigen... Nein, es mußte jemand sein, den sie bereits kannte. Nicht der Nächstbeste. Wer also?

Die übrigen Leute, die mit ihnen auf die nächste Straßenbahn warteten, fuhren zusammen, als er plötzlich ausrief: »Grundgütiger! Es war Philipp der Hai, stimmt's? Also, mittlerweile solltest du wirklich über deinen Vaterkomplex...«

»Er ist bloß neun Jahre älter als ich, und wenn einer von uns einen Vaterkomplex hat, dann bist du das! Ich hoffe nur, der arme Peter weiß, worauf er sich da eingelassen hat!«

Der trübe Herbstmorgen war für eine Reihe von Berlinern, die fasziniert zuhörten, weniger eintönig geworden; nur einer fühlte sich nicht unterhalten, sondern gestört und murrte: »Sie, Fräulein, schrein Se nich so in aller Frühe, det hält doch keen Mensch aus!«

Zur heimlichen Enttäuschung einiger Umstehender versanken der große junge Mann und das rothaarige Fräulein daraufhin in erneutes brütendes Schweigen, und daran änderte sich auch nichts, als sie in die Bahn einstiegen und nebeneinander Platz nahmen, sich aber ansonsten tunlichst ignorierten.

In Carla kochte es. Wie kam Robert dazu, sich so aufzuführen, mit seinen Affairen, die er ihr ständig aufhalste? Und wie kennzeichnend, daß er annahm, sie hätte diesen Schritt seinetwegen getan. Die Männer waren alle Egomanen.

Zumindest war es ihr gestern gelungen, Philipp in seiner Egomanie nicht auch noch zu bestätigen. In Wahrheit hätte sie hinterher gerne noch mit ihm gesprochen, um ihn näher kennenzulernen, diesen Mann, der ihr so widersprüchliche Fragmente seiner selbst zeigte, aber sie erinnerte sich noch zu gut an das, was Robert über Männer und Frauen gesagt hatte, und außerdem wollte sie Philipp etwas verunsichern und in Ruhe über dieses erstaunliche Erlebnis nachdenken. Also verschwand sie sobald wie möglich ins Badezimmer, um sich zu waschen und wieder anzuziehen. Zum Glück hatte sie nicht sehr heftig geblutet, aber ihre Unterlippe war wieder aufgeplatzt, und deswegen sah Philipp auch am ganzen Oberkörper und im Gesicht aus wie ein Indianer in Kriegsbemalung, dachte Carla, als er ihr folgte, um sie mit verschränkten Armen zu beobachten.

»Dein Freund muß ein Neureicher sein«, bemerkte sie, während sie sich abtrocknete. »Vergoldete Wasserhähne? Du meine Güte.«

»Auch Neureiche haben ihren Nutzen.«

Das hieß wohl, daß er die Wohnung öfter zu Treffen benutzte, aber sie hütete sich, danach zu fragen und sich so eine Blöße zu geben.

»Nun, hoffentlich hat dieser eine gute Waschfrau.«

»Du bist wirklich erstaunlich«, sagte Philipp, ohne sich zu rühren, und lachte. »Und es war tatsächlich dein erstes Mal.«

Sie gestattete sich ein spöttisches kleines Lächeln.

»Ich dachte, das hast du schon vorher gewußt?«

»Sagen wir so, ich war fast sicher.«

Sie griff sich in den Nacken, um die letzten, obersten Knöpfe ihres Kleides zu schließen, dann fuhr sie sich noch einmal mit dem Kamm durch das Haar, um es zu glätten, und schaute in den Spiegel über dem Waschbecken. Ihr Mund sah aufgebissen aus, und ihre Augen hatten mittlerweile Ringe, aber bis zur Vorstellung war noch genügend Zeit, um nach Hause zu gehen und ein wenig von dem verpaßten Schlaf letzte Nacht nachzuholen.

Philipp trat hinter sie. Im Spiegel trafen sich ihre Augen. »Weißt du«, sagte er nachdenklich, »daß du die erste Frau bist, die in so einer Situation nicht ein Geständnis macht oder eines erwartet?«

»Aber ich liebe dich nicht«, erwiderte Carla überrascht. »Warum sollte ich darauf warten, daß du behauptest, du liebtest mich?«

Für eine Sekunde, ehe sich seine undurchdringliche Miene wiederherstellte, wirkte er – sie war sich nicht sicher, aber sie fand kein anderes Wort dafür als *betroffen*. Konnte das sein? Aber der Eindruck verlor sich sofort wieder, als er auf seine übliche herablassende Art sagte: »Wie schön, daß du die Regeln verstehst.«

»Soweit es dich und mich angeht, gibt es keine Regeln, weil ich nicht die Absicht habe, das hier zu wiederholen«, entgegnete Carla und wollte an ihm vorbeischlüpfen, aber er hielt sie fest. Seltsam, sich selbst an ihm zu riechen; ob wohl trotz des Wassers noch etwas von seinem Geruch an ihrer Haut haftete?

»Du wirst es wiederholen«, sagte Philipp.

Daher war sie natürlich entschlossen gewesen, ihn nicht mehr zu treffen, zumindest nicht mehr alleine. Aber jetzt, wo Robert sich so benahm, als seien sie beide tatsächlich verheiratet, änderte sie ihre Meinung. Sie vertrug es prinzipiell schlecht, von Männern herumkommandiert zu werden, es sei denn, es handelte sich um Regisseure wie Dieter oder Max Reinhardt, und die brachten es fertig, keine Selbstherrlichkeit auszustrahlen. Aber vor die Wahl gestellt, entweder Robert in seinem Ego zu bestätigen oder Philipp, erschien ihr Philipp als die bessere Wahl. Ein paar Verabredungen mehr änderten schließlich nichts Wesentliches, und danach konnte sie ihn immer noch für den Rest ihres Lebens ignorieren. Aber wenn sie es jetzt schon tat, dann glaubte Robert garantiert, sie habe seinetwegen ein schlechtes Gewissen, und so eine Vorstellung durfte man gar nicht erst entstehen lassen. Das Wort *Ehefrau* stand immer noch mit flammenden Lettern an der Wand.

An diesem Tag mußten sie nur ein paar Romankapitel vorlesen und für diverse Produkte werben, deren Firmen dafür eine Menge Geld bezahlten. Trotzdem fiel jedem das eisige Schweigen zwischen Robert und Carla auf, aber beide benahmen sich so unnahbar, daß niemand wagte, eine Frage zu stellen, ganz abgesehen davon, daß einige glaubten, die Antwort ohnehin schon zu kennen.

»Und ich dachte immer«, sagte Hugo zu Monika von Antwolfen, als sie sich außer Hörweite befanden, weil er neugierig auf ihre Reaktion war, »zwischen den beiden liefe nichts.«

Das sonst so gelassene Fräulein von Antwolfen verblüffte ihn mit einem ebenso schnippischen wie aufschlußreichen Kommentar, daß nämlich nicht mehr »liefe«, wie er es ausdrücke, als daß gewisse Leute endlich erwachsen würden. Es verriet mehr Ressentiment, als sie gewöhnlich zeigte, und das zu einem Zeitpunkt, zu dem sie seiner Meinung nach eigentlich hätte glücklich sein müssen. Was nicht hieß, daß sie unrecht hatte.

Für Carla war es die eigenartigste Zeit ihres Lebens. Der Zwist mit Robert machte sie unglücklich, aber es war an ihm, sich zu entschuldigen. Ihr Verhältnis zu Philipp verwirrte sie. Er tauchte in unregelmäßigen Abständen in Berlin auf, rief sie an oder wartete in ihrer winzigen Wohnung auf sie, zu der er sich durch irgendeinen Trick den Schlüssel besorgt haben mußte, denn sie hatte ihm nichts dergleichen gegeben, und jedesmal, wenn sie ihn sah, spürte sie die körperliche Anziehungskraft, die er auf sie ausübte, unverändert stark. Es machte sie verwundbar, und um sich einen neuen Schutzschild zu schaffen, versuchte sie, mehr über ihn herauszufinden.

»Für jemanden, der vorgibt, an die Überlegenheit der sogenannten arischen Rasse zu glauben, bist du erstaunlich unarisch«, sagte sie an einem Nachmittag zu ihm und fuhr mit den Fingerspitzen über seine olivfarbene Haut, die sich bei ihrer Berührung zusammenzog. »So dunkel. Du mußt doch ein paar höchst ungermanische Vorfahren gehabt haben.«

»Meine Großmutter war Ungarin«, antwortete Philipp, stützte sich auf einen Ellenbogen und fixierte sie mit der ausschließlichen Aufmerksamkeit, mit der er sie seit Jahren beunruhigte. Es gab ihr das Gefühl, völlig allein im Universum mit ihm zu sein, und sie erinnerte sich an etwas, das einer der Tontechniker, der sich mit dieser Tätigkeit sein Physikstudium finanzierte, ihr erzählt hatte: über ein physikalisches Phänomen, das sogar das Licht der Sterne in sich aufsog und verschwinden ließ.

»Woran denkst du?« fragte Philipp, und sie antwortete: an nichts, an gar nichts. Er beugte sich über sie und zeichnete mit einer Hand ihre Gesichtslinien nach. Im völligen Gegensatz zu dieser zärtlichen Geste stand seine kalte Stimme, mit der er feststellte: »Du lügst. Aber ich kann dafür sorgen, daß es wahr wird. Was meinst du, wie lange denkt das menschliche Gehirn noch, ohne Blut und ohne Sauerstoff?«

»Ich habe keine Angst vor dir«, sagte Carla, während seine Finger ihr Kinn umrundeten und ihren Hals hinunterwanderten.

»Du lügst schon wieder.«

Doch obwohl sie es manchmal befürchtete, war er nie brutal zu ihr; tatsächlich schien die Art und Weise, in der er sie liebte, ein anderes Wesen auszudrücken als die oft genug von Feindseligkeit geprägten Worte, und das trug zu ihrer Verwirrung bei. Einen anderen Menschen mit dem Körper zu entdecken war eine neue Art der Kommunikation, ein Labyrinth, in dem sie sich oft genug verlief; manchmal dachte sie, daß sie von Philipp mehr über Körpersprache lernte als in dem Jahr in der Schauspielschule mit all ihren Diskussionen, als sie die Mechanik erfaßte, ohne sie wirklich zu begreifen. Es wirkte sich anscheinend auch auf ihr Spiel aus; Renate Beuren, die nie Premieren besuchte, weil sie die Meinung vertrat, daß die wahre darstellerische Leistung erst danach begann, wenn das Adrenalin des Neuen fort war, sah sich dazu bewegt, ihr als Weihnachtsgeschenk ein direktes Lob auszusprechen.

»Ich weiß, daß Ihr Vertrag nur diese beiden Rollen nennt und alles weitere dem Direktorium überläßt, aber glauben Sie mir, Max wird Sie auch in den beiden Uraufführungen nächstes Jahr unterbringen.«

Frau Beuren ging es nicht besonders gut; sie hustete, der Winter setzte ihren Knochen zu, und sie kam Carla bei jeder Begegnung verblichener vor, wie eine alte sepiabraune Daguerreotypie aus dem letzten Jahrhundert. Sie hatte für Renate Beuren nie das gleiche empfunden wie für Kathi, doch der sichtbare Verfall der alten Frau verstörte Carla, und die Vorstellung, sie könnte sterben, verursachte ihr Kummer.

Philipp, der vor Weihnachten noch einmal nach Berlin gekommen war, fand sie mitten in der Nacht vor dem Kamin des Hotelzimmers im Adlon knien. Sie bemerkte ihn nicht schnell genug, um ihre Tränen zu verbergen, und dann war es ihr auch egal.

»Jeder stirbt«, sagte sie, und die ausglühende Kohle verschwamm vor ihrem Blick. »Jede Sekunde, jeden Tag. Ist es nicht unerträglich, daß die Menschen sterben?«

Heftig fuhr sie sich mit dem Handrücken über die Augen und stand auf. »Ich weine zu leicht, ich weiß«, murmelte sie, bemüht, ihre Fassade wieder aufzurichten, »aber es ist nützlich für eine Schauspielerin.«

Philipp ging nicht darauf ein; statt dessen fragte er sie unvermittelt, ob sie Ski fahren könne. Carla schüttelte den Kopf, denn niemand hatte es ihr je beigebracht, und als sie alt genug war, um es von sich aus zu lernen, lebte sie nicht mehr in der Nähe der Alpen.

»Ich werde über Silvester ein paar Tage in Garmisch verbringen«, sagte Philipp. »Begleitest du mich?«

Das kam so nahe an einen Trostversuch heran, wie er es verbal fertigbrachte, und deswegen willigte sie ein. Es erwies sich, wie alles, das mit Philipp zu tun hatte, als eine sehr gemischte Erfahrung. Das Skifahren selbst lernte sich schnell und machte ihr großen Spaß; sie brauchte sich nicht lange mit Schneepflügen aufzuhalten, und mit Schwung die Hänge hinunterzugleiten, die Kurven nur durch Einsatz des Skistocks und die richtige Körperhaltung zu bewältigen, der Rausch der sich ständig steigernden Geschwindigkeit und selbst die gelegentlichen Stürze, all das ließ sie nur bedauern, es nicht früher versucht zu haben. Aber die ganze Zeit mit Philipp zusammenzusein brachte auch all die Gründe für ihre Antipathie wieder zum Vorschein. Selten tagsüber, denn sie stellte fest, daß Philipp sich auf Skiern genauso von seinem sonstigen Selbst unterschied, wie er es im Bett tat, und wenn sie nicht wütend auf ihn war, zerbrach sie sich den Kopf darüber, warum der Mann sich nur, wenn er Sport trieb oder mit einer Frau schlief, gestattete, so etwas wie Entzücken oder Verwundbarkeit zu zeigen. Lag es an der körperlichen Erschöpfung in beiden Fällen? Ansonsten verhielt er sich nämlich so hassenswert wie immer. Wenn sie am Abend gelegentlich Bekannte von ihm trafen, stellte er sie vor, als handele es sich bei ihr um ein amüsantes Spielzeug, das er gerade neu erworben hatte.

»Ja, da schau her, die kleine Fehr, sauber!« sagte einer von ihnen, und er und Philipp lachten.

Das war der Moment, an dem sie beinahe abgereist wäre. Die Gesprächsthemen, über die sich die Herren, denn weibliche Bekannte nahmen nach einem mißbilligenden Blick auf Carla schnell Abstand, bei ihrem Glühwein unterhielten, waren entweder geschäftlich (»Davon verstehen Sie nix«) oder politisch, und dann bekam sie ständig die gleichen Phrasen zu hören, wobei man ebenfalls von ihr erwartete, stumm zu nicken. Ziemlich schnell riß ihr die Geduld.

»Ach, übrigens«, unterbrach sie eine Tirade gegen den Young-Plan, den neuesten Vorschlag des Völkerbunds, um endlich das Problem mit den Reparationen aus dem Weltkrieg zu lösen, »ich werde am 13. Januar in München auftreten, bei der Tagung der *Internationalen Frauenliga für Frieden und Freiheit*. Sie sind alle herzlich eingeladen. Es wird sogar eine Delegierte aus Paris kommen, aber ich würde mich freuen, wenn Sie bei mir am meisten applaudierten.«

Die Wirkung war besser, als sie es erhofft hatte. Die anderen drei Anwesenden schauten offen schockiert drein, Philipp versteinert. Weil sie ihm noch etwas wegen seiner Besitzerallüren schuldete, beschloß sie, ihren Abgang mit einem letzten Hieb zu krönen. Sie stand auf und küßte ihn auf die Wange.

»Bis nachher, Liebling«, sagte sie vertraulich. »Es ist so schön, einen starken Mann zu haben, der hinter einem steht. Bleib nicht zu lange, sonst werde ich noch eifersüchtig.«

In der Stille, die in diesem Eck der Skihütte herrschte, hätte man eine Stecknadel fallen hören können, wenn die übrigen Gäste nicht für den üblichen Lärm gesorgt hätten. Carla widerstand der Versuchung, sich umzudrehen, und ging in dem Bewußtsein, daß ihr vier Paar Augen bis zur Tür folgten.

Als Philipp kam, packte sie bereits. Er riß ihr den Koffer aus der Hand, packte sie bei den Schultern und preßte sie gegen die Wand. Ihr Kopf schlug leicht gegen das Holz.

»Ich weiß schon, daß du kräftiger bist als ich«, sagte Carla und spürte seinen warmen Atem über ihr Gesicht streichen. »Erfüllt diese kleine Demonstration sonst noch einen Zweck?«

»Du wirst nicht zu diesen Friedenshyänen gehen«, gab Philipp zurück, »und mich in der Öffentlichkeit lächerlich machen.«

Carlas Augenbrauen kletterten in die Höhe. »Dich? Mir scheint, da gibt es ein Mißverständnis, Philipp. Das Universum dreht sich nicht um dich. Wenn du dich mitbetroffen fühlst, weil ich ein Gedicht vortrage, ist das etwas anderes – Privileg des Zuschauers.«

»Hör zu«, sagte Philipp. »Der einzige Grund, warum diese Weiber dich eingeladen haben, ist, weil du meine Schwägerin bist und sie sich davon Propaganda erhoffen. Es ist das gleiche wie mit Erika Mann. Wie du siehst, bin ich über diese Veranstaltung informiert. Sie hat man ebenfalls eingeladen, aber ganz bestimmt hat es weder in ihrem noch in deinem Fall etwas mit schauspielerischen Fähigkeiten zu tun.«

Ihre souveräne Genugtuung verflog mit einem Streich. »Du Mistkerl«, sagte Carla leise und hob eine Hand, um ihm ins Gesicht zu schlagen, aber da er ihre Schultern immer noch festhielt, bemerkte er die Bewegung sofort und fing sie mühelos ab.

Sie starrten sich an. Der Druck seines Körpers gegen ihren veränderte sich unmerklich.

»Nein«, stieß Carla hervor, »o nein, jetzt ganz bestimmt nicht.«

»Ich glaube doch«, sagte Philipp, und ihr verwünschter Körper verriet sie ein weiteres Mal.

Hinterher hörte er sie in der Dunkelheit fragen: »Eins verstehe ich nicht. Kathi hat mich mal zu einigen Kriegsversehrten mitgenommen. Sie waren die glühendsten Pazifisten, die man sich vorstellen konnte. Wenn der Krieg für dich schlimm genug war, um deinen Glauben zu verlieren, warum denkst du dann nicht genauso?«

»Ich denke überhaupt nicht an den Krieg, wenn es sich vermeiden läßt«, erwiderte Philipp schläfrig und in der Gewißheit, sie endlich seinem Willen unterworfen zu haben. »Aber er hat mir eine Wirklichkeit gezeigt, von der diese Klatschbasen keine Ahnung haben.«

Carla wartete, bis ihr seine Atemzüge verrieten, daß er tatsächlich eingeschlafen war, dann löste sie sich vorsichtig aus dem Arm, den er während seiner letzten Worte um sie gelegt hatte, und stand auf, um ihren Koffer fertig zu packen. Als er aufwachte, war sie fort.

In Frau Beurens Wohnung roch es, obwohl sie inzwischen bettlägerig war, nicht nach Medizin oder ungelüfteten Kleidern, sondern nach Parfum; das fiel Carla als erstes auf, ehe sie entdeckte, daß sie nicht der einzige Besuch an diesem Tag war. Der Pelzmantel, der achtlos über einem Stuhl hing, kam ihr vage vertraut vor, und ebenso das üppige schwarze Haar der Frau, die mit dem Rücken zu ihr an Renate Beurens Bett saß. Dann drehte sie sich um, und Carla erkannte sie.

»Eleonore«, sagte Renate Beuren, die, halb aufgerichtet in ihre Decken gehüllt, dasaß und Carla mit ihren hellen Vogelaugen sofort ausgemacht hatte, »das ist meine Schülerin, Carla Fehr.«

»Aber ich kenne Sie!« entgegnete Eleonore von Mendelssohn und reichte ihr die Hand. »Helena, nicht wahr?«

Wider Willen fühlte Carla sich geschmeichelt. Rein objektiv betrachtet, dachte sie, müßte sie Eleonore von Mendelssohn eigentlich genauso einschätzen wie Monika von Antwolfen; eine aristokratische Amateurin, die sich an einen charismatischen Direktor hängte, nur in viel größerem Stil. Aber ganz abgesehen von ihrer alten Schulfehde fand sie in Eleonore etwas Rührendes, eine selbstzerstörerische Tragik, die Monika einfach fehlte. Außerdem war Carla trotz aller von Käthe gepredigten republikanischen Ideale nicht völlig immun gegenüber dem Glanz von Eleonores Abstammung; jemand, der Philosophen und Genies zu seiner Familie zählte und die Duse als Kind gekannt hatte, war einfach fesselnder als die Nachfahrin von einigen Raubrittern.

»Wie war Ihr Skiurlaub, Kindchen?« erkundigte sich Renate Beuren, und auf Carlas gemurmeltes »Ganz nett« hin erzählte

Eleonore, die von der Schweiz bis nach Amerika alle Skiorte kannte, einige Anekdoten über Skilehrer, Hotels und Schlittenfahrten. Frau Beuren, die von einer bühnenfremden Betätigung, bei der man sich die Beine brechen konnte, nichts hielt, lachte zwar darüber, meinte aber, dieser ganze sportliche Enthusiasmus heutzutage würde junge Frauen noch irgendwann um ihre Femininität bringen.

»Und dann werden Sie nur noch Amazonen spielen können«, schloß sie. »Ich halte von dieser modernen Gleichmacherei nicht das geringste. Es ermutigt die Männer nur, einen wie einen zweitklassigen Mann statt wie eine erstklassige Frau zu behandeln.«

Eleonore lachte. »Ich habe in dieser Hinsicht keine Schwierigkeiten, danke.«

»Und wie war der Neujahrsball auf Leopoldskron, Eleonore?« fragte Renate Beuren etwas mokant.

»Anbetungswürdig«, erwiderte Eleonore von Mendelssohn, ohne sich anmerken zu lassen, daß sie wußte, worauf Frau Beuren hinauswollte. »Diesmal hat sich Molnar – kennen Sie Franz Molnar, Carla? – einen von seinen diabolischen Scherzen erlaubt. Max hatte Gilbert Miller eingeladen, ein großes Tier vom Broadway, und weil Miller alle von Molnars Stücken in Amerika herausgebracht hatte, bot Molnar an, ihn abzuholen. Und auf dem Weg von Salzburg nach Leopoldskron machte Molnar dem armen Miller weis, er müsse ihn vor ein paar Eigentümlichkeiten seines Gastgebers warnen. Alle sogenannten Prinzessinnen, Erzbischöfe, Industriebarone, Nobelpreisträger, Diplomaten und dergleichen mehr seien in Wirklichkeit Reinhardts Schauspieler. Ganz Salzburg wisse, daß der Professor für seine Empfänge regelmäßig den Festspielfundus plündere und alle Mitglieder seines Ensembles als Komparsen benutze.«

Ihre Zuhörerinnen hielten den Atem an. »Miller kommt also an, mit einem Gesicht wie drei Tage Regenwetter, und Max stellt ihm als erstes den Erzbischof von Salzburg vor. Eisiges Schweigen. Max versucht es zu überspielen und präsentiert die Kronprinzessin von Italien – nun ja, die ehemalige Kronprinzessin, aber wir wollen mal nicht so sein. Das geht Miller zu weit, er ignoriert die Hand der Prinzessin, dreht sich verächtlich um und stakst hinaus. Allgemeine Bestürzung, bis auf Molnar selbstverständlich, der dreinschaut wie eine Katze, die einen Vogel verspeist hat. Aber Max ist ihm auf der Spur, denn er kennt ja seinen Molnar und Molnars Theaterstücke, stellt ihn zur Rede und erhält schließlich ein Geständnis.«

Eleonore machte eine Pause, um dem Gelächter ihres Publikums Raum zu geben, dann fügte sie hinzu: »Zu schade, daß Max dem Amerikaner nicht die Thimig vorgestellt hat. Die einzige wirkliche Hochstaplerin im Raum.«

»Eleonore«, mahnte Renate Beuren, ernst geworden, doch Eleonore ignorierte sie und wandte sich an Carla.

»Sie haben mit ihr gearbeitet, nicht wahr? Im *Schwierigen*?«

»Ja«, bestätigte Carla zögernd, doch dann zwang sie die Ehrlichkeit fortzufahren: »Ich war sehr beeindruckt von ihrem Spiel.«

»Natürlich waren Sie das. Jedermann ist beeindruckt.« Eleonore schnitt eine Grimasse und zitierte aus Herbert Jherings Kritik. »*Ihr Spiel ist eine zauberhafte Verbindung aus Hemmung und Sicherheit.* Ich bin auch beeindruckt. Aber was ich an ihr nicht ausstehen kann, ist, daß sie so tut, als wäre sie auch im Privatleben die Heilige und ich die Hure von Babylon. Neuerdings schneidet sie mich.«

»Nach dem, was ich gehört habe«, warf Renate Beuren ein, »liegt das daran, daß Sie vor allen Leuten Ihre Helene-Thimig-Imitationen zum Besten gegeben haben.«

»Oh, wir haben alle unser Repertoire.« Eleonore faltete die Hände, schlug die Augen nieder und sagte in Helene Thimigs leicht vibrierender Stimme mit dem österreichischen Akzent: »*Ich steh dir bei, so wie ich eh/ Stand hielt bei Judas Makabee!*«

Es war eine unverkennbare Parodie auf Helene Thimig in einer ihrer berühmtesten Rollen, als Glaube im *Jedermann*, und durchaus gekonnt. Renate Beuren lachte, doch gleichzeitig schüttelte sie den Kopf. »Das Traurige bei Ihnen, Eleonore, ist, daß Sie das Talent, das Sie haben, nicht für die richtigen Zwecke einsetzen.«

»Die Hauptsache ist doch, daß ich mein Ziel erreiche, oder?« gab Eleonore zurück und strich sich ungeduldig eine Haarsträhne zurück, die ihr ins Gesicht gefallen war. Dabei verschob sich der Ärmel ihres Kleides etwas, und Carla erkannte rote Einstichstellen an ihrem Unterarm.

»Eines Tages«, murmelte Eleonore. »Eines Tages wird es soweit sein, daß er mich braucht, und nicht sie.« Sie lächelte, doch es war

310

ein bitteres, humorloses Lächeln. »Es wäre sogar besser für sein Familienleben, Renate. Seine Söhne mögen mich, im Gegensatz zu Madame Helene. Sogar seine Frau mag mich.«

»Nur so lange, wie Sie für die Thimig ein Dorn im Auge sind, fürchte ich. Sollten Sie es je schaffen, unsere schöne Helena zu verdrängen, dann wird die Sympathie von Else der Unbeugsamen für Sie sehr schnell auf den Nullpunkt sinken. Aber geben Sie sich keinen Illusionen hin, Sie werden es nicht schaffen.«

Eleonore öffnete den Mund, um zu widersprechen, doch Renate Beuren schaute pointiert zu Carla.

»Oh, lassen Sie sich durch mich nicht stören«, sagte Carla. »Die Privatangelegenheiten von Fremden sind immer faszinierend.«

»Ganz meine Meinung«, stimmte Eleonore zu und fischte aus ihrer Handtasche ein Zigarettenetui nebst Feuerzeug. Sie bot Carla das Etui an, was ein deutliches Räuspern und Husten von Renate Beuren nach sich zog.

»Oh, tut mir leid, das hatte ich vergessen.«

»Sie werden sich noch beide die Stimme damit ruinieren«, seufzte die alte Dame. »Apropos Stimme, Carla, Ihr Freund, dieser junge Mann, der zu glauben scheint, er werde mit fünfundzwanzig sterben und müsse alles noch vorher erledigen, war hier und hat nach Ihnen gefragt. Anscheinend haben Sie vergessen, ihm zu sagen, wo Sie Silvester verbringen.«

So unterhaltsam es war, sich über anderer Leute Verwicklungen zu unterhalten, so unangenehm waren die eigenen. Carla biß sich auf die Lippen.

»Männer«, sagte Eleonore, die sie beobachtete, zustimmend. »Sind sie nicht gräßlich? Aber was würden wir wohl ohne sie tun?«

»Ein leichteres Leben führen und uns langweilen«, antwortete Carla aus tiefstem Herzen.

Nach dieser Vorwarnung überraschte es sie nicht weiter, im Spalt unter ihrer Tür einen Stapel von Notizblättern, auf denen stand, sie solle Robert anrufen, und einen Brief von Kathi vorzufinden. Sie stellte ihren Koffer ab und warf sich auf das Bett. Eigentlich lohnte es sich gar nicht, groß auszupacken, wo sie doch in neun Tagen schon wieder nach München fahren mußte. Sie war vom Bahnhof aus zuerst zu Frau Beuren gegangen, weil sie sich Sorgen um sie gemacht hatte, und nun gab sie der Erschöpfung nach und schlief so, wie sie war, ein. Als sie ein paar Stunden später wieder erwachte, fühlte sie sich immer noch benommen und nicht dazu aufgelegt auszupacken, also ging sie auf den Flur, machte ihren Eintrag und rief Robert an. Eine Frauenstimme meldete sich, und sie brauchte eine Sekunde, bis sie die Antwolfen erkannte.

»Carla«, sagte Monika freundlich, »wie schön, daß du wieder da bist. Schade, daß du die Hochzeit verpaßt hast, aber wir haben wirklich alles versucht, um dich zu erreichen.«

»Welche Hochzeit?«

»Meine und Roberts selbstverständlich. Ich gebe zu, es war ein wenig impulsiv, und Papa ist immer noch der Meinung, ich hätte unter meinem Stand geheiratet, aber er versteht, daß man für Genies Ausnahmen machen kann.«

»Da bin ich sicher. Herzlichen Glückwunsch.« Damit wollte Carla eigentlich aufhängen, aber diese Genugtuung gönnte sie Monika nicht. »Kann ich jetzt Robert sprechen?«

»Natürlich.« Einige Momente später hörte sie Roberts Stimme.

»Carla?«

»Herzlichen Glückwunsch.«

»Ich muß mit dir sprechen.«

»Das tun wir bereits.«

»Eniella«, gab Robert zurück und legte auf. Nach einer halben Stunde stand er vor der Haustür und klingelte so heftig, daß die Vermieterin schimpfte, als sie ihm öffnete. Carla hörte ihn ihr Zimmer betreten, doch sie drehte sich nicht um.

»Wenn ich Monika wäre«, bemerkte sie, während sie ihre Hosen aufhängte und Wäsche wie Pullover in die Schrankfächer einräumte, »wäre ich jetzt fuchsteufelswild.«

»Ich wollte mich entschuldigen«, sagte Robert. Er ging zu ihr und half ihr, die sich gerade auf die Zehenspitzen gestellt hatte, um das oberste Schrankfach zu erreichen, indem er ihr die Pullover abnahm und dorthin legte. »Wegen meines Benehmens und dem, was ich zu dir gesagt habe. Bitte verzeih mir.«

Er klang aufrichtig. Sie warf ihm einen mißtrauischen Blick zu und stellte fest, daß er auch aufrichtig aussah, aber das war sein Beruf.

»Ich habe dich vermißt«, fügte Robert hinzu. »Wirklich vermißt.« Ein Grinsen stahl sich in seine Züge und ruinierte den reuigen Ernst. »Komm schon, gib zu, daß du mich auch vermißt hast.«

»Wie Kopfschmerzen beim Frühstück«, entgegnete Carla, doch dann breitete sie die Arme aus und wurde ihrerseits fast erdrückt.

Robert fiel ein Stein vom Herzen. Er konnte sich sein Leben ohne sie wirklich nicht vorstellen, und als er sie wieder losließ, begann er sofort, ihr alles über den *Florentiner Hut* zu erzählen, dem nächsten Stück auf seinem Spielplan, und dem Plan, wie Piscator einen Film als Hintergrund zu verwenden, über die Verzögerung, die der Metallarbeiterstreik für die Verwendung der neuen Aufnahmegeräte bedeutete, und glaubte sie nicht auch, daß Helmut, wie durch seinen Cinna-Auftritt belegt, über ein fabelhaftes Zeitgefühl verfüge und daher ideal für die Hauptrolle einer Komödie sei?

»Zweifellos. Aber bevor du mich auch noch über meine Meinung zum Young-Plan fragst, würde ich doch gerne etwas über die Romanze des Jahres hören.«

»Hm.« Robert zog den Sessel heran, den sie sich statt des von der Vermieterin zur Verfügung gestellten Schemels angeschafft hatte, und ließ sich hineinfallen. »Ich auch, Carla, ich auch.«

Eleonore hatte ganz recht mit ihrer Meinung über Männer. »Bei mir ist es keine Romanze, und ich möchte nicht darüber sprechen. Es wäre…«

»O nein«, fiel Robert ihr ins Wort. »Entweder sind wir Freunde, oder wir sind keine. Wenn wir keine sind, sondern etwas anderes, dann, gebe ich zu, wäre es unanständig, mir Details über Philipp zu liefern. Aber wenn wir Freunde sind, nichts als Freunde, dann gilt, daß ich dir immer alles erzählt habe, und damit bist du jetzt als erste dran. Es ist deine Entscheidung.«

Gespannt beobachtete er sie. Ihr Gesicht unter der zerzausten Pagenfrisur war von der Wintersonne mit einem starken Sonnenbrand versehen worden; da sie nun einmal lange brauchte, um braun zu werden, wirkte es rosa und sehr zart, als hätte sich die oberste Hautschicht gelöst. Nur die Nase war voller Sommersprossen. Die Augen hinter den Brillengläsern, die ihn immer an bemooste Steine unter Quellwasser erinnerten, schlossen sich kurz. Wie hinterhältig, dachte Carla, doch sie mußte zugeben, daß er recht hatte.

»Also schön«, sagte sie, setzte sich im Schneidersitz ihm gegenüber auf den Boden, was gut für die Haltung sein sollte, und begann.

Käthe lehnte es nach wie vor ab, Geld in ihre äußere Erscheinung zu investieren, also wirkte sie unter den vielen, aus allen möglichen Städten angereisten Frauen altmodisch und provinziell gekleidet, und sie stellte fest, daß sich mittlerweile fast jede schminkte. Nicht, daß sie dagegen Einwände erhoben hätte, obwohl es vor dem Krieg tagsüber undenkbar, außer für die Prostituierten, gewesen wäre. Aber das gehörte zu den Vorurteilen der alten Bourgeoisie, die man aufgeben mußte. Nein, es fiel ihr nur auf, und einen Moment lang fragte sie sich, wie sie selbst entsprechend zurechtgemacht aussähe. Gleich darauf schämte sie sich dieser überflüssigen Eitelkeit.

Sie saß unter ihren Freundinnen, obwohl sie sich einige im Laufe der Jahre dadurch entfremdet hatte, daß sie der kommunistischen Partei beigetreten und nicht mehr eine reine Pazifistin war. Sie glaubte immer noch, daß der Pazifismus ein nobles Ziel und die letztendliche Rettung für die Welt war, aber die Kräfte der Reaktion waren so stark, daß man für den Fall der Fälle gewappnet und bereit sein mußte, nötigenfalls auch Blut zu vergießen. Allerdings kamen ihr in der letzten Zeit auch immer mehr Zweifel an der Partei. Als Carla sie auf dem Weg hierher gefragt hatte, wie sie zu den Moskauer Hinrichtungen im letzten Jahr und der Ausmerzung Trotzkis aus der russischen Geschichtsschreibung stehe, hatte sie keine Antwort gewußt. Ihr war auch bekannt, daß Lenin in seinen letzten Tagen vor dem Genossen Stalin gewarnt hatte. Es wäre alles leichter, wenn die deutsche Parteiführung sich nicht darauf versteifen würde, der sowjetischen Partei unbedingt vertrauen und folgen zu müssen. Allmählich wurde ihr zuwenig Wert auf selbständiges Denken gelegt, und darum vor allem hatte sie ihr ganzes Leben lang gekämpft. Also saß sie heute fast wieder mit leichterem Herzen unter den Pazifistinnen als in der vergangenen Woche in der Sektionssitzung der KPD. Etwas melancholisch reflektierte sie, daß sie möglicherweise zu keiner der Gruppen wirklich gehörte.

Daß Constanze Hallgarten Carla eingeladen und daß Carla zugesagt hatte, freute sie sehr. Sicher, Carlas Rezitation war nur einer von mehreren Beiträgen zur Gestaltung der Tagung, in deren Mittelpunkt die Rede der französischen Delegierten stehen würde. Aber es war eine Gelegenheit, stolz auf Carla zu sein, etwas, das sie beide miteinander verband. Ein Glück, daß Carla nichts von den reaktionären Ideen ihrer Familie übernommen hatte. Nun, jetzt war nur noch der Schwager übrig, und Carla stand nicht in Verbindung mit ihm, was nur gut war, denn wie es hieß, gehörte Philipp Bachmaier zu der schlimmsten Sorte von Firmenchefs, genau die Art, die dafür gesorgt hatte, daß aus den Hakenkreuzlern tatsächlich eine nationale Bewegung wurde. Die Nazis hatten auch schon ihren Wert für ihre kapitalistischen Geldgeber bewiesen und sich endgültig als Feinde der Arbeiter entlarvt; während des Metallarbeiterstreiks hatte Goebbels in Berlin zum Streikbrechen aufgerufen. Soviel zu einigen der rattenfängerischen, pseudosozialistischen Parolen der NSDAP im letzten Wahlkampf.

Anita Augspurg lehnte sich zu ihr und flüsterte: »Wir haben Drohungen von den Nazis erhalten, also seien Sie auf alles vorbereitet, Käthe. Natürlich sind keine Karten an braun Uniformierte verkauft worden, aber die waren sicher so schlau, Zivil zu tragen.«

Käthe setzte sich unwillkürlich gerader und schaute sich in der Menge nach möglichen Unruhestiftern um, was sich als voraussagbar fruchtlos erwies. Als Constanze Hallgarten die französische Delegierte vorstellte, hörte man nur Applaus, ebenso während ihrer Rede, die allerdings ziemlich plump ins Deutsche übersetzt wurde; Käthe dachte, daß sie selbst geeigneter für die Aufgabe gewesen wäre als die Dolmetscherin. Dennoch, die wichtigsten Argumente kamen klar herüber – der Gruß der französischen Frauen, die ihren Männern, Brüdern und Söhnen nie wieder erlauben wollten, in den Krieg zu ziehen; der Aufruf, durch die Erziehung der Söhne den alten überlebten Feindschaften endlich ein Ende zu machen und zu verhindern, daß sie zu Soldaten wurden. Einige Zuschauer blieben am Ende der Rede stumm und reglos, aber niemand protestierte, und Käthe schöpfte Hoffnung, daß die Drohungen, von denen Anita gesprochen hatte, nur leeres Gerede gewesen waren.

Carla, die zusammen mit Erika Mann und deren Bruder in der vordersten Reihe saß und auf ihren Auftritt wartete, wußte nichts von den Befürchtungen der Veranstalterinnen. Es war interessant gewesen, die Geschwister Mann kennenzulernen, die nicht Zwillinge waren, aber sich trotzdem sehr ähnelten, was durch Erikas männlichen Haarschnitt noch betont wurde. Beide waren schlank, dunkelhaarig und voll nervöser Energie; sie konnten nicht still sitzen, sondern rutschten auf ihren Stühlen hin und her, und Erika trommelte mit den Fingern auf ihre Handtasche. Als Constanze Hallgarten sie einander vorstellte, hatte sich herausgestellt, daß sie jahrelang in der gleichen Gegend gewohnt hatten, ohne einander je zu begegnen, was natürlich an ihrem Vater lag. Aber Carla kannte die Photos aus den Zeitungen; Thomas Mann mit seiner Familie, später die Karikaturen über Söhne berühmter Väter, als Klaus Mann sein erstes Buch veröffentlichte, und die spöttischen Rezensionen über die Tournee der Geschwister Mann mit Pamela Wedekind und Gustaf Gründgens: »Hier spielen Kinder Theater.« Sie selbst hatte keine der Vorstellungen gesehen, weil diese mit ihrem Jahr in Nürnberg zusammenfielen, also konnte sie Erika Manns schauspielerische Fähigkeiten nicht beurteilen, aber bis Philipp seinen kränkenden Vergleich zog, hatte sie dazu geneigt, unwillkürlich von der gleichen Voraussetzung auszugehen: daß Erika Mann zu ihren Engagements kam, weil sie die Tochter des Nobelpreisträgers war. Ein Vorurteil; Carla beschloß, sich künftig solcher vorschnellen Schlüsse zu enthalten. Sie wußte immer noch nicht, wie gut oder wie schlecht Erika Mann spielte, doch die Frau war deutlich erkältet und trotzdem erschienen, und das zeugte zumindest von einem starken Willen.

Man holte sie gemeinsam auf die Bühne; vereinbart war erst Carlas, dann Erika Manns Rezitation, dann ein gemeinsames Schlußwort. Carla begann mit einem Gedicht von Karl Kraus aus den *Letzten Tagen der Menschheit*, seiner Tragödie über den Weltkrieg. Nach der langen Rede und der darauf folgenden Übersetzung hatte sie eigentlich damit gerechnet, daß ein Teil des Publikums unaufmerksam sein und mit dem unvermeidlichen Hüsteln und Stühlerücken beginnen würde, aber nichts dergleichen geschah. Aus irgendeinem Grund erfüllte sie die gespannte Aufmerksamkeit der verschwommenen Menge diesmal mit Unruhe. Lächerlich; sie trat regelmäßig auf der größten Bühne von Berlin auf. Das Gedicht, das sie sich ausgesucht hatte, trug den Untertitel *Das Gebet*, und sie versuchte, es in dem schlichten, unmittelbaren

Tonfall zu sprechen, den sie bei Elisabeth Bergner als Shaws heilige Johanna gehört hatte:

> *Du großer Gott, dies Land ist ein Plakat,*
> *auf dem sie ihre Feste malen*
> *mit Blut. Ihr Lied übt an dem Leid Verrat,*
> *der Mord muß für die Hetz' die Zeche zahlen.*

Noch ehe sie zur letzten Strophe kam, drang ein einzelner Zwischenruf aus dem Publikum: »Schande!« Er wurde sofort erstickt. Nun ja, dachte Carla, das ist eine offene Versammlung, und gewiß befanden sich auch einige Neugierige darunter, die mit Pazifismus nichts im Sinn hatten und tatsächlich nur wegen der Prominenz einiger Gäste gekommen waren. Sie beendete ihre Rezitation, nahm den Applaus entgegen, lächelte Erika Mann an und trat von dem Podium zurück. Die dunkelhaarige Frau begann zu sprechen, und der Ruf »Schande!« ertönte erneut, doch diesmal wurde er nicht erstickt, sondern aufgenommen und von mehreren Stimmen wiederholt. Erika Mann ließ sich nicht beirren und deklamierte weiter, mit ihrer durch die Erkältung tiefen und aufgerauhten Stimme, und Carlas Anerkennung für sie wuchs. Mittlerweile kam Unruhe im Rest des Publikums auf. Die Zwischenrufe steigerten sich zum Brüllen.

»Schluß! Hochverrat! Schmach und Schande! Wir protestieren im Namen der Nation!«

»Ruhe! Wir haben für unsere Plätze bezahlt!«

»*Schande!*«

Carla kniff die Augen zusammen, um etwas von dem zu erkennen, was dort unten vor sich ging. Sie konnte ausmachen, daß sich einige Leute erhoben hatten und andere auf sie zurannten, aber mehr nicht. Ihre Brille lag in ihrer Handtasche auf dem Platz neben Klaus Mann, der sich umgedreht hatte und dann wieder sichtbar beunruhigt zu seiner Schwester emporschaute. Erika Mann hob die Stimme, um die Unruhe zu übertönen. Es war hoffnungslos, mittlerweile versuchten einige der sozialistischen Studenten im Publikum, die »Schande«-Rufer niederzubrüllen, und Carla hörte einige Entsetzensrufe und das Knacken von zersplitterndem Holz. Sie trat wieder an Erika Mann heran, die ihr Gedicht beendet hatte.

»Was geht da vor? Ich bin kurzsichtig«, setzte sie entschuldigend hinzu, »ich kann nichts erkennen.«

»Ein Teil des Publikums schlägt mit Gummiknüppeln auf den anderen ein«, entgegnete Erika Mann trocken, »und das sind nicht die Sicherheitskräfte. Ich hoffe nur, jemand hat daran gedacht, die Polizei zu benachrichtigen.«

»Lassen Sie uns hier raus!« schluchzte jemand und setzte so das Signal für eine Reihe ähnlicher Hilferufe und eine Massenflucht zum Ausgang hin.

»Hilfe!«

»Verräter!«

»Faschisten!«

»Wenn die Kerle die Tribüne erreichen, bevor die Polizei eintrifft, steht uns eine aufschlußreiche Erfahrung vaterländischer Gefühle bevor«, sagte Erika Mann. »Vielleicht möchten Sie…«

»Ich bleibe hier«, gab Carla zurück. Ihre Stimme klang etwas belegt in ihren Ohren. Sie räusperte sich und fuhr fort: »Ich wünschte nur, ich könnte besser sehen. Eine Freundin von mir ist da unten.«

Erika Mann hustete ebenfalls, dann meinte sie: »Kommen Sie.«

Sie gingen bis zur Rampe; die wenigen Schritte schienen sich sehr weit hinzuziehen, doch jeder wurde etwas leichter. Nun ja, dachte Carla. Wenn ich jemals wirklich dazu komme, die heilige Johanna zu spielen…

»Beschreiben Sie mir Ihre Freundin«, sagte ihre Begleiterin.

»Klein, herzförmiges Gesicht, um die Vierzig, trägt ein braunes, altes Kostüm… oh, und sie hat auch braune Haare, etwas länger als meine.«

»Ich glaube«, sagte Erika Mann, die Augen mit einer Hand abschirmend, »ich sehe sie. Keine Sorge, sie steht mit ein paar anderen an der Wand, nicht bei den Ausgängen, also wird sie nicht erdrückt werden, und von den Schlägern ist auch keiner in unmittelbarer Nähe.«

»Erika«, rief ihr Bruder zu ihr hoch, »komm da runter oder geh zurück! Bist du verrückt?«

»Komm du hoch«, rief sie. »Hier oben ist es sicherer, und man sieht mehr!«

318

Der letzte Rest von Furcht verlor sich in dem seltsamen Übermut, der auch auf Carla übergriff. Und wenn es zum Schlimmsten kommt, dachte sie, dann erfülle ich gleich zwei Wunschträume: Kathis, denn ich sterbe für eine gute Sache, und meinen, denn ich sterbe auf der Bühne, und etwas Besseres gibt es für eine Schauspielerin nicht. Ich hoffe nur, ich sterbe tatsächlich und werde nicht nur verprügelt. Morgen im Krankenhaus aufzuwachen und für ein halbes Jahr arbeitsunfähig zu sein wäre scheußlich.

»Geschieht es jetzt, so geschieht es nicht in der Zukunft«, zitierte sie Hamlet, *»geschieht es nicht in der Zukunft, so geschieht es jetzt; geschieht es jetzt nicht, so geschieht es doch einmal in Zukunft. In Bereitschaft sein ist alles. Da kein Mensch weiß, was er verläßt, was kommt es darauf an, frühzeitig zu verlassen?«*

Erika drückte ihr die Hand. Dann stieß sie einen leisen Pfiff aus. »Sieh an, sieh an. Die Polizei ist da und hat sich darauf besonnen, daß wir zu den Guten gehören.«

In der Tat hörte man, wie sich neue Rufe aus dem Tumult schälten. »Herr Mann«, sagte Carla, »ist meine Handtasche noch da? Könnten Sie…?«

Er warf sie ihr in die Hände; Carla stöberte hastig nach ihrer Brille und setzte sie auf. Ihr Blickfeld klärte sich. Kathi stand nicht mehr an der Wand, sondern redete auf einen Polizisten ein, während ein anderer sich um zwei weinende Frauen, die sich festhielten, bemühte. Die meisten Stühle lagen, umgefallen oder zu Bruch gegangen, auf dem Boden, doch von den Vandalen war nichts mehr zu erkennen. Carla schaute auf ihre Armbanduhr.

»Ein beneidenswert schneller Abgang, finden Sie nicht?« sagte sie zynisch zu Erika Mann, die nickte und langsam auf die paar Stufen zuging, die zu der improvisierten Bühne emporführten.

Am Ende blieb Carla noch, um mit Käthe und einigen anderen Freiwilligen den Saal wenigstens notdürftig aufzuräumen. Die Verantwortlichen der Liga waren etwas grau im Gesicht bei der Vorstellung, für das zerbrochene Mobiliar und die Verletzungen, die bei dem Handgemenge entstanden waren, haftbar zu sein.

»Zum Glück ist wenigstens keiner gestorben«, sagte Constanze Hallgarten erschöpft. »Das wäre mein schlimmster Albtraum: Tote auf einer pazifistischen Versammlung.«

»Der jetzige Albtraum ist schon schlimm genug«, entgegnete

Käthe grimmig. »Die Veranstaltung ist ruiniert, keiner von den Nazis wurde verhaftet, alle sind entkommen, und damit wird die Liga für das alles hier zahlen müssen.« Sie stemmte die Hände in die Hüften. »Ganz ehrlich, Constanze, ich bin froh, daß die Jungen von der Roten Fahne da waren. Jetzt glauben Sie mir vielleicht, daß man Gewalt manchmal auch mit Gewalt begegnen muß, um höhere Ideale durchzusetzen.«

»Nein, Käthe, das glaube ich noch immer nicht.«

»Hätten wir uns vielleicht alle verprügeln lassen sollen?« begehrte Käthe auf.

»Laß es gut sein, Kathi«, meinte Carla beschwichtigend. »Es ist vorbei.«

»Ja, das ist es.« Doch auf ihrem Weg in Käthes Wohnung, wo Carla übernachtete, um am nächsten Morgen wieder zurück nach Berlin zu fahren, hatte sich ihre Lehrerin noch immer nicht beruhigt.

»Wenn es darum geht, einen Streik niederzuschlagen oder eine Demonstration zu verbieten, ja, da ist die bayerische Polizei gleich zur Stelle und findet auch immer ein paar Rädelsführer zum Verhaften. Aber nicht, wenn eine pazifistische Veranstaltung terrorisiert wird. Der Zustand…«

Weiter kam sie nicht, denn Carla legte ihr plötzlich einen Finger auf den Mund. Sie hatte Schritte gehört, die ihnen folgten, und das schon seit einiger Zeit, so daß es sich kaum mehr um einen Zufall handeln konnte. Sie blieb stehen, und das Widerhallen auf dem Asphalt hörte auf, wie ein Echo. Langsam drehte sie sich um. Drei Männer standen in etwa fünf Meter Abstand von ihnen auf dem Gehsteig. Einer von ihnen hatte ein malträtiertes Auge.

»Schau an, schau an«, sagte er. »Zwei von den verräterischen Weibern. So ganz allein, meine Damen?«

Käthe, die sich mit Carla umgewandt hatte, musterte die Männer verächtlich und erwiderte laut: »Zum Glück.«

Dann nahm sie Carlas Arm, und sie gingen weiter. Diesmal beschränkten sich die Männer nicht darauf, ihnen zu folgen, sondern sie liefen ihnen hinterher, bis sie die beiden Frauen eingeholt hatten. Einer von ihnen stellte sich vor sie, die anderen beiden an ihre Seiten.

»Aber warum denn so eilig?«

»Wo Sie doch so a Herz für die Franzmänner haben, können S'
auch a bisserl nett zu uns Einheimischen sein.«

Käthe preßte die Lippen zusammen. »Lassen Sie uns vorbei.«

»Wenn Sie sich nicht noch ein blaues Auge einhandeln wollen«,
fügte Carla hinzu. »Ich habe Jiu-Jitsu gelernt.«

Das war gelogen; sie kannte den Begriff nur aus den Abenteuer-
hörspielen im Rundfunk, in denen sie gelegentlich mitwirkte. Aber
sie sagte es beiläufig, selbstverständlich, wie die meisten ihrer
Lügen, und die Männer schauten einen Moment lang irritiert drein.
Dann faßte sich ihr Anführer wieder.

»Gehen S' her«, antwortete er wegwerfend. »Ein zartes Frauen-
zimmer wie Sie.«

Käthe blickte sich um. Auf der Straße befand sich außer ihnen
niemand mehr, denn über die Aufräumarbeiten war es spät geworden. Aber sie konnte ein Motorgeräusch hören. Gerade, als der
Mann mit dem blaugeschlagenen Auge Carla unter das Kinn faßte,
bog ein Wagen um die Ecke. Ohne zu zögern, brach Käthe aus dem
kleinen Kreis aus und rannte winkend auf die Straße. Der Wagen
hielt an. Jemand auf dem Fahrersitz kurbelte sein Fenster nach
unten, und sie hörte eine Männerstimme fragen, ob sie Hilfe benötige.

»Ja«, keuchte sie und schaute zu Carla zurück. Die Männer hatten den Wagen ebenfalls bemerkt. Als der Chauffeur ausstieg, liefen sie weg wie aufgescheuchtes Wild. Was für Feiglinge, dachte
Käthe, aber darauf hatte sie gehofft. Solche Kerle waren nur stark,
wenn sie ihre Opfer für wehrlos und allein hielten. Sie ging zu Carla
zurück.

»Ist dir auch nichts passiert?«

»Nein«, entgegnete Carla, sehr kühl, was Käthe überraschte und
ein wenig verletzte, bis sie bemerkte, daß Carla an ihr vorbei zu
dem Besitzer des Wagens blickte, der inzwischen ebenfalls ausgestiegen war. Er kam ihr bekannt vor, aber nicht sehr; als er sich
näherte und der Schein der Straßenlaterne auf sein Gesicht fiel,
erinnerte sie sich wieder, obwohl sie ihn nur ein paarmal gesehen
hatte: während seiner Verlobung mit Marianne Fehr.

»Guten Abend, Fräulein Brod«, sagte er zu ihr, und Käthe wunderte sich, daß er ihren Namen noch wußte; sie hätte darauf gewettet, daß er noch nicht einmal die seiner eigenen Angestellten kannte.

»Guten Abend, Herr Bachmaier«, erwiderte sie formell. Er schaute zu Carla, obwohl er sich weiter an Käthe wandte.

»Sie benötigen also Hilfe, Fräulein Brod?«

»Jetzt nicht mehr«, sagte Carla eisig. »Die Vorstellung ist vorbei, und genau mit deinem Eintreffen. Was für ein Zufall.«

»Ja, manche Leute wissen eben, wann sie zu kommen und zu gehen haben«, entgegnete Philipp. »Trotzdem möchte ich anbieten, dich und Fräulein Brod nach Hause zu bringen. Man kann nie wissen, was sonst noch passiert.«

»Gut«, willigte Käthe ein, ehe Carla den Mund öffnen konnte. Ihr war heute nicht nach noch mehr Heroismus, und sie konnte auf weitere Konfrontationen mit nationalsozialistischen Schlägern verzichten. Wenn sie dazu die Hilfe eines reaktionären Kapitalisten akzeptieren mußte, dann sei dem so. Er konnte sein Benzin für schlimmere Dinge verbrauchen.

Sie nannte dem Chauffeur ihre Adresse und setzte sich auf den Beifahrersitz, um ihm nötigenfalls den Weg zu weisen. Carla ignorierte die Tür, die ihr Philipp Bachmaier aufhielt, ging um das Auto herum und stieg absichtlich auf der anderen Seite ein, was Käthe ein kleines Lächeln abrang. Als sie Carla heute auf der Bühne erlebt hatte, wie sie mit Erika Mann da stand und sich von dem allgemeinen Chaos und der Gefahr nicht einschüchtern ließ, war ihr ihre Schülerin zum ersten Mal als erwachsene Frau erschienen. Aber offenbar hatte sich Carla ein paar ihrer kindlichen Abneigungen und Gesten im vollen Umfang erhalten.

Während der Fahrt wechselte Carla kein Wort mit ihrem Schwager, der ebenfalls von sich aus nicht sprach, so daß sich Käthe schließlich zu ein paar höflichen Sätzen über das Wetter bemüßigt fühlte. Außerdem bemühte sie sich, eine Unterhaltung mit dem Chauffeur in Gang zu bringen, weil sie nicht dem Laster der herrschenden Klassen verfallen und Menschen als Teil der mechanischen Ausrüstung behandeln wollte, doch der Mann erwies sich als einsilbig. Als sie endlich vor dem Mietshaus ankamen, in dem Käthe wohnte, war sie mehr als erleichtert.

»Auf Wiedersehen, Herr Bachmaier, und vielen Dank.«

»Auf Wiedersehen, Fräulein Brod.«

Carla sagte immer noch nichts, was Käthe zu einer Bemerkung veranlaßte, als sie erst einmal die Treppen zu ihrer Wohnung erklommen hatten. »Gerade Menschen gegenüber, deren Gesinnung beklagenswert ist, sollte man Haltung und Höflichkeit bewahren, Carla.«

»Pah!« stieß Carla hervor, zog ihren Mantel aus und schleuderte ihn in die ungefähre Richtung des Garderobenhakens. Er landete statt dessen auf einer Kiste mit Büchern, die Käthe nicht mehr auf ihren Regalen untergebracht hatte. Sie seufzte und hob ihn auf.

»Er hat das alles eingefädelt, Kathi«, sagte Carla heftig, »die drei Witzfiguren und sein Erscheinen. Es würde mich nicht wundern, wenn er auch für den Aufruhr bei der Veranstaltung verantwortlich wäre, aber ich vermute, da gibt es noch genügend andere interessierte Parteien.«

Käthe warf ihr einen überraschten Blick zu. Sie hatte Carla selten so fassungslos erlebt; ihre Wangen waren gerötet, ihre Brust hob und senkte sich schneller, als es die wenigen Treppenstufen verursacht haben konnten, und auf ihrer Stirn standen feine Schweißperlen. Außerdem neigte sie sonst nicht zu derartig irrationalen Äußerungen, wenn man einmal von ihrer Theaterbesessenheit absah.

»Zweifellos«, meinte Käthe beruhigend, während sie Carlas Mantel glättete und ordentlich aufhängte, »gehört Herr Bachmaier zu der Art von Schwerkapitalisten, die sich etwas von der Unterstützung der NSDAP versprechen. Ich habe sogar gehört, daß er Parteimitglied sein soll. Insofern ist er auch mitverantwortlich für den Aufruhr heute, soweit stimme ich dir zu. Aber warum um alles in der Welt sollte er uns diese drei Männer hinterhergeschickt haben? Ich weiß, daß du dich nie mit ihm verstanden hast, doch Abneigung unter angeheirateten Verwandten, die sich ohnehin nie sehen, geht doch kaum so weit.«

Carla antwortete nicht. Statt dessen lehnte sie sich gegen die Tür und schloß die Augen.

»Wir haben uns heute beide sehr aufgeregt«, sagte Käthe und widerstand der Versuchung, Carla über die Wange zu streichen. Sie mußte aufhören, Carla als Kind zu behandeln. »Ich werde uns noch einen Tee machen, ehe wir zu Bett gehen.«

»Was macht man mit Menschen, deren Illusionen man nicht zerstören will?« fragte Carla Robert, während sie durch den Schnee in

Richtung Sender stapften. Diesmal hatte sie ihn abgeholt; Robert kam regelmäßig zu spät, und da sie in der Woche eine äußerst wichtige Sendung vor sich hatten, die darüber entscheiden würde, ob der Radioableger des Hermes-Theaters einen regelmäßigen Sendeplatz erhielt, wechselten sich seine Freunde darin ab, persönlich für sein rechtzeitiges Erscheinen zu sorgen.

»Man läßt sie ihnen, so gut es geht. Zugegeben, über mich machen sich nur Max und Dada Illusionen, aber die sind unausrottbar.«

»Und Monika macht sich keine?«

Robert zuckte die Achseln und schaute nachdenklich drein. »Keine Ahnung. Ich weiß selten, was sie denkt, das ist einer der Gründe, warum ich sie geheiratet habe. Zur Zeit besucht sie ihre Eltern und versucht, sie zu einer Kapitalspritze für das Theater zu überreden, und rate mal, was sie mir als Grund genannt hat. Nicht, daß ich das Geld brauche oder daß ihr unser Fortbestehen als Stern am Theaterhimmel wichtig wäre, sondern...«

»...daß sie Peter nicht ausstehen kann«, ergänzte Carla. Robert pfiff anerkennend.

»Gut geraten.«

»Nichts da geraten. Sie will schlicht und einfach alle wichtigen Menschen in deinem Leben ersetzen«, antwortete Carla und konnte nicht widerstehen hinzuzufügen: »Das ist der ererbte Raubritterinstinkt. Sie hat es schon in der Schule nicht vertragen, wenn jemand mehr Aufmerksamkeit erhielt als sie.«

»Endlich ein Charakterzug, der uns dreien gemeinsam ist«, konterte Robert und duckte sich, als Carla sich blitzschnell bückte und ihm einen Schneeball an den Kopf warf.

Das Frühjahr wurde zu einer glücklichen Zeit für ihn; er hatte seine Beziehung zu Carla in Ordnung gebracht, und seine Entscheidung, der politischen Tragödie eine Farce folgen zu lassen, verärgerte zwar einige der linksgerichteten Kritiker, die ihm vorher gewogen gewesen waren, doch sie stritten die Lebendigkeit der Inszenierung nicht ab. Da er selbst diesmal nicht mitspielte, war es nicht nötig, nach der Premiere noch öfter als ein- oder zweimal zu erscheinen. Er konnte sich auf die Radioarbeit konzentrieren und die Runde in den übrigen Berliner Theatern machen. Als letztes Stück der Saison für das Hermes-Theater hatte er den *Kirschgar-*

ten von Tschechow vorgesehen – das intime Kammerspiel nach der Tragödie und der Farce –, doch er schmiedete bereits Pläne für sein großes Projekt im Herbst. Es sollte ein Zusammenschnitt von allen Shakespeareschen Königsdramen mit Ausnahme von *König Johann* und *Heinrich VIII.* werden, ein Mammut-Ereignis, das Gigantischste, was das Berliner Theater je gesehen hatte. Die gewaltigen Kürzungen allerdings schob er vor sich her; unter Druck, dachte Robert, arbeitete es sich immer am besten.

Sein einundzwanzigster Geburtstag im April wurde allerdings einer der wenigen Tiefpunkte des Frühjahrs, was zum größten Teil an den Gästen lag. Dada Goldmann, Jean-Pierre, Dieter, das Hermes-Ensemble *und* Monikas Familie unter einen Hut zu bringen war nervenzerfetzend, ganz zu schweigen von den Kerns, die in dem ständigen Tohuwabohu nicht wußten, wohin sie als nächstes flüchten sollten. Dada wurde sentimental und erzählte zu viele Kindheitsgeschichten, Jean-Pierre brachte Monikas Vater fast dazu, noch vor der eigentlichen Feier abzureisen, und Robert selbst hatte mehr Wutausbrüche in zwei Tagen als während der gesamten Frühjahrsproben im Theater.

»Eines ist mir klar«, sagte Carla, die ihre Rolle als krankes Mädchen in Zuckmayers neuestem Stück, *Der Hauptmann von Köpenick*, wo sie wieder mit dem verehrten Werner Krauß zusammen spielte, vorschützte, um sich möglichst wenig an den Feierlichkeiten zu beteiligen, zu Robert, »ich werde in diesem Jahr nicht einundzwanzig. Wenn das irgend jemand behauptet, leugne ich. Ich werde überhaupt erst einundzwanzig werden, wenn ich reich genug bin, um an dem Tag nach Timbuktu zu flüchten.«

Doch selbstverständlich wußte er, wann sie einundzwanzig wurde, und am ersten Mai stürmte er mit Hugo und den übrigen Freunden unter ihren Kollegen in ihr Zimmer und zerrte sie bis in sein Theater, wo man ihr eine Aufführung des Sketches präsentierte, den er für sie geschrieben hatte. Nina Rebendorf, die unter den weiblichen Ensemblemitgliedern Carla am ähnlichsten sah und es genoß, einmal selbst im Rampenlicht statt dahinter zu stehen, spielte Carla, wie sie an ihrem achtzigsten Geburtstag von drei ehrfürchtigen Reportern (Hugo, Helmut und Robert) interviewt wurde.

»Ja, meine Anfänge waren bescheiden«, sagte sie und hantierte mit einem Stift herum, wie es Carla häufig tat, nur daß der Stift diesmal ein dreißig Zentimeter großer Füllfederhalter aus Pappe war. »Sie können sich gar nicht vorstellen, was für eine Zumutung es für mich war, mit so unbedeutenden Amateuren wie Werner Krauß in so gut wie unbesuchten Inszenierungen zu spielen.«

»Und stimmt es, daß Helene Thimig Sie um Nachhilfe bat?«

»Leni? Du meine Güte, junger Mann, Leni hat von mir *gelebt*!«

Am Schluß holten sie die vor Lachen fast zusammengebrochene Carla auf die Bühne, um mit ihr gemeinsam das Lied aus der *Fledermaus* zu singen, das jeder von ihnen irgendwann im Chor gelernt hatte: *Im Feuerstrom der Reben*. Danach tranken sie alle den Sekt, den Robert besorgt hatte, wenn auch aus Pappbechern, und Carla flüsterte Robert zu: »Warum kannst du das nur so gut für andere und nicht für dich selbst?«

»Weil du keine Gäste eingeladen hast. Aber warte noch bis morgen, bevor du mir deinen überwältigten Dank aussprichst.«

»Robert«, fragte sie mißtrauisch, »wie meinst du das?«

»Wegen des Katers«, entgegnete Robert unschuldig, und da sie wirklich glücklich war, dachte sie nicht weiter darüber nach, bis sie nach ihrem Auftritt im zweiten Akt des *Hauptmann von Köpenick* in die Garderobe kam, die man diesmal Annemarie Seidel und ihr zugeteilt hatte, und dort ihren Schwager Philipp vorfand.

»Du hast keine weitere Szene in diesem Stück«, sagte Philipp anstelle einer Begrüßung, »daher befreit dich die Leitung heute vom Schlußapplaus.«

Verschiedene Gedanken gingen ihr durch den Kopf, nicht zuletzt eine Verwünschung an die Adresse des verräterischen Robert, denn wenn sich Philipp nicht gerade die Mühe gemacht hatte, ihre Geburtsurkunde einzusehen, konnte er nichts von ihrem Geburtstag wissen. Marianne und er hatten ihn jedenfalls immer ignoriert.

Weil sie nicht wußte, was sie sagen sollte, entschloß sie sich vorläufig für souveräne Nichtbeachtung. Sie zog das geflickte Nachthemd des kranken Mädchens aus, setzte sich vor den Spiegel und rieb sich Vaseline ins Gesicht, um die weißgrünliche Schminke zu entfernen. Währenddessen versuchte sie, sich das Bild des verwüsteten Saals in München und der drei Widerlinge auf der Straße in Erinnerung zu rufen, aber es mußte an dem harmonischen Tag heute liegen, daß sich der Zorn auf Philipp nicht in vollem Umfang einstellen wollte.

»Du könntest zumindest fragen, wohin wir gehen«, bemerkte Philipp.

»*Wir* gehen nirgendwohin«, entgegnete Carla, was sich als ein taktischer Fehler erwies, denn es strafte die souveräne Nichtbeachtung Lügen.

»Nach Timbuktu ist es etwas weit«, sagte Philipp, »aber man hat mir versichert, daß Josephine Bakers Bananentänze angemessen exotisch sind.«

Nun wußte sie, wie das arme Gretchen, das dumme Ding, sich angesichts des zweiten Schatzkästchens fühlte. Alleine fehlten ihr sowohl Geld als auch die zeitlichen Möglichkeiten, um die weltberühmte Josephine Baker in der kurzen Zeit, in der sie in Berlin weilte, tanzen zu sehen, obwohl sie sich das in der Tat sehr gewünscht hatte. Verräter, dachte sie wieder. Verräter.

Andererseits … Für Philipp mußte es ein enormes Maß an Überwindung bedeutet haben, mit Robert in Verbindung zu treten und ihn um Auskunft zu bitten, was sie sich wohl wünschte. Es war ganz offensichtlich eine stumme Bitte um Entschuldigung, was bedeutete, daß sie nicht nachgab, sondern nur ihren Sieg anerkannte, wenn sie seine Einladung jetzt akzeptierte. Unter solchen Umständen waren – wie hatte Kathi es ausgedrückt? – Haltung und Höflichkeit am Platz.

»Wir müssen vorher noch zu mir«, sagte sie endlich und wies mit dem Kinn auf ihre alten Hosen. »Darin kann ich nicht gehen.«

»Das ist auch nicht nötig«, erwiderte Philipp und zog unter den verschiedenen Kostümen etwas Goldenes, Glitzerndes hervor, das sich als ein langes, schulterfreies Abendkleid erwies. Als sie den Stoff berührte, stellte sie fest, daß es sich um reine Seide handelte. Es war unmöglich, es nur anzusehen und nicht anzuprobieren, also gab sie auf und schlüpfte hinein. Das Gefühl von Seide auf ihrer Haut, so lange entbehrt, war an sich schon herrlich, aber als sie in den Spiegel schaute, stellte sie fest, daß es wie angegossen saß. Es betonte ihre Figur auf eine Weise, die verriet, daß es eigens für sie geschneidert worden sein mußte, nach Angaben, die eine durch und durch intime Kenntnis ihres Körpers nötig machten. Auf seine

Art war das Kleid eine ebenso besitzergreifende, demonstrative Geste wie alles, was er in Garmisch getan hatte, aber längst nicht so beleidigend. Philipp trat hinter sie, und sie drehte sich zu ihm um.

»Heute abend«, sagte Carla sehr ernst, »trage ich es, aber ich kann es nicht annehmen.«

»Wir werden sehen«, entgegnete er und zog sie an sich. »Herzlichen Glückwunsch zum Geburtstag, Carla.«

13. Kapitel

Der große, schlanke Mann mit den ausgeprägten Geheimratsecken und dem irgendwie uneuropäisch wirkenden, saloppen Anzug war sich wohl bewußt, was für ein Aufsehen er mit seiner Begleiterin in dem kleinen Theater erregte; Köpfe reckten sich, und das Mädchen, das ihnen ihre Plätze zeigte, rannte sofort davon, um mit einer Kollegin zu tuscheln. Dabei war an ihm eigentlich nichts Ungewöhnliches. Er hatte einen leichten böhmischen Akzent, der in Kontrast zu der ebenmäßigen Bräune stand, welche mehr als zehn Jahre kalifornischer Sonne ihm verliehen hatten. Ansonsten unterschied er sich nicht von den übrigen Theaterbesuchern.

»Paul, Darling«, sagte seine Begleiterin in ihrem breiten, amerikanischen Englisch, »ich dachte, wir wären hier in der Hauptstadt. Sicher haben die Leute schon mal Amerikaner gesehen, oder?«

Paul Kohner lachte. »Nicht solche wie Sie, Genevieve.«

In der Tat blickten sich die meisten Leute nach ihr um, außer den Theaterangestellten, die wußten, wer er war; seine Sekretärin hatte die Karten auf seinen Namen bestellt, und die Leute hatten ihre Hausaufgaben offensichtlich gemacht. Aber die Frau an seiner Seite stach auch alleine aus der Menge hervor. Sie ging mit den unbekümmerten langen Schritten, die Europäerinnen einfach nicht machten, sie trug zu einem Theaterbesuch einen Anzug, ihr dauergewelltes Haar war in einem unmöglichen, unnatürlichen Blond getönt, und ihre rauchige, ausländische Stimme klang eine Spur zu laut. Vor allem anderen war sie unübersehbar und ohne auch nur den geringsten Versuch zu machen, es zu vertuschen, weit über vierzig, ohne die leiseste Absicht, sich wie eine Frau mittleren Alters zu benehmen.

Sie hatte sich diese Manierismen nicht zufällig zugelegt. Nichts an Genevieve Beresford war zufällig. Sie gehörte zu den wenigen Frauen, die sich in der Männerwelt von Hollywood an die Spitze gearbeitet hatten. Als sie mit dem Verfassen von Szenarien für Filme begann, hatte sie noch Jenny Henricks geheißen und stumpfe, braune Haare wie die allgegenwärtigen Hörnchen gehabt, aber bereits über die Selbstsicherheit und den brennenden Ehrgeiz verfügt, die sie bald hinter die Kamera und auf den Regiestuhl brachten. Sie war nicht die einzige. Die höchstbezahlte Drehbuchautorin Hollywoods – und der Superlativ schloß die männlichen Kollegen mit ein –, Frances Marion (geborene Marion Owens), hatte den ersten Oscar für ein Drehbuch erhalten, als erste Autorin die Grenze zu einem Gehalt von dreitausend Dollar pro Woche überschritten und war von Hearst 1928 zur Chefproduzentin seiner Cosmopolitan Studios gemacht worden. Lois Weber, Ruth Ann Baldwin, Dorothy Arzner und Margaret Booth waren andere Beispiele. Aber immer noch bildeten sie einen kleinen, exklusiven Club, und Genevieve Beresford war eines seiner extravagantesten Mitglieder. Sie war außerdem ungewöhnlich talentiert, und der Herr der Universal Studios, Carl Laemmle, hatte eine beträchtliche Summe zahlen müssen, um sie von Warner Brothers abzuwerben. Es war Paul Kohners Rat gewesen, der dafür den Ausschlag gegeben hatte, und das vergaß sie ihm nicht. Deswegen war sie heute abend hier.

»Ich wünschte, ich würde mehr Deutsch verstehen«, sagte Genevieve und studierte stirnrunzelnd das Programm. »Die Dreharbeiten werden die Hölle werden, das sehe ich jetzt schon. Auf welches von den Kids kommt es Ihnen denn an, Paul?«

Kohner machte ein geheimnisvolles Gesicht. »Das überlasse ich Ihrer Intuition.«

Er fügte nicht hinzu, daß selbst ihre bruchstückhaften Deutschkenntnisse ungewöhnlich für Hollywood waren, das wußte sie. Natürlich stammten die Studiobosse samt und sonders von osteuropäischen Einwanderern ab oder waren selbst als Kinder eingewandert. Aber sie bemühten sich deswegen um so heftiger, Amerikaner und nur Amerikaner zu sein; eine andere Sprache als Englisch zu sprechen war verpönt, und in Amerika machte man sich ohnehin selten die Mühe. Sein Chef, Carl Laemmle, ein alter Württemberger, bildete da eine Ausnahme; er hing genug an seiner alten Heimat, um sie fast jedes Jahr einmal zu besuchen. Daß er außerdem in Karlsbad Kur machte, war für den jungen Paul Kohner eine Fügung des Schicksals gewesen. Ein Interview für die

Filmzeitschrift seines Vaters hatte sich zu einer Einladung nach Amerika und zu einer Anstellung bei den Universal Studios entwickelt. Nun war er als Chef der Auslandsproduktion nach Europa zurückgekehrt; der europäische Absatzmarkt für amerikanische Filme war besonders in Deutschland groß, und in Berlin zu produzieren, so versicherte er Laemmle, würde die Kosten enorm senken. Er hatte bereits einige Projekte in die Wege geleitet, und das, bei dem er und Genevieve zusammenarbeiten würden, war es, was ihn heute hierhergeführt hatte.

Er beschloß, sie ein wenig irrezuleiten. »Der Darsteller des Othello ist so eine Art Phänomen«, bemerkte er. »Er führt auch Regie und hat letztes Jahr um ein Haar Schiffbruch erlitten. Bis dahin wurde er von einigen Leuten als Wunderkind des deutschen Theaters gefeiert, aber dann hat er sich übernommen. Seine Version der Königsdramen von Shakespeare war ein einziges Desaster. Es klappte von vorne bis hinten nicht. Der arme Kerl, der den Chor sprach, stand am Anfang im Dunkeln, und die Scheinwerfer waren immer genau dort, wo er nicht war, so sehr er ihnen auch hinterherrannte. Dann ging hinter dem durchsichtigen Vorhang plötzlich ein Licht an, das einen Haufen Schauspieler als Schattenrisse abzeichnete, die immer noch an ihren Kostümen fummelten. Die Auf- und Abgänge klappten nicht, Darsteller stolperten durch die Gegend, die Drehbühne, die während der Inszenierung wegen der häufigen Szenenwechsel durchgehend verwendet wurde, geriet ins Schleudern, und ein großer Teil der Dekoration landete im Publikum. Kurzum, es war der vollkommene Albtraum. Hinterher hieß es, es sei alles die Schuld des jungen König gewesen, weil er die Proben zu spät angesetzt hatte, viel zuwenig von ihnen durchzog und dann auch noch zu spät kam. Nebenbei, er spielte Falstaff, und das noch nicht einmal schlecht, es war eine interessante Konzeption, ein melancholischer Falstaff statt eines fröhlichen. Aber das ging in dem allgemeinen Chaos so gut wie unter. Jeder dachte, gut, die Seifenblase ist geplatzt, das war's.«

»Und?« fragte Genevieve mit hochgezogenen Augenbrauen. »Wegen eines Versagers hätten Sie mich ja nicht hierhergeschleppt.«

»Ziehen Sie keine voreiligen Schlußfolgerungen. Nun, der Junge hat auf jeden Fall Nerven. Er leckte eine Weile seine Wunden, dann kündigte er sein nächstes Shakespeare-Projekt an, *Othello*, und das gleichzeitig mit dem *Othello* am Staatlichen Theater, wo die beiden derzeit berühmtesten deutschen Schauspieler den Othello und den Jago geben, Werner Krauß und Heinrich George. Dann holte er sich als Jago das zweite aufsteigende Allround-Talent hier in Berlin, Gustaf Gründgens. Wenn Sie *M* gesehen haben, Genevieve – der Anführer der Gangster, das war Gründgens. Solche Filmschurken spielt er öfter, daneben hat er bei Reinhardt gearbeitet, selbst Aufführungen an der Krolloper inszeniert und vorher in Hamburg ziemlich Furore gemacht. Den Kritikern ist sein Herumwerkeln in allen Fächern verdächtig, aber wie gesagt, er ist im Kommen. Mutmaßlich hat ihn die Gelegenheit gereizt, mit jemandem, dem man ebenfalls mangelnde Seriosität vorwirft, in den Ring zu steigen, um die Giganten herauszufordern. Auf jeden Fall hat es sich ausgezahlt – Sie sehen ja, das Theater ist voll.«

»Und auf welchen von beiden soll ich nun mein kritisches Auge werfen?«

Kohner winkte ab und legte die Finger auf die Lippen.

»Das Stück fängt gleich an.«

»Ekel«, sagte Genevieve, aber sie verzichtete auf weitere Kommentare. Sie ging normalerweise kaum ins Theater. Das Zentrum der amerikanischen Theaterwelt befand sich in New York, wo man auf Hollwood und die Westküste im allgemeinen herabsah, eine Verachtung, die Genevieve aus vollem Herzen erwiderte. Sie glaubte an den Film, seine Ausdrucksmöglichkeiten, seine Einzigartigkeit. Das Theater war heute, zu Beginn des Jahres 1932, bereits das Medium von gestern. Trotzdem, hin und wieder fand man Talente dort, und sie kannte sich einigermaßen mit den wichtigsten Stücken des internationalen Repertoires aus. Sie wußte auch, worum es in *Othello* ging, was ihr half, dem Stück zu folgen, und nach den ersten Minuten stellte sie für sich fest, daß mangelnde Sprachkenntnisse auch ihren Vorteil hatten. So konnte man die stimmlichen Ausdrucksmöglichkeiten und die Körpersprache der Schauspieler besser beurteilen.

Der Jago verfügte auf jeden Fall über Präsenz; sie konnte sich in der Tat an seinen Auftritt in *M* erinnern, auch wenn ihr Hauptaugenmerk in diesem Film Langs genialem Sinn für Massenbewegungen und Bildkompositionen gegolten hatte, und abgesehen davon

Peter Lorre als Mörder. Er hatte eine helle, scharfe Stimme, die wie seine hagere Erscheinung wunderbar mit dem Schauspieler des Othello kontrastierte, der nicht nur groß, sondern auch wuchtig gebaut war und in einem weichen, tiefen Bariton sprach, der häufig bis zum Bass herabreichte. Er war zu jung für seine Rolle, hatte sich aber einigermaßen glaubwürdig älter zurechtgemacht. Bei Othellos erstem großen Monolog schloß sie die Augen; ja, diese Stimme war eindeutig ein Phänomen. Bei dem Schlußsatz, »*Sie liebte mich, weil ich Gefahr bestand/ ich liebte sie um ihres Mitleids willen*«, schaute Genevieve wieder auf und erstarrte.

Inzwischen war der Zeitpunkt für Desdemonas ersten Auftritt gekommen. Sie hatte nicht nach der Desdemona gefragt, weil bei jeder Version von *Othello*, die sie kannte, die Desdemonas völlig in den Schatten von Othello und Jago gerieten und daher vorwiegend mit unbedeutenden Schauspielerinnen besetzt wurden. Daher traf sie die Intensität der jungen Frau, die jetzt die Bühne betrat, völlig unerwartet. Sie begann zu sprechen, irgend etwas über »*zwiefach geteilte Pflicht*«, ging zu dem Othello-Darsteller und küßte ihn auf den Mund. Es war die perfekteste Mischung aus Sinnlichkeit und Unschuld, die Genevieve je erlebt hatte, und sie griff nach ihrem Fernglas, um das Gesicht des Mädchens aus der Nähe zu sehen.

»Paul, Sie Schuft«, murmelte sie, während sie sich überlegte, wie die graugrünen Augen wohl, auf Zelluloid gebannt, wirken würden, »Sie hätten mir wirklich verraten können, daß Sie unsere Carmilla gefunden haben.«

»Sind Sie sich sicher?« fragte Paul Kohner neckend. »Warten Sie doch den Rest der Vorstellung ab. Die großen Szenen kommen erst noch.«

Genevieve lächelte, und weil sie im Dunkeln das Programm nicht mehr lesen konnte, erkundigte sie sich nach dem Namen des Mädchens.

»Carla Fehr.«

»Schschschsch«, zischte jemand hinter ihnen empört. Genevieve konzentrierte sich wieder auf das Geschehen auf der Bühne, und sie wurde nicht enttäuscht. Die ganze Inszenierung war von jemandem, der ein Auge dafür hatte, um Dreiecke herumkomponiert worden, was das Bühnenbild und die Aufstellung des Ensembles anging, und um die drei Hauptfiguren. Die beiden Männer waren exzellent, keine Frage, aber die Frau war subtiler. Nicht nur in den großen Eifersuchtsszenen mit Othello, wo ihr Partner ein drängendes Gefühl zum Ausdruck brachte, während sie die ganze Skala zwischen zärtlicher Liebe, Verwunderung und Verletztheit durchspielte, sondern auch in den kleineren, beiläufigeren Auftritten. In ihrer Szene mit Emilia – *»Die Männer, oh, die Männer!«* – brachte sie es fertig, durch ihr Verhalten die ganze Tiefe der Freundschaft zu ihrer Kammerfrau zu vermitteln, die als Grundlage für Emilias Verhalten nach ihrem Tod notwendig war. Sie legte den Kopf in Emilias Schoß, ließ sich die Haare kämmen, griff später selbst zu Bürste und Kamm, während Emilia protestierte, und spielte eine neckende Pantomime durch, während der Dialog nicht abriß.

»Sie muß unbedingt einen Screentest machen«, sagte Genevieve entschieden. »Ist sie hier unter Vertrag? Wer ist ihr Agent?«

»Held, und nein, sie spielt nur in dieser einen Inszenierung mit«, erwiderte Kohner zufrieden.

Es war ein Risiko gewesen, Genevieve nach Europa zu holen, ohne bereits eine Hauptdarstellerin zu haben, doch er wußte, wieviel Wert Genevieve Beresford auf ein Mitspracherecht in der Auswahl ihrer Darsteller legte. Ja, er sah es vor sich: Genevieves Verfilmung von *Carmilla* würde für Universal das bedeuten, was für Paramount und die UFA der *Blaue Engel* gewesen war, und mit etwas Glück, wenn das Mädchen sich für die Leinwand eignete, hatten sie auch endlich ihren weiblichen europäischen Star. Carl Laemmle war die Furore, die Marlene Dietrich bei Paramount und Greta Garbo bei MGM gemacht hatten, nicht entgangen. Natürlich konnte es auch sein, daß dieses Mädchen nicht das geringste Talent für den Film besaß; einigen der besten Bühnenschauspieler ging es ähnlich. Es war ein Glücksspiel. Manche Schauspieler liebte die Kamera, andere nicht. Man mußte natürlich die Tests abwarten. Aber sollte sie ungeeignet sein, gab es in Berlin immer noch einen reichen Fundus an Schauspielerinnen. Die Zukunft sah für ihn rundum erfreulich aus.

»Sagen Sie, Paul«, unterbrach ihn Genevieve, ohne Desdemona, die gerade von Othello erdrosselt wurde, aus den Augen zu lassen, »wie haben Sie Onkel Carl eigentlich dazu überredet, uns diesen Stoff zu genehmigen?«

»Ich habe ihm das Buch als großen englischen Literaturklassiker verkauft und ihn an den Erfolg von *Dracula* im letzten Jahr erinnert. Aber Sie tun ihm Unrecht. Onkel Carl ist nicht L.B., er trommelt nicht bei jeder Gelegenheit auf die moralische Pauke.«

Genevieve zog eine Grimasse. »Erinnern Sie mich nicht an Mayer. Jack Warner hat mich einmal an Metro ausgeliehen, das hat mir genügt. Sicher, die Bezahlung ist besser als sonst irgendwo, aber du meine Güte, Mayer trägt kräftiger auf als sein kitschigster Kontraktspieler, wenn er seinen Willen nicht bekommt. Er ist das Mensch gewordene Krokodil. Tränen, Tränen und ein Maul voller scharfer Zähne, das gleichzeitig zuschnappt.«

Bei dem Gedanken an das allmächtige Haupt von Metro-Goldwyn-Mayer, dessen tränenerfüllte Tiraden so berühmt-berüchtigt waren wie sein Bestehen darauf, »nur anständige amerikanische Filme zu machen, die ich meinen Kindern zeigen kann«, grinste Kohner und wisperte: »Stimmt es, daß Sie L.B. gefragt haben, ob er auch in rotweißblau furzt?«

»Schschsch«, entgegnete Genevieve und deutete auf die Bühne. Sie wartete das große Finale, Jagos Entlarvung und Othellos Selbstmord, ab, ehe sie in den Applaus der Zuschauer hinein antwortete: »Darling, ich will doch noch weiterhin in Hollywood arbeiten. Nichts gegen Onkel Carl, aber wenn er Junior die Produktion ganz und gar überläßt, sehe ich schwere Zeiten für Universal voraus, und dann kann es sein, daß ich MGM wieder einen Besuch abstatten muß.«

Paul Kohner fühlte sich nicht bemüßigt, Carl Laemmles Sohn jetzt zu verteidigen. Im Prinzip mochte er Junior, aber zwischen ihnen schwelte eine gewisse Rivalität, und ob es tatsächlich klug war, einem einundzwanzigjährigen Jungen die praktische Leitung eines riesigen Filmstudios zu übertragen, wagte er zu bezweifeln. Statt dessen erkundigte er sich, ob sie hinter die Bühne gehen wolle, um die Schauspieler kennenzulernen. Genevieve schüttelte den Kopf.

»Nein, ich möchte mir das für später aufheben. Lassen Sie Tim einen Test mit dem Mädchen machen, und dann werde ich sie treffen.«

»Und von den Jungs?« fragte Kohner neckend.

»Nein. Der Verlobte ist eine Nebenrolle, für die wir etwas Hübsches, Unbedeutendes brauchen, nicht jemanden, der versucht, die beiden Hauptdarstellerinnen zu übertrumpfen.«

Es war die erste Rolle, die sie haßte, als sie mit der Arbeit an ihr begann, und vor der sie Angst hatte. An jedem Abend und zu den Matineevorstellungen hatte Carla das Gefühl, daß Desdemona sie von innen her auffraß. Sie hätte das nie vermutet, als sie einwilligte, Desdemona zu spielen, um Robert bei seiner selbstinszenierten Lebensrettung zu helfen. Sein Königsdramenfiasko hatte ihn so stark verschuldet und zerstritten mit seinen wichtigsten Mitarbeitern zurückgelassen, daß er nichts Geringeres als einen Triumph brauchte, um auch nur seine Schulden abzudecken; das Theater würde es trotzdem nicht retten. *Othello* war die letzte Inszenierung des Hermes-Theaters, das fortan nur noch im Rundfunk bestehen würde.

»Ein Abgang mit Stil«, hatte Robert beschwörend gesagt, als er sie um Hilfe bat.

Die Aussicht, das dritte Rad bei einem Zwei-Mann-Spektakel zu sein, war nicht unbedingt verlockend gewesen, aber er hatte es geschickterweise als eine Herausforderung hingestellt, die Tradition unbeachteter Desdemonas zu brechen. Außerdem konnte sie ihn nicht hängen lassen. Bei dem ersten gemeinsamen Lesen war sie noch zu amüsiert von dem charmeversprühenden, agilen Gustaf Gründgens und dem sofortigen Tauziehen zwischen ihm und Robert gewesen, um zu bemerken, worauf sie sich eingelassen hatte. Erst danach ging ihr auf, welchen speziellen Abgrund die harmlose Desdemona für sie barg, und er hatte nichts mit der Gefahr zu tun, in den Schatten gestellt zu werden.

Sie spielte eine Frau, die von ihrem Mann aus Eifersucht umgebracht wurde.

Als Robert das erste Mal eine Ohrfeige markierte, zuckte sie zusammen, was bereits ein warnendes Zeichen war, denn sie hatte längst gelernt, auf die angetäuschten Schläge, die gelegentlich in Theaterstücken vorkamen, nicht zu reagieren. Aber als sie zu Desdemonas Tod kamen, brach ihr professionelles Verhalten in beschämender Weise zusammen. Sie wehrte sich mit allen Kräften, die sie hatte, als Robert ihr die Hände um den Hals legte, schlug, biß, kratzte und trat, bis er merkte, daß sie nicht nur spielte, und sie losließ, worauf sie hinter die Bühne rannte, wo er sie zitternd und tränenüberströmt fand.

»Es tut mir leid«, schluchzte Carla, die, zu einem kleinen Häufchen Elend zusammengesunken, sich gegen eines der alten Schilde aus den Königsdramen lehnte. Er kauerte sich neben sie und legte ihr den Arm um die Schultern.

»Ich habe nicht daran gedacht«, sagte Robert leise.

»Und sie verzeiht ihm. Sie verzeiht ihm, daß er sie umbringt!«

»Du bist es doch«, meinte Robert nach einer Weile, »die darauf schwört, daß man Leute erschaffen muß, die einem unähnlich sind – anders.«

»Es gibt anders und anders«, zitierte sie ihn, und ihre Mundwinkel zuckten. Wie üblich hatte sie kein Taschentuch bei sich, also reichte ihr Robert seines, und weil ihnen beiden gleichzeitig die Bedeutung des Taschentuches in *Othello* einfiel, mußten sie lachen, was es für Carla möglich machte, wieder einigermaßen gefaßt zur Probe zurückzukehren.

Dennoch verschwand das Problem nicht. Sich Desdemona anzueignen, die mutig genug war, um gegen den Willen ihres Vaters einen Schwarzen zu lieben und sich vor aller Welt dazu zu bekennen, und gleichzeitig so unbeirrt in ihrer Liebe, daß sie Othello mit ihrem letzten Atemzug ihren eigenen Tod verzieh, war schwerer als alle ihre bisherigen Rollenstudien, und sie hatte Renate Beuren nicht mehr, um sich dabei helfen zu lassen. Frau Beuren war im Sommer 1931 gestorben. Lieber Salome, lieber Judith, lieber eine Hexe in *Faust* als Desdemona und diese Szenen, die wie schreckliche Echos in ihr widerklangen: *»Bei Gott, Ihr tut mir unrecht!«* – *»So bist du keine Dirne?«* – *»Nein, so helfe Gott mir!«* – *»Dann verzeiht mir! Ich nahm euch für die Hure aus Venedig, die den Othello freite.«*

Wie konnte sie ihn danach noch verteidigen und lieben? Robert war als Regisseur keine große Hilfe. Er war zu sehr mit seinem Othello beschäftigt, um Desdemona neutral zu sehen.

»Er versteht nichts von Frauen. Er ist Soldat, sie ist ihm völlig fremd, und er kann immer noch nicht fassen, daß diese schöne, junge venezianische Aristokratin ihn, ausgerechnet ihn liebt. Deswegen hat Jago so leichtes Spiel darin, ihm das mit ihrer Untreue einzureden, weil er im tiefsten Inneren ohnehin überzeugt ist, daß er ihrer Liebe nicht wert ist.«

Das alles war sehr nützlich für seine Othello-Konzeption, aber es brachte Carla nicht weiter. Während sie sehen konnte, wie Robert edel und besessen und Gründgens mühelos bösartig wurde, versank sie in eine immer tiefere Depression und wünschte sich, nie geboren worden zu sein.

»Ich hasse Desdemona«, sagte sie eines Tages verzweifelt und bemerkte erst danach, daß sie laut gesprochen und Gustaf Gründgens, der mit ihr auf ihren ersten Auftritt im Palast des Dogen wartete, sie gehört hatte.

»Kein Wunder. Ich hasse Jago auch«, erwiderte er mit einem leichten Lächeln.

»Du hast keinen Grund dazu. Es ist die beste Rolle im Stück«, entgegnete Carla zutiefst niedergeschlagen und war überrascht, als er den Kopf schüttelte.

»Ganz ehrlich, ich habe diese ganz schwarzen Schurken, Jago, Richard III., Wurm, nie als ansprechend empfunden. Sie morden aus schierer Lust am Bösen, nicht aus metaphysischer Verzweiflung wie Franz Moor zum Beispiel. Mich interessieren Figuren, die in Auflehnung gegen ihr Schicksal oder eine höhere Macht zu Fall kommen. Als Herausforderung, meine ich. Dagegen ist Jago«, er schnipste mit den Fingern, »ein Kinderspiel.«

Sie mußte ein skeptisches Gesicht gemacht haben, denn sein Lächeln vertiefte sich, was ihn bei seinen scharfgeschnittenen Zügen mehr denn je wie die Idealbesetzung für einen Schurken aussehen ließ.

»Ich weiß schon, was du jetzt denkst. Bei all den Verbrechern, die ich ständig verkörpere... Aber im Ernst, meine Idealrolle ist Hamlet.«

»Warum hast du dich dann von Robert breitschlagen lassen?« fragte sie, inzwischen lebhaft genug, um ihm zu zeigen, daß er sie aus ihrer düsteren Apathie herausgeholt hatte.

»Wegen des Spaßes am Wettbewerb natürlich. Außerdem sind wir beide von Herbert Jhering Zirkusartisten genannt worden. Das verbindet.«

Das Bild vom Zirkusartisten blieb bei ihr, nicht nur für Robert und ihn. Sie erinnerte sich an eine Trapezkünstlerin, die sie einmal gesehen hatte; was für eine Beherrschung mußte es kosten, niemals nach unten zu schauen, sondern in die Arme ihres Partners zu fliegen, in dem unbedingten Vertrauen, daß er sie fangen würde. Eines Tages merkte Carla, daß sie angefangen hatte, die Trapezkünstlerin auf Desdemona zu übertragen; das Bewußtsein des Abgrundes war da, aber der Wunsch zu fliegen und das Vertrauen in den Partner waren stärker. Einen wirklich guten Menschen zu spielen war so schwer wie einen vollkommen bösen, und Desdemona *war* gut. Aber die Vorstellung von der Trapezkünstlerin half Carla, über die Brüchigkeit, die nervöse Anspannung hinter der Sicherheit einen Zugang zu ihr zu finden.

Dabei stellte auch Othello für Desdemona das Andere, Unbekannte dar, den Mann, dem sie nicht widerstehen konnte, selbst um die Gefahr ihres Todes nicht. Sie verblüffte Robert mit einem Vorschlag für die Mordszene: »Was, wenn er ihr ein Tuch über das Gesicht legt und sie auf diese Weise erstickt – sie gleichzeitig küßt. Sie hat Emilia vorher gebeten, noch einmal ihre Hochzeitslaken aufzuziehen. Auf perverse Weise ist das doch ihre zweite Hochzeit.«

»Und er sagt es, ehe er Selbstmord begeht«, fiel Robert, der ihre Idee sofort begriff, ein. »*Ich küßte dich,/ Eh ich dir Tod gab – und sei dies der Schluß:/ Mich selber tötend sterb ich so im Kuß!*«

Es löste ihr Ringen um die Rolle, aber es beendete keineswegs ihre Schwierigkeiten. Sich jeden Abend Desdemona und Othello auszusetzen machte Carla tagsüber unausgeglichen und launisch, und sie wünschte sich nur das Ende der Laufzeit herbei, um Desdemona endlich loszuwerden, die sich mittlerweile in alles, von ihren Träumen bis zu ihrer Art, die Vergangenheit zu betrachten, einmischte. Nach der letzten Verbeugung flüchtete sie jedesmal in ihre Garderobe und schälte sich schneller als bei allen anderen Rollen bisher aus Desdemonas Maske, Perücke, Kleid. Daher war sie bereits fast fertig, als Robert, immer noch dunkelbraun geschminkt, hereinkam, sie um die Taille faßte und einmal herumwirbelte.

»Was meinst du, was heute abend passiert ist?«

»Die Bank hat deinen Kredit verlängert, für Waschkosten«, und sie schaute resigniert auf die Flecke, die er auf ihrer beigen Bluse hinterlassen hatte.

»Du wirst noch mal der erste weibliche Shylock der Theatergeschichte. Nein, mein Schatz, heute abend war Paul Kohner im Publikum, *und das schon zum zweiten Mal!*«

»Wer«, fragte Carla müde, »ist Paul Kohner?«

»Der Chef der europäischen Abteilung von Universal, und tu nicht so, als ob du noch nie von ihm gehört hättest. Hugo liegt uns doch allen in den Ohren mit der kleinen Rolle, die er in diesem Nordpolepos von Arnold Fanck gekriegt hat, und das wird von Kohner produziert.«

Sie erinnerte sich; bei Arnold Fancks Ruf von der Besessenheit vom Realismus in seinen Bergfilmen gab es allerdings nicht viele Schauspieler, die sich darum rissen, mit ihm Monate in den Alpen zu verbringen und lebensgefährliche Kletterexperimente zu unternehmen, wenn am Ende von der Kritik doch nur die grandiosen Naturaufnahmen sowie Luis Trenker und Leni Riefenstahl, die Hauptdarsteller, bemerkt wurden.

»Vielleicht braucht er noch mehr Freiwillige zum Erfrieren«, kommentierte Carla, aber Roberts Aufregung begann sich auf sie zu übertragen. Einen Produzenten einmal im Theater zu sehen kam schon vor, und zu ihrer großen Freude hatte Max Reinhardt *Othello* einen Besuch abgestattet. Aber zweimal, das mußte etwas zu bedeuten haben.

Wie jeder andere Mitwirkende des Ensembles verzichtete sie am nächsten Tag auf das Ausgehen und harrte in Reichweite des Telefons aus. Seit ihrem Vorstellungsgespräch für die Schauspielschule waren ihr die Stunden nicht mehr so lange geworden. Sie versuchte einen längst fälligen Brief an Käthe zu schreiben, die wissen wollte, wie sie bei den kommenden Wahlen des Reichspräsidenten stimmen werde, aber sie konnte sich nicht genügend konzentrieren, ganz abgesehen davon, daß sie sich noch nicht entschieden hatte. Käthe fand natürlich, die Entscheidung zwischen Hindenburg und Hitler sei die Wahl zwischen Skylla und Charybdis, und obwohl sie erwäge, aus der Partei auszutreten, würde sie in diesem Fall doch für Ernst Thälmann stimmen. Manchmal wünschte sich Carla Käthes beneidenswerte Sicherheit in bezug auf das Wohl und Wehe der Welt. Doch der Kommunismus im allgemeinen und Thälmann im besonderen ließen Carla kalt, und außerdem wußte sie, daß die Nazis auf ein Aufsplittern der republikanischen Stimmen zwischen Thälmann und Hindenburg hofften. Sie wußte es, weil Philipp es erwähnt hatte.

Das war auch etwas, über das sie Kathi nicht schreiben konnte, dachte Carla und malte statt dessen Kreise auf das leere Blatt, das vor ihr lag. Kathi war unschuldig. Sie würde nie verstehen, wie man ein Verhältnis mit jemandem haben konnte, dessen Meinung man verabscheute. Aus den Kreisen wurden Spiralen, die ihr bald wie Ketten vorkamen. Irgend jemand hatte Robert und ihr anonym einen Artikel aus einem der braunen Blätter geschickt, in dem es hieß, es sei doch kennzeichnend für das zeitgenössische Klima, daß nicht nur eines, sondern zwei Theater der Hauptstadt ein Stück aufführten, in dem die Rassenschande propagiert wurde. Früher hätten sie darüber gelacht, aber mittlerweile war es nicht mehr komisch. Was, wenn Hitler tatsächlich Präsident wurde? Es gab jetzt schon dank der Notverordnungen Zensurmaßnahmen im Film, in der Presse und allmählich auch im Rundfunk.

»Die deutsche Freiheit«, schrieb Kathi, »liegt in den letzten Zügen. Wir werden seit anderthalb Jahren von einer nicht gewählten Regierung regiert, die von einem alten, senilen Monarchisten jederzeit durch eine andere ungewählte Regierung ersetzt werden kann, und nun soll dieser senile Monarchist unser einziger Schutz vor der Diktatur sein?«

Wie sähe das Leben unter einer Diktatur wohl aus? Ein ständiger neunter November 1923? Oder hatte Monika recht, die bei einem ihrer gelegentlichen Versuche, das Gespräch an sich zu ziehen, gemeint hatte, die Deutschnationalen unter Hugenberg würden sich Hitlers gewiß nur bedienen, um an die Macht zu kommen, und ihn dann so bald wie möglich kaltstellen? »Du«, hatte sie, zu Carla gewandt, hinzugefügt, »brauchst dir natürlich in keinem Fall Sorgen zu machen, mit deinen Verbindungen.«

Das Telefon schellte, und die Spitze ihres Bleistifts brach ab. Sie lief zur Tür, aber die Vermieterin war schneller. Ungeduldig stand Carla neben ihr, während die Frau eine endlos lange Zeit brauchte, um ihren Namen zu nennen, »Ja... ja, gleich....« zu sagen und den Hörer an sie weiterzureichen.

»Carla, Goldkind«, sagte die Stimme ihres Agenten, »kennen Sie eine englische Erzählung, die *Carmilla* heißt? Nicht Camilla, Carmilla, mit r? Von jemandem namens Le Fanu?«

»Nein... nein, leider nicht.«

»Dann besorgen Sie sich das Ding so schnell wie möglich. Universal Europa will einen Film produzieren, der darauf basiert, und Paul Kohner möchte, daß Sie einen Leinwandtest machen.«

Er machte eine erwartungsvolle Pause. »Carla? Sind Sie noch dran?«

»Ja.«

Warum machten wichtige Ereignisse sie immer so einsilbig? Sie besann sich auf ihre Rolle und gab einige enthusiastische Phrasen von sich, bis ihr einfiel, was er ihr noch verschwiegen hatte.

»Herr Held, für welche Rolle soll ich getestet werden? Eine kleine oder eine große?«

»Ihr Schauspieler seid doch alle gleich«, erwiderte ihr Agent und lachte. »Wenn die Kamera Sie mag, ist es die Hauptrolle. Falls nicht, dann haben wir auf jeden Fall einen Fuß in der Tür. Nachdem der Professor Sie aus Ihrem Vertrag entlassen hat, damit Sie Ihrem Freund beistehen können, ist das ein Gottesgeschenk. Und nun notieren Sie sich mal...«

Als sie auflegte, atmete sie einmal tief durch. Diesmal vergaß sie den üblichen Eintrag, als sie mit fliegenden Händen Roberts Telefonnummer wählte. Monika meldete sich.

»Sekretariat König?«

»Hier ist Sekretariat Fehr«, antwortete Carla und unterdrückte mühsam ihr Gelächter. Obwohl es Robert galt, würde Monika es persönlich nehmen, und die ganze Angelegenheit mit Monika war schon kompliziert genug. Jetzt holte sie ohne ein weiteres Wort Robert an den Apparat.

»Sam«, sagte Carla, »er hat bei mir angerufen!«

In diesem Punkt unterschied sich Robert von ihr, dachte sie später etwas beschämt; sie hätte jetzt bei aller Freude für ihn einen kleinen Stich empfunden, er ließ nur Freude hörbar werden. Doch Robert war eben ein Optimist, der nicht daran zweifelte, daß die nächste Gelegenheit für ihn gleich um die Ecke wartete.

Kathi in ihrer Redaktion anzurufen hatte keinen Sinn; dort war so gut wie immer belegt, und außerdem schätzte sie den Film womöglich noch geringer als das Theater ein, mit Ausnahme von Sergej Eisenstein und *Panzerkreuzer Potemkin*, und *Carmilla* klang nicht nach einem revolutionären Epos. Carla machte sich, wie geheißen, auf den Weg in die nächste Buchhandlung, aber sie wurde erst in einem Antiquariat fündig. Zum Glück handelte es sich nur um eine kurze Novelle; bis sie am Abend im Theater erschien, hatte sie das Werk bereits gelesen.

»Eine Vampirgeschichte«, berichtete sie Robert, »so wie *Nosferatu*, nur daß es um zwei Frauen geht. Der Erzählerin schneit dieses bezaubernde junge Mädchen ins Haus, Carmilla, und sie werden die engsten Freundinnen, nur daß ihr Carmillas Küsse, Umarmungen und gelegentliche melancholische Stimmungen manchmal unheimlich sind und sie von einer Katze träumt, die ihr das Blut aussaugt. Dann stellt sich heraus, daß Carmilla mit der Gräfin Mircalla von Karnstein identisch ist, schon seit Jahrhunderten tot, versteht sich, der Vater der Heldin bringt sie um – Carmilla, nicht die Erzählerin –, aber das Ende ist zwiespältig. *Doch in vielen Nächten schien mir, daß ich auf Carmillas leichte Schritte lauschte.*«

»Keine Frage«, sagte Robert, »die haben dich als das Opfer ausersehen.«

Sie blies ihm etwas von dem Puder ins Gesicht, den sie gerade in den Händen hielt. Aber dann erschien ihr auf einmal sein Scherz gar nicht so unwahrscheinlich. Schließlich hatte Kohner sie als Desdemona gesehen. Bitte nicht Laura, dachte sie. Nicht noch jemand, der sich bereitwillig umbringen läßt.

Am nächsten Morgen fand sie sich in dem Teil der riesigen Babelsberger Studios, der Universal zur Verfügung gestellt worden war, ein, in ihrem grünen Kleid und mit dem passenden Hut dazu, den sie sich nach ihrer ersten erfolgreichen Reinhardt-Saison gekauft hatte. In dem kleinen Atelier, zu dem man sie fahren ließ, wartete der Kameramann Tim Berger auf sie, dessen Namen ihr Agent ihr genannt hatte. Gustaf Gründgens, der genauso kurzsichtig war wie sie, hatte ihr ein paar Tips gegeben, wie man sich vor der Kamera orientieren konnte, aber während sie mit Berger Begrüßungsfloskeln austauschte, entdeckte sie, daß ihr Gehirn ein einziges schwarzes Loch war.

»Schön, Kindchen«, sagte Berger beruhigend, »was wollen Sie spielen?«

Sie hatte angenommen, daß man ihr eine Seite aus dem Drehbuch zu lesen geben würde, doch das war offensichtlich ein Fehlschluß. Eine Desdemona-Szene hatte keinen Sinn, denn bis auf das Weidenlied brauchte sie dann jemanden, der ihr die entsprechenden

343

Antworten gab; außerdem wollte sie beweisen, daß sie die Richtige für Carmilla war, nicht für Laura. Also nahm sie Salomes Schlußmonolog, den sie immer noch auswendig konnte; Salome, die ebenfalls tötete, was sie liebte, kam ohnehin viel näher an Carmilla heran, und außerdem brauchte sie dazu keine Mitspieler.

»Salome«, antwortete Carla.«

Berger grinste. »Wer nicht?« sagte er und wies die Maskenbildnerin an, sie zurechtzumachen.

»Und denken Sie daran, auf keinen Fall in das Licht schauen, sonst haben Sie am nächsten Tag zugeschwollene Augen«, mahnte die Maskenbildnerin, bevor sie Carla entließ.

Salome, sagte Carla leise vor sich hin, wie ein Mantra, um an nichts anderes mehr zu denken und um das Lampenfieber zu beschwichtigen, Salome, Salome, Salome, Prinzessin von Judäa.

»*Ach! Du wolltest mich deinen Mund nicht küssen lassen, Jochanaan. Jetzt werde ich ihn küssen. Ich werde mit meinen Zähnen hineinbeißen, wie man in eine reife Frucht beißt. Ja, ich werde deinen Mund küssen, Jochanaan…*«

Fast erwartete sie, daß Tim Berger wie einst das Prüfungskomitee fragen würde, ob sie Tilla Durieux in der Rolle gesehen habe, als sie endete, doch er meinte nur sachlich: »Und jetzt noch mal, falls der Druck nichts wird.«

Gott sei gedankt für Max Reinhardt und seine Vorliebe, Schauspieler gute Stellen auch dann wiederholen zu lassen, wenn er mit ihnen zufrieden war; das schützte sie jetzt etwas vor der Furcht, versagt zu haben. Beim zweiten Mal ließ Carla sich mehr Zeit mit den einzelnen Sätzen und versuchte, etwas träger zu agieren, als vergifte sich Salome an ihren Worten langsam selbst.

»*Ich war eine Prinzessin, du hast mich verschmäht. Ich war eine Jungfrau, du hast mich geschändet. Ich war keusch, du hast mir Feuer in die Adern gegossen… Ach! Warum hast du mich nicht angesehen, Jochanaan? Hättest du mich angesehen, du hättest mich geliebt. Ich weiß, du hättest mich geliebt, und das Geheimnis der Liebe ist größer als das Geheimnis des Todes. Man soll nur die Liebe sehen.*«

»Fein, das war's«, sagte Berger zufrieden, als sie auf den Boden sank, und stürzte Carla in tiefe Beklemmung, denn ihr Monolog

344

war noch nicht zu Ende, und daran mußte er sich doch gewiß noch erinnern. Sie mußte es verpatzt haben.

»Wir rufen Sie dann in ein paar Tagen an, Fräulein Fehr«, meinte der Angestellte, der sie hinausgeleitete, und besiegelte damit ihre Vermutung.

Mehr als deprimiert machte sie sich auf den Weg zurück in die Stadt. Frau Beuren hätte sie vermutlich ausgelacht. Renate Beuren hatte den Film immer abgelehnt und nie verstanden, daß Schauspieler wie Werner Krauß oder Emil Jannings regelmäßig von den Brettern zur Leinwand und zurück wechselten, was es ihr unmöglich machte, das neue Medium als Auffangbecken für zweitklassige Talente abzuqualifizieren.

»Sie haben im Deutschen Theater gespielt, Carla«, würde sie jetzt sagen, »da ist es doch völlig bedeutungslos, ob Sie in einer amerikanisch finanzierten Jahrmarktsattraktion herumhüpfen!«

Frau Beuren fehlte ihr. Der Gedanke an sie brachte Carla dazu, sich eine Matinee-Vorstellung im Deutschen Theater anzusehen, ehe ihre eigenen Pflichten begannen; gegeben wurde *Vor Sonnenuntergang*, ein neues Stück von Gerhart Hauptmann mit Werner Krauß und Helene Thimig in den Hauptrollen, in dem sie hätte mitwirken können, wenn Robert nicht gewesen wäre. Der Gedankengang war ungerecht und selbstmitleidig, das war ihr klar, und sie verabscheute sich dafür; um sich davon abzulenken, besuchte sie nach der Vorstellung noch Eleonore von Mendelssohn, mit der sie sich seit ihrer Wiederbegegnung bei Renate Beuren angefreundet hatte und die in dem Stück die Tochter von Werner Krauß verkörperte.

»Und?« fragte Eleonore nach einer stürmischen Begrüßung. »Was hältst du von mir als Hysterikerin und von Madame als liebender junger Gefährtin eines großen alten Mannes?« Ihre schönen dunklen Augen erreichte das Lächeln ihrer Lippen nicht, als sie fortfuhr: »Ist es nicht gewagt, uns so ganz gegen unser Naturell zu besetzen?«

Carla wußte aus Erfahrung, daß es sinnlos war, Eleonore zu fragen, warum sie sich dieser Quälerei unterzog, also tat sie ihr den Gefallen und gab eine Antwort, die sie aufmuntern würde.

»Madame ist nicht mehr jung genug für eine Naive, und an ihrer Stelle würde ich mir Sorgen darüber machen, daß das Stück mit dem Selbstmord des großen alten Mannes endet. Kennst du Gerhart Hauptmann«, eigentlich eine überflüssige Frage, Eleonore kannte jeden, und gewiß auch den alten Patriarchen des deutschen Dramas, »gut genug, um ihn etwas über seine Inspiration auszuhorchen?«

»Nein, Carla, mir wird keine Audienz in seinem Domizil gewährt. Übrigens auch sonst kaum jemandem; Max mußte hauptsächlich mit Hauptmann junior verhandeln.«

»Kennst du«, begann Carla zögernd, »eigentlich einen Filmproduzenten namens Kohner, Paul Kohner?«

»Hm. Vage. Carl Laemmles Protegé, glaube ich, und zur Zeit…« Sie hielt inne. »Sag bloß, du hast für diesen *Carmilla*-Film vorgesprochen?«

Carla versuchte es mit ihrer besten Frau-von-Welt-Maske. »Nun ja, ich habe einen Leinwandtest gemacht.« Doch ihre Depression veranlaßte sie hinzuzufügen: »Der Kameramann hat gesagt, sie würden in ein paar Tagen anrufen, und du weißt ja, was das bedeutet.«

Nach rückwärts über ihre Stuhllehne gebeugt, lächelte Eleonore sie an, diesmal mit echter Belustigung.

»Beim Film nicht unbedingt. Schau mal, sie müssen das Ganze ja erst einmal entwickeln und ansehen. Aber verrate mir doch, mein Lamm, weißt du überhaupt, worum es in dem Film geht? Der Klatsch vermeldet etwas von *Nosferatu*, gekreuzt mit *Mädchen in Uniform*, und was die Regisseurin betrifft…«

»Eine Regisseur*in*? Wer?« fragte Carla neugierig. Es gab nicht viele Frauen, die Regie führten. »Leontine Sagan?«

Das war die Regisseurin von *Mädchen in Uniform* gewesen, des Films, der im letzten Jahr Furore gemacht hatte. Nicht nur die Regisseurin, auch die Autorin des Bühnenstücks, auf dem der Film basierte, und sämtliche Darsteller waren weiblich; dazu kam das Thema von der Liebe einer Schülerin zu ihrer Lehrerin. Ein Teil der Kritiker war begeistert, der andere entsetzt.

»Nein, eine Amerikanerin mit einem von diesen Namen, die man sich nur in Amerika einfallen lassen kann. Genevieve Beresford.« In Eleonores Gesicht trat etwas Spitzbübisches. »Oh, ich hoffe wirklich, daß du sie kennenlernen wirst.«

Genevieve Beresford kennenzulernen war in der Tat eine ungewöhnliche Erfahrung. Eine Woche nach dem Test bat man Carla in das Büro von Universal Europa, wo sie ihr und Paul Kohner vorgestellt wurde. Kohner entpuppte sich als großer, freundlicher Böhme mit früh gelichtetem Haar und einer für einen Produzenten außergewöhnlich ritterlichen Haltung; er behandelte sie äußerst zuvorkommend, ohne auch nur den leisesten Versuch zu machen, mit ihr zu flirten. Auf seinem Schreibtisch stand groß und deutlich das Photo einer dunkelhaarigen Schönheit, aber auch der Intendant in Darmstadt war verheiratet gewesen und hatte zu Beginn der Saison nicht nur bei ihr, sondern bei allen jungen Darstellerinnen Annäherungsversuche gemacht.

Doch wenn Kohner sich für einen mächtigen Mann ungewöhnlich zurückhaltend benahm, konnte man das gleiche nicht von der extravaganten Erscheinung behaupten, die Carla, die Hände in die Hüften gestemmt, abschätzend musterte. Bis auf Philipp hatte sie noch nie jemand so offen angestarrt, und selbst Philipp war bei ihrer ersten Begegnung nicht ein paarmal um sie herumgegangen, als sei sie ein feilgebotenes Stück Vieh auf dem Markt, dessen Kauf man sich überlegte.

»Sprechen Sie Englisch?« erkundigte sich die platinblonde Frau in dieser Sprache.

»Ja«, antwortete Carla, ein wenig stockend, »aber leider nicht so flüssig wie Französisch. Es ist meine letzte Fremdsprache gewesen.«

Die Blonde warf den Kopf zurück und lachte. »Paul, Ihr Europäer seid fabelhaft. Muß damit zusammenhängen, daß hier alles um die Ecke liegt. Hören Sie, Honey, wir machen den Film gleichzeitig in drei Sprachen, und wenn wir nicht noch zwei weitere Schauspielerinnen bezahlen müssen, dann ist das ein großes Plus für Sie.« Wie um diesem Kompliment den Wind aus den Segeln zu nehmen, fügte sie hinzu: »Im Gegensatz zu Ihren fürchterlichen Theatergrimassen. Aber das werden wir Ihnen noch abgewöhnen.«

Seit der Tonfilm die naturgegebene Internationalität des Stummfilms mit neuen nationalen Grenzen zerstört hatte, arbeitete die Filmwirtschaft an Methoden, um diesen plötzlichen Marktverlust wieder wettzumachen. Einen Film gleichzeitig in Deutsch, Englisch und Französisch zu drehen war die europäische Methode, und Paul

Kohner hatte vor seiner Versetzung nach Europa Produktionen überwacht, die gleichzeitig in Englisch und Spanisch drehten, für den lateinamerikanischen Markt. Genevieve war also wirklich erfreut, obwohl der Akzent des Mädchens sehr ausgeprägt war. Nun ja, *Carmilla* spielte in Deutschland; es würde niemandes Illusion zerstören.

»Dann wollen Sie mich engagieren?« fragte ihre Entdeckung, die mit ihrem eigenen roten Pagenkopf und den modernen Kleidern um einiges gewitzter als Desdemona wirkte, auf deutsch und an Paul gewandt, ehe sie die Frage für Genevieve auf englisch wiederholte. Die wörtliche Übersetzung entlockte Genevieve ein Schmunzeln, und sie konnte es sich nicht verkneifen, zu antworten, das ginge doch etwas zu schnell für sie.

»*To engage* heißt auch sich verloben«, erläuterte Paul Kohner hilfsbereit.

Genevieve wartete darauf, das Mädchen jetzt erröten zu sehen, aber Carla lachte ebenfalls und meinte: »Ja, das wäre wirklich etwas schnell. Aber verlobt ist noch nicht verheiratet.«

Sie sprach wieder deutsch; der neckende Unterton war jedoch unverkennbar. Ach du meine Güte, dachte Genevieve, nicht nur belustigt. Das Mädchen war zumindest nicht naiv, aber sie hatte Genevieves Musterung nicht ganz richtig gedeutet. Es ging Genevieve in erster Linie darum, das Potential, das sie in Carla erkannte, auf der Leinwand auszubeuten; sie hatte bereits eine Affäre mit Dolores Mannheim, der Schauspielerin, die für die Rolle der Laura vorgesehen war. Mit mehr als einer Hauptdarstellerin etwas anzufangen würde die Atmosphäre beim Drehen heillos vergiften, damit kannte sie sich aus. Überdies war Dolores empfindlich genug; sie gehörte zu den europäischen Schauspielern, die kurz vor Durchbruch des Tonfilms nach Hollywood gekommen waren, dort zwei oder drei erfolgreiche Filme gemacht hatten und dann durch ihren Akzent jäh allen Zugang zu ihrem früheren Rollentypus verloren hatten. *Carmilla* war der letzte Versuch, ihre Karriere zu retten. Nein, Genevieve, die bereits als graue Maus Jenny in Texas herausgefunden hatte, daß sie sich zu Frauen und nicht zu Männern hingezogen fühlte, hatte ganz gewiß nicht die Absicht, mit ihrer neuen Entdeckung zu schlafen. Allerdings ließ sich bei allen Schauspielern, ob männlich oder weiblich, mehr erreichen, wenn man ihnen vor Drehbeginn ein wenig den Hof machte;

danach waren sie eher bereit, Befehle zu akzeptieren und sich über das Pflichtmaß hinaus ins Zeug zu legen.

»Ja«, sagte Genevieve in ihrem bruchstückhaften Deutsch, das sie sich seinerzeit zugelegt hatte, um ihren Arbeitgeber zu beeindrucken, »Sie sind *definitely engaged*. Und *engaging*. Ich hoffe nur, Sie können Ihrem *engagement*, das Beste zu geben, auch nachkommen.«

Der arme Paul sah unsicher aus, ob seine Übersetzungsdienste wieder gefragt waren. Das Mädchen runzelte einen Moment lang die Stirn, dann lieferte ihr Gedächtnis ihr offenbar die drei Bedeutungen, die Genevieve gerade gebraucht hatte. Sie richtete ihren intensiven, großäugigen Blick auf Genevieve und entgegnete: »Ich fühle mich immer verpflichtet, mein Bestes zu geben.«

»Tun wir das nicht alle?« bemerkte Genevieve trocken.

Die Dreharbeiten würden erst im nächsten Monat beginnen, was auch das Ende der Spielzeit von *Othello* darstellte. Ein Drehbuch für die Schauspieler gab es noch nicht; als Carla sich danach erkundigte, erfuhr sie, daß Genevieve mit der Fassung, die ihr die beiden von Paul Kohner engagierten Autoren vorgelegt hatten, unzufrieden war und sie umarbeitete. Das erinnerte beunruhigend an Roberts Fiasko mit den Königsdramen. Zuerst war es nur ein Witz gewesen, auf die Fragen der Journalisten, wann denn die Proben begännen, zu antworten: Wenn Robert die Stücke geschrieben hat. Aber bald hatte der Scherz seine Komik verloren.

»Ich verstehe es immer noch nicht«, sagte Peter Wermut einmal zu Carla. Er kam inzwischen nur noch selten ins Theater oder in den Sender; die Streitereien während des Königsdramenprojekts hatten zu tiefe Spuren hinterlassen. »Er kann doch, wenn er will, und die Sache war ihm wichtig. Warum hat er es dann geradezu darauf angelegt, sich zu ruinieren, mit seinen ewigen Verspätungen und Ausflüchten? Wir haben einmal einen ganzen Tag lang umsonst auf ihn gewartet, zum Teufel!«

Carla kannte den Grund, nicht, weil Robert etwas zu ihr gesagt hatte, aber sie konnte ihn Peter nicht erklären, ohne Robert zu verraten, also begnügte sie sich mit einer Andeutung.

»Hast du dich je gefragt, warum er ausgerechnet Falstaff spielen wollte, nicht Prinz Heinz oder Heißsporn?«

»Weil Falstaff die beste Rolle ist. Natürlich war er viel zu jung dafür, aber er ist auch zu jung für Othello. Er ist zu jung für fast alles, was er macht, und deswegen werden wir vermutlich von diesen ständigen Anfällen von Halbwüchsigen-Attitüden geplagt.«

»Wenn man es auf den allgemeinsten Nenner bringt, ist Falstaff ein zuviel trinkender, liebenswerter Tunichtgut, der von der Person, die er am meisten liebt, im Stich gelassen wird.«

Mehr konnte sie beim besten Willen nicht sagen. Wenn sie das Königsdramen-Desaster als Mitwirkende erlebt hätte, dann wäre sie vermutlich auch bis zur Weißglut zornig auf Robert gewesen, aber als Außenstehende war ihr nur allzu klar, was er da versuchte, und manchmal befürchtete sie, daß sie ihre eigene Methode längst gefunden hatte.

»Was ist das für eine Art Film, in der du mitspielen wirst?« fragte Philipp sie bei seinem nächsten Besuch. Es war das erste Mal, daß er Interesse an ihrer Arbeit zeigte; er hatte ihr noch nie mitgeteilt, was er von ihren schauspielerischen Fähigkeiten hielt, und manchmal bezweifelte Carla, daß er sie überhaupt schon auf der Bühne gesehen hatte. Sie saß gerade in der Badewanne, als er die Frage stellte. Auch wenn sie immer noch keine Geschenke von ihm annahm, gestand sie sich ein, daß sie den Luxus der Orte, an denen er sich mit ihr traf, genoß. Das Hotel Adlon beispielsweise hatte wunderschöne große Wannen in seinen Badezimmern, und sie badete nun einmal für ihr Leben gerne.

»Eine Vampirgeschichte«, antwortete sie, erinnerte sich an Eleonores Beschreibung und fügte mit einem halben Lächeln hinzu, »gekreuzt mit *Mädchen in Uniform*. Nur ohne Internat.«

Philipp runzelte die Stirn. Er stand an die Badezimmertür gelehnt; wenn es Robert gewesen wäre, hätte sie ihn längst naßgespritzt, aber an ihrer Beziehung zu Philipp war nichts Spielerisches. Er beobachtete sie, was sie an Genevieve Beresford erinnerte. Sie hatte mit ihrer Antwort nur eine kleine Revanche für die offene Musterung beabsichtigt; wenn sie im Laufe der letzten Jahre etwas gelernt hatte, dann das: auszuteilen, wo sie einstecken mußte. Jetzt beugte sie sich zur Seite, stützte einen Arm auf den Wannenrand und betrachtete Philipp. Er trug einen Bademantel, was er nicht häufig tat, aber auch so konnte man sehen, daß ihn das Überschreiten der Dreißig nicht verändert hatte. Aber sie traf täglich eine Menge gutaussehender Männer. Warum konnte sie das mit Philipp nicht einfach beenden? Ursprünglich hatte es eine einmalige Verabredung sein sollen; ganz gewiß hatte sie keine andauernde Affäre mit einem quälenden Zyklus aus Streit und Versöhnung im Sinn gehabt.

»Woran denkst du?« fragte er sie, als sie ebenfalls die Stirn runzelte. Aus irgendeinem Grund brachte sie es nie fertig, ihm darauf wahrheitsgemäß zu antworten; ihre Gedanken erschienen ihr als ein Teil ihrer selbst, den sie ihm nicht geben wollte.

»An Vampire«, entgegnete sie. »Wovon träumen Vampire, was meinst du? Ich glaube, sie träumen von der Sonne.«

Er kniete sich neben sie. »Du solltest bei diesem Film nicht mitwirken«, sagte er sehr ernst.

»Und warum nicht?« fragte Carla mehr überrascht als entrüstet; er wirkte nicht so, als wolle er eine Auseinandersetzung mit ihr beginnen, aber er mußte doch wissen, daß er sie provozierte. »Er könnte mich auf einen Schlag berühmt machen.«

»Wenn der Führer die Wahlen gewinnt«, sagte Philipp sachlich, »wird die Filmindustrie... reformiert werden. Ich kann mir nicht vorstellen, daß jüdische Produktionen dann noch lange in Deutschland vertrieben werden. Vermutlich werden sie noch nicht einmal fertiggestellt.«

Carla tauchte etwas tiefer in das heiße Wasser. »Dann laß uns darauf hoffen, daß er nicht Reichspräsident wird«, erwiderte sie kurz angebunden und weigerte sich, ihn ernst zu nehmen, obwohl sie die selbstverständliche Art und Weise, in der er das prophezeite, beunruhigte. Was er sagte, zerstörte etwas von ihrer Freude über die errungene Rolle, und in ihr stieg der Wunsch auf, ihm das heimzuzahlen.

»Was ich nicht verstehe, Philipp, ist, was du überhaupt an der Idee vom Dritten Reich reizvoll findest«, murmelte sie mit geschlossenen Augen. »Abgesehen von den Lieferverträgen, meine ich. Du würdest dich doch entsetzlich langweilen. Hast du schon einmal eine Aufführung der *Volksbühne* gesehen, auch nur eine? Das würde mich wundern. Aber Josephine Baker hast du bewundert, stimmt's? Deine Parteigenossen müssen dich für einen ganz schönen Heuchler halten. Statt die Mären von Blut und Boden zu unterstützen, besuchst du dekadente Filme und dekadente Kabaretts und hast ein Verhältnis mit jemandem wie mir.«

Sie spürte, wie er eine Hand auf ihre Schulter legte, aber die andere unter ihrem Arm kam völlig unerwartet, ebenso, daß er sie plötzlich hochzog. Es gab wenig Irritierenderes, als in einer Emaillewanne mit einemmall jeden Halt zu verlieren und sich, um das Gleichgewicht wiederzuerlangen, an demjenigen festklammern zu müssen, der all das verursachte.

»Ich bin nicht perfekt«, sagte Philipp und ignorierte ihre Bemühungen, sich wieder von ihm zu lösen. »Wir haben alle unsere Makel, und du bist einer von meinen. Aber ich arbeite daran, mich zu verbessern.« Er trat von ihr zurück, und sofort überzog die Kühle des Raumes nach dem heißen Bad sie mit einer Gänsehaut. Mit dem gleichen sachlichen Tonfall, in dem er vorhin über eine »Reform« der Filmindustrie gesprochen hatte, fügte er hinzu: »Und dich.«

Carla griff nach einem Handtuch und antwortete sarkastisch: »Gott, Philipp, wenn ich geahnt hätte, daß du so opferbereit bist, dich nur mit mir abzugeben, um mich für die Sache zu gewinnen… Du bist ein echter Märtyrer.«

Er lachte; das war das Verwirrende an ihm, gelegentlich zeigte er direkt nach solchen pompösen Aussagen Sinn für Ironie. »Ja, ich weiß.«

»Wenn ich dich zu der Premiere des Films einlade«, meinte Carla, etwas versöhnlicher, aber immer noch in der Absicht, ihm seine Heuchelei vor Augen zu führen, »kommst du dann? Auch wenn dein Führer inzwischen Präsident sein sollte und sie in Holland stattfindet, wie bei *Im Westen nichts Neues*?«

Diese amerikanische Verfilmung von Remarques Roman war bereits verboten worden, nachdem Goebbels die geplante Berliner Uraufführung mit einer Kombination aus weißen Mäusen, Schlägern und Drohungen verhindert hatte; Carla wußte nie, ob sie die Sache grotesk oder empörend finden sollte. Doch daran dachte sie jetzt nicht, denn noch ehe sie ausgesprochen hatte, veränderte sich Philipps Gesichtsausdruck, und nicht zum Ärgerlichen hin. Ihr wurde bewußt, daß sie einen weiteren Fehler in einer langen Reihe gemacht hatte. Bisher galt nämlich, daß sie ihn aus ihrer Welt möglichst fernhielt. Wenn jemand sie darauf ansprach, leugnete sie ihre

Beziehung zu ihm zwar nicht ab, doch bis auf Robert hatte sie ihn nie einem ihrer Freunde und Kollegen vorgestellt, und es war ihr erfolgreich gelungen, Käthe im unklaren zu lassen. Es sah ihm nur zu ähnlich, diese Einladung als Anerkennung ihrerseits zu begreifen, als Eingeständnis, sich ihren Freunden als seine Geliebte präsentieren zu wollen.

Philipp mußte ihr wechselndes Mienenspiel registriert haben. »Du solltest wirklich nachdenken, ehe du sprichst«, sagte er spöttisch. »Oh, ich werde kommen«, er streckte die Hand aus, um ihr eine nasse Haarsträhne aus dem Gesicht zu streichen, »und wir werden sehen, was *dein* Kreis aus Dekadenten und Salonbolschewisten von deiner Tändelei mit der anderen Seite hält, mein Kind.«

14. Kapitel

»Ich bin so ein Rhinozeros«, sagte Carla zu Robert und hieb wütend mit der Faust durch die Luft, »wirklich zu dämlich, um frei herumzulaufen.«

Sie saßen auf der Bühnenrampe, während um sie herum die Abschiedsfeier für die *Othello*-Besetzung lief. Robert wohnte zwar inzwischen mit Monika in einer etwas größeren Wohnung, aber dort hätten sie sich alle wie die Ölsardinen hineinquetschen müssen, und außerdem war es auch gleichzeitig der Abschied von dem Gebäude, das noch keine neue Truppe gefunden hatte. Zu viele Theater mußten in letzter Zeit schließen, nicht nur wegen der schlechten Wirtschaftslage, sondern auch wegen der immer stärkeren Konkurrenz durch den Film.

Robert kaute erst an dem Schinkenbrot, in das er gerade hineingebissen hatte, ehe er schulterzuckend antwortete: »Nun, du kannst dich immer noch so miserabel anstellen, daß du gefeuert wirst, wenn sie mit dem Drehen beginnen.«

Diesmal schlug sie nicht mehr ziellos zu, sondern traf seine Schulter.

»Das ist nicht komisch. Selbst wenn ich mit ihm morgen Schluß machen würde, müßte ich ihn trotzdem noch einladen, weil ich mir sonst wie ein Feigling vorkäme. Und selbst Kathi wird nicht so naiv sein zu glauben, die Einladung sei eine verwandtschaftliche Geste. Sie weiß, daß ich ihn nicht ausstehen kann. Und er wird es bestimmt deutlich machen, daß er nicht als mein Schwager da ist. Wenn ich mir ihr Gesicht dabei vorstelle, dreht sich mir der Magen um. Nein, schlimmer. Ihr wird sich der Magen umdrehen, und sie wird mich für den Rest ihres Lebens ignorieren.«

Sie leerte das Glas, das sie in der Hand hielt. Robert reichte ihr die Weinflasche, und sie goß sich hastig nach.

»Wie wäre es«, schlug Robert vor, »wenn du ihn bittest, dich zu

einer Feier mit einem Haufen seiner braunen Freunde mitzunehmen. Er hat garantiert durch Spenden zu Hitlers Wahlkampf beigetragen, und mit etwas Glück kriegst du ihn dazu, daß er dich
einem der Spitzenleute vorstellt, Göring oder Goebbels oder Hitler selbst. Dann beleidigst du alle Anwesenden und blamierst
Philipp so unsterblich, daß er dir niemals vergibt und dich nicht
einmal mehr in der Zeitung sehen will, geschweige denn auf einer
Premierenfeier.«

Noch ehe er geendet hatte, schüttelte Carla den Kopf. »Du
kennst Philipp nicht. Wenn ich das tue, kommt er bestimmt, nur
um es mir heimzuzahlen. Außerdem habe ich keine Lust, zu einer
Nazifeier zu gehen, nicht mal, um alle Anwesenden zu beleidigen.
Mir haben Philipps Freunde in Garmisch damals schon gereicht,
vielen Dank.«

Sie biß in ihr eigenes Schinkenbrot und dachte mit Erleichterung
daran, daß Hitler zumindest nicht Präsident geworden war. Was
Philipp über Filmzensur gesagt hatte, verschwand einfach nicht aus
ihrem Kopf. Sie selbst hatte bei den Wahlen vorgestern für Hindenburg als das kleinste aller Übel gestimmt. Kathi nannte diese
Entscheidung »kompromißlerisch«; in ihrem letzten Brief erwähnte sie eine erhitzte Debatte mit Martin Goldmann um das gleiche
Thema.

»Robert«, sagte Carla zwischen zwei Bissen, »bei mir hat gerade
der Blitz der Inspiration eingeschlagen. Kannst du Dr. Goldmann
nicht überreden, Kathi endlich seine leidenschaftliche Liebe zu
gestehen und sie genau zu dem Zeitpunkt, an dem der Film Premiere haben wird, nach Paris oder Venedig oder sonstwohin zu
entführen?«

»Antrag abgelehnt. Weil ich glaube, daß du da falsch liegst. Er
mag Käthe gerne, aber er ist nicht in sie verliebt.«

Ehe Carla dazu kam, ihm zu widersprechen, wurden sie von
Nina und Helmut unterbrochen, die sich während der Königsdramen mit Robert entzweit hatten und sich nun, von der Melancholie
des Abschieds überwältigt, wieder versöhnen wollten, und Hugo,
zurück von den Dreharbeiten zu *S.O.S. Eisberg*, teils gebräunt und
teils gerötet an Stellen wie der Nasenspitze, die ihm abgefroren war,
forderte Carla zum Tanzen auf.

»Kohner ist in Ordnung«, entgegnete er auf ihre Frage nach dem

Produzenten, »aber Fanck – der Kerl ist ein echtes Monstrum. Ganz ehrlich, am Schluß meiner Drehtage war ich froh, daß meine Rolle so klein war. Der Rest friert sich jetzt noch zu Tode. Hoffentlich ist deine Regisseurin nicht auch so auf Realismus aus.«

»Ich habe etwas von Außenaufnahmen gehört, aber nicht weiter weg als Franken. Angefangen wird im Studio.«

»Gut«, sagte Hugo und nutzte den Foxtrott, um sie ein wenig näher zu ziehen, »das heißt, ich kann dir die Chance geben, dich endlich zu einer glücklichen Frau zu machen.«

Das brachte ihm ein Lächeln ein; inzwischen waren seine regelmäßigen Annäherungsversuche zu einer Routine geworden, mehr scherzhaft als ernst gemeint, und insgeheim hegte sie den Verdacht, daß er zu Tode erschrecken würde, wenn sie plötzlich ja sagte.

»Versuch es lieber bei Monika«, antwortete Carla und wies mit dem Kinn auf Roberts Frau, die mit Peter Wermut in einer Ecke stand und deutlich verkrampft wirkte. »Sie sieht aus, als hätte sie es nötig.«

»Wie gemein von dir, Carlita. Soll das heißen, unsere Edle findet das Leben an der Seite des jungen Maestros doch nicht so erfüllend, wie sie geglaubt hat?«

»Woher soll ich das wissen?« gab Carla zurück, ohne ihre Zufriedenheit ganz verbergen zu können. »Mir hat sie sich schließlich nicht anvertraut.«

Später, als die Anzahl der Gäste auf zehn geschmolzen war, tauschten sie Zukunftspläne aus. Robert hatte außer seinen Rundfunkaufgaben noch nichts im Auge und ließ nicht die mindeste Sorge deswegen erkennen. Er fragte Gründgens, ob dieser Lust habe, sich an einem Hörspiel zu beteiligen, doch sein Jago schüttelte den Kopf.

»Für mich heißt es zuerst zurück an die Oper, und im Winter habe ich einen Vertrag mit Tietjen am Theater am Gendarmenmarkt. *Faust I* und *II*, als Mephisto.«

Robert pfiff anerkennend durch die Zähne.

»Danke, aber es kommt noch besser. Brecht hat mir sein neues Stück zugesagt, für die Regie.«

Das brachte auch diejenigen Zuhörer, die nur mit einem halben Ohr zugehört hatten, zu einem ehrfürchtigen Staunen.

»Und wo«, erkundigte sich Peter Wermut, der als einziger nicht zum kollegialen Du übergegangen war, »wollen Sie das Stück inszenieren? Auch am Gendarmenmarkt?«

»Im Komödienhaus der Rotters.«

Carla lachte. »Jhering wird verrückt werden.« Die Gebrüder Rotter waren Theaterunternehmer, die sich auf leichte Komödien und Ausstattungsoperetten spezialisiert hatten. »Weiß Brecht schon von diesem Abstieg in die Abgründe des kulinarischen Theaters?«

»Genau«, fiel Brigitte Dorfmeister, die Bianca gespielt hatte, ein. »Ist das nicht Verrat an der Sache des epischen Theaters und des Kommunismus?«

»Kinder«, sagte Gründgens, »ihr unterschätzt alle den Brecht. Kommunismus hin und Epik her, er will seine Stücke kompetent aufgeführt sehen, und er rechnet gerade dort damit, ein neues Publikum aufrütteln zu können.«

Das Stück, erzählte er, sei eine moderne Version des Jeanne-d'Arc-Stoffes und hieße *Die heilige Johanna der Schlachthöfe*. Schließlich stießen sie alle auf jeden der Zukunftspläne an, die Robert mit seiner mächtigen Stimme noch einmal aufzählte, als deklamiere er immer noch Shakespeare: Rundfunk und Zufall für ihn, Peter Wermut und Brigitte, Filmruhm für Carla, Hugo und Helmut, der in einer UFA-Produktion untergekommen war, Brecht und Goethe für Gründgens, Engagements am Schillertheater für Nina und Mathilde.

»Auf die Saison 32/33«, sagte Hugo und schwankte bereits ein wenig, während er jedem noch einmal nachschenkte, »möge sie die beste von allen werden!«

Mit dem April begannen die Dreharbeiten zu *Carmilla*. Für Carla hatten sie all die unangenehmen Aspekte einer Reinkarnation; sie fühlte sich wie ein Säugling, der erneut lernen mußte zu krabbeln, vom Laufen ganz zu schweigen. Genevieve zwang sie, ihre Mimik völlig umzustellen. »Weniger, weniger«, wurde zu der Regieanweisung, die sie am häufigsten hörte, und als Genevieve ihr ihre *Salome*-Aufnahmen zeigte, begriff sie auch, weswegen. Die Kamera griff jede kleine Muskelbewegung auf und vergrößerte sie bis ins unendliche; was im Theater notwendig war, damit auch die Zuschauer in den hinteren Reihen erkannten, welche Gefühle den

Charakter bewegten, wirkte, auf das Zelluloid gebannt, grotesk. Carla fand, daß sie wie ein Clown im Zirkus aussah, und fragte sich entsetzt, wieso man sie überhaupt eingestellt hatte.

Noch schwieriger war es, sich zu konzentrieren, ohne jemals eine einzige Szene durchspielen zu können. Immer nur fünf oder sechs Sätze, dann wurden die Kamerapositionen oder die Scheinwerfer verändert. Die emotionale Reise, die eine Theateraufführung für Carla darstellte, wurde durch Fragmente ersetzt, die irgendwie ein Mosaik ergeben sollten. Und gelang es ihr einmal, einem solchen Fragment ihr Alles zu geben, dann stimmte etwas mit dem Hintergrund nicht oder der Reaktion ihrer Mitspieler; irgend etwas machte immer eine Wiederholung nötig. Daß es während des Drehens immer noch zu Drehbuchänderungen kam, brachte sie um eine ihrer sonstigen großen Stärken, ihre sichere Textbeherrschung.

Die meisten Szenen hatte sie mit Dolores Mannheim, der Laura des Films. Wenn Carla Dolores nicht schon im Vorfeld kennengelernt hätte, wäre ihr völlig entgangen, daß die zarte Brünette ein Verhältnis mit der Regisseurin hatte, denn Genevieve behandelte sie beide gleichermaßen barsch.

»Hör zu, Kid, Carmilla ist kein Vamp, sondern ein Vampir. Wenn ich einen Vamp gewollt hätte, dann hätte ich Pola Negri engagiert, die ist darin sehr viel besser als du. Also hör mit deinen Allüren auf und denk daran, Carmilla wird von allen für ein unschuldiges junges Mädchen gehalten, und wenn sie sich nicht so benimmt, glaubt das Publikum, wir wollen es für dumm verkaufen.«

»Aber«, begehrte Carla auf, »sie muß doch gelegentlich ihr wahres Alter und ihre Leidenschaft zeigen ...«

»In kleinen Ausbrüchen, sonst schockiert es niemanden. Apropos, Dolores, hör auf, jedesmal zurückzuzucken, wenn Carla näherrückt. Du vertraust ihr. Sie tut dir leid. Der böse Verdacht kommt dir erst später, und auch dann möchte ich etwas Subtileres als Mary Pickford auf der Flucht vor Erich von Stroheim!«

John Summers, der in der englischen Fassung den Verlobten spielte, den das Drehbuch für Laura dazuerfunden hatte, damit der Film in Amerika nicht in Zensurschwierigkeiten kam, und im Gegensatz zu einigen der deutschen Mitarbeiter mit der Anspielung etwas anfangen konnte, kicherte, was ihn zu Genevieves nächster Zielscheibe machte.

»Das einzige, was ich hier komisch finde, sind deine Grimassen, mein Junge. Unsere Miss Großäugig hier hat wenigstens die Entschuldigung, daß es ihr erster Film ist, aber warum du dich wie ein Kalb vor dem Schlachter benimmst...«

Die drei Sprachen, in denen der Film gedreht wurde, machten es nötig, daß jeder, der an allen drei Fassungen mitwirkte, de facto Tag und Nacht durcharbeitete. Paul Kohner hatte angeboten, zumindest für die französische Fassung einen anderen Regisseur zu engagieren, weil Genevieve kein Wort Französisch sprach, und war auf ihre strikte Ablehnung gestoßen. Sie bestand auf einem Dolmetscher, was natürlich Verzögerungen mit sich brachte. Den gleichen Text wieder und wieder auf deutsch, englisch und französisch sprechen zu müssen brachte Carla dazu, bald in verschiedenen Sprachen zu träumen, in den wenigen Stunden, in denen sie nicht gebraucht wurde und zum Schlafen kam, auf dem Sofa in ihrer Garderobe in Babelsberg, denn es hatte keinen Sinn, nach Hause zu fahren. Zum Glück halfen ihr die Gespräche mit den englischen und amerikanischen Mitwirkenden des Films wenigstens darin, ihre Aussprache zu verbessern; um ihr Französisch machte sie sich keine Gedanken. Sich auf einige wechselnde Schauspieler für die gleiche Rolle einstellen zu müssen war nicht gerade ideal, aber Dolores blieb ebenfalls die ganzen drei Fassungen hindurch, und da sie hauptsächlich miteinander arbeiteten, gelang es Carla trotz der Fragmente, einen Draht zu ihr zu finden.

Das hatte wenig mit gegenseitiger Sympathie zu tun. Vor Beginn der Dreharbeiten hatte Dolores nervös, nicht direkt ablehnend, aber doch distanziert gewirkt. Angesichts der Tatsache, daß es sich hier um ihre letzte Chance im internationalen Film handelte, war das verständlich. Doch es lag in ihrem Interesse, daß dieser Film so gut wie möglich ausfiel, also gab sie Carla Ratschläge in bezug auf die Bewegung vor der Kamera, und als Carlas Verfassung sich nach einem Monat mit selten mehr als zwei oder drei Stunden Schlaf pro Tag dem Zusammenbruch näherte, drückte sie ihr mit einer kurzen Erklärung die Benzedrin-Tabletten in die Hand, durch die sie selbst wach und arbeitsfähig blieb. Bisher war Carla, Eleonore vor Augen, Aufputschmitteln mit Ausnahme von Kaffee und Zigaretten ausgewichen, aber inzwischen fühlte sie sich zu zerschlagen, um diesen Rettungsring in der filmischen See noch zurückzuweisen. Nicht, daß Genevieve nicht auch noch ihre Erschöpfung verwertete. Als Carla einmal sechzehn Stunden hintereinander an einigen Szenen, die Carmilla von ihrer harmlosesten Seite zeigten, gefilmt hatte, verkündete Genevieve nach einer kurzen Absprache mit Tim Berger, nun sei es soweit für Carmillas Ausbruch, »*Was immer ich liebe, stirbt*«. Es war kein großes Kunststück, sich unsagbar alt vorzukommen, dachte Carla und lenkte ihren Groll gegen Genevieve in Carmillas Erbitterung.

»Wunderbar, Honey«, sagte Genevieve, als sie fertig waren, und spendete damit ihr erstes Lob. »Endlich sind wir die Theatergrimassen los.«

Danach gab Genevieve ihr zwei Tage frei, doch wenn Carla geglaubt hatte, nun den verpaßten Schlaf nachholen zu können, täuschte sie sich. Ihr während der Dreharbeiten rapide angewachsener Kaffee- und Zigarettenkonsum zusammen mit dem Benzedrin ließ sie nach fünf Stunden wieder wach werden. Sie dachte daran, sich in der nächsten Apotheke Schlaftabletten zu besorgen, aber dann ließ sie es bleiben. Statt dessen verbrachte sie den Rest der Nacht in einer Art Dämmerzustand und grübelte darüber nach, ob es die ganze Sache wert war, sich die Gesundheit zu ruinieren, und wie Genevieve es geschafft hatte, ein Lob so wichtig erscheinen zu lassen. Genevieve, Renate Beuren, Kathi: drei sehr unterschiedliche Frauen, aber irgend etwas hatte Carla darauf konditioniert, nach der Billigung von Lehrerinnen, die sie ihr vorenthielten, zu streben. Robert war mit seinen Vätern nicht der einzige.

Die andere Frau in ihrem derzeitigen Leben, Carmilla, ließ sich ebenfalls nicht so einfach aus ihrem Kopf vertreiben. Das Drehbuch fiel auch nicht expliziter als Sheridan Le Fanus Novelle aus, aber in beiden Fällen war deutlich, daß Carmilla ihr Opfer, Laura, liebte, wie sie auch ihre vorhergehenden, ausschließlich weiblichen Opfer geliebt hatte. Eine von Genevieve hinzugefügte Szene, in der Carmilla den Verlobten aus dem Weg räumte, würde erst gedreht werden, wenn die Außenaufnahmen in Bamberg begannen, aber Carla empfand jetzt schon eine erwartungsvolle Vorfreude, wenn sie daran dachte. Nicht nur, weil es schlicht und einfach Spaß machte, dem Druck, der auf ihr lastete, durch eine physisch gewalttätige Szene – sie durfte dem Verlobten das Genick brechen, nachdem sie ihn vorher zu Boden geschleudert hatte – ein Ventil zu schaffen, sondern weil gerade *Carmilla* Triumph bei der Vorstellung empfand. Carmilla, die liebte und tötete, war ihre Erlösung von Desdemona, die liebte und sich töten ließ.

Von Carmilla besessen zu sein verwirrte Carla etwas in ihren Gefühlen Dolores und Genevieve gegenüber. Nicht während der Dreharbeiten, denn umgeben von Kameraleuten, Beleuchtern, dem armen Mädchen, das die Aufgabe hatte, in die vielsprachigen Drehbücher zu notieren, aus welcher Richtung welcher Charakter kam, damit es für die Anschlußszene keinen Bruch ergab, von Genevieves ständigen Regieanweisungen ganz zu schweigen, war es alles andere als leicht, auch nur die Illusion von Intimität zu kreieren. Aber sie ertappte sich dabei, wie sie, wenn sie beobachtete, wie Genevieve Dolores in einer Pause aufmunternd die Hand drückte und ihr einen flüchtigen Kuß auf den Mund gab, darüber spekulierte, was die beiden wohl miteinander taten, wenn sie alleine waren. Nicht, daß sie sich entweder zu Genevieve oder zu Dolores auf diese Art hingezogen fühlte, aber prinzipiell konnte sie sich schon vorstellen, sich in eine Frau zu verlieben, und seit Carmilla sie in Besitz genommen hatte, wurden die Vorstellungen deutlicher. Roberts Freundinnen fielen ihr ein, und was er ihr über sie erzählt hatte, aber natürlich wäre es zwischen Frauen anders.

Als sie nach ihrem freien Wochenende in das Studio zurückkehrte, kam sie sich voyeuristisch vor, als sie Genevieve und Dolores begrüßte, was seltsam war, denn gegenüber den Lillis in Roberts Leben, über deren intimste Momente sie wesentlich mehr wußte, hatte sie derartige Schuldgefühle nie gehabt. Sie vergingen auch jetzt ziemlich schnell, denn Genevieve verbrachte den Tag damit, Carmillas Entdeckung in einem Sarg und ihren Tod zu filmen, und obwohl Carla und die Maskenbildnerin alles gaben, um einen glaubwürdigen Todesschlaf zu liefern, war Genevieve nicht zufriedenzustellen.

»Sie sieht immer noch zu lebendig aus«, sagte sie zu der Maskenbildnerin, und zu Carla: »Versuch doch endlich, nicht mehr zu atmen!«

»Ich versuche es die ganze Zeit«, protestierte Carla, merkte, daß sie sich wie ein quengeliges kleines Mädchen anhörte, und verstummte.

»Aber nicht gut genug!« entgegnete Genevieve scharf.

Carla hatte mehr oder weniger den ganzen Tag in einem Sarg verbracht. Ihr Rücken schmerzte, ihr Nacken war steif, und jedesmal, wenn der Deckel aufgelegt wurde, packte sie die irrationale Furcht, es könnte Klaus und Ed, den Schauspielern, die Lauras Vater und den Priester verkörperten, nicht gelingen, ihn wieder zu entfernen, bevor sie erstickte. Tränen stiegen ihr in die Augen, doch sie blinzelte sie weg, fest entschlossen, jetzt nicht zu weinen. Sie holte tief Luft, und plötzlich erschien es ihr, als hätte sie seit Ewigkeiten keinen Sauerstoff mehr geatmet, nur die verbrauchte, stickige Atmosphäre der Studios.

Paul Kohner, der an diesem Tag den Drehort besuchte, meinte versöhnend: »Vielleicht sollten wir für diese Szene ein Double nehmen.«

»Nein«, erwiderte Genevieve ungehalten. »Man sieht die ganze Zeit Carlas Gesicht. Ich müßte ein paar äußerst plumpe Schnitte einfügen, und das versaut mir den Film. Außerdem ist es ja gerade das Gesicht, das nicht tot genug wirkt.«

Berger unterstützte sie, meinte aber, eine längere Pause würde gewiß helfen.

»Werner Krauß«, sagte Carla mit einemmal, »Werner Krauß hat uns in Nürnberg erzählt, in einem Napoleonfilm hätten sie für die Sargszene eine Maske von ihm abgenommen, eine Gipsmaske.«

Sie sprach deutsch, weil sie erschöpft war und ihr das Wort für Gips nicht einfiel, also brauchte Genevieve eine Weile, um zu verstehen, was sie meinte. Dann klärte sich ihr Gesicht, und sie warf der Maskenbildnerin einen fragenden Blick zu.

»Warum nicht«, sagte diese achselzuckend.

»Tim?«

»Could work. Wir brauchen Carla dann nur für das tatsächliche Erwachen in dem Moment, in dem Klaus zuschlägt, und da muß der Schnittmeister ohnehin ans Werk, sonst kriegen wir nie eine Freigabe.«

»Also schön, Kid, ruh dich etwas aus. Tony, du hast wohl keinen Gips hier, wie?«

»Nein, und außerdem brauchen wir ohnehin einen Professionellen von einem Beerdigungsinstitut für so eine Maske.«

Wunderbar, dachte Carla und wünschte sich, den Vorschlag nie gemacht zu haben. Kohner schlug noch einmal eine Pause vor, diesmal in Form eines Abendessens mit ihm und seiner Verlobten, zu dem er Carla, Dolores und Genevieve einlud.

»Ihr könnt heute ohnehin nichts mehr zustande bringen«, sagte er begütigend zu Genevieve.

»Doch«, entgegnete Genevieve unnachgiebig. »Erwachen und endgültigen Tod.« Dann lächelte sie breit und wischte sich den Schweiß von der Stirn. »Aber danach schaut die Sache anders aus.«

Also schrie sich Carla die Seele aus dem Leib, während Tim Berger eine Großaufnahme nach der anderen von ihr machte. Hinterher war sie zu heiser, um mehr als nur ein paar höfliche Worte zu sagen, als der Produzent sie seiner Verlobten vorstellte, der dunkelhaarigen Schönheit von seinem Schreibtischphoto, die in natura aussah, als könne sie nicht älter als achtzehn sein. Ihr Name lautete Lupita Tovar, sie war Mexikanerin, und da sie, mit ihrer Großmutter als Duenna, genau gleichzeitig mit dem Tonfilm in Hollywood eingetroffen war, hätten ihre mangelnden Englischkenntnisse ihre Karriere um ein Haar beendet, ehe sie überhaupt beginnen konnte. Doch die spanischen Zweitproduktionen bei Universal, die Paul Kohner beaufsichtigte, machten sie zu einem Star in Lateinamerika.

»Lupie hat in der spanischen Version von *Dracula* gespielt«, sagte Kohner stolz.

»Und sie war weitaus besser als Helen Chandler in der englischen«, fiel Dolores mit einem wohlwollenden Lächeln ein. Genevieve, der dieses Heischen nach der Gunst des Produzenten etwas zu offensichtlich war, schnaubte verächtlich und meinte:

»Kein Wunder. Helen Chandler sollte man endgültig zu den Statisten relegieren. So blutleer, wie sie ist, zieht sie noch nicht einmal Mücken an, geschweige denn Vampire. No offense, Paul, natürlich war Lupita besser, aber das gilt für die gesamte spanische Version. Was Tod Browning Ihnen geliefert hat, war ein gottverdammtes abgefilmtes Theaterstück.«

»Saure Trauben, Genevieve?« fragte Kohner ironisch.

»Ganz bestimmt nicht. Ich gebe zu, ich war interessiert, aber wenn Onkel Carl mir *Dracula* gegeben hätte, säße ich jetzt nicht hier … und würde mich nach einem guten Steak sehnen.« Sie schaute verächtlich auf den Rinderbraten herab, der auf ihrem Teller lag. »*Christ*, was macht ihr Deutschen nur mit den armen Viechern?«

»Mir schmeckt es«, sagte Dolores leise.

Genevieves Augen funkelten. »Dann stärk dich, bevor uns Paul entrüstet hinauswirft und uns das Budget kürzt, so daß wir uns nur noch von Wasser und diesem steinharten deutschen Brot ernähren müssen.«

Kohner lachte. »Das würde ich nie tun, Genevieve. Wenn Sie mir hier verhungern, muß ich einen neuen Regisseur anheuern, und der Film wird nie fertig … Ganz abgesehen davon, daß Sie mir ein Meisterwerk versprochen haben und niemand sonst das Versprechen einhalten kann.«

»Danke, Darling. Lupita ist der einzige Grund für den Erfolg des spanischen *Dracula*, und durch Ihre Heirat werden Sie die Filmwelt um ein großes Talent berauben.« Sie wandte sich an Carla. »Lupita hat auch in *Santa* gespielt, so eine Art mexikanisches Nationalepos, und scheint der Meinung zu sein, daß man das Geschäft mit einem Triumph verlassen soll.«

»Dann werden Sie nach Ihrer Heirat nicht mehr filmen?« fragte Carla das junge Mädchen, das während des ganzen Wortwechsels nicht die Augen von seinem Verlobten gelöst hatte.

»Nein«, entgegnete Lupita mit einem ebenso starken Akzent, wie ihn Carla hatte, was dieser das beruhigende Gefühl verschaffte, nicht die einzige mit mangelhaften Englischkenntnissen im Raum zu sein. »Paul möchte es nicht.«

Kohner schaute ebenso anbetend zu ihr, wie sie ihn betrachtete, und meinte: »Das Filmgeschäft frißt Frauen bei lebendigem Leib. Das ist nichts für Lupita.«

»Danke«, sagte Genevieve gedehnt.

»Oh, Sie gehören natürlich zu den Jägern, Genevieve, nicht zu den Opfern, aber fragen Sie doch Dolores oder Carla.«

»Manchmal«, murmelte Dolores, ohne aufzublicken, »wünschte ich mir schon, einfach nur eine Hausfrau zu sein.«

»Ha! Das möchte ich erleben. Du kannst noch nicht einmal kochen, Honey, im Gegensatz zu mir. Und du, Kid?«

»Ich kann auch nicht kochen«, sagte Carla und wartete das

Gelächter der anderen ab, ehe sie fortfuhr. »Aber im Ernst, mich würde das Leben als Gattin und Hausfrau bei lebendigem Leib auffressen.« Sie wiederholte die Phrase, die sie vorhin bei Genevieve gehört hatte. »No offense. Wir sind eben alle verschieden.«

Die dunkelhaarige Lupita, die sie etwas an Eleonore erinnerte, doch im Gegensatz zu Eleonore Glück und Zufriedenheit ausstrahlte, lächelte und sagte etwas auf spanisch. Kohner übersetzte: »Vielleicht haben Sie einfach nur noch nicht den Richtigen gefunden.«

»Nein, aber das Richtige«, sagte Carla. »Das, was ich immer tun wollte.«

»Das ist die richtige Einstellung«, kommentierte Genevieve. »Denk daran, wenn wir morgen deinen Tod noch einmal drehen. Mir ist da nämlich noch eine Idee gekommen...«

Sich eine Gipsmaske abnehmen zu lassen, entschied Carla, war nicht eben der beste Einfall, den sie je gehabt hatte. Immerhin ersparte es ihr weitere Tage im Sarg, aber das Gefühl der schweren, feuchten Masse überall auf ihrem Gesicht, der zwei Papierhalme in ihrer Nase – das einzige, was sie vor dem Ersticken rettete –, verursachte ihr ständig an- und abschwellende Übelkeit. Sie mußte sich zurückhalten, um nicht zu würgen. Mit zusammengebissenen Zähnen und geschlossenen Augen lag sie auf einer Couch und wartete darauf, daß die Masse endlich fest genug wurde, um entfernt zu werden.

»Machen Se sich man keene Sorjen, Frollein«, sagte der Fachmann, den man irgendwo aufgetrieben hatte, »ick vasteh det Jeschäft.«

Plötzlich fragte sie sich, was geschehen würde, wenn man die Maske nicht mehr ablösen konnte. Sie erinnerte sich an Robert als Phantom der Oper. Eins von den Nonsens-Gedichten formte sich in ihr, mit denen John Summers ihr bei ihrem Englisch half, ein Limerick. *There was a young actress, my friend/ who held her fate in her hand/ first she played a vampire/ then she got new attire/ so the Phantom she played in the end.* Sie war sich nicht sicher, ob das Englisch stimmte, und so verbrachte sie die endlose Viertelstunde, die der Gips brauchte, um zu trocknen, damit, an ihrem Limerick herumzubasteln und sich so von der Vorstellung des Erstickens oder der lebenslangen Verunstaltung abzulenken. Trotzdem dachte sie einen Moment, ihre Haut würde sich mit der Maske lösen, als man sie ihr endlich abnahm, und sie unterdrückte gerade noch einen Aufschrei.

Auf ihr eigenes weißes Gesicht zu starren war seltsam. Es schien nicht zu ihr zu gehören. Die Stirn war höher und der Mund breiter als das, was sie im Spiegel sah. So werde ich aussehen, wenn ich tot bin, dachte Carla, aber zum Glück kam die Maskenbildnerin und nahm das Ding in Besitz, um ein Negativ zu gießen und mit einer Perücke zu einem glaubwürdigen Kopf zu gestalten, und Genevieves Assistent holte sie zu der nächsten Szene.

Durch ihr völliges Versinken in die Welt des Films verpaßte sie sowohl die erbitterten Proteste gegen die Gefängnisstrafe, die der Herausgeber der *Weltbühne*, Carl von Ossietzky, wegen des »Verrats militärischer Geheimnisse« in einem Artikel seiner Zeitschrift über die heimliche Wiederaufrüstung der Reichswehr antreten mußte, als auch den Skandal, der Robert endgültig in ganz Deutschland berühmt machen sollte. Ausgelöst wurde er durch ein Hörspiel, eine Dramatisierung von Lion Feuchtwangers Roman *Erfolg*, und verdankte sein Zustandekommen einer Verkettung von Zufällen.

Der Sender hatte die Erlaubnis für die Dramatisierung eines Feuchtwanger-Romans gegeben, doch dabei dachte man an *Jud Süß* oder die *Häßliche Herzogin*; Robert, dem anfangs durchaus Ähnliches vorschwebte, nutzte seine alte Bekanntschaft mit Feuchtwanger aus und erhielt von diesem statt eines der historischen Romane sein Buch über »Drei Jahre Geschichte einer Provinz«, Bayern 1920-1923. Peter Wermut und Astrid Will, vor die Aufgabe gestellt, einen sehr umfangreichen Roman mit vielen parallel laufenden Handlungen und noch mehr Figuren auf ein Hörspielformat herunterzukürzen, verzweifelten zuerst. Doch die Alternative, eine Hörspielversion des Courts-Mahler-Romans *Die blonde Gräfin*, ließ sie erbleichen und zurück an Feuchtwangers Roman über einen Justizskandal und den Kampf um Gerechtigkeit eilen. An dieser Stelle packte Peter Wermut ein Anfall von Tollkühnheit.

Einer von Feuchtwangers Handlungsfäden beschäftigte sich mit dem Aufstieg einer ominösen Partei, den »Wahrhaft Deutschen«,

und ihres Führers Rupert Kutzner und endete mit dem verun-
glückten Putsch dieser Partei. Beim Erscheinen des Romans 1930,
gerade rechtzeitig zum Wahlkampf, war jedem klar gewesen, wer
gemeint war. Nun standen wieder Reichstagswahlen an, im Juli.
Peter Wermut beschloß, die Haupthandlung um die ungerechte
Verurteilung des Museumsdirektors Martin Krüger aus politischen
Gründen und den Kampf von Johanna Krain um seine Rehabilitie-
rung einfach fallenzulassen. Man konnte dem in fünfzig Minuten
ohnehin nicht Genüge tun. Statt dessen konzentrierte er sich auf die
Kapitel um den Putsch im Jahre 1923. Es war Astrid Will, die
bereits mehrere Hörspiele für das Hermes-Theater im Rundfunk
geschrieben hatte, die, als er ihr diesen Vorschlag machte, auf den
entscheidenden Einfall kam.

»Laß es uns als lauter Reportagen schreiben«, schlug sie vor.
»Interviews mit allen Beteiligten, ständige neue Berichte im Rundfunk…«

Robert bekam das Manuskript wie üblich erst am Abend vorher
zu sehen, blätterte es flüchtig durch und entdeckte erst nach einem
Hinweis Peter Wermuts, was es damit auf sich hatte. Er lachte und
meinte, Feuchtwanger werde sie vielleicht der Verstümmelung
beschuldigen, doch es sei ein netter zeitgenössischer Beitrag zum
Wahlkampf.

»Es könnte uns in Schwierigkeiten bringen«, sagte Peter Wermut
bedeutsam.

»Aber woher denn?« gab Robert zurück. »Es ist die Dramatisierung eines Romans – na ja, eines Romanteils –, und jegliche Ähnlichkeit mit lebenden oder toten Personen ist rein zufällig. Ihr habt
da eine geniale Idee gehabt. Glaub mir, das wird ein Riesenspaß.«

In der einen Probe, die er abhielt, entdeckte Wermut halb begeistert, halb beunruhigt, daß Robert seine Idee noch einen Schritt
weiter getrieben hatte. Alle Sprecher imitierten die Vorbilder ihrer
Charaktere, so genau sie konnten, was, da die meisten inzwischen
im Rundfunk zu hören gewesen waren, niemandem schwerfiel;
Hugo, der die Rolle Kutzners erhalten hatte, amüsierte sich prächtig mit rollendem R und stakkatoartigen Betonungen.

»Die grrroße vaterrrländische Errrneuerung steht vor der
Türrrr!«

»Härtere T's, Hugo, härtere T's«, rief Robert.

»Und wen spielst du?« erkundigte sich Peter Wermut, den es wunderte, daß Robert nicht selbst diese Rolle übernommen hatte.

»Den Reporter, den bayerischen Ministerpräsidenten und den Altmöbelhändler Cajetan Lechner«, entgegnete Robert. »Von euch Preußen kriegt doch keiner einen anständigen bayerischen Dialekt zustande. Deu-ttt-sche NatION, die Betonung auf der letzten Silbe, Herrschaftzeiten, Hugo, wie oft soll ich das noch sagen!«

»Gott steh uns bei«, seufzte Wermut.

Die Ausstrahlung wurde ordnungsgemäß angekündigt als eine Dramatisierung des Romans *Erfolg* von Lion Feuchtwanger, von und mit Robert König und dem Hermes-Theater im Rundfunk. Aber wer sein Gerät zu spät einschaltete, erlebte nur immer aufgeregtere Reportagen über Demonstrationen, Verhaftungen, Aufmärsche in München. Ein Teil der Zuhörer erinnerte sich an den Putsch vor neun Jahren; ein Teil achtete auch darauf, daß die genannten Namen fiktiv waren. Die überwiegende Mehrheit jedoch tat nichts dergleichen.

Zu dem Zeitpunkt, als Hugo donnerte: »Der Marrrsch auf Berrrlin hat begonnen«, und Robert anschließend kommentierte: »Soweit der Führer der Wahrhaft Deutschen, der vielleicht schon morgen der Führer der Nation sein wird«, waren etwa zwei Drittel seiner Hörer überzeugt, daß der durch die verlorene Präsidentschaftswahl ergrimmte Hitler nun endgültig das Warten auf die Legalität satt hatte und nach der Macht griff. Je nach Einstellung und Loyalität wurden Koffer gepackt, Pässe gesucht oder Uniformen hervorgeholt. Die Führung der SA, bei der sich mehr und mehr Männer meldeten, die das Ihre zum Sieg der Sache beitragen wollten, war unter den ersten Anrufern beim Radio. Die großen Zeitungsredaktionen und Nachrichtenagenturen folgten.

»Wir müssen sofort abbrechen«, stieß der zuständige Redakteur bleich hervor, als er begriff, was vor sich ging.

»Dann wird die Panik nur noch größer«, entgegnete sein Chef verbissen. »Nein, wir lassen den Jungen die Sendung zu Ende bringen. Aber danach rollen Köpfe, und nicht zuletzt seiner.«

Bis Robert die letzten von Peter Wermut und Astrid Will geschriebenen Zeilen sprach, stapelten sich bereits die durch die Tür geschobenen erzürnten Nachrichten, und er fügte improvisierend hinzu: »Das, meine Damen und Herren, war unser um zwei

Monate verspäteter Aprilscherz. Und wenn es demnächst bei Ihnen klingelt, denken Sie daran, es kann der Gasmann sein... und nicht ein Wahrhaft Deutscher.«

»Robert«, sagte Peter Wermut aschfahl, als ein anderes Studio übernahm, »sie werden uns lynchen.«

Robert studierte die Zettel, die Astrid Will ihm gebracht hatte. »Dann sterben wir berühmt, Peter«, antwortete er zerstreut. »Weißt du, daß wir noch nie so viele Zuhörer hatten?«

Bei der anschließenden Pressekonferenz war er der reuige kleine Junge. Die Schlagzeilen am nächsten Tag lauteten, je nach Ausrichtung der Zeitung: »König treibt mit Entsetzen Scherz«, »Unverschämtes Bubenstück im Radio« oder »Hitlerputsch als Königs-Spiel«.

Es rollten tatsächlich Köpfe, unter anderem der des Rundfunkintendanten, und die Beschränkungen in bezug auf Hörspielthemen wurden verschärft. Aber nach zwei Wochen Straf-Arbeitslosigkeit holte man Robert zurück; niemand war immun gegenüber dem Umstand, daß er mit einem Schlag der bekannteste Mitwirkende im Rundfunk geworden war, so bekannt, daß sogar ausländische Zeitungen über das Ereignis berichteten, und was ursprünglich eine Notlösung der beiden Dramaturgen gewesen war, wandelte sich in der öffentlichen Auffassung zum letzten genialen Streich des Enfant terrible Robert König. Sein magisches Glück hielt an; nur seine Ehefrau stellte die Frage, was wohl geschehen würde, wenn Hitler tatsächlich die Macht ergriffe.

»Ich glaube nicht, daß er die Sendung sehr komisch fand.«

»Ganz bestimmt nicht, der Mann hat keinen Humor«, erwiderte Robert, »sonst hätte er mir längst ein Glückwunschschreiben geschickt.«

Als sie ernst blieb, statt zu lächeln, dachte er bei sich, daß auch Monika keinen Humor hatte, aber er war zu gut aufgelegt, um sich daran zu stören. Die ganze Aufregung um *Erfolg* hatte ihm nämlich von Astoria Film, einer der wenigen Gesellschaften, die sich neben der UFA noch behaupten konnten, ein Angebot eingebracht, wie er es sich immer erträumt hatte: die Regie für ein Filmprojekt seiner Wahl, mit einer Besetzung seiner Wahl. Das Leben, dachte Robert, ist wirklich wundervoll.

Die Dreharbeiten in Bamberg, der oberfränkischen Stadt, die jemand, den Genevieve als *location scout* bezeichnete, für die Außenaufnahmen zu *Carmilla* ausgewählt hatte, verliefen für Carla weitaus weniger anstrengend als das Filmen im Studio. Das lag einerseits daran, daß sie inzwischen etwas Erfahrung hatte, zum anderen an dem Umstand, daß Carmilla in sehr viel weniger Außenszenen auftrat. So kam sie dazu, sich die Stadt anzuschauen, und begriff sofort, warum Genevieves *location scout* auf sie verfallen war. In Bamberg trafen sich Mittelalter und Barock in einer Vielzahl von Gebäuden, und in einer wunderbaren Harmonie. Genevieve war vor allem von den Fachwerkhäusern begeistert und ließ Tim Berger viele Aufnahmen des Regnitzufers machen, das von den Einheimischen als Klein-Venedig bezeichnet wurde. Aber am meisten reizte sie der Domplatz mit der gotisch-romanischen Kathedrale, der alten Hofhaltung aus der Renaissance und der neuen Residenz, dem ehemaligen fürstbischöflichen Schloß, das, wie ihr der von der Stadtverwaltung zur Verfügung gestellte Begleiter eifrig erklärte, von Leonhard Dientzenhofer gebaut worden war.

»And who the hell is Leonhard Dientzenhofer?«

»Frau Beresford«, übersetzte der etwas diplomatischere Berger geflissentlich, »hat noch nie ein Bauwerk von Neumann gesehen und ist um so glücklicher.«

»Na ja, die Residenz in Würzburg is scho größer, aber die unsere kann sich trotzdem sehen lassen.«

Dann zeigte er ihnen den Ausblick vom Rosengarten der neuen Residenz aus; zur linken lag das majestätische St.-Michaels-Kloster, zur Rechten die ziegelroten Dächer der Altstadt. Berger war begeistert.

»Das für das Eingangsbild, Genevieve«, sagte er und malte mit den Fingern in der Luft. »Ein ganz langsamer Schwenk von links nach rechts, und dann Perspektivenwechsel, rüber zum Dom, bevor wir runter auf die Straße gehen.«

»Apropos, klappt das mit den Absperrungen? Ich will nicht, daß mir irgendwelche Neugierige ins Bild laufen, die noch nicht mal was verstehen, wenn ich sie anbrülle.«

Die wichtigste Außenaufnahme mit Carla war die Szene, in der sie Lauras Verlobten tötete. Genevieve hatte sie ursprünglich am Flußufer drehen wollen, aber Berger überredete sie zum Domplatz.

Statt Carmilla wie geplant aus dem Flußnebel auftauchen zu lassen, würde sie nun aus den Schatten treten.

»Ich stelle mir das so vor«, erklärte der Kameramann. »John oder Rainer kommt den Berg hoch, nach der Geschichte in der Schenke. Es ist dunkel, die Straße ist leer, genauso der Platz. Der Kerl pfeift ein Lied, hört seine Schritte auf dem Pflaster widerhallen, und die Laterne, die er in der Hand hält, schwankt ständig. Dann schwenken wir auf den Dom um, der völlig im Schatten liegt. Im Vorbeigehen sieht man nur im Lichtkreis von seiner Laterne ein paar Füße. Er bleibt stehen, geht zurück, hebt die Laterne nochmals, und wir gehen etwas zurück zu einer schönen Ganzkörperaufnahme von Carla. Das ist viel effektiver als der alte Trick mit dem Nebel, und wir brauchen kein Trockeneis.«

Ein guter Kamermann, so lautete Genevieves feste Überzeugung, war zwei mittelmäßige Regisseure wert, und der Regisseur, der nicht auf ihn hörte, war schlimmer als mittelmäßig. Außerdem spürte sie in ihren Fingerspitzen, daß es eine der besten Bildkompositionen des Films werden könnte.

Für Carla blieb die Szene vor allem deswegen in Erinnerung, weil Genevieve nur drei Aufnahmen davon drehen und sie länger an einem Stück spielen ließ als je zuvor, nachdem sie erst mit Rainer und dann mit John die Bewegungsabläufe geprobt hatte. Sie hatte keinen Text, weil Genevieve entschieden hatte, daß ein schweigender Mord der effektivste war. Carmilla lächelte den Verlobten an, und dann, als er näher trat, offenbarte sie erstmals ihre übernatürliche Stärke.

»Ende des Lächelns«, schärfte Genevieve ihr ein. »Denk daran, diesmal ist es für sie nicht Vergnügen, sondern schlichte Notwendigkeit, die Beseitigung eines Hindernisses. Stell dir vor, du räumst Abfall beiseite, wenn du die Handkante gegen seinen Hals schlägst. Auf keinen Fall will ich Zähnefletschen sehen.«

Sowohl John als auch Rainer hatten als Statisten angefangen und Erfahrung darin, sich fallen zu lassen. Es klappte alles wie am Schnürchen, und Carla kam auf den Einfall, abschließend noch mit der Fußspitze gegen die Schultern der Männer zu tippen, um zu prüfen, ob sie auch wirklich tot waren, ehe sie sich anordnungsgemäß umdrehte und wieder im Schatten verschwand.

»Frau Beresford«, sagte einer der beiden Drehbuchautoren, der zur Hand war, um Genevieve mit weiteren Änderungen zu helfen oder, wie er es sah, das Schlimmste zu verhüten, »*jeder* wird sich fragen, warum sie ihm nicht das Blut aussaugt.«

»Nicht, wenn ich meine Sache richtig gemacht habe, Darling«, entgegnete Genevieve ungerührt. »Dann hat nämlich jeder kapiert, daß sie nicht an männlichem Blut interessiert ist.«

Für die Abschiedsfeier mietete Genevieve das Schlenkerla, weil man es ihr als bekannteste Gaststätte Bambergs genannt hatte und weil es inmitten des Sandgebiets lag, wo die meisten Fachwerkhäuser, die ihr so gefielen, standen. Es wurde wie die meisten *wrap parties*, wie Genevieve sie bezeichnete, eine tränen-, alkohol- und umarmungsreiche Affäre. Von jetzt an würden nur noch Genevieve, der Schnittmeister und der Tonmischer an den drei Fassungen des Films arbeiten.

»Natürlich kann es sein, daß wir nachdrehen müssen oder daß einer von euch ein paar Sätze nachsprechen muß«, sagte Genevieve, »also lauft nicht fort, und macht euch einen flotten Lenz an der Riviera.«

Dolores räusperte sich. »Genevieve«, wisperte sie, »die Riviera ist in Frankreich.«

»Ja, und?«

»Nicht jeder kann es sich leisten, nach Frankreich zu fahren«, bemerkte Rainer. »Wenigstens nicht, bis Zar Paul uns bezahlt hat.«

»Keine Sorge, Paul ist verläßlich. Kids, ich werde euch vermissen.«

Den allgemeinen gegenseitigen Beteuerungen folgten diskrete Erkundigungen, wann die Premiere denn stattfinden würde.

»Wenn ich fertig bin, zum Kuckuck. Aber schön, weil ihr's seid – Paul will die deutsche Premiere zuerst ansetzen, im Herbst, idealerweise im Oktober. Die französische und die amerikanische dann im nächsten Jahr, und je nachdem, wie der Film hier ankommt, bezahlt er euch ein Ticket in die Staaten, damit ihr dabeisein könnt. Es sei denn«, fügte sie hinzu, schaute zu Carla und zwinkerte ihr zu, »die Erfahrung mit diesem Film genügt einigen von euch.«

»Es war ungeheuer anstrengend«, antwortete Carla ehrlich, »aber ich fühle mich jetzt, als hätte ich eine neue Sprache gelernt, und ich spreche sie gerne.«

»Laß es dir nicht zu Kopf steigen, aber du sprichst sie auch gut. Was nicht heißt, daß du nicht noch verbesserungsfähig bist.«

Carla mußte lachen, doch nicht, weil sie daran zweifelte; auf Genevieves fragenden Gesichtsausdruck hin erklärte sie, während sie den Krug mit Rauchbier in ihrer Hand drehte, denn sie mochte Bier nicht besonders: »Fast jeder Mensch, den ich… je gekannt habe, hat geglaubt, er müßte mich verbessern. Wie öde es doch unter Perfekten sein muß. Gar kein Gesprächsthema mehr.«

»Keine Sorgen, Honey, du wirst nie perfekt, schließlich bist du kurzsichtig«, gab Genevieve trocken zurück. »Das war ein Schock für mich, kann ich dir sagen – die Kleine hat so einen seelenerforschenden Blick, dachte ich, und dann stellt sich heraus, daß es bloße Kurzsichtigkeit ist und wir Glück haben, daß du nicht in irgendwelche Gegenstände stolperst. Aber behalt es bei. Ich habe die täglichen Muster gesehen, und es wirkt.«

Zum Schluß, als sie in das einzige große Hotel im Ort gingen, wo die Filmcrew untergebracht war, gab Genevieve Carla eine Schachtel. »Ein kleines Souvenir«, bemerkte sie, und Carla öffnete sie sofort; sie hatte sich bei Geschenken noch nie zurückhalten können. Es war die Gipsmaske, auf die sie mit gemischten Gefühlen schaute.

»Was ist?« fragte Genevieve. »Gefällt sie dir nicht? Ein kleines Stück Unsterblichkeit, Kid. Man wird immer sehen können, wie du mit zweiundzwanzig warst.«

Carla biß sich auf die Lippen und entschloß sich, ein klein wenig von ihrem Inneren preiszugeben. »Schon«, antwortete sie langsam, »aber es kommt mir so vor, als sei es nicht mehr mein Gesicht, sondern ihres. Carmillas.«

Genevieve lächelte nicht. Statt dessen nahm sie Carlas Kinn in ihre Hand und küßte sie sachte auf die Lippen.

»Zu schade«, sagte sie dann. »Du bist wirklich very engaging. Paß auf dich auf, Kid.«

Carlas Beschluß, von Bamberg aus nicht nach Berlin, sondern nach München zu fahren, kam plötzlich; sie wollte Käthe überraschen, und daher meldete sie sich auch nicht an. Auf der Zugfahrt las sie die Zeitung, was sie wieder etwas in die Gegenwart zurückbrachte. Sie hatte völlig vergessen, daß inzwischen die Reichstagswahlen stattgefunden hatten. Kathi würde zweifellos erfreut sein, daß Hindenburgs neuester Kanzler, Franz von Papen, und sein »Kabinett der Barone« immer noch keine Mehrheit hatten, aber das war ein geringer Trost angesichts des Umstands, daß die NSDAP nun die stärkste Fraktion im Parlament stellte. Nein, vermutlich war Kathi außer sich und am Boden zerstört.

Zumindest, dachte Carla, wird mich das ablenken. Sie war sich über die Egozentrik des Gedankens im klaren, doch die übliche Depression nach dem Abschied von einer großen Rolle suchte sie heim, und sich um Kathi zu kümmern würde permanente Beschäftigung bedeuten.

Als sie am Bahnhof ausstieg und sich nach einem Gepäckträger umsah, hörte sie jemanden rufen. »Fräulein Fehr! Fräulein Fehr!« Sie trug ihre Brille, daher entdeckte sie den Mann in Chauffeursuniform, der auf sie zulief, recht schnell. »Bin ich froh, daß ich Sie gefunden hab, Fräulein«, keuchte er.

Es dauerte einen Moment, dann erinnerte sie sich. Philipps Münchner Chauffeur. Sie kam sich vor wie Carmilla, als sie zum letzten Mal erwachte und ihrem Schicksal in die Augen sah. Ganz bestimmt, ganz bestimmt war sie nicht Philipps wegen nach München gekommen. Zu Beginn der Dreharbeiten hatte sie ihm gesagt, daß sie bis zum Abschluß des Films keine Zeit haben würde, und er hatte das so beiläufig akzeptiert, daß in ihr die Vermutung aufstieg, er wolle ihre Beziehung beenden und sehe das als eine gute Möglichkeit. Er hatte sich all die Monate nicht gemeldet, und sie würde lieber sterben, als Philipp den Eindruck zu vermitteln, sie liefe ihm hinterher. Überdies war sie sich nicht sicher, ob sie diese Befreiung nicht begrüßen sollte. Doch in dem Moment, als sie den Chauffeur erblickte, wußte sie, daß sie so etwas erwartet hatte. Ein Teil von ihr empfand etwas, das gefährlich echter Freude ähnelte. Ein anderer war schlicht und einfach ärgerlich. Sie entschied sich für den Ärger.

»Woher wußten Sie, daß ich mit diesem Zug ankomme? Daß ich überhaupt nach München fahre?«

Der Chauffeur schaute betreten zur Seite. »Allmächtiger«, sagte Carla. Ihr Ärger wandelte sich in eisigen Zorn. »Läßt er mich überwachen?«

»Nein«, entgegnete der Chauffeur hastig, »net so direkt. Wir mußten schon Ihren Agenten anrufen, und dann die Filmleut. Es ist nur, Fräulein Fehr, da is was passiert letzte Nacht, und der Ferdl und ich, also wir haben Anweisung... bitte, kommen S' einfach mit, ich erklär's Ihnen auf dem Weg.«

Wenn das ein Trick ist, dachte Carla, dann überlege ich mir Roberts Idee mit dem Beleidigen aller auftreibbaren Nazigrößen noch einmal. Gleichzeitig erinnerte sie sich an Marianne, und ihr wurde kalt. Der Chauffeur trug ihren großen Koffer zu Philipps BMW, und erst als sie tatsächlich eingestiegen und er losgefahren war, erzählte er ihr, Herr Bachmaier sei letzte Nacht in eine Schlägerei geraten und ernsthaft verletzt worden.

Das klang nicht nach Philipp. »Was für eine Schlägerei?«

»Kommunisten«, erklärte der Chauffeur voller Überzeugung. »Die roten Hunde haben Herrn Bachmaier aufgelauert. Wo er doch den Führer unterstützt, das wissen die halt.«

Irgendwie hörte sich das alles sehr unwahrscheinlich an. Außerdem fiel ihr auf, daß sie sich nicht auf dem Weg zum Krankenhaus befanden. Sie kannte den Weg, den das Auto nahm, nur zu gut.

»Wir fahren nach Bogenhausen«, sagte sie tonlos.

»Ja, gewiß«, meinte der Chauffeur verwundert. »Hab ich des net erwähnt? Der Herr Bachmaier will net, daß so a Gschicht in die Zeitungen kommt, weil die Roten des dann verdrehen und a Propaganda drumrum machen. Und daher...«

Ihr Zorn kehrte verstärkt zurück. »Daher hat er gedacht, daß er mich im Notfall als Krankenschwester beschäftigen könnte? Das«, schloß sie beißend, ehe sie sich zurückhalten konnte, »beweist nicht eben Vertrauen in die Diskretion seiner Angestellten.«

Gleich darauf schämte sie sich. Nichts davon war die Schuld des Chauffeurs; sie würde nie vergessen, wie Käthe sie einmal nach den Familiennamen und der Erscheinung des Personals der Bogenhausener Villa gefragt hatte, um ihr zu demonstrieren, daß sie die meisten nur in ihrer Funktion wahrnahm, wie Maschinen, nicht als Individuen.

»Das«, verkündete Käthes Stimme in ihrer Erinnerung, »ist eines der Hauptübel des Kapitalismus.« Der Chauffeur hatte nicht verdient, daß sie ihren Ingrimm an ihm ausließ.

»Entschuldigen Sie bitte«, fügte Carla verlegen hinzu. Der Chauffeur schaute unbeirrt geradeaus; sie konnte jedoch erkennen, wie die Röte, die in seinen breiten Nacken gestiegen war, verblaßte.

»Er hat Sie halt sehen wollen«, sagte er.

Philipp mußte einen neuen Anstrich für das Haus angeordnet haben. Hell, dreigeteilt, mit dem halbrunden Vorbau in der Mitte, wäre es von niemandem als Drehort für eine Spukgeschichte gewählt worden. Trotzdem erinnerte es Carla an den Sarg, in dem sie einen Tag lang gelegen hatte. Sie hatte geschworen, nie mehr hierherzukommen, doch das Haus machte sich über sie lustig und teilte ihr mit, daß sie immer wieder zurückkehren würde.

»Nein«, sagte Carla scharf. Der Chauffeur, der Anstalten machte, ihr Gepäck aus dem Kofferraum zu holen, hielt inne. »Nein«, wiederholte Carla, »lassen Sie es, wo es ist. Ich besuche Herrn Bachmaier, und dann gehe ich wieder.«

Das war ohnehin mehr, als er verdiente. Er hatte Marianne alleine sterben lassen, und nun wollte er Gesellschaft, nur weil er sich ein paar blaue Flecken eingehandelt hatte? Sie lief die Treppen hoch und versuchte, die Erinnerungen zu ignorieren, die auf sie einstürmten. Im ersten Stock fiel ihr ein, daß sie nicht wußte, in welchem Zimmer sich Philipp befand, also wartete sie auf den Majordomus, den der Chauffeur »Ferdl« genannt hatte und der ihr hinterherkeuchte. Sie konnte sich nicht erinnern, daß er zu Lebzeiten ihres Vaters auch schon hiergewesen war; Philipp mußte ihn neu eingestellt haben.

»Bittschön, Fräulein«, sagte der Majordomus und führte sie in eins der früheren Gästezimmer, was sie von ihrer Furcht erlöste, Philipp könne sich in den Räumen ihres Vaters einquartiert haben. Sie war darauf gefaßt, ihn mit einem bandagierten Handgelenk und ein paar Abschürfungen hinter seinem Schreibtisch vorzufinden oder lesend auf einer Couch, und daher traf sie der Anblick, der sich ihr bot, völlig unerwartet. Als der Bedienstete die Tür öffnete, konnte man sofort sehen, daß sie in Philipps Schlafzimmer führte; er lag tatsächlich im Bett und sah aus, als hätte ihn einer der Maskenbildner vom Theater als Leprakranken zurechtgemacht. Durch die offensichtlich von Laien angelegten Verbände um Arme und Oberkörper drang an mehreren Stellen Blut, und das Gesicht war eine einzige Ansammlung von braunen und blauen Schwellungen.

Zumindest das mit der Schlägerei stimmte. Aber warum sollte es ihr etwas ausmachen, ihn so zu sehen? Sie hatte oft genug von etwas Ähnlichem geträumt.

»Er muß in ein Krankenhaus«, sagte sie ungehalten zu dem Diener.

Aus Philipps Bett drang eine Stimme, die heiser »Nein!« hervorstieß. Bisher hatte er durch nichts zu erkennen gegeben, daß er ihren Eintritt bemerkt hatte. Sie ging zu ihm. Durch die zugeschwollenen Lider waren die schwarzen Augen, die sich auf sie hefteten, kaum erkennbar, doch er war eindeutig bei Bewußtsein.

»Aber das ist doch Unsinn. Du mußt versorgt werden.«

Sie fügte nicht hinzu, daß sie die Begründung, die ihr der Chauffeur geliefert hatte, nicht glaubte. Wenn wirklich Kommunisten einen wohlhabenden Industriellen mit Verbindungen zur NSDAP zusammengeschlagen hatten, dann waren die einzigen, die unter der darauf folgenden Propaganda leiden konnten, die Kommunisten. Philipp mußte einen anderen Grund haben, die ganze Sache vertuschen zu wollen, doch jetzt war nicht der Zeitpunkt, ihn herauszufinden.

»Kein Krankenhaus«, wiederholte Philipp. »Keine Öffentlichkeit.«

Carla wandte sich an den Majordomus. »Hat Herr Bachmaier einen Hausarzt?«

Der Mann schüttelte den Kopf und erwiderte, Herr Bachmaier werde nie krank. In einem Gemisch aus Zorn, Ohnmacht und Beunruhigung sagte sie: »Nun, ich habe ganz bestimmt keine medizinische Ausbildung, und ich bin nicht... ich bleibe nicht hier!«

Sie ließ sich den Weg zum nächsten Telefon weisen und erfuhr so, daß sich mittlerweile zwei Apparate im Haus befanden. Dann wählte sie die Nummer von Dr. Goldmanns Praxis. Er war sehr überrascht, von ihr zu hören, und noch überraschter, als sie ihm die näheren Umstände erläuterte, doch taktvoll genug, um nicht zu fragen, weswegen sie auf einmal ihren Schwager besuchte, mit dem sie, wie er von Käthe wußte, nichts verband.

»Also gut, ich komme in einer halben Stunde«, sagte er. Während Carla auf ihn wartete, begrüßte sie eines der Dienstmädchen, das sie noch von früher kannte, und bot an, ihr eine kühle Limonade zu

377

bringen, was sie dankbar akzeptierte. Es war ein heißer Sommertag. Philipp mußte dort oben, direkt unter dem Dach, fast ersticken. Zumindest konnte sie die Fenster öffnen und für etwas Durchzug sorgen, ehe Dr. Goldmann eintraf und sie erlöste. Als sie wieder Philipps Zimmer betrat, diesmal alleine, sagte er nichts.

»Es ist viel zu heiß hier. Ich mache nur die Fenster auf.«

»Rührend«, entgegnete er, und trotz der mühsamen Sprechweise trieb der kühle, überlegene Tonfall, den er ihr gegenüber anschlug, sie wie üblich in die Defensive. »Wirst du auch die Tür schließen, wenn du hinausgehst?«

Es war ein Fehler gewesen, überhaupt hierherzukommen, ein gewaltiger Fehler. Sie knallte die Tür hinter sich zu und hörte Philipp heiser lachen, während der Majordomus auf dem Gang indigniert die Augenbrauen hochzog.

Dr. Goldmanns Ankunft löste eine neue Welle von Besorgnis in ihr aus. Sie nahm sich vor, ihn, ehe er ging, an die ärztliche Schweigepflicht zu erinnern; dann konnte sie immer noch ihre offizielle Ankunft für Kathi inszenieren.

»Sie haben abgenommen, Carla«, sagte er in seiner freundlichen Art, und sie fragte sich, warum sie immer Hintergedanken haben mußte, selbst Leuten wie Martin Goldmann gegenüber, der immer nur hilfsbereit und höflich ihr gegenüber gewesen war. »Richtig hohlwangig sehen Sie aus.«

»Die Arbeit an dem Film war ziemlich anstrengend«, entgegnete sie und bemerkte, daß er sich umschaute, während sie ihn zur Treppe führte. »Wir haben alle nur von Kaffee und Tabletten gelebt, fürchte ich.«

»Sie sollten ein paar Wochen lang hier bei uns in Bayern bleiben und sich erholen, bevor Sie wieder zu den Preußen gehen«, sagte Dr. Goldmann und klopfte auf die Arzttasche. »Um das ganze Zeug aus Ihrem Körper zu kriegen. Zuviel davon über einen zu langen Zeitraum macht süchtig.«

»Eigentlich hatte ich das vor.«

Vielleicht lag es an seinem professionellen Auftreten als Arzt, aber er hatte etwas Vertrauenerweckendes an sich, das die Anspannung in ihr ein wenig löste. Gleichzeitig wurde ihr bewußt, daß er bisher jede Frage nach Philipp vermieden hatte. Bestimmt kannte er auch Philipps politische Einstellung. Daß er trotzdem sofort gekommen war, erhöhte ihre Achtung vor ihm noch weiter. Er war vielleicht blind, was Kathi anging, und hoffnungslos blauäugig, soweit es Robert betraf; dennoch beneidete sie Robert plötzlich.

Diesmal klopfte sie, ehe sie den Raum betrat. »Dr. Goldmann«, sagte sie, »mein Schwager, Philipp Bachmaier. Philipp, das ist Dr. Goldmann.«

Insgeheim befürchtete sie Philipps Reaktion auf diese ungebetene Konsultation. Sie hatte noch nie erlebt, daß er in Gegenwart von Juden antisemitische Bemerkungen gemacht hatte, doch ansonsten ließ er sie gelegentlich ins Gespräch einfließen, und seine Selbstbeherrschung unter Schmerzen kannte sie nicht. Doch die beiden Männer tauschten die üblichen Höflichkeitsfloskeln aus, und sie wollte sich erleichtert umdrehen, um zu gehen, als Philipp laut und deutlich sagte, während er sie über Dr. Goldmanns Schulter anschaute:

»Oh, es besteht kein Grund, warum Fräulein Fehr der Untersuchung nicht beiwohnen sollte. Es gibt hier nichts, was sie nicht schon gesehen hat.«

Du Mistkerl, dachte Carla und benutzte jede Unze Disziplin, die ihr Beruf sie gelehrt hatte, um weder zusammenzuzucken noch eine Miene zu verziehen. Dr. Goldmann, Gott segne ihn, reagierte überhaupt nicht auf die Bemerkung. Doch er begann ohne weitere Umstände damit, Philipps Verbände abzuwickeln. Natürlich konnte sie immer noch gehen, aber sie gönnte Philipp die Genugtuung nicht. Mit gekreuzten Armen lehnte sie an der Wand und beobachtete, wie nach und nach immer mehr von seinem malträtierten Fleisch zum Vorschein kam. Unwillkürlich preßte sie die Lippen zusammen. Es war eigenartig, Mitleid für jemanden zu fühlen, der keines verdiente und einen gerade mit Absicht bloßgestellt hatte, aber es ließ sich nicht verhindern. Selbst ein Fremder hätte ihr unter solchen Umständen leid getan, und sie kannte seinen Körper nun einmal zu gut, um nicht so etwas wie ein Echo zu empfinden, wenn sie sich vorstellte, wie derartige Male zustande gekommen waren. Während der ganzen Zeit, außer, als Dr. Goldmann ihn vorsichtig zur Seite drehte, blickte er zu ihr herüber, und mit einemmal kam ihr die Erkenntnis, daß bei seinen verklebten Lidern auch das schmerzhaft sein mußte.

»Nun«, sagte Dr. Goldmann, als er fertig war und Philipp neu verbunden hatte, »zum Glück scheint nichts gebrochen zu sein, und ich glaube nicht, daß es bleibende Schäden geben wird. Trotzdem sollten Sie sich in ein Krankenhaus einliefern und röntgen lassen.«

»Das kommt nicht in Frage.«

»Dann kann ich Ihnen nur raten, sich in den nächsten Tagen so wenig wie möglich zu bewegen.« Er notierte etwas auf einen Zettel. »Besorgen Sie das in der Apotheke, Carla. Ich werde morgen noch einmal vorbeischauen. Es sei denn«, fügte er höflich, an Philipp gewandt, hinzu, »Sie ziehen es vor, einen anderen Arzt zu konsultieren?«

»Nein.«

Sowie sie Philipps Zimmer hinter sich gelassen hatten, sagte Carla: »Dr. Goldmann, ich kann diese Rezepte jemandem vom Personal geben, aber ich … ich bleibe nicht hier.«

»Das sollten Sie aber. Es kann immer noch sein, daß er innere Blutungen hat, deswegen möchte ich ja, daß er in ein Krankenhaus geht. Wie auch immer, er sollte in dieser Nacht nicht alleine gelassen werden.«

»Aber ich …« Was konnte sie sagen? Nach dem, was Dr. Goldmann gehört hatte, würde jeder Protest grotesk klingen.

»So wie ich das sehe«, bemerkte Martin Goldmann und klang wie Käthe angesichts einer unerledigten Schulaufgabe, »ist es Ihre Verantwortung.«

Großartig. Ganz eindeutig lag auf diesem Haus ein böser Zauber, der sie jedesmal wieder einfing, wenn sie den Fehler machte, es zu betreten. Und das Tückische war, es gab keinen Ausweg; wenn sie Philipp jetzt seinem Personal überließ und er wider Erwarten starb, dann würde sie sich für den Rest ihres Lebens verantwortlich fühlen, und sie schleppte bereits genug Last aus der Vergangenheit mit sich herum. Höchstwahrscheinlich würde er sich wieder erholen, ob mit oder ohne ihre Anwesenheit, aber dessen konnte man eben nicht hundertprozentig sicher sein.

»Ich bin keine Krankenschwester«, sagte sie schwach, doch Martin Goldmann sah, daß sie sich bereits damit abgefunden hatte, vorerst hierzubleiben.

»Das verlangt ja auch keiner von Ihnen«, meinte er begütigend. »Sie brauchen nur darauf zu achten, daß meine Anweisungen ausgeführt werden; wenn seine Atmung sich ändert oder er plötzlich anfängt zu zittern, dann fahren Sie mit ihm ins nächste Krankenhaus, ob er will oder nicht. Ansonsten wird er in ein paar Tagen wieder aufstehen können. Er soll sich nur nicht hastig bewegen.«

»Dr. Goldmann«, platzte Carla heraus, »bitte sagen Sie Kathi auf keinen Fall... daß ich in der Stadt bin. Ich wollte eigentlich sie besuchen und...«

Sie ließ den Satz offen; er wußte auch so, worum sie ihn in Wirklichkeit bat. »Wie Sie möchten. Aber glauben Sie nicht, daß sie es früher oder später erfahren wird?«

»Nicht, wenn ich es verhindern kann.«

»Hm. Ich muß sagen, daß Herr Bachmaier mich so ohne weiteres als Arzt akzeptiert hat, beweist mir, daß nichts so heiß gegessen wird, wie man es kocht. Ich habe mir schon immer gedacht, daß die antisemitischen Parolen dieser Herren nur billige Wahlkampfstrategie sind.«

»Ich möchte Ihnen danken«, entgegnete Carla ernst. »Für Ihre Hilfe, gerade unter den Umständen.«

Dr. Goldmann lächelte. »Mein Kind, ich bin Arzt. Ich habe den hippokratischen Eid geleistet, und das bedeutet, daß ich sogar diesem unsäglichen sogenannten Führer hülfe.« Er zwinkerte ihr zu. »Obwohl ich in diesem Fall die Gelegenheit dazu benützen würde, ihn an die Kollegen von der Psychiatrie weiterzuverweisen.«

Sie überraschte ihn mit einer spontanen Umarmung.

»Sie sind ein guter Mensch. Ich weiß, das klingt furchtbar abgedroschen, aber wissen Sie, Sie gehören zu den wenigen wirklich guten Menschen, die ich kenne.«

Der Tod von Barbara König stand vor seinen Augen. »Ich wünschte, das wäre so«, sagte Martin Goldmann traurig. »Ich wünschte wirklich, das wäre so.«

Der Chauffeur gab zum Glück keinen Kommentar ab, als Carla ihn bat, ihr mit ihrem Koffer zu helfen. Sein Freund, der Majordomus, fragte, welches Zimmer man für sie zurechtmachen solle. Sie wollte nicht in ihr eigenes zurückkehren, und am Ende entschied sie sich für das, das Käthe bewohnt hatte. »Das Büro hat Anweisung, Herrn Bachmaier in den nächsten Tagen nicht zu stören«, sagte der

Majordomus, »und Besuchern wird mitgeteilt werden, daß er verreist ist. Es sei denn, Sie erwarten...«

»Nein«, schnitt Carla ihm das Wort ab und konnte gerade noch verhindern, daß sie hinzusetzte: »Wer würde mich hier schon besuchen?«

Nachdem sie ihre Sachen ausgepackt und den Chauffeur mit Dr. Goldmanns Rezept losgeschickt hatte, stählte sie sich für eine weitere Konfrontation mit Philipp.

»Du bist noch hier?«

»Ja, mich wundert das auch.«

Sie wartete auf die nächste Attacke, doch er verblüffte sie damit, friedfertig um etwas zu trinken zu bitten. Dann sagte er abrupt: »Es war ein Fehler.«

»Was?«

»Dich herzuholen. Es tut mir leid, Carla. Ich würde es vorziehen, wenn du wieder gingst.«

»Du vielleicht«, entgegnete Carla mit zusammengebissenen Zähnen, »aber ich nicht. Nachdem du mich glücklich gedemütigt hast, möchte ich auch etwas auf meine Kosten kommen. Dich leiden zu sehen ist das mindeste, was du für mich tun kannst, Philipp.«

Er lachte, was einen Hustenanfall und einen weiteren Griff nach dem Wasserglas auslöste.

»Ja, ich dachte mir, daß dir so etwas gefällt.«

Der Tag verging in einer bizarren, unwirklichen Atmosphäre; außerhalb von Philipps Zimmer kam sich Carla wie ein Geist vor, wenn sie durch das Haus streifte; wessen Geist, das wußte sie nicht mehr. Sie fragte sich, ob sich die beiden Puppen noch irgendwo befanden; als sie nach dem Tod ihres Vaters wieder hierher zurückgekehrt war, um die Ferien mit Marianne und Philipp zu verbringen, waren sie verschwunden, ob nun von Marianne, von einem der Dienstmädchen oder von ihrem Vater entdeckt und weggeräumt, das entzog sich ihrer Kenntnis. In Philipps Arbeitszimmer entdeckte sie tatsächlich ein kleines Hitlerporträt und widerstand der Versuchung nicht, es abzunehmen und in der nächsten Schublade zu verstecken. Etwas in diesem Haus macht mich unweigerlich zu einem Kind, dachte sie; der leere Haken forderte sie heraus, noch weiter zu gehen, und sie holte Genevieves Abschiedsgeschenk aus

382

seiner Schachtel. Nun hing die Maske dort, und sie hoffte nur, daß Philipp sie erst endeckte, wenn er Besuch hatte.

Immerhin fühlte sie sich erwachsen, wenn sie mit ihm sprach. Nicht unbedingt glücklich, aber erwachsen. Um nicht den Eindruck zu erwecken, es sei ihm tatsächlich gelungen, sie zu seiner Krankenschwester umzufunktionieren, machte sie ihre Turnübungen zum üblichen Zeitpunkt, als sei er nicht im Raum, und hielt es ebenso mit den Stimmübungen. Renate Beuren hatte ihr empfohlen, sich regelmäßig an Kleist und Lessing zu versuchen. »Beider Dramen gehören zu dem Schönsten, was die deutsche Sprache zu bieten hat, aber es ist ungeheuer schwer, sie fließend zu deklamieren.«

Sie wußte, daß ihr Vater beider Werke in Gesamtausgaben in der Bibliothek stehen hatte, und fand ohne große Mühe das, was sie suchte.

»Lesestoff?« erkundigte sich Philipp ironisch, als sie, mit dem Buch bewaffnet, hereinkam. »Oder beabsichtigst du, mir vorzulesen? Das ist wirklich zu gütig von …«

»Weder noch«, unterbrach Carla ihn. »Es ist Arbeit, und da ich nun einmal hier sein muß, kannst du mir auch dabei helfen.«

Sie setzte sich an seine Bettkante, weil sie den Text nicht auswendig konnte und nur ein Exemplar vorhanden war. »Du liest Saladin«, sagte sie und lächelte ihr unschuldigstes Lächeln. »Der hat in dieser Szene nicht viel zu sagen.«

Man konnte Philipp nicht mangelhafter Literaturkenntnisse beschuldigen; er begriff sofort, welche Szene sie meinte.

»Carla, wenn das ein Bekehrungsversuch sein soll, dann vergißt du, daß ich dieses Rührstück schon kenne. Lessings Ausrutscher. Es hat genauso wenig etwas mit dem wirklichen Judentum zu tun, wie die Gemälde von Michelangelo und Raffael Juden darstellen, wenn sie alttestamentarische Szenen abbilden.«

»Es ist kein Bekehrungsversuch«, erwiderte sie und weigerte sich, sich aus der Ruhe bringen zu lassen. »Bekehren kann man nur, wo eine Überzeugung vorhanden ist, und ich glaube immer noch nicht, daß du von diesem Unsinn wirklich überzeugt bist. Aber selbst wenn, es *ist* eine Übung für mich, also lies einfach den Text.«

Zu ihrer heimlichen Überraschung tat er es, monoton, aber er tat es, und sie schulte ihre Zunge an Nathan dem Weisen und seiner

Ringparabel. Danach war er müde und schlief; ruhend und bandagiert strahlte er statt seiner gewohnten Souveränität eine eigenartige Hilflosigkeit aus. Plötzlich fragte sie sich, wie Philipp wohl als Kind gewesen war. Sie konnte sich nur vage an seine Geschwister und an seine Mutter erinnern. Etwas arrogant waren sie alle gewesen, zumal ihr gegenüber, aber niemand so sehr wie Philipp. Sein Bruder hatte sogar zu den schulterklopfenden, sich auf die Knie schlagenden, jovialen Typen gehört, die jedermann – außer Carla und ihren Vater – behandelten, als begegneten sie nur ältesten Freunden. Nein, an der Familie lag es wohl nicht; andererseits, was wußte sie schon von Familien? Als sie leise die Tür öffnete, streckte er eine Hand aus, als sei er aufgewacht und wolle sie zurückhalten, aber als sie erstaunt innehielt, stellte sich heraus, daß es eine Bewegung im Traum gewesen sein mußte. Er schlief weiter.

Ihr eigener Schlaf verweigerte sich zunächst beharrlich. Dabei hatte sie in den letzten Wochen gar kein Benzedrin mehr nehmen müssen. Endlich siegte die Müdigkeit über ihre Grübeleien, doch was sie erwartete, war schlimmer als Schlaflosigkeit; ihre schlimmsten Albträume suchten sie heim, als wüßten sie, daß Carla nun wieder auffindbar für sie war. Sie erwachte tränenüberströmt und mit einem Schrei. Ihr Puls hämmerte, und in diesem Moment hätte sie alles getan, um nicht wieder einschlafen zu müssen. Sie stand auf, zog einen Morgenmantel über und lief geradewegs zu Philipps Zimmer. Das Dienstmädchen, das bei ihm wachte, war ebenfalls eingenickt und zuckte zusammen, als Carla ihre Schulter berührte. Ihre Hände fuhren an den Mund.

»Jessas na, Fräulein Fehr«, flüsterte sie, während ihr Blick von Carlas bloßen Füßen über ihren hellen Bademantel, der im Mondlicht weiß wirkte, glitt, »haben Sie mich erschreckt. Ich hab gedacht, Sie wär'n ein Geist.«

»Ja, ich weiß«, antwortete Carla kurz angebunden. »Es ist gut, Sie brauchen nicht länger aufzubleiben.«

Philipp war wach, aber er schwieg, bis das Mädchen gegangen war.

»Ich kann nicht schlafen«, sagte Carla als Erklärung und hatte kaum zu Ende gesprochen, als ihr einfiel, daß er ihren Schrei gehört haben mußte.

»Du lügst erbärmlich schlecht«, erwiderte er, »was wohl bedeutet, daß es dir nicht gutgeht. Wenn du weiter barfuß hier herumstehst, wirst du dich erkälten.«

Er rückte ein wenig zur Seite und stöhnte dabei unwillkürlich. Sie war zu erleichtert, um zu streiten, und legte sich vorsichtig neben ihn. Es war eigenartig, die Nacht mit ihm zu verbringen, ohne mit ihm zu schlafen. Aber im Gegensatz zu seiner sonstigen Wirkung auf sie beruhigten sie seine Wärme und seine bloße Gegenwart diesmal; er lebte, und er hielt die Geister von ihr fern. Sie sprachen nicht miteinander, obwohl sie erst gegen Morgen in einen leichten Schlummer glitt. Ehe sie aufwachte, glaubte sie einen Moment, seine Lippen auf ihrem Haar zu spüren, doch das mußte ein Traum gewesen sein, denn als sie die Augen öffnete, schlief er, den Kopf von ihr abgewandt.

Da Philipp offenbar keine inneren Blutungen hatte und das Haus Carla immer noch zu schaffen machte, trieb es sie bald in den Garten. In dem Geräteschuppen fand sie einen alten Bekannten: ihr Fahrrad. Mit Hilfe des Chauffeurs gelang es ihr, die Reifen zu flicken und wieder aufzupumpen. Es machte Spaß, wieder in die Pedale zu treten und die großen Alleen auf und ab zu fahren, die Sonne und den Fahrtwind im Gesicht. Sie beschloß, sich in Berlin ebenfalls ein Rad anzuschaffen, trotz des viel stärkeren Verkehrs. Als sie in die Villa zurückkehrte, war sie zufrieden und ausgeglichen genug, um sich nicht einmal zu fragen, was der gerade ebenfalls eintreffende Dr. Goldmann wohl von den schwarzen Striemen auf ihren Händen und Unterarmen hielt. Erst als sie sich flüchtig wusch, entdeckte sie, daß auch ihr Gesicht Spuren der Reparaturarbeiten zeigte.

Philipp erholte sich schnell. Er schien sich immer noch nicht entscheiden zu können, ob ihre Anwesenheit ihn störte oder freute, was ihrer eigenen Ungewißheit entsprach.

»Dir ist doch klar«, sagte er eines Tages, »daß du nicht in der Wirklichkeit lebst. Du wechselst von einer Illusion in die nächste.«

»Und du lebst in der Wirklichkeit?« Carla schnitt eine Grimasse. »Du tust es vielleicht, wenn du deine Geschäfte führst, aber ganz bestimmt nicht, wenn du tatsächlich den Blödsinn von einer jüdischen Weltverschwörung glaubst, oder daß sämtliche Probleme des

385

Landes in dem Moment aufhören werden, in dem Hitler ins Kabinett kommt.«

»Oh, er wird nicht ins Kabinett kommen. Er wird die Regierung übernehmen.«

Leider war das nicht mehr so unwahrscheinlich, als daß sie es eine Illusion hätte nennen können, also beharrte sie auf dem anderen Aspekt. »Aber glaubst du nun daran oder nicht? An die Überlegenheit der arischen Rasse und die jüdische Weltverschwörung?«

»Das ist keine Frage des Glaubens«, erwiderte Philipp, »sondern der Statistik. Der nordische Menschentyp hat seine Überlegenheit bereits bewiesen, und was die Juden angeht…«

Carla wartete vergeblich darauf, daß er seinen Satz beendete. »Ja?« fragte sie schließlich ungeduldig. »Was ist mit den Juden? Glaubst du wirklich, daß so verschiedene Menschen wie«, sie überlegte, »Kathi und Dr. Goldmann und Max Reinhardt und Leo Trotzki und die Rothschilds in Paris miteinander auf die Welteroberung hinarbeiten?«

»Meine Liebe«, erwiderte Philipp auf seine pompöseste Art, »du läßt dich da von der Sentimentalität persönlicher Bindungen beeinflussen.«

»Das ist keine Antwort«, sagte Carla triumphierend. »Aber das wundert mich nicht. Es ist so lächerlich, daß man keine rationalen Argumente dafür finden kann.«

Philipp setzte sich auf. Die Schwellungen in seinem Gesicht waren mittlerweile genügend abgeklungen, um wieder so etwas wie Mimik erkennen zu lassen. Jetzt wirkte er auf eine leidenschaftslose Art konzentriert, als er sachlich zurückgab: »Also schön, hier sind ein paar Argumente. Die momentane wirtschaftliche Situation ist gründlich verfahren. Die Arbeitslosigkeit steigt weiter, und weder das Parlament noch die Regierung haben wirklich effektive Maßnahmen auf die Beine gestellt. Wenn aber ein Teil der Bevölkerung gezwungen wird, auszuwandern und vorher sein Kapital dem Staat zur Verfügung zu stellen, dann könnte das für den Rest die Rettung bedeuten. Die logische Wahl fällt dabei auf diejenigen Bürger, deren Vorfahren ohnehin Fremde waren und die sich jahrhundertelang auf Kosten ihres Gastlands bereichert haben. Eine solche Zwangsmaßnahme kann aber von einer demokratischen Regierung nicht durchgeführt werden. Infolgedessen braucht man einen starken Mann und eine Organisation, die den Rest der Bevölkerung hinter sich vereinen kann.«

»Mit anderen Worten«, entgegnete Carla aufgebracht, »man benötigt einen legalisierten Raubzug. Sag das doch gleich, und laß das mit der jahrhundertelangen Bereicherung. Soweit ich weiß, wurden die Juden im Mittelalter, als ihnen de facto jeder andere Beruf als der des Geldverleihers verboten war, extrem hoch besteuert. Und ich möchte wissen, ob du das alles noch so vernünftig fändest, wenn du selbst ein Jude wärst. Würdest du dann deinen Beitrag für das Allgemeinwohl leisten wollen, deinen Betrieb und dein Vermögen aufgeben und auswandern?«

»Ich habe keinen Tropfen jüdisches Blut in mir«, sagte Philipp kalt, was wieder keine Antwort war.

»Du hast aber nichts dagegen, dich von einem jüdischen Arzt behandeln zu lassen!«

»Das«, erwiderte Philipp und glitt wieder in eine liegende Position zurück, »war deine Idee.«

»Was mache ich eigentlich noch hier?« sagte Carla abgestoßen und stand auf.

»Illusionen, das ist es, was du dir machst«, entgegnete Philipp ohne einen Hauch von Spott; die geschäftsmäßige Sachlichkeit wurde von einer ernsten Eindringlichkeit ersetzt. »Du glaubst, ich müßte jemandem, den ich für seine Dienstleistung bezahlen werde, dankbar sein. Du verschließt dich vor dem, was in diesem Land vorgeht, und du weigerst dich, die Zukunft zu sehen.«

Ihr fiel etwas ein. »Gut«, meinte sie und holte Carmillas Lächeln angesichts ihrer Opfer zurück, »dann verhilf mir zu etwas Realitätssicht, und verrate mir doch, von wem du wirklich zusammengeschlagen worden bist? Selbst eine Traumtänzerin wie ich kann sich denken, daß es nicht die Kommunisten waren, sonst würden es alle Hähne bereits von den Dächern krähen.«

»Mein Schatz, die Vorstellung, daß Kommunisten ihre Gegner nicht zusammenschlagen, ist auch so eine Illusion, die du vermutlich deiner jüdischen Lehrerin verdankst. Was glaubst du, warum wir überhaupt einen Kampf um die Straße führen müssen?«

Carla schüttelte den Kopf und kehrte zu ihm zurück. Sie kniete sich neben sein Bett und fuhr sachte mit einem Finger über seine blaubraungefleckte Wange, ehe sie an einem blauen Punkt einen kleinen, aber heftigen Druck ausübte und befriedigt sah, daß Philipp ein leichtes Zusammenzucken nicht verhindern konnte.

»Das«, murmelte sie dabei, »stammt aber nicht von einer Straßenschlägerei, denn erstens würdest du nicht mitmarschieren, das ist nur etwas fürs Fußvolk. Und zweitens wäre es dann immer noch wunderbar propagandistisch auszuwerten, ich wäre nicht hier, und du würdest Interviews für die *Münchner Neuesten Nachrichten* geben.«

Er packte ihr Handgelenk; seine Finger zumindest konnte er tadellos bewegen. »Also schön«, sagte er. »Hier sind zwei Geschichten für dich; du kannst dir aussuchen, welche dir besser gefällt.«

Mit einem Ruck zog er ihren Arm zu sich heran; ihr Gesicht war nur noch wenige Zentimeter von seinem entfernt. »Ich dachte«, flüsterte Carla, »du solltest Bewegung vermeiden.«

»Das dachtest du nicht.«

Damit hatte er nicht unrecht. Die Anziehungskraft, die er auf sie ausübte, war so stark wie eh und je, wie üblich durch den Streit mit ihm noch verstärkt, und die Monate voller arbeitsbedingter Enthaltsamkeit machten ihr zu schaffen. Es würde vermutlich seine Erholung etwas verzögern, aber im Moment wünschte sie nicht unbedingt sein Bestes.

»Was für… Geschichten?« fragte sie, während er die Bluse, die sie trug, ungeduldig aufriß und sie ihre Beine dem Rest ihres Körpers folgen ließ.

»Nachher.«

»Jemand wünscht Sie zu sprechen, Fräulein Fehr«, sagte der Majordomus zu Carla und schaute sie vorwurfsvoll an. »Ich dachte, Sie erwarteten keinen Besuch, aber er hat ausdrücklich nach Ihnen gefragt.«

Carla war gerade damit beschäftigt, ihren Koffer zu packen. Zehn Tage in diesem Haus mit Philipp zu leben genügte, um das Bedürfnis, fliehen zu müssen, wieder auf ein Höchstmaß zu treiben. Er hatte sein Versprechen, ihr die wahre Herkunft seiner Verletzungen zu erzählen, nicht gehalten, hatte allerdings auch auf jede weitere abfällige Bemerkung über ihre Freunde oder ihren Realitätssinn verzichtet. Nur einmal, als sie die Monologe von Schillers

Johanna – Wortarien, reine Wortarien, hatte Frau Beuren betont, sie müssen fast gesungen werden – übte, bemerkte er, als sie eine Pause machte:

»Es gibt keinen Gott. Es gibt den Tod und das Bemühen, ihn zu überwinden, aber es gibt keinen Gott. Warum machst du dir das vor?«

»Weil ich Schiller deklamiere«, erwiderte sie leichthin und erwartete, daß er wieder von ihrem mangelnden Halt an der Wirklichkeit anfing, aber statt dessen schwieg er, und als er nach dem Schluß ihrer Übung wieder sprach, war es von anderen Dingen. Nein, es waren nicht eigentlich Philipps Ansichten, derentwegen sie gehen wollte, es lag daran, daß sie anfing, sich an seine ständige Gegenwart zu gewöhnen, und das konnte nicht gut sein.

Ihr Besucher war zur Bestürzung des Majordomus, der ihn noch nicht kannte, nicht so höflich, unten zu warten. Er folgte seiner Ankündigung beinah auf dem Fuß und fing Carla auf dem Flur ab.

»*Oh meine holde Kriegerin!*« rief er in seinem tiefen Othello-Tonfall und breitete die Arme aus. Sie nahm an, er wolle den Majordomus schockieren, und erwiderte: »*Mein Othello!*« mit einem Entzücken, das sie nicht spielen mußte; sie hatten sich Ewigkeiten nicht mehr gesehen, und da war er, genau zu dem Zeitpunkt, als sie ihn brauchte, und vor allem allein. Es gab soviel zu erzählen, und sie wollte unbedingt wissen, was er als nächstes plante. Er hob sie auf und wirbelte sie herum, bis sie lachend mit den Fäusten auf seine Schultern hämmerte, um wieder heruntergelassen zu werden.

»Herr König«, sagte Philipps kühle Stimme aus dem Hintergrund. Carla zuckte zusammen. Robert setzte sie ab, doch er legte weiterhin einen Arm um ihre Taille.

»Herr Bachmaier.«

Philipp stand, vollständig angekleidet, doch immer noch sichtbar angeschlagen, am anderen Ende des Ganges und beobachtete sie.

»Dada hat mir erzählt, daß du hier bist«, sagte Robert unbekümmert zu Carla, nachdem er Philipps kurzes Nicken erwidert hatte, »und da ich selbst so lange nicht mehr in München war, dachte ich mir, da schlägst du zwei Fliegen mit einer Klappe.«

»Und welche Fliegen«, fragte Philipp, ohne näher zu kommen

oder Anstalten zu machen, Robert die Hand zu reichen, »wären das?«

Robert lächelte. »Ein Wiedersehen mit München und mit diesem edlen Gemäuer. Obwohl, wenn ich Sie wäre, Herr Bachmaier, wäre ich schon längst umgezogen. Es hat eine etwas museale Atmosphäre, finden Sie nicht?« Und ohne eine Atempause setzte er, an Carla gewandt, hinzu: »Saw tshcam ud reih? Efpmäkgnir tim med Jah? Os, eiw re tuahcssua, tsnniweg ud.«

Carla versetzte ihm einen Rippenstoß, aber ehe sie dazu kam zu antworten, sagte Philipp, ohne eine Miene zu verziehen: »Hci ebualg muak, ßad eis sad sawte thegna.«

Roberts Augenbrauen schossen in die Höhe, während Carla spürte, wie ihr das Blut in die Wangen stieg. Dann warf Robert den Kopf zurück und lachte.

»Tut mir leid«, antwortete er, als er wieder Luft bekam, und musterte Philipp mit neuem Respekt. »Wissen Sie was, ich lade Sie zum Essen ein, bevor ich mit Carla zurückfahre.«

»Fahren Sie mit Carla zurück?« fragte Philipp gedehnt.

Unterdessen hatte Carla ihre Fassung wiedergewonnen. »*Ich* fahre auf jeden Fall«, sagte sie fest. Dann holte sie der Sinn für das Absurde, den Robert immer in ihr weckte, wieder ein. »Aber das mit dem Essen ist keine schlechte Idee, nur würde ich vorschlagen, daß wir es hier einnehmen, weil Philipp noch nicht ausgehen möchte. Ich habe mein Rad wiedergefunden, Robert. Wie wäre es, wenn wir etwas besorgen, was du bezahlst?«

»Abgesehen davon, daß die Köchin genügend Vorräte im Haus hat«, begann Philipp, und Carla unterbrach ihn: »... wäre es ratsamer, das Auto zu nehmen, ja, ich weiß.«

»Mit dem Rad macht es mehr Spaß«, fiel Robert ein. »Und ich komme dazu, meinen Fauxpas durch eigene Energie gutzumachen.«

Ein schmales Lächeln spielte um Philipps Mundwinkel, und er kam langsam näher. »Und wie«, erkundigte er sich, immer noch kühl, aber mit einem amüsierten Unterton, »beabsichtigen Sie, zu zweit ein Fahrrad zu benutzen, um einzukaufen?«

»Warten Sie's ab.« Obwohl er wirklich nicht die Absicht hatte, einen Krieg mit Philipp dem Hai anzufangen, widerstand Robert der Versuchung nicht, hinzuzufügen: »Sie können sich nicht vorstellen, was Carla und ich zusammen alles fertigbringen.«

»Da bin ich sicher«, entgegnete Philipp trocken. Er folgte ihnen hinaus und beobachtete, wie Robert sich prüfend auf das alte Rad setzte, was die Reifen sichtlich platter machte.

»Das kommt davon, wenn man so zunimmt«, sagte Carla selbstzufrieden. »Bei mir ist es noch genau wie früher.«

»Unke. Du wirst sehen, es trägt mich tadellos, und außerdem bin ich seit damals eben gewachsen...«

Sie kicherte. »In die Breite!«

»Schweig und staune, du Spargel!«

In der Tat trug ihn das Rad, obwohl er wirklich etwas zu groß dafür war. Er drehte triumphierend eine Runde, bremste und meinte, nun kämen sie zum Experimentierstadium.

Carla setzte sich auf den Gepäckträger. »So, mein treuer Hatatitlah«, murmelte Robert, »jetzt laß uns nicht im Stich.«

Es gab einen Ruck, und er mußte sich ernsthaft ins Zeug legen, aber es funktionierte. Der Übermut packte Carla, und als er nach weiteren zwei Runden bremste, stützte sie sich auf seiner Schulter ab und stellte sich auf. Philipp sah aus, als könne er sich nicht entscheiden, ob er sie für maßlos kindisch oder verrückt halten solle, eine Frage, die sich der Chauffeur, der gerade den Wagen polierte, gewiß auch stellte, doch das kümmerte sie nicht. Sie hatte schon lange keinen solchen Spaß mehr gehabt.

»Meine Damen und Herren«, verkündete Robert, während er wieder losfuhr und sie sich an ihm festhielt, »wir präsentieren Ihnen... Kasperl und Gretel!«

Diesmal hielt er erst wieder an, als sie die Toreinfahrt und den ersten Teil der Straße danach passiert hatten. Sie sprang ab, und das Gelächter, das sie beide schüttelte, hielt sie eine Weile davon ab, weiterfahren zu können.

Dann sagte Robert, urplötzlich ernst geworden: »Warum bist du hierhergekommen? Du weißt doch, daß es nicht gut für dich ist. Ich gehe München aus dem Weg, wo ich nur kann, und Dada ist ein wirklich netter Mensch, wenn er nicht gerade meint, die Glucke spielen zu müssen. Aber du stürzt dich direkt in die Arme von Dracula *und* dem Gruselkabinett!«

»Gräfin Carmilla von Karnstein«, antwortete Carla erhaben, »schreckt nichts«, doch da er wider Erwarten nicht lächelte, fuhr sie offen fort: »Es war nicht meine Idee. Ich erzähl's dir, im Zug.«

Sie setzte sich wieder auf den Gepäckträger, und sie fuhren bis zum nächsten Metzger. Dort kaufte Robert Leberkäse und Weißwürste. »Nicht sehr einfallsreich, aber du mußt das Zeug ja festhalten können, und außerdem habe ich das Ewigkeiten nicht gegessen.«

Zum Glück befand sich ein Bäcker in der Nähe. Trotzdem dauerte die ganze Fahrt lange genug, um sie tatsächlich hungrig zu machen. Die Köchin war nicht sehr angetan davon, daß Robert mit ihren Töpfen herumhantierte, ganz abgesehen von den Gewürzen, von denen er sich bediente, ohne sie wieder zurückzustellen.

»Bitte«, sagte Robert gewinnend zu ihr, »ich werde nervös, wenn mir eine Meisterin zusieht. Können Sie derweil Wein und Bier bereitstellen?«

Carla konnte zwar nicht im eigentlichen Sinn des Wortes kochen, doch zu solchen einfachen Handgriffen, wie einen Leberkäse anzubraten und Weißwürste zu sieden, war ihre Hilfe auch nicht nötig. Sie saß auf dem Küchentisch, wo normalerweise das Personal aß, baumelte mit den Beinen und hörte sich Roberts Bericht von seinem großen Radioskandal an; er war etwas entrüstet darüber, daß sie das Ereignis völlig verpaßt hatte. Den dramatischen Höhepunkt bildete natürlich sein Vertrag mit Astoria.

»Das ist... alliterierend«, sagte Carla, und Robert grinste, denn das war ein Spiel aus ihrer Kindheit. »Grandios«, erwiderte er, und sie setzte es fort: »Genial, großartig...«

»Gigantisch...«

»Gelbsuchterregend!«

»Geistesbetäubend!«

»Gleisnerisch«, sagte Philipp, der sie bereits seit einer Weile beobachtet hatte. »Meinen Glückwunsch zu dem Vertrag, Herr König; doch ich hoffe in Ihrem Interesse, daß Sie sich anderweitig abgesichert haben. Astoria wird nicht mehr lange unabhängig bleiben, und dann könnte Ihr kleiner verspäteter Aprilscherz Folgen haben.«

Robert blieb unbeeindruckt, während er anfing, die Teller rund um den Tisch zu verteilen, und Carla auf einen Stuhl überwechselte. »Heißt das, Hugenberg wird auch noch die Astoria schlucken?«

»Nein, nicht Hugenberg.« Philipp schaute auf den einfachen Tisch mit seiner blau-weißen, ausgewaschenen Decke.

»Wollen Sie hier essen?«

»Warum nicht?« fragte Carla. »Das wäre doch volksverbunden. Das Personal kann derweil oben dinieren.«

Achselzuckend nahm Phillipp Platz. Natürlich benutzte das Personal nicht das Speisezimmer; die Leute warteten geduldig, bis die Küche wieder frei war, was Carla später leichte Gewissensbisse verursachte. Vorerst war sie vollauf damit beschäftigt, ein weiteres Essen mit Philipp und Robert zu überstehen. Sie erzählte von den Dreharbeiten zu *Carmilla*, was Robert sehr interessierte, aber Philipps wegen konnte sie nicht allzusehr ins Detail gehen.

»Ich bin schon gespannt auf die Premiere«, sagte Robert. Sie wußte genau, was er meinte; leider saß er diesmal außerhalb ihrer Reichweite. »Darauf, wie du dich auf der Leinwand machst, versteht sich«, fügte er neckend hinzu. »Was war Ihrer Meinung nach bisher Carlas beste Rolle, Herr Bachmaier?«

Da sie vermutete, daß er sie überhaupt noch nicht auf der Bühne erlebt hatte, erwartete Carla von Philipp eine sarkastische Antwort, etwa in der Art, ihre beste Rolle sei das, was sie vorgebe, im Moment zu sein. Statt dessen erwiderte er, ohne zu zögern: »Desdemona.«

Erstaunt ließ sie das Weinglas sinken, das sie in der Hand hielt.

»Du hast *Othello* gesehen?«

»Dreimal«, entgegnete Philipp ausdruckslos.

Carla wußte nicht, was sie sagen sollte. Warum hatte er nie…? Aber vielleicht log er auch, um sie aus der Fassung zu bringen. Robert, der ihre Verwirrung spürte, kam ihr sofort zu Hilfe und meinte rasch:

»Oh, dann müssen Sie mir auch verraten, was Sie von der ganzen Inszenierung halten. Und von mir als Othello. Wir Theaterleute sind wahnsinnig eitel, Herr Bachmaier, wir brauchen Bestätigung, aber zögern Sie nicht, und zerfetzen Sie mich ruhig in der Luft, wenn es sein muß.«

»Keine Sorge«, gab Philipp ruhig zurück, »ich würde nie zögern, Sie in der Luft zu zerfetzen. Was die Inszenierung angeht, ich war nicht unbeeindruckt. Ihr Jago war hervorragend, und Sie selbst gaben ein glaubwürdiges Bild primitiver Eifersucht ab.«

Warte nur, dachte Robert und lehnte sich in seinem Stuhl zurück.

Die Kunst, zu beleidigen, ohne es offen zu tun, beherrsche ich auch.
Er schaute zu Carla.

»Ist Eifersucht so primitiv, Herr Bachmaier? Ich finde sie ziemlich alltäglich.«

»Bei sich oder bei anderen, Herr König?«

»Zur Zeit«, sagte Robert, holte sich eine weitere Weißwurst aus dem Topf und begann, die Haut abzupellen, »nur bei anderen. Bei meiner Glückssträhne habe ich keinen Grund dazu.«

»Jede Glückssträhne geht einmal zu Ende.«

Genug war genug. Zeit, wieder die Initiative zu ergreifen. Carla räusperte sich. »Genau das«, bemerkte sie strahlend, »ist meine Meinung zum Ausgang der letzten Wahlen. Diese besondere Glückssträhne scheint damit ausgeschöpft worden zu sein, denn nach den Zeitungsberichten der letzten Tage weigert sich Hindenburg weiterhin standhaft, Hitler in die Regierung einzubinden. Könnte es sein, daß die NSDAP ihren Höhepunkt bereits überschritten hat, Philipp?«

»Ich glaube«, entgegnete er, und eine kleine Flamme brannte in seinen Augen, »es ist Zeit für die beiden Geschichten.« Er schaute von ihr zu Robert, dann wieder zu ihr. »Märchen sollen für Kinder ganz instruktiv sein. Also, mein Kind, willst du immer noch wissen, wie ich verletzt wurde?«

Ohne ihre Antwort abzuwarten, fuhr er fort: »Die eine Möglichkeit ist die, daß ich, sagen wir, eine Lektion finanzierte, die jemandem erteilt werden mußte. Bedauerlicherweise erwies sich dieser Jemand undankbar für die gute Lehre, als er herausfand, von wem sie kam, und glaubte, sich mit ein paar Freunden revanchieren zu müssen. Die andere Möglichkeit ist – und du wirst mir zustimmen, es entspricht meinen Gewohnheiten –, daß ich zu einer Hure ging und offenbar einem anderen ihrer Freier im Weg war. Du weißt ja, es war Dienstag.«

Robert legte seine Gabel mit dem letzten Weißwurststück fort. Er neigte sonst nicht dazu, von Schlägereien zu phantasieren, und durch den natürlichen Vorteil, den ihm seine Größe und seine Statur verlieh, kamen auch die Leute, die er wütend machte, nie auf die Idee, ihn körperlich anzugreifen. Aber nun wünschte er sich ernsthaft, genug Erfahrung in dieser Richtung zu haben, um Philipp wenigstens einen gezielten Hieb auf das Kinn versetzen zu können.

Er hatte seine eigene Meinung über Carlas beste bisherige Darstellung, aber noch nie war er so stolz auf sie gewesen wie jetzt, als sie Philipp die Genugtuung nicht gönnte, irgendeine andere Reaktion zu zeigen als die, langsam das Glas leerzutrinken, das sie in der Hand hielt.

»Komm«, sagte Robert leise. »Danke für die Gastfreundschaft, Herr Bachmaier, aber unser Zug fährt bald ab. Wir müssen gehen.«

»Lassen Sie sich nicht aufhalten. Aber vorher wüßte ich noch gerne, wie Carla zu der Frage von Primitivität oder Alltäglichkeit unseres vorhergehenden Gesprächsthemas steht.«

Das war ein Fehler, mein Lieber, dachte Robert, noch ehe Philipps nun offen höhnische Stimme verklungen war. Du hast den Bogen überspannt. Carla stand auf, und Robert wußte bereits, was sie sagen würde, noch ehe sie es aussprach, also behielt er Philipp im Auge.

»Woher soll ich das wissen, Philipp?« fragte Carla gleichgültig. »Um Eifersucht zu empfinden, müßte ich jemanden lieben.«

Der ohnmächtige Zorn, der sich auf Philipps Gesicht abzeichnete, ehe seine gewohnte Maske wieder an ihren Platz rückte, war für Robert höchst befriedigend, aber Carla sah davon nichts mehr. Sie hatte Philipp den Rücken zugewandt und verließ die Küche, ohne sich noch einmal umzuschauen.

»Auf Wiedersehen, Herr Bachmaier«, sagte Robert fröhlich und folgte ihr.

In Wirklichkeit mußten sie eine Weile auf dem Bahnhof warten, nachdem Philipps Chauffeur sie dort abgesetzt hatte. Robert war vor zwei Tagen gekommen, einmal hauptsächlich von Schuldgefühlen getrieben, weil er Dr. Goldmann seit mehr als einem Jahr nicht mehr gesehen hatte, und weil er nie widerstehen konnte, seinen Erfolg einem so dankbaren Publikum zu präsentieren. Aber die Erinnerungen stiegen auch diesmal wieder auf, und Dadas betuliche Art ihm gegenüber erinnerte ihn unangenehm an etwas, dem er gerade entkommen wollte: dem Problem seiner Ehe.

»Wieso hast du eigentlich kein Gepäck dabei?« fragte Carla, die noch etwas Zeit brauchte, um sich zu beruhigen, während um sie herum die Ansagen widerhallten.

»Wieso sollte ich? Dada bewahrt immer noch einen Teil von meinen Sachen hier auf. Carla«, Robert schöpfte tief Atem, »ich weiß nicht, was ich mit Monika machen soll.«

»Ich weiß nicht, warum du sie überhaupt geheiratet hast.«

»Das habe ich dir doch schon mal erklärt. Schau, du hast immer nur eine Seite an ihr gesehen. Das Problem ist, sie liebt mich wirklich, und bei dem emotionalen Eisschrank, der sich als ihre Familie bezeichnet, bin ich wohl der erste, der ihr gegenüber Gefühle gezeigt hat. Sie ist hübsch, sie ist klug, sie ist fabelhaft im Bett, und ich bin kein Holzklotz. Außerdem dachte ich: Warum nicht? Aber langsam stehen wir vor der Situation, daß sie nicht mehr zufrieden mit dem ist, was ich ihr geben kann, und ich Schluß machen möchte, aber das geht nicht, und nicht nur wegen der Ehe. Ich käme mir wie eine Ratte vor, wenn ich sie in den Eisschrank zurückstieße. Du kennst nicht zufällig jemanden …«

Wie immer halfen ihr seine Probleme, über ihre Probleme zu sprechen. Carla zog eine Grimasse. »Wenn du Philipp meinst, der ist genauso unterkühlt.«

»Du meine Güte, ich würde Monika doch nie so etwas antun. Es bleibt dein Privileg, dich mit einem Hai einzulassen. Außerdem ist er völlig auf dich fixiert. Was meinst du, warum er so ekelhaft zu dir war? Wenn ich das früher erlebt hätte, dann hätte ich noch etwas an meiner Rolle feilen können. Ich bin nicht so gut wie du im Imitieren, aber …« Er schloß die Augen und versuchte sich Philipps Ton wieder ins Gedächtnis zu rufen.

»*Dann verzeiht mir! Ich nahm Euch für die Hure von Venedig, die den Othello freite.*«

»Das ist nicht komisch. Außerdem feilst du nie an deinen Rollen.«

Die Ankunft des Zuges ließ seine Versicherung, er habe es nicht komisch gemeint, im gellenden Kreischen der Räder auf dem Gleis untergehen. Diesmal war es schwer, ein Abteil zu finden, in dem sie allein sein konnten, denn der Zug füllte sich rasch; schließlich mußten sie sich mit zwei weiteren Mitreisenden abfinden, die erst in Ulm ausstiegen, und bis dahin hörte Robert den unzensierten Bericht der *Carmilla*-Dreharbeiten, der gelegentlich zu einigen eigenartigen Blicken der Mitreisenden führte, bis sie mit sichtlichem Bedauern samt ihren Koffern verschwanden.

»Und danach«, schloß Carla, »wollte ich eigentlich Kathi besuchen. Nachdem Philipps Chauffeur mich auf dem Bahnhof abpaßte und Dr. Goldmann mir etwas von möglichen inneren Blutungen erzählte, dachte ich, na schön, dann komme ich für Kathi eben ein, zwei Tage später an. Aber zehn Tage mit Philipp sind zu nervenaufreibend, um ihr jetzt noch gegenüberzutreten.«

»Laß ihn das nächstemal wieder nach Berlin kommen.«

»Wenn es ein nächstes Mal gibt.«

Robert erwiderte nichts. Carla zündete sich eine Zigarette an, inhalierte und atmete den Rauch aus. Sie beobachtete, wie die blaugrauen Kringel sich auflösten, ehe sie weitersprach.

»Ich weiß schon, was du denkst, und du hast recht. Nach dem, was er vorhin gesagt hat, möchte ich ihn bestimmt nicht wiedersehen, aber das wollte ich schon früher nicht, und trotzdem kam es immer wieder dazu.«

Robert griff nach ihrer Zigarettenschachtel und folgte ihrem Beispiel. Da er Robert war, konnte er sich die Zigarette nicht einfach nur anzünden; er ließ sie erst in seinem Ärmel verschwinden, holte sie aus dem anderen Ärmel wieder hervor und ließ sie schließlich aus Carlas Ohr auftauchen.

»Immerhin«, sagte er, »habe ich eine Lösung für dein Premierendilemma gefunden.«

»Welche?«

»Die Idee mit der Auslandsreise war gar nicht so schlecht, nur müßte man sie anders motivieren. Im Oktober findet in Paris eine von diesen internationalen Friedensligakonferenzen statt. Du kennst doch ein paar von den hiesigen Vertreterinnen, die verraten dir bestimmt das genaue Datum, und dann brauchst du dich nur noch bei deinem Produzenten dafür ins Zeug zu legen, daß er die Premiere zur gleichen Zeit ansetzt, weil du sonst nicht kannst. Dada ist vielleicht nicht bereit, Fräulein Brod seine unsterbliche Liebe zu erklären, aber als ich ihm vorgeschlagen habe, sie auf einer journalistischen Reise nach Paris zu begleiten, sozusagen als Beschützer, war er sehr angetan von der Idee.«

Es blieb noch Käthes Redakteur, der überzeugt werden mußte, sie überhaupt nach Paris zu schicken, aber das erschien Carla im Moment als die geringste aller Schwierigkeiten.

»Du bist ein Genie«, sagte sie dankbar.

»Ich weiß.« Robert warf ihr einen schrägen Blick zu. »Heißt das, du meldest dich freiwillig für meinen Film?«

15. Kapitel

Einem jungen Mann, der bisher in keinerlei Position an einem Film mitgewirkt hatte, Regie, Drehbuch und Besetzung zu überlassen war so unerhört, daß ein beträchtlicher Teil der Filmwelt Robert bereits haßte, ehe er das erste Mal einen Fuß in ein Studio setzte. Ein anderer Teil verhielt sich neutral, war aber der Meinung, er würde sich, wie schon im Theater mit seinem Königsdramenprojekt, übernehmen; mit etwas Glück für Astoria werde es zumindest ein spektakulärer Flop werden. Man konnte alles mögliche von Robert König behaupten, aber nicht, daß er nicht spektakulär und unterhaltend war. Eine Minderheit schließlich benahm sich so, wie es Robert instinktiv von allen Fremden erwartete: wohlwollend, amüsiert und beeindruckt. Zu der Minderheit gehörte Michael Maitger, Dramatiker, Drehbuchautor und Alkoholiker.

Maitgers Spezialität war es, von anderen geschriebene Drehbücher zu überarbeiten und umzuschreiben, was zu dem Zynismus beitrug, mit dem er seinen Beruf betrachtete, doch jedes einzelne der von ihm bearbeiteten Drehbücher war ein Erfolg geworden. Im Gegensatz dazu blieben die meisten seiner Theaterstücke unaufgeführt. Vor Jahren hatte Max Reinhardt seine Tragödie *Bertram* akzeptiert, was zu einem der berühmtesten Kräche der neueren Theatergeschichte geführt hatte. Maitger wehrte sich gegen jede einzelne Kürzung, er lehnte die Besetzung ab, verabscheute den Inszenierungsstil und versuchte am Schluß sogar, die Aufführung seines Werkes rechtlich zu verhindern. Sein völliger Mißerfolg dabei trug zu dem Gusto bei, mit dem er später anderer Leute Drehbücher attackierte, aber das Ereignis legte auch den Grundstein zu einer lebenslangen feindseligen Obsession mit Max Reinhardt, über den er buchstäblich jeden erschienenen Artikel aufbewahrte. Zu dem Zeitpunkt, als er Robert König begegnete, war Michael Maitger erfolgreich, verbittert, voll zynischem Witz, auf der Suche nach einem Ventil und dabei, sich zu Tode zu trinken. Es wunderte niemanden, der Robert etwas näher kannte, daß er verkündete, er und Maitger seien füreinander geschaffen.

Er hatte damit nicht unrecht. Seine Vorstellungen über den geeigneten Filmstoff waren noch sehr vage; er schwankte zwischen den Borgias, einer Verfilmung von Büchners *Dantons Tod* und der Idee, eines von Büchners Themen in die Gegenwart zu übertragen: ein Film über eine legendäre Figur, jemanden, der das Zeug zur Größe hatte, es aber nicht umsetzte. Selbstzerstörerische Charaktere fesselten Robert schon seit jeher, und er sah es außerdem als ein Mittel zur Kontroverse, ein Gegenpol zu all den Heroen-Filmen, die Fridericus-Epen an der Spitze, die in den letzten Jahren so in Mode gekommen waren. Als er Maitger das erzählte, leuchteten dessen Augen auf.

»Der große Mann mit einem hohlen Kern«, sagte er genüßlich, was nicht ganz das war, was Robert gemeint hatte. »Und ich weiß auch schon, wessen Leben man da als Vorbild nehmen könnte.«

»Max Reinhardt?« wiederholte Carla ungläubig, als Robert ihr davon berichtete. »Du willst einen biographischen Film über Max Reinhardt drehen?«

»Keine abgedroschene Biographie, und er liefert nur das Gerüst. Michael hat da eine geniale Idee. Er hat mal ein Theaterstück über das Attentat von Sarajewo geschrieben, wo es aus fünf völlig verschiedenen Perspektiven geschildert wurde, von dem Attentäter, von dem toten Thronfolgerehepaar, von einem Spaziergänger und so weiter. Also, Franz Ferdinand als Rolle reizt mich wirklich nicht, aber der Professor ist etwas anderes. Wir lassen ihn von verschiedenen Freunden und Feinden schildern – ich sage dir, das wird ein Knüller!«

»Wenn er dich nicht wegen Verleumdung verklagt«, erwiderte Carla, doch sie konnte das Potential erkennen; ganz abgesehen von allem anderen, bot Reinhardts Leben drei hervorragende weibliche Rollen.

»Wird er nicht. Wir fiktionalisieren ihn natürlich. Aber sein Leben bietet an sich schon eine wunderbare Struktur – rascher Aufstieg aus der Obskurität, jugendlicher Idealismus und Rebellentum, dann wird aus dem Erneuerer des Theaters selbst eine erstarrte Institution, und er verliert völlig den Kontakt zu der Welt, in der er lebt. Am Schluß endet er, eingesponnen in seine eigenen Illusionen, in Leopoldskron – das Schloß als gigantischste Selbstinszenierung. Oder besser gesagt, am Anfang. Michael will mit dem Tod anfangen und die Geschichte aus dem Rückblick erzählen lassen.«

Die einzige Schwierigkeit, die Robert vor sich sah, lag in Maitgers Alkoholismus. Robert kannte sich mit Trinkern aus, er machte sich keine Illusionen über Alkohol als Anfeuerungsmittel für kreative Arbeit oder Michael Maitgers Fähigkeit, seinen Konsum genügend zu kontrollieren, um diszipliniert an einem Drehbuch arbeiten zu können. Jemand mußte ihn die ganze Zeit überwachen.

Seine Beziehungen zu Peter Wermut hatten sich weiterhin verschlechtert, was unter anderem daran lag, daß Peter von der Position eines Freundes und Partners mehr und mehr in die Rolle eines Angestellten gedrängt worden war. Aber er erklärte sich bereit, mit Michael Maitger in die Berge zu fahren; eine Hütte, die weit genug vom nächsten Dorf entfernt war, um einen zweistündigen Fußmarsch nötig zu machen, erschien Robert als die beste Möglichkeit, um eine rechtzeitige Vollendung seines Drehbuchs sicherzustellen, und wie immer, wenn ihn ein Plan begeisterte, hatte er es sehr eilig. Sobald die erste Fassung vorlag, würde er sie überarbeiten und ergänzen, wie er es schon während seiner Theaterregie gemacht hatte, und dann wieder an Michael Maitger zurückgehen lassen. Inzwischen nutzte er die zwei Termine, an denen Carla zum Nachdrehen von Einstellungen gebraucht wurde, um sie nach Babelsberg zu begleiten und dort mit ihrer Unterstützung nach einigem Hin und Her die Erlaubnis zu erlangen, den laufenden Filmproduktionen beiwohnen zu dürfen.

Während Robert sich bemühte, im Schnellverfahren alles über den Film zu lernen, erhielt Carla eine Einladung von Monika, sie zu besuchen, zu einem Zeitpunkt, an dem er ganz bestimmt nicht anwesend sein würde. Sie war neugierig genug, um anzunehmen.

Monika hatte die Vierzimmerwohnung, in der sie mittlerweile mit Robert lebte, mit ihrem unbestreitbar guten Geschmack eingerichtet; nirgendwo gab es grelle oder kitschige Töne, und sogar diejenigen von Roberts Zeichnungen, die an der Wand hingen, taten es diskret und an Stellen, wo der Blick des Besuchers nicht sofort auf sie fiel. Außerdem war Monika zurückhaltend genug, um sich auf einen Presseausschnitt – über *Julius Caesar* – zu beschränken, anders als Dr. Goldmann, der mittlerweile sein halbes Münchner Domizil mit solchen Zeitungsartikeln geschmückt hatte.

Carla akzeptierte die Tasse Tee, die Monika ihr anbot, und musterte ihre ehemalige Mitschülerin nachdenklich. Monikas Figur war ein wenig fülliger geworden, doch bei ihrer Größe konnte sie sich das leisten. Die graziöse Art, in der sie den Tee servierte und eingoß, war zweifellos das Produkt ihrer Erziehung; da Carla selbst ähnliche Bewegungen erst im Theater gelernt hatte, würdigte sie die unbewußte Selbstverständlichkeit, in der Monika sich hielt. Nach einigen Minuten höflichen Geplauders über das Wetter, das allenfalls Zeugnis von Monikas Befähigung zu belangloser Konversation ablegte, entschloß sich Carla, dem Spiel ein Ende zu machen.

»Versteh mich nicht falsch, der Tee ist sehr gut«, sagte sie, »aber ich wüßte wirklich gerne, worüber du mit mir sprechen möchtest.«

Wenn es Lilli oder eine von Monikas anderen Vorgängerinnen gewesen wäre, hätte sie die Frage nicht nötig gehabt, aber daß Monika sie um Rat bat, kam ihr denn doch zu unwahrscheinlich vor, selbst bei Roberts Auffassung von Monika als einsamer Aristokratin, die nach menschlicher Wärme dürstete.

»Ich möchte dich um etwas bitten«, erwiderte Monika.

Sie saß, die Knie nebeneinander, auf dem breiten beigen Lehnstuhl aus Eichenholz, auf dem Robert zuletzt den Dogen von Venedig plaziert hatte. Ehe er das Theatergebäude verließ, hatten er und der Rest des Ensembles die Requisiten, die im Lauf der letzten zwei Jahre angeschafft worden waren, unter sich aufgeteilt. Monikas Haltung erinnerte Carla unwillkürlich an die Direktorin ihres Internats und ihr Diktum, eine Dame schlage die Beine nicht übereinander. Ihre eigenen Beine waren natürlich gekreuzt. Sie unterdrückte den Impuls, das rechte Bein wieder auf den Boden zu stellen.

»Ich weiß, daß Robert eine Rolle in dem Film für dich vorgesehen hat. Bitte übernimm sie nicht. *Carmilla* wird bestimmt ein Erfolg, und selbst wenn nicht, du bekommst sicher jetzt schon andere gute Engagements angeboten, ob im Theater oder im Film.«

Nun, das war ehrlich. »Danke für das Vertrauen in meine Fähigkeiten. Aber warum genau soll ich nicht in dem Film mitspielen? Möchtest du dich selbst wieder als Schauspielerin versuchen?«

Sie fügte nicht hinzu, daß Robert, ganz unabhängig von ihrer eigenen Mitwirkung, Monika bestimmt keine Hauptrolle geben würde. Es bestand kein Grund, unhöflich zu werden, ehe Monika es tat.

Monika schüttelte den Kopf und nippte an ihrem Tee, ehe sie antwortete. »Nein. Ich erwarte ein Kind.«

Der kleine, kurze Satz, sanft und ohne jede Bosheit gesprochen, hakte sich trotzdem wie ein Bienenstachel in Carla fest. Eigenartig, in all den Jahren, in denen sie sich kannten, hatten sie und Robert über so vieles geredet, aber nie über die Möglichkeit, Kinder zu bekommen. Sie konnte sich Robert als Vater nur schwer vorstellen; irgendwie glaubte sie nicht, daß er Vater werden wollte, zumindest jetzt noch nicht. Aber vielleicht irrte sie sich. Alle anderen Männer, die sie kannte, wollten Kinder. Eine Scheidung von Monika war jetzt natürlich ganz und gar unmöglich. Sie würde sich auf Monika als Randfigur in ihrem Leben wohl mindestens für die nächsten zwei Jahrzehnte einrichten müssen.

»Herzlichen Glückwunsch.«

»Danke. Robert weiß es übrigens noch nicht. Und du siehst gewiß ein, was das bedeutet.«

Jetzt kommt es, dachte Carla und zog die Augenbrauen hoch.

»Das ist nicht leicht für mich«, sagte Monika und verriet zum erstenmal seit Carlas Ankunft so etwas wie Unruhe durch das leichte Zittern ihrer Hände. Sofort setzte sie ihre Tasse ab und faltete die Hände im Schoß. Die beschützende Geste einer Mutter, erinnerte Carla sich und sah wieder die Lehrerin an der Schauspielschule gehen, stehen und sitzen, um ihnen zu demonstrieren, wie eine schwangere Frau sich bewegte.

»Ich will nicht, daß es zu Mißverständnissen in dieser Unterredung kommt, also verzeih meine offenen Worte. Ich glaube nicht, daß du Roberts Mätresse bist.«

Mätresse, dachte Carla, was für ein archaischer Begriff. Eigenartig, Eleonore verfiel nie in einen so antiquierten Wortschatz.

»Aber die... Beziehung, die du zu ihm hast, ist schlimmer. Ich weiß nicht, wie ich sie nennen soll, doch gesund ist sie nicht, und sie ist weder gut für ihn noch für dich, wenn du mich fragst.«

»Danke für deine Sorge um mich.«

»Ich meine das ernst«, sagte Monika. »Das, was ihr eure Freundschaft zu nennen beliebt, grenzt systematisch jeden anderen aus. Es war bisher schon schwer genug für mich, damit zu leben. Aber das Wichtigste im Leben eines Mannes sollte, nach seiner Berufung, seine Familie sein. Beachte bitte, daß ich die Berufung voranstelle. Ich kann mich sehr wohl erinnern, wie ich früher all jene großen Männer der Vergangenheit bedauerte, die durch unwürdige Gefährtinnen mit deren kleinbürgerlichen Sorgen ständig belastet wurden. Es war immer mein Wunsch, einen Mann von Genie zu heiraten, einen Mann, zu dem ich aufschauen kann, und ich wußte von Anfang an, daß ich selbst zurückstehen muß. Doch er sollte auch eine gereifte Persönlichkeit sein, und du bist ein Relikt aus Roberts Kindheit, genauso, wie er ein Relikt aus deiner Kindheit ist. Ihr sperrt euch gegenseitig in ein illusionäres Paradies ein und hindert euch daran, ein verantwortungsbewußtes Leben als Erwachsene zu beginnen.«

Sie hielt inne, um Atem zu schöpfen, und wartete offenbar auf eine Antwort. Carla ließ einige Zeit verstreichen, bis sie ihr den Gefallen tat, denn sie wußte nicht, ob sie belustigt oder verärgert war. Endlich entschied sie sich für Carmillas leises, spöttisches Lachen.

»Monika, Monika, Monika«, sagte sie erheitert und wechselte über zu Renate Beuren und der wunderbar pointierten Weise, in der diese ihren Klatsch erzählt hatte, als sei er von Wilde oder Sternheim geschrieben. »Du bist wirklich ein Jahrhundert zu spät auf die Welt gekommen. Wenn du mich fragst, einige von den großen Männern der Vergangenheit waren eine Zumutung für ihre Ehefrauen. Und was unsere Kindheit angeht, laß dir versichern, weder für Robert noch für mich war sie paradiesisch. Du andererseits scheinst in einem Garten Eden zu leben, in dem es nur Adam, Eva und die Schlange gibt. Aber das Leben bietet uns zum Glück ein etwas größeres Rollenrepertoire.«

Langsam und durchaus gekonnt klatschte Monika dreimal in die Hände; sie schlug ihre Handflächen so heftig gegeneinander, daß ihre Haut brennen mußte.

»Du bist wirklich eine gute Schauspielerin. Aber ich habe das nie bezweifelt. Schließlich hast du schon in der Schule so überzeugend gelogen. Doch das ändert nichts daran, daß ich im Recht bin, Carla, und du weißt es. Hör auf, ein Kind zu sein, laß Robert in Ruhe, fang dein eigenes Leben an, und laß uns endlich unseres beginnen.«

Die Belustigung wich zurück wie die Ebbe und legte lange, endlose Flächen voller Ärger frei.

»Du hast kein eigenes Leben, Monika«, entgegnete Carla verächtlich. »Du hast einfach nicht den Mut zu einem, sonst hättest du entweder mit deiner Schauspielerei weitergemacht oder dir einen anderen Beruf gesucht, statt dich an Robert und diese alberne Vorstellung vom Genie und der würdigen Frau an seiner Seite zu klammern.«

»Und du«, sagte Monika herablassend, »verstehst ganz einfach nicht, daß Frau zu sein schon Berufung genug ist. Für eine *echte* Frau. Aber du bist keine. Du bist ein Kind, und du hinderst meinen Gatten daran, ein Mann zu werden.«

O Monika, dachte Carla, man sollte schlafende Hunde besser nicht wecken. Aber du hast geradezu darum gebeten. »Glaub mir«, entgegnete sie, stand auf und stellte sich hinter Monikas Lehnstuhl, »wir sind sehr erwachsen. Soll ich dir demonstrieren, wie erwachsen? Ich weiß eine ganze Menge über dich.«

Monikas natürliche Lockenpracht war in der Mitte gescheitelt; sie trug sie mit Haarnadeln zurückgesteckt. Carla strich mit den Fingerspitzen über die Schläfen, dann löste sie die Nadeln und murmelte: »Du hast es gerne, wenn es so anfängt, nicht wahr? Und als nächstes – warte, ich habe es gleich wieder –, als nächstes bevorzugst du«, sie ließ ihre Hände Monikas Hals hinunter auf die Schultern gleiten und dann zu ihrer Halskuhle zurückwandern, »einen Kuß genau hier, denke ich.«

Monika hatte ihr so erstarrt wie das Kaninchen vor der Schlange zugehört, aber nun machte sie Anstalten aufzuspringen. Sie war größer als Carla, aber in der schlechteren Position; Carla drückte sie wieder nach unten.

»Ich bin noch nicht fertig«, sagte Carla.

Als sie Monikas Nachgeben spürte, ließ sie ihre Schultern los, umrundete den Stuhl und packte diesmal Monikas Hände auf den Stuhllehnen.

»Es ist wirklich eigenartig, so viel über jemanden zu wissen, den man so wenig mag, bis hin zur Lage seiner Leberflecken. Aber wieso du ausgerechnet an dieser Stelle so kitzlig bist, kann ich mir einfach nicht vorstellen. Ich dachte immer, es handele sich um abgestorbene Haut.«

Monika starrte sie entsetzt an, ohne auch nur den Hauch einer Gegenwehr. Sie blinzelte; Tränen lösten sich aus ihren Wimpern und rollten ihre Wangen herab. Carla gab eine ihrer Hände frei und zeichnete die Spur einer Träne nach.

»Du bist ein böses, perverses Kind«, schluchzte Monika.

Es genügte. Carla trat zurück. »Ja, vielleicht«, sagte sie, während sie nach ihrer Handtasche griff, sie sich überhängte und in den nächsten Raum ging, der auf den Flur hinausführte.

»Aber was«, fügte sie hinzu, gerade noch laut genug, damit Monika sie hören konnte, »ist dann Robert?«

»Ja, Freiwillige können wir immer gebrauchen«, sagte die Berliner Vorsitzende der Friedensliga verwundert, »besonders jetzt. Aber wollen Sie nicht warten, bis sich etwas Geeignetes für Sie ergibt? Im Moment könnten Sie nur Briefe abtippen und Plakate malen.«

»Ich habe die Zeit«, erwiderte Carla, »und außerdem festgestellt, daß es nicht gut für mich ist, nicht beschäftigt zu sein.«

Die Sache mit Monika lag ihr im Magen. Eine schneidende Bemerkung über Eifersucht hätte genügt; es war nicht nötig gewesen, grausam zu werden, auch wenn Monika sie mit ihrem überheblichen Getue und der Phrase über Illusionen, die sie an Philipp erinnerte, zornig gemacht hatte. Außerdem zwang sie die Ehrlichkeit, zuzugeben, daß sie als Ehefrau jemanden wie sich auch nicht toleriert hätte. Vielleicht sollte sie sich entschuldigen, doch andererseits war Monika ebenfalls beleidigend gewesen, und es würde ohnehin nichts ändern.

Trotzdem, sie wünschte, sie hätte auf ihren Agenten gehört und ein Herbstengagement an einer Bühne angenommen. Sie mochte sich zur Zeit nicht besonders und vermißte es, sich in eine andere Identität versenken zu können. Ihre Stimme im Rundfunk zur Verfügung zu stellen, während sie darauf wartete, daß Robert mit seinem Film anfing, war einfach nicht dasselbe.

Ihr Agent allerdings konnte über sie nicht glücklicher sein. »Kohner hat inzwischen den Rohschnitt gesehen«, sagte er, bestens gelaunt, »und mir einen festen Zweijahresvertrag für Sie angeboten. Drei Filme pro Jahr, ab 1933, das gibt Ihnen auch noch Zeit, sich an dieser kleinen Extravaganz Ihres Freundes zu beteiligen. Aber lassen Sie mich nur weiter verhandeln. Es ist ein Glücksspiel, aber wenn wir bis nach der Premiere warten und der Film ein Erfolg wird, dann kann ich wesentlich günstigere Bedingungen für Sie aushandeln.«

Sie willigte ein, bat ihn jedoch, bei den Bedingungen darauf zu achten, daß sie auch noch Zeit für das Theater hatte. Sie wollte wieder spielen, ohne daß jemand »Schnitt!« schrie. Inzwischen war sie froh, daß Käthe ihr damals auch das Tippen mit dem Zehnfingersystem beigebracht hatte. Als Freiwillige leidenschaftliche Appelle zur Einigkeit gegen die immer stärkeren Kräfte des Militarismus abzuschreiben war nicht unbedingt das, was sie für den Rest ihres Lebens plante, aber jetzt gab es ihr etwas Nützliches zu tun und hob ihre Selbstachtung, die sich nach der Unterredung mit Monika auf einem neuen Tief befand, wieder etwas.

Sie erwartete eigentlich, daß Robert sie irgendwann erbost fragte, warum sie sein Vertrauen mißbraucht habe, denn gewiß hatte Monika ihn zur Rede gestellt. An Monikas Stelle wäre sie sofort ausgezogen. Aber nein, Robert erzählte, während sie den schönen Spätsommer zum Schwimmen nutzten, nur in einem Atemzug von Monikas Schwangerschaft und dem neuesten Stand von Michael Maitgers Drehbuch – und er sprach wesentlich länger über letzteres.

»Hat dich das mit dem Kind nicht sehr überrascht?«

»Doch. Ich meine, ich habe keine Kondome mehr benutzt, seit wir verheiratet sind, aber irgendwie habe ich mir nie vorgestellt, daß es so schnell geht. Ganz ehrlich«, er verlangsamte seine Schwimmbewegungen, »es macht mir etwas angst – die Aussicht auf, nun ja, diese Art von Verantwortung. Doch es ist auch sehr aufregend, und es gibt Monika etwas zu tun. Dann konzentriert sie sich nicht mehr so auf mich und hat jemanden, der sie ganz bestimmt lieben wird.«

»Hat sie dir sonst noch etwas gesagt, außer daß sie schwanger ist?«

»Nein. Wieso?«

Monika wollte offenbar so tun, als ob ihre Unterredung nie stattgefunden hätte, oder sie brachte es fertig, Robert nach wie vor als Helden und Carla als den bösen Einfluß zu sehen. Das kann nicht lange gutgehen, dachte Carla, aber wer bin ich schon, um Monika Ratschläge in bezug auf emanzipiertes Verhalten gegenüber Männern zu erteilen? Erst gestern war ein Brief von Paul Kohners Sekretärin eingetroffen, in dem sie um ihre Gästeliste für die Filmpremiere am 10. Oktober gebeten wurde, und sie hatte auch Philipps Namen daraufgesetzt.

»Das Drehbuch ist jetzt dreihundertundfünfzig Seiten lang«, sagte Robert, während sie langsam auf den Strand zuschwammen, »und liest sich wunderbar, aber ganz abgesehen von den notwendigen Kürzungen, haben Michael und ich ein fundamentales Problem. Er haßt Heinz Iffland, unsere Max-Reinhardt-Figur. Ich liebe ihn.«

»Kein Wunder. Du willst ja die Rolle spielen.«

Er versuchte, sie unterzutauchen, was bei der geringen Wassertiefe nicht funktionierte. Trotzdem dauerte es eine Weile, bis sie prustend auf den Holzsteg kletterten, der in den See hinausragte.

»Nein, im Ernst, ich finde eben, man kann auf elegante Weise selbstzerstörerisch sein. Nimm zum Beispiel folgende Situation. Heinz kauft den Zirkus, um dort seine Massenspektakel inszenieren zu können. Ich möchte, daß er als erstes dort das religiöse Schauspiel herausbringt, obwohl er weiß, daß es dort, in dieser Umgebung, eine Katastrophe bei der Kritik werden wird, aber er will eben beweisen, daß es möglich ist. Michael kommt mir dann damit, daß *Jedermann* nicht das erste im Zirkus Krenz aufgeführte Reinhardt-Stück war und daß ich Max viel zu tiefgründige Motive unterstelle. Und dann landen wir bei dem Refrain: Heinz ist nicht mehr nur Max. Er ist ein eigener Charakter.«

Er ahnte nicht, wie eigen. In der Abgeschiedenheit der Alpen und der Vorhölle eines zeitweiligen Entzugs waren sich Maitger und Peter Wermut sehr nahegekommen, und Wermuts mit Groll und Desillusionierung gemischte, immer noch andauernde Faszination von Robert König teilte sich auch Michael Maitger mit. Außerdem verfügte Peter Wermut selbst über einige Drehbucherfahrung. Am Ende schlichen sich ebenso viele Züge von Robert König wie von Max Reinhardt in das Porträt von Heinz Iffland, dessen Nachname ein Tribut an das Theatergenie der Schiller-und-Goethe-Zeit war. Ifflands Angewohnheit, während der Proben riesige Mahlzeiten zu vertilgen und gleichzeitig in einem ungeheuren Tempo Anweisungen nach allen Seiten zu geben, gehörte zu Robert, nicht zu Reinhardt, und ebenso der diktatorische Stil seiner Regieführung. Daß Heinz Iffland als Kind seine Mutter verlor und von einem Vormund aufgezogen wurde, entsprach ebenfalls Roberts Biographie, nicht Max Reinhardts, dessen Eltern seine Erfolge noch genauso wie der Rest seiner Familie erlebt hatten. Die Figur des Bruders, der für Iffland die Finanzen regelt und dessen Tod Ifflands allmählichen Rückzug aus Berlin und den Beginn des Zusammenbruchs seines Imperiums bedingt, war von Edmund Reinhardt inspiriert, aber genauso von Wermut selbst. Heinz Iffland war tatsächlich bereits eine eigene, neue Figur. Doch die Parallelen zu Max Reinhardt, vor allem in seinem Privatleben, waren immer noch ausgeprägt genug, um Astoria zu veranlassen, jeden, der von dem Projekt wußte, auf strengstes Stillschweigen einzuschwören und sich mit einigen Anwälten schon einmal nach der Rechtslage bei Verleumdungsklagen zu unterhalten.

Carla gehörte zu den wenigen, die das Drehbuch bereits in seiner frühen Fassung kannten. Robert hatte ihr freie Wahl in bezug auf die drei Frauenrollen gelassen und war überrascht gewesen, daß sie sich für Susanne Redsowitz (»eine morphiumsüchtige Pianistin«) entschied, die kleinste der drei.

»Warum Susi, wenn du Olga oder Sibylle haben kannst?«

»Erstens, weil ich dir nicht hundertprozentig traue, was die rechtzeitige Fertigstellung angeht, und ich möchte nicht das ganze nächste Jahr damit verbringen, an deinem Mammutprojekt zu arbeiten. Zweitens, weil ich Eleonore kenne und weil ich nicht möchte, daß jemand sie spielt, der eine Karikatur aus ihr macht. Und drittens, weil du und dein begnadeter Säufer schon im Vorfeld eine Karikatur aus der armen Helene Thimig gemacht haben.«

Sibylle Lund, Heinz Ifflands langjährige Geliebte, die er wegen des erbitterten Widerstands seiner Frau nicht rechtmäßig heiraten kann, war in Maitgers Drehbuch ein unbegabtes Wesen, das Iffland buchstäblich aus der Gosse holt und pygmalionartig in eine große Schauspielerin wandeln möchte, um die Gunst der Masse wenigstens auf diese Weise zu behalten. Das war mehr als ungerecht gegenüber Helene Thimig, die im Gegensatz zu Reinhardt aus einer

Schauspielerdynastie des Burgtheaters stammte und auch ohne ihn zu einer großen Karriere gekommen wäre; selbst die Max Reinhardt feindlich gesinnten Kritiker, wie Alfred Kerr oder Herbert Jhering, bewunderten ihre Darstellungskraft.

»Drama braucht Kontraste«, verteidigte sich Robert, als Carla ihn darauf ansprach. »Sie können nicht alle drei begabt sein.«

Das Drehbuch sah vor, daß Olga schließlich durch einen Autounfall stirbt, als die Liebe zwischen Heinz und Sibylle schon längst erloschen ist und sie nur noch nebeneinanderher leben; sein Heiratsantrag, nur noch aus Pflichtgefühl gemacht, bringt sie dazu, ihn zu verlassen. Der vereinsamte Iffland zieht sich schließlich mit Susanne, die selbst nur noch ein Wrack ist, in sein leeres Schloß zurück und bittet sie um Morphium, eine symbolische Selbstaufgabe, da er diese Droge, an der seine Mutter starb, ein Leben lang verabscheut hat. Beide werden tot aufgefunden, ein Schluß, mit dem Robert nicht ganz zufrieden war. Irgend etwas fehlte seiner Meinung nach noch, etwas, was das Ganze abrundete.

Als er Carla zur Premiere von *Carmilla* abholte, wußte er immer noch nicht, was es war, und die Leute von Astoria wurden allmählich ungeduldig. Monika hatte Übelkeit vorgeschützt, doch er wußte, daß ihre Abneigung gegen Carla der eigentliche Grund für ihre Weigerung war, ihn zu begleiten.

Hugo, der im Gegensatz zu Robert die Kunst des Autofahrens beherrschte, saß am Steuer des Wagens, den sie für diesen Abend gemietet hatten, in Begleitung von Nina. Als Carla herauskam, drückte er lange und andauernd auf die Hupe, während Nina und Robert lachten und klatschten. Sie trug auf Wunsch der Filmgesellschaft Carmillas Ballkleid, eine schwarze, tief ausgeschnittene Robe mit einer engen Taille, deren weiter, steifer Rock einen großen Teil des Rücksitzes einnahm.

»Ich weiß schon, warum ich die Mode des 20. Jahrhunderts liebe«, sagte Carla, und Robert, der sich ganz an den Rand gedrängt fand, fügte mit Gefühl hinzu: »Ich auch.«

Universal hatte angeboten, sie mit einer Limousine abholen zu lassen, doch Carla war froh, mit ihren Freunden fahren zu können. Innerlich war sie gespannt wie ein Drahtseil. Zumindest hielten sich Käthe und Dr. Goldmann derzeit in Paris auf, und sie mußte sich keine Sorgen in dieser Beziehung machen. Seit der Versuch,

Hitler in die Regierung einzubinden, an seinen Bedingungen gescheitert war und neue Reichstagswahlen für den November angeordnet worden waren, befand sich Käthe wieder im Auftrieb.

»Jetzt, wo die Leute gesehen haben, daß er nicht an Lösungen für die Arbeiter interessiert ist, wird es wieder bergab mit dem Anstreicher gehen«, prophezeite sie in dem Telefongespräch vor ihrer Abreise. »Du wirst es erleben, Carla, der Spuk ist endlich vorbei. Ich werde den Genossen in Paris ins Gesicht schauen können, ohne mich unserer armen, betrogenen Bevölkerung zu schämen.«

Einige der Leute, die vor dem riesigen Capitol in der Budapester Straße standen und mit Schildern gegen die »Verjudung im deutschen Filmwesen« protestierten, wirkten weder arm noch betrogen, sondern neu uniformiert und angriffslustig. Doch es waren höchstens zehn, längst nicht so viele, wie gekommen wären, wenn man geplant hätte, die ganze Veranstaltung zu verhindern, und sie wurden leicht von den Sicherheitskräften zurückgedrängt. Unter den großen Lettern mit dem Namen des Kinos stand in Leuchtschrift: DOLORES MANNHEIM RAINER WILLEM CARLA FEHR, und darunter, kleiner, CARMILLA.

Carla spürte, wie Robert ihr die Hand drückte. »Dolores natürlich zuerst«, sagte sie mit belegter Stimme, weil sie nicht wußte, wie sie ihrer Freude Ausdruck verleihen sollte, und als er, Nina und Hugo lachten, gestattete sie den Tränen freien Lauf und umarmte ihn, Reifröcke hin oder her. Sie umarmte Hugo, Nina, den Sicherheitsmann, der ihr die Tür öffnete, Herrn Kohner, der sie mit seiner Lupita am Arm erwartete, Genevieve, Dolores und Rainer, die bereits eingetroffen waren. Ihr Überschwang trug sie bis ins Foyer, wo zwischen den übrigen Gästen ein dunkelhaariger, schlanker Mann im Abendanzug stand, der sehr deutlich niemanden hier kannte.

»Auf in den Kampf«, murmelte Robert schräg hinter ihr. Genevieve, die neben Carla ging, hörte ihn, bezog die Bemerkung aber auf die Journalisten, die sich ihnen kamerabewaffnet näherten.

»Lächeln, Honey«, sagte sie zu Carla. »Die sind für uns nützlicher als wir für sie. Du bist doch nicht etwa pressescheu, oder?«

Zu ihrer Erleichterung schüttelte Carla den Kopf, setzte ihr gewinnendstes Lächeln auf und beantwortete die Fragen, die viel zu schnell auf sie einstürmten, als daß Genevieve sie hätte verstehen können, wenn sich die Journalisten aller Nationen nicht gleichen würden. Sie beantwortete ihren eigenen Anteil der Fragen, reagierte huldvoll auf Komplimente zu ihrem letzten Film, *Desperado*, der erst vor zwei Monaten in Deutschland unter dem Titel *In der Wüstenglut* angelaufen war, und tat ihr Möglichstes, um Dolores davon abzuhalten, zuviel Sekt auf einmal in sich hineinzuschütten. Genevieve trank selbst gerne ihren Teil, aber Dolores hatte aus Nervosität bereits einige Tabletten geschluckt, und wenn man sie betrunken photographierte, würde das sich ganz und gar nicht gut auf ihr Image und den Film auswirken. Paul, Gott segne ihn, hatte es ebenfalls bemerkt und erteilte den Kellnern mit leiser Stimme Anweisungen. Von da an erhielt Dolores nur noch Apfelsaft. Sowie Genevieve eine freie Minute hatte, dankte sie ihm leise.

»Zumindest macht die Kleine ihre Sache gut«, schloß sie und beobachtete Carla zufrieden. Der Schwarm von Reportern hatte sie von ihren Begleitern getrennt, doch sie ließ sich durch das Blitzlichtgewitter nicht aus der Fassung bringen.

»Sicher, aber es genügt fürs erste. Man darf die Hunde nie ganz satt machen. Außerdem wird es ohnehin bald Zeit für den Film.«

»Gut«, sagte Genevieve, »ich rette sie.«

Ehe sie ihren Worten Taten folgen lassen konnte, entdeckte sie, daß jemand ihr zuvorkam. Sie kannte den Mann nicht, der sich den Weg durch die Reporter auf Carla zu bahnte, aber sie vermutete, daß er irgendwie zum Geschäft gehörte, und zwar nicht als Schauspieler, obwohl er gut genug dafür aussah. Er hatte die Ausstrahlung, die sie von den Herren der großen Studios her kannte.

»Paul, wer ist das? Jemand von der UFA oder einer von uns?«

»Ich kenne ihn auch nicht. Er muß zu den privaten Gästen gehören.«

Das bezweifelte sie. Der rücksichtslose Zug um den Mund erinnerte sie an Harry Cohn, den Chef von Columbia, der ihr bei ihrem ersten und letzten Film für dieses Studio einmal ins Ohr gebrüllt hatte: »Ich kriege keine Magengeschwüre, ich verursache sie, also halt den Mund, du lesbische Schlampe, und tu, was ich sage!«

»Für mich sieht das nach Abwerbung aus.«

Paul schaute beunruhigt drein. An und für sich waren Informa-

tionen über den Film vor seiner öffentlichen Erstaufführung streng
vertraulich, aber in jedem Studio gab es Klatsch und Spione. Und
Held hielt immer noch mit Carlas Unterschrift für den Zweijahresvertrag zurück.

»Meinen Sie, Genevieve?«

»Keine Sorge, Darling, ich mache das schon.« Genevieve rief in
der durchdringenden Stimme, mit der sie am Set ihre Anweisungen
gab: *»Carla! Come here, kid!«*

Ihr breites Englisch schnitt wie eine Sichel durch das diskrete
deutsche Getuschel und veranlaßte Carla und die Reporter, ihr
sofort die Köpfe zuzudrehen. Der Mann, der Carla fast erreicht
hatte, schaute auch zu Genevieve, änderte seine Richtung und steuerte ebenfalls auf sie zu, während Carla sich aus dem Kreis der Journalisten löste.

»Nerven hat er«, kommentierte Genevieve. Beide trafen etwa
gleichzeitig bei ihr ein, während Paul Kohner die Sicherheitskräfte
durch einen Wink veranlaßt hatte, sie bis auf weiteres vor der Presse abzuschirmen.

»Sie wollen kennenlernen unsere junge Star?« fragte Genevieve
den Fremden auf deutsch und wußte im gleichen Moment, daß sie
sich geirrt hatte. Der Mann gehörte weder zum Geschäft, noch hatte er Abwerbungsabsichten. Er war aus persönlichen Gründen hier.

»Ich kenne ihn bereits«, erwiderte er und schaute zu Carla, die
so tat, als ignoriere sie ihn. Das kannst du doch besser, Kid, dachte
Genevieve, der nicht entgangen war, daß Carla im Kreis der Reporter bereits mehrfach in Richtung des Fremden geblickt hatte.

»Und Sie sind…?« erkundigte sich Paul Kohner. Der Mann
schwieg, und in der verlegenen kleinen Pause, die Kohners Frage
folgte, schauten alle drei zu Carla, die schließlich gezwungener-
maßen vorstellte.

»Paul Kohner, Philipp Bachmaier. Genevieve Beresford, Philipp
Bachmaier.«

»Dein Freund?« fragte Genevieve direkt auf englisch. Ehe Carla
dazu kam zu antworten, erwiderte Philipp, ebenfalls auf englisch:
»Ihr Schwager.«

Das brachte Carla dazu, ihn anzuschauen, mit einem teils verwunderten, teils erleichterten Blick, der Genevieve den Rest der
Geschichte erzählte.

»Warum haben Sie das nicht gleich gesagt, Phil?« gab sie munter zurück, ohne darauf zu achten, daß Paul Kohner die Augen zum Himmel rollte. Er hatte ihr bereits mehrfach erklärt, daß man sich, außer unter Schauspielern, wo es sich eingebürgert hatte, in Deutschland nicht sofort mit dem Vornamen ansprach, und schon gar nicht mit vertraulichen Abkürzungen. Doch Genevieve haßte die unaussprechlichen deutschen ch-Laute, die sie nur im Hals kitzelten, und außerdem hatte sie sich nie um Konventionen geschert, es sei denn, sie versprach sich einen Vorteil davon.

»Ich dachte schon, Sie wären einer der Abschlepper von der Konkurrenz. Wir sind natürlich alle eine große, glückliche Familie, aber jeder möchte schon, daß die Herde in ihrem Stall bleibt, richtig?«

»Sie kommen selbstverständlich mit zu uns in die Loge«, fiel Paul Kohner hastig ein, um Genevieves Redestrom abzuschneiden. »Genevieve, ich glaube, Dolores sucht nach Ihnen.«

Der Journalistenkreis um Dolores hatte sich nun noch um diejenigen, die vorher Carla photographiert und interviewt hatten, vergrößert. Es konnte wirklich nicht schaden, wieder ein Auge auf sie zu werfen und seelischen Beistand zu leisten.

»Bis gleich, Honey«, sagte Genevieve zu Carla und klopfte ihr auf die Schulter. »Wir sehen uns, Phil.«

Bevor sie sich mit ihren Landvermesserschritten einen Weg durch die Menge bahnte, nahm sie noch wahr, daß Kohner leidend, Carla erheitert und ihr Schwager mit der Raubtierausstrahlung wie ein geübter Pokerspieler aussah.

»Sie müssen Genevieve entschuldigen«, sagte der Produzent begütigend, sowie sie außer Hörweite war. »In unserem Geschäft neigt man eben dazu, exzentrisch zu sein.«

»Ich konnte ihren Worten nicht folgen«, erklärte Philipp. »Dazu genügen meine Englischkenntnisse nicht.«

Kohner verbarg seine Erleichterung hinter einem verständnisvollen Lächeln. »Und dann der amerikanische Akzent, ja, ich weiß, ganz anders, als wir es hier lernen. Ich habe auch etwas gebraucht...«

Er erzählte von seinen Anfängen in Amerika, bis ihm der Kinobesitzer signalisierte, daß es langsam an der Zeit sei. Genevieve kam mit einer zum Glück nicht erkennbar schwankenden Dolores, Rai-

413

ner Willem, der in der deutschen Fassung den Verlobten spielte, brachte Lupita und seine eigene Ehefrau. Im Grunde war Kohner dankbar für das Auftauchen des unbekannten Herrn Bachmaier, denn so verteilten sich alle in Paaren, und er stand nicht vor der Verlegenheit, entweder Dolores oder Carla den Arm bieten zu müssen.

Carla schaute sich nach Robert um und entdeckte ihn im Gespräch mit Tim Berger; Nina und Hugo waren bereits zu den Parkettplätzen verschwunden. Sie hätte gerne auf Philipps stützenden Arm verzichtet, doch mit Carmillas Ballkleid und seinen drei Unterröcken, die ihr nur heute abend zur Verfügung standen, eine Treppe emporzuschreiten war gar nicht so einfach. Immerhin, er hatte bisher keine einzige beleidigende Bemerkung gemacht, weder zu ihr noch, soweit sie es miterlebt hatte, zu sonst jemandem. Sie war sich sicher gewesen, daß er seine kleine Demonstration vor Dr. Goldmann in der einen oder anderen Form wiederholen würde.

»Warum bist du gekommen?« flüsterte sie und hielt mit der freien Hand ihre Krinoline fest. »Und sag nicht, weil ich dich eingeladen habe.«

»Um den Film zu sehen, Carla«, entgegnete Philipp ebenfalls mit gesenkter Stimme. »Mir hat jemand vor langer Zeit gesagt, ich hätte eine Schwäche für hoffnungslose Fälle, und ich glaube, das stimmt.«

Er fügte nicht hinzu, was in seinen Augen ein hoffnungsloser Fall war, dieser spezielle Film, deutsch-amerikanische Koproduktionen im allgemeinen oder das merkwürdige Band, das sie noch immer aneinander fesselte. Als sie ihn in dem Raum voller Menschen sah, hatte sich die Anspannung und die Freude des Abends in einen Moment reinen Gefühls verkehrt, von dem sie selbst nicht sagen konnte, ob es nun Haß oder etwas anderes war.

»Ich ... habe dich vermißt«, sagte er.

Carla lächelte nach links und rechts und antwortete aus den Mundwinkeln: »Kaum. Du hast doch genügend Ersatz, oder kommt der allmählich zu teuer?«

Er entgegnete nichts, und sie spielte ein kleines Spiel mit sich. Wenn er sich entschuldigte, wirklich und aufrichtig entschuldigte und außerdem auch auf der Feier nach dem Film keinen Versuch machte, sie vor ihren Freunden bloßzustellen oder ihre Freunde anzugreifen, dann würde sie ihm verzeihen und versuchen, einen völlig neuen Anfang zu machen, als sei er ein Mann, den sie gerade erst kennengelernt hatte. Schließlich war sie selbst der Verzeihung bedürftig, sie hatte den Wunsch, grausam zu sein und zu demütigen, ebenfalls in sich gespürt und ihm zuletzt Monika gegenüber nachgegeben.

Aber wenn er sich nicht entschuldigte und statt dessen nur einen weiteren Versuch machte, sie zu verletzen, dann würde sie endlich tun, was ihre Selbstachtung verlangte, und die ganze quälerische Angelegenheit beenden. Dieser Abend würde der Schlußpunkt sein. Sie hatten die Galerie fast erreicht, und sie glaubte schon, ihre Antwort nicht mehr zu bekommen, als er sie ihr endlich gab. Es war keine der beiden Alternativen, die sie erwartet hatte.

»Als ich Rudi und Ferdl beauftragte, dich zu finden«, sagte Philipp, »war es nicht, weil ich mir keine diskrete Krankenschwester hätte leisten können. Ich dachte, ich würde sterben. Im nachhinein wird mir die Absurdität dieser Vorstellung bewußt, aber zu diesem Zeitpunkt war ich nicht unbedingt in der Lage, rational zu denken. Ich bin bereits einmal fast gestorben, und damals gab es eine Menge… unerledigter Dinge. Ich fürchte, diese Erfahrung hat mein Verhalten beeinflußt.«

Damit hatten sie ihre Plätze erreicht. Paul Kohner drehte sich zu ihr um und machte einen Kommentar, den Carla nicht verstand; sie lächelte automatisch und nickte, während ihr erstarrter Verstand zu begreifen versuchte, was Philipp ihr da gerade mitgeteilt hatte. Er hatte sie sehen wollen, weil er dachte, er stürbe? Das konnte nicht stimmen. In ihrer Erinnerung hörte sie seine spöttische Stimme sagen: »Rührend.«

Er log. Aber warum? Er mußte doch wissen, daß diese Lüge fast so klang wie… Dann fiel ihr wieder ein, wie er ihr von Mariannes Phantomkind erzählt und ihr Mitleid geweckt hatte, ein Mitleid, das letztendlich nur dem Zweck diente, endlich seinen Willen bei ihr durchzusetzen.

Bittere Enttäuschung schmeckte wie Asche in ihrem Mund. Er log, um den Status quo wiederherzustellen, das war der Grund. Er kannte sie inzwischen zu gut, um nicht zu wissen, daß die Offenbarung von Verwundbarkeit sie empfänglich machte. Wie sie es tausendmal beim Drehen getan hatte, glättete sie den Reifrock, ehe sie sich in den Sitz hineinquetschte, und schaute starr geradeaus auf die breite weiße Leinwand. Wie dumm, auch nur einen Moment geglaubt zu haben, Philipp der Hai könnte sich ihr zuliebe endgültig in ein menschliches Wesen verwandeln.

Trotzdem… Er hatte einen dritten Weg gefunden und sie wieder von ihrer klaren Entscheidung abgebracht. Er hatte sich weder entschuldigt, noch war er gehässig geworden. »Wir lügen alle, Honey«, hatte Genevieve während der Abschiedsfeier in Bamberg gesagt, »und wir verkaufen den Menschen diese Lügen. Nur wie gut oder schlecht sie sind, das liegt bei uns.«

Warum Philipp Vorwürfe machen, weil er ihr eine angenehme Lüge als Versöhnungsgeschenk präsentierte, die ihn immerhin etwas anderes als Geld gekostet hatte? Der Status quo also, dachte Carla, drehte den Kopf zur Seite und ließ sich von seinen schwarzen Augen einfangen. Wieder hatte sie das eigentümliche Gefühl, mit ihm allein in einem Universum zu sein, aus dem selbst das Licht der Sterne verschwand, verschluckt von der immer tieferen Dunkelheit. Kein neuer Anfang und kein klarer Bruch. Der Status quo.

Robert unterhielt sich noch rege mit Tim Berger, als der Film anfing. Von dem berühmtesten Kameramann nach Karl Freund das Angebot seiner Mitarbeit zu bekommen war ein Geschenk, das selbst ein Optimist wie er nicht erwartet hatte.

»Ganz ehrlich«, sagte er in einem ungewohnten Anfall von Bescheidenheit zu Berger, »ich weiß absolut nichts vom Film. Aber ich lerne.«

»Tja, das möchte ich auch«, entgegnete Berger gemütlich, »und wenn man so weit ist wie ich, dann kann man nur noch durch einen Regisseur lernen, der nichts weiß und noch nicht durch Kompromisse mit der Realität gehandikapt ist. Erstaunen Sie mich!«

Roberts Augen funkelten. »Darauf können Sie sich verlassen!«

Er war darauf vorbereitet, den Film zu mögen, weil es Carlas Leinwanddebüt war. Er war nicht darauf vorbereitet, hingerissen zu werden. Bereits die Eingangsbilder zeigten, daß Tim Bergers Angebot unbedingt angenommen werden mußte, koste es, was es wolle. Er hatte nur noch sehr schwache Erinnerungen an Bamberg und die ersten Jahre seiner Kindheit, ehe seine Mutter den Umzug nach München durchgesetzt hatte; die Art, wie die Kamera hier den Dom ins Bild setzte, als koste sie jedes Detail der gotisch-romanischen Ebenmäßigkeit aus, um dann auf die kantigen Gesichter der aus der Abendmesse strömenden Bevölkerung überzugehen und sie ebenfalls gotisch wirken zu lassen, schuf eine neue, filmeigene Welt und ließ ihn bezweifeln, die Stadt je gesehen zu haben. Dann gerieten Dolores Mannheim als Laura mit ihrem Vater und Verlobten in den Fokus, und er bemerkte, daß Laura als der bleiche, helle Mittelpunkt einer dunklen Menge gestaltet worden war; man verlor sie auch nicht aus dem Auge, als die Kamera zurückwich, um den Sonnenuntergang und die Kutsche zu zeigen, deren Pferde durchgegangen waren und die in die wartenden Karossen der Kirchgänger hineinraste. Carla hatte ihm erzählt, daß Genevieve Beresfords letzter Film ein Wildweststreifen gewesen war, und man merkte es; sich aus einem ganz anderen Genre Mittel auszuborgen gefiel ihm. Warum nicht ein paar durchgehende Pferde in einem Film, wo eine Imitation der statischen Bilder von Murnaus *Nosferatu* erwartet wurde?

Lauras Verlobter und einige der Statisten liefen zu der gekippten Kutsche und öffneten den eingedrückten Wagenschlag. Man sah nichts von der Passagierin, die von den Helfern herausgezogen wurde; die Kamera zog sich zu Lauras Standpunkt zurück und näherte sich mit ihr wieder dem Kreis aus über der Kutsche gebeugten Rücken an. Dann teilte sich der Ring der Umstehenden, und man sah mit Laura die Gestalt, die sich langsam aus den Armen ihrer Samariter löste; ein Mädchen, dessen lange Haare aus dem gleichen samtigen Dunkel gemacht zu sein schienen wie das altmodische Ballkleid, das es trug. Es war eine Einführung, dachte Robert anerkennend, wie man sie nicht besser ersinnen konnte, und plötzlich wünschte er sich, er hätte sie Carla geben können. Ihr Gesicht in Großaufnahme zu sehen war eine Offenbarung, weil es sich subtil, aber wirkungsvoll von dem Gesicht unterschied, das er kannte. Carmilla hatte keine von Carlas leichten Unregelmäßigkeiten, und selbst ihr größtes Manko, ihre Kurzsichtigkeit, die ihr bei den ersten Proben für ein Stück immer zu schaffen machte, sorgte hier für einen unwirklich fremden Blick; Carmillas Augen vermittelten den Eindruck, als sähen sie immer etwas mehr, als dem Zuschauer gezeigt wurde.

Die Fragilität und Schutzbedürftigkeit, die Dolores Mannheim ausstrahlte, paßte genau zur Rolle. Robert gestand sich ein, voreingenommen zu sein, doch ihm war Dolores heute nicht weniger fragil erschienen, und er fragte sich, ob sie überhaupt einen anderen Typ spielen konnte. Mit dem Fortschreiten des Films wurde sie in mehr als einem Sinn zu Carmillas Opfer. Carlas Carmilla, bei der sich hinter einem unschuldigen jungen Mädchen mehr und mehr ein altersloses, hungriges Geschöpf hervorarbeitete, das verführte, um zu töten, war das Herz des Films. Dabei ging die Regie behutsam mit der Art der Beziehung zwischen Laura und Carmilla um; nur an einer einzigen Stelle kam es zu einem direkten Kuß. Er folgte auf eine Szene, die Roberts Meinung nach zu den erschreckendsten gehörte, obwohl in ihr niemand verwundet oder getötet wurde. Carmilla sah ein Porträt von sich zu Lebzeiten, als Gräfin Mircalla von Karnstein. Aus Carlas Zügen wich nach und nach aller Ausdruck, während sie das Porträt anstarrte, und Robert grübelte erst viel später darüber nach, ob der Effekt durch Veränderung der Beleuchtung, Maske oder Schauspielvermögen erzielt worden war; als er es sah, war er zu gefesselt. Carmilla versteinerte, bis das Porträt lebendiger aussah als sie, und einen kurzen Moment lang schien es, als ob sich die Augen des Porträts bewegten. Durch das Publikum ging ein fühlbarer Schauer. Dann legte Laura Carmilla die Hand auf die Schulter, und der Film wurde zum ersten und letzten Mal explizit, als Carmilla Laura ergriff und auf den Mund küßte; die Kamera zog sich diskret zurück, während Leben und Bewegung in Carmillas Gesicht zurückkehrten.

Die Todesszene war die einzige, die Robert enttäuschte, aber das machte ihn gar nicht so unglücklich. Er betrachtete Todesszenen als seine Spezialität, und daß Carla als Desdemona eindrucksvoller gestorben war als hier, wo entweder Genevieve oder die amerikanische Filmkonvention bestimmten, daß man sie nur einmal kurz schreien hörte und dann wieder nur, wie bei ihrer Einführung, die Rücken der sie umgebenden Männer sah, war irgendwie befriedigend. Er wußte schon genau, wie er Carla *wirklich* eindrucksvoll auf der Leinwand sterben lassen würde.

Aber diese kleine Einschränkung hielt ihn nicht davon ab, mit den anderen aufzustehen und wie besessen zu applaudieren, als Genevieve, Paul Kohner und die Hauptdarsteller vor die Leinwand traten, um sich zu verbeugen. Carla sah mit ihrem natürlichen roten Haar, in dem heute ein Diadem steckte, das ihr Pony zurückhielt, wie eine eigenartige Mischung aus sich selbst und ihrem Leinwandkonterfei aus. Robert erkannte ihr Lächeln; es gehörte nicht zu Carmilla, sondern zu Amalie, an dem Abend, als sie zum ersten Mal in den *Räubern* auf der Bühne gestanden hatten.

Als er sich auf der anschließenden Feier endlich zu ihr durchgekämpft hatte, gab es kein Wort, das einen solchen Tribut gezollt hätte wie ihre Geste ihm gegenüber an jenem Abend. Also nahm er ihre Hand, küßte sie und erwiderte den leichten Biß, den sie ihm damals versetzt hatte. Erst danach bemerkte er, wer schräg hinter ihr stand.

»Guten Abend, Herr Bachmaier«, sagte Robert, unterdrückte den Impuls zu grinsen, und bat Carla um den ersten Tanz.

»Und«, fragte er, während sie sich auf die Tanzfläche zubewegten, »wie fühlst du dich, Carmilla?«

»Unbeschreiblich, das weißt du doch.« Sie erwiderte sein Lächeln und legte einen Arm um seine Schulter, während ihre Hände einander festhielten. Das Orchester spielte gerade einen Walzer, was sich als Glück erwies, denn in dem Reifrock waren einige der modernen Tänze unmöglich, und Carla wollte unbedingt tanzen. Wenn sie noch länger still stehen und Glückwünsche hätte entgegennehmen müssen, wäre sie erstickt.

»Verrate das nur nicht Genevieve, aber ich werde mir den Film nie mehr ansehen«, sagte sie zu Robert. »Es wäre nie mehr so wie heute, und außerdem ist es mir unheimlich – mich selbst zu sehen, meine ich. Erinnerst du dich, als sie im Rundfunk einmal eine Plattenaufnahme von *Griseldis* gemacht und uns dann vorgespielt haben? So ähnlich ist das, nur noch schlimmer. Ich glaube, ich verstehe jetzt die Indianer, die nicht photographiert werden wollen.«

»Sprich für dich selbst – *ich* höre mich ausgesprochen gerne«, antwortete Robert mit seiner tiefsten Predigerstimme, und sie bog den Kopf zurück und lachte. Sie ließ sich von der Musik und dem Triumph und dem Glück tragen, bei dem einzigen Menschen zu sein, der genau verstand, wie sie sich fühlte.

»Erzähl mir noch ein bißchen mehr davon, wie unbeschreiblich ich bin«, sagte sie. »Alliterierend.«

»Unbeschreiblich, unheimlich, das hatten wir schon, ungeheuer, unüberwindlich, unbezwingbar ...«

»Unschlagbar?«

»Unbelehrbar.«

Sie begriff sofort, was er meinte. Ein Schatten glitt über ihr Gesicht.

»Versteh mich nicht falsch«, erklärte Robert. »Ich habe mir schon gedacht, daß es so kommt. Dem Mann kann man alles mögliche nachsagen, aber nicht mangelnde Hartnäckigkeit. Aber er ist nun mal die Idealbesetzung für den großen bösen Wolf, und er wird nicht Ruhe geben, bis er dich mit Haut und Haaren gefressen hat.«

»Aber ich bin nicht die Idealbesetzung für Rotkäppchen, das habe ich ihm auch gesagt, und außerdem unverdaulich.«

»Unverdaulich, ungenießbar, unverspeisbar, unzerstörbar«, stimmte Robert zu und gab den Versuch auf, an diesem Abend ernst sein zu wollen. Aus den Augenwinkeln erkannte er Hugo, der ihm zuwinkte.

»Wieder bereit für Glückwünsche von ergebenen Bewunderern?«

»Immer, wenn ich dabei tanzen kann«, entgegnete Carla wahrheitsgemäß.

Das Sitzen und Stehen in diesem Kleid war beklemmend gewesen; die Glückwünsche, genau wie der Applaus vorhin, belebten sie wie reine Energie. Es unterschied sich von einer Theatervorstellung, wo sie hinterher in der Regel zu erschöpft war, um Beifall oder Bewunderung in Einzelheiten zu registrieren. Als der Walzer vorbei war, hatte Hugo sie erreicht und löste Robert ab. Robert machte sich auf die Suche nach dem Buffet und traf dort auf Genevieve, die sich ihrerseits gerade erst von einem Schwarm Bewunderer freigekämpft hatte.

»Es war grandios«, sagte Robert ehrlich.

»Danke, Kid. Es war vor allem viel Arbeit, zumal in Bamberg, wo kein Mensch Englisch konnte und die Statisten einen Dialekt draufhatten, der unmöglich Deutsch gewesen sein kann. Jetzt geht's wieder zurück nach Amerika, aber im Eiltempo.«

»Dann wollen Sie nicht mehr hier in Europa filmen?«

Genevieve bugsierte sich mit ihrem üppigen Busen durch die Traube Hungriger, welche die Lachsbrötchen umstanden.

»Ein Film im Ausland ist Prestige, Darling, aber mehrere bedeuten heutzutage in Hollywood, daß man es daheim nicht mehr schafft. Außerdem traue ich dem Frieden hier nicht. Paul erzählt mir zwar, ich solle mir keine Sorgen machen, aber einige von den Leuten, die wir angeheuert hatten, haben mittendrin die Arbeit hingeschmissen und etwas von artfremd und degeneriert geschwatzt. Und das bei der Arbeitslosigkeit hierzulande.«

Robert runzelte die Stirn. »Davon hat Carla nichts erzählt.«

»Junge, meinst du, ich lasse meine Schauspieler so etwas merken? Laß dir eins raten: Regieführen kann ruhig auch mal grob ausfallen, manche Schauspieler brauchen das, um ihre besten Leistungen zu bringen, aber laß sie nie, niemals merken, daß das ganze Projekt in Gefahr ist, sonst packen sie ein.«

Einer der Kellner bot ihr ein Tablett voller Sektgläser dar. Durch ein Winken mit dem Lachsbrötchen in ihrer Rechten bedeutete sie Robert, sich ebenfalls zu bedienen.

»Cheers.«

Nach einem Schluck kommentierte sie: »Euer Sekt ist ja in Ordnung, aber sind die Portionen auf deutschen Empfängen eigentlich immer so spärlich?«

Robert erkannte eine Seelenverwandte und grinste. »Meistens.«

Er wollte hinzufügen, daß es ihm deswegen so gut in der Schweiz gefallen habe, doch Genevieve sprach jemanden über seine Schulter hinweg an.

»Oh, hi, Phil, da sind Sie ja wieder. Wenn Sie noch was von dem Lachs kriegen wollen, müssen Sie sich beeilen.«

»Ich wette«, bemerkte Robert beiläufig, drehte sich um und nickte Philipp zu, »Phil hat heute keinen Appetit… auf Lachs. Als ich ihm das letztemal begegnet bin, erwähnte er gerade, daß er eine Diät machen wollte.«

Genevieve schnaubte. »Diäten sind Zeitverschwendung. Hören Sie auf mich, und lassen Sie sich's gutgehen, solange Sie's können, magere Zeiten kommen sowieso. Apropos, ich habe Paul versprochen, den dürren Typen von der Filmprüfstelle da etwas einzuseifen, also entschuldigt mich, Jungs. Bob, Phil, wir sehen uns. Cheerio.«

Beide Männer schauten ihr nach, während sie sich auf den Weg zu dem Filmprüfer machte, der ein wenig zurückwich und dadurch einem mageren Ziegenbock angesichts einer behäbigen Löwin ähnelte.

»Herr König«, sagte Philipp, »verraten Sie mir doch etwas. Legen Sie gesteigerten Wert darauf, mich zu provozieren, oder entspricht Ihr Verhalten einer Art Daueradoleszenz und gilt jedermann?«

»Letzteres, Herr Bachmaier, letzteres«, erwiderte Robert vergnügt und vertilgte den letzten Rest seines Lachsbrötchens, während er sich wieder der Tanzfläche zuwandte, wo Carla und Hugo versuchten, das Beste aus einem Foxtrott zu machen. »Heute bin ich viel zu gutgelaunt, um Sie noch provozieren zu müssen... Phil. Ich bin sogar so gutgelaunt, daß ich Ihnen einen guten Ratschlag gebe, ganz umsonst.«

Philipp folgte seinem Blick, und in seiner Miene veränderte sich etwas. Es erinnerte Robert an das erste Mal, als er dem Mann begegnet war, in einem dämmrigen Kino. Zu seiner Überraschung spürte er einen Funken Mitleid in sich aufflackern.

»Ich weiß, Sie halten nicht viel von unserem Beruf«, sagte Robert leise, »also können Sie sich nicht vorstellen, was das heute für Carla bedeutet. Verderben Sie ihr den Abend nicht. Sie könnten sogar über Ihren Schatten springen und sie um Verzeihung bitten, dann gibt sie Ihnen vielleicht, was Sie wollen.«

Die feindselige Abwehr kehrte in Philipps Stimme zurück, als er harsch entgegnete: »Ich weiß nicht, wovon Sie sprechen, Herr König.«

Robert leerte den Rest seines Sektglases. »Sicher. Tun Sie, was Sie nicht lassen können, dann macht sie endlich Schluß mit Ihnen.« Er hielt zwei Finger nebeneinander. »Sie steht so dicht davor.«

Der andere Mann musterte ihn, und Robert erwiderte den Blick. Dann hörte das Orchester auf zu spielen. Philipp zuckte die Achseln und ging auf die Tanzfläche zu. Kurze Zeit später tauchte Hugo ein wenig atemlos bei Robert auf.

»Ist das der große Unbekannte?« erkundigte er sich. Robert nickte und fragte, ob der Mann ausfällig geworden war.

»Nein, er hat ganz normal um den nächsten Tanz gebeten. Mensch, ist das heiß hier. Wir haben doch Oktober. Kannst du mir verraten, wo die Samariter mit den Getränken sind?«

Robert wies ihm die Richtung zum nächsten Kellner und fuhr

mit der Beobachtung von Carla und Philipp fort. Carla wirkte gelöst, nicht verblüfft oder gekränkt, was wohl bedeutete, daß Philipp sich zur Zeit weder an einer Entschuldigung noch an einem Wortgefecht versuchte. Eigentlich gaben sie das ab, was man »ein schönes Paar« nannte. Plötzlich erinnerte sich Robert an etwas, das ihm Jean-Pierre vor Jahren erzählt hatte, etwas, das die Griechen in besonders glücklichen Momenten zu sagen pflegten: *Stirb jetzt.* Stirb jetzt, denn es kann nichts Besseres mehr kommen. Er fröstelte. Es war albern, aber er mußte daran denken, daß Carla gerade den Durchbruch zum Filmruhm geschafft hatte, daß ihm selbst alle Möglichkeiten offenstanden. Sogar Philipp, ein Mann mit dem ausgesprochenen Talent, sich und andere unglücklich zu machen, sah zur Abwechslung einmal fast zufrieden drein, während er mit Carla zu den schweren, trägen Klängen eines langsamen Foxtrotts tanzte. *Jede Glückssträhne hat einmal ein Ende.*

Stirb jetzt.

Stirb, bevor die Götter es sich anders überlegen und dich ins Unglück stürzen.

»Robert, was ist denn los mit dir?« fragte Nina, die ihn endlich ausfindig gemacht hatte. »Du schaust aus, als sei jemand über dein Grab gelaufen.«

Er fand ein passables Lächeln für sie. »So was Ähnliches. Hast du Lust zu tanzen?«

»Klar, Chef«, lachte sie, und bald vergaß er das bedrohliche Gefühl einer Warnung, das ihn für einen Moment heimgesucht hatte, und begann sie davon zu überzeugen, das Schillertheater zugunsten der ersten Filmproduktion des Hermes-Ensembles zu verlassen.

16. Kapitel

Michael Maitgers weitgehend nüchterne Periode hatte ihr endgültiges Ende gefunden, aber vorher gelang es ihm noch, den Rahmen für ihre Geschichte zu zimmern, nach dem Robert vergeblich gesucht hatte. In den bisherigen Fassungen erzählten Heinz Ifflands Freunde und Feinde Perioden aus seinem Leben einem Biographen als Material für sein Buch. In der letzten Fassung, die er ablieferte, ehe er Peter Wermuts Aufsicht entkam und eine dreitägige Sauftour durch die Stadt begann, um seine Rückkehr nach Berlin zu feiern, wurde aus dem Biographen ein Journalist, der herausfinden will, was das Wort zu bedeuten hat, das der sterbende Iffland angeblich geflüstert haben sollte: Wunderhold. Keiner der Menschen, die er befragt, kann ihm mitteilen, ob es sich um eine Person, eine Sache oder einen Ort handelt; erst am Schluß des Films, während des Räumungsverkaufs von Josefsstätten, dem Leopoldskron des Films, zeigt sich dem Zuschauer, und nur ihm, daß es sich um Ifflands erste Marionette handelte, die ihm seine Mutter vor ihrem Tod geschenkt hatte.

»Wunderbar«, verkündete Robert und rieb sich die Hände. »Jetzt können wir anfangen, Kinder!«

Es war ihm gelungen, den größten Teil seiner alten Truppe wieder zusammenzubekommen. Genau wie ihm selbst und dem Rest der Mitspieler, mit Ausnahme von Carla und Hugo, fehlte ihr jede Leinwanderfahrung.

»Junge«, sagte Tim Berger halb belustigt, halb ehrfürchtig, »hast du eigentlich kein bißchen Angst, mit so vielen Neulingen in dieses Geschäft einzusteigen?« Und das enorme Budget aufs Spiel zu setzen, das Astoria in diesen Film steckt, wollte er hinzufügen, aber er ließ es, denn er hatte bereits die Erfahrung gemacht, daß Robert von Geld nur einen sehr vagen Begriff und gegenüber Schulden eine gänzlich unbekümmerte Einstellung hatte.

»Nein. Sie sind alle gut, und«, Robert zwinkerte ihm zu, »sie tolerieren mich.« Er schaute sich mit glänzenden Augen in dem Studio um, wo gerade Ifflands Büro entstand, seufzte und schloß: »Ganz ehrlich, das ist die schönste Spielzeugeisenbahn, die je einem Jungen geschenkt wurde.«

So blieb es auch während der Dreharbeiten. Robert lernte mit seiner raschen Auffassungsgabe sehr schnell, was Berger ihm erklärte, doch er akzeptierte nie, daß es Dinge gab, die man mit einer Kamera nicht fertigbringen konnte, und das trieb Tim Berger zu immer neuen Experimenten. Kleinigkeiten wie ein verstauchter Knöchel hielten Robert nicht im geringsten auf; er drehte einfach alle von Hugos Szenen ohne Iffland zuerst. Hugo spielte den Kritiker Gregor Greifer, Maitgers ziemlich durchsichtige Parodie auf Karl Kraus, der bisher noch jede Reinhardtsche Aufführung verrissen hatte. In ihrer Jugend hatten sie einmal gemeinsam auf der Bühne gestanden, in den *Räubern*, ein Auftritt, der für Karl Kraus zu einem völligen Fiasko und dem Ende seiner kurzen Bühnenlaufbahn wurde. Maitger hatte das ausgebaut; in seinem Drehbuch waren Iffland und Greifer Jugendfreunde, bis Greifer sich angeekelt von dem immer größer werdenden Iffland-Imperium abwendet.

Hugos Altersmaske fiel recht überzeugend aus, doch er war erleichtert, als Robert wieder einsatzfähig wurde und ihre Jugendszenen an die Reihe kamen, was für ihn im Gegensatz zu Robert nur ein gewöhnliches Film-Make-up notwendig machte. Robert hatte beschlossen, daß Iffland in seiner Jugend ein schöner Mann sein sollte, und er wußte genau, daß eine Menge notwendig war, um das Publikum ebenfalls davon zu überzeugen. Seit dem Erhalt der letzten Drehbuchfassung machte er einen ehrlichen Versuch abzunehmen, hielt es jedoch für angebracht, als junger Iffland ein Korsett zu tragen, um wirklich schlank zu wirken. Seine eigene Stupsnase verschwand unter dem römischen Profil, das ihm die Maske verpaßte; die Fischhaut, die hinter seinen Ohren angebracht wurde, zog das überflüssige Fleisch seiner Wangen nach hinten und erzielte den gewünschten Effekt: In vollem Make-up sah er zum ersten Mal in seinem Leben aus wie ein jugendlicher Apoll.

Da er innerhalb des Films von zwanzig auf siebzig Jahre altern würde, war die Periode des Korsetts und der Fischhaut nicht lang bemessen – ab etwa vierzig konnte Iffland ruhig ein paar Pfunde mehr haben –, doch seine Mitspieler neckten ihn erbarmungslos deswegen. Brigitte, die Olga darstellte, brachte eine Photokamera mit, um, wie sie sagte, der Nachwelt diesen Adonis zu erhalten, und geriet in Schwierigkeiten mit den Sicherheitsbestimmungen bei Astoria. Helmut fragte ihn, ob er absichtlich so steif ginge, und Carla meinte, er sähe aus, als sauge er permanent die Backen ein.

»Wartet nur, der Tag der Rache kommt. Ihr wißt nicht, was ich mit euch allen plane, wenn ihr erst altert!«

Die Tage bösen Blutes in Sachen Königsdramen waren vergessen; Roberts Begeisterung für das neue Medium steckte an, und Tim Berger fand bald, daß das gesamte Ensemble die Einschätzung vom Studio als Spielzimmer kurz nach Weihnachten teilte. Nicht, daß es sie weniger hart arbeiten ließ als die filmerfahrenen Schauspieler, die er kannte. Einmal fragte er Carla, wo ihrer Meinung nach der Unterschied zu dem Drehen von *Carmilla* lag.

»Also, bei Genevieve kam ich mir vor wie eine Schülerin, die versucht, für ihre Lehrerin das Beste zu geben, und hier ist es einfach eine gemeinsame Expedition. Ja, ich glaube, geteilte Entdeckerfreude ist der Unterschied. Nicht, daß Robert einen nicht auch ganz schön herumscheucht, aber alle wissen, daß es für ihn genauso neu ist.«

Was sie nicht erwähnte, war die Genugtuung, die es ihr bereitete, in einem Medium die erste gewesen zu sein und etwas mehr Erfahrung als Robert zu haben. Es machte sie von vornherein entspannter. Außerdem genoß sie es, eine neue Rolle zu haben, einen Gegenpol zu Carmilla. Susanne war nicht hundertprozentig Eleonore, genausowenig, wie Iffland Max Reinhardt war. Maitger hatte ihr etwas von seinem eigenen zynischen Witz gegeben, mutmaßlich, weil er sich mit ihrer Sucht identifizieren konnte. Daher hatte sie einige der besten Textstellen und, da sie diesmal nicht im Mittelpunkt stand, weitaus mehr Freiraum, um eine eigene Interpretation zu entwickeln. Das Ergebnis überraschte Peter Wermut, der im Unterschied zu Maitger das Angebot wahrnahm, sich die täglichen Muster anzusehen.

»Ganz ehrlich«, sagte er, »ich dachte, Susi würde die deprimierendste Person in dem ganzen Film werden. Ich meine, wer mag schon eine drogensüchtige Aristokratin, die sich an einen Mann hängt, der bereits zwei Frauen am Hals hat? Aber Carla spielt sie nach dem Motto: Ich gehe unter, da kann ich genausogut Spaß dabei haben. Der letzte Tanz auf der *Titanic*. Wie bist du darauf gekommen?«

»Bin ich nicht«, gestand Robert. »Ich wollte sie eigentlich Sibylle oder Olga spielen lassen. Das war ihr Einfall und Michaels, schließlich hat er ihr diese ganzen Aphorismen in den Mund gelegt. Warum hast du ihn eigentlich nicht mitgebracht?«

Peter Wermut interpretierte die Frage so, daß seine eigene Gegenwart nunmehr nicht mehr genügte und eher unerwünscht war, und zog sich verletzt in das Schneckenhaus zurück, das er sich als Schutz gegen seine gemischten Gefühle Robert gegenüber gebaut hatte.

»Er wollte nicht«, entgegnete er kühl. »Um ganz offen zu sein, er findet, du hast zu viele Juden engagiert.«

Robert hörte auf, sich hinter den Ohren zu kratzen, wo die zwischenzeitlich entfernten Fischschuppen immer noch juckten, und starrte ihn an.

»Was? Aber Peter, du bist doch selbst...«

»Ja, ich weiß, und er ist Halbjude, wie man das heutzutage nennt.« Wermut zündete sich eine Zigarette an und fuhr sarkastisch fort: »Mein lieber Robert, die besten Witze gegen Juden sind schon immer von Juden gekommen. Was Michael angeht: Wenn du mich fragst, sind Helmut und Brigitte nicht diejenigen, die ihn stören, er sucht nur einen Vorwand, um Streit mit dir anzufangen. Bis jetzt ging ihm einfach alles zu glatt, um wahr zu sein. Und du weißt doch, wie Trinker sind.«

»Ja«, sagte Robert, »das weiß ich. Und du, Peter?«

Wermut hätte vorgeben können, nicht zu verstehen, was er meinte, doch er ließ es bleiben.

»Man braucht keine Vorwände, wo man Gründe hat«, sagte er, warf seine Zigarette auf den Boden, trat sie aus und nahm seinen Hut. Ehe er ging, zwangen die Aufrichtigkeit und der selbstquälerische Stolz, den er in bezug auf Robert empfand, ihn noch zu einer Ergänzung: »Aber ich zweifle nicht daran, daß der Film außergewöhnlich werden wird.«

»Ich wußte es«, erklärte Käthe triumphierend. »Vierunddreißig Mandate weniger! Der Anstreicher ist erledigt!«

Obwohl die Reichstagswahl am 6. November nun schon eine Weile zurücklag, zehrte sie immer noch von der Freude darüber, daß die NSDAP den ersten massiven Verlust an Wählerstimmen seit Jahren hatte hinnehmen müssen. Ihr Besuch in Berlin bei Carla sollte das Mädchen damit versöhnen, daß sie nicht zu ihrer Filmpremiere hatte kommen können. In einem Film mit einem so groschenheftverbundenen Thema wie Vampirismus mitzuwirken entsprach zwar nicht unbedingt Käthes Vorstellung von einer sinnvollen Art und Weise, sein Geld zu verdienen, aber sie akzeptierte mittlerweile, daß es Carla glücklich machte. Überdies ließ sich nicht leugnen, daß sich Carlas ökonomische Situation verbessert hatte, was zweifellos auf die Menschenschlangen zurückzuführen war, die vor den Kinos, die *Carmilla* zeigten, standen. Als ihre ehemalige Schülerin sie vom Bahnhof in ihre neue Wohnung, eine *richtige* Wohnung, brachte, fragte Käthe zuerst besorgt, ob Carla etwa ihr Erbe dafür aufgebraucht habe.

Carla lachte. »Nein, Kathi, das geht auch gar nicht, weil mein Erbe aus Aktienpapieren bestand, die nach dem Börsenkrach nichts mehr wert waren. Aber ich habe mittlerweile einiges gespart, und der Vertrag mit Universal hat sich für mich wirklich gelohnt.«

Die Geschichte mit den Aktien klang nicht unwahrscheinlich, doch Käthe konnte nicht vergessen, daß Philipp Bachmaier den Nachlaß des unsäglichen Heinrich Fehr an seine jüngere Tochter bis zu deren Volljährigkeit verwaltet hatte, und traurige Erfahrung hatte sie belehrt, daß Verwandte zu allem fähig waren, wenn es um das Aufteilen eines Erbes ging. Sie äußerte diesen Verdacht vorsichtig, denn sie hatte Carlas letzten Ausbruch hinsichtlich ihres Schwagers nicht vergessen.

Zu ihrer Verwunderung entgegnete Carla mit einer leichten Grimasse: »Nein, ich glaube nicht, daß er etwas unterschlagen hat. Das ist nicht sein Stil.«

»Wieso nicht? Wenn du dem Mann zutraust, daß er uns von drei Schlägern verfolgen läßt…«

Carla zögerte, dann erwiderte sie: »Er weiß schließlich, daß ich mit der Heiratsurkunde meiner Eltern auf wesentlich mehr klagen könnte.«

»Carla«, sagte Käthe argwöhnisch, »er hat dich doch nicht etwa eine Verzichtserklärung unterschreiben lassen?«

»Nein«, antwortete Carla und wirkte leicht verblüfft. »Hat er nicht, aber du hast recht, das läge nahe.« Sie runzelte die Stirn, dann lächelte sie wieder. »Mach dir keine Sorgen. Ich würde nie etwas unterschreiben, was Philipp mir vorlegt, aber ganz ehrlich, ich brauche das Geld nicht. Es ist mir viel lieber, wenn ich von meinem eigenen lebe. Das verstehst du doch, oder?«

Käthe hatte ihr, als sie einundzwanzig wurde, das Du angeboten. »Selbstverständlich«, meinte Käthe gerührt und stolz, dieses wichtige Prinzip so tief in ihrer Schülerin verankert zu haben. Sie ließ sich die Kritiken zeigen, unterdrückte jede Bemerkung über deren Stil und hörte mit Freude, daß Carla, bis sie mit dem neuesten Filmunternehmen angefangen hatte, für die hiesige Friedensliga tätig gewesen war.

»Und? Wie war es in Paris?« fragte Carla, nachdem sie Kaffee aufgebrüht hatte; Käthe steuerte die Lebkuchen bei, die ihr Mitbringsel aus München darstellten, und erhielt einen Kuß auf die Wange.

»Wir müssen unbedingt ein paar für Robert aufheben, der Arme bemüht sich zur Zeit mannhaft zu verhungern, da hat er etwas Sabotage ab und zu verdient. Also, erzähl schon von Paris.«

»Die Konferenz verlief sehr turbulent«, teilte Käthe ihr mit und fing an, von den Sorgen zu berichten, die sich die Teilnehmer wegen der Lage in Deutschland machten. »Aber ich habe ihnen prophezeit, daß es besser werden wird, und ich hatte recht!«

Sie wiederholte noch einmal ihren Satz von den vierunddreißig Mandaten, und Carla seufzte.

»Kathi, ich verderbe dir ungern die Laune, aber erstens sind die Nazis mit hundertfünfundneunzig Mandaten immer noch die stärkste Fraktion, zweitens hat die SPD ebenfalls zwölf Mandate verloren, und drittens... das habt ihr in Bayern vielleicht nicht mitgekriegt, aber die Berliner Funkstunde hat schon wieder einen neuen Chef, und der ist Nationalsozialist. Es mag ja Zufall sein, aber bis jetzt hat man bei keinem Mitglied des Hermes-Theaters im Funk den Vertrag verlängert. Um die Zeit im Jahr ist das sonst längst geschehen. Robert meint, das liege daran, daß sie ihm nicht zutrauen, rechtzeitig mit seinem Film fertig zu werden, um nächstes Jahr wieder im Funk arbeiten zu können, aber ich bin mir da nicht so sicher.«

»Natürlich ist die Lage immer noch bedenklich«, stimmte Käthe zu. »Wir haben statt eines revanchistischen Barons einen revanchistischen General als Kanzler, von dem senilen General als Präsident ganz zu schweigen. Aber vergiß nicht, die KPD hat ein paar Sitze mehr, und ich hoffe eben, die Tendenz geht jetzt nach links, nicht nach rechts.« Ein mißtrauischer Gedanke ließ sie innehalten. »Du hast doch nicht etwa Zentrum gewählt?«

»Nein, aber auch nicht die Kommunisten. Tut mir leid, Kathi, aber ich kann mich für das bolschewistische Modell nicht erwärmen. Ich habe SPD gewählt. Übrigens, als ich dich wegen Paris gefragt habe, wollte ich eigentlich wissen, wie dir die Stadt gefallen hat.«

Carla nahm sich einen der Lebkuchen und knabberte daran, während sie amüsiert beobachtete, wie Käthes Miene weicher wurde.

»Nun… ich fand sie bezaubernd. Martin war schon einmal dort, vor dem Krieg, was sich als ein Glück erwies, denn ich hatte meinen Baedeker vergessen. Natürlich blieb nicht die Zeit, den gesamten Louvre zu besichtigen, aber wir sahen die wichtigsten Sammlungen, und Notre-Dame, und den Jardin du Luxembourg.«

»Natürlich. Und…?«

»Und einige sehr nette Cafés, in denen ich meine Eindrücke von der Konferenz notieren konnte. Du weißt, ich arbeite sonst nicht beim Essen, aber es gab soviel zu sehen und zu tun, und Martin hatte vollstes Verständnis.«

»Der Mann ist ein Heiliger«, sagte Carla und goß sich noch etwas Kaffee ein. »Willst du mir erzählen, daß du zwei Wochen mit ihm in Paris warst und nichts anderes getan hast, als zu arbeiten und Museen zu besichtigen?«

»Was«, gab Käthe würdevoll zurück, »hätte ich denn sonst in Paris tun sollen?«

»Great balls of fire«, murmelte Carla, was Genevieves Lieblingsfluch bei Patzern während des Drehens gewesen war, und schüttelte den Kopf. Dabei bemerkte sie jedoch etwas, und ihre Augen leuchteten auf.

»Kathi«, sagte sie und hob einen drohenden Zeigefinger, »du bist zum Klassenfeind übergelaufen.«

»Wie meinst du das?« fragte Käthe entrüstet.

»Du trägst Parfum, und der neue Hut, der auf deinem Haar sitzt, ist ein hoffnungslos unpraktisches, frivoles, kleines Ding, das auf keinen Fall den nützlichen Zweck erfüllen würde, dich vor Regen und Schnee zu schützen, aber dir sehr gut steht. Und behaupte noch, daß du in Paris nicht einkaufen warst!«

»Nun ja, ein, zwei Dinge vielleicht«, entgegnete Käthe und errötete tatsächlich. »Martin meinte, ich könnte mir so Einblick in den Arbeitsalltag der Pariser Verkäuferinnen verschaffen und nicht nur aus dem Blickwinkel eines Touristen über die Stadt schreiben.«

»Ich korrigiere mich. Der Mann ist kein Heiliger, sondern ein raffinierter Hund.«

»Wie oft«, sagte Käthe energisch, »soll ich dir noch versichern, daß Dr. Goldmann und ich nur gute Freunde sind? Du neigst zum Romantisieren, ich weiß, doch inzwischen solltest du eigentlich alt genug sein, um es besser zu wissen. Ich stelle schließlich auch keine Spekulationen über dich und Robert König an, obwohl ich nicht umhinkann, dir mitzuteilen, daß Martin *sehr* verwundert über die Wahl seiner Ehefrau war. Er neigt ebenfalls zum Romantisieren, doch ich habe ihm von Anfang an versichert, daß zwischen dir und Robert nur Freundschaft besteht. Ich respektiere das, und du«, schloß Käthe, »solltest das gleiche in bezug auf mich und Dr. Goldmann tun.«

Mit Befriedigung registrierte sie, daß Carla betroffen und in sich gekehrt dreinschaute. In Wahrheit war sie, obwohl ihr Robert König nie unbedingt als der beste aller möglichen Einflüsse auf Carla erschienen war, mittlerweile sehr froh über diese Freundschaft; sie stellte sich ungern vor, welchen Versuchungen eine unerfahrene junge Frau in diesem Beruf ausgesetzt war. Roberts Anwesenheit in Carlas Leben bot, gerade weil sie mißdeutbar war, dagegen Schutz. Zumindest hatte Carla nie Anzeichen einer törichten Schwärmerei für irgendeinen Blender erkennen lassen, und in der Wohnung, durch die sie Käthe so stolz geführt hatte, stand kein Photo eines Unbekannten. Um ganz präzise zu sein, es stand überhaupt kein Photo da, und plötzlich wurde sich Käthe bewußt, daß auch dies sie beunruhigte.

»Die Photographie, die du mir geschickt hast«, bemerkte sie

behutsam, »von dir bei der Demonstration, die habe ich auf meinen Schreibtisch gestellt.«

Der plötzliche Themenwechsel irritierte Carla einige Sekunden, dann begriff sie. »Oh, ich habe das Bild von dir und Willi Münzenberg aus der Zeitung noch«, sagte sie lächelnd. »Ich bin nur nicht ganz fertig mit der Einrichtung geworden, bevor wir mit dem Drehen angefangen haben, und jetzt bin ich so gut wie nie daheim, und wenn, dann faulenze ich und ruhe mich aus, außer, das Geschirr stapelt sich zu hoch. Sobald ich kann, helfe ich den Arbeitslosen und nehme mir eine Haushälterin, aber bis dahin dauert es noch eine Weile.«

»Ich verstehe die Abneigung gegen Hausarbeit«, erwiderte Käthe mißbilligend, »aber sie ist nun einmal unumgänglich. Sich bedienen zu lassen... ich will nicht hoffen, daß diese Aristokratin dir das mit der Haushälterin eingeredet hat.«

»Monika? Nein. Sie... mag mich nicht besonders, und wir haben uns schon Ewigkeiten nicht mehr gesehen.«

»Oh.« Da sie davon ausging, daß Robert, schließlich der Hauptdarsteller und Regisseur des Films, noch öfter beim Drehen war als Carla, bedeutete das wohl, daß seine Frau ihn nicht begleitete. Seltsam; Martin hatte etwas davon erwähnt, daß sie sehr anhänglich war und, soweit er wußte, keinen regulären Beruf ausübte, außer hin und wieder in Roberts Unternehmungen auszuhelfen.

»Sie ist schwanger«, sagte Carla hastig, »deswegen bleibt sie zu Hause.«

Nach dem, was Carla über die Arbeitszeiten beim Drehen erzählt hatte, die im übrigen ein weiterer Auswuchs des Kapitalismus waren – Gab es nicht so etwas wie eine Bühnengewerkschaft? Galt sie im Filmwesen nichts? –, bedeutete das: Die arme Frau verbrachte ihre Schwangerschaft einsam und allein und völlig vernachlässigt. Käthe war entsetzt und brachte das auch zum Ausdruck. Robert verantwortungslos zu finden überraschte sie nicht weiter – dem Jungen hätte man nie erlauben dürfen zu heiraten, geschweige denn, ein Kind in die Welt zu setzen –, doch von Carla erwartete sie Besseres.

»Vorhin hast du sie noch ›diese Aristokratin‹ genannt«, protestierte Carla.

»Zweifellos ist sie das Produkt ihrer Klasse, was aber nicht bedeutet, daß sie nicht Anspruch auf weibliche Solidarität hat. Im übrigen entstammst du selbst der Großbourgeoisie und könntest ihr eigene gewonnene Erkenntnisse vermitteln. Zumindest hoffe ich, daß du Erkenntnisse gewonnen hast.«

»Allmächtiger«, murmelte Carla. »Weißt du, du wirst sie heute abend kennenlernen, wenn du möchtest. Robert hat uns allen freigegeben, und sich selbst auch, weil wir von einem Kollegen Karten für eine Premiere im Staatstheater bekommen haben.«

Käthe wollte nicht undankbar sein, doch sie hoffte unwillkürlich, daß es sich nicht um ein Melodram in der Art von Carlas Film handelte. Sie hatte sich den Film in München angesehen und fand ihn auf verstörende Weise morbide. Wenn Carla schon als Mimin tätig sein mußte, dann sollte sie nach Möglichkeit in den Meisterwerken der Literatur spielen, das tat zumindest etwas für die Bildung des Publikums, oder in einem Werk, das Bezug auf die Nöte der Zeit nahm. Was sie am meisten beunruhigte, war, daß der Film ihr Carla auf eine Weise präsentierte, in der sie sie nicht sehen wollte. Es kam ihr wie ein nachträglicher Sieg von Heinrich Fehr und, ja, auch der bedauernswerten, törichten Anni über ihre eigene Erziehung vor. Und jetzt mußte sie auch noch erfahren, daß Carlas nächste Rolle die einer Morphinistin war. Carla sollte eine moderne junge Frau mit positiven Gedanken sein, statt sich in Dekadenz und Tod zu versenken.

»Was«, fragte sie also ohne großen Enthusiasmus, »wird denn gegeben?«

»*Faust,* erster Teil«, antwortete Carla zu Käthes großer Erleichterung, »mit Werner Krauß und Käthe Gold, aber die Karten stammen von unserem Jago, der jetzt den Mephisto spielt. Gustaf Gründgens.«

Da Carla am nächsten Tag wieder arbeiten mußte, ließ Käthe sie über den Rest der gemeinsamen Zeit bestimmen und willigte sogar in einen Friseurbesuch ein. Die massierenden Finger in ihrem nassen Haar vermittelten ihr ein schuldbewußtes Vergnügen; normalerweise gehörte ein Haarschnitt zu den Dingen, die sie selbst erledigte. Der Stufenschnitt, den die Friseuse vorschlug, ließ sie jünger aussehen, aber sie zog die Grenze, als man ihr auch noch die Finger maniküren wollte.

»Wie Madame wünschen«, sagte die Friseuse beleidigt. Es kostete Carla einige Überredungskunst, Käthe danach zu etwas Schminke zu überreden.

»Wenn du in Rom bist, gib dich wie die Römer«, bat sie.

»Aber es ist mir peinlich«, wisperte Käthe verlegen, so leise wie möglich, damit die Friseuse sie nicht hören sollte. »Ich kann mir nicht von einem wildfremden Menschen das Gesicht anmalen lassen.«

»Dann laß es mich machen. Ich bin ein Profi«, entgegnete Carla bestimmt, und Käthe gab nach. Sie spürte Pinsel, Puder, der sie zum Husten reizte, Creme und gelegentlich Carlas kühle Fingerspitzen, ehe ihr gestattet wurde, wieder die Augen zu öffnen. Allerdings konnte sie das Ergebnis noch nicht im Spiegel sehen; Carla stand davor und betrachtete sie mit einem sehr konzentrierten Blick.

»So, und jetzt nach oben schauen«, befahl sie. Mit einem kleinen schwarzen Stift zog sie Käthes untere Augenlinien nach, während Käthe sich verzweifelt bemühte, nicht zu blinzeln.

»Und du mußt das ständig machen, wenn du im Theater auftrittst?«

Carla lachte. »Oh, sich für einen Bühnenauftritt zu schminken dauert wesentlich länger, ganz zu schweigen von dem, was sie in einem Filmstudio mit dir anstellen. Da, du bist fertig. Pronto!«

Mit einer schwungvollen Armbewegung trat sie zur Seite. Käthe starrte in ein Gesicht, das statt zu einer ernsthaften, berufstätigen Frau zu einem beschäftigungslosen Luxusgeschöpf zu gehören schien. Ihr schmaler Mund, der, wie sie nur zu gut wußte, altjüngferlich wirkte, hatte nun einen ausgeprägten Cupidobogen und eine Unterlippe, die durch das Rot irgendwie etwas voller ausfiel. Das Rouge machte ihre breiten Wangenknochen schmaler; die Kohleumrandung und der Lidschatten hoben die Farbe ihrer Augen hervor und brachten sie fast zum Leuchten.

Plötzlich fühlte sie sich zutiefst verunsichert. Carla legte ihr die Arme um den Hals und flüsterte ihr ins Ohr: »Du siehst hübsch aus, Kathi, und wenn du jetzt nicht lächelst, überläßt du mich der tiefen Verachtung aller im Laden anwesenden Friseusen.«

Das brachte Käthe tatsächlich zum Lächeln. Die fremde Frau im Spiegel lächelte zurück, und sie beschloß, den Tag als Ausflug in ein anderes Land zu nehmen, das Land dessen, was hätte sein können.

Im Theater erkannte sie einige von Carlas Freunden wieder, erinnerte sich jedoch nicht an ihre Namen und mußte sich neu vorstellen lassen. Daß Robert als letzter kam, überraschte Käthe nicht.

»Carla«, sagte er, »wer ist die Schönheit an deiner Seite? Sie erinnert mich vage an Fräulein Brod.«

Käthe beschloß, das zu ignorieren, und bat statt dessen darum, seiner Gattin vorgestellt zu werden. Das Mädchen, dessen Schwangerschaft sich bereits deutlich abzeichnete, tat ihr leid; offenbar hatte keiner der übrigen jungen Leute Interesse daran, mit ihr zu reden; sie wurde von allen nur mit einem Kopfnicken als Roberts Anhängsel begrüßt.

»Fräulein Brod, meine Frau Monika. Monika, das ist Fräulein Brod, einer der bedauernswerten Menschen, die in meiner Kindheit vergeblich versuchten, mir etwas beizubringen.«

»Es freut mich, Sie kennenzulernen«, sagte Monika König mechanisch.

Obwohl Käthe versuchte, sie in ein Gespräch zu verwickeln, blieben ihre Bemühungen erfolglos; Monikas Antworten waren zweifellos höflich, aber unverbindlich und nicht zu weiteren Äußerungen einladend, bis Käthe kurz, ehe der Vorhang sich hob, etwas darüber sagte, daß Robert doch sehr viel Glück habe, in diesen Zeiten und in diesem Beruf so stetig beschäftigt zu bleiben.

»Bei der Arbeitslosigkeit, meine ich«, erläuterte sie. »Das war auch einer der Gründe, warum ich es töricht von Carla hielt, ausgerechnet Schauspielerin...«

Die unvorhergesehene Lebhaftigkeit, mit der Monika König ihr das Wort abschnitt, erstaunte sie.

»Sie... sind die Gouvernante?«

»Ich war Carlas Lehrerin«, präzisierte Käthe ein wenig gekränkt.

»Sind Sie stolz auf das, was Sie da hervorgebracht haben?«

Carla hatte erwähnt, daß Monika sie nicht besonders mochte, aber dieser plötzliche Bruch mit jedweder Höflichkeit und der fieberhafte Glanz in ihren Augen sprachen von einem weitaus stärkeren Gefühl. Kein Zweifel, die junge Frau König haßte Carla.

»War sie schon als Kind so ein Ungeheuer?«

Käthe wußte nicht, wie sie auf so etwas reagieren sollte, und wurde glücklicherweise einer Antwort enthoben; das Stück fing an. Aber sie beschloß, Carla nochmals zu ermahnen, sich mit Monika König zu versöhnen und jegliche Mißverständnisse hinsichtlich ihrer Beziehung zu Robert aus dem Weg zu räumen. Während der Schwangerschaft neigte man als Frau nun einmal zu irrationalen Ausbrüchen, darauf sollte Rücksicht genommen werden, statt sie zu verstärken.

Carla hatte an und für sich die Absicht gehabt, den Abend zu benutzen, um sich bei Monika zu entschuldigen, denn Käthe hatte ihr schlechtes Gewissen höchst effektiv geweckt, aber das Geschehen auf der Bühne verdrängte alle guten Vorsätze. Gründgens war als Jago gut gewesen, routiniert gut, doch sie hatte bezweifelt, ob es ihm gelingen würde, neben Werner Krauß zu bestehen. Ihr Zweifel überdauerte den Prolog im Himmel nicht lange. Neben ihr sagte Hugo leise: »O mein Gott«, und sie verstand, was er meinte. Manchen Schauspielern, wie Krauß, war die Gabe der völligen Verwandlung geschenkt; andere machten die Rollen, die sie spielten, zu einem Ausdruck ihrer eigenen Persönlichkeit. Beides hatte sie nun schon öfter erlebt und im unterschiedlichen Grad bewundert oder abgelehnt. Aber heute abend sah sie zum ersten Mal etwas, von dem sie bisher nur gehört hatte; daß ein Schauspieler und eine Rolle so zueinander fanden, daß jeder einzelne Zuschauer wußte, es war die Rolle eines Lebens.

Der Mephisto auf der Bühne dominierte Faust nicht nur, er stellte ihn völlig in den Schatten; ein gefallener Engel, der gleichzeitig Kabarettist war, gemein, witzig, zwischen provozierender Perversion und unmenschlicher Abgründigkeit hin und her wechselnd, oft in ein und demselben Satz: »Allwissend bin ich nicht«, klang noch rein sarkastisch, »doch«, und Gründgens setzte eine Pause, in der sich sein gänzlich weiß geschminktes Gesicht von Faust abwandte, »*viel* ist mir bewußt«, und man hatte plötzlich den Eindruck von Trauer; ein Mephisto, der Faust nur benutzte, um wieder mit Gottvater ins Gespräch zu kommen.

In der Pause dachte sie nicht mehr an ihr Vorhaben, Monika zur Seite zu ziehen; statt dessen erlebte Käthe, wie ein Haufen erwachsener Menschen begeistert wie Schulkinder aufeinander einredeten und darin wetteiferten, möglichst schnell möglichst viele Eindrücke loszuwerden.

»Keine Ahnung, wie Pallenberg war, ich habe ihn nie erlebt, aber das *ist* der definitive Mephisto!«

»Ich habe noch nie erlebt, daß jemand Werner Krauß so im Alleingang ausgeschaltet hat, und …«

»Mensch, Robert, wird dir im nachhinein nicht weich in den Knien, wenn du dir überlegst, daß er …«

»Hätte er nicht, weil Jago nicht Mephisto ist. Aber ich werde mich hüten, jemals den Faust …«

»Also, ich fand, daß die Wette ganz und gar …«

Monika König überraschte Käthe mit der Frage, ob sie sie kurz an die frische Luft begleiten würde. Käthe willigte ein, und sie ließen Carla, Robert und den Rest ihrer Kollegen, völlig von ihrer Begeisterung absorbiert, im Foyer zurück. Trotz des Dezemberanfangs hatte es noch nicht geschneit, doch es war kalt genug, um Käthe zum Zittern zu bringen. Monika atmete die Nachtluft tief ein und fragte leise:

»Fräulein Brod, Sie scheinen mir eine vernünftige Frau zu sein. Was würden Sie tun, wenn Sie einen fürchterlichen Fehler gemacht hätten, der sich aber nicht wieder korrigieren läßt?«

»Jeder Fehler läßt sich wieder korrigieren«, entgegnete Käthe behutsam, denn sie vermutete bereits, worauf Monika hinauswollte.

»Nein«, erklärte die junge Frau, deren hartes Hochdeutsch nach all den Jahren in Bayern so fremd für Käthe klang, daß sie sich unwillkürlich fragte, ob sich ihre eigenen Konsonanten ebenfalls verschliffen hatten, »nicht jeder. Wenn man alle Brücken hinter sich abgebrochen hat, kann man nicht mehr zurückgehen, nur noch vorwärts.«

»Ich meine nicht«, erwiderte Käthe und wünschte sich, ihren Mantel von der Garderobe geholt zu haben, »daß Sie zurückgehen sollten. Aber in die andere Richtung gibt es immer mehrere Wege. Nicht nur einen.«

»Nicht für mich«, sagte Monika und fügte hinzu, es gehe schon wieder, man könne jetzt wieder ins Warme zurückkehren.

Nach dem Ende der Vorstellung trafen sie sich wieder alleine, während die anderen hinter die Bühne gingen, um ihrem Kollegen zu gratulieren, doch Monika machte keine Anstalten mehr zu vertraulichen Bemerkungen oder Gefühlsausbrüchen. Statt dessen erkundigte sie sich wieder ganz in dem höflichen, distanzierten Ton, den sie zu Beginn gebraucht hatte, wie Käthe die Inszenierung gefallen habe.

»Recht gut, aber Sie müssen verstehen, daß einige der Kürzungen mich als Philologin stören. Überdies ist *Faust* die zentrale Figur des Stücks.«

»Manche Schauspieler«, entgegnete Monika ausdruckslos, »reißen eben Rollen an sich, die ihnen nicht zustehen.«

Carla, entschied Käthe, mußte unbedingt ein Gespräch unter Frauen mit Monika König führen.

Carlas letzter Drehtag für den Film, der nach einigem Hin und Her zwischen Robert, Michael Maitger und Astoria schließlich *Name: Iffland* hieß (der Vorschlag des Studios, *Bühne meines Lebens*, hatte Maitger zu einem dreiseitigen Essay über Kitsch inspiriert), fiel auf den 20. Dezember.

»Carla Fehr, es freut mich, Ihnen mitteilen zu können«, sagte Robert, der in seinem Altersmake-up mit Tim Berger hinter der Kamera saß, »daß Sie ab heute arbeitslos sind.« Das Scheinwerferlicht spiegelten sich auf seiner künstlichen Glatze, als er von seinem Sitz heruntersprang und hinzufügte: »Bitte einen Mitleidsapplaus für unsere bedürftige Kollegin!« Er umarmte sie und flüsterte ihr ins Ohr: »Und jetzt sag noch, daß ich keine Termine einhalten kann, du Unke!«

»*Du* bist noch längst nicht fertig«, entgegnete Carla in ihrem düstersten Tonfall. Robert stemmte die Fäuste in die Hüften und fragte laut: »Ist hier noch jemand, der an der Vollendung meines Films zweifelt?«

»Jaaa!« schallte es ihm von allen Umstehenden entgegen.

»Ihr seid gefeuert!« rief er zurück und duckte sich unter den Papierkügelchen, die ihm entgegenflogen.

Carla hatte Weihnachtsgeschenke für jeden mitgebracht, was Robert veranlaßte, sie zu fragen, ob sie denn zu Heiligabend nicht in Berlin sein werde.

»Nein«, erwiderte sie. »Ich gönne mir einen kleinen Skiurlaub.«

»Darf man fragen, mit wem?« erkundigte sich Hugo, und Robert warf das zusammengeknüllte Geschenkpapier nach ihm.

»Nicht mit dir, Don Giovanni, du wirst hier noch gebraucht.«

»Schon gut, Chef«, sagte Hugo und zog sich zurück.

Robert blickte auf das Etui, das er gerade von seinem Geschenkpapier befreit hatte.

»Mach es auf, Genie.«

Es handelte sich um eine Armbanduhr; die meisten Männer trugen immer noch Taschenuhren, weil Armbanduhren als zu weiblich galten, doch Robert verlor den Inhalt seiner Taschen regelmäßig und hatte das des öfteren als Vorwand für verpaßte Termine benutzt. Er machte einen kleinen Scherz über ihr gnadenloses Bestehen auf Pünktlichkeit, aber sie konnte sehen, daß er sich freute.

»Dein Geschenk liegt bei mir daheim«, erklärte er bedauernd, dann hellte sich sein Gesicht auf. »Du kannst mich ja begleiten und es dir heute abend noch abholen!«

»Robert, du sitzt vermutlich bis nach Mitternacht mit Tim hier, und ich glaube nicht, daß Monika begeistert wäre, wenn ich um diese Zeit noch bei euch auftauchte.« Andererseits, dachte Carla, bot das die Gelegenheit, ihre Entschuldigung anzubringen. Monika würde sie vermutlich nicht akzeptieren, doch sie hatte dann das Ihre getan, und sie nahm sich fest vor, sich diesmal nicht zu einem weiteren Streit provozieren zu lassen. »Ich werde bei ihr vorbeischauen, wenn ich mich hier verabschiedet habe.«

»Wunderbar. Aber ich werde dir trotzdem jetzt schon verraten, was es ist. Irgendein Genie – nein, nicht ich – ist auf die Idee gekommen, unsere kleine *Erfolg*-Eskapade aufzunehmen. Das habe ich erst vor kurzem herausgefunden, weil Dieter mir geschrieben hat, sie hätten das Ganze auf einem Schweizer Sender gehört. Also sei vorsichtig mit der Platte, wenn Monika sie dir gibt, es handelt sich um eine echt illegale Hermes-Raubkopie.« Mit einem schwachen Lächeln fügte er hinzu: »Du kannst sie ja Philipp vorspielen, falls er das monumentale Ereignis genauso verpaßt hat wie du, du Kulturbanause.«

Carla versetzte ihm einen leichten Stoß mit dem Ellenbogen, dann nahm sie seine Hand und sagte: »Komm, ich möchte den Schauplatz unseres Todes noch einmal sehen.«

Josefsstätten, das Schloß von Heinz Iffland, war zum größten Teil Sache der Tricktechnik und ein Modell; nur einige Raumecken hatten die Filmarchitekten tatsächlich in Originalgröße aufgebaut, und dazu gehörten etwa zwei Drittel des großen Ballsaals. Carla schaute auf ihren Arm mit den Nadelspuren, die ihr der Maskenbildner aufgeschminkt hatte.

»Arme Eleonore. Ich kann nur hoffen, daß sie noch mit mir spricht, wenn du diesen Film herausbringst.«

»Sie wird sich geschmeichelt fühlen, da bin ich ganz sicher. Erstens prophezeit das Drehbuch, daß sie am Schluß ihren Willen kriegt, und zweitens weißt du genau, daß Susi Olga und Sibylle die Show gestohlen hat, Fräulein Szenenklau«, erwiderte Robert voller Zuneigung und legte seinen Arm um ihre Schultern, während sie die wie Mahagoni bemalten Pappwände entlangwanderten. »Wirklich, Halef, ich bin so froh, daß du diese Rolle genommen hast. Der Film wird perfekt werden, das spüre ich.«

»Was für ein Jahr das für uns geworden ist«, sagte Carla nachdenklich. »Ich dachte wirklich mehr als einmal, ich halte es nicht mehr aus, und am Ende war es unser Glücksäon.«

Ein Schauer kroch Robert über den Rücken, als er sich an den merkwürdigen Moment nahe einer anderen, wirklichen Tanzfläche erinnerte. *Stirb jetzt.* Der Arm, den Carla um seine Taille gelegt hatte, krampfte sich kurz zusammen. Sie mußte das gleiche gespürt haben. Betreten schauten sie einander an.

»Das kommt davon, wenn man an den Ort seines Todes zurückkehrt«, sagte Carla mit einem nervösen kleinen Auflachen. »Dolores hat mir mal erzählt, daß sie in Hollywood glauben, in alten Filmsets spuke es, und niemand sich in Griffiths Bauten für *Intolerance* wagt. Vielleicht gilt das auch für neue Filmsets.«

»Gehen wir wieder zu den anderen.«

Es ist die Anstrengung, dachte Robert, obwohl ihm der Umstand, daß er über keine freie Minute verfügte, bisher nichts ausgemacht hatte; wie immer, wenn er eine neue Herausforderung für sich entdeckte, genoß er sie voll und ganz.

Daß der falsche Parkettboden ihre Schritte so ganz und gar verschluckte, war Carla bisher noch gar nicht aufgefallen; während des Drehens herrschte eher zuviel als zuwenig Lärm. Es erhöhte die unwirkliche Stimmung, und so lenkte sie ihre Gedanken auf die sehr realen Wolken am Horizont.

»Was machst du, wenn der Professor dich verklagt?«

»Sagen, daß ich sehr enttäuscht von ihm bin, denn Heinz Iffland wäre sogar zur Premiere des Films gekommen. Im Ernst, Carla, du hast mit dem Mann gearbeitet – glaubst du, er wird klagen?«

»Er hat Sinn für Humor und ist sehr viel friedliebender als du *oder* Heinz Iffland. Aber wenn er einmal zornig ist, dann bleibt er es. Denk an die arme Else Heims. Die großen Bühnen boykottieren sie noch immer. Und sich selbst auf der Leinwand sterben zu sehen, und dann auch noch so, findet er ganz bestimmt nicht komisch. Ganz zu schweigen von Sibylle. Nur, vielleicht denkt er auch, es sei die beste Taktik, wenn er den Film erhaben ignoriert.«

»Hoffen wir das Beste«, sagte Robert mit dem leichten österreichischen Akzent, den er als Heinz Iffland benutzte, und verstärkte ihn noch, als er fortfuhr: »Schließlich hat Hitler auch nicht geklagt, weder gegen Feuchtwanger noch gegen mich.«

Sie lachten beide, dann meinte Carla ernüchtert: »Du, das hätte wirklich ins Auge gehen können. Kathi hat mir einen Bericht von der *Basler Nationalzeitung* geschickt, in dem steht, Hitler habe im Sommer, als ihm der Vizekanzlerposten angeboten wurde, verlangt, daß man ihm dann zweiundsiebzig Stunden die Straße für die SA freigeben müsse.«

»Ja, davon habe ich auch gehört, Dieter hat den Artikel in demselben Brief, in dem er mir von der Wiederholung meiner Sendung geschrieben hat, mitgeschickt. Eine Blankovollmacht, weil man politischen Gegnern mit Argumenten nicht beikommen könne und sie physisch vernichten müsse, so in etwa hieß es doch, oder? Und dann soll Hindenburg ihm die Tür gewiesen haben. Tja, was soll ich sagen? Die Vorrrrsähung nimmt eben auf mich Rücksicht. Außerdem«, fügte er hinzu und ging wieder in seinen normalen Tonfall über, »qualifiziere ich mich kaum als politischer Gegner. Ganz ehrlich, mir ist es ziemlich egal, wer das Land regiert, nur stört mich an den Nazis, daß sie so absolut keinen Sinn für Humor haben und einem im Radio den Sendeplatz mit ihren elend langweiligen Reden wegnehmen.«

Monika sah nicht gut aus; ihre braunen Locken wirkten spröde und glanzlos, ihre Handgelenke waren aufgequollen, und unter ihren Augen malten sich tiefe Schatten.

»Es tut mir leid, daß ich dich störe«, sagte Carla, schluckte und beschloß, es schnell hinter sich zu bringen. »Ich bin froh, daß du mir überhaupt aufmachst. Hör zu, Monika, es tut mir leid, was ich zu dir gesagt habe. Ich war wütend, und dann erfinde ich manchmal Dinge...«

»Du hast nichts erfunden«, unterbrach Monika sie kalt. »Und du wirst verstehen, daß ich auf eine weitere Konversation keinen Wert lege. Robert hat angerufen, ich weiß schon, warum du hier bist.«

Sie griff auf die Hutablage hinter sich und zog ein schmales, in Geschenkpapier eingehülltes, großes Rechteck hervor.

»Hier ist die Platte.« Doch ehe Carla die Hand ausstrecken konnte, ließ Monika sie auf den Steinboden vor ihrer Türschwelle fallen und trat einmal darauf. Das Zerbrechen der Schellackplatte war sehr deutlich zu hören.

»Oh«, sagte Monika in dem gleichen, unbeteiligten Tonfall wie vorhin. »Sie ist kaputt.«

Dann drehte sie sich um und schlug die Tür zu. Sämtliche Schuldgefühle in Carla wichen einem gründlich erneuerten Zorn und dem Wunsch, Monika den Hals umzudrehen. Sie rang nach Atem. Das Treppenlicht ging aus, und sie bückte sich im Dunkeln, um die zerbrochene Platte aufzuheben. Einen Moment lang erwog sie, gegen die Tür zu hämmern und so laut zu zetern, daß Monika sie einlassen mußte, bevor sie sämtliche Nachbarn herbeiriefe, doch das wäre kindisch und brächte letztendlich nichts. Während sie die Treppe wieder hinunterlief, hörte sie die zerbrochenen Plattenstücke in ihrem Pappumschlag herumrutschen und spürte Tränen aufsteigen. Ärgerlich rieb sie sich mit dem Handrücken über die Augen. Es war ein Jammer um Roberts Weihnachtsgeschenk, aber irgendwo ließ sich gewiß noch ein Exemplar dieser Aufnahme auftreiben, und er brauchte noch nicht einmal etwas davon zu erfahren. Monika war nichts weiter als eine Parasitin, die sich in sein Leben eingeschlichen hatte, doch bisher konnte sie ignoriert werden, und das würde auch in Zukunft möglich sein.

Am nächsten Tag passierte es ihr auf der Zugreise gen Süden zum ersten Mal, daß sie außerhalb der Umgebung von Theatern und Filmstudios erkannt wurde, was ihre gute Laune wiederherstellte. Es hatte bereits Autogrammjäger im Theater gegeben und seit dem Anlaufen von *Carmilla* auch einen Teil unter den Kinoschwärmern, die sich in der Gegend der Studios herumtrieben, aber in so einer Alltagssituation war es ihr noch nicht geschehen.

»Mensch Maier«, sagte der Abiturient, der nach Hause zu seinen Eltern fuhr, ehrfürchtig, »das hätt ich nicht gedacht, daß ich Ihnen mal leibhaftig begegne.«

Er beschwor sie inständig, nicht wegzulaufen, und holte zwei seiner Freunde aus dem nächsten Abteil. Carla kritzelte ihren Namen in Schulhefte, ließ sich über die Arbeit an *Carmilla* ausfragen und hatte für den Rest der Reise drei ergebene Verehrer, die ihr bei jedem längeren Aufenthalt anboten, Getränke oder Gebäck auf den Bahnhöfen zu besorgen, und ihr beim Umsteigen das Gepäck trugen.

»Und welche Musik mögen Sie am liebsten?«

»Jazz«, sagte Carla, was eine Diskussion über die Vorzüge von Duke Ellington gegenüber Benny Goodman hervorrief, an der sich nur einer der drei Abiturienten zunächst nicht beteiligte.

»Mein Fähnleinführer sagt, diese Negermusik sei undeutsch«, meinte er zögernd.

»Ach, komm schon, Toni, du hast sie doch früher auch gemocht.«

»Na ja, schon.«

»Gehen Sie auch zu Schmidt's Plattenladen, Fräulein Fehr?«

Anfangs waren ihr die drei wie Kinder erschienen, doch nach und nach wurde ihr bewußt, daß sie selbst gar nicht so viel älter als diese Kinder war, und bei der nächsten Fahrkartenkontrolle fand sie der Schaffner als Teil eines vierstimmigen Chores, der in mehr schlechtem als rechtem Englisch dröhnte: »*You don't know a thing, if you ain't gonna swing...*«

Bei der Ankunft in München bestanden ihre drei Ritter darauf, sie zu ihrem Wagen zu begleiten. Was Philipps Chauffeur davon hielt, sagte er nicht, aber er errötete, als Carla ihm einen Umschlag mit Geld in die Hand drückte, eingedenk seiner Hilfe mit dem Fahrrad und einiger anderer Dinge. Philipp, der sie auf dem Rücksitz des Autos erwartete, gab keinen Kommentar zu den Schuljungen ab, die ihr nachwinkten, aber er fragte sie, ob sie ihre Arbeit an dem Film beendet habe.

»Ja, es sei denn, Robert fällt später noch etwas ein.«

»Gut. Ich möchte dich etwas fragen.«

Sie wartete. »Nicht jetzt«, sagte Philipp. »Später.«

Dann erzählte er ihr, daß er ihr diesmal den Kristiania beibringen wolle, vorausgesetzt, sie traue es sich zu. Für Philipps Verhältnisse war das eine sehr harmlose Neckerei, was Carla für ein gutes Omen hielt; wenn sie nicht wieder Geschäftsfreunden von ihm begegneten, würden sie möglicherweise eine einigermaßen harmonische Zeit miteinander verbringen können.

Durch den kurzen Temperaturanstieg vor einigen Tagen, der für Regenschauer gesorgt hatte, bis es wieder kälter wurde, waren die meisten Pisten vereist, und sie stürzte öfter als erwartet, bis sie sich an die neuen Verhältnisse gewöhnt hatte. In der Nacht schneite es, und der Neuschnee am nächsten Tag war genau das, was man sich als Skifahrer wünschte. Nach den vergangenen acht Wochen in der Hitze der Studios, die einen dankbar für Sommerszenen mit möglichst wenig Kostüm sein ließen, begrüßte sie die Kälte und den Schnee wie Wasser in der Wüste. Außerdem bot ihr der Sport eine gute Möglichkeit, die anhaltende Traurigkeit um Susanne, die Eleonore war und auch wieder nicht, und das Gefühl eines vergeudeten Lebens loszuwerden und hinter sich zu lassen.

Weihnachten kam und ging, ohne daß Bekannte auftauchten, zu Carlas tiefer Erleichterung. Melancholie streifte sie, als sie an Mariannes gewissenhafte Kirchgänge dachte und sich fragte, ob ihre Schwester wohl geahnt hatte, daß Philipp den Glauben, der ihr soviel bedeutete, nicht teilte, sondern nur einer Konvention Genüge tat. Vermutlich; vielleicht hatte sie es sogar gewußt, ehe sie ihn heiratete. Marianne mit ihrem missionarischen Zug... Andererseits hatte ihr Glaube sie, soweit Carla das beurteilen konnte, hauptsächlich unglücklich und empfänglich für Schuldgefühle gemacht. Das Seltsame ist, konstatierte Carla, daß sie bei mir mehr Erfolg gehabt hat, als sie dachte. Es muß wohl Marianne gewesen sein, die dafür gesorgt hat, daß ich an Gott glaube, denn Kathi ist Atheistin, und mein Vater dachte, er selbst sei Gott.

Ihre diffuse Überzeugung, daß es Gott gab, war jedoch etwas, das sie Philipp gegenüber nie erwähnt hätte, denn sie war zu sehr verbunden mit ihrem und Roberts Geheimnis und dem Gefühl, sich zur Hölle verurteilt zu haben. Immerhin ließen sich derartige Grübeleien verscheuchen; sie konzentrierte sich auf das Bemühen, in ihre Gleitschwünge den Kristiania mit einzubinden, und war an jedem Morgen verwundert, im großen und ganzen glücklich zu sein.

Am zweiten Weihnachtsfeiertag geschah, worauf sie unbewußt gewartet hatte. Der Waffenstillstand zwischen ihr und Philipp zerbrach, aber er tat es auf eine Weise, die sie völlig unvorbereitet traf. Sie hatten sich gerade geliebt, und Philipp zeichnete mit einer Hand den Umriß ihrer Brüste nach, als er sie fragte, warum sie eigentlich nie ein Geschenk von ihm akzeptiert habe.

Dafür gab es zwei Gründe: zum einen, daß sie verhindern wollte, sich gekauft zu fühlen, doch in der Stimmung, in der sie sich befand, wollte sie das nicht sagen, also nannte sie ihm den anderen Grund; erst als sie bereits sprach, wurde ihr bewußt, was sie ihm da offenbarte, aber es ließ sich nicht mehr ändern, und sie beendete ihren Satz.

»*Er* hat Anni immer Geschenke gegeben. Kleider, Schmuck... alles, was man für Geld kaufen kann.«

Sie schaute von ihm weg durch das Fenster, zu dem vollen Mond, der heute fast rötlich schien.

»Ich verstehe«, sagte Philipp, nahm ihr Kinn und drehte ihren Kopf zu sich zurück, und eine Sekunde lang dachte sie, daß er wirklich verstand. Dann löste er sich von ihr und stand auf.

»Aber ich hoffe, daß du das hier annehmen wirst.«

Im Mondlicht sah sie, wie er seinen Koffer aus dem Schrank hervorzog und etwas herausholte. Er kehrte zu ihr zurück und gab es ihr; eine kleine, samtbezogene Schachtel. Aus irgendeinem Grund mußte sie an Pandora und ihre Büchse denken. Sie hielt sie in der Hand und wußte, daß sie das Ding keinesfalls öffnen durfte, sonst entkam das Übel in die Welt, zerstörte sie und ließ nur noch die Hoffnung zurück.

»Mach es auf«, drängte Philipp, und mit dem Gefühl dumpfer Ausweglosigkeit gehorchte sie. In dem Kästchen befand sich ein schmaler, glatter Ring ohne Stein, und sie brauchte kein elektrisches Licht und keine Gaslampe, um zu wissen, daß er aus Gold war.

Sie schaute zu Philipp und dachte nur, sag es nicht, sag es nicht, aber natürlich tat er es doch. Er tat es ohne Sarkasmus, Zurückhaltung oder Kälte und klang dabei aufrichtiger, als sie ihn je vorher gehört hatte.

»Das ist die Frage, die ich dir stellen wollte. Willst du mich heiraten?«

Offenbar erkannte er die Fassungslosigkeit, mit der sie ihn anstarrte, aber er interpretierte sie falsch.

»Ich weiß, wir haben nie von Ehe gesprochen, und es schien mir auch lange unmöglich, aber inzwischen ist mir klargeworden…«

»Philipp«, sagte Carla verzweifelt, »ich bin ganz bestimmt nicht die richtige Frau für dich. Du magst meine Freunde nicht, und ganz ehrlich, ich kann deine nicht ausstehen. Du teilst praktisch keine einzige meiner Ansichten, und deine würden mir Angst einjagen, wenn ich ernsthaft davon überzeugt wäre, daß du an sie glaubst. Außerdem brauchst du eine repräsentierfähige Gattin, die Empfänge gibt und die vollendete Gastgeberin spielt, und nicht eine, die statt dessen den größten Teil ihrer Zeit auf der Bühne und vor der Kamera verbringt.«

»Natürlich wirst du deine Schauspielerei aufgeben müssen«, entgegnete Philipp ruhig, »doch du wirst ein ausgefülltes Leben haben. Was das übrige angeht, ich habe mir die Nachteile ständig vor Augen gehalten, aber sie wiegen meinen Wunsch, dich zu heiraten, nicht auf. Bei deiner Intelligenz wirst du bald lernen…«

Verzweiflung und die entsetzliche Erkenntnis des Gefühls, das sie für ihn empfand, wichen ihrem alten, verläßlichen Verbündeten, dem Zorn.

»Es gibt nichts und niemanden«, sagte Carla mit zusammengebissenen Zähnen, »für den ich meine Schauspielerei aufgäbe. Und ich werde nie, niemals heiraten.«

Damit gab sie ihm die kleine Schatulle mit dem Ring zurück. Er rührte sich nicht, und die Schatulle fiel aus seinen reglosen Fingern zurück auf das Bett. Es war ihm nie in den Sinn gekommen, daß sie ablehnen könnte.

»Du wirst mich heiraten«, sagte er, nun wieder in dem kalten Befehlston, der ihr vertraut war. Dann kam Bewegung in ihn. Er griff nach der Schatulle, zog den Ring heraus, packte ihre linke Hand und steckte ihn ihr gewaltsam auf den Ringfinger.

»Du wirst mich heiraten«, wiederholte er. »Verstehst du, es gibt dazu keine Alternative.«

Sie schaute ungläubig auf ihre Hand, dann wieder zu ihm.

»Philipp«, sagte Carla und bemühte sich, gelassen zu bleiben, »zu einer Eheschließung gehören zwei Personen, die mit Ja antworten. Und wenn du mich den ganzen Weg von hier bis zum nächsten Standesamt zerrst, dazu kannst du mich nicht zwingen.«

Sie saß halb aufrecht, und die plötzliche Wucht, mit der er sie auf das Bett drückte, nahm ihr für kurze Zeit den Atem. Zum erstenmal kam ihr der Gedanke, er könnte sie, um sich für die Zurückweisung zu rächen, vergewaltigen. Es gab niemanden hier, der ihr zu Hilfe kommen würde, wenn sie schrie, und niemanden, der ihr hinterher glauben würde; zu viele Leute wußten, daß sie ein Verhältnis miteinander hatten.

»Kann ich das nicht?« fragte Philipp tonlos. Er lag auf ihr, und die Hände um ihre Handgelenke waren erbarmungslos.

»Ich – habe – keine – Angst – vor – dir«, preßte sie hervor.

»Vielleicht nicht«, sagte er, ohne sich zu rühren. »Aber du solltest Angst um deine Freunde haben. Als meiner zukünftigen Ehefrau werde ich dir etwas anvertrauen, mein Kind, was sonst nicht sehr viele Leute erfahren, und ich hoffe, du weißt es zu schätzen. Diese lächerliche Novemberrepublik wird den nächsten Monat nicht überleben. Dieses Land wird sich verändern, gründlich verändern, und wo gehobelt wird, da fallen Späne. Du kennst eine Menge solcher Späne.«

Sie hatte sich oft gefragt, was nötig wäre, um sie endlich von jeder Art Bindung an Philipp zu befreien. Nun wußte sie es, sie spürte es, ein körperliches Absterben aller Nervenenden, das sich mit jedem seiner Worte weiter in ihr ausbreitete. Noch vor einer Stunde hatte er sie sehr ähnlich gehalten, doch nun empfand sie nichts, überhaupt nichts mehr, weder Erregung noch Furcht. Ich dachte nicht, daß es so schnell geht, dachte sie verwundert, ich glaubte, es würde ein langsamer Prozeß sein, wie das Heilen einer Wunde. Die Klarheit, mit der sie ihn sah, löschte jeden Zorn, aber auch alle Zuneigung. Er log sie nicht an; er meinte, was er sagte. Sie zweifelte nicht länger daran, daß er auch an all die Parolen seines Führers glaubte. Intelligenz, Kultiviertheit, das alles änderte nichts daran, daß er einen Teil der Menschheit als entbehrliches Material sah und von dem gleichen Impuls getrieben wurde wie der primitivste SA-Mann.

Ihr Lachen ohne Heiterkeit, ein abgerissenes, mißtönendes Gelächter, das leise begann und immer lauter wurde, war die eine Reaktion, mit der er nicht gerechnet hatte. Sie spürte, wie er erstarrte. Er ließ sie los. Sie rollte sich auf die andere Seite des Bettes und wollte eigentlich gleich aufstehen, aber das Gelächter schüttelte sie so sehr, daß sie wie ein Embryo gekrümmt da lag und warten mußte, bis sie wieder etwas Luft bekam.

»Philipp«, keuchte sie und wischte sich die Tränen aus den Augen, während sie sich erhob, »versuch niemals, eine Opernhandlung mit jemandem vom Theater durchzuspielen. Es funktioniert in der Realität einfach nicht. Baron Scarpia kann Tosca vielleicht mit dem Leben ihres Geliebten erpressen, aber du mich bestimmt nicht. Angenommen, wir haben morgen eine Diktatur, jeder einzelne Mensch, der mir etwas bedeutet, landet im Gefängnis, und du könntest sie alle dort herausholen – wie idyllisch, glaubst du, wird hinterher unser Eheleben? Und was bekommst du dann wohl? Einen Automaten. Nichts anderes als einen Automaten.«

Sie machte sich nicht die Mühe, zu ihm hinzusehen, um seine Reaktion zu beobachten. Statt dessen ging sie zum Schrank und holte ihren eigenen Koffer heraus. Unten an der Theke würde es inzwischen kühl sein, also zog sie vor dem Packen den Pullover, der im Schrankfach zuoberst lag, an, schlüpfte in eine Unterhose und tastete gerade nach dem Bügel mit den wärmsten Hosen, als Philipp hinter ihr auftauchte. Sein Gesicht war verzerrt, er atmete schwer, und als er diesmal ihre Hand ergriff, geschah es, um sie auf die Tür zuzuzerren.

»Dann geh!« stieß er hervor. »Geh jetzt gleich, sofort, bevor ich dich umbringe, du Miststück, und laß dich nie wieder blicken!«

Er warf sie auf den Flur hinaus und knallte die Tür hinter ihr zu. Kurze Zeit danach hörte sie, wie er das Fenster öffnete und ebenfalls wieder zuschlug. Er mußte ihre Sachen in den Schnee hinausgeworfen haben. Wenn es nicht so leer in ihr gewesen wäre, hätte sie das erneut zum Lachen gereizt, denn es machte ihn zum unfreiwilligen Komiker. Dann stellte sie sich vor, barfuß im Schnee herumlaufen zu müssen, verwünschte ihn und machte sich auf den Weg nach unten.

Im Empfangsraum, der gleichzeitig als Bar diente, befand sich niemand mehr, also stellte sie einen Stuhl vor die Tür, um sie am Zufallen zu hindern, und rannte, damit sie es schnell hinter sich brachte, um das Haus herum. Richtig, dort lagen ihr Koffer und wild verstreut ihre Kleider. Zumindest war der Koffer geschlossen, was bedeutete, daß sich ihr Portemonnaie noch darin befand. Sie griff nach allem, was sie finden konnte, rannte zitternd zurück und schloß so schnell wie möglich die Tür hinter sich.

Am nächsten Morgen befand sie sich mit hämmernden Kopfschmerzen und hustend in dem Bummelzug auf dem Rückweg nach München. Die Erkältung, die sich anbahnte, machte schnellere Fortschritte als jede Kinderkrankheit, die sie je gehabt hatte. Als Käthe aus der Redaktion heimkam, entdeckte sie Carla durchgeschwitzt, aber schlotternd, vor ihrer Haustür zusammengesunken. Ein Blick genügte, und sie schaffte Carla schleunigst in ihre Wohnung. Käthe war eine praktische Frau, deswegen verzichtete sie vorerst auf Fragen und steckte Carla gleich ins Bett.

Der eilig herbeigerufene Dr. Goldmann diagnostizierte Grippe, und Carla verbrachte die nächsten beiden Wochen, eingepackt in Decken und Lindenblütentee trinkend, in Käthes kleiner Wohnung. Käthe hatte an und für sich auf ihren Weihnachtsurlaub verzichten wollen – es war etwas, das den Mitarbeitern ohne Familie von der Zeitung nahegelegt wurde –, doch sie hatte das bereits oft genug getan, um von ihrem Chefredakteur jetzt ohne größeres Murren davon befreit zu werden. Carla machte ihr Sorgen. Sie hatte seinerzeit Masern und Mumps viel rascher als Käthes Geschwister, auf die sie in ihrer Jugend hatte aufpassen müssen, hinter sich gebracht und war ansonsten immer beneidenswert gesund gewesen. Eine Grippe war unangenehm, aber die Apathie, in die Carla versank, war unnormal für sie und rührte nicht nur von der Krankheit her. Es erinnerte Käthe an Carlas Verhalten in jenem November nach ihrer Kündigung, und das beunruhigte sie fast so sehr wie der schmale goldene Ring an Carlas linker Hand. Käthe erkannte einen Ehering, wenn sie einen sah. Sie fragte Carla jedoch erst am vierten Tag nach ihrer Ankunft.

»Nein, ich habe nicht geheiratet«, sagte Carla mit ausgedörrter Stimme. »Ich trage ihn in dem Film, und jetzt bekomme ich ihn nicht mehr herunter.«

Das erleichterte Käthe zunächst, bis sie anfing, darüber nachzugrübeln, ob für die Dreharbeiten zu einem Film tatsächlich echter Schmuck zur Verfügung gestellt wurde und ob man dann die Schauspieler damit in die Ferien fahren ließ. Der Ring war echt, denn er zeigte durch das Waschen und Carlas gelegentliche Versuche, ihn mit Seife einzureiben und zu entfernen, kein Anzeichen von Verfärbung.

»Sie müssen warten, bis Sie kein Fieber mehr haben«, sagte Martin Goldmann zu ihr. »Ihre Hände sind zur Zeit angeschwollen, und durch das ständige Ziehen und Drehen wird es nur noch ärger.«

Er verbrachte Silvester mit ihnen, was Käthe zu schätzen wußte, hatte er ihr doch erzählt, daß er Karten für den Opernball hatte. Statt dessen saßen sie in ihrer Wohnung, auch Carla, die darauf bestand, angezogen zu sein, aber so noch kränker aussah als im Bett, und stießen auf das neue Jahr an: Käthe mit Mineralwasser, denn sie trank keinen Alkohol.

»1933«, meinte Dr. Goldmann sinnend. »Was es uns wohl bringen mag?«

Sie schwiegen und hörten die Feuerwerkskörper über den Dächern explodieren.

»Wenn die Diktatur käme«, sagte Carla plötzlich, »mit Hitler als Diktator, was würdest du dann tun, Kathi? Und Sie, Dr. Goldmann?«

Die Lebhaftigkeit, mit der sie die Frage stellte, der Bruch in ihrem seit ihrer Ankunft so passiven Verhalten schien Käthe der erste Schritt zur Besserung zu sein, und sie lächelte.

»Diese Gefahr ist doch nun abgewendet.«

»Aber wenn nicht«, beharrte Carla. »Wenn du morgen – heute – das Radio anschaltest und hörst, daß die Nazis die Macht übernommen haben, was würdest du tun?«

Käthe überlegte. »Nun, ich würde mich zuerst vergewissern, daß es keine voreilige Fehlmeldung ist. Dann«, Furchen gruben sich in ihre Stirn, »würde ich wohl die Koffer packen und ins Ausland reisen. Ich kann mich noch gut an unsere verwüstete Redaktion im Jahr 1923 erinnern, und an die Fememorde. Ja, ich glaube, ich würde in die Schweiz fahren, oder nach Frankreich.«

»Aber Käthe«, wandte Dr. Goldmann ein, »das ist doch nun schon zehn Jahre her. Inzwischen legt Herr Hitler Wert auf sein Ansehen als Staatsmann. Selbst wenn er an die Macht käme, dann würde er gewiß nicht die gleichen Mittel anwenden wie 1923. Man müßte mit einigen Anpöbeleien rechnen, gewiß, aber doch nicht sehr lange. Wir sind eine Kulturnation. Verzeihen Sie mir, aber das

Eindringen in fremdes Eigentum, Gefängnislager oder das Exekutieren von Gegnern, das mag in Rußland geduldet werden; die armen Leute dort sind nichts anderes gewöhnt. Aber doch nicht hier.«

»Ihr Wort in Gottes Ohr«, entgegnete Käthe trocken. »Aber ich verlasse mich lieber nicht auf Herrn Hitlers Sorgen um seine Reputation. Ich gehöre hier wohl zu den wenigen, die *Mein Kampf* von Anfang bis zum Ende gelesen haben, so widerlich die Erfahrung auch war. Ganz gleich, wie abstrus seine Ansichten sind, sie stehen für ihn im Mittelpunkt, nicht sein staatsmännisches Ansehen. Außerdem würde er bestimmt den letzten Rest von Pressefreiheit zerstören, und wir hätten Zustände wie während des Krieges. Ich lebe nun einmal von meiner Arbeit als Journalistin, was bedeutet, ich müßte im Ausland schreiben, bis seine Diktatur gestürzt würde.«

»Versprichst du mir das?« drängte Carla, und die hektischen Flecken auf ihren Wangen veranlaßten Käthe, Martin Goldmann einen Blick mit einer stummen Bitte darin zuzuwerfen. »Daß du sofort abreist?«

»Sie gehören wieder ins Bett, Carla«, sagte Dr. Goldmann, der Käthes Appell richtig deutete. »Sie hätten überhaupt nicht aufstehen dürfen.«

»Versprichst du es mir?«

»Ja«, sagte Käthe besänftigend, »ja, ich verspreche es.«

Carla stand auf und ließ sich widerspruchslos von den beiden ins Schlafzimmer bringen; Käthe übernachtete seit Tagen auf der Couch, auf der sie gerade gesessen hatte. Als sie zurück in das Wohnzimmer ging, das ihr gleichzeitig als Arbeits- und als Eßzimmer diente, um die Überreste ihres Silvestermahls aufzuräumen, hielt Carla Martin Goldmann, der Käthe folgen wollte, zurück.

»Dr. Goldmann«, sagte sie, »vielleicht haben Sie ja recht, und es ist alles nur wilde Rhetorik, aber es wäre mir lieber, wenn Sie es sich ebenfalls überlegten, ins Ausland zu fahren, falls die Diktatur kommt.«

Er schüttelte den Kopf. »Aber meine Liebe, das kann ich nicht. Ich habe meine Praxis hier, meine Patienten, meine Freunde – kurzum, mein Leben, und ich könnte mir nicht vorstellen, es wegen einiger Monate Unannehmlichkeiten aufzugeben.«

Sie schaute auf ihre linke Hand. »Man hat mir versichert«, flüsterte sie, so leise, daß er sich zu ihr neigen mußte, um sie zu verstehen, »und ich denke, Sie wissen, wen ich meine, daß die Republik den Monat Januar nicht überleben wird und daß eine Menge Leute danach nicht mehr sicher sein werden.«

Das ließ ihn eine Weile verstummen. Ihr weißes Gesicht schaute zu ihm auf; die roten Haare, die es wie ein umgestülpter Blütenkelch umrahmten, wirkten in der schlechten Beleuchtung fast braun, und plötzlich erinnerte sie ihn wieder an ihre Mutter, die in den letzten Monaten ihres Lebens einen ähnlichen von Geistern gehetzten Gesichtsausdruck gehabt hatte.

»Selbst wenn dem so wäre«, erwiderte er dann, »und es sich nicht nur um, nun ja, ›wilde Rhetorik‹ handelte – ich bin Deutscher. Ich kann doch meine Heimat nicht verlassen.«

Er ging zur Tür und schaltete das Licht aus. »Könnten Sie es?«

17. Kapitel

Synchronisation, das neueste Verfahren, um den nationalen Grenzen des Tonfilms beizukommen, war sehr viel kostengünstiger, als einen Film in drei Sprachen gleichzeitig zu produzieren, doch die Kritiker verabscheuten es. Als im Herbst 1932 einer der ersten synchronisierten Filme, *Mata Hari*, auf deutsch anlief, protestierte Herbert Jhering im *Börsen-Kurier* gegen die Zumutung, Greta Garbo mit »der Alltagsstimme des Fräulein X« auszustatten, und er war nicht der einzige. Doch die deutschen Erträge von *Mata Hari* für MGM konnten sich sehen lassen, und daher beschloß Universal, es ebenfalls mit der Synchronisation zu versuchen, was den Export in deutschsprachige Länder anging. Eingedenk des Fräulein-X-Hohns versuchte Paul Kohner, möglichst bekannte Schauspieler als deutsche Stimmen für *Mardalou* zu finden, doch die meisten Schauspieler waren nicht allzu angetan von der Aussicht, Dialoge zu sprechen, wo ein anderer zu sehen sein würde.

Carla besaß auch ihren Teil Eitelkeit, was die Anonymität des Synchronisierens anging, aber sie hielt es für töricht, einen Produzenten, mit dem sie gerade einen Vertrag abgeschlossen hatte, zu verärgern, also saß sie gemeinsam mit fünf weiteren Schauspielern – jeder von ihnen sprach mehrere Rollen – mit riesigen Kopfhörern in einem Studio, als man mit der deutschen Fassung von *Mardalou* begann. Sie konnten die ursprüngliche Tonspur nicht hören; jeder war angewiesen, auf das dreimalige Klicken im Kopfhörer zu lauschen und nach dem dritten Mal die Zeile zu sprechen, die gleichzeitig mit dem Film auf die Leinwand projiziert wurde. Es machte Spaß, sich Stimmlagen für die stummen, schwarzweißen Gestalten einfallen zu lassen und gleichzeitig die naive, jugendliche Heldin und die unheimliche, alte Haushälterin des Helden zu verkörpern, und es lenkte sie von Grübeleien ab, die sie den ganzen Januar über quälten.

Am 20. Januar beendete Robert die Dreharbeiten zu *Iffland*, aber alles, was Genevieve seinerzeit *postproduction* genannt hatte, lag noch vor ihm, und ob er nun drehte oder mit dem Schneiden und Einfügen der visuellen Effekte, die von Arnold Lum und Richard Schwarz hervorgezaubert wurden, beschäftigt war, es absorbierte ihn zu sehr, als daß er für ihre Befürchtungen mehr als ein Abwinken übrig hatte.

»Der Mann wollte dir nur heimzahlen, daß du ihn abserviert hast, das ist alles!«

Was Philipp über das Ende der Republik gesagt hatte, war aber nur eines der Dinge, die ihr zu schaffen machten. Ein weiteres Problem lag in der Entscheidung, die früher oder später auf sie zukam. Genevieve hatte sie zur amerikanischen Premiere von *Carmilla* Ende Februar eingeladen, und als Paul Kohner sie wegen der Sache mit der Synchronisation ansprach, fügte er hinzu: »Die Einspielergebnisse von *Carmilla* hier sind sehr gut, so gut, um offen zu sein, daß Herr Laemmle sich fragt, ob Sie Ihren Vertrag nicht in Amerika erfüllen sollten, und Genevieve möchte Sie sowieso für ihren nächsten Film haben. Natürlich ist es ein Risiko. Wir wissen jetzt, daß Sie dem deutschen Publikum gefallen, aber das amerikanische kann ganz anders reagieren. Hier, in unserer europäischen Produktion, haben Sie bereits den Einstieg geschafft. Aber in Amerika müßten Sie völlig von vorne anfangen, und Sie hätten den zusätzlichen Nachteil Ihres Akzents. Mißverstehen Sie mich nicht, Carla, Ihr Englisch ist nicht schlecht, und für *Carmilla* hat es gereicht, aber es ist immer noch unüberhörbar deutsches Englisch, und das schränkt Ihre Einsatzmöglichkeit in Amerika enorm ein.«

An dem Akzent ließe sich arbeiten, das machte Carla keine Sorgen. Doch wenn sie nach Amerika ging, dann würde es nicht nur für einen Film und ein paar Monate sein, sondern für mindestens zwei Jahre. Zwei Jahre, in denen sie nicht Theater spielen würde, denn Genevieves wiederholte feindselige Äußerungen hatten klargemacht, daß sich die Theaterwelt in New York und die Filmwelt in Los Angeles mit gegenseitiger Abneigung betrachteten und, wenn auch gelegentlich Bühnenschauspieler aus New York nach Hollywood wechselten, niemals jemand, der im Film debütierte, in New York akzeptiert werden würde. Sie vermißte es jetzt schon, auf der Bühne zu stehen.

Außerdem glaubte sie zwar an ihre Fähigkeiten, aber sie war Realistin genug, um sich vorzustellen, daß jeder einzelne Film auch ein Mißerfolg werden konnte. In Amerika erfolglos, in Deutschland vergessen, das war keine erhebende Aussicht.

Andererseits... Sollte Philipp recht behalten, und die Diktatur würde kommen, dann wären zwei Jahre im Ausland genau das Richtige, denn länger würde der Spuk gewiß nicht dauern, wenn die Nazis schon im Vorfeld dem Schwanken der Wählergunst unterworfen waren. Die Vorstellung, zwei Jahre als Fremde in einem fremden Land zu leben, schreckte sie nicht, im Gegenteil, sie hatte Robert immer um seine vielen Reisen beneidet. Natürlich wollte sie nicht für den Rest ihres Lebens nach Amerika, aber zwei Jahre waren kein Exil, sondern ein Abenteuer. Wenn sie nur die Gewißheit hätte, danach im Triumph heimzukehren, so daß sie gewiß ein gutes Ensemble aufnehmen würde, und nicht als vergessener Niemand. Eine Gestrige mit fünfundzwanzig, wie schauderhaft.

Mit jedem Januartag, der verging, wuchs ihr Vertrauen darin etwas, daß Philipp sich geirrt oder gelogen hatte, aber das machte ihre Entscheidung nicht leichter, und es änderte nichts an dem dritten Problem, das allmählich auftauchte. Ihre Periode, die sonst sehr regelmäßig kam, wäre zu Silvester fällig gewesen. Sie schob deren Ausbleiben auf ihre Krankheit, aber sie wäre trotzdem erleichtert gewesen, wenn die Blutungen sich endlich einstellten. In den vergangenen Jahren hatte sie hin und wieder Spülungen und Schwämme benutzt, doch in der Regel die Verhütung Philipp überlassen, was ohnehin der sicherere Weg war; manchmal hatten sie Vorsichtsmaßnahmen allerdings ganz ignoriert, und in der Woche vor Weihnachten war das so gewesen. Sicher, dachte Carla, liegt es nur an der Grippe und daran, daß ich mich ohnehin hundsmiserabel fühle.

Es war schlimmer als die Depression nach einer vollendeten Darstellung; die Leere in ihrem Inneren fraß an ihr wie ein gieriger, schwarzer Schlund. Deswegen war sie so dankbar, daß das Synchronisieren ihr etwas zu tun gab, und sie klammerte sich an Dinge wie die Bewunderung, die sie für die feinen Strukturen eines Eiskristalls an ihrem Fenster empfand, oder die Belustigung über Roberts Stimme am Telefon, wenn er anrief und die besorgten Rechtsanwälte von Astoria, die ihn gerade heimgesucht hatten, imitierte: Ereignisse, die ihr bewiesen, daß sie noch am Leben war.

Dann kam der dreißigste Januar, und die Zeit der vielen Möglichkeiten war beendet.

»Käthe«, sagte Dr. Goldmann hilflos, »meinen Sie nicht, daß Sie viel zu voreilig reagieren?«

»Nein, ganz bestimmt nicht«, entgegnete Käthe und machte mit dem Kofferpacken weiter.

»Es sind doch nur drei Nationalsozialisten in der neuen Regierung vertreten.«

»Und einer davon ist Reichskanzler und hat uns gerade mit einem einwöchigen Veröffentlichungsverbot belegt, zusammen mit zweiunddreißig anderen Zeitungen im Reich. Haben Sie die Regierungserklärung eigentlich gelesen, Martin, richtig gelesen? Was glauben Sie denn, was er damit meint, ›den Kräften der geistigen, politischen und kulturellen Nihilisierung einen unbarmherzigen Krieg ansagen‹?«

»Aber nach dem Ende dieses Verbotes...«

Käthe stopfte ihre Schreibmaschine mit Socken aus, damit sie den Transport überstand, und blickte nicht auf, als sie antwortete.

»Der Mann, der uns mit seinem Trupp dieses Verbot überbracht hat, erwähnte, daß die *Münchner Post* ein Heim für SA-Männer werden wird. Ich glaube nicht, daß es ein Scherz sein sollte. Und schauen Sie sich die Leute auf der Straße an, Martin. Das stellt 1923 noch weit in den Schatten. Ganz ehrlich, ich habe Angst, daß es nur mit Verboten nicht lange getan sein wird.«

Sie klappte den Kofferdeckel zu, doch sie hatte zuviel hineingepackt; der Koffer ließ sich nicht schließen. Sie mußte noch einmal von vorne anfangen, und die Aussicht darauf trieb ihr plötzlich die Tränen in die Augen. Erschöpft setzte sie sich neben das sperrige Ungetüm.

»Wenn wir in einem Monat eine neue Regierung haben, oder in zweien...«, begann Dr. Goldmann.

»Dann komme ich sofort zurück, und Sie dürfen mich hysterisch schelten. Aber wenn es länger dauert, Martin...«, sie ergriff seine Hand, ohne sich darum zu kümmern, daß eine solche Geste mißverstanden werden könnte, »wenn es länger dauert, dann wäre es mir lieb, wenn Sie ebenfalls ins Ausland gingen. In die Schweiz vielleicht.«

»Warum nicht nach Österreich?« neckte er sie und weigerte sich, das Ganze ernst zu nehmen. »Ich mag Kaiserschmarr'n mehr als Rösti.«

»In Österreich regieren sie mittlerweile auch schon mit Notstandsverordnungen, deswegen hat es keinen Sinn für mich, dorthin zu gehen, und«, sie schluckte, »ich würde Sie doch besuchen wollen.«

Er ließ die aufgesetzte Leichtherzigkeit fahren.

»Ich kann mein Leben hier nicht einfach aufgeben, Käthe. Schauen Sie, es ist anders für mich, ich bin ein unpolitischer Arzt, ich habe mich niemals engagiert wie Sie. Passen Sie auf, in zwei, drei Monaten lachen wir im Hofgarten darüber. In der Zwischenzeit«, er erwiderte ihren Händedruck, »werde ich froh sein, zu wissen, daß Ihnen nichts geschehen kann. Auch, wenn ich nicht da bin, um Ihnen bei einer Übelkeit beizustehen«, schloß er mit einem Lächeln.

»Sie sind ein blauäugiger Optimist«, sagte Käthe liebevoll, »und ich hoffe, daß diesmal Sie recht behalten, und nicht ich.«

»Du bist viel zu pessimistisch«, erklärte Robert und nahm sich noch ein Stück von dem Käsekuchen. Endlich gab es keinen Grund mehr, sich mit dem Essen zurückzuhalten. Er und Carla saßen in ihrem Lieblingscafé. Obwohl es für Anfang Februar bereits recht warm war, reichte es noch lange nicht, um Tische draußen auf der Straße aufzustellen. Das Innere des Cafés war angenehm dekoriert, mit einer goldbraunen Tapete und Schwarzweißdrucken, die Florenz zeigten, doch es befanden sich viel mehr Leute als sonst beieinander; man mußte mit erhobener Stimme sprechen, um verstanden zu werden. Für Robert war das nie ein Problem gewesen.

»Ist in der letzten Woche jemand gekommen, um mich zu verhaften? Sind überhaupt Leute verhaftet worden? Nein. Die haben ganz andere Sorgen, denn wenn die Arbeitslosenzahlen nicht bald heruntergehen, dann sind sie genauso geliefert wie die vorigen Regierungen.«

Ihr Kaffee erschien ihr zu bitter. Carla warf noch ein Zuckerstück hinein und rührte die schwarze Flüssigkeit heftig mit dem Löffel um. »Ist dein Vertrag beim Rundfunk erneuert worden? Hat Astoria dir bereits einen neuen Film angeboten? Hast du irgendein Engagement am Theater in Aussicht?«

»Nein, und ich weiß, worauf du hinauswillst. Schön, vielleicht denken die Leute im Moment, es sei besser, keine Risiken einzugehen, bis klar ist, wie die Burschen einzuschätzen sind. Aber glaub mir, wenn der Film erst angelaufen ist, dann fressen sie mir alle aus der Hand, und ich prahle jetzt nicht. Er ist wirklich so gut, schon im Rohschnitt.«

Sie trank einen Schluck von ihrem Kaffee. Noch immer zu bitter. Wieder wanderte ein Zuckerwürfel in die Tasse, während sie abwesend nach dem nächsten Stück Käsekuchen auf dem Teller zwischen ihnen griff. Robert zog die Brauen hoch.

»Ich wußte ja, daß du nichts zu essen kriegst, wenn ich nicht dafür sorge, aber seit wann trinkst du deinen Kaffee mit so viel Zucker?«

Es stimmte, das tat sie sonst nie. Oft trank sie ihn schwarz, und sonst nur mit einem Würfel, ganz bestimmt nicht mit dreien. Verstört legte sie das angebissene Kuchenstück wieder hin.

»Lenk nicht ab«, sagte Carla. »Robert, was ist, wenn Astoria entscheidet, den Film erst einmal auf Eis zu legen, bis die Verhältnisse sich geklärt haben?«

»I wo«, entgegnete er kopfschüttelnd. »Das können sie sich nicht leisten, so groß sind sie nicht, und sie kämpfen sowieso darum, von Hugenberg nicht geschluckt zu werden. Sie brauchen das Geld.«

Nur jemand, der ihn so gut kannte, wie sie es tat, hörte den unsicheren Grundton aus seiner Präsentation grenzenlosen Selbstvertrauens heraus.

»Schau mich an und behaupte, daß du nicht glaubst, daß dies ein schlechtes Jahr für uns wird«, sagte Carla leise.

Er erwiderte ihren Blick, und in seinen braunen Augen las sie ihre eigenen Befürchtungen.

»Trotzdem«, antwortete er und goß sich selbst noch etwas Kaffee nach. »Ich kann den Film durchbringen, ich weiß es, aber wenn ich alles liegen- und stehenlasse und mit dir nach Amerika gehe, dann verschwindet er auf Nimmerwiedersehen in der Zelluloidhölle. Ganz abgesehen davon, daß Brigitte und Helmut auch noch kein einziges Angebot haben. Solange ich die Produktion noch nicht offiziell abgeschlossen habe, sind sie auch nicht arbeitslos und werden von Astoria weiter bezahlt. Und dann... ich denke nicht, daß Monika in ihrem Zustand noch reisen sollte. Wir führen zwar dieser Tage nicht unbedingt das, was man eine Ehe nennen könnte, genauer gesagt haben wir das schon seit Anfang ihrer Schwangerschaft nicht mehr getan, aber ich... bin verantwortlich für sie und das Kind.« Mit einem schwachen Lächeln fügte er hinzu: »Eine lausige Zeit, um erwachsen zu werden, nicht wahr?«

Das war es, dachte sie, woran sie seit dieser Nacht im Dezember krankte: das Ende ihrer Jugend. Sie und Robert hatten sich immer eingebildet, sehr viel reifer als der Rest ihrer Umgebung zu sein, aber sie hatten sich geirrt. Sie waren wirklich noch Kinder gewesen, Wunderkinder oder nur wunderliche Kinder, mit der festen Überzeugung, daß es immer nur eine Wendung zum Besseren gab, trotz all der Katastrophen um sie herum. Die Überzeugung war noch nicht ganz geschwunden, aber erschüttert, und um die Erkenntnis reicher, daß das Bessere seinen Preis hatte.

»Geh nicht nach Amerika«, sagte Robert und beugte sich vor. »Erzähl Kohner einfach, du bist in Panik geraten und hast es dir noch einmal überlegt, du möchtest doch lieber auf Nummer Sicher gehen und hier in Deutschland Karriere machen. Ich weiß nicht, wie ich es hier zwei Jahre ohne dich aushalten soll.«

Laß mich nicht allein, wollte er fortfahren, doch im gleichen Moment sprach sie es aus. »Laß mich nicht allein«, erwiderte Carla. »Komm mit. Monika wird die acht Tage auf See schon überstehen, und – und Helmut und Brigitte nehmen wir auch mit. Das ist verrückt, aber uns sind immer die verrückten Dinge am besten gelungen. Du warst schon einmal dort, du sprichst besser Englisch als ich, und wir haben Genevieve als Verbündete. Du wirst dort Arbeit finden, du hast bisher noch jeden überzeugen können, dir welche zu geben.«

Einen Moment lang wollte er zustimmen. Aber die Zeit, zusammen wegzulaufen, war endgültig vorbei, und sie wußte es. Die unerträgliche Aussicht, in die Einsamkeit ihrer frühen Kindheit zurückgestoßen zu werden, machte sie zornig, und sie fragte erbittert: »Es ist der Film, nicht wahr? Selbst wenn du nicht verheiratet wärst und kein einziger Mitarbeiter deinetwegen boykottiert würde, dann würdest du immer noch lieber bleiben, als auf dein großes Debüt zu verzichten!«

In ihrer Behauptung steckte ein Korn Wahrheit, und verletzt schlug er auf die gleiche Weise zurück.

»Du hast gut reden – ich möchte wissen, ob du auch fahren würdest, wenn die UFA hier gerade *Carmilla* herausbrächte, nicht Universal, und du nicht eine Beschäftigungsgarantie im Ärmel hättest! Es ist verdammt leicht, anderen zu predigen, wenn man sich selbst ins gemachte Nest setzen kann!«

»Schön, dann bleib doch und versuche, in Blut-und-Boden-Stücken unterzukommen, bis der Anstreicher zurücktritt!« stieß Carla hervor und stand auf. »Das müßte dir liegen – tieferes Eindringen in eine Rolle ist nicht erforderlich.«

Es tat ihr bereits leid, als sie keine zehn Schritte von dem Café entfernt war. Es fiel ihr nur leichter, wütend als ängstlich zu sein, und sie machte sich Sorgen um Robert, nicht nur, daß er beruflich schikaniert werden könnte. Sie machte sich genug Sorgen, um ihre Abneigung zu überwinden und mit Monika darüber zu sprechen.

»Du hast recht«, sagte Monika unerwarteterweise. »Ich fürchte auch, daß diese Radioeskapade jetzt ihre Nachwirkungen zeigen wird.« Sie griff nach einem Kissen, um es sich hinter den Rücken zu legen. »Aber mit nichts in der Hand auszuwandern ist kaum eine Lösung.«

»Es wäre keine Auswanderung. Nur eine kurze Zeit, bis zur nächsten Regierung. Außerdem«, Carla lächelte schief, »wer weiß, vielleicht wird Robert in Hollywood der nächste Erich von Stroheim.«

»Ganz bestimmt nicht, denn ich werde nicht auswandern, auch nicht für kurze Zeit. Ich hatte weidlich Zeit, um über meine Zukunft nachzudenken. Hast du überhaupt eine Ahnung, was für ein Opfer ich gebracht habe, als ich Robert geheiratet habe? Der größte Teil meiner Familie spricht nicht mehr mit mir. Und als Gegenleistung erhalte ich Brosamen, die von deinem Tisch abfallen. Ich glaube immer noch, daß eine Frau die Arbeit ihres Mannes unterstützen sollte, aber du bist keine Arbeit, du bist… ein Krebs. Und wenn du auch nur in Erwägung ziehst, daß ich dir helfen werde, diese Art von Leben fortzusetzen, dann bist du zu allem ande-

460

ren auch noch dumm. Ich würde ihn lieber im Gefängnis sehen, als so weiterzumachen, wie ich in den letzten Monaten gelebt habe. An dem Tag, wo du dieses Land verläßt, werde ich eine Feier geben, und wenn es uns unsere letzten Ersparnisse kostet.«

»Du solltest dich nicht so echauffieren«, entgegnete Carla, fest entschlossen, sich diesmal nicht provozieren zu lassen, kalt. »Denk an das Kind.«

»Das tue ich. Die ganze Zeit. Und das wird uns auch retten, nicht du. Mein Onkel ist Abgeordneter bei der DNVP. Er mag meine Ehe mißbilligen, aber er würde nie zulassen, daß ein Antwolfen mit dem Makel des Gefängnisses...«

»Allmächtiger«, sagte Carla und ging.

Zumindest hatte Kathi ihr Versprechen gehalten und befand sich in der Schweiz. Ob sie dort bleiben würde, war eine andere Frage. In dem Telegramm, das sie geschickt hatte, hieß es, sie habe nur ein Besuchervisum bekommen.

Durch die Straßen von Berlin zu spazieren, nun, da sie wußte, daß sie es für zwei Jahre nicht wiedersehen würde, war eigenartig. Am Himmel zogen sich Wolken zusammen; vielleicht würde es später am Tag noch regnen. Überall lagen Überbleibsel von den Umzügen der letzten Tage, Bierflaschen, alte Transparente; die Straßenkehrer kamen mit dem Wegräumen kaum mehr nach. Es hatte eine gewisse Ähnlichkeit mit München nach dem Fasching, am Aschermittwoch, aber dieser Fasching ging weiter; die Zahl der SA- und SS-Männer schien sich vervielfacht zu haben. Möglicherweise war es auch nur so, daß ein Teil der übrigen Einwohner fehlte; sämtlichen kommunistischen, sozialistischen oder sozialdemokratischen Vereinigungen war ein Demonstrationsverbot erteilt worden.

Merkwürdig, wie einem Irrelevantes in den Sinn kam und nicht mehr losließ. Sie erinnerte sich an etwas, das sie in Bamberg gegessen hatte, ein sichelförmiges Blätterteiggebäck, das sich »Hörnla« nannte. Bestimmt würde es das in Amerika nicht geben, aber vielleicht in einer der großen Bäckereien hier. Eigentlich hatte sie keinen Hunger mehr, es war mehr ein nagender Appetit und der Wunsch, sich in die anstrengenden, aber glücklichen Drehtage in der kleinen oberfränkischen Stadt zurückzuversetzen.

Aber als sie zu der Bäckerei Müller kam, standen zwei SA-Männer davor und hielten ein Schild hoch, auf dem stand: Deutsche wehrt Euch kauft nicht bei Juden, und die Verkäufer waren gerade dabei, die Jalousien zuzuziehen.

»Wir wollen keinen Ärger«, erklärte einer auf Carlas Frage hin. Ein anderer murmelte: »Es ist illegal, und wir sollten...«

»Ruhig bleiben. Der Chef ist schon zum Polizeikommissariat gegangen. Morgen sind die Kerle wieder weg. Warum eine Schlägerei riskieren?«

»Saujuden«, höhnte einer der SA-Männer. »Kneifen den Schwanz ein, sowie man ihnen die Faust zeigt.«

Zwei der Verkäufer wollten auffahren, aber derjenige, der zuerst mit Carla gesprochen hatte und offenbar der leitende Angestellte war, hob beruhigend die Hand. »Wir haben es alle gehört«, entgegnete er, »und wenn die Sache vor Gericht kommt, wird das für Sie nicht billig. Aber wir werden uns nicht auf Ihr Niveau begeben.«

Eleonore war in Österreich und Nina zu ihrer großen Erleichterung wieder beim Schillertheater. Ihre anderen Freunde zu besuchen brachte im wesentlichen das gleiche Ergebnis; man tauschte nervöse Spekulationen über die Zukunft aus und versuchte, so optimistisch wie möglich zu sein. Schließlich ließ sich nicht länger aufschieben, worum Carla sich durch Spaziergänge und Besuche gedrückt hatte. Der Termin, den sie mit ihrer Ärztin vereinbart hatte, war da.

»Tja«, sagte Verena Scheuerle, nachdem sie Carla untersucht und ihr einige Fragen gestellt hatte. »Da gibt's keinen Zweifel. Sie sind schwanger.«

Es gab noch nicht viele praktizierende Ärztinnen, aber im gynäkologischen Bereich waren die Vorurteile leichter abzubauen als in anderen, weil viele Leute spontan Hebammen assoziierten und einige Männer, selbst wenn sie Frauen für nicht ebenbürtig hielten, ihre Gattinnen doch lieber von éiner Ärztin statt von einem Arzt untersuchen ließen. Trotzdem war Dr. Scheuerle dankbar für jede Patientin; sie mochte die meisten, und als sie Carlas erstarrtes Gesicht sah, tat ihr die junge Frau leid.

»Ich weiß, daß Sie nicht verheiratet sind«, meinte sie vorsichtig, »aber vielleicht... läßt sich der Vater überreden. Und wenn nicht, ein uneheliches Kind ist heute nicht mehr die Welt.«

»Entschuldigen Sie, aber davon wissen Sie überhaupt nichts«, entgegnete Carla tonlos.

Es war kalt in der Praxis; der Vermieter weigerte sich, das Gebäude noch länger zu heizen, und verkündete jedem der erbosten Mieter, der sich beschwerte, der Winter sei bereits vorbei. Verena Scheuerle hätte sich gerne eine andere Wohnung gesucht, aber diese Lage war für ihre Praxis recht günstig, und wenn man sich einmal mühsam einen Kreis von Patienten herangezogen hatte, wechselte man nicht einfach die Gegend. Also sagte sie nur, als sie Carlas Zittern registrierte:

»Sie können sich wieder anziehen.«

Innerlich verwünschte sie sich wegen ihrer Bemerkung über uneheliche Kinder. Natürlich war es auch heute noch ein Stigma, und uneheliche Schwangerschaften genügten, um ein Arbeitsverhältnis zu lösen. Doch Carla Fehr war Schauspielerin, und Dr. Scheuerle war stillschweigend davon ausgegangen, daß man in dem Beruf andere Maßstäbe setzte.

»Es klingt vielleicht hart«, sagte sie und versuchte, ihren nächsten Beschwichtigungsversuch mit etwas gesundem Menschenverstand zu verbinden, »aber Sie könnten den Vater unter Druck setzen. Sie sind schließlich nicht mehr ganz unbekannt, und wenn er eine eigene gesellschaftliche Position zu verteidigen hat …«

Sie konnte sich nicht vorstellen, daß dem nicht so war; die immer so selbstbeherrschte Carla, der Ehrgeiz und Erfolg fast auf die Stirn tätowiert waren, gehörte nicht zu dem Typ Frau, der mit einem Laufburschen etwas anfing. Diese Art von Erpressung stellte natürlich nicht die beste Basis für eine Ehe dar, doch Verena Scheuerle war Realistin. Bei der miserablen Rechtslage von unverheirateten Müttern mußte man zu den Mitteln greifen, die zur Verfügung standen.

»Ich kann den Vater nicht heiraten«, entgegnete Carla und begann langsam, mit mechanischen, abgezirkelten Bewegungen, sich wieder anzukleiden. »Auf gar keinen Fall.«

»Nun, wenn er schon verheiratet ist, dann dürfte er um so eher bereit sein, einem finanziellen Arrangement zugunsten des Kindes zuzustimmen.«

Carlas Augen waren Verena Scheuerle immer grün erschienen, doch nun starrten sie ihr kieselgrau und hart wie Stein ins Gesicht.

»Nein, ich möchte nicht, daß er überhaupt etwas davon erfährt. Frau Dr. Scheuerle, ich kann das Kind nicht bekommen. Ich könnte es selbst dann nicht, wenn ich hier in Deutschland bliebe, was nicht der Fall ist. Um es auf den Punkt zu bringen, es würde mein Leben ruinieren.«

Die Ärztin gab nicht vor, nicht zu begreifen, was sie meinte. Aber gewöhnlich weinten die Frauen an dieser Stelle. Im Grunde war sie dankbar, daß Carla Fehr es nicht tat; das machte es ihr leichter, sie abzuweisen, als es bei dem verführten Ladenmädchen oder der Fabrikarbeiterin, die ihr achtes Kind erwartete, der Fall war.

»Das kann *ich* nicht tun«, antwortete sie. »Sie haben den Stuttgarter Prozeß vor zwei Jahren vielleicht nicht verfolgt, aber ich. Es war eine echte Hexenjagd. Bei allem Respekt vor Friedrich Wolf und seinem Kampf um eine Reform des Paragraphen 218, ich halte es für keinen Zufall, daß er sehr viel schneller aus der Haft freikam als Frau Dr. Kienle. Ein Mann, der Abtreibung unterstützt, zieht große Feindseligkeit auf sich, aber eine Frau wird in einem Maß gehaßt, wie Sie es sich nicht vorstellen können. Zu dieser Zeit bin ich wie jede Ärztin polizeilich befragt worden, und ich vermute, man hat immer noch ein Auge auf mich. Wegen Verbrechens wider den Paragraphen 218 angeklagt zu werden würde *mein* Leben ruinieren, und dazu bin ich einfach nicht bereit.«

»Nicht für mich, meinen Sie«, sagte ihre Patientin, und ihre Ausdruckslosigkeit begann sich mit einer Spur von Schärfe zu beleben.

»Nicht für Sie«, bestätigte die Ärztin sachlich. »Wenn Sie herzkrank wären oder die Frau eines Arbeitslosen mit vier Kindern oder geistig behindert, dann … würde ich mir zumindest Bedenkzeit ausbitten, um zu überlegen. Aber Sie erfreuen sich bester Gesundheit, Sie sind nicht arm, Sie wußten, was Sie taten, schließlich habe ich Ihnen seinerzeit genau erklärt, wie Verhütung funktioniert. Und ich gehe doch recht in der Annahme, daß Sie nicht von einem Wildfremden vergewaltigt wurden?«

Carla schüttelte den Kopf.

»Das dachte ich mir. Schauen Sie, ich verstehe, daß Sie das Kind jetzt im Moment nicht wollen, und sicher wird Ihnen das einige Monate die Arbeit unmöglich machen, übrigens nicht so viele, wie

Sie denken, denn bei Ihrer Konstitution werden Sie noch mindestens bis Mai, wenn nicht Juni, auf der Bühne stehen können oder vor der Kamera, was auch immer. Und auch, wenn es zynisch klingt – bis dahin haben Sie reichlich Zeit, um ein Arrangement zu treffen. Entweder mit dem Vater oder – nun, Sie können das Kind auch adoptieren lassen. Dabei würde ich Ihnen helfen.«

Sie meinte es gut. Aber sie sah, daß sie nicht zu Carla durchgedrungen war. Die junge Frau wandte sich ab, scheinbar, um ihre Strümpfe glattzuziehen. Als sie sich wieder erhob und Verena Scheuerle die Hand reichte, zeigten sich entgegen deren Vermutung allerdings noch immer keine Tränen.

»Machen Sie keine Dummheiten«, sagte die Ärztin beunruhigt. »Wenn Sie zu einem Pfuscher gehen, kann das Ihr Leben tatsächlich ruinieren.«

»Das ist es doch in jedem Fall, oder?« fragte Carla bitter zurück. »Und Sie haben recht, ich bin ganz allein dafür verantwortlich. Auf Wiedersehen, Dr. Scheuerle.«

Der naßkalte Februarregen schlug ihr ins Gesicht, und sie hieß ihn willkommen. Zumindest bewies er, daß das alles nicht nur ein Traum war. Sie hatte keinen Schirm bei sich, doch sie verzichtete darauf, sich nach einer Taxe umzusehen, und lief nach Hause, erst langsam, dann immer schneller, nicht, um vor dem Regen zu flüchten, sondern um die entsetzliche Taubheit loszuwerden, die sich bereits in der Praxis wieder über sie gelegt hatte.

Wie passend der Regen war. Uneheliche Mütter, uneheliche Kinder und Wasser, die vielbeschworene Dreieinigkeit der Leihbibliotheken und Melodramen. Und es hatte ihr bisher doch gefallen, in Melodramen zu spielen, nicht wahr? Der nächste Akt sah vor, daß sie, jeden Gedanken an eine Karriere unter Tränen aufgebend, nach München fuhr und sich Philipp zu Füßen warf. Danach gab es entweder das Ende einer Versöhnung und des glücklichen Lebens Seite an Seite an der idyllischen Stätte ihrer Kindheit, und wenn sie sehr viel Glück hatte, kam der neue Reichskanzler eines Tages zum Tee. Oder Philipp wies sie ab, dann gab es wieder zwei Möglichkeiten: einen stilvollen Selbstmord und ein tragisches Begräbnis oder Carla die Aufopferungsvolle, die sich spätestens ab Mai eine neue Stelle suchen mußte, um als erstes das Bußgeld wegen Vertragsbruchs abzuarbeiten, und fürderhin nur zum Wohl ihres Kindes lebte, mutmaßlich als Fabrikarbeiterin.

Zum Wohl ihres Kindes... An das Kind wollte sie jetzt nicht denken, in der höhnischen, selbstverachtenden Tirade, die sie sich hielt, um ihren Entschluß vor sich selbst zu rechtfertigen. Es war noch überhaupt kein Kind da. Es würde nie da sein, und ganz bestimmt nicht, um von wildfremden Leuten adoptiert zu werden, gegen die ihr Vater vielleicht der vollendetste Pädagoge war. Sie erinnerte sich an den Fall von dem Kindermörder, auf dem der Film *M* basierte, und schauderte. Nein, wenn sie zuließ, daß das Kind existierte, dann würde sie es ganz gewiß nicht noch mehr im Stich lassen, als sie selbst im Stich gelassen worden war. Also durfte es nicht existieren, so einfach war das. Es durfte nicht wirklicher sein als ihre Albträume, und es hatte überhaupt keinen Sinn, sich zu fragen, ob es ein Junge oder ein Mädchen war und wie es aussähe und wie es denken, fühlen, handeln würde.

Es gab kein Kind.

Wenn Eleonore hier gewesen wäre, hätte Carla sie gefragt, ob sie jemanden kannte; zu keiner ihrer anderen Freundinnen hatte sie ein so enges Verhältnis, daß sie ihnen die ganze elende Geschichte anvertraut hätte. Und der einzige Arzt, den Robert kannte, außer Dr. Goldmann, war gewiß der, der Monika behandelte – kaum eine Wahl, ganz abgesehen davon, daß Robert bestimmt noch böse auf sie war wegen des dummen Streits im Café.

Außer Dr. Goldmann.

Dr. Goldmann...

Handle gleich, dachte Carla, so schnell wie möglich, sonst gibst du dem Kind, das nicht existiert, Zeit, sich in deinen Kopf einzuschleichen und festzusetzen. Es existiert nicht, es existiert nicht, es existiert nicht.

In ihrer Wohnung zog sie sich um, packte ein paar Sachen in den kleinen Handkoffer und nahm den nächsten Zug nach München. Die vielen Stunden im Zug sperrten sie mit ihren Gedanken in ein Gefängnis, und sie bot all ihre Konzentration auf, um zu entkommen. Sie holte jeden einzelnen Rollentext, den sie je auswendig gelernt hatte, zurück in ihre Erinnerung, so gut es eben ging, und war entsetzt, wieviel sich nicht einstellen wollte. Keine Spur mehr von Prossy oder von Mary, und nur noch sehr wenig von Amalie.

Moors Geliebte darf nur durch Moor sterben. Carlas Familie darf nur durch Carla sterben. Wenn ich ein Junge gewesen wäre, lebten sie vermutlich alle noch. Wenn ich nie geboren wäre... und nun bin ich auch nicht besser als er. Das muß es gewesen sein, was er sich gesagt hat: Sie existieren nicht. Nicht mehr. Noch nicht.

Ihr wurde übel, und sie konnte gerade noch das Fenster des Abteils aufreißen, ehe sie sich erbrach. Niemand sonst befand sich in dem Abteil, zum Glück, denn neugierige Blicke und Fragen wären das letzte gewesen, was sie jetzt gebrauchen konnte.

Der Zug ratterte in die Dunkelheit hinein, und statt Carmilla, die gelernt hatte, mit dem Töten umzugehen, stellte sich perverserweise nur ihre Intimfeindin Desdemona ein, das unschuldige Opfer. *Grausamer Tod, der nur um Liebe tötet.... Ich kann nicht weinen, hab auch keine Antwort, die nicht zu Wasser würde...*

Da sie sehr spät in München ankam, hatte sie eigentlich geplant, in einem Hotel zu übernachten und Dr. Goldmann erst am nächsten Morgen zu besuchen, aber wenn sie nicht bald einen unwiderruflichen Schritt tat, der die... Prozedur in die Wege leitete, würden sie die Stimmen in ihrem Kopf noch in den Wahnsinn treiben. Also schlug sie Höflichkeit und Taktgefühl in den Wind und stand um kurz vor Mitternacht auf Dr. Goldmanns Schwelle. Es dauerte eine Weile, ehe er im Bademantel und mit zerzaustem Haar öffnete.

»Allmächtiger«, sagte er, und der beobachtende Teil in Carla, der sich nie ganz ausschalten ließ, registrierte, daß Kathis sprachliche Gewohnheiten auch auf ihn abgefärbt hatten.

»Was ist denn passiert?«

Zumindest sagte er nicht: »Was ist denn nun schon wieder passiert«. Der arme Martin Goldmann mußte sich mittlerweile wünschen, nie von den Fehrs gehört zu haben.

»Es tut mir leid«, begann Carla, und dann brach sie zu ihrer Beschämung bewußt in Tränen aus. Sie hätte früher oder später wohl auf jeden Fall geweint; in den vergangenen Stunden war es schwerer und schwerer geworden, die Tränen zurückzuhalten. Aber daß sie ihnen ausgerechnet jetzt freien Lauf ließ, war kein Zufall, sondern der Beginn ihres Vorhabens, bei Dr. Goldmann ihren Willen durchzusetzen. Er reagierte, wie sie es vorhergesehen hatte, nahm sie bei der Hand und führte sie durch den Flur in das Wohnzimmer seines kleinen Hauses. Erst als sie auf der Chaiselongue saß, eines seiner Taschentücher in der Hand hielt und mit einem kleinen Schnaps zur Beruhigung versorgt worden war, wiederholte er seine Frage und schloß in besorgtem Ton:

»Es gibt doch hoffentlich keine schlechten Nachrichten von Fräulein Brod?«

»Nein, nein, sie ist bereits in Zürich auf Zimmersuche, und ich habe zwei Freunden dort die Adresse von der Pension telegraphiert, in der sie jetzt wohnt, damit sie nach ihr sehen.«

Dann fiel ihr ein, daß Dr. Goldmann die beiden ja kannte, und sie erläuterte: »Roberts Freunde, Dieter und Jean-Pierre.«

Dr. Goldmann war bei der Feier von Roberts einundzwanzigstem Geburtstag nicht eben überwältigt von den beiden gewesen, doch nun beschäftigte ihn mehr, was Carla, in Tränen aufgelöst, um Mitternacht in sein Haus brachte. Sie holte tief Atem, hoffte, daß sie so hilflos aussah, wie sie sich fühlte, und sagte:

»Dr. Goldmann, ich ... ich bin schwanger, und ich kann das Kind nicht bekommen. Ich weiß, Sie sind kein Gynäkologe, aber Sie müssen doch jemanden kennen, der Abtreibungen vornimmt. Wenn Sie mir nicht helfen, dann fällt mir nichts mehr ein, als es mit Stricknadeln zu versuchen, und ...«

»Um Gottes willen«, unterbrach er sie entsetzt, »damit verstümmeln Sie sich!«

Das wußte sie, und sie hatte es nie ernsthaft vorgehabt, weil sie sicher war, daß er ihr helfen würde, aber es kam ihr darauf an, ihm zu zeigen, wie ernst sie es meinte.

»Ich muß das Kind verlieren«, flüsterte sie und überließ sich wieder den Tränen.

Nach einer Pause fragte er zögernd: »Es ... es ist doch nicht Roberts Kind?«

Das durchbrach den Wall ihrer Verzweiflung und schockierte sie seltsamerweise mehr, als es eine sofortige Ablehnung aller Hilfe getan hätte. »Nein, selbstverständlich nicht«, sagte Carla und spürte, wie ihre Tränen versiegten. Er saß so zusammengesunken neben ihr, daß sie auf einmal das Gefühl hatte, *ihn* trösten zu müssen. »Dann würde ich doch nie ... das würde ich Ihnen nicht antun, Dr. Goldmann. Robert und ich sind nie auf diese Art zusammengewesen. Wir sind Freunde, das wissen Sie doch.«

Er legte ihr den Arm um die Schulter. »Entschuldigen Sie, Carla, es war eine dumme Frage. Ich dachte mir nur, das sei vielleicht der Grund, warum Sie… nun ja, Ihre Beziehung zu Herrn Bachmaier abgebrochen haben.«

Warum glaubten Männer eigentlich, es müsse immer ein anderer Mann im Spiel sein, wenn man einen von ihnen verließ?

»Nein, das war nicht Roberts wegen.«

Ihr wurde bewußt, daß er auf ihre linke Hand schaute, und da erinnerte sie sich, daß er den Ring gesehen hatte, den Ring, der jetzt in der Nachttischschublade in ihrer Wohnung lag. Sie debattierte immer noch mit sich, ob sie ihn nun fortwerfen oder in einen Umschlag stecken und an Philipp zurückschicken sollte. Verschenken, verkaufen oder zur Pfandleihe geben konnte sie ihn nicht. Er hatte eine Gravur, und deswegen nahm sie ihn auch manchmal heraus und betrachtete ihn, wenn ihr gerade nach Selbstquälerei zumute war.

Dr. Goldmann stand auf und begann, unruhig auf und ab zu gehen. »Es stimmt, daß ich… gewisse Leute kenne. Aber Carla, ich habe geschworen, Leben zu erhalten. Wenn die Gefahr bestünde, daß Sie die Geburt nicht überlebten, oder…«

O Gott, nicht noch einmal, dachte sie. In der Tat zählte Dr. Goldmann all die Gründe auf, die Dr. Scheuerle bereits genannt hatte. »…und außerdem gibt es doch die Möglichkeit, sich mit Herrn Bachmaier zu einigen. Ich will Ihnen nicht verhehlen, daß er mir nicht als der geeignete Ehemann für Sie erschien, als ich ihn kennenlernte« – das war die Untertreibung des Jahres, dachte Carla und schloß die Augen; anscheinend blieb es ihr nicht erspart, dem armen Dr. Goldmann mit ihrer schwersten Waffe zuzusetzen – »aber ich glaube auch nicht, daß er sich der Verantwortung entziehen würde.«

Also gut. *Was soll geschehen, mag's gleich geschehen*, und sie würde nicht Gretchen in diesem Drama sein.

»Er wird es nie erfahren«, sagte Carla, öffnete die Lider wieder und sah Martin Goldmann mit einem kühlen, abwägenden Blick an, der ihn plötzlich an ihren Vater erinnerte. »Das fällt ebenfalls in Ihre ärztliche Schweigepflicht, Dr. Goldmann, und ich weiß, wie gut Sie diese Schweigepflicht wahren können, viele Jahre lang. Sie haben schließlich auch niemandem von dem letzten Mittel erzählt, das Sie Roberts Mutter verschrieben haben, nicht wahr?«

Dr. Goldmann betrieb regelmäßig Sport und ging gerne und oft spazieren. Er erfreute sich auch im Winter einer gesunden Bräune. Aber nun wich das Blut aus seinem Antlitz, bis es einer wächsernen Maske glich, und Carlas Blick veränderte sich, wurde mitleidig. Sie erhob sich, und nun war sie es, die ihn bei der Hand nahm und ihn zur Chaiselongue führte. Er barg sein Gesicht in den Händen.

»O nein«, murmelte er. »Nein. All die Jahre … aber wenn er gesehen hat, wie Rainer es ihr gegeben hat, warum … ein Kind schweigt doch darüber nicht. Ich hätte es ihm doch erklärt.«

»Er versteht es«, sagte Carla beruhigend, und der Versuch, Dr. Goldmann zu trösten, lenkte sie für einen Moment von ihrer eigenen Tortur ab. »Sie hatte furchtbare Schmerzen, und es wäre nur noch schlimmer geworden. Er versteht es.«

Was sie nicht hinzufügte, war, daß Verzeihen und Verstehen zwei verschiedene Dinge waren. Was Robert für Dr. Goldmann empfand, war die gleiche Mischung aus Ablehnung und Zuneigung, die er seinem Vater entgegengebracht hatte, und sie war durch Rainer Königs Tod nur noch komplizierter geworden.

»Manchmal bin ich froh«, wisperte Dr. Goldmann wie ein Echo auf ihre Gedanken, »daß Rainer schon zu ihren Lebzeiten zuviel trank, sonst müßte ich mich fragen, ob nicht ihr Tod und daß ich es ihn tun ließ, weil *ich* es nicht fertigbrachte, ihn dazu getrieben hat.«

Er ließ die Hände sinken und lehnte sich müde zurück. »Barbara war eine so stolze Frau. Sie haßte es schon, pflegebedürftig zu sein. Aber sie so leiden zu sehen…«

»Ich weiß«, sagte Carla. »Ich habe es bei meiner Schwester erlebt, und Robert hat mich davor gewarnt. Er versteht wirklich, warum Sie es getan haben.«

Auch wenn das in seiner Kindheit anders war, fügte sie stillschweigend hinzu, aber es blieb ebenso unausgesprochen wie der Umstand, daß Rainer König sich vielleicht von allein zu Tode trank, aber der Verlust seines Sohnes an den Mann, der bereits sein Rivale um die Gunst seiner Frau gewesen war, den Prozeß ganz gewiß nicht verlangsamt hatte. Sie erinnerte sich an Roberts zweiköpfige Lehmfigur und an die andere Nacht, Jahre später, als sie ihren kindlichen Pakt erneuert hatten. Vermutlich würde ein rationaler Mensch wie Dr. Goldmann ihr erklären, daß jemandem den

Tod zu wünschen nicht das gleiche war, wie ihn zu töten. Doch er irrte sich.

Zeit, die Daumenschrauben wieder anzuziehen. »Es muß schlimm gewesen sein, all die Jahre allein mit so einem Geheimnis zu leben.«

»Das war es.«

Bitte, dachte Carla, bitte zwingen Sie mich nicht, noch deutlicher zu werden. Trotz der Dinge, die er über sie wußte, hatte Dr. Goldmann ihr immer eine wohlwollende, hilfsbereite Sympathie entgegengebracht, deren Verlust furchtbar wäre, das wurde ihr erst jetzt, als dieser drohte, gänzlich klar. Vielleicht lag das ihrem Wunsch, ihn mit Käthe zusammenzubringen, zugrunde: Er war der Vater, den sie gerne gehabt hätte. Humorvoll, ohne bösartig zu sein, liebevoll, ohne je in Haß zu verfallen, fürsorglich, und wenn es gelegentlich ans Gluckenhafte grenzte, was machte das schon? Und vor allem, er verurteilte sie nicht und hatte ihr nie das Gefühl gegeben, minderwertig zu sein. Ihr nächster Satz würde das alles zerstören.

Bitte, dachte Carla und war sich des Widersinns bewußt, ausgerechnet in so einer Situation ein Gebet zu formulieren, laß ihn mir helfen, bevor ich das sagen muß.

Dr. Goldmanns Schweigen dehnte sich, zerrte wie Stacheldraht, der sich in der Haut festgehakt hatte, an ihr.

»Es…«, begann sie, als jemand im Himmel oder in der Hölle sie erhörte.

»Wie wir uns doch oft selbst belügen«, sagte Dr. Goldmann. »Ich habe mich danach sofort bei der Armee gemeldet, etwas, das sie ganz gewiß nicht gebilligt hätte, denn sie haßte den Krieg und meinte, die Ärzte dort würden die Soldaten nur zusammenflicken, damit sie an die Front zurückgeschickt werden könnten. Aber ich hoffte, selbst zu sterben, und dann wurde mir klar, daß ich Robert damit im Stich ließe, denn Rainer war… nun, das weißt du ja.«

Sie protestierte nicht gegen das Du; unter den Umständen war es angebracht. »Ich schwöre, Leben zu retten«, wiederholte er den Beginn des hippokratischen Eides. »Aber ihres habe ich beendet, und wahrscheinlich das von vielen anderen, denn sie hatte recht. Entschuldige die Heuchelei, Carla. Morgen werde ich mit dir zu jemandem gehen, der… solche Dinge erledigt.«

Den Rest der Nacht schlaflos zu verbringen war nicht überraschend für sie, aber entgegen ihrer Erwartung brachte die Gewißheit keine Erleichterung. Die Wahl lag immer noch bei ihr. Gegen Morgengrauen lief sie durch Dr. Goldmanns Haus und hielt jede Uhr, die sie finden konnte, an, denn sie bildete sich ein, sie durch alle Wände zu hören, wie damals in Hohencrem. Der Vormittag verging genauso quälend, nur daß sie in Dr. Goldmanns Praxis statt in seinem Haus saß und die Uhren nicht mehr anhalten konnte. Am schlimmsten wurde es, als der frühe Nachmittag sie dann endlich in das Haus brachte, wo der Arzt, den er nur als »einen alten Bekannten« bezeichnete, solche Eingriffe vornahm. Jede einzelne Minute dehnte sich zu einer Stunde, und sie hörte kaum die Fragen, die der Mann ihr stellte.

In Hohencrem hatte sie, wie jede Schülerin, einmal durch ein Mikroskop geblickt, um den Querschnitt eines Blattes zu sehen. Wie groß war ein Embryo im Februar, wenn er, wie sie vermutete, um den 21. oder 22. Dezember gezeugt worden war? So groß wie ein Blatt? Größer? Eine Ansammlung von Zellen, sagte sie sich, noch kein Kind, noch kein Kind. Es existiert nicht. Es… ein Mädchen oder ein Junge? Sie spürte die Reibung des Latex, als der Mann mit seinen behandschuhten Händen vorsichtig ihren Bauch abtastete. Dr. Goldmann war verschwunden. Vermutlich wartete er in einem der anderen Räume. Vielleicht auch nicht, er hatte schließlich selbst eine Praxis zu leiten, und der Mann hatte etwas von zwei Stunden erwähnt.

Der bittere Geschmack in ihrem Mund. Etwas wie Pfefferminz. Angeblich durchlebte man im Augenblick seines Todes noch einmal seine ganze Existenz, aber dieses Kind existierte nicht, hatte nicht existiert, würde nicht existieren. Ob es etwas fühlte?

Ein Kind teilte den Herzschlag seiner Mutter. Oder war das eine falsche Erinnerung an ein lange verlegtes Medizinlexikon? Es bekam Nahrung durch das durch die Nabelschnur geleitete Blut. Etwas in der Art. Marianne hatte unbedingt ein Kind haben wollen, aber statt dessen einen Krebs zur Welt gebracht. Mariannes Mutter brachte nicht das richtige Kind zur Welt, genausowenig wie Carlas Mutter. Die arme Anni war gar nicht erst schwanger geworden und selbst noch ein Kind gewesen, viel jünger als sie jetzt. Monika spürte ihr Kind inzwischen bestimmt schon die ganze Zeit, spürte, wie es sich bewegte. *Du bist ein Krebs.* Warum sollte eine tödliche Wucherung Kinder hervorbringen?

Was sie jetzt spürte, war der Eingriff, nicht das Kind. Kinder spürte man erst viel später. Mädchen oder Junge? Ein Teil von ihr und ein Teil von Philipp. Philipp hatte unbedingt ein Kind haben wollen, unvermeidlicherweise einen Sohn. Aber nicht ihr Kind. Sie würden nie ein gemeinsames Kind haben. Es war so leicht für Männer, sich Kinder zu wünschen. Er stellte sich vermutlich vor, wie er es wohlwollend für das erste Photo im Taufkleid – und er würde es taufen lassen, mangelnder Glaube hin oder her, das ziemte sich schließlich so – in den Armen hielt und es dann umgehend zum erwachsenen, respektvollen Sohn und Erben graduierte.

Ein Sohn von Philipp Bachmaier und Carla Fehr: Die Skizze eines Daseins tauchte in ihr auf, während sie die Zähne zusammenbiß und zur Decke starrte. Der Junge kommt im September zur Welt. Seine blauen Augen werden später dunkel. Sein Haar jedoch ist, anders als das seines Vaters, braun, mit einigen rötlichen Lichtern, ganz seine ureigene Farbe. Er zahnt früh, aber es beruhigt ihn meistens, wenn ihm seine Mutter vorliest, was sie gerne tut, denn es erinnert sie an ihre kurze Zeit im Licht. Sie liest ihm alles vor, von Andersens Märchen bis zu Shakespeares Dramen, und er versteht sie natürlich nicht, aber er schläft ein, und sein kleiner Körper in ihren Armen gibt auch ihr Frieden. Sein Vater entdeckt zu seiner Überraschung, daß es ganz leicht ist, mit einem Kind zu spielen, und er gestattet sich endlich, jemanden zu lieben, ohne sich dessen zu schämen. Er entdeckt, was das Lachen eines Kindes sein kann, und wendet sich ab von der konstruierten Männlichkeit, in die man ihn gepreßt hat, als er selbst noch nicht mehr als ein Kind war. Der Junge wird später ein Maler, was keiner von seinen Eltern erwartet hat, aber sie sind stolz auf ihn.

Eine Tochter von Carla Fehr und Philipp Bachmeier: Sie behält ihre blauen Augen. Sie hat schwarzes Haar, ganz wie ihr Vater, und sehr lange Wimpern, die kitzeln, wenn ihre Mutter sie an sich drückt. Sie ist ein fröhliches, phantasievolles Kind, aber hin und wieder hat sie Albträume, und obwohl ihre Eltern es anfangs schwer haben, miteinander zu leben, bringt es sie zusammen, daß sie nachts aufstehen, um ihre Tochter vor allem Bösen zu beschützen. Und durch das Mädchen, das ihren Vater liebt, lernt die Mutter, sich auch einzugestehen, daß sie ihn liebt, und eines Tages sagt sie es ihm, ohne sich zu schämen. Das Mädchen hat beide Eltern und muß nie fürchten, sie zu verlieren. Sie wächst aber nicht in München auf, sondern in einem fremden Land, weil ihre Eltern beschließen, weit von allen Erinnerungen wegzugehen und einen neuen Anfang zu machen. Es lernt die Sprache des fremden Landes gleichzeitig mit der seiner Eltern und wird später eine Forscherin, eine Weltreisende, wie Gertrude Bell. Ihre Eltern sind ständig ein wenig in Sorge, aber sehr stolz.

O meine Tochter, o mein Sohn, verzeih mir. Ich habe dein Leben für mein eigenes eingetauscht. Komm zurück, wenn ich dir etwas anderes geben kann als Illusionen und bittere Wirklichkeit.

O meine Tochter. O mein Sohn.

»Und vergessen Sie nicht, das alles ist nie passiert, Sie kennen mich nicht, wenn jemand fragt.«

»Das alles ist nie passiert«, wiederholte Carla, und der Arzt schaute sie an, als sei sie nicht mehr ganz zurechnungsfähig. Sie zimmerte sich einen angemessen rationalen Gesichtsausdruck zurecht. »Ich verstehe schon«, sagte sie, »machen Sie sich keine Sorgen. Ich bin Ihnen sehr dankbar.«

Sie kam ihm vage vertraut vor; vermutlich hatte er sie irgendwo schon einmal gesehen, in einem Restaurant, oder auf dem Fasching, denn irgendwie assoziierte er eine Verkleidung oder eine Uniform mit ihr. Ihre Hände und ihre Ausdrucksweise waren zu gepflegt für eine Kellnerin. Vielleicht ein Fräulein vom Amt, eine Telefonistin, das konnte sein, bei dem präzisen Hochdeutsch, dem man nur noch ganz leicht die bayerischen Betonungen anhörte. Nun, am besten, er zerbrach sich nicht weiter den Kopf darüber. Aus den Augen, aus dem Sinn. Es hatte ihn gewundert, als er sie sah; sie war eigentlich nicht Martins Typ. Dann, als er sich gerade die Handschuhe auszog und die Hände wusch, kam seine Assistentin und berichtete, der Freund des Mädchens warte im Vorzimmer, Dr. Goldmanns... Patensohn, Adoptivsohn, was auch immer. Das erklärte natürlich alles. Der gute alte Martin, nahm mal wieder alles auf seine Kappe für den Jungen.

»So«, sagte er zu der Rothaarigen, »und das nächste Mal lassen Sie sich entweder vorher einen Ring an den Finger stecken oder kriegen Ihren Freund dazu, ein Kondom zu benutzen. Draußen steht der Schlawiner. Waschen Sie ihm gehörig den Kopf.«

Wieder blickte sie ihn an, als verstünde sie ihn nicht ganz, und er hoffte, daß das Beruhigungsmittel, daß er ihr gegeben hatte, nicht zu stark gewesen war. Wie gut, daß sie jetzt nicht allein durch die Straßen gehen mußte. Er nahm ihren Arm und geleitete sie vorsichtig durch die Tür. Da stand der Mann, richtig, und machte zumindest einen angemessen bestürzten Eindruck. Soweit der Arzt sich erinnerte, war der junge König irgendeine berühmt-berüchtigte Art von Schauspieler, aber sein Gedächtnis teilte ihm auch mit, daß Martin etwas von einer Ehe mit einer preußischen Adligen erzählt hatte. Das erklärte die Notwendigkeit der Abtreibung.

Das Mädchen stand einen Moment lang reglos da, dann war Martins Augapfel bei ihr. Sie schlang ihre Arme um seinen Hals, legte ihren Kopf an seine Schulter und begann zu weinen. Der Arzt seufzte. Er haßte Geschichten ohne sauberes Ende, und die hier sah aus, als ob sie sich noch länger hinziehen würde. Er haßte es auch, junge Frauen in dieser Art von Schwierigkeiten zu sehen, und deswegen führte er Abtreibungen durch.

»Passen Sie das nächste Mal besser auf«, knurrte er zu dem jungen König hin, der ihn um einiges überragte, aber anscheinend überhaupt nicht hörte. Er war zu beschäftigt damit, seine Freundin festzuhalten und wie ein Kind hin und her zu wiegen. Der Arzt gab es auf. Es war nicht das schlechteste Ende; zu viele Mädchen kamen hierher, nachdem die Dreckskerle sich auf französisch empfohlen hatten.

»Auf Wiedersehen«, murmelte er und verschwand in den Raum, in dem er seine illegalen Operationen durchführte. Es gab noch einiges aufzuräumen.

In Roberts altem Zimmer hing noch seine Ansammlung von Spiegelscherben von der Decke, über die er seinerzeit mit Hetty dem Drachen, Dr. Goldmanns geschiedener Ehefrau, gestritten hatte. Sie fingen das Licht der Dämmerung ein und warfen es in tanzenden Flecken an die Wände. Er und Carla lagen auf dem weichen Teppich und beobachteten die Lichtflecken, die immer blasser wurden, je schneller die Sonne sank. Keiner von beiden machte Anstalten, aufzustehen und das Licht anzuschalten; der Kokon aus Dunkelheit, der sich langsam auf sie niedersenkte, hatte etwas von einer schützenden, warmen Decke an sich.

»Weißt du – weißt du schon, wie du deines nennst?« fragte Carla, und ihre Stimme war wieder die des Mädchens, das bei der Nachricht vom Tod seiner Stiefmutter angefangen hatte zu schreien. »Ich habe die ganze Zeit versucht, an keine Namen zu denken, aber – ich schulde ihm doch – zumindest einen Namen.«

Ihre Hand in seiner fühlte sich warm an, was selten bei ihr war, zumal im Winter. Sie hatte auf dem Weg hierher nicht gesprochen, und auch nicht, seit sie angekommen waren, also unterdrückte er den Wunsch, sie von diesem Gedankengang abzubringen.

»Nein«, antwortete er. »Nein, ich weiß es noch nicht. Monika und ich können uns auf keinen Jungennamen einigen, und bei Mädchennamen schwanken wir zwischen Eva und Annette.«

»Charlie«, flüsterte sie. »Genevieve hat gesagt, das wäre im Englischen auch ein Mädchenname, und ich weiß nicht…«

»Schschsch.«

Er trauerte mit Carla die ganze Nacht lang um ihr Kind, das nicht existierte, und ließ sie nur in den kurzen Perioden los, in denen sie schlief, unruhig und um sich schlagend. Am Morgen war er es, der der Erschöpfung nachgab, und als er aufwachte, sah er, daß Carla wieder sie selbst war. Sie trug genau wie er noch die Kleidung vom Vortag, zerknittert und voller Falten, aber ihr Gesichtsausdruck war nicht länger der einer Ertrinkenden, als sie sich über ihn beugte und ihm eine Haarlocke aus der Stirn strich.

»Zeit zum Aufstehen«, sagte sie. »Du hast einen Film zu retten und eine Ehefrau zu beschwichtigen. Wir müssen nach Berlin zurück. Allmählich«, fügte sie hinzu, und der schwache Versuch, in ihrem sonstigen Format zu scherzen, war offensichtlich, »wird dieses ständige Hin- und Herreisen zwischen Bayern und Preußen zur üblen Gewohnheit, und die Reichsbahn lebt nur noch von uns.«

Er legte eine Hand auf ihre Wange und spürte in den Fingerspitzen die Ader an ihrer Schläfe pochen.

»Wir sind Überlebende. Vergiß das nie.«

»Das werde ich nicht. Robert, ich sage das nicht so oft, wie ich sollte – nein, eigentlich habe ich es noch überhaupt nicht gesagt. Ich könnte mir nicht vorstellen, ohne dich zu überleben. Versprich mir, nicht zu sterben, bitte, versprich mir das.«

»Ich verspreche es«, antwortete er und lächelte sie an. »Du weißt doch, Magier ist mein Zweitberuf.«

Carla legte sich wieder zurück. Sie wollte ihm etwas geben, gleichbedeutend mit dem, was er für sie getan hatte, doch ihr fiel nur eines ein.

»Wenn du willst«, sagte sie, »dann bleibe ich hier, in Deutschland. Kohner läßt sich sicher überzeugen.«

Diesmal war es Robert, der sich über sie beugte und sie prüfend anschaute.

»Nein«, antwortete er ernst. »Dann würdest du dich für den Rest deines Lebens fragen, ob du es dort nicht hättest schaffen können, und irgendwann würdest du mir das übelnehmen.« Der Ernst wich aus seiner Stimme und machte der vertrauten Neckerei Platz, die seine leicht schräggestellten Augen noch ein wenig asiatischer wirken ließ. »Geh nach Hollywood, Halef, und wenn du dann zurückkommst und ich immer noch nicht der berühmteste Regisseur und Schauspieler von ganz Europa bin, dann veranstalten wir eine Tournee durch die Lande, locken mit deinem Filmruhm die Leute an und bezahlen alle Schulden, die ich bis dahin gemacht habe.«

Die Februarwochen, in denen sie ihren Haushalt auflöste, Möbel verkaufte und an ihre Freunde verteilte, nahmen für Carla immer unwirklichere Züge an. Die Verbote bestimmter Zeitungen dehnten sich aus, nun schon auf Monate, und es gab immer weniger Blätter, die man lesen konnte. In der *Weltbühne*, die noch dazugehörte, stand, daß Regierungspräsidenten, Polizeipräsidenten, Ministerialdirektoren, Landräte und höhere Polizeibeamte, die parteilos waren, dem Zentrum oder der SPD angehörten, systematisch ihrer Ämter enthoben und durch Angehörige der NSDAP oder der DNVP ersetzt wurden. Sie wunderte sich nicht, daß ihr Lieblingsbäcker es aufgegeben hatte, sich bei der Polizei zu beschweren. Er versuchte, sich daran zu gewöhnen und seinen Betrieb trotz der gelegentlichen Anwesenheit von »protestierenden« SA-Männern zu führen. Ihre Bekannten von der pazifistischen Frauenliga erzählten ihr, daß sie Versammlungsverbot erhalten hatten. Im Radio durfte kein Politiker, der nicht den beiden Regierungsparteien angehörte, mehr sprechen, und Hugo, dem sie ihre Jazzplatten vermachte (eingedenk Monikas Tendenz, an Schallplatten ihre Gefühle gegenüber Carla auszulassen, verzichtete sie darauf, sie Robert zu geben) und der weiterhin im Rundfunk arbeitete, erzählte, man spiele mittlerweile nur noch klassische Musik, um ganz sicherzugehen.

»Tja, und da sie sich mit der Erneuerung meines Vertrages verdammt lange Zeit gelassen haben, bin ich kaum der Geeignete, um Gegenvorschläge zu machen«, schloß er mit einem schiefen Lächeln. »Meine Güte, so muß es im Kaiserreich gewesen sein, nur daß es damals noch kein öffentliches Radio gab, versteht sich.«

Die allgemeine Mischung aus Bedrückung einerseits und hysterischer Euphorie andererseits machte ihr den Abschied leichter. Kein Zweifel, bis in alle Ewigkeit konnte es so nicht weitergehen, und irgendwann würde eine neue Revolution kommen, falls Hitler und die Deutschnationalen sich nicht vorher entzweiten. Bis dahin war es wirklich die geeignetste Zeit für einen längeren Auslandsaufenthalt. Sie nahm an, daß Philipp jetzt glücklich war. In Amerika würde es nichts geben, was sie an ihn und an das Kind erinnerte. Die Wellen des Atlantik würden die Vergangenheit hinter ihr auswaschen, und wenn sie zurückkehrte, dann würde sie ein neuer Mensch sein, nicht nur frei, sondern auch geheilt.

»Monika hat neuerdings angefangen, die Beziehungen zu ihrer hochherrschaftlichen Familie wieder aufzuwärmen«, sagte Robert, während er diejenigen ihrer Bücher, die er sich ausgesucht hatte, in eine Kiste packte. »Also hatten wir neulich so ein Relikt von Onkel zum Abendessen. Aber er könnte nützlich sein. Bei der Filmprüfstelle munkeln sie etwas von einem neuen Ministerium speziell für kulturelle Angelegenheiten, das bald etabliert werden soll, und der alte Knabe sitzt bei den Deutschnationalen im Parlament. Ich habe den Film jetzt offiziell abgeschlossen, aber unsere Helden bei Astoria meinen natürlich, wir sollten mit dem Einreichen bei der Prüfstelle noch warten, weil eben bald neue Regeln gelten könnten.«

»Was ist mit Helmut und Brigitte, hat sie inzwischen jemand engagiert?«

Robert nickte. »Ich. Du wirst es nicht glauben, aber wir haben noch Zelluloid übrig, und mein Vertrag mit Astoria läuft auf ein ganzes Jahr. Also habe ich gar nicht lang gefragt und angefangen, einen neuen Film zu drehen.« In seinen Augen tanzten schelmische Funken. »Einen Dokumentarfilm über die Höhepunkte im Leben eines jungen Genies. Helmut, Brigitte, ich und die anderen, wenn sie Zeit haben, spielen unsere besten Szenen nach, nur ohne Kostüm, versteht sich.«

Einen Tag vor der Abfahrt nach Hamburg stand auch sie vor der einen Kamera, die Markus Zweig, einer von Tim Bergers Assistenten, bediente, und rezitierte für ihn Desdemonas Weidenlied und den kleinen Monolog über verpaßte Gelegenheiten, den Michael Maitger für Susanne geschrieben hatte, während sie am Klavier saß und spielte.

»Jetzt versteht hoffentlich jeder«, sagte Robert zu dem Fähnlein der sieben Aufrechten, das sich in dem Tanzcafé, wo sie filmten, denn ein Studio stand nicht mehr zur Verfügung, versammelt hatte, »warum ich ihr Spiel in *Iffland* von einer Professionellen habe türken lassen!«

Es war vormittags, was die Leere des Tanzcafés erklärte, doch das Lachen der »Hermiaden«, wie Robert sie nannte, ließ den Saal voller Spiegel einen Moment lang übervoll erscheinen.

»Oh, es gibt noch etwas, das wir dokumentieren müssen, Maestro«, rief Carla. »Carla Fehr und Robert König in… *Gertrude und Claudius*, auch bekannt als *Hamlet*.«

»Richtig, Kinder, ihr habt ja die ersten und einzigen Festspiele von Lubeldorf nicht erlebt, unverantwortlicherweise. Du hast recht, Carla, wir müssen ihnen eine Kostprobe liefern.«

Helmut stöhnte. »O Gott, Chef, sag nicht, daß du dich auch an *Hamlet* vergriffen hast.«

Das war der letzte Anreiz, den sie brauchten.

»Darling«, sagte Carla, als die Kamera lief, tat so, als ziehe sie langsam ihre Handschuhe aus, »wir müssen uns mal über Hamlet unterhalten. Jeder Jugendliche macht eine schwierige Phase durch, aber so, wie er sich neulich beim Essen aufgeführt hat, ist es etwas Ernsteres.«

Robert rollte die Augen, blies seine Backen auf und setzte ein wollüstiges Grinsen auf.

»Später, Gertie. Du weißt doch, ich kann dir nicht widerstehen, wenn du dir die Nägel lackiert hast.«

»O Claudius, du Schlimmer«, hauchte Carla und sank rückwärts in seine Arme. Diesmal brauchten sie fünf Minuten, bis sie sich von ihrem Gelächter erholt hatten, und dann tauchte eine einzelne Frau auf. Mit einem Schlag wurden die fest angestellten Tänzer, die ihnen gelangweilt zugeschaut hatten, lebendig. Der Besitzer steckte in einem offensichtlichen Dilemma; einerseits wollte er, daß sie gingen, andererseits wirkte die Frau jetzt schon unsicher und würde gewiß sofort wieder gehen, wenn sie merkte, daß sie die einzige Besucherin war.

»Keine Sorge«, beruhigte ihn Carla, »wir sind fertig.« Nina, Brigitte und sie rekrutierten die übrigen Hermiaden zu einer spontanen Tanzeinlage, während der Besitzer hastig eine Platte auflegte, denn sein regulärer Pianist war noch nicht eingetroffen. Die Frau blieb, und Carla dachte, daß es die beste Art war, sich von Berlin zu verabschieden; nicht von der Geisterstadt der letzten beiden Monate, sondern von der Stadt, in der sie übermütig und glücklich und zum ersten Mal Teil einer Gemeinschaft gewesen war.

Es war auch ihr Abschied von Robert. Ursprünglich wollte er sie nach Hamburg begleiten, doch das tat schon der aufmerksame Herr Kohner, und obwohl sie ihn mochte, scheute sie davor zurück, ihn zum Zeugen einer privaten Szene zu machen. Außerdem hatte Robert sein Eheleben schon genügend ihretwegen strapaziert, und seit dem Tag in München war in ihr die abergläubische Befürchtung aufgetaucht, bei den Parallelen in ihrer beider Leben könnte Monika sich so sehr aufregen, daß sie das Kind verlor. Ihre Abneigung gegen Monika blieb bestehen, aber so etwas wünschte sie niemandem, geschweige denn ihrem besten Freund und dem Geschöpf, das er nun einmal geheiratet hatte. Es wäre furchtbar, wenn Robert ihretwegen unabsichtlich das bewirkte, was sie bewußt getan hatte. Nein, besser, sich hier zu verabschieden, während sie miteinander tanzten und noch einmal ihre Unbesiegbarkeit heraufbeschworen.

»Und vergiß nicht«, murmelte Robert, »wo Emil Jannings einen von diesen Filmpreisen gewonnen hat, da mußt du mindestens zwei gewinnen.«

»Mindestens? Wieviel mehr soll ich in zwei Jahren denn noch schaffen?«

»Alles, Gretel«, sagte er mit einem Augenzwinkern. »Alles.«

Am 26. Februar stand sie am Heck des Schiffes, das in Hamburg auslief, und schaute inmitten von winkenden und rufenden Mitreisenden zurück auf das Elbufer. Vorhin hatte sie für den Photographen, den Paul Kohner angeheuert hatte, ein siegesbewußtes Lächeln zustande gebracht, doch nun erschien sie den wenigen Leuten, die auf sie achteten, seltsam reglos. Das Schiff bewegte sich gegen die Windrichtung, und Carla zog ihren Mantel etwas enger um sich, während sie die Silhouette der Hansestadt betrachtete. Die Hamburger Kammerspiele gehörten zu den angesehensten Theatern in Deutschland. Plötzlich erschien es ihr als ein Verlust, dort nie eine Vorstellung erlebt zu haben. Natürlich ließ sich das nachholen, sagte sie sich, aber in der Stimmung, in der sie sich befand, nahm das Ganze den Charakter einer unwiderruflich verpaßten Gelegenheit an. Die Gruppen am Kai begannen bereits, sich aufzulösen und sich wie vom Wind aufgewirbeltes Laub in alle Richtungen zu zerstreuen. Nur ein Teil der Menschen, der entweder sehr anhänglich oder einfach noch ohne neues Ziel war, hielt aus und winkte weiterhin, obwohl sie selbst mit ihrer Brille keine Gesichter mehr ausmachen konnte. Kathi saß um diese Zeit bestimmt schon an ihrer Schreibmaschine und hämmerte grimmig auf die Tasten ein, um einen Schweizer Redakteur zu beeindrucken. Robert sprach mit einem der Leute von Astoria, oder er versuchte, jemanden von der Filmprüfstelle zu becircen. Dr. Goldmann verarztete Patienten, die keine illegalen Forderungen an ihn stellten. Und Philipp… diktierte seiner Sekretärin einen Geschäftsbrief, oder er und einer seiner Freunde beglückwünschten sich immer noch gegenseitig zur neuen Regierung. Was auch immer er tat, es machte ihr nichts mehr aus. Das einzige, was sie noch miteinander verbunden hatte und von dem er nichts wußte, war tot. Ihr wurde bewußt, daß sie nun wirklich, endgültig, keine Familie im üblichen Sinn mehr hatte.

»Ist wohl Ihre erste große Reise, wie?« erkundigte sich ein älterer Herr, der neben ihr stand.

Sie nickte. »Ja, das könnte man so sagen.«

»Na, wird Ihnen schon gefallen. Die Jugend reist doch gern. Unsereins spürt schon seine Knochen dabei, aber mein Junge wohnt in New York, und...« Er brach ab und kniff die Augen zusammen.

»Sagen Sie mal, kenn ich Sie nich irgendwoher, Fräulein?«

Sie lächelte, und er fand, daß sie ein ausnehmend hübsches Lächeln hatte. Es verlieh ihrem Gesicht, das sonst eine einschüchternde, kalte Schönheit besaß, die ihn fast daran gehindert hätte, sie anzusprechen, einen einnehmenden Charme.

»Vielleicht«, antwortete Carla. »Vielleicht.«

TEIL DREI

18. Kapitel

Der Himmel war anders. Nicht nur im Vergleich zu Europa, auch im Vergleich zu New York, das fiel ihr als erstes auf. Drei Tage im Zug, selbst in einem Abteil erster Klasse, genügten, um jede Art von Luft angenehm erscheinen zu lassen, doch als Carla das Fenster herunterzog, um sich hinauszulehnen und dieses erstaunliche helle Azur ohne Glasfilterung zu sehen, überraschte sie auch das, was der Fahrtwind mit sich brachte; eine trockene, würzige Wärme. Die Westküste war nicht mehr so weit entfernt, doch immer noch herrschte das Wüstenklima vor. Was für ein Glück, daß Paul Kohner sie gewarnt hatte. In New York war es so kalt gewesen, daß sie sich schon dumm vorgekommen war, die Sommersachen obenauf gepackt zu haben, doch hier würden sie dringend vonnöten sein.

Ihre Augen begannen zu tränen, und sie zog den Kopf wieder ein. Das Licht hier war so grell, als müßten sich die Sonnenstrahlen durch weniger Luftschichten drängen. Sie setzte sich wieder hin und griff nach der Puderdose mit dem kleinen Spiegel im Deckel. In New York hatten sie zwei Vertreter von Universal in Empfang genommen und durch den Zoll gelotst, genau wie Universal in Deutschland bereits ein Visum für sie organisiert hatte, und sie vermutete, daß hier ebenfalls ein Empfangskomitee warten würde. Es wäre zwar schön, wenn dazu ein bekanntes Gesicht zählte, aber sie durfte nicht damit rechnen, daß Genevieve die Zeit hatte, sie vom Zug abzuholen. Rasch zog sie sich noch einmal die Lippen nach, als der Schaffner hereintrat und sie fragte, ob sie noch eine Tasse Kaffee wünsche. Höflich lehnte sie ab. Der Kaffee zumindest war in Amerika schauderhaft, mehr eine gefärbte Wasserbrühe; man brauchte nicht lange, um das herauszufinden.

In ihrem besten Schulenglisch, denn dergleichen gehörte nicht zu dem durch das Filmen erweiterte Vokabular, erkundigte sie sich nach der Zeitung, die er bei ihrem letzten Zwischenaufenthalt für sie hatte besorgen sollen, und gab ihm das, was die Männer in New York als angemessenes Trinkgeld bezeichnet hatten.

Die Zeitung war eine Enttäuschung, genau wie die in New York und im Mittleren Westen. Nirgendwo fand sie Nachrichten aus Europa. Das machte mit den acht auf dem Schiff verbrachten Tagen schon zehn, in denen sie nicht wußte, was in Deutschland vor sich ging. Nun ja, zumindest taugte das Blatt dazu, Sprachkenntnisse zu erwerben. Sie machte allerdings den Fehler, mit den Sportseiten anzufangen, und so dauerte es fast bis zum Halt des Zuges, bis sie herausfand, daß »The Babe« weder das im vergangenen Jahr entführte Lindbergh-Baby noch eine attraktive junge Frau war, eine Bedeutung, die sie kannte, weil Genevieve sie verwendet hatte, sondern ein Sportler, der ein Spiel namens Baseball praktizierte. Sie versuchte sich einen deutschen Sportler mit einem derartigen Spitznamen vorzustellen und mußte lachen. Baby Schmeling? Rosemeyer das Kleinkind?

Der Schaffner half ihr mit ihrem Gepäck. Als sie auf dem Bahnsteig stand, schaute sie sich um und entschied, daß die menschliche Eitelkeit ihre Grenzen haben mußte, denn sie konnte in dem Knäuel aussteigender Leute niemanden erkennen, der nach ihr Ausschau hielt. Hastig setzte sie ihre Brille wieder auf. Das machte es auch nicht viel besser. Nun, Universal hatte Photographien von ihr; man würde sie gewiß finden. Irritierender war schon, daß sie von dem Stimmengewirr nichts, aber auch gar nichts verstand. In den letzten drei Tagen hatte sie bemerkt, daß die Amerikaner und Engländer, die sie in Deutschland kannte, sich offenbar große Mühe gegeben hatten, langsam und deutlich zu sprechen.

Als ein Mann in einem ausgebeulten braunen Anzug plötzlich vor ihr auftauchte und lauthals »Carol!« schrie, hielt sie das auch erst für ein Mißverständnis, doch er umarmte sie ohne weiteres und zischte ihr ins Ohr: »Play along, I'm the guy from Universal.«

Nach einer Sekunde wurde ihr die Bedeutung klar: Sie sollte mitspielen.

»Carol«, sagte er wieder lauthals, »bin ich froh, dich zu sehen, Cousinchen.«

Sie hielt sich an dem letzten Wort fest, entgegnete enthusiastisch:

»Cousin!« und umarmte ihn ebenfalls. Das Ganze war ziemlich bizarr, aber es mußte wohl seinen Grund haben.

»Komm«, sagte er und winkte einem der farbigen Gepäckträger, »Sue wartet schon ganz ungeduldig, sie will dich endlich kennenlernen. Wie war denn die Reise?«

Die beiden Koffer waren eigentlich zu schwer für einen einzelnen Mann, und sie fand, der im braunen Anzug könne dem Gepäckträger ruhig helfen oder einen weiteren beauftragen, aber als sie den Vorschlag machte, lachte er.

»Keine Ahnung von der Großstadt. Nigger sind robuster als du und ich, Honey.«

Grundgütiger, dachte Carla, keine zehn Minuten nach meiner Ankunft kenne ich bereits einen Menschen, den ich nicht ausstehen kann. Wenn der Kerl so weitermachte, überlegte sie sich das mit dem Mitspielen noch einmal. Sie lächelte den Gepäckträger an und sagte: »Das ist zu schwer für Sie allein. Rufen Sie noch einen Ihrer Kollegen…«

Zuerst glaubte sie, ihre Aussprache oder die verwendeten Ausdrücke seien falsch und er habe sie nicht verstanden, denn er starrte sie zutiefst empört an.

»Komm jetzt, Carol, wir haben es wirklich eilig«, sagte der Mann von Universal ungeduldig und fügte leise hinzu: »Er glaubt, du willst ihn um sein Trinkgeld prellen.«

Sie gab es auf und ließ sich samt ihrer Koffer in ein riesiges Auto ohne Verdeck bugsieren. Ihr Begleiter ließ den Wagen anspringen und fuhr so hastig los, daß die Reifen quietschten. Zunächst schaute er ständig in den Rückspiegel, dann erklärte er befriedigt:

»Falls einer von den Geiern auf dem Bahnhof war, dann hat er Ihre Provinzcousinennummer glatt geschluckt, Schätzchen. Zumindest folgt uns keiner.«

»Was sind Geier?« fragte Carla, der das Wort *vultures* unbekannt war.

»Die Presse, Honey, die Presse. Carol, Sie haben ja keine Ahnung, was hier läuft. Der größte Skandal seit Fatty Arbuckle, und Will Hays sitzt uns im Genick, zusammen mit jeder verdammten Zeitung des Landes. Zum Glück haben die nicht spitzgekriegt, daß Sie im Land sind, Kid. Wir werden das schon hinbiegen. Gott, wenn der Film schon angelaufen wäre… Zumindest kann Junior jetzt seine Hände in Unschuld waschen. Schließlich war es Pauls Produktion. Aber die Kosten ...«

Sie kannte weder den Namen Fatty Arbuckle, noch hatte sie je von Will Hays gehört, ganz zu schweigen von einigen Slangausdrücken, die er verwendete. Aber sie begriff allmählich, daß etwas ganz und gar nicht stimmte, und außerdem wuchs ihre Abneigung. Genevieves Angewohnheit, sie »Kid« oder »Honey« zu nennen, hatte ihr nichts ausgemacht, sondern sie amüsiert, aber von diesem Mann klang es unerträglich gönnerhaft.

»Mein Name ist nicht Carol, sondern Carla, und um was für einen Skandal geht es eigentlich?«

»Haben Sie nicht Zeitung gelesen?«

»Nur die Politik und die Sportseiten«, erklärte Carla und zerbrach sich den Kopf, wie die Schlagzeilen gelautet hatten. Der Wind zerzauste ihr Haar, und sie war froh, eine Brille zu tragen, bei der Heftigkeit, mit der der Mann neben ihr auf das Gaspedal drückte. Er trug ebenfalls eine Brille, mit dunkel getönten Gläsern, und angesichts der gleißenden Sonne beneidete sie ihn darum. Mittlerweile mußte er im Gegensatz zu ihr, die wußte, wie man seine Stimme zum Tragen brachte, fast schreien.

»Tut mir leid, daß ich es Ihnen sagen muß, Sugar, Sie haben die Bienen ja gekannt. Aber unsere Jenny hat's fertiggebracht, auf die schlimmstmögliche Weise von der Bühne abzutreten und uns dabei gleich mit durch den Dreck zu ziehen. Sie hat die Kleine abserviert, mit der sie früher ständig herumzog, Dolores, und was mit irgendeinem Scriptgirl angefangen. Tja, und da dreht Dolo durch, kauft sich einen Revolver und bringt Genevieve um, das Scriptgirl und sich selbst. Und alle Vereine, von der *American Legion of Decency* bis zum letzten Mütter-für-Amerika-Verband, schreien Zeter und Mordio über Hollywood, den Abgrund der Unmoral, und wieso solche unnatürlichen Praktiken auch noch gefördert werden. Unsere Pressestelle ist den lieben langen Tag damit beschäftigt, zu dementieren, daß wir etwas von Jenny und Dolo wußten, aber der *Tatler* – das ist das Schmierblatt mit der Schlagzeile LESBENMORD IN BEVERLY HILLS – hat geschnallt, worum es in *Carmilla* geht. Wie auch immer, wir können den Film jetzt natürlich nicht mehr rausbringen. O verflucht, da hätte ich die Abfahrt nehmen müssen.«

Der Monolog in der quäkenden amerikanischen Stimme ratterte weiter unbarmherzig auf Carla ein, während sie versuchte, Sinn in das zu bringen, was sie da hörte. Dolores sollte Genevieve umgebracht haben? *Dolores?* Und Genevieve – all das üppige, gebieterische Leben in ihr. Genevieve konnte doch nicht tot sein!

»…keine Kosten tragen, verstehen Sie?«

»Wie bitte?«

»Natürlich lassen wir Sie für Ihre Rückreise nicht zahlen, Schätzchen. Sie bleiben einen Tag hier, ruhen sich aus, und dann geht's pronto zurück nach New York. Das Büro hat schon den nächsten Dampfer für Sie gebucht, erster Klasse, versteht sich. No hard feelings. Mit so was hat ja auch keiner rechnen können.«

Sie hätte ihm um den Hals fallen mögen wegen der kalten Dusche, die sie mit einem Schlag aus ihrer Erschütterung herausholte und ihr gestattete, ihre menschliche Seite zugunsten des Verstandes zu verdrängen, der urplötzlich wieder die Steuerung übernahm und ihr die nächste Verwandlung ermöglichte.

»Sir…«, begann sie.

»Fred«, meinte er lächelnd und riß das Lenkrad herum, da er beinahe wieder eine Ausfahrt verpaßt hätte. »Fred.«

»Fred… ich habe nicht die geringste Absicht, nach New York zu fahren, geschweige denn nach Europa. Ihr Studio hat einen Vertrag mit mir geschlossen, und der ist vor ein paar Wochen in beiderseitigem Einvernehmen auf Erfüllung in Amerika umgeschrieben worden.«

»Hören Sie, Sugar, Sie stehen noch unter Schock.«

»Und Sie«, entgegnete Carla in ihrem besten Renate-Beuren-Tonfall, »stehen unter Vertrag. Sollten Sie ihn nicht erfüllen, dann werde ich Sie nicht nur verklagen, sondern auch jedem einzelnen Reporter zwischen Los Angeles und New York seitenlange Interviews über Genevieve, *Carmilla* und das Studio geben.«

Das brachte ihn für gesegnete zehn Minuten zum Schweigen, in denen er ihr ab und zu einen stirnrunzelnden Blick zuwarf. Sie verbot sich, an Genevieve und Dolores zu denken. Das hatte Zeit, bis der Widerling neben ihr verschwunden war. Jetzt galt es, eine selbstsichere, gelassene Fassade zu wahren.

Er hielt schließlich vor einem Hotel, das sich als Betonblock in einer Reihe weiterer häßlicher Betonblöcke entpuppte.

»Okay, Carol.« Zumindest war er von den Kosenamen ab-
gerückt. »Wir mußten Sie hier ziemlich kurzfristig unterbringen,
weil das Hotel, wo wir sonst unsere Leute einquartieren, von der
Presse umlagert wird. Das Zimmer lautet auf den Namen Elias,
E-L-I-A-S, und Sie bleiben dort und rühren sich nicht vom Fleck,
sind auch für niemanden zu sprechen, der nicht sagt, er käme von
Mr. Veal, kapiert?«

»Aber sicher, Fritz«, antwortete sie sanft.

»Fred.«

»Carla.«

»Was?«

»Mein Name lautet Carla. Miss Fehr tut es auch.«

»Jesus Christus. Arnie wird im Dreieck springen. Aber reißen
Sie den Mund mal nicht zu weit auf, und bleiben Sie schön auf dem
Boden der Tatsachen. Sie sind hier ein Niemand.«

»Nicht mehr lange, Honey«, sagte Carla. »Nicht mehr lange.«

Arnie, mit dem Fred zwei Stunden später aufkreuzte, war anscheinend der nächsthöhere Mann in der Universal-Hierarchie. Sie
überlegte, ob es sich lohnen würde, sich den Weg zu den Laemmles, Vater und Sohn, selbst zu bahnen, entschied aber in der augen-
blicklichen Situation dagegen. Bis zu Arnies Ankunft arbeitete sie
alle möglichen Szenarien in ihrem Kopf durch. Sie durfte auf gar
keinen Fall den Eindruck vermitteln, die naive Schauspielerin zu
sein, die eingeschüchtert, schikaniert und zurückgeschickt werden
konnte. Es waren Geschäftsleute, dachte Carla. Sie kannte
Geschäftsleute. In- und auswendig. *Das sind nicht die Pförtner
mit dem Schlüssel zum Paradies, es sind Verhandlungspartner, und
als solche müssen sie dich respektieren. Hier hast du keinen
Agenten, der das für dich erledigt. Also spiel deine Rolle, und spiel
sie gut.*

»Carla, Honey«, sagte Arnie und legte seine Hand auf ihr Knie,
nachdem sie mit dem Gespräch genau an dem Punkt angelangt
waren, den sie mit Fred bereits erreicht hatte, »Sie müssen auch
unseren Standpunkt verstehen. Uns geht es um Schadensbegrenzung auf ein Minimum, auch für Sie. In Deutschland weiß kein
Mensch was von der Geschichte, möchte ich wetten, da haben die
ganz andere Sorgen, und außerdem hat *Carmilla* uns da schon eine

erkleckliche Summe eingespielt. Seien Sie ein vernünftiges Mädchen, fahren Sie nach Deutschland zurück, und in ein paar Jahren, wenn niemand mehr weiß, wie man Jennys Namen buchstabiert, dann holen wir Sie wieder her.« Er tätschelte ihr Knie. »Ist das nicht ein Angebot, Sweetie?«

»Tut mir leid, Arnie«, entgegnete Carla und schlug die Beine übereinander, so daß er seine Hand wegziehen mußte, »das ist kein Angebot, das ist ein schlechter Witz.« Sie zauberte eine Zigarette aus ihrer Handtasche hervor. »Haben Sie Feuer?«

Auf dem Tischchen neben ihr lag eine Streichholzschachtel; es war eine reine Machtspielgeste, genau, wie seine Hand auf ihrem Knie nichts damit zu tun hatte, ob er sie nun attraktiv fand oder nicht.

Arnie hatte Feuer. Während er ihr das Streichholz hinhielt, beugte sie sich nach vorn, so daß er einen Blick in ihren Ausschnitt werfen konnte. Sie hatte sich dem Klima entsprechend umgezogen, sobald sie ihren Koffer ausgepackt hatte, und an der Bluse, die sie trug, waren die oberen Knöpfe offen. Wenn er mit dieser Art von Spiel weitermachen wollte, bitte.

»Ich bin hierher gekommen, um zu arbeiten«, erklärte sie, während sie sich wieder zurücklehnte, »und Sie haben mich engagiert, weil ich hervorragend in meiner Arbeit bin. Wenn Sie den Schaden auf ein Minimum begrenzen wollen, dann verschwenden Sie nicht die beste Entdeckung, die Sie in diesem Jahrzehnt machen werden, denn Sie glauben doch nicht, daß ich in Deutschland nach dieser Behandlung noch bei Ihnen bleiben werde? Die UFA hat genügend Geld, um mich aus meinem Vertrag herauszukaufen, ganz abgesehen davon, daß ich Sie wegen Vertragsbruchs verklagen müßte, und das wissen Sie. Es wäre wirklich ein häßliches Ende für eine Freundschaft, die so schön begonnen hat, gar nicht die Art von Geschichte, wie sie die Presse schreiben sollte. UNIVERSAL WUSSTE ALLES, SAGT SCHAUSPIELERIN ist eine viel scheußlichere Schlagzeile als UNIVERSAL SPITZENREITER MIT NEUEM STAR, finden Sie nicht?«

Sie nahm einen Zug, aber sie inhalierte nicht; das tat sie nie, wenn sie eine Vorstellung lieferte. Arnie, im Gegensatz zu Fred ein kleiner, gedrungener Mann, beobachtete sie mit halbgeschlossenen Augen; mit seiner ledrigen Haut glich er auf diese Weise einer Eidechse.

491

»Die beste Entdeckung des Jahrzehnts, wie? Na, den Bescheidenheitswahn haben Sie nicht gerade.«

»Das ist alles Pauls Schuld«, warf Fred quengelig ein. »Er und sein Europa-Fimmel ...«

»Halt die Klappe, Fred«, sagte Arnie. »Na schön, Carla, Sie haben Chuzpe, und das mag ich. Sie *waren* auch nicht schlecht in *Carmilla*, ich habe die Preview gesehen. Aber der Film ist Geschichte, und das sind Sie hier auch. Vorerst wenigstens. Wenn Sie wirklich arbeiten wollen, dann sehe ich eine Möglichkeit. Sie filmen, wir erfüllen unseren Vertrag, und die Presse wird Sie nicht beachten. Allerdings auch sonst kaum jemand, außer den Kids, für die wir das Ganze produzieren.«

Carla zog eine Augenbraue hoch und schwieg. Er wartete, sie wartete, und als es klar war, daß sie nicht als erste sprechen und damit Interesse verraten würde, sagte Fred, der auf seinem Stuhl herumrutschte, unruhig: »Arnie, ich weiß wirklich nicht, wie wir das hinkriegen ...«

»Halt die Klappe, Fred«, wiederholte Arnie, ohne ihm einen Blick zu gönnen. Aber er hatte den taktischen Vorteil bereits verloren und gab nach. »Haben Sie schon mal was von *serials* gehört?«

»Sicher, Arnie«, entgegnete Carla, obwohl sie im Moment keine Ahnung hatte, wovon er sprach. Erst später fiel ihr ein, daß es sich vermutlich um Kinovorprogramme handelte. Sie erinnerte sich an die *Spinnen* und an die *Spione* aus der Stummfilmzeit – zwanzigminütige Filme, die vor dem Hauptprogramm gezeigt wurden, jede Woche ein anderer, und daß sie zusammen eine Fortsetzungsgeschichte ergaben.

»Unsere *serials* bestehen im Durchschnitt aus zehn bis fünfzehn Folgen. Wir brauchen keine Sets, weil die der großen Filme verwendet werden. Es ist überhaupt sehr kostengünstig, denn die Schauspieler dort stehen entweder ganz am Anfang oder sind bereits erledigt. Tja, und wie ich schon sagte, viele Erwachsene sehen das Zeug überhaupt nicht, weil sie erst zum Hauptprogramm kommen.«

Er grinste breit. »Aber die Kids sind ganz verrückt danach. Die stehen auf diesen Science-fiction-Kram. Also, Carla, da können wir Sie unterbringen. Das ist mein zweites und letztes Angebot. Wenn Sie das ablehnen, gut, dann schicken wir Sie nach Hause. Und falls

Sie tatsächlich zur Presse gehen, haben wir auch ein paar Geschichten, die Sie vielleicht lieber nicht schwarz auf weiß lesen würden und die ihren Weg ganz bestimmt auch zu Ihnen nach Hause finden. SCHAUSPIELERIN ERKAUFT SICH ROLLE MIT UNNATÜRLICHEN PRAKTIKEN ist eine besonders scheußliche Schlagzeile – finden Sie nicht?«

Carla gestattete sich eine Phantasie, in der Arnie und Fred zu ihren Hausdienern gemacht wurden, wenn sie erst den Durchbruch in Hollywood geschafft hatte. Ihr Gesicht blieb reglos. Es kam nur darauf an, wo sie ihren Stolz hinunterschlucken wollte – hier oder in Deutschland. Aber zum Teufel, dachte sie, ich bin hierhergekommen, und ich *werde* es schaffen. Ich werde erst zurückkehren, wenn ich alles erledigt habe, was ich mir vorgenommen habe.

»Lassen Sie mich darüber nachdenken«, antwortete sie, was bereits eine Zusage war, und sie wußten es beide.

»Nur nicht zu lange«, meinte Arnie, und sein Grinsen vertiefte sich noch. »Hier ist meine Visitenkarte. Rufen Sie mich an. Oh, und das erste, was Sie sich hier in dieser Stadt anschaffen sollten, ist ein Auto – die meisten Fremden machen sich überhaupt keine Vorstellung von den Entfernungen. Fragen Sie den Portier, der kennt garantiert einen Gebrauchtwagenhändler.«

Sie konnte überhaupt nicht Auto fahren. Die beiden Männer verabschiedeten sich von ihr, Fred mit wiederhergestellter Selbstgefälligkeit, die Arnie nie verlassen hatte. Bevor sie die Tür hinter sich schlossen, fragte sie unvermittelt:

»Wann wird Genevieve beerdigt, und wo?«

»Großer Gott«, sagte Fred abgestoßen. »Sie hat tatsächlich mit ihr geschlafen.«

»Santa Monica, Woodlawn Cemetery«, entgegnete Arnie und schaute über die Schulter zu ihr zurück. »Morgen. Hat Onkel Carl eine Menge Geld gekostet. Weil der Friedhof, wo unsere Leute normalerweise hinkommen, sie nicht haben wollte, mußte eben ein Vorort her. In solchen Dingen ist der Alte sentimental – kann nicht vergessen, daß Jenny den letzten Film gedreht hat, wo er noch ausführender Produzent war. Überflüssig, wenn Sie mich fragen. Leute, die das Studio Geld kosten, haben kein eigenes verdient.«

»Aber Arnie«, bemerkte Fred nervös, »wenn sie da aufkreuzt und die Presse sie sieht.«

»Da wird's keine Presse geben. Die gehen alle zu Dolos Begräbnis. Ich bezweifle, daß selbst der Leichenbestatter aus Jenny noch was anderes machen kann als eine fette alte Schlampe, die sich auf jugendlich getrimmt hat, aber Dolores gibt eine hübsche Leiche ab. Außerdem war sie der Star. Wer kennt schon Regisseure?«

Er tippte mit dem Zeigefinger an seinen Hutrand. »Willkommen in Hollywood, Carla.«

Ihr Bargeldbestand sah nicht ganz schlecht aus, weil sie einen beträchtlichen Teil ihrer Ersparnisse mitgebracht hatte; schließlich wollte sie für zwei Jahre hier leben. Aber an ein Transportproblem hatte sie nie gedacht, sondern geglaubt, daß so etwas das Studio für sie erledigen würde. Aber nach der netten kleinen Szene mit Arnie und Fred wußte sie, daß sie Glück hatte, wenn Universal ihr Hotel auch nur bis Ende der Woche bezahlte. Sie mußte also schneller als geplant eine Wohnung finden oder ein Zimmer, egal, etwas Billiges war vonnöten. Fahren zu lernen und sich ein Auto anzuschaffen würde einen Großteil ihres Geldes aufbrauchen, und wann das Studio sie wieder bezahlte, stand auch in den Sternen.

Großartig, dachte Carla. Aber weil es keinen Sinn hatte, grübelnd in diesem stickigen Zimmer zu bleiben, beschloß sie, einen Spaziergang zu machen und sich die Gegend anzusehen. Sollte tatsächlich irgendwo ein Reporter in der Nähe lauern, war ihr das auch egal. Es würde ihr die Entscheidung aus der Hand nehmen, aber Drohung hin oder her, dann würden Genevieve und Dolores nicht mehr die einzigen sein, deren Namen in den Schmutz gezogen wurden.

Genevieve und Dolores. Trotz all der gemeinsamen Szenen hatte sie Dolores nicht wirklich gekannt, aber doch irgendwie gemocht. Und Dolores hatte sich ihr gegenüber immer fair verhalten, nie Ressentiments gegenüber einer jüngeren Schauspielerin laut werden lassen, ihr sogar geholfen, die mörderische Tortur der ersten Drehwochen zu überstehen.

Vielleicht waren die Tabletten, mit denen sich Dolores so gut auskannte, der Grund für ihre Wahnsinnstat. Bevor sie Susanne spielte, hatte Carla versucht, möglichst viel über Abhängigkeit von

Drogen zu erfahren, denn Eleonore zeigte in ihrer Gegenwart nur sehr selten irgendwelche Symptome. Es mußte doch etwas Künstliches gewesen sein, das die nervöse Dolores, die immer so in Genevieves Schatten gestanden hatte, zu einer Mörderin machte.

Genevieve… *Grausamer Tod, der nur um Liebe tötet.* Warum hieß es eigentlich unter den Schauspielern, daß *Macbeth* Unglück brachte? In ihrem Fall war es eindeutig *Othello.* Oder lag es an Hollwood? Wäre all das nicht passiert, wenn Genevieve und Dolores in Deutschland geblieben wären? Ganz bestimmt würde sich zumindest Paul Kohner nicht so verhalten wie diese beiden Widerlinge. Er hatte Genevieve respektiert und sie gern gehabt. Es war leicht, Genevieve zu mögen, mit ihrer Erdmutternatur, die vermengt mit der einer Rebellin war. Manchmal, an dem Tag zum Beispiel, als sie sechzehn Stunden in einem Sarg verbringen mußte, hatte Carla Genevieve auch gehaßt, aber es war kein richtiger Haß gewesen, nur erschöpfter Groll, denn selbst in ihrem gerädeten Zustand verstand sie, daß Genevieve eine Perfektionistin war, die nach dem Besten strebte. Und nun war Genevieve tot, für immer fort, ihr Werk würde nicht gezeigt werden, und die einzige greifbare Erinnerung an sie, die Maske, war von Philipp vermutlich längst in den Müll befördert worden.

Es war schlimmer als Renate Beurens Tod, denn die alte Dame starb nicht unerwartet, und man konnte sagen, daß sie ihr Leben gelebt hatte. Aber Genevieve… Und ihr Bestes, ihre Filme, in die sie all ihre furiose Energie und ihren Perfektionsdrang gesteckt hatte, wurden von diesen puritanischen Idioten verbannt.

Das erinnerte sie an Roberts Probleme mit der Filmprüfkammer, und jetzt fiel ihr auf, daß Arnie irgend etwas von »ganz anderen Sorgen« erwähnt hatte, die man in Deutschland habe. Was meinte er damit? Sie bemerkte, daß sie das Ende des viel zu schmalen Gehsteigs erreicht hatte, und schaute sich um. Auf der anderen Straßenseite war überhaupt kein Gehsteig mehr in Sicht; die streng geometrisch angelegten Straßen grenzten direkt an die Häuser, die sich mehr oder weniger alle ähnelten.

»Entschuldigen Sie, Sir«, fragte sie einen vorbeieilenden Mann, der zu dem Auto ging, das er vor dem Gebäude geparkt hatte, »ist der«, einen Moment lang entzog sich ihr das Wort, dann erinnerte sie sich wieder, *beach*, »Strand weit von hier?«

Der Mann starrte sie entgeistert an. Der Strand, so erfuhr sie, war mehr als weit entfernt – sie befand sich hier in der Innenstadt. Anscheinend war die Sache mit den riesigen Entfernungen kein Bluff gewesen. Und sie hatte so gehofft, zum ersten Mal in ihrem Leben Palmen zu sehen und den pazifischen Ozean.

Mittlerweile meldeten sich erste Hungergefühle bei ihr. Sie lief zu ihrem Hotel zurück und befürchtete einen Augenblick lang, es nicht mehr zu finden, bis sie die Neonlettern, die am Tag glanzlos und verschmiert aussahen, erkannte. Dort erklärte ihr der Portier, daß sie kein Restaurant führten, schickte sie jedoch zu »Joe's, um die Ecke«.

»Joe's« entpuppte sich als eine Kreuzung aus Bar und Café; es war der erste Aspekt an Los Angeles, der ihr gefiel. In einer Ecke stand etwas, das sie zunächst für eine kleine Litfaßsäule hielt, bis sie es sich näher ansah. Es reichte ihr etwa bis zur Brust; der oberste Teil war nicht rosa wie der Rest, sondern durchsichtig und ließ einen Schallplattenspieler und eine Menge Platten erkennen.

»Noch nie eine Jukebox gesehen, Miss?« erkundigte sich die Frau hinter der Theke amüsiert. Carla schüttelte fasziniert den Kopf.

»Werfen Sie einen Quarter rein, und suchen Sie sich die Lieder aus.«

Ein Quarter war ein Vierteldollar, das wußte sie seit New York. Auf dem unteren Bereich befanden sich Tasten mit aufgeklebten Zetteln. Sie drückte auf »Loss«, Genevieves wegen, doch es war ein fröhliches, beschwingtes Lied: *You've lost it, Baby, you've lost your blues, that's good, now let me give you the news: here it is – I love you....*

Die Limonade, die man ihr servierte, war auch etwas Neues, eine dunkle, prickelnde, süße Flüssigkeit, doch ihre Süße stammte nicht von einer Frucht, die Carla identifizieren konnte. Auf jeden Fall schmeckte sie gut und war an diesem heißen Tag genau das Richtige. Die »french fries« stellten sich als Pommes frites heraus, die sie während der *Hexer-Candida-Räuber*-Tournee im Rheinland bereits kennengelernt hatte. Beides zusammen schmeckte nicht schlecht; das salzige, gebratene Fett der Kartoffeln wurde durch die kühle süße Limonade wieder aufgehoben. Robert würde sich wahrscheinlich darauf stürzen, sie durfte nicht vergessen, ihm davon zu erzählen; doch halt, er kannte Amerika bereits.

»*You've lost it, Baby, you've lost your blues…*«, spielte der Automat im Hintergrund unverdrossen weiter, und Carla machte eine verblüffende Entdeckung. Ihre unmittelbaren Zukunftsaussichten waren düster, ihre einzige Freundin in dieser Stadt tot, sie hatte noch immer nichts über die Situation daheim in Erfahrung bringen können, und sie vermißte Kathi und ihre Freunde bereits jetzt, von Robert ganz zu schweigen, dessen Abwesenheit über einen Ozean hinweg an ihr zerrte, als hätte sie eine Hand oder einen Arm auf der anderen Seite gelassen. Und trotzdem fing sie an, das Land hier zu mögen. Das Leben war manchmal eine absurde, mörderische Farce, aber es ging weiter.

Die einzige Beerdigung, die Carla bisher erlebt hatte, war die von Renate Beuren gewesen; die Annis, ihres Vaters und Mariannes konnte sie sich nur vorstellen. Vielleicht hatte sie ihr Vater zu der Beerdigung ihrer Mutter mitgenommen, doch sie besaß keine Erinnerung daran; sie glaubte auch nicht, daß er selbst überhaupt dabei gewesen war.

Das unverändert strahlende kalifornische Sonnenlicht war nicht der einzige Unterschied zwischen dem Begräbnis in Berlin und dem in Santa Monica. Renate Beurens Freunde und Schüler hatten seinerzeit dem leichten Nieselregen getrotzt und das Grab in einer stattlichen Anzahl umstanden, während der Pastor von einem langen, reichen Leben und ihrer Gabe, die Menschen zu erschüttern und zum Lachen zu bringen, sprach. Der junge, nervöse Mann, der hier als Geistlicher fungierte, murmelte einige rituelle Worte und brachte es so schnell wie möglich hinter sich.

Außer Carla waren nur noch eine braunhaarige, elegante Dame mit zwei kleinen Jungen, ein blonder Mann um die Vierzig und eine zierliche, junge Frau, die mit ihrer goldgetönten Haut, dem lackschwarzen Haar und den schrägen Augen eindeutig asiatischer Herkunft war, gekommen. Sie sprachen weder miteinander noch mit Carla, doch als der Geistliche mit der sehr offensichtlich nur rhetorisch gemeinten Frage, ob jemand etwas sagen wolle, innehielt, trat die Dame mit den zwei Jungen nach vorn.

»Genevieve Beresford«, sagte sie mit einer dünnen Stimme, der die Wut größere Kraft verlieh, »war eine gute Freundin, eine mutige Kämpferin, und sie gehört zu den Leuten, die Hollywood groß gemacht haben. Es ist eine Schande, daß sich heute nicht mehr Menschen daran erinnern.«

Der blonde Mann legte ihr einen Arm um die Schultern. »Mach's gut, Jenny, altes Haus«, murmelte er. »Und wenn du irgendeiner Laus von Produzenten da drüben begegnest, tritt ihm ordentlich in den Hintern.«

Sie schauten zu Carla und der jungen Asiatin. Da Carla in diesem Moment ihrem Englisch nicht traute und ihr persönliche Geständnisse immer sehr schwerfielen, zitierte sie auf deutsch die Verse, die Genevieve Laura über Carmillas Grab sprechen ließ. Sie hatte Genevieve nie erzählt, daß sie und Robert den Schluß dieses Sonetts einmal über der Spree deklamiert hatten, in der Hoffnung, Frieden mit zwei anderen Toten zu schließen.

Fürchte nicht der Mächt'gen Wut,
Bist fern nun der Tyrannen Macht;
Für dich hinfort, und das ist gut,
Sind Grashalm, Eiche gleich gemacht;
Und Krone, Wissen, wie das Laub
Vergehen muß und wird zu Staub.

Fürchte nicht der Blitze Licht,
Noch des Donners Widerhall;
Zensur und Folter stör'n dich nicht,
Denn du bist fern von Freud und Qual.
Denn auch die Liebe, mit Verlaub,
Vergehen muß und wird zu Staub.

Kein Teufelsfluch befange dich!
Kein Hexenzauber banne dich!
Kein Fluch bereit' dir Gram!
Laß Ungemach und Kummer ab
Und finde Frieden dort im Grab!

Die letzte Angehörige der kleinen Gruppe von Trauernden sagte nichts, und nach einer kurzen Weile fuhr der Geistliche erleichtert mit der Beerdigungszeremonie fort. Es dauerte nicht mehr lange. Als der Sarg ins Innere des ausgehobenen Grabes gesenkt wurde, gefolgt von den üblichen Schaufeln voll Erde, verabschiedete sich der junge Mann erleichtert mit einigen beschwichtigenden Worten.

»O Gott«, stieß die Brünette hervor, »da war ja L.B. letzte Woche aufrichtiger, als er an unser Gemeinschaftsgefühl appellierte, damit wir die gekürzten Gehälter akzeptierten.«

»Es ist ein Scheißgeschäft, Frances, das weißt du doch«, antwortete der Mann. »Wenigstens hat Jenny es hinter sich.«

»Es besteht kein Grund, vulgär zu werden«, sagte sie eisig und schaute ostentativ zu ihren beiden Kindern hinab.

»Tut mir leid.«

Die »Frances« genannte Frau trat zu Carla und meinte vorsichtig: »Ich habe zwar nicht verstanden, was Sie gesagt haben, aber es klang schön. Sind Sie…«

Carla stellte sich vor und erklärte, sie habe in Genevieves letztem Film mitgespielt. Tränen stiegen in die Augen der Frau.

»Genevieve war so stolz darauf, und jetzt… Es ist schön, daß Sie da sind. Außer Tom ist sonst keiner von ihren Schauspielern gekommen. Waren Sie zufällig in…«

»Nein«, unterbrach die Asiatin unerwartet scharf. »Miss Fehr sollte zur Premiere von *Carmilla* erscheinen, als Überraschungsgast, und bei dieser Gelegenheit in Hollywood vorgestellt werden.« Sie wandte sich an Carla. »Ich«, sagte sie bitter, »bin hier die einzige Vertreterin von Universal. Nancy Reiko Nakamura, aus der PR-Abteilung.«

»Ist das nicht typisch«, sagte der Mann und lachte. Erst jetzt, als er näher trat, bemerkte Carla den Whiskeygeruch in seinem Atem. »Sie schicken eine Japse.«

»Tom!« rief Frances entrüstet. Unbeirrt fuhr er fort: »Ich meine ja nur, was für ein Abschiedskomitee wir für Jenny abgeben, immer mit Ausnahme von dir, Frances, versteht sich. Du repräsentierst die Spitze der Leiter. Aber ansonsten haben wir hier eine Hunnin, eine Japse und einen Schwulen, den nach Ablauf dieser Woche garantiert kein Studio mehr für einen Western engagieren wird.«

Er sank auf die Knie und zog einen kleinen Flakon aus der Jackentasche, stellte fest, daß er leer war, und schleuderte ihn fort, wo er an einem Grabstein zerschellte.

»Scheißgeschäft!«

Miss Nakamura blieb ausdruckslos. Frances war tief errötet.

»Entschuldigen Sie«, sagte sie zu den beiden anderen Frauen. »Es war für uns alle eine schwere Woche. Kommen Sie doch auf einen Drink zu mir nach Hause.«

»Vielen Dank«, antwortete Carla hin- und hergerissen, »aber ... gibt es in der Nähe Ihres Hauses eine Bushaltestelle? Es war ziemlich schwer, eine Verbindung hierher zu finden, und ...«

»Sie sind mit dem *Bus* hier?« fragte Tom entgeistert, alles Selbstmitleid vergessend, und auch die beiden anderen schauten sie verblüfft an. Frances faßte sich als erste.

»Grundgütiger, dann müssen Sie ja ein gehöriges Stück gelaufen sein. Selbstverständlich werden wir jemanden finden, der Sie nach Hause fährt. Miss Nakamura, Sie sind doch nicht ...«

»Nein, ich habe einen Wagen«, erwiderte Nancy Reiko Nakamura. »Aber ich wußte nicht, daß die Einladung auch für mich gilt, Miss Marion.«

Erst da fiel Carla etwas auf: Anders als bei den Amerikanern aus der Filmbranche, die ihr bisher begegnet waren, wurden hier die Nachnamen benutzt.

»Natürlich sind Sie auch mit eingeladen«, sagte Frances Marion herzlich. »Jetzt erinnere ich mich – Sie schreiben doch auch die Drehbuchgutachten für die Kröte, nicht wahr? Ich hätte Sie schon vorhin angesprochen, aber ich dachte, Sie seien Genevieves Dienstmädchen oder ...« Ihre Stimme verebbte, und sie blickte betreten zur Seite.

»Ja, ich habe schon vermutet, daß Sie das dachten«, antwortete Nancy mit nur einem Hauch von Sarkasmus. »Das tun die meisten Leute.«

Frances reichte ihr die Hand. »Ich bin sonst nicht so ein Elefant. Ich kann nur wiederholen, es tut mir leid.«

Einer der beiden Jungen zupfte an ihrem Ärmel und meinte, ob sie nun endlich gehen könnten. Am Ende saßen die Kinder und Carla in dem hellen Wagen mit Frances am Steuer, während Tom auf dem Rücksitz von Nancys kleinem, blauem Vehikel mehr lag als saß. Frances' Verlegenheit trieb sie dazu, in einen Redestrom auszubrechen, während sie zu ihrem Haus fuhr.

»Es ist wirklich die Woche aus der Hölle, für die ganze Branche.

Bis auf MGM stehen alle Studios kurz vor dem Bankrott, und dieser Bankfeiertag, den Roosevelt am Fünften ausgerufen hat, half auch nicht gerade. Stellen Sie sich vor, am Montag ruft uns L.B. alle in den größten Vorführraum auf dem Gelände zusammen. Jeder ahnt schon, was er will. Schließlich hat er 1927 und letztes Jahr schon mal versucht, seine Angestellten zu einem Gehaltsverzicht zu überreden, aber umsonst. Alle wissen, daß es MGM gutgeht, Depression hin oder her. Aber diesmal läßt uns L.B. über zwanzig Minuten warten, und dann tritt er auf, unrasiert, mit rot unterlaufenen Augen und einem Gesichtsausdruck, als wären seine Töchter gerade gestorben, öffnet die Arme, sagt: ›Meine Freunde...‹ und bricht fast auf der Bühne zusammen. Das war zuviel für Lionel Barrymore, und der Idiot ruft doch tatsächlich: ›Wir stehen hinter dir, L.B.‹, und daß er die Gehaltskürzung um fünfzig Prozent akzeptiert. Na ja, und dann gab eben einer nach dem anderen von uns nach, obwohl ich den alten Heuchler am liebsten umgebracht hätte. Die letzten beiden Filme, für die ich das Drehbuch geschrieben habe, haben jeder mehr als eine Million Dollar eingespielt. Als ich Genevieve die Geschichte erzählte, lachte sie sich fast kaputt. Sie war so guter Dinge an diesem Tag, so sicher, daß sich Universal bald erholen würde. Sie sagte: ›Das hat man eben davon, wenn man für L.B. arbeitet, Frances. Viel Luxus, aber er ist der schlimmste Schmierenkomödiant von Hollywood. Onkel Carl und Junior zahlen weniger, aber sie versuchen nicht ständig, einen einzuseifen.‹«

Die Knöchel traten hervor, als sich ihre Hände um das Lenkrad krampften. »Das war das letzte Mal, daß ich sie lebend gesehen habe. L.B. hat jedermann verboten, zu ihrem Begräbnis zu gehen, können Sie sich das vorstellen? Aber da ist er bei mir an der falschen Adresse. Ich habe es sowieso nur Irvings wegen so lange bei ihm ausgehalten, und jetzt, wo Irving aus dem Geschäft ist...« Sie unterbrach sich und lächelte schwach. »Sie armes Lamm, Sie haben keine Ahnung, wovon ich spreche, stimmt's?«

»Ich verstehe das meiste«, erwiderte Carla und unterdrückte den Impuls, sich angesichts von Frances' rasanter Fahrweise irgendwo festhalten zu wollen. »Warum nennt eigentlich jeder Mr. Laemmle ›Onkel Carl‹?«

»Darling, weil man sicher sein kann, daß er für zwei Drittel aller

Leute auf dem Universal-Gelände der Onkel ist! Der Mann hat den Begriff Nepotismus neu definiert, und wir wissen nach Jahrzehnten immer noch nicht, ob wir das süß oder grauenhaft finden sollen. Jedesmal, wenn man glaubt, es gibt keinen Verwandten aus Deutschland mehr, den er auftreiben kann, findet er noch einen. Sprechen Sie ruhig alle Männer bei Universal mit Mr. Laemmle an, wenn Sie ihre Namen nicht kennen – bei der überwiegenden Mehrzahl liegen Sie auf jeden Fall richtig. L.B. macht das ständig, aber er kann sich jetzt keine Witze über Verwandte mehr leisten, schließlich hat er David angestellt, nur um Irving eins auszuwischen. Verstehen Sie mich nicht falsch, ich mag David, David ist ein begabter Junge, aber nach dem ganzen Zirkus, den L.B. veranstaltet hat, als Irene David heiratete, weil er seine kostbare Tochter nicht in den Armen des Sohnes von Lewis Selznick sehen wollte, fällt es schwer, zu glauben, daß er David den Job von Irving aus schwiegerväterlicher Zuneigung angeboten hat.«

Sie schnappte nach Luft und lächelte reumütig. »O Gott, ich tue es schon wieder. Also, eine kleine Führung durch das *Who's Who* auf dem Gelände: Irving ist Irving Thalberg. Ich habe ihn kennengelernt, als er noch für Onkel Carl bei Universal arbeitete, aber L.B. zahlt nun mal besser, also wechselte Irving zu MGM und wurde dort der wichtigste Produzent. Er ist sehr charmant, klug, kurzum: der Prinz von Hollywood, und Sie werden kaum jemanden treffen, der ihn nicht vergöttert. Außer L.B.. Ich meine, *Fortune* schreibt einen Artikel über Irving, schildert ihn als die Verkörperung von MGM und erwähnt L.B. erst auf der dreizehnten Seite – als wir das lasen, hielten wir alle nach angeheuerten Killern Ausschau, wenn wir Irving trafen. Und dann hat Irving einen Herzanfall. L.B. sieht seine Stunde gekommen, schickt ihn auf Erholungsreise und erinnert sich, daß er einen Schwiegersohn hat. Und damit kommen wir zu David. L.B. haßte Lewis Selznick, Davids Vater, und er war entsetzt, als Irene und David sich ineinander verliebten. Aber David hat es aus eigenen Kräften zum Chefproduzenten bei R.K.O. gebracht; er ist jung, er ist fähig, er ist *der* geeignete Rivale für Irving. Außerdem ist Lewis Selznick gerade gestorben. L.B. zieht bei David seine väterliche Nummer ab, appelliert an Davids Familiensinn, dann ruft er uns auf dem Studiogelände zusammen und verkündet mit Tränen in den Augen, er habe eine Möglichkeit gefunden, um Irving, den er wie einen Bruder liebe, weitere Gefährdungen seiner Gesundheit zu ersparen. Ich dachte schon, dieser Auftritt ließe sich nicht überbieten, bis die Sache mit dem Gehaltsverzicht kam.«

Erst als Frances anhielt, wurde Carla bewußt, daß ihr Wunsch in Erfüllung gegangen war; sie befanden sich am Strand, der Pazifik, eine blaue, schimmernd glatte Fläche, soviel ruhiger als der atlantische Ozean, lag vor ihr. Bei Frances' Erzählkünsten wunderte es sie nicht mehr, daß die Frau eine so erfolgreiche Drehbuchautorin war. Die Jungen sprangen erleichtert aus dem Wagen und rannten hinaus; sie mußte sich zusammennehmen, um ihnen nicht zu folgen. Es wäre schön, jetzt zu schwimmen, das Chaos aus Tragödie und Komödie seit ihrer Ankunft für einige Zeit aus dem Kopf zu verbannen, doch dazu war sie nicht hier.

Das Auto mit Nancy Nakamura am Steuer hielt neben ihnen an. »Ich fürchte«, sagte Nancy, als sie ausstieg, »Mr. Fields ist inzwischen bewußtlos.«

Frances seufzte. »Kein Wunder, bei dem, was er intus hat. Sie haben ihn heute nur von der schlechtesten Seite gesehen, Miss Nakamura, aber Tom ist im Grunde ein guter Kerl. Er war Freds bester Freund, und als Fred vor vier Jahren starb, war er da, als ich ihn brauchte. Und er hat Genevieve vergöttert.«

»Taten wir das nicht alle?« entgegnete Nancy zynisch. Doch fast augenblicklich verschwand der Eindruck von Verletzlichkeit wieder hinter der Fassade der diskreten Angestellten, als sie vorschlug, Tom Fields direkt nach Hause zu fahren. Frances bekannte, er wohne zur Zeit bei ihr; am Ende nahmen Carla und Nancy je einen Arm des bewußtlosen Tom und schleiften ihn, so gut es ging, in das Innere von Frances' Strandhaus, nachdem sie die Tür aufgesperrt hatte.

Der Rest dieses Freitagnachmittags verlief für Carla lehrreich, was die neue Realität, in der sie sich befand, anging. Frances hatte eine mexikanische Haushälterin, mit der sie sich sehr gut verstand; sie nannten sich gegenseitig Mrs. T. und Mrs. M.. Trotzdem war selbst für eine Fremde sofort deutlich, wer Angestellte und wer Arbeitgeberin war, und aufschlußreicherweise schlug Frances gelegentlich genau den gleichen Ton gegenüber Nancy Nakamura an. Es war nichts Offensichtliches, kein Befehl oder gar eine unhöfliche Bemerkung, es war nur der selbstverständliche Tonfall einer Höhergestellten. Während Frances Carla sofort mit dem Vornamen ansprach, wurde aus Miss Nakamura erst nach einer Stunde »Nancy«. Anscheinend war die amerikanische Gesellschaft doch nicht so ganz klassenlos.

Dabei erwies sich Nancy als mysteriös und zurückhaltend, gewiß eine Studie wert. Sie sagte nicht viel, sondern ließ Frances von den Stummfilmtagen, als sie, Genevieve und noch ein paar andere Frauen aus ihren konventionellen Rollen ausgebrochen und zum Film gegangen waren, erzählen und Carla von den Dreharbeiten zu *Carmilla*, doch ihre gelegentlichen Bemerkungen waren stets pointiert und scharfsinnig. Sie wirkte nicht im geringsten eingeschüchtert von Frances' Status in der Filmwelt, der, wie Carla immer klarer wurde, sehr hoch sein mußte, und wenn die Kommentare des betrunkenen Tom sie gekränkt hatten, so ließ sie das nicht durchblicken. Über sich selbst verriet sie wenig; als Frances einmal meinte, sie sei überrascht, daß Universal überhaupt jemanden zu dem Begräbnis geschickt habe, erwiderte sie nur, sie habe einen Tag Urlaub genommen, und beließ es dabei. Über Carla wußte sie jedoch bestens Bescheid, und das erweckte in Carla Neugier und Irritation zugleich, denn es verschaffte Nancy einen unbestreitbaren Vorteil ihr gegenüber.

»Gibt es bei Universal etwa ein Dossier über mich?« fragte sie schließlich direkt.

»Selbstverständlich, Miss Fehr«, entgegnete Nancy, die beharrlich keine der beiden anderen Frauen mit Vornamen ansprach, ruhig, »aber es hat beachtliche Lücken, zum Beispiel, was Ihre politische Einstellung angeht. Mr. Mintzer befürchtet, Sie könnten Kommunistin sein, während Mr. Waldorf meint, daß Sie gewiß zu der Partei gehören, die gerade in Deutschland an die Macht gekommen ist.«

Frances lachte. »Und, sind Sie eines von beiden, Carla? Wer hat recht, die Kröte oder das Wiesel?«

Dieser Charakterisierung entnahm Carla, daß es sich bei Mr. Mintzer um Arnie und bei Mr. Waldorf um Fred handelte. Nachdem Frances den Hut mit dem dünnen Schleier, den sie zur Beerdigung trug, abgelegt hatte, konnte man die feinen Linien in ihrem Gesicht erkennen, besonders wenn sie, wie jetzt, lachte. Das Alter der beiden Kinder hatte Carla zunächst irregeführt, aber anhand der Geschichten über die frühen Jahre in Hollywood rechnete sie nach und kam zu dem Schluß, daß Frances mindestens vierzig sein mußte, wahrscheinlich eher fünfundvierzig. Ihr dunkelbraunes Haar zeigte keine grauen Strähnen, was wohl hieß, daß sie es im Unterschied zu Genevieves deutlich künstlichem Platinblond sehr diskret nachgetönt hatte.

»Keiner von beiden«, antwortete sie. »Ich nehme an, man könnte mich als liberal bezeichnen.« Dann wandte Carla sich wieder an Nancy.

»Wie kommen Mr. Mintzer und Mr. Waldorf darauf?«

»Mr. Waldorf rät einfach, und Mr. Mintzers Vermutung gründet sich darauf, daß Sie als Kommunistin gute Gründe hätten, derzeit auf keinen Fall nach Deutschland zurückkehren zu wollen. Schließlich würden Sie sofort verhaftet werden.«

»Sofort verhaftet?« wiederholte Carla beunruhigt.

»Aber Carla«, sagte Frances tadelnd, »selbst so ein apolitisches Wesen wie ich hat von dieser Geschichte mit Ihrem Parlament gehört. Schließlich hat uns L.B. die Ohren damit vollgedröhnt, daß so etwas demnächst auch mit dem Capitol passieren kann, jetzt, wo sein Busenfreund Hoover nicht mehr im Weißen Haus sitzt und Roosevelt Präsident ist, der den Radikalen Tür und Tor öffnet.«

Die enigmatische Nancy meinte, Miss Fehr habe vermutlich wegen all der Reisetage keinen Zugang zu deutschen Nachrichten mehr gehabt, und fügte hinzu, am 27. Februar sei der Reichstag in Brand gesteckt worden, von den Kommunisten, verlautbare die deutsche Regierung, die am 28. Februar mit einer präsidentiellen Verordnung zum »Schutz von Volk und Staat« sämtliche Grundrechte außer Kraft gesetzt und mit Massenverhaftungen begonnen habe.

»Noch einen Gin Tonic, Mrs. T.«, rief Frances nach einem Blick auf Carlas erstarrte Miene.

»Wieviel kostet ein Telegramm nach Deutschland?«

»Telegraphieren Sie lieber nicht«, riet Nancy. »Es ist *sehr* teuer und Universal…«

»…zur Zeit nicht zahlungsfähig«, vollendete Frances. »Zumindest nicht für neue Angestellte, das hat sich schon herumgesprochen. Wenigstens drücken sie nicht wie L.B. auf die Tränendrüsen, sondern rücken gleich mit der Wahrheit heraus.«

Carla befahl sich, ruhig zu bleiben, und konzentrierte sich auf die Skulptur, die hinter Frances auf dem Klavier stand. Durchatmen und nur die Skulptur anschauen, dachte sie. Es handelte sich um eine in Ton gebrannte Porträtbüste, der Kopf eines Kindes mit leicht geöffnetem Mund und einer Stupsnase. Einer der beiden Jungen, das erkannte sie nach einer Weile.

»Darling, ich bin ja sehr geschmeichelt, daß Sie von meinem kleinen Opus da so fasziniert sind«, unterbrach Frances ihren Versuch, sich zu einem ruhigen Zentrum in ihrem Inneren vorzuarbeiten, »aber Sie machen mir angst, wenn Sie so starr wie ein Ölgötze da sitzen. Sind Sie etwa doch…«

Carla nahm sich zusammen. »Nein. Ich möchte nur telegraphieren, um mich zu vergewissern, daß es einigen Freunden von mir gutgeht. In solchen Zeiten weiß man nie«, sie machte eine fahrige Geste, »ob es nicht zu Verwechslungen kommt.«

Sie spürte kaum das Glas mit Gin Tonic, das Frances ihr in die Hand schob, und wollte sich gerade nach dem nächsten Postamt erkundigen, als sie ein eigenartiges Gefühl hatte, so als stünde sie auf einem Teppich und jemand zöge ihn ihr unter den Füßen weg. Aber sie saß auf einem Stuhl, und der befand sich auf einem Holzboden. Das Gefühl kehrte zurück, von einer leichten Vibration begleitet.

»Ein Erdbeben«, stellte Nancy mit ihrer sachlichen, präzisen Stimme fest.

Frances sprang auf und rannte zur Tür. »Dick! Junior!«

Erdbeben gehörten in Novellen von Kleist, nicht in die Wirklichkeit, dachte Carla und stand ebenfalls auf. Das seltsame Vibrieren verstärkte sich. Sie schaute zur Tür, wo inzwischen die beiden Jungen angerannt kamen, doch zu ihrer Überraschung rührte sich Frances nicht von der Stelle, sondern öffnete nur ihre Arme und drückte sie an sich. »So blockiert sie doch den Weg nach draußen«, sagte Carla verwundert und merkte erst danach, daß sie deutsch und laut gesprochen hatte. Zu ihrer Überraschung packte Nancy sie bei der Hand und zog sie zu der Verbindungstür ins nächste Zimmer.

»Bei einem Erdbeben«, kommentierte sie dabei, immer noch gelassen, »stellt man sich am besten unter einen Türrahmen.«

Das Rumoren verstärkte sich. Die Büste von Frances' Sohn kippte um, rollte über das Klavier und zerschellte auf dem Boden, zusammen mit einigen anderen Tonfiguren, die in den Regalen standen und herunterfielen. Nancy lehnte sich gegen den Türrahmen, doch als der nächste Stoß kam, verlor sie das Gleichgewicht und wurde gegen Carla geschleudert, die mit dem Rücken zur anderen Seite des Rahmens stand. Sie hielten sich aneinander fest, und Carla spürte durch den dünnen Stoff von Nancys Bluse ihr Zittern, das so ganz im Gegensatz zu ihrem souveränen Äußeren stand. Um sie herum fielen Bücher und Bilder auf den Boden, und Carla hörte einen der Jungen weinen. Noch einmal wurde das Beben heftiger, dann erstarb es.

In der plötzlichen Stille klang das Weinen des Jungen lauter, und man hörte Frances leise beruhigende Worte murmeln. Aus der Küche rief die Haushältern etwas auf spanisch. Nancy löste sich von Carla, der bewußt wurde, daß sie heftig transpirierte. Alle Kleidungsstücke klebten an ihrer Haut, als sei sie in ein Zimmer voller Wasserdampf gesperrt worden.

Verlegen fragte sie Nancy, die schon wieder völlig gelassen wirkte: »Ist es vorbei?«

»Ich denke schon. Das war ein leichtes Beben, zum Glück, sonst hätten wir vom Meer verschlungen werden können.«

Sie schaute Carla nicht an, als sie hinzusetzte: »So sind meine Großeltern gestorben, in Japan. Ja, das war ein leichtes Beben.«

Auf dem Weg zu Carlas Hotel stellte sich heraus, daß Nancy sich geirrt hatte. Sie waren lediglich weit vom Zentrum des Bebens, Long Beach, entfernt; die Polizei- und Feuerlöschbrigaden, die dorthin unterwegs waren, die vielen aufgeregten Menschen auf den Straßen und einige heruntergefallene Steine und Bretter von im Bau befindlichen Gebäuden machten einen normalen Verkehr vollkommen unmöglich. Carla sah, wie Nancy die Polizeiwagen beobachtete und sich auf die Lippe biß.

»Sie machen sich sicher Sorgen, ob es Ihren« – sie fand das richtige Wort für Angehörige als neutralen Begriff nicht – »Ihrer Familie und Ihren Freunden gut geht«, äußerte sie behutsam. »Lassen Sie uns doch zuerst zu Ihnen nach Hause fahren, nicht zu mir, schließlich wartet niemand auf mich.«

Nancy warf ihr einen erstaunten Blick zu, und zum ersten Mal an diesem Tag lächelte sie. Auch ihre Stimme veränderte sich; die höfliche Distanz schmolz ein wenig zugunsten einer aufrichtigen Wärme.

»Danke, Miss Fehr. Ich mache mir in der Tat Sorgen.«

Während des langen Weges durch das Chaos hindurch nach Osten, den Beverly Boulevard entlang, sagte Nancy plötzlich: »Ich könnte Ihr Telegramm vom Büro aus aufgeben. Dieser Tage bekommen wir ständig welche von Mr. Kohner aus Deutschland, da fällt eine Rückantwort mehr oder weniger nicht auf.«

»Ich danke *Ihnen*, Miss Nakamura.«

»Nancy«, verbesserte sie die andere und lächelte erneut. »Aber nicht vor meiner Familie. Mein Vater ist Nisei, doch es fällt ihm schon schwer genug, meinen Beruf zu akzeptieren. Meinen amerikanischen Namen haßt er, obwohl er ihn mir selbst gegeben hat. Also nennen Sie mich bitte bei meinem japanischen Namen, wenn Sie mich in seiner Gegenwart ansprechen.«

Es war eine subtile Art von Prüfung. Einen Moment lang erinnerte sich Carla nicht mehr, dann erwiderte sie: »In Ordnung, Reiko.«

Inzwischen war es dunkel geworden; nur noch gelegentlich erhellten Neonschriftzeichen den Weg.

»Was bedeutet Nisei?«

»Die erste in diesem Land geborene Generation. Ich bin Sansei, zweite Generation, wenn man es von meinem Vater her rechnet. Nisei von der Mutter her. Sie ist noch in Japan zur Welt gekommen. Für die Amerikaner«, schloß Nancy, und die Verbitterung, die sie an Genevieves Grab kurz gezeigt hatte, kehrte zurück, »gibt es solche Unterschiede natürlich nicht. Schließlich sind wir hier ja alle gleich, nicht wahr?«

Carla erwiderte nichts. Die Straße wurde etwas freier, und Nancy schaltete in den nächsthöheren Gang. »Tut mir leid«, murmelte sie. »Ich bin wirklich glücklich, hier geboren zu sein und nicht in Japan, wo ich ganz bestimmt nicht mein eigenes Geld verdienen und behalten könnte, geschweige denn, mir meinen Beruf aussuchen. Es ist nur ... wie Miss Marion gesagt hat. Diese Woche war für uns alle die Hölle.«

»Können Sie mir beibringen, Auto zu fahren?« fragte Carla.

Seltsam, dachte Robert, jedes einzelne Mal, wenn er dieses Haus besucht hatte, war es gewesen, um Carla zu sehen, bis auf ihren Versöhnungsversuch mit ihrer Schwester. Er hatte sich nie lange genug an der Tür aufgehalten, um sie zu betrachten. Nun stellte er fest, daß sie einen der altmodischen und mittlerweile nutzlosen Türklopfer im Maul eines Löwen besaß, der im Gegensatz zu den meisten anderen seiner Art zu einer kompletten Figur ausgearbeitet worden war, einer Tiergestalt, die noch dazu auf einer runden Scheibe thronte, die wohl Sonne oder Erde darstellen sollte. Der bayerische Löwe oder einfach Fehrscher Hochmut?

Der Majordomus, der ihm öffnete, erkannte ihn wieder, ließ ihn ein und beschied ihm, Herr Bachmaier sei noch nicht eingetroffen, werde aber um diese Zeit zurückerwartet, und führte ihn in den kleinen Salon. Robert hatte in Erwägung gezogen, Philipp den Hai in seinem Revier aufzusuchen, aber in der Fabrik gab es zu viele Chancen auf Ablenkung, zu viele Möglichkeiten, unterbrochen zu werden, im Gegensatz zu der Villa, wo sich nur die Dienstboten befanden. Die Anwesenheit der jungen Frau, der er im kleinen Salon begegnete, kam für ihn völlig überraschend. Sie trug ein langes, goldenes Kleid, das ihn vor ein kleines Rätsel stellte, denn es sah teuer aus, doch es paßte ihr nicht ganz; an Schultern und Hüfte spannte es etwas. Ihr aschblondes, schulterlanges Haar, das ihr in den Nacken fiel, als sie sich auf die Zehenspitzen erhob, um nach einem Buch zu greifen, hatte einen vertrauten Schnitt. Der Majordomus sprach sie mit »Gnädige Frau« an, sie drehte sich um, und ein Hauch ihres Parfums wehte zu ihm, das er sofort erkannte. *Je reviens.* Natürlich. Mit einem sinkenden Gefühl begriff Robert, was Philipp getan hatte.

»Mein Mann wird bald zurücksein«, sagte sie zu Robert, nachdem sie ihn begrüßt hatte und der Majordomus verschwunden war, »er arbeitet zwar immer lange, aber schließlich«, sie lächelte, »sind wir in den Flitterwochen.«

Herzlichen Glückwunsch, Philipp, dachte Robert. Wirklich schnelle Arbeit. Ich gebe ja zu, meine eigene Heirat ist vielleicht auch durch einen abgelehnten Antrag beschleunigt worden, aber wenigstens kannte ich Monika schon lange vorher. Und ich war nicht so dumm, zu versuchen, sie in Carlas Ebenbild umzumodeln.

»Herzlichen Glückwunsch«, sagte er laut. »Aber warum verbringen Sie Ihre Flitterwochen hier, Frau Bachmaier? Ist Venedig aus der Mode gekommen, seit München die Hauptstadt der Bewegung wurde?«

Sie kicherte, ein glucksendes, kindliches Kichern, was ihre oberflächliche Ähnlichkeit mit Carla reduzierte. »Nein, aber Philipp meint, es sei unsere Pflicht, diese einmalige Epoche in der Geschichte Deutschlands mitzuerleben.«

Sie sagte das ohne Ironie, aufrichtig und gläubig, und Robert konnte sich gerade noch die Erwiderung verkneifen, da sei er sicher.

»Sie sind wohl ein alter Freund meines Mannes, Herr König? Entschuldigen Sie, daß ich es nicht weiß, aber es ging alles so plötzlich, und ich kann mir die Namen von Philipps Freunden noch nicht alle merken.«

»Ja«, sagte Robert, von seinem üblichen Teufel geritten, »Phil und ich, wir sind richtige Zwillingsseelen. Daher hat es mich auch sehr gekränkt, nicht zur Hochzeit eingeladen worden zu sein.«

Ihre Augen weiteten sich bestürzt. »Oh, das dürfen Sie nicht! Es war gar keine große Feier, weil Mama und Papa so wenig Zeit hatten, sie vorzubereiten, und es für uns alle so überraschend kam. Wissen Sie, ich habe Philipp natürlich vom ersten Augenblick an geliebt, aber ich dachte, er hält mich nur für ein dummes kleines Mädchen. Er hat nie etwas zu mir gesagt, wenn er meinen Vater besucht hat. Und dann, dieses Jahr, ging alles wie im Traum! Mama und Papa hätten lieber eine längere Verlobungszeit gehabt, aber Philipp...«

»War von der Liebe völlig überwältigt«, vollendete Robert. »Ja, das hat sich auch bis zu mir herumgesprochen. Aber Sie müssen mir zumindest gestatten, eine große Feier für Sie und Philipp zu geben, um die Flitterwochen inmitten all der deutschen Geschichte etwas aufzulockern.«

Während er sprach, hatte sie leicht die Stirn gerunzelt, doch ihr Gesicht klärte sich wieder auf, und sie rief: »Jetzt weiß ich, woher ich Ihre Stimme kenne. Aus dem Radio! Sie waren doch der Rasende Falke, stimmt's?«

»Unter anderem«, entgegnete er, schenkte ihr sein bestes Lächeln für Verehrerinnen und zitierte den Wahlspruch des geheimnisvollen Verbrecherjägers, den er im Radio oft gesprochen hatte: »Ihrem Schatten können sie entkommen, aber nicht mir.«

Sie klatschte in die Hände. »Oh, ich wußte gar nicht, daß Philipp Freunde beim Rundfunk hat!«

»Er steckt eben voller Überraschungen.«

»Kennen Sie auch echte Schauspieler?«

»Massenweise«, antwortete Robert und fragte sich, wie lange er noch der Versuchung widerstehen konnte, das arme Kind gänzlich aufs Glatteis zu führen, als ihr frisch angetrauter Gatte den Raum betrat und sie ihm an den Hals flog.

»Philipp«, sprudelte sie hervor, »der Rasende Falke will uns zu Ehren ein Fest geben, mit richtigen Schauspielern. Warum hast du mir nicht erzählt, daß du ihn kennst? Kennst du Hans Albers auch? Und Lil Dagover?«

Er küßte sie auf die Wange, befreite sich dann von ihr wie von einem Kind und schaute zu Robert.

»Der Rasende Falke?«

»Eine meiner bescheideneren Rollen«, entgegnete Robert und lächelte. »Im Moment spiele ich den Fliegenden Holländer, und da dachte ich mir, schau doch bei deinem alten Freund Philipp vorbei, und bring ihm Neuigkeiten von Senta.«

Die junge Frau setzte zu einer Frage an, doch Philipp sagte zu ihr, er müsse einige geschäftliche Dinge mit Herrn König besprechen. Sie begriff das wohl als seinen Einstieg ins Filmgeschäft, strahlte, warf ihm und Robert eine Kußhand zu und gehorchte.

»Hat sie auch einen Namen«, erkundigte sich Robert trocken, als er sicher sein konnte, daß sie ihn nicht mehr hörte, »oder nennen wir sie einfach Carlita?«

»Elfi. Herr König, ich muß zugeben, Sie sind originell. Ich hätte Sie auf dem Weg nach Paris vermutet, nicht in meinem Haus. Da Sie nicht naiv genug sind, um nicht zu wissen, in welcher Gefahr Sie sich befinden, bin ich gespannt auf Ihre Erklärung.«

Naivität gibt es nicht mehr, dachte Robert. Dada hatte ihm heute von Toni Pfülf erzählt, der SPD-Abgeordneten, Käthe Brods Freundin, die wie so viele »in Schutzhaft« genommen worden war. »Aber Frau Pfülf ist doch gar keine Kommunistin«, hatte er hilflos hinzugefügt, und es war gleichzeitig sein Protest gegen eine Welt gewesen, die er nicht mehr verstand. Peter Wermut und Astrid, die

Verfasser des *Erfolg*-Hörspiels, saßen bereits im Gefängnis, Hugo hatte in wilder Angst seine Koffer gepackt und war nach Österreich verschwunden, und die übrigen »Hermiaden« wohnten derzeit alle bei Freunden, um für die Polizei nicht auffindbar zu sein. Alle, außer ihm.

»Der Film?« hatte das Mitglied der Prüfkammer, das er schließlich ans Telefon bekam, gebrüllt. »Soll das ein Witz sein? Selbstverständlich wird dieses kommunistische Machwerk verboten! Wir sind aufrechte Deutsche mit einer einwandfreien nationalen Gesinnung, lassen Sie sich das gesagt sein!«

Er ging zu dem Klavier, auf dem seit dem Tod der bedauernswerten Marianne gewiß kein Mensch mehr gespielt hatte, setzte sich auf den Hocker und schlug ein paar Tasten an. Die Handgriffe, die er so unfreiwillig gelernt hatte, waren noch irgendwo in seinem Gedächtnis vorhanden, aber er zog es vor, mit zwei Fingern eine Reihe von etwas verstimmten Tönen aneinanderzufügen, die den Anfang der Habanera aus *Carmen* ergaben.

»Ganz abgesehen davon, daß mir Ihre Gastfreundschaft ewig unvergessen bleiben wird, Herr Bachmaier, bin ich natürlich wegen eines Angebotes hier. Wie Sie zweifellos wissen, unterstehen wir Filmschaffenden einer Prüfstelle, und die Leute dort haben den Eindruck, daß unser neuer Kanzler seinerzeit nicht angetan von, wie nannten Sie es, meiner kleinen Eskapade war, obwohl ich wirklich nicht verstehe, weswegen. Schließlich war es mein Tribut an die gefallenen Helden der Bewegung.«

Er schaute auf und sah, daß Philipp zum Fenster gegangen war. Der Mann trug wie immer einen tadellos geschnittenen Anzug, doch auf dem Revers saß sein Parteiabzeichen. Seine schwarzen Augen blieben auf Robert geheftet, während er das Band löste, das den Vorhang zurückhielt.

»Mein Film ist verboten, und meine Mitarbeiter haben noch weniger Vertrauen in die Fortdauer ihrer Freiheit als ich«, sagte Robert, ohne in seinem Geklimper innezuhalten. »Der Onkel meiner Frau, zugegeben ein etwas knorriger Charakter, scheint weniger und weniger geneigt zu sein, weiter seine schützende Hand über mich zu halten. Jedenfalls hat er mich schon hoffnungsvoll gefragt, ob ich denn niemanden in der Partei kenne, der Einfluß habe. Er meinte nicht die DNVP.«

»Mein lieber Robert«, sagte Philipp amüsiert, »ich habe Sie in meinen wohlwollendsten Momenten als unterhaltsame Landplage und ansonsten als Zumutung für die Menschheit empfunden. Warum sollte ich mich für Sie einsetzen?«

Jetzt hatte er die korrekte Tonfolge gefunden. *Ja, die Liebe hat bunte Flügel...*

»Weil die Alternativen Ihnen nicht bieten, was ich Ihnen versprechen kann«, entgegnete Robert. »Es wäre zweifellos befriedigend für Sie, mich als Exilanten im Ausland oder Gefangenen im Inland zu wissen. Aber was ist schon die Befriedigung Ihrer persönlichen Abneigung gegen mich im Vergleich zu«, er drehte sich auf dem Klavierschemel zu Philipp um, »Carlas Rückkehr?«

Ming Huan, steh mir bei. Wenn ich diese Szene schmeiße, bin nicht nur ich erledigt, sondern wir alle. In Philipps Augen rührte sich nichts.

»Warum sollte mich interessieren, ob eine Frau in dieses Land zurückkehrt, die mir nichts bedeutet?«

Robert schnalzte mißbilligend mit der Zunge. »Sie waren schon mal überzeugender... Phil.« Er entschied sich, die spöttische Attitüde abzulegen und zu verständnisvoller Aufrichtigkeit überzuwechseln.

»Es stimmt«, sagte er mit gesenkter Stimme, »ich habe Sie ebenfalls nie gemocht, aber sehen Sie, ich wußte immer, was Sie für Carla empfinden. Anfangs war ich mir nicht sicher, schließlich hätten Sie einfach nur der Typ sein können, der pubertierende Mädchen vorzieht, aber es war nicht Carlas Alter, es war Carla, und das wurde mit jedem Jahr deutlicher. Das muß unangenehm für Sie gewesen sein – wer liebt denn schon gerne eine Frau, die so ganz offenkundig falsch für einen ist? Aber Sie tun es nun einmal. Übrigens würde ich an Ihrer Stelle Ihre Frau nicht auch noch überreden, sich die Haare zu färben, es dürfte in München genügend Leute geben, die sich erinnern, daß Carla rothaarig ist.«

Er hütete sich, durch einen Blick die Wirkung seiner Worte zu überprüfen. Zeit für einen erneuten Tonartwechsel.

»Carla hat Ihren Ring noch, wußten Sie das?« fragte er, drehte sich wieder dem Klavier zu und begann erneut, einzelne Akkorde zu spielen. »Sie hat ihn sogar nach Amerika mitgenommen.« Mitten in die abgehackte, völlig falsche Melodie hinein sauste auf einmal der Klavierdeckel so schnell herab, daß er gerade noch rechtzeitig seine Finger wegziehen konnte. Philipp stand neben ihm und starrte ihn an.

»Selbst wenn etwas an dem wäre, was Sie behaupten«, stieß er zwischen zusammengepreßten Zähnen hervor, »sehe ich den Zusammenhang zu Ihrem baldigen Aufenthalt im Ausland oder im Gefängnis nicht.«

Carla, bitte verzeih mir.

»Weil sie nie Ihretwegen zurückkommen wird«, entgegnete Robert und versuchte, nicht daran zu denken, was mit den Hermiaden, Dada und Monika geschehen würde, wenn er sich irrte oder auf dem dünnen Grat, auf dem er sich bewegte, einen falschen Schritt tat. »Sie wird meinetwegen zurückkommen, und nur meinetwegen.«

Das ließ er einsickern, und es war schwerer, die richtige Pause einzuhalten, als es je in einer Hörspielproduktion gewesen war. Der Zorn, den er immer nur kurz in Philipp gesehen hatte, war zurückgekehrt und brannte sich durch seine selbstbeherrschte Maske hindurch; er konnte sehr leicht zu einem Feuer werden, das alle Hoffnungen verzehrte.

»Genausowenig«, fuhr Robert fort und betete um die Zuverlässigkeit seines Zeitgefühls, »wird sie Ihnen glauben, wenn Sie sich endlich überwinden. Aber das brauchen Sie nicht zu tun, obwohl es Ihnen guttäte. Denn mir wird sie glauben. Sie wird mir glauben, wenn ich ihr sage, daß Sie sie lieben.«

Er hielt kurz inne, um Luft zu holen, und meinte zu spüren, daß die Welle weißglühender Lava ins Stocken geraten war. Sofort stieß er nach.

»Das ist die Art von Beziehung, die wir haben. Sie vertraut mir. Aber ganz bestimmt nicht von einer Zelle aus.«

»Zelle? Sie sind *doch* naiv«, entgegnete Philipp tonlos. Er begann, durch den Raum zu gehen und die Kerzen anzuzünden, die dort standen, obwohl eine elektrische Lampe von der Decke hing. Mit dem Rücken zu Robert gewandt, fragte er: »Warum hat sie meinen Heiratsantrag nicht akzeptiert?«

Robert hütete sich, Erleichterung zu zeigen. Es war noch nicht vorbei. »In der Form, wie Sie ihn gestellt haben? Das war eher eine Marschorder. Doch um ehrlich zu sein, sie hätte ihn wahrscheinlich in jeder Form abgelehnt. Sie verstehen nicht, was das Schauspielen bedeutet, stimmt's? Es ist, als würde man von Ihnen fordern, die Luft aufzugeben, die Sie atmen. Und angenommen, Sie täten das nicht und hätten ihr eine Ehe angeboten, in der sie immer noch Schauspielerin sein kann, dann hätte sie trotzdem abgelehnt, und zwar nicht nur Ihren Antrag, sondern jeden.«

»Ich bin nicht jeder.«

»Nein. Aber Sie hatten auch nicht den bayerischen Blaubart als Vater.«

Er stand von seinem Klavierhocker auf und ging zu Philipp. Philipp war ein hochgewachsener Mann, doch Robert überragte ihn um einige Zentimeter, obwohl es Roberts Massivität war, die ihn noch größer wirken ließ, als es der Wirklichkeit entsprach.

»Es war die falsche Frage, Philipp«, murmelte er fast in das Ohr des Mannes hinein. »Sie hätten Carla nicht die Ehe anbieten, sondern sagen sollen, daß Sie sie lieben. Und dann, erst dann, hätte sie es auch zu Ihnen gesagt. Aber es ist noch nicht zu spät.«

Philipp rührte sich nicht. Robert unterdrückte ein Seufzen. Er hatte seine Pfeile fast alle verschossen und nur noch einen im Köcher, der sich nicht verwenden ließ, weil er es nicht fertigbrachte, Carla das anzutun. Außerdem war er sich nicht sicher, wie Philipp darauf reagieren würde. Der Mann war imstande, nach dem betreffenden Arzt zu suchen, und dann... Nein, er würde nie etwas von dem Kind erfahren. Eigenartig, so viel und doch so wenig über Philipp Bachmaier zu wissen und sich trotzdem darauf zu verlassen, ihn manipulieren zu können.

»Sie werden natürlich der Partei beitreten«, sagte Philipp, und es kostete Robert sehr viel Disziplin, keine äußere Reaktion zu zeigen.

»Wenn es nötig ist.« Aus Parteien konnte man auch wieder austreten, ehe der erste Mitgliedsbeitrag bezahlt war, von Möglichkeiten wie falsch ausgefüllten Anträgen ganz zu schweigen. »Und meine Mitarbeiter?«

»Die ebenfalls. Bis auf die Juden, versteht sich. Ich hoffe, Sie haben nicht zu viele davon.«

»Drei«, sagte Robert eisig. »Einer davon sitzt im Gefängnis, zusammen mit einer nichtjüdischen Mitarbeiterin.«

Die Partnerschaft zwischen ihm und Peter Wermut bestand zwar längst nicht mehr, doch für diese Sache war er noch verantwortlich.

»Tut mir leid, da ist nichts zu machen, wenigstens nicht gleich. Was die übrigen Juden angeht, als Mitglied der Partei können Sie sie nicht mehr offiziell anstellen, aber Sie können sie privat bezahlen. Am besten spendieren Sie ihnen gleich eine Reise ins Ausland.«

»Bis mein Film anläuft, kann ich überhaupt niemanden mehr bezahlen.«

Endlich drehte sich Philipp um. Sein Mund krümmte sich zu einem Lächeln ohne Heiterkeit. »Gut, ich werde sehen, was sich mit dem Film tun läßt. Oh, und soviel ich weiß, wird der neue Minister für Volksaufklärung und Propaganda Ende des Monats im Hotel Kaiserhof eine Rede halten, in der er die zukünftigen Richtlinien für Ihre Berufsgenossen darlegen wird. Wenn ich Sie wäre, würde ich diese Rede nicht versäumen.«

19. Kapitel

*Lieber Sam – gleich nach meiner Ankunft hier fiel ich unter die
Kiowas und Komantschen und wurde ziemlich gezaust. Immerhin
habe ich jetzt, wie Du siehst, eine ständige Adresse; zwei Zimmer
im Haus einer japanisch-amerikanischen Familie. (Die Häuser in
diesem Viertel sind auch billig, 27,50 $ für einen Bungalow, aber ich
weiß nicht, wie lange ich mein Bargeld noch strecken muß.) Die
Studios stecken allesamt in einer ziemlichen Krise, letzten Freitag
gab es ein Erdbeben (ein andermal mehr dazu), und am darauffolgenden Montag schlossen alle Studios für einen Tag ihre Tore – zum
ersten Mal in der Geschichte Hollywoods, wie man mir sagte. Jetzt
haben sie den Betrieb wieder aufgenommen, und meine Wenigkeit
spielt »Sheba, die Sternendämonin« in einem »serial« (Vorprogramm) über einen Weltraumreisenden namens Dash Daring. Lange Vorbereitungszeiten gibt es nicht – wir bekommen alle unsere
Texte für den nächsten Drehtag am Abend zuvor. Bisher habe ich
keine Sprachschwierigkeiten – die Sätze sind nicht lang genug. Ich
würde ja weinen, wenn es nicht zum Lachen wäre.*

*Sam, Genevieve ist tot. Darin liegt der eigentliche Grund für mei-
ne Verwandlung in eine Sternendämonin. Dolores hat sie umgebracht und sich danach selbst getötet. Außerdem starb eine Frau,
deren Namen ich noch nicht einmal kennen würde, wenn ich nicht
inzwischen eine Verbündete bei Universal hätte. Sie (meine Verbündete) heißt Nancy Nakamura und hat mir auch meine jetzige Unterkunft vermittelt. (Und Dein Telegramm weitergeleitet.) Du siehst
also, ich bin nicht ganz allein im Wilden Westen. Aber wenn ich daran denke, daß ich Dich und die anderen dazu bewegen wollte, aufs
Geratewohl mitzukommen, wird mir schwach in den Knien. Niemand spricht mehr von Genevieve, Dolores oder Carmilla; es ist, als
hätten sie nie existiert. Ich meine, niemand, der sie gekannt hat; trotz
Erdbeben und Filmkrise spricht die Presse andauernd von ihnen.*

Ich bin froh, daß es Dir gutgeht und der Rest von unseren Freunden ebenfalls bei Gesundheit ist; sollte sich ein Schnupfen ankündigen, zieh bitte schleunigst in ein wärmeres Klima. Mir selbst liegt der Sonnenschein hier in Kalifornien, trotz der gegenwärtigen Umstände. Es ist ein Erlebnis für sich, jeden Morgen frisch ausgepreßten Orangensaft trinken zu können – und Palmen zu sehen, richtige Palmen. Ich muß immer wieder eine berühren, um mich zu vergewissern, daß sie nicht Teil einer Theaterdekoration sind. Aber Du kennst das alles ja. Mach Dir keine Sorgen, eines Tages werde ich in meinem eigenen Haus aufwachen, zur Arbeit an einem erstklassigen Film gehen und mit einer gewissen Nostalgie auf meine sternendämonischen Anfänge zurückblicken. Du kennst mich.

Manchmal, in der Nacht, kommen die Albträume wieder. Es ist heiß und stickig, ich kann nicht schlafen, und dann denke ich an Charlie und den Fürsten der Unterwelt. Ich habe die Geschichte von Persephone nie gemocht, wenn Kathi sie uns erzählt hat. Warum war Persephone so töricht, in den Granatapfel zu beißen? Nun kann sie nur teilweise in der Welt des Lichts leben und hat ein Stück von sich in der Unterwelt zurückgelassen. Dummes Ding.

Vergiß nicht, daß wir Überlebende sind – Halef.

Meine liebe Carla – sosehr ich es hasse, mit der Tür ins Haus zu fallen: Dieser Brief ist eigentlich ein Auftragsschreiben. Robert hatte mich und Dieter zu der Premiere seines Films nach Berlin eingeladen und uns bei dieser Gelegenheit auch gebeten, Dir von der Schweiz aus einiges auszurichten. Ich würde ja von Verfolgungswahn sprechen, wenn ich die Freuden des neuen Deutschland nicht selbst erlebt hätte, doch davon später. Zunächst einmal: Er bittet Dich, sämtliche anderslautenden Vorschläge in seinen Briefen zu ignorieren und auf gar keinen Fall nach Deutschland zurückzukehren. Außerdem sollst Du ihm wichtige Briefe – ein Pleonasmus, wenn Du mich fragst, denn ist ein Brief nicht wichtig, macht man sich nicht die Mühe, ihn zu schreiben – an meine Adresse schicken und Dich an den Abbé Faria erinnern. Für gewöhnlich pflege ich solche Rückfälle in kindliche Abenteuerromane nicht ernst zu nehmen, doch als er das sagte, war er in einem etwas derangierten Zustand. Nicht körperlich, wie ich Dir versichern möchte. Nein, es

*begann damit, daß er zur Premiere seines eigenen Opus magnum
zu spät kam....*

»Robert«, flüsterte Jean-Pierre, als der Held des Abends sich neben
ihn und Dieter setzte, »ich bin sicher, dein Auftritt wäre diesmal
auch unvergeßlich geblieben, wenn du nicht zu spät gekommen
wärst.«

Statt eine seiner üblichen schlagfertigen Antworten zu geben,
schwieg Robert, und Jean-Pierre fragte sich flüchtig, ob bei seiner
Frau die Wehen eingesetzt hätten. Da Monika die Geburt des Kindes erst im Mai erwartete, wäre das ein Grund zur Besorgnis gewesen, und es würde auch ihre Abwesenheit erklären. Aber Roberts
Miene zeigte die gleiche düstere Gespanntheit, die er seit ihrer
Ankunft in Berlin zur Schau trug und die nur hin und wieder von
einem nervösen Scherz erhellt wurde wie ein Gewitter durch
Blitze.

Natürlich war das Rostrum, in dem Astoria die Premiere von
Iffland stattfinden ließ, ein Anlaß, sich schon aus Protest zu ver-
späten; im Vergleich zu den großen Filmpalästen wie dem Gloria
oder dem Kapitol handelte es sich hier nur um ein kleines Kino, das
noch nicht einmal Galerieplätze zu bieten hatte. Die Filmgesellschaft war wohl immer noch sehr vorsichtig, obwohl Robert die
Zulassung bei der Prüfstelle erreicht hatte; eine derart bescheidene
Premiere für etwas, in dem soviel Enthusiasmus und Arbeit steckte, genügte, um jedem Künstler die Laune zu verderben. Jean-
Pierre, der nicht viel von Filmen hielt, verkniff sich den Kommentar, im Theater würde so etwas nicht passieren, und hoffte, hinterher wenigstens aufrichtig begeistert sein zu können. Robert sah
aus, als habe er Zuspruch nötig. Eigentlich war das mehr Dieters
Ressort; er schaute zu seinem Partner und entdeckte, daß Dieter
ebenfalls stirnrunzelnd Robert betrachtete.

Das Vorprogramm war zu Ende, samt der Wochenschau, die
deutlich machte, daß der Kameramann wußte, wer ihm sein Gehalt
bezahlte; der Reichswirtschaftsminister Hugenberg war wesentlich
öfter im Bild als der Reichskanzler Hitler. Carlas Freundin, das
energische Fräulein, das ihn jedesmal mit einem deutlich mißbilligenden Ausdruck musterte, hatte also nicht ganz unrecht mit ihrem
Wettern gegen die Großindustriellen.

Der Film lief an, und Jean-Pierre begriff, daß Roberts Gewitter-
miene nichts mit dem bescheidenen Vorführraum zu tun hatte. Statt
des Titels *Name: Iffland* flackerte dort auf der Leinwand *Iffland
der Theaterjude*. Er spürte, daß durch Roberts Gestalt ein Ruck
ging.

»Dreckskerle«, flüsterte Robert, und Jean-Pierre mußte eine
weitere Vermutung verwerfen.

»Hast du das nicht gewußt?«

»Nein. Nur, daß sie die Namen sämtlicher jüdischer Mitwirken-
der aus dem Vorspann genommen haben, und…«

Er verstummte. Jean-Pierre kannte sich mit Filmvorspannen
nicht aus, daher konnte er nicht beurteilen, was fehlte, nur daß nirgendwo »Manuskript« aufgeführt war, fiel ihm auf. Halb erwartete er, daß Robert aufstand und wieder aus dem Saal stürmte; der
impulsive Junge, der ihm und Dieter damals vor die Füße geschneit
war, hätte genau das getan. Doch obwohl Robert die Armlehnen
seines Sitzes umklammerte, als wolle er im nächsten Moment aufspringen, rührte er sich nicht vom Fleck; er blickte starr geradeaus
auf die Leinwand. Jean-Pierre wußte nicht, ob er diese Veränderung nun positiv oder negativ fand. Er seufzte, lehnte sich zurück
und konzentrierte sich auf Roberts Film, wo die Kamera inzwischen ihn und Carla, beide in einer absolut glaubwürdigen Altersmaske auf dem Boden liegend, umkreiste.

Robert zog nicht ernsthaft in Erwägung zu gehen, nicht, nachdem er trotz der eliminierten Namen gekommen war. Ein dramati-
scher Protest hätte zwar seiner Wut über die Titeländerung Genüge getan und ihm außerdem geholfen, sich besser zu fühlen, aber
damit hätte er seine Zukunft in diesem Land und die Zukunft all
der Menschen, die von ihm abhingen, endgültig aus dem Fenster
geworfen. Nein, bis auf die Emigration blieb ihm keine andere
Wahl, als sitzen zu bleiben und zu hoffen, daß wenigstens keine
Schnitte an seiner Fassung vorgenommen worden waren. Und die
Emigration kam so wenig in Frage wie damals, als Carla sie das
erstemal vorgeschlagen hatte. Aber wenn der Spuk erst vorbei und
er an der Spitze von Film und Theater angelangt war, würde er die
Feiglinge bei Astoria ihr Versagen büßen lassen, von der Filmprüfkammer ganz zu schweigen.

Der Gedanke schlich sich ein, daß die Befürchtungen über eine

520

Verleumdungsklage von seiten Max Reinhardts sich jetzt erübrigten; bei dem gegenwärtigen Regime würde ihm kein deutsches Gericht eine Chance geben. Gleich darauf kroch Scham in Robert hoch. Er hatte immer noch kein schlechtes Gewissen darüber, Reinhardts Leben als Grundlage für seinen Film genommen zu haben, aber jetzt rückte die ganze Sache weg von künstlerischer Freiheit und hin zu einer Attacke aus dem Hinterhalt. Und dann die Titeländerung. Wenn er sich vorstellte, daß der alte Mann den Film in Österreich unter diesem Titel sah…

Zu seiner Erleichterung hatten Astoria und die Filmprüfstelle zumindest nicht an seiner Fassung herumgeschnitten. Ärger und Schuldgefühle machten Stolz Platz. Es war der beste deutsche Film seit langem, und da, wie man hörte, Fritz Lang die Freigabe für sein *Testament des Dr. Mabuse* nicht erreicht hatte, gab es zur Zeit auch keinen, der *Iffland* in naher Zukunft Konkurrenz machen würde. Ganz gewiß nicht die hastig produzierten Schinken wie *SA-Mann Brand*. Morgen fand das Treffen des Ministers für Volksaufklärung und Propaganda mit einem repräsentativen Querschnitt aus Schauspielern, Produzenten und Regisseuren im Kaiserhof statt. Robert hatte nicht zufällig darauf gedrängt, die Premiere vorher und nicht nachher stattfinden zu lassen; keiner wußte, was Goebbels sagen, welche Maßstäbe er vorgeben würde. Jetzt war der Teil der Zuschauer, der aus der Filmindustrie stammte, nur nervös; nach dem morgigen Tag würden sie sich vielleicht verpflichtet fühlen, sich ablehnend zu verhalten.

Er merkte bereits, daß er das Drehen vermißte; Regie bei einem Film zu führen war bisher die befriedigendste Erfahrung seiner Berufslaufbahn gewesen. Aber ehe *Iffland* sich nicht als Erfolg erwies, würden weder Astoria noch sonst jemand ihm einen neuen Vertrag anbieten. Da er mittlerweile wirklich dringend Geld brauchte, hatte er seine Dienste als Schauspieler angeboten und war, seit sich die Freigabe von *Iffland* herumgesprochen hatte, tatsächlich engagiert worden, als Schurke in einer Komödie mit Heinz Rühmann in der Hauptrolle. Nichts sehr Anspruchsvolles, aber nach den Kämpfen der letzten Monate erleichterte ihn die Aussicht, sich bei der Arbeit entspannen zu können, und es brachte wieder etwas Geld ins Haus. Er hatte die vage Idee, notfalls als Schauspieler genügend Geld zu verdienen, um selbst einen Film produzieren zu können, doch er glaubte nicht, daß es nötig sein würde. Nach *Iffland* würden ihm die Angebote nur so ins Haus flattern.

Sein Optimismus war stark genug zurückgekehrt, um sich nach den Hermiaden umzuschauen. Die bleichen Gesichter von Brigitte und Helmut, die er direkt hinter sich gesetzt hatte, schwammen in der Dunkelheit auf ihn zu. Er lächelte ihnen beruhigend zu und ballte die Faust, mit ausgestrecktem Daumen nach oben. Astoria hin, Filmprüfstelle her, heute war es ihr Triumph.

Sein Lächeln schwand, als er in die Richtung blickte, wo er beim Hereingehen Philipp Bachmaier und seine neue Gattin wahrgenommen hatte. Im Grunde überraschte es ihn nicht, daß Philipp seiner Einladung nachkam und dazu eine Reise von München nach Berlin in Kauf nahm; er war bereit, darauf zu wetten, daß der Mann auch über die Titeländerung informiert gewesen war. Eigentlich gäbe Philipp einen ausgezeichneten Shylock ab. Er machte den Vertrag so unangenehm wie möglich, und irgendwann wollte er bestimmt sein Pfund Fleisch sehen. Aber nicht mit mir, dachte Robert. Er brauchte Philipp nur noch eine kurze Zeit, nur noch, bis alles wieder so lief, wie es laufen sollte, und dann konnte der Hai ruhig erfahren, daß er überlistet worden war.

Auf der Leinwand kam die Szene, in der Brigitte als Ifflands scheidungsunwillige Ehefrau Olga Carla, die in Iffland verliebte Susanne, zum Zug brachte, in dem Iffland und seine Gesellschaft zu einer *Hamlet*-Inszenierung nach Dänemark fuhren, um seine Beziehung zu seiner Geliebten, Sibylle, zu sabotieren. Berger hatte es durch den Tiefenfokus erreicht, daß der Zug und die einsteigende Theatergruppe die ganze Zeit während des Gespräches zwischen Brigitte und Carla deutlich zu erkennen waren, genau wie die im Jugendstil als Baum gestaltete Laterne, die auf halbem Weg zwischen den beiden Frauen und dem Gleis stand. Es war ein perfekt komponiertes Bild in drei Ebenen und eine von Roberts Lieblingsszenen. Nicht, daß es der Mehrzahl der Leute hier im Saal auffallen würde; sowohl Brigitte als auch Carla spielten zu gut. Carlas rasche, nervöse Gesten als Susanne und ihre zwischen Euphorie und Zynismus wechselnde Mimik bildeten den idealen Kontrast zu Brigittes statuesker, finster-gelassener Spielweise. Eines von Maitgers letzten Memoranden während der Dreharbeiten enthielt die Beschwerde, daß die beiden nicht wie Eleonore von Mendelssohn und Else Heims zurechtgemacht waren, doch Robert hatte dazu nie eine Veranlassung gesehen. Carla trug in diesem Film keine Perücke, sondern sah während zwei Drittel ihrer Szenen mehr oder weniger wie sie selbst aus; plötzlich kam es Robert in den Sinn, daß Philipps Akquisition – wie hieß sie noch gleich? Evi? Elfi? – dadurch möglicherweise das Original entdeckte, nach dem ihr Mann sie modellierte. Armes Hascherl, hätte sein Vater gesagt.

Der Gedanke an seinen Vater brachte ihn auf Dada, der neben Dieter saß und etwas verkrampft wirkte. Zumindest brauchte man sich um Dada keine Sorgen zu machen; unpolitische Ärzte, fern allen öffentlichen Wirkens, störten die Nazis bestimmt nicht. Außerdem konnten ihn Dieter und Jean-Pierre hinsichtlich Fräulein Brods beruhigen. Hm, vielleicht sah Dada in dem Dreieck von Ifflands Privatleben, das eigentlich ein Viereck war, etwas von seiner eigenen Vergangenheit. Oder die unverschämte Titeländerung machte ihm ebenfalls zu schaffen, obwohl Dr. Goldmann nie hatte erkennen lassen, daß er sich als Teil einer jüdischen Gemeinschaft fühlte. Zumindest Robert gegenüber nicht; vor dem 30. Januar war es Roberts Bewußtsein ganz entfallen gewesen, daß Martin Goldmann Jude war; das zumindest hatte Dada mit dem fiktiven Heinz Iffland gemein, der sich als Roberts Alter ego gerade mit einem auf mittleres Alter geschminkten Hugo stritt.

Roberts Stolz und Optimismus wichen erneut dem Groll. Die Religionszugehörigkeit Heinz Ifflands wurde in dem Film nirgendwo erwähnt; ein Titel wie »Theaterjude« ließ sich aus dem Werk nicht rechtfertigen, sondern war eine eindeutige Polemik gegen Ifflands Vorbild. Mein Gott, wenn der Film unter diesem Titel in die Kinos kam, dann würden die Zuschauer etwas wie den unsäglichen *Brand*-Schinken erwarten. Er mußte bei Astoria unbedingt durchsetzen, daß sie Iffland nicht auf diese Weise vertrieben. Wenn es etwas gab, das die Feigheit der Leute übertraf, dann war es ihre Geldgier; vielleicht, wenn er Astoria anbot, im Gegenzug für ein minimales Gehalt einen neuen Film zu drehen... wenn er ihnen klarmachte, daß so ein Titel die Zuschauer eher vertreiben würde... Ich bin ein Magier, dachte Robert, und ich habe noch nicht all meine Tricks aufgebraucht.

Der Film ging zu Ende, zeigte die Marionette mit dem aufgestickten Namen auf ihrer Kapuze und präsentierte danach die Schauspieler namentlich und in ihren wichtigsten Szenen. Wieder fehlten Brigitte und Helmut, aber diesmal merkte man deutlich, das etwas herausgeschnitten worden war, weil die Filmmusik nicht mehr mit dem Bilderrhythmus übereinstimmte. Robert drehte sich zu seinen Schauspielern um.

»Haltet euch bereit«, sagte er mit zusammengebissenen Zähnen. »Sowie der Abspann vorbei ist und der Applaus anfängt, gehen wir alle gemeinsam nach vorne.«

Sie wechselten Blicke.

»Bist du sicher, Chef?« fragte Helmut nervös. »Das ist nicht nötig.«

»Doch, das ist es.«

Tim Berger saß auf der anderen Seite des Zwischengangs neben dem Vertreter, den Astoria geschickt hatte; Robert nickte ihm zu und deutete nach vorne. Berger nickte zurück, und sie warteten darauf, daß die Reaktion der Zuschauer einsetzte, während das Licht wieder anging.

Zunächst einmal herrschte Schweigen. Nun, Betroffenheit war angebracht, doch diesmal wünschte sich Robert, daß sie nicht so lange anhielte. Dann hörte er vereinzeltes Klatschen, das hastig wieder verebbte. Dem Astoria-Mann standen Schweißperlen auf der Stirn. Robert empfand keine Furcht und keine Enttäuschung, als er sich langsam erhob, nur Zorn. Wieder schaute er zu Philipp und stellte fest, daß auf dessen anderer Seite einige Herren in Parteiuniform saßen, die alle von den Zuschauern deutlich ins Auge gefaßt wurden.

Philipp verzog sein Gesicht zu einem winzigen Lächeln. Dann hob er die Hände und begann zu klatschen. Die ersten beiden Schläge hallten in dem totenstillen Kino wider, dann fielen seine Begleiter ein und danach, mit einem stellenweise hörbaren erleichterten Aufseufzen, der Rest der Kinobesucher.

»So«, sagte Robert zu den Hermiaden, »und nun kommt.«

Die ganze Zeit, während er sich mit Berger und den Schauspielern verbeugte und eisern ein siegesbewußtes Lächeln beibehielt, dachte er daran, daß diese kleine Machtdemonstration über einen persönlichen Affront hinausging. Es gab viele Beschreibungen des

Publikums, die im Theater und beim Film kursierten. »Ein unge-
zähmtes Biest, das einem entweder an die Kehle geht oder zu Füßen
liegt«, gehörte zu Roberts Favoriten. Aber das hier war nicht normal. Er wußte, wie ein Mißerfolg sich anfühlte, hatte ihn bei den
Königsdramen erlebt. Doch ein Publikum, das sich vorschreiben
ließ, Gefallen oder Mißfallen zu zeigen, das war ein gezähmtes
Biest – und eine Waffe, die sich letztendlich gegen alle Schaffenden
richtete. Er kam sich vor, als habe man ihm sein Frühstücks-
brot weggenommen und es durch madenverseuchten Zwieback
ersetzt.

»Chef«, sagte Brigitte nachher, als sie alle um das kalte Buffet
herumstanden, zu ihm, »es war schön, noch einmal so einen Applaus zu erleben...«

»Ja«, unterbrach Helmut strahlend, »das war doch eindeutig eine
Solidaritätserklärung!«

»Blödsinn«, entgegnete Brigitte strafend. »Sie haben gewartet,
ob sie klatschen dürfen, wie artige Kinder. Was ich sagen wollte,
Chef, ich bin dankbar für alles, aber das war's für mich. Solange
noch ein Abschied im guten möglich ist, sollte man gehen. Ich ziehe nach Österreich.«

Er konnte ihr nicht widersprechen, und er verzichtete auch darauf, sie daran zu erinnern, daß Österreich schon mehr als genug
deutschsprachige Schauspieler hatte und viel weniger Bühnen. Statt
dessen wünschte er ihr alles Glück und bat sie, Hugo zu grüßen.
Der Zorn und die Frustration, die er empfand, benötigten unbedingt ein Ventil; die Fassung zu bewahren, während die Menschen
zu ihm traten, um ihm zu gratulieren, war eine größere schauspielerische Leistung als das meiste, was er bisher auf der Bühne
bewerkstelligt hatte.

Dieter und Jean-Pierre, die sich auf seine Mimik verstanden und
daher neben Dr. Goldmann die einzigen waren, die ihn durch-
schauten, entschieden, daß er Ablenkung brauchte.

»Grandiose Leistung«, sagte Dieter in seiner gemächlichen,
bedächtigen Weise, »aber verrate mir doch, mein Junge, sollte das
nun Josef Kainz oder Ludwig II. sein, den du da gespielt hast?«

Roberts Lächeln wirkte immer noch etwas gequält, und Jean-
Pierre beschloß, die Kunstkritik auf ein andermal zu verschieben.
Eine andere Taktik war gefragt.

»Ich schließe mich an«, meinte er. »Die Reise hierher hat sich gelohnt, mon cher, aber nicht nur wegen deines *Opus magnum*, so beeindruckend es war. Verrate mir doch, wer der gutaussehende Dunkle ist, den du vorhin so fixiert hast? Der wahre Grund für die Abwesenheit von Frau König heute abend?«

Ein wenig von Roberts gewohntem Übermut kehrte zurück, als er lachte, diesmal aufrichtig, und erwiderte: »Nein, Jean-Pierre, aber tu mir bitte einen Gefallen, und deute das ihm gegenüber an. Ich werde dich gleich vorstellen.«

Leider konnte er sich Philipp gegenüber einen echten Zornesausbruch nicht gestatten – noch nicht –; die Besessenheit des Mannes in bezug auf Carla war nicht unbegrenzt ausnützbar. Doch Jean-Pierre bot ihm eine Möglichkeit, Philipp und die übrigen Verantwortlichen dafür, daß seine wichtigste Premiere in eine nationalsozialistische Machtdemonstration verwandelt worden war, zu brüskieren, ohne daß man ihn dafür verantwortlich machte. Er bat Dieter, sich etwas um Dr. Goldmann zu kümmern, und klärte Jean-Pierre auf dem Weg durch den Raum hastig darüber auf, um wen es sich bei Philipp handelte.

»Hm. Wer hätte gedacht, daß dieser merkwürdige Verein auch attraktive Männer vorzuweisen hat? Die Führungsspitze berechtigt nicht eben zu Hoffnungen. Ich kann Carla jedenfalls verstehen.«

»Dehne das Verständnis noch etwas aus. Wenn du einen Annäherungsversuch machst, möglichst vor ein paar von seinen Parteifreunden – aber erst, wenn ich wieder weg bin –, dann rettest du mir meinen Tag. Der Mann hat es verdient, gründlich in Verlegenheit gebracht zu werden, doch zur Zeit bin ich auf ihn angewiesen.«

»Mein Lieber«, sagte Jean-Pierre auf seine spöttisch-überlegene Art, die Robert immer noch zum Streiten reizte, »zu flirten ohne die Absicht, die Ware zu liefern, ist dein Ressort, nicht meines, und ich habe dir schon einmal zu erklären versucht, daß so etwas ins Auge gehen kann.«

Er wartete, bis Robert wieder gewittrig dreinschaute; das Temperament des Jungen zu beobachten bereitete ihm immer noch Vergnügen. Da er jedoch aufrichtige Zuneigung für ihn empfand und begriff, wie Robert sich nach dem Spektakel vorhin fühlen mußte, fügte er hinzu: »Mal sehen, was sich machen läßt.«

Die neue Frau Bachmaier – Evi? Elfi? – plapperte arglos drauf-los, als sie Roberts gewahr wurde. »Ach, Herr König, das ist schön, daß Sie zu uns kommen. Ich freu mich so über Ihre Einladung – ich war noch nie bei einer Filmpremiere! Es war ja alles schrecklich aufregend, nicht wahr, Philipp?«

»Schrecklich«, sagte Philipp trocken. Er nickte Robert zu.

»Herr König.«

»Herr Bachmaier.«

Robert hatte ein seltsames Gefühl von *déjà vu*; er erinnerte sich an die Begegnung mit Philipp bei der Premiere von *Carmilla*. Aber die Besetzung hatte sich verändert; Hugo war in Österreich, Gene-vieve Beresford war tot und Carla mit der einen Hälfte seiner See-le in Amerika, während an Philipps Seite ihr Gespenst stand, das schon wieder ein Kleid trug, wie sie es getragen hatte, ihr Haar mittlerweile tatsächlich rot färbte, doch mit jedem Wort, das sie sprach, die Ähnlichkeit wieder zunichte machte. Der Dicke in Uni-form neben ihr kam ihm ebenfalls vage vertraut vor, aber es fiel ihm nicht ein, wo er ihn bereits gesehen hatte.

Er küßte Elfi Bachmaier die Hand, schaute dabei zu Philipp und gestattete sich ein winziges Kopfschütteln. Philipp rührte sich nicht; seine Frau sprudelte hervor: »Ich hab das mit der Marionet-te zuerst nicht verstanden, aber Philipp hat es mir erklärt. Aber sagen Sie, welche von den drei Frauen haben Sie – ich meine, hat Iffland denn jetzt tatsächlich geliebt?«

Er gab eine nichtssagende Antwort und stellte dann Jean-Pierre vor.

»Enchanté, Madame. Darf ich Ihnen ein Kompliment für Ihr Kleid machen? Das Grün stellt einen exquisiten Kontrast zum Rot dar; ich glaube, ich habe das erst einmal gesehen.«

Danke, Jean-Pierre, dachte Robert. Philipps Augen vereng-ten sich unmerklich; er mußte sich fragen, ob Jean-Pierre Carla kannte.

»Monsieur Bachmaier«, fuhr Jean-Pierre fort, und sein künstli-cher französischer Akzent war noch stärker als sonst, »wie ange-nehm, einen Mann kennenzulernen, der solche Kontraste zu wür-digen weiß.«

Er schüttelte Philipp die Hand, ein wenig länger, als es nötig gewesen wäre. Roberts Stimmung hob sich mit jeder Sekunde.

»Ja, er liebt Kontraste«, warf er ein. »Und ich kann mir nicht helfen, ich bin indiskret genug, mich zu erkundigen... wie Sie *Iffland* fanden, Herr Bachmaier.«

»Unterhaltsam«, entgegnete Philipp, »aber etwas zuviel des Guten. Mußten Sie wirklich jede technische Neuerung unterbringen, die der Film zu bieten hat? Es erinnert mich etwas an ein Kind, das seinen Eltern zeigen will, was es alles kann.«

Jean-Pierres Augenbrauen schossen in die Höhe, und er musterte Philipp mit deutlich mehr Interesse. Robert biß sich auf die Zunge. Der Teufel sollte ihn holen. Das war tatsächlich eine intelligente Kritik. Man durfte den Mann nicht unterschätzen.

Betont lässig gab er zurück: »Nun ja, da haben Sie nicht unrecht; bei seinem Gesellenstück zeigt man nun mal gern alles, was man kann, vor allem, wenn man es neu gelernt hat. Und ich lerne sehr schnell.«

»Zweifellos. Sturmbannführer Benheim«, mit einer kleinen Handbewegung wies Philipp auf den uniformierten Herrn, der neben seiner Frau stand, »fiel das auch auf; er verfolgt Ihre Karriere schon seit geraumer Zeit.«

Der korpulente Mann musterte Robert mit halbgeöffnetem Mund, was ihm einen karpfenähnlichen Ausdruck verlieh. »Ja«, stimmte er kühl zu, »ich habe eine Menge über Sie in der Zeitung gelesen, Herr König.«

Der Satz und die Miene brachten die Erinnerung wieder zurück; an dem Abend, als Carla und er Philipp zufällig in einem Restaurant begegnet waren, hatte sich dieser Benheim in Philipps Begleitung befunden. Damals war er von Philipp wie ein Bediensteter entlassen worden; heute wirkte er wesentlich selbstsicherer. Das Phänomen war Robert vertraut, doch an diesem Abend wurde ihm zum ersten Mal in aller Deutlichkeit bewußt, daß eine neue Maske und ein Kostümwechsel nicht nur bei Schauspielern Wunder wirkten. Und das Schlimmste war, daß dieser Trupp von Laiendarstellern sich tatsächlich in der Lage befand, ihm seinen Film und die nächsten Jahre seiner Karriere zu ruinieren. Die Abneigung, die Benheim und Philipp in ihm auslösten, nahm ihm einen Moment fast den Atem. Dann lächelte er und erwiderte in seiner gewohnten Art gegenüber Autoritätsfiguren, die Unverschämtheit und Charme vermischte:

»Das will ich doch hoffen. Schließlich habe ich mir alle Mühe gegeben, um von Ihnen bemerkt zu werden. Von Ihrer Bewegung, meine ich.« Er zögerte nur einen winzigen Augenblick, dann setzte er alles auf eine Karte und fügte hinzu: »Ich war wirklich gekränkt, daß mir der Führer seinerzeit nicht zu meinem Hörspiel gratuliert hat. *Ich* habe ihm einen Gratulationsbrief geschrieben nach der Machtergreifung, obwohl ich zugeben muß, daß dieser Fackelzug unter den Linden noch viel eindrucksvoller war als alles, was wir uns in unserer beschränkten Schauspielerphantasie damals vorstellen konnten. Aber uns hat natürlich die Inbrunst der wahren Sache gefehlt.«

Jean-Pierre war der einzige, der lediglich belustigt dreinblickte und völlig entspannt da stand. Elfi Bachmaier runzelte verwirrt die Stirn; Benheim holte Luft und schaute gleichzeitig zu Philipp, der die Arme verschränkte, aber lächelte; ein Lächeln, das seine Augen nicht erreichte. Das Schweigen zwischen ihnen hing einige Sekunden in der Luft, dann brach Benheim in joviales Gelächter aus, trat zu Robert und klopfte ihm auf die Schulter.

»Sie sind schon einer, König! Sie sind schon einer!«

Robert empfand Erleichterung, Zufriedenheit über die gelungene Gratwanderung und gleichzeitig so etwas wie Demütigung, aber auf eine andere Weise als vorher wegen des zurückgehaltenen Beifalls. Das, was ihm gerade gewährt worden war, nannte sich Narrenfreiheit; er hatte sich zum Hofnarren gemacht.

»Sagen Sie mal«, erkundigte sich Elfi Bachmaier, die das Gespräch wieder auf etwas bringen wollte, das sie interessierte, »war die Dame, die Susanne gespielt hat, wirklich Carla Fehr? Ich habe sie in *Carmilla* gesehen, und da hat sie ganz anders ausgeschaut – außerdem hatte sie schwarze Haare.«

»So ist das in unserer Welt, Frau Bachmaier. Wir verändern ständig unser Aussehen… und unsere Haarfarbe«, entgegnete Robert, unfähig, sich diesen kleinen Hieb zu verkneifen, doch auch unwillig weiterzugehen. Er hatte nichts gegen sie. Es zeigte sich, daß er sich umsonst Gedanken machte; sie verstand die Spitze entweder nicht, oder sie ignorierte sie gekonnt. Angesichts ihrer Naivität hielt er das erstere für wahrscheinlicher. Er wandte sich an Philipp.

»Und was halten *Sie* von den Schauspielern, Herr Bachmaier? Falls Sie sich nicht an all die Namen erinnern, helfe ich Ihnen gerne aus. Dem Schnittmeister ist da leider ein Versehen passiert, aber ich bin sicher, das wird bald behoben.«

»Kaum. Mir kam die Fassung so richtig vor. Doch wer weiß, sollte der Film erfolgreich genug für einen Verkauf ins Ausland sein, dann gelingt es Ihnen vielleicht, eine zweite Fassung zu erstellen.«

Robert fragte sich, ob das aufrichtig gemeint war; er wünschte, Philipp würde über etwas weniger Selbstbeherrschung in seiner Mimik verfügen. Zum ersten Mal kam es ihm in den Sinn, daß der Mann unter anderen Umständen einen guten Schauspieler abgegeben hätte. Zumindest einen, der sich durch Versprecher, Tempowechsel oder einen veränderten Text nicht aus der Fassung bringen ließ. Nun, vielleicht würde Jean-Pierre ihm den Gefallen tun und die Selbstsicherheit von Philipp dem Hai doch noch erschüttern. Wenn nicht, dann mußte die Revanche für den heutigen Abend noch etwas warten. Er wußte nicht, ob er ohne die Verschandelung seines Filmtitels, die Schnitte und die Machtdemonstration von vorhin aufrichtige Dankbarkeit für Philipp und dadurch eine gewisse Verpflichtung empfunden hätte, wirklich ein gutes Wort bei Carla für ihn einzulegen. Zum Glück erübrigte sich das jetzt.

»Hoffen wir auf das Beste«, entgegnete er unverbindlich. »Frau Bachmaier, darf ich Sie um die Ehre eines Tanzes bitten?«

»Gerne«, sagte sie strahlend, dann erinnerte sie sich an ihren neuen Status als verheiratete Frau und schaute zu Philipp, der nickte. Mit einem Gemisch aus Mitleid, Verachtung und Belustigung führte Robert sie auf die Tanzfläche.

»Tja«, murmelte Jean-Pierre und beobachtete Robert dabei, wie er sich mit dem Mädchen unter die wenigen anderen Paare mischte, »da ist unser Robert mir zuvorgekommen. Wie lang kennen Sie ihn eigentlich schon, Monsieur Bachmaier?«

Auch Philipps Blick folgte den Tanzenden, was nicht weiter schwerfiel; noch immer lag ein Hauch von Unsicherheit und Nervosität über dem Abend, der die meisten Anwesenden daran hinderte, sich einfach zu vergnügen. Sie standen in Grüppchen herum und sprachen gedämpft miteinander, ohne den uniformierten Teil der Gäste aus den Augen zu lassen.

»Lange genug«, antwortete er einsilbig, doch dann schien er sich dafür zu entscheiden, etwas Konversation zu pflegen. »Und Sie?«

Jean-Pierre entschied sich für eine halbwegs ernsthafte Antwort. Ein Teil von ihm hatte das Geplänkel vorhin amüsant gefunden, doch er hatte die Sache mit dem Applaus nicht vergessen, und obwohl er die düsteren Szenarien, die jenes formidable Fräulein Brod entwarf, für heillos übertrieben hielt, war an der ganzen Atmosphäre hier etwas Bedrückendes. Er wandte sich von der Tanzfläche ab und widmete Philipp Bachmaier seine ganze Aufmerksamkeit.

»Gewisse Menschen kann man gar nicht lange genug kennen. Sie sind nervenaufreibend, gewiß, aber das Leben wäre sehr arm ohne sie.«

»Möglicherweise.« Die rigide Körperhaltung lockerte sich etwas, doch der Mann ließ nach wie vor Robert und die junge Frau, die aus einiger Entfernung tatsächlich eine beträchtliche Ähnlichkeit mit Carla hatte, nicht aus den Augen. »Aber vielleicht wäre es auch besser, ihnen nie begegnet zu sein.«

Der korpulente Benheim langweilte sich offensichtlich und fragte Jean-Pierre, was er als Franzose von dem neuen Deutschland halte. Ohne sich die Mühe zu machen, ihn zu berichtigen, erklärte Jean-Pierre, er sei noch nicht lange genug hier, um die Veränderungen wirklich würdigen zu können. Es handelte sich nur teilweise um eine Ausflucht; er und Dieter hatten am Abend zuvor ein paar alte Freunde in ihrer Berliner Lieblingsbar besucht, die alle etwas nervös wirkten, doch abgesehen davon waren ihm an der Hauptstadt außer den vermehrt aufgezogenen Flaggen wirklich nicht viele Veränderungen aufgefallen. Die Premiere heute war schon ein wesentlich deutlicheres Symptom dafür, daß der Regierungswechsel im Januar mehr bewirkt hatte, als einen neuen Reichskanzler ins Amt zu bringen. Man kann über die Schweiz sagen, was man will, dachte Jean-Pierre, der seine Auswanderung nie bereut hatte, aber dort läßt sich das Publikum nur von outrierten Schauspielern einschüchtern, die auf der Bühne stehen, nicht von denen in der Politik.

Unglücklicherweise bot seine höfliche Entgegnung Benheim den Anlaß, einen Vortrag über das neue Deutschland und seine glorreiche Zukunft zu halten, und nun war es an Jean-Pierre, sich zu langweilen. Die plumpen Seitenhiebe gegen französische Dekadenz und den Vertrag von Versailles waren ja noch leidlich amüsant, vor

531

allem, da der Mann nicht wissen konnte, daß sein Gesprächspartner in Hessen geboren war, und außerdem boten sie eine Studie für eine Kabaretteinlage. Aber das, was Benheim als Studienobjekt bieten konnte, erschöpfte sich schnell, und Jean-Pierre beschloß, Robert den Gefallen zu tun und Philipp Bachmaier in Verlegenheit zu bringen. Natürlich nicht auf die kindische Art, wie Robert sie sich vorstellte; bei all der nationalen Propaganda war etwas anderes angebracht. Zumindest versprach es mehr Unterhaltung als weitere Vorträge über das neue Deutschland.

Als Benheim eine kurze Atempause einlegte, nutzte Jean-Pierre seine Chance.

»Wissen Sie«, sagte er, »was ich an Ihrem Führer am meisten bewundere? Seine erstaunliche Toleranz.«

Das brachte Benheim verblüfft zum Schweigen und Philipp dazu, ihm einen forschenden Blick zuzuwerfen.

»Wenn ich da an die barbarischen Zeiten von früher denke«, fuhr Jean-Pierre fort und berührte seine Schläfe mit den Fingerspitzen, ehe er die Geste als zu chargierend verwarf. »An die Art, wie dieser bedauernswerte General – wie hieß er noch gleich? Adlerburg? Eulenburg? – vor Jahren behandelt wurde, nur weil sein Privatleben nicht der Norm entsprach. Aber Ihr Führer, meine Herren, gibt der Welt ein Beispiel und vertraut die wackeren Mannen seiner SA einem Mann an, der ganz offen dem griechischen Ideal huldigt. Ganz ehrlich, meine Herren, Ihr Führer und sein Freund Röhm werden als Bahnbrecher für die Akzeptanz von Männerliebe in die Geschichte eingehen.«

Er hätte überhaupt nicht gewußt, wer Ernst Röhm war, wenn einer seiner alten Freunde gestern nicht gesagt hätte, zumindest müsse man das Getöne gegen Dekadenz und Perversion nicht ernst nehmen, solange ein Duzfreund des Kanzlers selbst als Schwuler bekannt sei. Diese kleine Information, die ihm am Vortag fast entgangen wäre, erwies sich jetzt als Juwel. Benheim starrte ihn völlig entgeistert an, Philipp dagegen mit einer interessanten Mischung aus eisiger Empörung und widerwilliger Belustigung.

»Sie … Sie Franzosenschwein, wie kommen Sie dazu, den Führer so zu beleidi…«

Philipp legte dem schwer atmenden Benheim eine Hand auf den Arm.

»Wir sehen hier Ausländern einiges nach, Herr Dupont«, unterbrach er, »aber selbst ein Gast kann Scherze auch zu weit treiben. Verleumdungen dieser Art werden gewöhnlich mit Gefängnis geahndet, und glauben Sie mir, wenn Sie etwas nicht kennenlernen wollen, dann sind es unsere Gefängnisse.«

Einige Sekunden lang erwog Jean-Pierre, noch weiter den Ahnungslosen zu spielen, der nicht begriff, was er falsch gemacht hatte, doch Robert kam mit Frau Bachmaier von der Tanzfläche zurück, und im übrigen sagte ihm sein Zeitgefühl, daß ein Abgang angebracht war.

»Ich wußte«, erwiderte er herzlich, »daß *Sie* mich verstehen, Herr Bachmaier.« Damit verabschiedete er sich, noch ehe Robert und Elfi Bachmaier die kleine Gruppe wieder erreicht hatten, und kehrte zu der Ecke des Raumes zurück, in der er Dieter das letzte Mal gesehen hatte. Die junge Frau war ein wenig atemlos, und sie fächelte sich heftig Luft zu. Philipp bat sie, ihn einen Moment zu entschuldigen, dann bedeutete er Robert, ihm zu folgen.

Vor dem Rostrum warteten ein paar Limousinen auf die wenigen prominenten Gäste, die gekommen waren. Philipps Chauffeur, der sich mit einem Kollegen unterhielt, lief zurück zu seinem Wagen, ehe sein Arbeitgeber abwinkte. Auf dem Plakat, das an der Litfaßsäule vor dem Gebäude klebte, stand immer noch der alte, wahre Titel des Films, für den Robert seinen persönlichen Pakt mit dem Teufel abgeschlossen hatte: *Name: Iffland*. Er fröstelte, als er in die kühle Nachtluft trat, doch um den weißglühenden Kern seines Zorns hatten sich inzwischen mehrere Schichten aus selbstsicherem Optimismus gelegt. Wie auch immer, der Film, der ihn eindeutig als Meister auch in dieser neuen Welt auswies, hatte Premiere gehabt, und bald, sehr bald, würde er ihn mitsamt den Namen aller Mitwirkenden zeigen und über diese wandelnden Operettenuniformen, die sich einbildeten, Künstler zu ihren ergebenen Sklaven umfunktionieren zu können, lachen. Was Philipp und seine Parteifreunde anging, nun, der rotangelaufene Benheim hatte ihm gezeigt, daß man sich auf Jean-Pierre verlassen konnte.

»Sie machen es einem wirklich nicht leicht, Ihnen zu helfen«, sagte Philipp, während er sich eine Zigarette anzündete. In dem Neonlicht, das die Buchstaben des Lichtspieltheaternamens auf die beiden Männer warfen, zeichneten sich scharfe Schatten auf sein

Gesicht. »Haben Sie eigentlich selbstmörderische Impulse, oder sind Sie aus reiner Neugier bemüht, herauszufinden, wie weit über den Rand einer Klippe Sie sich beugen können, ohne zu fallen?«

»Beides, glaube ich«, entgegnete Robert und gab nicht vor, ihn mißzuverstehen oder die Bemerkung nur auf seinen Kommentar über die Machtergreifung zu beziehen. Er stellte fest, daß sich so etwas wie Heiterkeit in seine innere Spannung eingeschlichen hatte. »Aber trifft das nicht auch auf Sie zu? Sie hatten Ihren Spaß heute abend… Phil: eine nette kleine Demütigungsaktion. Da war ein wenig verbale Revanche doch das mindeste, was ich für Sie tun konnte.«

»Sie scheinen da einem fundamentalen Irrtum zu erliegen. *Sie* haben *mich* um Hilfe gebeten. Sie sind auf mich angewiesen, und Sie werden diese Hilfe zu meinen Konditionen akzeptieren. Haben Sie schon Ihre Parteimitgliedschaft beantragt?«

Robert erwog mehrere Antworten, die von einem beschwichtigenden Nicken bis zu einer erneuten Stichelei reichten. Am Ende entschied er sich für keine von ihnen. Er *war* auf Philipp angewiesen, doch er kannte den Mann durch Carla zu gut, um nicht zu ahnen, daß Unterwürfigkeit ihm am Ende nur schaden würde. Haie verloren das Interesse an Opfern, die nicht mehr bluteten. Angesichts des Umstands, daß er nicht die geringste Absicht hatte, sein Versprechen hinsichtlich Carlas einzulösen, und Philipp gewiß irgendwann die Geduld verlor, kam es darauf an, sich selbst zu einer Herausforderung für den Mann zu machen. Philipp mußte daran interessiert bleiben, ihn unterwürfig sehen zu wollen, aber nicht durch plumpe Gewalt. Wenn der heutige Abend eines bewies, dann, daß Philipps Feindseligkeit ihm gegenüber nicht verblaßt war. Doch richtig gesteuert, konnte sie vielleicht nützlicher sein als Freundschaft. Mit einemmal lächelte Robert; es war sein Lächeln für Feinde und potentielle Eroberungen, und daß er es bei beiden anwendete, war bisher nur wenigen Leuten aufgefallen.

»Danke«, sagte er freundlich.

»Wofür?«

»Für die Zigarette, die Sie mir gleich anbieten werden, oder beabsichtigen Sie, ungastlich zu sein und alleine zu rauchen, wo Sie mich schon zum Parteigenossen machen wollen? Wo bleibt da die Solidarität der Volksgemeinschaft?«

Philipp musterte ihn einen Augenblick lang irritiert, dann seufzte er, als hätte er es mit einem sehr schwierigen Kind zu tun, und meinte kopfschüttelnd: »Ich kann mich immer noch nicht entscheiden, ob Sie nun zu dumm oder zu klug für das sind, wofür Sie sich halten. Wie auch immer… es ist nun an Ihnen, etwas für mich zu tun, das ist Ihnen doch klar, oder? Soweit ich weiß, stehen Ihre ungenannten Mitarbeiter immer noch unter Schutzhaft.«

Mistkerl, dachte Robert, doch er behielt sein Lächeln bei. »Mein Gott, Philipp, das war so subtil, daß ich es fast nicht gemerkt hätte. Wo haben Sie die Kunst, Drohungen zu machen, gelernt – bei einem Elefanten?«

Er schaute auf die Uhr, die ihm Carla geschenkt hatte. »Zeit, wieder zurückzugehen und sich den Gästen zu widmen. Ich habe eine Premiere zu feiern… und vielleicht fühle ich mich danach noch beschwingt genug, um jemandem darüber zu schreiben.« Immer noch lächelnd streckte er die Hand aus. »Was ist nun mit meiner Zigarette?«

Einige Sekunden lang dachte er, er hätte es übertrieben, als Philipp seine übliche steinerne Miene aufsetzte, sich umdrehte und Anstalten machte, wieder durch die immer noch weit offenen Glastüren zu gehen. Dann blieb der Mann stehen, zog noch einmal sein silbernes Zigarettenetui hervor und warf es Robert zu, der es reflexartig auffing.

»Sie können es mir später zurückgeben«, sagte Philipp kühl. »Nehmen Sie es als Vertrauensbeweis dafür, daß Sie mir recht bald mein gesamtes Eigentum zurückerstatten werden.« Damit wandte er sich endgültig ab und schritt wieder in das Gebäude.

Robert beobachtete ihn, während er gleichzeitig das Etui auf- und zuklappen ließ, ohne eine Zigarette herauszunehmen. Er hatte sich das Rauchen nie so sehr angewöhnt wie Carla.

Es wurde sehr spät, bis er in die Wohnung zurückkehrte, die er mit Monika teilte. Vorher mußte er noch den bekümmerten und beunruhigten Dada Goldmann in sein Hotel bringen, seine Mitarbeiter mit einer optimistischen Rede und speziell Helmut mit dem Versprechen, Arbeit für ihn zu finden, versorgen und den charmanten Sieger für die wenigen Reporter, die gekommen waren, spielen. Trotzdem war Monika noch wach. Das Kind würde im Mai kommen, in weniger als zwei Monaten. Er war zu erschöpft, um die übliche Mischung aus Schuldbewußtsein und Beunruhigung bei dem Gedanken zu empfinden, aber der Anfall von Zärtlichkeit, der ihn traf, als er seine hochschwangere Frau mit ihren durch Schlaflosigkeit verdunkelten Augen sah, überraschte ihn in seiner Intensität. Er wußte, warum sie ihn nicht begleitet hatte: weil Carla in dem Film mitspielte. Zumindest konnte sie nun endlich diese Eifersucht hinter sich lassen. Seine Gefühle für Carla und Monika ließen sich nicht im mindesten miteinander vergleichen. Carla war seine andere Hälfte, und ehrlicherweise mußte er zugeben, daß Monika Grund hatte, sich zurückgesetzt zu fühlen. Doch Monika war ihm nicht gleichgültig; ursprünglich war sie wenig mehr als ein weiterer schöner Körper gewesen, doch das Mitgefühl für das verlorene kleine Mädchen hinter der aristokratischen Fassade und später ihre Schwangerschaft sorgten dafür, daß er sich als ihr Beschützer empfand, und das war eine neue, meistens sehr angenehme Empfindung. Er strich ihr über das üppige, glänzende Haar, das ihm von Anfang an an ihr gefallen hatte, und dachte, daß sie es gewaschen haben mußte, während sie auf ihn wartete; die Spitzen waren noch feucht.

»War es ein Triumph?« fragte Monika leise. Zu müde, um die Fassade noch länger aufrechtzuerhalten, machte Robert eine verneinende Geste und begann, sich auszuziehen.

»Mehr ein Kampf, über Wasser zu bleiben. Sie haben den Titel geändert, einige der Namen rausgeworfen und mir dann noch gezeigt, daß nicht applaudiert wird, bevor die Partei es sagt. Grundgütiger, ich hoffe wirklich, daß der nächste Kanzler bald kommt.«

»Robert«, sagte Monika beunruhigt, »du wirst doch morgen hingehen, nicht wahr? Jeder sagt, es sei sehr wichtig, zu diesem Treffen im Kaiserhof zu kommen.«

Er ließ sich auf das Bett neben sie fallen.

»Wer ist *jeder*?«

»Mein Onkel. Und einige deiner Freunde. Wenn du nicht in der Nähe bist, reden sie nämlich gelegentlich mit mir.«

»Ich dachte«, sagte Robert, der nicht über die »allgemeine Aussprache« grübeln wollte, die der neue Minister für Volksaufklärung und Propaganda der Filmindustrie verordnet hatte, »es seien *unsere* Freunde.«

Monikas Stimme blieb sachlich, was einen seltsamen Kontrast zu der Feindseligkeit ihrer Worte abgab.

»Nein, es sind deine Freunde. Meine Freunde verkehren schon seit einiger Zeit nicht mehr mit mir.«

»Das tut mir leid«, sagte Robert, was zwar aufrichtig gemeint war, doch durch seine Schläfrigkeit nicht so klang. Er wollte nichts mehr, als endlich diesen mißglückten Tag, den Drahtseilakt, der sich für die Zukunft abzeichnete, und die Einsamkeit, die er spürte, wenn er zu lange nachdachte, in etwas Wärme und Dunkel vergessen.

Sie schwieg eine Zeitlang, dann wiederholte sie, diesmal mit deutlich härterer Stimme: »Du wirst doch hingehen?«

»Ja«, entgegnete Robert ungehalten und wieder hellwach. »Ich werde hingehen.«

»Du solltest auch endlich den Antrag unterschreiben. Ich habe ihn bereits für dich ausgefüllt.«

Er zog eine Grimasse. »Monika, hast du den ganzen Verein nicht einmal als unkultivierte Barbaren bezeichnet?«

»Es sind unkultivierte Barbaren. Aber sie haben die Macht, und wenn du ins Gefängnis wanderst, nur weil du diese kleine Geste nicht über dich bringst, müssen dein Sohn und ich als geduldete Verwandte bei meiner Familie leben. Möchtest du das etwa?« gab sie scharf zurück. Es war einer dieser Sätze, auf die es im Prinzip keine Erwiderung gab, doch Roberts perverser Sinn für Humor kam ihm in diesem Augenblick unangebrachterweise dazwischen und ließ ihn sagen:

»Oh, ich weiß nicht, es gäbe einen wunderbaren Stoff für einen Courts-Mahler-Roman ab, allerdings nur, wenn es eine Tochter wäre. Du und sie könnten mich jeden Sonntag im Gefängnis besuchen und hinreißend in schlichten Kleidern aussehen, die eure liebreizenden Gesichter mehr zur Geltung bringen als der leere Tand des Reichtums. Am Ende beweist dann mein zukünftiger Schwiegersohn meine Unschuld, und wir umarmen uns alle schluchzend und glücklich.«

Monika antwortete nicht, so lange, daß er glaubte, sie ließe es auf sich beruhen, und fast schon schlief, als er sie leise schluchzen hörte. Das kam so selten vor, daß er seine Erschöpfung zurückdrängte, sich über sie beugte und ihr tränenbenetztes Gesicht berührte. In einer unerwartet heftigen Geste schlug sie seine Hand weg.

»Laß mich in Ruhe«, flüsterte sie.

»Es war ein schlechter Scherz, tut mir leid, doch...«

»Darum geht es nicht. Ich dachte, es liege an ihr, aber... du bist das Kind, Robert. Wir leben in einer schlimmen Zeit, und ich erwarte ein Kind von einem Kind. Gott helfe mir.«

Der Empfang im Hotel Kaiserhof begann um acht Uhr, doch der Bankettsaal war bereits eine halbe Stunde vorher vollkommen überfüllt. Geladen oder ungeladen, jeder, dessen Zukunft irgendwie von der deutschen Filmindustrie abhing, war gekommen, um sich anzuhören, was die neue Regierung in Gestalt des kleinen, humpelnden Mannes mit dem prägnanten Profil erwartete. Robert stellte fest, daß die Verkäufer von Parteiabzeichen und Uniformen in den letzten Tagen das Geschäft ihres Lebens gemacht haben mußten. Wenn wirklich alle, die sich heute hier entsprechend dekoriert zeigten, Parteimitglieder waren, vollzog sich die Aufnahme in blitzartiger Geschwindigkeit. Oder der alte Hugenberg hatte den Kostümfundus der UFA freigegeben.

»Man will schließlich weiter engagiert werden«, sagte ein Bekannter mit einem verlegenen kleinen Lächeln zu ihm, ohne ihn anzusehen.

Gewiß, dachte Robert, warum, glaubst du, bin ich hier? Wir unterscheiden uns nur in der Art, wie wir uns anbiedern. Er griff nach dem nächsten Glas Sekt, das er erhaschen konnte, und versuchte, den bitteren Geschmack in seinem Mund loszuwerden. Um die Zeit zu überbrücken, versuchte er, die Schauspieler herauszufinden, die nicht erschienen waren. Eigentlich fiel ihm kaum einer auf. Von Emil Jannings abwärts bis hin zu einigen Schauspielern, an die er sich nur deshalb vage erinnerte, weil sie in *Carmilla* mitgespielt hatten, waren alle gekommen. Ob er wohl genauso nervös wirkte? Was die Regisseure anging... durch seine Größe hatte er es leichter als die meisten, den Saal zu überblicken. Er entdeckte Fritz Lang, der mit seinem Monokel und einem steinernen Gesichtsausdruck noch feindseliger aussah als Philipp gestern, und doppelt so unglücklich. Ob er wohl in der Hoffnung hier war, die Freigabe für *Das Testament des Dr. Mabuse* erwirken zu können? Die Frau neben ihm kam Robert ebenfalls vage bekannt vor, und dann fiel ihm wieder ein, daß er sie auf Zeitungsphotos gesehen hatte. Es handelte sich um Thea von Harbou, die Drehbuchautorin aller Lang-Filme und seit kurzem die Exfrau von Fritz Lang. Die Scheidung dieses Paares hatte einigen Klatsch und Tratsch hervorgerufen, aber anscheinend verkehrten sie immer noch freundschaftlich genug miteinander, um gemeinsam auf einem Empfang wie diesem zu erscheinen. Auf jeden Fall machte die Harbou einen wesentlich glücklicheren Eindruck als Lang.

Der Gedanke an Scheidungen brachte ihn auf Monika, und um diese Assoziation zu unterdrücken, stürzte er sich auf das nächste bekannte Gesicht und fing ein Gespräch mit einem der Produzenten bei Astoria an. Dieser erklärte, von *Iffland* beeindruckt gewesen zu sein, und deutete vorsichtig an, weitere Projekte seien möglich, wenn… ja, wenn die Zukunft etwas absehbarer wäre. Robert sah sich erneut nach einer Kellnerin um.

Pünktlich um acht traf Goebbels ein, rechts und links von Vertretern des deutschen Hochadels umrahmt. »Prinz August Wilhelm von Preußen«, sagte Roberts Gesprächspartner. »Heißt das, die Hohenzollern erhoffen sich durch Hi… durch den Kanzler eine Rückkehr?«

Robert bezweifelte das, doch es lohnte sich nicht, darüber zu diskutieren. Gespanntes Schweigen legte sich über die Menge. Die ersten beiden Redner, der Produzent und Regisseur Carl Froelich und Ludwig Klitzsch, der Chef der UFA, wurden weniger gehört als überhört. Alles wartete darauf, was der neue Minister eines eigens für ihn geschaffenen Ministeriums zu sagen hatte.

Der Mann ist Rheinländer, dachte Robert, als Goebbels zu sprechen anfing; es war die Art von belangloser Beobachtung, die ihm in den Kopf kam, wenn er sich von etwas, das er gerade erlebte, distanzieren wollte. Rheinländer, obwohl er ein perfektes Hochdeutsch spricht. Er klingt längst nicht so aggressiv wie bei seinen Reden im Radio. Man könnte sogar sagen, er klingt versöhnlich.

Die Kunst sei selbstverständlich frei, verkündete Goebbels, und solle auch so bleiben. Lediglich gewisse sittliche und politisch-weltanschauliche Normen, ohne die ein staatliches Zusammenleben nicht möglich sei, müßten beachtet werden. Dann stimmte er eine Lobeshymne auf den Film im allgemeinen an, der ihm und dem Führer in der Kampfzeit so manches Mal geholfen habe, sich zu entspannen. Als er zu konkreten Beispielen für die Art Filme, an denen sich die deutsche Filmindustrie zukünftig orientieren solle, griff, wich der saure Geschmack in Roberts Mund einer amüsierten Verblüffung. Als erstes nannte Goebbels den berühmtesten aller sowjetischen Filme, *Panzerkreuzer Potemkin*.

»Trotz seiner Tendenz«, verkündete der Mann mit dem Raubvogelprofil, »ist dieser Film ein Kunstwerk, ein Kunstwerk ohnegleichen und ein Vorbild dafür, wie weltpolitische Anschauungen mit allen Mitteln moderner Technik wirkungsvoll zum Ausdruck gebracht werden können.«

Das muß ich Kathi Brod schreiben, dachte Robert. Goebbels macht Werbung für Eisensteins Hymne auf die Oktoberrevolution. Er verlagerte sein Gewicht von einem Bein auf das andere und stellte fest, daß man durch das viel zu enge Beieinanderstehen der Leute in diesem überfüllten Saal das Erstaunen, das durch die Menge lief, als Goebbels mit seiner Liste bewundernswerter Filme fortfuhr, körperlich spüren konnte.

Der Minister stellte sich als Verehrer von Greta Garbo in *Anna Karenina* heraus. Soviel zu dem Herumgehacke auf dem degenerierten Hollywood und seinen jüdischen Studiobesitzern, schloß Robert, aber der Gedanke an Hollywood schloß sofort Carla mit ein und den Wunsch, sie würde hier sein und die allgemeine Ratlosigkeit, die sich auf den meisten Gesichtern abzeichnete, mitbekommen. Das nächste Beispiel kam endlich aus Deutschland. Es waren die *Nibelungen* von Fritz Lang. Nun ja, vom Thema her stand das zu erwarten; außerdem war der Film »dem deutschen Volke« gewidmet. Nein, der Gedanke war kleinlich; die *Nibelungen* waren zweifellos ein Meisterwerk, kein Grund, anzunehmen, Goebbels würde sie nur aus Nationalgefühl loben. Vielleicht würde Fritz Lang seine *Mabuse*-Fortsetzung doch noch freibekommen.

Das abschließende Beispiel war *Der Rebell*, produziert von niemand anderem als Carlas Paul Kohner. Seinem Regisseur, Kurt Bernhardt, war gerade sein neuestes Projekt entzogen worden, er durfte nur noch die französischsprachige Fassung drehen. Robert hatte den Film nicht gesehen, aber er kannte Bernhardt vage, und da seit einigen Wochen Ahnenforschung in der Filmindustrie hoch angeschrieben wurde, wußte er, daß Bernhardt Jude war. Genau wie die Regisseure der anderen Filme, die Goebbels genannt hatte. Was entweder hieß, daß die Nazis ihre eigene Propaganda so ernst nicht nahmen und sich Helmut und Brigitte entspannen konnten oder daß Goebbels' Privatgeschmack sich von dem, was er für die Öffentlichkeit wünschte, unterschied. Aber warum dann diese Beispiele nennen? In Robert keimte Hoffnung, die so lange anhielt, bis Goebbels nach dem Zuckerbrot die rhetorische Peitsche schwang.

»Sie können sich sicher fühlen, meine Herren«, sagte er. »Die Zeit der ewigen Regierungswechsel ist vorbei. Wir sind jetzt da, und wir bleiben! Darauf können Sie sich verlassen!«

»Der Mann ist besser im Drohen als Philipp«, sagte Robert später zu Jean-Pierre, als er mit ihm in der Bar des Hotels, in dem er die Schweizer untergebracht hatte, saß. Dieter hatte sich am vergangenen Abend eine Erkältung eingefangen und lag bereits im Bett, als ein deprimierter Robert bei seinen alten Freunden auftauchte und sehr offensichtlich seelischen Beistand brauchte.

»Aber wirklich peinlich wurde es erst, als er zu reden aufhörte. Dann stimmten nämlich die wenigen echten Braunhemden im Publikum das Horst-Wessel-Lied an, und die übrigen Uniformierten fühlten sich verpflichtet mitzusingen. Nur kannte offensichtlich keiner den Text!«

Er lachte, doch es lag keine Heiterkeit in seiner Stimme, als er fortfuhr: »Das hat aber niemanden daran gehindert, so zu tun, als ob, selbst wenn sie nur mitgesummt haben. Strophe nach Strophe, und die Spitzen der Filmkunst standen da und gaben Lalalas von sich, im richtigen Takt, versteht sich. Grundgütiger. Das Glas ist ja schon wieder leer.«

Jean-Pierre fand insgeheim, daß Robert schon genügend getrunken hatte, aber der Junge war nicht in der Stimmung für Lektionen in Mäßigung, also ließ er es sein.

»Und du?« fragte er ruhig. »Hast du auch mitgesummt?«

»Nein«, entgegnete Robert und starrte in sein leeres Glas. »Aber ich bin geblieben und habe mich in die Schlange eingereiht, um dem Minister vorgestellt zu werden. Vor ein paar Monaten waren diese Kerle nur ein schlechter Witz für mich, und dann stehe ich da, warte darauf, daß der Chefpropagandist eines österreichischen

Anstreichers mich anspricht, und hoffe, daß sein Geschmack in Filmen umfassend genug ist, um meinen einzuschließen. Gott, ich glaube, mir ist schlecht, Jean-Pierre.«

»O nein. Ganz gewiß nicht. Sich in einer Hotelbar zu erbrechen ist so ziemlich das Stilloseste, was man tun kann, und wir haben dich besser erzogen.«

Wie erhofft, löste das ein schwaches Grinsen aus, das jedoch schnell wieder von Roberts Lippen wich.

»Aber verstehst du«, sagte Robert, »mir wurde heute klar, wie unglaublich schnell alles geht. Wenn ich jetzt schon soweit bin, mich darum zu sorgen, was ›ein schlechter Witz‹ von mir denkt… wie geht das dann weiter? Ich würde ja gerne behaupten, daß ich den ganzen Abend lang nur an Peter und Astrid und ihre sogenannte Schutzhaft dachte, aber das stimmt nicht. Ich dachte daran, daß in den heutigen Abendzeitungen nur eine einzige verdammte Kritik über *Iffland* erschienen ist. Gut, vielleicht brauchen die anderen Zeitungen noch ein paar Tage, aber ich glaube, sie wollten einfach noch auf den Kommentar von oben warten. Also sagte ich nicht etwa: Ich habe ein paar Freunde, die für nichts und wieder nichts inhaftiert wurden, und könnten Sie Ihren Kumpanen nicht befehlen, sie freizulassen?, sondern: Herr Minister, haben Sie eigentlich *Iffland* gesehen? Und jetzt sag mir, daß ich keine Ratte bin.«

»Doch, aber eine sehr ansehnliche. Ich gebe allerdings zu, daß die ganze Situation in diesem Land mir reichlich bizarr erscheint.«

Robert schaute sich nach dem nächsten Kellner um, und Jean-Pierre beschloß, nun doch einzuschreiten. Er wußte, daß Roberts Vater Alkoholiker gewesen war, und vermutete, daß er Robert aus diesem Grund noch nie betrunken erlebt hatte. Wäre dem nicht so, würde Roberts Verhalten ihn nicht so beunruhigen, aber wenn jemand Tabus, die er sich selbst gesetzt hatte, ignorierte, stimmte etwas ganz und gar nicht. Robert belastete weit mehr als die politische Lage. Jean-Pierre seufzte und stand auf. Er war in der letzten Woche nicht viel zum Schlafen gekommen und hatte sich angesichts Dieters Krankheit auf einen ruhigen Abend gefreut, aber nun sah es so aus, als sei es an ihm, dieser enervierenden Kreuzung aus Bär und Wunderkind beizustehen.

»Ich schlage vor«, sagte er, »wir verlegen weitere seelische Ergüsse auf mein Zimmer. Ich finde diesen Anfall von Demut und Selbsterniedrigung überaus angebracht und faszinierend, vor allem angesichts deiner sonstigen Bescheidenheit, aber ich bezweifle, ob der Rest der Gäste diese Meinung teilt. Im allgemeinen geht man in eine Bar, um sich zu amüsieren, und deine Stimme, mon cher, trägt nun einmal sehr weit.«

Robert ließ sich überzeugen, aber nicht, ohne vorher noch eine Flasche zu erwerben. Als Jean-Pierre seine Zimmertür aufsperrte, stellte er fest, daß kein Licht mehr aus dem Durchgang zu Dieters nebenan gelegenem Raum fiel. Dieter schlief also schon. Gut. Das letzte, was er in seinem Zustand gebrauchen konnte, war, ebenfalls den Beichtvater für Robert spielen zu müssen, und Dieter war ein zu netter Mensch, um sich zu weigern, Kopfweh hin, Fieber her. Was Robert anging, Robert brauchte eine kalte Dusche. Symbolisch gesprochen.

»Also«, sagte er zu dem Jungen, der sich auf die Couch geworfen hatte und bereits dabei war, sich ein neues Glas einzuschenken, »wo waren wir stehengeblieben? Du bist eine Ratte, weil du dich zuerst für dich selbst und erst dann für deine Freunde interessierst. Bitte mach weiter.«

»Das ist nicht komisch«, murmelte Robert düster.

»Das soll es auch nicht sein. Selbsterforschung sollte man gründlich betreiben. Ich bin sicher, deiner Frau würden noch ein paar Bezeichnungen mehr einfallen.«

Damit hatte er offenbar ins Schwarze getroffen. Robert stellte das Glas auf den Tisch, stützte die Ellenbogen auf die Knie und vergrub sein Gesicht in den Händen.

»Mein Leben ist eine einzige Katastrophe.«

»Zweifellos. Aber wann war es das nicht?« fragte Jean-Pierre, setzte sich neben ihn und nutzte die Gelegenheit, um die Flasche vorsichtig außer Reichweite zu manövrieren.

»Ich habe alles, was ich konnte, in diesen Film gesteckt, und so, wie es aussieht, wird er nur in ein paar Städten laufen und dann vergessen werden. Meine Frau kriegt bald ein Kind, und ich bin mir ziemlich sicher, daß ich sie nicht liebe, auch wenn ich sie gern habe, meistens jedenfalls, aber gerade jetzt bin ich lieber überall sonst als bei ihr. Einige meiner Mitarbeiter sind nur hiergeblieben, weil sie mir vertrauten, und um ihnen Arbeit zu verschaffen, muß ich selbst welche haben, und um das zu bewerkstelligen, muß ich mich, wie es jetzt aussieht, bei einem Haufen größenwahnsinniger Schmierenkomödianten einschmeicheln. Und bei einem Hai. Außerdem weiß ich nicht, was Carla sagen wird, wenn sie erfährt, daß ich sie als Bestechung für Philipp verwende. Das Schlimmste ist, ich habe zwar die feste Absicht, sie davon abzuhalten zurückzukommen, solange der Anstreicher und seine Genossen an der Macht sind, aber ich weiß nicht... weiß nicht, wie lange ich das durchhalte. Gott, der Kerl klang heute so verdammt sicher.«

Er imitierte die scharfe, präzise Diktion. »*Wir sind gekommen, um zu bleiben!* Was ist, wenn es länger als zwei Jahre dauert? Was ist, wenn es fünf Jahre sind oder acht? Jahre, die ganz genauso sind wie die letzten Tage? Irgendwann halte ich das alleine nicht mehr aus, und dann flehe ich Carla an zurückzukommen, obwohl ich genau weiß, daß ich sie damit gleichzeitig auch dem Hai ausliefere.« Er sackte über dem schmalen Tisch vor der Couch zusammen, den Kopf in den Armen vergraben.

Jean-Pierre sagte nichts. Er schüttelte nur schweigend den Kopf. Als er Roberts Schultern berührte, um zumindest dieser melodramatischen Pose ein Ende zu bereiten, entdeckte er, daß sie völlig verspannt waren, und begann sie zu massieren. Gleichzeitig wuchs seine Besorgnis.

»Danke«, sagte Robert mit geschlossenen Augen, während die Knoten in seinen Schultermuskeln sich unter Jean-Pierres Fingern langsam lösten. »Das ist das Netteste, was in der letzten Zeit jemand für mich getan hat.«

»Das ist ganz bestimmt das Netteste, was ich je für dich tun werde, mein Lieber. Du solltest wieder mehr Sport treiben. Wenn du derartig verkrampft herumläufst, findest du auf keiner Bühne Arbeit, ganz gleich, wer gerade an der Regierung ist.«

Als Robert nichts entgegnete, was ihm nicht ähnlich sah, befürchtete Jean-Pierre, seine kleine improvisierte Therapie sei ins Leere verlaufen. Sehr viel mehr geistreiche Bemerkungen, um die alte Schlagfertigkeit in Robert zu provozieren und ihn damit aus seiner Depression herauszuholen, fielen ihm nicht ein. Doch dann setzte sich der Junge – er ist dreiundzwanzig, dachte Jean-Pierre, ich muß aufhören, ihn immer noch als Jungen zu bezeichnen – plötzlich auf und drehte ihm das Gesicht zu. Die braunen Augen schauten immer noch ernst, aber die Verzweiflung war verschwunden und durch etwas anderes ersetzt worden.

»Bist du *sicher*, daß du nicht noch etwas für mich tun könntest?« fragte Robert, und obwohl in seiner Stimme ein Hauch von Spott lag, brachte er es fertig, gleichzeitig herausfordernd und hilfsbedürftig zu klingen. Diese Stimme mit ihren verschiedenen Schattierungen war eindeutig das größte Geschenk, das ihm die Natur verliehen hatte. »Du und ich haben schließlich noch eine alte Rechnung offen.«

»Robert«, sagte Jean-Pierre vorsichtig, »das hatten wir doch alles schon einmal.«

»Ja, als der Meister der Lebensweisheit mir erklärte, daß ich immer noch auf Vatersuche sei und das mit meinen jugendlichen Hormonstürmen vermenge. Aber inzwischen bin ich keine sechzehn mehr und, ich kann dir versichern, ganz und gar nicht auf der Suche nach weiteren Vätern.«

»Nein, aber unter dem Einfluß von etwas zuviel Alkohol und bemüht, weitere Mittel zu finden, um deine Sorgen zu ertränken. Mein lieber Robert, es ist nicht eben schmeichelhaft, als Ersatz für einen Vollrausch betrachtet zu werden.«

Abgesehen davon, brauchte Robert derzeit jemanden, der ihm sagte, was er tun sollte, und Jean-Pierre wußte, daß er seinen Status als Autoritätsfigur sofort verlieren würde, wenn er sich dazu verführen ließe, die Situation auszunutzen. Er spürte Erleichterung bei dem Gedanken, bald in die Schweiz zurückzukehren. So mußte es Leuten gehen, die Kinder hatten, obwohl seine Gefühle für das geniale Monstrum, das ihn da mit seinen mandelförmigen Schokoladenaugen fixierte, durchaus nicht nur väterlicher Natur waren. Er hatte vom ersten Moment an, als der Junge in Dieters und sein Leben geschneit war, gewußt, daß sie sich auf ein wandelndes, wenn auch reizvolles, Problem einließen.

»Feigling«, sagte Robert, klang jedoch weniger gekränkt als belustigt. Es war zwar nicht das, was Jean-Pierre beabsichtigt hatte, doch das kleine Scharmützel vertrieb offensichtlich erfolgreich den selbstverachtenden Zorn, der Robert seit der Filmpremiere plagte.

»Möglicherweise«, gab Jean-Pierre mit einer anerkennenden Handbewegung zu. »Frag mich noch einmal, wenn du in keinerlei Schwierigkeiten steckst, und du erhältst vielleicht eine andere Antwort.« Robert steckte immer in irgendwelchen Schwierigkeiten; das gehörte zu seiner Natur, und das wußten sie beide. »Bis dahin habe ich ein paar konkrete Vorschläge zu deinem derzeitigen Dilemma, aber die können bis morgen warten, bis auf einen: Ist eine Scheidung unmöglich, erleichtert man sich das Leben, indem man vor Mitternacht bei seiner Frau erscheint. Avanti.«

»Eines Tages«, murmelte Robert, stand jedoch tatsächlich gehorsam auf und griff nach dem Mantel, den er wegen der kalten Märznacht getragen hatte, »erlebe ich auch noch, daß du in einer Szene nicht das letzte Wort behältst, Jean-Pierre.«

... Das, meine liebe Carla, wage ich zwar zu bezweifeln, doch damit möchte ich meinen Bericht über unseren gemeinsamen Freund schließen, nicht ohne einige beruhigende Worte. Am nächsten Tag waren Roberts gewohnte Bescheidenheit und Zukunftsscheu wiederhergestellt. Er zeigte sich dankbar für meinen Vorschlag, mit Weib und Kind eine Gastsaison in der Schweiz einzulegen, meinte jedoch, eine noch bessere Idee zu haben. So, wie ich sie verstanden habe, hat sie etwas mit den Auslandsfassungen seines Films zu tun. Wie er die mit seinen inhaftierten Mitarbeitern verbinden will, erklärt er vermutlich in dem Schreiben, das ich beilege. Offensichtlich beabsichtigt er, mich als eine Art Poststelle für Euren Briefverkehr zu nutzen. Eine dritte Karriere für mich? Leider konnte ich mich nie für die Kleidung der heutigen Briefträger erwärmen; mir schwebt da eher etwas Antikes wie die geflügelten Hermessandalen vor...

Was Dein Fräulein Brod angeht: Es geht ihr gut. Sie schreibt zornige Artikel und weniger zornige Geschäftsbriefe für M. Lemartin, einen Bekannten Dieters, dessen Sekretärin bald heiratet und der eine mehrsprachige Halbtagskraft benötigt, bis der Ersatz anfangen kann. Meine Wenigkeit und Dieter erfreuen sich ebenfalls wieder bester Gesundheit – Dieters Erkältungen verfliegen zum Glück immer schnell – und stehen nun vor der grausamen Aufgabe, Wilhelm Tell einstudieren zu müssen. Die Kasse will es so. A bientôt – Jean-Pierre.

Lieber Halef – ganz kurz, einen Teil weißt Du ja schon durch den anderen Brief (er mußte schließlich einigermaßen echt wirken) und

Jean-Pierre. Es tut mir sehr leid wegen P., aber mir fiel wirklich nichts anderes ein, und der Mann verdient es, ausgenutzt zu werden, oder? Jedenfalls ist mir der rettende Gedanke in Sachen Peter und Astrid gekommen. Bewaffnet mit den genau drei positiven Rezensionen, die inzwischen erschienen sind, besuchte ich meine lieben Freunde bei Astoria und schwärmte ihnen von dem Abend im Kaiserhof vor. Natürlich waren sie dort, sie hatten zu große Angst, um nicht dort gewesen zu sein, aber wir taten alle so, als hätte es sich nur um einen netten kleinen Empfang gehandelt. Dann erinnerte ich sie daran, daß Klitzsch in seiner Rede, der der Minister zugestimmt hatte, die Bedeutung des Exports für die deutsche Filmindustrie großgeschrieben hatte. Was der UFA recht ist, muß für uns doch billig usw., und ich machte das Möglichste aus meinem kurzen Wortwechsel mit G., den zum Glück keiner von ihnen gehört hatte. Am Schluß waren sie dann bereit für meinen Vorschlag, Iffland ordentlich – d.h. ungeschnitten – in Österreich und in der Schweiz vorstellen zu lassen… nicht von mir, sondern von meinem Mitproduzenten und einem der Mitverfasser des Drehbuchs. Vorausgesetzt natürlich, daß er aus der Schutzhaft entlassen wird. Also bitte, schreib einen einigermaßen heimwehkranken Brief, den ich dem Hai vorweisen kann, und wenn es noch so schwerfällt. Mit etwas Glück verschaffst Du Peter und Astrid damit einen guten Abgang aus Deutschland. Und laß Dich von den Hollywoodianern nicht unterkriegen – Sam.

Die Hitze in Kalifornien machte Carla nach wie vor zu schaffen. Aus der angenehmen Wärme bei ihrer Ankunft war eine endlose Reihe glühendheißer Tage geworden, die sie zum größten Teil zwischen Scheinwerfern und Kameras im Studio verbrachte. Allmählich verstand sie, warum die Straßen hier ohne Abflußrinnen gebaut wurden. Es regnete nie. Die Küstenlage machte die Luft seltsamerweise auch nicht feuchter. Der trockene Wind, der sie jeden Morgen empfing, wenn sie mit Nancy Nakamura zu dem riesigen Studiogelände von Universal hinausfuhr, kam direkt aus der Wüste.

Die Fahrt dauerte beinahe eine Stunde, und da ihre Rollen gelegentlich aufwendige Masken verlangten, was bedeutete, daß sie schon zwischen sechs und sieben im Studio zu sein hatte, stand sie gewöhnlich spätestens um fünf Uhr auf, wusch sich schnell und schlüpfte in das Kleid, das Nancys Vater, dem eine Wäscherei gehörte, am Abend zuvor für sie geplättet hatte. Sie mochte die Nakamuras, auch wenn die meisten von ihnen ihr Rätsel aufgaben, vor allem, weil ein solches Ausmaß an Hilfsbereitschaft gegenüber einer Fremden einfach neu für sie war. Nancys Arbeitszeit begann erst später, doch sie bestand darauf, mit Carla aufzubrechen, was es Carla ersparte, jetzt schon einen eigenen Wagen kaufen zu müssen. Die Miete, die Carla zahlte, war dafür kaum eine angemessene Gegenleistung, also bestand sie an den Abenden, an denen sie bei den Nakamuras aß, darauf, zumindest das Geschirr zu waschen, und übte mit Nancys Mutter, die nicht sehr gut Englisch sprach, die Vokabeln, die sie selbst neu lernte, etwas, das Nancys jüngere Geschwister, zwei Jungen und zwei Mädchen, immer wieder zum Lachen brachte.

»Du kriegst einen Okinawa-Akzent«, sagte das ältere Mädchen, Lucy Midori, »und Mama klingt wie ein Hunne!«

Das brachte ihr einen Knuff von ihrer Schwester und die Mahnung, es heiße »Deutscher«, ein, aber Carla fühlte sich nicht beleidigt. Es war nur sehr seltsam, in einer großen, fremdartigen Familie zu leben, fast so seltsam wie die neue Welt des Studios; seit ihrer Internatszeit war sie die Nähe so vieler Menschen auf so engem Raum nicht mehr gewohnt.

Die Kinder lösten gemischte Gefühle in ihr aus. Manchmal, wenn sie Lucy oder George dabei zusah, wie sie sich konzentriert über ihre Hausaufgaben beugten oder in dem kleinen Vorhof Seil sprangen, konnte sie nicht anders, sie fragte sich, ob ihr Kind wohl ähnlich gelacht oder die Stirn gerunzelt hätte, und dann wünschte sie, sie hätte Nancys Angebot nicht angenommen und wäre in einem Hotel geblieben. Meistens jedoch boten das Geplapper und die Fragen eine willkommene Ablenkung von ihren eigenen Problemen.

Nancy selbst gab ihr das größte Rätsel auf. Meistens umgab sie sich mit einer ruhigen, undurchdringlichen Würde, etwas, das auch auf Mr. Nakamura, ihren Vater, zutraf, der eher wie ein buddhistischer Mönch als wie ein Wäschereibesitzer wirkte. Anders als ihre Geschwister und ihre Mutter, lachte Nancy so gut wie nie und machte auch keinen Versuch, sich mit Carla anzufreunden. Gelegentlich hatte Carla den Eindruck, daß sich in der makellosen, distanzierten Höflichkeit eine gewisse Feindseligkeit verbarg, aber das ergab keinen Sinn: Warum dann die wirklich immens große Hilfsbereitschaft? Als das erste *serial* abgedreht war, was nur wenige Wochen gedauert hatte, war es Nancy, die Carla von den Erfolgsmeldungen erzählte, die in Sachen *Dash Daring und die Sternendämonin* bei Universal eintrafen, und ihr vorschlug, für die acht Teile von *Shebas Rückkehr* etwas bessere Arbeitszeiten zu verlangen, und sie darauf aufmerksam machte, daß sie, wenn sie weiterhin selbst an den diversen Turmaufbauten hing, die sie fliegend aussehen ließen, sich das doppelt anrechnen lassen konnte.

»Weil viele der jüngeren Serialdarsteller Stuntleute sind, wissen sie das, doch ein Schauspieler, der nicht dafür ausgebildet ist, kann ein Stuntdouble fordern oder sich entsprechend mehr bezahlen lassen.«

Nun, daß mehrere ihrer neuen Kollegen eher darin geübt waren, von Treppen oder Pferden herunterzufallen, als Texte zu sprechen, war offensichtlich, doch den Grund – die geringeren Kosten für Stuntleute – erfuhr Carla erst von Nancy. Es war eine von vielen nützlichen Informationen, die alle im gleichen höflichen, unbeteiligten Tonfall geliefert wurden. Seit dem Tag von Genevieves Beerdigung hatte Carla keinen weiteren Anflug von Bitterkeit, Beunruhigung oder Zorn erlebt, und langsam fragte sie sich, ob sie sich diese Reaktionen bei Nancy nur eingebildet hatte. In jedem Fall war Nancy eine nützliche Studie, sollte sie jemals eine Nonne spielen müssen. Sie konnte sich Nancy sehr gut als gotische Skulptur vorstellen, das feingeschnittene Gesicht von einem dreieckigen Schleier umrahmt, völlig reglos.

Einstweilen spielte sie eine Sternendämonin und, in dem neuesten *serial*, deren unschuldige, jungfräuliche Doppelgängerin, die von Dash Daring, dem Weltraumhelden, geliebt wird und deren Körper die eigentlich im vorigen *serial* durch eine Laserkanone vernichtete Sheba aus dem Jenseits übernehmen will. Die *serials* wurden in einem mörderischen Tempo gedreht, denn es standen weder genug Zeit noch Geld zur Verfügung. Für ein Einarbeiten in die Rolle blieb keine Zeit; nicht, daß es nötig gewesen wäre. Doch Carla hütete sich, ihren Text nur herunterzuleiern, ganz gleich, wie lächerlich er ihr vorkam. In ihrer Erinnerung hörte sie ihre Lehrerin sagen: *Es gibt keine kleinen Rollen, nur kleine Darsteller.* Es kam darauf an, Boden zu gewinnen und Eindruck zu machen, und wenn das Material ein knappes, schwarzes Lederkostüm und Zeilen wie »Erdling, ich werde dich vernichten« waren, dann ließ sich das eben nicht ändern. Noch nicht.

Nach dem Scherz der kleinen Lucy, sie eigne sich einen japanischen Akzent an, kam Carla der Einfall, tatsächlich zu versuchen, Mrs. Nakamuras zwitschernde Sprechweise zu imitieren. Es war zwar ein völlig anderer Sprachrhythmus als der, den sie selbst gelernt hatte, aber Shebas Zeilen auf diese Art zu deklamieren machte sie schwieriger und bewahrte sie vor Langeweile. Den Regisseuren – Männern, die meist jede Woche wechselten – gefiel es, und es brachte den Maskenbildner auf die Idee, ihre Augenbrauen endlos zu verlängern und ihr einige chinesische Schriftzeichen auf die Arme zu malen. Als Nancy sie einmal während einer Drehpause so sah, verzog sie die Lippen zu einem ihrer seltenen Lächeln und erklärte, der Maskenbildner habe offenbar die Speisekarte eines chinesischen Restaurants mitgehen lassen.

Gegen Ende des zweiten *Dash-Daring*-Mehrteilers ließ sich ihr Empfangskomitee, Arnie die Kröte und Fred das Wiesel, wieder blicken. Carla saß gerade in der Maske; die Sternendämonin würde sich in der nächsten Szene in einen Drachen verwandeln, und der Maskenbildner legte ihr an den Beinen und den Armen Schuppen an, die hauptsächlich aus Leim und altem, aufgeweichtem Zeitungspapier bestanden. Der vollständige Drache aus Pappe stand bereits zur Verfügung. Es handelte sich um ein altehrwürdiges Tier aus der Geschichte Hollywoods, ein Bestandteil der riesigen Bauten, die D.W. Griffith für *Intolerance* errichtet hatte, den Film, der sein Meisterwerk werden sollte und statt dessen seine Karriere beendete. Seither dienten die mit immensem Aufwand in Lebensgröße fabrizierten Gebäude als Steinbruch für budgetlose Filme.

»Na, Honey«, sagte Arnie und wischte sich den Schweiß von der Stirn, »wie geht es Ihnen?«

Es ging ihr ganz und gar nicht gut. Als sie am Abend zuvor erschöpft in ihr Zimmer bei den Nakamuras zurückgekehrt war, hatten dort mehrere Briefe aus Europa auf sie gewartet, und jetzt, wo ihr die verhältnismäßig lange Anpassung der Maske Zeit zum

Grübeln ließ, machte sie sich abwechselnd Sorgen und wünschte sich, Robert wäre hier, damit sie ihn durch und durch schütteln könnte. Er mußte verrückt geworden sein, nicht auf Jean-Pierres Angebot einzugehen und mit Monika schleunigst in die Schweiz zu verschwinden, jetzt, wo die Sache mit dem Film gelaufen war. Und was seinen Einfall anging, sich von Philipp unterstützen zu lassen, indem er sie auf verquere Weise als Köder einsetzte... Es brachte jede einzelne Erinnerung zurück, die sie hatte loswerden wollen, und außerdem Fragen, die sie zusätzlich quälten. Philipp hatte zweifellos nur eingewilligt, um Robert desto effektiver ruinieren zu können, einmal, weil er ihn ohnehin nicht ausstehen konnte, und dann, um sich über Robert an ihr zu rächen. Aber die Ungewißheit blieb. Wer sagt dir, flüsterte ihr eine Stimme zu, daß du ihn nicht hättest ändern können, wenn er dich nach all dem, was zwischen euch vorgefallen ist, so sehr zurückwünscht?

Es hatte keinen Sinn, darüber nachzudenken. Dieser Teil ihres Lebens war vorbei, und allein die Vorstellung, diese ständige Tortur einer Beziehung noch einmal von neuem zu beginnen, nachdem es lange genug gedauert hatte, bis sich das Band endlich löste, war absurd. Und was ihr jeder von den Verhältnissen in Deutschland schrieb, ließ sie erst recht froh sein, den Schritt hierher gemacht zu haben.

»Es geht mir gut, Arnie, danke«, erwiderte sie und versuchte, die Frage zu unterdrücken, ob Sternendämoninnen spielen und nett zu Wieseln und Kröten sein wirklich besser war, als einer anderen Art von Kröte beim Empfang für die deutsche Filmindustrie die Hand zu schütteln. »Und Ihnen?«

»Danke, danke. Könnte besser sein. Die Drüsen, wissen Sie? Tja, wie ich höre, machen Sie sich nicht schlecht hier.«

»Und niemand hat Sie bisher mit Dolores und *Carmilla* in Verbindung gebracht«, fiel Fred ein.

Der Maskenbildner ignorierte die Besucher und kroch um sie herum. Dort, wo die Schuppen trockneten, zog sich ihre Haut schmerzhaft zusammen und brannte.

»Heißt das, meine Beförderung zu den Spielfilmen steht unmittelbar bevor?« fragte sie so unbekümmert wie möglich.

Arnie lachte. »Nein, Sugar, so haben wir nicht gewettet. Sie machen sich sehr gut da, wo Sie sind. Die Kids lieben den letzten

Dash Daring, aber die würden ihn lieben, ganz gleich, wen wir in dieses Lederoutfit stecken. Hübsche Mädchen gibt's hier wie Kiesel am Strand, also machen Sie sich da mal keine falschen Vorstellungen, klar?«

Offensichtlich lief es auf einen neuen Härtetest hinaus. Sie schluckte einen weiteren Satz Hoffnungen hinunter, blickte kühl geradeaus in den Spiegel, wo sie den Augen der beiden Männer begegnete, die sie gespannt beobachteten, und entgegnete gleichgültig:

»Wollen Sie etwas Bestimmtes, Arnie, oder sind Sie mit all den Komplimenten einfach nur auf ein Autogramm aus?«

Arnie lachte erneut und tätschelte ihr mit seiner breiten Hand die Schulter, bis der Maskenbildner mißbilligend knurrte, als er in die Nähe der Armschuppen geriet.

»Na ja, vielleicht will ich einfach nur nett zu Ihnen sein, Honey. Ihre Ankunft hier verlief ja etwas unglücklich, und ich gebe zu, Sie sehen in dem Ding da etwas besser aus als der Durchschnitt, ganz abgesehen davon, daß Sie laut Joe immer Ihren Text beherrschen. So was verdient eine Belohnung. Wie wär's mit einem Abendessen?«

Sie spürte keine Überraschung, nur ein dumpfes Pochen im Hinterkopf, das eine Migräne ankündigte. Früher oder später mußte so etwas kommen, wenn nicht von Arnie, dann von jemand anderem. Den Begriff der Besetzungscouch gab es auf beiden Seiten des Atlantik, und Carla hatte in den letzten Jahren das Prinzip sowohl funktionieren als auch versagen sehen. Die kleine Blondine, die in *Dash Daring und die Sternendämonin* die Heldin gespielt hatte, war naiv genug gewesen, um eine solche Einladung, als sie von dem gelangweilten Hauptdarsteller kam, anzunehmen und zu glauben, er würde sich dafür einsetzen, ihr in den *serials* eine permanente Rolle zu verschaffen. Seither hatte man sie nicht mehr gesehen, und der ehemalige amerikanische Champion im Schwimmen, der in *serial* nach *serial* einen Zukunftshelden in engen Trikots verkörperte, flirtete längst mit dem Skriptgirl.

Der Intendant des Theaters in Darmstadt, wo sie eine Saison verbracht hatte, war dagegen berüchtigt dafür gewesen, weiblichen Reizen nicht nur zugänglich zu sein, sondern seine Versprechungen in Sachen Besetzung auch einzuhalten, und die Schauspielerinnen, die sich mit ihm verabredet hatten, erzielten damit für gewöhnlich gewisse Erfolge. Carla selbst war bisher noch nicht auf einen Versuch in Sachen Besetzungscouch angewiesen gewesen, was nicht bedeutete, daß sie sich erhaben über diesen Aspekt des Schauspielerdaseins fühlte. Bei der entsprechenden Motivation – Verhungern oder eine Hauptrolle auf der größten Bühne, in dem wichtigsten Film des Landes – hielt sie sich durchaus für fähig, ihren Stolz zu unterdrücken und das Spiel mitzuspielen. Doch im Moment und bei diesem Mann mangelte es ihr an einer derartigen Motivation. Sie war nicht eben glücklich darüber, seit Monaten nicht mehr richtig gearbeitet zu haben; es fehlte ihr, in eine andere Haut zu schlüpfen, und da sie zur Zeit mit sich selbst noch etwas schlechter zurechtkam als gewöhnlich, schlugen sich die Unzufriedenheit und Leere besonders stark auf sie nieder. Aber sie hatte auch schon wesentlich schlimmere Tage erlebt, und was den finanziellen Aspekt anging, ihre Ersparnisse waren noch längst nicht aufgebraucht. Es kamen noch zwei weitere Faktoren dazu. Arnie schien ihr genau die Art Widerling wie der Dash-Daring-Darsteller zu sein, und außerdem vermutete sie, daß es sich immer noch hauptsächlich um eine Kraftprobe in Selbstbehauptung handelte, sonst hätte er sein Anhängsel nicht mitgebracht.

»Danke, ich mache gerade eine Diät«, entgegnete sie gelassen. »Aber Fritz hier sieht aus, als könnte er etwas mehr Nahrung benötigen. Bezahlen Sie ihm nicht genügend, Arnie?«

»Fred«, verbesserte das Wiesel zähneknirschend, während sich die Augen seines Vorgesetzten verengten. Er ließ ihre Schulter los.

»Der neue Präsident hat ja alle möglichen Beschäftigungsprogramme angekündigt«, sagte er kalt. »Die wird das Land auch brauchen, wo die Arbeitslosigkeit hier weiter steigt und steigt.«

»Haben Sie kein Vertrauen in Ihre Regierung?« fragte Carla unschuldig und tat, als verstehe sie ihn nicht.

»Nein. Ich hab Hoover gewählt, nicht diesen Demokratenheini mit seinen Zigarillos.«

Einer der Beleuchter steckte den Kopf in die Maske und fragte, wann Carla endlich fertig sei. Der Maskenbildner nickte ihr zu, und sie nahm ihr Stichwort wahr. Sorgfältig darauf achtend, niemanden mit den schuppigen Armen und Beinen zu berühren, stand sie auf und lächelte Fred und Arnie zu.

»Ich würde liebend gerne noch bleiben und weiter über amerikanische Politik diskutieren, Jungs, aber die Pflicht ruft.«

Die Drachenszene war ihre letzte für dieses *serial*, obwohl der Rest
der Crew noch zwei Tage weiterdrehen würde. Als sie mit Nancy
durch das Tor des Studios fuhr, hatte sie die Begegnung mit den
zwei Universal-Angestellten eigentlich schon vergessen; statt dessen holten sie die Gedanken an ihre Post wieder ein. Sie war wütend
auf Robert, sie machte sich Sorgen um ihn, aber vor allem vermißte sie ihn. Wenn er hier wäre, würde er vermutlich auf die Idee kommen, sich auch an einem dieser *serials* zu versuchen, nur, weil er das
noch nie getan hatte. Als Drehbuchautor, Regisseur und Hauptdarsteller natürlich, und weil das dem Studio Geld sparen würde,
könnte er es vermutlich sogar durchsetzen. Sie sah es vor sich –
Robert König als Ugolino, das Monster vom Mars. Das Ganze
würde Spaß machen und ihr nicht das Gefühl geben, Tag um Tag zu
verschwenden…

Ärgerlich auf sich selbst, schüttelte sie den Kopf. Sie war nicht
Roberts wegen Schauspielerin, und wenn sie ihn brauchte, um
etwas aus sich zu machen, dann stand sie Monika an Abhängigkeit
und Parasitentum in nichts nach. Es galt, sich die positiven Aspekte vorzuhalten. Der amerikanische Partner ihres deutschen Agenten hatte sie wegen Genevieve glatt abgelehnt, doch inzwischen war
es ihr gelungen, bei einer anderen Agentur unterzukommen. Bei
dem nächsten *serial* handelte es sich immerhin um eine Detektiv-
geschichte, und sie spielte die Mörderin. Nicht gerade Lady Macbeth, doch sie hatte die Chance, doppeldeutig zu sein, vor allem,
weil noch nicht klar war, wie viele Folgen das *serial* haben würde,
und ihre Schuld sich erst im letzten Teil herausstellen durfte.
Außerdem hatte man ihr bei der Agentur eine kleine Sprechrolle als
Dienstmädchen in einem der Spielfilme verschafft. Das bedeutete
nur einen oder zwei Tage Arbeit, größer war die Rolle nicht, und
sie hatte eigentlich gehofft, Dienstmädchen genauso hinter sich zu
haben wie Kinder- und Botenrollen, aber es gab ihr etwas zu
tun.

»Wie ich hörte, erhielten Sie heute Besuch von Mr. Mintzer und
Mr. Waldorf«, sagte Nancy und unterbrach ihr Grübeln. Carla
nickte.

»Das überrascht mich nicht. Wissen Sie, es sind bereits ein paar Anfragen an die PR-Abteilung gerichtet worden. Wenn das nächste *serial* an die Kinos vertrieben wird, werden Photos von Ihnen mitgeliefert werden. Sie sollten nichts überstürzen, aber wenn Sie Ihre Karten richtig ausspielen und die nächsten drei, vier *serials* weiter soviel Post einbringen, dann werden Sie eine Spielfilmrolle erhalten. Und einen neuen Lebenslauf, versteht sich.«

Da sie in westlicher Richtung fuhren und die untergehende Sonne ihr direkt ins Gesicht schien, hatte Carla bisher die Augen geschlossen gehalten. Die stechende Helligkeit, als sie die Lider öffnete und zu Nancy schaute, trieb ihr die Tränen ins Gesicht, und sie war dankbar für ihre Brille, die zumindest den Wind abhielt.

»Warum helfen Sie mir eigentlich?« fragte sie unvermittelt.

»Miss Fehr, als Angestellte des Studios ist es meine Pflicht, mein Bestes für meinen Arbeitgeber zu geben. Das bedeutet, potentielle Gewinnmöglichkeiten zu fördern und nicht zuzulassen, daß sie ignoriert werden. Ich habe *Carmilla* gesehen. Sie sind eine große potentielle Gewinnmöglichkeit.«

»Danke«, sagte Carla trocken und fügte auf deutsch hinzu: »Aber ich glaube Ihnen kein Wort.« Wieder ins Englische wechselnd, setzte sie hinzu: »Sind Sie mit allen gestrandeten Schauspielern so gewissenhaft?«

»Dafür werde ich bezahlt.«

Das beendete ihr Gespräch für eine Weile. Carla dachte nach. Offenbar hatte sie sich nicht geirrt, was den eigentlichen Grund für das Auftauchen von Kröte und Wiesel heute betraf; es ging aufwärts. Andererseits … sie hatte sich bisher nicht die Mühe gemacht, eine der *serial*-Folgen anzuschauen, weil sie Arnie in diesem Punkt insgeheim recht gab: Es spielte keine große Rolle, wer in diesem schwarzen Lederkostüm steckte, und selbst wenn sie damit ein paar jugendliche Anhänger gewonnen haben sollte, war es kein großer Beweis schauspielerischer Fähigkeiten, mit dem man bei zukünftigen Rollenverteilungen hausieren gehen konnte. Sie stellte sich Kathi vor, wie sie eine der zwanzigminütigen Folgen in Augenschein nahm, möglichst die, in der Sheba die Sternendämonin versuchte, den wackeren Dash Daring erst zu becircen und dann mit Hilfe einer phantasievoll umgewandelten Gießkanne seine Lebenskraft aus ihm herauszusaugen. Es würde Kathis schlimmste Vorurteile über Sinn und Zweck des Schauspielerinnendaseins bestätigen. Bei dem Gedanken mußte sie lachen, bis sie sich erinnerte, daß Kathi sich derzeit in einem fremden Land befand und nicht in ihre Heimat zurückkehren konnte, ohne wie ein guter Teil ihrer Freunde verhaftet zu werden. Ihr Kichern erstickte jäh. Sie hatte das Gefühl, daß Nancy sie beobachtete, doch als sie wieder zu ihr hinschaute, blickte die zierliche Asiatin ruhig geradeaus auf die Straße.

Eigentlich war es erstaunlich. Carla kannte nicht viele Frauen, die das Autofahren beherrschten, obwohl es, als Nancy es ihr gezeigt hatte, leicht zu lernen gewesen war. Eleonore beispielsweise konnte sich zwar problemlos mehr als einen Wagen leisten, doch sie hatte selbstverständlich einen Chauffeur. Zugegebenermaßen waren Carlas Vorstellungen von Asiatinnen früher stark von Puccini und *Madame Butterfly* beeinflußt gewesen, doch Nancys Dasein entsprach bestimmt nicht der Norm. Wie war sie eigentlich dazu gekommen, für Universal Drehbuchgutachten und werbende Briefe an Zeitungen zu schreiben, statt in der Wäscherei ihres Vaters mitzuhelfen oder Kleider zu nähen? Je länger Carla darüber nachdachte, desto mehr packte sie aufrichtige Neugier. Sie legte sich eine Formulierung zurecht, die sie für taktvoll hielt, weil sie Nancy nicht kränken wollte.

»Ihre Stellung zu finden kann nicht einfach gewesen sein.«

»Sie meinen«, gab Nancy zurück, und zum ersten Mal seit Genevieves Beerdigung zeigte sie wieder etwas Temperament, »weil ich Japanerin bin?«

»Nein, nur…«

»Natürlich meinen Sie das. Eine Weiße hätten Sie das nicht gefragt.«

Großartig. Es kam Carla in den Sinn, daß ihr Konversationstalent sich offenbar darauf reduziert hatte, Leute zu beleidigen, ob sie es nun wollte oder nicht. Sie suchte noch nach einer Entschuldigung, als Nancy weitersprach. Die Erbitterung veränderte ihr Gesicht; ohne die undurchdringliche Ruhe, in die sie sich gewöhnlich hüllte, verlor es die Makellosigkeit einer Skulptur und füllte sich statt dessen mit Leben. Sie erinnerte Carla an eine zarte Tuschzeichnung, die plötzlich zu Fleisch und Blut wurde.

»Mein Vater«, sagte Nancy heftig, »und das hätten Sie längst erkennen können, würde an der Universität von Berkeley unterrichten, wenn das Leben gerecht wäre. Er hat die nötige Ausbildung. Aber nicht die richtige Herkunft, also wäscht er Kleider, genau wie es sein Vater getan hat, und ist mittlerweile sogar stolz darauf, daß ihm die Wäscherei jetzt gehört. Immerhin wollte er mich nicht als Wäscherin sehen. Früher dachte ich, er wollte, daß ich tue, was ihm nicht vergönnt war. Aber später stellte sich heraus, daß er mich nicht deswegen unterrichtet hat, sondern damit ich eine akzeptable Ehefrau für einen Gelehrten abgebe. Nun, wie Sie ja sehen können, leben wir alle mit unseren Enttäuschungen. Ich bin nicht verheiratet, aber ich bin in der Lage, Drehbücher schneller zu lesen als einige Produzenten, leicht begreifliche Inhaltsangaben zu verfassen und aufgebrachte Verleiher zu beschwichtigen. Ganz zu schweigen von dem Betreuen ausländischer Gäste.«

Sie verstummte, schöpfte Atem und sah starr geradeaus. Die Knöchel ihrer schmalen Finger, die sich um das Lenkrad schlangen, zeichneten sich weiß gegen die blaßgoldene Haut ab. Bis der Wagen vor dem Haus der Nakamuras hielt, schwieg sie, und Carla hütete sich, das Schweigen zu brechen; ganz gleich, was sie auch sagte, Nancy würde es im Moment vermutlich als Herabsetzung auffassen. Als die junge Frau ausstieg, war ihre gewohnte kühle Ruhe wiederhergestellt.

»Entschuldigen Sie, Miss Fehr«, bemerkte sie, während sie ihre Autotür öffnete; es kam Carla in den Sinn, daß die stete Weigerung, ihren Vornamen zu benutzen, etwas, das Nancy ihr umgekehrt schon am ersten Tag angeboten hatte, ein weiteres Rätsel darstellte. »Mein Ton war unangemessen; es wird nicht wieder vorkommen.«

Darauf ließe sich manches erwidern, unter anderem eine eigene Entschuldigung, und eigentlich wollte Carla die ganze Angelegenheit mit ein paar beschwichtigenden Worten beenden und sie so schnell wie möglich vergessen. Doch etwas hinderte sie daran, diesen Ratschlag des gesunden Menschenverstands zu befolgen. Statt dessen verharrte sie auf dem Beifahrersitz und beobachtete Nancy dabei, wie sie um das Auto herumging. In dem dämmrigen Abendlicht zeichnete sich ihre Figur wie eine Gestalt aus einem der Scherenschnitte ab, die Mrs. Nakamura in ihrem Wohnzimmer aufgehängt hatte.

»Schade«, sagte Carla und öffnete einige Sekunden, ehe Nancy sie erreicht hatte, selbst die Tür. »Wissen Sie, Miss Nakamura, es steht Ihnen, unangemessen zu sein.«

Eine von Nancys Schwestern hatte mit ihrer Klasse das Kino besucht, um einen Film über George Washington zu sehen. Im Vorprogramm war die zweite Folge von *Dash Daring: Shebas Rückkehr* gelaufen, und nun bestürmte sie Carla, ihr zu verraten, wie es weiterging.

»Welche Folge war das?«

»Die, wo du am Schluß deinen magischen Ring auf ihn richtest. O bitte, sag mir doch, was als nächstes passiert. Annie meint, er habe noch seine Laserpistole im Ärmel, aber er kann dich ja nicht erschießen, weil du in dem Körper von dem Mädchen steckst, das er liebt, also...«

Mrs. Nakamura sagte etwas auf japanisch zu dem Kind, das sie jedoch ignorierte.

»Lucy«, meinte Nancy, »Miss Fehr hat einen harten Tag hinter sich.«

Und einen unangenehmen Brief vor sich, dachte Carla und lächelte dem Mädchen zu. »Das stimmt. Heute habe ich mich in einen Drachen verwandelt.« Sie sog die Wangen ein und zischte dabei. »So!«

Die Kleine tat so, als würde sie sich hinter dem Vorhang verstecken, der die Küche von dem Wohnzimmer abtrennte. Mrs. Nakamura lachte, fügte jedoch eine erneute mahnend klingende Bemerkung hinzu, und Lucy kam widerwillig hervor, eine Grimasse schneidend. Die Familie hatte bereits gegessen, und offenbar forderte sie ihre Mutter auf, ins Bett zu gehen.

»Gute Nacht, Carla«, sagte sie; die jüngeren Nakamuras hatten Carla nie anders angesprochen. Dabei legte sie die Arme um Carlas Hals und gab ihr einen Kuß auf die Wange, was sie noch nie getan hatte. Es war ein unerwartetes Gefühl, so von einem Kind umarmt zu werden. Der Grund stellte sich sofort heraus; Lucy Midori wisperte ihr ins Ohr: »Schreibst du mir ein Autogramm für die Schule?«

Carla mußte sich beherrschen, um ernst zu bleiben. »Ja«, flüsterte sie zurück, und Lucy rannte die Treppe hoch in den ersten Stock, wo das Kinderzimmer lag.

Die kleine Mahlzeit, die Mrs. Nakamura für sie aufbewahrt hatte, bestand aus Gemüse und rohem Fisch. Seit ihrer Ankunft in Los Angeles hatte Carla von mehr Fischarten gegessen als je zuvor in ihrem Leben. Anfangs war es eine kulinarische Entdeckungsreise gewesen; nach beinahe zwei Monaten verblaßte der exotische Reiz, und sie begann, von Schweinebraten, Klößen und Wirsing zu träumen, von Rinderroulade und Steinpilzen, Kalbsbraten, Spätzle und Rahmmorcheln,und vor allem von Saucen, in denen kein Soja enthalten war. Außerdem vermißte sie richtiges Brot. Weder in dem japanischen Viertel, in dem sie wohnte, noch auf dem Studiogelände ließ sich etwas anderes auftreiben als das schlaffe, breiweiche Gebäck, das in diesem Land als Brötchen durchging. Sollte es ihr je gelingen, zu einem der Laemmles vorzudringen, stand die Frage, ob es in Los Angeles deutsche Bäcker gab, auch auf ihrer Liste.

An diesem Abend allerdings aß sie den mit Avocado versetzten Aal, ohne auch nur im geringsten darauf zu achten, was sie sich in den Mund schob. Die Gedanken an die Briefe aus Europa und alles, was sie mit sich brachten, hatten sie endgültig wieder eingeholt. Kathi fiel ihr ein, wie sie Heine rezitierte: *Denk ich an Deutschland in der Nacht, so bin ich um den Schlaf gebracht...* In der Tat.

Als sie in ihrem eigenen Zimmer saß, an dem Tisch, der ihr gleichzeitig als Sekretär und Kommode diente, ließ sie Roberts Briefe, Jean-Pierres Brief, Kathis Brief durch die Finger gleiten und nahm hier und da einzelne Worte wahr, ohne sie wirklich zu registrieren. Natürlich würde sie Robert den gewünschten Brief schreiben, und es stand nur zu hoffen, daß es Peter und Astrid tatsächlich helfen würde. Aber sie waren keine Kinder mehr. Im Internat war es ein Spiel gewesen, immer zwei Arten von Briefen zu schreiben, eine Fluchtmöglichkeit aus dem Exil, in das sie ihr Vater verbannt hatte. Sie wußte nicht, ob sie noch mit der gleichen Unbekümmertheit fälschen und lügen konnte, jetzt, wo die Zeit der Spiele vorbei war und es Nachrichten gab, die ihr den Magen umdrehten.

Sie zog eine der Schubladen auf, wo sie Photographien, alte Briefe und einige andere Erinnerungen aufbewahrte. Hier in Amerika war es nicht mehr nötig, sie wegzusperren; es gab niemanden in diesem Land, dem sie auch nur das geringste bedeuteten. Eines der

Photos zeigte Robert und sie während der Proben für *Othello*; der photographierwütige Hugo hatte es gemacht, weil Robert in dieser kritischen Zeit, seinem letzten Theaterglücksspiel, im Vorfeld niemanden von der Presse dabeihaben wollte, aber einige Aufnahmen für notwendig hielt. Dieses spezielle Photo war nicht zu verwenden gewesen. Robert haßte es, weil er fand, er sehe darauf aus »wie ein schwarzer Teddy im Wettkampf mit dem Sarotti-Mohr«, aber es brachte sie jedesmal zum Lächeln, wenn sie es betrachtete. Das andere Photo, das sie nach einigem Zögern hervorzog, war viel älter. In der starren, für Familienphotos üblichen Anordnung standen dort die Gäste von Mariannes Hochzeitsempfang. In der Mitte Marianne, in ihrem Brautkleid und mit einem nervösen, gequält fröhlichen Gesichtsausdruck. Dann ihr Vater, sitzend, weil er mit seinem kranken Bein nicht so lange stehen wollte, wie der Photograph es forderte. Und auf Mariannes anderer Seite, den Kopf ein wenig zur Seite geneigt, als habe er gerade mit jemandem hinter sich gesprochen und wäre noch dabei, sich wieder umzudrehen, der Bräutigam. Philipp sah auf dem Photo jünger aus als in ihrer Erinnerung an diesen Tag, aber vielleicht lag das daran, daß sie inzwischen älter war als er damals. Abrupt drehte sie das Photo um und legte es wieder in die Schublade zurück. Dabei stießen ihre Fingerspitzen gegen den kleinen Beutel, den sie immer noch nicht weggeworfen hatte, obwohl sie es sich immer wieder vornahm. Sie tat es auch diesmal nicht. Statt dessen öffnete sie ihn und holte den Ring hervor. In dem hellen, künstlichen Licht der elektrischen Glühbirne an der Decke konnte sie die Inschrift genau erkennen, die ihr das erstemal aufgefallen war, als sie den Reif nach ihrer Krankheit endlich von ihrem Finger herunterziehen konnte. Nicht, daß er es ihr je gesagt hätte. Nicht, daß er es so meinte.

Lieber Bobby – mit jedem Tag, der vergeht, frage ich mich, ob nicht alles ein einziger Fehler war. Ich verbringe meine Zeit damit, für ein lächerliches Gehalt lächerliche Dinge zu tun, und die Hoffnung am Horizont, die besagt, daß mich das wieder zu einem sinnvollen Leben führen wird, rückt immer ferner. Du und ich haben schon immer ein fatales Talent dafür gehabt, Unheil heraufzubeschwören, doch die bisherigen Gewitter konnten wir wenigstens zusammen durchstehen. Hier bin ich allein, und sei bitte nicht so eitel, anzunehmen, daß sich das nur auf Deine Abwesenheit beziebt. Ich wußte nicht, daß man mit seinen Freunden auch eine gemeinsame Sprache verlieren kann, eine ganze Welt. Hier gibt es niemanden, der versteht, was ich meine, wenn ich von Golems spreche, oder was an einem Aquarium komisch ist. Mit Professoren bringt man nur die Universität in Verbindung, und mit Anstreichern nur Wände. Soll ich Dir etwas völlig Verrücktes gestehen? Ich vermisse sogar den Mann, der seit zehn Jahren mein Leben ruiniert. Es war sehr seltsam, in Deinem Brief auf seinen Namen zu stoßen; und das Schlimmste ist, hinterher wurde mir klar, daß ich gehofft hatte, etwas über ihn zu hören.

Deine Frau muß inzwischen ihr Kind bekommen haben, nimm also meinen herzlichen Glückwunsch entgegen. Junge oder Mädchen? Haben sich ihre Verwandten schon blicken lassen, oder bist Du für sie weiterhin »die angeheiratete Zumutung«? Das alles kommt mir nur zu bekannt vor... Ich glaube, ich mache lieber Schluß, bevor ich endgültig dem Selbstmitleid verfalle. Ich hasse mich in dieser Stimmung. Carla.

Sam – ich hasse Dich dafür, daß ich diesen Brief schreiben mußte. Ich hoffe, er macht Dich glücklich. Wenn er Dir das mit dem Anstreicher übelnimmt, geschieht Dir das nur recht. Sollten Dich Albträume plagen, gibt es doch noch eine göttliche Gerechtigkeit. Ich wünsche Dich auch sonst in die Hölle, aber bitte, laß Dir Zeit damit, und geh nicht jetzt schon... wo Du doch statt dessen Schokolade in der Schweiz essen könntest. BITTE! Halef

Die Tinte hatte Spuren auf ihren Händen hinterlassen. Es gab ein Waschbecken in dem Raum nebenan, der ihr auch als Schlafzimmer diente, doch sie entschloß sich, ein Bad zu nehmen. Die Ereignisse des heutigen Tages klebten an ihr wie Obstsaft, sie konnte ohnehin nicht schlafen, und außerdem spürte sie immer noch hier und da zähe Überreste der papierenen Drachenschuppen. In diesem Haus befanden sich glücklicherweise zwei Badezimmer, und eines davon, das sie mit Nancy und den Mädchen teilte, befand sich gleich auf der anderen Seite des Flurs. Carla schlüpfte in ihren Bademantel, nahm sich ein Handtuch und verließ ihre Räume. Inzwischen war es völlig dunkel im Haus; sie hatte lange für ihre Briefe gebraucht, weil sie den ersten immer wieder unterbrochen, umgeschrieben und schließlich weggeworfen hatte. Ein Dutzend Entwürfe füllten ihren Papierkorb, und sie entschied, die endgültige Fassung gleich morgen loszuschicken, denn wenn sie sich Gelegenheit gab, noch länger darüber nachzudenken, würde sie es nie tun. Wann er wohl in Deutschland ankommen würde? Ihr erster Bericht, der über ihre Ankunft, hatte wohl nicht mehr als zwei Wochen gebraucht, doch Roberts zwei Antwortbriefe und Jean-Pierres Erklärungen waren vor fast sechs Wochen abgeschickt worden, wobei das Schreiben, das Robert aus Deutschland abgeschickt hatte, und die kurze Notiz, die Jean-Pierres Brief beilag, gleichzeitig eingetroffen waren.

Noch damit beschäftigt, den genauen Zeitabstand nachzurechnen, öffnete sie die Badezimmertür und erstarrte. Es brannte kein elektrisches Licht, doch in dem hellen Mondschein, der durch das große Fenster fiel, sah die Flüssigkeit, die vom Rand der Badewanne auf den Boden tropfte, fast schwarz aus. Der Wasserdampf, der Carla entgegenschlug, trug den kupferartigen Geruch von Blut. Er brachte eine Erinnerung mit sich, eine verbotene Erinnerung... Jemand stürzte. Blut auf dem Boden. Und die Stimme ihres Vaters, die abwechselnd wütend und verzweifelt klang, während er sich über jemanden beugte. Einen Wimpernschlag lang konnte sie die Gestalt in der Wanne, die bei ihrem Eintreten schwach den Kopf drehte, nicht erkennen, dann setzte ihr Verstand wieder ein und holte sie in die Gegenwart zurück. Sie stürzte zu der Wanne, griff nach dem heraushängenden Arm mit dem aufgeschnittenen Handgelenk und wickelte ihr Handtuch darum, während Nancy flüsterte: »Gehen Sie weg. Gehen Sie doch weg.«

Später fragte sich Carla, warum sie nicht sofort lauthals um Hilfe geschrien hatte. Aber zu dem Zeitpunkt fiel es ihr nicht ein. Nach einem hastigen Knoten um Nancys linkes Handgelenk griff sie nach dem rechten, das, ebenfalls aufgeschnitten, noch im Wasser lag, und preßte den Schnitt zusammen, während sie mit ihrer anderen Hand an ihrem Bademantelgürtel zerrte, um ihn zum Abbinden zu verwenden.

»Lassen Sie mich in Ruhe!« stieß Nancy hervor, aber entweder war sie schon zu schwach, um anders als verbal zu protestieren, oder sie wollte es nicht wirklich; in jedem Fall setzte sie Carla keinen Widerstand entgegen. Carla ignorierte sie; nachdem sie das andere Handgelenk abgebunden hatte, griff sie unter die Achseln der jungen Frau und zerrte sie aus dem Wasser. Ihr ureigenster Albtraum war zum Leben erwacht. Jemand starb vor ihren Augen. Aber diesmal konnte sie etwas dagegen tun. Erst jetzt kam es ihr in den Sinn, das Licht anzuschalten und sich nach ordentlichen Verbänden umzusehen, und dann fiel ihr auch ein, nach Nancys Eltern zu rufen. Sie öffnete gerade den Mund, als Nancy so verzweifelt, daß es sie innehalten ließ, sagte: »Bitte – bitte nicht!«

Carla kniete wieder neben ihr nieder. »Wo sind die Verbände?« Beim Klang ihrer eigenen Stimme wurde ihr klar, daß sie in der Aufregung deutsch gesprochen hatte, doch ihr fiel das englische Wort nicht ein. Beschwörend griff sie nach Nancys Handgelenken und fühlte durch den durchtränkten, unzulänglichen Frotteestoff das Blut strömen.

»Leben«, sagte sie, weil ihr englisches Vokabular sich mit einemmal drastisch reduziert hatte, »Leben – Hilfe – bitte! Nicht aufgeben!«

Nancy wandte den Kopf zur Seite; ihrem Blick folgend, entdeckte Carla neben dem Wandspiegel einen braunlackierten Kasten, in dem sie Pflaster, Mullbinden und eine Schere vorfand. Während sie Nancys Handgelenke verband, gab sie alle Versuche auf, sich auf ihr Englisch zu konzentrieren.

»Was soll das?« fragte sie wütend auf deutsch, schnitt etwas mehr Mull ab und fand es befreiend, ungehemmt auf jemanden zornig sein zu können. »Wie kann man nur so dumm sein! Spielen Sie gern russisches Roulette, ist es das? Sie haben doch, was Sie wollen, einen Beruf, eine Familie, ein Zuhause – wie können Sie das alles wegwerfen? *Was zum Teufel haben Sie sich dabei gedacht?!?«*

Ihre Stimme war lauter und lauter geworden, und der letzte Satz hallte von den Wänden des Badezimmers wider. Wie ein Echo erwachten nun Geräusche in dem Haus, eine Tür knackte, und sie hörte Mrs. Nakamuras Stimme leise fragen, ob ihr etwas fehle. Nancy griff nach Carlas Fingern, die gerade den letzten Knoten festzogen. Diesmal sagte sie nichts, doch die Bitte in den dunklen Augen war zu einem unmißverständlichen Flehen geworden.

»Nein, mir geht es gut«, entgegnete Carla und fügte nach kurzem Überlegen hinzu: »Ich bin ausgerutscht, das ist alles. Tut mir leid.«

Sie hörte Schritte, die sich entfernten, wieder knackte eine Tür, und erneut legte sich Schweigen über das Haus. Carla starrte Nancy an. Ihr wurde bewußt, daß sie beide in einer mit Blut vermischten Wasserlache halb saßen, halb lagen, daß ihre Hände immer noch glitschig von Nancys Blut waren, obwohl es rasch trocknete, und daß sie beide im fahlen Licht des Mondes zwei nackten Wilden in Kriegsbemalung ähnelten. Außerdem erkannte sie, daß sie gerade die Verantwortung für jemanden auf sich genommen hatte.

»Warum?« fragte sie schließlich.

»Das geht Sie nichts an, Miss Fehr.«

»Kommen Sie mir jetzt nicht so«, sagte Carla ärgerlich. »Natürlich geht es mich etwas an! Wenn Sie wollten, daß es mich nichts mehr angeht, dann hätten Sie mich eben um Hilfe rufen lassen!«

Sie erhob sich und zog den Stöpsel aus der Badewanne, um das Wasser abzulassen und so zumindest den Blutgeruch etwas zu mindern. Dann öffnete sie das Fenster. Sie erinnerte sich an Kathis Erzählung von Senecas Selbstmord. Nun, die alten Römer hatten wenigstens Sklaven, um die Spuren zu entfernen, wenn sie sich die Pulsadern öffneten. Zum Glück gab es hier noch weitere Handtücher; sie machte sich daran, das Chaos auf dem Fußboden zu beseitigen.

»Sie haben das übrigens ganz falsch gemacht«, fuhr sie fort. »Man schneidet sich die Adern nicht quer auf, sondern längs, wenn man es wirklich ernst meint. Haben Sie das nicht im Geschichtsunterricht gelernt?«

Nancy stieß einen kleinen Laut aus, ein unnennbares Ding zwischen einem Seufzen und einem Lachen. Sie setzte sich auf und versuchte, sich bis zur nächstgelegenen Wand zu ziehen, um sich gegen sie zu lehnen, doch Carla bedeutete ihr, sie müsse liegen bleiben und die Arme hochhalten.

»Genevieve hatte recht«, murmelte Nancy so leise, daß es Carla beinahe nicht verstand. »Sie sind unglaublich.«

Weniger der Inhalt der Worte als die Art, wie Nancy Genevieves Namen aussprach, ließen Carla aufhorchen. Sie begann zu begreifen. Ohne mit dem Schrubben innezuhalten, fragte sie behutsam: »Haben Sie es Genevieves wegen getan?«

»Ich bin schuld an ihrem Tod«, erklärte Nancy in einer geister-
haften Parodie ihres üblichen sachlichen Tons. »Die Sache mit dem
Skriptgirl war ein einziges Mißverständnis. Das Mädchen kam aus
Hawaii, wir hatten die gleiche Größe und die gleiche Frisur, und
Dolores hat uns schlicht und einfach verwechselt. Ich kannte Genevieve schon länger – sie hat mir zu meinem Job verholfen, könnte
man sagen –, aber erst nach ihrer Rückkehr aus Europa...«

Als sie stockte, ließ Carla die Tücher sinken und setzte sich
neben sie. Nancy zitterte, aber ihre Stimme klammerte sich an der
distanzierten Höflichkeit eines Geschäftsberichts fest.

»Als es passierte, als mir klar wurde, daß Genevieve, Dolores
und das Mädchen meinetwegen tot waren, da wußte ich schon, was
die einzig ehrenhafte Konsequenz war. Aber ich konnte sie nicht
sofort ziehen. Einmal, weil man meinen Selbstmord vielleicht mit
dem Skandal in Zusammenhang gebracht hätte, und dann wäre das
Leben für meine Eltern unerträglich geworden. Und zum zweiten,
weil ich noch etwas für Genevieve tun wollte. Sie hat solche Hoffnungen in Sie gesetzt. Ich wollte zumindest lange genug dasein, um
sicherzugehen, daß Sie Ihren Weg finden.«

Seltsam, dachte Carla. Ich habe Selbstmörderinnen gespielt, aber
jetzt weiß ich nicht, was ich sagen soll. Jenseits von Bühne und Film
hatte sie nie, niemals einen Menschen gekannt, der bereit gewesen
wäre, sich eines anderen wegen umzubringen. Sie versuchte, ihre
letzte Selbstmörderin zurückzuholen, Susanne in Roberts Film,
aber zum ersten Mal gelang es ihr nicht. All die anderen Leben, in
die sie sich gehüllt hatte, blieben verschwunden und ließen Carla
allein zurück, neben einer zitternden Fremden mit verbundenen
Handgelenken, der sie irgendwie den Mut zum Leben vermitteln
mußte. Aus der Erinnerung hörte sie Marianne in einem der gelegentlichen Versuche, ihr den Katechismus beizubringen, sagen:
*Selbstmord ist die eine Todsünde, die Gott nie vergeben kann, denn
der Täter kann sie nicht bereuen.* Sie fragte sich, ob diese Überzeugung Marianne daran gehindert hatte, ihrem Leben während der
langen Misere des Krebses und der Einsamkeit ein Ende zu setzen.
Aber Nancy hatte keine rigide katholische Erziehung wie Marianne hinter sich, an die man appellieren konnte. Ungebeten und
unvermeidlich drängte sich wieder Puccinis *Madame Butterfly* in
ihre Überlegungen. Klischee oder nicht, Selbstmord entsprach

wohl durchaus japanischen Wertvorstellungen. Es war der *miß-glückte* Selbstmord, den Nancy ihre Eltern nicht sehen lassen wollte. Dann fiel ihr wieder ein, wie Nancy am Tag von Genevieves Beerdigung betont hatte, Amerikanerin zu sein. Sie war in Amerika aufgewachsen, nicht in Japan. Lebensüberdrüssige Amerikaner existierten im Theater- und Opernrepertoire nicht, die Kombination war eigentlich schon ein Paradox an sich, und Carla wurde sich erneut bewußt, in Klischees zu denken, die ihr nicht im geringsten weiterhalfen. Da sich immer noch keine magischen, ermutigenden Worte einstellten, entschied sie sich für eine schweigende Geste und umarmte Nancy.

Kein Wunder, daß die Frau zitterte. Ihr nasser Körper war eiskalt. Carla hätte sich ohrfeigen können. Sie hatte schlicht und einfach vergessen, Nancy abzutrocknen, und dazu kam noch der Blutverlust. Als Krankenpflegerin wäre sie eine völlige Versagerin. »Allmächtiger«, fluchte sie, dann begann sie, ihren Fehler wiedergutzumachen, und versuchte sich daran zu erinnern, was man bei Blutverlust brauchte. Flüssigkeit, das war die offensichtliche Antwort. Außerdem fiel ihr endlich etwas ein.

»Sie können etwas viel Besseres für Genevieve tun, als mich im Auge zu behalten«, sagte Carla eindringlich, während sie Nancys Beine rieb, um wieder etwas Wärme in den Körper zu bringen. »Genevieve war eine Kämpferin. Sie haßte es, wenn jemand aufgab. Es würde ihr den Magen umdrehen, zu sehen, wie Sie hier einfach aufgeben, wo es noch so viel zu tun gibt. Wenn sich niemand darum kümmert, dann verschwinden alle Filme von Genevieve, und in ein paar Jahren weiß man von ihr nur noch, wie sie gestorben ist, nicht, was sie konnte, nichts über ihr Talent oder über ihr Leben. Es ist doch Ihr Beruf, Leute zu überzeugen in der Öffentlichkeitsarbeit, oder? Sie müssen eine Kampagne ausarbeiten, um die Filme zu retten. Und Sie könnten über Genevieves Leben schreiben, auch wenn es nicht gleich veröffentlicht wird, sonst weiß man später nur noch, was in diesen gräßlichen Artikeln stand. Und davor wollen Sie sich drücken? Einfach weglaufen? Genevieve im Stich lassen?«

Nancy schob ihre Hände zur Seite.

»Sie arrogantes Miststück!«

Zorn, das wußte Carla aus eigener Erfahrung, war ein zuverlässiges Lebenssymptom. Es war ihr also gelungen, zu der Frau durchzudringen. Sie nahm sich als nächstes das lange schwarze Haar vor, obwohl Nancy weiter versuchte, sich ihr zu entziehen, doch dazu fehlte ihr die nötige Kraft. Leider gab es keine trockenen Handtücher mehr, doch einige waren weniger feucht als andere. Die nassen Haarsträhnen auszuwringen brachte die Erinnerung an früher zurück, an die Zeit, bevor sie sich das Haar geschnitten hatte. Es würde Stunden dauern, bis es trocknete. Zum ersten Mal war sie für die südkalifornische trockene Hitze aus tiefstem Herzen dankbar.

»Auf geht's«, sagte sie in ihrem besten Kathi-Befehlston, mit einem Hauch der Internatsdirektorin. »Wir verlegen den Rest der Diskussion nach draußen!«

Es dauerte eine Weile und brauchte noch ein paar spitze Bemerkungen, aber schließlich hatte sie Nancy in einem ihrer Pullover, den sie hier in Amerika noch nicht hatte tragen müssen, und in eine Decke gewickelt, in den kleinen Garten vor der Küche manövriert, wo eine Bank stand. Außerdem füllte sie das größte Glas, das sie finden konnte, mit Wasser und schnappte sich auch gleich die kleine Flasche, aus der Mr. Nakamura gelegentlich für sich etwas in einen winzigen Becher goß. Schnaps vermutlich, und damit jetzt wohl das Richtige. Nancy dazu zu bringen, erst das Wasser und dann den Schnaps zu trinken, war überraschend leicht. Vermutlich meldete ihr Körper seine eigenen Bedürfnisse an, nun, da der Schock des mißglückten Selbstmords allmählich abklang.

»Ist das Papas Sake?« fragte Nancy, als Carla aus der Küche zurückkehrte, wo sie das Glas erneut mit Wasser gefüllt hatte. Sie hielt die Flasche in der Hand und betrachtete sie, als handele es sich um ein neues und exotisches Objekt. »Er wird Sie umbringen wollen. Er importiert ihn direkt aus Japan, weil er sagt, der hiesige sei nur Fusel!«

Sie nahm noch einen Schluck und brachte ein eigenartig trostloses, kindliches kleines Lachen zustande. Überhaupt sah sie in Carlas Pullover, der zu groß für sie war, sehr viel jünger aus als sonst, wie eine Vierzehnjährige, die sich verkleidet hat. Angesichts des Haufens von blutigen Handtüchern und Nancys verbundenen Handgelenken hielt Carla eine Flasche japanischen Reisweins für das geringste der Probleme, die morgen (oder war es schon heute?)

erklärt werden mußten. Es war nicht wirklich komisch, aber die Übermüdung und ihr eigener Schock sorgten dafür, daß sie ebenfalls in nervöses Kichern ausbrach.

»Nun, Carla Fehr«, sagte Nancy, als sie sich beide wieder beruhigt hatten, »da Sie entschieden haben, daß ich lebe – wie geht es jetzt weiter?«

»Mit einem Arzt, sobald der Tag anbricht. Und danach mit Arbeit«, entgegnete Carla, setzte sich neben Nancy und betrachtete die Sterne, die ihr in diesem Land immer klarer als in ihrer Heimat erschienen. »Sie arbeiten, ich arbeite... aber nicht morgen. Morgen habe ich frei, und Sie nehmen sich frei. Seit Genevieves Beerdigung habe ich nicht mehr von diesem Land gesehen als Straßen und die verflixten Filmstudios. Morgen machen wir einen Ausflug ans Meer.«

Nancy schwieg eine Weile, und Carla befürchtete schon, daß sie wieder von vorne würde anfangen müssen, daß Nancy sich erneut in den Kokon ihrer Verzweiflung einspann. Bitte, dachte sie und entdeckte, daß sie betete, wie sie es zuletzt getan hatte, als es darum ging, Dr. Goldmanns Hilfe zu gewinnen. Bitte, bitte, bitte...

Wenn jemand sich wirklich umbringen wollte, dann tat er es auch. Sie konnte Nancy nicht vierundzwanzig Stunden am Tag beaufsichtigen. Nach zwei Monaten kannte sie Nancy kaum, doch die Vorstellung, morgen oder an einem anderen Tag ihre Leiche zu finden, tat weh, und das nicht nur, weil Nancy ihr geholfen hatte und sie die Familie Nakamura mochte. Es wurde ihr klar, wie sehr sie den Tod haßte. Jemandem Leben statt Tod bringen zu können... es nahm etwas von der Last der Schuldgefühle, die sie seit ihrer Kindheit trug und die in diesem Jahr fast unerträglich geworden war.

»Sie«, sagte Nancy schließlich, und ihre Mundwinkel zitterten, als wolle sie lächeln oder weinen, »kommandieren die Leute wirklich gerne herum, wie?«

»Nancy Reiko«, antwortete Carla erleichtert, »Sie haben ja keine Ahnung, was noch auf Sie zukommt.«

Für Martin Goldmann war das kleine, warme Bündel, das er in den Armen hielt, einer der wenigen Lichtblicke, die das Jahr 1933 mit sich gebracht hatte. Roberts Tochter, dachte er mit der staunenden Freude, die er jedesmal bei dem Anblick empfand. Barbaras Enkelkind. Es wunderte und verletzte ihn ein wenig, daß Robert die Kleine nicht nach ihrer Großmutter genannt hatte, zumal es Monika entschlüpfte, daß der Name Annette Roberts Idee war; sie selbst war so sicher gewesen, daß es sich um einen Sohn handelte, daß sie die Mädchennamen nie ernsthaft in Betracht gezogen hatte.

»Aber niemand«, protestierte Dr. Goldmann, als Robert ihm den Namen mitteilte, »niemand in deiner Familie heißt so.« Auch niemand in seiner, doch das ließ er unerwähnt. Robert verstand auch so, worauf er hinauswollte, und reagierte in einer überraschenden und kränkenden Weise.

»Weißt du, Dada, es hat mir schon genügt, selbst als Geist meiner Mutter für dich herhalten zu müssen. Das wünsche ich niemandem, schon gar nicht einem Kind, das mit mir als Vater schon genug geschlagen ist.«

Dr. Goldmann hatte nicht gewußt, was er darauf sagen sollte, und sein Schweigen am Telefon hatte Robert dazu gebracht, sich zu entschuldigen, doch es dauerte eine Weile, bis sein Ziehvater die Bemerkung verdrängen konnte. Auch bei seinem heutigen Besuch dachte er wieder daran. Immer hatte er geglaubt, daß die Trauer um Barbara eines der Dinge war, die ihn und Robert verbanden, und nun schien es, daß sie im Gegenteil eine Trennung bewirkte. Und noch immer brachte er es nicht über sich, Robert auf das anzusprechen, was er von Carla erfahren hatte; das Wissen um Barbaras unnatürlichen Tod.

Nicht, daß es sonst keine problematischen Gesprächsthemen gab. Martin Goldmann hielt sich nicht für alt, aber zum ersten Mal begriff er, wie alte Leute sich fühlen mußten, denn er verstand die Zeit nicht mehr, in der er lebte. Der Brand des Reichstags und die Verhaftungen, nun, das fiel noch unter die Dinge, die er sich erklären konnte; nach all den Straßenschlachten war es abzusehen gewesen, daß Hitler seinen größten politischen Gegner, die KPD, auf die eine oder andere Weise ausschalten würde. Und Dr. Goldmann war sich nicht sicher, ob die Kommunisten nicht wirklich den Reichstag angezündet hatten, auch wenn er sich hütete, derartige Überlegungen in seine sorgenvollen Briefe an Käthe in die Schweiz einfließen zu lassen. Aber was ihn immer noch mit tiefem Entsetzen erfüllte, wenn er daran dachte, war die Bücherverbrennung. Er konnte die Bilder der Wochenschau nicht vergessen, nicht die Stimme, die verkündete: »Ich übergebe den Flammen die Werke von Heinrich Mann... Lion Feuchtwanger... Bertolt Brecht.... Stefan Zweig... Sigmund Freud....«

Selbst der Boykott-Tag Anfang April, als vor jedem Geschäft eines jüdischen Besitzers SA-Truppen aufgestellt wurden, hatte ihn nicht so sehr getroffen wie der Anblick brennender Bücher. Deutschland war das Land der Dichter und Denker. Eine Kulturnation. Er war nie ein glühender Nationalist gewesen, auch nicht bevor er Barbara und ihre pazifistischen Freunde kennenlernte, aber diese Überzeugung war ihm so sehr in Fleisch und Blut übergegangen, daß sie ihm nicht als patriotisch erschien, sondern als selbstverständlich. Deutsche verbrannten keine Bücher. Spanische Inquisitoren vielleicht, und er konnte es sich auch von einigen russischen Barbaren vorstellen, aber seine Landsleute taten so etwas einfach nicht.

Wie sich herausstellte, war die Bücherverbrennung nur der Auftakt zu einer ganzen Reihe unbegreiflicher Ereignisse gewesen. Inzwischen waren nicht nur Parteien und Gewerkschaften, sondern auch alle Freizeiteinrichtungen vereinheitlicht und verstaatlicht, und am Vortag seiner Abreise nach Berlin hatte er einen Brief erhalten, den er jetzt, nachdem er Monika das Kind zurückgegeben hatte, voll Kummer und Verwirrung hervorzog und Robert zeigte.

»Ich verstehe das nicht«, sagte er und rückte an seiner Brille. »Ich bin seit mehr als zwanzig Jahren Mitglied dieses Schwimmvereins. Viele der Vereinsmitglieder sind meine Freunde, und ich habe immer meine Beiträge bezahlt. Wie können sie mir da einfach die Mitgliedschaft kündigen? Glaubst du, ich sollte rechtliche Schritte unternehmen?«

Robert sah von dem Brief auf, den er mit einer kleinen Grimasse studiert hatte, und schüttelte den Kopf.

»Nein, Dada. Nur wenn du etwas Geld für nichts und wieder nichts verschwenden willst. Das gehört alles zu unserer schönen neuen Welt«, erwiderte er zynisch, aber wahrheitsgemäß. Er selbst hatte in der letzten Zeit einer ganzen Reihe von Institutionen beitreten müssen, der Reichstheaterkammer, der Reichsfilmkammer, und war dort mit einer beträchtlichen Anzahl von Briefen diverser Denunzianten über seine Vergangenheit konfrontiert worden.

»Ehrlich gesagt«, hatte der Ministerialbeamte abschließend gesagt, »halte ich es für ein Wunder, daß Sie überhaupt noch arbeiten dürfen, Herr König. Meiner persönlichen Meinung nach sind Sie genau die Art von Kulturschädling, die wir loswerden wollen. Aber der Minister war nicht unbeeindruckt von den technischen Fertigkeiten Ihres kleinen Opus und meint, Sie hätten dem deutschen Staat noch etwas zu geben. Nun, wir werden weitersehen, wenn Sie Ihr nächstes Drehbuch einreichen.«

Das »kleine Opus« wurde inzwischen zur denkbar ungünstigsten Zeit, im Sommer, im Ausland präsentiert, wo es hervorragende Kritiken erhielt, aber kaum Publikum anlockte. Nur einmal verursachte es Schlagzeilen, als sich einer der Mitarbeiter öffentlich davon distanzierte. Der aus der Haft entlassene Peter war umgehend nach Frankreich ausgereist und hatte dort einen erbitterten Artikel über seinen ehemaligen Freund und Partner Robert König geschrieben, der sich einem verbrecherischen Regime sofort durch eine antisemitische Titeländerung und das Eliminieren der Namen aller jüdischen Mitwirkenden angedient habe.

»Tut mir leid, Chef«, sagte Astrid, die verheiratet war und daher im Land blieb, denn ihr Gatte, der keine einzige Fremdsprache beherrschte und Österreich verabscheute, war auch nach ihrer Haft nicht zur Ausreise zu bewegen, »aber du mußt das verstehen. Selbst im Gefängnis zu sitzen und dann zu hören…«

»Oh, ich verstehe es. Und du? Haßt du mich auch?«

»Nicht«, entgegnete Astrid mit einem kleinen Lächeln, »wenn ich eine Garantie für meine Mitarbeit an allen zukünftigen Hermes-Projekten erhalte.«

Er gab ihr die Garantie. Nur existierten zur Zeit keine solchen Projekte. Er drehte immer noch an der Rühmann-Komödie und hatte sich bereits für einen Gastauftritt im Schillertheater verpflichtet, weniger, um wieder Theater zu spielen als des Geldes wegen, das er dringend benötigte. Immerhin bestand das Hermes-Ensemble noch, zumindest auf dem Papier; und nun, da die Unsicherheit über Peters und Astrids Schicksal nicht mehr auf seinen Schultern lastete, fühlte er sich auch bereit dazu, neue Pläne zu schmieden. Es konnte nicht zu schwer sein, die Zensur zu überlisten. Einige der besten Stücke der Theaterliteratur waren so entstanden, warum nicht ein Film?

Dr. Goldmanns Besuch allerdings erinnerte ihn daran, daß die Veränderungen in den letzten Monaten weit über ein Wiederaufleben altkaiserlicher Zensurverhältnisse hinausgingen.

»Dada«, begann Robert behutsam, »hast du dir eigentlich schon einmal überlegt, wie es wäre, Fräulein Brod in der Schweiz zu besuchen?«

Als Antwort warf ihm Dr. Goldmann einen vernichtenden Blick zu. »Nein«, sagte er würdevoll. »Dies ist meine Heimat, und ich denke nicht daran, sie als Flüchtling zu verlassen, nur weil mein Schwimmverein mich ausgeschlossen hat. Es ... es wundert mich nur, das ist alles.« Seine Miene klärte sich auf. »Doch nun genug von solchen Ärgernissen. Monika, meine Liebe, darf ich das Kind noch einmal halten?«

Während Robert Dr. Goldmann dabei beobachtete, wie er den Säugling bewunderte und anstrahlte, erfaßte ihn wie meist in Gegenwart des Mannes eine Welle widersprüchlicher Gefühle, eine Mischung aus Zuneigung und Irritation, Ressentiment und Liebe. In Momenten wie diesem behielt die Zuneigung die Oberhand; außerdem kam ihm Dada zum ersten Mal schutzbedürftig vor. Die Sache mit dem Schwimmverein war nur ein kleinlicher Nadelstich, aber Dada hatte es nicht verdient, so behandelt zu werden.

»Monika und ich haben eine Überraschung für dich«, sagte er beiläufig und verließ sich darauf, daß Monikas Erziehung und Taktgefühl es ihr unmöglich machten, ihrer Verwunderung Ausdruck zu verleihen oder ihm zu widersprechen. »Was den Namen des Kindes angeht.«

Dr. Goldmann schaute auf. »Annette ist ein sehr hübscher Name«, meinte er höflich und erwartungsvoll zugleich.

»Ja, das fand ich auch. Aber ein zweiter Name kann nie schaden, und ich bin sicher, sie wird mir nie verzeihen, wenn sie meinetwegen mit einem Rufnamen wie *Nettchen* leben muß ... also haben wir sie außerdem noch Martina genannt.«

Später, als der gerührte und glückliche Dr. Goldmann sich im Gästezimmer zur Ruhe begeben hatte und auch das Baby eingeschlafen war, bat Monika ihren Mann sehr ernst um ein Gespräch.

»Ich halte diesen zweiten Namen für keine gute Idee«, begann sie mit gesenkter Stimme.

»Warum um alles in der Welt nicht?«

»Jemanden nach einer Person zu nennen impliziert eine Verwandtschaft mit dieser Person. Es erscheint mir unklug, in diesen Zeiten...«

Sie hielt inne. Obwohl sie Robert bei der Radio- und Theaterarbeit gelegentlich wütend erlebt hatte, war ihr der Gesichtsausdruck, mit dem er sie nun musterte, neu. Er war kalt, sehr kalt. Trotz seiner Körpergröße war ihr Robert, selbst wenn er mit Gegenständen um sich warf, nie bedrohlich oder angsteinflößend erschienen, im Gegenteil, sie hatte solche Temperamentsausbrüche erst liebenswert exzentrisch und dann beunruhigend kindisch gefunden. Aber in seiner Miene lag nun nichts Kindliches mehr. Er taxierte sie, als sehe er sie zum ersten Mal; seine ganze Körperhaltung war gespannt, als bereite er sich auf eine plötzliche Bewegung vor, und mit einemmal kroch die Furcht in ihr hoch, er könne sie schlagen. Außerdem erinnerte sie sich, wo sie diesen Blick schon einmal gesehen hatte. Nicht bei Robert; bei Carla, kurz bevor Carla diese hassenswerten Worte gesagt hatte, die ihren Glauben an Robert für immer zerstört hatten. Sie wich unwillkürlich einen Schritt zurück. Dann straffte sie sich. Hier ging es um die Zukunft ihres Kindes.

»Es erscheint mir unklug, in diesen Zeiten dem Verdacht Nahrung zu geben, man habe jüdisches Blut.«

»Monika«, sagte Robert, und auch seine Stimme klang völlig verändert, hart und metallisch, »woher willst du eigentlich wissen, daß dem nicht so ist?«

»Ich – ich verstehe dich nicht«, stammelte sie.

»Das wird mir auch immer klarer. Aber ich bin sicher, du verstehst die Grundprinzipien der Biologie. Wenn ein Mann und eine Frau ein Verhältnis haben, dann ist die Wahrscheinlichkeit hoch, daß diesem Verhältnis ein Kind entspringt.«

»Willst du damit sagen...«

»Ich weiß es nicht. Ich habe mich das oft gefragt. Sie haben mir immer erzählt, daß es erst zwei Jahre nach meiner Geburt anfing, aber bevor du dich damit tröstest, bitte ich dich zu beachten, daß Dada ein hervorragender Lügner sein kann, wenn er muß, und er

573

hat die Geschichte, wie er meiner Mutter und mir das erstemal in seiner Praxis begegnete, für meinen Geschmack etwas zu häufig wiederholt.«

»Aber wenn du deinen Vater erwähnt hast, hast du doch immer ...«

»Ich bin ebenfalls ein hervorragender Lügner.«

Er ließ diese Worte noch etwas in sie hineinsickern. Es überraschte ihn selbst, wie stark mit einemmal der Wunsch war, Monika weh zu tun. Natürlich hatte er keinen Zweifel daran, daß Rainer König sein Vater war, und wenn Monika je eine Photographie gesehen hätte, dann wüßte sie auch, weswegen. Doch ihre Bereitschaft, Dada einem bequemeren Leben unter dem derzeitigen Regime zu opfern, zeigte ihm, daß sie die komplizierte Wahrheit – Martin Goldmanns Vaterschaft nicht im biologischen, sondern im emotionalen Sinn – nie begreifen würde. Er mußte ihr Dadas Bedeutung auf eine Weise klarmachen, die sie nicht mißverstehen *konnte*, um zu verhindern, daß sie je wieder auf den Gedanken kam, seine Familie und seine Freunde einem Arisierungsprogramm zu unterziehen. Zumindest hatte er nicht mehr als das vorgehabt... bis ihm klarwurde, was er empfand, als er sie ansah. Eine junge, schöne Frau, die Mutter seines Kindes. Er haßte sie. Es war vollkommen irrational, noch vor ein paar Monaten hatte er aus tiefster Überzeugung zu Jean-Pierre sagen können, daß er sie gern hatte, aber in diesem Moment wünschte er, er wäre ihr nie begegnet.

»Ich fürchte, Monika«, fügte er sarkastisch hinzu, »du hast dich der Dokumentenfälschung schuldig gemacht, als du all diese Anträge für mich ausgefüllt hast. Nach den Kriterien all dieser Institutionen, bei denen ich seit neuestem Mitglied bin, bin ich vermutlich Halbjude. Natürlich ist mir klar, daß jetzt nicht der beste Zeitpunkt für solche Bekenntnisse ist, aber solltest du meinen Vater je anders als deinen Vater behandeln, dann müssen wir den Behörden dieses Malheur wohl offenbaren.«

Damit wandte er sich von ihr ab und verschwand in das Badezimmer. Die Versuchung, die Wohnung zu verlassen und sich entweder bei Freunden einzuladen oder Gesellschaft auf der Straße aufzugabeln, war sehr stark, doch das ließ sich nicht bewerkstelligen, ohne Dada aufzuwecken, der nicht merken durfte, daß etwas nicht stimmte. Er duschte so lange, wie es warmes Wasser gab, und

es beruhigte ihn etwas. Als er wieder in das Schlafzimmer zurückkehrte, blieb er an der Wiege seiner Tochter stehen. Es erstaunte ihn
immer noch, daß er für die Existenz dieses kleinen Wesens verantwortlich war. Er empfand ein merkwürdiges Gemisch aus Zärtlichkeit, Beunruhigung und Ablehnung für sie, und als ihm das klarwurde, erkannte er auch, woher der plötzliche Haß gegen Monika
rührte. Ihre Reaktion auf seine Namenswahl heute war nur der
Anlaß, nicht die eigentliche Ursache. Seine Kapazität für leichther-
zige Zuneigung war, was Monika anging, aufgebraucht. Er liebte sie
nicht, und sie hatten nicht genügend Gemeinsamkeiten für eine
Freundschaft. Selbst unter den günstigsten Umständen hätte das
Zusammenleben mit ihr begonnen, ihn zu diesem Zeitpunkt zu
irritieren, und die Umstände waren katastrophal. Was sie für ihn
jetzt verkörperte, war das Band, die Verantwortung, die es ihm
unmöglich machte, das Land zu verlassen. Unverheiratet und ohne
Kind, hätte er die Hermiaden, soweit es ging, bei Kollegen untergebracht und wäre spätestens nach Peters und Astrids Freilassung
ausgewandert. Das und einige ausgiebige Debatten hätten Dada
genügend unter Druck gesetzt, um es ihm gleichzutun. Aber so,
wie die Dinge lagen...

»Martina«, murmelte er, den neuen Namen auskostend, und
beugte sich über die Wiege. Die verschlafenen Augen öffneten sich
kurz, dann schlossen sie sich wieder. Sie waren immer noch blau,
was wohl bedeutete, daß sie so bleiben würden. Das feine, dünne
Haar war braun wie sein eigenes. »Martina, Martina, Martina, ich
glaube, du hast kein gutes Los mit mir als Vater gezogen. Aber wir
müssen wohl das Beste daraus machen.«

Das, dachte Robert und ignorierte den ängstlichen Blick, den
Monika ihm zuwarf, als er sich auf die andere Seite des Bettes neben
sie legte, ist schließlich meine Spezialität.

20. KAPITEL

Käthe ertappte sich dabei, wie sie ihren Hut zurechtrückte, während sie im Gare de l'Est auf den Zug wartete, und schalt sich töricht. Äußerlichkeiten waren belanglos, obwohl sie ihren Stolz daransetzte, nicht bemitleidenswert auszusehen. Mittlerweile kannte sie sich mit den leicht verächtlichen Blicken aus, die Emigranten wie sie von den Behörden ernteten, kurz ehe man ihnen einen negativen Bescheid zustellte. Es gab vieles an der Schweiz, was sie störte, angefangen mit dem unmöglichen Deutsch bis hin zu der lethargischen Gleichgültigkeit der Bewohner, aber sie hatte doch fest der Tradition des schweizerischen Asylrechts vertraut, und daß man sie ausgewiesen hatte, war wie ein Schlag aus heiterem Himmel gekommen. Ihr Paß hatte seine Gültigkeit verloren; die deutsche Botschaft hatte ihr mitgeteilt, sie sei nun staatenlos. Die deutsche Staatsbürgerschaft zu verlieren war inzwischen das Schicksal der meisten, die Deutschland aus politischen Gründen verließen, und obwohl sie einen – ungedruckten – empörten Artikel über diese Praxis verfaßt hatte, war sie nicht wirklich überrascht gewesen. Doch daß die Schweizer Behörden ihre neue Staatenlosigkeit zum Anlaß nahmen, um sie darauf hinzuweisen, daß sie kein Einwanderungsvisum und keine längere Aufenthaltserlaubnis habe, traf sie unvorbereitet.

Nach Frankreich zu ziehen war ihr Versuch, das Beste aus der Situation zu machen. Dort gab es zumindest bereits eine reguläre Emigrantenpresse, und soweit sie wußte, hatten sich viele ihrer Genossen in Paris niedergelassen. Aber bereits die Einreise zeigte ihr, daß sie vom Regen in die Traufe geraten war. Jeder, der sich länger als zwei Monate in Frankreich aufhalten wollte, mußte eine persönliche Kennkarte beantragen, die nur ausgestellt wurde, wenn man nachweisen konnte, mit einem regulären Visum über einen offiziellen Grenzübergang eingereist zu sein und über genügend

Geldmittel zu verfügen, um seinen Lebensunterhalt bestreiten zu können. Ganz abgesehen davon, daß Staatenlosen keine Visa ausgestellt wurden, war das Vorweisen von ausreichenden Geldmitteln unmöglich. Ihre gesamte Habe in Deutschland war beschlagnahmt worden; was sie bei ihrer Flucht mitgenommen hatte, war längst aufgebraucht, und von dem, was sie in der Schweiz verdient hatte, hatte sie gerade ihren Lebensunterhalt bestreiten können. Sie war fest überzeugt, in Paris bei einer Emigrantenzeitung aufgenommen zu werden, doch sie machte sich keine Illusionen darüber, in der Lage zu sein, davon zu leben. Gewiß, dachte sie, als sie sich entschloß, keine Kennkarte zu beantragen und als Besucherin einzureisen, würde sich auch eine Anstellung als Sekretärin oder Lehrerin finden, nur half ihr diese Gewißheit bei den Behörden nicht weiter.

Also lebte sie in den ersten Monaten des Jahres 1934 so wie die meisten Emigranten in Paris: illegal, in der ständigen Furcht, entdeckt zu werden. Dank des Schweizer Geschäftsmanns, für den sie kurzfristig gearbeitet hatte, fand sie in der Tat Arbeit. Sie übersetzte Briefe für einen Papierfabrikanten und unterrichtete die Kinder zweier Familien in Deutsch. Da sie jedoch offiziell gar nicht existierte, brauchten sich ihre Arbeitgeber auch nicht an offiziellen Gehältern zu orientieren. Ihr Lohn lag noch weit unter dem, was eine französische Bäckereiangestellte verdiente. Sie hätte nie geglaubt, daß ihr Heinrich Fehr, das alte Monstrum, einmal sympathisch werden könnte, aber im Rückblick erschien er ihr zumindest als Arbeitgeber als das Muster eines großzügigen Kapitalisten. Was die französischen Genossen von der FKP anging, sie schenkten den Emigranten und ihren Warnungen zwar Gehör – mehr, als es die Schweizer getan hatten –, und Käthe hatte bereits an mehreren politischen Veranstaltungen teilgenommen, aber was die praktische Hilfe betraf... Man leide selbst noch unter der Weltwirtschaftskrise, so hieß es, und daß die Emigranten bereit seien, illegal zu arbeiten und Hungerlöhne zu akzeptieren, sei der Sache des französischen Proletariats nicht eben dienlich.

Käthe verbot sich, gerade jetzt an solche entmutigenden Umstände zu denken. Dies war der erste freie Tag seit langem, der ihr zur Verfügung stand, und sie erwartete die Ankunft eines guten Freundes, den sie lange nicht mehr gesehen hatte. Da sie ihn überzeugen wollte hierzubleiben, durfte sie nicht über die Schwierigkeiten des Emigrantenlebens grübeln, sondern sich nur die Unmöglichkeit der Alternative vor Augen halten. Das, was sie bei der *Gazette*, der Emigrantenzeitung, für die sie schrieb, wann immer sie dazu kam, gehört hatte, überstieg mittlerweile ihre schlimmsten Vorstellungen.

Der Zug fuhr ein, und wieder ertappte sie sich dabei, an sich herumzuzupfen. Sie trug ihr bestes Kleid, das ihr mittlerweile ein wenig zu weit war, doch sie hatte kein Geld, um es enger machen zu lassen, und kein Talent als Schneiderin, um es selbst zu tun. Sie wußte, daß sich ein paar graue Strähnen mehr in ihrem Haar zeigten; es wäre ihr nie in den Sinn gekommen, sie zu färben, aber sie hatte sich heute morgen vor dem Spiegel dabei ertappt, wie sie das Rouge benutzte, das Carla ihr geschenkt hatte, was sie sonst nie tat; wäre es nicht ein Geschenk gewesen, hätte sie es weggeworfen. Aber es heute aufzutragen gab ihr das Gefühl, keine graue Ziffer in einer stetig wachsenden Kolonne von Flüchtlingen zu sein, sondern eine Frau, die sich in Paris für ein Rendezvous zurechtmachte, und auch wenn das so nicht ganz zutraf, war es doch ein Lichtblick in ihrem düsteren Alltag.

Als sich die Türen des Zugs öffneten, quollen so viele Menschen heraus, daß sie fürchtete, Martin Goldmann nie finden zu können. Sie reckte den Hals und wünschte sich verzweifelt, etwas größer zu sein. Es schien, daß das halbe Rheinland angekommen war. Sie konzentrierte sich auf vertraute süddeutsche Laute und entdeckte tatsächlich eine ganze Gruppe Münchner. Dann sah sie, wie ein Mann einer Dame jetzt, wo der erste Andrang vorbei war, aus dem Zug half, ihr den Koffer nachreichte und sich mit einer Verbeugung von ihr verabschiedete, und mußte nicht länger suchen. Käthe lächelte. Ganz gleich, unter welchen Umständen, man konnte sich darauf verlassen, daß Martin Goldmann, Doktor der Medizin, den Kavalier spielte.

»Martin!« rief sie, und er drehte sich zu ihr um. Er hatte nur eine kleine Reisetasche dabei, was bedeutete, daß er wirklich nur einen Besuch plante. Nun, das würde sich ändern. Mit ein paar schnellen Schritten war er bei ihr, ergriff ihre Hand und küßte sie. Später, als der Februarwind ihm den Hut vom Kopf blies, sah sie, daß auch er weißhaariger geworden war; Pfeffer und Salz, hätte ihre Mutter gesagt. Aber sie wollte jetzt nicht an ihre Mutter denken oder an ihre Brüder, von denen sie seit Monaten nichts mehr gehört hatte. Die Zeiten hatten sich verändert, seit sie das letztemal gemeinsam in Paris gewesen waren. Während sie durch die Alleen schlenderten, weil Käthe ihn beim besten Willen nicht in das Zimmer bitten konnte, das sie mit drei anderen Frauen teilte, versuchten sie zunächst, nur über Nichtigkeiten zu reden, die Gesundheit, das Klima, seine Reise, doch schon Dr. Goldmanns Frage nach dem Grund für die vielen Polizisten, die man überall sah, beendete den Versuch, so zu tun, als sei alles normal.

»Vor zwei Tagen hat es hier einen faschistischen Putschversuch gegeben«, erklärte Käthe sachlich. »Es verlief so ähnlich wie bei uns 1923 in München. Die Polizei spielte wider Erwarten nicht mit. Aber an dem Tag dachte ich schon, ich müßte wieder fliehen.« Sie schauderte, dann erinnerte sie sich an ihr Vorhaben und fügte mit forcierter Fröhlichkeit hinzu: »Aber es gab auch große Unterschiede, denn das Volk reagiert hier ganz anders, Martin. Es sind wirkliche Republikaner!«

»Es freut mich, daß Sie hier sicher sind, Käthe.«

Sie blieb stehen und schaute ihn an. »Sie könnten hier auch sicher sein. Oder glauben Sie immer noch, daß in Deutschland nur die Kommunisten verfolgt werden?«

»Nein«, entgegnete Dr. Goldmann traurig. »Nein, das glaube ich nicht mehr. Aber ich kann es Ihnen trotzdem nicht gleichtun. Es gibt zu viel … Sie werden vielleicht gehört haben, daß jüdische Ärzte keine sogenannten arischen Patienten mehr behandeln dürfen. Und umgekehrt. Ich dachte, das sei das Ende meiner Praxis, aber mein Freund Dr. Schlüter, der nach Herrn Hitlers Maßstäben ein Arier ist, bot mir sofort an, meine Praxis zu übernehmen, mit mir als Teilhaber. Jetzt ist es nominell seine Praxis, und ich behandle nominell nur den jüdischen Teil unseres Patientenkreises, aber de facto hat sich nichts geändert. Verstehen Sie, worauf ich hinauswill? Deutschland, das sind nicht Barbaren wie Hitler, das sind anständige Leute wie Bernhard Schlüter und meine Patienten, die dafür sorgen, daß wir diese schlimmen Zeiten überstehen. Und deswegen bleibe ich.«

War er nun naiv, oder hatte er recht? Sie glaubte schließlich auch daran, daß den Massen irgendwann die Schleier von den Augen fallen und sie sich gegen die Nazis erheben würden. Sonst hätten all die Aufrufe, die sie schrieb, keinen Sinn. Ja, gewiß gab es anständige Leute, aber sie zweifelte daran, ob Dr. Schlüter auch einen wirksamen Schutz bot, wenn Martin auf der Straße von irgendeinem Rüpel in Uniform verprügelt wurde. Außerdem: eine gutgehende Praxis zu übernehmen und sich einen kompetenten Mitarbeiter zu sichern, der nicht in der Lage war, zu protestieren, sollte man ihm seine Einkünfte kürzen oder gar die Teilhaberschaft aufkündigen, war nicht unbedingt ein Beweis für Opferbereitschaft. Was die Patienten anging: niemand ging gerne zu einem neuen Arzt, wenn er mit dem alten zufrieden war, das störte die Bequemlichkeit. Aber wären sie auch geblieben, wenn sie dadurch offen gegen das Gesetz verstoßen und sich Schwierigkeiten eingehandelt hätten? Martin neigte zu sehr dazu, von allem nur das Beste zu sehen, und hatte vor allem im Gegensatz zu ihr keine Bekanntschaft mit dem Grad gemacht, in dem Menschen andere Menschen ausnutzten.

Während Käthe noch überlegte, wie sie ihm das taktvoll beibringen konnte, sprach er weiter, erzählte von Robert und zog das Photo der kleinen Martina hervor. Das Thema Robert sprengte Käthes Bemühungen um Takt.

»Ich nehme an, Robert geht es gut in der Welt des neuen deutschen Films«, sagte sie eisig, »nachdem er sie mit einem Titel wie *Iffland der Theaterjude* bereichert hat.«

»Das war nicht seine Idee!« protestierte Dr. Goldmann. »Daran war Astoria schuld. Und ich finde es sehr undankbar von Herrn Wermut, daß er Robert dafür verantwortlich macht. Schließlich hat Robert ihm geholfen, aus dem Gefängnis zu kommen.«

»Wie großzügig von Robert. War das bevor oder nachdem er Goebbels die Hand geschüttelt und die Regie für diese Fontaneverfilmung bekommen hat? Nur für den Fall, daß er vergessen hat, das Ihnen gegenüber zu erwähnen, Martin, aber Leopold Elbrich sollte *Irrungen, Wirrungen* verfilmen. Er hat zwei Jahre lang an dem Drehbuch gefeilt und nach Produzenten gesucht, bis die UFA die Produktion genehmigte – nur um ihn dann abzusetzen, weil er Jude ist. Aber sie hatten ja einen Regisseur in petto, der sofort bereit war, das ganze Projekt zu übernehmen, nicht wahr? Genau wie vorher Arno Wohlfarts Rolle als Großinquisitor im Schillertheater.

Mir scheint, Ihr Robert hat es sich zur Aufgabe gemacht, die Gelegenheiten auszunützen, die durch vertriebene Juden entstanden sind!«

Peter Wermut arbeitete ebenfalls für die *Gazette,* und diese Informationen stammten alle von ihm, aber sie ließen sich überprüfen. Es überraschte Käthe, wie sehr sie sich über das Thema ereifern konnte, denn es gab schlimmere Beispiele als Robert König. Wahrscheinlich lag es daran, daß sie Robert kannte und daß Martins blind anbetende, gluckenhafte Haltung sie immer gestört hatte. Auch jetzt ging Dr. Goldmann mitnichten auf ihre Argumente ein, sondern meinte nur unverbrüchlich blauäugig, daß Robert schließlich arbeiten müsse, um seine Familie zu ernähren, daß er seine Freunde wieder beschäftigen könne, seit er den Auftrag für *Irrungen, Wirrungen* erhalten hatte.

»Er könnte auch im Ausland arbeiten, anders als so viele. Ich weiß genau, daß diese Schweizer Theaterleiter ihm ein Engagement angeboten haben. Sie sollten endlich aufhören, Robert durch eine rosarote Brille zu sehen, Martin.«

»Wie geht es Carla?« fragte Dr. Goldmann, ehe er sich zurückhalten konnte. Käthe erkannte sofort, worauf er hinauswollte.

»Ich sehe Carla durch keine rosarote Brille«, entgegnete sie gekränkt. »Ich weiß genau, daß sie Fehler hat, und ich bin immer noch nicht sehr glücklich über ihre Berufswahl. Aber Carla würde sich nie auf du und du mit so einem Pack begeben, wie es derzeit unser armes Land regiert.«

Ein erneuter Windstoß zerrte noch einmal an Dr. Goldmanns Hut, den er jedoch diesmal rechtzeitig festhalten konnte. Fröstelnd schlug er den Mantelkragen hoch und war dankbar für den Aufschub, den ihm diese Gesten gewährten. So konnte er herunterschlucken, was ihm eigentlich auf der Zunge lag. Gewisse Dinge unterlagen der ärztlichen Schweigepflicht; dennoch hätte er Käthe einiges über ihre Schülerin erzählen können, was sie noch nicht wußte. Der Impuls verschwand so schnell, wie er gekommen war. Warum Käthe mit Dingen belasten, die in der Vergangenheit lagen und an denen sie doch nichts ändern konnte?

»Es wundert mich, daß Sie sich ausgerechnet auf Robert versteifen, Kathi«, sagte er statt dessen ruhig. »Es gibt Schauspieler, die mir in ihrem Opportunismus sehr viel tadelnswerter erscheinen.

Heinrich George zum Beispiel – ich dachte immer, er gehöre Ihrer Partei an.«

»Er war nie Mitglied der Partei!«

Der Protest klang sogar in ihren eigenen Ohren schwach. Bei mehr als einer Unterhaltung hatte sie Carla gefragt, warum das Mädchen nicht mehr in zeitgenössischen, politisch engagierten Stücken und Filmen spielte, wie eben Heinrich George. *Berlin Alexanderplatz*, das war die Art von Literaturverfilmung, die sie billigte, und mit Piscator zu arbeiten war doch gewiß der Darstellung von Vampiren vorzuziehen. George war neben Werner Krauß und Emil Jannings der berühmteste deutsche Schauspieler, daher hörte sie selbst in der Schweiz, daß er in einem der ersten unter dem neuen Regime gedrehten Propagandafilme mitgespielt hatte, als kommunistischer Vater des Hitlerjungen Quex. Es stimmte, Georges Frontenwechsel war um einiges extremer ausgefallen als das, was Robert praktizierte. Aber Heinrich George war für sie ein Fremder, nicht ein ehemaliger Schüler wie Robert. Die Ehrlichkeit zwang sie, sich einzugestehen, daß ihr Groll auf Robert sich möglicherweise nicht nur aus lauteren Quellen speiste. Als Martin ihr von Anni Fehr erzählte, hatte es sie gewurmt, daß Robert selbst als Kind mehr von Carla und Carlas Familie begriffen hatte als sie. Und jetzt war Robert einer der Gründe, warum Martin Goldmann nicht einsehen wollte, daß es besser war, Deutschland zu verlassen. Martin hatte zwar nichts dergleichen gesagt, aber sie wußte genau, wäre sein Ziehsohn jetzt in der Schweiz oder in Frankreich oder in Amerika, dann würde sein Vertrauen in die Anständigkeit der Menschen in schweren Zeiten wahrscheinlich nicht reichen, um ihn in München zu halten.

Während ihre Anwesenheit in Paris wohl nicht genügte. Das war ein kleinlicher, eifersüchtiger Gedanke, dessen sie sich schämte. Unwillkürlich errötete sie. Dr. Goldmann, der ihre Reaktion für Betroffenheit angesichts seines Arguments hielt, lächelte und meinte:

»Aber lassen Sie uns doch nicht länger streiten, Kathi. Ich habe Sie so lang nicht mehr gesehen, und wir sind in der schönsten Stadt Europas, auch wenn sie zur Zeit etwas überfüllt ist. Gehen wir doch in ein Bistro und essen etwas, ich lade Sie ein.«

Erst jetzt fiel ihr auf, daß er sie schon zum zweiten Mal mit dem

Kosenamen angesprochen hatte, den sonst nur Carla gebrauchte, und ihre Röte vertiefte sich. Außerdem war der Gedanke an eine ordentliche Mahlzeit, serviert in einer angenehmen Umgebung, zu verlockend, um abzulehnen; wenn sie erst wieder über eine gesicherte Existenz verfügte, würde sie sich bei Martin revanchieren.

»Einverstanden«, sagte sie und zerbrach sich den Kopf auf der Suche nach Gesprächsthemen, die auf versöhnliche Weise wieder zur Frage der Emigration führen würden. Sie erzählte ihm ein wenig über ihre gegenwärtigen Beschäftigungen und hütete sich, die Schwierigkeiten mit der Aufenthaltsgenehmigung zu erwähnen. Statt dessen machte sie einen Scherz über den Lehrerberuf, der einen nicht aus seinen Klauen entließ, und ging dann zum Bericht über die *Gazette* und andere Emigrantenzeitungen über.

»Und nun raten Sie, wer sich da am meisten engagiert, sich zum Herausgeber gewandelt hat und versucht, all die Berühmtheiten unter den Emigranten zu Beiträgen zu überreden?«

Dr. Goldmann schüttelte den Kopf. Dieser Tage hörte man in Deutschland über die Emigranten nur, was vom Staat für die Öffentlichkeit freigegeben wurde. Selbst die *Frankfurter Zeitung*, sein altes Lieblingsblatt, das sich länger als die meisten dem neuen Ton widersetzt hatte, schrieb nun von »Parasiten, die wir zum Glück losgeworden sind«. Er versuchte, sich an die Zeit vor dem Krieg zu erinnern. Gewiß hatte im Kaiserreich auch Zensur geherrscht, aber es hatte doch Möglichkeiten gegeben, andere Meinungen als die der Regierung zu hören und zu lesen. Außerdem wäre es niemandem in den Sinn gekommen, ihm unter Berufung auf einen unwissenschaftlichen Blutmystizismus die Behandlung von Patienten zu verbieten. Der Gedanke schmerzte zu sehr; hastig schob er ihn beiseite.

»Klaus Mann!« verkündete Käthe, als er keinen Versuch machte, es zu erraten. »Als ich vor Jahren seine Schwester kennenlernte, bei einer Veranstaltung der Liga, hat sie auf mich einen guten Eindruck gemacht, aber er… ganz ehrlich, ich habe diesen jungen Mann immer für ein beklagenswertes Beispiel bourgeoiser Dekadenz gehalten, und ich gestehe frei, mich geirrt zu haben. Er hat fast jeden bekannten Schriftsteller überredet, gegen Hitler zu publizieren, und da man hier im Ausland nur auf Berühmtheiten achtet, fällt das sehr ins Gewicht. «

Jetzt erinnerte sich Dr. Goldmann dunkel an etwas, das er gelesen hatte. Vorsichtig erkundigte er sich, ob sich aber nicht Thomas Mann selbst von der ersten Zeitschrift seines Sohnes, der *Sammlung*, und dem Artikel seines Bruders Heinrich in der Eröffnungsnummer distanziert habe, in einem Telegramm an seinen Verleger. Die Angelegenheit war in Presse und Rundfunk breitgetreten worden, weil Thomas Mann im Gegensatz zu seinem Bruder und seinem Sohn zwar im Ausland lebte, aber er war weder ausgebürgert worden, noch hatte man seine Werke auf die Liste zu verbrennender Bücher gesetzt. Die *Frankfurter Zeitung* ließ durchblicken, daß man auf die Rückkehr des Nobelpreisträgers hoffe.

»Thomas Mann«, antwortete Käthe ärgerlich, »ist ein Feigling, der sich um den Verkauf seiner Bücher in Deutschland sorgt. Er will nur nicht, daß sie dort verboten werden.«

Die Versuchung, sie in ihrer rigiden Haltung ein wenig zu necken, überfiel Dr. Goldmann, und er gab ihr nach. Sich räuspernd, meinte er: »Das finde ich sehr verständlich. Würden Sie mir nicht zustimmen, Käthe, daß der Verlust von Thomas Manns Werken für die deutschen Leser und die deutsche Kultur untragbar wäre? Sein Sohn hingegen mag ja die richtige Gesinnung haben, doch nach dem wenigen zu urteilen, was ich von dem jungen Herrn Mann kenne, läßt sich der Verlust seiner Werke durchaus verschmerzen.«

»Martin!« Dann bemerkte sie sein Schmunzeln. Inzwischen waren sie bei einem Bistro angelangt, das sie von ihrem früheren Besuch in Paris kannten, und bis sie einen Tisch gefunden und sich niedergelassen hatten, war Käthe längst nicht mehr aufgebracht, obwohl er eine so ernste Angelegenheit eigentlich nicht zum Gegenstand eines Scherzes machen sollte. Sich den Stuhl zurechtrücken zu lassen, eine Speisekarte zu studieren, ohne innerlich wieder und wieder die eigene Barschaft nachzurechnen, Nichtigkeiten über die richtigen Weine zu Ente oder Kalbslende auszutauschen übte einen gefährlich einschmeichelnden Zauber auf sie aus. Ich habe gut von bourgeoiser Dekadenz reden, dachte sie reumütig, und bin doch selbst so anfällig dafür. Mein Leben lang waren mir Äußerlichkeiten gleichgültig, und jetzt… vermisse ich sie.

»Du meine Güte«, sagte Martin Goldmann plötzlich, »sehen Sie doch, was man hier anbietet: *Gefilte Fisch*!« Er setzte eine spitzbübische Miene auf.

»Wie lange ist es her, daß Sie koscher gegessen haben, Kathi?«

»Viel zu lange, um meinen Körper jemals wieder reinigen zu können«, entgegnete sie mit einer Grimasse und lächelte in Erinnerung an all die Vorschriften in ihrer Kindheit, und wie schwer es damals gewesen war, sie zu befolgen, wenn alle anderen Kinder, selbst die ärmeren, unter einer so viel breiteren Mannigfaltigkeit an Speisen wählen durften. Was ihr damals in ihrer jugendlichen Rebellion als kleinlich, als veralteter, unerträglicher Ballast erschienen war, löste heute eine Mischung aus Nostalgie und Amüsement aus, und an der Art, wie Martin ihr Lächeln erwiderte, erkannte sie, daß es ihm ähnlich ging.

»Nein, an koscheres Essen könnte ich mich wohl nie mehr gewöhnen«, meinte sie, »bis auf Schalet. Das ist die einzige Speise, der ich wirklich nachgetrauert habe, als ich das orthodoxe Leben hinter mir ließ.«

»Meine Eltern waren nie orthodox und aßen nur an Feiertagen koscher oder wenn Vetter Ludwig zu Besuch kam – er ist ein Rabbi, wissen Sie. Aber Schalet hat es bei uns auch gegeben, und Sie haben recht, es fehlt einem…«

Ihm fiel ein, daß er Ludwig lange nicht mehr gesehen hatte, und er fragte sich, wie es seinen Verwandten wohl ginge. Ludwigs Bruder Max hatte ein Möbelgeschäft gehört, soweit er sich erinnerte. Möbelgeschäfte fielen ebenfalls unter die Betriebe, die nun nur noch mit nichtjüdischen Teilhabern geführt werden durften.

Käthe spürte, wie die Heiterkeit von ihm wich, und ahnte, woran er dachte. Auch ihr Lächeln verblaßte. Mit einemmal war die Realität wieder da, sperrig und kalt, und der Moment geteilter Erinnerungen gehörte zu einem normalen Leben, das ihnen nicht länger zur Verfügung stand.

»Ich habe eine Bitte«, sagte Dr. Goldmann unvermittelt. Eigentlich hatte er diese Angelegenheit noch etwas hinausschieben wollen, doch nun war wohl der geeignete Zeitpunkt gekommen.

»Sie können sich gewiß vorstellen, daß mir nach dem Verkauf meiner Praxis einiges an Vermögenswerten zur Verfügung steht. Nur möchte ich einige dieser Werte unter den gegebenen Umstän den lieber im Ausland anlegen. Von Deutschland aus kann ich sie nicht transferieren lassen. Darf ich sie Ihnen anvertrauen?«

Zum ersten Mal an diesem Tag wußte Käthe nicht, was sie sagen sollte, weil es zu viel gab, das sich ihr in den Sinn drängte. Hieß das, er wollte nun doch seine Auswanderung vorbereiten? Aber warum dann die feste Erklärung von vorhin, die sein Bleiben in Deutschland beschwor? Und wie hatte er das Geld über die Grenze gebracht? Sie wußte, daß von den deutschen Zöllnern gerade in dieser Hinsicht scharfe Kontrollen durchgeführt wurden. Mißliebig gewordene Bürger vertrieb der neue Staat ausgesprochen gerne, aber er bestand darauf, möglichst viel von ihrem Eigentum zu behalten.

»Nein«, sagte Dr. Goldmann, der ihren Überlegungen folgen konnte, »ich will nicht auswandern. Aber sollten Herrn Hitler noch weitere Schikanen einfallen, höhere Steuern beispielsweise, dann ist es gut, Mittel im Ausland zu haben, von denen er nichts weiß.«

Er seufzte, bückte sich, öffnete seine Reisetasche, die neben ihm unter dem Tisch stand, und holte nach einigem Suchen mehrere Arzneiflaschen und Tablettenröhrchen hervor. Während er sie Käthe über den Tisch zuschob, fuhr er fort:

»Zwischen den Tabletten und im Hustensaft werden Sie ein paar Diamanten finden. Ich komme mir mit diesem Räuber- und Gendarmspiel in meinem Alter etwas lächerlich vor, aber es schien mir angebracht. Darf ich mit Ihrer Hilfe rechnen, Käthe? Ich bin sicher, Sie werden die Diamanten hier veräußern können, sollte es nötig sein.«

Da begriff sie. Wenn es ihm wirklich darauf angekommen wäre, Vermögenswerte im Ausland anzulegen, dann hätte er Roberts Freunde in der Schweiz bemüht. Was er hier tat, so zartfühlend wie möglich, lief darauf hinaus, ihr eine immense Summe zur Verfügung zu stellen, um ihr zu helfen, solange er das konnte. Deswegen war er nach Paris gekommen. Die Kehle wurde ihr eng. Sie war eine zu große Realistin, um sich zu schwören, daß sie nie auf seine Diamanten zurückgreifen würde, aber die Umstände würden schon sehr bitter und zwingend sein müssen. Ihre Augen brannten, obwohl sie ihre Tränen unterdrückte. Sie war geübt in Zurückweisung, im Beharren und im Streit, doch ihr fehlte die Erfahrung im Akzeptieren eines solchen Geschenks.

»Danke für Ihr Vertrauen, Martin«, sagte sie mühsam beherrscht. »Wenn Hitler gestürzt ist, dann werden Sie Ihre Diamanten wiederhaben und Ihre Praxis und alles, was Sie wollen. Wir werden im Hofgarten sitzen, Sie dürfen mir alle Geschichten über Robert erzählen, die Ihnen einfallen, und ich werde Ihnen in keinem Punkt widersprechen. Und danach gehe ich mit Ihnen zu einem fürchterlich dekadenten Faschingsball oder auf das Oktoberfest, je nach Jahreszeit, und Sie werden den ganzen Abend nur Champagner trinken dürfen.«

Ihre Fingerspitzen berührten sich über den Medikamenten.

»Das werde ich tun«, antwortete Martin Goldmann leise, »und am nächsten Morgen, wenn wir beide die schlimmsten Kopfschmerzen unseres Lebens haben, werden wir versuchen, uns an die Zubereitung von Schalet zu erinnern, außerdem Weißwürste und Semmeln besorgen und ein hinreißendes jüdisch-bayerisches Katerfrühstück zelebrieren.«

»Ein Siegermahl«, sagte Käthe und lachte, um nicht zu weinen. »Über alle Widrigkeiten.«

Der Kellner brachte den Weißwein, den Dr. Goldmann bestellt hatte, und goß ihn schwungvoll ein. Er verschwendete keine Zeit damit, einem der beiden erst eine Probe anzubieten. Mittlerweile hatte er genügend Erfahrung mit ihresgleichen, um nicht zu erkennen, daß sie zu der immer größer werdenden Schar deutscher Emigranten gehörten, denen man den Spitznamen »die *chez-nous*« verpaßt hatte. Für gewöhnlich war das der erste Satz, den man von ihnen hörte: »Bei uns war alles besser.« Und dann versuchten sie, Kredit aufzunehmen, weil sie nicht bezahlen konnten. Diese beiden beschwerten sich allerdings nicht, sie stürzten sich sofort auf den Wein, hoben die Gläser und stießen an. Dank seiner elsässischen Mutter sprach er genügend Deutsch, um ihre Worte zu verstehen, ehe er sich abwandte und zum nächsten Tisch ging, um eine neue Bestellung aufzunehmen.

»Auf den Sieg«, sagte der Mann und schaute zu seiner Begleiterin mit dem abgetragenen, altmodischen Kleid und der strengen Frisur, als habe er eine hübsche junge Grisette vor sich, »über alle Widrigkeiten.«

Das Kantinengespräch bei Universal drehte sich hauptsächlich um zwei Themen; das Gerücht über einen möglichen Verkauf des Studios und die neue Schauspielergewerkschaft. Kaum jemand redete über etwas anderes; die Leute an dem Tisch, an dem Carla saß, bildeten keine Ausnahme. Er unterschied sich allerdings durch die Lage und die Tischgäste von den meisten anderen. Im vergangenen Jahr wäre ihr dieser Teil der Kantine, die kleine Empore, wo mehr als eine Hauptmahlzeit zur Auswahl stand, versperrt geblieben, und auch heute verdankte sie die etwas gepflegtere Verköstigung einer Einladung, nicht ihrem eigenen Status. Nach einem Jahr erfolgreicher *serials* und zwei winzigen Nebenrollen in Spielfilmen hatte sie zwar endlich eine Hauptrolle ergattert, aber der Film, den sie gerade drehte, gehörte nicht gerade zu den Prestigeobjekten von Universal. Es handelte sich um den Versuch, den Erfolg der *Mumie* von 1932 zu wiederholen, diesmal mit einer weiblichen wandelnden Untoten. Man hatte ihr den ursprünglichen Film gezeigt, und das Drehbuch zu *Sie kehrt zurück* stellte weniger eine Fortsetzung als einen Wiederaufguß dar, mit der Prinzessin Nefertiri anstelle des Hohepriesters Im-Ho-Tep. Dennoch wäre es natürlich töricht gewesen, die Rolle abzulehnen. Allerdings war sie etwas peinlich berührt, als der Star der *Mumie*, Boris Karloff, in der ersten Drehwoche am Set von *Sie kehrt zurück* aufkreuzte; es war etwa so, als besuche Max Reinhardt eine Provinzaufführung des *Sommernachtstraums*. Karloff hatte es in der *Mumie* geschafft, an keiner Stelle ins Melodrama abzugleiten und aus seiner lebendig werdenden Mumie eine tragische Figur zu machen, die dem romantischen jungen Helden des Films mühelos die Schau stahl. Sie konnte sehen, warum Genevieve beeindruckt gewesen war und diesen Film als eines der Vorbilder für *Carmilla* genannt hatte. Dagegen konnte selbst die Mitwirkung des besten Maskenbildners von Universal, Jack Pierce, der auch Karloff in Frankensteins Geschöpf und in die Mumie verwandelt hatte, nichts daran ändern, daß es sich bei *Sie kehrt zurück* um eine abgekupferte Billigproduktion handelte.

Wenn Boris Karloff, derzeit einer der beiden berühmtesten Schauspieler, die Universal zu bieten hatte, ihre Verlegenheit bemerkte, ließ er sie nichts davon spüren. Er wünschte ihr Glück, sah ihr eine Weile beim Drehen zu und lud sie dann gemeinsam mit dem männlichen Hauptdarsteller zu einem Mittagessen ein. Es war eine nette, kollegiale Geste, aber schon kurz nachdem sie sich gesetzt hatten, stellte sich heraus, daß er einen bestimmten Zweck damit verfolgte.

»Was es bisher in diesem Land an Gewerkschaften für Schauspieler gab«, verkündete der auch in natura sehr große Karloff mit seinem britischen Englisch, das von der flachen kalifornischen Sprechweise so sehr abstach, »ist ein Witz. Ganz besonders die AEA. Der einzige Streik, den sie je organisiert hat, um bei den Produzenten zumindest einen Standardvertrag für Schauspieler durchzusetzen, endete in einer jämmerlichen Niederlage. Und daß sie letztes Jahr ja und amen sagten, als die Produzenten jedermanns Gehalt um fünfzig Prozent kürzten, disqualifiziert sie endgültig. Deswegen haben wir eine neue Gewerkschaft gegründet, eine richtige Gewerkschaft, keine Alibiorganisation für die Produzenten.«

»Laß mich raten«, murmelte der andere männliche Star des Studios, der sich neben Carla gesetzt hatte und äußerst mißbilligend den Salat musterte, den man ihnen gerade servierte. »Ihr braucht Mitglieder.«

Im Gegensatz zu Boris Karloff, der als William Pratt in einem Londoner Vorort geboren war, stammte Bela Lugosi tatsächlich aus Osteuropa; sein starker ungarischer Akzent war nicht zu überhören. Die beiden Rivalen, die gerade ihren ersten gemeinsamen Film, *Die Schwarze Katze*, drehten, standen deutlich jenseits der Vierzig, doch das war auch die einzige Gemeinsamkeit, die man auf Anhieb erkennen konnte. Karloffs zerfurchtes Gesicht mit seinen tiefliegenden Augen hatte ihm eine endlose Reihe von Gangsterrollen eingebracht, bis James Whale ihn für *Frankenstein* entdeckte. Lugosi dagegen erinnerte Carla mit seinem römischen Profil und dem glatten schwarzen Haar ein wenig an Jean-Pierre; man sah ihm an, daß er in seiner Jugend auf romantische Rollen spezialisiert gewesen war, bevor er Universals Dracula wurde. Seine nervösen, fahrigen Bewegungen riefen eine weitere Erinnerung in ihr wach, die sie jedoch nicht näher bestimmen konnte, und standen im Gegensatz zu dem gelassenen, sich bedächtig bewegenden Karloff, der wirkte, als könne ihn nie etwas aus der Ruhe bringen.

»So ist es«, erwiderte er freundlich. »Hast du nicht begründete Beschwerden, Bela, wie jeder hier an diesem Tisch?«

Lugosis Gesicht verdüsterte sich. *Dracula* hatte bei Universal den Tonfilm mit aus der Taufe gehoben und die Welle an Filmen mit phantastischen Themen begonnen, doch spätestens bei den Verhandlungen für *Die Schwarze Katze* hatte man ihm gezeigt, daß er dabei war, der Star von gestern zu werden. Er wurde nach Arbeitstagen bezahlt, im Gegensatz zu Karloff, der eine feste Summe erhielt, was für den Briten auf eine über die Hälfte höhere Gage für eine gleich große Rolle hinauslief. Als ob das noch nicht demütigend genug war, hatte Lugosi erst am Vortag herausgefunden, daß sogar David Manners, der den jugendlichen Helden spielte und vier Tage weniger arbeitete als der Ungar, ebenfalls eine feste Summe und damit hundertfünfundzwanzig Dollar mehr erhielt. Das Schlimmste war, daß er diese demütigenden Bedingungen akzeptieren mußte, weil sich *Dracula* als Fluch und Segen zugleich erwiesen hatte. Niemand in Hollywood traute ihm andersartige Rollen zu, während Karloff mit seinen Gangstern und gelegentlichen Westernschurken ein zweites Standbein hatte. Karloff hatte gut reden; er konnte es sich leisten, sich mit dem Studio anzulegen.

»Sicher habe ich die«, knurrte Lugosi. »Meine Hauptbeschwerde ist dieser Kaninchenfraß. Gott, was gäbe ich nicht für einen anständigen Gulasch bei Gundel! Pörkölt im Matthias-Keller... Zwetschgenknödel oder ein Quarkpalatschinken im Café New York...«

Carla, die sich gerade ein Salatblatt in den Mund schob, verzog das Gesicht zu einem mitfühlenden Grinsen. All das frische Obst, das es hier gab, hörte nie auf, sie zu begeistern, doch ein gewisses kulinarisches Heimweh konnte sie nachvollziehen. Sie erinnerte sich an den Schweinebraten mit Klößen und Wirsing, den sie während der sommerlichen Dreharbeiten in Bamberg im Biergarten eines Wirtshauses namens Englischer Garten gegessen hatte, und hätte sich um ein Haar Lugosis andächtigem Seufzer angeschlossen. Es kam ihr in den Sinn, daß ihr Partner in *Sie kehrt zurück*, John Landis, der einzige Amerikaner am Tisch war. Er blickte denn auch irritiert auf. »Gulasch?«

Lugosi nickte. »Und Stierblut.«

Mit einer Mischung aus Faszination und Entsetzen fragte Landis: »Das ist doch ein Witz, oder? Ich meine, Sie trinken doch nicht wirklich... Blut, oder, Bela?«

»Ich trinke niemals... Wein«, entgegnete Lugosi mit unbewegtem Gesicht; es war eine der berühmtesten Stellen aus *Dracula*, und der arme Landis schaute noch ein paar Sekunden länger konsterniert drein, bis sich Carla seiner erbarmte und erklärte, bei »Stierblut« handele es sich um einen ungarischen Wein. Lugosi zwinkerte Carla zu und zitierte auf deutsch aus *Faust*: *»Blut ist ein ganz besonderer Saft.«*

»Das ist ein Saft, der eilig trunken macht«, konterte sie mit einer anderen Stelle, und er lachte, bis Karloff, der wieder zur Sache kommen wollte und außerdem kein Deutsch verstand, sich räusperte.

»Wir haben bereits eine beträchtliche Anzahl an Mitgliedern. Aber mir kommt es darauf an, daß möglichst alle Hauptdarsteller beitreten, sonst werden wir nie Druck auf die Produzenten ausüben können.«

»Nun, ich fühle mich geschmeichelt, daß Sie mich unter die Hauptdarsteller rechnen, wo ich gerade erst von den *serials* weg bin«, sagte Carla, »und Ihre Argumente leuchten mir ein. Aber man kann mich genauso schnell wieder zu den *serials* zurückversetzen, und dann nützt Ihnen mein Beitritt wenig.«

Karloff schüttelte den Kopf. »Nicht doch. Jedes Mitglied ist wichtig.«

»Ungemein tröstlich, aber nicht sehr hilfreich, um seinen Lebensunterhalt zu bestreiten, Boris«, warf Lugosi sarkastisch ein. »Eine Stunde im Mumienspielen und darin, wie man Jacks Make-up überlebt, wäre nützlicher. Noch besser, eine Lektion darin, wie man Jack überlebt. Man hat mir *Frankenstein* seinerzeit angeboten, aber die Aussicht auf vier Stunden in Jack Pierces Klauen...«

Er schauderte und wandte sich dann an Carla. »Aber das ist wirklich etwas, das Sie von Boris lernen können. Die Kunst, mit den Leuten zurechtzukommen. Das hilft selbst bei Produzenten, die einen entlassen wollen, ungemein.«

Mit einer entschiedenen Geste legte Karloff sein Besteck nieder. »Es besteht kein Grund, bitter zu werden. Wie du sagtest... du hast *Frankenstein* abgelehnt.«

Das Schweigen, das daraufhin einkehrte, hing bedrückend in der Luft, bis John Landis nervös lachte. »Na, zum Glück – ich meine, können Sie sich das vorstellen? Graf Dracula als Frankensteins Monster? Ich meine …«

Carla, die ihm gegenüber saß, trat ihm auf den Fuß, und er verstummte, nicht ohne ihr einen vorwurfsvollen Blick zuzuwerfen. Vermutlich würde er nach der Rückkehr zum Set wieder damit anfangen, dem Regisseur in den Ohren zu liegen, daß die Kameraeinstellungen ihn als den Helden bevorzugen sollten und nicht sie als die Schurkin. Lugosi schaute weder zu Landis noch zu Karloff, sondern auf seine Hände, während er murmelte: »Ja, sehr komisch.«

Beim Anblick der sehr langen, weißen Finger, die unruhig auf dem Tisch trommelten, fiel Carla plötzlich ein, an wen sie Lugosis Körpersprache gemahnte: an Eleonore. Eleonore, kurz bevor sie sich zurückzog, um sich etwas Morphium zu spritzen. Das war nicht unbedingt ein Indiz, das genügte, um Lugosi zu verdächtigen, ebenfalls süchtig zu sein, aber er tat ihr leid, also beschloß sie zu versuchen, die Atmosphäre bei Tisch etwas zu verändern.

»Hat Ihre Gewerkschaft schon …«, begann Carla, tat so, als ließe sie ihr Englisch im Stich, und wandte sich an Lugosi mit der Bitte, ihr auszuhelfen. »Ein Programm? Eine Charta? Ich würde sie gerne lesen, bevor ich entscheide, ob ich beitrete.«

Karloff nickte, erleichtert, daß der unangenehme Moment verflogen und sie wieder beim Thema waren. »Gewiß. Geben Sie mir Ihre Adresse, dann lasse ich es Ihnen schicken.«

Eine allgemeine Suche nach Zetteln begann, bis Carla sich entschloß, ihre Anschrift auf einer der noch unbenutzten Servietten zu notieren. Dabei meinte sie spitzbübisch: »Und ich wäre wirklich dankbar für einen Tip wegen des Make-up. Wir werden die Auferstehungsszene ganz am Schluß filmen, und mich beunruhigt die Art, wie sich Mr. Pierce jetzt schon die Hände reibt.«

Die beiden älteren Schauspieler stöhnten einvernehmlich. »Bei mir hat es acht Stunden gedauert, bis er fertig war«, sagte Karloff. »Dann wurde bis zwei Uhr morgens gefilmt, zwei Stunden waren nötig, um das ganze Zeug zu entfernen, und als ich um fünf Uhr morgens im Bett lag, wollte ich Jack umbringen. Seien Sie gewarnt, Carla, trinken Sie nichts, essen Sie nichts, denn wenn Sie unterbrechen müssen, dann folgt noch einmal so ein Tag. Und«, er lächelte, »noch hat unsere Gewerkschaft nicht durchgesetzt, daß Achtzehn-

Stunden-Arbeitstage nicht zumutbar sind. Verstehen Sie jetzt, warum Sie beitreten müssen?«

»Sie haben mich überzeugt… sobald ich das Kleingedruckte gelesen habe.«

Nefertiri, Prinzessin von Ägypten, war die erste Rolle in Amerika, in der für Carla eigene Kostüme geschneidert wurden; für die *serials* und die Kurzauftritte hatte man sie aus dem Kostümfundus versorgt. Ihre Erleichterung darüber, daß Nefertiri nur am Anfang und am Schluß des Films als leibhaftige Mumie zu sehen sein würde, war, mit Karloffs Worten, beträchtlich. Bisher waren erst die Rückblenden gefilmt worden, die Nefertiri in ihrem sterblichen Leben zeigten, ehe sie zur Mumie wurde, was für Carla lediglich eine schwarze Perücke, eine dunklere Hautfarbe, pseudoägyptischen Schmuck und eine in der Hitze des Studios sehr angenehme Tunika bedeutete. Karloffs schwarze, kuttenartige Gewänder, die er in *Die Schwarze Katze* als Hohepriester eines Satankults trug, waren sowohl ungewöhnlicher als auch unbequemer, doch niemand schenkte dem Beachtung, als die Schauspieler gemeinsam die Kantine verließen; auf dem Studiogelände war man einiges mehr gewohnt. Deswegen wunderte es Carla, als sie von jemandem gerufen wurde, kurz nachdem sie sich von Lugosi und Karloff verabschiedet hatte.

»Hallo! *Wait!* Warten Sie!«

Die dunkelhaarige, zierliche Frau, die ihr nachlief, kam ihr vage bekannt vor, die Mischung aus englischen und deutschen Worten, beide mit starkem spanischen Akzent gesprochen, ebenfalls. Als das energische kleine Persönchen sie einholte, wußte Carla wieder, um wen es sich handelte.

»Carla«, sagte Lupita Kohner, Paul Kohners mexikanische Entdeckung und Ehefrau, strahlend und ein wenig atemlos, »habe ich Sie doch erkannt, Querida. So lange ist es her!«

Wann hatte sie Lupita das letztemal gesehen? Das mußte bei der Premiere von *Carmilla* gewesen sein. Rückblickend schien es ihr, als ob dieser Abend den Wendepunkt darstellte, den Gipfel, nach dem alles bergab ging. Lupitas Anwesenheit bedeutete wohl, daß Paul Kohner Europa endgültig aufgegeben hatte und nach Amerika zurückgekehrt war. Sie mußte Nancy danach fragen. Es war ungerecht, aber Lupitas Herzlichkeit fand kein Echo in ihr und füllte sie im Gegenteil mit Ressentiment. Wenn Paul Kohner vor einem Jahr dagewesen wäre, um all die Versprechungen zu halten, die er ihr im Namen von Universal gemacht hatte... Jetzt, wo sie die *serials* endlich überwunden hatte, brauchte sie ihn nicht mehr. Also schenkte sie Lupita ihr unverbindlichstes Lächeln und gab einige Floskeln mit Variationen des Themas »Wie nett, Sie zu sehen« von sich.

Wenn Lupita ihre Distanziertheit bemerkte, so ignorierte sie sie. Sie bestand sogar darauf, Carla zu einem Besuch einzuladen, gab ihr die Adresse und begleitete sie bis zu dem Set von *Sie kehrt zurück*. Der gelangweilte John Landis machte Anstalten vorauszueilen, bis er entdeckte, um wen es sich bei Lupita handelte. Dann zeigte er alle Anzeichen eines Mannes, der sich in einem ernsthaften Dilemma befand. Er wirkte dabei, dachte Carla mit der Boshaftigkeit, die ihr Leinwandpartner unglücklicherweise in ihr wachrief, wesentlich überzeugender als in der Szene, wo er als Amenophis zwischen Nefertiri und Machat zu wählen hatte. Als Lupita verschwand, atmete er erleichtert auf.

»Ein Glück, daß Dick sie nicht gesehen hat. Er würde es sofort Junior stecken.«

Auf Carlas fragend erhobene Augenbraue hin erklärte Landis, zufrieden, endlich in einer Sache besser informiert zu sein: »Na ja, Carl junior soll nicht gerade entzückt über Kohners Rückkehr sein. Er liegt sich ja sowieso schon mit seinem Schwager Bergerman in den Haaren, und Papa Carl hat Kohner immer als eine Art Sohn betrachtet. Trotzdem, sollte es zu einem Machtkampf zwischen Junior und Kohner kommen, setze ich auf Junior, und das würde ich dir auch raten, Teuerste. Trink lieber keine Brüderschaft mit den Kohners.«

»John, du bist die Verkörperung all dessen, was ich an Hollywood so liebe«, entgegnete Carla und überließ sich dankbar Pierces Assistentin, die ihr Make-up erneuerte. Der Meister würde erst morgen selbst Hand anlegen, wenn sie begannen, die Gegenwartshandlung der Geschichte zu filmen. Carla konnte sich nicht entscheiden, ob *Sie kehrt zurück* nun *Die Mumie* oder Henry Rider Haggars Roman *Sie* mehr plagiierte. Doch Plagiat oder nicht, Nefertiri hatte eine ganze Reihe von Dialogen und Monologen, die ihr gestatteten, tatsächlich wieder eine neue Person in ihrem Kopf zu erschaffen. Der fertige Film würde mit der unvermeidlichen Entdeckung eines fluchbeladenen Grabes nebst Mumie beginnen und dann nach Europa übersiedeln, nach Paris, um die alten Sets von *Mord in der Rue Morgue* nutzen zu können. Dort verliebte sich laut Drehbuch der Sohn des bei der Ausgrabung von der Mumie erwürgten Archäologen, Guy, trotz seiner treuen und hingebungsvollen Verlobten in eine geheimnisvolle aus dem Nichts auftauchende Gräfin. Den Zuschauern, mit wesentlich mehr Intelligenz als der Held gesegnet, würde vermutlich von Anfang an klar sein, daß die Gräfin und die Mumie ein und dieselbe Person waren, aber erst die Entzifferung der Grabinschrift durch den Bruder der Verlobten leitete die Rückblenden ein, die klarmachten, daß Nefertiri einst aus Eifersucht den Mann, den sie liebte, getötet hatte, bei lebendigem Leib mumifiziert worden und dazu verflucht war, auf Erden zu wandeln, bis sie seiner Reinkarnation wiederbegegnete. Nefertiri in der Gegenwart sollte schön und gleichzeitig unnatürlich aussehen, wie ausgetrocknet, genau wie Karloff als Im-Ho-Tep.

»Sie haben so eine helle Haut!« schimpfte Jack Pierce, als er vorbeischaute, um seine Assistentin zu beaufsichtigen. »Rothaarige! Alle gleich. Das wird katastrophal morgen!«

Carla hörte ihn kaum. Sie konzentrierte sich auf Nefertiri, die gleich Amenophis ermorden würde. Das Konglomerat an Autoren, durch deren Hände das Drehbuch gegangen war, konnte man nicht unbedingt als shakespeareanisch bezeichnen und Nefertiri kaum als weiblichen Othello, aber in ihrer Art war die Szene gut geschrieben.

Eifersucht... Diesmal dachte sie nicht an ihren Vater; der Wall, den sie um diese speziellen Erinnerungen gebaut hatte, stand wieder. Statt dessen dachte sie an die häßlichen kleinen Szenen mit Monika. Es war nicht dasselbe, denn sie wollte wirklich nicht mit Robert verheiratet sein, doch wie sollte man den Groll nennen, der seit ihrer gemeinsamen Schulzeit an ihr nagte, wann immer Monika ihren Weg kreuzte? Aber nein, das Gefühl war nicht stark genug, um es für Nefertiri verwenden zu können.

Eifersucht... Sie war auch oft auf Robert eifersüchtig gewesen, wegen der größeren Freiheit, die er in ihrer Kindheit genossen hatte, und später wegen der schnellen Erfolge. Nur unterschied sich diese Art von Eifersucht zu sehr von der erotischen. Es war auch keine Hilfe, daß dieser Idiot John Landis das Objekt ihrer Besessenheit spielte, sowohl in der Vergangenheit wie auch in der Gegenwart. Nach dem, was er ihr über Paul Kohner erzählt hatte, blieb ihr nichts anderes übrig, als den Mann tatsächlich zu besuchen, sonst käme sie sich genauso opportunistisch wie Wiesel und Kröte vor. Unwillig schüttelte sie den Kopf. Nefertiri, befahl Carla sich. Konzentriere dich.

Gut, Amenophis. Ihr habt gewählt. So wähle ich nun auch für uns beide – den Tod!

Als sie mit Nancy das Drehbuch zum erstenmal durchgegangen war, hatte sie sich an dieser Stelle gefragt, wie sie den Satz je würde bringen können, ohne ins Chargieren zu verfallen; die ganze Szene war eine einzige Versuchung zur heillosen Übertreibung. Seit dem witzigen, zynisch-resignierenden Text, den Michael Maitger für Susanne geschrieben hatte, gab es keine Rolle mehr, in der Carla nicht den Eindruck hatte, wie ein wandelnder Kitschroman zu klingen. Das Wort »kitschig« gab es im Englischen nicht, und sie hatte es Nancy erklären müssen.

»Aber die Menschen klingen tatsächlich so«, hatte Nancy eingewandt. »Sie haben keine großen Dichter im Kopf. Dolores klang so…«

Dolores… Das war es. Die harmlose, stille Dolores, der niemand einen Mord aus Eifersucht zugetraut hätte. Nefertiri würde ihren Satz in ruhiger Akzeptanz sprechen, und die letzten zwei Worte dann heftig, aber nicht höhnisch… Sie verurteilte gleichzeitig auch sich selbst.

»Carla, Schätzchen, bist du soweit?«

»Ja, Dick«, rief sie, stand auf und ging mit Dolores' angespannten, unruhigen Bewegungen in das Atelier.

Paul Kohner hatte sich seit ihrer letzten Begegnung nicht verändert. Er begrüßte sie, als sei sie erst gestern aus Europa abgereist, und wandte sich mit der gleichen Herzlichkeit Nancy zu, die sie begleitete.

»Miss Nakamura hat mir sehr geholfen«, sagte Carla. »Sie können froh sein, jemanden wie sie bei Universal zu haben.«

»Miss Nakamura, ich erinnere mich an Sie. Genevieve hat Sie ebenfalls lobend erwähnt. Arbeiten Sie immer noch für Arnie Mintzer?«

Es erleichterte sie, wie gelassen Nancy auf Genevieves Namen reagierte; Carla besaß inzwischen einige Übung darin, Nancys Mienenspiel zu deuten, und sie konnte die starre Maske, die Nancy aufsetzte, wenn sie verletzt war, von ihrem gewohnten ruhigen Gesichtsausdruck unterscheiden. Es war ein spontaner Einfall gewesen, Nancy um ihre Begleitung zu bitten; ganz gleich, wie die Machtverhältnisse bei Universal aussahen, Paul Kohner war einer der wichtigsten Produzenten, und er konnte vielleicht etwas für sie tun. Ganz gewiß war er ein angenehmerer Arbeitgeber als Arnie die Kröte. In den Monaten seit Nancys Selbstmordversuch war das Gefühl, für sie verantwortlich zu sein, stetig gewachsen, obwohl Nancy ihre einmal wiedergewonnene Fassung nur selten verlor. Hin und wieder sprach sie mit Carla über Genevieve. Einmal weinte sie dabei, doch sie zog sich nicht mehr brütend in sich selbst zurück. Wenn Carla und sie über das Studio sprachen, zeigte sie einen schneidenden Sinn für Ironie, so auch jetzt, als sie es fertigbrachte, sich unverbindlich über Arnie Mintzer zu äußern und gleichzeitig zu implizieren, daß sie nicht viel von ihm hielt. Was Carla jedoch an ihrem Verhältnis zu ihr am meisten überrascht hatte, war, daß sie bereit war, sich Nancy gegenüber gehenzulassen und ihr die Verzweiflung zu zeigen, die sie selbst gelegentlich überfiel. Sie konnte Nancy von ihrer Sehnsucht erzählen, wieder auf einer Bühne zu stehen und vor einem lebendigen Publikum zu spielen, und gleichzeitig von der Angst davor, nicht mehr dazu fähig zu sein. Über ihre Sorgen hinsichtlich ihrer Freunde in Europa und der ständigen Zweifel, die richtige Entscheidung getroffen zu haben. Nancy verfügte über die seltene Gabe, so zuhören zu können, daß man sich hinterher besser fühlte, obwohl sich im Prinzip nichts änderte. Sie hatten sich gegenseitig durch das letzte Jahr geholfen, und dabei war ein unleugbares Band entstanden.

Mit Rücksicht auf Nancy und Lupita sprach Paul Kohner englisch, nur, als er sie in den Garten führte, wo zum Kaffee gedeckt war, sagte er auf deutsch leise zu Carla: »Es tut mir alles sehr leid.«

Sie hob die Schultern. »Daran kann man nichts mehr ändern.«

»Nein«, entgegnete Kohner auf englisch, »und zumindest müssen Sie hier keinen Ariernachweis erbringen. Ich hatte die zweifelhafte Ehre, einen von mir produzierten Film von Joseph Goebbels gelobt zu hören, aber das hat ihn nicht daran gehindert, bei meiner Verfilmung von *Brennendes Geheimnis* die Namen aller jüdischen Mitwirkenden entfernen zu lassen. Danach wußte ich, daß es Zeit war, die Koffer zu packen.«

Die kleine Terrasse hinter Kohners Haus spiegelte für Carla den Mann selbst wider: eine europäisch-amerikanische Mischung. Der weiße Gartentisch sah aus, als komme er geradewegs aus einem Schrebergärtchen, aber die Barhocker, die darum standen, waren in Kalifornien zu Hause. Dafür erkannte sie das weiß-blaue Porzellangeschirr von Hutschenreuther; genau dieses Zwiebelmuster hatte sich um die Tassen und Teller ihrer Kindheit geschlungen. Auf einem der Hocker saß ein etwas dicklicher, dunkelblonder junger Mann und blickte andächtig auf den Kuchen in der Mitte des Tisches.

»Carla«, sagte Paul Kohner mit einem Lächeln, »darf ich Ihnen meinen Freund Gottfried Reinhardt vorstellen. Gottfried, das ist meine Entdeckung, Carla Fehr«, er nickte zu Nancy, »und eine unserer engagiertesten Damen aus der Öffentlichkeitsarbeit, Miss Nakamura.«

Die Ähnlichkeit zwischen Vater und Sohn war erkennbar, aber dem jungen Reinhardt fehlte die Ausstrahlung des Professors und, im Moment jedenfalls, auch sein Charme. Er stand auf, sagte mit einer gezwungenen Höflichkeit: »Miss Nakamura, es freut mich, Sie kennenzulernen«, und schaute dann anklagend zu Carla.

»Sie haben in diesem Film mitgespielt!«

»Ja«, meinte der Gastgeber, ob der Reaktion verwirrt und leicht gekränkt, »sie war die Hauptdarstellerin, aber ich dachte, du seist mit mir einig, daß *Carmilla* ein Meisterwerk ...«

»Ich meine doch nicht *Carmilla*!« explodierte Gottfried Reinhardt und wechselte ins Deutsche über, während er in einer kindlich wirkenden Geste mit dem Finger auf Carla wies.

»Sie haben in dieser antisemitischen Verhöhnung meines Vaters mitgewirkt! Können Sie sich vorstellen, wie demütigend das für uns alle war? Was es für meine Mutter und Frau Thimig bedeutet hat? Und Eleonore – angeblich waren Sie doch mit Eleonore befreundet! Wie konnten Sie nur…«

Carla befahl sich, ruhig zu bleiben. Aus seiner Sicht hatte er ein Recht darauf, gekränkt zu sein.

»Es handelt sich um keinen antisemitischen Film«, antwortete sie beschwichtigend, »und…«

»Ach nein? Mit einem Titel wie *Iffland der Theaterjude*?«

»…und ganz gewiß hatte niemand die Absicht, Ihre Familie zu demütigen. Außer den Zensoren, die diesen Titel gegen den Willen aller Mitwirkenden eingeführt haben. Es stimmt, Ihr Vater war eines der Vorbilder für die Hauptfigur, doch gerade weil ich mitgespielt habe, kann ich Ihnen versichern, daß er nicht das einzige war. Das Endergebnis ähnelt Robert König mehr als Ihrem Vater, für den ich immer nur Respekt…«

»Respekt, ha«, schnaubte Gottfried Reinhardt, aber er schien seinen Zorn aufgebraucht zu haben. In dem verlegenen Schweigen, das nach seinen Worten eintrat, setzte er sich wieder.

Lupita, die kaum ein Wort verstanden hatte, machte sich daran, den Kaffee einzugießen. Nancy warf Carla einen fragenden Blick zu; der Ton zumindest brauchte keine Übersetzung. Doch sie war zu geübt in solchen Situationen, um nicht professionell zu reagieren.

»Mrs. Kohner, wir bekommen immer noch Briefe für Sie, von Ihren Verehrern jenseits der Grenze. Sind Sie sicher, daß Sie nicht wieder spielen wollen? Gerade jetzt, wo die europäische Produktion eingeschränkt ist, gewinnt der südamerikanische Markt an Bedeutung.«

»Nun«, entgegnete Paul Kohner, der als einziger den vollen Umfang der Auseinandersetzung verstanden hatte und Nancy dankbar war, an Lupitas Stelle, »daß jeder, der Lupie einmal gesehen hat, sie wiedersehen will, verstehe ich natürlich am besten. Aber ich fürchte, ich bin zu selbstsüchtig, um sie je wieder der Öffentlichkeit zu überlassen.«

Es war nicht nur das Eingehen auf ein Ablenkungsmanöver; er schaute genauso hingerissen zu seiner jungen Frau, wie er es vor Jahren in Berlin getan hatte, und Carla empfand eine eigenartige Mischung aus Belustigung und Neid.

»Pauls Frau zu sein, das ist alles, was ich an Rollen noch spielen möchte«, bestätigte Lupita.

»So was soll's geben«, kommentierte Gottfried Reinhardt mit einem gewissen Zynismus und immer noch auf deutsch. Bei sich dachte Carla einmal mehr an Renate Beuren und ihren Rat, niemals einen Intendanten zu heiraten. Diese Regel sollte man auch auf Produzenten ausdehnen. Sei nicht so gemein, ermahnte sie sich. Wenn es sie glücklich macht…

Im weiteren Verlauf des Nachmittags taute der junge Reinhardt auf, auch wenn er es vermied, Carla direkt anzusprechen. Es stellte sich heraus, daß er für MGM arbeitete, und er steuerte einen Satz L.B. Mayer-Geschichten zu Paul Kohners Erzählungen über Carl Laemmle bei.

»Nachdem Irving Thalberg wieder im Land war, machte er sich daran, L.B. zu zeigen, wie sehr er noch in Kampfform ist, und leitete die Produktion von *Die Gute Erde* an. Ihr müßt wissen, L.B. hielt es für eine Schnapsidee, überhaupt die Rechte für das Buch zu erwerben. Er sagte, Amerikaner würden noch nicht mal Filme über amerikanische Bauern sehen wollen, geschweige denn über chinesische. Und während Irving also demonstrierte, daß er noch der größte Hecht im Teich ist, ging David ebenfalls mit L.B. in den Ring und verkündete am Ende, er steige aus, um seine eigene Produktionsgesellschaft zu gründen. Im Moment muß man nur das Wort ›Schwiegersohn‹ erwähnen, um den alten Herrn rotsehen zu lassen, aber wenn ihr mich fragt, Irene war die, die unbedingt von MGM wegwollte. Sie hat es gehaßt, daß ihr Mann für ihren Vater arbeitete.«

Mit einer leichten Grimasse fügte er hinzu: »Sag mal, Paul, stimmt es, daß Onkel Carl dich ursprünglich mit seiner Rosabelle verheiraten wollte? Tja, hättest du ja gesagt, hättest du jetzt nicht Bergerman im Genick, und ich hätte Chancen bei Lupita!«

Lupita lachte und sagte etwas auf spanisch.

»Sie meint«, übersetzte Kohner schadenfroh, »einen Casanova wie dich hätte sie auf keinen Fall genommen, und Onkel Carl hätte eben einen sehr guten Geschmack.«

»Apropos… ist eigentlich etwas an den Gerüchten dran?«

Voller Überzeugung schüttelte Kohner den Kopf. »Über einen

geplanten Verkauf, meinst du? Nein, ganz bestimmt nicht. Das würde der alte Herr nie tun. Er hat mir gerade erst einen neuen Vertrag angeboten, und außerdem möchte er sein Imperium doch Junior hinterlassen.«

»Wenn du es sagst.«

Carla überlegte, ob Max Reinhardt einen seiner beiden Söhne auf diese dynastische Art als Nachfolger betrachtete. Außerdem hätte sie sich gerne nach Eleonore erkundigt, doch das war angesichts der Umstände unmöglich. Sie fragte sich, ob sie Max Reinhardt je wieder beim Regieführen erleben, wieder auf einer Reinhardtbühne spielen würde. Nun, sie hatte das ganze *Iffland*-Projekt von Anfang an mitverfolgt und genau gewußt, was sie tat, als sie in eine Rolle einwilligte. Aber gerade, weil sie nun seit *Othello* nicht mehr auf der Bühne gestanden hatte und es hier in Los Angeles kein Theaterleben gab, schmerzte die Aussicht, von sämtlichen Reinhardtbühnen verbannt zu sein, mehr als je zuvor; vielleicht, weil ihr Gottfried Reinhardt unmißverständlich gezeigt hatte, wie der Professor den Film sah.

Dann fiel ihr ein, daß Max Reinhardt über den größten Teil seines Imperiums gar nicht mehr verfügte. Der deutsche Staat hatte alle Reinhardtbühnen für sich beansprucht, und in Österreich hatte er eigentlich nur zwei Standbeine, die Salzburger Festspiele und das Josephstheater. Nun, flüsterte die Zynikerin in ihr, haben wir ein kleines ethisches Dilemma. Was ist schlimmer – auf keiner dieser Bühnen mehr spielen zu dürfen oder dort nur spielen zu dürfen, weil man den eigentlichen Besitzer enteignet hat?

Ihre Aufenthaltsgenehmigung in Amerika war verlängert worden, aber noch nicht ihr Vertrag. Am Ende dieses Jahres hatte sie eigentlich erwartet, heimkehren zu können. Sie *konnte* heimkehren. Nichts hinderte sie daran. In Deutschland warteten größere und bessere Rollen und, flüsterte die Stimme in ihrem Inneren, eine Menge Theater mit neuen Besitzern. Sich wieder in der eigenen Sprache ausdrücken zu können, statt sich bemühen zu müssen, seinen Akzent loszuwerden oder das »th« richtig auszusprechen. Robert hatte es bisher geschafft, zu arbeiten, ohne Propaganda für die Nazis machen zu müssen, und ihr alter Wettbewerbsinstinkt sagte ihr, daß sie ebenfalls in der Lage dazu war. Außerdem vermißte sie Robert, vermißte ihn mit jedem Tag mehr, und daß sie hier auch sympathische Menschen und eine Freundin gefunden hatte, änderte nichts daran.

»*Sie kehrt zurück*«, sagte Nancy etwas lauter als gewöhnlich, und Carla fiel mit einemmal auf, daß sie offenbar etwas gefragt worden und Nancy für sie eingesprungen war, »so lautet der Name von Miss Fehrs neuestem Film.«

»Klingt nach einem weiteren von euren Horrorfilmen«, bemerkte Gottfried Reinhardt. »Paul, wußtest du, daß sie Universal das Studio nennen, wo man die Skelette tanzen läßt? Ihr habt euch da wirklich auf ein makabres Genre spezialisiert. Das wird euch eines Tages noch Schwierigkeiten beim Hays Office einbringen.«

»RKO produziert ebenfalls derartige Filme, *White Zombie* zum Beispiel«, gab Paul Kohner friedfertig zurück. »Doch ich gebe zu, wir sind die Spitze – wie es auch sein sollte. Neidisch?«

»Aber nicht doch. Du kennst doch das Credo meines Chefs: MGM produziert nur Filme, die wir auch unseren Kindern zeigen können, und das sehr lukrativ. Sagen Sie mal, Miss Fehr«, zum ersten Mal seit seinem Ausbruch sprach er Carla direkt an, »langweilt es Sie nicht, nur Spukrollen zu spielen? Wenn Sie nicht aufpassen, werden Sie zum weiblichen Gegenstück von Bela Lugosi.«

Es hätte eine aufrichtig gemeinte Frage sein können; Carla wußte es nicht. Durch das Vorgefallene und ihre eigenen Schuldgefühle wegen der Überlegungen, die sie anstellte, reagierte sie überempfindlich und nahm es als persönlichen Angriff.

»Ich könnte mir Schlimmeres vorstellen«, entgegnete sie kalt. »Sie nicht? Besser, aus eigenem Verdienst als Vampir berühmt zu sein, als nur des Nachnamens wegen zweimal angesehen.«

Nun schaute der ganze Tisch schockiert drein. Ihr wurde bewußt, daß niemand der Anwesenden, auch Nancy nicht, sie je von ihrer dunklen Seite gesehen hatte, den Teil von ihr, der sie befähigte, verbale Attacken zu reiten, die nicht parieren, sondern zerstören sollten. Sie bedauerte es ihrer Gastgeber wegen; beide Kohners waren nett zu ihr gewesen, und es gab keinen Grund, ihnen den Tag zu verderben. Außerdem wußte sie, wenn sie noch länger bliebe, würde sie der Versuchung nicht widerstehen können, Gottfried Reinhardt wirklich leiden zu lassen. Weil er sie an all das erinnerte, was sie verpaßte, weil er sie dazu gebracht hatte, sich schuldig zu fühlen, und weil er ein ergiebiges Opfer war. Man brauchte ihn sich nur anzuschauen – bleich und sprachlos wegen einer Bemerkung, wie er sie gewiß doch schon oft gehört haben mußte. Carla stand auf.

»Es tut mir leid«, sagte sie, an die Kohners gewandt, in einem unbewußten Echo von Paul Kohners Worten, »aber... ich habe noch eine Verabredung mit meinem Agenten, die mir ganz entfallen war. Tut mir wirklich sehr leid. Es war sehr schön bei Ihnen. Bitte entschuldigen Sie mich.«

Es war eine miserable Ausrede. Agenten vereinbarten am Sonntag keine Termine. Zum Glück brauchte niemand vorzugeben, ihr zu glauben, denn sie drehte sich um und rannte hinaus, durch den Garten und um das Haus herum zu der Einfahrt, wo der Wagen stand, den sie sich erst vor ein paar Wochen zugelegt hatte, um Nancy nicht länger als Chauffeuse mißbrauchen zu müssen. Sie suchte in ihrer Handtasche nach den Schlüsseln, und wie immer, wenn sie es eilig hatte, fand sie alle anderen Gegenstände zuerst. Nancy holte sie ein, ehe sie die Tür aufgesperrt hatte.

»Was ist denn los?« fragte sie weniger verwundert als konsterniert.

»Nichts.«

»Das muß schon ein sehr großes Nichts sein, wenn es dich dazu bringt, Leute zu beleidigen, die dir helfen wollen. Was meinst du, warum Mr. Kohner diesen Mr. Reinhardt eingeladen hat? MGM sucht Darsteller für *Die Gute Erde*, die einigermaßen glaubhaft asiatisch wirken können, und deine Sternendämonin-Rolle qualifiziert dich anscheinend dazu!«

Endlich sprang die Tür auf; Carla ließ sich in den Fahrersitz fallen, legte die Arme um das Lenkrad und preßte ihre Stirn dagegen. Das größte Talent, das sie bisher in Hollywood gezeigt hatte, bestand darin, es sich mit den falschen Leuten zu verderben.

»Nancy, auch wenn ich vorhin geschwiegen hätte, würde mich Gottfried Reinhardt nie... der Mann haßt mich wegen etwas, das... Gott, es ist so kompliziert.«

»Dann erkläre es mir«, sagte Nancy energisch. »Und rutsch rüber auf die Beifahrerseite; du bist nicht in der Verfassung, um zu fahren.«

Resignierend gehorchte Carla, was sie selbst ein wenig überraschte, und versuchte, *Iffland*, ihre eigene Rolle und das Desaster mit der Titeländerung zu erläutern. Dabei legte sich etwas von dem Zorn über Gottfried Reinhardt und sich selbst, doch er schwelte immer noch unter der Oberfläche. Wenn der einzige sympathische Produzent in ihrer Bekanntschaft sie jetzt haßte, war das Reinhardt juniors Schuld. Nein, es war ihre eigene Schuld, wegen des Mangels an Selbstbeherrschung, und Roberts Schuld, weil er unbedingt diesen Film drehen mußte und ihr so eine Vendetta mit der Familie Reinhardt eingebracht hatte, während er selbst davon unbehelligt blieb, Fontane statt Schauergeschichten verfilmte und dank seines Freundes Gründgens für den Herbst ein festes Engagement am Theater am Gendarmenmarkt hatte.

»Gut, nun verstehe ich, warum er dir grollt, aber warum bist *du* böse auf *ihn*?« erkundigte sich Nancy, nachdem Carla geendet hatte.

»Ich bin immer böse auf Leute, die böse auf mich sind, und vermutlich nehme ich ihm auch übel, daß er in das Theateräquivalent eines goldenen Nestes hineingeboren wurde. Ganz ehrlich, ich hätte Max Reinhardt liebend gern als Vater gehabt.«

Eigentlich glaubte Carla, das sehr überzeugend gesagt zu haben, doch Nancy schüttelte den Kopf, ohne ihre Aufmerksamkeit von der Straße zu wenden. Erst jetzt fiel Carla auf, daß sie nicht zurück zu den Nakamuras fuhren, sondern in Richtung Santa Monica, auf die Küste zu.

»Das ist nicht der Grund.«

Entweder verlor sie ihre Begabung zum Lügen, oder das vergangene Jahr hatte Nancy ein wenig zu hellsichtig gemacht. Carla griff erneut zu ihrer Handtasche, um sich eine Zigarette anzuzünden, was im Fahrtwind nicht ganz leicht war.

»Bin ich wirklich überzeugend als Asiatin?« fragte sie ablenkend.

»Nein. Du hast ein klassisches Gaijin-Gesicht. Aber das Publikum hat Boris Karloff als Fu Manchu akzeptiert, und er wirkt noch weniger asiatisch als du. Ihr übermittelt allerdings beide überzeugend Klischees über Asiaten. Tatsache ist«, schloß Nancy trocken, »daß es in diesem Land genügend chinesische und japanische Schauspieler gibt, aber für eine Riesenproduktion wie *Die Gute Erde* will MGM *weiße* Darsteller. Das verkauft sich besser und bringt Oscars. Alles, was unter die Kategorie farbig fällt, gewinnt auch bei der besten Publicity keine Academy Awards.«

Die Bucht kam in Sicht und dahinter die steilere Küste, die Berge, auf denen Pacific Palisades lag. Das war es, was sie an Los Angeles am meisten liebte und was sie immer wieder mit der Stadt versöhnte: der lange weiße Sandstrand von Santa Monica und das Meer, der trügerisch ruhige Pazifik, wo man manchmal Delphine sehen konnte und angeblich, obwohl es ihr noch nicht vergönnt gewesen war, gelegentlich auch Wale. Einmal war sie am frühen Morgen hergekommen und hatte die Erfahrung gemacht, daß den größeren Teil des Vormittags Nebel vom Meer aufstieg. Inmitten der Stadt oder auf dem Studiogelände, in Universal City, war nichts davon zu spüren, doch die Küste hüllte sich tatsächlich morgens in Dunst, so dicht wie auf einem Gemälde von Caspar David Friedrich. Sie fragte sich, was Friedrich wohl aus dieser Landschaft gemacht hätte, den kargen, braungrünen Hügeln, den bleichen Stränden und der glatten, azurschimmernden Oberfläche des Meeres.

Da es Sonntag war, kampierten eine ganze Reihe von Familien am Strand. Nancy brauchte einige Zeit, bis sie einen geeigneten Platz fand, um den Wagen zu parken. Sie musterte Carla, die sich, auf das Meer blickend, sichtlich entspannte, und sagte dann:

»So, und nun verrate mir bitte den wahren Grund für die Szene von vorhin.«

»Das ist Bestechung«, erwiderte Carla mit einem kleinen Lächeln, das schnell wieder verschwand.

Ehe sie den Wagen verließ, zog sie ihre Schuhe aus. Das kurze Stück Teerstraße und dann der Sand brannten unter ihren Füßen, doch sie hatte den Sand spüren wollen, und sie rannte auf das Meer zu. Es empfing sie, umschmeichelte kühlend ihre Beine und spritzte bis zu dem hellen Frühlingskleid hoch, das sie trug. Sie schloß die Augen und ließ das Gefühl, inmitten der Gezeiten zu stehen, auf sich einwirken, während die sachten Wellen kamen und gingen.

»Du bist in vieler Hinsicht noch ein Kind, weißt du das?« erklang Nancys Stimme neben ihr.

»Nein«, entgegnete Carla, ohne die Augen zu öffnen. »Nein, schon lange nicht mehr.«

Sie schaute auf und begann, am Strand entlangzuwaten, immer mit den Füßen im Wasser, Nancy neben sich, die ebenfalls ihre Schuhe ausgezogen hatte, sie jedoch in der Hand hielt.

»Wie schätzt du mich ein, Nancy?« fragte sie unvermittelt. »Glaubst du, ich bin…«, sie suchte nach dem richtigen Wort, »…prinzipientreu? Stehe ich zu meiner Überzeugung? Kathi glaubt es – meine Lehrerin. Sie ist einer der wenigen wirklich guten Menschen, die ich kenne. Aber ich bin keiner. Verglichen mit Kathi, geht es mir eigentlich ausgesprochen gut hier, aber heute nachmittag überlege ich mir schon die ganze Zeit, ob ich es nicht noch etwas besser haben könnte. In Deutschland. Ich müßte zwar auf jede Kritik an Menschen verzichten, die ich verachte und die ihr Bestes tun, um einem Teil der Bevölkerung das Leben zur Hölle zu machen. Doch ich könnte Rollen übernehmen, von denen ich hier nur träume.« Ihr Gesicht verhärtete sich. »Kannst du dir eigentlich vorstellen, was es bedeutet, daß Leute wie Elisabeth Bergner oder Helene Thimig das Land verlassen mußten? Daß ein beträchtlicher Bestandteil der Schauspielerinnen in meiner Heimat nur noch mit Sondererlaubnis spielen darf? Was das für Möglichkeiten eröffnet? Ich kann es mir vorstellen, Nancy, und gerade heute nachmittag habe ich nichts anderes getan.«

Sie schaute zu ihrer Freundin und wartete darauf, Anzeichen der Erkenntnis, der Verachtung zu sehen, oder zumindest die ablehnende Maske, die Nancy früher ihr gegenüber aufgesetzt hatte. Statt dessen streckte Nancy eine Hand aus und legte sie auf ihre Schulter. Trotz des warmen Frühlingstags fühlten sich ihre Finger durch den dünnen Baumwollstoff von Carlas Kleid kühl und trocken an.

»Natürlich denkst du darüber nach«, sagte Nancy leise, »aber du wirst es nicht tun. Das weiß ich. Ich glaube an dich.«

Ohne die hohen Schuhe, die sie meistens trug, war sie deutlich kleiner als Carla, und der leicht erhobene Kopf ließ Nancys sorgfältig zurückgestecktes, langes Haar über ihre Schultern fallen, als sie einen Schritt näher trat.

»Ich glaube an dich«, wiederholte sie, »und ich brauche dich.« Dann küßte sie Carla auf den Mund. Es war eine schnelle, flüchtige Geste, und einen Augenblick lang war sich Carla nicht sicher, ob sie sich die kurze, federleichte Berührung nicht eingebildet hatte, denn im nächsten Moment sagte Nancy in ihrem alltäglichen, sachlichen Tonfall: »Was Mr. Kohner und Mr. Reinhardt angeht, ich werde sehen, was ich zur Schadensbegrenzung tun kann«, wandte sich ab und ging zum Auto zurück.

Carla rührte sich nicht. Sie fuhr sich mit der Zunge über die Lippen und schmeckte Meersalz und einen fremden Lippenstift. Aber was sie tiefer traf, war das »Ich glaube an dich, und ich brauche dich«. Gebraucht zu werden war ihr schon bekannt, aber Menschen, die an einen glaubten, die beharrlich trotz besseren Wissens das Beste von einem erwarteten, verfügten offenbar über eine eigenartige Macht. Man durfte sie nicht enttäuschen. Sie schüttelte verwirrt den Kopf, dann folgte sie Nancys Fußstapfen im Sand, die zurück zur Straße führten.

Die nächsten Wochen vergingen, ohne daß eine von ihnen auf den Moment am Strand zurückkam. Carla schrieb einen Entschuldigungsbrief an Paul Kohner und einen kürzeren an Gottfried Reinhardt, obwohl sie sich zu letzterem nur schwer durchringen konnte. Wie sie insgeheim erwartet hatte, antwortete er nicht. Die Arbeit an *Sie kehrt zurück* schritt mühelos voran, wobei Jack Pierce sie ermahnte, sich auf keinen Fall mehr der Sonne auszusetzen.

»Ein Sonnenbrand«, verkündete er düster, »ist das letzte, wirklich das allerletzte, was wir hier gebrauchen können, und bei deinem Milchteint fängst du dir garantiert einen ein, Honey.«

Pierce hatte seine Rituale; wenn Carla am Morgen erschien, um eine Stunde lang in die untote Nefertiri mit der ledrigen, ausgedörrten Haut verwandelt zu werden, bestand er darauf, als erster zu sprechen. Als sie einmal den Fehler machte, ihm einen guten Morgen zu wünschen, ehe er sie anredete, warf er ihr einen eisigen Blick zu und ließ sie noch eine halbe Stunde länger bearbeiten. Das Ergebnis seiner Maskenbildnerkünste war allerdings wirklich mehr als eindrucksvoll. Sie bezweifelte, daß sie als Carmilla je so überzeugend leichenhaft ausgesehen hatte, und er schaffte es außerdem, sie einer ägyptischen Skulptur so ähnlich wie möglich zu machen. Er straffte ihre Lippen, weitete die Augenbrauen, holte aus ihren Wangenknochen heraus, was möglich war, und verlängerte ihren Hinterkopf; ihre Schultern wirkten breiter, und die künstlichen Nägel, mit denen er ihre Finger nochmals streckte, ließen ihre Hände tatsächlich so unnatürlich lang wie auf den Grabmalphotographien aus Howard Carters Buch über Tutanchamun aussehen. Wie Rohmaterial für eine Skulptur behandelt zu werden hatte seinen

Reiz. Es half ihr auch dabei, sich aus ihrem Körper zu entfernen und durch die Persönlichkeit, die sie für Nefertiri entwickelt hatte, ersetzen zu lassen.

Pierces Meisterstück, die vollständige Mumifizierung, erwartete sie mit einer Mischung aus Neugierde, Anspannung und Furcht. Sie hatte nicht vergessen, wie unbehaglich sie sich gefühlt hatte, als man eine Totenmaske von ihr anfertigte, und das hatte nur zehn oder zwanzig Minuten gedauert. Eingedenk Karloffs Warnung erschien sie an dem bewußten Tag mit nüchternem Magen. Zuerst klebte Pierce ihre Ohren fest. Dann bedeckte er ihr Gesicht mit Baumwollbinden, Collodium und Knetmasse. Nachdem er diese Maske mit einem Fön getrocknet hatte, ging er zum nächsten Stadium über und durchknetete ihr Haar ganz und gar mit der lehmartigen Masse, die gewöhnlich für Schönheitsbehandlungen benutzt wurde. Als auch diese Substanz ausgehärtet war, wurde sie mit Zement überdeckt.

Inzwischen war Carla überzeugt, daß die Qualen der Hölle auch nicht schlimmer sein konnten. Jeder einzelne Gesichtsmuskel, von dessen Existenz sie bisher noch nicht einmal gewußt hatte, schmerzte, einschließlich ihrer Lider, die sie zuerst nicht bewegen durfte und bald nicht mehr bewegen konnte. Es gab ihr das Gefühl, blind zu sein, und sie kämpfte verzweifelt gegen die Panik an, die das in ihr auslöste. Als Pierce begann, ihren Körper in die säurebehandelten und in einem Ofen erhitzten Leinenbänder zu wickeln, kostete es sie jedes Quentchen Selbstbeherrschung, über das sie verfügte, nicht nach ihm auszuschlagen. Hin und wieder murmelte er ein paar ermutigende Worte, doch im großen und ganzen verliefen die Stunden schweigend, denn er hatte alle Zuschauer aus seinem Arbeitsbereich verbannt, und sie war nicht mehr in der Lage zu sprechen.

Sie versuchte, wenigstens gedanklich zu entkommen. Nancy. Was war das am Strand gewesen, eine Bestätigung von Freundschaft oder mehr? Auf jeden Fall löste Nancy nicht nur Sympathie, sondern auch Zärtlichkeit in ihr aus, das Bedürfnis, sie zu beschützen, und das lag nicht nur an der Erinnerung an die geöffneten Pulsadern. Sie sah so fragil aus, wie eine chinesische Elfenbeinschnitzerei. Eine wunderschöne Elfenbeinfigur. Schönheit bei anderen Frauen war etwas, das Carla immer gesehen hatte, obwohl sie bei ihr bisher nie etwas verursacht hatte wie ... was war es? Als sie Carmilla gespielt hatte, war es ihr gelungen, sich in eine Liebe zu Dolores' Laura hineinzuhypnotisieren, aber das hier unterschied sich von einem Rollenspiel. Außerhalb des Films hatte Dolores sie nie besonders interessiert, weniger als Roberts Freundinnen, von denen sie Dinge wußte, die sich durchaus hin und wieder in ihre Träume einschlichen. Vielleicht war es nur Neugier. Sie erinnerte sich an ihre Frage an Robert nach dem Vergleich, mit einem Mann oder mit einer Frau zu schlafen. Aber nur um ihre Neugier zu stillen, konnte sie nicht mit Nancy ins Bett gehen, vorausgesetzt, daß sie die ganze Geste nicht ohnehin völlig mißdeutete. Philipp vertrug es vielleicht, wenn man ihm sagte, man liebe ihn nicht, aber Nancy? Nein.

Das war eine Parallele, die sie eigentlich nicht hatte herstellen wollen. Die alte Besessenheit, der Wunsch zu verletzten, gekoppelt mit der Gier, ineinander zu verschmelzen – aber nein, der Gedanke an Nancy löste in ihr nicht den gleichen Gefühlswirrwarr aus, zum Glück. Frau oder Mann, *eine* solche Beziehung genügte. Sie wußte nicht, was genau sie für Nancy empfand, und am Ende war es besser, das gar nicht erst herauszufinden. Auf jeden Fall besser für Nancy, die nicht wissen konnte, was sie mit ihrem »Ich glaube an dich« angerichtet hatte.

»Jetzt das andere Bein auf das Gerüst«, sagte Jack Pierce und holte sie in die schmerzhafte Gegenwart zurück. »Höher... höher... ja.«

Sie zweifelte daran, ob sie sich überhaupt noch würde bewegen können, wenn er sie gänzlich eingewickelt hatte, zumal das immer noch nicht das Ende der Tortur darstellte. Nun, Karloff war in der Lage gewesen, sich zu bewegen, und er war viel älter als sie. Der Durst, der sie plagte, wurde immer schlimmer, aber sie wußte, wenn sie trank, würde die Natur bald ihren Lauf nehmen, und dann würde sie die ganze Prozedur noch einmal durchmachen müssen. So mußten sich Reisende in der Wüste fühlen. Nein, so fühlten sich die Kamele, vollgepackt und auch noch mit einem Fell bedeckt. Warum hatte sie sich eigentlich diesen Beruf ausgesucht? Es mußte in ihr ein fatales Bedürfnis geben, bestraft zu werden. Das war es. Philipp war die Bestrafung für ihren Vater und die Schauspielerei die Bestrafung für ihre Mutter. Und Nancy, Nancy stellte vermutlich die Bestrafung für ihr Kind dar...

Von sich selbst angewidert, befahl sie sich, sich zusammenzunehmen. Sie spielte, weil es das Beste war, was sie zu geben hatte, weil es ihrem Leben einen Sinn verlieh. Acht Stunden gingen irgendwann auch zu Ende, und es bestand kein Grund, sich wegen etwas Atemnot und überdehnten Muskeln in Selbstmitleid zu ertränken.

»Grundgütiger, Jack«, sagte eine tiefe Stimme mit ungarischem Akzent amüsiert, »machen Sie hier der spanischen Inquisition Konkurrenz?«

»Sie wissen doch, ich mag keine Zuschauer, Mr. Lugosi«, brummte der Maskenbildner, doch er warf den Neuankömmling nicht hinaus, wie er das bei anderen unliebsamen Eindringlingen getan hatte.

»Nein, aber Ihr Opfer braucht vielleicht etwas Ablenkung.«

»Ich muß mich konzentrieren! Da lenkt Geschwätz nur…«

»Keine Sorge, Sie werden kein Wort von dem verstehen, was ich sage.«

Lugosi wechselte ins Deutsche über, das er wie die meisten Ungarn seiner Generation fehlerlos beherrschte und sowohl flüssiger als auch schneller sprach, als ihm das bisher mit Englisch gelungen war.

»Meine Liebe, ich bin mit meiner Arbeit vorzeitig fertig geworden, und ein Spatz hat mir ins Ohr gepfiffen, daß heute Ihr großer Tag ist. Also dachte ich mir, besuch doch das Set nebenan, und finde heraus, warum du niemals eine Mumie sein wolltest. Und vertreibe deiner zukünftigen Tochter die Zeit. Wir werden nämlich Vater und Tochter zusammen spielen, wußten Sie das schon? Ich hoffe doch nicht, denn ich habe es selbst erst heute morgen von Junior erfahren. Offenbar hat ihm Mr. Kohner einmal mehr den Film, von dem man nicht spricht, gezeigt, und daraufhin hat Junior sich einige Ihrer Tagesmuster angesehen. Was die Vater-Tochter-Geschichte angeht, die Idee stammt von dem einsichtsvollen Herrn, der mich heute Boris Karloff foltern ließ, Edgar Ulmer. Vielleicht kennen Sie ihn, er kam seinerzeit mit Max Reinhardt und dessen *Mirakel*-Tournee nach Amerika und blieb hier hängen, wie das so viele von uns tun. Jedenfalls erzählte er mir heute gleich nach der Folterszene…«

Es gab wenig, was gleichzeitig so beruhigte und unterhielt wie eine gut ausgebildete Schauspielerstimme. Mehr noch als von den guten Nachrichten ließ Carla sich von Lugosis Monolog amüsieren, einwickeln und davontragen. Sie wünschte nur, sie hätte noch sehen können; jemand, der so ausgezeichnet modulierte, mußte auch über eine hervorragende Mimik verfügen. Er trug sie durch die endlos lange Zeit, in der Pierce Carlas Gesicht und Hände mit Fettschmiere einstrich, um sie farblich vollkommen dem Körper mit seinen Leinenbändern anzupassen. Abschließend rieb er sie am ganzen Leib mit *Fullers Erde* ein, einer Substanz, die, wie er auf Lugosis Anfrage erklärte, gewöhnlich in Farbfabriken benutzt wurde.

»*Diück*!« rief Pierce triumphierend. »Jetzt könnt ihr sie haben – ich bin fertig.«

Der Kameramann und der Regieassistent drängten als erste in den Raum, soweit Carla das an den gratulierenden Stimmen feststellen konnte. Sie war noch immer blind. Es fiel ihr auch schwer, zu sprechen, ohne das Gesicht zu bewegen, aber sie preßte zwischen ihren erstarrten Lippen ein langgezogenes »Danke« an Lugosis Adresse heraus. Sie nahm sich vor, eine angemessene Gegenleistung zu finden, wenn sie erst wieder von dieser Maske befreit und ein menschliches Wesen war.

»Gern geschehen. Ich hatte schon lange kein lebendiges Publikum mehr.«

Damit verschwand er; zumindest hörte sie ihn nicht mehr aus dem Stimmengewirr heraus, das sie in das Atelier dirigierte. Dort half ihr der Beleuchter, ihre Position zu finden. Sie hatten die Szene geprobt; es handelte sich um eine Reihe einfacher Bewegungen, die Mumie verließ den Sarkophag, ging auf den Archäologen zu und legte ihm die Hände um den Hals. Das Problem war, die Bewegungen jetzt, wo sie fast bewegungsunfähig gemacht worden war, zu wiederholen und vor allem trotz mangelnder Sicht den Darsteller des Archäologen nicht zu verfehlen, aber dafür, dachte Carla mit dem, was sie nach den acht Stunden an Ironie noch in sich hatte, bezahlen sie mich schließlich.

Als sie völlig erschöpft in ihrem Auto saß, wurde der Himmel am Horizont bereits hell. Jedes Fleckchen Haut kam ihr wundgescheuert vor, ganz zu schweigen von ihrem Haar, das die Prozedur nur stark gekürzt überstanden hatte. Sie mußte wie ein Igel aussehen. Aber es war vorbei, sie hatte es geschafft, und ähnlich wie der Tag, an dem Genevieve sie durch die Sargaufnahmen getrieben hatte, erschien es ihr, als habe sie eine Feuerprobe bestanden, als könne sie nichts mehr schrecken, was der Beruf zu bieten hatte. Vermutlich handelte sich das um einen Irrtum, doch im Moment legte sie auf eine Berichtigung keinen Wert.

Sie hatte inzwischen genug Übung darin, das Haus der Nakamuras zu betreten, ohne die Familie zu wecken, aber diesmal ging sie nicht die Treppe hoch, sondern durch das Wohnzimmer in den Garten. Sie war immer noch zu wach, um zu schlafen, und zu ausgelaugt, um irgend etwas anderes zu tun. Außerdem wollte sie die Sonne aufgehen sehen. Also setzte sie sich auf die Bank und wartete. Es dauerte nicht lange, und der Himmel färbte sich flammend rot. Selbst die Wolken, dachte Carla, sieht man in diesem Land etwas klarer als sonst irgendwo. Mit einemmal wurde ihr bewußt, daß sie Amerika liebte. Nicht immer, manchmal haßte sie es auch, aber hier und heute, in dem Garten, den Mr. Nakamura so sorgfältig pflegte und erst kürzlich um einen Felsbrocken, den er gefunden hatte, verschönert hatte, weil er dessen Äderung bewunderte, hier in der kühlen Morgenluft und den ersten Sonnenstrahlen im Gesicht und dem Tau auf der Haut, hier liebte sie es.

Sie mußte dann doch eingeschlafen sein, denn sie lag auf der Bank und spürte, daß ihr Nacken vollkommen steif geworden war, als jemand sie berührte.

»Wach auf«, rief eine Kinderstimme, »hier schläft man doch nicht, Carla, wach auf!«

Carla öffnete die Augen und erkannte, daß zwei der Nakamuras vor ihr standen. Lucy grinste sie an, und auch Nancy kämpfte sichtlich mit einem Lächeln.

»Was ist denn mit deinem Haar passiert?« fragte das Mädchen.

»Ich wollte es mir ohnehin schneiden lassen«, erwiderte Carla und setzte sich auf. Nacken und Hals schmerzten wirklich abscheulich. Nancy gab ihrer Schwester einen kleinen Klaps und sagte etwas auf japanisch zu ihr. Das Kind verschwand ins Innere des Hauses.

»Nun«, meinte Nancy, während sie sich neben Carla setzte, »ich hoffe, es wächst schnell wieder. Mr. Kohner hat gestern abend hier angerufen, und dein Agent. Sie wollen dir die Hauptrolle für *Rappaccinis Tochter* anbieten.«

»Ja, ich weiß. Bela Lugosi war am Set und hat es mir erzählt.«

Sie fühlte sich immer noch sehr benommen und beschloß, nur kurz zu duschen und dann ins Bett zu gehen, um so lange zu schlafen, wie die geschäftige Mrs. Nakamura es zuließ. Plötzlich fiel ihr etwas ein. Mit einer zweiten Hauptrolle in petto war es nicht mehr leichtsinnig, sich ein eigenes Haus zu leisten, kein großes natürlich, aber die Bungalows waren hier in der Gegend billig.

»Nancy«, sagte sie glücklich, »ich werde ein eigenes Haus haben können.«

Es würde ein Zuhause sein, mehr noch als ihre Wohnung in Berlin, von ihrem eigenen Geld bezahlt und ohne jedes Gespenst darin, ein Kokon aus Unabhängigkeit und Freiheit. Nancys kühle Stimme, in der ein Unterton von Verletztheit zitterte, riß sie aus ihren Halbträumen.

»Ich wußte nicht, daß du es so eilig hast, hier auszuziehen. Aber ich hätte es wissen müssen. Ja, du wirst nicht mehr gezwungen sein, bei mir und meiner Familie zur Miete zu wohnen.«

»So habe ich das nicht gemeint.« Erklärungen am frühen Morgen nach einer durchwachten Nacht waren nicht ihre Stärke, und außerdem kehrten die Grübeleien in Sachen Nancy zu diesem ungeeignetsten aller Zeitpunkte zurück.

»Ich – ich hatte noch nie ein eigenes Haus. Als ich das letzte Mal in einem wohnte, war es ein Gefängnis für mich, und …«

Sie verstummte. Nancy würde das nicht verstehen, wie sollte sie auch? Der einzige, der es verstand, war Robert, und der befand sich auf der anderen Seite der Welt. Ihr fiel nichts anderes mehr ein, um Nancy zu zeigen, daß sie ihren Wunsch nach einem Haus falsch verstanden hattte, also erhob sie sich, berührte dabei kurz mit ihren Lippen Nancys Stirn und flüchtete dann vor weiteren Komplikationen in die sichere Abgeschiedenheit ihres Zimmers. Bis sie an allen Nakamuras vorbei im ersten Stockwerk angelangt war, hatte sie entschieden, die Dusche Dusche sein zu lassen. Statt dessen sank sie sofort in ihr Bett, und diesmal kam der Schlaf wie gewünscht, übergangslos und ohne Träume.

Als sie wieder erwachte, waren die Nackenschmerzen verschwunden, aber ansonsten hatte sie ein Gefühl von *déjà vu*. Die

Sonne schien durch das breite Fenster, weil sie vergessen hatte, die Vorhänge zuzuziehen, und tauchte sie in ein helles Licht. Nancy stand, gegen die Tür gelehnt, und beobachtete sie, wieder ein kleines Lächeln auf den Lippen.

»Wie spät ist es?«

»Zwei Uhr nachmittags.«

»Müßtest du nicht in Universal City sein?«

»Ich habe mir den Tag wegen Krankheit freigenommen«, erklärte Nancy. »Deiner Krankheit, nicht meiner. Mr. Mintzer hatte Verständnis dafür, daß ich mich um unseren neuen Star kümmern muß, und ich hatte den Eindruck, es gebe einiges zu besprechen.«

Soviel zu meiner Absicht, die ganze Angelegenheit schweigend zu umgehen, dachte Carla resignierend. Sie war nicht mehr müde, aber kaum in der geeigneten Verfassung für eine tiefschürfende Debatte zu einem Thema, über das sie sich selbst noch nicht im klaren war.

»In einer Stunde vielleicht?« schlug sie hoffnungsvoll vor und merkte erst jetzt, wie heiser ihre Stimme klang. Während des Abschminkens hatte sie zwei Becher Wasser getrunken, mehr hatte Pierce ihr nicht gestattet. »Ich glaube, es klebt immer noch etwas von Pierces Zeug an mir. Auf jeden Fall rieche ich noch danach. Und ich habe Hunger. Meine momentanen Vorstellungen vom Paradies bestehen aus einem Bad und einem ausgiebigen Frühstück. Danach«, schloß sie, »danach bin ich bereit, über alle Dinge der Welt zu reden.«

»Oh, ich weiß nicht«, sagte Nancy mit leichtem Spott, »im Moment bin ich im Vorteil, und den sollte man nicht aufgeben. In deiner normalen Verfassung bist du zu gut darin, das Thema zu wechseln.« Sie verschränkte die Arme und machte keine Anstalten, die Tür freizugeben.

»Das ist nicht gerecht.«

»Das ist es nie.«

Na schön, dachte Carla. Bringen wir es hinter uns.

»Ich bin sehr froh«, sagte sie langsam, »dich als Freundin zu haben. Aber ich halte es für unklug, mehr daraus zu machen.«

»Du meinst, du hast Angst davor.«

Nancy löste sich von der Tür und kam näher. Ohne ihren Blick von Carla zu lösen, setzte sie sich auf den Bettrand und beugte sich über Carla, die sich nicht gerührt hatte. Dieser zweite Kuß war anders, besitzergreifend und fordernd, und Carla entdeckte, daß etwas in ihr wie ausgehungert darauf reagierte. Ihre Arme schlangen sich um Nancys Hals, und sie spürte die zarte, glatte Haut unter ihren Fingern, bis sie ihre Fassung und ihr Denkvermögen zurückgewann und Nancy losließ.

»Ist schon in Ordnung«, sagte Nancy leise. »Ich kann warten.«

Mit der ihr eigenen Grazie stand sie auf und verließ den Raum. Zwischen Tür und Angel drehte sie sich noch einmal um und meinte mit einem leichten Augenzwinkern:

»Und laß dir bitte dein Haar mindestens ein Jahr lang nicht mehr schneiden. Es sähe lang sehr viel besser aus.«

21. KAPITEL

Irrungen, Wirrungen zu verfilmen hatte für Robert den überraschenden Nebeneffekt, seine Ehe zu retten. Für den Film waren eine Menge Außenaufnahmen nötig, und er kannte sich in der Mark Brandenburg nicht besonders gut aus. Monika zu fragen, ob sie die Schauplätze von Fontanes Roman kannte, war ein beiläufiger Gedanke, der unerwartete Früchte trug. Sie stammte aus der Gegend, und an der Art, wie sie von diesem See oder jenem Schloß erzählte, erkannte er ihr Heimweh. Außerdem zeigten ihre enthusiastischen, farbigen Beschreibungen sie wieder von der Seite, die er ursprünglich attraktiv gefunden hatte. Auf der Suche nach Drehorten machten sie ihre erste gemeinsame Reise, und die ressentimentgeladene Spannung zwischen ihnen wich allmählich dem Gefühl von Kameradschaft, das gemeinsame Unternehmungen mit sich brachten, auch wenn sie nicht ganz verschwand. Es half außerdem, daß keiner seiner Freunde sie begleitete und sie sorgfältig bestimmten Themen aus dem Weg gingen.

Als die Dreharbeiten begannen, zeigte Monika zum ersten Mal seit den Radiotagen wieder Interesse daran, sich an einem seiner Projekte zu beteiligen. Insgeheim hegte Robert den Verdacht, daß die filmische Umsetzung eines Literaturklassikers einfach mehr ihrer Vorstellung von *gesicherter* künstlerischer Tätigkeit entsprach als ein Vabanque-Spiel wie *Iffland*. Aber er fand ihre Besuche hilfreich. Sie hatte ein gutes Gedächtnis und ein Talent dafür, sich zu merken, wer in der Szene, die im Drehbuch unmittelbar anschloß, aber zwei Tage früher gedreht worden war, aus welcher Richtung gekommen war. Außerdem fand sich immer jemand von den Technikern, Schauspielern oder Statisten, der sich um Martina kümmerte. Das Kind wurde zum Maskottchen des Films, was Monika zum ersten Mal seit der Geburt einige freie Zeit verschaffte, und das wiederum wirkte Wunder auf ihr Toleranzvermögen anderen Menschen gegenüber. Robert wußte, daß sie mehrere unter den Hermiaden nicht ausstehen konnte, doch sie ließ es sich nicht anmerken und begegnete ihnen nicht mit der gewohnten kühlen Distanziertheit, sondern zeigte sich regelrecht umgänglich. Und sie verzichtete auf jeden Kommentar über die Beschäftigung von Helmut und Astrid.

Für ihn selbst stellte das Drehen von *Irrungen, Wirrungen* manchmal das Auge des Hurrikans und in jedem Fall eine weitere Stufe des Drahtseilaktes dar, zu dem sein Leben geworden war. Diesmal spielte er nicht selbst mit, sondern beschränkte sich auf das Regieführen, obwohl er die Stimme des Erzählers sprechen würde. Eine literarische Vorlage *und* deren Verarbeitung zu einem Drehbuch durch jemand anderen vorzufinden war nicht die beste Voraussetzung, aber sich fremde Texte anzueignen und umzuarrangieren, bis sie die Geschichte erzählten, die er erzählen wollte, war schon immer seine Stärke gewesen. Das Problem lag anderswo.

Für einen Konzern wie die UFA zu arbeiten hätte in jedem Fall weitaus weniger Freiheit als sein Traumvertrag bei Astoria bedeutet, selbst wenn man immer noch das Jahr 1932 schreiben würde. Unter den gegebenen Umständen kam noch einiges mehr hinzu. Er mußte die Billigung seiner Drehbuchfassung durch den neuernannten Reichsfilmdramaturgen abwarten. Er mußte einige Szenen umschreiben, damit Botho etwas öfter in seiner Uniform zu sehen war, unter anderem auf einer Parade, die weder Fontane noch einem der Drehbuchautoren in den Sinn gekommen war. Das Projekt grundsätzlich zu erklären und zu rechtfertigen, warum eine unglückliche Liebesgeschichte in einer erstarrten, sterbenden preußischen Welt überhaupt verfilmt werden mußte, hatte er ebenfalls geschafft, und das machte Übungen in dem neuen Jargon und zahlreiche Beschwörungen des »nationalen Erbes« und des »deutschen Schrifttums« nötig. Die Anstrengung, derartige Floskeln zu verwenden, verblaßte allerdings vor dem Kampf um die Besetzung.

Er hätte am liebsten Hugo als Botho gehabt, doch Hugo befand sich in Österreich, und Robert wollte nicht die Verantwortung für einen weiteren Menschen übernehmen, indem er ihn einlud, zurückzukehren. Den Vorschlag seiner Produzenten zu akzeptieren und statt dessen den neuen Publikumsliebling Hans Albers zu besetzen fiel ihm also nicht weiter schwer. Er kannte Albers nicht und hielt ihn nicht unbedingt für den geeigneten Typ, doch der Mann galt als umgänglich und zeigte vor allem eine erstaunliche Bereitschaft, sich der Autorität eines jüngeren Kollegen unterzuordnen. Nein, die Schwierigkeiten begannen mit Helmut als Gideon.

»Das ist gegen das Gesetz, und Sie wissen es. Man hat Juden vielleicht noch im letzten Jahr besetzen können, oder in bereits laufenden Projekten behalten, aber dies ist ein neuer Film, und die Bestimmungen des Ministeriums sind da ganz eindeutig. Außerdem heiratet Gideon am Schluß Lene. Man würde uns vorwerfen, Rassenschande zu propagieren!«

Auf Helmuts jahrelange Erfolge in Charakterrollen hinzuweisen brachte nicht viel. Dann legte Robert die Karte auf den Tisch, von der er gehofft hatte, sie nicht ausspielen zu müssen. »Herr Holpert ist kein Jude.«

»Aber natürlich ist er …«

»Sein angeblicher Vater ist Jude, seine Mutter Arierin«, sagte Robert unbeirrt. »Und sein wahrer Vater ist ebenfalls Arier. Das Verfahren läuft bereits.«

Helmut davon zu überzeugen, seine Mutter zu bewegen, ihn für ein uneheliches Kind und das Produkt eines Seitensprungs zu erklären, war das Unangenehmste, was Robert je getan hatte. Er hätte nicht geglaubt, daß es nach seiner Zurückweisung seines sich zu Tode trinkenden Vaters noch eine Steigerung gab, doch die Sache mit Helmut war schlimmer, auch weil er sich diesmal nicht sagen konnte, daß es um Rache oder Selbsterhaltung ging.

»Das ist ein Scherz – ein geschmackloser, schlechter Scherz.«

»Nein, das ist es nicht. Eine ganze Reihe von Leuten, die weiter arbeiten wollen, tun es bereits. Dein Vater ist tot, ihm tut das nicht mehr weh. Du brauchst nur einen guten Bekannten deiner Mutter, der bereit ist, mitzuspielen und zu schwören, daß er eine Affäre mit ihr hatte.«

»Meine Mutter soll sich prostituieren und …«

»Komm von dem hohen Roß herunter, Helmut«, unterbrach Robert, der in bezug auf Mütter und ihre Affären empfindlich war, unerwartet heftig. »Einen Seitensprung zu gestehen macht deine Mutter nicht zu einer Prostituierten. Wo lebst du, im Mittelalter?«

618

»Meine Mutter müßte damit leben, unter all ihren Freunden und Bekannten, die sich fragen werden, ob es nicht stimmt.«

»Nun hör mal zu, Helmut«, sagte Robert, senkte seine Stimme zu einem bedrohlichen Flüstern und packte den sehr viel kleineren Mann bei den Schultern, etwas, das in der Vergangenheit bei Proben immer einschüchternd auf Helmut gewirkt hatte, »so wie ich das sehe, stehen dir folgende Möglichkeiten offen: Du kannst versuchen, Arbeit im Ausland zu finden, wie Brigitte.« Brigitte hatte keine Arbeit gefunden und schließlich weniger aus Liebe denn aus Mangel an Alternativen einen österreichischen Geschäftsmann geheiratet, und das wußten sie beide. »Du kannst deine Karriere so lang unterbrechen, wie Hitler an der Macht ist, und gegen miserable Bezahlung für den völlig überfüllten jüdischen Kulturbund spielen. Oder du versuchst, die Mistkerle mit ihren eigenen Regeln zu schlagen, schluckst deinen Stolz herunter, strengst dieses Verfahren an und spielst eine der vier Hauptrollen in einer UFA-Produktion.«

»Und wie soll ich hinterher mit mir selbst leben?«

Es klang wie ein Protest, doch Robert hörte die zukünftige Kapitulation heraus. Manchmal wünschte er sich etwas weniger Erfolg darin, Menschen zu manipulieren; doch nicht jetzt. Es war das Beste für Helmut, sagte er sich, und es erleichterte die Ausführung seines Vorsatzes, all seine in Deutschland verbliebenen Mitarbeiter durch die Zeit von Hitlers Regime zu bringen, beträchtlich. Aber es gab ihm auch das Gefühl, eine Ratte zu sein, wie er es Jean-Pierre gegenüber einmal ausgedrückt hatte.

»Wie wir alle«, antwortete Robert und versuchte, sich nichts von seinen Gedanken anmerken zu lassen und statt dessen weiterhin Autorität zu projizieren. »Augen zu und durch zum rettenden Ufer, auch wenn die Brühe noch so ekelhaft ist.«

»Manchmal bist du ...«

»Ja, ich weiß.«

Nach diesem Erlebnis im Vorfeld waren die Dreharbeiten, als sie endlich begannen, ein Zuckerschlecken. Er genoß es, wieder mit seinen Leuten zusammenarbeiten zu können, er genoß es, wieder selbst die Welt um sich einzurichten, nachdem er sich bei dem Rühmann-Film und dem Engagement im Schillertheater wieder in der Position eines Schauspielers unter anderen Schauspielern befunden hatte, und seine Liebesaffäre mit dem Zelluloid hatte seit *Iffland*, trotz oder gerade wegen der mangelnden Wirkung von *Iffland* auf die Öffentlichkeit, nicht nachgelassen. Den staatlichen Aufpasser, der ihm verpaßt worden war und der hin und wieder die Dreharbeiten besuchte, ignorierte er, so gut er konnte, und war dankbar dafür, daß Monika sich des Mannes annahm, indem sie die konservative preußische Adlige hervorkehrte. Was Albers und die anderen Mitwirkenden an dem Film anging, die er noch nicht kannte: es hatte Robert nie Schwierigkeiten bereitet, sich neue Freunde zu schaffen, wenn er es wirklich darauf anlegte. Alte Freunde zu behalten erwies sich als problematischer. Helmut, dem mit seinem schwebenden Verfahren tatsächlich eine Arbeitserlaubnis für *Irrungen, Wirrungen* zuteil geworden war, strahlte nichts als gequältes Unglück aus; für die meisten Gideon-Szenen paßte das nicht übel, aber nicht für alle, und außerdem wirkte es auf Robert wie ein leibhaftiger Vorwurf.

Als der sonst so verträgliche Helmut einen Streit mit Hans Albers anfing, wußte Robert, daß die Signale endgültig auf Sturm standen. Albers hatte ein sehr schwaches Gedächtnis und verließ sich regelmäßig darauf, seinen Text von entsprechend aufgestellten schwarzen Tafeln, die in der Filmwelt »Neger« genannt wurden, abzulesen. Da er dabei völlig natürlich wirkte und es seiner Ausstrahlung keinen Abbruch tat, nahm Robert die Eigenheit genauso hin wie jeder andere Regisseur, der mit Albers gearbeitet hatte. Helmut dagegen verfügte über ein hervorragendes Gedächtnis und beherrschte meistens auch noch die Stichworte der anderen Schauspieler dazu. Daher waren alle Hermiaden verblüfft, als ihm in der einzigen gemeinsamen Szene, die er und Albers hatten, plötzlich die Worte ausgingen und er seine Darstellung abbrach.

»Schnitt! Helmut, was ist denn los?«

»Mir fällt halt im Moment mein Text nicht ein!« gab der als märkischer Biedermann gekleidete Helmut gereizt zurück. »Das soll hier schon mal vorkommen, oder?«

Albers bemerkte die Spitze offensichtlich. Die berühmten strahlendblauen Augen, die selbst in Schwarzweiß ihre Wirkung nicht verfehlten, richteten sich auf Helmut, während er begütigend meinte: »Sicher, das passiert. Aber Mensch, warum benutzt du keinen Neger?«

»Das würde ich ja sehr gerne«, entgegnete Helmut, und Robert stöhnte innerlich, denn er wußte bereits, was kommen würde; in diese Falle war Albers blindlings hineingetappt. »Sie sind nur alle besetzt.« Er schaute an Albers vorbei zu Robert, der neben dem Kameramann stand. »Da fragt man sich, ob hier jeder gleichberechtigt ist in diesem ... Film.«

»Aber sicher«, gab Robert hart zurück. »Ihr seid alle gleich dazu berechtigt, das zu tun, was ich euch sage. Das war schon immer so. Und gerade jetzt«, er ließ die nötige Wärme in seine Stimme einfließen, um jedermann zu überzeugen, daß alles, einschließlich Helmuts Bemerkungen, nur Teil eines geplanten Scherzes war, »sage ich ... Pause. In einer Stunde machen wir weiter!«

Zum Glück trollte sich der blauäugige Albers mit den übrigen Schauspielern und ließ die Sache mit Helmut auf sich beruhen, so daß sich Robert den Mann allein zur Seite ziehen konnte. Einschüchterung würde diesmal nicht funktionieren, aber Mitleid war auch nicht das richtige; Robert hoffte, daß etwas Verständnis, vermischt mit einem Appell an den gesunden Menschenverstand und das schauspielerische Ego, genügten.

»Tu mir einen Gefallen. Wenn du die ganze Misere unbedingt an jemandem auslassen mußt, dann komm direkt zu mir und erspar dir den Umweg. Es tut mir leid, daß du dich demütigen mußtest, um weiter arbeiten zu können, aber meinst du nicht, daß sich die Demütigung wenigstens lohnen sollte? Und das wird sie nicht, wenn du weniger als deine beste Darstellung gibst.«

»Das tue ich im Gerichtshof«, antwortete Helmut feindselig. »Zumindest erwartet der Staatsanwalt dort nicht, daß ich ihm für die Chance auch noch dankbar bin.«

»Zum Teufel mit der Dankbarkeit, ich möchte etwas Eigeninteresse. Wenn du dich wirklich ins Zeug legst, kannst du unseren blonden Adonis an die Wand spielen. Vergiß nicht, Gideon ist der stärkere Charakter. Botho beugt sich seinem Stand, heiratet seine hohlköpfige Adlige, während Lene Gideon nimmt, weil sie ihn respektiert. Mit anderen Worten, die Leute strömen in die Kinos, um Albers lieben und siegen zu sehen, und verlassen es mit dem Eindruck, daß du der bessere Mann bist. Das behauptet zumindest Fontane, aber wenn du Gideon nicht bald etwas mehr Leben verleihst, glaubt mir das keiner.«

Er war überrascht, als Helmut kurz auflachte. »Weißt du, Chef, du bist wirklich gut. Verdammt gut. Aber irgendwann genügt das nicht mehr.« Er schüttelte den Kopf. »Das Schlimmste ist, daß du recht hast. Ich wünschte nur, du würdest das nicht so genau wissen.«

Er wirkte immer noch verärgert, doch nicht länger wütend oder gequält, und damit gab Robert sich zufrieden. Kurz bevor sie sich wieder zu den anderen gesellten, zeigte Helmut ein ungeahntes Talent zum psychologischen Seitenhieb.

»Eine Frage aus reiner Neugier: Was sagt eigentlich deine Frau zu dem Thema des Films? Zu der leidenschaftlichen Seelenverwandtschaft mit Lene, die Rotho, ich meine: Botho, um der vorteilhaften Ehe mit der oberflächlichen Adligen willen aufgibt?«

»Sie verehrt Fontane«, erwiderte Robert ausdruckslos.

Zum erstenmal an diesem Tag spürte er statt Schuldgefühlen einen Anflug von Zorn auf Helmut. Er hatte sich aus vielen Gründen um *Irrungen, Wirrungen* bemüht, aber vor allem, weil er in dem Stoff Neuland sah, etwas, das von seiner eigenen Welt ganz und gar entfernt war. Die Überzeugung, das filmische Gegenstück zu Fontanes ironisch-distanzierter Erzählweise liefern zu können, begleitete ihn durch die Arbeit an Drehbuch und Film, bis ausgerechnet Helmut daherkam und die Geschichte auf eine Weise interpretierte, die ihm vorher hätte auffallen müssen. Auf einmal fragte er sich, ob ihm sein Unterbewußtsein bei diesem Film tatsächlich Streiche gespielt hatte. Es würde eine Weile dauern, bis er diesen Floh im Ohr wieder loswerden würde.

Im großen und ganzen verliefen die Dreharbeiten danach störungsfrei. Die nächste Krise kam erst, als Robert den Rohschnitt des Films schon hinter sich hatte und, das feste Theaterengagement für den Herbst in der Tasche, bereits voller Pläne für den nächsten Film steckte. Er bewunderte Fritz Langs *M* und trug sich schon seit längerem mit der Idee eines Kriminalstücks. Die Studie eines Mörders, aber dieser Mörder sollte nicht an seinen zahlreichen Verbrechen scheitern, sondern ausgerechnet für den einen Mord bestraft werden, den er nicht begangen hatte, und der Kommissar, der ihn verhaftete, sollte das als einziger wissen. Da er gerade dabei war, Zettel um Zettel mit Notizen über diese Idee vollzukritzeln, verstand er den Anruf von Astrid zunächst falsch.

»Chef«, sagte sie mit ihrer leisen, immer etwas atemlos klingenden Stimme, »hast du das von deinem Film gehört?«

»Aber ich habe doch noch gar kein Szenarium eingereicht«, entgegnete Robert verblüfft.

»*Irrungen, Wirrungen*«, erläuterte Astrid. »Sie drehen einen neuen Schluß. Reiß mir nicht den Kopf ab, aber da ich am Drehbuch mitgearbeitet habe und kein neues Honorar dafür verlangen kann, mußte ich es umschreiben. Im Moment telefoniert jeder Albers hinterher, um ihn zu finden, er macht nämlich gerade Ferien, also hast du noch eine Gnadenfrist, und ich dachte, ich warne dich.«

Er versuchte, sich zu beherrschen, obwohl er Mordgedanken hegte. »Was für ein neuer Schluß?«

»Botho trifft Lene nach Jahren wieder. Gideon ist tot, Käthe ist tot, und die beiden können heiraten. Und wenn sie nicht gestorben sind, dann leben sie noch heute.«

»Danke, Astrid. Ich schulde dir etwas«, stieß Robert hervor, warf den Hörer auf die Gabel und wies den nächsten Taxenfahrer, den er finden konnte, an, so schnell wie möglich nach Babelsberg zu fahren.

»Hören Sie, junger Mann«, sagte der wichtigste Produzent des Films nicht unfreundlich, »das richtet sich nicht gegen Ihre Arbeit. Aber was Sie uns geliefert haben, ist einfach zu … düster und morbide. Zumindest das letzte Drittel. Wir brauchen Filme, die das Publikum glücklich zurücklassen. Also, dieses Schlußbild, wo das Balkongitter einen Schatten auf Albers wirft, daß er aussieht, als sitze er im Gefängnis mit der dummen Zicke, die er geheiratet hat, das ist nicht glücklich. Und das Mädel am Schluß mit Holpert statt mit Albers, das verzeiht man uns nie. Wir hängen einfach etwas Aufmunterndes dran, und der Film ist gerettet.«

»Nein, ruiniert.« Robert holte tief Atem; Argumente über die Integrität einer Geschichte würden hier nicht helfen. »Die Presse wird Sie zerreißen, wenn Sie Fontane so …«

Sein Gegenüber wurde ungeduldig. »Jetzt kommen Sie mir nicht damit. Erstens kennen die meisten Leute von Fontane gerade noch *Effi Briest*. Zweitens haben Sie selbst ganz schön an dem herumgedoktert, was uns Ihr Vorgänger da hinterlassen hat, und drittens brauchen wir uns wegen der *Presse* keine Sorgen zu machen. Wir leben schließlich nicht mehr in der Systemzeit mit ihren jüdischen Kritikern. Heutzutage gibt es nur noch ordentliche *Betrachtungen*, keine zersetzenden *Kritiken*.«

Robert versuchte es mit Rationalität, mit Berechnung, mit Charme, mit Beschwörungen, mit Drohungen, die, wie sie beide wußten, leer waren. Er konnte noch nicht einmal glaubwürdig behaupten, nie wieder für die UFA arbeiten zu wollen. Am Ende verließ er Babelsberg und Berlin. Er war nicht mehr an dem Endschnitt von *Irrungen, Wirrungen* interessiert; selbst noch bei der Verstümmelung seines Films mitzuhelfen war etwas zuviel verlangt. Wütend packte er einen Koffer und teilte Monika mit, er werde eine Zeitlang verreisen. Sie wurde bleich.

»Wohin?«

»Das weiß ich noch nicht.«

»Ich hatte gehofft«, sagte Monika mit zusammengebissenen Zähnen, »daß du es mir wenigstens mitteilen würdest, wenn du mich verläßt und ins Ausland fliehst.«

»Ich verlasse dich nicht, und ich fliehe nicht ins Ausland. Ich bin einfach ein paar Tage unterwegs.«

»Aber warum?«

»Ehrlich gesagt, damit ich keines von beidem tue«, erwiderte Robert brutal, aber wahrheitsgemäß. »Die Versuchung war noch nie so groß.« Das schlechte Gewissen packte ihn, und er setzte hinzu: »Nicht deinetwegen. Die schneiden mir systematisch die Luft ab.«

»Soll ich dich zum Bahnhof begleiten?« fragte Monika tonlos.

Robert schüttelte den Kopf. »Ich werde nicht mit dem Zug fahren, sondern per Anhalter.«

Seine letzte derartige Reise lag Jahre zurück, und wie sich herausstellte, hatte er sich für diesen Rückfall in seine jugendliche Freiheit den denkbar schlechtesten Zeitpunkt ausgesucht. Nach zwei Tagen, die ihn immerhin fast bis nach Hamburg brachten und einige unterhaltsame Bekanntschaften bescherten, gabelte ihn die Polizei auf. Er konnte sich ausweisen, doch seine Erklärung, warum ein recht bekannter Schauspieler und Regisseur mit genügend Geld in der Tasche auf der Landstraße Autos anhielt, klang offenbar ganz und gar nicht überzeugend. Jedenfalls nahmen sie ihn mit nach Hamburg, um seinen Ausweis zu überprüfen. Sie kamen ihm unangemessen grob und nervös vor; eine gute Gelegenheit, seinen Groll auf die Staatsgewalt loszuwerden.

»Meine Herren, Sie scheinen mir bestens geeignet für meinen nächsten Film. Es gibt so wenige Statisten, die als Schläger glaubwürdig wirken, die meisten sind ausgehungerte Arbeitslose…«

»Maul halten!«

»Genau das meine ich. Sie sind perfekt.«

»Theo«, sagte der größere der beiden Polizisten, mit denen er es zu tun hatte, und wippte leicht von der Ferse zur Sohle, »das könnte eines von den Schweinen sein.«

Dieters Lektionen über Körpersprache machten sich bezahlt, denn Robert sah den Schlag kommen und wich ihm aus. Dank seiner Größe brauchte er sich in der Regel keine Sorgen um körperliche Angriffe machen; die meisten Leute gingen davon aus, daß sie dabei den kürzeren ziehen würden. Dies allerdings war eine ungewöhnliche Situation. Etwas stimmte ganz und gar nicht. Selbst wenn sie argwöhnten, daß seine Papiere gefälscht waren, wäre es normal gewesen, auf die Bestätigung seiner Identität zu warten, ehe sie ausfällig wurden, denn wenn er die Wahrheit sagte, würde er sie belangen und um ihre beruflichen Chancen bringen können. Es sei denn, sie beabsichtigten nicht, ihn überhaupt noch etwas sagen zu lassen.

Du hast dich zu sehr in diese Kriminalgeschichte vertieft, dachte Robert. Das sind Polizisten. Schlechtgelaunte Polizisten, aber immer noch Polizisten. Und Polizisten bringen keine wildfremden Leute um… nun ja… nicht mehr seit den Fememorden. Wenn es SA-Männer gewesen wären, hätte er keine Hand dafür ins Feuer gelegt. Aber die Polizei?

Der kleinere der beiden Polizisten verfügte zum Glück über mehr Selbstbeherrschung. Nach dem ersten Schlag hielt er seinen Kollegen zurück und zischte ihm etwas ins Ohr. Danach forderte er Robert einmal mehr auf mitzukommen. Roberts eigene schlechte Laune machte ihn nicht lebensmüde. Er gehorchte und schwieg bis zu ihrer Ankunft auf der nächsten Polizeiwache. Dort erfuhr er immerhin, was an diesem Sommertag so ungewöhnlich war, zunächst durch den Anruf, der ihm genehmigt wurde. Er hatte mehrere Bekannte in Hamburg, und in der weiteren Umgebung gab es natürlich noch Max Kern, aber sein fataler Sinn für schwarzen Humor verleitete ihn dazu, aus diesem Personenkreis eine Journalistin zu wählen. Die Presse mochte zwar geknebelt sein, aber er war bereit, darauf zu wetten, daß ein als Vagabund oder Krimineller verdächtigter Regisseur immer noch für eine Schlagzeile gut war.

»Was? Mensch, Junge, du hast dir vielleicht einen Tag ausgesucht!«

»Den Eindruck habe ich auch. Verrate mir nur, wofür.«

»Lebst du auf dem Mond? Röhm soll in München einen Putschversuch unternommen haben. Hi… der Führer hat die ganze Führungsriege der SA verhaften lassen, mit Hilfe der Reichswehr, soweit ich weiß.«

»Mir kommen die Tränen. Was hat das mit mir zu tun? Ich sehe nicht gerade wie ein Führungsmitglied der SA aus.«

»Es gibt noch andere Verdächtige. Halte dich lieber mit weiteren Witzeleien zurück, Robert, die Sache ist ernst. Kriege ich ein Exklusivinterview, wenn ich dich heraushole?«

Er versprach es und reichte sie an den nächststehenden Polizisten weiter, der ihr eine Weile zuhörte, etwas brummte und dann auflegte.

»Die SA wollte also putschen«, sagte Robert beiläufig, während er auf einer Bank mit einer Reihe weiterer verdächtiger Elemente darauf wartete, von seiner alten Bekannten gerettet zu werden, zu dem Wachtmeister, der ein Auge auf sie werfen sollte.

»Hm.«

Die Lage entbehrte nicht einer gewissen Komik.

»Ich kann Ihnen versichern, der SA beizutreten, käme mir nie in den Sinn.«

»Hmmm.«

»Halt lieber den Mund, Mann«, flüsterte sein Nachbar und versetzte ihm einen Rippenstoß.

Robert gab es auf, Konversation zu treiben, und versuchte, sich die Details der Polizeistation für seinen nächsten Film einzuprägen. Seinen nächsten, ganz und gar aus eigenen Mitteln finanzierten Film, egal, wie lange es dauerte, diese Mittel aufzutreiben, und egal, in wie vielen Stücken und Filmen von anderen Leuten er dafür mitwirken mußte. Er hatte dann immer noch das Ministerium im Nacken, aber zumindest nicht mehr einen Haufen ängstlicher Konzernangestellter.

Lina Braake, die Journalistin, die ihn während seines Theatersommers kennengelernt hatte, erschien mit einigen alten Artikeln über Robert, die Photographien einschlossen, bewaffnet. Ob das nun die Polizei überzeugte oder ihre Überprüfungen seines Ausweises ergeben hatten, daß er echt war, wurde nicht deutlich, aber man ließ ihn gehen. Es wunderte Robert, daß Lina diesmal keine Kamera mitgebracht hatte, um ihn vor der Polizeistation aufzunehmen, und er fragte sie danach, als sie in einer Taxe auf dem Weg in ihre Wohnung saßen. Sie schaute ihn an, als seien ihm Flügel gewachsen.

»Leute zu provozieren, die unter großem Druck stehen, ist nicht meine Sache, mein Lieber.«

Dann gab sie ihm eine etwas ausführlichere Erklärung. Daß die SA darauf drängte, eine Volksmiliz zu bilden, und daß die Reichswehr diese Konkurrenz strikt ablehnte, war auch Robert bekannt, obwohl es ihn nicht besonders interessierte. Man brauchte kein Genie zu sein, um zu erkennen, daß Hitler vor der Wahl zwischen SA und Reichswehr gestanden hatte. Offenbar hatte er sich für die Reichswehr entschieden.

»Aber die Verhaftungen«, sagte Lina, sobald sie ihre Wohnungstür hinter sich geschlossen hatte, »sind nach allem, was ich gehört habe, eben nicht einfach Verhaftungen. Das Wort *Hinrichtungen* trifft es schon eher. Röhm ist mit Sicherheit tot, und nach dem, was uns die Regierung für eine Extraausgabe heute abend freigegeben hat, noch sechs weitere. Die Gerüchte sprechen allerdings von hundert, hundertfünfzig. Vielleicht sogar zweihundert. Niemand will sich festlegen, und wir können kaum nachfragen. Nur in einem sind die vom Amt plötzlich sehr offen. Erinnerst du dich, daß es in der *Weltbühne* und den anderen Blättern öfter Anspielungen darauf gab, daß Röhm homosexuell war, und wie das die Nazis aufgeregt hat? Jetzt nicht mehr. Jetzt liefern sie uns Aussagen über Orgien, die Röhm gefeiert haben soll, und daß die ganze Aktion auch der Beseitigung ›ungesunder und unlauterer‹ Elemente im Volkskörper dienen wird. Mit einem Wort, jetzt sind sie hinter den 175ern her«, schloß sie und gebrauchte den jedem geläufigen Ausdruck für Homosexuelle, so genannt nach dem einschlägigen Paragraphen.

»Ah. Jetzt wird mir einiges klar.«

Es wurde ihm vor allem klar, daß sich die Zahl seiner in dieser Zeit gefährdeten Freunde gerade wieder vergrößert hatte. Um sich selbst machte Robert sich in dieser Hinsicht keine Sorgen. Er hatte nie einen Sinn darin gesehen, sich auf ein Geschlecht zu beschränken, aber er konnte es, wenn die Umstände es verlangten. Nachdem er Lina Braake als Gegenleistung das versprochene Interview, gewürzt mit einigen der boshaftesten Beschreibungen, die ihm zu diversen Produzenten der UFA und von Astoria einfielen, gegeben hatte, schickte er seiner Frau ein Telegramm und nahm den nächsten Zug nach Berlin. In seiner Wohnung warteten nicht nur Monika und das Kind auf ihn.

»Du hast Besuch«, sagte Monika eisig, als sie ihm die Tür öffnete.

Sie hatte es versucht, sie hatte wirklich versucht, das Beste aus dem Fehler zu machen, den sie begangen hatte, als sie Robert König heiratete, und für eine Weile, während der Arbeit an *Irrungen, Wirrungen*, glaubte sie, endlich Erfolg gehabt zu haben. Sie hatte sich sogar wieder gestattet, sich von Roberts Energie und Vitalität bezaubern zu lassen. Natürlich konnte es nicht anhalten. Ein glücklicher Robert war so gnädig, sie an seinem Leben teilnehmen zu lassen, aber sowie die erste ernsthafte Schwierigkeit am Horizont auftauchte, ordnete er sie wieder als Mühlstein um den Hals ein und schloß sie aus. Ging es ihm schlecht, dann ging es ihr ebenfalls schlecht, aber nicht, weil er auf die Idee kam, sein Unglück mit ihr zu teilen. Nein, wirklich wichtige Dinge, wie diese schreckliche Andeutung über seine Herkunft, erzählte er ihr nur, wenn er sie zu etwas zwingen wollte.

»Ich hoffe«, fügte sie hinzu und wies mit dem Kinn ins Innere der Wohnung, »*sie* nehmen dir nicht die Luft zum Atmen.«

Im Dämmerlicht des Flurs konnte er nichts erkennen, aber sowie er die Tür zum Wohnzimmer öffnete, sah er, wen sie meinte. Auf der Couch saß ein sichtlich niedergeschlagener und angespannter Mann; der zweite hielt gerade Martina im Arm und versuchte vergeblich, das brüllende Baby zu beruhigen. Beide schauten auf, als Robert den Raum betrat.

»Bin ich froh, daß du wieder da bist«, sagte der Gast auf der Couch erleichtert. »Hör zu, Robert, du mußt uns unbedingt helfen.«

Robert lächelte schwach. Ein weiterer karmischer Zahltag, dachte er und ließ sich auf den breiten Sessel gegenüber der Couch fallen, während seine kleine Tochter ihr Möglichstes tat, um zu beweisen, daß sie seine Lungen geerbt hatte. *Ich weiß nicht, wer dort oben Buch führt, aber er hat ein umwerfendes Zeitgefühl dafür, die Rechnungen zu präsentieren.*

Sich von dem harmlosen Wesen, das Philipp der Hai geheiratet hatte, die Einladung zu einem Abendessen im Hause Bachmaier zu besorgen war eine der leichtesten Übungen, die kaum Manipulation genannt zu werden verdiente. Die arme Elfi war immer noch von der Aura des Schauspielerruhms beeindruckt, sogar noch mehr als bei ihrer ersten Begegnung, denn inzwischen hatte Robert in einem Film mitgespielt, den sie verstand und mochte.

»Sie waren so gruselig in der Szene, wo Sie damit gedroht haben, Heinz Rühmann den kleinen Finger zu brechen«, sagte sie, als Robert es so einrichtete, ihr über den Weg zu laufen, »keine von meinen Freundinnen hat mir geglaubt, daß Sie in Wirklichkeit ein so netter Mann sind. Bleiben Sie länger in München?«

»Nur ein paar Tage, um Verwandte zu besuchen.«

»Ach, dann müssen Sie auf einen Sprung zu uns kommen!«

In ihren so leicht lesbaren blauen Augen ließ sich bereits der Plan für eine kleine Gesellschaft erkennen, bei der sie ihn ihren Freunden vorführen würde. Sie roch noch immer nach *Je reviens*, und ihre Haare schimmerten im Glanz der nachmittäglichen Sonne rötlich, aber Carlas graugrüner Blick war nie, schon gar nicht in ihrer Kindheit, so naiv gewesen. Er fragte sich, ob Philipp diesem Lamm gegenüber je Schuldgefühle hatte. Wahrscheinlich nicht.

Es wäre auch möglich gewesen, in der Fabrik aufzukreuzen oder wieder einen unangemeldeten Besuch zu machen, doch Robert rechnete damit, daß ein von der kleinen Elfi veranstaltetes Abendessen im häuslichen Rahmen und mit einigen Gästen den geeignetsten Hintergrund für das fortwährende Duell darstellte, das er mit Philipp führte. Er hoffte nur, vorher einer Auseinandersetzung mit Monika aus dem Weg gehen zu können, denn er wußte nur zu gut, daß Monikas Begleitung auf diesem improvisierten Ausflug nach München nur unter Zwang erfolgt war. Anders als Elfi Bachmaier war sie nicht naiv und ihm gegenüber auch nicht vertrauensselig.

»Laß mich raten«, hatte sie sarkastisch gesagt, als sie nebeneinander in einem leeren Abteil saßen, denn ausgerechnet nach München wollten an diesem Tag wenige, »die beiden waren weitere mögliche Verwandte. Hast du neben einem unehelichen Vater auch noch uneheliche Brüder?«

»Es sind alte Freunde, die in Schwierigkeiten stecken. An einen müßtest du dich doch erinnern, er hat früher im Rundfunk in der Tontechnik gearbeitet.«

»Du hast eine Menge alter Freunde, die in Schwierigkeiten stecken…«

»…oder die mich aus Schwierigkeiten herausholen. Und deswegen fahren wir nach München, damit mein alter Freund Bachmaier ein paar anderen alten Freunden von mir hilft.«

»Du warst nie mit Philipp Bachmaier befreundet. Aber stell dir vor, ich kann mich an diesen Tontechniker erinnern, und wie er dich damals angeschaut hat. Ich weiß nicht, was krankhafter ist, Robert, diese sogenannten Freundschaften oder dieser Zwei-Mann-Club der Verehrer von Carla Fehr. Auf jeden Fall ekelt mich beides an, und der einzige Grund, warum ich dich begleite, ist, daß mir keine andere Wahl bleibt.«

»Du könntest dich scheiden lassen«, stellte er sachlich fest und wußte doch genau, daß sie es nicht tun würde. Ihr Stolz verbot es, und auf einer materiellen Ebene auch die Tatsache, daß sie keinen Beruf erlernt hatte und als geschiedene Frau mit einem Kind auf die Almosen ihrer nicht eben großzügigen Familie angewiesen wäre.

Was sie nicht begriff, war, daß er sich aus ebendiesen Gründen nicht von ihr scheiden lassen würde. Ganz gleich, wie er für sie empfand, ob nun feindselig, wie während Dadas Besuch, oder mit einer gewissen dankbaren Zärtlichkeit, wie während der Dreharbeiten, sie und Martina waren seine Verantwortung, und er würde sie nicht im Stich lassen.

Nicht, daß er nicht bereit war, sie auch auszunutzen. Es hatte seine Gründe, warum er diesmal mit ihr am Arm bei Bachmaiers erschien und nicht allein, wie bei früheren Gelegenheiten. Bittgänge und Filmpremieren waren eine Sache, ein Essen wie dieses eine andere. Es kam darauf an, gelassene Normalität zu demonstrieren. Also blieb Martina in Dr. Goldmanns Obhut, während ihre Eltern in äußerer Eleganz und innerer Aufgeriebenheit nach Bogenhausen fuhren, um mit Philipp Bachmaier und Gemahlin zu Abend zu essen.

Robert hatte sich nicht geirrt. Die Anzahl der Gäste, die Elfi Bachmaier sehr kurzfristig hatte auftreiben können, war beachtlich. Auf bizarre Weise erinnerte ihn das an all die Salons, wo er in seiner frühen Kindheit geglänzt hatte, um seine Mutter zu beeindrucken. Offenbar war die erwachsene Version des Wunderkindes gefragt, das geniale Universaltalent von Theater, Funk und Film, und er lieferte seinem Publikum meistens, was es wollte. Zwischen Anekdoten, münchhausischen Übertreibungen und *double entendres* holte er sogar einige seiner alten Zaubertricks wieder aus dem Repertoire. Der Aufwand erzielte den gewünschten Effekt, und er wußte, daß die Anwesenden bis auf seinen Gastgeber und Monika, die jedoch gelernt hatte, gute Miene zum bösen Spiel zu machen, hingerissen waren. Es dauerte eine beträchtliche Weile, bis er die Gelegenheit fand, allein mit Philipp zu sprechen.

»Da ich nicht annehme, daß Sie nur hier sind, um meine Gäste zu unterhalten«, sagte Philipp, »vermute ich, daß Sie wieder etwas wollen. Offen gesagt, es wundert mich, daß Sie damit noch zu mir kommen. Ich dachte, Ihre berufliche Zukunft sei inzwischen aus mehr als einer Richtung gesichert.«

»Es geht hier nicht um meine berufliche Zukunft. Ein Bekannter von mir war so unklug, sich mit jemandem von der SA einzulassen, nur kurzfristig, aber jetzt sind die Behörden hinter ihm und seinem Freund her.«

Philipp, der gerade dabei war, sich ein Glas Wasser einzugießen, ließ die Karaffe sinken, die er in der Hand hielt.

»Sie sind... wirklich erstaunlich. Wie zum Teufel kommen Sie auf die Idee, ich würde auch nur einen Finger rühren, um ein paar Ihrer degenerierten Freunde zu helfen? Was das angeht, warum sollte ich *Ihnen* weiterhin helfen? Wir hatten eine Abmachung, aber alles, was Sie mir bisher geliefert haben, waren ein paar Briefe.«

»Sie sind wirklich die Geduld in Person, wie? Carla hat endlich etwas Erfolg und richtige Rollen. Ich habe schon einmal versucht, Ihnen zu erklären, was das für unsereins bedeutet. Sie sollten besser zuhören, bevor Sie mir Vorwürfe machen. Natürlich kommt sie jetzt nicht. Himmel, ihr erster Vertrag ist noch nicht einmal abgelaufen. Aber sie …«

»Hören Sie doch auf, meine Intelligenz zu beleidigen … Bobby. Der Umstand, daß Sie meine Schwachstelle gefunden haben, macht mich noch lange nicht zu Ihrer Marionette. Sie hatten nie die Absicht, Carla für mich zurückzuholen. Sie haben auf Zeit gespielt und geglaubt, das Dritte Reich ginge schnell vorüber. Nun, inzwischen dürfte Ihnen klar sein, daß es sich bei der deutschen Erneuerung nicht um eine kurzfristige Erscheinung handelt. Neue Spielregeln, Robert, und ich fürchte, Sie haben nichts mehr in der Hand. Im Gegenteil. Ihr netter kleiner Bekanntenkreis aus Juden und Degenerierten macht Sie verwundbar. Wer sagt mir eigentlich, daß Sie nicht genauso krankhaft veranlagt sind wie Ihre Freunde? Vielleicht sollte man der Gesellschaft einen Gefallen tun und Sie anzeigen.«

Das Gefühl, auf einem Drahtseil zu balancieren, war nie stärker gewesen. Es half, den ganzen Abend über eine Vorstellung geliefert und ein dankbares Publikum vorgefunden zu haben; Robert stand unter der vibrierenden Spannung, die ihn auf der Bühne bei den Gelegenheiten überfiel, wenn er wirklich alles gab, und sie bewahrte ihn vor dem Gefühl jäher Panik, kanalisierte es in pures Adrenalin. Er lachte.

»Tun Sie, was Sie nicht lassen können, aber Sie werden keine SA-Männer in meiner dunklen Vergangenheit finden, fürchte ich. Zu dumm und zu geschmacklos.« Sie standen in der Bibliothek, und Robert lehnte sich gegen die Wand voller Klassiker, spürte die Regale und einige der größeren Lederbände im Rücken, während er fortfuhr: »Was Carla angeht – ob ich sie nun beschwöre zurückzukommen oder nicht, ist irrelevant. Was ich Ihnen damals gesagt habe, stimmt immer noch: Wenn ich tot oder im Gefängnis bin, kommt sie überhaupt nicht mehr zurück, und sie weiß jetzt, daß mein Überleben zum Teil auch von Ihnen abhängt. Natürlich bin ich mir im klaren darüber, daß Sie sich entscheiden könnten, Vergangenes vergangen sein zu lassen, was, nebenbei bemerkt, in der Regel eine gute Idee ist. Aber nicht für Sie.«

»Und warum nicht?« fragte Philipp kalt. Wieder spürte Robert inmitten des Gemischs aus Abneigung und widerwilligem Respekt einen Funken Mitleid für den Mann.

»Weil es außer Carla in Ihrem Leben nicht viel Menschliches gibt. Ansonsten könnten Sie ein Automat sein. Der perfekte Geschäftsmann, der perfekte Parteigenosse, der perfekte Bürger, und innerlich tot. Sie wollen neue Spielregeln? Schön. Wissen Sie, warum Sie überhaupt hier stehen und mit mir reden, statt Ihrer Frau schon im Vorfeld befohlen zu haben, mich wieder auszuladen? Sie mögen mich nicht, aber es ist ein menschlicher Haß, es liegt nicht daran, daß ich Ihnen ein Geschäft verdorben habe oder daß mich die Partei als Feind einstuft. Sie streiten sich ausgesprochen gerne mit mir, weil Sie sich dabei wie ein Mensch fühlen, und Sie befürchten, jetzt, wo Carla nicht mehr hier ist, würde dieser letzte Rest Seele in Ihnen ganz und gar absterben. Bitte, denunzieren Sie mich. Es stimmt, das bißchen Status und die paar anderen Verbindungen, die ich habe, würden mich nicht schützen, wenn es hart auf hart ginge. Aber ich halte es für eine ziemlich schäbige Methode, um einen Streit zu gewinnen... und seelischen Selbstmord zu begehen.«

Und ich glaube, Sie tun das auch, wollte er hinzufügen, unterließ es jedoch, seinem Gespür für Dramatik und angemessene Abschlüsse vertrauend. Er meinte, was er sagte, doch es entsprang keiner spontanen Augenblickseingebung; er hatte lange genug Zeit gehabt, über Philipp Bachmaier nachzugrübeln und sich jede Art von Strategie für dieses Gespräch zu überlegen. Das Schweigen zwischen ihnen spann sich wie eine endloser Faden aus stummen Herausforderungen und möglichen Antworten. Endlich ging Philipp, ohne den Blick von Robert abzuwenden, zu dem Telefonapparat, der auf einem kleinen Sekretär stand.

»Wie lauten die Namen Ihrer Bekannten, und wo befinden sie sich jetzt?«

»Walther Burle und Hans Egenrieder. Egenrieder ist der mit dem SA-Mann. Sie erhielten eine Warnung, also sind sie gar nicht erst nach Hause gegangen; zur Zeit kampieren sie in meiner Wohnung in Berlin«, erwiderte Robert und hütete sich, Triumph zu empfinden. Irgendwie war es zu leicht, zu schnell gegangen; irgend etwas kam noch, ein Preis, den er bezahlen mußte.

Philipp wählte eine Nummer, sprach kurz mit jemandem, der ihn offenbar an einen anderen weiterleitete, und war schließlich bei einem »Egon« angelangt, mit dem er sich duzte. Immer noch blieben die dunklen, leeren Augen auf Robert gerichtet, als er in einem kameradschaftlichen, fast herzlichen Tonfall, der seine österreichische Herkunft stärker als sonst durchklingen ließ, sagte:

»Egon, mir ist da etwas zu Ohren gekommen, in Zusammenhang mit der Aufräumaktion gestern. Euch sind in Berlin zwei von der Bande entgangen. Die Namen lauten Burle und Egenrieder, und sie halten sich in einer Wohnung in der Leuvenallee 32 versteckt.«

Seit seinem Sprung von der Treppe bei der Premiere von *Jud Süß* hatte Robert nichts Derartiges mehr improvisieren müssen, so wie jetzt, als er nach dem Schock der Erkenntnis aus seiner gelassenen Haltung hochschnellte, sich auf Philipp stürzte und ihm den Telefonapparat aus der Hand riß, zu spät, um den entscheidenden Satz noch zu verhindern.

»Sie können natürlich versuchen, Ihre Freunde ebenfalls telefonisch zu warnen«, sagte Philipp ungerührt. »Es wäre sicher besser für Sie, wenn sie *vor* Ihrer Wohnung und nicht darin verhaftet werden. Vielleicht geschieht sogar ein Wunder, und sie können noch rechtzeitig fliehen.«

Bis zu diesem Augenblick hatte er Philipp nicht wirklich gehaßt; selbst die Machtdemonstration bei der Premiere von *Iffland* hatte nicht dieses würgende, weißglühende Gefühl ausgelöst, das ihn jetzt schüttelte. Er stand nahe genug bei Philipp, um seinen Atem zu spüren, doch er widerstand mühsam der Versuchung, auf den Mann einzuschlagen; das erste Mal, daß er so etwas tun wollte. Es gab Wichtigeres.

Er hatte den Hörer auf die Gabel geschmettert. Jetzt nahm er ihn auf und nannte der Telefonistin vom Amt seine Berliner Nummer. Philipp beobachtete ihn, während Robert darauf wartete, daß jemand in Berlin an den Apparat ging. Er wartete vergeblich; vermutlich waren die beiden zu ängstlich, um auf diese Art jemandem ihren Aufenthaltsort zu verraten. Nach dem vierzehnten Läuten kam ihm ein anderer Einfall. Diesmal ließ er sich mit Astrid verbinden, der Hermiade, die seiner Adresse am nächsten wohnte. Angesichts ihrer eigenen Erfahrungen mit Verhaftungen war es viel verlangt, aber ihm kam kein anderer Ausweg in den Sinn.

»Astrid, hier ist Robert. Bitte geh sofort zu meiner Wohnung, oder schick deinen Mann. Hans und ein Freund sind dort, und gleich auch die Polizei. Sag ihnen, sie sollen verschwinden, so schnell sie können, jemand hat sie angezeigt... Ja... Ja... Ich weiß... Vertraust du... Gut... Ja. Ja, das werde ich.«

Das monotone Dröhnen in seinem Ohr klang eine Weile weiter, bis er registrierte, daß sie aufgelegt hatte. Der Hörer entglitt seinen tauben Fingern. Wenn sie nicht rechtzeitig kam, waren zwei Menschen verloren, nur weil Robert König sich soviel auf seine Menschenkenntnis einbildete. Er schaute zu Philipp und hatte das Gefühl, ihm werde schlecht.

»Das«, sagte Philipp leise und heftig, »war eine Warnung meinerseits. Sie sind tatsächlich fast so klug, wie Sie glauben, und vielleicht stimmt jedes Wort von dem, was Sie behauptet haben. Aber Sie haben etwas übersehen. Vielleicht brauche ich Sie, um mich für lebendig zu halten, doch Ihren ganzen Anhang brauche ich ganz gewiß nicht. Wenn Sie das nächstemal versuchen, mich für Ihre Zwecke einzuspannen, sollten Sie vorher Ihre Liste entbehrlicher Freunde durchgehen.«

Lieber Halef – entschuldige, wenn ich Deinen Brief nur sehr kurz beantworte. Zwei meiner Freunde (einen kennst Du: Hans von der Tontechnik) sind verhaftet worden; sie befinden sich nicht in einem regulären Gefängnis, sondern in einem Lager in der Nähe von Dachau. Es ist meine Schuld. Mit großzügiger Beihilfe durch Deinen König Pluto. Die Details erfährst Du, wenn ich es fertigbringe, sie aufzuschreiben. Ich war noch nie so froh, Dich meilenweit weg zu wissen, und gleichzeitig bringt die Leere mich manchmal fast um, besonders jetzt, wo ich mich selbst kaum ertrage.

Was Deine Frage angeht: Wir werden immer unterschiedlicher Meinung darüber sein, ob man mit Freunden schlafen sollte, mein Schatz. Du brauchst Dir nicht sicher zu sein, daß Du sie liebst, es genügt, daß es Dich glücklich macht, mit ihr zusammenzusein. Auf alle Fälle erscheint es mir vernünftiger, mit Freunden ins Bett zu gehen als mit Feinden... Entschuldige, das ging unter die Gürtellinie. Was Deine Befürchtungen betrifft: Du bist nicht ihre Ärztin, und ein Versuch macht einen noch nicht zu einer instabilen Persönlichkeit, die ständig am Abgrund steht, zumal Du sie sonst als ausgesprochen selbständig beschreibst. Also nimm, was das Leben Dir bietet, oder willst Du für den Rest Deiner Tage im Zölibat leben?

Nein, ich habe Rappaccinis Tochter *nicht gelesen. Umgekehrt brauchst Du Deinen Fontane auch nicht mehr aufzufrischen, die UFA hat mir den Film ruiniert, und sollte er je den Weg nach Amerika finden, verbiete ich Dir, ihn anzuschauen... zumindest die letzten zehn Minuten. Versprich mir, daß Du vor dem Schluß gehst. Aber dieses Thema ist auch einen eigenen Brief wert, den ich gerade jetzt nicht schreiben kann. Wenn ich Glück habe, träume ich heute nur von schneidwütigen Produzenten und nicht von Hans und Walther. Sam*

Tennis zu spielen war etwas, das Carla erst in Amerika lernte, ursprünglich von einem der Stuntleute, weil sie in einem der *serials* als mordende Lady mehrere Tennisszenen hatte. Sie fand heraus, daß es ihr Spaß machte, und begann nach *Sie kehrt zurück*, Unterricht zu nehmen. In einem Sportgeschäft war sie Frances Marion wiederbegegnet, der Drehbuchautorin, die sie nach Genevieves Beerdigung eingeladen hatte, und mittlerweile trafen sie sich einmal in der Woche auf dem Tennisplatz. Frances war durch jahrelange Übung bei weitem die bessere Spielerin, und als sie bei einem dieser Treffen Ball um Ball verschlug, wußte Carla, daß etwas nicht stimmen konnte.

»Entschuldigung«, sagte die ältere Frau, nachdem sie ein weiteres Mal einen einfachen Ball ins Netz geschlagen hatte. »Ich bin heute einfach nicht in der richtigen Verfassung. Es liegt an diesem entsetzlichen Fiasko mit der *Guten Erde*.«

Carla hatte sich damit abgefunden, die Gelegenheit verpaßt zu haben, in diesem Film mitzuspielen, und sie war auch sehr zufrieden mit *Rappaccinis Tochter*. Der Film hatte zwar kaum mehr mit Nathaniel Hawthornes Kurzgeschichte zu tun als die *Schwarze Katze* mit der von Edgar Allan Poe, aber es handelte sich in dem üblichen unheimlichen Rahmen um eine faszinierende Dreiecksgeschichte zwischen Vater, Tochter und deren Verehrer, und sie konnte bei einem minimalen Make-up, ein Detail, das ihr nach der Tortur mit der Mumie besonders am Herzen lag, ihre eigenen Kräfte bemühen, um sich zu verwandeln. Überdies erwies sich Bela

Lugosi als eine immense schauspielerische Herausforderung; er gehörte zu den Leuten, die anderen mit einigen Gesten oder nur einem Blick die Szene stehlen konnten, und obwohl er ihr nicht die gleiche Ehrfurcht einflößte, wie Werner Krauß oder Max Reinhardt es getan hatten, war sie zutiefst beeindruckt. Anders als Krauß, lernte sie ihn auch privat kennen. Es stellte sich heraus, daß seine Frau an dem Tag, als er sie während der langen Maske abgelenkt hatte, die Scheidung eingereicht hatte; kurz vorher war ihm mitgeteilt worden, daß Karloffs Name und nicht seiner bei *Die Schwarze Katze* über dem Titel genannt werden würde. »Kurzum«, sagte er, als er Carla wieder einmal zu einem Drink einlud, »wir brauchten an dem Tag beide etwas, das uns auf andere Gedanken brachte.«

Sie mochte Lugosi mit seinem zynischen Humor und den gelegentlichen Temperamentsausbrüchen und nahm die Zusammenarbeit mit ihm als die Sahne auf der erfreulichen Torte, die *Rappaccinis Tochter* für sie darstellte. Ja, sie war glücklich mit Rappaccini und seiner Tochter – aber von der *Guten Erde* zu hören interessierte sie trotzdem auf die gleiche Art, wie sie sich fragte, was eigentlich aus dem Kleid geworden war, das Philipp ihr hatte schenken wollen und das sie zurückgewiesen hatte.

Frances brauchte eine Zuhörerin, und es dauerte nicht lange, bis Carla die Geschichte aus ihr herausholte. Frances Marion war mehrfach verheiratet gewesen, einmal verwitwet und zweimal geschieden, und mit ihrem dritten Mann, dem Regisseur George Hill, bestand nach wie vor ein freundschaftliches Verhältnis. Er war Alkoholiker über das Quantum hinaus, das Hollywood bereit war zu akzeptieren, und um ihm zu helfen, hatte Frances ihren Einfluß bei Irving Thalberg genutzt, um ihm die Regie für *Die Gute Erde* zu verschaffen.

»Es half«, sagte Frances. »Er begeisterte sich so für das Projekt, vom ersten Moment an, als ich ihm das Drehbuch schickte, er trank weniger, er reiste nach China, um Drehorte und Darsteller ausfindig zu machen. Und dann ging alles schief. Die Chinesen teilten ihm mit, daß er keine Szenen mit gebundenen Füßen, Bettlern oder Armut, gleich welcher Art, filmen dürfe, und das macht etwa zwei Drittel des Inhalts umöglich. Als Irving das hörte, entschied er, daß in Kalifornien gefilmt werden würde. George war nicht glücklich darüber, aber er verstand es. Er fing erst wieder zu trinken an, als er in den *Studio News* las, daß keine Chinesen für die Rollen in Frage kämen und Irving bereits Helen Mencken für die Hauptrolle in Erwägung zog, alles, ohne ihn darüber zu informieren. Das brach ihm das Herz. Das Buch ist sein Lieblingsroman, deswegen hatte ich mit der ganzen Sache überhaupt angefangen; er wollte einen wirklich authentischen Film drehen. Und heute, heute kam er zu einer Diskussion über die Vorproduktion zu spät, volltrunken, kündigte und riß sein Namensschild von der Tür seines Büros. Das ist sein Ende bei MGM. Irving würde ihm vielleicht verzeihen, aber L.B. niemals. Carla, ist Ihnen schon einmal der Versuch, jemandem zu helfen, so gründlich mißlungen?«

»Nein. Bei meiner Schwester vielleicht. Jedesmal, wenn ich ihr helfen wollte, endete es damit, daß ich sie so sehr verletzte, wie ich nur konnte«, antwortete Carla und dachte nicht nur an Marianne, sondern auch an Nancy.

Um sich über ihre eigenen Gefühle klar zu werden, war sie Nancy in der Zeit zwischen dem Ende von *Sie kehrt zurück* und dem Beginn der Dreharbeiten an *Rappaccinis Tochter* aus dem Weg gegangen; danach sorgte die Arbeit am Set ohnehin dafür, daß sie sich selten sahen. Das Ergebnis war, daß Nancy sich wieder in die distanzierte Zurückhaltung hüllte, die sie zu Beginn ihrer Bekanntschaft an den Tag gelegt hatte, und das tat unerwartet weh, ganz abgesehen davon, daß es ihr Sorgen machte. Aber sie wußte nicht, wie sie diesen Zustand beenden sollte. Es gab natürlich eine offensichtliche Möglichkeit, doch Carla scheute noch immer davor zurück. Sie wünschte, sie könnte mit Robert darüber reden. Keine ihrer hiesigen Freundschaften ging so tief, daß sie ein derartiges Vertrauen rechtfertigte, ganz abgesehen davon, daß die Leute vermutlich schockiert reagieren würden, weil Nancy eine Frau war. Sei ehrlich, dachte Carla. Ein Teil von dir ist auch schockiert. Wenn Nancy ein Mann wäre, hättest du es wohl an jenem Morgen nicht bei diesem einen Kuß belassen. Robert lebte *seine* Phantasien mit einer beneidenswerten Unbekümmertheit aus, doch sie hatte trotz all der Flirts und Zweideutigkeiten, die sie tagaus, tagein begleiteten, nur Erfahrung mit einem einzigen Mann. Alles andere wußte sie nur aus zweiter Hand. Sie konnte sich nicht vorstellen, mit Nancy auf die gleiche Art zusammenzusein wie mit Philipp; sie hatte Angst davor, Nancy zu verletzen.

Aber Robert war nicht hier, und sie hatte schon lange keinen Brief mehr von ihm erhalten, weder über die Schweiz noch direkt aus Deutschland. In dem letzten Schreiben ging es noch hauptsächlich um die Arbeit an *Irrungen, Wirrungen* und Helmut Holpert. Der arme Helmut. Sie hatte auch ihm geschrieben, ihm angeboten, sich wegen eines amerikanischen Visums für ihn einzusetzen, damit er sein Glück hier versuchen konnte und diese Demütigung mit dem Prozeß nicht auf sich nehmen mußte, doch er hatte abgelehnt, was vermutlich realistisch war. Einmal mehr krochen Schuldgefühle in ihr hoch. In Sicherheit zu leben, während Menschen, die ihr etwas bedeuteten, in ständiger Gefahr schwebten...

Zumindest war es Kathi gelungen, etwas Besseres als die Hungerlöhne ihrer illegalen Arbeitsverhältnisse zu finden. Eine Begegnung in der Redaktion der *Gazette* mit Lion Feuchtwanger, der durch sein eigenes Exil seine langjährige Sekretärin verloren hatte, hatte zu einer festen Anstellung geführt. Jetzt lebte Kathi mit den Feuchtwangers in Sanary und hatte es gewagt, offiziell eine Kennkarte zu beantragen.

»Tja, Blutsverwandte«, sagte Frances, was sich auf Carlas letzte Bemerkung bezog, und riß die junge Frau aus ihren Gedanken. »Da läuft gewöhnlich ohnehin alles schief. Glauben Sie mir, Freunde sind besser. Freunde kann man sich aussuchen, Verwandte nicht. Haben Sie je gute Erfahrungen mit Ihren Familienangehörigen gemacht?«

Carla fuhr mit dem Finger am Rand des Tennisschlägers entlang, den sie neben sich gelegt hatte, als sie und Frances sich in den Schatten setzten. »Nicht wirklich, aber ich hatte nicht sehr viele. Manchmal denke ich, ich hätte gern eine große Familie gehabt, mit Onkeln, Tanten, Cousins und so weiter.« Die mich anerkennen, setzte sie schweigend hinzu; sie beabsichtigte nicht, Frances von ihrer ungeklärten Herkunft zu erzählen.

»Glauben Sie mir, Honey, Sie haben nichts verpaßt. Ich hatte mal eine fürchterliche Erfahrung in meiner Großfamilie. Tante Dotty war ja schon immer etwas schrill und eigen, aber wir kamen eigentlich ganz gut miteinander aus. Onkel Ossie hielt ich immer für eine Seele von Mensch, wenn auch für träge. Und ihre Söhne waren meine Lieblingscousins. Ich dachte, wir stünden uns sehr nahe. Dann stirbt meine Großmutter, Friede ihrer Seele, im hohen Alter, und

Onkel Ossie mutiert von Dr. Jekyll zu Mr. Hyde. Buchstäblich. Er hat sich jahrelang bei ihr nicht blicken lassen, müssen Sie wissen, weil Dotty behauptete, die alte Dame habe einmal ihren Geburtstag vergessen, aber das schoben wir alle auf seine Trägheit und Dotty. Weit gefehlt. Kaum erfährt er von Grannys Tod, da bombardiert er meinen alten Herrn mit Telegrammen, in denen er droht, ihn ›am Grab seiner Mutter‹ niederzuschlagen. Wirklich, er hat diesen Satz gebraucht. Früher dachte ich, der komme nur in Kitschromanen vor.«

»Und weshalb?« erkundigte sich Carla, dankbar für die Ablenkung.

»Wegen des Tags, den Daddy und seine Schwestern für die Beerdigung ausgesucht hatten. Er paßte ihm aus mysteriösen Gründen nicht. Warum, hat sich erst später herausgestellt – einer seiner Söhne sollte an dem Tag einen Ball beim Gouverneur besuchen. Davon sagte Ossie natürlich nichts; statt dessen polterte er, mein Vater würde sich die Rolle des Familienoberhaupts anmaßen, die *ihm* zustehe. Und das war erst der Anfang. Natürlich schlug er Daddy bei der Beerdigung nicht nieder, aber hinterher gab es Schimpfkanonaden auf Dad, Mum und Tante Inga. Und Dotty ließ zu allem Überfluß noch eine auf die arme Granny los. In der nächsten Woche stellte sich dann der eigentliche Grund für das ganze Theater und die Flut von Briefen, die noch folgte, heraus. Dotty und Ossie machten sich Sorgen ums Erbe. Tante Inga hatte gerade eine Operation, aber das hinderte Onkel Ossie und Gemahlin nicht, sie bis ins Krankenhaus zu verfolgen, um weitere Verwünschungen loszuwerden. Aber wissen Sie, wer mich in der ganzen Angelegenheit am meisten verletzt hat? Meine Cousins. Daß Dotty endgültig zum Giftzwerg wurde, war zu erwarten gewesen, Ossies Hyde-Verwandlung kam zwar aus heiterem Himmel, aber gut, man hat schon mal gehört, daß ein Mann zum Psychopathen wird. Nur daß die Jungs zu all dem ja und amen sagten… Das Schlimmste ist, ich vermisse sie. Wir hatten so vieles gemeinsam… Vorbei. Nein, glauben Sie mir, ohne Familie sind Sie bei weitem besser dran.«

Als sie sich voneinander verabschiedeten, war Frances immer noch sehr niedergeschlagen und meinte, Carlas Einladung zur Party wahrscheinlich nicht annehmen zu können. »Ich weiß, es ist Ihre erste, Kindchen, aber heute abend ist mir nicht nach Feiern.«

»Das verstehe ich. Trotzdem, Sie sind immer willkommen.«

Am vorigen Wochenende war Carla in ihr neues Haus gezogen, und da sie in dieser Woche zwei drehfreie Tage hatte, hielt sie den Zeitpunkt zu einer kleinen Einstandsfeier für angebracht. Außerdem wollte sie sich auf diese Weise bei einer ganzen Reihe von Leuten bedanken. Nach dem abgebrochenen Tennisspiel hatte sie noch etwas Zeit für sich, doch sie hatte schon lange nicht mehr die Gastgeberin gespielt, und noch nie in ihren eigenen vier Wänden. Sie fuhr direkt nach Hause, duschte, zog sich um und lief durch den Bungalow, um sicherzugehen, daß alles am richtigen Ort war, und weil es ihr Freude bereitete, jeden Zentimeter abzuschreiten, der ihr gehörte. Getränke und Speisen waren bereits vorbereitet, und sie dankte Gott für die gesegnete amerikanische Erfindung des Kühlschranks. Gerade zählte sie die Teller nach, die sie sich von Mrs. Nakamura ausgeborgt hatte, als ihr jemand von hinten auf die Schulter tippte. Sie zuckte zusammen.

»Ich bin's.«

»Lucy«, sagte Carla erleichtert zu ihrer heimlichen Favoritin unter den Nakamura-Kindern, »du weißt doch, daß du an der Haustür läuten und nicht über die Terrasse kommen sollst. Was meinst du, wozu es Klingeln gibt?«

»Für die Zeugen Jehovas. Außerdem war offen. Du mußt absperren, wenn du nicht willst, daß jemand über die Terrasse reinkommt«, sagte Lucy sachlich, dann verschränkte sie die Arme und musterte Carla enttäuscht.

»Ziehst du *das* an?«

Carla lachte und schaute auf ihr ausgewaschenes Kleid hinunter.

»Nein, das trage ich nur, solange ich noch Stühle verrücke und Getränkekisten aus dem Keller hochhieve. Weißt du was, du kannst mir dabei helfen!«

»Ich habe dir schon beim Umzug geholfen«, meinte das Mädchen listig, »diesmal helfe ich dir nur, wenn du Mama überredest, daß ich bis zum Schluß auf deiner Party bleiben darf!«

»Ah, Erpressung. Aber warum bist du hier, wenn nicht, um mir zu helfen?«

Lucy schlug sich an die Stirn.

»Oh, das hatte ich vergessen. Es ist ein Brief für dich angekommen.«

Aus der Vordertasche ihres Kittels zog sie eines der beigen Kuverts, wie sie Jean-Pierre verwendete, um Roberts Briefe weiterzuschicken. Carla fiel ein Stein vom Herzen, wie immer, wenn Post eintraf. Es war eine greifbare, sichtbare Bestätigung, daß es ihm gutging.

»Ach, und Nancy meint, sie könne heute abend nicht kommen.«

»Was?«

»Sie hat Kopfweh. Ich habe ihr gesagt, daß sie ganz schön dumm ist, wo du doch Graf Dracula und Frankensteins Monster eingeladen hast, aber...«

Carla warf einen Blick auf die Uhr, die in der Küche stand, ein riesiges Modell in Rosarot, das sie amüsierte, weil es ihr so sehr amerikanisch erschien.

»Lucy, vergiß das mit den Kisten, die sind nicht so schwer. Aber du mußt mir einen Riesengefallen tun.« Sie lief zu dem Tisch, wo sie ihr Schreibpapier untergebracht hatte, legte Roberts Brief zu den anderen in eine Schublade, nahm ein Blatt heraus und schrieb hastig: *Bitte komm. Du bist der wichtigste Gast, und ich muß mit Dir sprechen.*

»Sei ein Schatz, und bring Nancy das, so schnell du kannst.«

Sie hatte damit gerechnet, daß die Nakamuras als erste kämen, also war sie überrascht, um kurz vor sieben Lugosi vor der Haustür zu finden.

»Ein Star kommt immer zu spät«, sagte der Ungar, »also versteck mich bitte, damit die Leute keinen falschen Eindruck bekommen, bis zu meinem stilgemäßen Auftreten um neun.«

Er reichte ihr eine Orchidee. »Für die Gastgeberin.«

Sie wußte, daß er an diesem Tag ebenfalls nicht im Studio gebraucht wurde, und vermutete, daß er sich in seinem leeren Haus einsam fühlte. Es war seine dritte oder vierte Scheidung, soweit sie wußte, aber das machte es sicher nicht leichter.

»Danke, Bela.«

Sie schwatzten eine Weile über den Film, und er klagte über den Regisseur, Ulmer, mit dem er häufiger aneinandergeriet.

»Mein Akzent, immer hackt er auf meinem Akzent herum! *Er* hört sich auch nicht wie ein Yankee an. Ein teutonischer Diktator, das trifft es schon eher. In der *Schwarzen Katze* hatten wir einige ungarische Statisten, und natürlich habe ich kein Englisch mit ihnen geredet. Das hat ihn wohl gestört, jedenfalls macht er ein Gesicht wie drei Tage Regenwetter und schimpft dann: ›Ihr verdammten Ungarn, wir sind hier in Amerika, also sprecht deutsch!‹«

Carla grinste, doch noch ehe sie dazu kam, ihrerseits eine Ulmer-Anekdote beizusteuern, läutete es erneut. Diesmal standen die Nakamuras vor der Tür, vollzählig. Bis auf Nancy.

»Es tut mir sehr leid«, erklärte Mr. Nakamura, »aber meine Tochter Reiko leidet unter Kopfschmerzen, die ihr Erscheinen nicht zulassen.«

Der Abend verlor etwas von seinem Glanz, während sie Gast um Gast begrüßte und feststellte, daß sie wütend war. Nicht traurig oder schuldbewußt, sondern wütend. Sicher, sie war Nancy *monatelang* ausgewichen... aber trotzdem war sie wütend. Nach einer Weile stellte sie fest, warum. Sie haßte es, zurückgewiesen zu werden, und sie hatte fest damit gerechnet, daß Nancy begeistert auf jede Ouvertüre ihrerseits eingehen würde. Plötzlich erinnerte sie sich an Roberts Gesicht im Schein der Straßenlaterne, als sie seinen Heiratsantrag abgelehnt hatte, und daran, wie er danach tagelang bei jeder Gelegenheit mit ihr gestritten hatte, ganz besonders wegen Philipp. Nun wußte sie, wie er sich gefühlt hatte. Keine sehr angenehme Empfindung. Du hast wohl geglaubt, sagte eine innere Stimme, die verdächtig wie Robert klang, *dir* passiert so etwas nie? Selbst wir sind nicht immer unwiderstehlich.

Sie hatte seinen Brief noch nicht gelesen, weil sie dazu Zeit und Ruhe haben wollte, aber an diesem Abend erschien er ihr auch so sehr gegenwärtig. In gewissem Sinn war sie allerdings froh, daß er nicht zu den Gästen gehörte, denn er hätte ihre Vorstellung der gutgelaunten Gastgeberin durchschaut, und sie wollte wirklich, daß jeder sich wohl fühlte. Jeder der Anwesenden hatte ihr auf die eine oder andere Art geholfen, mit Ausnahme von Boris Karloffs Ehefrau Evelyn, die sie noch nicht kannte. Vor allem hatten sie es ihr ermöglicht, die liebenswerten Seiten dieses Landes zu entdecken.

Die meisten saßen schon, und Karloff neckte sie gerade wegen ihres fälligen Gewerkschaftsbeitrags, als es nochmals läutete. Tod Brown, der Kameramann von *Rappaccinis Tochter*, konnte sein Erscheinen selbstverständlich erst für die Zeit nach dem Ende der Dreharbeiten zusagen, und es war sogar noch etwas früh für ihn. Vielleicht handelte es sich um Frances, die entschieden hatte, sich so von den Grübeleien über ihren Exmann abzulenken; sie hatte gehofft, Frances neben Lugosi setzen zu können. Carla öffnete die Tür, einen Scherz über lange Arbeitstage auf den Lippen, und erstarrte.

»Ich hatte mein Geschenk vergessen«, sagte Nancy, die in dem hellen, blaßgelben Kleid, das sie trug, selbst wie ein letztes Geschenk der abendlichen Sonne aussah. Sie hielt die Hände hinter dem Rücken wie ein Kind, aber in dem prüfenden Blick, mit dem sie Carla betrachtete, lag nichts Kindliches.

Zusammenhanglos erwiderte Carla, weil es ihr aus irgendeinem Grund als erstes einfiel: »Du hast recht mit meinen Haaren. Ich lasse sie wachsen, mindestens ein Jahr lang.«

Nancy lächelte. »Gut.«

Dann holte sie hervor, was sie hinter ihrem Rücken verborgen hatte: einen Lampenschirm aus Papier, verziert mit zarten japanischen Tuschezeichnungen. Er drehte sich ein wenig, während sie ihn in den Händen hielt, und Carla erkannte, daß es sich um ein durchgehendes Erzählmotiv handelte: ein Boot, das eine Reise antrat, eine Reise über das Meer hinweg in ein unbekanntes Land.

Ihre Stimme klang etwas belegt, als sie sprach. »Nancy, er ist wunderschön.«

»Ich dachte an... Suchende, die unterwegs sind, und ein Licht, das ihnen den Weg weist.«

Die Zweifel waren verflogen. Sie wußte nun, was sie tun würde. Es war ihr später ein Rätsel, wie sie den Rest des Abends hinter sich brachte, ohne jedermann spüren zu lassen, was sie empfand. Als auch der letzte Gast verschwunden war, einschließlich der Nakamuras, denen Nancy erklärte, sie werde Carla noch beim Aufräumen helfen, war mit dem Schließen der Tür gleichzeitig das Ende ihres langen Zögerns gekommen. Sie nahm Nancy in die Arme und küßte sie, auf den Mund, auf die Schläfe, auf die pochende Halsschlagader, in den schmalen, warmen Nacken.

»Keine Angst mehr?« flüsterte Nancy, während sie mit ihren Nägeln Carlas Wirbellinie nachzeichnete.

»Keine.«

Sie hatte nicht viel geschlafen, aber Carla spürte keine Müdigkeit, als das Licht der Morgendämmerung sie weckte, nur eine angenehme, tiefe Erschöpfung und überwältigende Zärtlichkeit für die zerbrechliche Gestalt neben ihr. Vorsichtig löste sie sich von der schlafenden Nancy, denn es fiel ihr ein, daß sie Roberts Brief noch nicht gelesen hatte, und nun war der beste Zeitpunkt dafür. Sie versuchte, so leise wie möglich zu sein, doch als sie mit dem Brief in der Hand in ihr Schlafzimmer zurückkehrte, war Nancy wach. Sie mußte ein Morgenmensch sein; außerdem brachte sie es irgendwie fertig, selbst mit verwirrten Haaren und den Spuren verwischten Lippenstiftes um den Mund noch wie ein Gemälde auszusehen.

»Schlechte Neuigkeiten?« fragte sie, denn auf Carlas Stirn standen einige Falten.

»Ja.«

Später würde sie Nancy davon erzählen; und vielleicht sogar von dem ohnmächtigen Zorn, nur Briefe schreiben zu können, wo gerade ihre Gegenwart notwendig wäre. Aber sie wollte das Gefühl, glücklich zu sein, noch einen Moment länger festhalten, also setzte sie ein schwaches Lächeln auf und fuhr fort: »Allerdings auch eine gute. Mein bester Freund und ich sind in einem langwierigen Streitpunkt endlich einer Meinung.«

TEIL VIER

22. Kapitel

Martin Goldmann fröstelte, als er aus dem Gebäude des französischen Konsulats heraustrat, obwohl der April im Jahr 1937 ganz und gar nicht stürmisch war. Schon seit Tagen herrschte das angenehmste Frühlingswetter, und überdies kam er gerade aus einem völlig überfüllten Gebäude. Es waren die Plakate, die ihn schaudern ließen. Auf der Litfaßsäule dem Konsulat gegenüber wurde für den Sommer im Haus der Deutschen Kunst eine Ausstellung angekündigt. Früher hatte er Ausstellungen ausgesprochen gerne besucht. Nach der Machtergreifung war die Alte Pinakothek sogar sein regelmäßiger Zufluchtsort geworden. Er setzte sich gerne gegenüber von Dürers Selbstportrait, mit den Augen, die einem überallhin im Raum zu folgen schienen, bewunderte die unendlich fein gepinselten Haare in dem Pelz des Mantelkragens oder den Locken des Dargestellten und dachte, daß der für ewig festgehaltene Dürer des Jahres 1500 schon unendlich viel Gutes und Schlechtes in der Geschichte an sich hatte vorbeiziehen sehen. Ein anderes Lieblingsbild gehörte nicht zu den bekannteren Stücken der Pinakothek; Claude Lorrains Gemälde über den Abschied von Abraham und Hagar gefiel ihm, weil die gezeigte Landschaft so friedlich war, unendlich beruhigend auf eine das Auge erfreuende Weise. Es ließ einen an eigene Ausflüge denken, verschaffte einem das Gefühl, mit sich und der Welt im reinen zu sein. Erst nach und nach wurde ihm bewußt, was er verdrängte: das Bild zeigte nicht einen Familienvater, der Frau und Kind zu einem Picknick ins Grüne schickte, sondern einen Mann, der seine Geliebte und ihren Sohn in die Wüste sandte, weil seine Ehefrau es so wollte. Es gehörte nicht zu seinen Gewohnheiten, über biblische Geschichten nachzudenken, aber als ihm diese wieder einfiel, erschien ihm das Bild, das ihm soviel Freude bereitet hatte, als eine Monstrosität. Was hatte Lorrain sich dabei gedacht, dieser fürchterlichen Szene so viel friedliche Harmonie zu verleihen? Ins Exil und den sicheren Tod geschickt zu werden durfte nicht zur Idylle verfälscht werden. Ein anderer, lange vergessener Bibelsatz kam ihm in den Sinn: *Das Blut auf der Erde schreit zu mir: Wo ist dein Bruder Abel?*

Danach hatte er Lorrains Gemälde gemieden. Vielleicht verstörte es ihn so, weil er sich darüber klar war, etwas Ähnliches wie Lorrain zu tun. Er malte sich eine entsetzliche Situation in trügerischen Farben. Nicht, daß ihm noch lange die Gelegenheit dazu geboten wurde. Im Herbst 1935 traten die Nürnberger Rassegesetze in Kraft, und er verlor seinen Status als Bürger des Deutschen Reiches. Wie alle Juden mußte er einen neuen mittleren Namen annehmen. Sein Paß bezeichnete ihn nun als Martin Israel Goldmann. Die Schilder mit der Aufschrift *Juden Unerwünscht* an Geschäften nahm er kaum mehr wahr; es hatte aufgehört, weh zu tun. Daß nun auch Museen solche Schilder aufstellten, genau wie die Theater, Opern und Konzertsäle, tat jedoch nicht nur weh, es war ein Gefühl langsamen Erstickens. Seine Praxis hatte er auch verloren. Die Stimme seines alten Freundes, der ihn inzwischen nicht mehr grüßte, wenn sie sich auf der Straße begegneten, klang ihm immer noch in den Ohren. »Schau mal, alter Junge, es geht einfach nicht mehr so weiter. Alles, was es braucht, ist eine Anzeige, daß du hier auch Arier anfaßt, und meine Praxis ist zerstört.«

Seine Praxis. Selbst für einen Optimisten wie Dr. Goldmann gab es Grenzen. Kurz nach diesem Gespräch hatte er zum ersten Mal ernsthaft ins Auge gefaßt, das Land zu verlassen. Es fiel schwer, seine Heimatliebe zu bewahren, wenn die Heimat alles, was liebenswert an ihr war, freiwillig von sich warf und Stück für Stück durch Unmenschlichkeit ersetzte. Als er dann bei einem Spaziergang einer Frau begegnet war, die ein Schild um den Hals trug, auf dem stand »*Ich bin am Ort das größte Schwein und lasse mich mit Juden ein*«, einer Frau, der niemand half, die im Gegenteil nur abgewandte Blicke und einige höhnische Zurufe erntete, war sein Entschluß gefaßt. Ihn auszuführen erwies sich jedoch als fast unmöglich. Seit über einem Jahr beantragte er Einreisevisum für Einreisevisum, für Frankreich, für die Schweiz, für England, für die USA. Nicht nur war er einer von sehr vielen; die Zahl der erteilten Einreiseerlaubnisse für deutsche Juden schien mit jedem Jahr geringer statt größer zu werden. Die Zeiten, in denen er Städte wie Paris besuchen konnte, waren vorbei. Er zog nicht in Erwägung, es in Österreich zu versuchen. Die Österreicher hatten seit dem Frühjahr 1934 ebenfalls einen Ein-Parteien-Staat, und er würde sich nur noch in einer Demokratie sicher fühlen können.

Es gab auch Lichtblicke, aber nur, wenn er sich mit einigen der anderen verglich, die wie er Konsulat um Konsulat, Botschaft um Botschaft aufsuchten, um ein Visum zu erlangen. Er konnte seinen Beruf immerhin noch ausüben, als Hausarzt für jüdische Freunde und für den festen Kern von Schauspielern, Technikern und Autoren, die sich um Robert scharten. Da seine jüdischen Freunde aber über immer weniger finanzielle Mittel verfügten, bedeutete das letztendlich, daß er, abgesehen von seinen Ersparnissen, von Robert und Roberts Freunden lebte. Es bedeutete außerdem, daß er lebte, wo auch immer Robert gerade arbeitete, und das war nicht immer einfach. Robert drehte bereits seit eineinhalb Jahren an seinem Film, dem er den sarkastischen Arbeitstitel *Endlos* verliehen hatte; jedesmal, wenn er über genügend Geld verfügte, entweder dank eigener Einkünfte oder einer neuen investitionsfreudigen Quelle, drehte er weiter, bis ihm das Geld ausging, dann kehrte er zu der Flut von anderen Projekten zurück, mit denen er seinen Lebensunterhalt verdiente. Da nicht alle Mitwirkenden immer zur Verfügung standen, wenn Geld da war, mußte er ständig improvisieren. Für das erste halbe Jahr fehlte sogar eine richtige Hauptdarstellerin, weil er die betreffenden Schauspielerinnen ständig auswechselte, falls sie nicht von selbst kündigten. Einen bestimmten Drehort gab es nicht; Robert nahm, was er vorfand, und fügte es der fiktiven Stadt hinzu, in der seine Kriminalgeschichte spielte. Einer der Schauspieler, Helmut Holpert, hatte Dr. Goldmann gegenüber das Ganze mit einem Wanderzirkus verglichen, dessen Ensemble auf einen Telefonanruf oder ein Telegramm des Direktors hin von einem Eck Deutschlands ins andere eilte.

»Die Frage ist, tun wir es für das Publikum, für den Direktor oder weil uns sonst niemand engagiert? Das Erstaunliche ist, ich bin mir nicht sicher.«

Holpert, der für seine Depressionen eigentlich einen Psychiater brauchte, was nicht Dr. Goldmanns Fachgebiet war, hatte von dem Prozeß erzählt, der gegen ihn entschieden worden war.

»Da ich meine Eltern und mich nun einmal in diesen Schmutz hineingezogen habe, um meine Karriere zu retten, bin ich in die Berufung gegangen. Und nun kommt mein Problem, Doktor: Die halbe Zeit will ich Robert umbringen, weil er mir die Sache eingeredet hat, und die andere Hälfte der Zeit bin ich heilfroh, daß es ihn gibt, und nicht nur, weil er mir meinen Lebensunterhalt verschafft. Ich habe mit vielen Leuten zusammengearbeitet, aber keiner ist so verdammt gut darin, gleichzeitig Bewunderung und Beschützerinstinkte in einem zu wecken und einen dazu zu kriegen, daß man tut, was er will. Wie haben Sie das nur überlebt, ihn aufzuziehen?«

»Ich war nicht der einzige.«

»Ja, richtig. Aber Sie haben offenbar am längsten durchgehalten. König senior ist tot, von diesem Lehrermenschen hört man auch nichts mehr, seit er seine Schule hat schließen müssen, und die Messieurs aus der Schweiz lassen sich nur alle Jubeljahre blicken. Meine Glückwünsche, Doktor. Es muß ein gutes Gefühl sein, unseren Robert ganz für sich zu haben. Mehr, als die arme Monika von sich behaupten kann. Wie kommen Sie eigentlich mit dieser Zimtzicke aus?«

An dieser Stelle hatte Dr. Goldmann das Gespräch abgebrochen und es wieder auf Holperts Gesundheitszustand gelenkt. Er hatte nicht die Absicht, mit Außenstehenden, auch wenn es Roberts Freunde waren, die ganze schwierige Situation zu erörtern. Unter anderen Umständen, in einer anderen Zeit, würde ihm das Zusammenleben mit Robert und seiner Familie nichts als Freude bereitet haben. Das Konzept kam gefährlich nahe an einen Wunschtraum heran. Aber die Wirklichkeit, hier und heute, sah anders aus. Zunächst einmal war er, wie man es auch drehte und wendete, Roberts Angestellter, was allmählich auf eine Erosion des bißchens Autorität, die er noch über Robert hatte, hinauslief. Wenn Robert manchmal, wenn er mit einem Projekt unter Zeitdruck stand, wochenlang überhaupt nicht schlief, sondern de facto vierundzwanzig Stunden am Tag arbeitete, war das schon besorgniserregend genug, aber er brachte dieses Kunststück nur mit Hilfe einer Reihe Aufputschtabletten fertig und verlangte außerdem, daß Dr. Goldmann sie den anderen Mitarbeitern ebenfalls zur Verfügung stellte.

»Dada, laß es mich so ausdrücken. Wir haben nicht viel Zeit, ich will diesen Film endlich zu Ende bringen, und wenn ich nicht außerdem noch jeden Abend den Maler Schwedrin in *Lachende Lotte* spiele, geht mir das Geld aus, und ich bin wegen Vertragsbruchs dran. Und dann können du, ich, Monika, Martina und ein großer Teil der Hermiaden ausprobieren, wie unser geliebter Führer zu Bettlern steht. Also gib mir das Zeug.«

»Ich habe noch einige Ersparnisse«, begann Dr. Goldmann zögernd, nur um sich einen Wutausbruch einzuhandeln.

»Um Himmels willen, Dada, du glaubst doch nicht, daß ich unter diesen Umständen Geld von dir annehme!«

Monika stellte ein Problem für sich dar. Dr. Goldmann hätte blind und taub sein müssen, um nicht zu bemerken, daß etwas zwischen ihr und Robert ganz und gar nicht stimmte. Angesichts der Scheidung, die er selbst hinter sich hatte, und seiner diversen Beziehungen kannte er sich in unglücklichen Ehen aus. Seine Freunde hatten ihn immer wegen seiner Vorliebe für Dreiecksbeziehungen geneckt und vorgeschlagen, er solle sich doch gleich bei Ehepaaren einquartieren. Der Scherz erschien jetzt nicht mehr komisch. Es war nervenaufreibend, mit zwei Menschen zusammenzuleben, die zwischen Waffenstillstand und Kleinkrieg hin und her schwankten. Dazu kam, daß Monika ihn nicht mochte. Ohne falsche Bescheidenheit konnte er von sich sagen, daß er mit Angehörigen des weiblichen Geschlechts in der Regel hervorragend auskam. Gut, Käthe hatte ihn zu Beginn ihrer Bekanntschaft etwas frostig behandelt, doch er hatte das damals nicht persönlich genommen; so war sie nun einmal, ehe man ihre Freundschaft gewann, und sie hatte viele seiner Ansichten und seinen Lebensstil mißbilligt. Der Fall lag bei Monika einfach anders. Sie sah ihn nicht als Person, sondern als lebendige Last am Hals, obwohl sie das nie direkt sagte. Aber wenn sie in seiner Gegenwart Zeitung las, ließ sie meistens die Seiten, in denen die Phrase »jüdischer Volksschädling« vorkam, offen liegen oder blätterte ostenativ in dem Pflichtexemplar von *Mein Kampf*, das sie für ihr Heim besorgt hatte, obwohl er wußte, daß sie es nicht las. Er hoffte zuerst, daß er sich irrte und einfach zu empfindlich in dieser Beziehung reagierte, bis sie ihn bat, dem Kind keine jiddischen oder hebräischen Ausdrücke beizubringen, das sei nicht gut, jetzt, wo es herumlief und mit jedem schwatzte, der zuhörte. Es wäre lächerlich gewesen, wenn es nicht so geschmerzt hätte. Er erwiderte nur, er spreche kein Hebräisch, und sein Hochdeutsch ließe seines Wissens auch nichts zu wünschen übrig. Es kam ihm nicht in den Sinn, Robert davon zu erzählen, das hätte die häuslichen Verhältnisse nur noch verschlimmert, aber von da an versuchte er nicht mehr, Monika für sich zu gewinnen.

Zur Zeit lebten sie in München, weil Robert für zwei Stücke, eine Inszenierung als Regisseur und einen Auftritt als Schauspieler, bei den Kammerspielen engagiert worden war. Zuerst glaubte er, diese Zwischenphase in der Reihe der ständigen Umzüge genießen zu können; seit dem Verlust seiner Praxis hatte er München nur noch gelegentlich besucht. Aber es erwies sich als schlimmer als alle Aufenthalte in wildfremden Städten. Viele seiner alten Freunde und Bekannten, selbst zwei Frauen, mit denen er eine Affäre gehabt hatte, wichen ihm aus und wandten den Blick ab, wenn sie ihn auf der Straße sahen. Auf seiner Lieblingsbank im Englischen Garten, in der Nähe des Teehauses, hing ein Schild »Nicht für Juden«. Und nun, heute, als er wieder einmal sein Glück bei dem französischen Konsulat versuchte, dieses Ausstellungsplakat: ENTARTETE KUNST.

Offenbar sollte dies das Gegenstück zu der Bücherverbrennung werden. Er erinnerte sich an das München seiner Kindheit, seiner frühen Jugend, all die Künstler in Schwabing. Später hatte er zu Barbara gesagt, daß München Berlin als Kulturstadt allemal vorzuziehen sei, nicht nur, weil hier die bedeutenderen Schriftsteller und Maler wohnten, sondern vor allem auch, weil es hier die wahren Lebenskünstler gebe. Südlicher Charme statt preußischer Rigorosität. Vorbei, verschwunden. München hatte, genau wie der Rest des Landes, seine Seele verkauft, und er war bei dem ersten Angebot, dem Putschversuch 1923, dabeigewesen und hatte nichts verstanden, nichts begriffen.

Es bereitete ihm Mühe, ein fröhliches Gesicht für das Kind aufzusetzen, als er die Wohnung, die Robert für die Dauer seines Engagements in München gemietet hatte, erreichte, doch es gelang ihm. Martina würde im nächsten Monat ihren vierten Geburtstag feiern, und sie war ein aufgewecktes, kleines Ding, das schon viel zuviel begriff. Seltsamerweise erinnerte sie ihn kaum an Robert in dem Alter. Sie besaß sein Lächeln und die braunen Haare, aber sonst ähnelte sie mit ihrer hellen Haut und den feinen Gesichtszügen einer Porzellanpuppe. Robert hatte nie etwas Zerbrechliches an sich gehabt.

»Dada!« rief sie und rannte auf ihn zu. Dr. Goldmann nahm sie auf und schwang sie einmal herum. Hände, Gesicht und ihr Kittel waren völlig verschmiert, was ihm verriet, daß Robert zu Hause und Monika unterwegs sein mußte. Roberts Vorstellung von elterlicher Aufsicht bestand darin, Martina beizubringen, wie man die Spur einer Handkamera ölte oder sich eine falsche Nase anschminken konnte; irgendwie trug alles, was er sie lehrte, dazu bei, sie schmutzig zu machen, was für Monika ein ständiges Ärgernis war, und Martin Goldmann kannte Robert zu gut, um nicht zu vermuten, daß darin eine gewisse Absicht lag. Im übrigen verhielt sich Robert seiner kleinen Tochter gegenüber weniger wie ein Vater denn wie ein älterer Bruder. Manchmal ignorierte er sie, manchmal führte er ihr Zaubertricks vor und behandelte sie als dankbares Publikum, und hin und wieder erzählte er ihr eine Geschichte. Wenn sie etwas tat, das er ihr verboten hatte, zuckte er die Achseln; je nach Laune ignorierte er sie danach wieder oder überging es einfach und spielte mit ihr, eine Methode ließ sich darin nicht erkennen. Es blieb Monika und Dr. Goldmann vorbehalten, Martina Verbote wie das »Finger weg von Streichhölzern« zu erklären, sie zu ermahnen oder zu bestrafen, obwohl Dr. Goldmann sich nie zu mehr als einem mißbilligenden Schnalzen mit der Zunge durchringen konnte. Im übrigen war Robert durch seinen Beruf selten genug anwesend, und wenn Martina ihn nicht Papa nennen würde, so argwöhnte Dr. Goldmann, so wüßte sie überhaupt nicht, daß er ihr Vater war.

Er fand Robert in der Küche, damit beschäftigt, sein Glück mit Butterbroten zu versuchen. Ein offenes Glas Leberwurst und ein kleines, stumpfes Messer erklärten Martinas Aufzug. Das Mädchen kletterte auf den Stuhl neben Robert und imitierte ihn aufmerksam, wobei die Brotscheibe, die sie sich abgeschnitten hatte, reichlich unregelmäßig ausfiel. Er hatte das Radio angeschaltet; eine volle, weiche Altstimme, die Dr. Goldmann unbekannt war, sang einen ebenfalls neuen Schlager.

»Wer ist das?« fragte Dr. Goldmann neugierig.

Er hatte sein Faible für Sängerinnen nie verloren und hielt sich zugute, die wichtigsten an der Stimme erkennen zu können. Seit ihm Museen, Oper und die meisten Theater versagt blieben, hörte er mehr und mehr Grammophon und Radio.

»Eine Neuentdeckung aus Schweden, die gerade bei der Gloria in Österreich ihren ersten Film gedreht hat. Zarah Leander.« Robert deutete auf den von Martina enthusiastisch malträtierten Brotlaib.

»Hast du Hunger?«

»Nein, im Augenblick nicht. Martina, so viele Scheiben kannst du doch gar nicht essen, Kleines, hör lieber auf.«

»Oh, sie schneidet sie nicht für sich«, sagte Robert grinsend. »Das wird mein Proviant für den Abend. Du glaubst nicht, wie geizig die Kammerspiele mit der Verköstigung ihrer Schauspieler sind.« Die Heiterkeit wich aus seinem Gesicht, als er fragte: »Das gleiche wie immer?«

Dr. Goldmann nickte und setzte sich den beiden gegenüber. Mit einem Blick auf Martina erkundigte er sich, ob sie später darüber sprechen könnten.

»Warum nicht sofort?« gab Robert zurück, der das fromme Klischee, man müsse kindliche Gemüter schonen, für idiotisch hielt, ein Erbe seiner Mutter, die sich ihm gegenüber nie zu einer Babysprache herabgelassen hatte. Und nach ihrem Tod hatte er zwischen Papa, Dada Goldmann und Heinrich Fehr Dinge gehört, die er nie hatte hören wollen, also fand er Dr. Goldmanns Versuch Martinas wegen etwas irritierend.

»Es ist wieder Post von Carla angekommen«, setzte er hinzu, »mit ein paar Formularen für dich und einer Abschrift des Affidavits, das ihr Bekannter für dich ausgefüllt hat. Ihr Affidavit hast du ja schon.«

Eine der amerikanischen Bedingungen für die Erteilung eines Visums zur Einwanderung war ein in den USA ansässiger Bürge, der nicht nur Zeugnis für den Charakter des Einwanderers ablegte, sondern auch beschwor, finanziell für seinen Unterhalt aufkommen zu können. Carla hatte dieses Affidavit für Dr. Goldmann schon abgelegt, als Robert sie zum ersten Mal darum gebeten hatte, aber da sie selbst keine amerikanische Staatsbürgerin war und einen, wie sich die Botschaft ausdrückte, »Beruf mit unsicheren Einkünften« ausübte, hatte ihre Bürgschaft bisher nichts genutzt.

Also hatte sie jemanden außerhalb der Filmindustrie gesucht und gefunden. Dennoch, soweit Dr. Goldmann es bisher beurteilen konnte, waren die Aussichten auf ein amerikanisches Einreisevisum noch geringer als die auf ein französisches, und er würde ohnehin lieber in Frankreich leben. Er kannte Frankreich, er liebte Frankreich, und Käthe befand sich dort, inzwischen legal, wenn auch wieder ohne feste regelmäßige Einkünfte, seit Feuchtwangers alte Sekretärin wieder zu ihm gestoßen war. Er hatte erwogen, illegal über die Grenze zu gehen, aber die wachsende Zahl der Ausweisungen, die verschärften Bedingungen und Kontrollen – Kennkarten für Ausländer galten inzwischen nur noch für das Departement, für das sie ausgestellt worden waren, bei einem Verlassen dieses Departements mußte eine neue Kennkarte beantragt werden – schreckten ihn ab. Die Aussicht, als illegaler Einwanderer nach Deutschland zurücktransportiert zu werden…

Wieder fröstelte er. *Ich hab vielleicht noch nie geliebt*, sang die dunkle Frauenstimme im Radio, und er wünschte sich einmal mehr verzweifelt die Zeit zurück, in der er jetzt mit Robert über nichts Ernsteres als eine Spekulation hinsichtlich des möglichen Aussehens der Frau, zu der die Stimme gehörte, gesprochen hätte.

»Was ist ein David?« erkundigte sich Martina.

»Eine Hilfe zum Verreisen für Dada«, erwiderte Robert, nahm ihr eines ihrer abenteuerlich gestrichenen Brote ab und biß hinein. Martina schaute beunruhigt drein. Im Gegensatz zu ihrem Vater, der kam und verschwand, war Dr. Goldmann eine ständige, zuverlässige Anwesenheit in ihrem Leben.

»Ich mag aber nicht, daß er verreist!« protestierte sie.

Dr. Goldmann schnürte es die Kehle zusammen, nicht nur wegen der Vorstellung, sie zu verlassen, sondern auch, weil ihm vor dem Tag graute, an dem sie den Grund begriff. Noch zwei Jahre, und sie würde schulpflichtig sein. Anders als in Roberts Kindheit kam ein Privatunterricht nicht mehr in Frage, das wurde nicht mehr erlaubt. Noch zwei Jahre, und sie würde in der Schule lernen, daß er zu einer minderwertigen Rasse Mensch gehörte. Jetzt lag ihm das Versprechen wiederzukommen auf der Zunge, aber Robert sprach zuerst.

»Entweder er verreist, oder er kann dir bald keine Bonbons oder Puppen mehr schenken.«

Martina runzelte die Stirn. Die Erklärung klang vage vertraut; ihre Mutter meinte, daß sie ständig umziehen mußten, damit sie weiterhin ihr Frühstück bekam. »Oh«, sagte sie, dann machte sie sich selbst über ein Brot her. Dr. Goldmann lächelte schwach.

»Das war sehr materialistisch.«

»Aber zutreffend.«

»Robert, wir müssen die Möglichkeit ins Auge fassen, daß ich nie ein Visum erhalte. Ich weiß nicht, ob ich dann…«

»Unsinn, du wirst ein Visum bekommen«, warf Robert ein wenig zu schnell ein.

Die Befürchtung, die Dr. Goldmann schon eine beträchtliche Weile quälte, nahm Form an, und nach einem kurzen Schweigen artikulierte er sie, nach einem Blick auf Martina, die kauend aufgestanden war, um an dem Radio herumzuspielen und einen neuen Sender einzustellen.

»Du hast es eilig, mich loszuwerden.«

Mit einem Ruck setzte Robert den Becher voll Milch ab, aus dem er gerade trank.

»Nein. Es dreht mir nur den Magen um, wie du hier behandelt wirst.«

»Nicht anders als alle anderen Juden auch«, sagte Dr. Goldmann leise. Vielleicht war es nicht der richtige Zeitpunkt, aber er hatte dieses spezielle Gespräch schon sehr lange hinausgeschoben. »Robert, hast du dir eigentlich überlegt, ich meine, bist du dir im klaren, wer hier früher gewohnt hat? Warum du diese Wohnung so schnell und so günstig bekommen hast? Warum die Mietpreise in München jetzt überhaupt so viel günstiger sind? Ich weiß, daß du einer Reihe von Leuten hilfst, aber was ist mit den anderen, denen, die du nicht kennst? Du nimmst die Vorteile wahr, die sich aus ihrer… Behandlung ergeben, und, verzeih mir, ich frage mich manchmal, ich frage mich… wenn es mich und ein paar von deinen Freunden nicht gäbe, würde es dich dann überhaupt stören, was hier vorgeht?«

Als er endete, wurde er sich bewußt, wann der Keim für diesen häßlichen Verdacht, der ihn quälte, gelegt worden war; bei dem Gespräch mit Käthe in Paris vor drei Jahren. Er empfand Bestürzung und Scham, denn er hatte es für undenkbar gehalten, daß sein Glaube an Robert je brüchig werden könnte. Auch ohnmächtiger

658

Zorn auf das Regime mischte sich darunter, das eine solche Situation möglich gemacht hatte. Aber einmal ausgesprochen, konnte er seine Worte nicht mehr zurücknehmen, und er mußte die Antwort wissen.

Robert schaute ihn nicht an, er starrte an ihm vorbei auf die Wand, an die Monika einige von Martinas Zeichnungen gehängt hatte. Die Fingerknöchel der Hand, die sich um den Becher schloß, waren weiß. Die sonst so harmonische Stimme klang heiser, als er antwortete.

»Warum, glaubst du, bin ich eigentlich noch hier? Oh, sicher, ich genieße es, berühmt zu sein, ich übe meinen Beruf ausgesprochen gern aus, aber das könnte ich auch anderswo haben. Und ich wäre gegangen, schon aus dem rein egoistischen Grund, besser arbeiten zu können, wenn ich dabei nicht ständig über meine Schulter sehen muß. Was willst du von mir – Schuldgefühle wegen der ganzen Ungeheuerlichkeit, wegen jedes Opfers von Ossietzky bis zu den Vorbesitzern dieser Wohnung? Tut mir leid, Dada, meine Kapazität für Schuldgefühle ist bereits völlig ausgeschöpft von den Menschen, die ich kenne, dich eingeschlossen. Was den Rest angeht«, er wandte seinen Kopf Dr. Goldmann zu, der erschrak, denn er hatte die braunen Augen noch nie so kalt gesehen, »die Zahlen, die Namen ohne Gesichter, ich bemühe mich, zu vergessen, daß es sie gibt. Das bringt mich durch den Tag, und mit etwas Glück bringt es jeden einzelnen Menschen, an dem mir etwas liegt und der noch in Freiheit ist, durch das verdammte Dritte Reich.«

Martina ließ das Drehen am Knopf des Radios sein, nachdem sie alle Arten von Stimmen, Liedfetzen und krächzenden Geräuschen ausgeschöpft hatte, und kehrte zu dem Tisch zurück. Sie war geübt darin, einen Streit zu erkennen, und gerade ihren Vater hatte sie oft streiten sehen; sie wußte, wann es um etwas Ernstes ging. Wenn er mit seinen Freunden schimpfte und gelegentlich mit Papierbällen nach ihnen warf, war es nicht ernst, aber so, wie er jetzt dasaß und redete, so schaute er aus, bevor Mama sich in ihr Zimmer einschloß und weinte. Nur daß es diesmal nicht Mama traf, sondern Dada Goldmann. Erneut kletterte sie auf den Stuhl neben ihrem Vater, doch beide Männer ignorierten sie.

»Laß das nicht mit dir geschehen, Robert«, bat Dr. Goldmann, selbst von Schuldgefühlen gequält. »Laß dich nicht dazu bringen,

Menschen als Zahlen zu sehen, nur weil du sie nicht kennst, so wie *sie* es tun. Ganz gleich, was mit mir passiert, du mußt das Übel an sich hassen, nicht die einzelnen Auswirkungen.«

Robert verzog das Gesicht; die Kälte verschwand und machte einem vertrauteren Sarkasmus Platz. »Das Übel an sich... hast du auf einmal die Religion für dich entdeckt?«

»Möglicherweise etwas Metaphysik. Ich hielt mich immer für einen rundum skeptischen Agnostiker, aber wenn ein ganzes Land seine Seele verliert, dann stimmt einen das nachdenklich. Ich möchte nicht, daß du deine Seele verlierst, Robert, bitte, tu mir das nicht an.«

»Nein, Martin, du möchtest, daß ich ein Held bin«, entgegnete Robert, und Dr. Goldmann registrierte den Gebrauch des Vornamens ohne Überraschung, denn es wurde ihm klar, daß sie zum ersten Mal in ihrem Leben ein Gespräch als gleichberechtigte Erwachsene führten, nicht als Wunderkind und Bewunderer, Vormund und Mündel oder Vater und Sohn. »Ich bin keiner. Schurkenrollen haben mir immer mehr gelegen.« Er bemerkte endlich, daß seine Tochter ihn am Ärmel zupfte, und seufzte.

»Aber ich werde wohl mein Möglichstes tun müssen, nicht wahr?«

Martina begriff nicht viel von dem Gesprächsinhalt, sie erkannte nur am Ton, daß der schlimme Moment vorbei war. Um ganz sicherzugehen, bat sie ihren Vater, Dada Goldmann nicht zum Weinen zu bringen, und war nicht weiter überrascht, als er lachte. So reagierte er auf die meisten ihrer Bitten. Er versicherte ihr, keine derartigen Absichten zu haben, reichte sie an Dada weiter und fing damit an, Radieschen und Brotkrümel aus ihren Ohren und ihrer Nase zu zaubern, etwas, das sie immer ärgerte, denn sie haßte die Vorstellung, voller Brotkrümel und Radieschen zu stecken. Aber diesmal krümmte und wandte sie sich nur ein bißchen, weil es die Traurigkeit aus Dada Goldmanns Gesicht vertrieb. Dann hörten sie Mama zurückkommen, und sie machte sich erleichtert los, um ihr entgegenzurennen.

Man sah Monika an, daß sie die Gunst der Stunde und das seltene Angebot ihres Mannes, Martina zu beaufsichtigen, genutzt hatte, um zum Friseur zu gehen. Ihre frisch ondulierten Haare fielen in sanften Wellen zurück, und ihre Nägel verrieten, daß auch eine Maniküre tätig gewesen war. Sie hatte in den letzten Jahren etwas Gewicht verloren, was ihr stand. Trotz der mangelnden Wärme ihr gegenüber hatte Dr. Goldmann sie stets für eine schöne Frau gehalten, und von einem rein ästhetischen Standpunkt gefiel ihm der Anblick, den sie bot. Hatte sie vor, Robert heute abend ins Theater zu begleiten? Offenbar nicht, denn sie machte keine Anstalten, ihren Mann zu begrüßen, obwohl sie Dr. Goldmann höflich zunickte. Sie ließ sich von Martina erzählen, daß Papa schon wieder Dinge aus ihrer Nase geholt hatte, säuberte dem Mädchen das Gesicht und die Hände und beauftragte es, ihre Handtasche nach oben in ihr Schlafzimmer zu bringen. Erst dann, als das Kind verschwunden war, wandte sie sich an Robert.

»Ich habe vorhin eine deiner Verehrerinnen getroffen«, sagte sie, weder besonders feindselig noch angriffslustig, nur mit einem Unterton von Zynismus. »Wie es scheint, haben sie und ich jetzt dieselbe Friseuse. Ich soll dir ausrichten, du möchtest sie bitte unbedingt besuchen, sie brauche dringend deine Hilfe. Ganz ehrlich, Robert, das stellt selbst für dich einen neuen Höhepunkt an Vulgarität dar.«

»Darf ich fragen, um wen es sich handelt?« gab Robert unbeeindruckt zurück. Monika machte eine verächtliche Handbewegung.

»Dieses blasse Ding, das deine Freundin Carla nachahmt, Elfi Bachmaier.«

Dr. Goldmann hatte Anstalten gemacht, sich diskret zurückzuziehen und Martina abzufangen, bevor sie von ihrem kleinen Botengang zurückkehrte, doch nun blieb er überrascht in der Küchentür stehen. Er war sich ziemlich sicher, daß Robert seit einiger Zeit ein Verhältnis mit Astrid hatte, der Mitarbeiterin, die zu Beginn des Dritten Reichs einige Zeit im Gefängnis gewesen war, nun mit ihm an dem immer wieder den Gegebenheiten anzupassenden Drehbuch für *Endlos* feilte und im übrigen als seine Agentin fungierte. Er hegte auch den Verdacht, daß Robert und seine derzeitige Bühnenpartnerin ein oder zwei Nächte miteinander verbracht hatten. Aber obwohl er der derzeitigen Ehefrau von Philipp Bachmaier nie begegnet war, hielt er es für mehr als unwahrscheinlich, daß Robert sie überhaupt näher kannte, geschweige denn auf die intime Weise, die Monika unterstellte. Anscheinend waren das für Robert ebenfalls Neuigkeiten. Einige Sekunden lang schaute er aufrichtig verblüfft drein. Dann verschloß sich sein Gesicht wieder. Für jemanden, der ihn so gut kannte wie Martin Goldmann, war es offensichtlich, daß er überlegte, ob sich ein Protest, er habe keine Affäre mit Elfi Bachmaier, lohnte, und sich dann dagegen entschied. Monika ließ jedoch nicht locker.

»Wenn sie weiter so indiskret ist, wird ihr Mann bald davon erfahren. Oder weiß er es bereits? War das von Anfang an so?«

»Aber gewiß doch«, entgegnete Robert, stand auf und ging an ihr vorbei in Richtung Flur. Zu spät entschied Dr. Goldmann, seinem ursprünglichen Plan zu folgen, um den Rest dieser unerfreulichen ehelichen Szene nicht mitzuerleben. Robert drängte sich an ihm vorbei und fuhr gleichzeitig fort: »Das nennt man die freie Liebe. Nun, wenn sie mich so sehr braucht, dann sollte ich am besten gleich gehen, ich habe heute noch eine Vorstellung.«

Daß er die Eingangstür hinter sich zuschlug, hatte Dr. Goldmann erwartet, nicht jedoch Monikas Reaktion. Sie brach in Tränen aus. Er zögerte, unsicher, was er tun sollte. Vor ihm hatte Monika noch nie geweint, obwohl ihm Martina erzählte, daß sie es gelegentlich tat, und er war sich sicher, daß Monika ihm seine Gegenwart später mehr als übelnehmen würde. Andererseits fiel es ihm schwer, Frauen weinen zu sehen, selbst Frauen, die er nicht besonders mochte. Also schluckte er seine Zweifel hinunter, ging in die Küche zurück, legte ihr die Hand auf die Schulter und reichte ihr ein Taschentuch. Sie wies ihn nicht zurück, was Beweis genug für ihren verstörten Zustand war.

»Meine Liebe«, sagte Dr. Goldmann behutsam, »ich bin sicher, daß Robert und Frau Bachmeier nichts verbindet. Er kennt sie kaum.«

»Das weiß ich auch«, gab Monika heftig zurück. »Darum geht es doch überhaupt nicht.« Ihr Schluchzen versiegte; wütend rieb sie sich mit seinem Taschentuch die Augen. »Ich möchte noch ein Kind«, murmelte sie, »und er nicht. Schon seit Tagen geht das so. Ich bin eine solche Versagerin in allem anderen, alle meine Träume waren lächerliche Luftblasen, nur als Mutter habe ich nicht versagt, und er, er ...«

Sie verstummte, sich bewußt werdend, mit wem sie sprach. Martin Goldmann dachte nicht zum ersten Mal, daß die weibliche Psyche trotz intensiven Studiums ein unergründliches Rätsel für ihn darstellte. Er verstand immer noch nicht den Zusammenhang zwischen Monikas Wunsch nach einem zweiten Kind und ihrem Bedürfnis, Streit mit Robert über ein Verhältnis anzufangen, von dem sie wußte, daß es gar nicht bestand. Wenn es nur darum ging, ihm Vorwürfe zu machen, warum dann nicht wegen etwas, das er tatsächlich getan hatte? Da gab es schließlich eine große Auswahl. Den Kinderwunsch an sich hielt er für rührend, aber fehlgeleitet. Er hatte zuviel erlebt, um glauben zu können, daß ein zweites Kind die Probleme zwischen Monika und Robert lösen würde, zumal das erste... Er wandte sich hastig um. Martina stand im Flur, vor der Küchentür, und blickte auf ihre weinende Mutter. Ihr eigenes Gesicht zuckte ebenfalls.

»Papa ist böse«, wisperte sie.

»Nein«, erwiderte Dr. Goldmann bestürzt, »nein, es gibt nur...« Er wußte nicht, was er sagen sollte.

»Doch«, unterbrach Martina. »*Er* weint nie. Er geht nur weg.« Sie schlang ihre Arme um sein rechtes Bein. »Bitte verreise nicht. Bitte versprich mir, daß du dableibst, bitte, bitte, bitte!«

Nein, er weinte nicht. Dr. Goldmann erinnerte sich an das Kind Robert nach dem Tod seiner Mutter und an die stumme Anklage in den Augen des Jungen, als er ihn mit seinem betrunkenen Vater allein ließ und an die Front ging, weil er mit sich selbst nicht mehr leben konnte. Sinkenden Mutes gab er Martina sein Versprechen. Er wußte, daß es wahrscheinlich der größte Fehler seines Lebens war. Doch er hatte auch noch nie das Gefühl gehabt, so gebraucht zu werden.

Robert war wütend genug, um sich tatsächlich auf den Weg nach Bogenhausen zu machen, als er seine Wohnung verließ. Er wußte nicht genau, was das mit Elfi Bachmaier sollte, aber er wußte, was dem zugrunde lag: eine Bestrafung für seine strikte Weigerung, noch ein Kind in die Welt zu setzen. Die Gründe dafür sollten eigentlich offensichtlich sein, doch er hatte versucht, sie Monika so sachlich wie möglich darzulegen. Ihn schauderte ohnehin schon bei der Vorstellung, Martina in ein paar Jahren in eine der sogenannten Jungmädelorganisationen stecken zu müssen, wo man sie in eine Uniform kleiden und ihr eine Gehirnwäsche verpassen würde. Astrids Sohn, der bereits zehn war, schrieb in der Schule Aufsätze über *Adolf Hitler, den Retter unserer Nation* und sang am Nachmittag *Unsere Fahne Flattert Uns Voran*. Da Astrids Mann der Meinung war, den dunklen Fleck in der Vergangenheit seiner Frau durch makellose Gesinnungstreue wiedergutmachen zu müssen, so daß ihm nie in den Sinn gekommen wäre, zu riskieren, dem Kind von Haus aus kritische Meinungen mitzugeben, mußte sie sich ihrem eigenen Sohn gegenüber einer ständigen Selbstzensur unterwerfen.

»Das ist keine Zeit, um Kinder zu bekommen«, sagte er wieder und wieder zu Monika, aber sie hörte nicht zu. Statt dessen bestand sie darauf, er sei nur selbstsüchtig und wolle ihr die einzige Art von Lebenssinn verweigern, die ihr noch geblieben sei. Im Grunde seines Herzens wußte er, daß er vermutlich auch in der alten Republik kein zweites Kind mehr gewollt hätte, und so hatte sie nicht ganz und gar unrecht, aber das änderte nichts an seinen übrigen, schwerwiegenderen Gründen. Auf jeden Fall war ihr heutiger Versuch, Streit anzufangen, nach dem Gespräch mit Dada der Tropfen, der das Faß zum Überlaufen brachte. Er hatte das dringende Bedürfnis, jemanden in Stücke zu reißen, und wer war für solche Fälle besser geeignet als sein alter Freund, Philipp der Hai?

Sollte Philipp zu Hause sein, winkte die Möglichkeit, jemandem gegenüber Grausamkeit zu zeigen, der es verdiente und selbst ein Meister darin war, statt die erstickende Mischung aus Frustration, Haß und Selbsthaß an Monika oder Dada auszulassen. Wenn nicht, dann war er durchaus imstande, Monikas Vorwurf in bezug auf Elfi Bachmaier Berechtigung zu verschaffen. Er hatte keine Ahnung, warum sie mit ihm sprechen wollte; vielleicht hatte Monika da auch etwas falsch verstanden. Das arme Lamm kannte ihn kaum und war nur zu froh, gelegentlich mit der Glamourwelt ihrer Filmillustrierten in Verbindung treten zu können. Es würde nicht weiter schwer sein, sie zu verführen, und ganz gewiß ein Schlag für Herrn Bachmaiers Besitzerstolz, wenn schon für nichts anderes.

Bis er in Bogenhausen angekommen war, hatte sich seine Wut etwas abgekühlt. Du meine Güte, dachte er abgestoßen, ich denke schon wie Jago. Erst vor kurzem hatte er einige *Othello*-Monologe für eine Plattenfirma gesprochen und dabei an all die Diskussionen gedacht, die er und Gustaf Gründgens seinerzeit über Jagos mögliche Motive geführt hatten. Ich hätte mir die Freud-Lektüre sparen können, dachte Robert, als er vor der alten Villa stand, unschlüssig, ob er nicht wieder umkehren sollte. Doch das Umkehren hatte ihm noch nie gelegen.

Daß der Herr des Hauses oder doch zumindest sein schwarzer Mercedes nicht da war, erkannte er bereits durch einen Blick zur Garage hin und fragte sich unwillkürlich, ob dort noch immer das alte Fahrrad stand, auf dem er und Carla ihre Kunststücke veranstaltet hatten. Und als ihm kein Bediensteter, sondern Elfi Bachmaier persönlich öffnete, entdeckte er auch den Grund für Monikas Ausbruch. Die junge Frau war unübersehbar schwanger, im vierten oder fünften Monat, schätzte er, nur sah man es bei ihr noch stärker als bei Monika damals. Doch das war nicht die einzige Veränderung, die ihm sofort auffiel. An die Stelle des fröhlichen Mädchens, das fast zuviel schwatzte, war eine Frau getreten, die gerötete Augen und einen verzweifelten Zug um den Mund hatte. Die Reste seiner Jago-Stimmung verloren sich mit einem Schlag.

»Ach, Robert«, sagte sie mit brüchiger Stimme, »es ist so lieb von Ihnen, daß Sie gleich gekommen sind.«

Sie reichte ihm die rechte Hand, während die linke nervös mit der Perlenkette spielte, die sie um den Hals trug. Er äußerte einige Belanglosigkeiten, dann folgte er ihr in den kleinen Salon. Zwischendurch passierten sie den Majordomus, der Robert einen erleichterten Blick zuwarf, was Robert mehr beunruhigte, als es ein Hinauswurf getan hätte.

»O Gott«, sagte Elfi, als sie wieder allein waren, »Sie müssen mir helfen!«

Dann fiel sie ihm in die Arme und begann, an seiner Schulter zu schluchzen. Langsam erhärtete sich bei Robert der Verdacht, daß sein Leben von jemandem mit einem durchdringenden Sinn für Ironie regiert wurde. Von einer unglücklichen Ehefrau zu einer anderen zu wandern... Er tat, was von ihm erwartet wurde, hielt sie fest, ließ sie weinen und murmelte eine Reihe nichtssagender Phrasen wie »Es wird ja wieder gut«. Schließlich schniefte sie und löste sich wieder von ihm.

»Es ist mir so peinlich«, sagte sie und biß sich auf die Lippen. »Aber ich schaffe es nicht mehr, ich halte es nicht mehr aus, ich werde noch verrückt, und Sie sind der einzige, der mir helfen kann. Ich bring's noch nicht einmal über mich, meiner besten Freundin davon zu erzählen. Und Philipp hat keine Freunde, keine echten, keine, die ihn so kennen wie Sie.«

»Ich weiß, bei unserer ersten Begegnung habe ich einen anderen Eindruck erweckt«, antwortete Robert behutsam, »aber inzwischen müßten Sie doch wissen, daß Philipp und ich nicht befreundet sind.«

Sie war wirklich erwachsener geworden; statt zu protestieren oder gekränkt über die ursprüngliche Täuschung zu sein, gab sie zurück: »Ja, aber Sie *kennen* ihn.«

Sie wandte sich ab. Auf der Fensterbank stand ein niedriges, aber breites Intarsienkästchen. Während sie es aufsperrte und etwas herausholte, stellte Robert fest, daß sich in dem Raum wenig verändert hatte, wie überhaupt in dem ganzen Haus. Wenn er hier leben müßte, würde er es völlig neu einrichten, aber Elfi war dazu wohl zu scheu und Philipp zu fixiert auf das Bestehende.

Sie drehte sich wieder um. Was sie in den Händen hielt, hatte er noch nie gesehen, nicht auf diese Weise, nur einmal kurz auf die Leinwand projiziert, in einem Film, der inzwischen auf beiden Seiten des Atlantik nicht mehr gezeigt werden durfte. Trotzdem begriff er sofort, worum es sich handelte. Es war die Totenmaske, die Genevieve Beresford von Carla hatte anfertigen lassen.

»Und Sie kennen *sie*«, sagte Elfi Bachmaier. »Warum haben Sie mich nicht gewarnt? Irgend jemand hätte mich warnen müssen. Ich bin nicht besonders klug, ich weiß das, aber so dumm war ich selbst damals nicht, daß ich ihn geheiratet hätte, wenn mir jemand die Wahrheit erzählt hätte.«

Robert entschied, daß etwas Nüchternheit vielleicht mehr half als Mitgefühl.

»Vielleicht. Aber romantische Mädchen sehen so etwas eher als Herausforderung an. Im übrigen habe ich Sie erst kennengelernt, als Sie bereits verheiratet waren, und die übrigen Leute, die davon wußten, hielten es wohl für eine Affäre unter vielen.«

Es war, gelinde gesagt, verstörend, Carlas Konterfei und diese junge Frau, die ebenfalls nach ihrem Vorbild modelliert worden war, gleichzeitig zu sehen. In gewissem Sinn hatte Monika recht. An der ganzen Angelegenheit war etwas Krankhaftes.

»Anfangs dachte ich auch, es sei romantisch«, erwiderte Elfi traurig. »Da glaubte ich nämlich noch, es sei die Schwester, seine erste Frau. Die tote Liebe, die er nie vergessen kann. Dann hat mir jemand Marianne auf einem Photo gezeigt, und ich wußte, das hier ist Carla. Haben Sie eigentlich eine Ahnung, wie das ist, so tun zu müssen, als sei man ein anderer Mensch?«

Es war ganz und gar nicht komisch, aber Roberts perverser Sinn für Humor machte es ihm schwer, die plötzliche Erheiterung niederzukämpfen.

»Gewissermaßen. Es ist mein Beruf, wissen Sie.«

»Ja, natürlich.« Einen Moment lang wirkte sie verlegen, dann ärgerlich. »Aber Sie müssen es nicht die ganze Zeit tun. Nicht ständig. Sie können nach Hause gehen, Sie haben noch etwas, das echt ist. Ich habe nichts mehr, gar nichts mehr. Ich trage Kleider wie sie, trage meine Haare wie sie, trage ihr Parfum, und...« Sie kämpfte mit sich. Sie schaute auf die Maske, und Robert fragte sich, warum sie das zerbrechliche Ding nicht einfach zerstörte. Er an ihrer Stelle hätte es getan. Aber wenn sie die Art von Frau wäre, die es sich nicht gefallen ließ, als lebendiges Gegenstück zu einer Maske herumzulaufen, hätte sie sich schon längst wieder von Philipp scheiden lassen. Nicht, daß er der Richtige war, um Ratschläge in bezug auf fällige Scheidungen zu erteilen.

»Ich verstehe schon«, sagte er, um ihr die letzte Erklärung zu ersparen. Anders als Carla und er war sie intime Geständnisse nicht gewohnt.

»Aber ich verstehe es nicht! Wenn er von ihr redet, dann klingt es überhaupt nicht so, als ob er sie liebte. Eigentlich verkörpert sie doch genau das, was er haßt. Aber wissen Sie, darum geht es gar nicht mehr. Eigentlich ist es mir gleich, warum, ich will nur, daß es endlich aufhört, und dabei müssen Sie mir helfen.«

Ein Teil von ihm kommentierte, daß ihn nichts, wirklich nichts verpflichtete, ausgerechnet für dieses Paar den Eheberater zu spielen, doch er sprach es nicht laut aus. Sie erinnerte ihn an ein Tier in der Falle. Den gleichen gehetzten Gesichtsausdruck hatte Marianne auch gehabt. Der gute Philipp verwendete vielleicht nicht die gleichen Methoden wie sein Schwiegervater, doch auf seine Ehefrauen wirkte er offenbar nicht weniger zerstörerisch. Außerdem wußte Robert, wie er sich gefühlt hatte, wenn ihn sein Vater und Dada Goldmann als wandelndes Vermächtnis seiner Mutter behandelten, und das alles brachte ihn dazu zu bleiben, statt sich mit einer mehr oder weniger taktvollen Entschuldigung zu verdrücken.

»Sie sollten sich selber helfen. Das ist mein voller Ernst. Lassen Sie sich scheiden, oder verlassen Sie ihn einfach. Das wäre das Beste für Sie beide.«

Sie legte ihre freie Hand auf den Bauch und begann wieder zu weinen.

»Ich *kann* nicht.«

Zu allem Überfluß erinnerte sie ihn jetzt auch noch an seine eigene Frau, die wesentlich intelligenter, aber auf ihre Weise nicht weniger gefangen war. Innerlich fluchte Robert; Schuldgefühle waren das letzte, was er jetzt gebrauchen konnte.

»Sie *müssen* mit ihm reden.«

»Mein liebes Kind«, sagte er auf seine beste überlegene Pädagogenart, die er sich bei Jean-Pierre ausgeborgt hatte, »er hört nicht auf mich. Um es ganz klar auszudrücken, er verabscheut mich, und ich bringe ihm die gleichen herzlichen Gefühle entgegen. Die Gespräche, die wir gelegentlich führen, dienen der Bestätigung dieser fundamentalen Tatsache.«

Noch mehr Tränen; es war ungerecht, bodenlos ungerecht, daß die Frauen eine Waffe hatten, mit der sie einen derart erpressen konnten, selbst wenn man sie kaum kannte. Er schaute auf seine Uhr. Noch zwei Stunden, dann mußte er sich bei den Kammerspielen einfinden.

»Wann kommt er nach Hause?« fragte Robert resigniert.

Der Mercedes samt Chauffeur und Philipp hatte kaum Zeit anzuhalten, denn Robert hatte es mittlerweile wirklich eilig. Als der Wagen vorfuhr, wartete er, bis der Chauffeur ausgestiegen war, schob ihn beiseite und ließ sich auf den Fahrersitz fallen.

»Heil Hitler«, sagte er, während er den Motor wieder anließ. »Wie geht es Ihnen, Philipp? Irgendwelche neuen Denunziationen? Wird es bald wieder ein paar von diesen wundervollen neuen Gesetzen geben? Ich will doch hoffen, daß man Mäzene wie Sie im voraus unterrichtet.«

»Was zum Teufel tun Sie hier?«

»Wonach sieht es aus? Ich entführe Sie, um mich an Ihnen zu

rächen. Meine Freunde im Untergrund warten schon, sie hatten schon lange nicht mehr die Chance, einen Kotzbrocken Ihrer Klasse zu foltern.«

Er konnte im Rückspiegel erkennen, daß Philipp keine Miene verzog.

»Nein, um die Wahrheit zu sagen, ich bin hier, um Ihnen einen Gefallen zu erweisen, aber ich habe es eilig, ich warte schon ewig auf Sie, und das wenigste, was Sie Ihrerseits für mich tun können, ist, mir Ihren Mercedes zu leihen, damit ich rechtzeitig im Theater aufkreuze, bevor der arme Udo einen Herzinfarkt bekommt.«

Er begann, Spaß an der Angelegenheit zu haben. Die Autos, mit denen er sich auskannte, waren kleiner und älter und ließen sich mit diesem eleganten Vehikel nicht vergleichen. Es wäre eine Schande, die höheren Gänge nicht auszuprobieren, solange der Verkehr es noch zuließ; in der Innenstadt gab es keine Möglichkeit dazu.

»Wer Ihrer Bekannten steckt diesmal in Schwierigkeiten?« fragte Philipp und legte die Aktentasche, die er in der Erwartung, gleich auszusteigen, in die Hand genommen hatte, wieder neben sich auf den Rücksitz.

»Sie glauben doch nicht ernsthaft«, sagte Robert kalt, »daß ich *Sie* noch einmal um Hilfe bitte, wenn es um einen Freund geht. Das spare ich mir auf, wenn ich jemanden loswerden will.«

Der Gedanke an die beiden Menschen, die sich seinetwegen jetzt in der nationalsozialistischen Variante eines Straflagers befanden und dort weder für Post noch für Anwälte erreichbar waren, so daß er nicht wußte, ob sie überhaupt noch lebten, stieg wie ein Brechanfall in ihm hoch, und er bemühte sich, ihn niederzukämpfen. Später. Später. Für alles würde die Zeit kommen. Trotzdem brauchte er eine Weile, bis er wieder in der Lage war, mit seinem geplanten Programm weiterzumachen, so daß es Philipp war, der als nächster sprach.

»Welchem Umstand verdanke ich dann diesmal das zweifelhafte Vergnügen Ihres Besuches?«

Schon besser. Eigentlich ließ sich sein ursprünglicher Plan, sich an Philipp abzureagieren, mit dem Plädoyer für Elfi das Lämmchen durchaus vereinbaren.

»Sie gehen zu wenig ins Theater, Phil. Ich bereichere Ihr kulturelles Dasein und rette Sie nebenbei noch davor, einen weiteren Menschen ins Jenseits zu befördern. Nun spielt das vielleicht keine Rolle mehr bei Ihrem Kontostand, aber immerhin handelt es sich um Ihre Frau, also dachte ich, Sie sind vielleicht interessiert.«

Befriedigenderweise löste das bei Philipp eine Reaktion aus. Es war an der Zeit, die Geschwindigkeit zu drosseln und sich auf den Verkehr zu konzentrieren, also konnte Robert ihn nicht ständig im Rückspiegel beobachten, aber er hörte, daß sich der Mann mit einem Ruck nach vorne lehnte.

»Wie meinen Sie das?«

»Ich bin überrascht, daß ich Ihnen das erklären muß. Ich dachte eigentlich, ein solcher Stratege wie Sie tut das absichtlich. Schließlich ist es ja nichts Neues, oder? Nach allem, was ich gehört habe, hat Ihre erste Frau die Behandlung gegen den Krebs so lange herausgezögert, wie sie nur konnte, als wollte sie sich gar nicht mehr helfen lassen. Also, Ihre zweite Frau hat keinen Krebs, aber sie hat diesen Blick. Sie hat die Hoffnung auf Leben ebenfalls aufgegeben. Es sterben nicht mehr viele Frauen bei der Geburt, das ist richtig, aber wenn jemand unbedingt sterben will ... «

»Das ist lächerlich. Das Leben ist nicht wie Ihre Melodramen. Bei Elfi handelt es sich um eine gesunde, wohlhabende junge Frau, die ein Kind erwartet. Im übrigen wüßte ich nicht, was Sie meine Ehe angeht. Meine Ehen.«

»Ich auch nicht, aber ich nehme an, es handelt sich um eine Art göttliche Gerechtigkeit. Früher habe ich Carla immer meine Freundinnen aufgehalst, und dafür habe ich jetzt ihren Exliebhaber im Genick.«

Beinahe übersah er ein Auto von rechts, das Vorfahrt hatte, und bremste hart.

»Das genügt«, sagte Philipp. »Sie würden wohl nicht auf mich hören, wenn ich Sie auffordere auszusteigen. Also rutschen Sie auf den Beifahrersitz, und ich fahre.«

»Sie können fahren? Wozu dann der Chauffeur? Wo es doch in unserem herrlichen neuen Reich keine Arbeitslosen ... «

Philipp stieg aus, knallte die eine Tür hinter sich zu und riß die andere auf. Auch gut, dachte Robert und kletterte auf die andere Seite des Fahrzeugs. Es lohnte sich nicht, diesen Punkt länger auszuspielen, obwohl er bedauerte, wahrscheinlich nie wieder eine Chance mit einem so großen Mercedes zu haben. Zeit für die nächste Stufe in der Rettung des Lamms vor dem Hai.

»Ihre Frau«, sagte er und wechselte von Sarkasmus zu beschwörender Aufrichtigkeit, »zerbricht vor Ihren Augen. Wenn Sie wirklich jemanden wollen, der permanent eine Rolle spielt, hätten Sie eine Schauspielerin heiraten sollen, ganz gleich, welche. Auch die mittelmäßigen und schlechten haben Übung darin. Ihre Frau hat keine, und sie ist weder begabt genug, um es zu lernen, noch klug genug, um es gar nicht erst zu versuchen. Also hören Sie auf damit. Carla hat gesagt, Sie fühlten sich schuldig, als Marianne starb, und so schwer mir das auch fällt, ich glaube, Sie sind dazu imstande. An Krebs läßt sich nichts ändern, aber Sie können entscheiden, ob Sie sich schuldig wegen Elfi fühlen wollen, denn sonst wird sie auf die eine oder andere Art versuchen, Ihnen zu entkommen. Sie scheint mir nicht mutig genug für ein Verlassen des Ehemanns oder eine Affäre, und das läßt nicht mehr viele Möglichkeiten offen, nicht wahr?«

Dämmerung hatte sich über die Stadt gesenkt, und Philipp schaltete das Licht der Scheinwerfer an. Die Hand blieb dabei ruhig, aber in seinem Gesicht zuckte es. Es fiel schwer, jemanden, der sich so gut unter Kontrolle hatte, im Profil zu deuten; immerhin war erkennbar, daß ihn etwas bewegte, ob nun Zorn, Ablehnung oder etwas anderes, blieb offen. Er schwieg, und auch Robert sagte nichts mehr. Genug war genug, und er hatte für das Lamm getan, was er konnte. Mit einem Schaudern dachte er daran, daß ihm heute nacht, nach dem Theater, noch seine eigene Variation dieser Szene drohte. Nicht, daß er sich je Sorgen um Monikas Lebenswillen gemacht hätte. Aber es war bedeutend leichter, mit anderer Leute unglücklichen Ehefrauen zurechtzukommen, als mit der eigenen, gegen die man, selbst wenn man ihr Unglück verstand, einen immensen Groll hegte. Als Philipp schließlich etwas sagte, zuckte er zusammen, nicht weil der Mann überhaupt redete, sondern weil er genau das aussprach, was Robert gerade dachte.

»Die Hölle, das sind immer die anderen.«

»Wie bitte?«

»Das sagte einmal ein junger Franzose zu mir, der sich für einen Philosophen hielt. Ich glaube, er hatte recht. Sie nicht?«

»Teilweise. Wir haben auf jeden Fall ein Talent dazu, uns unsere eigene Hölle zu erschaffen.«

Zwei Sätze ohne versteckte Beleidigung hintereinander. War es möglich, daß Philipp Bachmaier versuchte, mit ihm so etwas wie eine Unterhaltung zu führen?

»Was«, fragte Philipp, und seine Stimme klang rauh, »tun Sie dagegen? Gegen Ihre Hölle?«

Der dritte Satz, und allmählich begaben sie sich auf gefährliches Territorium. Kurzfristig zog Robert in Erwägung, dem Ganzen mit einer spöttischen Bemerkung ein Ende zu bereiten. Etwas von seinem Innenleben zu zeigen, und nun gar diesem Mann, gehörte definitiv nicht zu dem, was er geplant hatte. Aber er war zu neugierig, wie weit Philipp das Gespräch noch führen würde und ob der Mann tatsächlich imstande war, sich längere Zeit wie ein Mensch zu geben.

»Ich verteile sie an andere Personen weiter, das ist ein Berufsvorteil, könnte man sagen. Ein Landsmann von Ihnen soll ja behaupten, daß Schizophrenie und Kreativität den gleichen Wurzeln entspringen; ich habe das Buch nicht gelesen, ich zitiere nur jemanden, der ihn zitierte.«

»Wer?«

»Freud«, erwiderte Robert und wartete auf einen Kommentar über die »jüdische Wissenschaft der Psychoanalyse«, wie sie von den Organen der NSDAP genannt wurde. Philipp sagte jedoch nichts, und nach einer kleinen Weile fügte Robert hinzu:

»Einer der Gründe, warum mich die Regie noch mehr als das Schauspielen ausfüllt, ist, daß ich dieser speziellen Hölle dabei gänzlich entkomme. Etwas zu schaffen, das über das eigene Ich hinausgeht. Gleichzeitig alle anderen zu Gliedern der eigenen Phantasie zu machen und dabei *ihre* Phantasien zu nutzen. Sie können sich nicht vorstellen, was das für ein Gefühl ist.«

»Vielleicht. Ich bilde mir ein, an etwas teilzunehmen, etwas mit in die Wege geleitet zu haben, das über mein eigenes Ich hinausgeht und Bestand haben wird.«

Jähe Ernüchterung überfiel Robert gleichzeitig mit der alten Abneigung. Man verlasse sich auf Philipp Bachmaier, die Beschreibung von Regie auf seine gütige Mithilfe am Dritten Reich umzuwandeln. Das Schlimmste war, mutmaßlich hatte er nicht ganz unrecht, doch um diese Phantasie auszuagieren, starben Menschen.

»Aber es genügt nicht«, fuhr Philipp fort, »und manchmal frage ich mich… ich frage mich…« Er brach ab. »Dieses Gespräch hat nie stattgefunden.«

»Wie Sie meinen.«

Inzwischen waren sie bei der Maximilianstraße angelangt. Robert erwog, Philipp zu bitten, ihn in die Hildegardstraße vor den Künstlereingang zu fahren, aber er ließ es sein. Die Lust an weiteren Nadelstichen war ihm vergangen; er hoffte nur, dem Lamm nicht mehr geschadet als genützt zu haben.

Kurz ehe Philipp anhielt, fragte er plötzlich, nicht herausfordernd, sondern beinahe verstört: »Warum wollten Sie wirklich mit mir sprechen?«

»Um Ihrer Frau zu helfen«, erwiderte Robert. Das Licht des Theaterfoyers mengte sich mit dem der Straßenlaternen und erhellte Philipps Gesicht, und plötzlich begriff er etwas.

»Sie sind es nicht gewohnt, mit jemandem zu reden, der nichts von Ihnen will, nicht wahr? Philipp, Philipp, Sie sind schon ein bedauernswerter Schweinehund.«

Er öffnete die Beifahrertür, lief um das Auto herum und fand sich von einigen Bewunderern umringt, die ihn heute abend sehen wollten und sofort erkannten. Der Mercedes blieb noch eine Weile am Rand des Bürgersteigs stehen, doch als Robert sich von den Autogrammjägern befreit hatte und endlich das Theater betrat, war der Wagen verschwunden.

Hedda Hopper gehörte nicht zu der Handvoll weiblicher Regisseure oder Produzentinnen, sie war nicht die Ehefrau eines Produzenten, und sie zählte auch nicht, wie etwa Frances Marion, zu der seltenen Spezies der erfolgreichen Drehbuchautoren, männlich oder weiblich, die in Hollywood nicht als jederzeit ersetzbares Zahnrädchen in der Filmmaschinerie galten. Trotzdem war es ihr gelungen, zu einer der beiden gefürchtetsten Frauen Hollywoods zu werden. Sie wußte es, und sie kostete es aus. Vor ein paar Jahren noch hatte sie als halbvergessenes Starlet aus der Stummfilmzeit ihr Dasein gefristet, und die Demütigungen, die Zurückweisungen blieben ihr unvergessen. Inzwischen schrieb sie Klatschkolumnen über die Filmwelt und sprach eine angepaßte Version davon für das Radio. Im Unterschied zu den Hunderten von Journalisten im ganzen Land, die Ähnliches taten, wurde ihr jedes Wort geglaubt, hatten ihre Artikel die Macht, Karrieren ernsthaft zu beeinträchtigen, wenn nicht zu zerstören.

Ihre einzige Rivalin war Louella Parsons. Louella hatte den Vorteil, für den Pressezaren William Randolph Hearst zu arbeiten; Hedda kannte dafür das Filmgeschäft von innen, sie wußte, wie das Spiel lief und mit wem man sprechen mußte. Außerdem hatte das Hearst-Imperium seinen Zenit bereits überschritten; seit der Wirtschaftskrise verkaufte der alte Mann gelegentlich sogar Stücke seiner legendären Sammlungen, und die Stimmung im Land war gegenüber Großkapitalisten nicht sehr freundlich. Noch nie hatte es in Amerika derartige staatliche Kontrollen für freie Unternehmer gegeben wie im Rahmen von Roosevelts New Deal, von all den Sozialprogrammen ganz zu schweigen. Dennoch, es war nicht ratsam, Louella Parsons ein Interview zu verweigern, und niemand wagte es, Hedda Hopper eines abzuschlagen.

Also saß sie nun beim Lunch im Delaney's, einem der exklusiven kleinen Restaurants in Beverly Hills, und nahm ihre Gesprächspartnerin prüfend in Augenschein. Sie hatte Carla Fehr eigentlich in ihrem Haus aufsuchen wollen, war jedoch auf das Angebot eines Lunchs bei Delaney eingegangen. Das konnte erfahrungsgemäß zweierlei bedeuten. Entweder achtete die Frau sorgfältig auf das mysteriöse Image, das ihr das Studio verpaßt hatte, um sie noch besser verkaufen zu können, oder sie legte schlicht und einfach keinen Wert auf journalistische Besuche in ihrer Privatsphäre. Wie auch immer, Heddas Klauen waren geschärft und ein Essen bei Delaney nicht übel, obwohl sie aufpaßte, was sie zu sich nahm. Der Himmel verhüte, daß sie in die Breite ging wie Louella, die alte Kuh.

»Carla, Darling«, zwitscherte sie, nachdem sie sich begrüßt hatten, »stimmt es, was ich gehört habe?«

Es war der älteste Trick der Welt, aber es gab immer wieder Leute, die darauf hereinfielen und Neuigkeiten offenbarten, die sie eigentlich verschweigen wollten, die derzeitige Mrs. Gable etwa, die sich bei Hedda wegen ihres Mannes und Carol Lombard ausgeheult hatte. Unglücklicherweise zählte Carla Fehr nicht zu den Naiven dieser Welt.

»Über Guernica? Ja, ich habe es auch heute morgen in der Zeitung gelesen. Wissen Sie, was mich daran am meisten schockiert? Eine baskische Stadt wird von deutschen Flugzeugen in Grund und Boden bombardiert, und keine westliche Regierung ringt sich auch nur zu einer Protestnote durch.«

Hedda unterdrückte ein Aufseufzen, nicht weil Carla Fehr sie absichtlich mißverstanden hatte, sondern weil sie das Theater nicht begriff, das die Europäer in Hollywood um den spanischen Bürgerkrieg machten. Es hatte immer Europäer in Hollywood gegeben, aber in den letzten Jahren waren es mehr und mehr geworden, hauptsächlich deutschsprachige Europäer, und seit einiger Zeit bestanden sie darauf, sich in allen möglichen »Gruppen gegen den Faschismus« und »Flüchtlingshilfsorganisationen« zu betätigen und bei allen möglichen Gelegenheiten düstere Prognosen über die Lage in Europa abzugeben. Sie erinnerte sich an ein Interview mit Fritz Lang im letzten Jahr, anläßlich seines ersten amerikanischen Films. Nicht nur sprach der Mann ein schauderhaftes Englisch und benahm sich mit seinem Monokel und den abgehackten, fahrigen Gesten genau wie ein preußisches Monstrum aus einem der Filme, die während des letzten Kriegs gedreht wurden; er bestand auch noch darauf, ihr an Ort und Stelle eine Predigt über Massenverführbarkeit und mörderische Instinkte zu halten. Seinen Film, *Fury*, fand sie eine Unverschämtheit gegen das Land, das ihn so gastfreundlich aufgenommen hatte; die Bürger einer kleinen amerikanischen Stadt als lynchwütige, aufhetzbare Menge zu porträtieren und den sympathischen Spencer Tracy im letzten Drittel einen rachebesessenen Fanatiker spielen zu lassen konnte nur einer perversen, unamerikanischen Phantasie entspringen.

Carla Fehr sprach zumindest ordentliches Englisch, und obwohl man immer noch hörte, daß es nicht ihre Muttersprache war, ließ sich ihr vage nordeuropäisch klingender Akzent nicht mehr auf ein bestimmtes Land festlegen, was der Bandbreite ihrer Rollen zugute kam. Aber gerade jetzt trug sie die gleiche selbstgerecht-besserwisserische Aura wie Lang zur Schau. Es mußte eine Krankheit sein, die Deutsche im Ausland überfiel. Selbst Marlene Dietrich hatte sich neulich, statt über ihre Affäre mit diesem reizenden Franzosen zu plaudern, endlos über die Verhältnisse in ihrer Heimat ausgelassen. Aber bitte, wenn es denn sein mußte; eine ihrer geplanten Fragen hatte ohnehin am Rande mit dem Thema zu tun.

»Sie sind nicht eben patriotisch«, kommentierte Hedda. »Stimmt es, daß Sie Ihre deutsche Staatsbürgerschaft aufgegeben haben?«

Diese Information verdankte sie einem Anruf bei der deutschen Botschaft, weil sie die Biographie, die das Studio von Carla Fehr herausgegeben hatte, überprüfen wollte. Studiobiographien übersprangen meistens die interessanteren Details; sie dachte daran, was sie über Joan Crawfords Jahre als Lucille LuSoeur herausgefunden hatte. Seither fraß die gute Joanie ihr aus der Hand und wußte, zu wem sie zu kommen hatte, wenn es Exklusivnachrichten gab. Aber die Botschaft hatte noch nicht einmal bestätigen können, ob Carla Fehr wirklich als Carla Fehr geboren wurde oder schon einmal verheiratet war, sondern nur verkündet, daß die Besagte seit November 1935 auf eigenen Wunsch nicht mehr Bürgerin des Deutschen Reiches sei.

Ihr Gegenüber nickte. Hedda kannte sich mit den Wundern aus, die Kamera und Maske an einem Gesicht bewirken konnten, doch sie mußte anerkennen, daß Carla Fehr dem Film wirklich gutes Ausgangsmaterial bot. Eine Schande nur wegen der Augen, die auf der Leinwand immer so hypnotisierend und eindringlich wirkten; sie waren jetzt hinter einer, zugegeben aparten, Sonnenbrille verborgen, was Hedda um die Gelegenheit brachte, ihren Ausdruck auszuforschen. Bei früheren Begegnungen war sie nie nahe genug herangekommen, um auch nur die Farbe zu erkennen. Immerhin konnte man durch die geschwungenen Augenbrauen sehen, daß der satte, dunkle Kupferton des langen, üppigen Haars nicht künstlich war. In den Pressemappen von Universal gab es eine Aufnahme von Carla Fehr mit einer Pagenfrisur, wie sie Louise Brooks berühmt gemacht hatte und die ihr eine gewisse androgyne Ausstrahlung verlieh, doch Hedda erinnerte sich nicht, die Frau je so erlebt zu haben. Die Filme, die Porträts, die sie wirklich berühmt gemacht hatten, zeigten sie alle langhaarig, am effektvsten *Die Spinnenfrau*, wo sie es ihren Opfern um den Hals legte. Hedda mochte Horrorfilme nicht besonders, doch die Popularität solcher Streifen ließ sich nicht bestreiten, und vor allem brachten sie es bei Universal immer irgendwie fertig, dem Hays Office und seinen strengen Zensurmaßnahmen, um den sittlichen Anstand zu wahren, ein Schnippchen zu schlagen. In der *Spinnenfrau* zum Beispiel war Carla Fehr an keiner Stelle mit einem der drei männlichen Hauptdarsteller je auf einem Bett zu sehen – dies war selbst bei der Darstellung von Eheleuten verboten –, und sie küßte niemanden länger als die vorgeschriebenen zehn Sekunden. Trotzdem hatte sie die berüchtigte Szene, in der sie im Prinzip nichts anderes tat, als um Vincent Price herumzugehen und ihr Haar, das sie sich durch die Finger fließen ließ, dazu zu benutzen, ihn unter dem Kinn, an den Schultern, über den Nacken zu streicheln, endgültig zur *femme fatale* von Universal und zu einem Schlagwort gemacht. In einem Gangsterfilm der Warner Brothers, den Hedda erst kürzlich rezensiert hatte, beschrieb eine Figur der anderen das Hauptquartier der Bande als »die Art Haus, wo Boris Karloff im Schrank lauert und Carla Fehr einen zum Frühstück verzehrt«; die Lacher, die das im Publikum hervorrief, als sie den Film sah, bewiesen ihr, daß es kaum jemanden gab, der die Anspielung nicht verstand. Carla Fehr würde genausowenig wie Boris Karloff, Bela Lugosi, Dwight Frye oder Zita Johann je von der Kritik, die Horrorfilme verabscheute, ernst genommen werden, aber das Publikum liebte sie, und deswegen lohnte es sich, sie zu interviewen.

»Aber Sie sind, soweit ich weiß, noch keine amerikanische Staatsbürgerin«, hakte Hedda nach. »War das nicht ein wenig voreilig? Oder hätte man Sie sowieso ausgebürgert? Sind Sie Jüdin?«

»Ich habe meine deutsche Staatsbürgerschaft aufgegeben«, erwiderte Carla langsam, »weil die gegenwärtige Regierung einige meiner Freunde und einen großen Teil der Bevölkerung um die ihre gebracht hat. Wenn sich das ändert, wenn wieder Normalität in Deutschland herrscht, werde ich froh sein, sie wieder annehmen zu können.«

»Heißt das, Sie wollen nicht in Amerika bleiben?« fragte Hedda vorwurfsvoll. »Dem Land, das Sie in sein Herz geschlossen und berühmt gemacht hat? Herzchen, das klingt reichlich undankbar!«

»Wir reden über Staatsbürgerschaften, Hedda, nicht über Wohnorte«, gab Carla freundlich, aber bestimmt zurück. »Ich lebe ausgesprochen gern in Amerika und bin dankbar für die Gastfreundschaft. Ich wünschte nur, eine Menge Menschen mehr könnten sie genießen, denn sie brauchen sie wirklich dringend.«

O Gott, dachte Hedda, nicht schon wieder die Flüchtlinge, ich habe es ja gewußt. Es war ihr auch klar, daß sie bisher nur Pressestatements gehört hatte, noch nichts Spontanes. Es war an der Zeit, das Thema zu wechseln und zu versuchen, ob es ihr nicht gelang, die Frau irgendwie aus der Reserve zu locken.

»Sie waren neulich mit Eddie Felton auf der Premiere von *Schloß des Schreckens*. Liegt da etwas Romantik in der Luft?«

»Nein. Wir sind nur Freunde.«

Hedda beschloß, etwas aggressiver zu werden.

»Kommen Sie mir nicht damit, Darling. Der Kerl ist der einzige Schreiberling, den ich kenne, der gut genug aussieht, um es auch vor der Kamera zu versuchen, und sein Vater steht auf du und du mit L.B. Mayer. Mit so etwas ist man nicht befreundet, wenn es ledig ist und frei herumläuft.«

Carla lachte. »Ich werde ihm ausrichten, daß Sie soviel von ihm halten, Hedda.«

Hedda Hopper hielt nicht das geringste von Eddie Felton, dem Sohn des Paramount-Vorstandsmitglieds Bud Felton. Der junge Mann hatte seine Kindheit damit verbracht, sich von seinem Vater in teuere Ostküstenschulen stecken zu lassen, und kam mit einem Neuengland-Akzent und einem unerträglich arroganten Snobismus nach Hollywood, als sei er der Sprößling eines britischen Lords, nicht eines ehemaligen Schrottwarenhändlers. Die Drehbücher, die er verfaßte, wurden alle abgelehnt, trotz der Position seines Vaters, doch statt etwas Demut zu lernen, schrieb er einen satirischen Roman über Hollywoods Produzenten. Die Opfer waren äußerst dünn mit Pseudonymen maskiert und für jeden erkennbar; kein Wunder, daß die New Yorker Presse das Werk liebte. Nun war er wieder im Lande, die Taschen voller hymnischer Ostküstenkritiken, und bot dreist wie eh und je seine Dienste als Drehbuchautor an. Hedda hätte es vielleicht komisch gefunden, wenn sie nicht selbst als »Harriet Blooper« verewigt worden wäre. So mußte sie sich damit abfinden, daß niemand wagte, Eddie Felton von den großen Parties auszuladen; Ruhm und Erfolg waren der Schlüssel, der Hollywood selbst die schlimmsten Beleidigungen übersehen ließ. Aber sie kannte sich aus. Noch ein paar Monate, und Eddies Roman würde Schnee von gestern sein, die Gekränktheit seiner Opfer dagegen nicht, und wenn er bis dahin nicht zumindest einen Kassenschlager geschrieben hatte, war er endgültig erledigt, selbst wenn das Geld seines Vaters sicherstellen würde, daß er nie unter finanziellen Nöten litt. Das und sein gutes Aussehen waren die einzigen Pluspunkte, die sie ihm zugestand, aber sie hütete sich, etwas von diesen Überlegungen gegenüber Carla Fehr zu äußern.

»Sie haben eine Menge guter Freunde, Carla«, meinte Hedda spitz. »Wie steht es mit Bela Lugosi?«

»Hedda!« rief Carla schockiert, und wenn Hedda nicht selbst darin geübt wäre, die Schockierte zu spielen, hätte sie den ironischen Unterton überhört. »Bela ist schon seit einiger Zeit wieder verheiratet. Er und Hope sind sehr glücklich miteinander.«

Soweit man mit einem gealterten ungarischen Mimen, der laut dem umlaufenden Klatsch auch noch morphiumsüchtig war, glücklich sein konnte, dachte Hedda nicht sehr mitfühlend.

»Tja, Darling, Sie sind eine der wenigen Leute, die ich kenne, die es fertigbringen, sowohl mit Lugosi als auch mit Karloff befreundet zu sein. Apropos, werden Sie sich dieser Streikgeschichte anschließen?«

Zum ersten Mal heute erlebte sie, daß Carla aus dem Takt geriet.

»Welchem Streik?«

Endlich, der Durchbruch. Zu schade, daß er nicht bei einem der früheren Themen hatte kommen können, aber Hedda nutzte, was ihr in den Schoß fiel.

»Ach, wissen Sie das noch nicht? Nach der Entscheidung des Obersten Gerichtshofs fühlt sich die *Screenactors Guild* offenbar berufen, mit den Produzenten in den Ring zu steigen. Na, und soweit ich weiß, waren Sie doch praktisch eines der Mitglieder der ersten Stunde.«

»Der zweiten«, entgegnete Carla wieder in dem gelassenen, scherzhaften Tonfall des Filmstars, der ein Interview gibt, »ich bin ein Dreivierteljahr nach der Gründung eingetreten. Aber ich muß zugeben, in bezug auf Gewerkschaftsarbeit bin ich eine völlige Ignorantin. Als ich seinerzeit in Deutschland zum erstenmal von dem Deutschen Bühnenverein hörte, dachte ich, es handle sich um...«

Sie sprang von einer Anekdote in die nächste und tat es auf eine sehr unterhaltsame Weise. Doch Hedda Hopper merkte, wenn sie abgelenkt werden sollte. Ihr Killerinstinkt war geweckt. Sie wußte nicht, warum Carla ausgerechnet die Frage nach der Teilnahme an einem möglichen Streik aus dem Lot gebracht hatte, aber sie kehrte immer wieder darauf zurück. Schließlich erklärte Carla, sie sei noch zu überrascht, um eine Entscheidung zu treffen, und ließ sich zu keinen weiteren Stellungnahmen mehr nötigen.

»Wie es scheint, fallen Ihnen Solidaritätsgesten leichter, wenn sie nichts kosten und Sie von der Quelle des Übels ein paar tausend Meilen entfernt sind«, konstatierte Hedda scharf.

Nicht, daß sie selbst große Sympathien für die ganze Gewerkschaftsidee hegte. In den alten Tagen wurde gearbeitet, was das Zeug hielt, und sie sah nicht ein, warum es die Jugend heute leichter haben sollte. Aber Schwächen mußte man ausnutzen.

Die mit der Präzision eines chirurgischen Messers gelieferte Antwort stellte den ersten Moment dar, wo Carla Fehrs Leinwandimage sich mit der ruhigen, kühlen Person deckte, die Hedda gegenüber saß.

»Im Gegenteil. Gerade eben leiste ich meinen Beitrag zur Unterhaltung abgehalfterter Schauspielerinnen.«

Es gab in Los Angeles nicht allzu viele Gelegenheiten, zu Fuß unterwegs zu sein, also nützte Carla die wenigen, die es gab. Überdies half ihr die Zeit, die sie brauchte, um vom Delaney's zu dem Haus zu laufen, das sie seit einem Jahr bewohnte, sich wieder etwas zu beruhigen und ihre Gedanken zu ordnen. Sie fluchte unterdrückt, und nicht Hedda Hoppers wegen, die sie mit einer Drohung, sich von Louella Parson über Heddas Interviewstil interviewen zu lassen, zumindest etwas auf Distanz zu halten hoffte. In der zweiten Aprilwoche hatte der Oberste Bundesgerichtshof der Vereinigten Staaten den Labor Relations Act für verfassungsmäßig erklärt und damit die einschlägigen Klagen der Großindustriellen abgewiesen. Damit trat eine Bundesbehörde ins Leben, die für die Durchführung und Überwachung der neuen arbeitnehmerfreundlichen Bestimmungen verantwortlich war. Gewerkschaftliche Organisationen sollten künftig frei von den Arbeitern gewählt werden, Betriebsgewerkschaften waren nun illegal, und die großen Gewerkschaftsverbände erhielten das Recht zum Abschluß kollektiver Tarifverträge. Sie hätte sich denken können, daß die *Guild* die

Gunst der Stunde nicht ungenutzt verstreichen lassen würde, um endlich ihre Forderungen durchzusetzen. Zu jeder anderen Zeit wäre sie nur zu glücklich darüber gewesen. Ein festgesetzter Mindestlohn, zwölf Stunden Frist zwischen dem Ende eines Drehtags und dem Beginn eines neuen, zehn Prozent mehr Gehalt für die Statisten, das waren alles Bestrebungen, die sie voll und ganz unterstützte. Aber wenn es jetzt zu einem Streik kam, dann verlor sie wahrscheinlich nicht nur eine immens wichtige Rolle, sondern auch die erste Chance seit Jahren, Europa wiederzusehen.

Nachdem Carl Laemmle senior Universal wider aller Erwarten an ein Syndikat verkauft hatte, verließ ihr alter Verbündeter Paul Kohner das Studio. Nach zwei kurzen und nicht sehr glücklichen Zwischenspielen bei MGM und Columbia machte er sich selbständig, nicht als Produzent, sondern als Agent. Es dauerte nicht lange, und viele der Schauspieler, Drehbuchautoren und Regisseure, die mit ihm als Produzenten ungewöhnlich positive Erfahrungen gemacht hatten, wurden seine Klienten, und das keineswegs aus sentimentalen Gründen. Kohners Verhandlungsgeschick war legendär, und vor einigen Wochen hatte er Carla etwas vermittelt, das gefährlich nahe an ein Idealbild herankam. Angefeuert durch David Selznicks immens erfolgreiche Dickens-Verfilmung *David Copperfield,* machte das viktorianische England derzeit in Hollywood Furore. Bei Paramount beschloß man, Selznick noch an Authentizität zu überbieten und in England selbst eine Verfilmung von Wilkie Collins' Roman *Armadale* zu drehen. Und Lydia Gwilt, Heldin und Schurkin des Romans in einer Person, die kluge, verzweifelte, sarkastische und wortgewandte Lydia mit ihrem roten Haar und der düsteren Vergangenheit war die Rolle, die Paul Kohner für Carla an Land gezogen hatte. Zur Zeit machte in Hollywood Margaret Mitchells Bestseller *Vom Winde Verweht* die Runde, und jede Schauspielerin glaubte, daß nur sie Scarlett spielen konnte. Carla ging es so mit Lydia. Lydia allein wäre schon ein Grund gewesen, Kohner um den Hals zu fallen und ihm auf Knien zu danken, aber Arbeit in England bedeutete noch sehr viel mehr. Es bedeutete die Chance, nach Frankreich zu fahren und Kathi wiederzusehen. Es bedeutete, Robert wiederzusehen, ohne nach Deutschland zurückkehren zu müssen, denn er fand gewiß die Gelegenheit, eine kurze Reise nach Frankreich oder England zu machen. Seit sie den Vertrag unterschrieben hatte, brannte sie vor Ungeduld, die Reise endlich anzutreten. Sollte sie sich an einem Streik beteiligen, würde sie all das in Frage stellen.

Produzenten waren nicht für ihre versöhnliche Natur bekannt; der einzige, der so etwas verstanden hätte, Kohner, war keiner mehr. Er hatte es gewiß nicht einfach gehabt, Bud Felton von Paramount zu überreden, sie von Universal auszuleihen. Gewiß, *Armadale* gehörte mit seinen Morden und Intrigen in das weitere Umfeld des Schauerromans, aber Paramount drehte keine Horrorfilme, und das Projekt lief unter dem Stichwort *viktorianische Literaturverfilmung*. Es handelte sich um die Art Film, die ernst genommen wurde, die ins Ausland exportiert wurde, die bei der Verleihung der Oscars berücksichtigt wurde. Eine durch Universal als Horrorikone etablierte Schauspielerin für die Hauptrolle zu wählen lud zu Spott und schlechten Kritiken ein, barg allerdings auch die Chance eines Überraschungserfolgs, wie ihn Greta Garbo gehabt hatte, als sie zum ersten Mal in dem ihr völlig fremden Genre der Komödie spielte. Kohner mußte die Leute bei Paramount überzeugt haben, daß es sich lohnte, auf ihre schauspielerischen Fähigkeiten zu setzen. Die Beteiligung an einem Streik konnte sie nicht nur die Rolle der Lydia kosten, sondern sie ein für allemal um die Chance bringen, hier in Amerika etwas anderes zu geben als attraktive Monster aller Arten. Es konnte sie letztlich sogar den besten Agenten kosten, den sie je gehabt hatte. Und Europa...

Natürlich brauchte sie keinen Film, um nach Europa zu fahren. Carla war inzwischen mehr als in der Lage, für eine derartige Reise zu bezahlen. Das Problem lag in ihrer Staatenlosigkeit. Sie hatte inzwischen eine ständige Aufenthaltserlaubnis für Amerika und glaubte nicht ernsthaft an Schwierigkeiten dabei, die USA zu verlassen und auch wieder einzureisen. Selbst wenn die Leute bei Universal ebenfalls nachtragend wegen einer Streikbeteiligung sein sollten, sie brachte ihnen mittlerweile zuviel Geld ein, um nicht auch dafür zu sorgen, daß sie wiederkam. Aber als staatenlose Privatperson England und Frankreich zu besuchen war nicht nur mit einem erheblichen Papierkrieg verbunden, sondern barg auch die Gefahr, irgendwo in Frankreich durch ein Mißverständnis in einem Auffanglager für Asylsuchende zu landen.

Als sie in ihrem Haus ankam, hatte sich das Dilemma nur noch vertieft. Es handelte sich um ihr zweites amerikanisches Heim, wieder ein Bungalow, aber diesmal fast an der Spitze eines Hügels gelegen, weit entfernt von dem Verkehr und der Enge des japanischen Viertels und sehr viel näher an den Studios. Maria Luisa, die Mexikanerin, die dreimal in der Woche zum Putzen kam, schnalzte mißbilligend mit der Zunge, als sie Carlas ansichtig wurde.

»Miss F., Sie schauen aus wie drei Tage Regenwetter, und Sie sind schon wieder durch die Gegend gerannt. Das macht man hier nicht, das ist würdelos!«

»Ist Miss Nakamura schon da?« fragte Carla und schlüpfte aus ihren Sandalen, wie sie es meistens tat, wenn sie den Bungalow betrat, eine Angewohnheit, die sie von Nancy übernommen hatte.

»*Sí*. Macht auch ein Gesicht wie drei Tage Regenwetter, aber nicht so arg wie Sie.«

Nancy ging auf der Veranda auf und ab, das Telefon in der Hand, und sprach beschwichtigend auf jemanden ein. Die lange Telefonschnur glitt hinter ihr her wie eine dünne schwarze Schlange. Carla klopfte gegen die Fensterscheibe, um ihre Anwesenheit deutlich zu machen, dann warf sie sich auf die Couch im Wohnzimmer und legte die Beine hoch. Es dauerte nicht mehr lange, und Nancy kam zu ihr.

»Das war Andy Stein. Bitte, schwör mir, daß du Hedda Hopper nicht eine alte Schmierenkomödiantin genannt hast.«

»Habe ich nicht. Ich weiß genau, daß ich ›abgehalfterte Schauspielerin‹ gesagt habe.«

Nancy stöhnte und ließ sich auf dem Sessel gegenüber der Couch nieder. »Ein Interview. Ein einziges Interview, bei dem du zwei Stunden lang nett zu jemandem sein sollst.« Eine winzige Spitze schlich sich in ihre Stimme. »Das kannst du doch sonst so gut.«

»Wie meinst du das?«

»Eddie Felton hat wieder angerufen.«

»Nancy«, sagte Carla, setzte sich auf und schaute zu ihrer Freundin, die sich etwas zu sehr bemühte, ausdruckslos dreinzublicken, »er schreibt das Drehbuch für *Armadale*, sein Vater ist der Produzent, und du hast mir selbst damit in den Ohren gelegen, ich müßte diesmal mit einem Mann zu der Premiere gehen, damit es keine Gerüchte gibt.«

Nancy nickte. Nominell arbeitete sie immer noch für Universal, aber de facto hatte sich ihr Beruf neu definiert und drehte sich mittlerweile nur noch um Carla. Sie las die Drehbücher als erste und traf eine Vorauswahl, erledigte ihre berufliche Post bis hin zu den Verehrerbriefen und organisierte gemeinsam mit Kohner solche Dinge wie Interviews, Artikel und jede Art von öffentlichen Auftritten. Sie war darin sehr, sehr gut, doch gelegentlich beunruhigte Carla das ganze Arrangement, weil es sie so völlig zum Mittelpunkt von Nancys Leben machte. Insgeheim hätte sie es besser gefunden, wenn Nancy ihre alten Pläne weiter verfolgt hätte, Chefin der Öffentlichkeitsarbeit bei Universal zu werden, oder Projekte wie die Biographie von Genevieve, an der sie längst nicht mehr schrieb. Einer ihrer alten Träume, nämlich selbst Drehbücher zu verfassen, war in der Form wahr geworden, daß sie die Drehbücher von Carlas Filmen auf Carlas Stärken hin umschrieb. Es war, als hätte Nancy ihre Existenz vor Carla vergessen und würde jetzt keine außer Carla mehr haben wollen, und das machte Carla angst. Sie liebte Nancy, aber eine derartige Hingabe war ihr fremd; in ihrem Leben gab es noch viele Dinge, die nichts mit Nancy zu tun hatten und ihr wichtig waren, und einige Menschen, die sie ebenfalls liebte.

»Er wollte wissen, ob es bei eurer Verabredung zum Tennis bleibt«, sagte Nancy. »Nebenbei bemerkt, du bist die einzige Schauspielerin, die sich öfter als zweimal mit ihm getroffen hat. Also, wenn du ihm gegenüber so permanent nett bleiben kannst, warum dann nicht für zwei Stunden Hedda Hopper gegenüber?«

»Das hatte nichts mit ihr zu tun. Falls sie mich nicht angelogen hat, droht die Gewerkschaft offiziell mit einem Streik, wenn die Produzenten – alle Produzenten aller Studios – ihre Forderungen nicht erfüllen, und sie fragte mich, ob ich mich beteilige.«

Nancy wirkte nicht überrascht, und Carla begriff, daß der mögliche Streik für sie keine Neuigkeit mehr war. »Warum hast du mir nicht davon erzählt?«

»Um ehrlich zu sein – damit du für das Interview guter Laune bist. Aber da du es nun einmal weißt, solltest du Mr. Karloff zurückrufen, er hat bereits zweimal eine Nachricht für dich hinterlassen. Oder möchtest du, daß ich ihm etwas ausrichte?«

Das Dilemma mit dem Streik trat kurzfristig in den Hintergrund.

»Du kannst doch nicht entscheiden, was ich hören soll und was nicht«, antwortete Carla einigermaßen fassungslos. »Noch dazu bei einer so wichtigen Sache.«

Sie wußte, daß Nancy es nur gut meinte, und es war sicher nicht zu vergleichen, aber mit einemmal fiel ihr die Art ein, wie Philipp in der völligen Gewißheit, sie würde seinen Heiratsantrag annehmen, ihre Zukunft als seine Ehefrau ausgestaltet hatte.

»Ich weiß, was am besten für dich ist«, gab Nancy ruhig zurück. »Es war mir klar, wie du auf diese Nachricht reagieren würdest. Hedda Hopper interessiert sich nicht besonders für soziale Fragen, deswegen habe ich nicht damit gerechnet, daß sie dich darauf anspricht.«

Sie redeten offenbar aneinander vorbei. Allerdings war die Grundfrage nach dem Streik wichtiger. Eins nach dem anderen. Sie mußte mit Nancy über die Entscheidung sprechen, die sie zu treffen hatte, und danach würde sich irgendwann der Hinweis einbringen lassen, daß für Carla bestimmte Nachrichten, ganz gleich, ob gut oder schlecht, auch an Carla weitergegeben werden mußten.

»Wenn du weißt, was gut für mich ist«, meinte Carla mit einer kleinen Grimasse, »dann würde ich gerne deine Meinung zu meiner Streikbeteiligung hören.«

Nancy setzte sich ein wenig gerader; auf eine absurde Weise erinnerte Carla das an die Schule, an Monika als Raumälteste, wie sie einer der Lehrerinnen Bericht erstattete. Das Bild belustigte sie, und ihre Beklemmung löste sich etwas. Sie mußte Nancy irgendwann einmal fragen, wo all die Nakamuras ihre tadellose Haltung herhatten.

»Sag ja. Es sind wichtige Forderungen, und ich glaube, Mr. Kohner wird es verstehen. Was Paramount angeht...« Sie machte eine wegwerfende Handbewegung. »Du brauchst sie nicht. Du bist bereits ein Star. Du unterschätzt dich, Carla, sie sind mehr auf dich angewiesen als du auf sie, sie wissen genau, daß du die ideale Besetzung für diese Rolle bist. Außerdem«, schloß sie, »wird die *Guild* ihre Forderungen meiner Meinung nach durchsetzen können, mit dem Beschluß des Obersten Gerichtshofs hinter sich. Es macht sich gut in deiner Biographie, dabei geholfen zu haben.«

»Du bist manchmal eine fürchterliche Pragmatikerin«, entgegnete Carla amüsiert, doch dann schwand jede Heiterkeit, als sie wieder an Europa dachte.

Karloff und mehrere der anderen Gewerkschaftsmitglieder waren ihre Freunde und hatten ein Recht auf ihre Solidarität; die Forderungen waren, wie Nancy gesagt hatte, wichtig und richtig. Aber was sie mit Kathi und Robert verband, reichte ein wenig über Freundschaft hinaus, und es ging ihr inzwischen nicht nur um ein Wiedersehen. Der Einsatz der Legion Kondor, die Hitler seinem Freund Franco geliehen hatte, führte bei ihr endgültig zu der Überzeugung, die auch in jedem von Kathis Briefen ausgedrückt wurde: Hitler bereitete einen Krieg vor. Die Wiederaufrüstung in Deutschland hatte das Ihre dazu beigetraten, die Arbeitslosigkeit zu beseitigen, aber die Nationalsozialisten würden ihre Waffen auch einsetzen wollen, und wenn sie nicht bald gestürzt wurden, wonach es nicht aussah, würden sie es tun. Sie hoffte, sowohl Käthe als auch Robert überzeugen zu können, zu ihr nach Amerika zu kommen. Die alten Argumente waren nicht länger gültig; jetzt hatte sie eine gesicherte Existenz hier, und die Illusion, es handle sich bei dem Dritten Reich um ein kurzes Interregnum, war zerrissen.

»Deine deutschen Freunde«, sagte Nancy, die gelegentlich ihre Gedanken las, »sind erwachsen. Sie treffen ihre eigenen Entscheidungen. Ich weiß, daß du sie vermißt, aber wenn sie wirklich wollen, dann können sie hierherkommen, ohne vorher eine Europareise deinerseits nötig zu machen.«

Ihre Worte klangen vernünftig, nur war da ein Unterton von ... was? Eifersucht?

»Du möchtest nicht, daß ich nach Europa fahre«, stellte Carla fest.

Nancy stand auf und kniete neben ihr auf der Couch nieder, was sie größer als Carla machte. Sie nahm Carlas Gesicht in beide Hände und sagte sehr ernst:

»Nein. Es wäre nicht gut für dich.«

Ich weiß, was gut für dich ist.

Du wirst mich heiraten.

»Du hast so eigenartige Augen«, murmelte Nancy. »Das ist mir als erstes bei dir aufgefallen. Wie Quellwasser über einem moosbedeckten Fels, und du kannst damit alles ausschließen. Sag mir, was du denkst.«

Woran denkst du? Sag mir, was du denkst.

»An Zyklen«, erwiderte Carla sehr ernst. »Nancy, was die Gewerkschaft angeht, hast du recht, aber ich werde auf jeden Fall nach Europa fahren, ganz gleich, ob gestreikt wird oder nicht, ob der Film nun mit mir gedreht wird oder nicht.«

»Haaallo, Carla Fehr«, sagte Eddie Felton, als er sie zwischen den übrigen Mitgliedern des Albion Clubs erspähte, der ursprünglich von den Mitgliedern der kleinen britischen Kolonie in Los Angeles gegründet worden war, um sich Sportarten wie Cricket, Tennis auf Rasen und Golf zu widmen. Karloff hatte sie hier eingeführt, und es gab inzwischen eine ganze Reihe weiterer Nichtbriten, die von der relativen Abgeschiedenheit angelockt wurden. Felton war allerdings einer der wenigen, die ohne Einladung gekommen waren und sich trotzdem so verhielten, als gehörten sie dazu.

»Wie ich hörte, hatten Sie einen kleinen Zusammenstoß mit Tante Hedda?«

Resignierend resümierte Carla für sich einmal mehr, daß Los Angeles trotz seiner Größe ein Dorf war. Klatsch machte hier schneller die Runde, als er es in den Berliner Theaterkreisen je getan hatte.

»Sie findet Sie unwiderstehlich«, entgegnete sie und schüttelte ihm die Hand.

»Ah, und das konnten Sie nicht unwidersprochen lassen? Ich bin untröstlich!«

Mit dem schlagfertigen, zynischen Eddie zu flirten war ein durchaus angenehmer Zeitvertreib und nützlich dazu, wie sie Nancy erklärt hatte. Doch selbst wenn Nancy nicht existierte, käme Carla nicht auf die Idee, aus dem Flirt etwas Ernsteres zu machen. Der Grund, warum Eddie Felton für seine kurzen Affären berüchtigt war, selbst in einer Gemeinschaft, in der so etwas auf der Tagesordnung stand, lag darin, daß er bei seinen Eroberungen unweigerlich nur nach der Schwachstelle suchte, sie, wenn er sie gefunden hatte, ans Tageslicht zerrte, dann das Interesse verlor und das Objekt seiner kurzfristigen Bemühungen gedemütigt zurückließ. Sadisten brauchten nicht fett und unangenehm zu sein; es gab sie auch in der gutaussehenden, charmanten, geistreichen Variante.

Was sein Tennisspiel anging, so ließ er sich von ihr schlagen, möglicherweise absichtlich, aber sie mußte sich anstrengen, und damit hatte sie zumindest etwas für ihre Figur getan. Als sie hinterher im Club noch etwas tranken, kam er wieder auf Hedda Hopper zurück und meinte: »Sie hat Sie wegen der Gewerkschaftssache gefragt, stimmt's? Tja, da schlägt für uns alle wohl die Stunde des Gewissens. Und das in Hollywood.«

Sie hob eine Braue. »Für uns?«

»Darling, Sie glauben doch nicht, daß die *Screenactors Guild* die einzige Gewerkschaft ist, die sich den Beschluß des Obersten Gerichtshofs zunutze macht? Die *Screenwriters Guild*, die Gewerkschaft der Drehbuchautoren, hat genau das gleiche vor, von den Technikern ganz zu schweigen. Bis jetzt haben sich schon über tausend in die Liste der Streikwilligen eingetragen, wenn es hart auf hart geht und die Studios nicht nachgeben. Für den ersten Mai ist eine große Demonstration geplant.«

»Und was werden Sie tun?« fragte Carla, aufrichtig interessiert.

Was seinen Lebensunterhalt anging, so hatte er es überhaupt nicht nötig zu arbeiten, aber das Drehbuch für *Armadale* war seine letzte Chance, es in Hollywood zu schaffen, und daran mußte ihm etwas liegen. Sie hatte seinen Roman gelesen. Er trug alle Kennzeichen einer unerwiderten Liebesaffäre, und sie hegte den Argwohn, daß seine tatsächlichen Affären nichts anderes als die Spiegelung seines Verhältnisses zur Filmindustrie an sich darstellten.

Er nippte an seinem Glas. »Wenn ich Prinzipien hätte, dann wäre ich wohl kaum hier, nicht wahr? Ich wäre auf der anderen Seite des Kontinents und würde flammende Theaterstücke über die Ungerechtigkeit der Welt verfassen. Übrigens, wenn ich Ihnen einen Rat geben darf, versuchen Sie in diesem Fall auch nicht, Prinzipien in sich zu entdecken. Eine Auslandsproduktion ist verdammt teuer und mein Vater äußerst rachsüchtig. Der einzige Grund, warum ich noch immer sein geliebter Sohn bin, liegt darin, daß ihn mein kleines Opus kein Geld gekostet hat und seine Freunde darin noch etwas schlechter wegkommen als er. Nichts ist verläßlicher als Schadenfreude.«

»Zweifellos. Aber Prinzipien würden sich in diesem Fall lohnen. Haben Sie schon einmal achtzehn Stunden hintereinander gearbeitet und danach nur vier Stunden geschlafen?«

»Nein, und natürlich sind die Gewerkschaftsforderungen berechtigt. Nur glaube ich bei aller mangelnden Bescheidenheit, daß sie auch ohne meine gütige Mitwirkung durchgesetzt werden können. Das gleiche gilt für Sie. Es werden schon genügend Schauspieler ihre Unterschrift auf die Liste der Streikwilligen setzen, um die Studios ins Schwitzen zu bringen, und es ist ja nicht so, als ob Sie die einzige wären, die da nicht mitmacht. Clark Gable und Gary Cooper haben bereits erklärt, treu zu ihren Studios zu stehen. Harte Männer, was?«

Auf dem kleinen Tischchen zwischen den Klappstühlen, auf denen sie saßen, stand eine Schale mit Erdnüssen, auch etwas, das Carla erst in Amerika kennengelernt hatte. Geistesabwesend griff sie danach und schob sich einige in den Mund. Sie schmeckten salzig, erdig, und sie dachte plötzlich daran, daß am ersten Mai ihr siebenundzwanzigster Geburtstag stattfinden würde. Früher war siebenundzwanzig ihr als gereiftes Alter erschienen, fast dreißig, hatte sie gedacht. Bis zu diesem Zeitpunkt hatte sie fest eingeplant, mindestens eine Hauptrolle am Deutschen Theater, am Burgtheater und an den Kammerspielen gespielt zu haben. Sie erinnerte sich an ihren einundzwanzigsten Geburtstag, die Feier, die Robert für sie organisiert hatte, und die Begegnung mit Philipp danach. Robert hatte gestern Geburtstag gehabt; sie hoffte, daß ihr Brief mit dem Affidavit für Dr. Goldmann und den Empfehlungen des hiesigen Flüchtlingskomitees noch rechtzeitig eingetroffen war. Er war vor dem Vertragsabschluß in Sachen *Armadale* geschrieben worden, so daß sie noch nichts von der Hoffnung, nach Europa kommen zu können, erwähnt hatte.

»Lassen Sie mich raten. Ihre Freundin, das japanische Organisationstalent, das mich am Telefon immer so gekonnt abfertigt, hat Ihnen empfohlen, ein gutes Mädchen zu sein und zu streiken. Durchaus verständlich. Sie will nicht ersetzt werden.«

»Eddie«, sagte Carla spöttisch, »es fällt Ihnen vielleicht schwer, das zu verstehen, aber Menschen sind nicht ersetzbar. Das trifft nur auf Maschinen zu. Und wie Sie auf die Idee kommen, meine Beteiligung an *Armadale* oder dem Streik könnte…«

»Ganz einfach«, schnitt er ihr das Wort ab.

Sie trug ihre Brille nicht mehr, die sie während des Tennisspiels hatte tragen müssen, was er im übrigen nicht kommentiert hatte, auch nicht durch einen verwunderten Blick, anders als die meisten Leute, wenn sie entdeckten, daß sie kurzsichtig war. Die weiter entfernten Dinge, wie der Tennisplatz, verschwammen in grobe, bunte Flecken, aber ihn konnte sie sehr gut sehen, als sie ihm den Kopf zuwandte. Er hielt noch immer eine nonchalante Pose aufrecht, aber seine Miene war durchaus ernst, als er weitersprach.

»Solange Sie die Königin aller Monster bei Universal sind und nichts anderes, solange fühlt Ihre Miss Nakamura sich dringend gebraucht. In diesem speziellen Königreich ist sie zu Hause und kennt alle Gesetze. Aber wenn die Königin nun versucht, ein anderes Reich zu erobern, wo neue Gesetze herrschen, was dann? Vor allem, wenn es jemanden gibt, der gerade für die Königin an dem Schlüssel für dieses Reich feilt und noch eine Reihe weiterer Schlüssel fabrizieren könnte.«

»Hm. Soweit ich weiß, paßten Ihre Schlüssel bisher in kein einziges Schloß«, entgegnete Carla, die nicht die Absicht hatte, mit diesem Mann über Nancy zu diskutieren. »Alles, was Sie bewerkstelligt haben, ist ein netter Riegel in einem ganz anderen Land.«

Eddie Felton lehnte sich, auf einen Ellenbogen gestützt, vor.

»Vertrauen Sie mir. Dieser Schlüssel öffnet Ihnen das Reich mit dem Berg, und danach... Wissen Sie, vielleicht entdecke ich ein paar Prinzipien wieder und labe meine künstlerische Seele in New York. Ich könnte ein Stück für Sie schreiben, speziell für Sie, das mit Ihnen besetzt werden *muß* und das Sie an den Broadway bringt.«

Sie griff nach der großen Leinentasche, in der sie außer ihrem Tennisschläger auch ihre Zigaretten aufbewahrte, obwohl sie sich ständig vornahm, ihren Konsum etwas zu reduzieren. Ohne etwas zu erwidern, ließ sie sich von ihm Feuer geben, lehnte sich wieder in ihrem Stuhl zurück und inhalierte kurz.

»Und das würden Sie für mich tun?« fragte sie trocken, bemüht, jedes Anzeichen von Erregung zu unterdrücken. Er *konnte* schreiben; sein Roman und die erste Fassung des Drehbuchs waren sehr gut, und der Reichtum seines Vaters versetzte ihn sogar in die Lage, sich die Produktion eines Theaterstücks, längst nicht so teuer wie ein Film, zu leisten. Unbestreitbar hatte der Mann das Talent zum Aufspüren von Schwachstellen. Jetzt kam es darauf an, ihm nicht zu zeigen, daß er fündig geworden war. »Nur aus der Güte Ihres Herzens heraus?«

Er lachte. »Sicher. Und um meinerseits einen ständigen Schlüssel zum Stechpalmenwald zu haben.« Es handelte sich um ein für Ausländer nicht auf Anhieb verständliches Wortspiel, und sie brauchte einige Momente, bis sie es begriff. *Holly* bedeutete Stechpalme. »Apropos Stechpalmen«, fuhr er fort, und seinem Ton ließ sich nicht entnehmen, ob er scherzte, »seit ich Sie als Spinnenfrau gesehen habe, werde ich den Eindruck nicht los, daß Sie gut mit Stiefeletten und einer Peitsche wären. Aber das würde Universal nicht zulassen, nicht wahr?«

Der Schatten, der auf sie fiel, enthob sie vorläufig einer Antwort. Sie schaute auf. Boris Karloff stand vor ihr, und das leichte Lispeln, mit dem er sprach, wenn er aufgeregt war, und das einen eigenartigen Kontrast zu der tiefen Stimme abgab, war diesmal besonders deutlich zu hören.

»Carla«, sagte er, »bin ich froh, daß ich dich finde. Ich habe schon den ganzen Tag versucht, dich zu erreichen. Es geht um…«

»Ja, ich weiß.«

»Kein Wunder, daß Karl Marx in England Asyl gefunden hat«, bemerkte Eddie Felton. »Ihr Briten seid die geborenen Gewerkschaftler.«

Karloff ignorierte ihn. »Können wir auf dich zählen?«

»Ja«, gab Carla gedehnt zurück, schaute von Karloff zu Felton und fand, daß die einmal getroffene Entscheidung leichterfiel, nachdem sie ausgesprochen worden war. »Ja, das könnt ihr. Ich weiß, wo meine Prioritäten liegen.«

Felton schloß die Augen. »Völker, hört die Signale«, sagte er gelangweilt, während Karloff ihr erleichtert dankte. Er zitierte es auf deutsch, und das brachte sie darauf, ihm in derselben Sprache noch etwas über die Schulter zuzuwerfen, während sie aufstand und sich bei Karloff einhakte, um sich einen Drink spendieren zu lassen.

»Aber Eddie«, sagte sie lächelnd, »Sie wollten doch bestraft werden. Abweisungen sind die besten Bestrafungen, finden Sie nicht?«

Falls er tatsächlich Deutsch verstand und die Internationale nicht nur aus dem Gedächtnis anzitiert hatte, ließ er es sich nicht anmerken. Aber sie spürte seinen Blick im Rücken, als Karloff ihr von dem Beginn der Verhandlungen erzählte.

Am Ende erklärten sich achtundneunzig Prozent der bekannteren Filmschauspieler bereit, notfalls für die Gewerkschaftsforderungen in den Streik zu gehen. Mehr als dreitausend Techniker standen am ersten Mai vor den Eingangstoren der Studios. Der schwarze Tag des Jahres 1933, als jedes einzelne Studio den Betrieb hatte einstellen müssen, war noch unvergessen, und die vom Obersten Gerichtshof bestätigte neue Bundesbehörde hatte bereits einige Vertreter gesandt, um die Vorgänge zu überwachen. Mehr als ein Studioboß schwor sich, bei den anstehenden Wahlen alles zu tun, um Roosevelt aus dem Weißen Haus zu jagen, doch mit der Aussicht auf Millionenverluste durch die aufgehaltene Produktion *aller* größeren Filme konfrontiert, gaben sie nach. Die *Guild* schloß ihre Tarifverträge erfolgreich mit RKO, Paramount, MGM, Twentieth Century-Fox, Universal und Columbia ab, ohne die Drohung eines Streiks wahrmachen zu müssen. Die neuen Bedingungen sollten ab dem 15. Mai in Kraft treten.

Mit großer Erleichterung brachte Paul Kohner Carla am 10. Mai zusammen mit den beiden anderen Hauptdarstellern für *Armadale* – der Rest war in England rekrutiert worden – und dem größten Teil des Produktionsstabs in New York zu ihrem Schiff. Ursprünglich war daran gedacht worden, die Schauspieler mit dem Luftschiff oder mit dem Flugzeug vorausreisen zu lassen, aber nach dem spektakulären Absturz der *Hindenburg* über Lakehurst vor vier Tagen hatte Paramount eilig umgebucht. Noch mehr Gefährdungen einer Millionenproduktion wollte man nicht riskieren.

»Das hätte ins Auge gehen können«, sagte Kohner zu seiner Klientin und bezog sich nicht auf die Möglichkeit eines weiteren Luftschiffabsturzes. »Bud Felton war fuchsteufelswild.« Er senkte die Stimme. »Aber da ich selbst nicht mehr auf der anderen Seite des Zauns sitze, kann ich sagen, die Sache war es wert. Das heißt allerdings nicht, daß Sie so ein Timing noch einmal versuchen sollten!«

Seine Frau, die ihn begleitete, umarmte Carla und wünschte ihr alles Gute. Beide Kohners hatten die Reise nach New York nicht in erster Linie Carlas wegen gemacht; Paul hatte einen Termin mit einem New Yorker Theaterproduzenten, der die Filmrechte für sein Stück verkaufen wollte, und er erwartete in den nächsten Tagen einige seiner Verwandten aus Europa. Sein Vater war im letzten Jahr gestorben, doch seine Mutter ließ sich nicht bewegen, ihren Heimatort im Sudetenland zu verlassen. Er war ein großzügiger Mensch und freute sich über das Wiedersehen mit den Cousins, aber er wünschte, seine Mutter wäre bei ihnen. Hitler hatte oft genug den deutschen Anspruch auf das Sudetenland zitiert, und nach dem widerspruchslos hingenommenen Einmarsch im Rheinland und dem Einsatz der Legion Kondor hielt Kohner nicht nur das deutsche Reich für zu gefährlich, um dort zu leben. Er wußte, daß Carla selbst plante, Menschen, die ihr nahestanden, aus Europa zu holen, also meinte er zum Abschied: »Viel Glück – mit allem.«

23. Kapitel

Den Atlantik mit dem Schiff zu überqueren hatte den unbestreitbaren Vorteil, sich an die verschiedenen Zeitzonen gewöhnen zu können, und so waren die meisten Passagiere, die der Vertreter von Paramount in England in Empfang nahm und in Liverpool durch den Zoll lotste, ausgeruht und unternehmungslustig, nicht erschöpft. Carlas Dokumente, die sie als »permanent resident« der USA, aber auch als staatenlos auswiesen, brachten ihr zwar einen taxierenden Blick, jedoch keine weiteren Probleme ein. Beruflich zu reisen hatte immense Vorteile, dachte sie und war einmal mehr dankbar, daß die Angelegenheit mit der Gewerkschaft gut ausgegangen war. Vorläufig gut ausgegangen, denn es blieb abzuwarten, ob Paramount sie nach diesem Film je wieder bei Universal ausleihen würde. Nun, sie hatte die feste Absicht, die beste Darstellung ihres Lebens zu liefern; der Glaube an die eigenen Fähigkeiten war ihr Wetteinsatz, den sie bei ihrer Entscheidung gegen die Sicherheit einer Nichtbeteiligung in die Bresche geworfen hatte.

Sie hatte sich auch noch zu einem anderen Glücksspiel entschlossen, in dem Moment, als Eddie Felton ihr sein Angebot machte und damit unabsichtlich seine eigene Schwachstelle offenbarte. Der Mann war manipulierbar. Mehr noch, er hatte es *verdient*, ausgenutzt zu werden. Wenn sie es richtig anstellte, dann würde er wirklich ein Stück für sie schreiben, ohne je etwas von ihr dafür zu erhalten. Also legte sie während der gesamten Überfahrt ihm gegenüber eine Mischung aus Koketterie und kühler Herablassung an den Tag und stellte fest, daß es ihr durchaus Spaß machte. Es tat ihr nur Nancys wegen leid. Nancy begleitete sie, und obwohl sie Carlas Erklärung hinsichtlich ihres Verhaltens Eddie Felton gegenüber akzeptierte, machte sie deutlich, daß sie darunter litt.

»Das ist wie eine deiner Rollen«, sagte sie einmal zu Carla, als sie allein waren, »aber so bist du nicht im wirklichen Leben, und es schadet dir, so zu tun, als ob.«

Zwischen Nancy und Felton hatte sich während der Überfahrt eine ständige Spannung entwickelt, die anfing, als Nancy begann, Carlas Szenen im Drehbuch zu überarbeiten.

»Miss Nakamura, das können Sie vielleicht mit den Skripts bei Universal machen, aber ich versichere Ihnen, nichts in Ihrer Vergangenheit aus Inhaltsangaben und Werbetexten befähigt Sie, in einem meiner Werke herumzupfuschen. Das tut schon Ben Hecht, der den doppelten Vorteil hat, selbst Autor einiger Stücke zu sein und von meinem Vater dafür bezahlt zu werden.«

»Mr. Felton, im Gegensatz zu Ihnen arbeite ich bereits seit Jahren beim Film, und wenn ich nicht kompetent dabei wäre, hätte man mich entlassen. *Mein* Vater kann es sich im Gegensatz zu dem Ihren nicht leisten, mich meinen Beruf als Hobby ausüben zu lassen.«

Am Ende hatte Carla versucht, einen Kompromiß herbeizuführen, indem sie Felton bat, Nancys Korrekturen als Vorschläge und Denkanstöße und nicht als Anweisungen zu betrachten, wohlweislich jedoch nicht in Nancys Gegenwart, und Nancy darauf hinwies, daß der Mann durch seinen Vater, ganz gleich, wie ungerecht das sei, tatsächlich am längeren Hebel sitze.

»Du bist es doch, die mir sonst immer Vorsicht und Takt im Umgang mit solchen Studioangehörigen predigt, und da läßt du dich von diesem einen aus der Ruhe bringen? Er ist es nicht wert, daß du dich über ihn aufregst.«

So etwas wie ein Waffenstillstand war eingetreten. Während sie auf das Abstempeln ihrer Visa, Ausweise und Pässe warteten, unterhielt sich Felton demonstrativ nur mit Carla, nicht mit Nancy, die direkt neben ihr stand. Als einer der Zöllner und der Paramount-Vertreter mit den Papieren zurückkehrten, entschied sich Carla, daß es an der Zeit für eine weitere Dosis Ablehnung war, ignorierte seine letzte Bemerkung und sprach beim Weitergehen genauso gezielt nur mit Nancy, bis zu dem Moment, als sie unter den wartenden Menschen jenseits der Zollschranken eine große, breitschultrige Gestalt im schwarzen Mantel sah.

Eddie Felton, der gerade erwog, eine neue Schiffbruchszene zu schreiben, die Carla stundenlang von Kopf bis Fuß durchnäßt drehen mußte, vergaß seine Rachsucht über dem erstaunlichen Anblick, der sich ihm bot. Die selbstbeherrschte, kalte Hexe, die weder von Zweideutigkeiten noch von Beleidigungen je aus der Fassung zu bringen war, erstarrte einen Moment und hörte mitten im Satz zu sprechen auf. Dann rannte sie, die Leute rechts und links wie ein Kind ignorierend und zur Seite stoßend, zu dem Mann, der mit einer erstaunlich mächtigen Baritonstimme rief: »Duschka!«

»Bobby!«

Das gibt es nicht, dachte Felton fasziniert, sie wird doch nicht so kitschig sein und .... doch, sie warf sich ihm direkt in die Arme, und er küßte sie gründlich und lange auf den Mund.

»Tja, Miss Nakamura«, sagte Eddie Felton zu der zur Salzsäule erstarrten Nancy neben sich, »es scheint, als wären wir beide gleichzeitig überflüssig geworden.«

Sie hatte ihm telegraphiert, aber nicht geglaubt, daß er so kurzfristig würde kommen können, und erst in ein oder zwei Wochen in London mit ihm gerechnet. Auch der Vertreter von Paramount hatte kein Wörtchen verraten. Robert hier im Hafen von Liverpool zu begegnen überwältigte sie. In ihre alte Begrüßungsroutine zu verfallen stellte die magische Verknüpfung zweier Verbündeter gegen den Rest der Welt sofort wieder her.

»Du hast schon wieder etwas zugenommen!« sagte sie atemlos, als er sie wieder losließ.

»Und du hast immer noch nicht mit dem Rauchen aufgehört! Wer ist denn der Unglücksvogel, der in diesem Film deinen Liebhaber spielen muß?«

»Doug Fairbanks junior, und du bist auch nicht gerade abstinent.« Sie umarmte ihn nochmals, einfach um sich zu vergewissern, daß er wirklich da war. »Sam, Sam, du hast entschieden eine Vorliebe für Wiedersehensszenen, und das ist die beste von allen!«

»Besser als die im Internat?«

»Besser als die auf dem Bahnhof!«

Die Arme um ihre Schultern gelegt, zog er sie noch einmal an sich und flüsterte: »Ich habe dich vermißt, Carla, du hast keine Ahnung, wie sehr, aber wenn wir mit dieser Wiedersehensszene nicht bald Schluß machen, verlieren wir unser Publikum. Da starren zwei Leute zu uns herüber, die entschieden nicht gut unterhalten dreinschauen.«

Es war ein verzweifelter Appell, den leichten Ton beizubehalten, denn wenn er es zuließ, würde ihn die Versuchung, ihr jetzt und hier über die ganze Misere der letzten fünf Jahre sein Herz auszuschütten, überwältigen. Insgeheim hatte er befürchtet, sie könnten sich fremd geworden sein, denn Briefe waren keine Gespräche, und sie lebte in einer anderen Welt. Aber in dem Moment, als sie auf ihn zurannte, wußte Robert, daß er die verlorene Hälfte seiner Seele wiederhatte, sein anderes Selbst, und Entfremdungen waren unmöglich. Auch jetzt begriff sie ihn.

»Wir sind *immer* unterhaltend«, entgegnete sie. »Frag sie selbst.«

Sie stellte ihm die beiden vor. Er fand die Frau in etwa so, wie Carla sie beschrieben hatte; sehr schön, mit einer verletzten Seele unter der ruhigen Oberfläche. Aber er erkannte auch noch etwas anderes. Sie nahm eine entschieden besitzergreifende Haltung Carla gegenüber ein. Da er annahm, daß sie sonst diskreter war, schlußfolgerte er, daß es sich gegen ihn richtete. Der letzte Mensch, der einen solchen Ausschließlichkeitsanspruch auf Carla erhoben hatte, war Philipp gewesen, was nichts Gutes für die Zukunft der fragilen Nancy verhieß.

Was den Mann anging, so bedurfte es kaum eines Blickwechsels mit Carla, um ihn einzuordnen. Jean-Pierre würde jetzt wahrscheinlich eine seiner Lektionen darüber loswerden, daß man nicht mit dem Feuer spielen und nicht Dinge versprechen sollte, die man nicht zu liefern beabsichtigte, aber es war für sie beide ein vertrautes Spiel.

»König, König«, sagte Felton langsam, »da war doch etwas… Ich wußte gar nicht, daß Sie emigriert sind. Letztes Jahr war ich wegen der Olympischen Spiele in Berlin, und soweit ich mich erinnere, ist da ein Film von Ihnen oder mit Ihnen gelaufen. Ihr Führer ist sonst nicht so tolerant gegenüber ausgerissenen Künstlern, oder etwa doch?«

»Lassen Sie die Hoffnung nicht sinken«, riet Robert, der nicht widerstehen konnte, in seinem väterlichsten Tonfall. »Wenn *Sie* die Absicht haben zu emigrieren, bin ich sicher, der Führer würde einen Flüchtling aus dem grausamen Amerika mit offenen Armen empfangen. So tolerant ist er allemal.«

Die Augen des Mannes verengten sich. Dann wandte er sich an Carla.

»Carla, Teuerste, Sie hätten mir sagen sollen, daß Sie so darauf aus sind, mit Nazis zu verkehren. Selbst in Hollywood gibt es ein paar davon; deswegen müssen Sie doch nicht die weite Reise über den Atlantik machen.«

Damit schlenderte er zu einem anderen Grüppchen des Produktionsstabs. Der Paramount-Vertreter teilte Nancy mit, daß die Koffer direkt zum Hotel gebracht würden, wo die Reisegruppe über Nacht blieb, um dann am nächsten Tag nach Cardiff und von dort aus zu dem vorgesehenen Drehort an der walisischen Küste zu fahren. Die Wagen warteten schon, fügte er bedeutsam hinzu.

»Wir kommen«, meinte Nancy beschwichtigend und fragte höflich: »Wohnen Sie ebenfalls im Liverbird, Mr. König?«

»Nein, das hat Ihr Studio ausgebucht, wie mir Ihr Freund dort mitteilte. Um ehrlich zu sein, ich habe noch überhaupt kein Zimmer, ich habe heute erst den Kanal überquert und bin mit dem Zug direkt hierhergekommen.«

»Fahr schon voraus, Nancy«, sagte Carla. »Robert und ich haben eine Menge zu besprechen, was dich nur langweilen würde, und am besten tun wir das, während wir ein Zimmer für ihn suchen. Wir sehen uns dann beim Abendessen, ich finde das Hotel schon.«

»Wie du möchtest«, erwiderte Nancy, aber der Blick, mit dem sie Robert musterte, ehe sie den anderen folgte, verlieh dem Wort Abneigung eine neue Dimension.

Liverpool, fand Carla, glich Hamburg; wenn man am Mersey entlangspazierte, konnte man sich gelegentlich einbilden, an der Elbe zu sein. Die Schreie der Möwen, der kühle, unregelmäßige Wind und der Umstand, daß sie sich mit der Hotelsuche Zeit ließen und mit keinem der Einheimischen sprachen, vervollständigten die Illusion, nur daß sie Hamburg farblich mit Schwarzweiß in Verbindung brachte, während Liverpool durch all die Backsteine eine rote Stadt war.

»Gemessen an der Zeit, die Dada brauchte, um ein Visum zu bekommen«, bemerkte Robert, »weiß ich nicht, was es über mich

698

aussagt, daß ich meines so schnell erhielt. Was meinst du, sollte ich beleidigt oder gekränkt sein? Offenbar glauben weder die deutschen noch die englischen Behörden, daß ich die Absicht haben könnte zu bleiben.« Er lachte ohne sonderliche Erheiterung. »Schließlich steht mir noch eine weitere Auslandsreise bevor. Du hast vielleicht schon von der Biennale in Venedig gehört. In diesem Sommer werde ich einen der Beiträge liefern ... wenn ich einen Verleih für *Endlos* finde, wenn er von der Filmkammer freigegeben wird, und wenn der Film bis dahin fertig ist.«

»Hat Dr. Goldmann ein Visum für England bekommen? Bei all den Papieren, die ich für ein amerikanisches Visum ausgefüllt habe. Nein, im Ernst, ich bin erleichtert, aber warum hast du ihn nicht gleich mitgebracht?«

Robert zog seinen Mantel etwas enger, dann steckte er die Hände in die Manteltaschen, eine Geste, die ihr bekannt war, die wenig mit dem feuchten englischen Wetter und sehr viel mit innerer Unruhe zu tun hatte.

»Oh, die Papierarbeit hat sich gelohnt ... gewissermaßen. Er hat ein Visum für die USA erhalten, nicht für England. Aber er will es nicht wahrnehmen. Und weil er ein praktischer Mensch ist, hat er es einem seiner Vettern vermacht, dessen Name ebenfalls Martin lautet.«

Schockiert blieb sie stehen.

»Ja«, sagte Robert tonlos. »Dr. Martin Goldmann glaubt, es mir und meiner Tochter schuldig zu sein, in Deutschland zu bleiben, wo er gegenwärtig einen etwas höheren Status als ein Schäferhund hat. Ich wußte vorher nicht, daß man Leute, die sich selbst aufopfern, am liebsten umbringen möchte.«

Etwas löste sich in ihm, und mit einer Art betäubter Verwunderung, als betrachte er einen Fremden, entdeckte er, daß er begonnen hatte zu weinen. Carla sagte nichts, sie öffnete nur die Arme, und er hielt sich an ihr fest. Die Tränen auf seinem Gesicht mischten sich mit der Feuchtigkeit des abendlichen Nebels, der in der Dämmerung vom Mersey hochstieg, und es kam ihm vor, als ob ihre vertraute, warme Gestalt, das ungewohnt lange Haar unter seinem Kinn und die festen, kräftigen Hände, die sich gegen seine Schultern preßten, das einzige wären, das ihn darin hinderte, sich mit dem Nebel in immer dunklerem Nichts aufzulösen. Er weinte nicht nur Dadas wegen, sondern um jeden verlorenen Freund und die verlorene Welt, in der die Zukunft nichts als Abenteuer und Erfolge versprochen hatte.

»Es ist eine endlose Verkettung«, murmelte er, als er wieder sprechen konnte. »Ein Kreis, und wir sind wieder am Anfang angelangt. Ich kann meine Familie nicht in Deutschland zurücklassen. Dada nicht, Martina nicht, Monika nicht und die Hermiaden auch nicht, zumindest die von ihnen, die unmittelbar gefährdet sind, wie Helmut und Astrid. Also arbeite ich daran, sie dazu zu bewegen, von sich aus zu gehen. Aber Monika wird es nie tun, und ich kann ihr Martina nicht wegnehmen. Dada wird nicht gehen, weil er glaubt, daß Martina und ich ihn brauchen. Und die Hermiaden vertrauen mir. Im Fall von Helmut ist das wirklich erstaunlich, gemessen daran, wozu ich ihn bereits gebracht habe, und Astrid… Astrid war nicht nur selbst im Gefängnis, sie hat miterlebt, wie zwei Freunde, die mir vertrauten, deswegen verhaftet wurden. Aber sie vertraut mir ebenfalls. Es ist der perfekte Teufelskreis, und ich finde nicht mehr heraus.«

All die Argumente, die sie sich zurechtgelegt hatte, blieben ihr in der Kehle stecken. Oh, für die Hermiaden ließ sich etwas finden. Er hatte ihr selbst geschrieben, daß sowohl Gründgens als auch Hilpert gefährdete Leute in ihren Theatern beschäftigten. Was Monika anging, vor die Wahl gestellt, entweder mit einem Kind allein in Deutschland zurückgelassen zu werden oder ihn ins Exil zu begleiten, würde sie sich gewiß für letzteres entscheiden, aber nur, wenn sie wirklich überzeugt werden konnte, daß er flüchten würde. Die Krux, das eine, nicht zu bewältigende Problem, war Dr. Goldmann. Er konnte schlecht gegen seinen Willen zur Ausreise gezwungen werden, aber noch schlimmer war, daß er sein Visum verschenkt hatte. Schwierig genug, ihm *ein* Visum zu beschaffen; ein zweites grenzte ans Unmögliche, besonders weil man die Weitergabe des ersten Betrug nennen würde.

»Ritterlichkeit ist ein Fluch«, stieß sie hervor.

»Wem sagst du das?«

Sie gingen weiter. Langsam wurde es kalt, und sie stellte fest, daß sie an so kühle Maiabende nicht mehr gewöhnt war. Also begannen sie ernsthaft damit, für Robert eine Unterkunft zu suchen, möglichst in der Nähe des Hotels, in dem Paramount sie untergebracht hatte. Unterwegs erzählte sie ihm die ganze Geschichte von der Gewerkschaft und *Armadale*, mit allen verbundenen Details, teils, um ihn abzulenken, teils, um ihr Leben wieder mit ihm zu teilen. Wie erwartet, stürzte er sich auf das bizarrste Ereignis.

»Stiefeletten und eine Peitsche? Sag mal, was sind das für Rollen, die du da für Universal spielst und die dann die Leute auf solche Ideen bringen? Unsereins kriegt kaum noch amerikanische Filme zu sehen. Zu dekadent, laut dem einschlägigen Ministerium, und ich dachte immer, das sei ein Vorwand, um die einheimische Industrie anzukurbeln. Wenn ich überlege, was ich da verpaßt habe ...«

Carla versetzte ihm einen Rippenstoß. »Keinen Neid, bitte. Wenn du wirklich nett zu mir bist, schicke ich dir Jack Pierce über den Atlantik, damit er dich in eine Mumie verwandelt. Sadismus vom Feinsten, unverwässert und rein.« Sie wurde ernster. »Irgendwo liebe ich mittlerweile meine Mumien, Hexen und Vampire. Ich könnte sie nicht spielen, ohne sie zu lieben. Aber diese Rolle jetzt, in diesem Film, das ist wie ein frischer Windstoß. Und Eddie Felton hat recht, es ist möglicherweise der Schlüssel zum Rest der Filmwelt.«

»Nicht zu vergessen zu einem Theaterstück.«

»Ja. Robert, in Los Angeles gibt es kein Theater, und in New York nehmen selbst die kleinen Bühnen Filmschauspieler nicht ernst, wenn sie nicht schon vorher beim Theater waren ... beim amerikanischen Theater, versteht sich. Aber mit einem speziell für mich geschriebenen Stück müßten sie mich ernst nehmen, mir eine Chance geben zu spielen.«

»Ja«, sagte er, wie ein Echo, und dachte, wie sehr er es vermißt hatte, mit ihr über die Arbeit zu sprechen, ihre und seine. »Ich sehe da nur eine Schwierigkeit, und die liegt nicht bei Eddie dem Poeten. Mit dem wirst du fertig. Aber deine Nancy scheint mir der Typ, der an Monogamie glaubt, und auch wenn du Mr. Felton zappeln läßt, wird sie annehmen, du gingst mit ihm ins Bett.«

Sie runzelte die Stirn. »Ich glaube ebenfalls an Monogamie, falls du das vergessen hast.«

»Oh, ich habe es nicht vergessen. Das war einer der Gründe, warum du mich nicht heiraten wolltest.«

»Und ich hatte recht, oder? Wenn ich Monika wäre, hätte ich dich entweder umgebracht oder mich schon längst wieder scheiden lassen. Was Nancy angeht, sie weiß, daß sie mir vertrauen kann.«

»Wie du meinst. Aber bei dem Blick, den sie mir vorhin zugeworfen hat, hege ich den Verdacht, daß sie dir gerade jetzt nicht zu sehr vertraut.«

Das war ein beunruhigender Gedanke. Nancy wußte, daß Robert ihr bester Freund war, nicht ihr Liebhaber. Sie kannte sogar einige der Geschichten aus Carlas Kindheit. Eigentlich schien es unwahrscheinlich, daß sie die Begrüßung vorhin mißdeutet hatte, doch nach der Woche mit Eddie Felton war sie empfindlich. Besser, sie nicht zu lange allein zu lassen.

Robert hatte eine Woche Zeit, dann mußte er nach Deutschland zurückkehren. Die Dreharbeiten würden übermorgen beginnen, aber es bestand kein Grund, anzunehmen, daß der britische Regisseur ihm bei dem entsprechenden Einsatz von Überredungskunst nicht gestatten würde, am Set anwesend zu sein. Er hatte Carla schon lange nicht mehr arbeiten gesehen, und eine Woche war ohnehin erbärmlich kurz. Außerhalb der Dreharbeiten würde sie einen Weg finden, die Zeit mit ihm zu verbringen, ohne Nancys Gefühle zu verletzen. Nancy war von Natur aus großzügig, sie verstand, was Robert für Carla bedeutete und daß ein Freund, den man jahrelang nicht gesehen hatte, ein paar kurze Tage lang im Mittelpunkt stehen konnte, ohne deswegen eine andere Beziehung zurückzusetzen.

»Bemüh dich ein bißchen um sie«, sagte Carla zu Robert, als sie endlich ein Hotel gefunden hatten und sie sich von ihm verabschiedete. »Bisher hat es noch niemanden gegeben, der dich nicht gemocht hat, wenn es dir wirklich darauf ankam. Versprichst du es mir?«

»Pfadfinderehrenwort. Bis morgen, Halef.«

»Bis morgen, Sam.«

Nancy hatte diejenigen von ihren und Carlas Sachen, welche sie für morgen benötigen würden, ausgepackt und den Rest bereits wieder verstaut. Sie saß an der Reiseschreibmaschine, die eines von Carlas Geschenken für Kathi sein sollte, und tippte energisch. Als der Page für Carla das Zimmer aufschloß, hörte sie mit dem Schreiben auf, doch sie drehte sich nicht um. Carla seufzte.

»Nancy, du weißt doch, daß er mein Freund ist. Freund, nicht…«

»Darum geht es nicht«, unterbrach Nancy sie ruhig. »Weißt du, es gibt etwas mehr als körperliche Treue. Als du ihn begrüßt hast, ist mir etwas klargeworden, und nicht wegen des Kusses. Es war dein Gesichtsausdruck, als du ihn erkannt hast. Da stand der eine Mensch, ohne den du nicht leben kannst, und es war nicht ich.«

Sie erhob sich und drehte sich zu Carla um. »Siehst du, ich könnte ohne dich nicht weiterleben. Aber du könntest es ohne mich. Du wärst traurig, du wärst bestürzt, aber du würdest darüber hinwegkommen. Das wußte ich schon vorher, aber ich dachte, so ist sie nun einmal. Bis heute. Wenn dein Freund Robert tot wäre, dann wäre das wirklich das Ende der Welt für dich.«

Was Carla darauf als erstes in den Sinn kam, schluckte sie herunter. Es lag eine gewisse Wahrheit in Nancys Worten, doch sie trafen nicht den Kern. Sich die Welt ohne Robert vorzustellen wäre unerträglich, ja, und sie würde sich verkrüppelt fühlen, um einen Teil ihrer Seele gebracht. Aber sie hätte dennoch einen Grund weiterzuleben. Solange es möglich war, sich zu verwandeln, solange es Rollen gab, die sie spielen konnte, solange der Film da war und das Theater am Horizont winkte, solange hatte das Leben, ihr Leben, einen Sinn. Es gab niemanden, der der alleinige Sinn ihres Lebens war, und daß Nancy sie zu dem ihren gemacht hatte, erschreckte Carla tiefer als alles seit dem Tod ihrer Stiefmutter.

Das Nancy zu erklären war leider sinnlos. Soweit es Nancy anging, lief es nur auf die Bestätigung hinaus: Ja, ich könnte ohne dich leben, und das war es nicht, was sie jetzt hören wollte. Also verzichtete Carla darauf. Statt dessen tat sie, was sie seit dem Beginn ihrer Beziehung mit Nancy noch nie getan hatte: Sie log, bewußt und unter Aufbietung all ihres Talents. Sie holte Helenas Ausdruck bedingungsloser Liebe aus dem *Sommernachtstraum* zurück und schwor Nancy, ohne sie auch nicht leben zu können. Sie nutzte das in drei Jahren angesammelte Wissen über Nancys Reaktionen und entdeckte, daß man auch mit seinem Körper lügen konnte. Als Nancy schließlich, getröstet und überzeugt, schlief, lag Carla noch lange wach und dachte, daß es, nicht ausgeschlossen Nancys Selbstmordversuch, die traurigste Nacht war, die sie je miteinander verbracht hatten, und das Schlimmste war, daß Nancy es nicht wußte.

Die *location scouts*, die Alexander Korda, der britische Koproduzent von *Armadale*, auf die Suche nach dem perfekten Handlungsort losgeschickt hatte, waren auf ein walisisches Anwesen in der Nähe der Küste gestoßen. Der Besitzer war wie die meisten Angehörigen des Landadels verarmt genug, um dankbar für das Geld zu sein, das ihm das Vermieten seines Schlößchens einbrachte. In der Nähe befanden sich mehrere kleinere Dörfer, die ebenfalls genutzt werden konnten. Ein Teil der Aufnahmen würde in London gedreht werden müssen, aber für das Gros des Films fanden die Dreharbeiten in Wales statt. Eine unerwartete Verzögerung ergab sich, da die Kostüme einen Tag später als geplant eintrafen.

»Wunderbar«, sagte Robert, dessen Anwesenheit vom Rest des Teams ohne große Verwunderung akzeptiert wurde; schließlich begleitete Fairbanks ebenfalls seine derzeitige Ehefrau, und Valerie Dermott, der jungen Engländerin, die Lydias Schülerin und Rivalin Neelie spielte, wich ihr Verlobter auch nicht von der Seite. »Das gibt uns Zeit für einen Ausflug. In der Nähe soll einer von diesen Steinkreisen sein und eine normannische Burg. Was würden Sie lieber besuchen, Nancy?«

Wie versprochen, legte er sich ins Zeug, Nancy für sich zu gewinnen, erkundigte sich nach den Methoden, mit denen in Amerika Werbung für einen Film gemacht wurde, nach dem Einfluß des Hays Office, dem es gelungen war, eine freiwillige Selbstkontrolle der Filmwirtschaft zu etablieren, erzählte ihr von seiner ständig schwankenden Karriere und bat sie um ihre Meinung, wie er die Bankiergesellschaft, die ihm einen Teil von *Endlos* finanziert hatte, dazu bringen konnte, ihm noch den Rest der Produktionskosten vorzustrecken. Er erzählte ihr einige Anekdoten über Carla, heitere Geschichten, nichts, was sie beunruhigen würde, und fragte sie über einige Ereignisse der letzten Jahre aus, vorgebend, er traue Carlas Version des Geschehenen nicht.

»Wir sind beide so gut im Übertreiben und stecken in einem permanenten Wettbewerb, aber durch Sie habe ich endlich die Möglichkeit, alles zu überprüfen, was sie mir so schreibt!«

Seine Kampagne schien Erfolg zu haben; zumindest wechselte

Nancy im Laufe des Tages ihm gegenüber von distanzierter Höflichkeit zu einer freundlicheren Gesprächsbereitschaft, sie lachte über seine Scherze und wirkte nicht gekränkt, wenn Robert und Carla im Lauf ihrer Unterhaltungen hin und wieder ins Deutsche glitten oder über Dinge sprachen, mit denen sie nichts anfangen konnte.

Als die Dreharbeiten ernsthaft begannen und sie beide Carla dabei beobachteten, wie sie anfing, Lydia Gwilts Identität um sich zu hüllen, sagte Nancy plötzlich:

»Darf ich Sie etwas Persönliches fragen?«

»Selbstverständlich«, erwiderte Robert, der annahm, daß sie auf eine Versicherung seinerseits über die platonische Natur seiner Beziehung zu Carla hinauswollte. Er irrte sich.

»Die meisten Männer, die ich kenne«, sagte Nancy mit gesenkter Stimme, obwohl niemand von dem viel zu beschäftigten Filmteam sie beachtete, »wären angeekelt bei der Vorstellung von... nun, von zwei Frauen als Liebespaar. Sehr viele Frauen übrigens ebenfalls. Mein ganzes Leben lang mußte ich vor der Familie, vor den meisten meiner Freunde und meinen Bekannten geheimhalten, was ich bin. Sie können sich nicht vorstellen, wie das ist. Ständig eine Maske zu tragen und sich immer wieder zu fragen, ob die anderen nicht recht haben, ob man nicht wirklich... krank und schlecht ist. Aber Sie stört das nicht, Sie nehmen das alles so selbstverständlich... Woran liegt das? Sind die Dinge hier in Europa anders?«

»Nicht da, wo ich herkomme. Nicht mehr«, antwortete Robert ernst. »Derzeit kommt man dafür in eine Art Arbeitslager, und ich habe noch nicht von Entlassungen gehört, also ist jeder verdammt vorsichtig, ob Mann oder Frau. Was mich angeht, ich bin froh, daß Carla jemanden gefunden hat, der sie liebt und den sie lieben kann. Ob das nun ein Mann oder eine Frau ist, spielt für mich wirklich keine Rolle. Es spielt ja auch keine Rolle, wenn ich mich verliebe.«

Nancy zeigte eine unerwartete Reaktion; sie warf ihm einen raschen Blick zu, nicht überrascht oder erleichtert, sondern zutiefst verstört, und schaute mit der gleichen Miene zu Carla.

»Aber Carla ist nicht so«, protestierte sie. »Für sie spielt es eine Rolle. Genau wie für mich. Sie könnte niemals einen Mann lieben, auf diese Art, meine ich, nur so tun, und auch nur, weil sie Schauspielerin ist.«

Jetzt begriff er, weil ihm diese Einstellung schon öfter begegnet war, das Beharren, man müsse entweder homosexuell sein oder auf das jeweils andere Geschlecht fixiert, aber nicht beides. Meistens äußerten die Leute so etwas, wenn sie schlichtweg Angst hatten, verlassen zu werden. Es lag ihm auf der Zunge, sie zu fragen, ob sie denn glaube, daß Carla als Jungfrau zu ihr gekommen sei, aber er hielt sich gerade noch rechtzeitig zurück. Es würde all seine Bemühungen um Harmonie zunichte machen, und er wollte seine eine Woche mit Carla nicht dadurch verderben.

Seine Selbstzensur zahlte sich aus. Am Abend, als Carla noch in der Maske saß, um abgeschminkt und von ihrem Reifrock befreit zu werden, und Robert unliebsame Bekanntschaft mit etwas schloß, das wie eine breite Bratwurst aussah, aber wie mit Sand gefüllt schmeckte, suchte Nancy ihn auf.

»Carla hat Besucher«, sagte sie, »aber ich weiß nicht, ob ich sie zu ihr lassen soll. Möglicherweise sind es Hochstapler. Wie hieß Carlas Mutter?«

Im ersten Moment fiel es ihm nicht ein, dann sah er wieder Martin Goldmanns Buch über berühmte Operninszenierungen vor sich, mit der Photographie der Frau darin. »Angharad«, erwiderte er, »Angharad Johnson... Jones... oder so ähnlich. Sie war Opernsängerin, bevor der alte Fehr sie heiratete, aber ich habe sie nie kennengelernt. Sie starb, als Carla drei Jahre alt war.«

»Ja, ich weiß. Ist Ihnen auch bekannt, wo sie herkam?«

»Nur, daß sie Ausländerin war. Heinrich Fehr hat sie in Italien kennengelernt, aber mit diesem Namen kann sie keine Italienerin gewesen sein.« Langsam schwante ihm, worauf die Fragen abzielten. »Sagen Sie bloß, am Empfang stehen Carlas lang verschollene Großeltern.«

Nancy lächelte kurz, dann wurde sie wieder ernst. »Fast. In Cardiff hatten wir doch diesen Pressetermin, und alle Hauptdarsteller wurden photographiert. Nun ist eine Mrs. ap Hugh hier, die behauptet, auf dem Photo die Ähnlichkeit mit ihrer Schwester Angharad bemerkt zu haben, die vor vielen Jahren ihren Heimatort mit einem unaussprechlichen Namen verließ, um Sängerin zu werden, und einen Deutschen namens Fehr heiratete. Es klingt zu gut, um wahr zu sein, deswegen frage ich Sie – *könnte* es wahr sein, und wenn ja, würde es Carla mehr schaden oder nützen? Ich kann der Frau einfach erklären, daß sie sich irrt, und sie fortschicken. Unabhängig vom Wahrheitsgehalt ihrer Aussage hält sie amerikanische Filmstars vermutlich für Millionäre und sich selbst für bedürftig.«

Nancy von ihrer energischen, die Dinge in die Hand nehmenden Seite zu sehen war insofern eine Offenbarung, als es erklärte, wie sie in ihrem Beruf weitergekommen war. Andererseits reihte es sich unglücklicherweise in die Kette der Omen ein, die Roberts Meinung nach auf einen letztendlichen Bruch zwischen ihr und Carla verwiesen. Er hielt die plötzlich aufgetauchte Tante auch für zu gut, um wahr zu sein, und teilte ihre Meinung über das mutmaßliche Ziel dieser familiären Wiedervereinigung, ganz abgesehen davon, daß Carla über ihre Mutter so ungern sprach wie er über seine. Das ganze Problem mit ihrem Vater würde wieder aufgerührt werden, genau die Erinnerungen, die sie am liebsten vergessen wollte. Aber es war an Carla, zu entscheiden, ob sie Mrs. ap Hugh nun glaubte, ob sie die Frau sehen wollte oder nicht. Sie war kein zartes Gewächs, das man vor jedem unangenehmen Luftzug bewahren mußte, und sie würde es hassen, so behandelt zu werden.

Er formulierte seine Antwort für Nancy etwas taktvoller, und obwohl sie nach wie vor skeptisch dreinblickte, ließ sie sich überzeugen. Carla wirkte, als sie es ihr erzählten, zuerst ungläubig, dann bestürzt. Sie war wie immer am Ende eines Drehtages ausgepumpt und erschöpft, und ein Teil von Lydia blieb bei ihr, wollte weiterleben und würde erst beschwichtigt werden, wenn sie sich ihm morgen wieder ganz und gar überlassen konnte. Nicht der beste Zeitpunkt, um in die Vergangenheit zurückgezerrt zu werden. Aber sie wußte, daß sie es ihr Leben lang bedauern würde, wenn sie diese erste und einzige Chance, Verwandten zu begegnen, für die sie nicht Heinrich Fehrs uneheliche Tochter war, verstreichen ließ. Also ging sie zu dem Portiershäuschen des Anwesens, in dem die Filmcrew zur Zeit lebte und drehte.

»Sie hat ihren Sohn dabei«, sagte Nancy, während sie sich bemühte, sich von Carla nicht abhängen zu lassen; Carla trug Hosen, weil sie sich nach dem Tag in Korsett und Reifrock so frei wie möglich fühlen wollte. Doch Nancys Kostüm und ihre geringere Größe machten es ihr schwer, Schritt zu halten. »Und ihre Tochter. Beide älter als du. Ihr Mann hält angeblich nichts von dem Unternehmen und ist deswegen daheim geblieben.«

Die Frau, die gerade mit dem Portier schwatzte und still wurde, als Carla sich näherte, sah den Photographien ihrer Mutter, die sie kannte, nicht sehr ähnlich, aber das lag mit Sicherheit auch daran, daß es sich nur um Abbildungen von Angharad in ihren Opernrollen handelte. Wenn es private Porträts gab, hatte Heinrich Fehr sie alle vernichtet. Mrs. ap Hugh trug eindeutig ihr Sonntagskleid, doch an ihrer üppigen Figur, den abgearbeiteten Händen und den mehr grauen als schwarzen Haaren, die streng zu einem Knoten zurückgesteckt waren, erinnerte nichts an die strahlende junge Frau in Aschenputtels Ballkostüm für *La Cenerentola* oder die kecke Zofe Susanne in *Figaros Hochzeit*. Es war ihre Stimme, die Carla zusammenzucken ließ. Sie hatte nicht viele Erinnerungen an ihre Mutter, bis auf den Sturz, und die wenigen, die es gab, konnten auch Traumfragmente sein; das Gefühl, in den Arm genommen zu werden, schlanke, langfingrige Hände wie ihre eigenen, ein Parfum, das ihr nie wieder begegnet war. Nichts von ihrem Gesicht, aber ihre Stimme, die summte, sang oder sprach, ihren Namen in einem bestimmten Tonfall aussprach. Die gleiche Stimme, nur etwas rauher, den gleichen Tonfall hörte sie jetzt. Tatsächlich war ihr Name das einzige, was sie in dem, das Mrs. ap Hugh von sich gab, ausmachen konnte, denn was immer die Frau sprach, es war nicht Englisch.

»Mama«, sagte die junge Frau neben Mrs. ap Hugh nervös. »Sie versteht dich nicht.«

Ihr Bruder wirkte ebenfalls peinlich betreten, während Mrs. ap Hugh die Tränen in den Augen standen.

»Es tut mir leid«, sagte sie auf englisch, mit einem rollenden R und immer noch dem gleichen, vage vertrauten Akzent. »Ich bin nur so aufgeregt. Miss Fehr, Carla, es ist wie ein Wunder für mich. Hat ... hat Angharad je von mir gesprochen?«

»Wenn, dann ist es mehr als fünfundzwanzig Jahre her, und Carla kann sich nicht mehr daran erinnern«, warf Robert ein; er wußte, daß es brutal klang, aber er wollte Carla die Chance geben, sich wieder zu fangen, bevor sie ihrerseits sprach.

»Fünfundzwanzig Jahre? So lange ist sie schon ... Das habe ich nicht gewußt. Ich habe überhaupt nicht gewußt, daß sie tot ist, bis in der Zeitung stand, daß du Waise bist.« Sie schluckte. »Angharad und ich, wir sind nicht im guten auseinandergegangen, und dann kam der Krieg…« Sie machte eine nervöse kleine Handbewegung. »Danach habe ich ihr ein paarmal geschrieben, aber als sie nicht geantwortet hat, dachte ich, sie wolle nichts mehr von uns wissen.«

Mit ungeschickten, hastigen Bewegungen zog sie eine abgegriffene Photographie hervor und reichte sie Carla. Auf dem Bild waren in bräunlichen Sepiatönen zwei junge Mädchen mit fest geflochtenen Zöpfen, Schulkleidung und einem leicht gequälten Lächeln zu sehen, die zur Linken und zur Rechten eines bärtigen Mannes standen. Auf der Rückseite des Photos stand in verblaßter Tinte: »Da, Angharad und Gwynneth, Cardiff 1886«. Das eine Mädchen sah Mrs. ap Hughs Tochter ähnlich; das andere erinnerte Robert, der es über Carlas Schulter betrachtete, ein wenig an Carla in dem Internat, als er sie nach dem Tod ihres Vaters dort entführt hatte. Aber alle jungen Mädchen in Uniform glichen sich bis zu einem gewissen Grad. Trotzdem, worauf es ankam, war, daß Carla glaubte, die Frau sage die Wahrheit, und das tat sie. Er spürte, wie ein leichtes Zittern durch ihre Gestalt lief.

»Sie müssen verstehen, daß eine solche Geschichte…«, begann Nancy, doch Carla legte ihr die Hand auf den Arm.

»Mrs. ap Hugh«, sagte sie und klang wieder ruhig und gefaßt, »kommen Sie. Es tut mir leid, daß ich nichts von Ihnen weiß, aber Sie sind meine Tante, und ich würde mich freuen, Sie kennenzulernen.«

Der Rest des Abends bildete im Vergleich dazu eine Antiklimax. Carla lud Gwynneth ap Hugh und ihre Kinder zum Abendessen ein, hörte sich die Geschichten über Angharads Kindheit an, erzählte das wenige, das sie von Angharads Opernkarriere wußte, und erwähnte nur einen Unfalltod, nicht mehr. Zum Glück waren die ap Hughs, nachdem sie einmal wagten, Fragen zu stellen, mehr an Carlas Leben in Hollywood denn an ihrer Kindheit interessiert. Es war eigenartig; der Moment der Erschütterung war vorbei, und was geschah, berührte sie nicht länger. Sie spielte eine inzwischen wohlvertraute Rolle, den geneigten Star inmitten seines aufgeregten Publikums. Für sich stellte sie fest, daß ihr Gwynneth und der

709

Sohn, Daffydd, sympathischer waren als die Tochter Gladys, aber das lag vielleicht nur daran, daß Gladys als erste die hohen Steuern und die schwierige Lage der Familie nach dem Unfall ihres Vaters letztes Jahr im Bergwerk erwähnte. Insgesamt waren es gutmütige Leute mit der durchaus verständlichen Hoffnung, die plötzlich aufgetauchte Cousine, die in Amerika lebte, könnte ihnen etwas unter die Arme greifen. Die Einladungen, zu Besuch zu kommen, solange sie wollte, waren zweifellos ernst gemeint. Carla versprach den Besuch und verwies an Nancy, was die finanzielle Hilfe anging. Nancy kannte sich mit ihrem Vermögen und dem, was sie sich leisten konnte, besser aus als sie selbst, und sie konnte zu hohe Forderungen ablehnen, ohne geizig zu wirken.

Lange nachdem sich die Waliser unter Tränen und Umarmungen verabschiedet hatten, saß Carla mit Robert vor dem Kaminfeuer, das für sie geschürt worden war, und versuchte, Klarheit über das Geschehene zu gewinnen.

»Früher«, sagte sie, »dachte ich, ich wünschte mir normale Verwandte, wie jeder andere sie hatte, solche, die mich nicht als Schandfleck ansehen. Und jedesmal, wenn jemand von meiner Mutter sprach, war es… nun, du weißt es ja. Das macht es alles so seltsam. Als Gwynneth anfing, mit mir zu reden, wußte ich, daß sie nicht log. Und in dem Moment, wo ich wirklich sicher war, vor meiner Tante zu stehen, der Schwester meiner Mutter, hörte es auf, so wichtig für mich zu sein. Es war ein bißchen wie eine zweite Geburt. Gwynneth brachte etwas von Angharad zurück, und mir wurde klar, daß Angharad nach all den Jahren nicht mehr meine Mutter ist. Sie war nicht da, um es zu sein, nicht durch ihre Schuld, aber sie war eben nicht da. Wenn ich ihr heute begegnen würde, wäre sie mir genauso fremd wie Gwynneth.« Sie rückte ein wenig näher an das Feuer. »Ich glaube, Kathi ist meine Mutter, aber verrate ihr das bitte nicht, es wäre ihr wahrscheinlich peinlich. Jedenfalls kenne ich Kathi, ich liebe Kathi. Gwynneth und ihre Kinder sind Fremde.«

Robert hatte im Gegensatz zu Carla nicht jahrelang in einem Klima gelebt, das Heizungen so gut wie überflüssig machte, aber auch er genoß den Luxus eines Kamins und hatte sich bereits von Anfang an so nahe an das Feuer gesetzt, daß ihm gelegentlich Funken auf die Kleider sprangen. Er wich einem weiteren aus und erwiderte:

»Ich war schon immer der Meinung, daß Blutsverwandtschaft überschätzt wird. Denk an unseren alten Wahlspruch. *Keine Familien*. Nur die, für die man sich selbst entscheidet.«

Er griff nach einer ihrer Haarsträhnen und zog leicht daran. »Das war schon ein Zeichen, daß du die Fehrs hinter dich gebracht hast. Als du es dir abgeschnitten hast, dachte ich, du würdest es nie wieder wachsen lassen.«

»Nancy hat mich überredet.« Es stimmte, langes Haar hatte aufgehört, für sie die letzte Begegnung mit ihrem Vater und deren Vorgeschichte zu symbolisieren. Vielleicht war sie nicht erst jetzt wiedergeboren worden, sondern bereits in Amerika.

»Deine neuen Verwandten haben allerdings einen Vorteil«, sagte Robert abrupt. »Du könntest die britische Staatsbürgerschaft beanspruchen, vor allem, wenn deine Mutter sie vor ihrem Tod nicht aufgegeben hat. Ich glaube, mit einer Familie im Land würdest du sie erhalten.« Etwas von dem Zeitungspapier, das man benutzt hatte, um das Feuer in Gang zu bringen, war in eine Ecke geweht worden. Er stand auf, holte es, knüllte es zusammen und warf es in die Flammen.

»Du könntest dich sogar gänzlich hier niederlassen. Dieser Korda ist der wichtigste britische Filmproduzent, und wenn er sieht, wie gut du bist, nimmt er dich mit Handkuß und kauft dich aus deinem Kontrakt mit Universal frei. London ist nicht Hollywood, aber du würdest in Europa leben, und ich würde dich besuchen. Regelmäßig besuchen. Ganz zu schweigen von Kathi, die bei dir leben könnte, wenn du das willst.«

Er mußte sich beherrschen, um nicht in die Luft zu springen. Es war die perfekte Lösung, der Weg heraus aus der Einsamkeit, der Schlüssel aus ihrem goldenen Käfig. Für sie beide wäre es perfekt. Er kniete neben Carla nieder. »Es ist ideal«, sagte er laut, und für einen Moment lehnte sie sich gegen ihn, ehe sie sich ebenfalls aufsetzte und ihm zuwandte. In ihrem Blick las er eine Mischung aus Sehnsucht und Ablehnung.

»Ja. Bis auf zwei Dinge.« Sie faßte seine Hände. »Glaubst du nach Guernica nicht auch, daß es Krieg geben wird? Kathi ist vielleicht voreingenommen gegen alles, was konservativ heißt, aber in einem hat sie recht. Die Reichswehr hat Hitler nicht deswegen unterstützt, damit er Frieden hält. Sie wollen ihre Revanche für

Versailles. Und du müßtest besser als ich wissen, ob man ihm mit einer einsatzbereiten Armee trauen kann. Noch ein, zwei Jahre, und wir haben wieder Krieg in Europa. Dann kann keiner von uns das Land mehr verlassen, in dem er sich gerade befindet.«

Er hatte zu viele martialische Wochenschauen gesehen, zu viele Paraden, und hatte zu viele Reden gehört, um in diesem Punkt nicht ihrer Meinung zu sein. Es war einer der Gründe dafür, warum ihn Dr. Goldmanns Aufgabe seines Visums so entsetzt hatte, denn er glaubte, daß Dada nicht mehr viel Zeit zur Ausreise blieb, selbst wenn er es sich anders überlegte.

»Schon möglich«, gestand er ihr zu. »Aber es wird nicht morgen geschehen, nicht in einem Monat und wahrscheinlich noch nicht einmal dieses Jahr. Und bis es geschieht...«

»Bis es geschieht, gibt es immer noch Nancy. Ich kann sie nicht verlassen, Robert, und wenn ich sie dazu brächte, mit mir nach England zu gehen, weiß ich nicht, ob wir das beide überstehen. Sie ist jetzt schon zu abhängig von mir. Aber in Amerika hat sie immer noch eine Familie, einen Beruf, ein eigenes Einkommen, das nicht von mir bezahlt wird. Eigene Bekannte. In England hätte sie niemanden als mich, und diese Art von Verantwortung... will ich nicht.«

Nancy war bereits in ihr eigenes Zimmer gegangen, und selbst wenn sie hier gewesen wäre, hätte sie kein Wort in der ihr fremden Sprache verstehen können. Dennoch kam Carla das, was sie sagte, wie ein unverzeihlicher Verrat vor. Doch es war Robert, mit dem sie redete, und sie hatten sich nie gegenseitig etwas vorgemacht. Deswegen nickte sie, als er jetzt langsam feststellte: »Du erstickst. Du bist jetzt schon dabei zu ersticken.«

»Ja.« Sie ließ seine Hände los und starrte in die Flammen.

»Du kannst Monika nicht verlassen, die du nicht liebst und die dich auch nicht mehr liebt. Aus Verantwortungsgefühl. Glaubst du, ich könnte Nancy verlassen, die ich liebe und die mir vertraut, die an mich glaubt?«

Wir haben es einmal getan, dachte er, Menschen verlassen, allein gelassen, im vollen Bewußtsein der tödlichen Konsequenzen. Er wußte, daß sie ebenfalls daran dachte. Einmal und nie wieder – oder einmal, und beim zweiten Mal wird es leichter? Ein zweiter fataler Pakt? Nein, entschied Robert. Das konnte er ihr nicht antun, und sich selbst auch nicht. Gleichzeitig packte ihn Zorn auf Nancy, auf ihre Existenz in Carlas Leben, und ein Einfall kam ihm, der ihm den Atem nahm. Er schob ihn zur Seite. Wenn er der Idee, die plötzlich in ihm aufgetaucht war, folgte, würde sie ihm das vielleicht nie verzeihen, und es war ohnehin nicht gesagt, daß auch nur einer der drei Menschen, auf die es ankam, so reagierte, wie es ihm vorschwebte.

»Nein«, entgegnete Robert bitter, »nein, das kannst du nicht.«

Doch sein Einfall, zäh wie alles lebensvergiftende Unkraut, schlug Wurzeln und trieb an den guten Vorsätzen vorbei seine Keime.

Für Käthe waren der Mai und der Juni 1937 zwei der schlimmsten Monate ihres Lebens, die in ihrer Erfahrung gleich nach der Flucht 1933 und dem Hungern 1934 rangierten. In gewisser Weise fühlte sie sich jetzt schlechter, denn von Kapitalisten ausgenutzt oder von den Nazis vertrieben zu werden ließ sich nicht mit dem Verlust von Vertrauen in eine Sache vergleichen. Selbst ihre Wandlung von einer unbedingten Pazifistin zur Kommunistin war nicht vergleichbar; damals hatte sie weder die Pazifisten noch den Pazifismus abgelehnt, nur für unzureichend angesichts der drohenden Gefahren befunden.

Die Entwicklung, die sie so verstörte, hing mit Willi Münzenberg zusammen, dem ehemaligen Reichstagsabgeordneten der KPD und Verleger, den sie einmal interviewt hatte. Sein Exilverlag, Editions du Carrefour, brachte einige der ersten und wichtigsten Schriften gegen die Nationalsozialisten heraus, das »Braunbuch« über den Reichstagsbrand, das »Weißbuch« über die sogenannte Nacht der langen Messer im Jahr 1934. Ihm gehörte auch der Hauptanteil der *Gazette*, für die sie schrieb; von allen emigrierten Parteimitgliedern war er sicher derjenige, den sie am meisten respektierte und den sie für eine der Hauptstützen im publizistischen Kampf gegen den Faschismus hielt. Und nun wandte sich der Genosse Münzenberg, Mitbegründer des deutschen Welthilfskomitees für die Opfer des deutschen Faschismus, Mitbegründer der Volksfront, gegen die Partei.

Der Grund dafür war ein Gewissenszwiespalt, der auch sie quälte. Sie war nie so orthodox wie Münzenberg früher gewesen, doch sie hatte versucht, ihre gelegentlichen Zweifel in der Emigration beiseite zu schieben. Das westliche, kapitalistische Ausland tat nichts gegen den Faschismus, noch nicht einmal bei einem so flagranten Rechtsbruch wie der Hilfe für Franco in Spanien, den man nicht, wie den alltäglichen Terror in Deutschland, als »innere Angelegenheiten« abtun konnte. Das einzige Bollwerk gegen den Faschismus war eindeutig Rußland, und selbst wenn sie die harte Linie Stalins früher abgelehnt hatte, so sagte sie sich jetzt, daß man in der Not zusammenstehen mußte und nicht die einzige Regierung, die sich nie mit den Faschisten einlassen würde, schwächen durfte. Sie sagte sich das und versuchte, die Gerüchte über Genossen, die nach Rußland geflüchtet waren, zu überhören; daß man sie bespitzelt, in einzelnen Fällen sogar zurück nach Deutschland geschickt habe. Das mußte boshafte faschistische Propaganda sein, um die Sache zu schwächen.

Doch in diesem Jahr begannen in Moskau die Prozesse gegen Männer, die zum Teil die Revolution mit ermöglicht hatten, Genossen, deren Treue zur Sache vorher nie in Zweifel gezogen worden war, Schauprozesse mit Demütigungsritualen, die sie anwiderten, als sie davon las. Zuerst klammerte sie sich an die Hoffnung, daß die westliche Berichterstattung voreingenommen war und gewiß alles verzerrt weitergab. Aber auch diese Hoffnung zerfiel, als sie einem blassen und zutiefst erschütterten Willi Münzenberg begegnete, ursprünglich wieder wegen eines Interviews. Nicht nur bestätigte er jedes Wort der schlimmsten Berichte, er erklärte auch, die KPD dürfe sich nicht länger nach Moskau richten, nicht solange dort Stalin herrsche, der am Ende aus dem gleichen Holz geschnitzt sei wie Hitler.

Nun hatte man Münzenberg aus dem Zentralkomitee geworfen, es wurde über seinen Parteiausschluß debattiert, und Käthe wußte nicht länger, an was sie noch glauben konnte. Ausgeschlossen, daß ein so überzeugter Kommunist wie Willi Münzenberg sich von kapitalistischer Berichterstattung oder gar faschistischer Propaganda irreführen ließ. Was er sagte, ließ sich einfach nicht abtun, und ihn mit Ausschluß zu bedrohen erinnerte sie mit einemmal an die Inquisition. Wo war der Kommunismus angelangt, wenn er auf Widerspruch nicht anders reagieren konnte, als die Widersprechenden mit einer Art päpstlichem Bannstrahl zu treffen? Und dann der Vergleich, der furchtbare Vergleich. Wenn Münzenberg recht hatte, gab es keine Hoffnung mehr.

Den einzigen Lichtblick stellte das Wiedersehen mit Carla dar. Wenn es nicht jedesmal eine neue Kennkarte notwendig gemacht hätte, wäre Käthe nach Calais gekommen, dann hätte Carla sie öfter besuchen können. So, wie die Dinge lagen, brauchte Carla jedesmal fast einen Tag, um von Wales aus nach Dover, von Dover über den Kanal und von Calais aus nach Paris zu kommen, daher fand der erste Besuch erst vier Wochen nach Drehbeginn statt, als Carla sich drei Tage freinehmen konnte. Sie scherzte, es sei ein Glück, daß Käthe nicht mehr bei den Feuchtwangers in Sanary lebe, im Süden Frankreichs.

Carla hatte sich verändert, zum Positiven. Verglichen mit dem unglücklichen, gequälten Mädchen, mit dem sie Silvester 1933 verbracht hatte, wirkte ihre ehemalige Schülerin jetzt nicht nur gesünder, sondern auch ruhiger, ausgeglichener. Ihre Freundin, Miss Nakamura, hatte offenbar einen guten Einfluß auf sie. Eine vernünftige junge Person mit einem wachen Verstand. Es stand nur zu hoffen, daß sie nicht heiraten und ihren Beruf aufgeben würde, eine Versuchung, der im Exil leider viele intelligente junge Frauen verfielen. Als Käthe etwas in der Richtung äußerte, wurde ihr von Miss Nakamura, die etwas gekränkt wirkte, versichert, davon könne bei ihr keine Rede sein. Carla fügte mit dem Gesichtsausdruck, den sie aufsetzte, wenn sie jemanden necken wollte, hinzu: »Schließlich befindet sie sich nicht im Exil. Sie ist Amerikanerin, Kathi, keine Japanerin.«

Den einzigen Schatten auf die Ausflüge, die Carla in den Monaten ihres Aufenthalts in England nach Paris unternahm, warf der Entschluß von Dr. Goldmann. Er hatte Käthe geschrieben, und obwohl das schon Wochen zurücklag, als sie mit Carla darüber sprach, brannte die Empörung immer noch in ihr.

»Das ist alles die Schuld dieses maßlos egoistischen Jungen!« sagte sie wütend. »Ohne ihn wäre Martin schon lange hier.«

Worauf Carla entgegnete, das könne man auch umgekehrt sehen, und ohne Dr. Goldmann wäre Robert mutmaßlich schon in Amerika. In diesem Punkt war sie genauso blind wie Martin. Sie versuchte, Robert mit Erklärungen von Teufelskreisen und Verantwortung zu verteidigen, aber Käthe winkte verächtlich ab.

»Verantwortung für andere? Wenn er die Verantwortung für sein eigenes Leben übernähme, für *seine* Familie, *seine* Tochter, hätte Martin nicht das Gefühl, *er* müsse es tun.«

»Robert hat ja alles versucht, um ihn davon abzubringen. Er kann ihn schließlich schlecht betäuben und gewaltsam über die Grenze bringen.«

»Nein«, entgegnete Käthe scharf, »aber er könnte etwas anderes tun, und es überrascht mich, daß es ihm noch nicht eingefallen ist, wenn er wirklich so verantwortungsbewußt in bezug auf Martin denkt. Wenn Martin nämlich nicht mehr glaubte, daß Robert und seine Tochter ihn brauchen, wenn er im Gegenteil überzeugt wäre, daß er sie gefährdet und sie ihn deswegen hassen, dann würde er gehen. Dein Freund Robert bezeichnet sich schließlich als Schauspieler. Willst du etwa behaupten, daß er eine Lüge, die Martin vielleicht das Leben retten würde, nicht fertigbringt?«

Carla schwieg. Es stimmte; hier war eine Möglichkeit, um Dr. Goldmann mit Sicherheit aus Deutschland zu vertreiben, vorausgesetzt natürlich, er bekam noch ein zweites Visum. Aber Haß und Abscheu gegenüber Dr. Goldmann zu zeigen käme für Robert einer Wiederholung der Zurückweisung seines Vaters gleich, einer schlimmeren Wiederholung. Sie konnte sich nur zu gut vorstellen, wie verletzt und vernichtet Martin Goldmann sein würde. Das würde Robert innerlich zerreißen.

Käthes Worte setzten sich in ihr fest, aber sie brachte es noch nicht über sich, Robert davon zu schreiben und ihn auf diesen Ausweg aus seinem Dilemma hinzuweisen. Vielleicht fand sich noch eine andere Möglichkeit. Vielleicht.

Nun war Dr. Goldmann nicht der einzige Freund, dem sie dringend ein amerikanisches Visum wünschte. Käthe war ganz ihrer Meinung, was die Möglichkeit eines Krieges anging. Aber sie sperrte sich gegen Carlas Vorschlag, sich um die Einreise nach Amerika zu bemühen.

»Hier habe ich meine Arbeit«, sagte sie. »Ich verdiene vielleicht nicht sehr viel mit meinen Artikeln, aber es gibt Leute, die sie lesen. Es gibt sogar Menschen, die unsere Zeitungen und Pamphlete nach Deutschland schmuggeln. Verstehst du, Carla, hier kann ich etwas bewirken.«

»In Amerika gibt es auch deutschsprachige Zeitungen und Leute, die sie lesen. Es gibt sogar einen sozialistischen *Vorwärts*.«

»Gewiß, doch dort kenne ich niemanden, und niemand kennt mich. Ich müßte ganz von vorn anfangen, und ich beherrsche die Landessprache nicht besonders gut. Das merke ich, wenn ich mit Miss Nakamura spreche. Ich lese Englisch recht gut, aber sie muß sich sehr langsam ausdrücken, damit ich sie verstehe, und sie betont die Worte anders, als ich es in meiner Jugend gelernt habe.«

»Aber Kathi, ich würde dir helfen. Du wärst nicht allein in einem fremden Land, wie du es hier bist, und du wärst nie arm.«

»Meine liebe Carla«, erklärte Käthe würdevoll, »ich würde mich *niemals* von dir aushalten lassen. Mein ganzes Leben lang habe ich darum gekämpft, auf eigenen Füßen zu stehen.« Mit niedergeschlagener Miene fügte sie hinzu: »Es war schlimm genug, einen von Martins Diamanten versetzen zu müssen, um trotz meiner illegalen Einreise die Kennkarte zu erhalten. Bestechung ist ein Grundübel des Kapitalismus. Aber man hätte mich sonst ausgewiesen; der Polizist, mit dem ich es zu tun hatte, ließ daran keinen Zweifel. Später, als ich bei den Feuchtwangers wohnte, konnte ich wieder etwas Geld zurücklegen. Ich werde es ihm eines Tages auf Heller und Pfennig zurückzahlen, das schwöre ich.« Ihr Gesicht hellte sich auf. »Wenn du etwas für mich tun willst, Carla, dann bringe die drei übrigen Diamanten in einem Schließfach in der Schweiz unter, auf Martins Namen. Dann sind sie ihm sicher, ganz gleich, in welches Land er geht, wenn er wieder zu Verstand kommt und endlich Deutschland verläßt. Es war sehr großzügig von ihm, sie mir anzuvertrauen, aber es entspricht auch ganz seiner unglückseligen Neigung, sich zum Märtyrer zu machen, und *irgend jemand* muß ihn davor bewahren.«

»Kathi«, sagte Carla ahnungsvoll, »könnte es sein, daß du Europa deswegen nicht verlassen willst, weil Dr. Goldmann noch hier ist?«

Käthe errötete. »Nun, sollte er nach Frankreich kommen, dann braucht er Hilfe, und wenn es ihn in ein anderes Land verschlägt, wird er den Weg hierher finden. Der Mann ist ein so hoffnungsloser Idealist, daß man ihn eine bittere Erfahrung wie die Emigration nicht alleine bewältigen lassen kann. Doch mein Entschluß entspringt in erster Linie den genannten sachlichen Gründen.«

»Natürlich. Allmächtiger, Kathi, könnte einer von euch nicht endlich damit anfangen, egoistisch zu sein? Was ist, wenn es Krieg gibt und Deutschland gewinnt? Versprich mir wenigstens, daß du ein Visum beantragst. Nur für den Notfall. Falls es Krieg gibt und wir bis dahin Dr. Goldmann aus Deutschland herausgeschleust haben.«

Nach einigem Hin und Her versprach Käthe, zumindest den Antrag zu stellen, und ließ sich überreden, einen der drei verbliebenen Diamanten zu behalten, wenn Carla mit den beiden übrigen für Dr. Goldmann ein Schließfach eröffnete. Die Sache mit den Diamanten brachte Carla auf die Idee, Käthes Abneigung, Geld von ihr anzunehmen, auf die Art zu umgehen, daß sie ihr Schmuck schenkte. Es brachte ihr zuerst einen eisigen Blick und energische Proteste ein, also entschied sie sich für eine schamlose Manipulation. Käthe wußte, wie schwer ihr emotionale Geständnisse fielen, also würde ihr bei diesem gar nichts anderes übrigbleiben.

»Bitte nimm die Halskette mit dem Medaillon. Du weißt nicht, was es mir bedeutet, daß du es trägst – was *du* mir bedeutest. Mir wurde es zum ersten Mal klar, als du so böse wegen meiner Entscheidung für das Theater warst. Dich zu enttäuschen war furchtbar. Für meine richtigen Eltern war ich vom Tag meiner Geburt an eine Enttäuschung, weil sie einen Jungen erwartet hatten, aber du hast mich akzeptiert. Verstehst du nicht, du bist meine richtige Mutter, und wenn du mich jetzt wieder zurückweist...«

Käthe kapitulierte. Es war schlichtweg Erpressung durch Schuldgefühle, und sie wußten es beide, aber obwohl die Wortwahl berechnend war, entsprach der Inhalt der Wahrheit, und es kostete Carla einiges an Stolz, sich zu dieser Offenbarung durchzuringen. Hinterher waren sie beide verlegen, und Käthe gab ihr einen ungeschickten Wangenkuß zum Abschied.

Inzwischen war die Drehzeit in Wales vorbei, und die Produktion hatte sich in die Ranks Studios in der Hauptstadt verlegt, was für Carla eine Verkürzung ihrer Reisezeit bedeutete. An dem Wochenende, an dem sie Käthe die Halskette schenkte, kehrte sie bereits wieder gegen sechs Uhr abends in ihr Hotel zurück, statt wie früher spät in der Nacht einzutreffen. Es handelte sich um ein kleines, aber exquisites Haus in Mayfair, in dem außer ihr und Nancy von der Filmcrew nur noch die beiden übrigen Hauptdarsteller und Eddie Felton wohnten. Der Regisseur des Films lebte ohnehin in London, und der Rest des Produktionsteams war von Paramount und Korda in billigeren Hotels untergebracht worden.

Nancy hatte sie diesmal nicht nach Paris begleitet; sie hatte sich das Wochenende für die Durchsicht eines neuen Skripts, das gerade aus Amerika eingetroffen war, genommen. Da sie am liebsten in der Abgeschiedenheit ihres Zimmers arbeitete, überraschte es Carla, sie im Foyer zu finden, wo sie jemandem gegenübersaß, von dem über dem breiten Ledersessel nur der schwarzhaarige Hinterkopf zu sehen war. Als Nancy Carla erblickte, stand sie auf, und der Mann im Sessel tat das gleiche.

»Du hast wieder Familienbesuch«, sagte Nancy; an Carlas Reglosigkeit merkte sie, daß etwas nicht stimmte, und ihr Lächeln verrutschte ein wenig, doch sie fuhr fort: »Diesmal ist es dein Schwager aus Deutschland.«

Das Schlimmste war, daß Nancy es nicht wußte. Carla hatte ihr erzählt, daß sie eine unglücklich verlaufene Affäre mit einem Mann gehabt hatte, aber nicht, mit wem. Es war ihr auch bekannt, daß Carlas Schwester tot war und daß ihr Witwer und Carla nicht mehr in Verbindung miteinander standen, schließlich konnte sie sehen, wem Carla nach Europa schrieb. Aber zu keinem Zeitpunkt hatte Carla den Namen ihres Liebhabers genannt noch sich die Mühe gemacht, die falsche Schlußfolgerung, die Nancy aus der kurzen Erzählung zog, zu berichtigen, da sie ihr völlig entgangen war – daß nämlich die Affäre deswegen gescheitert war, weil es sich um einen Mann, nicht um eine Frau gehandelt hatte. Nancy in ihrer Ahnungslosigkeit, die nicht mehr lange anhalten würde, neben Philipp stehen zu sehen war fast so albtraumhaft, wie Philipp neben Nancy stehen zu sehen. In diesem Moment hätte sie Robert umbringen können.

Philipp schaute sie an, und die Erinnerung an ihre letzte Begegnung, an die Nacht, die von Zärtlichkeit zu völliger Desillusionierung umgeschlagen war, sprang wie ein körperliches Wesen zwischen sie. Er war kaum gealtert, hatte lediglich ein paar graue Haare an den Schläfen, wo früher keine gewesen waren, aber ansonsten hätte der Bruch zwischen ihnen gestern stattfinden können. Sie versuchte zu sprechen, eine normale Begrüßung von sich zu geben, ehe Nancy endgültig begriff, wen sie vor sich hatte, und stellte fest, daß ihr Mund zu trocken war, die Kehle zu ausgedörrt, um auch nur einen Ton hervorzubringen. Er stand da wie die leibhaftige Vergangenheit und die Gegenwart, vor der sie davongelaufen war. Sie dachte an das, was ihr Robert über seine Freunde erzählt hatte, aber der Haß, die Empörung ließen sie im Stich. Statt dessen entdeckte sie entsetzt so etwas wie Schuldbewußtsein in sich. Was er auch getan hatte, er war der Vater ihres Kindes, eines Kindes, das nie geboren worden war und von dem er nichts wußte, nichts wissen durfte. Statt eines Bildes von Philipp und seinen Parteifreunden zerrte ihr Gedächtnis seinen Besuch in Nürnberg hervor, als er mit einem verzweifelten Bedürfnis von Mariannes eingebildetem Kind sprach. Sie hatte lange gebraucht, um die starke körperliche Anziehung, die er auf sie ausübte, brechen zu können. Zu ihrer Bestürzung kristallisierte sich immer deutlicher die Gewißheit heraus, daß das Kind, Charlie, das Geheimnis, das sie mit sich herumtrug, ein Band anderer Art geknüpft hatte, ein Band, das sie jetzt stumm und reglos machte, unfähig, etwas anderes zu tun, als seinen Blick zu erwidern. Später dachte sie, daß sie ihn einfach ignorieren und auf ihr Zimmer hätte gehen sollen, aber der Moment, in dem die Geste etwas genutzt hätte, verstrich, und es war zu spät.

»Carla«, sagte Nancy, und ihre sonst so melodische Stimme klang dünn und hoch, »Carla? Was – was hast du?«

Warum tat ihr Robert das an, wie konnte er sie so verraten? Es mußte Robert gewesen sein. Selbst wenn Philipp durch irgendeinen unglaublichen Zufall eine englische Zeitung gelesen hätte, in der etwas über die Dreharbeiten von *Armadale* stand, wäre es ihm unmöglich gewesen, ihre Adresse herauszufinden. Und warum war er überhaupt hier, was bezweckte er damit? Selbst Philipp konnte nicht glauben, daß sie ihm auf sein persönliches Erscheinen hin wie ein Lamm zurück nach Deutschland folgen würde, ganz zu schweigen davon, daß er sie nach dieser letzten Nacht hassen mußte. Eine Reise über Hunderte von Kilometern, wofür? Aussprache? Rache?

Wenn es Rache war, dann hatte er bereits Erfolg. Nancy schaute zwischen ihnen hin und her. Sie sah aus, als werde ihr schlecht. Tief Atem holend, wich sie ein paar Schritte zurück, dann drehte sie sich um und rannte am Empfang vorbei die Hoteltreppe hinauf. Einen

Moment lang zog Carla in Erwägung, ihr nachzulaufen, aber sie tat es nicht. Nancy die ganze Angelegenheit zu erklären würde das unangenehmste Gespräch ihres Lebens werden, gleich nach dem, das sie nun vor sich hatte, und im Moment wirkten beide wie die Wahl zwischen Skylla und Charybdis. Am liebsten wäre sie vor beiden geflohen, aber das wäre feige gewesen, und sie hatte Philipp nie den Triumph gegönnt, sie ängstlich zu sehen. Nimm dich zusammen, befahl sie sich. Du kannst damit fertigwerden. Eins nach dem anderen. Erst Philipp, dann Nancy.

Wenn Philipp sie aus der Fassung brachte, hatte es ihr immer geholfen, sich in Sarkasmus zu flüchten, und so griff sie nach der ersten einigermaßen brauchbaren Bemerkung, die ihr einfiel.

»Laß mich raten. Als Belohnung für treue Dienste hat man dich zum neuen Botschafter in London gemacht, und du suchst nach Gästen für deinen ersten Empfang.«

Er schüttelte den Kopf; ein winziges Lächeln spielte um seine Lippen, doch noch immer sagte er nichts. Sie kannte wenige Menschen, die Schweigen so effektiv einsetzten wie Philipp. Natürlich war sie sich bewußt, daß sie an Boden verlor, da sie als erste sprach, aber einen Wettbewerb im gegenseitigen stummen Fixieren würde sie immer verlieren. Das gesprochene Wort war ihr Medium.

»Ein Jammer«, fuhr sie so unbekümmert wie möglich fort. »Ich dachte immer, daß die Briten mit ihrem Zeremoniell dir liegen würden, aber ich nehme an, der Ribbentropsche Champagner wiegt eben mehr als das Bachmaiersche Leder.« Das war eine Anspielung auf die Herkunft des Vermögens des derzeitigen Botschafters. Allmählich flossen ihr die Worte wieder leichter zu. »Aber gib die Hoffnung nicht auf. So, wie es jetzt aussieht, wird Franco den Bürgerkrieg gewinnen, und vielleicht wirst du dann deutscher Botschafter in Spanien. Da liegen dann zwar sehr viele Leichen störend in der Landschaft herum, aber es gibt jede Menge Stiere, und ich bin sicher, die Firma würde davon profitieren.«

»Du hast dich nicht verändert«, sagte er. Mit einemmal spürte sie die Erschöpfung nach ihrer langen Reise aus Frankreich und sank ohne weiteres in den Sessel, den er vorhin geräumt hatte.

»O doch«, erwiderte sie und dachte an die Abtreibung, an den Tag, an dem sie durch die Hölle gegangen war. Selbst wenn er davon gewußt hätte, würde er nie verstehen, was es für sie bedeutete. Er war ein Mann. »Du hast ja keine Ahnung, wie sehr.«

Philipp setzte sich ihr gegenüber. »Ich glaube«, sagte er nachdenklich, ohne den Blick von ihr zu wenden, »wenn du nicht existiertest, wenn es dich nie gegeben hätte, wüßte ich, was Zufriedenheit bedeutet. Aber ich hätte niemals gelebt.«

Ihr war kalt, sehr kalt; sie hatte nicht gewußt, daß man Schmerz so körperlich als das Stechen tausender winziger Eispartikel empfinden konnte. Es kam so nahe an ein Geständnis von Liebe heran, wie es ihm möglich war. Aber es war zu spät, zu spät für sie und zu spät für ihn, falls es überhaupt jemals eine richtige Zeit für sie beide gegeben hatte. Erst als er sich erhob und über das kleine Tischchen zwischen den Sesseln hinweg die Hand ausstreckte, um ihre Wange zu berühren, bemerkte sie, daß sie weinte.

»Philipp«, sagte sie abrupt, »wir werden uns wahrscheinlich nie mehr wiedersehen. Aber ich«, sie schloß die Augen und zwang den würgenden Klumpen aus Panik und Stolz hinunter, »ich würde diesmal gerne Abschied von dir nehmen, ohne daß einer von uns den anderen verletzt. Um uns beiden eine heilende Erinnerung zu geben.«

Sie wußte nicht, ob er begriff, was sie ihm damit mitteilen wollte. Niemand konnte die Zeit zurückdrehen, und die Gegenwart war unerbittlich. Sie würde sich bereits nach einem Tag, nach einem halben Tag, wieder einstellen. Aber sie hatte ihn einmal geliebt, so sehr sie es leugnen wollte, und daß es ihn gab, prägte einen Teil von ihr unwiderruflich, von dem Moment an, als er sie bei der Hochzeit ihrer Schwester geküßt hatte. Es war eine ungewollte, nur selten glückliche Verbindung, doch sie existierte, und auch sie hätte nicht darauf verzichten wollen, und heute war ihre letzte Chance, zumindest das Ende der Geschichte neu zu schreiben. Sie spürte seine Hand, die den Verlauf ihrer Tränen nachzeichnete.

»Gut«, sagte er leise. »Nehmen wir Abschied.«

Es war nach elf, als sie die Tür zu der Zimmerflucht öffnete, die man ihr und ihrer »Assistentin« zur Verfügung gestellt hatte. Kein Licht brannte; im Dunkeln tastete sie nach dem Schalter und fand ihn erst nach einigem Suchen. Die Suite bestand aus einem Wohn-

und Arbeitszimmer, zwei Schlafzimmern, einem Badezimmer und einem kleineren Ankleideraum. Sie erwartete halbwegs, daß sich Nancy in ihrem Schlafzimmer verbarrikadiert hatte, aber als das Licht einmal brannte, fand sie es so leer und unverschlossen wie den Rest der Räume. Nirgendwo lag ein Zettel, so sehr sie auch suchte. Auf eine weitere Aussprache eingestellt, fiel sie nun in tiefe Beunruhigung. Im Wohnzimmer stand ein Telefon, also rief sie bei der Rezeption an, erkundigte sich, ob Miss Nakamura eine Nachricht hinterlassen habe, und erhielt einen negativen Bescheid. Niemand hatte Nancy das Hotel verlassen sehen, und ihr Schlüssel war nicht abgegeben worden, doch das besagte nichts. Man achtete nicht besonders auf sie, sie konnte gegangen sein, ohne das es jemand bemerkte, und ihren Schlüssel mitgenommen haben. Auf jeden Fall war sie zu Fuß unterwegs, denn daran, eine Taxe für sie gerufen zu haben, hätte der Portier sich erinnert.

Die Vorstellung, Nancy irre durch das nächtliche London, machte ihr Sorgen. Gut, vielleicht war sie einfach nur wütend, aufgebracht über das, was sie durch Philipps plötzliches Auftauchen entdeckt hatte, und brauchte einige Zeit für sich allein. Vielleicht wollte sie sich auch rächen und wußte, daß ihre mysteriöse Abwesenheit Befürchtungen in Carla auslösen würde. So hätte Carla selbst reagiert. Nur sagte ihr ihre innere Stimme, daß sich Nancy in diesem Punkt von ihr unterschied. Sie begann, ruhelos auf und ab zu gehen.

Nancy war eine erwachsene Frau und hatte das Recht, die Nacht zu verbringen, wo sie wollte, also konnte Carla mit ihren Befürchtungen noch nicht einmal zur Polizei gehen. Man würde sie für verrückt halten und ihr frühestens in ein, zwei Tagen, wenn Nancy bis dahin noch nicht wieder aufgetaucht war, Gehör schenken. Vielleicht reagierte sie auch übertrieben neurotisch, und Nancy kam in den nächsten zehn, zwanzig Minuten zurück, um eine Erklärung zu fordern.

Eine Stunde verging, und sie überlegte, wo Nancy hingegangen sein konnte, ob es einen Ort in London gab, der ihr besonders gefiel, gut genug, um einen mitternächtlichen Ausflug dorthin zu unternehmen, um nachzudenken. Am häufigsten zog es Nancy in die Charing Cross Road, um dort in den Buchhandlungen zu stöbern, doch das kam um diese Uhrzeit nicht in Frage. Nancy war zutiefst beeindruckt von Westminster Abbey gewesen. Die Kirchen waren um diese Zeit längst geschlossen; trotzdem schrieb sie eine hastige Notiz, falls Nancy in ihrer Abwesenheit zurückkehren sollte, und machte dann einen müden Taxifahrer etwas reicher. Er wartete, während sie um die riesige Abtei herumlief. In der nächtlichen Stille hallte ihre Stimme wie ein geisterhaftes Echo wieder. Nancy war nicht dort.

Während der Rückfahrt nach Mayfair sagte sich Carla, daß es die Erschöpfung war, der lange Reisetag, das Wiedersehen mit Philipp, die sie so verstörten. Nancy würde in dem Hotel sein oder auch nicht, aber ihr war nichts geschehen. Es gab keinen Grund, Gespenster an die Wand zu malen. Spätestens morgen früh würde sie wieder da sein, mutmaßlich zornig, auf jeden Fall verletzt. Sie würden über alles sprechen, nicht nur über Philipp, sondern auch über Carlas Furcht vor völliger Abhängigkeit, und versuchen, gemeinsam eine Lösung zu finden.

Nancy blieb verschwunden, und Carla beschloß, den Rest der Nacht auf der Couch im Wohnzimmer zu verbringen, um ihr zu zeigen, daß sie erwartet wurde, wenn sie zurückkam, und um zu verhindern, daß sie Nancys Rückkehr überhörte. Irgendwann mußte sie dennoch eingeschlafen sein, denn als das Pochen an der Tür sie aufschrecken ließ, zeigte die Uhr im Dämmerlicht der kleinen Tischlampe drei Uhr dreißig, und ihr fehlte die Erinnerung an die letzten beiden Stunden.

Als sie hastig aufstand und zur Tür lief, bemerkte sie, daß ihre Beine eingeschlafen waren und, wie von tausend Insekten gebissen, kribbelten. Auch ihre linke Hand fühlte sich taub an, als sie die Klinke herunterdrückte. Im Flur stand, aschfahl und am ganzen Leib zitternd, ein im Bademantel seltsam häuslich wirkender Eddie Felton, und das erste, was sie dachte, war: Natürlich ist es nicht Nancy, Nancy hat einen Schlüssel. Dann wurde ihr bewußt, daß ein Eddie Felton um halb vier Uhr morgens vor ihrer Suite kein normaler Anblick war, selbst wenn er nicht wirkte wie ein gerade vor dem Ertrinken Geretteter.

»Carla«, stieß er heiser hervor, »Carla, es tut mir leid. Das habe ich nicht gewollt, o Gott, ich hatte ja keine Ahnung, sie hat nichts gesagt, ich habe nichts gehört, o Gott, es tut mir leid!«

Ihre Hände verkrampften sich um den Türrahmen, während etwas in ihr erstarb.

»Wo ist sie, Eddie?« fragte sie und wunderte sich, warum sie nicht überrascht war, wo jetzt, als sich all ihre Befürchtungen bestätigten, die Selbstvorwürfe der Stunden zuvor blieben.

»In meinem Zimmer. Ich meine, im Badezimmer. Ich bin vorhin aufgewacht, und ...«

Mit einer mechanischen Sorgfalt, die sie irritierte, dachte sie daran, ihren eigenen Schlüssel mitzunehmen, ehe sie die Suite verließ und dem Mann folgte, dessen gewohnte Selbstsicherheit und Wortgewandtheit in einem Meer von bruchstückartigen, entsetzten Ausrufen verschwunden waren, die er von sich gab, während sie zu seinem Zimmer liefen.

»Ich hatte keine Ahnung! Ich schwöre bei Gott, daß ich keine Ahnung hatte! Sie war etwas unruhig, aber normal, als sie mit dem Skript zu mir kam. Und dann – es war ihre Idee, sie hat damit angefangen – ich dachte, warum nicht – gut, vielleicht wollte ich Ihnen auch etwas heimzahlen – aber es lief alles normal, ich schwöre Ihnen, es lief alles normal! Sie hatte keinen Grund, so etwas zu tun!«

Drei »normals« hintereinander, hallte die kalte, nüchterne Stimme in ihrem Kopf. Ob er überhaupt bemerkte, wie bizarr das Wort in diesem Kontext war? Mutmaßlich nicht. Er war nicht in der Lage, seine Zimmertür aufzusperren, also mußte sie es für ihn tun. Immer noch zitternd und seine Unschuld beschwörend, führte er sie zu dem Badezimmer. Sie wußte, was sie vorfinden würde. Sie hatte es schon einmal gesehen. Doch diesmal fehlte der Dampf, und das rötliche Wasser in der Wanne war kalt, als sie nach Nancys Handgelenk griff. Der senkrechte Schnitt kreuzte sich mit der waagrechten Narbe. Nancys schwarze, so klar gezeichnete Augen starrten sie an, tot und kalt wie das All, und alles, was sie wiederspiegelten, war ihre eigene innere Leere. Sie hörte Würgegeräusche und schaute auf. Eddie Felton erbrach sich über dem Waschbecken. Jetzt erst fiel ihr auf, das es in dem Raum bereits nach Erbrochenem roch; links neben dem Badewannenrand befand sich eine kleine Lache.

Sich wieder Nancy zuwendend, nahm sie das andere Handgelenk und fand den gleichen Längsschnitt. Der Arm hatte im Wasser gelegen, und das Blut überzog ihn mit einer roten Schicht. Auch Nancys wunderschönes, seidiges Haar war verklebt und verkrustet, als sie die Arme losließ und versuchte, es zu entwirren. Die Würgegeräusche hinter ihr hörten auf, und Eddie Felton sagte hilflos: »Oh, Scheiße. Scheiße!«

»Helfen Sie mir«, sagte Carla abwesend, »sehen Sie nicht, wir müssen sie aus dem Wasser holen.«

»Sollte – sollte das nicht die Polizei tun? Scheiße, die Polizei! Sie werden denken – mein Zimmer – sie hat die Nacht mit mir verbracht – was soll ich ihnen – o Gott!«

Nancy hatte mit ihm geschlafen und sich dann in seinem Badezimmer umgebracht, um Carla gleichzeitig den Grund zu verdeutlichen und ihre Karriere zu retten, damit nicht das gleiche wie nach Genevieves Tod geschah. Aber es gab keine Möglichkeit, das Felton zu erklären, und selbst wenn sie in der Lage dazu gewesen wäre, hätte sie es nicht getan. Sie schaute auf die tote Nancy, und Gertrudes Klage um die ertrunkene Ophelia, die eine andere Carla während eines turbulenten Sommers in Lubeldorf gesprochen hatte, kam in Fragmenten zu ihr zurück: *Als ob sie nicht die eigne Not begriffe,/ Wie ein Geschöpf, geboren und begabt/ Für dieses Element…*

Wie aus weiter Ferne hörte sie sich entgegnen: »Es ist nicht Ihre Schuld. Sie hat es schon einmal versucht.«

Dann versagte auch ihre Stimme, und zurück blieb die Hülle, die auf den kalten Fliesen neben der Leiche kniete, bis Felton mit dem Hotelmanager kam.

24. KAPITEL

Halef – es tut mir leid. Ich wollte, daß sie schockiert ist und Dich verläßt, weil sie Dich in Amerika hielt. Nicht, daß sie stirbt…

Halef – schick mir bitte eine Zeile, daß Du noch lebst. Schön, ich weiß, daß Du noch lebst, weil Du so gnädig warst, Jean-Pierre zu schreiben, daß er keine Briefe mehr weiterzuschicken braucht. Aber eine persönliche Verfluchung wäre nett. Bitte. Ich weiß, daß Du mir noch nicht verzeihen kannst, aber es ist geschehen, und wenn ich sie ins Leben zurückholen könnte, ich würde es tun.

Carla – tu das bitte nicht. Hasse mich, wenn Du willst, aber wenn wir uns gegeneinander wenden, bleibt uns gar nichts mehr. Du kannst mich nicht ausschließen. Ist es ein Geständnis, was Du willst? Also schön. Ich wußte, daß es möglicherweise passiert, als ich P. erzählte, daß Du in London bist. Ich hoffte, daß die Erschütterung ihres Idealbilds von Dir sie einfach nur vertreiben würde, aber ja, ich nahm auch in Kauf, daß sie sich umbringt. Sie war ein Parasit, ein angenehmer, liebesbedürftiger, schöner Parasit, aber ein Parasit, ohne eigene Lebenskraft, sich von Deiner nährend. Sie hat Dich erstickt, das hast Du selbst gesagt, und nun frage ich Dich, ist das, was Du seit ihrem Tod fühlst, nur Trauer? Nichts als das? Ein Funken Erleichterung und eine Spur von Befreiung sind nicht dabei?

Diese spezielle Lehmpuppe habe ich gefertigt, und nicht Du. Ich bin nicht stolz darauf. Aber sie hat sich selbst getötet, niemand hat sie dazu gezwungen. Wenn Du ihr nie begegnet wärst, hätte sie es schon vor Jahren getan. Sie war ein Opfer, und behaupte nicht, daß Du das nicht von Anfang an gesehen hast. Und wo wir gerade bei unangenehmen Wahrheiten sind: Ich habe Dich nicht gezwungen, mit Philipp dem Hai auch nur ein Wort zu wechseln. Ehrlich gesagt, ich hatte gehofft, daß Du ihn abblitzen läßt, was zwei Fliegen mit einer Klappe geschlagen hätte. Aber die Hoffnung war nicht sehr groß, nicht bei Deiner Vorliebe für selbstzerstörerische Charaktere. Als Du ihn und sie nebeneinander hast stehen sehen, ist Dir da aufgefallen, daß es sich um Spiegelbilder handelte? Ich kann mir Deine Nancy sehr gut als Konzernchefin mit Parteiabzeichen vorstellen. Oder Philipp mit offenen Pulsadern (schließlich ist Selbstmord der ultimate Vorwurf, der letzte Schlag, den man den Überlebenden versetzen kann).

Bist Du nun zornig genug, um mir zu antworten, oder soll ich weitermachen?

Robert – da wir beide soviel über Opfer und Überlebende wissen und Du diesmal meine Lehmpuppe für mich zerstört hast, erwidere ich Dir den Gefallen. Bei Dir gibt es schließlich noch eine alte, unzerstörte, längst überfällige. Wenn Du Dir das nächste Mal selbst leid tust, weil Du Dr. Goldmann am Hals hast, dann sprich einfach mit ihm über den Tod Deiner Mutter. Du bist so gut darin, andere Menschen zu manipulieren, glaubst Du nicht, daß es die einfachste Sache von der Welt wäre, etwas aufgestauten Groll loszuwerden und dem guten Doktor zu verdeutlichen, daß er aus Deinem Leben zu verschwinden hat, weil Du ihn längst nicht mehr darin erträgst? (Das Stichwort »Parasit« könnte helfen.) Ich bin sicher, dann würde er Deutschland verlassen. Als gebrochener Mann zwar, und ob er dann im Exil nicht einfach aufgibt, ohne eigene Lebenskraft, weiß man nicht, aber er würde gehen. Denk darüber nach.

Nein, ich habe nicht Nancy und Philipp als Spiegelbilder gesehen. Ich sehe Dich und mich, und im Moment ekelt es mich an. Aber ich weiß, daß man seinem Spiegelbild nie entkommt.

Die Oktobersonne schien warm, als Dr. Goldmann mit Martina durch den Berliner Tiergarten spazierte. Einmal blieb er stehen, um ein Blatt, das sich in ihrem Haar verfangen hatte, zu entfernen, obwohl er vermutete, daß es verlorene Liebesmühe war; Martina hatte ein Talent dafür, selbst an windstillen Tagen wie diesem völlig zerzaust auszusehen. Sie rannte hierhin und dorthin, und einmal konnte er sie nur mit Mühe davon abhalten, in das Rehgehege hineinzuklettern. Als ihr zähes Bemühen, die Papageien dazu zu bringen, ihr etwas nachzuplappern, ihm Zeit dazu ließ, grübelte er einmal mehr darüber nach, wie der Herbst des Jahres 1938 zu einer so überraschend glücklichen Zeit geworden war. Das Jahr hatte nicht gut begonnnen; im April kam die Anordnung, alle Juden müßten ihr in- und ausländisches Vermögen anmelden und bewerten lassen, was nur auf weitere erniedrigende Maßnahmen hinauslaufen konnte. Er selbst hatte zum ersten Mal in seinem Leben die Behörden bewußt belogen. Dann begann Robert mit seiner Büchner-Verfilmung, *Dantons Tod*, mit sich selbst als Danton und seinen Schweizer Freunden, die Dr. Goldmann immer noch etwas irritierten, als Robespierre und Saint Just. Die Schweizer brachten die Nachricht mit, daß Dr. Goldmann dank Käthe und Carla nun über ein Züricher Schließfach verfügte, was ihn mehr beunruhigte als erfreute. Gewiß, es bedeutete, eine feste Summe Geldes in Sicherheit zu haben, aber die Diamanten waren mehr für Käthes Sicherheit als für die seine gedacht gewesen, und er hatte geglaubt, sie habe das akzeptiert.

Von den Schweizern war ihm der ruhige Dieter immer noch lieber als der scharfzüngige Jean-Pierre, doch er war ehrlich genug, sich einzugestehen, daß sein Ressentiment gegen die beiden auch darauf beruhte, daß sie offenbar über das Bescheid wußten, was im letzten Jahr zwischen Robert und Carla geschehen war. Sonst wußte es niemand, auch Käthe nicht, es sei denn, sie wagte nicht, ihm darüber zu schreiben, sollten ihre Briefe kontrolliert werden. Daß sich Robert ihm in einer so wichtigen Sache nicht anvertraute, wohl aber zwei Fremden, kränkte Dr. Goldmann zutiefst. Er fragte sich einmal mehr, ob Robert ihn unter anderen Umständen, ohne Hitler, nicht längst aus seinem Leben ausgeschlossen hätte und nur noch einmal im Jahr, wenn überhaupt, besuchen würde. Sein Stolz verbot es ihm lange, die Schweizer auszufragen, und als Robert wieder einmal das Geld ausging und die Produktion bis zur nächsten Finanzspritze eingestellt werden mußte, war es zu spät.

Robert hatte mit seinem Kriminalfilm, *Endlos*, zum ersten Mal genau den Erfolg gehabt, den er sich wünschte: beim Publikum, bei den Kritikern, im In- und im Ausland, genauer gesagt, bei der Biennale in Venedig, dem neuen Filmfest, das in Italien ein Publikum aus aller Herren Länder vereinigte. Das Problem lag darin, daß durch die derzeitigen Bedingungen der deutsche Filmexport ins Ausland nahezu gänzlich zurückgegangen war und der Verleih, den er schließlich in Österreich gefunden hatte, Felicia, einfach nicht mit der UFA konkurrieren konnte, was die Distribution an Kinos anging. In den Kinos, in denen *Endlos* lief, war der Film sehr erfolgreich und sorgte außerdem für einen regen Verkauf der Haffner-Symphonie, die Robert in dem Film leitmotivisch einsetzte.

»Ein schamloser Klau bei Fritz Lang, gebe ich zu«, sagte er zu Dr. Goldmann, »ich habe nie vergessen, wie er den Peter Lorre in *M* diese Peer-Gynt-Melodie pfeifen ließ. Aber darauf kann hierzulande keiner mehr hinweisen, nicht wahr? Was die Zensur nicht alles für einen tut.«

Es war die Art von zynischer Bemerkung, wie er sie seit seinem Besuch in England immer öfter machte. Früher hätte der Erfolg von *Endlos*, selbst wenn es wegen der beschränkten Aufführungsmöglichkeiten kein finanzieller Erfolg war, Robert in Hochstimmung versetzt. Statt dessen verfiel er bei seinem nächsten Projekt ausgerechnet auf *Dantons Tod*, ein Stück, daß selbst Dr. Goldmann, überzeugter Anhänger der deutschen Literatur des 19. Jahrhunderts als kulturellem Höhepunkt und derzeitiger bester Fluchtmöglichkeit aus der Gegenwart, insgeheim unerträglich fand. Es war ihm zu düster, zu hoffnungslos, und in diesen Tagen mit seiner Porträtierung einer im Chaos versinkenden, sich selbst zerstörenden Welt der Realität zu nahe. Er wunderte sich, daß Robert überhaupt die Erlaubnis zu einer Verfilmung erlangt hatte, zumal es kaum in den Theatern aufgeführt wurde.

»Es handelt sich um deutsches Kulturgut«, entgegnete Robert auf seine Frage hin sarkastisch, »mit antifranzösischem Propagandawert. Ähnlichkeiten zu unserer eigenen glorreichen Revolution sind unmöglich, da die in dem Stück doch von dekadenten Welschen durchgeführt wurde. So habe ich es der Kammer verkauft. Natürlich brauchten sie noch etwas mehr Beweise für meine Gesinnungstreue, also wirst du mich demnächst in einem dieser unsäglichen Fridericus-Epen sehen, wo Otto Gebühr uns zum hundertsten Mal mit der gleichen Darstellung beglückt.«

Roberts Reise nach England hatte auch nicht dazu beigetragen, sein Eheleben zu verbessern, und inzwischen bezweifelte Dr.

Goldmann, ob das überhaupt noch möglich war. Immerhin bemerkte auch Monika, daß der Sommer 1937 etwas zwischen Robert und Carla verändert haben mußte, doch inzwischen schien es sie nicht mehr zu kümmern. Sie verbrachte ihre Zeit damit, allen möglichen Frauenorganisationen beizutreten, und ignorierte Dr. Goldmann, so gut es ging, was mittlerweile auch Martina auffiel. Sie mußte ihre Mutter nach dem Grund gefragt haben, denn eines Tages kam sie zu Dr. Goldmann, umarmte ihn und erklärte, sie liebe ihn, auch wenn er ein Jude sei, und ganz gewiß gebe es auch gute Juden. Es war einer der bittersten Momente seines Lebens, denn so gut das Kind es meinte, es zeigte doch, daß die schleichende Vergiftung seiner Seele begonnen hatte. Aber alle privaten Sorgen wichen in den Hintergrund, als Hitler Anfang September 1938 begann, von einer »militärischen Unterstützung der Sudetendeutschen« zu sprechen.

Für Dr. Goldmann war die Aussicht auf Krieg in einer Weise schrecklich, die nichts mit der Befürchtung, Deutschland dann nicht mehr verlassen zu können, zu tun hatte; damit hatte er sich abgefunden. Aber er kannte den Krieg, kannte ihn nur allzugut. »Den Krieg, um alle anderen Kriege zu beenden«, hatte man das jahrelange Gemetzel genannt, von dem er nun fürchtete, daß es sich wiederholte. Die übrigen Länder mochten den Einmarsch ins Rheinland akzeptiert haben, und auch den Anschluß von Österreich. Dr. Goldmann hatte den Vertrag von Versailles selbst als ungerechte Demütigung empfunden und gehofft, das Rheinland werde eines Tages wieder eine normale deutsche Provinz sein, wenngleich er gedacht hatte, dies werde durch den Völkerbund und auf diplomatischem Weg geschehen. Wie auch immer, er konnte verstehen, daß man Hitler gewähren ließ, und die Österreicher hatten sich nicht gerade gegen den Anschluß gewehrt. Doch ein fremdes Land anzugreifen, das mit Frankreich und England verbündet war, bedeutete mit Sicherheit Krieg.

Er bangte den ganzen September lang, was zu einer seltenen Übereinstimmung mit Monika führte. Sie saßen stundenlang neben dem Radio, auf die neuesten Nachrichten wartend, während Robert in Babelsberg einen bösen russischen General im neuesten der Filme über Friedrich den Großen spielte. Dann kam das Münchner Abkommen, und für Dr. Goldmann sah die Welt wieder etwas heller aus. Gewiß, die Tschechen waren zu bedauern; ihre englischen und französischen Bündnispartner hatten sie im Stich gelassen und Hitlers Forderungen geopfert. Aber es würde keinen Krieg geben; jetzt gab es nichts mehr, das Hitler noch als »von alters her deutsch« beanspruchen konnte. Robert und seiner Generation würde es erspart bleiben, sich gegenseitig umzubringen.

In den Septemberwochen war ein alter Traum zurückgekehrt, die Erinnerung an einen Gasangriff und an die Überlebenden, die er danach behandeln mußte, nur daß es in dem Traum Robert war, der ihm unter den Händen wegstarb. Nachdem Hitler, Chamberlain und Daladier der Welt in München den »Frieden für unsere Zeit« verkündet hatten, konnte Dr. Goldmann wieder schlafen, ohne den Traum länger fürchten zu müssen. Der plötzliche Wegfall von Angst ließ ihn jeden Moment des friedlichen Oktobers, der sich bald dem Ende zuneigte, genießen.

Martina zupfte an seinem Ärmel und riß ihn aus seinen Gedanken. »Dada, hör doch, Dada!« Eifrig wies sie auf einen der Papageien, dann sagte sie langsam: »Lebensraum.« Der Papagei wiederholte etwas, das mit einiger Phantasie wie »Lebensraum« klang, und Martina klatschte in die Hände. Dr. Goldmann starrte sie an.

»Woher hast du denn dieses Wort?«

»Aber Dada, das kommt doch dauernd im Radio. Und der Papagei kann es jetzt ganz alleine sagen. Ist das nicht toll?«

»Ja, sicher«, murmelte Dr. Goldmann und entschied, mit Robert darüber zu reden, ob es nicht allmählich an der Zeit sei, Martina einige Dinge zu erklären.

Robert besuchte gerade mit Helmut Holpert das Theater am Gendarmenmarkt. Auch die dritte Instanz hatte inzwischen gerichtlich gegen Helmuts Antrag, als reinblütiger Arier anerkannt zu werden, entschieden. Der jahrelange Prozeß hatte ihn, ganz abgesehen von der nervlichen Zerrüttung, finanziell ruiniert, und er brauchte dringend ein gutes Engagement. Roberts letzte Gagenzahlung für seine Rolle als Camille in *Dantons Tod* lag schon eine Weile zurück, und derzeit konnte er es sich auch nicht leisten, Helmut etwas vorzustrecken.

Die Premiere von *Der Arzt am Scheideweg*, mit Gustaf Gründgens als Louis Dubedat, stand kurz bevor, also herrschte die gewohnte Aufregung, und Robert wunderte es nicht, auf dem Weg zu Gründgens einem sichtlich entnervten und schlecht gelaunten Wolfgang Liebeneiner, der die Regie führte, zu begegnen. Der Anblick des Bühnenbildners Willi Schmidt, der mit blutender Nase und Stirn auf der Bühne lag und von ein paar Hilfskräften verarztet wurde, war schon ungewöhnlicher. Als sie schließlich den Intendanten mit geröteten Augen in seinem Büro fanden, wußte Robert, daß er sich den falschen Tag ausgesucht hatte, aber die Angelegenheit duldete keinen Zeitaufschub.

»Wer hat denn den Schmidt niedergeschlagen?« fragte er Gründgens betont forsch. »Krauß?«

Werner Krauß spielte im *Arzt am Scheideweg* die Hauptrolle, Dr. Ridgeon. Da er sich nirgendwo blicken ließ, lag die Vermutung nahe, daß er etwas mit der allgemeinen Katerstimmung zu tun hatte.

»I wo«, entgegnete Gründgens, seufzte und begann, sich die Schläfen zu massieren. »Der ist einfach umgekippt, ohnmächtig geworden, mitten in meinem schönsten Wutausbruch. Tut mir ja leid, aber habt Ihr das Bühnenbild gesehen?«

Robert und Helmut runzelten pflichtschuldigst die Stirn und dachten nach. Auf der Bühne war die Dekoration für einen bis ins Detail konstruierten Salon der Jahrhundertwende zu bewundern gewesen, eher zu üppig als zu sparsam ausgestattet, und eine Reihe von Statuen und Gemälden, die aussahen, als ob Schmidt sie direkt aus dem Museum entliehen hätte, schienen eigentlich viel zu gut für Attrappen. Auf ihre ratlosen Mienen hin erklärte Gründgens: »Es ist für den vierten Akt. Meine Sterbeszene!«

Robert begriff und begann zu grinsen. Gründgens zog eine Grimasse.

»Genau. Es ist viel zu gut. Schmidt hat Shaws Anweisungen über all die Werke, die Dubedat um sich herum aufgestellt hat, praktisch wörtlich genommen. Das Publikum wird hingerissen sein, aber von dem Bühnenbild, nicht von mir, und noch die Details bewundern, während ich dabei bin zu sterben. Ganz zu schweigen davon, daß die Scheinwerfer sich in der Lasur von all den Statuen widerspiegeln werden. Das gibt ein Feuerwerk von Lichtern um mich herum, und mich sieht man überhaupt nicht mehr. Das ist geradezu ein Attentat auf mich. Der Mann will mich ruinieren!«

»Gustaf«, sagte Robert, nahm sich den einzigen freien Stuhl im Raum und setzte sich rittlings darauf, »du hast Krauß als Faust nicht nur überlebt, sondern siegreich in die Ecke gedrängt, du überstehst jede Menge langweiliger Empfänge unseres Reichsmarschalls, und dann läßt du dich von solchen Kleinigkeiten wie Lichtreflektionen und Dekorationsüberschuß beeindrucken?«

Sie kannten sich mittlerweile recht gut, und Gründgens war nicht so aufgeregt, daß er Roberts Besuch mit Helmut Holpert im Kielwasser für eine Höflichkeitsvisite gehalten hätte. Er besaß inzwischen Übung darin, zu merken, wann jemand etwas von ihm wollte.

»Worum geht es diesmal?« fragte er resigniert.

»Helmut braucht ein Engagement. Dringend. Du kennst ihn, du weißt, wie gut er ist.«

»Ja. Ich weiß auch, was Anfang dieses Jahres mit meinem Sekretär passierte, der, entschuldige, Helmut, ebenfalls halbjüdischer Herkunft ist. Er wurde von der Gestapo verhaftet. Göring hat ihn da wieder herausgeholt, und er konnte zu Verwandten nach Südamerika emigrieren, aber nicht, bevor ich den Hinweis erhielt, daß mein Wohltätigkeitsspielraum für dieses Jahr aufgebraucht sei. Versteh mich nicht falsch, ich finde hier etwas für Helmut, und wenn es als zweite Besetzung ist, aber seien wir ehrlich, du fragst mich nicht nur, weil er Arbeit sucht, sondern weil ich bei Göring und seiner Frau einen Stein im Brett habe. Der ist nicht unbegrenzt nutzbar, Robert, und kann auch ins Gegenteil umschlagen. Ich kann für niemanden mehr garantieren.«

Das Theater am Gendarmenmarkt unterstand als preußisches Staatstheater dem preußischen Ministerpräsidenten, Hermann Göring, im Gegensatz zu allen anderen Theatern, die in den Machtbereich des Ministeriums für Propaganda und Kultur fielen. Diesem besonderen Umstand und der Tatsache, daß er über Görings zweite Frau, die Schauspielerin Emmy Sonnemann, die Bekanntschaft des Reichsmarschalls gemacht hatte, verdankte Gründgens seine Ernennung zum Intendanten, obwohl Goebbels ihn verabscheute, oder vielleicht auch gerade deswegen, denn die Rivalität zwischen Goebbels und Göring war selbst in den Zeiten gesteuer-

734

ter Nachrichten allgemein bekannt. Seither galt das Theater am Gendarmenmarkt nicht ganz zu Unrecht als eine Art Refugium vor den Restriktionen des nationalsozialistischen Alltags; Gründgens konnte Regisseure wie Jürgen Fehling beschäftigen, die vom Reichsdramaturgen als Kulturbolschewisten beschimpft wurden, er fragte bei seinen Schauspielern und Bühnentechnikern nicht nach der Abstammung, und er inszenierte keine Werke der neuen Blut-und-Boden-Literatur. Aber er war kein Heiliger und nicht blind gegenüber dem Umstand, daß er auf einem dünnen Seil balancierte. Göring konnte ihn jederzeit fallenlassen. Dann stand er nicht nur auf Goebbels' Abschußliste – und ein gutes Beispiel, was Goebbels Schauspielern antun konnte, hatte im letzten Oktober der Tod von Renate Müller nach Jahren voller Schikanen abgegeben –, sondern auch auf der der Gestapo. Trotz seiner Ehe mit Marianne Hoppe war Gründgens' Homosexualität ein mehr oder weniger offenes Geheimnis.

»Ich erwarte gar keine Sicherheit mehr«, sagte Helmut düster. »Nur einen Lebensunterhalt.«

Gründgens musterte ihn nachdenklich. »Ich kann mich noch erinnern, daß dein Gedächtnis hervorragend ist, aber wie schnell bist du im Einstudieren?«

»So schnell wie nötig, anders kann man nicht überleben und mit Robert arbeiten«, entgegnete Helmut, schon etwas hoffnungsvoller. »Der Mann wirft einem ständig die Texte um.«

»Das nennt man Kreativität«, warf Robert ein. »Außerdem wollen Talente ausgenutzt werden.«

»Zweifellos«, meinte Gründgens. »Unser Krauß schaut mir in den letzten Tagen bedenklich grün aus, und seine reguläre zweite Besetzung ist bereits der Grippe erlegen. Wenn er vor der Premiere ausfällt, stehen wir mit einem Riesenproblem da. Also, Helmut, betrachte dich als vorläufiges Mitglied des Ensembles, und frische deinen Shaw auf. Ich werde mit Liebeneiner reden, damit er die Rolle im Schnellverfahren mit dir durchpaukt… falls Liebeneiner mit mir redet. Er macht mich nämlich für Schmidts Ohnmacht von vorhin verantwortlich, und das, nachdem er den Mann mit Mühe und Not vom Deutschen Theater weggelockt hat.«

Robert blieb noch eine Weile, um über *Dantons Tod* zu reden, weil Gründgens im nächsten Jahr selbst das Risiko eingehen wollte, dieses Stück zu inszenieren; wenn sich der Film bis dahin fertigstellen ließ, konnten sie die Premieren so miteinander abstimmen, daß beide davon profitierten. Dann ging er, um eine Sorge erleichtert, nach Hause, wo er Dr. Goldmann bei einer für Dadas Verhältnisse heftigen Auseinandersetzung mit Monika antraf.

Seit Monaten grübelte er über das nach, was Carla in ihrem Brief vorgeschlagen hatte. Mehr als einmal stand er kurz davor, es tatsächlich zu tun, aber jedesmal hielt ihn die Furcht, alles nur noch schlimmer zu machen, zurück. Wenn Dada am Ende gebrochen und mangels eines beantragten Visums immer noch nicht ausreisefähig wäre... Robert versuchte selbst, für Dr. Goldmann Visa zu beantragen, und hatte keine Skrupel, dabei die Unterschrift seines Ziehvaters zu fälschen, aber bisher war noch kein einziger positiver Bescheid zurückgekommen. Ohne einen solchen Bescheid, sagte er sich, hatte es keinen Sinn, Dada und sich der Tortur zu unterziehen, die ein solches Gespräch darstellen würde. Die gleichzeitig seine Buße für Nancy sein würde, denn er wußte genau, worauf Carla hinauswollte.

»Robert«, sagte Monika aufgebracht, »würdest du deinem... väterlichen Freund bitte verdeutlichen, daß er sich nicht in die Erziehung meines Kindes einzumischen hat?«

»Ich habe lediglich versucht, Martina einiges zu erklären. Kinder sollten keine Worte wiederholen, die sie nicht verstehen.«

Monikas Mundwinkel krümmten sich verächtlich. »Oh, und ich nehme an, wenn Martina der kleinen Annegret Schlosser gegenüber wiederholt, daß es auch gute Juden gibt, versteht sie, was sie sagt? Es war sehr peinlich, als ich das Sybille erklären mußte!«

»Wer«, unterbrach Robert, ehe Dr. Goldmann etwas entgegnen konnte, »ist Annegret Schlosser?«

Die Frage brachte ihm einen erbosten Blick seiner Frau ein, die es bezeichnend fand, daß er sich den unwichtigsten Punkt aus ihrem Anliegen herausgriff. Sie teilte ihm mit, die kleine Annegret sei die Tochter ihrer Freundin Sybille und derzeit eine von Martinas liebsten Spielgefährtinnen, etwas, das er wüßte, wenn er sich ein wenig mehr um seine Tochter kümmern würde. Doch hier ginge es um etwas Grundsätzliches. Martina werde im nächsten Jahr mit der Schule anfangen, und dann sei es doch wirklich unangebracht, wenn sie im Unterricht damit herausplatze, das habe man ihr zu

Hause aber anders erzählt. Dr. Goldmann protestierte, ehe er sich eines Besseren besann, sie könne doch nicht wollen, daß ihr Kind nur mit Lügen groß werde.

»Welche Lügen?« fragte Monika kalt. »Ich gebe zu, ich war voreingenommen und habe eine Weile gebraucht, um diese Voreingenommenheit zu überwinden, doch inzwischen bin ich froh, diese Zeit miterleben zu können. Als der Führer an die Macht kam, lag Deutschland am Boden. Inzwischen haben wir eine blühende Wirtschaft, unser Ansehen im Ausland ist wiederhergestellt, die Verluste des Krieges wieder wettgemacht, und niemand kann leugnen, daß wir das dem Genie des Führers zu verdanken haben. Nur für Ihr Volk sind Nachteile entstanden, Dr. Goldmann, also sind Sie wohl kaum in der Lage, objektiv über das neue Deutschland zu urteilen.«

Manche Albträume hatten es an sich, daß man ihre Entwicklung, das Ende, auf das sie hinsteuerten, genau absehen und die Entwicklung dorthin dennoch nicht aufhalten konnte. In genau dieser Art von Albtraum fühlte sich Robert jetzt gefangen. Er wußte, worauf diese Szene hinauslaufen würde. Nur wenn er sich umdrehte und auf der Stelle verschwand, würde er daran etwas ändern können, und es würde doch nur einen Aufschub bedeuten. Er schaute zu Monika und beschloß, sie für das, was er gleich tun würde, büßen zu lassen. Daß er es ohnehin irgendwann tun mußte, spielte keine Rolle. Sie hatte gerade den Anlaß geliefert, und sie würde dafür bezahlen. In manchen Höllen hatte man gerne Gesellschaft.

»Monika, mein Schatz«, sagte er laut und trat zu ihr, während Dr. Goldmann noch um Fassung rang, »entschuldige uns bitte. Dada und ich machen einen kleinen Spaziergang.«

Verwirrt über seinen unerwartet freundlichen Ton, runzelte sie die Stirn. Er trat noch ein wenig näher, umarmte sie und flüsterte ihr ins Ohr: »Sei bitte da, wenn ich wieder zurückkomme. Ich habe eine Überraschung für dich.«

Dann wandte er sich Martin Goldmann zu, packte ihn am Arm und zog ihn mit sich in den Flur. »Wir müssen etwas besprechen«, sagte er kurz, drückte Dr. Goldmann seinen Mantel in die Hand und verließ mit ihm die Wohnung, in der sie zur Zeit lebten. Auf seinen eigenen Mantel verzichtete er. Für einen Oktobertag war es noch warm, und ein leichtes Frösteln würde ihm nur dabei helfen, seine Konzentration zu bewahren. Er mußte überzeugend sein bei dem, was er vorhatte.

»Ich hätte nicht gedacht, daß Monika so…«, begann Dr. Goldmann und brach ab. »Sie hat ihn doch früher selbst immer den Anstreicher genannt. Meint sie wirklich, was sie da sagt?«

Robert schaute geradeaus entlang des Bürgersteigs, auf dem einige Spaziergänger promenierten, darunter, unvermeidlicherweise, zwei, drei in Uniform: zwei Hitlerjungen und ein SA-Mann. »Wahrscheinlich. Aber das spielt keine Rolle. Wichtiger ist, daß sie recht hat.«

Auch ohne ihn anzusehen, wußte er, daß Dr. Goldmann erbleichte und ihn entsetzt anblickte. Der arme Dada hatte immer eine so ausdrucksvolle Mimik gehabt und war nie ein guter Lügner gewesen, niemals.

»Sie hat recht damit, daß Martina nicht mit deiner Art von Ideen im Unterricht herausplatzen darf«, präzisierte Robert. »Noch vor ihren Freunden. Das können wir uns nicht leisten.«

»Meiner Art? Aber Robert…«

»Es wird schlimm genug sein, wenn sie anfangen muß, Erklärungen über dich abzugeben. Das war schon für mich ein Problem. Bei deinem Namen glaubt mir nun mal keiner den Taufpaten, und ›Liebhaber meiner Mutter‹ ist nicht unbedingt das, was man jedem erzählen möchte, nicht wahr?«

»Robert, bitte…«

Er sperrte sich gegen den Schmerz in Dr. Goldmanns Stimme.

»Weißt du, von all den Beziehungen in meinem Leben ist unsere wohl die krankhafteste, und das will einiges heißen bei der reichen Auswahl, die ich anzubieten habe. Aber wenn man bedenkt, daß du meine beiden Eltern auf dem Gewissen hast, bleibst du ungeschlagen an der Spitze.«

Damit blieb er stehen und zwang sich, Dada anzusehen. Das wohlvertraute Gesicht wirkte plötzlich fremd, alt und eingefallen, und der Ausdruck in den Augen war schlimmer, als es ein Messer im Rücken je hätte sein können. *Denk darüber nach.* Nur nicht jetzt. Jetzt mußte er zu Ende bringen, was er begonnen hatte; das Band zwischen Dada und sich zertrennen, endgültig, gründlich. Damit es nichts mehr gab, was Martin Goldmann in Deutschland hielt. Er betete nur darum, daß Dadas natürlicher Lebenswille und die Existenz von Käthe Brod, die auf ihn wartete, genügten, um zu verhindern, daß er aus diesem Verrat die gleichen Konsequenzen zog wie die verwünschte Japanerin.

»Was ist los, Martin?« fragte er höhnisch. »Fürchten wir uns vor ein paar unangenehmen Wahrheiten? Was meine Mutter angeht, hast du wirklich geglaubt, ich hätte nicht gewußt, wie genau sie gestorben ist? Und mein Vater, nun, wir wissen ja, wann er zu trinken angefangen hat. Das war nicht zufällig während eurer Affäre? Natürlich gibt es langlebige Alkoholiker, nur haben die meisten noch etwas, für das es sich zu leben lohnt. Für meinen Vater war ich das. Aber nicht für lange, richtig? Erst hast du ihm seine Frau weggenommen und dann seinen Sohn. Für ihn gab es kein schmerzloses Gift, nein, er mußte sich in aller Öffentlichkeit zu Tode trinken. Du hast ihm nie verzeihen können, daß *er* mein Vater war, daß er dir bei der Zeugung um zwei Jahre zuvorgekommen ist, stimmt's? Du mußt dich wirklich sehr zurückgehalten haben, um nicht auf seinem Grab zu tanzen.«

»Du haßt mich«, sagte Dr. Goldmann mit erloschener Stimme. »All die Jahre hindurch hast du mich gehaßt.«

»Natürlich hasse ich dich. Wenn du es genau wissen willst, ich ertrage es kaum, mit dir in einem Raum zu sein.« Robert hielt inne, dann zwang er seinen letzten Schlag aus sich heraus. »Aber so werden wir unser Leben wohl beschließen, eher früher als später. Neulich waren zwei Herren bei mir, die wissen wollten, warum ich eigentlich mit einem Juden zusammenlebe und was an den Gerüchten über meine Mutter und dich dran sei. Ich fürchte, mein Beharren auf meine eheliche Abkunft war nicht besonders überzeugend. Am Ende wirst du deinen Willen noch bekommen, ganz offiziell, mich als deinen Sohn und Martina als deine Enkeltochter. Nur werden wir dann alle drei in einem Ghetto stecken oder in einem Grab liegen, aber das spielt ja keine Rolle mehr, nicht wahr, *Dada*?«

Dr. Goldmann wandte sich ab, als könne er es nicht mehr ertragen, ihn anzublicken. »Nein«, erwiderte er tonlos, und Robert dachte, jede Reaktion sei leichter zu verkraften als diese. Die winzige, nie ganz verstummende Stimme in ihm, die ihn zu dem machte, was er war, teilte ihm mit, daß man so Lear spielen müsse. *Wie schärfer weit als einer Schlange Zahn/ Es sticht ein undankbares*

Kind zu haben. »Nein«, wiederholte Dr. Goldmann, »so wird es nicht kommen. Du wirst mich nicht länger in deinem Leben ertragen müssen.«

Monika wußte, daß etwas ganz und gar nicht stimmte, als Robert allein zurückkehrte, und war plötzlich froh, daß Martina sich bei den Schlossers befand. Seine Miene erinnerte sie wieder an die Nacht, als er ihr gesagt hatte, Dr. Goldmann sei wahrscheinlich sein Vater, und sie zum erstenmal Angst vor ihm empfunden hatte. »Wo ist Dr. Goldmann?« fragte sie.

»Er braucht eine Weile, um das bißchen an menschlicher Würde zusammenzuraffen, das du und ich ihm gelassen haben. Und um seine Ausreisepläne in die Wege zu leiten. Ja, Monika, er wird uns verlassen, und ich dachte, das könnten wir gleich ein wenig feiern. Nur du und ich. Wir sind so selten allein, das schadet unserer Ehe, meinst du nicht?«

»Ich verstehe nicht...«

»Nein, du verstehst nicht, du verstehst nichts von dem, was wirklich wichtig ist, das ist dein Problem, Monika.«

Sie griff unwillkürlich nach der Lehne des Stuhls, in dem sie saß. Er *war* furchteinflößend, wenn er so vor einem stand, mit seiner großen, wuchtigen Gestalt, aber er würde ihr nichts tun. Bei keiner ihrer Streitereien hatte er auch nur den kleinen Finger gegen sie gerührt. Auch jetzt machte er keine Anstalten, sie zu berühren; statt dessen verschränkte er die Arme vor der Brust.

»Zieh dich aus«, sagte er kalt. Sie war mehr verwundert als empört.

»Wie bitte?«

»Zieh dich aus. Ich habe mir die Sache mit dem zweiten Kind überlegt. Zeit, etwas für die deutsche Volksgemeinschaft zu tun. Zieh dich aus.«

»Aber wir können doch nicht...«

»Natürlich können wir. Es wird uns niemand unterbrechen. Ich lasse dir die Wahl, das Sofa oder das Bett oben, mir ist es egal, aber ich bin jetzt in der Stimmung, meine ehelichen Rechte auszuüben, ohne Vorkehrungen. Und du möchtest doch noch ein Kind, Monika, oder etwa nicht? Überleg nicht zu lange. Wenn du jetzt nein sagst, ist die Sache ein für allemal vom Tisch.«

Ihr Stolz gebot ihr, ihn zum Teufel zu wünschen. Aber er meinte es offensichtlich ernst, und ihr Wunsch nach einem zweiten Kind war im vergangenen Jahr nur noch stärker geworden, statt zu verschwinden. Außerdem war er ihr Gatte, und ihre ganze Erziehung sorgte dafür, daß es ihr nicht in den Sinn kam, ihm seine, wie er sich ausdrückte, »ehelichen Rechte« zu verweigern, selbst nicht unter diesen bizarren Umständen. Also erhob sie sich schweigend und ging die Treppe hinauf, zu ihrem Schlafzimmer. Er entledigte sich schnell und methodisch seiner Kleidung, während ihre Hände zitterten, als sie sich ihre Bluse aufknöpfte. Es war schon eine ganze Weile her, daß Robert und sie miteinander geschlafen hatten. Demütigenderweise hatte sie es vermißt, obwohl sie sich immer wieder sagte, daß anständige Frauen keine solchen Gefühle hegten. Das blieb den Männern überlassen.

Erst als sie beide im Bett lagen, sprach er wieder. »So«, sagte er, »und nun knie dich hin.«

»Was?«

»Nun, ich habe mich entschieden, dir etwas zu zeigen. Etwas Abwechslung in unseren ehelichen Verkehr zu bringen. Knie dich hin, es wird dir gefallen, und wenn nicht, erweitert es deine Bildung.«

Mittlerweile erfüllten sie böse Ahnungen, aber sie verstand noch immer nicht, worauf er hinauswollte, also gehorchte sie. Sie spürte seinen Körper über sich.

»Monika«, flüsterte er, »hast du dich gefragt, wie genau in Sodom und Gomorrha gesündigt wurde?«

Nun endlich begriff sie, aber es war zu spät. Sie schrie auf, als er in sie eindrang. Der Schmerz trieb ihr Tränen ins Gesicht, und sie hörte kaum, wie er sagte: »Oh, tut mir leid, hatte ich nicht erwähnt, daß es weh tut? Gewöhnlich nimmt man Vaseline oder Öl, um das zu verhindern, aber es ist nun mal keines zur Hand.«

»Warum?« schluchzte sie, während alles in ihrem Körper gegen die Verletzung protestierte, die weiter und weiter ging. »Warum?«

Endlich ließ er sie los und rollte sich auf die Seite. »Weil ich gerade Dada etwas noch viel Schlimmeres angetan habe«, erwiderte er hart. »Wenn man einmal mit dem Foltern anfängt, fällt es schwer, sofort aufzuhören. Und nach der Art, wie du ihn behandelt hast, verdienst du es. Wer austeilt, muß auch einstecken können, meine Liebe.«

Er stand auf. Ehe er im Badezimmer verschwand, warf er ihr über die Schulter zu: »Ich nehme an, selbst im Internat Hohencrem lernt man, daß dabei keine Kinder gezeugt werden können, oder?«

Sie hatte die Fenstervorhänge zugezogen, doch die nachmittägliche Sonne schien hell genug, um sie jedes Detail des Raumes erkennen zu lassen. Unglaublich, daß alles noch wie vorher war, daß der Wecker auf ihrem Nachttisch neben dem Bett ihr zeigte, daß kaum eine Viertelstunde vergangen war. Sie würde sich rächen. Sie wußte noch nicht wie, aber sie würde sich für diese Ungeheuerlichkeit rächen, und wenn es das Letzte war, was sie tat.

Es war ein langer Weg zwischen Babelsberg und Pankow, dem Berliner Viertel, in dem er derzeit wohnte, und in der ersten Novemberwoche nahm Robert sich mehr und mehr Zeit für die Fahrt nach Hause. Er hatte es nicht eilig. Immerhin lag ein merkwürdiger Trost in dem Gedanken, daß jetzt nichts Schlimmeres mehr kommen konnte. Es gab niemanden mehr, dem er sich nicht entfremdet hatte, mit Ausnahme von Jean-Pierre und Dieter, die er ohnehin nur selten sah, und Astrid, die zwar eine gute Freundin, aber verheiratet war und ihre gemeinsame Affäre schon vor einiger Zeit beendet hatte, um ihre Ehe nicht zu gefährden. Was seine Ehe anging: wenn sie früher gespannt gewesen war, so ließ sie jetzt Strindbergs Dramen dagegen wie ein Idyll wirken. Seine Tochter machte deutlich, daß sie ihn dafür und für Dadas Auszug verantwortlich machte und ihn haßte; beides war, wie er nur zu genau wußte, seine Schuld. Was Dada anging, er war verschwunden, wie ein gebrochener Schatten, und nur dank eines wütenden Telefonanrufs wußte Robert, daß er bei Helmut, mit dem er sich angefreundet hatte, untergeschlüpft war. Und Carla ... *Ich sehe Dich und mich, und im Moment ekelt es mich an. Aber ich weiß, daß man seinem Spiegelbild nie entkommt.* Selbst wenn sie hier gewesen wäre, hätte er es derzeit nicht ertragen, mit ihr zu sprechen.

Nein, das war, das *mußte* der absolute Tiefpunkt sein, und die Gewißheit, daß nichts Schlimmeres mehr geschehen konnte, verschaffte ihm immerhin ein paar Stunden Schlaf in der Nacht. Trotzdem ertappte er sich dabei, bei seinen Heimfahrten manchmal anzuhalten, irgendwo am Straßenrand, und stundenlang über dem

Lenkrad zu grübeln. Zu Beginn der zweiten Novemberwoche begann er, statt langsam gelegentlich zu schnell zu fahren, so schnell, wie der Zustand der Straße es zuließ. Es brachte ihm häufiger wütendes Hupen von anderen Autofahrern ein, aber in gewisser Weise half es. Am Abend des neunten November unternahm er eine dieser improvisierten Spritztouren, für die sein Opel Olympia eigentlich nicht geeignet war, als eine Lastwagenkolonne ihm die Vorfahrt nahm. Er konnte gerade noch rechtzeitig bremsen. Die Kolonne blieb nicht der einzige ungewöhnliche Verkehrsteilnehmer. Etwas weiter in Richtung Innenstadt fuhren gleich mehrere Polizeiautos an ihm vorbei. Etwas mußte geschehen sein, ein größeres Unglück. Ein Brand, vermutete er, obwohl die Lastzüge nicht wie Feuerwehrwagen gewirkt hatten.

Seine Unwissenheit hielt nicht mehr lange an. Schon bald traf er auf die erste Menschenmenge, die sich um ein in der Tat brennendes, größeres Gebäude versammelt hatte. Einige Uniformierte waren dort, machten jedoch keine Anstalten, die Flammen zu löschen, im Gegenteil, einer von ihnen warf eine Fackel in den Teil des Gebäudes, der noch nicht brannte. Etwas weiter vorne wurden Fenster eingeschlagen, sowohl von Uniformierten als auch von Leuten in Zivilkleidung . Er kurbelte sein Fenster herunter und konnte nun die einzelnen Worte der Rufe und Lieder verstehen, die inmitten der Geräusche von knackenden Balken und zerbrechendem Glas zu hören waren: »Saujuden!« – »Juda verrecke!« – »Wenn der Sturmsoldat ins Feuer zieht,/ Dann hat er frohen Mut,/ Und wenn das Judenblut vom Messer spritzt,/ Dann geht's noch mal so gut…«

Wieder überholte ihn ein Lastwagen. Robert wurde eiskalt. Er zerbrach sich den Kopf nach Helmuts Adresse, und einen Moment lang schien es, als sei sie ihm entfallen, dann kam die Erinnerung zurück. Die Wohnung lag nicht allzuweit entfernt. Weit genug für den Moment. Er ignorierte eine Einbahnstraße und fuhr, so schnell er konnte, dorthin. Unterwegs entdeckte er, daß es keinen Unterschied machte, wo Helmut wohnte. Was auch immer in Berlin geschah, es breitete sich mit Windeseile in der gesamten Stadt aus, und mehr als einmal sah er aus den Augenwinkeln, wie auf protestierende Menschen, die aus ihren Häusern gezerrt wurden, eingeschlagen wurde.

Vor dem Mietshaus in der Isoldenstraße stand niemand, und er nahm sich nicht die Zeit, sich umzuschauen, ob jemand schon auf dem Weg dorthin war. Er sprang aus dem Wagen, stellte mit Erleichterung fest, daß die Haustür nicht versperrt war, und rannte die Treppen bis zum vierten Stock hoch, wo Helmut wohnte. Sein energisches Pochen und Klingeln holte jemanden an die Tür, aber er hörte schon am Schritt, daß es nicht Helmut war; Helmut hatte im Theater am Gendarmenmarkt Dienst und in dieser Nacht vielleicht das Glück, die Rolle von Werner Krauß übernehmen zu dürfen. Die Klappe des Gucklochs verschob sich.

»Es ist besser, wenn du gehst, Robert«, sagte Dr. Goldmanns Stimme müde.

»Martin, mach die Tür auf, oder ich trete sie ein, das schwöre ich dir! Es ist wichtig!«

Er fürchtete einen Moment, seine Drohung wahrmachen zu müssen, was ihm nicht leichtfallen würde. Er hatte noch nie Türen eingetreten, aber erlebt, wie sich ein Statist, der es versucht hatte, bei den Dreharbeiten verletzte. Es sah nur im fertigen Film leicht aus. Zum Glück ließ es Dr. Goldmann nicht darauf ankommen. Er entriegelte das Schloß und die Sicherheitskette, trat zurück und schaute zur Seite, als Robert eintrat.

»Pack deine Sachen«, sagte Robert, »oder besser, laß es sein, nimm nur deinen Mantel, und zieh dir Schuhe an. Ich weiß nicht, wie schnell sie hier sein werden, aber wir müssen hier weg!«

Das brachte Dr. Goldmann dazu, ihn anzusehen. Verwirrung mischte sich in den Schmerz.

»Wen meinst du?«

»Auf jeden Fall die SA. Wahrscheinlich auch die Gestapo, und einen Haufen freundlicher Zeitgenossen, die sich nur allzugerne beteiligen. Dada, in Berlin ist die Hölle los, also komm mit!«

»Aber…«

»Keine Diskussion.« Eine weitere filmreife Drohung schien angebracht. »Ich schlage dich bewußtlos, wenn es sein muß, also bitte, bitte, tu, was ich sage!«

Er hatte noch nie so sehr gehofft, überzeugend zu wirken. Dr. Goldmann zögerte.

»Und Herr Holpert?«

»Der befindet sich zur Zeit da, wo er am sichersten ist, und ich kann nur hoffen, daß er dort bleibt, aber wir haben einfach keine Zeit, um das zu überprüfen. Komm jetzt!«

Dr. Goldmann schaute ihn noch einen Moment länger an, dann nahm er stumm seinen Mantel, zog Helmuts etwas zu große Pantoffeln aus, die er trug, schlüpfte in das nächste Paar Schuhe und folgte Robert. Inzwischen hörte man auch in dieser Straße schon den Lärm, die Rufe, die Schreie, das allgegenwärtige Klirren von zerbrechendem Glas.

»Robert«, sagte Dr. Goldmann fassungslos, als sie in Roberts Auto saßen und losfuhren, »was geschieht hier?«

»Das weiß ich auch nicht. Aber es könnte dich das Leben kosten.«

Ein paar Straßen weiter wurden sie an einer polizeilichen Absperrung angehalten.

»Ausweis!«

Robert zog seine Brieftasche mit den Papieren hervor und setzte sein bestes Filmstarlächeln auf.

»Wir haben ziemlich spät mit dem Drehen Schluß gemacht«, sagte er pointiert, nur für den Fall, daß der Polizist ihn nicht erkannte. »Ich komme gerade von der Arbeit. Sagen Sie, was ist denn eigentlich los? In Babelsberg war es ganz ruhig.«

Der Polizist gab ihm seine Papiere zurück. Er wirkte nicht sonderlich beeindruckt, doch er beantwortete Roberts Frage. »Spontane Entfesselung des Volkszorns. In Paris hat doch einer von den Saujuden unseren Gesandschaftsrat ermordet, haben Sie das nicht gehört? Das kann man denen nicht durchgehen lassen. Wir haben strikte Anweisungen von oben, das Volk nicht zu behindern.«

Sein Kollege war um den Wagen herumgegangen und tippte an das Beifahrerfenster.

»Und wer sind Sie?«

»Mein Vater«, erklärte Robert ruhig. »Er wollte mich einmal bei der Arbeit erleben. Ein Filmstudio besichtigen.«

»Verstehe. Also, Herr König… Sie haben nicht zufällig eine Autogrammkarte dabei? Für meine Frau, wissen Sie. Ich mach mir ja nichts aus Filmen.«

Robert ließ sein Lächeln breiter werden. »Nein, leider nicht, aber wenn Sie mir etwas zum Schreiben geben…«

Nach einigem Kramen reichte ihm der Polizist ein Blatt aus

einem Formularblock. Robert erkundigte sich nach dem Namen der Frau, schrieb auf die leere Rückseite des Blattes schwungvoll – *Für Gerda, mit den besten Wünschen – Robert König* – und versprach dem Polizisten eine wirkliche Autogrammkarte, sollte er den Weg nach Babelsberg finden oder zur Premiere des neuen Fridericus-Films kommen.

Als der Mann sie wieder entließ, sagte Dr. Goldmann eine ganze Weile nichts, während Robert in die Nacht hineinfuhr, aus Berlin hinaus, in Richtung Süden. Als er schließlich wieder sprach, klang es dumpf, wie betäubt.

»Wohin fahren wir?«

»Nach München«, erwiderte Robert gepreßt. »Um einen Gefallen einzutreiben.«

Die ganze Nacht hindurch schwieg Dr. Goldmann, bis auf die Bitte, ihn kurz zu entschuldigen, als Robert anhielt, um Benzin aus dem Kanister hinter dem Rücksitz nachzufüllen. Auch er machte keinen Versuch, Konversation zu betreiben. Was es zu sagen gab, war gleichzeitig zuviel und zuwenig, und er mußte sich auf die längste Autofahrt seines Lebens konzentrieren. Zumindest konnte man Hitler für eines dankbar sein, dachte er mit dem schwarzen Humor, der ihn nie ganz im Stich ließ, er hatte die Autobahn fertig gebaut. Man kam entschieden schneller vorwärts als früher. Soweit er es beurteilen konnte, schlief Dada gegen vier Uhr morgens ein. Robert wünschte sich, irgendwo anhalten und Kaffee trinken zu können, aber das wäre selbst unter normalen Umständen unmöglich gewesen. Natürlich wollte es sein gewohntes Glück dieses Jahr, daß er ausgerechnet bei diesen Dreharbeiten auf die Tabletten verzichtet hatte, weil ihm die Rolle nicht weiter wichtig war. Immerhin fand er eine Zigarettenschachtel in seinen Taschen, als er mit einer Hand den Mantel vom Rücksitz nach vorne zerrte, vorsichtig, um Dr. Goldmann nicht zu wecken. Es war mehr Carlas Methode als seine, doch Zigaretten halfen, einen wach und lebendig zu erhalten.

Zwischen sechs und sieben wurde Dada wieder wach, und Robert erwog, einen fränkischen Wirt aus seinem Schlaf zu reißen. Dann fiel ihm ein, daß die Bäckereien gewöhnlich um diese Zeit schon offen hatten, also riskierte er einen kurzen Abstecher nach Pegnitz, parkte das Auto vorsichtshalber in einiger Entfernung vor dem ersten geöffneten Laden, den er fand, und becircte das Ladenmädchen dort tatsächlich, ihm zwei Tassen Kaffee zuzubereiten, nachdem sie ihm einige Brötchen verkauft hatte. Ein paar der Hausfrauen, die ihr Brot holten, erkannten ihn, und er polierte sein huldvolles Lächeln noch einmal auf, verlor es auch nicht, als er entdeckte, daß sie ihn mit Ferdinand Marian verwechselten.

»Die Leander, ist die in Wirklichkeit auch so schön? Ich hab so geweint, da wo Sie so gemein zu ihr waren!«

Robert versicherte ihr, Zarah Leander sei bezaubernd, trank seinen Kaffee, kaufte noch eine Milchflasche, die Dada unterwegs austrinken konnte, und verschwand dann unter den allgemeinen Abschiedsrufen, so schnell es ging.

»Hier«, sagte er und warf Dr. Goldmann Brötchen und Milch in den Schoß, als er einstieg, »Frühstück. Wir werden hoffentlich noch etwas anderes kriegen, wenn wir in München sind, aber bis dahin ...«

Dr. Goldmann starrte die Brötchen an, als wisse er nicht, was er mit ihnen anfangen solle.

»Iß«, sagte Robert in seinem besten Befehlston und brachte den Wagen wieder in Gang. »Du brauchst das.«

Das war der Moment, in dem Dr. Goldmanns Selbstbeherrschung ihn verließ.

»Danke, Robert«, entgegnete er heftig, »aber ich habe wirklich genug von deinen Almosen!«

»Es sind keine Almosen, sondern Mittel, um dich am Leben zu erhalten. Glaub mir oder laß es bleiben, aber alles, was ich in den letzten Wochen gesagt und getan habe, geschah, um dich am Leben zu erhalten.«

Neben sich hörte er den älteren Mann ein paarmal tief ein- und ausatmen. Dann gab Dr. Goldmann traurig zurück: »Ich würde dir gerne glauben, Robert. Aber du hast gemeint, was du gesagt hast.«

Robert warf ihm einen raschen Blick zu und griff nach einem der Brötchen, die unangetastet dalagen. In seiner Erschöpfung brachte das Dr. Goldmann zum Lächeln. Ganz gleich, welche Lebenskrise eintrat, nichts verschlug Robert je den Appetit. Dann fiel ihm wieder ein, wie Robert Stück für Stück sein Vertrauen in die wichtigste Beziehung seines Lebens zerstört hatte, und sein Lächeln verschwand.

»Ich bin Schauspieler«, antwortete Robert und schaute wieder geradeaus, auf die Fahrbahn. »Es ist mein Beruf, überzeugend zu sein.«

»Und bist du es jetzt?« All der Zorn, der sich nach der unmittelbaren Verletzung in den letzten Tagen aufgestaut hatte, brach sich endlich freie Bahn. »Wie soll ich je wieder wissen, was echt an dir ist, Robert? Ich habe geglaubt, daß ich dir etwas bedeutete, dein ganzes Leben lang. Ich habe *mein* Leben um dich herum gebaut. Dann wirfst du mir das ins Gesicht, machst mir klar, daß wir uns die ganze Zeit über nur gegenseitig angelogen und etwas vorgetäuscht haben, und jetzt erwartest du, daß alles wieder wie früher ist, nur weil du mein Leben rettest? Woher soll ich wissen, daß du es nicht nur aus Schuldgefühlen tust? Auf Schuldgefühle kann ich verzichten, Robert. Ich wollte nie, daß du dich nur aus Pflicht mit mir befaßt.«

»Ach nein?« erwiderte Robert scharf. »Schuldgefühle und Pflicht waren nicht zufällig auch Gründe für dich, dich mit mir zu befassen, bis hin zu dieser hirnrissigen Geste mit dem aufgegebenen Visum?«

Er versuchte, die Selbstbeherrschung wiederzugewinnen, die ihm in der vergangenen Nacht entglitten war, aber obwohl er seine Müdigkeit hinter sich gelassen hatte und wieder hellwach war, gelang es ihm nicht.

»Du ... du hast mich immer auf ein Podest gestellt, als ob ich das achte Weltwunder sei. Das war abwechselnd großartig und fürchterlich, aber weißt du, wie sehr ich mir manchmal gewünscht habe, das Podest zu erschüttern? Doch nein, ganz gleich, was ich tue, du siehst immer noch das wundervolle Kind mit seinen Kunststücken. Ich dachte, wenn ich erwachsen bin, hörst du wenigstens auf, dich für das Kind auf den Kopf zu stellen, aber nein, Hitler kommt dazwischen, und du nimmst jede Gelegenheit wahr, dich gänzlich aufzuopfern. Verstehst du denn nicht«, seine mächtige Stimme steigerte sich zu einem Brüllen, *»daß ich es nicht wert bin!!!«*

Plötzliche Stille herrschte in dem Auto. Dann tat Dr. Goldmann etwas Unerwartetes. Er kurbelte sein Fenster herunter, um etwas von dem kalten Rauch hinauszulassen, und sagte in aller Ruhe: »Nicht, wenn du so schreist, Robert. Das ist ganz und gar nicht gut für mein Trommelfell.«

Einige Sekunden lang wirkte Robert noch aufgebracht, bis sich die verzweifelte Spannung in ihm in Gelächter löste. »Scherze auf meine Kosten, Dada?« fragte er, als er sich wieder beruhigt hatte. »Du meine Güte, wir werden erwachsen, nicht wahr?«

Martin Goldmann öffnete die Milchflasche. »Möglicherweise. Das heißt nicht, daß ich vergessen kann, was du… Es wird nie wieder so sein wie früher. Aber auch ohne Podest kann ich wohl nicht aufhören, mich um dich zu kümmern, mein Junge. Das ist eine zu alte Angewohnheit, die wird man nicht mehr los.« Er seufzte. »Nur werde ich es wohl von jetzt an aus der Ferne tun müssen.«

Wenn wir Glück haben, dachte Robert. Wenn wir sehr viel Glück haben und ich diesmal in Sachen Philipp Bachmaier richtigliege.

In den letzten Jahren hatte sich die Einwohnerschaft von Bogenhausen verändert. Berühmtheiten wie Thomas Mann und Constanze Hallgarten, deren Villa nun das polnische Generalkonsulat beherbergte, hatten Deutschland verlassen müssen, und in der Donaustraße war ein Gebäude in Form eines Hakenkreuzes entstanden. Trotzdem lebten in dem Viertel offenbar immer noch einige Juden; als Robert in die Möhlstraße einbog, konnte er auch hier die zerschlagenen Scheiben sehen.

»Robert, fahr langsamer«, sagte Dr. Goldmann plötzlich. »Das da vorne – das ist Blut auf der Straße. Da muß jemand – o mein Gott.«

Soviel zu der Hoffnung, der »Volkszorn« habe sich auf Berlin beschränkt oder auf Sachbeschädigung. Nun, daran hatte Robert nicht ernsthaft geglaubt. Es dauerte nicht mehr lange bis zur Pienzenauer Straße, und Dr. Goldmanns Erschöpfung und Schockiertheit ließen sich daran erkennen, daß er erst jetzt begriff, wohin sie unterwegs waren. »Das kann doch nicht dein Ernst sein«, protestierte er fassungslos.

»Das ist mein Ernst.«

»Robert, ich bin jetzt nicht in der Lage, mit diesem Mann zu sprechen, nicht nach dem, was er und seinesgleichen in der letzten Nacht getan haben.«

»Du brauchst nicht mit ihm zu sprechen, das erledige ich. Vermutlich ist er ohnehin schon unterwegs, und wir haben es erst einmal mit dem Lamm zu tun.«

»Mit wem?«

»Mit seiner Frau.«

Elfi Bachmaier hatte sich seit ihrer letzten Begegnung sehr verändert. Zunächst einmal besaß ihr Haar wieder seine natürliche Farbe und fiel ihr aschblond über die Schultern. Außerdem trug sie ein Dirndl, was Robert unter anderen Umständen belustigt hätte. Verständlich, daß sie sich so gründlich wie möglich von Carla absetzen wollte, aber mit den Rüschärmeln und der karierten Schürze erinnerte sie auf fatale Weise an die Serviererinnen im Hofbräuhaus. Immerhin, einen modischen Vorteil hatte das Trachtenkleid: Es hob ihren Busen, der größer war, als er sich erinnerte, hervor, und er fragte sich, ob sie dem Kind wohl die Brust gab. Sie hatte ihm eine Geburtsanzeige geschickt, doch ihm war der Name von Bachmaier junior wieder entfallen, er wußte nur noch, daß es sich um einen Jungen handelte, der inzwischen etwa ein Jahr alt sein mußte. Ihr Gesicht hatte seinen gehetzten, unglücklichen Ausdruck verloren; statt dessen wirkte sie mehr verblüfft als unangenehm berührt über den morgendlichen Besuch zweier unrasierter, hohläugiger Männer.

»Ja, Robert ... also das ist eine Überraschung!«

Diesmal verzichtete er auf die Präliminarien. »Es ist ein Notfall«, präzisierte er. »Ich brauche Ihre Hilfe, die Ihres Gatten, das Telefon und zwei Zimmer für die nächsten Tage, nicht notwendigerweise in dieser Reihenfolge.« Er machte eine Kopfbewegung zu Dada. »Darf ich Ihnen meinen Vormund, Dr. Goldmann, vorstellen ... Martin, das ist Elfi Bachmaier.«

Man verlasse sich auf Dada. Übernächtigt oder nicht, schockiert oder nicht, er begrüßte Elfi Bachmaier mit der formvollendeten Höflichkeit, die er Frauen gegenüber stets an den Tag legte. Elfi das Lamm war deutlich reifer geworden; sie machte ein bestürztes Gesicht, stellte jedoch keine überflüssigen Fragen, sondern bat Dr. Goldmann, doch im kleinen Salon Platz zu nehmen, während sie Robert in die Bibliothek führte. Unterwegs gab sie einem Dienstmädchen die Anweisung, Kaffee und ein spätes Frühstück für die Herren zuzubereiten.

»Philipp ist bereits in der Fabrik«, meinte sie danach, schloß die

Bibliothekstür hinter sich und wies auf das Telefon. Ihre Stimme klang scheu, als sie hinzufügte: »Es hat etwas mit den Ereignissen von letzter Nacht zu tun, stimmt's? Ihr Vormund... ist er...«

»Ja.«

Robert setzte sich auf den Rand des Sekretärs, versuchte, zu verdrängen, was bei seinem letzten Telefonat in diesem Raum geschehen war, und ließ sich zuerst mit dem Sekretariat des Theaters am Gendarmenmarkt verbinden. Dort erfuhr er zu seiner großen Erleichterung, daß Helmut, wie auch einige andere, die Nacht in einer der Theatergarderoben verbracht hatte, jedoch völlig verzweifelt war, weil er den Gast in seiner Wohnung nicht hatte erreichen können. Robert ließ ihm ausrichten, es sei alles in Ordnung, und legte wieder auf, dankbar, nicht mit Helmut persönlich gesprochen zu haben. Noch eine Serie von Vorwürfen und Versöhnungen konnte er jetzt nicht gebrauchen. Als nächstes sprach er mit Babelsberg und meldete sich für die nächsten Tage krank, was den Produktionsassistenten erzürnte, aber nicht übermäßig, denn die wichtigsten Szenen mit Robert als russischem General waren bereits im Kasten. Dann biß er in den sauren Apfel, rief in seiner eigenen Wohnung an und teilte Monika mit, er komme erst in ein paar Tagen wieder. Sie legte auf, ehe er zu Ende gesprochen hatte. Damit blieb nur noch ein Gespräch, das wichtigste. Zeit, wieder charmant zu sein.

»Meine liebe Elfi, ich bin mir bewußt, daß ich viel von Ihnen verlange, aber ich brauche nicht nur Ihre Gastfreundschaft für meinen Vormund, zumindest in allernächster Zeit, sondern ich muß auch dringend mit Ihrem Gatten reden, möglichst ungestört, deswegen möchte ich ihn nicht in der Fabrik aufsuchen. Könnten Sie ihn anrufen und bitten, nach Hause zu kommen?«

Selbst anzurufen wollte er zu diesem Zeitpunkt nicht riskieren. Besser zu vorsichtig sein als seine einzige Chance aufs Spiel setzen. Das Lamm wirkte unsicher, dann straffte sie sich und ging zum Telefon. Ehe sie den Hörer aus seiner Hand entgegennahm, schluckte sie und erklärte leise: »Sie waren einmal für mich da, als ich sonst niemanden hatte, und das werde ich nie vergessen, Robert. Natürlich helfe ich Ihnen. Wenn... wenn Philipp es ablehnt, dann werde ich meine Eltern bitten, Ihren Vormund aufzunehmen.«

Sie hatte ihn belustigt, sie hatte ihm leid getan, aber heute empfand er zum ersten Mal so etwas wie Respekt vor Elfi Bachmaier. Wenn die letzten Jahre etwas bewiesen hatten, dann, daß Dankbarkeit schnell verschwand und der Mut, sich für andere einzusetzen, noch schneller. Ganz zu schweigen davon, daß sie die letzte war, der er eigene Initiativen jenseits der Entscheidungen ihres Ehemannes zugetraut hätte. Sein Lächeln wurde echt. Selbst Lämmer bargen noch Überraschungen in sich.

»Ja, guten Morgen, Fräulein Wiedenhopf, hier ist Elfi Bachmaier. Würden Sie mich bitte mit meinem Mann verbinden?... Nein, es ist dringend, wirklich dringend... Philipp? Philipp, hier ist Elfi. Bitte komm sofort nach Hause. Robert König ist hier, und er sagt, er müsse so schnell wie möglich mit dir sprechen... Nein... Ja... Nein. Ja, gewiß. Nur die Dienstboten. Ja.«

Sie legte auf. »Er sagt, er komme in einer Stunde«, berichtete sie mit einem entschuldigenden Blick, »früher ginge es nicht, und Sie sollten sich mit Ihren Melodramen vor dem Personal zurückhalten. Bitte, er meint es gewiß nicht böse.«

»Ich weiß. So ist unser Philipp nun einmal. Ganz Herz«, kommentierte Robert und rutschte von dem Sekretär herunter. »Aber ich glaube, es ist sogar besser so. Ich habe einen Riesenhunger, und mit vollem Magen fühle ich mich mehr wie ein Mensch. Hieße es, Ihre Großzügigkeit überzubeanspruchen, wenn ich darum bitte, eines der Badezimmer benutzen zu dürfen? Ich habe zwar vor, mir einen Bart wachsen zu lassen, nur nicht gerade jetzt. Mit Stoppeln sehe ich wie ein Verbrecher aus.«

Sie fiel wieder in ihre Mädchenhaftigkeit zurück und kicherte, dann wurde sie schlagartig wieder ernst und brachte ihn in das Eßzimmer, wo inzwischen wieder gedeckt worden war. Dr. Goldmann, den sie unterwegs im Salon abholten, zeigte keinen großen Appetit, machte jedoch heroische Anstalten, so etwas wie ein normales Gespräch mit Elfi Bachmaier zu führen, die ihrerseits nicht wußte, worüber sie mit ihm reden sollte. Die beiderseitige Verlegenheit verschwand erst, als sie ihr Baby erwähnte. Es dauerte nicht lange, dann holte sie den Säugling und ließ ihn von Dr. Goldmann, der genau die richtigen Fragen stellte, bewundern.

»Mein Gott, Sie sind der erste Mann, der das Kind gleich richtig hält«, sagte Elfi, als sie ihm das Baby vorsichtig reichte. Robert schaute auf.

»Martin kennt sich aus mit Kindern«, bemerkte er mit vollem Mund, schluckte den Rest Gelbwurst hinunter und fuhr so beiläufig wie möglich fort: »Einen besseren Vater könnte man sich nicht wünschen.«

Er wußte nicht, ob diese Bitte um Entschuldigung ihre beabsichtigte Wirkung tat, denn Dr. Goldmann beugte seinen Kopf tief über das Kind, so daß sein Gesicht von Roberts Perspektive aus nicht zu sehen war. Doch gehört hatte er es; die Schultern strafften sich.

»Wie heißt der Junge denn?« fragte er, nachdem eine stumme kleine Pause eingetreten war, mit etwas rauher Stimme. Hoffentlich nicht Adolf, Hermann oder Josef, dachte Robert, sonst gebe ich nicht mehr viel auf Dadas Selbstbeherrschung, und er braucht sie, wenn Philipp der Hai hier aufkreuzt.

»Werner«, antwortete Elfi. »Und Helmut nach meinem Vater, aber wir wollen ihn Werner nennen.«

Nach dem Frühstück nahm Robert eines von Philipps Rasiermessern in Anspruch, doch er konnte Dr. Goldmann nicht überreden, das gleiche zu tun. Nun, wenn Dada erst einmal etwas geschlafen hatte, würde er Argumenten wieder zugänglicher sein; zu schade, daß man ihn nicht jetzt schon in eines der Gästezimmer stecken konnte, aber es war wirklich nicht angebracht, Philipp übermäßig zu provozieren. Nicht bei dem, wozu er imstande war.

Am Ende warteten sie alle drei, ohne das wieder in seine Wiege gelegte Baby, im kleinen Salon, und Robert vertrieb sich die Zeit damit, Geschichten über Otto Gebühr zum besten zu geben. Genau eine Stunde und zehn Minuten nach Elfis Anruf kam Philipp. Robert konnte nicht widerstehen, als er das leise Gemurmel des Majordomus und die schnellen Schritte, die sich näherten, hörte. »Wotans Auftritt«, sagte er. »Walvater naht.«

Im Gegensatz zu Elfi Bachmaier verstand Dr. Goldmann die Anspielung auf den dritten Akt der *Walküre*, wo Brünhild die flüchtende Sieglinde in Sicherheit brachte und bei ihren Schwestern auf die Begegnung mit dem erzürnten Wotan wartete. Aber er war nicht in der Stimmung, sie komisch zu finden. Als er das letzte Mal dieses Haus besucht hatte, hatte er es als Arzt getan, als freier Mann, als Bürger in einem Staat, der gewiß nicht vollkommen, aber, verglichen mit dem jetzigen, ein Rechtsstaat gewesen war. Daß sich die Dinge geändert hatten, war unter anderem die Schuld von Menschen wie dem Mann, der nun die Tür öffnete und sie alle mit einer undurchdringlichen Miene musterte.

»Elfi«, sagte Philipp Bachmaier zu seiner Gattin, »sei so gut und laß uns allein. Ich habe mit den Herren etwas zu besprechen.«

Etwas blaß und mit schwankender Stimme, aber entschlossen entgegnete sie: »Ich glaube, das geht auch mich etwas an, denn ich habe ihnen unsere Gastfreundschaft angeboten.«

»Ich verstehe. Dr. Goldmann, ich würde gerne sagen, daß es mich freut, Sie wiederzusehen, aber ich nehme an, Sie legen darauf derzeit genauso wenig Wert wie ich. Betrachten Sie sich bitte als Gast meiner Frau, während ich mit unserem gemeinsamen Freund hier einen kleinen Spaziergang unternehme. Elfi, kümmere dich um Dr. Goldmann.« Er schaute zu Robert. »Kommen Sie?«

»Nach so einer Einladung? Aber mit Vergnügen.«

Er warf Dada einen beschwörenden Blick zu und folgte Philipp bis in den Garten hinaus, der, verglichen mit Heinrich Fehrs Zeiten, entschieden verbessert worden war, wenn man es vom streng geometrischen Standpunkt aus betrachtete. Hecken, Beete, Sträucher, alles war sorgfältig voneinander getrennt, gepflegt, zurechtgestutzt und teilweise für den Winter abgedeckt. Robert vermißte den verwilderten Garten seiner Kindheit.

»Warum«, fragte Philipp, »bin ich nicht überrascht, Sie heute hier vorzufinden? Sie haben eine unglückselige Tendenz, Warnungen nicht zu beachten, Robert.«

»Und Sie schulden mir etwas. Sie sind doch Geschäftsmann, Philipp, haben Sie geglaubt, daß ich Sie aus reiner Menschenliebe nach London geschickt habe, ohne mir eine Gegenleistung zu erhoffen?«

»Nein. Obwohl ich zugeben muß, daß Sie es hin und wieder fertigbringen, Dinge zu tun, die mir tatsächlich unerklärlich sind.«

Interessant, dachte Robert, das klang noch nicht einmal feindselig, eher resigniert.

»Heute bin ich die Klarheit selbst. Ich möchte, daß Sie Dr. Goldmann ein Visum verschaffen, möglichst für Amerika, aber ich nehme auch jedes europäische Land, in dem nicht gerade ein Seelenverwandter unseres geliebten Führers regiert. Bis es soweit ist, möchte ich, daß Dr. Goldmann hier bei Ihnen wohnt, und ich fürchte, in dieser Zeit werden Sie auch mich als Hausgast aushalten müssen. Nichts für ungut, Philipp, aber nach allem, was geschehen ist, werden Sie mich erst wieder los, wenn ich selbst Dr. Goldmann die Grenze habe überqueren sehen.«

»Sonst noch etwas?« fragte Philipp sarkastisch. »Sie haben doch noch einige jüdische Freunde mehr.«

»Habe ich das?« fragte Robert kalt zurück. »Woher soll ich wissen, ob sie noch am Leben oder in Freiheit sind? Oder wollen Sie mir weismachen, der *Volkszorn* letzte Nacht hatte nur Anweisung zur Sachbeschädigung?«

Philipps Augen verengten sich. »Es wurde getan, was getan werden mußte.«

»Reden Sie sich das nur weiter ein. Vielleicht glauben Sie es irgendwann, aber ich denke, Sie sind zu intelligent dazu, und wissen Sie, Phil, Sie haben da diesen störenden menschlichen Kern in sich. Wie auch immer, wenn Sie Dr. Goldmann zur Ausreise verhelfen, dann tun Sie ja genau das, was der Führer sich wünscht, oder? Sie vertreiben einen Juden aus Deutschland.«

In der Kälte des Novembervormittags sah man die kleinen weißen Wolken, die ihr Atem bildete, wie Streitrösser, die aufeinander losstürmten. Robert spürte die Ader an seiner Schläfe pochen und stellte fest, daß er zuviel Kaffee getrunken haben mußte. Sein Herz schlug in einem heftigen, ungleichmäßigen Rhythmus.

»Also gut«, sagte Philipp. »Er bleibt hier. Sie bleiben hier. Er bekommt ein Visum. Aber niemand sonst. Wenn er Deutschland in Sicherheit verlassen hat, ist meine… Schuld Ihnen gegenüber ein für allemal getilgt.«

»Paraguay?« wiederholte Dr. Goldmann konsterniert, als Robert ihm zwei Tage später die Neuigkeiten brachte. »Aber ich spreche kein Spanisch. Ich kenne niemanden in Paraguay. Ich kenne überhaupt niemanden in Südamerika.«

»Du sprichst Französisch und Latein, da wird Spanisch nicht so schwer sein. Es war das schnellste Visum, daß er bekommen konnte, und vor allem gab es noch einen Platz auf dem Schiff dorthin. Dada, ich habe einfach zu große Angst, um noch länger zu warten, ob sich nicht doch etwas Besseres bietet. Du brauchst nicht in Paraguay zu bleiben. Carla wird sich bemühen, dir von dort aus ein Einreisevisum für die Vereinigten Staaten zu beschaffen. Aber dort bist du erst einmal in Sicherheit, und wir können beide wieder nachts ruhig schlafen.«

»Das wird sich zeigen«, entgegnete Dr. Goldmann traurig. »Ich habe die Zeitung gelesen.« Er hatte auch einige vorsichtige Anrufe unternommen. Von seiner weiteren Familie und seinen jüdischen Bekannten waren zwei tot und zehn verhaftet, nicht, um ins Gefängnis gebracht zu werden, sondern in eines der Lager, von denen man nicht redete.

»Die Hölle ist da, Robert, und du mußt mir versprechen, dich nicht von ihr vereinnahmen zu lassen, auch wenn ich nicht mehr hier bin. Denk an unser Gespräch darüber. Und bitte, kümmere dich mehr um Martina. Sie braucht dich.«

»Sie haßt mich.« Robert schaute ihn offen an. »Wenn du immer noch glaubst, daß ich dich in Berlin nur verletzten wollte, dann kannst du es poetische Gerechtigkeit nennen.«

Dr. Goldmann blinzelte. »Selbst wenn sie dich im Moment haßt, kannst du ihre Liebe wiedergewinnen, Robert. Du bist sehr gut darin. Ein Kind braucht seinen Vater... und ein Vater braucht sein Kind. Ich habe immer das Kind gehabt, das ich brauchte.«

Da Robert nicht riskieren wollte, noch einmal nach Berlin zurückzukehren, um Dr. Goldmanns Habseligkeiten zu holen, kaufte er ihm eine kleine Ausstattung und überzog sein Konto. Elfi Bachmaier überraschte ihn damit, daß sie etwas Bargeld und zwei Ringe beisteuerte, obwohl sich Dr. Goldmann zunächst sträubte, sie anzunehmen. Nicht nur, weil es ihm ohnehin schwer genug fiel, sich ausgerechnet von Philipp Bachmaier helfen zu lassen, sondern auch, weil er die junge Frau Bachmaier nicht kannte, und er versuchte, ihr das so taktvoll wie möglich zu erklären.

»Aber Sie sind ein lieber Mensch, das habe ich gleich gemerkt«, entgegnete sie. »Und ich kenne Ihren Ziehsohn. Außerdem habe ich ohnehin viel zuviel Schmuck, den ich... aus ganz bestimmten Gründen nicht mehr tragen möchte.«

Schließlich ließ er sich überzeugen, denn die Aussicht, völlig mittellos in einem fremden Land, dessen Sprache er nicht beherrschte, dazustehen, schreckte ihn mehr, als er zugeben wollte. Früher hätte er es vielleicht als Abenteuer betrachtet, aber das war, ehe seine Heimat ihm das Gefühl gab, ein gehetztes Wild zu sein. Er verbrachte seinen letzten Tag in München damit, an Käthe, Martina und all die Menschen zu schreiben, von denen er sich nicht mehr verabschieden konnte. Er hätte auch gerne Barbaras Grab besucht, aber Robert redete es ihm wieder aus; besser, die Höhle des Löwen nicht zu verlassen.

Die lange Fahrt nach Hamburg bot ihm noch einmal die Gelegenheit, mit Robert über all die Dinge zu sprechen, die sie einander bisher verschwiegen hatten, jetzt, wo die Schranken der Rücksichtnahme auf beiden Seiten gefallen waren. Er dachte daran, wie oft Käthe ihm vorgeworfen hatte, er idealisiere Robert. Damit hatte sie zweifellos recht gehabt. Die letzten Wochen hatten ihm eine dunkle Seite an Robert gezeigt, von deren Existenz er nichts gewußt hatte, nichts hatte wissen wollen. Dennoch, das Gute an Robert war genauso wirklich, und als Robert ihm zum Abschied zuflüsterte, er liebe ihn, habe ihn immer geliebt, konnte Martin Goldmann zum erstenmal ohne die geheimen Zweifel, die ihn all die Jahre geplagt hatten, daran glauben. Er stand, zwischen zahllose Auswanderer gezwängt, auf dem Deck des völlig überfüllten Schiffes und bemühte sich, Roberts winkende Gestalt zu erkennen, solange es möglich war. Aber die Tränen in seinen Augen ließen Robert, die übrigen Menschen am Kai und die Hafengebäude zu einer Silhouette verschwimmen, und als er sie fortgewischt und seine Brillengläser gereinigt hatte, war Robert unter den anderen nicht mehr auszumachen.

25. Kapitel

Im Gegensatz zu Los Angeles, das eigentlich keine Großstadt, sondern eine Aneinanderreihung vieler unterschiedlich kleiner Städte war, schien New York Carla immer die amerikanische Metropole an sich zu sein, das Beste, was Amerika an städtischem Leben zu bieten hatte, ein glitzerndes, unbarmherziges Juwel aus Glas und Stahl, das in seiner kühlen Brillanz dem Berlin, an das sie sich erinnerte, mehr als ebenbürtig war. Sie hatte New York in ihren ersten Jahren in Amerika ein paarmal besucht, hauptsächlich der Theaterstücke wegen, weil sie sich zumindest als Zuschauerin nicht gänzlich vom Theater abschneiden wollte. Aber wirklich kennen lernte sie es erst, als Eddie Felton fast zwei Jahre nach ihrer ersten Begegnung tatsächlich ein für sie geschriebenes Theaterstück an den Broadway brachte.

Als sie nach Nancys Selbstmord und dem Ende der *Armadale*-Dreharbeiten nach Amerika zurückkehrte, hatte sie nicht mehr damit gerechnet, und es war ihr auch gleichgültig geworden. Den Nakamuras gegenüberzutreten und ihnen eine Version von Nancys Tod anzubieten, die für sie akzeptabel war, kostete sie, was sie zu diesem Zeitpunkt an menschlichem Mitgefühl noch übrig hatte, und sie verschwendete keinen Gedanken an Felton, für den Nancys Tod außer einigen unangenehmen Stunden mit der Londoner Polizei und einem bösen Artikel von Hedda Hopper keine weiteren Konsequenzen gehabt hatte. Dankbar nahm sie jedes Drehbuch an, das Universal ihr anbot, weil es ihr etwas zu tun gab und es ihr möglich machte, vor sich selbst zu flüchten. Als *Armadale* zwar in mehreren Kategorien für den Oscar nominiert wurde, aber nicht für die der besten Hauptdarstellerin, fühlte sie weder Enttäuschung noch Groll, obwohl einer der wichtigeren Kritiker des Landes in ihr Lager übergeschwenkt war und in dem Artikel zu den Oscar-Nominierungen schrieb, wenn sie nicht für ihre Schreckgespenster

758

berühmt wäre, »hätte man Miss Fehrs hervorragende Lydia Gwilt berücksichtigt«. Sie versuchte, nur noch die anderen Geschöpfe, denen sie Leben gab, etwas empfinden zu lassen; selbst zu fühlen war zu beschwerlich, tat zu weh, und um sich ganz und gar davon abzuschneiden, begann sie den Versuch, sich von jenem anderen Teil jenseits des Atlantik, der Nancys Schwäche und ihren eigenen geheimen Wunsch nach Freiheit zum Vorschein gebracht hatte, zu trennen. Zuerst versuchte sie es mit dem völligen Abbruch aller Korrespondenz, aber sie konnte nicht aufhören, Roberts Briefe zu lesen. Dann beschloß sie, ihn zu bestrafen, auf die gleiche Art, wie er sie manipuliert hatte, aber dann begriff sie, daß bereits der Prozeß der Bestrafung die ungewollte Fähigkeit zu fühlen wieder in ihr wachgerufen hatte. Auch Rachsucht und Haß waren Gefühle, und sie wußte nur zu genau, daß das, was sie an Robert haßte, ihre eigene Schuld war.

Der Sommer, in dem sich Nancys Tod jährte, brachte ihr Stück für Stück ihre alten Empfindungen wieder zurück. Nancys Schwester Lucy, die inzwischen bald sechzehn wurde, bat sie um ihre Hilfe, um ins College gehen zu können.

»Papa ist natürlich strikt dagegen, wegen Nancy, als ob ihre Bildung etwas mit ihrem Tod zu tun gehabt hätte. Er will nicht einsehen, daß ich ihm viel nützlicher als Buchhalterin sein kann, als wenn er mich an den nächsten reichen Idioten verheiratet. Ich bin nämlich hervorragend im Rechnen, Carla, und Papa ist im Grunde kein praktischer Mensch. Hinter seinen Büchern ist er am glücklichsten. Deswegen ist es ja so unfair. Aber ich habe ihn dazu gekriegt, mit mir einen Handel einzugehen. Wenn ich mir während des Sommers das Geld für die Kosten des ersten Semesters verdienen kann, nicht ausleihen, nachweislich mit respektablen Tätigkeiten verdienen, dann darf ich aufs College. Na, und das wäre doch gelacht, wenn ich das nicht kann. Ich habe schon einen Plan, aber für den brauche ich dich.«

Lucys Plan brachte sie zum ersten Mal seit langer Zeit wieder zum Lachen. Er setzte voraus, daß Carla und jeder ihrer Bekannten aus dem Filmgewerbe, den sie dafür gewinnen konnte, alles von Autogrammen über Taschentücher bis zu Pullovern zu einer Versteigerung freigaben.

»Schau, du kennst doch Leute wie Fairbanks und so. Neulich hat mir eine Schulkameradin fünfzig Dollar für ein Unterhemd von ihm geboten! *Fünfzig Dollar!* Verstehst du, ich möchte nicht, daß ihr mir das Zeug schenkt. Ihr kriegt den reinen Sachwert wieder, und ich kassiere den Überschuß als Vermittlungsgebühr. Komm schon, Carla, ich weiß doch, daß Stars so etwas gelegentlich tun, für die Wohltätigkeit. Ich bin auch ein Wohltätigkeitsobjekt, meine Bildung muß gefördert werden!«

»Sicher«, entgegnete Carla und erwiderte Lucys breites Grinsen, »sonst verliert die Welt eindeutig ein Verkaufsgenie.«

Daß sie sich einverstanden erklärte, hatte zu ihrer Überraschung weniger etwas mit den Schuldgefühlen Nancys wegen und mehr mit ihrer Zuneigung zu diesem rapide erwachsen werdenden Kind zu tun, dessen ansteckende Lebensfreude es verdiente, nicht erstickt zu werden. Sie hatte nie eine kleine Schwester gehabt, aber Lucy kam dem am nächsten.

Dann brauchte Frances Marion ihre Hilfe, die über den plötzlichen Selbstmord ihres Exgatten George Hill nicht hinwegkam, und der Versuch, Frances zu überzeugen, daß es nicht ihre Schuld war, daß sie getan hatte, was sie konnte, tat ein weiteres, um sie aus der Wüste der Empfindungslosigkeit wieder herauszuholen. Bei Frances traf sie eines Tages Eddie Felton wieder, der mit seinem Drehbuch bei den Oscar-Nominierungen ebenfalls übergangen worden und eine Zeitlang aus Hollywood verschwunden war.

»Haaallo, Carla Fehr. Wie steht es? Sprechen wir miteinander, grüßen wir einander nur, ignorieren wir uns, oder machen wir uns gleich Vorwürfe?«

Da er sich im vergangenen Jahr mehrfach in ihrer Gegenwart über Frances' »sentimentalen, altmodischen MGM-Schmalz« lustig gemacht hatte, kam seine Anwesenheit sehr unerwartet, und sie war nicht vorbereitet genug, um zu wissen, wie sie reagieren sollte. Ihn zu sehen brachte die Nacht von Nancys Tod zurück, aber Carla stellte fest, daß sie dabei weder Feindseligkeit noch die erschreckende Leere, das völlige Ertaubtsein aller Gefühle erfüllten. Zurückhaltend, wie jemand, der eine frisch vernarbte Wunde berührte, entgegnete sie: »Vielleicht begrüßen wir uns wie zwei Überlebende der *Titanic*?«

»Treffend ausgedrückt. Ich wußte doch, daß es einen Grund gab, warum ich für Sie schreiben wollte.«

»Mit Skripts sollten Sie sich an meinen Agenten wenden, Eddie.«

»Meine Liebe, der wackere Kohner ist auch mein Agent, und es handelt sich hier um kein Filmskript. Ich schulde Ihnen noch etwas, von dem Sie nie geglaubt haben, daß ich es tatsächlich fertigbringe, stimmt's? Ein eigens für Sie verfaßtes Theaterstück.«

Die Begegnung weckte den letzten noch ferngebliebenen Lebensgeist, Carlas Ehrgeiz. Nancys Tod war kein Grund, den durch *Armadale* gewonnenen Vorteil weiter zu verschwenden und nichts als Filme mit Rollen zu drehen, die sie inzwischen im Schlaf hätte spielen können. Zum Kuckuck, ihre ganze Rechtfertigung für die sich erweiternde Kluft, die sie zwischen Nancy und sich gespürt hatte, war der Ehrgeiz gewesen, der Umstand, daß ihr Beruf und kein Mensch im Mittelpunkt ihres Lebens stand. Sie war entsetzt, wie weit sie sich hatte gehenlassen.

Carla wäre Felton in jedem Fall dankbar gewesen, weil er der dritte Rettungsring war, der sie aus den trüben Gewässern von Schuld und Selbstmitleid riß, aber nach der Lektüre seines Stückes fing sie ernsthaft an, ihre Einschätzung bezüglich seiner Persönlichkeit zu überdenken. Es überraschte sie nicht sehr, daß es sich um eine Komödie handelte; die Satire war, wie sein Roman bewies, seine besondere Stärke. Da sie beträchtliche Zeit keine komischen Rollen mehr gespielt hatte, erfüllte sie die Aussicht mit einer Mischung aus Aufregung, Freude und Nervosität, die ihr lange gefehlt hatte. Was sie verblüffte, war, daß die Welt seines Stückes im Gegensatz zu den brillant, aber oberflächlich gezeichneten Personen seines Romans neben dem beißenden Witz auch Charaktere von echter Tiefe bot. Das traf selbst auf die Nebenfiguren zu, und die Hauptrolle war ein echtes Gottesgeschenk. Es handelte sich um eine Einwanderin, eine polnische Arbeiterin, die nach einem Tag in der Fabrik erschöpft auf einer Bank in New York einschlief, ausgeraubt und dann von einem jungen, beschwipsten Paar aus der High Society gefunden wurde, das sie für Greta Garbo hielt. *Looking for Greta* lautete der Titel, und die Art, wie die gewitzte Polin sich durch diverse Parties der High Society bluffte und am Schluß, mit einer kompletten neuen Ausstattung, Schmuck und drei Heiratsanträgen überhäuft, wieder nach Europa abreiste, kurz ehe Greta

Garbos Agent aus Hollywood eintraf, um den Betrug aufzudecken, teilte unterschiedslos Hiebe auf die New Yorker Gesellschaft und den Filmstarkult von Los Angeles aus, ohne die Figuren, von dem naiven jungen Paar über die nervöse Society-Gastgeberin bis zu dem vom Lebensüberdruß geplagten Millionär, je wirklich unsympathisch wirken zu lassen. Es war hinreißend, aber Carla bezweifelte, ob Greta Garbo es auch komisch finden würde, wie ihr berühmtester Ausspruch »*I want to be left alone*« hier in einen wiederkehrenden Gag verwandelt wurde.

Einen New Yorker Theaterproduzenten zu finden, der Carla Fehr, Königin der Universal-Horror-Zyklen, in einem neuen, unerprobten Stück und einer komischen Rolle auf die Bühne brachte, war alles andere als einfach, aber es gelang, »entweder«, wie Felton zu Carla bemerkte, »weil der gute Milo überzeugt ist, daß mein Opus ein Renner wird, oder weil er darauf spekuliert, daß ganz New York auftauchen wird, um Sie versagen zu sehen, was die Kassen ebenfalls füllt. Schadenfreude ist so ein ungeheuer zuverlässiger Bestandteil des menschlichen Motivationsspektrums«.

Obwohl sie argwöhnte, daß er mit seiner zweiten Vermutung recht hatte, machte ihr das nichts aus. Sie verbrachte den Herbst damit, eine Wohnung in New York zu suchen und sich wieder an den Verlauf von Theaterproben zu gewöhnen; ganze Szenen, ganze Durchläufe, nicht die mosaikhafte Fragmentartigkeit der Filmarbeit. Abgesehen von dem Theater gab es in New York außerdem noch eine Menge zu entdecken – die Jazzclubs, die Restaurants, die von Toscanini dirigierten Konzerte, die Museen, die Möglichkeit, wieder in einer Stadt, oder besser, in einem Stadtkern, in Manhattan, spazierenzugehen, statt das nur am Strand oder in den Bergen tun zu können, und alle wichtigen Orte in für Fußgänger erreichbarer Nähe zu haben. Sie war gerade dabei, sich restlos in New York zu vernarren, als die Nachrichten aus Deutschland kamen. »Reichskristallnacht« nannte es eine der beiden deutschsprachigen New Yorker Zeitungen.

Es war das erstemal, daß sie das Transatlantikkabel nutzte, um Robert anzurufen, um zu hören, wie es Dr. Goldmann ging, und, wie Carla sich eingestand, um sich wieder mit ihm zu versöhnen.

Natürlich war er nicht da. Monika erklärte nur, Robert und sein jüdischer Vater könnten von ihr aus bleiben, wo der Pfeffer wächst, und hing sofort wieder auf. Das ließ Carla mit den schlimmsten Befürchtungen zurück. Sie bildete sich ein, zu wissen, wenn Robert etwas passiert wäre, aber erstens konnte sie da nicht sicher sein, und zweitens besagte das nichts über Dr. Goldmann oder einen ihrer noch in Deutschland verbliebenen Freunde aus den alten Tagen. Sie zerbrach sich den Kopf, wer vermutlich über die meisten Bescheid wissen würde, und verfiel schließlich auf Astrid. Astrids Adresse war ihr bekannt, was genügte, um ihre Telefonnummer herauszufinden. Diesmal hatte sie Glück.

»Helmut geht es gut«, sagte Astrids Stimme über das transatlantische Rauschen hinweg, »und Udo auch. Aber Carla – Brigitte ist tot. Es ist überall passiert, weißt du, auch in Wien. Und Andreas haben sie abgeholt, keiner weiß, wo er jetzt steckt.«

»Und Dr. Goldmann?« wiederholte Carla ihre anfängliche Frage. »Wo steckt Robert?«

»Ich weiß es nicht. Er hat sich in Babelsberg krank gemeldet und eine Nachricht für Helmut hinterlassen, er solle sich keine Sorgen um Dr. Goldmann machen, aber sonst hat niemand etwas von den beiden gehört. Ich glaube, er will ihn illegal über die Grenze bringen, zu seinen Freunden in die Schweiz.«

Es war eine Möglichkeit. Etwas daran störte Carla, und erst am nächsten Tag wurde sie sich bewußt, was es war. Nicht nur hatte Jean-Pierre ihr von den immer strikteren Schweizer Einreisekontrollen geschrieben, sondern es war auch nicht das, was sie an Roberts Stelle täte. Was würde sie tun? Direkt zur Quelle gehen. In die Höhle des Löwen.

»*Bloody hell!*« sagte sie laut. Auf englisch zu fluchen hatte dank all der einschlägigen kurzsilbigen Wörter eine befreiende Wirkung. Sie rechnete den Zeitabstand nach. In Deutschland war es bereits zwischen sechs und sieben Uhr abends. Spät genug, um Philipp zu Hause zu vermuten, zumal, wenn sie mit ihrer Annahme recht hatte.

»Sind Sie sicher, daß Sie noch mal nach Europa telefonieren wollen?« fragte die Telefonistin zweifelnd. »Das wird allmählich sehr, *sehr* teuer.«

»Mir bleibt nichts anderes übrig.«

Kathi würde in Paris inzwischen vor Sorgen vergehen, es sei denn, Robert hätte es riskiert, ihr ein Telegramm zu schicken, oder sonstwie versucht, sie zu erreichen, und das war gewiß zu gefährlich. Es war nur, um Kathi und sich selbst über Dr. Goldmanns Schicksal beruhigen zu können, versicherte sie sich, während sie der Telefonistin aus dem Gedächtnis die Nummer der Villa nannte.

Eigentlich rechnete sie damit, daß der Majordomus oder ein anderer Bediensteter an den Apparat gehen würde. Kaum Philipp selber, das tat ein Mann in seiner Stellung nicht. Aber ihr Pech mit Ehefrauen ließ sie nicht im Stich.

»Elfi Bachmaier?«

Obwohl sie durch Robert von der Existenz der Frau wußte und auch eine ausführliche Beschreibung bekommen hatte, war es ein unerwarteter Schock, die Stimme zu hören. Es machte die unbekannte Elfi von einem Namen zu einem lebendigen Wesen. Einige Sekunden lang zog sie in Erwägung, sich als die Sekretärin eines Kunden auszugeben, der Herrn Bachmaier geschäftlich zu sprechen wünsche, aber zum einen konnte Elfi wohl auch das Knistern und Rauschen in der Verbindung hören, und zum anderen wollte sie gar nicht erst mit Heimlichkeiten anfangen.

»Guten Abend, Frau Bachmaier. Es tut mir leid, daß ich Sie störe. Hier spricht Carla Fehr.«

Schweigen am anderen Ende.

»Frau Bachmaier, ich rufe wegen zweier Freunde an. Aus keinem anderen Grund.«

Stumm richtete sie eine Bitte an den großen Unbekannten, die Frau nicht auch, wie Monika, aufhängen zu lassen.

»Ja... ja natürlich... entschuldigen Sie... es ist nur... ich habe nie damit gerechnet, Ihre Stimme zu hören, Frau Fehr. Das kommt so unerwartet.«

»Für mich ebenfalls«, entgegnete Carla ehrlich. Es lag ihr auf der Zunge, auf das Weiterreichen des Telefonhörers zu drängen, aber das Risiko, daß die Frau auflegte, war immer noch vorhanden.

»Ja, also... oh Gott, Sie rufen ja aus Amerika an, stimmt's? Also wegen Ihrer Freunde, da brauchen Sie sich keine Sorgen zu machen. Wenn es die sind, die ich meine. Der Robert ist heute mit dem Dr. Goldmann nach Hamburg gefahren. Philipp hat ihm ein Visum für Paraguay besorgt, dem Dr. Goldmann, meine ich, nicht Robert. Sie haben die letzten Tage hier gewohnt.«

Die plötzliche Erleichterung machte sie einen Moment lang schwindlig.

»Danke«, stieß sie hervor. »Frau Bachmaier, Sie wissen nicht, was mir gerade für ein Stein vom Herzen gefallen ist.«

»Ich glaube schon«, entgegnete die mädchenhafte Stimme unerwartet ernst.

Erneut kehrte verlegenes Schweigen ein. »Soll ich Philipp holen?« fragte Elfi Bachmaier dann, merklich kühler. Carla traf eine Entscheidung.

»Nein. Wie ich schon sagte, ich habe nur meiner Freunde wegen angerufen. Nochmals herzlichen Dank, Frau Bachmaier. Und ich wünsche Ihnen alles Gute.«

»Danke, Frau Fehr. Das wünsche ich Ihnen auch, ehrlich.«

Nun, wie es schien, standen Philipps Aktien in seiner Ehe derzeit besser als Roberts. Leider besaß Kathi keinen eigenen Telefonanschluß. Carla überlegte, ob sie es in der Redaktion der *Gazette* versuchen sollte, doch das schien ihr zu unsicher. Am Ende war Kathi gar nicht dort, und eine Nachricht konnte verlegt werden. Nein, sie würde Kathi ein Telegramm schicken, auf englisch, da hier keine deutschen Telegramme entgegengenommen wurden.

»Dr. Goldmann auf dem Weg nach Paraguay – komme du hierher – Carla«, wiederholte die Telefonistin, ließ sich das bestätigen und rechnete nach. »Junge, Junge«, kommentierte sie, »heute ist wirklich der Tag, wo Sie mich reicher machen.«

Nachdem die Ungewißheit aus der Welt war, hatte Carla Zeit, über das Ereignis an sich nachzudenken. Eine einmalige Aktion, der Höhepunkt einer jahrelangen Demütigung... oder erst der Anfang von etwas Neuem? Sie erinnerte sich an eine Unterredung mit Philipp vor Jahren, als er von den wirtschaftlichen Vorteilen einer erzwungenen Auswanderung aller Juden sprach. Das mußte es sein, darauf mußte es hinauslaufen: auch diejenigen Juden, die bis jetzt in Deutschland ausgeharrt hatten, durch verstärkten Terror zur Auswanderung zu zwingen. Sie konnte sich vorstellen, wie Kathi bereits über einem empörten Artikel saß – nein, ihn mit

Sicherheit schon geschrieben und abgeliefert hatte –, fester denn je überzeugt, gegen diese Ungerechtigkeit ankämpfen zu müssen. Während sie, Carla, hier in Amerika Sicherheit und Komfort genoß und nichts weiter tat, als in Interviews scharfe Bemerkungen zu machen und sich an dem von Charlotte Dieterle aufgestellten Flüchtlingskomitee zu beteiligen. Es mußte doch noch mehr geben. Irgend etwas, das auch sie in der Lage war zu tun.

Sie saß gerade grübelnd über einer Tasse Kaffee im Claridge's, als jemand sie ansprach.

»Carla?«

Die Stimme klang vertraut und betonte ihren Namen auf eine eigenartige, einzigartige Weise, nicht deutsch, mit dem harten K-Laut, nicht englisch, mit dem ersten a als Mischton zwischen a und o, sondern geschwungen, italienisch. Nur eine einzige Person hatte das je getan. Carla blickte auf und schaute in das fahle, ausgehöhlte, früher so makellos schöne Gesicht der Frau, die für sie einmal den Glanz der mondänen Welt verkörpert hatte.

»Eleonore!« rief sie, halb erschreckt, halb erfreut, und stand auf. Sie hatte kaum mehr geglaubt, Eleonore von Mendelssohn je wiederzusehen. Unsicher, wie sie empfangen werden würde, reichte sie Eleonore die Hand, doch statt sie zu schütteln, trat Eleonore an sie heran und umarmte sie.

»Carla Fehr«, wiederholte sie und lachte. »Wem man in New York nicht alles über den Weg läuft – jetzt fehlt mir nur noch Ernst Toller in meiner Sammlung. Der soll hier untergekommen sein, aber ich dachte eigentlich, du schwirrst in Hollywood herum!«

»Meistens. Zur Zeit bereite ich mein amerikanisches Bühnendebüt vor.«

»Grundgütiger«, meinte Eleonore, ließ sich in den Sessel gegenüber von Carla fallen und zog eine Grimasse, »dann hast du mein tiefempfundenes Beileid. Max ist auch hier, und statt dankbar zu sein, daß er sich mit ihnen abgibt, machen die Mistkerle ihm bei den Proben das Leben zur Hölle. Es war schon vor zwei Jahren scheußlich, als er zum ersten Mal den Anlauf machte, aber da konnte er wenigstens noch zur Erholung nach Europa zurück.«

Von einer anstehenden Reinhardt-Aufführung hatte Carla noch gar nichts gehört; sie öffnete den Mund, um das zu sagen, besann sich jedoch rechtzeitig eines Besseren. In Berlin, in jeder deutschen Stadt wäre es unmöglich gewesen, von einer Premiere, bei der Max Reinhardt Regie führte, *nicht* zu wissen, ob nun in oder außerhalb von Theaterkreisen. Doch sein letzter amerikanischer Erfolg war die Aufführung des *Sommernachtstraums* in der Hollywood Bowl vor drei Jahren gewesen, erfolgreich genug, um eine Verfilmung nach sich zu ziehen, die zu einem Flop bei Kritik und Publikum wurde und Reinhardts Versuch in Filmregie effektiv beendete. Schon für diesen einen *Sommernachtstraum* hatte er die Hilfe seines alten Mitarbeiters Wilhelm Dieterle, der sich hier inzwischen als William Dieterle durch Filmbiographien einen Namen gemacht hatte, benötigt, weil ihm das neue Medium grundsätzlich fremd war. Reinhardts nächstes Projekt bei seinem Amerika-Besuch im letzten Jahr wurde zu einem Beispiel für das Sprichwort, daß gute Absichten den Weg zur Hölle pflasterten. Gemeinsam mit Franz Werfel und Kurt Weill stellte er sich die Aufgabe, die gesamte jüdische Geschichte auf der Bühne zu präsentieren. Das Mahnmal für die Leidenden entwickelte sich durch Verzögerungen in der Zusammenarbeit, dem Ausfallen von wichtigen Darstellern, dem Wechsel des Aufführungsortes und vor allem durch stete Budgetkürzungen, wo er früher freie Hand gehabt hatte, zu einem Desaster bei der Uraufführung. Das Stück war viel zu lang – die große Pause begann erst um Mitternacht –, viel zu teuer und ruinierte den Produzenten. Carla, die zu dem Zeitpunkt in England gewesen war, hörte erst jetzt davon, als Eleonore ihr die Geschichte erzählte und hinzufügte, Reinhardt habe ihr sogar seine Möbel verpfändet, um die Kosten decken zu können.

»Aber das war alles noch nichts im Vergleich zu der jetzigen Katastrophe. Diesmal durfte Max noch nicht einmal über die Besetzung entscheiden, und das geht wirklich an den Kern. Du weißt ja, wie sehr er es liebt, mit seinen Schauspielern zu arbeiten, aus ihnen das Beste herauszuholen. Doch wenn sie ihm aufdiktiert werden... Ich würde ihm ja raten, die Sache ganz aufzugeben, aber erstens braucht er das Geld, und zweitens geht er dann wieder nach Hollywood zurück. Da hat er eine Tätigkeit, die ihm Spaß macht, auch wenn sie nichts einbringt. Und die endlich geehelichte, treue Helene. Also wiege ich stündlich einen deprimierten Max in New York mit mir gegen einen glücklichen Max in Los Angeles mit der

Thimig ab. Entschuldige, der nunmehrigen Frau Reinhardt der Zweiten. Ich muß sagen, ich war sehr enttäuscht, daß Else nun doch noch das Handtuch geworfen hat.«

Carla wußte nicht, ob sie lachen oder weinen sollte. »Oh, Eleonore«, sagte sie, »ich habe dich vermißt.« Sie winkte dem Kellner und bestellte noch etwas Kaffee für ihre Freundin.

»Um was für eine Tätigkeit handelt es sich denn?« erkundigte sie sich.

»Oh, kaum daß er hier ankam, um sich dauerhaft anzusiedeln, beschloß Max, in Los Angeles das Theater zum Leben zu erwecken. Gottfried versuchte ihm zu sagen, daß es hoffnungslos ist – ein einmaliges Schauspiel in der Hollywood Bowl und eine neue Theaterkultur sind zwei völlig verschiedene Paar Stiefel –, aber Max hat noch nie begriffen, was das Wort ›unmöglich‹ bedeutet.« In ihren Augen glänzten Tränen. »Deswegen liebe ich ihn.« Hastig fuhr sie sich mit dem Handrücken über die Wimpern und sprach dann in ihrer gewohnten, hektischen Fröhlichkeit weiter. »Jedenfalls hat er entschieden, an der Wurzel zu beginnen, und einen Reinhardt-Workshop gegründet, eine Schule für Schauspieler. Es sind doch viele von seinen alten Mitarbeitern hier, er hofft, sie als Lehrer zu gewinnen und mit genügend Schülern dann wieder ein Ensemble zu haben. Schüler gibt es schon, aber was die Lehrer angeht, nun, es hat wohl nur Max überrascht, daß sie lieber in nostalgischen Erinnerungen schwelgen, als in der Gegenwart umsonst zu dozieren. Keine Sorge, ich werde dich jetzt nicht in Verlegenheit bringen und fragen, ob du dazu bereit wärst.«

»Frag ruhig. Die Antwort lautet ja. Aber Eleonore, ich dachte, kein Mitglied der Familie Reinhardt würde je wieder ein Wort mit mir reden wollen. Ganz ehrlich, ich bin überrascht, daß du es tust. Als ich Gottfried Reinhardt das letztemal traf, hatte ich den Eindruck, die Exkommunikation sei noch zu gut für mich.«

Eleonores Hände hatten ihr gewohntes, unruhiges Spiel begonnen; mit der rechten trommelte sie auf den Tisch, während sie mit den Fingern der linken ihren Kaffeelöffel balancierte. Einen Moment lang war sie verblüfft genug, um damit aufzuhören.

»Warum denn das? Gottfried ist ein Schatz. Mein liebster Reinhardt nach Max. Was hast du angestellt, um ihn zu ärgern?«

Nun begann Carla ihrerseits, in einer unbewußten Imitation Eleonores, nervös mit den Fingern zu trommeln. Konnte es sein, daß Eleonore von *Iffland* nie etwas gehört oder gesehen hatte? Oder hatten die Jahre voller Morphium ihr Gedächtnis beeinträchtigt? Verlegen zögerte sie und zerbrach sich den Kopf, wie sie das heikle Thema angehen sollte. Es blieb ihr erspart, denn Eleonores immer noch schönes, aber verwüstetes Gesicht erhellte sich, und sie lachte.

»Ahhhh – der Groschen ist gefallen. Du meinst deine Mitwirkung in diesem Film! Carla, warum sollte mir das etwas ausmachen? Du warst hervorragend als Eleonore, und das Drehbuch war so nett, mich mit Stil und mit Max untergehen zu lassen. Mehr wünsche ich mir gar nicht. Was den Rest angeht, nun, die treue Helene fand ihre Darstellung als talentloser Stein um den Hals von Max ganz und gar nicht komisch, im Gegensatz zu mir, aber deswegen grollt sie deinem Freund König, nicht dir. Die Jungen, Gottfried und Wolfgang, waren auch beleidigt, aber ich habe sie inzwischen dazu gebracht, die Sache mit etwas mehr Humor zu nehmen.«

Carla konnte nicht widerstehen. »Und der Professor?«

»Er wußte auch nicht, ob er geschmeichelt oder gekränkt sein sollte, was seine Person anging, aber er mußte natürlich Frau Thimigs wegen empört sein. Aber er käme nie auf die Idee, deswegen sämtliche Mitwirkenden an dem kleinen Epos in Acht und Bann zu stellen. Außerdem hat er in den letzten Jahren ganz andere Sorgen gehabt. Vertrau mir, Max wird entzückt sein, dich wiederzusehen. Ja, ich glaube, ich bringe dich ihm gleich mit. Derzeit liegen ihm nämlich nicht nur die Proben im Magen, sondern auch die Nachrichten. Er verzweifelt an dem Land, er versteht es einfach nicht, warum die Leute, die in seine Theater gegangen sind, derzeit einem Schmierenkomödianten bei seinen Terrorakten zujubeln.«

»Da ist er nicht der einzige«, kommentierte Carla und trank den Rest ihres Kaffees aus. »Wer versteht es schon?«

Max Reinhardt bei der Probe in dem kleinen Windsor-Theater zu begegnen, in dem Bewußtsein, bald selbst zum Proben in das um einiges größere Palace zu gehen, war eine sehr zwiespältige Erfahrung. Was ihre Beteiligung an *Iffland* betraf, so hatte Eleonore recht: Er ignorierte sie. »Natürlich erinnere ich mich«, sagte er lächelnd, »Renate Beurens Schülerin. Helena!«

Das Haar war mittlerweile völlig weiß, doch die blauen Augen noch so lebhaft und durchdringend wie eh und je, und auch der Charme, mit dem Reinhardt einem bei jeder Begegnung das Gefühl vermittelte, man sei der Mensch (und Schauspieler), auf dessen Erscheinen er gerade gehofft hatte, war noch so mächtig wie eh und je. Trotzdem fehlte etwas. Sie waren gerade während einer kleinen Pause eingetroffen, und der Produzent, Shumlin, der Carla und Eleonore nach einem kurzen Nicken völlig ignorierte, lag Reinhardt in den Ohren, die Pausen dürften künftig nicht länger als fünfzehn Minuten dauern. »Und morgen fangen Sie schon um eins mit den Proben an! Mensch, Max, wir haben im Dezember Premiere!«

Viele Leute nannten Reinhardt Max, aber sie taten es auf andere Weise. Shumlins Ton war eindeutig herablassend, er sprach mit einem Angestellten, nicht mit einem Partner oder gar einer Theaterlegende. Und Max Reinhardt, jahrzehntelang der unangefochtene König des deutschsprachigen Theaters, nickte nur höflich. Erst als Shumlin wieder verschwand, schloß er die Augen und sagte leise, wie zu sich selbst: »Ich fürchte, ich kann nicht mehr von ein Uhr nachmittags bis elf oder bis Mitternacht durcharbeiten.«

»Dann hör auf damit«, entgegnete Eleonore beschwörend. »Max, Regie hier am Broadway zu führen ist es doch nicht wert, daß du dir deswegen deine Gesundheit ruinierst.«

Er schüttelte den Kopf. »Nein. Ich darf nicht, zu allem anderen, auch noch in einen schlechten Ruf kommen. Immer habe ich all meine Verpflichtungen eingehalten. Wenn die Leute jetzt den Eindruck gewinnen, daß ich dem modernen Theaterbetrieb nicht gewachsen bin ... Es ist schon gut, Leonore, ich fürchte nur, ich bin nicht mehr der Jüngste.«

Das war es: Die berühmte eiserne Konstitution, die Max Reinhardt nie krank werden ließ und ihn zu einem unermüdlichen Arbeiter machte, der auch nach elf Stunden Proben noch den aufmerksamen Gastgeber auf einem Empfang für Fürstlichkeiten spielen konnte, war ebenso erschüttert wie die ruhige Autorität, die er immer ausgestrahlt hatte. Plötzlich wurde es Carla bewußt, daß er fünfundsechzig Jahre zählte.

»So, und Sie haben auch Premiere im nächsten Monat?« fragte
er sie, sichtlich entschlossen, wieder etwas Normalität herzustellen.

Sie nickte, und um die Beklemmung, die sie erfaßt hatte, loszuwerden, erzählte sie etwas über das Stück und bekannte dann, nach
fünf Jahren Bühnenabstinenz bereits jetzt unter dem schlimmsten
Lampenfieber ihres Lebens zu leiden.

»Es gibt Momente, da wünschte ich, daß es nicht ausgerechnet
eine Komödie wäre, obwohl ich anfangs so froh darüber war. Wenn
ich aus dem Rhythmus gerate und einen Gag verpatze, ruiniert das
die ganze Szene. Ganz offen, ich habe Angst, daß niemand an den
richtigen Stellen lacht, nur an den falschen, weil sie erwarten, mit
mir in dem Stück müsse ein Monster im Wandschrank versteckt
sein.«

Reinhardt hörte aufmerksam zu, und etwas an ihm veränderte
sich. Mit einemmal war die alte Autorität wieder da.

»Sie haben ein gutes Zeitgefühl, das weiß ich noch, und darauf
kommt es bei der Komödie am meisten an. Sprechen Sie mir doch
eine Szene, nur eine kurze, einen kleinen Monolog oder etwas dergleichen. Oder lesen Sie Ihre Rolle noch?«

Für Reinhardt-Schauspieler war es immer selbstverständlich
gewesen, auch zwei Monate vor der Premiere ihren Text zu beherrschen, aber Eleonore hatte ihr erzählt, daß dem bei den von Shumlin ausgewählten Darstellern nicht so war, also verstand sie seine
Frage.

»Nein, aber...« Sie bemerkte Eleonores bittenden Blick und
schluckte ihr Unbehagen bei der Aussicht, vor dem Meister zu
improvisieren und sich eventuell lächerlich zu machen, hinunter. Es
gab eine Szene, in der die Polin, Maria, zum ersten Mal als Garbo
verkleidet, in der Wohnung des jungen Paars aufwachte. Sie verlief
größtenteils pantomimisch, doch ein Teil der Komik bezog sich
auch aus den Kommentaren, die Maria über ihre neue Umgebung
abgab. Die hintersten Stuhlreihen des Windsor-Theaters mußten
als Couch, Kommode und übriges Interieur herhalten, während
Carla versuchte, die noch nicht vollendete Maria für einige Minuten hierherzuholen.

Als sie mit der Bemerkung »Und ich will wirklich allein sein«
schloß, lachte Eleonore und applaudierte. Reinhardt lächelte, aber

771

er sagte nachdenklich: »Sie halten noch zurück. Oh, ich weiß schon, die Bedingungen sind hier nicht ideal, aber den Satz mit dem Bild, das aussieht wie die Muttergottes von Krakau … das ist noch zu sehr Carla Fehr und nicht eine Polin. Aber wissen Sie, die Art, wie Sie etwas aufheben und abstellen, das gefällt mir außerordentlich, diese Drehung mit dem Handgelenk, das hatten Sie noch nicht, als Sie bei mir waren. Es wirkt unbewußt elegant. Wie wäre es, hm, wenn Sie das mit Bewegungen konterkarierten, die absichtlich elegant wirken sollen, sobald Maria die Garbo imitiert? Im Prinzip haben Sie ja eine Doppelrolle – die Einwanderin *und* die Vorstellung der Leute von einem Filmstar, und die ist immer übertrieben. Zwei Bewegungsabläufe wären …«

»Max!« rief Shumlins Stimme; der Produzent stand wieder in einem der Bühneneingänge. »Sie sollten jetzt weitermachen. Sie wissen doch, Zeit ist Geld!«

Die konzentrierte Intensität in Reinhardts Blick erlosch. Man verabschiedete sich und wünschte sich gegenseitig viel Glück. Eleonore, die blieb, begleitete Carla noch bis auf die Straße und flüsterte dabei: »Ich sage es ungern, aber in einem bin ich mit der zweiten Frau Reinhardt völlig einig – irgend jemand sollte Shumlin umbringen. Danke dir. Für kurze Zeit war er wieder da … du hast es bemerkt, nicht wahr?«

»Ja. Eleonore, würde es mehr nutzen oder schaden, ihn zu meiner Premiere einzuladen?«

»Lade ihn auf alle Fälle ein. Wenn sich die Dinge bis dahin so entwickeln, daß es mehr schadet, fällt mir schon etwas ein, um ihn abzulenken, und wenn ich ihm sagen muß, daß Helene ihn bei dem Workshop dringend braucht. Doch ich denke, mir gelingt eine Ablenkung mit mehr … Unterhaltungswert.«

»Du gibst nie auf, nicht wahr?« gab Carla zurück, während sie Eleonore zum Abschied umarmte.

»Erst, wenn er tot ist«, sagte Eleonore ernst. »Erst dann.«

Der Regisseur von *Looking for Greta* hielt es für seine Aufgabe, Carla zu demonstrieren, daß ihr Filmruhm keinen Eindruck auf ihn machte, indem er sie noch etwas barscher behandelte als die jüngste Elevin. Sie nahm das einige Zeit hin, weil sie nicht den Eindruck erwecken wollte, Sonderprivilegien zu erwarten, aber nach der

Begegnung mit Eleonore und Reinhardt entschied sie, daß genug genug war. Als er sie das nächstemal aufforderte, nicht nach nicht vorhandenen Kameras zu schielen, musterte sie ihn auf ihre herablassendste Art und erwiderte:

»Mein guter Mann, es ist Ihnen vielleicht entgangen, aber ich hatte bereits ein Leben vor Hollywood. In den Ensembles, in denen ich gespielt habe, würde man Ihnen noch nicht mal gestatten, die Leuchter zu halten, und wenn Sie zu mehr fähig sind, sollten Sie endlich anfangen, mir das zu beweisen.«

Während er sie noch sprachlos anstarrte, hörte sie jemanden im Zuschauerraum klatschen. Sie erkannte einen Abgang, wenn einer fällig war, ging an dem Regisseur vorbei zur Bühnenrampe und ließ sich von Eddie Felton, der sich als der Beifall spendende Zuschauer entpuppte, hinunterhelfen.

»Zeit für eine kleine Pause, Rudy, würde ich meinen«, rief Felton zu dem Regisseur hoch und fragte sie, ob sie an etwas frischer Luft interessiert sei, was sie bejahte. Vor dem Theater meinte er grinsend: »Ich dachte schon, Sie hätten Ihr Temperament an der Westküste gelassen. Darling, New York ist genauso ein Dschungel wie Hollywood, nur siegt hier, wer der größte Snob ist.«

»Sie müssen es ja wissen. Sagen Sie, Eddie, was hat Sie eigentlich in ein annehmbares menschliches Wesen verwandelt? Ich dachte, ich würde allerhöchstens als Haßfigur in Ihren Memoiren auftauchen.«

Das Grinsen verschwand und wich einer grübelnden Miene, wie Eddie Felton sie früher nie zur Schau getragen hatte.

»Ich habe noch nie einen Menschen gewaltsam sterben sehen«, antwortete er leise. »Der einzige Tote, den ich zuvor erlebt hatte, war mein Großvater, und der starb an Altersschwäche und wurde mir erst als zurechtgeschminkte Leiche bei der Beerdigung präsentiert. Irgendwie dachte ich, daß der Tod immer so sei; das kommt vermutlich davon, wenn man beim Film groß wird. Aber dann kam diese Nacht. Wissen Sie, das Badezimmer sah für mich aus wie ein Schlachthaus, und ich konnte nicht vergessen, daß ich sie wenige Stunden zuvor in den Armen gehalten hatte, nichts besonderes, einfach nur eine Frau mehr, und auch wenn ich merkte, daß es ihr nicht besonders gefiel, dachte ich, was soll's, mir gefällt es, und für die Eisprinzessin mit der Vorliebe für Nazis wird es ein Schlag ins

Gesicht sein. Verstehen Sie, wer mir dabei völlig egal war, war Nancy, und als ich sie in der Badewanne sah, wurde mir klar, daß mein ganzes Leben so lief. Nimm, was du kriegen kannst, räche dich, wenn du es nicht kriegst, und den letzten beißen die Hunde. Wen kümmern schon die Opfer am Rand. Und es drehte mir im wortwörtlichen Sinn den Magen um.«

Zum ersten Mal seit dem Beginn ihrer Bekanntschaft empfand Carla etwas für ihn, das über die Wertschätzung für einen begabten Schriftsteller oder den grausamen Spieltrieb, der sie als die Katze und ihn als die Maus einordnete und den er im vergangenen Jahr während der Überfahrt in ihr geweckt hatte, hinausging. Es war weniger Sympathie als eine Art Kameradschaft in der schuldbehafteten Gemeinschaft der Überlebenden.

»Für Sie muß es unendlich schlimmer gewesen sein«, fuhr Felton fort, »aber Sie waren so anständig, mir zu sagen, es sei nicht meine Schuld gewesen. Sie haben keine Ahnung, wie ich mich daran geklammert habe. Deswegen das Stück. Ich meine, ich bin immer noch kein Heiliger, ich hoffe, daß es ein Erfolg wird, ich weiß, daß Sie das Zeug dazu haben, sonst hätte ich mir wohl etwas anderes für Sie einfallen lassen... Aber es sollte so eine Art Wiedergutmachungsgeschenk sein.«

Es wäre nun an ihr gewesen, ein Geständnis zu machen, etwa, daß es für sie bereits mehrere Tote in ihrem Leben gegeben habe oder daß sie in dieser Nacht alle Empfindungen aus sich ausgesperrt habe, aber so weit vertraute sie ihm doch nicht.

»Dann werde ich mir Mühe geben«, erwiderte Carla mit einem schwachen Lächeln, »das Beste aus Ihrem Geschenk zu machen. Aus allen genannten Gründen.«

Er akzeptierte den Rückzug auf das sichere Terrain beruflichen Miteinanders.

»Wenn der alte Rudy Sie läßt. Zurück an die Front und auf in den Kampf, Darling. Kaum ein Studioboß hat eine solche Kapazität dafür, beleidigt zu sein, wie ein gekränkter Broadway-Regisseur... Aber ein gekränkter Broadway-Regisseur ist immer noch zehnmal kompetenter als ein glücklicher Studiohengst, also – en garde!«

Zu der Premiere von Reinhardts Inszenierung, *The Merchant of Yonkers*, einer amerikanischen Bearbeitung von Nestroys *Einen*

Jux will er sich machen, konnte Carla nicht kommen, da sie mit der Generalprobe für *Looking for Greta* zusammenfiel. Es wurde ein Mißerfolg, und kaum eine Kritik versäumte es, darauf hinzuweisen, daß Reinhardt offensichtlich den Anschluß an das moderne amerikanische Theater verloren habe. Drei Tage vorher, am Weihnachtstag, hatte Carla die verzweifelt optimistisch wirkende Eleonore, die nur die festbedingte Anwesenheit von Helene Thimig in New York als Grund für eine etwaige Niedergeschlagenheit vorschob, noch besucht und dabei festgestellt, daß Eleonore sich mittlerweile nicht mehr die Mühe machte, ihren Drogenkonsum zu verbergen. Während ihres Gesprächs ging sie, als sie aufgeregt wurde, in die Küche, um sich, wie sie sagte, zu beruhigen. Carla hatte den Morphiumkonsum bei Eleonore nie kommentiert, genausowenig, wie sie es bei einem anderen Freund, Bela Lugosi, tat, weil sie es für sinnlos hielt. Mißbilligende Bemerkungen brachten Süchtige nicht von ihren Gewohnheiten ab, ob es sich nun um Drogen oder Alkohol handelte; dazu war ihr Roberts Vater Rainer noch in zu guter Erinnerung. Doch an diesem Weihnachtstag wurde ihr zum ersten Mal klar, daß Eleonore sich mit dem Morphium vor ihren Augen umbrachte, langsamer, unendlich langsamer, als Nancy es getan hatte, aber es war dennoch eine bewußte Selbstzerstörung.

»Eleonore, du brauchst das nicht.«

Eleonore tat nicht so, als verstünde sie nicht. »Doch, das tue ich, schon seit Jahren. Keine moralischen Lektionen zu Weihnachten, Carla, ich kann sie jetzt nicht verkraften. Wußtest du, daß mehr Leute zu Weihnachten Selbstmord begehen als an jedem anderen Tag im Jahr? Und es wäre doch wirklich ein Jammer. Ich gebe heute abend eine Party, für all die übrigen traurigen Existenzen, die es hier an Land gespült hat. Du bist selbstverständlich herzlich eingeladen, aber du hast so eine unangenehme Aura von Erfolg an dir, daß du meine Geister alle verscheuchen wirst.«

Der Mißerfolg des *Merchant of Yonkers* bei der Premiere bewirkte, daß ihm Shumlin noch nicht einmal eine ganze Woche Spielzeit zugestand; als sie das erfuhren, reisten die Reinhardts ab, nicht ohne daß Max Reinhardt Carla eine Visite abstattete, um ihr das Beste für ihre eigene Premiere zu wünschen.

»Es würde mich freuen, wenn Sie sich an unserer Schule beteiligten, sobald Sie wieder in Kalifornien sind, mein Kind«, sagte er. »Wenn Ihnen danach ist, vorbeizuschauen, um etwas Theater zu spielen. Es gibt so viele Talente in diesem Land, und es macht Freude, mit ihnen zu arbeiten… *richtig* zu arbeiten.«

Sie versprach es und versuchte, zum Abschied etwas Aufmunterndes zu sagen; dabei fielen ihr nur das milde kalifornische Klima, das Meer und die herbe Schönheit der Landschaft ein. Reinhardt nickte und seufzte.

»Ja, es ist am Pazifik wundervoll, und es ist tausendmal schöner, dort zu leben als in New York. Ganz gewiß einer der angenehmsten Wohnorte auf Erden.« Er machte eine kleine, hilflose Handbewegung. »Ich bin aber auf der vierten Galerie des Burgtheaters aufgewachsen.«

Nicht zum ersten Mal war Carla dankbar für das Lampenfieber, selbst für den speziellen Anfall, der sie diesmal schlimmer als vor jeder Aufführung seit ihrer ersten Hauptrolle schüttelte. Es brannte Wehmut und Mitleid und das bittere Gefühl hilfloser Ohnmacht, das Reinhardt und Eleonore in ihr weckten, fort und ließ nur noch ein aus angespannten Nervenfasern bestehendes Gefäß zurück, das darauf wartete, sich mit der Polin Maria zu füllen. Selbst als Eleonore, die nach Reinhardts Abreise mit Helene Thimig wieder allein war, sie kurz vor der Aufführung in ihrer Garderobe aufsuchte, stellte sich nichts anderes ein. Eleonore blieb nicht lange; sie kannte Schauspieler in- und auswendig und deutete Carlas abwesenden Blick richtig.

Es fiel Carla auch schwer, sich genügend zu konzentrieren, um die guten Wünsche des Produzenten und Eddie Feltons angemessen freundlich entgegenzunehmen, gerade, was Felton anging. Als der Vorhang sich hob, entschied sie, daß er doch ein Sadist war. Das Stück begann nämlich mit Marias Auftritt, einsam und allein, ohne einen einzigen Dialogpartner in Sichtweite. Fast jedes andere Stück, ob nun Komödie oder Drama, war so konstruiert, daß einige Nebendarsteller zu Beginn das Publikum aufwärmten und über ihre Gespräche in das Thema des Stückes einführten. Die einzige berühmte Ausnahme in der Weltliteratur war *Richard III*, und Carla war plötzlich überzeugt, daß Shakespeare seinen Hauptdarsteller Richard Burbage gehaßt haben mußte, weil er ihm so etwas antat. Eddie Felton haßte sie ganz sicher. Das Stück, ihr Gespräch, es war alles nur eine List gewesen, um sie der schlimmsten aller Bestrafungen zu unterziehen, einem kalten, gleichgültigen Publikum, nein, einem feindseligen Publikum, das nur darauf wartete, sie zu zerreißen. Ihre Füße weigerten sich, auch nur einen Schritt zu gehen.

»Nun mach schon«, zischte der Regisseur ihr ins Ohr. »*Go get them, kid!*«

Er gab ihr einen kleinen Stoß, und einen Moment lang fürchtete sie zu stolpern, doch sie fing sich wieder. Aber der Akt der Balance brachte ihr nicht nur ihr Gleichgewicht. Sie machte einen Schritt, dann noch einen Schritt und spürte, wie die Leere in ihr sich füllte, mit etwas, das so lebensnotwendig für sie war wie Sauerstoff zum Atmen. Bis sie die Dekorationen verlassen hatte, war Carla verschwunden und hatte Maria zurückgelassen, von einem langen Arbeitstag erschöpft, aber überzeugt, in Amerika ihr Glück zu machen.

Eddie Felton beobachtete Carla von seinem Platz neben dem Produzenten aus. Es geht doch nichts über das New Yorker Publikum, dachte er. Er konnte die gespannte Aufmerksamkeit, das Lauern auf einen Fehler spüren, und auch das allmähliche Anerkennen, die unwillige Faszination, während Carla mit traumwandlerischer Sicherheit Szene nach Szene hinter sich brachte. Er fragte sich, ob ihr bewußt war, was sie da tat, daß es sich um eine gemeinschaftliche Verführung handelte, seine Worte und ihr Talent gegen alle Anwesenden. Jedes Gelächter mit der Schauspielerin, statt gegen sie, ein weiteres Zeichen, daß die Verführung erfolgreich war. Als die Pause kam, erwog er, zu ihr zu gehen, aber etwas in ihm sträubte sich dagegen. Er wollte sie zuerst seine Schöpfung vollenden sehen.

Dorothy Parker, die gnadenloseste und gewitzteste Journalistin, die New York je hervorgebracht hatte, kam zu ihm, als er gerade einen Drink an der Bar nahm, und sagte: »Nicht übel konstruiert, Darling, aber wenn sie nicht bald schlechter wird, werden die Leute in Scharen das Haus verlassen.«

»Wo doch jeder gekommen ist, um sie einbrechen zu sehen.«

»Genau. Entschuldige mich, ich muß meine eigenen Perlen der Weisheit noch zu Papier bringen, die Jungs warten.«

Damit die Kritiken am nächsten Morgen erscheinen konnten, war es in New York Tradition, daß die Kritiker ihre Rezensionen nach der Pause verfaßten und sofort an die Druckerei losschickten, was natürlich bedeutete, daß ein Stück, das in der ersten Hälfte nicht schon ein Triumph war, nie einer wurde. Felton hütete sich nachzufragen, obwohl er darauf brannte, mehr zu hören. Er hatte selbst einige Erfahrungen im Rezensieren und wußte genau, wie sehr man es bei solchen Gelegenheiten genoß, sämtliche Mitwirkenden zappeln zu lassen, ganz besonders einen Kollegen wie den Autor.

In der zweiten Hälfte hatte sich, was die Atmosphäre im Publikum betraf, ein grundsätzlicher Wandel vollzogen. Statt der gespannten Schadenfreude schlugen nun Wellen der Erwartung aus dem Zuschauerraum, wie bei einem Gourmet, dessen Gaumen man mit einem delikaten ersten Gang gekitzelt hatte und der sich nun, glänzend gelaunt und bereit zu loben, den zweiten servieren ließ. Felton hatte gehofft, hatte geahnt, daß es so kommen würde, aber ein Quentchen Unsicherheit war doch dabei gewesen, nicht nur Carlas wegen. Der Erfolg eines Stückes hing von so vielem ab, und bei einigen der Nebendarsteller hätte er sich eine andere Besetzung gewünscht. Ganz so, wie er sich die Charaktere beim Schreiben vorgestellt hatte, wirkten sie im Film oder auf der Bühne ohnehin nie, doch der Unterschied konnte entweder ärgerlich oder aufregend sein, und diesmal war er aufregend. Das Publikum dabei zu erleben, wie es mitging, ganz so, wie er es sich wünschte... Produzenten, Regisseure, Schauspieler, sie hielten sich alle im unterschiedlichen Maß für kreativ, und die Zuschauer identifizierten die Phantasiegeschöpfe, von denen sie sich gefangennehmen ließen, mit ihnen. Aber der wirkliche Anstoß, der Schaffensakt, die Worte, die Menschen schaffen konnten und ohne die es weder Theater noch Filme gab, hatten ihren Ursprung im Autor, und nichts kam dem gleich. Nicht, daß er blind gegenüber dem Beitrag war, den die Schauspieler leisteten, wenn sie seine Kreation mit Leben erfüllten. Gut, bei Projekten wie diesem Stück war es ein gemeinsamer Schaffensakt. Eddie Felton lächelte, als ihm die sexuelle Metaphorik auffiel, der er sich bei seinen Überlegungen bediente. Nun, die Ähnlichkeiten waren unleugbar. Er hatte einmal bestimmte Vorstellungen in bezug auf Carla Fehr gehabt, und nun sprach sie Worte, die er ihr in den Mund gelegt hatte, verkörperte etwas, das er in seiner Phantasie geformt hatte, und verlieh dem Geschöpf aus seiner Vorstellungskraft ihre Stimme, ihre Bewegungen, ihre Vitalität. Sex war gut, aber das war in gewissem Sinn noch besser. Kein Wunder, daß der Mythos von Pygmalion sich so lange gehalten hatte.

Als der Applaus losging und der Regieassistent zu ihm gerannt kam, um ihn zu den Schauspielern und dem Regisseur auf die Bühne zu holen, vergaß er einige Momente lang alles, gab sich ganz dem Beifall und dem Gefühl der Eroberung hin. Kein Wunder, daß die Schauspieler danach süchtig wurden und es nicht ertrugen, wenn man es ihnen entzog. Besser, dergleichen Experimente nicht zu oft zu wagen und regelmäßig wieder zu den Romanen zurückzukehren, um nicht selbst süchtig zu werden.

Nach seinem Einzelapplaus trat er zwischen Carla und den Regisseur. Richtig, sie hatte diesen Blick, der ihm bei Schauspielern öfter aufgefallen war, und Felton fragte sich, ob er gerade genauso dreingeschaut hatte. Der Vorhang senkte sich zum erstenmal, und das allgemeine tränenüberströmte Umarmen begann, ungeachtet aller Unstimmigkeiten und persönlichen Feindschaften, wie zwischen Carla und dem Regisseur. Schauspieler… Niemand war so sentimental nach Premieren… erfolgreichen Premieren, und so wenig kameradschaftlich, wenn es sich um Niederlagen handelte, nach denen man sich einfach stehenließ. Nicht, daß er sich über seinen Anteil bei dem Ritual beschwerte.

»Eddie«, rief der Regisseur begeistert und hieb ihm auf den Rücken, »Eddie, du Schlitzohr, du bist ein gottverdammtes Genie!«

»Wie du, Rudy, wie du«, gab er die erwartete Antwort. Dann erlebte er Carla Fehr zum erstenmal, seit sie dieser zugegeben charismatische Naziregisseur vom Kai abgeholt hatte, übermütig wie ein kleines Mädchen.

Sie umarmte ihn, küßte ihn auf beide Wangen und rief dabei: »Danke, danke, danke!«

Es bot sich einfach an, er konnte sich nicht zurückhalten. »Dankbar genug für eine kleine Privatfeier?« wisperte er ihr bei einem erneuten Wangenkuß ins Ohr.

»Ausbeuter«, gab sie zurück und ließ ihn los, aber sie sagte nicht nein und wirkte auch nicht beleidigt.

»Kinder, der Vorhang geht wieder hoch«, mahnte der Assistent. »Nehmt eure Positionen ein.«

Insgesamt zählte Eddie acht Vorhänge; hervorragend, wenn auch kein Rekord. Die Premierenfeier im *Lutece* zog sich lange genug hin, um die ersten Ausgaben der *New York Times* direkt aus der Druckerpresse in Empfang zu nehmen, und Bertie Doren, der in dem Stück den jungen Ehemann verkörpert hatte, kletterte auf den Tisch, um die Kritik laut vorzulesen. Jedes lobende Adjektiv, möglichst verbunden mit einem Namen, wurde mit Beifallsgeschrei und Tischklopfen in Empfang genommen und anschließend sofort noch eine Runde Champagner bestellt. Als Carla sich mit einer etwas seltsamen Miene entschuldigte, ging er ihr nach und fand sie im Flur vor den Toiletten gegen die Wand gelehnt und weinend.

»Tut mir leid«, stieß sie hervor, als sie ihn bemerkte, und rang um Fassung, »das passiert mir … manchmal … wenn …«

»Ich verstehe schon. Ich hasse es auch jedesmal, wenn ich *Ende* schreiben muß.« Er griff in die Innentasche seines Jackets. »Zigarette?«

Sie nickte und blinzelte die restlichen Tränen fort, während sie sich Feuer geben ließ. Dabei traf eine sein Handgelenk. Er nahm sich selbst eine Zigarette aus dem Etui, zündete sie an ihrer an und betrachtete Carla nachdenklich. Sie erwiderte seinen Blick.

»Haaallo, Eddie Felton«, sagte sie, seinen Tonfall genau imitierend. Ihre Stimme klang zwar noch etwas belegt, hatte jedoch einen Unterton von Belustigung und etwas von dem Überschwang, mit dem sie seit dem ersten Vorhang gesprochen hatte.

»Haaallo, Carla Fehr. Und was machen wir jetzt, wo wir New York erobert haben?«

»Ich weiß nicht. Mir ist noch nicht nach Schlafen, ich bin mir nur nicht sicher, ob die Alternative so eine gute Idee ist. Als geläuterter Mann, der in Frauen nicht mehr nur Objekte sieht, bist du so sympathisch. Es wäre eine Schande, dem entgegenzuwirken.«

»Geläutert zu sein bedeutet nicht, als Mönch zu leben. Und hast du den Zölibat nicht auch allmählich satt?«

Sie lachte. »Eddie, es gibt noch andere Leute außer dir auf der Welt, mit denen ich daran etwas ändern könnte.«

»Möglich, aber keiner von denen ist heute nacht hier und hat dir gerade New York zu Füßen gelegt. Wir haben da auf der Bühne etwas angefangen, Carla. Warum es nicht zu Ende führen?«

In ihren graugrünen Augen, deren geweiteter, seelenverschlingender Blick ihn so beeindruckt hatte, bis er ihr in natura begegnet war und entdeckt hatte, daß sie schlicht und einfach kurzsichtig war, veränderte sich etwas. Sie nahm noch einen Zug, dann drückte sie ihre Zigarette an der Wand aus und schnipste sie fort.

»Warum nicht«, wiederholte sie gedehnt.

Robert – vergeben wir uns? Wenn ja, wartet bei Jean-Pierre ein Brief auf Dich. Er wird ihn nicht verschicken.

Carla – wir vergeben uns. Aber es ist doch kennzeichnend für Dich, daß ich deswegen in die Schweiz fahren muß.

Lieber Sam – ich sitze an meinem Schreibtisch in New York und bin froh, daß dieses Jahr heute endlich sein Ende nimmt. Ich weiß nicht, was 1939 uns bringen wird, ich mache keine Prophezeiungen mehr, aber so etwas wie die vergangenen siebzehn Monate möchte ich nie wieder erleben. Du und ich haben uns gegenseitig durch die Hölle geschickt, und weißt Du, in gewisser Weise glaube ich immer noch, daß wir es beide so verdienten.

Für mich ist es vorbei; ich fühle wieder, ich arbeite wieder. Ich lebe wieder. Und ich habe derzeit nicht das Bedürfnis, jemanden umzubringen oder ihn zu vernichten. (Obwohl es Dich amüsieren wird, zu erfahren, daß ich mit Eddie Felton ins Bett gegangen bin. Ich liebe ihn nicht, aber in den letzten Monaten habe ich zu meiner Überraschung herausgefunden, daß ich ihn mag, und außerdem war mir nach der besten amerikanischen Erfahrung, die ich je hatte, danach. Die Kritiken zur Premiere liegen bei.) Und Du? Nachdem E.B. mir erzählte, Du hättest mit Dr. Goldmann bei ihr gewohnt, nehme ich an, daß Du Dich mit ihm aussprechen konntest, ehe er das Land verließ. Es macht die Tortur nicht ungeschehen, ich weiß. Aber er lebt. Es gibt noch eine Zukunft für Euch.

Was Monika betrifft... jedesmal, wenn ich an sie denke, ringe ich um die von Kathi geforderte weibliche Solidarität, aber sie fällt mir wirklich sehr schwer. *Solltest Du sie jemals umbringen, hast Du meine feierliche Erlaubnis dazu, aber tu es lieber nicht, es lohnt sich nicht, ihretwegen im Gefängnis zu landen. Oder pleite zu sein. (Stichwort Gerichtsverhandlungen.) Wenn Kathi in diesem Sommer immer noch darauf beharrt, in Frankreich zu bleiben, fahre ich noch einmal nach Europa und besuche sie. Bitte, sei am Leben und in der Lage, ebenfalls nach Frankreich zu reisen. Halef.*

Lieber Halef – wann hast Du denn mit dem Lamm gesprochen? Wenn Du schon Unsummen für Ferngespräche ausgibst, dann führe sie bitte mit mir und nicht mit München.

Was die letzten siebzehn Monate angeht... bin ich ganz Deiner Meinung. Mit dem Unterschied, daß ich mich immer noch in den äußeren Zirkeln des Infernos bewege. Oh, nicht wegen Dada – das ist geklärt (hoffe ich jedenfalls) – und zumindest weiß ich, daß es ihm in Paraguay nicht übler ergehen kann als anderen Einwanderern auch. (Bitte tu trotzdem Dein Möglichstes wegen der US-Einreise. Ich kenne mich mit Südamerika nicht aus, aber spanisches Essen war mir immer ein Greuel, und er hat all die Tortillas nicht verdient.) Es hilft mir dabei, etwas besser zu schlafen. Nein, was mich noch in der Hölle zurückhält, abgesehen von unserem glorreichen tausendjährigen Reich (merkt man dem Brief an, daß er in der Schweiz geschrieben wurde?), ist, daß mein Bedürfnis nach Vernichtung leider noch nicht erloschen ist. Monika reizt es regelmäßig, aber ich habe ihr gegenüber einmal etwas getan, auf das ich nicht sehr stolz bin, also versuche ich, mich zurückzuhalten. Und meine Tochter dazu zu bringen, wieder mit mir zu sprechen. In beidem bin ich bisher leidlich erfolgreich.

Was meinen finanziellen Status betrifft: Ich wohne derzeit bei Dieter und Jean-Pierre, nicht in einem Hotel, weil ich mir keines leisten kann. Mein Konto ächzt vor Überziehungen, und ich mußte mir leider eine ganze Reihe von Rollen aufbürden, um das wiedergutzumachen, was bedeutet, daß Dantons Tod *erneut in weite Ferne gerückt ist. Jean-Pierre meint, ich verurteile ihn zu einer jahrelangen Dauerdiät, damit Saint-Just nicht in einem Teil des Films merklich schlanker ist als im Rest. Wie auch immer: Natürlich werde ich nach Frankreich kommen, wenn Du kommst. Au revoir, ma* chérie, und wenn Du das nächste Mal Kritiken beilegst, neben denen auch ein Photo der göttlichen Garbo abgebildet ist, dann schneide es nicht weg – Sam.

P.S. Eddie Felton? Stiefeletten-Felton? Ich will Details!

26. Kapitel

Käthe hörte es in Paris als erste. Ihr Wecker klingelte wie jeden Morgen um sechs Uhr dreißig. Sie stand auf, wusch sich, kleidete sich an und schaltete dabei den Radioapparat ein, den sie sich gekauft hatte, sobald sie ihn sich leisten konnte, nicht, weil sie so gerne Radio hörte, sondern weil es wegen der Nachrichten und Rundfunkansprachen eine wichtige Quelle darstellte, noch ehe sie in der Redaktion die Depeschen der Nachrichtendienste las. Der Empfang war an diesem Tag nicht besonders klar, sie würde den Sender neu einstellen müssen, aber die wichtigsten Worte waren unmißverständlich: *L'Allemagne... la Polognie... guerre.*

Es war kein Schlag aus heiterem Himmel, nicht so wie die Nachricht, die sie in der letzten Woche erschüttert und den nicht sehr großen Rest ihrer Parteiloyalität zerstört hatte, die Nachricht von dem Bündnis zwischen Hitler und Stalin. Einige ihrer französischen Bekannten versuchten es mit der Parteilinie, daß Hitler sich sonst mit den imperialistischen Westmächten verbündet hätte und Stalin dem nur zuvorgekommen wäre, aber selbst zu den Zeiten ihrer größten Parteiverbundenheit hätte sie *das* nicht geschluckt. Im Vergleich zu dieser Ungeheuerlichkeit kam der Bescheid, Hitler habe Polen den Krieg erklärt und sei bereits einmarschiert, fast erwartet, nicht nur wegen der martialischen Reden der letzten Wochen, sondern auch, weil sie nie daran gezweifelt hatte, daß er Krieg führen würde, wenn man ihn nicht vorher stürzte. Nein, der Krieg war keine Überraschung. Dennoch mußte sie sich setzen und war einige Minuten lang nicht in der Lage, sich zu bewegen.

In ihrer Jugend hatte sie alles getan, damit es nie wieder Krieg geben würde, und nun mußte sie sich wünschen, daß die Westmächte die Polen nicht ebenso opfern würden wie die Tschechen, denn die Union der sozialistischen Sowjetrepubliken würde Hitler nicht aufhalten. Krieg. Hunderte, Tausende Tote, und man konnte nur hoffen, daß sich nach der letzten Erfahrung alle an die Vereinbarungen hielten und nicht wieder Giftgas benutzten. Krieg, und Städte würden bombardiert werden, wie Guernica, in Schutt und Asche gelegt. Krieg, und Menschen, die sie kannte, manchmal sogar mochte, mit denen sie gearbeitet und gelacht hatte, würden töten und getötet werden.

Zu ihrer Beschämung tauchte der ganz und gar egoistische Gedanke in ihr auf, daß sie Carla nun in diesem Jahr nicht sehen würde. Carla hatte sie im Sommer besuchen wollen, doch ihr Theaterstück war ein solcher Erfolg gewesen, daß sie den größeren Teil des Frühjahrs in New York verbracht hatte und danach in Hollywood unter Termindruck stand, weil sie ihre vertraglichen Verpflichtungen bei Universal – mindestens drei Filme pro Jahr – erfüllen mußte. Also war aus dem geplanten Sommerbesuch ein Herbstbesuch geworden; wenn zwei der drei Filme abgedreht waren, konnte sie sich genügend freie Zeit für eine Privatreise nach Europa nehmen. Daraus würde jetzt wohl nichts mehr werden.

Käthe schüttelte den Kopf, um das Selbstmitleid zu vertreiben, das zu diesem Zeitpunkt wirklich nicht angebracht war. Es gab Dinge, die getan werden mußten. Schon seit langem hatten die Kollegen und sie darüber debattiert, wie man sich im Fall eines Krieges nützlich engagieren müßte. Flugblätter, hatte der allgemeine Konsens gelautet; Flugblätter, die Flugzeuge hinter den Linien abwerfen konnten, damit die deutschen Soldaten und möglichst auch die Zivilbevölkerung sie lasen und eine andere Stimme außer Goebbels' Propaganda hörten. Natürlich machte das eine Zusammenarbeit mit der französischen Armee nötig, aber deren Führung sah gewiß ein, daß es im beiderseitigen Interesse lag.

Als sie nochmals flüchtig in den Spiegel sah, ehe sie ihre Wohnung verließ, stellte sie fest, daß ihre Augen leicht geschwollen aussahen, obwohl sie sich nicht erinnerte, geweint zu haben. Nimm dich zusammen, Käthe, befahl sie sich. Solange es etwas zu tun gibt, solange besteht auch Hoffnung.

Robert erfuhr es auf eine einzigartige Weise. Er schlief noch; derzeit spielte er einen charmanten Taschendieb, der sich Marika Rökk gegenüber als Graf ausgab, war wie üblich spät nach Hause gekommen und lag, da die Dreharbeiten erst gegen Mittag wieder anfingen, um neun Uhr noch fest und tief schlummernd, in seinem Bett, als ihn ein heftiger Türknall weckte. Er schrak hoch und stellte fest, daß Monika im Türrahmen stand und das Geräusch verursacht haben mußte, aber nicht im geringsten wütend aussah. Sie bewohnten schon seit einiger Zeit getrennte Schlafzimmer, so daß ihr Erscheinen an sich schon ungewöhnlich war, doch die Differenz zwischen ihrem Handeln und ihrem zufriedenen, heiter wirkenden Gesichtsausdruck erhöhte das Seltsame an ihrem Auftreten.

»Guten Morgen, Robert«, sagte sie fröhlich. »Ich weiß, du brauchst deinen Schlaf, aber nach all den glücklichen Ehejahren wollte ich dir nicht einfach nur einen Zettel hinterlegen. Ich verlasse dich. Ich lasse mich scheiden. Und glaube nicht, daß du irgendwelche Ansprüche auf Martina erheben kannst. Da habe ich vorgesorgt. Mein Anwalt, den ich übrigens auch als meinen Verlobten betrachte, meint, nach dem, was du mir angetan hast, bei deinen Bekannten und bei deinem Ruf könnte er dich vor Gericht zerfetzen, und dann würde von deiner Karriere wohl nichts mehr übrigbleiben, ganz zu schweigen von deinem Leben.«

Erzürnenderweise tat er ihr nicht den Gefallen, bestürzt dreinzuschauen. Sie hatte so lange darauf gewartet, und nun zog er nur leicht überrascht eine Augenbraue hoch, als habe sie erwähnt, daß sie eine plötzliche Ferienreise an die Nordsee zu machen gedenke.

»Warum jetzt?« fragte er.

Das, dachte Monika verbittert, war wirklich die einzige Frage. Warum jetzt, und warum nicht schon viel früher?

»Weil wir uns jetzt im Krieg befinden, Robert«, erwiderte sie. »Ich hoffe, du wirst dich an den ersten September 1939 hauptsächlich meinetwegen erinnern, aber er hat auch eine historische Bedeutung. Wir befinden uns jetzt im Krieg mit Polen, und Manfred meint, wahrscheinlich auch bald mit Frankreich. Er hofft zwar, daß die Engländer vernünftig bleiben, doch er ist sich da nicht sicher. Wie auch immer – es ist Krieg. Das bedeutet, daß du keine Möglichkeit mehr hast, dieses Land zu verlassen, es sei denn als Soldat, und dann hoffe ich, daß du stirbst, aber Schauspieler werden wohl kriegsuntauglich gestellt. Wenn ich früher die Scheidung eingereicht hätte, dann wärst du wahrscheinlich jetzt in Amerika, bei deiner Freundin Carla. Darum habe ich gewartet. Denk daran, Robert. Denk oft und lange daran.«

Diesmal verschaffte er ihr die Genugtuung einer Reaktion. Er stand auf, und mit einem Schlag kehrte ihre Furcht vor ihm wieder zurück. Hastig griff sie nach der Türklinke, aber sie zitterte vor innerer Aufregung. Mit bebenden Fingern drückte sie die Klinke verzweifelt nach unten.

»Keine Sorge«, sagte Robert. »Ich werde dich nicht einmal mehr mit dem kleinen Finger anrühren. Ich hoffe nur, Manfred hat Geduld und viel, viel Sinn für Humor. Aber an deiner Stelle wäre ich vorsichtig mit gerichtlichen Androhungen. Du möchtest doch nicht *wirklich*, daß ich Schöffen und Richter mit Details aus unserem Eheleben unterhalte, oder? Nur, wenn das ohnehin mein letzter Auftritt wird...« Ausdrucksvoll breitete er die Hände aus.

»Ich hasse dich!« stieß sie hilflos hervor. »Ich hasse dich. Ich hasse dich.«

»Monika, mein Schatz, das weiß ich bereits. Stell dich in der Schlange an.«

Dr. Goldmann hörte es, als er sich seinen Weg in das Gebäude voller Einwanderer bahnte, das in der abendlichen Hitze besonders stickig und schwül wirkte. Auf dem Schiff war er für viele schnell zum Hausarzt geworden, so daß es ihm in Paraguay nicht an Arbeit fehlte, auch wenn sie nicht sehr gut bezahlt war. Er kam gerade aus der Wohnung, die sich Familie Schmidt mit Familie Bernstein teilte, und kniete im Flur, wo Siggi Nansen kampierte, nieder, um dessen von ihm geschienten Knöchel zu untersuchen, als ihm eines der Schmidt-Mädchen hinterherlief.

»Dr. Goldmann, Dr. Goldmann«, rief sie. »Wir haben es gerade im Radio gehört. *Guerra* heißt Krieg, nicht wahr?«

Er bestätigte es und hoffte, obwohl es nicht human und außerdem widersinnig war, auf eine interne südamerikanische Auseinandersetzung. Schon die nächsten Worte des Mädchens zerstörten seine nicht sehr große Hoffnung.

»Dann gibt es daheim Krieg«, meinte sie. »Gegen Polen.«

»Nein«, entgegnete Dr. Goldmann müde.

»Doch, wir haben es ganz deutlich gehört!«

»Nein, das ist kein bloßer Krieg gegen Polen, mein Kind. Das ist nur der Beginn eines Kriegs gegen ganz Europa.«

Für Carla kam die Nachricht während der Dreharbeiten an *Zombie Bride*, die sich zum Glück endlich dem Ende zuneigten; das Make-up für Madeline, die Voodoo-Königin, wenn sie ihre wahre Gestalt als Herrin der Zombies enthüllte, war nur geringfügig leichter als das für Nefertiri, die wandelnde Mumie. Immerhin ließ es ihre Ohren frei, und so verstand sie jedes Wort, als der Regieassistent sie zum großen Ärger des Kameramanns ans Telefon rief. Nun würden sie die Szene noch einmal drehen müssen, und sie wollten alle nach Hause.

»Carla?« sagte Eddie Felton, und sie wußte sofort, daß etwas nicht stimmte. Seit der Premiere von *Looking for Greta* hatten sie eine eigenartige Beziehung, nicht ganz Freundschaft, nicht ganz Affäre. Sie sahen sich nicht sehr häufig, und ganz gewiß war er noch nie auf die Idee gekommen, sie bei der Arbeit anzurufen. Ein Kind der Filmwelt wie er wußte genau, was für Ärger das einbrachte.

»Ich wollte nicht, daß du es morgen aus der Zeitung erfährst. Deutschland ist in Polen einmarschiert. Der Krieg ist da. Carla?«

Sie hielt den Hörer in der Hand wie ein außerirdisches Instrument, unsicher, wie es zu benutzen war. »Ja«, sagte sie heiser. »Ja, ich verstehe.« Sie räusperte sich und versuchte, zu etwas Normalität zurückzufinden. »Danke, Eddie.«

»Gern geschehen. Ich sitze gerade in einem gottverlassenen Nest in Texas und soll für John Ford Dialoge schreiben. Da ist es eine direkt angenehme Abwechslung, weltpolitische Katastrophen weiterzumelden. Laß dich nicht unterkriegen, Darling. In diesem Winter wartet ein neues Stück auf dich.«

»Und im Moment ein erzürnter Regisseur.« Als sie sich verabschiedet hatte, versuchte sie noch, Universal mit hohen Telefonrechnungen zu belasten, aber man teilte ihr mit, daß die Verbindungen nach Deutschland zur Zeit nicht funktionierten, vielleicht auch auf länger nicht, und nach Frankreich ließ sich ebenfalls nichts durchstellen. Während sie mechanisch zum Set zurückwanderte, wünschte sie sich, wirklich ein Zombie zu sein. Krieg. *Die Zeit ist aus den Fugen.* Und es gab niemanden, der sie mehr einrenken konnte.

Die europäische Kolonie in Hollywood, besonders ihr deutschsprachiger Anteil, war in den letzten Jahren um ein Beträchtliches gewachsen, und als Paul Kohner zu einem Treffen im Haus von Ernst Lubitsch bat, erschien fast jedes Mitglied.

Carla kannte die meisten, wenn nicht persönlich, dann vom Sehen: Dieterle und seine Frau Charlotte, die das Flüchtlingskomitee organisiert hatte, der Schriftsteller Bruno Frank und seine Frau Liesl, Fritzi Massary, Joe und Mia May, Berthold und Salka Viertel, Billy Wilder, Gottfried und Wolfgang Reinhardt, Walter Reisch, Joe Pasternak …

Sie hörte bald auf, hinter jedem Gesicht nach einem Namen zu suchen. Lubitsch, im Unterschied zu den meisten Anwesenden bereits in den Zwanzigern ausgewandert und inmitten von vielen Österreichern und Süddeutschen der einzige Preuße, eröffnete das Treffen, zu dem er alle willkommen hieß. Dann übergab er Paul Kohner, dessen Idee die Versammlung gewesen war, das Wort.

»Ich bin sicher, jeder von uns hat Menschen in Europa, um die er sich sorgt«, begann Kohner. »Freunde, Familienangehörige.« Er schwieg einen Augenblick; telefonische Verbindungen zum »deutschen Protektorat Böhmen-Mähren«, wie das Sudetenland nun hieß, waren nicht länger möglich, hatte man ihm mitgeteilt, als er versuchte, seine Mutter zu erreichen. »Doch der Grund für dieses Treffen«, fuhr er fort und zwang sich, mit seinem Plan weiterzumachen, »sind nicht nur diejenigen, die uns nahestehen, sondern auch die Fremden.«

»Paul«, warf einer seiner Klienten beunruhigt ein, »ich kann keine Affidavits mehr ausstellen. Das Außenministerium sitzt mir jetzt schon im Genick, weil sie bezweifeln, daß ich wirklich drei Familien ernähren könnte.«

Murmeln erhob sich, teils mißbilligend, teils beifällig. Kohner hob die Hand.

»Darum geht es nicht. Auch ich habe zu viele Affidavits gegeben, um jetzt noch welche ausstellen zu können. Aber ich glaube, ich habe einen Weg gefunden, um zumindest einen Teil der Emigranten aus Europa nach Hollywood zu holen. Etwas, das uns das Außenministerium abnimmt. Viele von uns sind auf die Einladung des einen oder anderen Studios hierhergekommen. Engagiert, mit einer Arbeitsaussicht. Solche Leute läßt man in die USA einreisen, und zu solchen Leuten müssen wir die Emigranten machen. Leider betrifft mein Vorschlag nur einen Teil von ihnen, aber falls jemand eine Idee hat, wie wir das ausweiten können, wäre ich dankbar. Mir geht es um die Schriftsteller. Wir müssen die Häupter der Studios dafür gewinnen, sie als Drehbuchautoren zu engagieren.«

»Da quetscht man eher Wasser aus einem Stein«, meinte Bruno Frank skeptisch.

»Für ein minimales Gehalt natürlich. Aber wir können darauf hinweisen, daß es sich um eine sinnvolle Investition handelt, daß diese Leute ungeheuer kreativ sind und mit ein wenig Schulung großartige Drehbücher fabrizieren werden.«

»Paul«, sagte Salka Viertel, »ich bin dabei. Aber glaubst du wirklich, daß Heinrich Mann oder Alfred Döblin statt ihrer Romane auf einmal etwas schreiben können, das jemand wie L.B. versteht? Für ihn war schon die *Lustige Witwe* unmoralisch, kannst du dir vorstellen, was er zu *Berlin, Alexanderplatz* sagen würde?«

»Das kann ich, aber das Problem ist zweitrangig. Erst einmal geht es darum, sie aus Europa herauszuholen, sie in dieses Land einzuschleusen und ihnen hier die Chance zu geben, nicht als Bettler zu leben. Also, die Aufgaben, die sich stellen, sind diese: erstens, eine Liste aller Schriftsteller zu erstellen, die sich noch in Europa befinden, samt ihren Adressen. Ich bin sicher, jeder kennt welche. Zweitens, eine Geschichte zu jedem Schriftsteller zu liefern, etwas, das demonstriert, wie wichtig sie sind, wie nützlich sie sein können. Drückt ruhig auch auf die Tränendrüsen – Leute wie Mayer sind zwar nicht weichherzig, aber sie haben eine sentimentale Ader und sind gerne gerührt. Drittens brauchen wir jemanden, der den Herren die ganze Idee unterbreitet und verkauft, einen Sprecher für uns alle.« Er schaute erwartungsvoll zu Ernst Lubitsch, dem berühmtesten und mächtigsten Mitglied der Kolonie, dessen raffinierte Komödien seit Jahren eine einzige Erfolgskette bildeten.

Lubitsch schüttelte den Kopf. »Ohne mir«, erklärte er in seinem breiten Berlinerisch. »Ich unterschreibe jede Petition, aber den Sprecher für die Unterdrückten nimmt mir bei den Produzenten keiner ab, die kennen mich als Zyniker durch und durch. Was wir hier brauchen, ist ein Verkäufer mit Herz. Einen Agenten. Mit anderen Worten, dich.«

Niemand war anderer Meinung. Henry Blanke erklärte sich bereit, Geleitschutz bei der Unterredung mit Jack Warner zu geben, für den er arbeitete, und Gottfried Reinhardt meldete sich als Begleitung für die Begegnung mit L.B. Mayer, aber es gab keinen Freiwilligen, der Hauptverantwortlicher sein wollte. Während man begann, die Liste mit den Namen herzustellen, zog Carla ihren Agenten zur Seite.

»Ich weiß, daß es egoistisch ist«, sagte sie leise, »aber meine… Ziehmutter ist Journalistin. Genügt das, um auf die Liste zu kommen? Ich mache mir wirklich große Sorgen um sie. Sie ist Jüdin *und* Kommunistin.«

Kohner seufzte. »Carla, *meine* Mutter befindet sich aus lauter Starrköpfigkeit und Heimatliebe immer noch in Teplitz, und ich weiß nicht, ob ich sie noch herausholen kann.«

»Kathi lebt in Frankreich, und man hat sie genau wie die anderen deutschen Staatenlosen als ›feindliche Ausländerin‹ interniert, nach der französischen Kriegserklärung. Französische Behörden sind nicht deutsche Behörden, es müßte doch möglich sein, sie zumindest aus dem Lager herauszuholen.«

»Also schön, schreib sie auf die Liste, aber ich warne dich, wir werden auf keinen Fall alle Leute durchbringen, und es ist leichter, Carl Zuckmayer oder Franz Werfel als potentiellen Gewinn für die Studios hinzustellen, als eine ganz und gar unbekannte Journalistin. Den Kommunismus laß lieber ganz aus. Die Bosse hassen schon die Gewerkschaftler. Kommunisten essen sie zum Frühstück.«

Am Ende ließ sich Jack Warner erweichen, vier jüdische Schriftsteller aus der Ferne unter Vertrag zu nehmen. Obwohl alle Häupter der großen Studios Juden waren, bekannten sie sich nicht gerne dazu und taten ihr Möglichstes, um es zu vergessen. Warner bildete insofern eine Ausnahme, als er gelegentlich für Appelle an die jüdische Solidarität empfänglich war; 1933 hatte Warner Brothers als einziges Studio sofort die Exporte von Filmen nach Deutschland eingestellt, während die übrigen noch eine ganze Weile weitermachten.

L.B. Mayer war ein anderer Fall. Über seinem Schreibtisch hing ein großes Porträt von Kardinal Spellman, er feierte Weihnachten und Ostern, und im Grunde wußte niemand, warum er nicht konvertierte. Statt an seine Solidarität appellierte Kohner, auf Gottfried Reinhardts Rat hin, an seinen Wettbewerbsinstinkt. Er sah Warner Brothers als den Parvenü, der versuchte, MGM den Thron als Studio mit den besten, kassenträchtigsten Stars streitig zu machen, und tat nichts lieber, als Jack Warner in seine Schranken zu weisen. Mayer erklärte sich bereit, sechs Schriftsteller zu engagieren. Danach gelang es Kohner zu jedermanns Überraschung, Harry Cohn, den Chef von Columbia und den härtesten, unangenehmsten aller Studiobosse, an den die übrigen ihre unter Vertrag stehenden Schauspieler, Regisseure und Drehbuchautoren nur ausliehen, wenn sie die Leute bestrafen wollten, ebenfalls einige Schriftsteller aufzuschwatzen.

»Wieviel müßte ich ausspucken?«

»Hundert pro Woche«, erwiderte Kohner sofort. Harry Cohn gegenüber lohnte sich ein vorsichtiges Herantasten nicht.

»Und Sie kriegen zehn Prozent, wie?«

»Ganz gewiß nicht.«

Cohn musterte ihn mit zusammengekniffenen Augen. »Okay«, sagte er plötzlich. »Was Jack und L.B. können, kann ich schon lange. Ich nehme zehn von den Schreibhanseln.«

»Mir graut schon vor dem Tag«, sagte Kohner, als er die Geschichte Carla bei einem hastigen Lunch erzählte, »an dem er erfährt, daß kaum einer Englisch spricht. Aber die Hauptsache ist, er nimmt sie.« Er griff nach ihrer Hand.

»Es tut mir leid, Carla, aber dein Fräulein Brod war nicht dabei. Schau, ich weiß, es ist ungerecht, und jedes menschliche Leben zählt gleich, aber ich mußte die Berühmtheiten zuerst nennen. Doch ich kenne inzwischen jemanden, den ich bitten könnte, sie zumindest aus dem Lager zu holen. Es ist sowieso lächerlich, was die Franzosen da treiben. Jemand wie Fritz Thyssen, der Hitlers Aufstieg mitfinanziert hat, macht immer noch ungestört in Paris Urlaub, während Leute wie Lion Feuchtwanger oder deine Ziehmutter als potentielle Mitglieder der fünften Kolonne hinter Stacheldraht gesteckt werden.«

»Und du kennst jemanden, der sie aus dem Lager herausholen kann?« drängte Carla.

Kohner strahlte. »Einer von den Roosevelt-Söhnen, James, fängt gerade an, sich in Hollywood als Produzent zu versuchen. Willie Wyler hat ihn mir vorgestellt. Und vierundzwanzig Stunden später, stell dir das vor, vierundzwanzig Stunden später eskortiert ein amerikanischer Botschaftsattaché meine Mutter von Teplitz bis nach Genua. Ich werde Roosevelt wählen, egal, wie oft er kandidiert! Und was deine Ziehmutter angeht, ich habe James Roosevelt ihren Namen zusammen mit einer Reihe anderer angegeben, die derzeit interniert sind... und den Zeitungsartikel mit dem Photo von Thyssen, wie er in Paris diniert. Er hat versprochen, seinen Einfluß spielen zu lassen. Es lohnt sich, optimistisch zu sein, Carla. Feuchtwanger zum Beispiel ist schon wieder draußen und in seinem Haus in Sanary.«

Carla rang darum, dankbar zu sein, aber eine ärgerliche Stimme in ihr fragte, warum der Präsidentensohn, wenn er schon einmal dabei war, für Kathi nicht das gleiche hatte tun können wie für Frau Kohner. Ihr Agent sah ihr offensichtlich an, was sie dachte.

Er verlor sein Lächeln und fügte hinzu: »Carla, man muß immer wissen, um wieviel man gleichzeitig bei den Mächtigen bitten kann.«

Natürlich war Kathis Lage nicht so unmittelbar bedrohlich, wie die von Frau Kohner es in Teplitz gewesen war. Sie befand sich in einem freien, nicht einem besetzten Land.

»Ich bin für jede Hilfe dankbar«, entgegnete Carla und versuchte sich an einem Lächeln, doch sie konnte die steile Falte zwischen ihren Augenbrauen nicht rechtzeitig wegzaubern. »Die Vorstellung, daß ausgerechnet Kathi als mögliche deutsche Spionin eingesperrt wird, ist an sich schon schlimm, aber was mir wirklich Sorgen macht, ist, daß Frankreich den Krieg verlieren könnte, bevor sie da wieder herauskommt. Kathi«, schloß Carla mit einer kleinen Spitze, »ist schließlich keine Berühmtheit.«

»Nun, wir wollen nicht hoffen, daß Frankreich den Krieg verliert. Carla, im letzten Krieg ging es jahrelang nicht vorwärts und nicht rückwärts an ein und derselben Frontlinie. So ähnlich wird es vielleicht wieder.«

Vermischt mit ihren Sorgen um Kathi, nagte etwas an ihr, über das sie mit Kohner nicht sprechen konnte, und auch mit sonst keinem ihrer hiesigen Freunde. Sie hatte sich nie für sonderlich patriotisch gehalten, auch in den Zeiten der Weimarer Republik nicht, und die Aufgabe ihrer Staatsbürgerschaft war ihr nicht sehr schwergefallen. Also überraschte sie das irrationale Schuldgefühl, das sie bei dem Gedanken, Deutschland die Niederlage zu wünschen, empfand. Sie sagte sich, sie wünschte sie nicht Deutschland, sondern Hitler, der den Krieg begonnen hatte, aber das kam auf das gleiche heraus. Ein verlorener Krieg würde die Erinnerungen aus ihrer Kindheit an hungernde Menschen auf der Straße wieder Wirklichkeit werden lassen, würde wahrscheinlich weitere Reparationen mit sich bringen. Und Niederlagen zu wünschen bedeutete, Menschen den Tod zu wünschen, die sie vielleicht kannte oder sogar mochte. Viele der Emigranten in Hollywood empfanden Bitterkeit in bezug auf die Verbliebenen und sagten, sie hätten ihre Wahl getroffen und würden außerdem von den Früchten der Vertreibung leben, für die Vertreiber, Diebe und Mörder Propaganda machen. Es lag Wahrheit darin, aber es war auch zu simpel. Hätte Paul Kohner ihr nicht seinerzeit einen Vertrag angeboten und wäre nicht gleichzeitig die Katastrophe mit Philipp geschehen, dann befände sie sich vielleicht heute ebenfalls noch in Deutschland. Wie Robert. Sie hätte nie gedacht, daß sie einmal dankbar sein würde, daß die Nazis auf Unterhaltung soviel Wert legten. Schauspielern und Regisseuren würde der Kriegsdienst erspart bleiben.

Aber vielen anderen nicht. Sie erinnerte sich an die Bäckerei in München, bei der sie als Kind immer Brezeln gekauft hatte. Der Bäcker dort hatte einen Sohn, etwas älter als sie, nicht sehr intelligent, doch gutmütig und hilfsbereit. Einmal hatte er ihr einen geplatzten Fahrradreifen geflickt. Nun würde er kämpfen müssen, obwohl er vermutlich noch nicht einmal genau begriff, weswegen. All die Krüppel fielen ihr ein, der Besuch mit Kathi in einem Hospital voller Kriegsversehrter, und sie schauderte.

Eine andere Stimme in ihrem Inneren teilte ihr mit, daß Hitler nicht zufällig noch an der Macht war. Er war auf legitime Weise Staatsoberhaupt geworden. Und daß ihn bisher, entgegen der Hoffnungen der Emigranten, niemand gestürzt hatte, bewies, daß die übergroße Mehrheit des Volkes dies eben nicht wollte, daß sie zufrieden mit ihrer Regierung waren und es hinnahmen, daß ein Teil ihrer Mitbürger verfolgt wurde, ja sogar selbst bei der Verfolgung mitmachten. Vielleicht nahmen sie den Krieg ebenfalls hin oder wünschten ihn. Die Spitze der Wehrmacht wollte ihn ganz bestimmt. Eine Revanche für Versailles.

»Krieg«, hörte sie Kathis Freundin Constanze Hallgarten in der Erinnerung leidenschaftlich verkünden, »jeder Krieg ist ein Grundübel der Menschheit, und am Ende gibt es keine Sieger, sondern nur Tote, Krüppel, Witwen und Waisen.«

Gewiß. Aber wenn man einer Seite den Sieg wünschen mußte, dann der, die nicht mit dem Krieg angefangen hatte und versuchte, ihn zu beenden. Das tat sie. Sie wünschte den Sieg der Überfallenen. Der Gedanke, Hitler könnte über halb Europa herrschen, erfüllte sie mit Entsetzen. Sie unterschrieb sofort die Petitionen, die eine unwillige amerikanische Öffentlichkeit beschworen, nicht neutral zu bleiben und in den Krieg einzutreten. Doch ein kleiner Teil von ihr, dessen sie sich früher nie bewußt gewesen war, fühlte sich dabei schuldig. Dafür schämte sich der weitaus größere Teil von ihr, der sich ausmalte, was geschehen könnte, wenn Frankreich verlor und die internierten Emigranten den Deutschen in die Hände fielen.

Immerhin, bisher hatte es zwar eine Kriegserklärung, aber keine Kampfhandlungen zwischen Frankreich und Deutschland gegeben, nur die blitzartige Eroberung Polens. Das war schrecklich genug, doch da sie keine Polen kannte, blieb der Schrecken abstrakt, verband sich nicht mit Gesichtern.

»Paul«, sagte Carla plötzlich, »fragst du dich je – warum wir? Warum hatten wir das Glück, hier Arbeit und Sicherheit zu finden, wo wir genausogut jetzt inmitten eines Krieges leben könnten?«

»Manchmal. Es war so ein unglaublicher Zufall, daß Laemmle in Karlsbad Gefallen an mir gefunden hat. So, wie ich vom Film fasziniert war, hätte ich wohl auf jeden Fall mein Glück in der Branche versucht, aber ich hätte es sonst in Berlin getan und nicht in Amerika.« Er seufzte. »Ich frage mich, wie Teplitz wohl heute aussieht. Und ob sich die Menschen, mit denen ich aufgewachsen bin, wirklich so sehr verändert haben. Der neue Ortsgruppenleiter hat einmal im Kino meines Vaters den Projektor bedient...« Er brach ab. »Nun ja. Du hast sicher auch alte Bekannte... auf beiden Seiten.«

Das entsprach so genau dem, was sie dachte, daß sie nahe daran war, ihm auch den Rest zu erzählen, aber sie hielt sich gerade noch rechtzeitig zurück. Statt dessen sprach sie von einer Idee, die sie gehabt hatte, während sie sich den Kopf nach etwas Konkretem, Hilfreichem zerbrach, das sie tun konnte, außer Geld zu spenden. Sie schlug einen bunten Abend vor, an dem diverse Schauspieler aus den Werken der Schriftsteller, die 1933 öffentlich verbrannt worden waren, vorlesen würden.

»Einen Teil von ihnen kannst du in das Land bringen«, meinte sie, »aber andere sind bereits tot, wie Tucholsky oder Ossietzky, und ein Teil sitzt immer noch fest. Ganz zu schweigen von den Klassikern wie Heine, die in Deutschland nicht mehr gelehrt werden dürfen. Wenn wir aus all ihren Werken vortragen und dazu erzählen, von wem sie stammen, was mit dem Autor geschehen ist und warum er in seiner Heimat nicht mehr veröffentlicht wird, dann würde das die Leute, die kommen, sicher stärker beeinflussen, als wenn sie diese Namen nur in der Zeitung lesen. Weißt du, ich habe es satt, in den Hearst-Blättern zu lesen, daß man mit Hitler reden könne und er Deutschland nur verbessert habe.«

Kohner gefiel ihre Idee, aber er machte sie darauf aufmerksam, daß die betreffenden Schauspieler wirkliche Publikumslieblinge sein sollten, um die theater- und vortragsunfreundliche Bevölkerung von Los Angeles zu motivieren, und daß sie auf jeden Fall englische Übersetzungen der in Frage kommenden Werke benötigten, die, wenn nicht schon vorhanden, erstellt werden mußten. »Ein rein deutschsprachiger Abend, und niemand kommt, selbst wenn der Vortragende Clark Gable wäre und deutsch spräche. Tja, und dann ist da die Frage der Organisation und Zusammenstellung, der Regie sozusagen. Fühlst du dich dem gewachsen?«

Zum ersten Mal während ihrer Unterhaltung schenkte sie ihm ein aufrichtiges Lächeln. »Nein. Das heißt, wenn ich müßte... aber ich muß nicht. Ich habe jemanden ganz Bestimmten dafür im Auge, den du auch kennst. Max Reinhardt hat da diesen Saal in der alten Radiostation am Sunset Boulevard...«

Als der Lunch zu Ende war und Kohner zu seiner nächsten Verabredung eilte, fühlte sie sich um einiges besser. Die prinzipiellen Sorgen blieben, aber sie war nicht mehr ausschließlich zur Passivität verurteilt. Es gab eine Möglichkeit, wie sie ihr Talent benutzen konnte, um etwas für die Opfer der deutschen Gegenwart zu tun, auch wenn es sich nur um einen kleinen, sehr kleinen Teil handelte.

Käthes erste Internierung dauerte nicht sehr lange, und damit war sie keine Ausnahme. Nachdem sich herausstellte, daß es in diesem Jahr wohl keinen deutschen Angriff mehr geben würde und die erste Panik verebbte, ließ man viele der als feindliche Ausländer verhafteten Emigranten wieder gehen, allerdings mit der Auflage, ihren Wohnort auf keinen Fall zu verlassen und sich regelmäßig bei der Polizei zu melden. Außerdem wurden keine Ausreisegenehmigungen mehr erteilt.

»Das ist doch paradox!« rief eine ihrer Bekannten wütend. »Wenn sie glauben, daß wir Spione sind, sollten sie froh sein, uns loszuwerden.«

Käthe fand es nicht paradox, sondern kränkend und demütigend. Die Unbequemlichkeit des Lagers war nicht so schlimm gewesen wie die Ungeheuerlichkeit, als Faschistin verdächtigt zu werden. Und das von Leuten, die den Faschismus offensichtlich nicht sehr ernst nahmen und nicht einmal erkannten, wenn er ihnen ins Gesicht starrte. *Drôle de guerre*, nannten die Franzosen inzwischen den Krieg, sprachen vom Sitzkrieg nach dem polnischen Blitzkrieg. Käthes Vertrauen in die französische Fähigkeit, Hitler aufzuhalten, sank ins Bodenlose. Nach der Erfahrung mit dem Lager war sie bereit, das Land zu verlassen, aber obwohl ihr Carla inzwischen ein amerikanisches Einreisevisum verschafft hatte, wenngleich für Touristen, nicht für Einwanderer, fehlte ihr das französische Ausreisevisum, und sie hatte keine Möglichkeit, in eine der Hafenstädte zu kommen. Sie erwog, wieder zu dem würdelosen, kapitalistischen Mittel der Bestechung Zuflucht zu nehmen, denn sie hatte ihren Diamanten noch, aber das Risiko, dabei in dem momentanen Klima des Argwohns jedem Ausländer gegenüber an den Falschen zu geraten, war ihr noch zu groß, also stellte sie ihre Anträge weiterhin auf legalem Weg. Überdies waren ihr vorerst die Arbeitsmöglichkeiten genommen; die Redaktionen der Emigrantenzeitungen mußten geschlossen werden, und mit der Tätigkeit als Übersetzerin und Sekretärin für Geschäftsleute war es auch vorbei, denn deutschsprachige Geschäftsbriefe waren nun nicht mehr nötig. Genausowenig legten Familien noch Wert darauf, ihre Kinder in Deutsch unterrichten zu lassen. Um die Jahreswende waren ihre nicht sehr großen Ersparnisse aufgebraucht, so daß sie Carlas Medaillon verkaufen mußte. Eine ihrer Bekannten verschaffte Käthe schließlich Arbeit als Näherin. Es brachte sie durch die ersten Frühlingsmonate, aber sie haßte jeden einzelnen Stich, war es doch genau die stupide Art von Beschäftigung, vor der sie ihr Leben lang geflohen war.

Im Mai begann die deutsche Westoffensive, und ihr Leben stellte sich abermals völlig um. Wieder wurden die Staatenlosen interniert, diesmal alle Männer und Frauen im Alter zwischen siebzehn und fünfundfünfzig. Käthe fand sich als Nr. 181 in einer zum Lager umgewandelten Ziegelei wieder, zusammen mit mehr deutschsprachigen Emigranten, als ihr während ihrer gesamten Zeit in Frankreich über den Weg gelaufen waren. Sie wurden eingeteilt in Deutsche und Österreicherinnen, was sie bizarr fand, denn was für einen Unterschied machte das jetzt noch? Auch die Altersbegrenzungen waren sinnlos, denn natürlich ließ man Kinder bei ihren Müttern.

Ständig mit einem Haufen Fremder zusammenzusein, Kopf an Kopf auf Stroh zu schlafen, sich auszuziehen, ohne zumindest einen Stuhl für die Kleider zu haben, niemals, ob beim Waschen oder bei den simpelsten Körperfunktionen, allein sein zu können genügte, um viele der internierten Frauen zusammenbrechen zu lassen. Dazu kamen die Sorgen, die sie sich um ihre ebenfalls internierten Männer machten, zu denen keine Verbindung mehr bestand. Das einzige, was es in dem Lager zu tun gab, die Reinigung des Gebäudes und der Küchendienst, beschäftigte höchstens ein paar Stunden. Dann dehnte sich die Zeit endlos lange aus, um sich das Leben gegenseitig schwerzumachen. Nach zwei Wochen gab es den ersten Selbstmord.

Um selbst der nervlichen Zerrüttung zu entgegen, organisierte Käthe Schulstunden für die Jugendlichen und die Kinder. Wie sich herausstellte, war sie nicht die einzige mit Lehrerfahrung im Lager; Lektionen in Mathematik, Literatur, Sprachen oder Geographie zu geben hielt nicht nur den Geist rege, sondern auch die Kinder beschäftigt – und einige der Erwachsenen, die entweder eigene Bildungslücken füllen oder sich schlichtweg ablenken wollten. Käthes eifrigste Schülerinnen waren dabei eine junge Frau aus Bayern und ihre beiden Töchter.

»Wissen S', Fräulein Brod, ich hab nie Zeit gehabt, groß in die Schul zu gehen, bei uns gab's Arbeit auf dem Hof und net genug Leut, wegam Krieg und so. Aber wo I dann gheiratet hab, hat der Ludwig, der wo mein Mann ist, also der Ludwig hat mir immer abends vorg'lesen, weil er nämlich in München auf dem Pennal war in seiner Jugend. Er wollt auch, daß unsere Kinder was G'scheits lernen, aber dann ist halt der Hitler komma, und er hat seinen Hof an den Nachbarn verkaufa müssen. Zuerst sind wir ins Saarland, weil da hat seine Cousine hingeheiratet, und dann hat's uns zu die Franzos gezogen.«

Diese Frau, deren Name Inge lautete, war eine der wenigen, die trotz der bedrückenden Lage nie den Mut verlor. Grammatik und Hochdeutsch blieben ihr ein Buch mit sieben Siegeln, aber Käthe war selten einem Menschen begegnet, der fähiger war, das Beste aus einer schlechten Lage zu machen. Inge organisierte Spiele für die Kinder, sie sang mit ihnen und brachte ihnen eine beträchtliche Anzahl Lieder bei, wobei sie echte Musikalität und einen reinen Sopran offenbarte, und sie lernte Käthes Lektionen in Mathematik, was nie Käthes bevorzugtes Fach gewesen war, so gut und so schnell, daß Käthe ihr sagte, hätten sie beide die gleiche Erziehung erhalten, wäre Inge wohl Naturwissenschaftlerin geworden.

»Aber wo, Kathi. I bin halt gut im Rechnen.«

In der dritten Woche trafen endlich die ersten Briefe im Lager ein, und Inge erfuhr, daß ihr Gatte sich in dem Internierungslager Les Milles in der Provence befand. Aber die Briefe waren vorher in Paris zensiert worden, mehrere Stellen waren ausgestrichen, und obwohl das bei allen so war und daher niemand Gewißheit besaß, verstärkten sich die Gerüchte über ein deutsches Vordringen in Nordfrankreich.

Allmählich machte sich Angst im Lager breit. Käthe, Inge und zwei weitere Frauen wurden schließlich gewählt, um bei dem Kommandanten vorstellig zu werden und im Namen der Lagerinsassen zu fragen, ob man beabsichtige, sie zu verlegen.

»Nein«, erwiderte der Kommandant brüsk. »Die Verkehrswege

sind verstopft, die Transportmittel rar, und ganz offen, Mesdames, sie werden für Wichtigeres gebraucht.«

»Es ist Ihnen doch klar«, sagte Käthe, um Selbstbeherrschung ringend, »daß zumindest ein Teil von uns, wenn nicht alle, in Lebensgefahr schweben, wenn die deutsche Armee hier eintrifft und wir uns immer noch hier befinden. Wir gelten alle als Verräter.«

Das Gesicht des Offiziers verschloß sich. »Ich dachte, Sie gelten als die fünfte Kolonne.«

Die Geschichte von der fünften Kolonne hatte Goebbels in die Welt gesetzt; die Emigranten in Radiosendungen und Flugblättern als geheime Spione des deutschen Reichs zu bezeichnen, die nur darauf warteten, die Verteidigung ihrer Gastländer zu sabotieren, war ein propagandistischer Meisterstreich, der nicht nur die Moral der Franzosen untergrub, sondern auch einer der Gründe für die zweite Internierung der deutschsprachigen Ausländer war. Anspielungen auf die fünfte Kolonne bildeten den regelmäßig wiederkehrenden Refrain in allen Gesprächen, die Käthe in den letzten Monaten mit Franzosen geführt hatte, und sie hatte längst aufgehört, sich beleidigt oder gekränkt zu fühlen. In dieser speziellen Unterhaltung konnte sie sich noch nicht einmal den Luxus von Zorn leisten.

»Nein«, entgegnete sie ruhig und legte Inge, die Anstalten zu einer heftigen Erwiderung machte, die Hand auf den Arm, ohne den Blick von dem Kommandanten zu lösen. »Es bleibt Ihnen überlassen, uns für Spione zu halten. Für die Nationalsozialisten sind wir bereits tot.«

Der Kommandant räusperte sich.

»Madame«, begann er verlegen, »ich habe im letzten Krieg gegen Ihre Landsleute gekämpft, und Sie sollten eigentlich noch besser als ich wissen, daß der deutsche Soldat sich nicht an hilflosen Frauen und Kindern vergreift.«

Die Heuchelei, die in diesen Worten lag, genügte, um ihren Vorsatz, auf gar keinen Fall die Fassung zu verlieren, zu erschüttern. »Merkwürdig«, sagte Käthe scharf, ehe sie sich eines Besseren besann. »Ich kann mich an französische Veröffentlichungen aus der Zeit des letzten Krieges erinnern, in denen behauptet wurde, daß die deutschen Soldaten belgische Säuglinge auf Bajonetten aufgespießt hätten.«

Das war in der Tat eines der beliebtesten Greuelmärchen gewesen, genau wie die deutsche Presse ihrerseits das Gerücht in die Welt gesetzt hatte, die französischen Frauen würden deutsche Soldaten absichtlich mit Syphilis anstecken. Möglich, daß der Kommandant nie zu den Leichtgläubigen gehört hatte, die der Geschichte mit den Belgiern anhingen, aber sein Vorgeben, jetzt auf die zivilistenschonende Ehre der deutschen Wehrmacht zu vertrauen, war angesichts der Entwickung der letzten Jahre ein Witz. Außerdem machte die Wahl seiner Worte ihr angst, denn sie bedeuteten, daß er durchaus mit dem Vordringen der deutschen Armee bis zu diesem Lager rechnete.

»Schauen Sie«, sagte Inge, die mit ihrem im Saarland erlernten Französisch sehr viel weniger naiv klang als in ihrer eigenen Sprache, »wir sind doch in dieses Land geflohen, und Sie haben uns aufgenommen. Daß Sie uns hier interniert haben, ist schlimm für uns, aber wir verstehen, daß Sie fürchten, einige von uns könnten Spione sein. Aber wenn Sie uns hierbehalten, bis die Wehrmacht da ist, dann hat es nichts mit Ihrer Sicherheit zu tun. Da könnten Sie uns genausogut gleich in einen Zug nach Deutschland setzen. Das«, schloß sie hilflos, »das ist nicht ehrenhaft, und Sie sind doch ein ehrenhaftes Land.«

Der Kommandant rutschte unbehaglich auf seinem Stuhl hin und her. »Mesdames«, entgegnete er schließlich, »wenn es nach mir ginge, würde ich Sie gerne weiter in den Süden schicken. Ganz ehrlich, hier Wachen für ein Lager voller Frauen und Kinder zu befehligen entspricht nicht meinen Vorstellungen von Soldatentum. Aber öffentliche Transportmittel für Sie freizugeben steht nicht in meiner Macht. Eine derartige Überstellung muß von Paris aus angeordnet und organisiert werden.«

»Dann stellen Sie den Antrag dazu, Monsieur le Commandant«, rief Käthe beschwörend. »Bitte! Zumindest für die alten Frauen und die Mütter und Kinder. Inzwischen treten schon Fälle von Ruhr auf, und die medizinische Versorgung ist im Süden, wo keine unmittelbare Gefahr besteht und es mehr Vorräte gibt, gewiß leichter.«

Am Ende versprach der Kommandant, den Antrag auf die Überstellung seiner Lagerinsassen an das provencalische Lager Hyère einzureichen, und bat sie, Listen mit den Namen der Alten, Kranken und Mütter von Kleinkindern zu erstellen. Die gute Nachricht, die rasch den Umlauf machte, munterte die meisten der Frauen wieder auf, doch Käthe blieb bedrückt, was Inge unweigerlich auffiel.

»Sie glauben net, daß wir hier wegkomma, gell, Kathi?« fragte sie leise, als ihre beiden Mädchen schliefen oder doch zumindest so taten.

»Nein. Nein, ich fürchte nicht. Wenn es eine universale Gemeinsamkeit von Behörden aller Länder gibt, dann die, daß sie schlampig arbeiten. Wenn die Wehrmacht hier in Frankreich so schnell vorrückt wie in Polen, dann trifft die Erlaubnis, uns in den Süden zu verlegen, wahrscheinlich erst ein, wenn wir längst schon unterwegs nach Deutschland sind.«

Inge schwieg eine Weile und schaute zu ihren Töchtern. »Was glauben S', was dann wird?«

»Eine andere Art von Lager«, antwortete Käthe zögernd. Sie wollte Inge nicht erschrecken, doch sie hielt auch nichts von Schönfärbereien. »Hier ist es zu eng, und die Versorgung kann man nur als miserabel bezeichnen, aber niemand legt Hand an uns oder sieht uns als Zwangsarbeiterinnen. Nach allem, was wir in Paris in den Redaktionen darüber gehört haben, sind die deutschen Konzentrationslager strenger als jedes Gefängnis, und es besteht keine Hoffnung, jemals entlassen zu werden.« Angesichts Inges erstarrter Miene fügte sie hastig hinzu: »Was die Kinder angeht – ich weiß nicht. Vielleicht schickt man sie auch in staatliche Waisenhäuser oder zu Verwandten, je nachdem, ob es noch welche gibt.«

Zum ersten Mal in all den Wochen erkannte sie Tränen in Inges Augen, und Panik erfüllte sie bei dem Gedanken, daß nun auch die zuverlässige Inge zusammenbrechen könnte.

»Des derf einfach net sein. Net mei Kinder.« Sie schluckte, dann kramte sie in ihrer Jackentasche und zog einen Rosenkranz aus Holzperlen heraus, was Käthe überraschte.

»Sie sind katholisch, Inge?«

»Ja freilich. Wieso... ach so. Also, mei Mutter hat sich taufen lassen, da wo sie mein Vatter g'heiratet hat, und dem Ludwig sei Familie is auch konvertiert.«

Sie verstummte, schloß die Augen und hielt eine Perle nach

802

der anderen zwischen den Fingerspitzen, während sich ihre Lippen bewegten, ohne einen Ton von sich zu geben. Käthe beobachtete sie und erinnerte sich an ein Gespräch mit Martin darüber, wie die Gebete der Kindheit manchmal zurückkehrten, obwohl man den Glauben längst verloren hatte. Wenn ich sterbe, dachte sie plötzlich, wird dann irgend jemand da sein, um den Kaddisch zu sprechen? Sie war sich nicht sicher, ob sie das überhaupt wollte. An einem ihrer letzten freien Tage in Paris hatte sie den Friedhof von Montmartre besucht, wo Heinrich Heine begraben lag, weil sie es schon von jeher einmal hatte tun wollen und es bisher immer wieder aufgeschoben hatte. Heine gehörte zu ihren Lieblingsdichtern, aber das Gedicht, das ihr beim Anblick seines Grabes noch mühelos eingefallen war, wollte sich jetzt nur in Fragmenten einstellen: *Keine Messe wird man singen, keinen Kaddisch wird man sagen…* Wie ging es weiter? *Nichts gesagt und nichts gesungen wird an meinen Sterbetagen?* Nein, das war zu simpel. Die Zeile hatte anders gelautet. Aber es fiel ihr einfach nicht mehr ein, wie.

Inzwischen war aus Inges stummen Lippenbewegungen ein leises Murmeln geworden. Abwesend dachte Käthe, daß sie katholische Gebete sonst nur von Marianne Fehr gehört hatte, die sich in diesem einen Punkt ihrem Vater so ausdauernd widersetzte und, war er nicht anwesend, sogar darauf bestand, ein Tischgebet zu sprechen. Den Text des Ave Maria allerdings kannte Käthe nicht durch die ältere Schwester ihrer Schülerin, sondern durch die zahlreichen Vertonungen der großen Komponisten. Seltsam, die lateinischen Worte waren ihr nie so unmittelbar beschwörend erschienen wie Inges deutsche Rezitation jetzt.

»Gegrüßet seiest du, Maria, voll der Gnade. Der Herr ist mit dir. Du bist gebenedeit unter den Weibern. Und gebenedeit ist die Frucht deines Leibes, Jesus. Heilige Mutter Gottes, bitte für uns Sünder, jetzt und in der Stunde unseres Todes. Gegrüßet seiest du, Maria…«

Ein Entschluß reifte in Käthe, und während Inges Finger Perle um Perle abzählten, machte sie sich bereit, ihn auszuführen. Einmal hatte sie geglaubt, bereit zu sein, für den Frieden und die Gleichberechtigung zu sterben, dann für die Sache der Arbeiter aller Nationen. Aber letztendlich lief es wohl auf die gleiche

Grundfrage hinaus: menschliches Leben. Warum wurde ihr das erst in einem Lager voller Fremder in einem fremden Land klar? *Wer einen Menschen rettet*, zitierte die Stimme ihres toten Vaters aus dem Talmud, und zum ersten Mal dachte sie ohne den Groll ihrer Jugendjahre an ihn, *der rettet die ganze Welt*.

»Inge«, sagte sie dann, und die jüngere Frau verstummte, »ich glaube, es gibt eine Möglichkeit, Sie und Ihre Töchter aus dem Lager und bis nach Marseille zu bringen. Vielleicht sogar noch zwei, drei von den anderen Kindern. Das kommt darauf an, wieviel ein Diamant von zwei Karat heute wert ist.«

Als sie ihren Plan erläutert hatte, starrte Inge sie an. »Ja aber – Sie komma doch mit, Kathi?«

»Nein. Nicht, wenn statt meiner ein Kind gehen kann. Sehen Sie, Inge, ich bin gerne am Leben und in Freiheit, aber ich bin nicht mehr jung, und viele meiner Träume konnte ich mir erfüllen. Sie dagegen, Sie und Ihre Kinder, Sie haben alles noch vor sich.«

Es dauerte eine ganze Weile, bis sie Inge überzeugt hatte. Dann machte sie sich auf, um einen französischen Kommandanten zu bestechen. Am nächsten Tag verließ der private Wagen des Colonels mit seinem Chauffeur, Inge, ihren Töchtern und einem Jungen, dessen Mutter ihn Inge anvertraute, das Lager in Richtung Süden.

»Wenn Sie in Sicherheit sind«, flüsterte Käthe Inge zum Abschied zu, »dann schreiben Sie meiner Schülerin Carla.« Inge nickte. Sie hatte die Adresse auf die Rückseite des Briefes ihres Gatten notiert.

Käthe hätte ihr auch gerne die von Dr. Goldmann im fernen Paraguay gegeben, doch da Martin häufig umzog und ihre Verbindung mit dem Kriegsbeginn abgerissen war, war sie ihr nicht mehr bekannt. »Und bitten Sie Carla«, fuhr Käthe fort, überrascht, daß sie es jetzt so einfach zugeben konnte, »Martin zu sagen, was sie immer über meine Gefühle ihm gegenüber vermutete, entspreche der Wahrheit. Sie werden es nicht vergessen, nicht wahr, Inge?«

Als der Wagen mit Inge und den Kindern verschwunden war, empfand Käthe etwas, das sie an den Augenblick vor Jahren erinnerte, als sie Heinrich Fehr gegenübertrat, in dem Bewußtsein, nichts mehr zu verlieren zu haben. Es war eine eigenartige Freiheit, die Freiheit des freien Falls, wenn jede Möglichkeit, sich noch an irgendwelchen Klippen festzuhalten, verschwunden, aber der Aufprall noch weit entfernt war. Die Unsicherheit und Bedrückung der letzten Wochen verschwand, und sie fühlte sich glücklich, während sie sich daran machte, für ihre Schülerinnen den Deutschunterricht vorzubereiten.

Tijuana gehörte in keiner Weise zu den bemerkenswerten Punkten Mexikos, die man sehen mußte; es handelte sich um einen häßlichen, kleinen Ort voller Fliegen, der nur aus einem Grund regelmäßig Besucher erhielt: er lag unmittelbar an der Grenze zu den Vereinigten Staaten. In der letzten Zeit bedeutete das nicht nur den permanenten Reiseverkehr zwischen dem Norden Amerikas und Mexiko, für den die mexikanischen Gastarbeiter sorgten. Wenn Emigranten, die nicht mit einem Einwanderervisum in die USA gereist waren, aber eines benötigten, um ihren Aufenthalt zu legalisieren, dies auf möglichst sichere Weise tun wollten, dann verbrachten sie zwei Tage in Tijuana und versuchten danach, als reguläre Einwanderer in die USA zurückzukehren. Umgekehrt versuchten eine Menge Emigranten, die in einem der südamerikanischen Staaten Aufnahme gefunden hatten, auf diese Weise an ihr eigentliches Wunschziel zu gelangen. Es gab auch noch eine dritte Art Grenzüberschreitende: Da in Kalifornien Glücksspiele verboten waren, reisten eine Menge spielwütiger reicher Amerikaner für ein Wochenende nach Mexiko, wo mehr als ein gewitzter Spielsalonbesitzer längst dieses Bedürfnis erkannt und die langweilige Umgebung von Tijuana dafür in Kauf genommen hatte.

Der grauhaarige, dünne Herr, der dem mexikanischen Grenzposten seine Papiere vorlegte, gehörte zur zweiten Kategorie, das sah man sofort. Wäre er reich gewesen, dann hätte er nie den völlig überfüllten Bus benutzt. Er konnte zwar kein Neuankömmling in diesen Breiten sein, dazu war er von der Sonne zu braungebrannt, aber er strahlte die von Erwartung, Furcht und Hoffnung geprägte Aura aus, die der Grenzposten mit den Europäern identifizierte. Die Papiere bewiesen seine Vermutung: Einreise- und Ausreisevisum für Paraguay, für Brasilien, Kolumbien, Panama, Nicaragua, El Salvador, Guatemala und schließlich für Mexiko, alles in einem deutschen Paß, der ihn als Martin Israel Goldmann auswies. Bis auf das Einreisevisum für Paraguay waren die Papiere neueren Datums, und da Fälschungen häufig waren, überlegte der Posten, ob er sie gründlicher überprüfen sollte. Dann entschied er sich dagegen.

Sollte sich sein amerikanischer Kollege die Mühe machen; es lag schließlich an ihm, ob er einen weiteren Immigranten in seinem Land haben wollte.

Der grauhaarige Herr erhielt seine Papiere zurück, dankte und überquerte langsam die Grenze, auf die amerikanische Kontrolle zugehend. Der mexikanische Posten schaute ihm nach und entdeckte, daß auf der amerikanischen Seite jemand auf den Mann wartete. Es handelte sich nicht um den Bus, der sich immer noch auf der mexikanischen Seite befand. Nein, dort drüben stand eine junge Frau und winkte. Das Mitleid des Grenzpostens für den Grauhaarigen schwand schlagartig. Die alten Knacker, dachte er unwillig, sind doch alle gleich. Er bezweifelte, daß es sich um die Tochter des Mannes handelte; in den Papieren hatte nichts von amerikanischen Familienangehörigen gestanden. Da die Sonne ihm ins Gesicht strahlte, kniff er die Augen zusammen und befand, daß die Frau eine zu gute Figur hatte, um sie an das alte Klappergestell zu verschwenden. Natürlich trug sie kein anständiges Kleid, sondern Hosen und eine Bluse, die auch nichts verbarg. Amerikanische Nutten, dachte der Grenzposten. Kennen alle keine Scham. Er beschloß, bald wieder einen Abstecher in die Vereinigten Staaten zu machen. Man konnte den alten Knackern doch nicht *alle* überlassen.

Carla hatte Dr. Goldmann seit dem Tag ihrer Abtreibung nicht mehr gesehen, und ihr erster Eindruck, als sie ihn zur verabredeten Zeit an der Grenze erblickte, war, daß es sich unmöglich um Martin Goldmann handeln konnte. Der Mann dort war mindestens fünfzehn Kilo leichter und zwanzig Jahre älter. Aber je näher er kam, desto sicherer wurde sie sich, und die Kehle schnürte sich ihr zusammen. In einer Hand trug er einen kleinen Koffer, und daran erkannte sie ihn endgültig; auf die gleiche Weise hatte er seine Arzttasche getragen.

»Dr. Goldmann!« rief sie, so laut sie konnte, und winkte.

Er schaute zu ihr und beugte den Kopf, als nicke er ihr zu, doch er winkte nicht zurück, hielt nicht inne in der Präsentation seiner Papiere vor dem Grenzposten, so, als wage er es nicht. Dann ließ ihn der Mann passieren, und auch dem Amerikaner gegenüber zeigte er das gleiche, vorsichtige Verhalten. Fast wie ein Soldat vor seinem Offizier stand er da und rührte sich nicht, bis der Grenzer ihm beschied, er könne einreisen. Sie rannte zu ihm. Die Vorstellung, er könne sie auf die gleiche, ängstlich-formelle Art begrüßen, ertrug sie nicht, also umarmte sie ihn, ehe er Zeit hatte zu reagieren. Sein Körper fühlte sich erbärmlich dünn und knochig an.

»Dr. Goldmann«, sagte sie und entschied sich für etwas Geplappere, um ihn wieder in die Normalität einzuführen, »willkommen! Was haben sie nur in Südamerika mit Ihnen gemacht? Nur noch Haut und Knochen! Aber keine Sorge, wir werden Sie hier schon wieder aufpäppeln. Ich kann zwar immer noch nicht kochen, aber ich kenne alle guten Restaurants in Los Angeles. Selbst Robert wäre zufrieden. Und meine Haushälterin hat auch herausgefunden, wo man richtiges Brot kriegt, so daß Sie nicht dieses gummiartige Zeug zu sich nehmen müssen...«

»Carla«, entgegnete er, höflich, aber entschieden, »ich mag zwar gealtert sein, aber ich bin nicht geistig verwirrt. Du brauchst mich nicht wie einen verlorenen alten Mann zu behandeln.« Er lächelte schwach, mit einem Schatten seiner früheren Kavaliersattitüde. »Die Umarmung einer schönen Frau ist allerdings immer willkommen.«

Ihr Wagen stand nicht weit entfernt, und den wollte sie hier nicht zu lange allein lassen; die Probleme mit Diebstahl hier an der Grenze waren berüchtigt. Außerdem hatten sie eine lange Fahrt zurück nach Los Angeles vor sich. Sie hakte sich bei Dr. Goldmann ein und erkundigte sich nach seiner Reise, während sie auf das Auto zusteuerten. Als er es sah, blickte er sich einen Moment lang verwirrt um.

»Fährst du denn selbst?«

»Sicher. Vertrauen Sie Frauen am Steuer nicht, Dr. Goldmann?« fügte sie neckend hinzu.

»Das weiß ich nicht, ich bin noch nie von einer gefahren worden. Ich vermute jedoch, wenn Käthe es sich hätte leisten können, wäre sie gewiß ebenfalls...«

Er hielt inne, und sie verwünschte die mangelnde Kontrolle ihrer Gesichtszüge. Als Schauspielerin sollte sie es wirklich besser können. Aber sie hatte erst vor kurzem, durch eine Zeitung, die sie an der letzten Tankstelle gekauft hatte, von der französischen Kapitulation erfahren.

»Was ist geschehen?«

»Frankreich hat kapituliert«, erwiderte Carla, da es für Beschönigungen zu spät war. »Das letzte, was ich von Kathi gehört habe, war, daß man sie Anfang Mai wie alle anderen Deutschen wieder interniert hat. Danach kam nichts mehr. Ich weiß noch nicht einmal, in welchem Lager sie interniert wurde. Es heißt, die südfranzösischen haben nach der Eroberung von Paris begonnen, einen Teil ihrer Insassen an die Küste zu schicken, aber…«

Sie wußten beide, daß Käthe als Bewohnerin von Paris kaum in ein Lager im Süden gebracht worden war.

Trotz der sommerlichen Hitze wurde Dr. Goldmann aschfahl. Sie hielt ihn ein wenig fester; sich auf Dr. Goldmanns Ankunft zu konzentrieren hatte ihr dabei geholfen, nicht selbst bei der Vorstellung, was Kathi jetzt gerade geschehen konnte, verrückt zu werden, und sie würde nicht zulassen, daß er einen Herzanfall erlitt und vor ihren Augen starb. Nicht noch ein Toter, nicht noch ein Verlust. Wenigstens Dr. Goldmann retten zu können war ein Schild gegen die zersetzende Schuld, in Amerika in Sicherheit zu sein.

»Mein Agent«, sagte sie, während sie ihn auf den Beifahrersitz bugsierte, »hat mich einem Sohn des Präsidenten vorgestellt, und der meint, über das Rote Kreuz würde ich gewiß erfahren, wo sie sich befindet – vorher kann man nichts machen –, also habe ich einen Suchantrag gestellt. Natürlich wird der durch die Besetzung verzögert werden, aber Sie wissen ja, das Rote Kreuz gibt es selbst im jetzigen Deutschland, also werden wir sie finden. Das verspreche ich Ihnen. Wir werden sie finden.«

Er atmete etwas ruhiger, und nach einer Weile meinte er, gewiß habe sie recht.

Er verzichtete darauf, ihr zu erzählen, daß der derzeitige Präsident des Deutschen Roten Kreuzes sich als glühender Nationalsozialist gab. Das Mädchen brauchte einen Strohhalm, nach dem sie greifen konnte, und er brauchte ihn auch.

Carla hatte sich verändert, zum Positiven, fand er, war sich jedoch bewußt, daß seine letzte Vergleichsmöglichkeit ihre schlimmste Stunde gewesen sein mußte. Es war ein wenig beunruhigend, wie schnell sie den Wagen fuhr; aber es erinnerte ihn an Robert, und resignierend sagte er sich, zu erwarten, daß Carla sich als ruhige, besonnene Fahrerin entpuppte, war wohl zuviel verlangt. Unwillkürlich fragte er sich, ob seine Barschaft genügte, um ihrer beider Abendessen zu bezahlen, bis er sich daran erinnerte, daß er im Moment nicht mehr rechnen mußte. Die Aussicht auf mehr als eine Mahlzeit am Tag erfüllte ihn mit beschämendem Glück. Ihr Auflockerungsversuch von vorhin fiel ihm ein, und er versuchte, sich richtiges Brot und frisches Fleisch und gekühlte Getränke nicht allzu gierig auszumalen. Es war erniedrigend, so auf seine körperlichen Bedürfnisse reduziert zu werden, daß er selbst jetzt daran dachte, kurz nachdem er erfahren hatte, daß Käthe sich noch immer in Frankreich befand, einem besetzten Frankreich... wenn sie überhaupt noch am Leben war.

Um sich nicht Käthe vorstellen zu müssen, fragte er nach dem anderen Thema, das ihn immer beschäftigte, und erkundigte sich, ob sie Neuigkeiten von Robert habe.

»Ja, aber es sind schon wieder alte. Die Briefe haben schon früher manchmal eine gehörige Weile gebraucht, aber seit Kriegsbeginn geht wohl jeder einzelne durch die Zensur, obwohl Amerika ein neutrales Land ist. Er kann deswegen nur über private Dinge schreiben. Seine Scheidung ist durch... und Monikas Anwalt, der, den sie heiraten will, hat darauf verzichtet, vor Gericht eine Schlammschlacht zu veranstalten oder Robert zu denunzieren, jedenfalls habe ich die Andeutung so verstanden. Das Dritte Reich hat es ja ganz und gar nicht mit den Rechten für die Frau, und das Scheidungsrecht ist besonders ungünstig, also hat Monika wohl am Ende entschieden, besser zu nehmen, was Robert ihr anbietet, statt zu riskieren, bei einem richtigen Prozeß mit ihm ruiniert zu werden.«

»Nun, ich kann nicht behaupten, daß es mir wegen Monika leid täte«, sagte Dr. Goldmann, bemüht, jegliche Feindseligkeit gegen Monika zu unterdrücken, die gewiß kein leichtes Leben als Roberts Ehefrau gehabt hatte, »aber ich mache mir Sorgen um Martina.«

Bei der Vorstellung, Martina werde bei der rachsüchtigen Monika und irgendeinem nationalsozialistisch gesinnten Anwalt aufwachsen, schauderte ihn. Er hoffte, daß Robert sich seine Worte zu Herzen nahm und sich mehr um das Mädchen kümmerte. Aber der Krieg, der Krieg; am Ende war es doch ein Glück gewesen, daß Robert sich auf diesen Beruf versteift hatte. Sonst würde er jetzt in einer Uniform stecken und kämpfen und töten müssen. Zumindest würde es Martina erspart bleiben, eine Waise zu werden, und das würde sie bald zu einer Ausnahme machen in Europa.

Erst jetzt drang ihm ins Bewußtsein, was die französische Niederlage jenseits des persönlichen Unglücks für Käthe bedeutete. Polen und Frankreich; Dänemark und Norwegen waren seit April ebenfalls besetzt.

»Wird denn niemand diesen Wahnsinnigen aufhalten?« murmelte er entsetzt. Da sie gerade von Robert gesprochen hatten, brauchte Carla einige Zeit, bis sie seinen Gedankensprung nachvollziehen konnte.

»Nun, es ist wohl an den Engländern«, erwiderte sie. »Außerdem gebe ich die Hoffnung nicht auf, daß Amerika in den Krieg eintritt. Der Kongreß ist dagegen, aber der Präsident ist dafür. Er hält schon seit einiger Zeit Reden, in denen er auf die Gefahr ungezügelter Aggression von Diktaturen hinweist. Und er ist wirklich sehr, sehr beliebt hier, Dr. Goldmann, wegen des New Deal und der Hoffnung, die er dem Land nach der Depression gebracht hat. Er wird die Stimmung in der Bevölkerung schon wenden.«

»Es muß schön sein, sich für einen demokratischen Politiker begeistern zu können«, meinte er sehnsuchtsvoll, »einem Politiker vertrauen zu können. Hast du ihn gewählt?«

»Ich darf hier nicht wählen, Dr. Goldmann. Ich bin immer noch staatenlos.«

Er runzelte die Stirn. »Aber hat Robert mir nicht erzählt, daß man nach sieben Jahren naturalisierter amerikanischer Staatsbürger werden kann?«

Carla nickte, ohne den Blick von der Straße zu wenden. Im Profil sah sie ihrer Mutter ähnlicher, als wenn sie einen direkt ansah, dann traten die Fehrschen Anteile in ihr zu stark hervor, um sie nur als Angharads Tochter zu betrachten.

»Ja. Aber ich habe immer noch keine amerikanische Staatsbürgerschaft beantragt. Vielleicht ist es albern, und jemand hat es einmal eine billige Solidaritätsgeste genannt... aber solange es so viele Staatenlose wegen meiner alten Heimat gibt, gehöre ich lieber zu ihnen als zu irgendeiner Nation, ob nun der deutschen oder der amerikanischen.«

»Nein, ich finde es gar nicht albern«, gab Dr. Goldmann zurück. »Du bist mehr Käthes Schülerin, als ich gedacht hätte«, fügte er ehrlich hinzu, denn er hatte sie immer für sehr selbstbezogen gehalten, ohne sie deswegen zu verurteilen; er kannte kein Mitglied der Theaterwelt, das sich nicht als Mittelpunkt des Universums betrachtete. Sie biß sich auf die Lippen.

»Kathi setzt ständig so hohe Erwartungen in einen, daß man sich früher oder später gezwungen sieht, zumindest einen Teil davon zu erfüllen.«

Vielleicht lag es an dem langen Haar, an dem Pferdeschwanz, den sie trug, aber mit einemmal wirkte sie sehr jung, fast wie das Mädchen, das mit seinem Fahrrad durch München geradelt war, um Robert abzuholen. Doch gerade als Kind war sie immer so leidenschaftlich unabhängig gewesen, so unzugänglich und rätselhaft, daß er nie den Eindruck gehabt hatte, ihr Trost anbieten zu können. Jetzt spürte er, daß sie genau die gleichen Kümmernisse plagten wie ihn selbst, und er berührte sie sachte an der Schulter.

»Wie du gesagt hast – wir werden sie finden.«

»Ja, das werden wir.«

Meine liebe Carla – gerade habe ich von der französischen Niederlage gehört, die unser glorreicher Führer uns schon immer prophezeit hat. Vermutlich bedeutet das, daß ich zumindest in diesem Jahr zu meinem Frankreich-Besuch komme, wenn das für Zivilisten gestattet ist. Ich werde wohl ein paar alte Bekannte besuchen, und daher würde ich gerne wissen, ob Madame Cathérine nun nach Amerika gezogen ist oder noch in Frankreich weilt. Sollte letzteres der Fall sein, werde ich mich bemühen, ihr Grüße von dir auszurichten.

Was mich selbst angeht, ich schreibe nun endlich keine roten Zahlen mehr, auch wenn Danton *vorerst auf Eis liegt. Aber mir ist da*

*ein anderer Einfall gekommen. Leider schließt er eine Rückkehr an
den Busen der UFA mit ein. Nur um zu beweisen, daß ich es kann,
werde ich anbieten, einen Film in acht Wochen zu drehen, meinetwegen sogar in sechs (allmählich macht mir meine Reputation als
der Regisseur mit den jahrelangen Drehzeiten zu schaffen)... und
zwar entweder a) einen Kriminalfilm oder b) Macbeth. An ersterem
mangelt es uns etwas, seit wir das perfide Albion bekämpfen, und
einen Klassiker in so kurzer Zeit und mit einem minimalen Budget
zu verfilmen, das gab es noch nie, so daß ich nicht glaube, daß die
UFA widerstehen kann. Übrigens, das bleibt aber unter uns, laufen
a) und b) auf das gleiche hinaus... denn ich habe vor, Macbeth in
die Gegenwart zu übertragen, in das Land, in dem du jetzt lebst.
(Warum nicht nach Deutschland? Weil es bei uns keine Kriminellen
gibt.) Er ist der Vize des Gangsterbosses von Chicago... den Rest
kannst Du Dir denken. Toi, toi, toi, und drück mir die Daumen.
Ich...*

Das Klingeln des Telefons unterbrach Robert beim Schreiben.
Einen Moment lang erinnerte er sich nicht, wo in der neuen Wohnung das Telefon stand, dann fiel es ihm wieder ein. Er hielt sich
nicht allzu häufig hier auf; seit er begonnen hatte, für die beiden
Macbeth-Varianten zu planen, suchte er nach möglichen Drehorten, die keine Umbauten und Dekorationen benötigten, und kampierte bei denjenigen der Hermiaden, die in der Nähe des jeweiligen Ortes wohnten. In den ersten Kriegsmonaten war er ohnehin
nur von Sofa zu Sofa gezogen, bis ihm Astrid und Helmut gemeinsam erklärt hatten, nun müsse er sich endlich eine eigene Wohnung
suchen. Daß sie ihn dabei »Chef« und nicht »Robert« nannten,
bewies, daß sie es ernst meinten.

Nach dem fünften Klingeln hatte er endlich den Apparat gefunden.

»Chef, hier ist Astrid«, sagte die vorsichtig wirkende Stimme
seiner Mitarbeiterin, Freundin und zeitweiligen Geliebten. Er hörte sofort den warnenden Unterton. »Du hast ein Angebot, aber von
der Terra, nicht von der UFA, und nicht als Regisseur. Sie wollen
dich als Darsteller für eine neue Großproduktion. Ich weiß, daß du
wegen *Macbeth* nicht interessiert bist, aber das Angebot wurde
durch das Ministerium vermittelt, also dachte ich, ich sollte es dir
zumindest unterbreiten. Veit Harlan führt Regie.«

Das klang nicht gut, ganz und gar nicht gut. Harlan hatte als Schauspieler angefangen und inzwischen einen Ruf als Regisseur effektvoller Melodramen errungen. Beim Drehen galt er als Menschenschinder, doch Robert, der sich seiner eigenen Herrscherallüren bei der Regie durchaus bewußt war, hatte genügend Selbstvertrauen, um damit zurechtzukommen. Nur würde sich Astrid nicht so verklausuliert ausdrücken, wenn es um einen Part in einem gewöhnlichen Harlanschen Melodram ginge, ganz zu schweigen davon, daß dann das Interesse des Propaganda-Ministeriums unerklärlich wäre.

»Worum geht es in dem Film?«

»*Jud Süß*«, erwiderte sie, und er begriff. Schon seit einiger Zeit ging das Gerücht, daß Goebbels eine Verfilmung des Stoffes plante, der in dem phänomenalen Erfolg, den Feuchtwangers Roman in den Zwanzigern gehabt hatte, eine Herausforderung sah, Feuchtwangers Süß eine nationalsozialistische Version entgegenzusetzen. Dann hatten die Briten Feuchtwangers Buch verfilmt, mit dem ausgewanderten Conrad Veidt in der Hauptrolle und beträchtlichem Erfolg. Das schrie für Goebbels geradezu nach einem Gegenzug. Keine Frage, daß sein Süß das Gegenteil von Feuchtwangers Süß sein würde, eine antisemitische Karikatur. Es hatte in den letzten Jahren hier und da negative jüdische Figuren in deutschen Filmen gegeben, aber nie einen Film, in dem eine solche Figur im Zentrum stand. Das würde der antisemitische Film schlechthin werden. Und Robert wußte genau, warum ihm eine Rolle darin angeboten wurde: weil er seinen ersten Erfolg in Feuchtwangers Version errungen hatte.

»Chef?«

»Ich bin noch da.«

»Das Angebot gilt für die Rolle des Herzogs«, sagte sie und bestätigte damit Roberts Vermutung. »Ich… ich soll dir ausrichten, daß auch Eugen Klöpfer mitspielen wird. Er hat bereits zugesagt.«

Eugen Klöpfer hatte Joseph Süß Oppenheimer selbst gespielt, in der deutschen Premiere des Theaterstücks, das Robert in der Schweiz mit einem Schlag berühmt gemacht hatte. Er war mit Feuchtwanger befreundet gewesen. Die Infamie des Ganzen zeichnete sich immer deutlicher ab. Robert war bereit, zu wetten, daß Goebbels das Werk auch *Jud Süß* nennen würde, darauf rechnend, daß viele der Kinobesucher annehmen würden, es basiere auf Feuchtwangers Roman, und vergessen, daß dieser seit '33 wie alle anderen Werke Feuchtwangers verboten war. Kommt und seht die jüdische Version eines Juden.

»Auf keinen Fall«, entgegnete er und bemühte sich, nicht zu heftig zu klingen. Böse russische Generale in einem Hymnus auf Friedrich den Großen vor zwei Jahren waren eine Sache, aber das, das war eine ganz andere. Russische Generäle schwebten nicht in akuter Lebensgefahr.

»Ruf zurück und sag, ich sei zu beschäftigt und hätte im übrigen kein Interesse an dieser Art von Rolle.«

In dieser Art von Film, wollte er hinzufügen, unterdrückte es jedoch; sie wußte ohnehin, was er meinte, und wenn jemand mithörte, was leider nicht mehr ausgeschlossen werden konnte, lohnte es sich nicht, durch trutzige Äußerungen sein Leben zu gefährden. Auf die Taten kam es an.

»Du wirst für *Macbeth* nicht nur die Drehgenehmigung der UFA brauchen«, erklärte Astrid behutsam.

»Ja, ich weiß. Trotzdem.«

»Alles klar, Chef. Paß auf dich auf.«

In den nächsten Tagen hörte er, daß Goebbels und Harlan versuchten, für ihren Film wirklich jede Berühmtheit des deutschen Films zu kapern. Einige lehnten ab, wie Gustaf Gründgens, andere akzeptierten, wie Heinrich George, dem die Rolle des Herzogs als nächstem angeboten wurde. Da er das Deutsche Theater leitete, in dem derzeit einer von Roberts Hermiaden arbeitete, den er für *Macbeth* brauchen würde, liefen sie sich bald danach über den Weg.

»Tja«, sagte George etwas defensiv, »was soll man machen... wir haben nicht alle einen Reichsmarschall in der Tasche oder den verrückten Einfall, unsere Schauspielerhonorare in Filme zu stecken, die eh kaum einer sieht. Ich hab eine Familie, ein Theater und einen Ruf zu verlieren. Du giltst jetzt schon als unmöglich.«

»*Mich dünkt, die Dame protestiert zu sehr*«, entgegnete Robert mit einem Zitat aus *Hamlet*. »Hab ich etwas gesagt?«

»Zum Teufel, es ist ja wenigstens keine Judenrolle. Ich werde den Kerl so eklig spielen, daß der Süß daneben gut aussieht. Und überhaupt, der Krauß spielt auch mit, und ich laß mich von dem Kerl nun mal nicht an die Wand drängen.«

Das allerdings war ein unerwarteter Schock. Heinrich George hatte schon 1933 in *Hitlerjunge Quex* mitgewirkt, der Morgengabe der UFA an das Dritte Reich, aus Angst, seine weithin bekannten kommunistischen Sympathien könnten ihn Karriere und Existenz kosten. Aber daß Goebbels den im In- und Ausland als besten lebenden deutschen Schauspieler anerkannten Werner Krauß für sein *Süß*-Projekt gewonnen hatte, der mit seinem Status schlechthin unantastbar war, ließ Robert einen tonlosen Pfiff ausstoßen. Allmählich gewann die Angelegenheit eine bizarre Faszination für ihn, wie eine Hydra, der immer mehr Köpfe wuchsen.

»Laß mich raten«, gab er zurück. »Krauß spielt Süß höchstpersönlich.«

»I wo. Dafür hat Harlan immer noch keinen finden können. Nein, dem Krauß hat man den Rabbi angeboten, woraufhin er ausrichten ließ, die Rolle sei zu klein für ihn, er werde sie nur spielen, wenn er außerdem *alle* jüdischen Rollen außer der Hauptrolle verkörpern dürfe. Goebbels hat ja gesagt. Bertha meint, der Mann habe geglaubt, die Bedingung sei unannehmbar und er könne sich auf diese Art drücken, aber wenn du mich fragst – er war auf das Prestige scharf. Werner Krauß in fünf verschiedenen Rollen! Ich werde nie vergessen, was für Faxen er als Jago gemacht hat, um mir meinen Othello zu vermurksen.«

»Ich dachte, das sei ich gewesen«, kommentierte Robert mit Unschuldsmiene. »Die Leute mit gutem Geschmack sind schließlich alle gelaufen, um sich *meinen* Othello anzuschauen.«

»Angeber«, grollte George. »Wolltest du etwas Bestimmtes?«

»Um die Wahrheit zu sagen, ja. Im Herbst bräuchte ich einen deiner Schauspieler, aber ich möchte nicht, daß er meinetwegen das ganze Jahr hier verliert.«

Sie einigten sich schließlich auf die Freigabe des Mannes für vier Wochen. Als Robert das Deutsche Theater wieder verließ, erinnerte er sich plötzlich daran, wie er Carla hier im *Sommernachtstraum*, Reinhardts Jubiläumsinszenierung, erlebt hatte. An die Scherze, Reinhardt sei das Theater von gestern, und sie hätte lieber in seinem *Julius Caesar* mitspielen sollen. Damals war es ein Witz gewesen, zu behaupten, Reinhardt würde bald vergessen sein. Dann war *Iffland* gekommen und hatte ihn in bezug auf Max Reinhardt eigenartig besitzergreifend gemacht. Sich den alten Mann in New York vorzustellen oder in Kalifornien, wie Carla ihn beschrieben hatte, statt in Leopoldskron oder hier im Deutschen Theater, verstieß gegen das von Maitger und ihm geschriebene Finale und wäre schon deswegen störend gewesen, aber es hinterließ bei ihm außerdem noch jedesmal den bitteren Geschmack der Schuld im Mund, wenn er daran dachte. Nicht wegen *Iffland*. Weil der Professor den Film nicht hier, in Berlin, im Vollbesitz seiner Macht hatte sehen können; weil er, Robert, jetzt in Reinhardts Deutschem Theater ein und aus gehen konnte, während Reinhardts Name hier nicht mehr erwähnt werden durfte. Ob George manchmal an Reinhardt dachte? Gewiß. Krauß? Mit Sicherheit. Er war in Reinhardt-Inszenierungen berühmt geworden und hatte selbst nach Hitlers Machtantritt noch in einer gespielt, in Österreich.

Derzeit sah es weniger denn je danach aus, als könnten Reinhardt und die anderen Emigranten je zurückkehren. Wenn sie es überhaupt wollten. Dennoch gab Robert die Hoffnung nicht auf. Es hing mit seiner optimistischen Natur zusammen, aber hatte auch mit blanker Furcht zu tun. Die Aussicht, für den Rest seines Lebens im Dritten Reich existieren zu müssen und sich schon gut zu fühlen, weil man eine Filmrolle ablehnte, war zu widerwärtig, um in Betracht gezogen zu werden. Aber er fragte sich, was am Ende von Robert König noch übrig sein würde, wenn alles vorbei war.

»Na, na, na«, sagte der UFA-Produzent, der Roberts Ansprechpartner war, »wenn das nicht das beleidigte Genie ist. Ich dachte, Sie reden nur noch als Schauspieler mit uns, König? Wie kommen wir zu der Ehre«, er tippte mit dem Zeigefinger auf Roberts Brief, der vor ihm lag, «daß Sie uns auf einmal wieder Ihr Regietalent zur Verfügung stellen wollen?«

Robert lehnte sich in seinem Stuhl zurück und lächelte. »Ich bin nicht nachtragend.«

»Nein, nur größenwahnsinnig. *Macbeth* in sechs Wochen? *Sie*?«

»Pfadfinderehrenwort. Kommen Sie, was haben Sie schon zu verlieren? Reichlich wenig Zeit und Geld, wenn ich nicht halte, was ich verspreche. Weniger, als Sie nur für die Vorproduktion eines gewöhnlichen Kostümfilms ausgeben. Und wenn ich es fertigbringe, dann steht Ihnen ein erstklassiger Film zur Verfügung, für den Sie so gut wie kein Geld ausgegeben haben und der Sie nicht ganz ins Hintertreffen geraten läßt, wenn das Ministerium diesen Herbst die Terra mit *Jud Süß* groß herausbringt.«

Trotz des Mangels an ausländischer Konkurrenz war es in Filmkreisen kein Geheimnis, daß die UFA sich hoch verschuldet hatte. Es hieß auch, daß sie genau wie die übrigen Filmgesellschaften, die sich bis jetzt gehalten hatten, Stück für Stück in den Besitz des Staates überging. Daß eine Mammutproduktion wie *Jud Süß*, die früher UFA-Privileg gewesen wäre, vom Propagandaministerium der kleinen Terra zugeschanzt worden war, wies auf die beunruhigende Aussicht der Gleichschaltung hin und lag dem Vorstand schwer im Magen. Der Produzent neigte den Kopf.

»Bescheidenheit, dein Name ist König.«

»Habe ich nie behauptet. Aber Sie und ich wissen genau, wozu ich fähig bin.«

»Hmm. Apropos *Jud Süß*, wie ich höre, haben Sie dem Harlan da einen Korb gegeben.«

»Nicht als einziger.«

»Stimmt schon, nur sind Gründgens, Fernau, Dahlke und Deltgen alle zur Zeit nicht gerade arbeitslos. Sie schon. Könnte das etwas mit Ihrer Rückkehr zu uns zu tun haben? Ganz abgesehen davon, daß Ihnen klar sein dürfte, daß es mit den unabhängigen Produktionen jetzt im Krieg ein für allemal vorbei ist. Sie brauchen dringend einen Fürsprecher, König, und einen, der dem Ministerium gut verkaufen kann, warum man ausgerechnet Ihnen einen Regieauftrag erteilen soll, wo Sie sich doch gerade geziert haben, als man etwas von Ihnen wollte.«

»Mein Vertrauen in Ihre Fähigkeiten bleibt unbegrenzt«, erklärte Robert und achtete darauf, seine unbekümmerte, lässige Körperhaltung nicht zu verändern. »Meine Dankbarkeit ebenfalls. Wissen Sie, ich wäre durchaus bereit, für ein nominelles Gehalt in einem Ihrer anderen Filme mitzuspielen, wenn Sie mir meine sechs Wochen gewähren. Und Sie brauchen namhafte Darsteller… wo George, Krauß, Klöpfer und Marian doch alle beschäftigt sind.«

Der Produzent musterte ihn mit schmalen Augen, dann schüttelte er den Kopf. »König, Sie sind das einzige Perpetuum Mobile, das ich kenne. Sagen Sie, ist Ihnen eigentlich klar, daß Sie mit dem, was Sie als Schauspieler verdienen, reich sein könnten, wenn Sie nicht darauf bestünden, damit Ihre Filme zu finanzieren?«

»Darf ich das als ein Ja verstehen?«

»Sie dürfen. Sechs Wochen. Und kein Star außer Ihnen, ich habe nicht die Absicht, bei diesem Film Mammutgehälter für Schauspieler auszugeben. Ach, und König, der Bart da paßt vielleicht zu Macbeth, aber wenn wir Sie einen spanischen Stierkämpfer spielen lassen, dann rasieren Sie sich ihn gefälligst ab, verstanden?«

Das sollte wohl die Hierarchie wieder herstellen, dachte Robert, der nicht übermäßig an seinem neuen Bart hing. Es war in erster Linie ein Experiment, um älter auszusehen und zu versuchen, den Enfant-terrible-Ruf, der ihm noch immer anhing, endlich loszuwerden.

Ehe er sich verabschiedete, erkundigte er sich noch beiläufig, wie es mit Reisen nach Frankreich aussehe.

»Warum?« fragte der Produzent sofort mißtrauisch. »Das einzige, was derzeit in Frankreich gedreht werden darf, sind Dokumentarfilme über den Sieg im Westen und Wochenschauen. Falls Sie irgendwelche extravaganten Vorstellungen von ausländischen Drehorten haben...«

»Nicht für meinen Film, keine Sorge. Ich dachte nur, falls Sie eine Stierkampfgeschichte planen, dann hätten Sie Südfrankreich oder Spanien im Sinn.«

»Nichts da. Die Leute wollen Filme, die im Ausland spielen, aber gedreht wird hier bei uns. Ausländische Extravaganzen können wir uns nicht mehr leisten, selbst wenn kein Krieg wäre.«

Soviel zu seiner vagen Hoffnung, beruflich nach Frankreich reisen zu können. Er hatte für Käthe Brod nie so viel empfunden wie Carla, aber er hoffte inbrünstig, daß sie rechtzeitig außer Landes gelangt war.

»Sie«, unterbrach der Produzent seine Gedanken, »würde man ohnehin nie in Frankreich drehen lassen. Nichts für ungut, König, aber Sie gelten nicht als hundertprozentig zuverlässig, und jetzt, wo Sie geschieden sind, traut man Ihnen durchaus zu, einen Abstecher über die Pyrenäen zu machen. Und wir wollen doch nicht einen unserer ›namhaften Darsteller‹ verlieren, nicht wahr?«

Die Weltausstellung 1940 in New York wurde am 22. Oktober eröffnet. Unter anderen Umständen hätte Carla sie wohl auch besucht, doch diesmal trieb sie alles andere als kulturelle Beflissenheit oder intellektuelle Neugier zu dem Pavillon, der dem britischen Mandatsland Palästina gewidmet war. Sie befand sich aus beruflichen Gründen in New York. Seit *Looking for Greta* hatten sich weitere Engagements für das Theater ergeben, mit dem Ergebnis, daß sie nun, soweit es die Kritiker anging, eine merkwürdige Doppelexistenz führte. In Hollywood drehte sie weiterhin einträgliche Filme für Universal – der letzte war *Frankensteins Tochter* gewesen – und in New York etablierte sie sich als eine der gefragtesten Darstellerinnen für bissige Komödien. Man war sich immer noch nicht ganz sicher, ob man sie ernst nehmen konnte, aber man ging in die Aufführungen. Derzeit probte sie für Arnold Kerrys *Hyppolita* und wäre, soweit es ihren Beruf anging, rundum glücklich gewesen, wenn Paramount nicht gerade *Looking for Greta* verfilmen würde. Mit Greta Garbo in der Hauptrolle und Ernst Lubitsch als Regisseur. Sie hatte die Rolle kreiert, sie hatte Paramount mit *Armadale* bewiesen, was sie konnte, und der Witz, Garbo eine Garbo-Imitatorin spielen zu lassen, war doch billig. Daß Eddie Felton und Milo Sturges Paramount die Rechte verkauft hatten, ohne auf ihre Besetzung als Maria zu bestehen, war ein Dolchstoß in den Rücken, und sie hatte beschlossen, das Eddie nicht so schnell zu verzeihen. Mit Ausnahme dieser Wolke am Horizont war das Berufsleben für sie jedoch derzeit rundum erfüllend. Was Carla belastete und mit jeder Woche, die verging, mehr beschwerte, war die fortgesetzte Ungewißheit über Kathis Schicksal.

Vom Roten Kreuz ließ sich auch nach Monaten immer noch nichts erfahren, und zu hören, sie sei nicht die einzige mit verschollenen Freunden oder Verwandten in Europa, half nicht, es machte sie höchstens wütend. Dann las sie in der Zeitung, daß Lion Feuchtwanger in New York eingetroffen sei. Feuchtwanger war, genau wie Käthe und die übrigen Staatenlosen in Frankreich, im Mai erneut interniert worden, doch da er zu den wenigen in Amerika bekannten und beliebten deutschen Schriftstellern zählte, herrschte hier ein gewisses öffentliches Interesse an seinem Schicksal. Im September hatte die New York Times berichtet, er sei in

Paris unter der Guillotine hingerichtet worden. Nun stellte sich heraus, daß ihn das amerikanische Konsulat von Marseille auf Veranlassung Eleanor Roosevelts, die durch ein Photo von Feuchtwanger hinter Stacheldraht aufmerksam geworden war, aus Les Milles herausgeholt hatte. Gemeinsam mit Heinrich Mann, dessen Frau, Golo Mann sowie Alma und Franz Werfel war er zu Fuß über die Pyrenäen bis nach Portugal gelangt und hatte in Lissabon eines der letzten Schiffe nach Amerika nehmen können. In dem Artikel, den Carla las, stand, daß er eine Rede zur Eröffnung des Palästina-Pavillons in der Weltausstellung halten werde. Es war sehr weit hergeholt und nur ein Strohhalm, doch Käthe hatte immerhin einige Zeit für ihn gearbeitet, und Carla hielt es nicht für ausgeschlossen, daß Feuchtwanger oder seine Frau ihr in den letzten Monaten begegnet waren oder vielleicht von ihr gehört hatten.

Dr. Goldmann begleitete sie. Er hatte die Erlaubnis beantragt und erhalten, in Kalifornien praktizieren zu dürfen, und mit ihrer Hilfe ein kleines Haus in Santa Monica gefunden, das ihm gefiel. Eigentlich wollte er in den nächsten Jahren so wenig wie möglich reisen, es genießen, an ein und demselben Ort bleiben zu können, und wieder versuchen, wie ein normaler Mensch zu leben. Allein schon Polizisten oder anderen Uniformierten zu begegnen, ohne unwillkürlich Furcht und Abneigung zu verspüren, kostete Überwindung, und die englische Sprache bereitete ihm noch einige Probleme. Aber das wurde alles besser, und die milde, trockene kalifornische Luft, die Sonne und die Nähe des Meeres bekamen ihm. Unglaublich, jeden Tag schwimmen zu können, wenn man wollte. Das Salzwasser tat seinem Rücken gut, und allmählich fühlte er sich wieder seinem Alter gemäß, statt wie ein vorzeitiger Greis. Dennoch, die Reise nach New York hatte ihn einiges an Anstrengung und Nerven gekostet, mehr, weil es eine so ungewohnte Erfahrung gewesen war. Carla hatte darauf bestanden, daß er flog, statt drei Tage lang mit dem Zug unterwegs zu sein. Flugzeuge wurden als Verkehrsmittel immer populärer, doch Dr. Goldmann hatte noch nie in einem gesessen, hingegen alles über den Absturz der Hindenburg vor einigen Jahren gelesen.

»Das war ein Luftschiff«, versicherte ihm Carla, »ein Zeppelin, kein Flugzeug. Flugzeuge sind viel, viel sicherer.«

Als die Maschine abhob, hatte er sich fest an seine Sitzlehnen geklammert, und der Druck auf seinen Ohren verursachte ihm zunächst Übelkeit, doch nach einiger Zeit hatte Dr. Goldmann begonnen, die neue Erfahrung zu genießen. Die Fortschritte der Technik erstaunten ihn immer wieder. Im letzten Krieg waren Flugzeuge noch etwas Außergewöhnliches gewesen – er erinnerte sich an den Kult um den Roten Baron, Manfred von Richthofen –, aber nun wurden sie von Zivilisten benutzt, um einfach nur zu reisen. Oder, und die alte Beklemmung kehrte wieder zurück, während er das dachte, von Politikern. Hitlers Wahlkampf um das Amt des Präsidenten 1932 hatte vor allem auch durch die Verwendung eines Flugzeugs, mit dem er von Stadt zu Stadt flog, Aufsehen erregt. Kein anderer Politiker tat das, obwohl man hörte, daß es bei den Amerikanern so praktiziert wurde; angesichts dieses riesigen Landes war das auch verständlich.

In New York war es viel kälter als in Los Angeles, und er war dankbar, daß Carla ihm warme Sachen gekauft hatte. Trotzdem gefiel ihm die Stadt. Wieder Theater und Museen besuchen zu können, ohne nach seiner »Rasse« gefragt zu werden oder auf etwas wie die Ausstellung »entarteter Kunst« gefaßt sein zu müssen, war ein kleines Wunder für sich, und er ließ es auf sich einwirken. Der Hauptgrund seiner Reise nach New York war, Carlas Premiere beizuwohnen. Er hätte es nie zugegeben, aber er vermißte die Aufregung von Roberts Premieren, das Gefühl, dabei zu sein, mehr als nur ein Zuschauer zu sein. Und obwohl er es Carla nicht eingestand, fühlte er sich einsam ohne sie. Sie war das einzig vertraute Element in dieser neuen Welt, die einzige Verbindung zu seinem alten Leben, und er hatte Albträume, in denen er sich wieder in Berlin befand, in der Nacht, als rings um ihn die Hölle ausbrach, nur daß Robert diesmal nicht kam, um ihn zu holen, sondern ein Haufen gesichtsloser SS-Männer. Nach solchen Träumen war es beruhigend, Carla besuchen zu können, und sei es nur für ein paar Minuten; es gab ihm mehr als alles andere die Gewißheit, in Sicherheit zu sein.

Hin und wieder kam Dr. Goldmann die Befürchtung, sie könne ihn als lästig empfinden. Schließlich war er Roberts Ziehvater, nicht ihrer, und aus Pflichtgefühl gespendete Almosen waren ihm nach wie vor verhaßt. Eines Tages deutete er so etwas an, und sie schüttelte den Kopf.

»Ich habe Sie immer gemocht«, sagte sie, »aber jetzt ist es mehr als das. Sie kennen mich besser als jeder andere hier. Für den Rest sind Kathi und Robert nur Namen. Schauen Sie, wenn ich mit meinen hiesigen Freunden über Kathi spreche, dann tut sie ihnen zwar leid, aber es ist auch nicht viel anders für sie als die Berichte in den Zeitungen. Und was Robert angeht – man muß Robert kennen, um das zu verstehen.«

Einmal war Dr. Goldmann bei Carla Eddie Felton begegnet und hatte sich recht gut mit ihm unterhalten, bis Mr. Felton sich erkundigte, woher seine Bekanntschaft mit Carla rühre, um dann zynisch zu kommentieren: »Tja, wenn man weit genug sucht, haben wir wohl alle Nazis in der Familie.«

»Sie mißverstehen mich«, hatte Dr. Goldmann bestürzt erklärt, »mein Ziehsohn ist nicht Philipp Bachmaier, sondern Robert König.«

»Den meinte ich auch. Wer zum Teufel ist Philipp Bachmaier? Wie viele Nazis kennt das Mädchen eigentlich?«

Es war ein peinlicher Moment gewesen, aber zum Glück hatte sich Felton nicht darauf versteift, Näheres über Philipp Bachmaier zu erfahren, da Dr. Goldmann gekränkt erklärte, Robert sei kein Nazi.

»Doc, wir haben hier ein Sprichwort: Was schwarzweiß aussieht und stinkt, ist ein Stinktier. Jemand, der für die Nazis arbeitet und sich von ihnen bezahlen läßt, ist nach meiner Definition ein Nazi.«

Nein, er begriff durchaus, daß Carla mit ihren amerikanischen Freunden lieber nicht über Robert redete. Die Stimmung im Land schlug allmählich um, und Anfang September hatte Roosevelt in seinem Bemühen um den Abbau der Neutralitätsgesetze immerhin so weit Erfolg gehabt, daß er materielle Hilfe für Frankreich und England durchsetzen konnte.

Bei dem Promenieren durch die Weltausstellung schnappte er häufig Gesprächsfetzen auf, die sich um die Frage eines amerikanischen Kriegsbeitritts drehten. Allerdings schienen die meisten, die er hier hörte, dagegen zu sein, daß sich »unsere Jungs schon wieder für die da in Europa in die Nesseln setzen«. Je näher sie dem Palästina-Pavillon kamen, desto mehr hörte man jedoch auch Äußerungen, die befanden, man müsse »etwas tun«. Das Gebäude mit seinen Ausstellungsstücken, die man während des Wartens auf die Eröffnung jenseits der Absperrung erkannte, berührte ihn eigenartig. Dr. Goldmann war nie Zionist gewesen. Vor 1933 bezeichnete er, wenn man ihn darauf ansprach, die Vorstellung von einem neuen Staat Israel sogar unumwunden als töricht und regressiv. Ein in Deutschland geborener Jude war Deutscher, dachte er, ein in England geborener Jude Engländer, ein in Rußland geborener Jude Russe und so weiter. Jenseits eines gewissen historisch-kulturellen Konsenses gab es nichts Verbindendes; warum um alles in der Welt darauf beharren, man müsse gemeinsam in ein Wüstenland ziehen, das zivilisierte Europa hinter sich lassen und sich als Staatsgründer betätigen? München war seine Heimatstadt, nicht Jerusalem, und er war Arzt, nicht Landbebauer. Ganz abgesehen davon, daß Palästina alles andere als unbewohnt war. Außerdem würden die Engländer wohl kaum ihr Mandat aufgeben, Balfour-Erklärung hin, Balfour-Erklärung her, schließlich waren sie mit den Arabern verbündet. Nein, Dr. Goldmann sah in Palästina die Vergangenheit, nicht die Zukunft; es würde nie wieder eine jüdische Nation geben, doch die Juden aller Nationen konnten das Ihre dazu tun, Grenzen zu überwinden. Das war seine Überzeugung gewesen, bis Hitler an die Macht kam und ihm tagaus, tagein mitgeteilt wurde, daß er eben kein Deutscher sei, daß es sich ausschloß, gleichzeitig Deutscher und Jude zu sein.

Aber was, fragte sich Martin Goldmann und reckte den Hals, um etwas mehr erkennen zu können, bedeutete es, Jude zu sein? Zur Orthodoxie zurückzukehren? Zu dem reformierten Judentum seiner Eltern? Seine äußerst geringen Hebräisch-Kenntnisse aufzufrischen und anzufangen, die schmerzlich enttäuschte Liebe zu seiner alten Heimat auf einen Fleck Erde zu übertragen, den er nie zuvor gesehen hatte? Er wußte, daß Carla mit Feuchtwanger wegen Käthe sprechen wollte und deswegen hier war, doch er hoffte, daß sich die Gelegenheit fand, mit dem Mann auch über diese Fragen zu reden. Er kannte Feuchtwangers Romane, und gerade in den letzten, die er gelesen hatte, denen über den jüdischen Historiker Flavius Josephus, tauchten ähnliche Fragen wie die auf, die ihn beschäftigten. Außerdem stammte Feuchtwanger aus dem gleichen Milieu wie er; er würde es verstehen, auf eine Weise, wie weder Robert oder Carla noch die hiesigen amerikanischen Juden, die er kennengelernt hatte, es konnten.

»Da«, sagte Carla und deutete auf einen kleinen, bebrillten Mann, der von zwei Begleitern zu der Rednertribüne eskortiert wurde. Es war Jahre her, seit sie Lion Feuchtwanger und seine Frau in ihrem Berliner Haus gesehen hatte, und sie fand, daß er ähnlich rapide gealtert war wie Dr. Goldmann, hütete sich jedoch, das laut zu äußern. Die Stimme klang jedoch gleich, ungebrochen, lebhafter als die von Dr. Goldmann, und der bayerische Akzent war im Englischen kurioserweise sehr viel deutlicher als im Deutschen. Er dankte den Veranstaltern, die ihn begrüßten, und ging nach einigen einleitenden Sätzen zum Kern seiner Rede über.

»Wie manchen von Ihnen bekannt sein wird, hat mich in meiner Trilogie Josephus vor allem jene Auffassung des Judentums beschäftigt, die nach der Zerstörung des zweiten Tempels enstand. Ich habe versucht, mich einzufühlen in den kühnen Plan und die großartigen Ideen jener Doktoren, die da glaubten, es könne ein Volk zusammengehalten werden auch ohne Staat, durch gewisse gemeinsame Gebräuche und Überzeugungen, durch einen gewissen consensus omnium in bezug auf die wichtigsten Fragen des Seins. In diesen letzten Jahren habe ich mich manchmal gefragt, ob nicht vielleicht doch die Repräsentanten eines solchen mutigen Idealismus recht behalten würden gegen die Verfechter der Idee eines realen jüdischen Staates. Der Krieg, in dem wir jetzt stehen, zeigt, daß dauerhafte menschliche Bindungen nicht geschaffen werden können ohne gesunde materialistische Basis. Sie mögen sagen leider, Sie mögen sagen glücklicherweise, dieses eine Ergebnis des Krieges steht fest: ein Volk, welcher Art auch immer, kann nicht bestehen in einem luftleeren Raum, in dem nur Ideen wohnen. Ein Volk muß Boden haben, auf dem es stehen kann, einen Staat. Der Krieg, scheint mir, hat diese materialistische Überzeugung nicht nur in mir, sondern auch in vielen anderen wieder wach werden lassen. Der Krieg hat außerdem eine psychologische Situation geschaffen, dazu angetan, der Idee Zion auf Jahre, wahrscheinlich auf Jahrzehnte hinaus neues Leben zu geben. Er hat Millionen von Juden gezwungen, sich mit dem Problem Judentum neu auseinanderzusetzen. Hunderttausende sind fest entschlossen, nicht mehr in die Länder zurückzukehren, aus denen man sie verjagt hat. Sie wollen zu ihresgleichen, sie haben erkannt, wohin sie gehören: sie wollen nach Palästina.«

Unter dem Applaus, der sich zögernd erhob, hörte Carla Dr. Goldmann neben sich aufseufzen. Sie glaubte, es geschehe aus Ungeduld. Auch sie hoffte, daß die Rede bald vorbei sein würde. Die jüdische Psychologie war für sie im Moment von sekundärem Interesse, sie wollte nur endlich die Gelegenheit erhalten, mit Feuchtwanger zu sprechen, um ihn nach Kathi zu fragen. Zum Glück war der Mann kein langatmiger Redner; er machte tatsächlich nach nur ein paar weiteren Sätzen Schluß und erklärte den Palästina-Pavillon für eröffnet.

»Kommen Sie«, sagte sie zu Dr. Goldmann und zog ihn zu dem Platz hinter der Tribüne, wo Feuchtwanger nun stand, mit den Veranstaltern und einem Reporter plauderte und einige Bücher signierte, die man ihm hinhielt, während die Mehrzahl der Besucher in den Pavillon strömte. Sie wartete das Verschwinden des Reporters ab und stellte sich dann vor. Er brauchte eine Weile, bis er sich an sie erinnern konnte, aber Käthes Namen erkannte er sofort.

»Das Fräulein Brod«, sagte er traurig. »Nein, ich habe nichts von ihr gehört und sie auch nicht getroffen, und Marta ebenfalls nicht, das hätte sie mir erzählt. Aber wissen Sie, ich kann Ihnen Namen und Adresse des Mannes geben, der uns über die Grenze gebracht hat. Es handelt sich um einen Quäker aus Boston; er und seine Freunde bemühen sich immer noch, möglichst viele Flüchtlinge aus Frankreich herauszuholen. Wenn Fräulein Brod es geschafft hat, dann weiß er mit Sicherheit davon, und er kann auch unter den anderen Geretteten nach ihr fragen, er steht mit allen noch in Verbindung.«

Das war besser als nichts, obwohl sie wieder eine Hoffnung begraben mußte. Sie notierte sich die Adresse, unter der man mit Valerian Fry Kontakt aufnehmen konnte, dankte Feuchtwanger und wollte sich zurückziehen, als Dr. Goldmann sich neben ihr räusperte.

»Glauben Sie wirklich«, begann er, »daß… wir nach Palästina gehören? Haben Sie die Idee des Weltbürgertums aufgegeben?«

Feuchtwanger schüttelte den Kopf. »Nicht für mich. Das habe ich nicht gesagt. Persönlich bin ich der Ansicht, sich Zion zu wünschen ist besser, als Zion zu haben. Ein realer Staat Israel kann unmöglich das sein, was man sich von ihm erhofft. Aber er würde Millionen von Flüchtlingen Aufnahme bieten, und die brauchen sie dringend. Als ich den Hafen von Lissabon verschwinden sah, da dachte ich: Warum ich? Warum nicht einer von den Hunderten, Tausenden, die in der Stadt auf die Chance auszureisen warteten? Bei mir liegt es daran, daß ich Schriftsteller bin, und ich bilde mir ein, der Welt noch mindestens vierzehn Romane zu schulden, die erzählt werden müssen. Aber all die anderen brauchen einen anderen Schlüssel in die Freiheit... und Palästina könnte der Schlüssel sein.«

Auf dem Rückweg zu ihrer Wohnung fiel Dr. Goldmann auf, daß Carla ihr distanziertes Gesicht aufgesetzt hatte, und er fragte sie, ob etwas nicht stimme. Sie wußte nicht, wie sie es taktvoll formulieren sollte.

»Die Frage nach der jüdischen Identität... scheint Ihnen sehr wichtig zu sein«, sagte sie endlich. »Es überrascht mich ein wenig, das ist alles.«

»Du meinst, du verstehst nicht, wie ich daran denken kann, wenn es um Käthe geht, nicht wahr?« gab Dr. Goldmann zurück, und wieder einmal kam sie ihm sehr jung vor, obwohl sie mittlerweile dreißig Jahre zählte.

»Es vergeht kein Tag«, fuhr er ruhig fort, »an dem ich nicht an Käthe denke und mit der wenigen Religiosität, über die ich verfüge, darum bete, daß sie noch lebt und sich in Freiheit befindet. Sie... sie hat immer gewußt, wer sie ist und was sie vom Leben will. Ich weiß es nicht mehr, nicht nach allem, was geschehen ist, und ich versuche, es herauszufinden. Das kann ich tun, ohne deswegen weniger an Käthe zu denken, Carla. Du erfindest dich jeden Tag neu, das ist dein Beruf, du verstehst das vermutlich nicht. Aber ich bin nicht gewohnt, auf Treibsand zu leben, und seit ein paar Jahren tue ich nichts anderes mehr.«

Einer der heftigen, aus dem Nichts kommenden New Yorker Windstöße blies ihr Haar durcheinander, und während sie versuchte, es zu entwirren, schlug sie sich versehentlich die Brille vom Kopf. Dr. Goldmann bückte sich rasch und hob sie auf.

»Sie sind ein lieber Mensch«, sagte sie, was als Entschuldigung gedacht war, und weil Käthe einmal genau das gleiche zu ihm gesagt hatte, versuchte er, die plötzlich aufsteigenden Tränen wegzublinzeln.

Während dieses New-York-Aufenthaltes hatte Carla keine Wohnung gefunden, sondern war in ein Hotel gezogen, in dem sie auch Dr. Goldmann unterbrachte. Als sie in ihr Zimmer zurückkehrte, war sie allein. Auf dem Tisch neben der Couch lag auf einem silbernen Tablett die Post, die sie rasch überflog. Ein Brief von Charlotte Dieterle wegen des European Film Fund; eine Benachrichtigung vom Empfang, Miss Mendelssohn habe versucht, sie telefonisch zu erreichen; und ein Brief, der ihr von ihrer Adresse in Beverly Hills nachgeschickt worden war, ein Brief aus dünnem Papier, das sich abgegriffen, vielfach geknickt und brüchig anfühlte. Der ursprüngliche Absender lag in England, das sah man an den Briefmarken, also glaubte sie zunächst, es handle sich um Post von ihren walisischen Verwandten. Aber die Schrift war ihr neu, und schon an der Anrede erkannte sie, daß der Brief, so voll Rechtschreibfehler er auch steckte, nicht von einem Briten geschrieben worden war. Nach den ersten Zeilen setzte sie sich aufrecht hin und schloß die Augen; sie wollte nicht weiterlesen, denn jede Faser ihres Herzens sagte ihr, worauf es hinausliefe. Sie wünschte sich, schreien zu können, wie sie geschrien hatte, als sie den Polizisten neben ihrem Vater stehen und von Annis Tod erzählen sah. Schließlich zwang sie sich, die Augen wieder zu öffnen und den Rest der runden, leicht verschmierten Schrift, die den Eindruck machte, als habe ihre Verfasserin geweint, in sich aufzunehmen.

Als Carla, was noch nie vorgekommen war, nicht rechtzeitig zur Probe erschien, rief man im Hotel an, und die Empfangsdame kam auf die Idee, Dr. Goldmann, der gerade im Foyer Tee trank, zu fragen, ob er nicht nach Miss Fehr sehen wolle, sie werde erwartet. Verwundert und beunruhigt machte sich Dr. Goldmann auf den Weg zu Carlas Zimmer, klopfte und fand, daß sie die Tür nicht ganz geschlossen, sondern nur angelehnt hatte, so daß er eintrat. Sie saß auf der Couch, reglos, ohne auf ihn zu reagieren, und er erkannte sofort die Symptome. Früher hatte man das Schützengrabenneurose genannt, und er hatte sie bereits dreimal so erlebt, völlig in sich abgeschottet: als Robert sie aus der Villa ihres Vaters mitbrachte, während ihrer Krankheit zum Jahreswechsel 1932/33 und nach der Abtreibung, als sie außer Robert überhaupt niemanden wahrnahm. Er setzte sich neben sie. Ihre Hände waren eiskalt und der Puls flach. Die Pupillen waren geweitet, aber sie schien ihn noch immer nicht zu sehen.

»Carla«, rief er und versetzte ihr einen leichten Klaps auf die Wange, »Carla!«

Langsam wurde ihr Blick konzentrierter. Sie atmete ein paarmal tief ein und aus, dann sah sie ihn an, und der Ausdruck von Erbitterung und Zorn bestürzte ihn.

»Warum«, sagte sie heftig, »warum muß man euch erst Gewalt zufügen, bevor ihr aufhört, Märtyrer sein zu wollen? Ich hätte sie einfach zwingen müssen, mit mir zu gehen. Robert hat es bei Ihnen gekonnt. Warum ich nicht bei ihr? Wenn ich sie erpreßt hätte, wenn ich ihr vorgehalten hätte, daß sie nicht für mich da war, als ich sie brauchte, dann wäre sie jetzt hier!«

Er versuchte, ruhig zu bleiben, obwohl alles in ihm dagegen protestierte.

»Was ist geschehen?«

Carla öffnete ihre linke Hand, in der sie einen zerknitterten Briefbogen hielt. Sie wollte ihn an Dr. Goldmann weiterreichen, besann sich jedoch eines Besseren.

»Sie hat die Chance, sich zu retten, für eine Frau und deren Kinder aufgegeben«, sagte sie, »und ist in dem Lager zurückgeblieben. Das bedeutet, sie war noch dort, als die Wehrmacht eintraf.«

»Sie kann immer noch am Leben sein. In einem anderen Lager, aber am Leben«, stieß Dr. Goldmann hervor, und gleichzeitig wußte er, wie schwach dieser Trost war. Martinas Freundin, die kleine Schlosser, hatte sie ein Gebet gelehrt, das ihn jede Unze an Selbstbeherrschung gekostet hatte, als er es von Martina hörte. *Lieber Gott, mach mich fromm, daß ich nicht nach Dachau komm.* Käthe war eine gesunde, energische Frau, aber als Zwangsarbeiterin in einem der Lager, von denen er inzwischen nur allzu viele Gerüchte gehört hatte, würde ihre Lebensaussicht auf wenige Jahre begrenzt sein, immer vorausgesetzt, daß man sie nicht einfach erschossen hatte, wie einige der Menschen, die er bei der Flucht aus Berlin auf der Straße hatte liegen sehen. Die Vorstellung tat körperlich weh. Als Barbara starb, hatte er noch lange danach von ihr geträumt, und die Art, wie sich ihre Haut anfühlte, ihr Haar, der leichte Druck ihrer Finger, wie einen Phantomschmerz in einem amputierten Körperteil gespürt. Etwas Ähnliches empfand er jetzt, und er begriff es nicht, denn seine Empfindungen für beide Frauen waren sehr unterschiedlich gewesen, und bei Käthe hatte er nie mehr getan, als sie brüderlich zu umarmen.

»Nein«, sagte er, als ihm die Erkenntnis kam, »nein, das kann nicht sein.«

Er begann, den Oberkörper vor und zurück zu wiegen, ohne sich bewußt zu werden, was er tat, die Arme in dem verzweifelten Bemühen verschränkt, die Wirklichkeit abzuhalten, die Leere, den entsetzlichen Verlust. Es genügte, um Carla aus dem Rest ihres eigenen Schocks herauszuholen. Er hatte recht, ein Funke Hoffnung blieb, solange sie nicht wirklich wußten, daß Kathi gestorben war, und inzwischen mußte sie sich um ihn kümmern. Vielleicht wünschte sie sich insgeheim, nicht Dr. Goldmann hätte es nach Amerika geschafft, sondern Kathi, aber die Wahl hatte nie bestanden, und er gehörte zu den wenigen Menschen, denen sie wirklich nur Gutes wünschte. Jetzt in eine neue gefühlsleere Starre zu verfallen konnte sie sich nicht leisten, nicht, wenn es einen Menschen gab, für den sie die Verantwortung trug.

»Martin«, flüsterte sie, legte ihm die Arme um die Schultern und spürte, wie er am ganzen Leib bebte, »Sie sind nicht allein. Was auch geschieht, wie die Wahrheit auch lautet, wir sind beide nicht allein.«

»Ich habe es ihr nie gesagt«, murmelte er betäubt. »Ich habe es selbst nicht gewußt, und nun werde ich es ihr nie sagen können.«

Er spürte, wie sie eine seiner zu Fäusten verkrampften Hände löste und etwas in sie hineinlegte.

»Aber sie hat es gewußt«, erwiderte Carla leise. »Immer.«

27. KAPITEL

Für eine Achtjährige, dachte Robert, während er seine Tochter dabei beobachtete, wie sie sich von ihrer Mutter verabschiedete, war Martina klein. Bei zwei hochgewachsenen Eltern fiel das ins Auge. Monika starrte über Martinas Kopf hinweg zu Robert hinunter, der am Fuß der Treppe wartete, als sie Martinas Haarschleife geradezog, aber sie machte keine Anstalten, ihn zu begrüßen. Seit ihr neuer Ehemann zu Beginn des Rußlandfeldzuges eingezogen worden war und sie allein lebte, war sie wesentlich entgegenkommender, was die Abstimmung von Roberts Besuchszeiten mit seinem Terminkalender anging, weil es sie entlastete, wenn Martina ein paar Tage bei ihm wohnte. Doch das änderte an dem frostigen Klima zwischen ihnen beiden nichts. Er stellte fest, daß seine Schuldgefühle Monika gegenüber aufgebraucht waren. Sie hatte sich revanchiert; sie waren quitt. Immerhin, wenn er nicht gerade mit ihr sprach, empfand er keinen Haß gegen sie.

Martina trug ihren kleinen Koffer mit den Kleidern für die nächste Woche und weigerte sich, ihn ihm zu überlassen, als er es ihr anbot. Robert griff sich ans Herz.

»Bin ich wieder in Ungnade, Euer Majestät?« fragte er. »Verbannt aus dem Reich derer, mit denen man spricht?«

Sie krauste die Nase. »Keiner von den anderen Vätern benimmt sich so wie du«, verkündete sie mißbilligend. »Du machst immer aus allem einen Witz!«

»Die Welt wäre sonst nicht zu ertragen, Martinette.«

Der Spitzname war einer seiner wenigen Erfolge bei seiner Tochter. Sie hatte mit ein paar Freundinnen einen Geheimbund gegründet, und jede mußte einen Namen annehmen, der etwas mit dem ursprünglichen Namen zu tun hatte, aber sie haßte Verkleinerungsformen wie »Tinchen«, »Martinchen« oder »Tina«. Sie wollte etwas, das geheimnisvoll klang. Also hatte er eine Zusammenziehung aus ihren beiden Vornamen, Martina und Annette, vorgeschlagen, und das gefiel ihr sehr. Daß er sie so anredete, versetzte sie in bessere Stimmung, und sie erzählte ihm ein Weile von den neuesten Aktivitäten des »Bunds der schwarzen Rose«, bis sie wieder ernster wurde und eine Zeitlang schwieg.

»Warum bist du nicht im Krieg?« fragte sie plötzlich. »Die anderen Väter kämpfen alle. Conny sagt, wer nicht kämpft, ist ein Feigling. Sein Vater ist sogar Offizier, und er gibt ständig mit ihm an.«

»Nun, du hast schon einen Vater zum Angeben, Papa Larwitz«, entgegnete er, sich auf Monikas zweiten Mann beziehend. »Ich bin der Vater zum Ausschimpfen und Bonbon-Schenken. Das sind kriegswichtige Unternehmungen, und deswegen hat man mich freigestellt.«

»Da«, rief sie gekränkt, »du tust es schon wieder! Warum ist alles immer ein Witz?«

»Weil ich in der Hoffnung lebe, von dir auch einmal einen zu hören. Das muß dann aber ein wirklich guter sein, wegen der Seltenheit. Martinette, ich bin nicht an der Front, weil man Leute wie mich braucht, damit der Rest der Nation sich nicht langweilt oder ins Grübeln gerät. Und ganz ehrlich, ich bin froh darüber. Krieg ist kein Spiel, weißt du. Man bringt dabei Leute um und stirbt selber.«

»Aber Mama sagt, das machen Helden. Sie sagt, Papa Larwitz sei ein Held.«

»Hast du schon mal einen Toten gesehen?«

Martina schüttelte den Kopf, und ihr Vater versicherte ihr, er werde ihr erzählen, wie es sei, tot zu sein, aber nicht hier auf der Straße, sonst liefe sie ihm davon, und sie würden ihre Straßenbahn verpassen und nochmals zwanzig Minuten warten müssen. Früher hatte er sie mit dem Auto abgeholt, aber inzwischen war der Benzinverbrauch eingeschränkt. Man bekam nur noch eine bestimmte Anzahl an Benzinkarten, genau wie Lebensmittelkarten, und er hatte gelernt, sparsam damit umzugehen, da er sie beruflich brauchte. Sie wußte, daß er es ihr wirklich erzählen würde und nicht nur versuchte, es aufzuschieben. Das gehörte zu den Eigenarten ihres Vaters: Er erzählte einem immer alles, und manchmal mehr, als man wissen wollte. Als sie beispielsweise nach dem Grund für die Scheidung gefragt hatte, war Mamas Antwort auf »Das verstehst du nicht« hinausgelaufen, Papa dagegen hatte klipp und klar gesagt, es liege daran, daß ihre Eltern sich haßten. Manchmal haßte sie ihn auch, aber nicht mehr so wie in dem Jahr, als Dada verschwunden war und Mama so oft geweint hatte. Er konnte einen ärgern, aber es war nie langweilig mit ihm, er ließ sie so lange aufbleiben, wie sie wollte, und nahm sie zu Orten mit, wo sie sonst nie hinkam.

Am Bahnhof Nikolassee mußten sie umsteigen, und Martina sah eine ganze Gruppe von Leuten mit gelben Sternen auf den Mänteln dort stehen. Das war ungewöhnlich. In diesem Jahr waren die gelben Sterne aufgetaucht, aber nur ganz, ganz selten begegnete ihr jemand auf der Straße, der einen trug. So viele auf einmal hatte sie noch nie erlebt. Sie zupfte ihren Vater am Ärmel.

«Schau mal«, sagte sie. »Wieso sind das so viele? Und wieso tragen sie die Sterne überhaupt? Ist das ein Parteiabzeichen?« Das fragte sie, weil um die Gruppe herum ein paar Uniformierte standen. Robert blickte in die Richtung, in die ihr Finger wies, und zuckte zusammen. Er hatte sie nicht gesehen, oder besser: übersehen. Allmächtiger, es war so leicht geworden, sie zu übersehen.

»Sie tragen den Stern, weil es ihnen so befohlen wurde«, erwiderte er so sachlich wie möglich und versuchte, nicht heiser zu klingen. »Im Frühling hat man es allen Juden befohlen. Und es sind so viele, weil sie vermutlich gerade fortgebracht werden.«

»Die Juden sind unser Unglück«, rezitierte Martina automatisch, doch sie runzelte die Stirn.

»Kannst du dich noch an Dada Goldmann erinnern?«

Natürlich konnte sie das, versicherte sie gekränkt und haßte ihn wieder ein wenig, denn Dada war seinetwegen verschwunden, da war sie ganz sicher.

»Er ist Jude.«

Das hatte sie vergessen, obwohl sie es einmal gewußt hatte. »Fahren die Leute auch ins Ausland, so wie Dada?«

»Dada ist in Amerika, im Westen. Soweit ich gehört habe, bringt man diese Leute in den Osten.«

»Dahin, wo gekämpft wird?«

»Nicht ganz so weit.«

Es hatte im April begonnen, wenn er sich richtig erinnerte, kurz nachdem die Briten ihre Gegenoffensive flogen und die Luftwaffenangriffe und Bombardierungen vom letzten Jahr erwiderten. Plötzlich hieß es, um mehr Wohnungen für die deutsche Bevölkerung zu schaffen, würden so viele noch in Berlin verbliebene Juden wie dafür nötig nach Polen »evakuiert« werden. Er versuchte sich nicht vorzustellen, was sich hinter dem Wort »evakuiert« verbarg. Er hatte Gerüchte gehört. Unter der Hand, und gewiß nicht in allem zutreffend, aber es genügte, um Übelkeit in ihm auszulösen, wenn er daran dachte. Wie ein Mantra zählte er die Namen der Juden und Halbjuden auf, die er persönlich kannte und die entweder in Sicherheit waren oder zumindest im Augenblick nicht gefährdet, und versuchte, die übrigen an den Rand seines Bewußtseins zu drängen. Manchmal fiel es leicht; schließlich sah man sie kaum noch. Aber in diesem November war es unmöglich, nicht nur wegen der Gruppe dort am Bahnsteig.

»Weißt du was«, sagte er und wandte den Blick ab, »dein Freund Conny hat recht. Ich bin ein Feigling. Aber ich kann dir verraten, was ein echter Held täte, und es hat nichts damit zu tun, an der Front zu kämpfen. Ein Held würde jetzt zu den Leuten dort hingehen und entweder mit ihnen fahren oder versuchen, sie davor zu bewahren, überhaupt fahren zu müssen.«

Martina versuchte, zu begreifen, was er meinte. Sie hatte in der Schule gelernt, daß Juden böse Menschen waren, die nur im Sinn hatten, dem deutschen Volk zu schaden, aber die Leute dort drüben wirkten eingeschüchtert und ängstlich, gar nicht dämonisch, und Dada war bestimmt nicht schlecht gewesen. Dann klärte sich ihre Stirn.

»Aber den Leuten geschieht nichts Böses«, sagte sie bestimmt. »Sie haben schließlich SS-Männer als Schutz dabei. Und wenn sie nicht wegfahren wollen, dann müssen sie nur dem Führer schreiben. Der Führer weiß, was gut für uns alle ist. Er ist unser Retter.«

Zum Glück enthob ihn die eintreffende Straßenbahn einer Antwort. Doch in seinem Inneren festigte sich der Entschluß, ihr die Wirklichkeit auf eine Weise klarzumachen, die Monika und ihre Lehrer nicht mehr wegerklären konnten. Sie war alt genug. Er hatte mit acht schon seine Erfahrungen gehabt, was den Tod anging, und das Prinzip der Fememorde genau begriffen. Außerdem war er vielleicht der täglichen Propaganda in Radio und Zeitungen gegenüber taub geworden, aber sie aus dem Mund' seiner Tochter zu hören, riß die Wälle nieder, die er um sich gebaut hatte.

»Warst du schon einmal auf einer Beerdigung, Martinette?«

Sie schüttelte den Kopf und wies ihn darauf hin, daß sie ihm *schon einmal* gesagt hätte, sie habe noch nie einen Toten gesehen.

»Das eine schließt das andere nicht aus.«

Zunächst fuhr er mit ihr zu seiner Wohnung, damit sie ihren Koffer loswurde. Seit er gestern von der Angelegenheit erfahren hatte, hatte er mit dem Entschluß gekämpft, den er jetzt ausführte. Er blickte auf seine Uhr. Noch Zeit genug. Zu Martinas Überraschung nahmen sie das Auto; die Beerdigung, erklärte er ihr, finde in Stahnsdorf statt, und es lohne sich, dafür den Wagen zu nehmen.

»Wer wird denn beerdigt? Ein Freund von dir?« erkundigte Martina sich, während sie neben ihn auf den Beifahrersitz hopste. Er verbannte sie nie auf den Rücksitz, wie es Papa Larwitz früher getan hatte, bevor er an die Front mußte. Mama konnte nicht Auto fahren, und deswegen war der Ausflug, den sie gerade unternahmen, eine willkommene Rarität.

»Nein. Ich habe ihn kaum gekannt. Ich werde es dir erzählen, aber zuerst schulde ich dir noch die Beschreibung des Todes. Tote spüren nichts mehr, fühlen nichts mehr, sehen nichts mehr. Wenn man sie anfaßt, sind sie kalt und hart, es sei denn, man wartet noch ein paar Tage, dann werden sie langsam weich und schwammig und fangen an zu stinken. Im Krieg kann man nicht immer alle gleich beerdigen, also gibt es von der letzten Sorte eine ganze Menge. Ihr Fleisch wird grün und verwest, das heißt, es verfault, fällt ab, die Würmer graben sich durch.«

Martina zog eine entsetzte Grimasse, doch sie fand es auf gruselige Weise faszinierend. Auf jeden Fall etwas, mit dem sie ihre Freunde beeindrucken konnte.

»Aber… verfault wirklich jeder, wenn er stirbt?« fragte sie mit eingeschüchterter Stimme. »Du auch? Ich auch?«

»Jeder.«

»Aber ich dachte, wir kommen in den Himmel!«

»Da kommst du sicher hin, aber nicht mit deinem Körper. Der bleibt hier und füttert die Würmer. Die armen Viecher kriegen sonst nichts zu essen, das gehört einfach zur Aufgabe des Menschen.«

Sie grinste, doch dann ermahnte sie sich, daß sie ihn endlich dazu bekommen wollte, sie ernst zu nehmen, und dazu gehörte, nicht mehr über seine dauernden Witze zu lachen.

»Und der Mann, der beerdigt wird, der verfault auch?«

»Der auch. Er wird nicht allein beerdigt, Martinette. Seine Frau und sein kleiner Junge sind ebenfalls gestorben.«

»Oh. Das ist traurig.«

»Ja, das ist es.« Robert schwieg einen Augenblick und suchte nach der richtigen Ausfahrt zum Friedhof von Stahnsdorf. Als er sie gefunden hatte, sprach er weiter. »Der Mann war auch Schauspieler, wie ich. Er hieß Joachim Gottschalk, seine Frau hieß Meta und der kleine Junge Michael. Er war genauso alt wie du, ganz genauso alt. Aber im Gegensatz zu dir hatte er zwei Eltern, die einander sehr liebten und sich nicht scheiden lassen wollten, auch als es ihnen befohlen wurde.

»Aber *warum*?« Das verstand sie ganz und gar nicht. Geschieden zu werden war scheußlich, doch es beendete zumindest die dauernde Streiterei. Nur, wenn es keine Streiterei gab, dann bestand doch auch kein Grund... Sie beneidete den unbekannten Michael, weil seine Eltern nicht miteinander stritten, bis ihr einfiel, daß sie dafür jetzt alle tot waren.

»Weil Meta Jüdin war«, sagte ihr Vater sehr ernst, »und der Führer nicht will, daß Juden und Nichtjuden verheiratet sind, hat er Herrn Gottschalk befohlen, sich von seiner Frau scheiden zu lassen.«

Um ganz präzise zu sein, war die Anordnung von Goebbels gekommen. Joachim Gottschalk war nicht der einzige prominente Schauspieler mit einer Gattin, die nach den Kategorien des Regimes nicht »arisch« war, aber die meisten anderen hatten sich entweder bereits zu Beginn des Dritten Reiches scheiden lassen, wie Heinz Rühmann, oder es handelte sich bei ihren Lebensgefährten um sogenannte »Mischlinge ersten oder zweiten Grades«.

Einen Vorgeschmack auf das Schicksal der Gottschalks hatte das von Renate Müller geboten, der Goebbels sowohl die Abfuhr, die sie ihm erteilt hatte, als auch ihren jüdischen Freund, den sie regelmäßig zuerst in Paris und dann in London besuchte, nicht verzieh. Er griff nicht einfach zum Mittel des Arbeitsverbotes, dazu war sie zu beliebt. Statt dessen ließ er sie ständig beschatten, ließ die Drehbücher für ihre Filme in letzter Minute umschreiben, die für die Filme gefertigten Kostüme zurückziehen und lancierte das Gerücht, sie sei rauschgiftabhängig. Als sie an einem Gehirnschlag starb, setzte er noch hinzu, es sei Selbstmord gewesen. Das alles hatte sich, über Jahre hinweg, vor dem Krieg ereignet. Mittlerweile liefen die Dinge für Schauspieler, die sich dem Minister widersetzten, etwas schneller. Für Joachim Gottschalk hatte ihm, von der Weigerung an, sich scheiden zu lassen, nur ein Jahr genügt. Gottschalk bekam kleinere und kleinere Rollen, dann überhaupt keine mehr. Schauspieler, die nicht mehr spielten, wurden eingezogen wie alle anderen Männer auch. Und nach dem Einzug würden Meta und Michael Gottschalk »evakuiert« werden. Das alles war vielleicht zu komplex, um von Martina begriffen zu werden, aber das Grundprinzip konnte sie verstehen, und darauf kam es Robert an.

»Weil Herr Gottschalk aber seine Frau und sein Kind liebte und sich nicht von ihnen trennen wollte, trotz des Befehls, durfte er nicht mehr arbeiten. Doch das war immer noch nicht genug. Man hätte Frau Gottschalk und Michael weggeschickt, wie die Leute vorhin am Bahnhof, Martinette. Und um das zu verhindern, nahmen sie alle Schlaftabletten, drehten den Gashahn auf und brachten sich um. Herr Gottschalk, Frau Gottschalk und der Junge in deinem Alter. Sie sind tot, weil der Führer die Juden haßt.«

»Das stimmt nicht!« protestierte sie heftig. »Du mußt dich irren, Papa! Der Führer will nicht, daß die Leute sich umbringen... vielleicht«, schloß sie hoffnungsvoll, um aus der schrecklichen Geschichte herauszufinden, »hast du alles falsch verstanden, und Frau Gottschalk war eine von den bösen Juden, und sie hat ihren Mann und das Kind umgebracht.«

Robert schüttelte den Kopf. »Sie hat ihr Kind genauso lieb gehabt wie deine Mama dich. Nach allem, was ich über sie weiß, war sie ein ebenso guter Mensch wie Dada. Verstehst du, es könnte Dada sein, der heute beerdigt wird.«

Sie begann zu schluchzen. Mit geballten Fäusten und tränenüberströmtem Gesicht stieß sie hervor, sie hasse ihn. Obwohl sie es nicht zugeben wollte, hatte sie sich auf die Woche mit ihm gefreut, und nun erzählte er ihr eine furchtbare Geschichte, die alles auf den Kopf stellte und alles kaputtmachte. Mama hatte versprochen, sie zu einer Parade mitzunehmen, bei der auch der Führer anwesend sein würde, und jetzt würde sie ihn nicht anschauen können, ohne an einen toten Jungen in ihrem Alter und seine Eltern zu denken. Das war alles die Schuld ihres Vaters.

»Das tut mir leid«, entgegnete er, »aber du bist alt genug für die Wahrheit, oder willst du lieber wie ein Kleinkind behandelt werden?«

Sie weinte noch heftiger, und er warf ihr einen schuldbewußten Blick zu, aber er sagte nicht, daß die Geschichte nicht stimme, daß es sich um einen schlechten Scherz handelte. Sie spürte kaum, daß er den Wagen anhielt.

»Komm«, sagte er. Nur wenige andere Autos standen dort, und er sah, wie sich ein Mann die Nummern notierte. Es kam nicht überraschend. Deswegen hatte er mit sich gerungen, ob er an der Beerdigung teilnehmen solle. Auf Goebbels' Haßliste der nächste zu sein gehörte nicht zu den Dingen, die jemand mit gesundem Menschenverstand gern auf sich nahm, und außerdem hatte er Gottschalk nur sehr oberflächlich gekannt. Doch als er Martina nach den Leuten mit dem gelben Stern fragen hörte, wußte er, daß er eine Grenze erreicht hatte. Es mußte Dinge geben, die man nicht bereit war zu tun, und Dinge, die man tat, selbst wenn sie einen alles kosten konnten, sonst lebte man nicht mehr, sondern existierte nur noch. Gottschalk, das hätte er selbst sein können, wenn Dada noch hier wäre, und der kleine Michael Martina. Nun wußte er zumindest, daß sein Verhalten heute für Martina keine Konsequenzen haben würde, nicht bei ihrem erzloyalen Stiefvater, der in Rußland für den Endsieg kämpfte, und ihrer bekanntermaßen im Unfrieden von ihm geschiedenen Mutter. Er konnte sich nicht einreden, um Martinas oder Dr. Goldmanns willen auf seinen weiterhin gesicherten Status in der Film- und Theaterwelt Wert legen zu müssen. Auch die Hermiaden hingen nicht mehr nur von ihm ab. Nein, die Entscheidung, zu Gottschalks Begräbnis zu gehen, mußte er allein mit seinem Gewissen ausmachen, und es war eine schmerzhafte Entdeckung, daß er immer noch eines hatte.

Martina blieb zunächst ein wenig zurück, und er fürchtete, sie werde sich in das Auto flüchten und nicht mehr herauskommen, aber am Ende ließ sie sich bei der Hand nehmen und zu den wenigen übrigen Trauergästen führen. Gustav Knuth, der beste Freund des Toten, und seine Frau, René Deltgen, Brigitte Horney und Wolfgang Liebeneiner. Gottschalk, der Star ohne Staralüren, war einmal sehr beliebt gewesen, nicht nur beim Publikum. Es hätten viel, viel mehr Menschen kommen müssen. Aber jedem Schauspieler in Berlin war mitgeteilt worden, die Teilnahme an Joachim Gottschalks Beerdigung sei unerwünscht, unerwünscht vom Minister für Volksaufklärung und Propaganda. Am Grab stand eine tiefverschleierte Frau in Schwarz, die wohl Gottschalks Mutter war, neben ihr ein Mann in SS-Uniform. Robert stellte sich neben Brigitte Horney, die er von allen am besten kannte, und machte eine fragende Kopfbewegung zu dem SS-Mann hin.

»Der Bruder von Joachim«, flüsterte die Horney.

Das war eine Überraschung. Der Mann machte ein versteinertes Gesicht, nur seine Unterlippe zitterte sichtlich. Der sehr nervös wirkende Pfarrer kam, um ihm und seiner Mutter die Hand zu schütteln, dann begann er mit der Beerdigung, die nur ein paar Minuten dauerte. Während der ganzen Zeit blieb Martina still. Sie hatte zu weinen aufgehört, und ihre Hand in der seinen rührte sich nicht mehr. Dada würde vermutlich den Kopf schütteln und ihm vorwerfen, er sei brutal zu dem Kind. Aber Robert fragte sich, wieviel Zeit er noch hatte, um überhaupt etwas zu sein. Ganz abgesehen von den heutigen Vorkommnissen, konnte ihn morgen ein Ziegelstein treffen, und dann wuchs Martina mit nichts als den Lügen von der schönen, neuen, arischen Welt auf. Er war vielleicht kein guter Vater, doch er konnte ihr zumindest etwas von der Wahrheit mitgeben.

Die kleine Trauergemeinde löste sich nach den Beileidsbezeugungen rasch auf. Gustav Knuth, der einmal für Roberts *Julius Caesar* vorgesprochen, aber dann andere Verpflichtungen hatte einhalten müssen, sah ihn an und zitierte aus dem Stück: »*Gehab dich wohl, mein Brutus, für und für!/ Sehn wir uns wieder, lächeln wir gewiß,/ Wo nicht, so war dies Scheiden wohlgetan.*«

»Was hat er damit gemeint, Papa?« fragte Martina, als sie wieder in seinem Wagen saßen. Also sprach sie wieder mit ihm.

»Willst du das wirklich wissen?« Er streckte den Arm zu ihr hinüber, zog an ihrer Schleife und löste sie auf. »Oder soll ich dir ein nettes Märchen erzählen? Mit so rotgeschwollenen Augen kannst du nicht gut sehen, und ich wollte dich heute noch ins Kino mitnehmen.«

Sie biß sich auf die Lippe. »Ich will's wissen. Aber das ist doch dann die letzte schreckliche Geschichte heute, oder?« setzte sie bittend hinzu.

»Ganz gewiß. Er hat einen Satz aus einem Theaterstück gesagt, in dem zwei Freunde voneinander Abschied nehmen, die sich entweder siegreich wiedersehen oder überhaupt nicht.«

Ihre Augen, von einem tiefdunklen Blau, wie es ganz ihr eigen und von keinem ihrer Eltern ererbt war, weiteten sich, und sie schluckte.

»Meint er, du stirbst vielleicht? Wie Herr Gottschalk?«

»Eigentlich meinte er uns alle, die wir bei der Beerdigung waren, außer dir«, fügte er beruhigend hinzu. »Und nein, ich glaube nicht, daß wir sterben. Aber es könnte sein, daß wir bald keine Rollen mehr bekommen, und dann hast du doch noch zwei Väter an der Front.«

Er überlegte, wie realistisch eigentlich die Idee zur Desertation war. An der Ostfront überhaupt nicht; ihn schauderte bei dem Gedanken an einen sibirischen Gulag. Und im Westen wurde derzeit kaum mehr gekämpft, außer bei der Luftwaffe, und er konnte nicht fliegen. Um zu desertieren, brauchte es eine akzeptable feindliche Armee. Sich für Hitler umbringen zu lassen oder andere umzubringen war eine scheußliche Vorstellung, aber wenn die einzige Alternative darin bestand, Stalin in die Hände zu fallen… Sei kreativ, befahl er sich. Da mußte es doch noch andere Möglichkeiten geben. Auf illegale Weise in die neutrale Schweiz zum Beispiel, über die Berge. Das wäre ideal, mit Dieter und Jean-Pierre als Bürgen, die einen doch wohl vor der Wiederauslieferung bewahren würden. Ja, das war der beste Plan für den Notfall.

Der Gedanke versetzte ihn wieder in etwas bessere Stimmung, und er begann, Martina eine Geschichte über die Unfälle bei seinem letzten Film zu erzählen, um sie aufzuheitern. Nachdem er *Macbeth* wie versprochen im Eiltempo gedreht, abgeliefert und einen beachtlichen Erfolg damit erzielt hatte, war das Stierkämpferepos unter der Regie von Gustav Ucicky an die Reihe gekommen, wobei der Versuch, Babelsberg in ein glaubwürdiges Spanien zu verwandeln, zu allerlei Malheurs führte, ganz zu schweigen davon, daß die arme Marianne Hoppe mit schwarzer Perücke eine glutäugige Flamenco-Tänzerin abzugeben hatte, weil die ursprünglich für diese Rolle vorgesehene Marika Rökk nicht zur Verfügung stand.

»Also mußte Marianne in aller Eile Flamenco lernen, ganz zu schweigen von meiner Wenigkeit. Wir sahen zusammen wie zwei Tanzbären aus, aber der Ucicky wollte es ja nicht anders haben.«

Sie kicherte bei der Vorstellung von ihm als Tanzbären, und er riskierte es, sie erneut mit einer Zigarette aus ihrem Ohr zu necken.

Martina streckte ihm die Zunge heraus, und sie entspannten sich alle beide ob dieser Wiederherstellung des Status quo. Der Film, den er für sie ausgesucht hatte, war schon ein paar Jahre alt, wurde jedoch wegen seiner Beliebtheit immer wieder gezeigt und gefiel auch ihr: *Der Mann, der Sherlock Holmes war.*

»Kennst du Hans Albers auch, Papa?«

»Das will ich meinen. Er hat mal in einem meiner Filme mitgespielt. Da fällt mir ein, du kennst ihn ebenfalls, mein Schatz, intim sogar. Er hat dir die Windeln gewechselt.«

»Hat er nicht!« rief sie, halb entzückt, halb peinlich berührt.

»Hat er doch. Frag deine Mutter, sie hat Photos gemacht.«

Zum Abendessen lud er sie und sich bei Astrid ein, der er mit einem entschuldigenden Lächeln eine seiner Lebensmittelkarten aushändigte, denn er wollte nicht, daß sie seinetwegen in Schwierigkeiten kam. Ihr Mann befand sich, wie Martinas Stiefvater, an der russischen Front, aber ihr Sohn verhinderte durch seine Anwesenheit wirkungsvoll, daß das Gespräch auf Joachim Gottschalk kam. Lediglich als er in den Keller ging, um eine neue Flasche Most hochzuholen, kam sie ihm nach und fragte leise: »Bist du gegangen?«

»Ja.«

»Mit dem Kind? Oh, Robert, du weißt doch, was das für Konsequenzen haben kann.«

Lieber das, als wie Astrid vor ihrem eigenen Sohn ständig die Zunge im Zaum halten zu müssen, dachte er, sagte es jedoch nicht laut, denn dazu hatte er Astrid zu gern.

Dennoch gab es einen Moment, in dem er bereute, was er getan hatte. In der Nacht wurde er durch lautes Schluchzen geweckt. Er hatte gewöhnlich einen sehr festen Schlaf, aber aus irgendeinem Grund vertrug er es selbst im Schlummer schlecht, jemanden weinen zu hören. Das Geräusch kam aus dem Gästezimmer, wo er Martina einquartiert hatte, und als er es betrat, sah er, daß sie wach war. Er setzte sich zu ihr auf den Bettrand, und sie warf die Arme um seinen Hals, was sie gewöhnlich nie tat.

»Bitte stirb nicht!« sagte sie beschwörend. »Bitte, Papa, stirb nicht! Ich hab geträumt, du liegst in einem von den drei Särgen und verfaulst, und da bin ich aufgewacht!«

Robert König, der Welt kompetentester Pädagoge. *Warum* hatte es die Natur nur eingerichtet, daß er Vater werden konnte?

»Ich sterbe nicht. Ich bin sehr, sehr gut im Überleben. Man könnte sogar sagen, es ist das, was ich am besten kann, gleich nach Regieführen und Theaterspielen, versteht sich.« Er zwickte sie in die Nase. »Du sprichst mit dem besten Überlebenskünstler aller Zeiten, vertrau mir.«

Sie schniefte. »Wenn du Mama liebgehabt hättest«, wisperte sie, »und der Führer dir befohlen hätte, dich scheiden zu lassen, hättest du uns dann auch alle umgebracht?«

Beruhigend strich er ihr über das Haar und überlegte sich eine akzeptable Antwort, die keine neuen Albträume auslöste. »Damit es ganz genau das gleiche gewesen wäre, hätte Mama Jüdin sein müssen, und dann hätte ich wohl versucht, schon lange vorher mit euch ins Ausland zu fliehen.«

»Wie Dada Goldmann. Deswegen hast du ihn weggeschickt«, stellte sie fest. Er nickte.

»Sind wir Volksschädlinge?« fragte sie. »Mimi sagt, die Leute, die ins Ausland geflohen sind, seien alles Volksschädlinge.«

»Nein. Das sind nur Leute, die anderer Meinung sind als der Führer. Aber weißt du was – das bleibt besser unser Geheimnis. Wenn du Mimi oder Conny oder sonst einem deiner Freunde erzählst, daß ich das gesagt habe, muß ich vielleicht doch noch ins Ausland und kann dich nicht mitnehmen. Und ich würde dich wirklich sehr vermissen.«

Der letzte Satz beruhigte sie mehr als alles Vorangegangene. Sie zweifelte nicht daran, daß ihre Mutter sie liebte, und Dada Goldmann hatte sie auch liebgehabt, aber bei ihrem Vater war sie sich nicht sicher. Einmal hatte sie Mama und Papa Larwitz belauscht, und Mama hatte gerufen: »Prozessieren? Ha! In Wirklichkeit ist er froh, daß er uns los ist. Robert hat nie eine Familie gewollt.«

»Wirklich?« wiederholte sie und hoffte, daß er nicht wieder einen Witz machen werde.

»Wirklich«, bestätigte er und hielt sie weiter fest.

»Ich verrate nichts«, sagte sie plötzlich, denn sie begriff inzwischen sehr wohl, daß ihr Vater doch ein Volksschädling und anderer Meinung als der Führer war und fortgeschickt werden würde wie die Leute am Bahnhof, wenn sie das erzählte. Selbst wenn sie manchmal böse auf ihn war, wollte sie nicht, daß er verschwand. »Pfadfinderehrenwort«, fügte sie hinzu, einen seiner Lieblingsausdrücke entlehnend. Er küßte sie auf die Wange und ließ sie los, und mit einemmal überwältigte sie die Angst davor, wieder an die drei Särge denken zu müssen, so sehr, daß sie ihre Scham überwand und flüsterte:

»Papa … bleibst du da, bis ich wieder eingeschlafen bin?«

»Wenn du möchtest«, entgegnete er, legte sich zu ihr und erzählte ihr mit seiner warmen, einlullenden Stimme eine Geschichte über eine Prinzessin namens Miranda, die auf einer einsamen Insel aufwuchs, mit einem Vater, der zaubern konnte und eines Tages einen Sturm heraufbeschwor, der eine Menge Leute an Land spülte. Die Geschichte spann einen sicheren Kokon um sie, der sie vor ihrer Furcht schützte, und noch ehe er an das Ende gelangte, war sie eingeschlafen.

Der Tod von Joachim Gottschalk und seiner Familie hatte eine Wirkung bei den Schauspielern, die von Goebbels so nicht vorausgesehen worden war. Dem Schock und der Furcht des ersten Tages folgte ein Sturm von Entrüstung und Scham. Ganz gleich, wie sie zu dem Regime standen, die Mitglieder der Film- und Theaterwelt hatten sich mit ihm arrangiert. Das Regime schmückte sich mit seinen Stars, und die Stars ließen sich zum größten Teil durchaus nicht ungern durch Einladungen zu Empfängen hofieren, ganz zu schweigen davon, daß Goebbels persönlich für seine nicht nur den Film betreffende Vorliebe für Schauspielerinnen berühmt war, die ihm den Spitznamen »Der Bock von Babelsberg« eingebracht hatte. Als er am Tag nach Gottschalks Beerdigung einen Empfang gab, erwartete er, daß die Geladenen wie üblich, vielleicht etwas eingeschüchtert, erscheinen würden. Plötzlich lauter Absagen zu erhalten war ein ungewohnter Schock. Sein Kultursenator und Sonderbeauftragter, Hans Hinkel, der Gottschalk den Befehl, sich scheiden zu lassen, überbracht hatte, wurde offen geschnitten, und als Goebbels in Babelsberg erschien, traf er nur auf eisige Mienen und stumme Ablehnung. Zudem vermittelte ihm der SD Berichte von nichts als aufsässigen Gesprächen.

Das alles war höchst beunruhigend. Schauspieler waren ein karrierebedachtes, selbstsüchtiges Völkchen, die wußten, was gut für sie war. Wenn sie es dermaßen vergaßen, stellte das ein schlechtes Omen für den Rest dar, und außerdem waren Anzeichen von Rebellion ganz und gar nicht gut für den Kulturbetrieb. Ganz abgesehen davon, daß er wirklich in die Filmwelt vernarrt war und sie nicht missen wollte. Also entschied er sich, nach dem Gottschalk-Fiasko gut Wetter zu machen. Er verkündete, Gottschalk habe die Nerven verloren, mit der Reaktion habe keiner rechnen können, was so nahe an eine Entschuldigung herankam, wie es Goebbels möglich war. Es gab keine weiteren Aufforderungen mehr, nichtarische Ehepartner loszuwerden, und die Teilnehmer an Gottschalks Beerdigung mußten keine Konsequenzen tragen. Nun ja, fast keine. Gottschalks Bruder, der SS-Mann, der nicht zur Welt des Films und des Theaters gehörte, wurde von der Partei ausgeschlossen. Und Robert König wurde mitgeteilt, man benötige zwar weiterhin seine Dienste als Schauspieler, doch als Regisseur dürfe er mit keinem einzigen Engagement, weder beim Film noch beim Theater, mehr rechnen.

Es war ein herber Schlag für Robert, doch er kam nicht unerwartet, und mit *irgend etwas* hatte er gerechnet. Gemessen an dem Anlaß war es ohnehin beschämend harmlos. Gottschalk und seine Familie waren tot, und die Zahl der Menschen mit dem aufgezwungenen gelben Stern, denen man begegnete, nahm weiter stetig ab. Das einzig positive Resultat seines Verhaltens lag für ihn darin, daß sich das Verhältnis zu seiner Tochter gebessert hatte und sie nicht länger blind alles nachplapperte, was sie in der Schule und im Radio hörte. Sie mußte sogar ihrer Mutter die Teilnahme an Gottschalks Beerdigung verschwiegen haben, denn sonst hätte er sicher einen erzürnten Telefonanruf von Monika erhalten. Bei Martinas nächstem Besuch riskierte er es, sie zu dem wöchentlichen Essen mitzunehmen, das die Hermiaden unter sich veranstalteten und bei dem nicht nur Neuigkeiten ausgetauscht wurden. Er ließ sie die Tasche voller Lebensmittel mittragen, die er brachte, und sie fragte, ob sie denn auch beim Kochen mitmachen würden.

»Nein, das hat Nina schon erledigt. Aber einige von meinen Freunden bekommen keine Lebensmittelkarten für Obst oder Fleisch oder weißes Mehl. Deswegen legt der Rest von uns immer zusammen, was sich entbehren läßt.« Er grinste. »Und mir insbesondere schadet eine Diät nie!«

»Wieso bekommen sie kein Obst und kein Fleisch?«

»Was denkst du?« fragte er ernst.

»Oh.« Im Flur von Ninas Haus fielen ihr die Mäntel mit den gelben Sternen auf, aber sie sagte nichts mehr dazu. Die Hermiaden, wenn auch nicht deren Ehepartner oder Lebensgefährten, kannten Martina alle, doch ihre Anwesenheit hier rief ein paar beunruhigte Blicke hervor.

»Hältst du das für klug, Chef?« fragte Helmut.

»Ich halte es für besser als die Alternative. Ich sehe sie ohnehin kaum einmal im Monat, und genau in dieser Zeit den treuen Parteigenossen zu spielen gehört nicht zu meinen zugegebenermaßen beschränkten Vorstellungen vom Vatersein.«

»Hier geht es aber nicht nur um dich, Robert«, gab Helmut ungeduldig zurück.

»Ich weiß, doch du unterschätzt sie. Martina kann schweigen, nicht wahr, Martinette?«

Sie nickte. Nicht zu schweigen bedeutete, ihren Vater überhaupt nicht mehr zu sehen, und Mama, die sich Sorgen um Papa Larwitz machte, wurde von Tag zu Tag pingeliger und strenger. Außerdem war sie bei aller Aufgewecktheit und dem Schock des Begräbnisses noch zu jung, um das Verhalten ihres Vaters und seiner Freunde nicht mit Geheimbünden und Räuberromantik in Verbindung zu bringen, und beides übte einen großen Reiz auf sie aus. Als das erste Mal jemand in ihrer Hörweite einen politischen Witz riskierte, wenn auch einen von den harmloseren, lachte sie mit, obwohl sie ihn nicht ganz verstand, denn sie begriff, daß sie in dem Geheimbund akzeptiert worden war.

»Wassereinbruch bei Görings«, sagte Friedel, der wie Helmut im Staatstheater am Gendarmenmarkt arbeitete, nur als Bühnentechniker. »Das Hausmädchen meldet, Badezimmer und Küche seien überflutet. Darauf Göring: Man bringe mir meine Admiralsuniform!«

Als Scherz über Görings Ordens-, Titel- und Uniformsucht war es nicht einmal besonders bissig, aber weil sie alle immer noch wegen Gottschalk bedrückt waren, zählte es viel, überhaupt wieder lachen zu können. Es klingelte, und Astrid, die wegen ihres Sohnes etwas später kam, stürzte herein.

»Kinder«, rief sie, »ihr glaubt nicht, was ich gerade im Radio gehört habe. Die Japaner haben Hawaii angegriffen. Die Amerikaner befinden sich jetzt auch im Krieg!«

Martina bemerkte, daß jedermann betreten dreinschaute, besonders ihr Vater, und fragte, was denn Krieg zwischen Japanern und Amerikanern mit ihrem Krieg hier zu tun habe. Sie wußte, wo Japan und Amerika auf der Weltkugel lagen, Mama hatte es ihr einmal gezeigt. Es war ganz weit weg.

»Die Japaner sind unsere Verbündeten«, erklärte Nina.

»Haben wir Amerika auch den Krieg erklärt?« fragte ihr Vater Astrid. »Oder wurde das nicht erwähnt?«

»Nein, davon sagte der Nachrichtensprecher nichts. Aber Robert, du weißt, daß es unausweichlich ist.«

Er nickte, und Martina entdeckte, daß sich seine Hände um die Tischkante verkrampft hatten. Sie überlegte, warum er es schwerer zu nehmen schien als die übrigen bei Tisch, zögerte eine Weile und fragte ihn dann offen.

»Meine beste Freundin lebt in Amerika«, erwiderte er, »und jetzt werde ich ihr noch nicht einmal mehr schreiben können.«

Vier Tage nach dem japanischen Angriff auf Pearl Harbour erklärte das Deutsche Reich den USA den Krieg, und in Hollywood änderten sich schlagartig die Prioritäten. Bisher war man Skripts, welche die europäische Gegenwart thematisierten, eher aus dem Weg gegangen, trotz des mittlerweile immensen Zustroms von Emigranten nach Los Angeles, die ihr Glück früher oder später alle bei der Filmindustrie versuchten. Die Methode von Bruno Frank, in seinem Drehbuch für den *Glöckner von Notre-Dame* das Motiv der verfolgten Zigeuner als durchsichtige Allegorie für die verfolgten Juden einzuschleusen und Esmeralda ein leidenschaftliches Plädoyer für die Aufnahme ihres Volkes an die Staatsgewalt halten zu lassen, war lange Zeit die einzig erfolgreiche Variante, um die Abneigung der Studiooberhäupter gegen »politische« Themen zu überlisten. Mit dem Dezember 1941 änderte sich das. Filme mit politischen Themen waren nun ein patriotischer Kriegsbeitrag, die entsprechenden Drehbücher erhielten ungeahnte Förderung, und Carla war nur eine von vielen Schauspielerinnen europäischer Herkunft, die auf einmal eine Flut von Angeboten für Projekte wie *Mein Mann, der Nazi-Spion, Helden in Frankreich* oder (die Universal-Variante) *Sherlock Holmes gegen die Nazis* erhielt.

»Nun, das schafft doch Abwechslung«, sagte Eddie Felton sarkastisch, als sie eine weitere Tennis-Partie hinter sich gebracht hatten und an der ziemlich leeren Bar des britischen Clubs saßen. Die Engländer hatten einmal den größten Anteil der europäischen Kolonie gestellt, aber inzwischen waren die meisten der jüngeren, wie Laurence Olivier, Vivien Leigh oder Herbert Beaumont wegen des Kriegs in ihre Heimat zurückgekehrt, und nur die älteren, wie Boris Karloff oder Charles Laughton, waren noch da.

»Deine unterbeschäftigten Freunde brauchen nicht mehr den European Film Fund in Anspruch zu nehmen, die Schauspieler unter ihnen können jetzt Nazis spielen, die Schriftsteller deutsche Dialoge für den Hintergrund schreiben, und du spielst statt einer ungarischen Unterweltdame, die Sherlock Holmes bedroht, die Chefin eines deutschen Spionagerings, den Holmes aufdeckt. Das Drehbuch mußte übrigens ich umschreiben, weil der arme Maurice kein Wort Deutsch spricht und Darryl Zanuck eine Abneigung gegen Emigranten hat.« Er grinste. »In meiner Variante stirbst du viel stilvoller, und du brauchst kein einziges Mal ›Heil Hitler‹ zu sagen.«

»Nein, aber ›mein Leben für Gott und den Führer‹. Du kennst dich wirklich nicht mit dem nationalsozialistischen Vokabular aus, Eddie. Gott wird nicht erwähnt.« Sie nippte an ihrem Sodawasser. »Aber die Geschichte ist ohnehin ein Witz«, fuhr sie fort. »Wenn ich nicht schon ja gesagt hätte, bevor sie das Drehbuch änderten… Weißt du, wir haben alle jahrelang versucht, die Leute hier auf das, was in Deutschland geschieht, aufmerksam zu machen, und jetzt stellen sie die Nazis in eine Reihe mit den Vampiren, Werwölfen und Mumien als filmische Schreckgespenster.«

»Nun ja, du bist die Expertin. In Vampiren, Werwölfen, Mumien… und Nazis. Ich nehme an, das Kokettieren über den Atlantik hinweg ist jetzt vorbei?«

»Eddie«, sagte Carla mit trügerischer Sanftmut, »du hast nicht die geringste Ahnung, wovon du redest. An deiner Stelle würde ich das Thema wechseln, wenn du möchtest, daß ich je wieder eine Zeile von dem spreche, was du verfaßt hast, und ich meine nicht dieses dämliche *Holmes*-Drehbuch!«

Unter anderen Umständen wäre das der gegebene Anlaß für Eddie Felton gewesen, sich weiter über ihre deutschen Verbindungen lustig zu machen, denn er fand sie sehr reizvoll, wenn sie wütend auf ihn war, aber es gab etwas, um das er sie bitten wollte, also gab er nach. Statt dessen erzählte er ihr, daß durch die Änderung der Holmes-Gegner von kriminellen Ungarn zu nationalsozialistischen Spionen leider auch die Beschäftigung von Bela Lugosi als rechte Hand der Schurkin entfallen sei. Der Produzent hatte ihm bereits gekündigt und ihn durch Albert Bassermann ersetzt.

»Aber Bela kann ohne weiteres einen Deutschen spielen, und er braucht die Arbeit!« sagte Carla entgeistert. »Sein einziges anderes Angebot derzeit ist ein *serial*!«

»Tja, es scheint, daß unser aller Paul Kohner mit seinem Hymnus auf Bassermann als das Genie der deutschen Bühne erfolgreich war… Bassermann braucht die Arbeit ebenfalls, und *er* nimmt kein Morphium.«

Normalerweise hätte Carla sich darauf gefreut, mit einem wirklich hervorragenden Schauspieler wie Bassermann zu arbeiten, den sie in Deutschland nur als Zuschauerin gekannt hatte, und er brauchte die Arbeit in der Tat, doch in diesem Fall war es eine

Loyalitätsfrage. Boris Karloff hatte sich wie sie auch in Theaterrollen etablieren können, aber das einzige, was Bela Lugosi, einstmals führender Schauspieler des ungarischen Staatstheaters, in dieser Richtung angeboten wurde, waren Tourneen mit der Bühnenversion von *Dracula*. Weil sie wußten, daß er es nötig hatte, handelten ihn Universal und die kleineren Produktionsgesellschaften, die sich ebenfalls an Horrorfilmen versuchten, von Mal zu Mal auf niedrigere Gehälter herunter, und selbst wenn das Morphium bisher seine Disziplin nicht beeinträchtigt hatte – er erschien immer pünktlich und gab sein Bestes, ganz gleich, wie bizarr die Rolle auch ausfiel –, so zeigte es doch erkennbare Auswirkungen. Sein Gedächtnis ließ nach, und lange, mehrsilbige englische Worte fielen ihm immer schwerer. Außerdem war man in Hollywood zwar an Trinker gewöhnt, und Alkoholismus galt als akzeptabel, wo man sich im allgemeinen mit »*Let's have a drink*« begrüßte, aber Drogensucht war tabu.

»Tut mir leid«, sagte Eddie in seinem aufrichtigsten Tonfall. »Ich weiß, wie du den alten Knaben magst. Du kannst ja versuchen, mit Marty Feldman zu sprechen. Wenn du willst, erkläre ich ihm, daß nur Lugosi dieser Rolle gerecht werden könne, aber ich glaube nicht, daß er mir das abkauft.«

Carla warf ihm einen mißtrauischen Blick zu. »Raus damit. Warum bist du auf einmal so nett zu mir?«

»Ich *bin* nett. Na schön, und ich brauche deine Hilfe.« Während sie die Arme verschränkte, musterte er sie nachdenklich.

»Weißt du eigentlich, daß ich Jude bin?«

»Nein, das wußte ich nicht. Du hast mich ja auch nie gefragt, was ich bin.«

»Und du bist…?«

»Religionslos. Mein Vater stand auf Kriegsfuß mit der Kirche, sonst wäre ich wahrscheinlich Katholikin.«

»Darling, du und ich wissen beide, daß ich nicht von der Religionszugehörigkeit gesprochen habe. Es ist eine traurige Tatsache, aber dein Führer hat in den letzten zehn Jahren die Welt erfolgreich dazu gebracht, sich die Frage nach dem, was einen Juden ausmacht, neu zu stellen. Was mich angeht, ich wußte lange Zeit überhaupt nicht, daß ich einer bin. Mein Vater kam genau wie die anderen Produzenten als osteuropäisches Einwandererkind in das Land, fest entschlossen, amerikanischer als amerikanisch zu werden und sich nie, nie wieder von den Kosaken dabei erwischen zu lassen, Jude zu sein. Ergo bot er seinem Sohn nur das, was er für amerikanisch hielt. Du kannst dir vielleicht meine Überraschung vorstellen, als mich jemand in meinem Internat darauf aufmerksam machte, da bekanntlich alle Hollywood-Produzenten Juden seien, müsse ich auch einer sein. Das war das erste, was ich davon hörte, und die nächsten Jahre tat ich eigentlich mein Möglichstes, um es wieder zu vergessen. Aber steter Tropfen höhlt den Stein. Ich glaube, 1939 begann ich zu entdecken, daß ich doch Jude bin. Und mittlerweile bin ich so weit, daß ich deswegen etwas tun will.«

»Wenn ich dich in die Flüchtlingskomitees bringen soll – gerne. Jede Hilfe ist willkommen und außerdem dringend nötig.«

Er schüttete den Kopf. »Zweifellos, nur bin ich schon einen Schritt weiter. Die Aufnahme in Gastländer für die Flüchtlinge ist gut und schön, aber wer sagt denn, daß in den Ländern nicht auch einmal ein Hitler auftaucht? Ich würde das selbst für Amerika nicht ausschließen. Nein, die Juden brauchen ein eigenes Land. Wir brauchen ein eigenes Land, und zwar nicht unter einem britischen Protektorat. Wenn es wieder eine jüdische Nation wie andere Nationen auch gibt, einen Staat wie andere Staaten auch, dann wird der Antisemitismus seine Basis verlieren.«

In New York war aufgrund eines Artikels dieses Inhalts, den er geschrieben hatte, ein Vertreter der Untergrundorganisation Irgun, die in Palästina für einen jüdischen Staat kämpfte, mit Eddie Felton in Verbindung getreten und hatte ihn gebeten, in Hollywood dringend benötigte Spenden für die Sache zu organisieren. Der erste Anlauf verlief erfolglos, was Felton, der seinen Zynismus keineswegs verloren hatte und seine Produzenten kannte, nicht weiter überraschte.

»Mayer sagte nein, Goldwyn sagte nein, Harry Warner warf mich aus seinem Büro, und Jack fand es genauso unsäglich wie mein Vater, daß ich unseren britischen Verbündeten in den Rücken fallen will. Und allesamt hatten sie natürlich Angst. So etwa alle fünf Jahre kommt immer wieder eine Zeitung auf die Idee, gegen den jüdischen Einfluß in Hollywood zu wettern, und wie schon erwähnt – den Herren sitzt die Furcht vor den Kosaken noch im

Genick. Also dachte ich, du packst es anders an und gehst zur zweiten Generation, deiner Generation.«

Der einflußreichste unabhängige Produzent der zweiten Generation in Hollywood war David Selznick, nach seinem phänomenalen Erfolg mit *Vom Winde verweht*, dem Bürgerkriegsepos, das zusammen mit der ebenfalls von Selznick produzierten *Rebecca* im Vorjahr sämtliche Oscars abgeräumt hatte, unbestritten auf dem Gipfel seines Einflusses.

»David hört sich meine Bitte an, ein Dinner zu finanzieren, bei dem für die Sache gespendet werden soll, und das restliche Hollywood dazu einzuladen, weil es *seiner* Einladung garantiert folgt, und legt dann die erwartete Platte auf, die ich selbst oft genug gespielt habe. Er sehe sich als Amerikaner, nicht als Jude, sei stolz darauf, Amerikaner zu sein, und es sei albern, vorzugeben, plötzlich Jude samt jüdischer Seele zu sein.«

Eddie lächelte. »Aber ich war vorbereitet, und ich kenne David. Er wettet nun mal gerne. Ich schlug ihm vor, daß er mich drei Personen seiner Wahl, alles Nichtjuden, anrufen und sie fragen läßt, ob sie David Selznick als Amerikaner oder als Juden betrachten. Wenn auch nur einer der drei mit »Amerikaner« geantwortet hätte, dann hätte ich mit gebeugtem Kopf verschwinden müssen, doch ich war mir meiner Sache ziemlich sicher, und ich wollte David etwas beweisen. Wenn nicht, dann erklärte er sich bereit, mein Spendendinner zu organisieren. Tja, und alle drei von David genannten Herren bezeichneten ihn als Juden, während er einigermaßen fassungslos dasaß und mithörte. Mir gefiel die Antwort von Leland Hayward am besten. In der charmanten Weise, die Agenten nun mal an sich haben, beschwerte er sich über die dämliche Frage und meinte dann, was um alles in der Welt mit David los sei, er sei ein Jude, und er wisse es.«

Er schaute auf die Münze, die er bereits zur Bezahlung seines Drinks auf die Theke gelegt hatte. »Soviel zum großen Schmelztiegel und der Gleichheit. Jedenfalls habe ich jetzt meinen Gastgeber, und nun fehlen mir nur noch die Gäste. Flüchtlingskomitees sind eine Sache, aber wenn es um den Zionismus geht, dann zieren sich die Leute in dieser Stadt, und um mich nicht nur auf David zu verlassen, wollte ich dich bitten, mit so vielen deiner Kollegen wie möglich zu kommen. Für die Presse sind nun mal Schauspieler interessanter als Produzenten oder Drehbuchautoren, und wir brauchen auch Publicity.«

Carla zögerte. Seine Überlegungen leuchteten ihr durchaus ein, und sie empfand ohnehin jedesmal Schuldgefühle, wenn sie an die jüdischen Flüchtlinge, ihre eigene Sicherheit und daran, daß sie einmal fast der Versuchung zurückzukehren erlegen wäre, dachte. Aber sie hatte ihre Probleme mit dem Zionismus.

»Hast du«, erwiderte sie endlich, »eigentlich daran gedacht, daß in deinem zukünftigen jüdischen Staat eine Menge Nichtjuden wohnen – und ich meine nicht die paar Soldaten der britischen Armee?«

Eddie winkte ab. »Die Araber haben bisher von der jüdischen Besiedlung nur profitiert. Sie haben das Land nicht kultiviert, das waren die Kibuzzim, und was ihre primitive Lebensweise angeht...«

Er brach ab, als er sah, wie Carla mit einem erheiterten Ausdruck den Kopf schüttelte.

»Glaub, was du willst, aber du bist doch in erster Linie Amerikaner«, bemerkte sie. »Du hörst dich genauso an wie die Siedler in meinen Kinderbüchern, wenn sie den Indianern zu ihrem eigenen Besten das Land weggenommen haben.«

»Wie kommt ein kleines deutsches Mädchen denn zu Wildwestgeschichten? Ich dachte, ihr Teutonen lest als Kinder nur Heldensagen.«

»Falsch gedacht. Wir lesen vor allem Karl May. Robert und ich zumindest. Das hat meine unverbrüchliche Sympathie für die Indianer geweckt, und ich muß sagen, ich war sehr enttäuscht, als ich seinerzeit hier eintraf und keine vorfand, bis ich mal eine Reise nach Arizona machte. Diese Reservate sind deprimierend. Schwebt dir das für die Araber vor?«

»Nein, natürlich nicht. Sie werden sich entweder integrieren oder auswandern, schließlich gibt es genügend andere arabische Länder im Mittleren Osten. Um offen zu sein, nachdem der Mufti von Jerusalem offen Hitler als Retter der Menschheit gepriesen hat, bricht mir nicht gerade das Herz wegen der Araber. Kommst du nun zu meinem Dinner?«

»Ja. Aber ich weiß noch nicht, ob ich etwas spende.«

»Vielleicht gelingt es mir«, sagte Eddie und zwinkerte ihr

851

zu, »dich doch noch zu überzeugen. Mit etwas privater Initiative.«

An diesem Nachmittag warteten nur das neue Drehbuch für *Sherlock Holmes gegen die Nazis* und die Leere auf sie, die sie empfand, wenn sie an Käthes Verschwinden und den Verlust der Verbindung zu Robert dachte, und sie konnte etwas Ablenkung gebrauchen. Also erwiderte sie, er könne es ja versuchen, und da ihr Haus das nächste war, fuhren sie dorthin. Aber ihre Stimmung schlug schlagartig um, als sie Lucy, Mrs. Nakamura und die beiden Jungen in ihrem Wohnzimmer fand. Seit Nancys Tod hatte Carla die Verbindung zu den Nakamuras nie abreißen lassen; sie besaßen einen Schlüssel und kümmerten sich um ihr Haus, wenn sie in New York war. Doch sie waren viel zu höflich, um ohne vorherige Einladung oder Benachrichtigung einfach aufzutauchen, so daß Carla sofort wußte, daß etwas nicht stimmte. Mrs. Nakamura weinte, die Jungen schauten bedrückt drein und Lucy sehr, sehr wütend.

»Carla«, sagte sie ohne Umschweife, »ist dieser Präsidentensohn, von dem du mir erzählt hast, noch in Hollywood?«

Carla schüttelte den Kopf und setzte sich zu Mrs. Nakamura, während Lucy begann, auf und ab zu gehen, und Eddie Felton peinlich berührt und resigniert zugleich aussah, als wisse er genau, was vorging.

»Schade«, antwortete Lucy heftig. Sie verfügte nicht über Nancys fragile Schönheit, sondern glich mit ihrem flächigen Gesicht und den schmalen Augen eher, wie sie freimütig zugab, dem Mann im Mond, doch ihre natürliche Fröhlichkeit und Lebenslust verliehen ihr im allgemeinen eine große Anziehungskraft. Im Moment allerdings war davon nichts zu spüren. Sie sprühte vor Zorn. »Sonst hätte ich dich nämlich gebeten, eine Audienz zu arrangieren, damit ich fragen kann, womit wir das verdient haben!«

Mit einem Ruck zog sie einen amtlich aussehenden Brief aus ihrer Handtasche. »Den hat Papa heute bekommen. Er muß innerhalb einer Woche sein Haus und sein Geschäft verkaufen, und dann bringt man uns – uns alle – in ein Internierungslager in Arkansas. Weil die Sicherheit des Landes es so verlangt, steht hier. Außer Mama sind wir alle im Land geboren und amerikanische Staatsbürger, das dachte ich jedenfalls, aber jetzt ist das nicht mehr so, jetzt sind wir ›von japanischer Abkunft‹.«

»Pearl Harbor war ein Riesenschock«, sagte Eddie Felton begütigend, der sich den Nakamuras gegenüber Nancys wegen immer etwas unbehaglich fühlte, obwohl Carla ihnen nie erzählt hatte, daß es sich bei ihm um den Mann handelte, in dessen Zimmer sie gestorben war. »Es ist eine Maßnahme, um die Bevölkerung zu beruhigen, weil sie eine japanische Invasion an der Westküste befürchtet.«

Einer der Jungen räusperte sich. »Aber wir sind Amerikaner«, sagte er. »Wir würden eine Invasion genauso bekämpfen wie jeder andere. Ich und mein Vetter Cary haben uns sofort nach Pearl Harbor freiwillig gemeldet, und wissen Sie, was uns der Rekrutierungssergeant gesagt hat? Wir sind doch nicht verrückt, wir wollen keine Japse!«

»Was ist mit den Italienern?« stieß Lucy hervor. »Oder den Deutschen? Die werden nicht interniert, nicht wahr? Oder hast du auch so einen Bescheid bekommen, Carla?«

»Nein. Ich darf nach acht Uhr abends nicht mehr ausgehen und muß mich einmal im Monat auf der nächsten Polizeistation melden, das ist alles. Dergleichen Beschränkungen sind im Krieg verständlich, aber … bist du sicher, daß ihr das nicht falsch verstanden habt, Lucy? Laß mich den Brief mal lesen.«

»Nichts haben wir falsch verstanden«, murrte Lucy, doch sie reichte Carla den Brief.

Sie hatte recht. In dem Schreiben stand unmißverständlich, daß Nakamura, T., sich mit seiner Ehefrau, Nakamura, M., seinen Töchtern und seinen Söhnen in einer Woche an der Bahnstation (Beschreibung lag bei) einzufinden habe, um nach Camp Rohwer, Arkansas, transportiert zu werden, wo er aufgrund der Notverordnung betreffs japanischer Staatsbürger und amerikanischer Staatsbürger japanischer Abstammung für den Rest des Krieges zur Sicherheit des Landes und seiner eigenen Sicherheit bleiben werde.

»In der Schule haben sie uns angespuckt«, sagte der jüngere Bruder plötzlich. »Wegen Pearl Harbor. Ich hab geschworen, daß wir damit nichts zu tun hätten, daß ich noch nie in meinem Leben in Japan war, aber die anderen Jungen haben nur gesagt, dann eben unsere Vettern und Onkel, die hätten die Leute in Pearl Harbor umgebracht.«

Carla tat ihr Möglichstes, um Mrs. Nakamura zu trösten und die jüngeren Nakamuras zu beruhigen, doch sie verstand es selbst nicht. Soweit sie wußte, hatte sich bisher keine Feindseligkeit gegen die Deutschen unter den europäischen Flüchtlingen erhoben, und sie konnte aus eigener Erfahrung bestätigen, daß ihr dergleichen nie begegnet war. Selbst Amerikaner wie Eddie, die dazu neigten, alle in Deutschland lebenden Deutschen für Nazis zu halten, zeigten den hier lebenden gegenüber kein antideutsches Ressentiment. Was die Regierungsverordnungen anging, sie schränkten ihre persönliche Freiheit etwas ein, und sie war nicht gerade entzückt darüber, nach acht Uhr nicht mehr ausgehen zu dürfen oder künftig für Reisen nach New York um polizeiliche Erlaubnis ersuchen zu müssen, aber sie verstand es und nahm es nicht weiter übel. In Kriegszeiten galten andere Regeln. Es war der Preis dafür, daß sie staatenlos geblieben war; diejenigen Deutschen wie Ernst Lubitsch, die schon längst die amerikanische Staatsbürgerschaft besaßen, waren von den Verordnungen nicht betroffen.

»Das ist so lächerlich«, sagte sie aufgebracht, nachdem die Nakamuras wieder gegangen waren und sie ihnen versprochen hatte, einen anständigen Käufer für ihr Haus zu finden, damit sie es nicht zu einem Schleuderpreis veräußern mußten; es sprach sich, meinte Lucy erbittert, nämlich schnell in der Bevölkerung herum, daß die Japaner keine andere Wahl hatten. »Es hat den Franzosen nichts, aber rein gar nichts gebracht, die Deutschen zu internieren, es hat nur einer Menge Menschen Freiheit und Leben gekostet. Selbst wenn die Japaner morgen hier angreifen, welche großen Sabotageakte sollten Leute wie die Nakamuras denn begehen, und weswegen? Das ist ihre Heimat.«

Eddie schlenderte zu der Glastür hin, die zum Garten hinausführte.

»Hast du gehört, wie die japanische Armee sich in China verhält?«

»Dafür können aber doch die Nakamuras nichts! Ich habe auch gehört, daß die deutsche Armee in Rußland Zivilisten zu Hunderten erschießt, und mich hat noch keiner dafür verantwortlich gemacht.«

»Du verstehst es nicht«, entgegnete Eddie, und sein Ton war frei von Ironie oder Spott, »weil du aus Europa stammst. Ihr führt dort ständig Krieg gegeneinander, und alle paar Jahrzehnte verwüstet ein Land das andere. Hier ist das nicht mehr seit dem Bürgerkrieg geschehen, und die Anwesenheit der letzten ausländischen Truppen auf amerikanischem Boden liegt sogar noch viel länger zurück. Seit dem Unabhängigkeitskrieg gab es nichts mehr, was man eine Invasion hätte nennen können. Deswegen war die Bombardierung von Pearl Harbor auf eine Art furchterregend, die ihr Europäer einfach nicht begreift. Die Leute haben Angst, und sie wollen Regierungsmaßnahmen sehen, mit denen sie etwas anfangen können.«

»Aber warum dann nur die Japaner und nicht auch wir?«

Sie erinnerte sich an Nancys Bemerkungen über Rassismus und daran, Nancy oft für überempfindlich in diesem Punkt gehalten zu haben. Doch nun fand sie keine andere Erklärung, und Eddie bestätigte ihre Vermutung.

»Weil man Asiaten ihre Herkunft ansieht«, erwiderte er direkt. »Euch nicht.«

In den nächsten Tagen kam ihr der Gedanke, eine Petition zu verfassen, in der Hoffnung, die Namen von Berühmtheiten würden vielleicht etwas ausrichten, doch nur wenige ihrer Bekannten, die ihre japanischen Gärtner oder Chauffeure im allgemeinen bereits entlassen hatten, waren bereit, sie zu unterzeichnen. »Um Himmels willen«, sagte Liesl Frank zu ihr, »wir sind hier selbst nur geduldet. Wir haben kein Recht, uns zu beschweren, wir sind Gäste, und Gäste sagen dem Gastgeber nicht, wie er sich zu verhalten hat.«

»Meine Liebe«, meinte Bela Lugosi, »ich unterschreibe gerne, aber ich halte es für sinnlos. An wen willst du die Petition überhaupt schicken?«

»Paul hat immer noch die Adresse von Roosevelt juniors Privatwohnung in Washington.«

Mutmaßlich war es sinnlos, aber sie konnte nicht vergessen, welche Folgen die Internierung als feindliche Ausländerin für Kathi gehabt hatte. Der Vergleich hinkte, das wußte sie. Doch ein Unrecht damit zu entschuldigen, daß irgendwo viel größeres Unrecht geschah, hinkte ebenfalls. Am Ende schickte sie ihre Petition mit fünf Namen ab, brachte Karloff dazu, das Haus der Nakamuras zu kaufen, was insofern eine Erleichterung war, als ihre eigenen finanziellen Verhältnisse wegen des European Film Fund den Erwerb für eine faire Summe nicht ohne Schwierigkeiten zugelassen hätten, und half den Nakamuras beim Packen. Nicht, daß sie viel mit sich nehmen durften. Selbst Mrs. Nakamuras tragbare Nähmaschine war nicht gestattet. Mr. Nakamura bestand darauf, Carla die meisten seiner Bücher zu schenken, obwohl sie zumindest dafür bezahlen wollte, und von den Kindern erhielt sie die Schallplatten.

»Die kauft eh keiner«, sagte Lucy nüchtern. »Es sind eine Menge mit japanischen Songs, und wer will die jetzt schon hören?«

Die Familienalben nahmen ebenfalls viel zuviel Platz weg, also entfernte Mrs. Nakamura die wichtigsten Photos und überließ Carla den Rest. Wieder, wie schon einmal in Wales, dachte sie, daß man sich seine Familie wählte. Die Nakamuras gehörten dazu. In den Alben zu blättern und dabei Nancy zu sehen, wie sie von einem bezopften Mädchen zu einer schönen jungen Frau wurde, selten lächelnd, immer mit dem Hauch von Traurigkeit in den Augen, tat weh, aber nicht mehr so wie früher, und sie brachte es nicht über sich, die Alben einfach fortzuschaffen. Sie erhielten ihren Platz in ihrem Haus.

Am Tag, nachdem sie die Nakamuras zum Zug begleitet und versprochen hatte, zu schreiben und Pakete mit den Dingen zu schicken, die im Lager fehlten, erhielt sie zum ersten Mal Besuch von zwei Agenten des F.B.I.

»Special Agent Dulmer, und dies ist Agent Lucsly. Miss Fehr, wir müssen Ihnen leider ein paar Fragen wegen der Petition stellen, die Sie dem Sohn des Präsidenten geschickt haben. Man hat daraufhin Ihre Personalien überprüft. Können Sie uns verraten, warum Sie nie die amerikanische Staatsbürgerschaft beantragt haben?«

Sie gab ihre Erklärung. Den geübt ausdruckslosen Gesichtern der Agenten ließ sich nicht entnehmen, was sie dachten. Als nächstes wurde sie nach ihrem Interesse an der Notverordnung betreffs der Japaner gefragt und nach ihrer Verbindung zu den Nakamuras. Das alles hielt sich im Rahmen dessen, was sie erwartet hatte, als sie die Agenten sah, aber dann bewegten sich die Fragen auf ein anderes Gebiet.

»Sie haben in den vergangenen Jahren eine rege Korrespondenz mit deutschen Freunden unterhalten, ist das richtig? Dürfen wir dem entnehmen, daß Sie Ihre Heimat nicht im Unfrieden verlassen haben?«

»Nicht im Unfrieden mit einigen meiner Freunde. Aber ich mißbillige das nationalsozialistische Regime und habe es immer mißbilligt.«

»Hm. War unter den Freunden, mit denen Sie korrespondierten, eigentlich auch Philipp Bachmaier?«

Er sprach den Namen völlig falsch aus, Bakmeyr, aber es war unmißverständlich, wen er meinte.

»Nein«, entgegnete sie kühl.

»Bei Ihrer ursprünglichen Einreise in dieses Land haben Sie Mr. Bachmaier als nächsten lebenden Verwandten angegeben, als Ihren Schwager, ist das richtig?« Er wartete ihre Bestätigung kaum ab, ehe er seinem Kollegen zunickte, der geräuschvoll in seinen Aufzeichnungen blätterte und verkündete: »Ihnen ist doch gewiß bekannt, Miss Fehr, daß Mr. Bachmaier zu den deutschen Industriellen gehört, die in enger Verbindung mit dem angeblich von Ihnen mißbilligten Regime stehen?«

»Es war einer der Gründe für den Abbruch unserer familiären Beziehungen.«

Agent Lucsly hüstelte. »Wenn Sie das sagen. Wissen Sie eigentlich, daß die Firma Bachmaier & Fehr nach den Informationen des polnischen Untergrunds mittlerweile eine ihrer Fabriken in Polen unterhält, unter Einbeziehung von Zwangsarbeitern aus der jüdischen Bevölkerung dort?«

Sie starrte ihn entsetzt an, froh, daß sie saß und nicht stand. Übelkeit breitete sich in ihrem Mund aus.

»Nein«, erwiderte sie und zwang sich, es lauter zu wiederholen, »nein, das wußte ich nicht.«

»Das finde ich… interessant. Vor allem angesichts des Umstands, daß die Firma Bachmaier & Fehr Sie als Miteigentümerin anführt. Wollen Sie ernsthaft behaupten, daß Herr Bachmaier«, fragte Agent Dulmer höhnisch, »von sich aus auf die Idee kommt, Ihnen dreißig Prozent an einem deutschen Rüstungsbetrieb zu übertragen, und Ihnen dann nie etwas davon erzählt? Warum sollte er das wohl tun, wenn Sie die Beziehungen zu ihm schon vor Jahren abgebrochen haben?«

Das konnte, das durfte nicht der Wahrheit entsprechen. Eine kalte innere Stimme teilte ihr jedoch mit, daß es sehr wohl möglich war, daß Philipp, in der festen Überzeugung, Deutschland werde den Krieg gewinnen, möglicherweise glaubte, er tue ihr damit einen Gefallen und werde ihre Rückkehr vorbereiten. Und was die Agenten über den Einsatz von Zwangsarbeitern gesagt hatten, klang nur allzu wahrscheinlich.

Carla hatte das Gefühl zu ersticken. Aber nicht vor diesen beiden Herren. Das Grauen mußte warten, bis die beiden wieder fort waren, und sie würde ihnen gewiß nicht die Genugtuung gönnen, sie zusammenbrechen zu sehen. Wie die Zeitungen derzeit oft genug verkündeten, war dies ein freies Land, und sie schuldete ihm zwar Dankbarkeit für seine Gastfreundschaft, aber keine Auskünfte über ihr Privatleben. Sie maß die Agenten mit dem Blick, mit dem sie als Lydia Gwilt Douglas Fairbanks in die Knie gezwungen hatte.

»Wenn Sie mich etwas Bestimmtes fragen wollen, meine Herren, dann tun Sie es, aber vielleicht kann ich uns allen etwas Zeit ersparen. Ich spioniere weder für Hitler noch für den Tenno, ich unterstütze die Kriegsziele der Alliierten voll und ganz und empfinde keine wie auch immer geartete Loyalität gegenüber der nationalsozialistischen Partei. Und seit Amerika in den Krieg eingetreten ist, unterhalte ich auch keine Verbindungen nach Deutschland mehr, und bereits Jahre davor keine finanzieller Art, wie Sie sehr leicht feststellen können, wenn Sie meine Konten überprüfen. Über eine Beteiligung an einem Rüstungsbetrieb bin ich nicht informiert, und sollten Sie damit recht haben, weise ich sie in jeder Form zurück, die Sie wollen, schriftlich, im Radio oder auf der Leinwand. Das dürfte alles sein, was die Regierung der Vereinigten Staaten im allgemeinen und Sie im speziellen etwas angeht.«

»Nicht sehr kooperativ«, murmelte Agent Lucsly.

Dulmer erhob sich von dem Sessel, in dem er Platz genommen und ihren Kaffee getrunken hatte. »Wir werden Sie im Auge behalten.«

»Gut«, entgegnete Carla und schenkte den beiden ihr strahlend-
stes Filmstarlächeln, obwohl es sie hart ankam. »Das wünscht sich
jede Schauspielerin von ihrem Publikum.«

28. Kapitel

Im vierten Kriegsjahr war es nichts Ungewöhnliches mehr, zu nächtlicher Stunde aus dem Schlaf gerissen zu werden, nur geschah es gewöhnlich durch den Fliegeralarm. Obwohl Robert um zehn Uhr abends so gut wie nie schlief, tat er es diesmal; er war in den beiden Nächten zuvor überhaupt nicht zum Schlafen gekommen, und ab der nächsten Woche würde es damit auch wieder vorbei sein, dann begannen die Proben für *König Lear* in einer Inszenierung, für die man ihn als Edmund engagiert hatte. Deswegen stimmte ihn das Pochen an der Tür mehr ärgerlich als ängstlich, obwohl man in diesen Tagen nie sicher sein konnte, daß es sich nicht um die Polizei handelte. Zuerst wollte er es ignorieren, dann fiel ihm ein, daß Helmuts Freundin Lisa, die zur Zeit bei ihm auf dem Sofa nächtigte, bis man einen sicherern Ort für sie gefunden hatte, nie wagen würde, zur Tür zu gehen. Das Pochen hielt an, also stand er auf, warf sich den Bademantel über und verließ sein Schlafzimmer. Lisa war hellwach, und in dem hellen Mondlicht, das durch das Wohnzimmerfenster fiel, sah man deutlich das Weiß in ihren aufgerissenen Augen. Robert deutete zu seinem Schlafzimmer; sie nickte, nahm ihre Decke mit und sperrte sich dort ein, während er zur Wohnungstür ging und durch das Guckloch zu erkennen versuchte, um wen es sich überhaupt handelte. Was er sah, verblüffte ihn genug, um zu öffnen, ehe er sich eines Besseren besann.

»Wissen Sie, Philipp, daß Sie mich einmal mitten in der Nacht aufsuchen würden, hätte ich mir auch nicht träumen lassen. Sind Sie sicher, daß Sie keiner beobachtet? Das könnte die Leute auf Ideen bringen.«

Er war nicht sicher, ob der Mann ihn gehört hatte. Abgesehen von wenigen kurzen Momenten, hatte er Philipp Bachmaier noch nie in einer so derangierten, aufgelösten Verfassung erlebt. Philipp hatte sehr offensichtlich ebenfalls seit längerem nicht mehr geschlafen, die Augen lagen tief in den Höhlen, das Kinn war unrasiert und die Haltung die von jemandem, der sich gerade noch aufrecht hielt.

»Meine Frau ist tot«, sagte Philipp und ging an Robert vorbei in dessen Wohnung, um gleich darauf im Flur stehenzubleiben. »Bei einem Bombenangriff gestorben. Man sollte meinen, eine weitere Tote sei inzwischen nichts Neues mehr. Sie können sich nicht vorstellen, was ich in den letzten Jahren gesehen habe. Haben Sie Bier da oder Wein? Am besten Schnaps. Irgend etwas, um sich zu betrinken.«

Robert fragte sich, ob er immer noch schlief und es sich um einen besonders bizarren Traum handelte.

»Tut mir leid wegen Ihrer Frau«, sagte er aufrichtig. »Ich kannte sie nicht sehr gut, aber ich mochte sie. Sie war harmlos, ein wirklich anständiger Mensch, und das ist selten.«

»Ja, ich weiß.«

Philipp blieb noch einen Moment lang stehen, dann durchquerte er Flur und Wohnzimmer, ließ sich auf das Sofa fallen, das Lisa gerade erst freigemacht hatte, und vergrub das Gesicht in den Händen. Robert wartete immer noch darauf aufzuwachen und entschied schließlich, daß es kein Traum war.

»Auf die Gefahr hin, unhöflich zu einem frisch Verwitweten zu sein«, sagte er neutral, »würde ich doch gern wissen, wieso der Tod Ihrer Frau Sie auf die Idee bringt, sich in meiner Gesellschaft betrinken zu wollen. Wir sind kaum das, was man alte Freunde nennt.«

Ohne aufzublicken, murmelte Philipp: »Ich muß mit jemandem reden, und Sie sind der einzige, bei dem ich sicher bin, daß er mich nicht anzeigt.«

Es lag Robert auf der Zunge, zu fragen, wie sich Philipp da angesichts des Quid-pro-quo-Prinzips so sicher sein könne, aber er unterließ es. Philipp der Hai am Rande eines Nervenzusammenbruchs war eine zu außergewöhnliche Studie in menschlichem Verhalten, um durch eine übliche sarkastische Bemerkung abgefertigt zu werden. Außerdem tat ihm Philipp, in Maßen, wirklich leid. Er hoffte nur, Lisa begriff, daß ihr keine Gefahr drohte, solange sie in seinem Schlafzimmer blieb, und kam nicht heraus. Er betrachtete

Philipp, dann ging er achselzuckend in die Küche und holte den Portwein nebst einem Glas.

»Und Sie?« fragte Philipp, nachdem er das erste Glas in einem Zug geleert hatte und sich nachschenken ließ.

»Ich brauche einen wirklich guten Anlaß, um mich zu betrinken. Nennen Sie es familiäre Prägung. Bisher haben Sie mir keinen Anlaß geliefert.«

»Mein Gott, König, wissen Sie, was ich an Ihnen am meisten hasse? Diese permanente Überlegenheitsattitüde. So sicher in bezug auf sich und die Welt. Holen Sie sich lieber ein Glas, Sie werden es brauchen.«

»Wie die Österreicher je zu ihrem Ruf der Gemütlichkeit gekommen sind«, gab Robert zurück, während er sich, Philipps Worte ignorierend, auf den Lehnstuhl ihm gegenüber setzte, »bei solchen Exemplaren wie Ihnen und unser aller Führer, ist und bleibt mir schleierhaft.« Er verschränkte die Arme. »Soviel zum Austausch von Beleidigungen. Vielleicht verraten Sie mir jetzt, was Sie hertreibt? Sie haben doch Übung im Witwerdasein.«

»Ja, das habe ich. Können Sie sich eigentlich vorstellen, wie das ist, mit einer Frau verheiratet zu sein, die man nicht liebt? Ständig zu wissen, was sein *könnte*, und sich bewußt sein, daß man es sich selbst unmöglich gemacht hat?« Er schaute zu Robert. »Ich glaube schon. Sie wissen ganz genau, wie das ist, nicht wahr?«

»Touché. Sind Sie deswegen hier? Weil wir beide miserable Ehen hinter uns haben? Ich dachte, Ihre zweite zumindest habe sich in den letzten Jahren gebessert. Ihre Frau machte diesen Eindruck.«

»Oh, sie hatte sich gebessert. Zuerst jedenfalls. Ich ließ sie in Ruhe, und sie hatte das Kind, um sich zu beschäftigen. Aber dann – dann konnte ich nicht mehr mit ihr sprechen – über gar nichts mehr. Ich war nur noch sehr selten da, aber auch dann – sie fing an, Angst vor mir zu haben, glaube ich. Das war, als wir den Zweigbetrieb in Polen aufmachten. Natürlich habe ich ihr nichts davon erzählt. Sie muß es gespürt haben. Merkwürdig, das. Benheim hat nie solche Probleme mit seiner Frau gehabt. Er schreibt ihr Postkarten, wenn er in Polen ist. Und Benheims Frau ist klüger, als Elfi es je war. Es muß Intuition gewesen sein. Glauben Sie an weibliche Intuition? Aber warum haben sie dann einige Frauen und andere nicht?«

Philipp schenkte sich wieder nach. »Natürlich sind es nicht Menschen wie wir. Es sind Arbeitskräfte. Arbeit zum Ausgleich für jahrhundertelanges Parasitentum. Zur Herstellung kriegswichtigen Materials. Schließlich müssen wir den Krieg gewinnen.«

Mittlerweile war Robert kalt geworden. Stumm stand er auf, holte sich aus der Küche ein Glas und hielt es Philipp hin, der ihm kommentarlos einschenkte.

»Nur weiß ich nicht, ob wir den Krieg überhaupt noch gewinnen können. Nicht nach Stalingrad. Aber wenn nicht, wenn wir verlieren, wenn das alles umsonst war... Ich bin nach München zurückgekommen, als ich die Nachricht vom Tod meiner Frau erhielt. In dem Monat sind noch andere in München gestorben. Haben Sie in Berlin das mit diesen Münchner Studenten mitgekriegt? Keine Juden. Keine Kommunisten, keine Sozialisten. In keiner Weise von den... Maßnahmen betroffen. Aufgewachsen im Tausendjährigen Reich und durch seine Schule gegangen. Und trotzdem stellen sie sich hin und spielen Widerstand. Was zum Teufel haben die sich dabei gedacht? Flugblätter. Als ob Flugblätter irgend etwas ändern würden. Kinder.«

»Ja, ich habe davon gehört.«

»Und von Polen? Was erzählt man sich eigentlich in Ihren Kreisen über das, was in Polen vorgeht, Robert? Oder sprechen Sie lieber gar nicht davon? Kann ich Ihnen nicht verdenken. Wir sprechen selbst dann nicht davon, wenn wir dort sind.«

Obwohl alles in ihm protestierte, daß es ein Fehler sei, daß Philipp schon am nächsten Morgen bereuen werde, was er heute nacht tat, obwohl ein Teil von ihm es wirklich nicht wissen wollte, trank Robert sein eigenes Glas leer und sagte dann: »Also schön. Erzählen Sie mir, was in Polen geschieht.«

Das Mondlicht ließ Philipps Gesicht wie eine weiße Maske aussehen. Ein Kinnmuskel zuckte, während er entgegnete: »Wir nutzen sie als Zwangsarbeiter, natürlich tun wir das, das tun wir in München auch. Sowohl Loden-Frey als auch mein Münchner Hauptwerk bekommen Kräfte aus Dachau. Aber in Polen ist es anders. Sie werden jeden Morgen, jeden Abend gebracht. Und in den Ghettos, in den Lagern, da, wo sie leben, da leben sie nicht lange. Ich war ein Jahr lang im Krieg, aber ich habe in diesem Jahr nicht so viele Erschossene gesehen wie in dem Ghetto, aus dem die

Arbeiter meiner Fabrik kamen, als sie... umgesiedelt wurden, in ein Lager, weil sie sich da besser organisieren ließen. Verstehen Sie, da habe ich begriffen, daß es nicht mehr um die Beschaffung von billigen Arbeitskräften geht. Billige Arbeitskräfte treibt man an, man beutet sie aus, aber man erhält sie am Leben, schließlich braucht man sie noch. Nur nicht in Polen, denn es kommen immer neue, immer neue... Und der Geruch, ich kann den Geruch nicht vergessen. An diesen Tagen hofft man, daß es bald regnet, damit die Asche aus der Luft verschwindet.«

»Wie viele?« fragte Robert, mehr um sich zu beweisen, daß er überhaupt noch sprechen konnte, als aus einem anderen Grund. »Wie viele sind Ihrer Meinung nach schon tot?«

»Ich weiß es nicht. Aber ich glaube – ich glaube – am Ende sollen sie alle sterben. Wenn der Krieg vorbei ist. Dann soll es sie nicht mehr geben.«

In der Reichskristallnacht hatte Robert zum ersten Mal eine Ahnung von dem gestreift, was er jetzt empfand. Unfaßbares Grauen angesichts des totalen Bösen.

»Alle? Aber Philipp – das wären – das wären Millionen.« Er versuchte, sich in etwas Banales wie Mathematik zu flüchten. »Das wäre ja, als ob man die Einwohner von Berlin, München, Hamburg und Köln zusammen.... Das kann nicht sein. So viele zu erschießen, das dauert...«

»Sie werden nicht mehr nur erschossen. Letztes Jahr ist etwas Neues eingeführt worden. Gas.«

»Nein«, flüsterte Robert, »nein, ich kann einfach nicht glauben, daß...« Er brach ab, denn er glaubte es.

»Ich sage mir morgens, mittags und abends, es sind keine Menschen wie wir. Doch das genügt nicht mehr. Dann sage ich mir, solange sie für mich arbeiten und kriegswichtige Dinge anfertigen, werden sie nicht umgebracht, aber das stimmt nicht. Ein Teil wird trotzdem umgebracht und einfach ersetzt, und das werden immer mehr. Es ist außer Kontrolle geraten, verstehen Sie. Das Töten. Die Wachmannschaften, die Befehlshaber... es ist zum Selbstzweck für sie geworden.«

»Außer Kontrolle?« wiederholte Robert ungläubig und kämpfte dagegen an, sich an Ort und Stelle zu erbrechen. »Vor einer Minute haben Sie noch gesagt, Sie glaubten, daß sie am Ende alle sterben sollen. Läßt sich so etwas ohne Planung machen? *Außer Kontrolle*? Denken Sie wirklich, so etwas würde ohne Anordnung geschehen? Ohne Wissen der Regierung? In unserem Staat, wo man nicht einmal mehr ungeplant husten darf?«

Philipp starrte an ihm vorbei in die nächtlichen Schatten. »Das kann nicht so geplant gewesen sein. Nicht von Anfang an. Ich weigere mich, das zu glauben. Der Führer wollte ein neues Deutschland, ein starkes Deutschland, dafür haben wir gearbeitet, nicht für... einen Massenmord.«

Abrupt stand Robert auf. »Bevor Sie mit der Propaganda anfangen, sollten Sie lieber verschwinden, Philipp. Ich bin nicht gut im Anhören von Geständnissen von Mitwirkenden an einem Massenmord, aber immer noch besser als im Anhören der nationalsozialistischen Phrasenplatte. Besonders unter diesen Umständen.«

Philipp lachte, rauh und krächzend und ohne den geringsten Funken Heiterkeit. »Sie kapieren es immer noch nicht. Wir sind *alle* Mitwirkende. Deswegen kann ich nicht aufhören, einfach meine Sachen packen und die Fabrik in Polen schließen, deswegen müssen wir den Endsieg erreichen. Was glauben Sie denn, was mit Deutschland geschieht, was mit den Deutschen geschieht, wenn die Alliierten siegen und *das* entdecken? Es gibt jetzt kein Zurück mehr.«

»Sie sind wahnsinnig. Sie und die ganze Partei.«

»Und Sie profitieren von diesem Wahnsinn. Ich meine nicht nur Ihre nette kleine Karriere. Oder bilden Sie sich ein, Sie hätten saubere Hände, wegen der paar Freunde, die Sie decken oder außer Landes geschafft haben?«

»Nein. Wenn ich saubere Hände hätte, dann hätte ich mit ihnen Flugblätter geschrieben wie diese Münchner Studenten und wäre tot. Oh, ich weiß, was ich bin, Philipp, aber selbst Pragmatismus hat Grenzen. Und Sie wissen, was Sie sind, sonst wären Sie heute nacht nicht hier, um Ihre Seele zu erleichtern. Was erwarten Sie eigentlich von mir? Absolution? *Dafür*?«

»Ich weiß es nicht«, murmelte Philipp, »ich weiß es wirklich nicht.«

Roberts knochentiefe Erschöpfung veranlaßte ihn, sich wieder zu setzen und die Augen zu schließen.

»Nur so, ganz nebenbei – werden Sie mich morgen anzeigen, damit dieses Gespräch wirklich unter uns bleibt? Wenn ich sterben soll, wüßte ich es gerne. Die letzte Mahlzeit, der letzte Brief und so weiter. Wir Schauspieler legen Wert auf einen korrekten Abgang.«

Ein klirrendes Geräusch ließ ihn aufschrecken; zu seiner Überraschung hatte die Bemerkung Philipp dazu veranlaßt, sein Portweinglas gegen die Wand zu schleudern.

»Sie«, stieß er hervor, mühsam um Atem ringend, »sind eine einzige wandelnde Zumutung. Was glauben Sie eigentlich, warum Sie noch am Leben sind? Nach all den Unvorsichtigkeiten und Sperenzchen, die Sie sich in den letzten Jahren geleistet haben? Weil man Ihre werte Person für so unentbehrlich für die deutsche Filmwirtschaft hält?«

»Soll das Ihre subtile Art sein, anzudeuten, ich schulde Ihnen mein Leben und sei ausgesprochen undankbar?«

»Manchmal wünschte ich, ich hätte damals Sie angezeigt und nicht Ihre Freunde. Ja, das war meine subtile Art. Sie hatten recht damals – wenn ich Sie töte oder zulasse, daß Sie sterben, verliere ich den letzten Rest meiner Seele. Es muß etwas geben, irgend etwas, das man nicht tun kann. Ein letztes Tabu.«

»Wissen Sie was«, sagte Robert mit einem plötzlichen Entschluß, »da Sie mich für heute dauerhaft um meinen Schlaf gebracht und mir außerdem den besten Anlaß aller Zeiten geliefert haben, werde ich mich tatsächlich betrinken.« Er stand auf und ging in die Küche, um ein neues Glas und eine weitere Flasche zu holen, doch ehe er beides vor Philipp abstellte, fügte er hinzu: »Ihr Heft mit Lebensmittelmarken, wenn ich bitten darf.«

»Was?«

»Ich bin nicht in sehr großzügiger Stimmung Ihnen gegenüber, Philipp, das ist schon die zweite Flasche, und wir haben, wie uns der Minister für Propaganda im letzten Monat verkündete, unseren selbstgewollten totalen Krieg. Das Heft.«

»Wie können Sie jetzt an so etwas denken?«

»Man nennt es Motivation. Das Heft.«

Kopfschüttelnd kramte Philipp in seinen Manteltaschen, fand schließlich seine Brieftasche und legte das Gewünschte auf den Tisch. Nach dem, was Gründgens über die Empfänge in Karinhall erzählt hatte, wo selbst im totalen Krieg Lachs aus Norwegen und Burgunder aus Frankreich serviert wurden, konnte sich Robert vorstellen, daß man in Philipps Kreisen keine Marken benötigte.

»Ich weiß, wir haben erst Anfang März, und meine Heizung funktioniert nicht, aber so kalt ist es nun auch wieder nicht. Ich würde den Mantel ausziehen.«

»Ist das *Ihre* Art, danke zu sagen?« erkundigte sich Philipp, während er dem Vorschlag Folge leistete.

»Nein«, erwiderte Robert kalt. »Das ist meine Art, Ihnen zu sagen, daß Sie bleiben können. Wenn ich jemals Richard III. spiele, brauche ich schließlich ein anderes Modell als Krauß.« Er zitierte langsam: »*Wen fürcht ich denn? Mich selbst? Sonst ist hier niemand. Richard liebt Richard: das heißt, ich bin ich. Ist hier ein Mörder? Nein. – Ja, ich bin hier. So flieh. – Wie? Vor dir selbst? Mit gutem Grund: Ich möchte rächen. Wie? Mich an mir selbst? Ich liebe ja mich selbst. Wofür? Für Gutes, das je ich selbst hätt' an mir selbst getan? O leider, nein! Vielmehr hass' ich mich selbst, verhaßter Taten halb, durch mich verübt. Hat mein Gewissen doch viel tausend Zungen, und jede Zunge bringt verschiednes Zeugnis, und jedes Zeugnis straft mich einen Schurken.*«

Er hielt inne, um sich nachzuschenken und etwas zu trinken. Unerwarteterweise griff Philipp den Monolog auf und zitierte weiter, ohne ihn anzusehen, nicht mit der geübten Intonation eines Schauspielers, aber sehr präzise: »*Mord, grauser Mord, im fürchterlichsten Grad, stürmt an die Schranken, rufend: Schuldig, schuldig! Ich muß verzweifeln. – Kein Geschöpf liebt mich, und sterb ich, wird sich keine Seel' erbarmen. Ja, warum sollten's andere? Find ich selbst in mir doch kein Erbarmen mit mir selbst.*« Er hielt inne, dann sagte er in seiner gewohnten kühlen Art: »Ich hasse Selbstmitleid. Suchen Sie sich ein anderes Modell.«

»Nichts da. Sie sind dran. Hier, bitte«, schloß er, Philipp die Flasche weiterreichend. »Was macht eigentlich Ihr Sohn? Sie haben ihn doch hoffentlich nicht in dem Schreckensgemäuer von Bogenhausen gelassen?«

»Er ist bei seinen Großeltern. Er – er war bei seiner Mutter, und ich dachte, ich hätte sie alle beide verloren, als der Anruf kam. Ich bin sofort nach München zurückgekehrt. Der Keller, in dem sie Schutz gesucht hatten, war verschüttet und der Versuch, sie auszugraben, noch nicht erfolgreich. Jemand sagte zu mir, es habe keinen Sinn mehr. Aber ich konnte die Vorstellung, sie wären dort lebendig begraben, nicht aushalten, also machte ich selbst weiter, und da – da geschah es. Das Wunder. Mein Sohn war noch am Leben. Er und vier weitere. Seine Mutter war tot. Als ich sie beide sah, die tote Frau und das lebende Kind, zwischen all dem Schutt, da war es – es gibt dort so viele Kinder.«

»In Polen?«

»Ja.«

Eine Zeitlang tranken sie schweigend weiter, und Robert kämpfte die Vorstellungen nieder, die in ihm aufstiegen. Schließlich sagte er:

»Sie waren doch mal katholisch, oder? Früher?«

»Vor dem Krieg – dem ersten Krieg – ja. Warum?«

»Auf die Beichte folgt meines Wissens nach die Buße.«

»Und welche Buße«, gab Philipp mit einem Hohn zurück, der sich vor allem gegen ihn selbst richtete, »ist wohl groß genug in diesem Fall?«

»Keine, aber ich weiß einen Anfang. Es hilft Ihnen vielleicht beim Einschlafen. Ich kenne eine junge Frau, die demnächst deportiert werden wird, wenn man sie findet und entdeckt, daß ihre Papiere gefälscht sind, also ist sie zur Zeit unauffindbar und wechselt ständig den Wohnort, aber das kann nicht ewig so weitergehen. Und Ihr Sohn braucht jemanden, der jünger ist als seine Großeltern. Wenn Sie diese junge Frau als Erzieherin anstellen würden, und ich weiß, Sie hätten dieses Privileg, dann wäre beiden geholfen.«

»Sie lernen Ihre Lektion wohl nie. Außerdem, eine Frau – ein Tropfen auf dem heißen Stein –, was soll das schon ändern?«

»Wir reden hier nicht von Wassertropfen«, sagte Robert ärgerlich, »sondern von Menschenleben. Es ist mir klar, daß es verschwendete Liebesmüh wäre, Sie zu überreden, mit der Arbeit für den Endsieg aufzuhören, aber Sie könnten etwas mehr Initiative darin zeigen, Ihre Arbeiter am Leben zu erhalten. Und Sie könnten einen konkreten Anfang mit dieser jungen Frau machen.«

Nach einer Pause klang Philipps Stimme rauh aus dem Dunkel: »Und – Sie würden mir vertrauen, daß ich das tue? Nach allem, was Sie wissen?«

»Völlig unverständlicherweise ja. Ich vertraue Ihnen.«

»Also gut. Ich werde sie einstellen.«

Philipp war längst nicht so geübt im Alkoholkonsum, wie es Roberts Vater gewesen war, und Robert wußte, was er tat, als er ihm immer wieder nachschenkte. Zwei Stunden später lag Philipp bewußtlos auf dem Sofa. Robert hatte sich ursprünglich zurückhalten und das Betrinken nur vortäuschen wollen, aber die Bilder in seinem Kopf, die Philipps Erzählung ausgelöst hatte, zwangen doch Glas nach Glas hinunter. Wankend ging er zu seinem Schlafzimmer, klopfte leise und flüsterte: »Lisa, mach auf.«

Sie mußte das meiste gehört haben, denn sie zog ihn, kaum das sie die Tür geöffnet hatte, in den Raum, schloß sofort wieder ab und flüsterte: »Ich kann nicht! Ich kann nicht für ihn arbeiten!«

»Aber sicher kannst du. Es ist deine beste Chance, um zu überleben. Morgen früh verschwindest du, bevor er aufwacht, klopfst, und wir führen ein kleines Begrüßungs- und Einweihungsritual vor. Und jetzt laß mich schlafen. Ich bin gerade betrunken genug dafür.«

Er hörte ihre Antwort nicht mehr, als er auf sein Bett stürzte und dankbar die Dunkelheit begrüßte, die ihn umfing und die Gedanken auslöschte.

Der Anruf kam, als Carla gerade ihre Zeit in der *Hollywood Canteen* absaß. Es handelte sich um eine von den Stars der Warner Brothers betriebene Organisation, der sich mittlerweile auch Schauspieler anderer Studios angeschlossen hatten. Die Hollywood Canteen bot Soldaten auf Urlaub die Möglichkeit, sich von Stars nicht nur Autogramme geben zu lassen, sondern mit ihnen zu tanzen (Besuch von Zivilisten war nicht gestattet, so daß wirklich jede Frau in der Kantine ein Star war), sich mit ihnen zu unterhalten und sich von ihnen zum Essen einladen zu lassen. Als Dankeschön der Schauspielerinnen an »unsere Jungs« wurde die Einrichtung rasch populär und war, dachte Carla, eine der angenehmeren Möglichkeiten, seine Loyalität zu Amerika zu beweisen.

»Und das solltest du«, hatte Paul Kohner streng zu ihr gesagt. »Hedda Hopper hat schon wieder einen Artikel veröffentlicht, in dem sie darüber spekuliert, warum du nicht längst Amerikanerin bist und wem deine wahre Treue gilt. So etwas schadet deiner Karriere.«

Mit Carlas Karriere sah es ohnehin im Moment etwas zwiespältig aus. Durch die Flut von Anti-Nazi-Filmen erhielt sie endlich Rollenangebote von allen Studios, und sowohl tapfere Jüdinnen als auch schwankende, schließlich vom amerikanischen Helden zum Widerstand überzeugte Deutsche waren eine Abwechslung von dem alten Repertoire bei Universal, das sich zu wiederholen begann, ganz abgesehen davon, daß die Universal-Horrorfilme allmählich an Selbstparodie grenzten. Man warf nur noch so viele Monster wie möglich in einen Topf, machte sich kaum mehr die Mühe, eine einigermaßen überzeugende Geschichte zu erzählen, und heraus kamen Dinge wie *Frankenstein meets the Wolfman*.

Ja, es war eine Erleichterung, etwas anderes spielen zu können, und wenn es eiskalte Gestapo-Agentinnen waren. Aber während es mit ihrer Filmkarriere bergauf ging, hatte sie ihre Theaterkarriere verloren. Eine der Folgen des Besuchs der FBI-Agenten war, daß man es ihr rundweg verweigerte, Los Angeles zu verlassen, auch nicht, um in New York auf der Bühne zu stehen. Es war zum Haareraufen, zumal Max Reinhardts Hoffnung, in Los Angeles eine Theaterkultur zum Leben zu erwecken, sich nicht erfüllt hatte. Sogar seine Schauspielschule hatte er wegen Bankrotts schließen müssen, denn die Schüler, die er hatte, konnten ihn nicht bezahlen. Inzwischen steckte Hollywood voller frustrierter Theaterleute. Als Carla kurz vor Amerikas Kriegseintritt mit Peter Lorre *Die Rückkehr des Fu Manchu* drehte (Lorre spielte Fu Manchu, Carla seine dämonische Tochter), besuchte kein anderer als Bert Brecht, der mit Lorre befreundet war, eines Tages den Drehort und machte während einer Drehpause und eines geschnorrten Schnellimbiß' laut seinem Unmut über die hiesigen Verhältnisse Luft.

»Versucht nur mal«, knurrte er, »den Leuten zu erklären, was ein Theaterkollektiv ist. Ha! Die finnischen Eisblöcke waren einsichtiger.«

Carla konnte nicht widerstehen. »Aber ich habe neulich hier eine gute Definition für ein Theaterkollektiv gehört«, erwiderte sie.

»Ein Theaterkollektiv ist eine Versammlung von Schauspielern, Bühnenarbeitern und Dramaturgen, die nach ausführlicher und demokratischer Diskussion beschließen, genau das zu tun, was Brecht sich wünscht.«

Der kleine Augsburger Dichter, der sie mit seinem seltsam gotisch aussehenden Gesicht, der Lederkluft und der Zigarre, die sein Markenzeichen war, an eine Kreuzung aus einem Dauerstudenten und einer mittelalterlichen Skulptur erinnerte, fixierte sie unter seinen jochbogenartigen Augenbrauen. »So?« fragte er mit seiner schnarrenden Stimme. »Und wer genau hat das gesagt?«

»Meine Gewerkschaft verbietet mir, mich dazu zu äußern«, gab Carla mit ihrem besten Pokergesicht zurück.

Pokern war etwas, das sie erst in Amerika gelernt hatte und in der Hollywood Canteen gelegentlich zum Einsatz brachte, wenn Veteranen, denen ein Bein oder gar beide fehlten, sich mit ihr unterhalten wollten. Die meisten Soldaten waren am Anfang scheu und wußten nicht, was sie mit einem leibhaftigen Star anfangen sollten, und ein Kartenspiel anzubieten brach für gewöhnlich das Eis, wenn es ein Tanz nicht tun konnte. Seit ihrem ersten Jahr in Amerika hatte sie nicht mit so vielen Amerikanern unterschiedlicher Schichten zu tun gehabt, und noch überhaupt nie mit so vielen Menschen, die in keiner Verbindung zum Theater oder zum Film standen. Es war eine sehr lehrreiche Erfahrung. Die wenigsten machten einen Annäherungsversuch; im allgemeinen wollten sie einfach nur den Schrecken des Krieges für ein paar Stunden vergessen, auf ähnliche Weise, wie sie es bei einem Kinobesuch tun würden. Nicht einer von ihnen machte eine Anspielung auf die Gerüchte über Carlas »zweifelhafte Nazi-Verbindungen«, die Hedda Hopper in Umlauf gesetzt hatte und die inzwischen einige Bekannte dazu gebracht hatten, Abstand von ihr zu nehmen. Es erinnerte sie an die spontane Akzeptanz, die sie, hätte man sie gefragt, zu der liebenswertesten amerikanischen Eigenschaft erklärt hätte.

Sie unterschrieb gerade ein altes Photo aus einer Filmillustrierten, das sie als die Spinnenfrau zeigte, als man sie ans Telefon rief. Auf dem Weg dorthin zischte ihr Bette Davis, die Leiterin der Canteen, verärgert zu, der hiesige Anschluß sei nicht für Privatanrufe gedacht. Es wunderte sie, daß man sie hier überhaupt erreicht hatte, wenn es privat war; nur ihr Agent und ihre Haushälterin kannten die Nummer, und ihre Haushälterin telefonierte nicht gerne, weil sie sich jedesmal verwählte. Etwas beunruhigt hoffte Carla, daß kein Notfall eingetreten war, etwa ein Hausbrand. Doch die Stimme, die sie empfing, hatte keinen mexikanischen Akzent und sprach nicht englisch, sondern deutsch.

»Carla, es tut mir leid, wenn ich dich störe – dein Agent hat mir die Nummer gegeben – Carla, kannst du nach New York kommen? Gleich?«

»Eleonore?« fragte Carla, die Stimme erkennend.

»Max stirbt«, sagte Eleonore. »Ich war die ganzen Wochen bei ihm, und nun stirbt er, jeden Moment kann es passieren. Die Thimig läßt mich nicht mehr zu ihm. Carla…«

»Ich werde es versuchen. Aber du weißt doch, daß die Polizei sich hier taub stellt, wenn ich die Stadt verlassen will.«

»Du warst mal eine Reinhardt-Schauspielerin«, antwortete Eleonore in einer Mittellage zwischen Schluchzen und Lachen. »Also kannst du alles. Du wirst sie überzeugen.«

Der erste Anlauf schlug, wie erwartet, fehl. Man teilte ihr mit, an den Bedenken, sie quer durch das Land reisen zu lassen, habe sich nichts geändert. Dann kam Paul Kohner auf die rettende Idee.

»Truppenbetreuung«, verkündete er triumphierend. »Das tust du hier schließlich auch. Ich erhalte immer Anfragen, ob meine Klienten bereit seien, für die Soldaten aufzutreten, und in New York sind all die, die nach Europa verschifft werden. Wie gut bist du im Kabarett? Könntest du eine kleine Nummer fabrizieren, ein Lied oder einen Stepptanz?«

»Mir fällt schon etwas ein«, sagte Carla und umarmte ihn dankbar. »Ich bin in Berlin mal eine Zeitlang in einem Kabarett aufgetreten.«

Truppenbetreuung erwies sich tatsächlich als die eine Art von Engagement, von der man sie nicht zurückhalten wollte, zu ihrer großen Erleichterung, denn sie befürchtete, Eleonore könne sich, allein gelassen, etwas antun. Es hing wohl auch damit zusammen, daß die nach Eleonore modellierte Susanne, die sie einmal gespielt hatte, in *Iffland* genau das tat. Dieses Ende schien unausweichlich zu sein, und sie hatte für ihr ganzes Leben genug Selbstmorde erlebt.

Doch die Eleonore, die sie auf dem Flughafen von New York empfing, war weder in Tränen aufgelöst, noch wirkte sie verzweifelt. Statt dessen strahlte sie eine ruhige Abgeklärtheit aus, die Carla noch nie mit der brillanten, sich selbst verzehrenden Eleonore von Mendelssohn in Verbindung gebracht hatte.

»Es ist vorbei«, sagte sie, als sie beide in ihrem Hotelzimmer saßen. »Morgen findet die Beerdigung statt, aber ich werde nicht teilnehmen. Ich habe mich schon von ihm verabschiedet. Weißt du, ganz zum Schluß hat sich mein Wunsch noch einmal erfüllt. Er hat mich gebraucht. Er wollte es noch einmal in New York versuchen, mit der *Schönen Helena*, und dann hatte er seinen ersten Schlaganfall. Zuerst wollte er nicht, daß es irgend jemand erfuhr, sonst hätte man ihm nie wieder eine Regie angeboten, aber schließlich ließ es sich nicht mehr verheimlichen – irgendwann konnte er die ganze linke Seite nicht mehr bewegen. Und in dieser Zeit, in diesen Wochen hier in New York, da waren wir zusammen, und ich war nicht mehr nur eine Außenseiterin, eine Bewunderin oder ein Abenteuer. Ich war die Frau, die mit ihm zusammenlebte und ihn betreute.« Ihre Mundwinkel zuckten. »Madame war in dieser Zeit in Kalifornien. Sie sagt, Gottfried habe ihr verheimlicht, wie ernst der Zustand seines Vaters war. Gottfried meint, er habe es ihr erzählt, und sie habe nicht kommen wollen, um ihn nicht zu beunruhigen und weil sie das Geld von dem Film, den sie gerade dreht, dringend brauche. Ich weiß nicht, wer recht hat, ich habe nur einmal mit ihr geredet, nachdem sie hier eintraf. Bevor sie kam, habe ich meine Sachen ausgeräumt und bin verschwunden, ich wollte schließlich nicht, daß wir vor Max eine Szene aufführen, wenn sie mich vorfindet. Da war er noch bei Bewußtsein, konnte aber nicht mehr sprechen.«

Tränen glänzten in ihren Augen, die sie schnell fortwischte, und der ruhige, gelassene Ausdruck kehrte wieder zurück. »Das war unser Abschied. Später hat mir Gottfried erzählt, wie es ihm ging. Er bekam zu allem Unglück auch noch eine Lungenentzündung, und danach ging es ganz schnell. Ich wollte eigentlich nicht, ich weiß, es war falsch, aber ich habe dann doch noch einmal versucht, ihn zu sehen. Es war ein Fehler. Madame war da und hat mich nicht in sein Zimmer gelassen.«

»Eleonore, sie war seine Frau. Was meinst du, wie es für sie war, zu erfahren, daß du in den Wochen vor seinem Sterben bei ihm warst, und nicht sie? Nach all den Jahren und der Tortur wegen der hinausgezögerten Scheidung?«

»Oh, ich verstehe sie schon. Ich hätte mir an ihrer Stelle die Augen ausgekratzt, und sie war direkt höflich zu mir. Aber als sie mich nicht zu ihm ließ, wußte ich einfach nicht, was ich tun sollte. Da habe ich dich angerufen.«

»Und jetzt?«

»Jetzt ist es vorbei. Die Hoffnungen, der Schmerz. Er ist tot. Er kann nie wieder zu mir zurückkommen, oder zu ihr. Und er muß nie wieder in diesem kalten, fremden Land betteln gehen oder daran denken, wie Goebbels jetzt in seinem Leopoldskron haust oder was er seinen Theatern antut. Er muß nicht mehr versuchen, die Welt zu verstehen. Es ist doch seltsam, er war so vernarrt in das Katholische, Salzburg besonders, er liebte katholische Kirchen und das Zeremoniell, die ganze Mystik, aber es wäre ihm nie in den Sinn gekommen überzutreten. Während dieser Wochen hat er darauf bestanden, die jüdischen Feiertage einzuhalten. Max! Kannst du dir das vorstellen? Am neunten Oktober war er auf einmal verschwunden, fünf Stunden lang, mitten im Gedränge auf der Lexington Avenue ist er mir entwischt, und ich wußte doch, daß er sich in seinem Zustand keinem Bekannten zeigen würde, wo er doch so große Angst davor hatte, der Schlaganfall werde sich herumsprechen. Gottfried und ich suchten ihn überall, und dann treffen wir ihn wohlgemut im Hotel an, und er versteht nicht, warum wir uns überhaupt Sorgen gemacht haben, sagt nur, es sei Jom Kippur, und an Jom Kippur gehe man in den Tempel. In die Synagoge an der Lexington Avenue. Nicht auszudenken, was Karl Kraus gesagt hätte, nach all dem Gestichel wegen dem Pseudochristentum vom *Jedermann*.«

Sie lächelte versonnen. »Max meinte, er vermisse Karl Kraus, jetzt, wo der alte Zänker tot sei. Seine Feinde vermisse man am Ende genauso wie seine Freunde... wenn es gute Feinde waren, und Karl Kraus sei der beste gewesen.«

Carla ließ sie erzählen, von Reinhardt, ihren kurzen gemeinsamen Wochen und all den Jahren, in denen sie nie die Hoffnung aufgegeben hatte, ihn eines Tages ganz für sich zu erobern. Während sie zuhörte und beruhigt feststellte, daß nirgendwo eine Morphiumampulle in Sicht war, fragte sie sich, ob die Nachricht von Reinhardts Tod wohl irgendwie bis über den Atlantik dringen würde, bis zu den Theatern, über die er einmal geherrscht hatte. Es war ein ganz anderes Ende der Geschichte, als es Maitger und Robert vor Jahren für Iffland prophezeit hatten, aber niemand konnte damals voraussehen, daß der König seinen Thron auf diese Weise verlieren würde, gewaltsam, und als Verbannter in einer anderen Welt endete. Ihr kam in den Sinn, daß Reinhardts Leben etwas Mythisches an sich hatte, wie seine berühmteste Schöpfung, das Mysterium vom *Jedermann*. Der Beginn in Glanz, das Ende in Armut, aber umgeben von den beiden Frauen, die ihn aufrechthielten, Glaube und Hoffnung. Es gab so viele Abbildungen von Helene Thimig als Glaube, man konnte sich eigentlich niemand anderen in der Rolle vorstellen. Ob sich Eleonore bewußt war, daß sie während Reinhardts Exil die Hoffnung gespielt hatte?

Als sie aufstand, um Eleonore ein Glas Wasser zu holen, sah sie zufällig in den großen rechteckigen Spiegel an der Wand und hatte das eigenartige Gefühl, zwei Fremde zu beobachten. Die elegante Frau kam ihr bekannt vor, aber ihr Haar hätte schwarz sein sollen, nicht rot; die schwarzhaarige Frau dagegen war nur ein blasses, verzerrtes Spiegelbild ihres wirklichen Selbst. Sie wurde sich bewußt, daß Eleonore jünger als sie jetzt gewesen war, als sie sich kennenlernten, und plötzlich hatte sie den erschreckenden Eindruck, in ihre eigene Zukunft zu sehen. Würde das ihr Ende sein? Ein Leben lang vergeblich einem Traum nachgejagt, nur um ihn am Schluß in Form einer Tragödie zu erreichen? Sie war schon nicht mehr die junge Carla, die mit Robert beschlossen hatte, die Welt zu erobern und nichts anderes als die größten, schwierigsten Rollen zu spielen. Und Robert? Sie horchte in sich hinein. Wo bist du, fragte sie stumm, wo bist du jetzt, was tust du? Sag mir, daß es dir gutgeht, sag mir, daß du noch lebst!

»Woran denkst du?« fragte Eleonore und zerbrach den Bann aus Vergangenheit und Ahnungen, in dem sie stand.

»An einen Freund«, antwortete sie, »und daran, daß wir uns versprochen haben, nie aufzugeben.« Sie lächelte Eleonore an und kehrte zu ihr zurück. »Und ich habe vor, dieses Versprechen zu halten.«

In derselben Stunde starb in Dachau eine Frau an Hunger und Erschöpfung, die einmal Käthe Brod geheißen hatte, bevor sie zu einer mehrstelligen Nummer wurde. Sie wog nur noch achtundsechzig Pfund und war nicht die einzige, die in dieser Nacht in ihrer Baracke starb. Unerwartet war an ihrem Tod für sie nur noch, daß sie nicht erschossen wurde. Als man am nächsten Morgen ihre Leiche fortschaffte, wurde die Pritsche, auf der sie geschlafen hatte, sofort von einem anderen Häftling eingenommen. Eine Woche später konnte sich kaum noch jemand an sie erinnern; es war zu schwer, daran zu denken, wie man den nächsten Tag überlebte.

29. KAPITEL

Das Zentrum von München, zwischen Odeonsplatz und Hauptbahnhof, existierte nicht mehr. Von dem Jeep aus, in dem Carla saß, versuchte sie vergeblich, Straßen zu erkennen, vertraute Gebäudeumrisse, wo sie einmal jedes Haus gekannt hatte, aber es war ihr unmöglich. Es gab nur eine Wüste aus Ruinen, die in der Hitze des Sommers 1945 von einer flirrenden Aura aus Staub und Sonne umhüllt waren. Lediglich ein quadratisches Gebäude aus Beton, das sie noch nie gesehen hatte, stand noch. Der Fahrer meinte, das sei ein Bunker, in dem derzeit die Flüchtlinge untergebracht würden.

Sie hatte Bilder gesehen, in den Zeitungen und in den Wochenschauen, aber dennoch war sie auf die Wirklichkeit nicht gefaßt gewesen. In diesem Moment war sie froh, daß Dr. Goldmann seinen Entschluß, in Amerika zu bleiben, nicht mehr hatte ändern wollen.

»Es gibt keine Heimkehr mehr für mich«, hatte er erklärt, als sie über ihre eigenen Pläne sprach. »Ich habe meine Erinnerungen an das Deutschland von früher, und es war schwer genug, sie in den letzten zwölf Jahren zu bewahren. Wenn ich mit dir käme, wäre es unmöglich. Das Land ist zerstört, an Seele und Gestalt, und ich würde mich bei jedem Menschen, dem ich begegne, fragen, ob er mich vor ein paar Monaten noch getötet hätte. Ob er unter denen war, die meine Freunde, meine Familie getötet *haben*. Aber das Schlimmste«, schloß er leise, »das Schlimmste wäre, daß sie mir leid tun würden. Und das wäre ein Verrat an ihr. An Käthe.«

Nach dem Ende des Kriegs in Europa Anfang Mai war es dem Roten Kreuz, dem nun die tadellos geführten deutschen Verwaltungsakten mit all den sorgfältig bei Einlieferung aufgelisteten Namen zur Verfügung standen, endlich und überraschend schnell möglich gewesen, für sie herauszufinden, was mit Käthe und den übrigen internierten Staatenlosen, die sich nach der französischen Kapitulation noch im Lager Ledoux befunden hatten, geschehen war. Wohin man sie gebracht hatte. Dennoch klammerte Carla sich an einen kleinen Funken Hoffnung; Dachau lag in Deutschland, nicht in Polen, war keines der Vernichtungslager, von denen sie genau wie jeder andere mehr und mehr erfuhr. Gewiß, niemand hatte sich als Käthe Brod gemeldet, aber nach dem, was sie gehört hatte, waren die Häftlinge in einem Zustand, der es schwer machte, sich an den eigenen Namen zu erinnern. Kathi war der wichtigste Grund, warum sie darauf bestanden hatte, nicht weiter in Amerika auf Nachrichten zu warten, sondern selbst nach Deutschland zu gehen.

Es gab noch andere Gründe. Für alle Emigranten stellte sich nun die Frage, ob sie zurückkehren wollten, und die meisten scheuten davor zurück, im Moment jedenfalls, aber sie sprachen darüber, mit der alten Mischung aus Grauen und Sehnsucht.

»Ich verstehe dich nicht«, sagte Eddie Felton zu ihr. »Dich und die anderen. Wohin wollt ihr schon zurückkehren? Ins Land der Mörder und Henker? Und erzähl mir nicht, daß du nur nach deiner Lehrerin suchen willst, du weißt genau, daß sie tot ist, auch wenn du dir etwas anderes vormachst. Du bildest dir ein, du könntest ein paar alte Freundschaften wieder auffrischen, richtig? Tut mir leid, ich bin da konsequenter. Wenn du das fertigbringst, dich wieder mit diesen Leuten zu verbrüdern, dann ist es mit uns vorbei.«

Sie ließ sich keine Ultimaten stellen, obwohl sie nicht wußte, ob sie es fertigbrächte. Es war nicht so einfach, nach Deutschland zu kommen, während der Krieg im Pazifik noch weiterging, aber für Sänger, Musiker und Schauspieler, die Truppenbetreuung leisteten, war es möglich. Auf dem Flug über den Atlantik fragte sie einer ihrer Kollegen, ob es nicht eigenartig sei, in amerikanischer Uniform, als Teil des Unterhaltungsprogramms für amerikanische Truppen, Besatzungstruppen, in ihre Heimat zurückzukehren. »Eigenartig« war kaum das richtige Wort. Doch sie hatte keine Schuldgefühle deswegen, nicht nach dem, was sie nun wußte, und sollten sich noch welche in den Winkeln ihrer Psyche verborgen haben, so hatte sie der Besuch von Dachau endgültig ausgebrannt.

Wie naiv sie gewesen war, trotz allem. Die Schuld, die sie tatsächlich noch empfand, galt ihrem eigenen Überleben in Wohlstand und Sicherheit, während Kathi tot war, Kathi und Millionen weiterer Menschen.

Dennoch, es war unmöglich, die Trümmer einer Stadt zu sehen, die einmal ihre Heimat gewesen war, und *nichts* zu spüren. Warum, dachte sie, warum? Tod und Verwüstung, wo einmal Leben und Schönheit gewesen war, und weswegen, wofür? Der Wahnsinn des Krieges ließ sie die Augen schließen, aber das half nicht, es verstärkte nur die unheimliche Stille in einer Gegend, wo man früher selten sein eigenes Wort verstanden hatte. Der Fahrer meinte, sie seien bald da, er habe nur Mühe, in dem Chaos die Sophienstraße zu finden.

Der Grund, warum man sie in das Hauptquartier der amerikanischen Militärverwaltung in Bayern beordert hatte, lag darin, daß ein Gefangener auf einer Unterredung mit ihr bestand, bevor er seine Aussage machte. Es war dieser Umstand, der unerwarteterweise dafür sorgte, daß Robert nicht der erste Mensch aus ihrer Vergangenheit war, den sie in Deutschland sehen würde. Robert hatte nach der Schließung der Theater 1944 hauptsächlich im Radio gearbeitet, wo man der ausgefallenen Theatersaison 1944/45 wegen immer mehr Klassiker als Hörspiele brachte, und einige Filmrollen übernommen; im Februar 1945 schlug er sich, wie er ihr später schrieb, mit Martina, Monika und den noch überlebenden Hermiaden nach Hamburg durch.

»Seit ihr Mann in Rußland gefallen ist, hat Monika entschieden, daß ich wieder die Verantwortung für ihr Wohlergehen trage, und weist mich des öfteren bedeutungsvoll darauf hin, daß sie immerhin darauf verzichtet habe, mich anzuzeigen, obwohl sie eine Menge Dinge über mich wisse, die... et cetera, et cetera. Du kannst Dir meine Freude vorstellen, aber sie ist *die Mutter meiner Tochter. Warum Hamburg? Weil die Briten dort eher sein werden als die Sowjets und der Krieg dort schneller zu Ende sein wird als im restlichen Deutschland.«*

Seit Anfang Mai begannen sie wieder, Briefe zu tauschen, vorsichtig, tastend, wie behutsam ausgestreckte Fühler. Jenseits der Erleichterung, ihn am Leben zu wissen, wußte Carla nicht, ob das alte Verständnis zwischen ihnen beiden noch möglich war. Sie hatten in zwei völlig unterschiedlichen Welten gelebt; die Erfahrungen, die er gemacht hatte, waren ihr völlig fremd. Sie war sich bewußt, wie sie von den ausgemergelten Menschen hier gemustert wurde, wenn sie Deutsch sprach und dadurch ihre Herkunft zu erkennen gab. Es war nur zu wahrscheinlich, daß Robert das gleiche denken würde: Warum du und nicht ich?

Von einer Besatzungszone in die andere zu reisen war keine Selbstverständlichkeit, doch sie hatten Familienbelange geltend gemacht; derzeit gab es niemanden mehr, der bestreiten konnte, daß er ihr Cousin war. Er würde heute eintreffen. Aber zuerst stand ihr noch eine Begegnung mit jemandem bevor, der tatsächlich einmal zu ihrer Familie gehört hatte.

Für eine improvisierte Gefängniszelle wurde der Raum, in den man sie brachte, kaum bewacht. Die breiten, tiefen Regale an den Wänden erinnerten daran, daß hier einmal das Oberfinanzpräsidium gewesen war, doch die Akten fehlten. Auch dieses Gebäude kannte sie nicht; an der Hausfront hatte sie, als sie eintrat, den Adler über dem Hakenkreuz gesehen.

»Bitte, Miss Fehr«, sagte die amerikanische Ordonnanz, als ihr die Tür geöffnet wurde. Er saß hinter einem Holztisch, bis auf die abgetragen wirkende Kleidung und das etwas knochigere Gesicht noch immer so, wie sie ihn in Erinnerung hatte. Wer sagte, daß ungeheuerliche Erfahrungen ungeheuerliche Spuren hinterlassen mußten? Keiner der Dichter, die sie jemals gespielt hatte. Trotzdem, sie brachte es zuerst nicht fertig, ihn anzuschauen. Sie blickte auf einen Punkt über seiner Schulter, an der Wand mit den leeren Regalen.

»Diesmal bist du in Uniform«, sagte er schließlich, in einem gespenstischen Versuch, Normalität zwischen ihnen herzustellen, »und sie steht dir.«

»Warum wolltest du mit mir sprechen, Philipp?« fragte sie tonlos. »Was in aller Welt gibt es jetzt noch, über das wir beide reden könnten?« Sie atmete die staubige, aufgestaute warme Luft ein und zwang sich, ihn anzusehen.

»Über Kathi vielleicht? Sie ist hier in Dachau gestorben. Gar nicht so weit von dir entfernt. Vielleicht hat sie sogar für dich gearbeitet, ich weiß es nicht, und es spielt auch keine Rolle.«

»Ich hätte ihr geholfen«, entgegnete er und lehnte sich über den Tisch. »Wenn ich es gewußt hätte, hätte ich ihr geholfen.«

Langsam, aber sicher schälte sich kalter Zorn als deutlichstes ihrer Gefühle hervor.

»Hättest du das? Und warum war sie überhaupt in einer Lage, in der sie deine Hilfe nötig gehabt hätte? Du und deine Freunde, ihr habt ihr in den Tod verholfen, von dem Moment an, als ihr entschieden habt, Hitler an die Macht zu bringen sei wirklich eine wunderbare Idee. Aber selbst wenn Kathi am Leben wäre und wenn du sie höchstpersönlich über die Grenze gebracht hättest, dann gäbe es immer noch nichts zwischen uns zu bereden, Philipp. Wegen jedem einzelnen der Menschen, die gestorben sind, ganz gleich, ob ich sie gekannt habe oder nicht.«

Sie versuchte, nicht von dem Entsetzen zu sprechen, das sie bei der Vorstellung empfand, durch die Übertragung von dreißig Prozent des alten Fehrschen Anteils an Bachmaier & Fehr an dieser Unmenschlichkeit beteiligt gewesen zu sein. Das Schreiben der Militärbehörde wegen dieser Unterredung hatte bestätigt, daß dem tatsächlich so war, aber sie hatte bereits in Amerika jeglichen Rechtsanspruch aufgegeben und hoffte, was an Profiten noch da war, würde, wie in solchen Fällen üblich, den Organisationen, welche die Überlebenden versorgten, zur Verfügung gestellt werden. Die ganze Angelegenheit machte sie krank, aber wenn sie damit anfing, würde das Gespräch persönlich werden, und sie wollte nichts, als es so schnell wie möglich hinter sich zu bringen.

Die schwarzen Augen, die nicht länger undurchdringlich wirkten, sondern fragend, suchend, hielten ihre fest.

»Warum bist du dann hier?«

»Weil du deine Aussage davon·abhängig gemacht hast.«

»Aus keinem anderen Grund?«

Ihre guten Vorsätze brachen zusammen. Sie schaute auf ihre Hände und dachte wieder an den Besuch in Dachau und ihren Namen unter den Eigentümern von Bachmaier & Fehr. Mit ein paar Schritten hatte sie den Raum durchquert und tat, was sie ihm schon immer hatte antun wollen; sie schlug ihm ins Gesicht, keine Bühnenohrfeige, sondern ein heftiger Schlag mit der geballten Faust, der ihre Hand hinterher schmerzen ließ und seinen Mund zum Bluten brachte.

»He, Miss«, sagte die Ordonnanz, die in der Ecke saß, denn natürlich ließ man sie nicht allein, und stand auf.

»Warum?« stieß Carla hervor, und sie fragte nicht nur Philipp. Nach ihrem Schlag hatte er sich erhoben, und als sie diesmal beide Hände erhob, griff er nach ihren Handgelenken und hielt sie fest. »Warum?« wiederholte sie, und obwohl sie sich geschworen hatte, diesmal nicht zu weinen, spürte sie, wie ihre Augen brannten.

»Du kannst es nicht verstehen«, sagte er leise, »weil du nie geglaubt hast, wie ich geglaubt habe. Wir haben einmal darüber gestritten, wer von uns beiden in einer Illusion lebt, und du hattest recht, ich tat es ebenfalls. Weißt du, daß er zum Schluß befohlen hat, alles zu zerstören, was uns das Weiterleben ermöglicht – um die Nation dafür zu bestrafen, daß sie ihn im Stich gelassen hat? Ich dachte, er sei der Retter, Carla. Ich dachte das wirklich. Daß alles, was er tut, sich durch die letztendliche Rettung Deutschlands irgendwie rechtfertigen lassen werde. Aber am Ende war ihm nichts wichtiger als die Zerstörung, und so war es wohl von Anfang an. Das, wobei ich mithalf, war nicht der Aufbau, sondern die Vernichtung.«

»Und um zu dieser Erkenntnis zu gelangen«, entgegnete sie bitter, »hast du zwölf Jahre gebraucht und zwei mit KZ-Häftlingen betriebene Fabriken?«

Etwas von der alten Härte kehrte in seinen Ton zurück. »Oh, ich habe noch etwas weiteres gebraucht. Wenn wir schon beim Aufrechnen sind, wie wäre es damit: Wenn du mich geheiratet hättest, dann wäre ich heute nicht hier!«

»O nein«, sagte sie heftig. »Das ist zu billig. Wenn ich dich geheiratet hätte, dann wäre ich in den Genuß gekommen, die örtlichen Parteigrößen zum Tee zu empfangen, aber ansonsten hätte sich nichts geändert.«

Er verstärkte den Druck auf ihre Handgelenke. »Doch, das hätte es. Ich weiß nicht, warum, Carla, aber du hast von Anfang an so etwas wie ein Fenster geöffnet. Ich fühlte mich... anders, wenn ich mit dir zusammen war. Du hast mir gezeigt, was es heißt, lebendig zu sein, ich hatte tatsächlich angefangen, dir zu vertrauen, und dann, als ich endlich soweit war, aus meiner Welt in deine zu kommen, läßt du mich auf unüberbietbare Weise im Stich! Hast du überhaupt eine Ahnung, wie nahe ich in der Nacht daran war, dich umzubringen?«

»So ist es nicht passiert«, erwiderte sie und versuchte, die Beherrschung zu bewahren. »Du wolltest, daß ich so werde wie du, nicht umgekehrt.«

»Ich habe dich geliebt.«

Die Worte, niemals ausgesprochen, standen zwischen ihnen, und sie spürte, wie er sie losließ und das Blut wieder in ihren Händen zirkulierte.

»Ich tue es noch.«

Sie schwieg. Es war nicht genug, es war einfach nicht genug. Was auch immer er für sie empfand, änderte nichts an dem, was er getan hatte. In Dachau hing bei ihrem Besuch noch immer der Geruch nach Leichen in der Luft, sie spürte ihn jetzt, und er würgte ihr in der Kehle. Doch sie brachte es auch nicht fertig, noch einmal davon zu sprechen. Sie war nie sehr gut darin gewesen, über andere Menschen zu richten, und das, das stand so weit jenseits ihres Fassungsvermögens, daß es keine Worte dafür gab. Also konzentrierte sie sich auf das, was sie sagen konnte.

»Ich habe dich geliebt«, antwortete sie endlich. »Eine lange, lange Zeit. Und vielleicht hast du recht, vielleicht hätte ich dir helfen können, dich überzeugen können, mit mir zu gehen, wenn ich dir genügend vertraut hätte, um dir das zu sagen. Aber Liebe ist nicht das einzige, was uns ausmacht, Philipp. Und für den Rest tragen wir alle unsere eigene Verantwortung.«

»Und ziehen unsere eigenen Konsequenzen.« Er warf einen Blick auf die Ordonnanz, dann sagte er: »Der eigentliche Grund, warum ich dich sehen wollte, ist eine Bitte. Oder ein Geschenk, ich weiß nicht, wie du es auffassen wirst. Es könnte sein, daß ich nicht mehr lange lebe, obwohl ich bezweifle, daß sie Unternehmer hinrichten werden, dazu sind wir viel zu nützlich, egal, welchem Regime. Doch ich werde wohl einige Zeit im Gefängnis verbringen.«

Er hielt inne und betrachtete sie prüfend, als sähe er ihr Gesicht zum ersten Mal.

»Du weißt, daß ich noch einmal verheiratet war.«

»Ja, ich – war? Ist sie tot?«

»Schon seit zwei Jahren. Wir haben einen Sohn.«

Robert hatte es ihr nie erzählt, und so war es das einzige, was Philipp sagen konnte, mit dem sie nicht gerechnet hatte und das die

Mauer, die sie um sich errichtet hatte, durchschlug. Sie biß sich auf die Lippen. Er konnte nicht wissen, was das für sie bedeutete.

»*Wir* haben einen Sohn«, wiederholte er und betonte das erste Wort auf eigenartige Weise. »Derzeit lebt er mit seinem Kindermädchen in einem Dorf namens Urzing, auf dem Land war es sicherer. Ich habe dir die Adresse aufgeschrieben, sie liegt dort auf dem Tisch. Ihn betrifft meine Bitte. Ganz gleich, was mit mir geschieht, ich möchte, daß du dich um ihn kümmerst.«

Sie wandte sich ab. »Woher weißt du es?« murmelte sie.

»Dein Freund Robert hat es mir erzählt, als ich ihn und seinen Anhang aus Berlin herausbrachte. Wir wußten, daß der Krieg kurz vor seinem Ende stand, und ich fragte mich, was aus dem Jungen werden würde.«

Sie hätte wütend sein können, sowohl über den Vertrauensbruch als auch über die Selbstverständlichkeit, mit der Robert und Philipp annahmen, über sie und ihre Reaktionen Bescheid zu wissen. Aber selbst der Zorn, den sie vorhin wegen Kathi empfunden hatte, fehlte in diesem Moment völlig. Statt dessen hörte sie ihre eigene stumme Bitte an das Kind, das nie gelebt hatte, vor etwas mehr als zwölf Jahren. *Komm zurück, wenn ich dir etwas anderes geben kann als Illusionen und bittere Wirklichkeit.*

»Wie heißt er?«

»Werner.«

Werner haßte die alten Hosen, die er an diesem Tag tragen mußte. Er wuchs schnell, und sie waren ihm zu eng. Außerdem waren sie lang, und die sommerliche Hitze machte noch nicht einmal vor dem Inneren das Bauernhauses halt, in dem er, Lisa und der Rest des Personals von Philipp Bachmaier lebten. Im letzten Kriegsjahr trafen mehr und mehr Flüchtlinge in Bayern ein, der Bauernhof war überfüllt, und das Zimmer, in dem Lisa ihn unterrichtete, war keine Ausnahme. Also sprang er mehr als bereitwillig auf, als die Bäuerin im Türrahmen erschien und eine Überraschung ankündigte.

Man hatte ihm immer wieder gesagt, daß er sich mehr zurückhalten solle. Doch die Gelegenheit, Lisa zu entkommen, war selten, also rannte er bis zu der Tür, die in den Hof hinaus führte. Dort hielt er inne. Vor der Schwelle standen zwei völlig fremde Erwachsene, eine rothaarige Frau in einer grünen Uniform, wie sie die Amerikaner trugen, und ein großer, bärtiger Mann.

»Seid ihr die Überraschung?« fragte er leicht enttäuscht, denn er konnte nichts Besonderes an ihnen erkennen. Immerhin stand zu hoffen, daß die Frau wie die amerikanischen Soldaten Hershey-Riegel hatte, aber sie hielt nichts in den Händen.

Die beiden schauten sich an, dann wieder ihn. Die Frau biß sich auf die Lippen. Plötzlich lächelte der Mann und ergriff ihre Hand.

»Wir«, sagte er mit einer tiefen, volltönenden Stimme, »sind Kasperl und Gretel.«

Er streckte seine Hand aus und holte einen Streifen Papier aus Werners Ohr hervor. Später fand Werner heraus, daß es sich um amerikanischen Kaugummi handelte, den die Frau mitgebracht hatte, doch jetzt war er wenig beeindruckt.

»Wirklich?« fragte er skeptisch, und sein Mißtrauen schien sich dem Mann mitzuteilen.

»Sind wir das?« fragte er die Rothaarige. »Sind wir es noch?«

Sie straffte sich und erwiderte sein Lächeln.

»Immer.«

Dann schaute sie zu Werner, weitete ihre Augen und blies ihre Backen zu einer komischen Grimasse auf, die ihn zum Lachen brachte. Mit einer wesentlich tieferen Stimme als die, in der sie vorhin gesprochen hatte, fragte sie:

»Seid ihr alle da?«

Werner mußte noch mehr lachen, als sie und der Mann sich verbeugten und dabei die Köpfe zusammenstießen. Es war wirklich wie im Kasperltheater. Er wußte noch nicht, ob er die beiden Fremden mochte. Aber er freute sich darauf, es herauszufinden.

NACHWORT

Carla Fehr, Robert König, Käthe Brod, Martin Goldmann sowie sämtliche Familienangehörigen und Geliebte sind erfunden und auch nicht als verschlüsselte Porträts von realexistierenden Personen gedacht. Gelegentlich habe ich auf einen fiktiven Charakter, wie zum Beispiel Eddie Felton, eine reale Begebenheit – die Wette mit David Selznick – übertragen, die in Wirklichkeit in das Leben anderer Personen gehört (in dem Fall in das des Drehbuchautors und Dramatikers Ben Hecht). Und ich hoffe, die zahlreichen »realen« Charaktere, die in diesem Roman ihre Gastauftritte haben, wie Max Reinhardt, Paul Kohner, Eleonore von Mendelssohn, Frances Marion, Lion Feuchtwanger, finden ihre Konterfeis nicht allzu unähnlich, auf welcher Bühne sie jetzt auch immer spielen.

Über die Generation der eigenen Großeltern zu schreiben hat für mich als Autorin einige Änderungen in meinen Arbeitsmethoden mit sich gebracht. Neben der gewohnten Recherche in Bibliotheken konnte ich diesmal Zeitzeugen befragen. Hier möchte ich besonders Kathy und Marvin Zuckerman danken, Paul Kohners Nichte und ihrem Gatten, die mir einen wunderbaren Nachmittag mit Lupita Kohner und einen faszinierenden Einblick in das alte Hollywood ermöglichten. Ebenso Rudi Fehr, als jahrzehntelanger Tonmischer und Schnittmeister bei Warner Brothers eine unerschöpfliche Quelle von Geschichten und die unabsichtliche Inspiration für Carlas Nachnamen, Elfriede Fischinger, John Baer, Lore Sabersky, Konrad Kellen, Marta Mierendorff und Hilde Kahn-Reach, die sehr viel Geduld mit meinen Fragen hatten.

Das Lion-Feuchtwanger-Archiv an der USC in Los Angeles erwies sich als wahre Fundgrube nicht nur für meine Doktorarbeit, sondern auch für die Vorarbeit an diesem Roman, also gilt mein Dank auch Marje Schuetze-Coburn, die mich dort betreut hat. Eine

Bibliographie, wie bei den meisten meiner anderen Romane, gebe ich diesmal nicht – sie würde zu lang ausfallen –, aber einige der Bücher, die mir sehr weiterhalfen, waren: *Der Liebhaber* von Gottfried Reinhardt, meiner Meinung nach das überzeugendste Porträt Max Reinhardts; *Theater und Film des Dritten Reiches*, herausgegeben von Joseph Wulf; *Universal Horrors* von Michael Brunas, John Brunas und Tom Weaver; *The Magician of Sunset Boulevard*, Frederick Kohners Biographe seines Bruders Paul; *Without Lying Down: Frances Marion and the Powerful Women of Early Hollywood* von Cari Beauchamp.

TANJA KINKEL

Von Fürsten, Künstlern und Bankiers, von Hexen, Mönchen und Zigeunern im Europa der Renaissance

»Für eine so junge Autorin ein erstaunliches Werk, ein faszinierend informativer und dabei so flüssiger Roman.«
Die Welt

42955

GOLDMANN

TANJA KINKEL

Spanien in den Wirren der Reconquista...

»Ein spannend und makellos erzählter Roman.«
BuchJournal

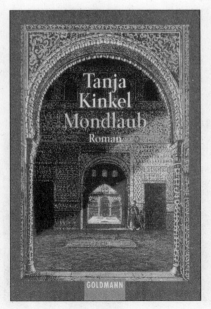

42233

GOLDMANN

TANJA KINKEL

Leichtsinnig und romantisch, ehrgeizig und kaltblütig, Leitstern der Troubadoure, eine meisterhafte Politikerin, wenig besser als eine Dirne. All dies wurde der großen Königin Eleonore aus dem 12. Jahrhundert nachgesagt...

41158

GOLDMANN

ANNE PERRY

»Dieser Roman verdient höchstes Lob für seine exzellente Handlungsführung, lebensnahen Figuren und außergewöhnliche historisch Authentizität!«
Booklist

44372

GOLDMANN

SCHMÖKERSTUNDEN BEI GOLDMANN

9286

43772

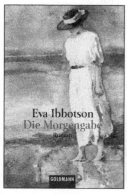

43414

43137

GOLDMANN

GOLDMANN

*Das Gesamtverzeichnis aller lieferbaren Titel erhalten Sie
im Buchhandel oder direkt beim Verlag*

★

Taschenbuch-Bestseller zu Taschenbuchpreisen
– Monat für Monat interessante und fesselnde Titel –

★

Literatur deutschsprachiger und internationaler Autoren

★

Unterhaltung, Kriminalromane, Thriller
und Historische Romane

★

Aktuelle Sachbücher, Ratgeber, Handbücher und
Nachschlagewerke

★

Bücher zu Politik, Gesellschaft, Naturwissenschaft und Umwelt

★

Das Neueste aus den Bereichen
Esoterik, Persönliches Wachstum und Ganzheitliches Heilen

★

Klassiker mit Anmerkungen, Anthologien und Lesebücher

★

Kalender und Popbiographien

★

Die ganze Welt des Taschenbuchs

★

Goldmann Verlag • Neumarkter Str. 18 • 81673 München

Bitte senden Sie mir das neue kostenlose Gesamtverzeichnis

Name: _____

Straße: _____

PLZ / Ort: _____